N
O
ELEVENTH AVE
TENTH AVE
NINTH AVE
EIGHTH AVE
SEVENTH AVE
SIXTH AVE
FIFTH AVE
MADISON AVE
FOURTH
LEXINGTON AVE
THIRD AVE
SECOND AVE
FIRST AVENUE
BELLEVUE
AVENUE A
AVENUE B
AVENUE C
AVENUE D
BROADWAY
UNION SQUARE
MADISON SQUARE
STUYVESANT SQUARE
TOMPKINS SQUARE
RESERVOIR SQUARE
DISTRIBUTING RESERVOIR
WASHINGTON SQUARE
LAFAYETTE PL
IRVING PL
XVI
XVIII
XX
XXI
XXII
R I V E R
BROOKLYN
QUEE

Kevin Baker

Die Straße zum Paradies

Kevin Baker
Die Straße zum Paradies

Der New-York-Roman

Aus dem Amerikanischen von
Ingrid Krane-Müschen (Rebecca Gablé)
und Michael J. Müschen

Droemer

Die amerikanische Originalausgabe erschien 2002
unter dem Titel *Paradise Alley*
bei HarperCollins Publishers, Inc., New York.

Besuchen Sie uns im Internet:
www.droemer-knaur.de

Ein Unternehmen der Droemerschen Verlagsanstalt
Th. Knaur Nachf. GmbH & Co. KG, München
Umschlaggestaltung: ZERO Werbeagentur, München,
unter Verwendung einer Abbildung aus dem Buch:
New York – Die illustrierte Geschichte (Seite 195)
Satz: Ventura Publisher im Verlag
Druck und Bindung: Ebner & Spiegel, Ulm
Printed in Germany
ISBN 3-426-19676-X

2 4 5 3 1

Die Straße zum Paradies

Erläuterung einiger Begriffe und historischer Persönlichkeiten

Alderman – Stadtrat
Blutstätte – Schlachterviertel an der Lower Eastside, wo fast ausschließlich Iren arbeiteten
Break o' Day Boys – irische Gang in New York
Copperheads – Nordstaatler, die gegen den Bürgerkrieg und Abraham Lincoln eingestellt waren und häufig mit dem Süden sympathisierten
Croton – Synonym für die New Yorker Wasserversorgung, benannt nach dem fast 70 km langen Croton-Aquädukt, der 1842 fertig gestellt wurde und Manhattan erstmals mit sauberem Leitungswasser versorgte
Dead Rabbits – irische Gang in New York, die möglicherweise eine Erfindung der Zeitungen war, aber sehr reale Straßenunruhen auslöste
Dollarseite und *Schillingseite* des *Broadway* – die westliche Straßenseite des Lower Broadway war die Dollarseite, wo teurere und exklusivere Geschäfte lagen als auf der östlichen, der Schillingseite
Greeley, Horace – 1811-1872, streitbarer Journalist und republikanischer Politiker, Gründer und Herausgeber des *New York Tribune*, erfolgloser Präsidentschaftskandidat
Hughes, »Dagger« John – 1797-1864, erster katholischer Erzbischof von New York, aus einfachsten irischen Verhältnissen

stammend, 1816 emigriert, gewann er großen politischen Einfluss und begann den Bau der St.-Patricks-Kathedrale

Jahr des Gemetzels – gälisch *bliadhain an air*, bezeichnete eine Hungersnot in Irland im Jahr 1741, die durch Kartoffelfäule ausgelöst wurde, der Ausdruck wurde auf die Hungerkatastrophe von 1845-48 übertragen

Know Nothing – eine immigrantenfeindliche, rassistische Organisation, die in den 1840ern und 1850ern von sich reden machte und Straßenunruhen anzettelte; bei Polizeiverhören antworteten die Mitglieder lediglich: »Ich weiß nichts.«

Lederköpfe – Slangausdruck für die Polizei, der auf die Lederhelme anspielte, die die Polizisten trugen

Mose, der »Bowery Boy« – legendärer Riese und Held der Armenviertel, der in zahllosen Theaterstücken vorkam; er wurde unter anderem für das Verschwinden aller Kirschbäume auf der Cherry Street und der Maulbeerbäume auf der Mulberry Street verantwortlich gemacht, die er angeblich als Zahnstocher missbraucht hat

O'Connell, Daniel, »der Befreier« – 1775-1847, irischer Politiker und Volksheld, der sich u. a. im britischen Unterhaus für die Rechte der irischen Katholiken einsetzte

Paddy – abwertende Bezeichnung für Iren

schanghaien – bezeichnet die im 19. Jahrhundert gängige Praxis, Männer zu entführen, gegen ihren Willen an Bord eines Schiffes zu bringen und zwangsweise als Matrosen zu verpflichten

Tammany Hall – politisches Clubhaus und dominierende Organisation innerhalb der Demokratischen Partei

Wide Awakes – politische Organisation, die der neu gegründeten Republikanischen Partei nahe stand und mit ihren auffälligen Kostümen und Fackelumzügen eine manchmal bedrohliche Präsenz auf den Straßen zeigte

Erster Tag

Montag, 13. Juli 1863

Ich bin ein wandernder Ire
In Ulster wurd' ich geboren
Und herrliche Tage verlebt' ich
Am Ufer des Lough Erne
Doch arm zu sein, konnt' ich nicht ertragen
Wie viele in meiner Lage
Drum segelte ich nach Amerika
Ging fort aus der irischen Heimat

»The Rambling Irishman«
Volkslied

1
Ruth

Er kommt.

Ruth lehnte sich aus der Tür, so weit es ihr Mut zuließ, und spähte nach Westen und Süden die Paradise Alley entlang. Vorbei an den anderen schmalen Häusern aus Backstein und Holz auf der Cherry Street, die sich gegenseitig zu stützen schienen. Die grauen Hügel aus Asche und Knochen, Austernschalen, Kohlblättern und toten Katzen wurden von Tag zu Tag höher, seit die Straßenfeger zu streiken begonnen hatten.

Feuerglocken läuteten schon im sechsten Bezirk, irgendwo nahe der Five Points. Die Luft war schwer von Staub und Asche und getrocknetem Pferdemist, von den schwefeligen Dämpfen der Gaswerke entlang des Flusses, der Fleischfabriken und Gerbereien. Es war noch nicht einmal sechs Uhr am Morgen, aber schon spürte sie das dünne Leinen ihres Kleides am Rücken kleben.

»Der liebe Herrgott in all seiner Gnade will uns wohl auf die Hölle vorbereiten …«

Sie suchte den Horizont nach irgendeinem Anzeichen nahender Erleichterung ab. Das Wetter kam von Westen, und über den Hudson zogen schiefergraue, Regen verheißende Wolken herein. So würde auch er kommen, nahm sie an: wild und unerbittlich wie ein Sommergewitter. Sein Zorn würde sich über ihnen allen entladen.

Er kommt …

Aber noch war der Sturm nicht hier. Noch hatte der Himmel eine dumpfe, gelbsüchtige Farbe. Das matte Blau hier und da verblasste allmählich. Sie wagte einen Schritt auf die Straße hinaus, sah konzentriert Richtung Downtown, vorbei an den Kirchtürmen und kastenförmigen Lagerhäusern und dem dichten Wald aus Masten von Lower Manhattan.

Sie entdeckte nichts Ungewöhnliches. Nur die üblichen, formlosen Gestalten, die in den Hauseingängen lagen. Ein zerlumptes Kind mit einem Stöckchen, ein paar Hunde. Ein Obsthändler mit seinem leuchtend gelben Karren. Seine Ware hatte er von den Booten drüben an der Westside: Ausschuss, schon jetzt überreif und faulig.

Nichts zu sehen. Aber es war auch unwahrscheinlich, dass *er* von Westen kommen würde …

Mit einem unterdrückten Schrei fuhr sie herum, floh zurück ins Haus und sperrte die Tür ab. Sie rang um Atem. *Die Vorstellung, dass er sich die ganze Zeit von hinten hätte anschleichen können.* Sie erinnerte sich daran, wie schnell er sich bewegen konnte. Sie spürte seine Hände auf sich, konnte die gelbe Galle in seinen Augen aufsteigen sehen. Diese gnadenlose Wut, die sich allein auf sie konzentrierte …

Bis zu diesem Augenblick hatte sie es nicht wirklich geglaubt, nicht einmal, als Deirdre gestern Nachmittag herübergekommen war, um es ihr zu erzählen. Sie hatte hier auf der Türschwelle gestanden, einen Fuß immer noch auf der Straße, als klammere sie sich ans sichere Ufer, angetan mit ihrem züchtigen schwarzen Kleid, das sie zum Kirchgang trug, ihr schönes Gesicht noch strenger als üblich – sie ging regelmäßig zur Kommunion, sonntags und freitags – und zweifellos besonders erzürnt, dass sie Ruth am Tage des Herrn aufsuchen musste. Sie berichtete ihr die Neuigkeiten mit gesenkter Stimme, es war kaum mehr als ein Flüstern. Ausgerechnet Deirdre flüsterte, als könne er irgendwie hören, was sie sagte.

Er kommt.

Er war zurückgekommen – den ganzen Weg von Kalifornien. Eine Furcht einflößende, unvorstellbare Entfernung. Aber was bedeutete das für einen Mann, der bereits so weit wie er gegangen war? Ein Freund von Tom, ein Schauermann, hatte ihn am Hafen gesehen – starr vor Staunen, als sei es Mose selbst, den er da von einem Klipper kommen sah – Mose, den legendären Bowery Boy, zurück von seiner Bar auf den Sandwich Islands. Mit diesem eigenartigen, raschen Krebsgang, der ihm zu Eigen war, war er die Gangway hinabgekommen, wild entschlossen und alle Gedanken nur auf ein Ziel gerichtet wie immer. Er bewegte sich schnell, viel schneller, als man zuerst glaubte, sodass Toms Freund ihn in der wartenden Menge am Fuß der Gangway bald aus den Augen verloren hatte. Schon war er in der Unermesslichkeit der Großstadt verschwunden …

Und das bedeutete – was? Ein paar Tage Gnadenfrist? Während er sich ein Zimmer in den Matrosenquartieren an der Water Street nahm, sich unbeirrbar durch Bars und Spelunken vorarbeitete und schnüffelte. Ihnen nachschnüffelte.

Oder vielleicht nicht einmal so lange. Womöglich hatte er gleich einen Volltreffer gelandet, hatte in der ersten Schänke, in der er es versuchte, einen geschwätzigen Betrunkenen gefunden, der ihm für den Preis eines mit Kampfer versetzten Whiskeys verriet, wo er ein gewisses gemischtrassiges Paar finden könne, das unten in einem der Niggernester an der Paradise Alley wohnte …

Nein. Ruth beruhigte sich mit einem schieren Willensakt. Sie griff nach dem Besen und lenkte sich mit ihrer Hände Arbeit ab. Sorgfältig fegte sie den Boden um den Herd herum und unter dem wackligen Tisch, wenngleich sie wusste, dass es nicht nötig war, dass sie nach dem heutigen Tag nie wieder hier leben würden.

Sie zwang sich, die Sache logisch zu betrachten, und kam zu dem Schluss, es sei höchst unwahrscheinlich, dass er ein solches Glück haben sollte. Schließlich hatte er nie besonders viel Glück gehabt, nicht einmal mit ihr. Und sein eigenes Gesicht arbeitete gegen ihn. Er konnte sich nicht einfach so zeigen. Man würde sich immer noch an ihn erinnern nach dieser Sache mit Old Man Noe. Die Leute hatten ihn nicht vergessen, würden sich an diese Sache entsinnen und auf Distanz gehen. Würden ihn vielleicht sogar verpfeifen, für die Belohnung.

Noch blieb ihnen Zeit. Zumindest ein bisschen. Sie und Billy hatten darüber gesprochen, bis spät in die Nacht. Zeit genug für Billy, zum Colored Orphans' Asylum, dem Waisenhaus für farbige Kinder an der Fifth Avenue, zu gehen, wo er arbeitete, und seinen ausstehenden Lohn abzuholen. Dann hätten sie wenigstens etwas für den Anfang, genug, um bis nach Boston hinauf oder nach Kanada zu kommen.

Warum sind wir nicht schon in Kanada? Wir sollten dort sein …

Sie fegte schneller vor Zorn und Ratlosigkeit, wirbelte den feinen schwarzen Staub auf, der die ganze Stadt bedeckte und Tag für Tag unerbittlich durch die Fenster und Ritzen hereinkroch. All die Jahre hatten sie davon gesprochen fortzugehen, aber irgendwie hatten sie es nie getan. Sie hatte geglaubt, es läge an Billys Schwermut und Sturheit, seiner Lethargie, die ihn manchmal gefangen hielt, vor allem dann, wenn er getrunken hatte.

Doch es war mehr als nur das, und das wusste sie. Sie fühlten sich hier beide sicherer, in ihrem Block, so erbärmlich er auch sein mochte, im Kreis ihrer Freunde und Nachbarn. Sie hatten sich gesagt, es gäbe Risiken, wenn sie fortliefen, vielleicht schlimmere Risiken als hier. Eine weiße Frau und ein schwarzer Mann mit ihren fünf Mischlingskindern, die von einer Kleinstadt zur nächsten zogen, ohne ausreichend Geld, um sie zu ernähren. Sie würden ihm eine Fährte hinterlassen, die so deutlich war, als stünde sie am Himmel geschrieben …

Also wohin sollten sie jetzt fliehen?

Ruth schob die Frage fort. Es spielte jetzt keine Rolle mehr, jetzt, da sie keine Wahl mehr hatten. Sie hatte alles gepackt und zum Aufbruch vorbereitet. Bald würde sie die Kinder wecken und ihnen das Frühstück machen. Und sobald Billy mit dem Lohn für zwei Wochen, der ihm noch zustand, vom Waisenhaus zurückkam, wollten sie sich auf den Weg machen. Sie hatte beschlossen, heute nicht zur Arbeit bei den deutschen Knochensammlern zu gehen. Hier auf ihrer Straße waren sie vorläufig sicher. Das hatten sie sich jedenfalls eingeredet. Es war ein Jammer, dass Tom zur Armee gegangen war, aber es gab immer noch Deirdre. Auf sie konnten sie zählen, zumindest würde sie die Augen offen halten. Ruth hatte sie schon gesehen, als sie heute früh hinausgeschaut hatte: Deirdre saß am Fenster und hielt Wache.

Deirdre wusste schließlich nur zu gut, was von ihrem Bruder zu erwarten war.

Alles, was sie brauchten, waren noch ein paar Stunden Gnadenfrist. Dann würden sie fort sein. Rüber nach Hoboken mit der Desbrosses Street-Fähre, dann ein Schoner rauf nach Halifax oder Montreal. Oder wenn sie dafür nicht genug Geld hatten, konnten sie einfach in irgendeiner Richtung über Land ziehen, nach Westen oder Norden.

Ein leises Grummeln war zu vernehmen. Sie riskierte einen Blick aus dem Fenster, denn sie wollte sehen, ob es doch einen Sturm gab. Aber nein – die gelben Wolkenfetzen standen immer noch bedrohlich über dem Hafen und dem North River.

Das Geräusch verebbte nicht – ein gleich bleibender, nicht endender Lärmpegel –, und sie erkannte, dass es von Menschen verursacht sein musste. Etwas, das weniger und gleichzeitig mehr war als der alltägliche Menschenstrom zur Arbeit, das lärmende, ausgelassene Erwachen der Stadt, dem sie so gern von der Schwelle ihres Hauses lauschte, ehe sie sich ihm selbst anschloss. Dies hier schien eine Absicht zu haben, eine Richtung. Der Klang von Hunderten, vielleicht Tausenden von Füßen und Stimmen, die sich unbeirrbar und zielstrebig nach Norden bewegten, Richtung Uptown.

Irgendetwas hatte sich über das ganze Wochenende in der Stadt zusammengebraut, wusste sie, wenngleich sie selbst keinen Fuß vor die Tür gesetzt hatte. Es waren Kleinigkeiten, die sie aufgeschnappt hatte, wenn sie den Kopf aus der Tür steckte, um das Waschwasser in die Gosse zu kippen. Etwas von den Gesprächsfetzen der Männer in den Kneipen, dem Gegröle der Betrunkenen an den Straßenecken. Etwas von der Nervosität der Pferde, dem immer spärlicheren Verkehrsfluss, der Dringlichkeit in der Stimme eines Polizisten. Von der bedrückten Stille der anderen Frauen im Block, die genau wie sie lauschten und warteten.

Die Männer waren unglücklich, und wenn Männer unglücklich

waren, dann hatte niemand Frieden. Es hatte irgendetwas mit der Einberufung zu tun, aber worum es auch immer gehen mochte, sie wusste, es verhieß nichts Gutes für Leute wie sie. Vielleicht würde es ihn wenigstens aufhalten.

Zwei Stunden Gnadenfrist, das ist alles, was wir brauchen. Das sollte doch gewiss möglich sein.

Sie versuchte nachzudenken und sich zu vergewissern, dass sie nichts vergessen hatte. Seit der Zeit mit Johnny Dolan war ihr Gedächtnis nie besonders gut gewesen. Manchmal vergaß sie das Maisbrot oder die Bohnen auf dem Feuer, bis sie anbrannten. Sie vergaß, Dinge auszurichten oder etwas Wichtiges zu besorgen, wenn sie nicht alles morgens auf dem Weg zur Arbeit oder abends, wenn sie einzuschlafen versuchte, sorgsam im Voraus plante. Manchmal kam es ihr vor, als hätte er ihr Gedächtnis zerschlagen, es einfach aus ihrem Kopf geprügelt.

Was also war zu tun? Sie zwang sich zur Konzentration. Die Kinder schliefen noch im Hinterzimmer, aber sie hatte ihre Sachen zusammengepackt; die fertigen Bündel lagen neben ihren Betten. Sie konnten sie selbst tragen. Alles andere stand an der Hintertür bereit – ihrem Notausgang – und konnte draußen im Handumdrehen auf dem Karren verstaut werden, der dort bereitstand.

Es war ohnehin nicht viel. Ihr Kochgeschirr: zwei Blechtöpfe und eine gusseiserne Pfanne. Sechs lange Löffel, ein paar verbogene Messer und Gabeln. Die beiden anderen Kleider, die sie besaß, ein Beutel mit ihrer Unterwäsche und die Schleifen, die sie an besonderen Tagen im Haar trug. Billys Anzug, seine Hemden und Overalls. Sein Seesack und sein Werkzeug, immer noch so sorgfältig eingewickelt und geölt – so flammneu – wie an jenem Tag vor über zwölf Jahren, als er es gekauft hatte.

Es gab so gut wie nichts an persönlichen Gegenständen. Nur ihre Bibel und ein paar Bücher, die Milton, ihrem Ältesten, gehörten. Die gerahmte Daguerreotypie von der ganzen Familie, zu der sie Billy schließlich überredet hatte. Alle in ihren besten Sachen, standen sie feierlich um Billy herum, der in einem ausladenden Polstersessel saß. Der Paterfamilias mit der kleinen Stütze, die hinter seinem kurz geschorenen Schopf versteckt war und sicherstellen sollte, dass er den Kopf still hielt, und der Rest der Familie in verschiedenen, schimmernden Lichtabstufungen um ihn herumgruppiert. Ihres das einzige wirklich weiße Gesicht. Sie wirkte bleich und farblos, nahezu unsichtbar neben den anderen.

Sie hatte auch eine von ihrem kleinen Mädchen anfertigen lassen wollen, von Lillian, die an einem Krupp gestorben war, noch ehe sie zwei wurde. Ein anständiges Beerdigungsbild mit der Kleinen in ihrem besten Kleidchen im Sarg, aber Billy hatte sie davon abgebracht. Es war zu teuer, sie brauchten das Geld für die Lebenden, und heute war sie froh, dass er sie überzeugt hatte. Nun würde sie das Bild des armen toten Mädchens nicht die Straße entlangschleppen müssen, so wie sie sich einst selbst dahingeschleppt hatte. Lillian würde bleiben, wo sie lag, draußen auf dem hübschen, schattigen Friedhof in Brooklyn.

Das war alles. Alles, was sie nach dreizehn Jahren in diesem engen kleinen Haus vorzuweisen hatten. Sie könnten von jetzt auf gleich verschwinden, durch die Hinterhöfe mit den Abtritten, runter zu den Fähren. Verschwinden, bevor selbst er sie kriegen konnte …

Alles, was blieb, war dieses *Ding.* Sein magischer Kasten. Sie blieb einen Moment mit dem Besen in der Hand davor stehen, als überlege sie, ob sie das ganze Ding nicht einfach aus der Tür kehren sollte, aus ihrem Leben. Dieser merkwürdige Haufen von Tand und Kinkerlitzchen. Um sie zu bekommen, hatte Johnny Dolan ihre unsterblichen Seelen aufs Spiel gesetzt. Irgendwie war sie nie fähig gewesen, den Kasten loszuwerden.

Weil sie ihn so teuer bezahlt hatten?

Er stand jetzt in der hintersten Ecke des Vorderzimmers wie ein bösartiger, alter Hund. Das schwarze Leichentuch, das ihn bedeckte, trug eine dicke Staubschicht. Dasselbe Tuch, worin sie ihn gefunden und den ganzen weiten Weg von der verfallenen Abtei in Cork hierher gebracht hatten. Sie schlug das Tuch zurück und starrte auf die gesplitterte Glasscheibe. Dahinter lag die ganze Sammlung von glitzerndem Krimskrams, die ihn so sehr fasziniert hatte und die sie noch nicht einmal hatte anschauen können, seit er weg war. Das zerbrochene Schwert und das Ohr des Mohren, die Miniaturmaschine und das Auge des Riesen und die Bilder der Liebespaare und tausend andere Wunder. Alles war einmal angeklebt und perfekt arrangiert gewesen, jetzt lag das meiste in einem unordentlichen Haufen am Boden.

Trotzdem glitzerte es immer noch. Hinter dem ganzen Gerümpel funkelten Dutzende winziger Spiegel. An die Rückwand des Kastens geleimt, sollten sie dem Ganzen mehr Tiefe verleihen, mehr Pracht und den Glanz von Juwelen. Im gelben Licht des Morgens erhaschte sie einen Blick auf ihr staubiges, rissiges Spiegelbild. Blinzelnd, unwissend blickte es zurück durch all die Wunder, unglaublich alt und verzerrt. Ihre Wangen wurden hohl, Kinn und Stirn waren schon zerfurcht, ihr braunes Haar war von ersten grauen Fäden durchzogen.

Sie zog das Tuch zurück über den Kasten und machte sich wieder an die Arbeit. Sie konnte nicht sagen, warum sie sich nicht schon längst davon getrennt hatte, den Kasten nicht den Straßenfegern für ein paar Pennys angeboten hatte. Weil er sie an ihre Sünde erinnern sollte – an all ihre Sünden?

Oder war er der letzte Rest an Macht, den Johnny über sie hatte? Das letzte Fünkchen Hoffnung, dass der Kasten Johnny besänftigen würde, selbst nach allem, was sie ihm angetan hatten.

Falls er zurückkam. Wenn er zurückkam …

Sie beschloss, den Kasten dazulassen. Vielleicht würde er ihn zumindest ein paar Stunden aufhalten, während er so wie früher darüber brütete und staunte. Vielleicht würde er sie ja gänzlich darüber vergessen.

Oder war der Kasten nur eine weitere Spur, der er folgen konnte?

Bei diesem Gedanken musste sie innehalten – sie hockte sich hin und kauerte sich zusammen. Wieder an ihn zu denken. Diese Präsenz, von der sie zu glauben gewagt hatte, sie sei für immer aus ihrem Leben verschwunden. Jetzt würde er sie für alles bezahlen lassen, was sie getan hatte. Schlimmer noch, er war gekommen, um seinen Zorn über alle auszugießen, die sie liebte, über Billy und ihre

Familie. Ihn würde nicht interessieren, wem er wehtat. Wenn er sie erwischte …

Natürlich musste er zurückkommen. Natürlich, so wie wir ihn reingelegt haben …

Er kommt.

2
Herbert Willis Robinson

Der Junge grinst mich mit blutverschmiertem Gesicht aus der Gosse an. Er blinzelt in die Morgensonne und fährt sich mit der Hand über den Mund. Verteilt mehr Blut von Ohr zu Ohr, als wolle er mir drohen. Wie ein Finger, der über eine Kehle gezogen wird. Aber nein, weder grinst er noch gebärdet er sich drohend, er versucht lediglich gegen das blendende Sonnenlicht zu erkennen, wer ich bin. Mein Schatten fällt auf seinen Spielplatz: eine Pfütze aus Blut, auf der er ein Papierboot segeln lässt. Während er abgelenkt ist und zu mir aufblickt, kriechen weitere dicke Blutfinger an dem kleinen Boot hinauf. Sie durchweichen das Segel, sodass es zusammenfällt, und ziehen das Boot langsam die Gosse hinab. Er zuckt die Schultern und fördert ein neues Stück braunes Fleischerpapier zutage, das er gekonnt zu drei exakten Dreiecken faltet. Er tauft es und setzt es auf einen frischen roten Strom, der aus dem Abflussgitter quillt.

Meine Straßenbahn kommt, und ich springe auf, über den Jungen hinweg, auf dem Weg zum *Tribune,* wo ich angestellt bin und Artikel für Mr. Greeleys Zeitung schreibe. Die verblasste gelbe Anzeigetafel an der Seitenwand der Straßenbahn hängt nur Zentimeter von meinem Gesicht entfernt:

GROSSE AUFREGUNG
DER »UNAUSWEICHLICHE KONFLIKT«
NUR R.H. MACY
GARANTIERT DIE ENORME KOSTENERSPARNIS
UND ERSTKLASSIGE QUALITÄT,

DIE SOWOHL IHN ALS AUCH SIE
ZUFRIEDEN STELLT UND FRIEDEN
IN IHR HEIM ZURÜCKBRINGT!

Ich verlasse das Innere der Bahn wieder und trete hinaus auf die Plattform, wo ein weiteres unmissverständliches Schild verkündet:

KEINE FARBIGEN IN DIESEM WAGEN ERLAUBT

Hier draußen ist es wenigstens nicht so stickig, drinnen riecht es aufdringlich nach Schweiß und Körperausdünstungen. Die Bahn ist schon brechend voll, hauptsächlich mit Arbeitern und Mechanikern, Näherinnen und Dienstmädchen auf dem Weg zur Arbeit. Es ist noch nicht einmal sechs Uhr morgens, aber sie sind in Festtagsstimmung. Sie singen und scherzen, bringen den Wagen auf seinen Schienen gar zum Schaukeln, und der saure Geruch von Whiskey dringt aus den Fenstern.

From Eighth Street down
The Men are making it
From Eighth Street up
The women are spending it
And that's the story of this great town
From Eighth Street up and Eighth Street down ...

Heute ist Ausflugstag. Heute ist der erste April, heute ist Karneval und Weihnachten und der vierte Juli – alles in einem. Und es braucht nur ein Streichholz ...

Das ganze Wochenende habe ich mich als Spion unter sie gemischt. Das gehört zu meiner Arbeit als Reporter. Sie in ihren Kneipen, an ihren Straßenecken und in ihren Clubhäusern zu belauschen. Mich als den Handlungsreisenden aus der Provinz auszugeben, den freundlichen, gutgläubigen Fremden. Es gab die üblichen wilden Flüche und Drohungen, die Prahlereien der Besoffenen – aber noch etwas anderes. Etwas Echtes, eine Art gefährliche Unterströmung unter all dem leeren Geschwätz. Wie all das Blut und die Fleischabfälle, die die Schlachter in die Gossen schaufeln, bis es regnet und alles sprudelnd wieder hochkommt, die Straßen mit Gedärmen und Schweineohren, Hufen und Pferdezähnen und Blutströmen überschwemmt.

Ärger beginnt in dieser Stadt gewöhnlich wie ein Musketenschuss, plötzlich und unberechenbar. Eine Schlägerei, ein Scherz, eine Routineverhaftung. Ein halbherziger Protest verwandelt sich plötzlich in einen Aufstand, noch ehe irgendwer begriffen hat, was eigentlich vorgeht.

Aber das hier ist anders. Überlegter, vielleicht sogar beabsichtigt. Ich will nicht sagen, es gebe irgendeine Verschwörung von außen, eine kleine Gruppe von Männern, die in einem Kellerraum um einen Tisch sitzt. Solche Gerüchte gehen schon seit Wochen in der Stadt um, im Union Club, im Restaurant von Astor House und in der Lobby des St. Nicholas-Hotels: Agenten der Konföderierten sind über die kanadische Grenze ins Land geschlichen. Gedungene Attentäter wurden von Irland herübergebracht. Die Ritter des Golden Circle sammeln in einem geheimen Kellerraum in den Five Points Musketen, bereit, auf ein Signal aus Richmond die Stadt unter Beschuss zu nehmen.

Der übliche Blödsinn. Das verrückte Gerede, das jeder echten Krise in dieser Stadt vorausgeht, so wie die Seevögel, die vor einem Sturm vom North River heranziehen. Nein, was ich meine, ist, dass *sie* gesprochen hat. Jene andere Stadt, die dunkle Stadt, die Stadt, die ihr Gesicht von uns abgewandt hat. Die Stadt der Nacht, die Stadt des Feuers, die mit leiser, bedächtiger, zorniger Stimme murmelt, die wir nie so ganz verstehen können. Die Arbeiter in ihren Versammlungssälen. Die Feuerwehrmänner auf ihren Wachen, die Gangster in ihren unterirdischen Schlupfwinkeln. So viele Worte, so viele Ränke, und alles kocht allmählich an die Oberfläche.

Es fing an, als das neue Einberufungsgesetz bekannt wurde. Alle tauglichen Männer zwischen zwanzig und fünfundvierzig, verheiratet oder ledig, können nun per Los zu Mr. Lincolns Armee einberufen und nach Süden in den Krieg geschickt werden. Wo sie dann mit wurmstichigem Zwieback und Pökelfleisch gefüttert und von unfähigen Generälen zur Schlachtbank geführt werden, während ihre Familien versuchen, sich mit Betteln und Regierungsalmosen über Wasser zu halten. Es sei denn – ah, und da haben wir den wunden Punkt! – es sei denn, sie haben dreihundert Dollar, um sich einen Vertreter zu kaufen. Eine Kleinigkeit für einen wohlhabenden Mann, aber der Lohn von zwei Jahren für einen irischen Steineschlepper aus den Five Points.

Die Erleichterung, die nach Gettysburg in der Stadt geherrscht hatte, war verblasst, als die Verlustlisten nach und nach bekannt wurden. Loyale Republikaner, die ihre Fenster erleuchtet und Flaggen an ihre Häuser gehängt hatten, um den Sieg zu feiern, fanden ihre Hauseingänge am nächsten Morgen mit Teer geschwärzt und ominöse Kreidekreuze an ihren Türen. Dann sind letzte Woche Patrouillen der Militärpolizei durch den vierten Bezirk gezogen und haben alle Männer aufgefordert, sich registrieren zu lassen. Es gab Rangeleien und Festnahmen, Backsteinkamine stürzten unter mysteriösen Umständen von den Dächern und verfehlten die Soldaten nur knapp.

Die Einberufung sollte letzten Freitag beginnen, und zwar im Büro des neunten Distrikts an der 46. Straße Ost nahe der Third Avenue. Bis zur letzten Minute rechnete niemand damit, dass sie sie wirklich durchführen würden, nicht in dieser Stadt voller Demokraten und Copperheads – den Sympathisanten des Südens. Als ich hinkam, hatte der Mob sich bereits zusammengerottet, eine lärmende Schar von Arbeitern mit ihren Frauen. Offenbar wenig beeindruckt von der Hand voll Polizisten und der Abteilung invalider Soldaten, die Wache standen, brüllten sie ihre Beleidigungen und obszönen Kommentare.

»Dreihundert Dollar! Oh, die kannst du nehmen und mir in den …«

»Oh, das werden sie, Billy-Boy! Ganz bestimmt!«

Nervöses, unsicheres Gelächter erhob sich aus der Menge.

»Dreihundert Dollar! Sag Abe Lincoln, er soll herkommen und es selbst einsammeln!«

»Oh, wird er!«

Trotzdem fuhren die Soldaten fort. Sie hievten eine große, eckige Holztrommel ins geöffnete Fenster und stellten sie auf ein Podest, sodass die Menge sie genau sehen konnte. Ein stadtbekannter Blinder wurde am Arm hinaufgeführt, und die Militärpolizisten betätigten die schwerfällige Kurbel, bis die Trommel sich mit einem donnernden Getöse drehte, das selbst den Mob zum Schweigen brachte.

Dann öffneten sie die Klappe und steckten die Hand des Blinden tief hinein. Wässrig gelbe Augen starrten geradeaus ins Leere. Seine Finger wühlten in der Trommel wie dicke rosa Schweineschnauzen, bis er die erste Hand voll Namen zusammengeklaubt hatte, die auf einfache Papierschnipsel geschrieben waren. Ein stattlicher, wie aus dem Ei gepellter Major pflückte einen nach dem anderen aus der Hand des Blinden, entfaltete sie und las die Namen und Adressen mit Furcht einflößender Stimme vor:

»O'Donnell! Thomas! Great Jones Street 15!«

Die Masse begann zu zischen und murren, und ich sah die beiden Wachen links und rechts der Trommel einen nervösen Blick tauschen. Sie trugen Musketen mit aufgepflanzten Bajonetten, aber es war offensichtlich: Wenn irgendetwas passiert wäre, hätten sie die Beine in die Hand genommen und wären gerannt wie die Hasen.

»Condon! Jack! Avenue A, Nummer 184!«

Mehr Gemurmel, mehr Zischen und Buhrufe – aber sonst nichts. Kein wohl platzierter Stein oder zwei, die vielleicht eine Salve ausgelöst hätten. Der Funke war noch nicht geschlagen. Die Menge war zu guter Stimmung, die Hitze noch erträglich. Als die nächsten Namen aufgerufen wurden, folgten wieder Schmährufe und Frechheiten, aber auch das klang größtenteils gut gelaunt.

»Brady! Patrick!«

»Gut für dich, Brady!«, brüllte jemand, und alle lachten. Bald wurde jeder Name mit einem Witz begrüßt:

»O'Connell …«

»Wie geht's dir, O'Connell?«
»O'Connor! Sean!«
»Auf Wiedersehen, Sean!«
»Eine Pause von deiner Alten, Sean!«
»Jetzt hat der alte Abe dich am Wickel, Sean, mein Junge!«
Die ganze Szene entwickelte sich zu einem Straßeneckenspektakel. Von der Sorte, die *sie* lieben – wie ein guter Hundekampf oder ein Familienkrach. Schließlich trat ein besonders dämlicher junger Rabauke aus der Menge, als sein Name aufgerufen wurde, und kletterte mit einem resignierten Achselzucken durch das Fenster. Der Major sah aus, als wolle ihn der Schlag treffen. Sein Gesicht lief rot an, und seine Hand griff zum Holster, während er sich offenbar fragte, was für ein Streich das sein sollte.
»Wer zum Teufel bist du?«
»Ich bin McMullen, Sir. Ich bin hier, um mich zu stellen«, sagte der Junge.
Die Menge johlte, der Dialog war wie aus einer billigen Komödie. Der Major beschimpfte seinen Möchtegernrekruten: »Mach, dass du da runterkommst, Junge, Teufel noch mal!« Der Bengel grinste ihn einfach nur dümmlich an.
Danach war klar, dass nichts passieren würde. Die Menschen waren beinahe in Feststimmung, so kurz vor dem Wochenende. Bald begannen sie sich zu zerstreuen, gingen nach Hause oder in die Stammkneipen, auf der Suche nach neuer Unterhaltung. Der Blinde fischte immer noch nach Namen, reichte die kleinen weißen Zettel dem brüllenden Major, bis das Einberufungsbüro schließlich am späten Nachmittag seine Pforten schloss. Die Militärpolizisten hievten die Trommel von der Plattform herunter und verriegelten die Läden des großen Frontfensters. Die Wache aus Invaliden eilte davon, dankbar, dass sie in ihre Kaserne auf Governor's Island zurückkehren durften.
Aber die ganze Zeit war noch eine andere Einberufung im Gange. Ich konnte es am Rand der Menge beobachten: Die kleinen Kundschafter der freiwilligen Feuerwehren rannten davon, um in ihren Vierteln und Blocks zu berichten, wer eingezogen worden war.

Nach einer Weile begann eine Gruppe junger Männer sich zusammenzurotten – Schlachtergehilfen und -lehrlinge, junge Gangster und Feuerwehrmänner. Die Hände in den Taschen, blickten sie trotzig und wütend um sich. Sie gingen auf und ab, tödlich beleidigt, und sagten wieder und wieder das Gleiche zueinander:
»Dreihundert Dollar! Für dreihundert Dollar verkauft, wo ein Nigger tausend kostet!«
Murrend lungerten sie am Rande der Menschentrauben herum, als warteten sie darauf, dass etwas geschah. Aber nichts passierte. Der Funke glomm nicht auf, und schließlich verliefen sie sich genau wie alle anderen und warfen einen Blick über die Schulter zurück auf das geschlossene Einberufungsbüro.

Die Straßenbahn kommt kaum auf der First Avenue voran, die Pferde schlittern und stürzen auf dem glitschigen Granitpflaster. Unser Fahrer flucht und drischt mit der Peitsche auf die Pferdegespanne der anderen Fuhrwerke ein, die mit Textilien, Kartoffeln, Fleisch und Bier beladen sind. Die Kutscher fluchen ihrerseits und lenken die Wagen über unsere Schienen, bis es fast gar nicht mehr weitergeht. Mein Magen schlingert, und mein armer schwerer Kopf fühlt sich an, als wollte er wie ein Zwölfpfünder von meinen Schultern kugeln und den Mittelgang des Wagens auf- und abrollen, endlich in Frieden. Ich springe an der nächsten Straßenecke ab, weil ich mir denke, dass ich das Zeitungsgebäude zu Fuß schneller erreiche.
Natürlich sollte die Straßenbahn eigentlich dampfbetrieben sein, aber nach einer Reihe spektakulärer Zusammenstöße hat der Stadtrat den Betrieb von Lokomotiven südlich der 42. Straße untersagt. Nun werden sie an der Grand Central Station von den Zugwagen abgekoppelt, und Pferde werden davor gespannt, die sie bis nach Downtown ziehen. So kommen sie nicht schneller voran als die schwerfälligen Kutschen und Omnibusse oder selbst die unerschrockenen Fußgänger, die sich einen Weg um ungezählte Haufen dampfender Pferdeäpfel, zwischen den ausschlagenden Hufen scheuender Kutschpferde hindurch suchen müssen.

So leben wir jetzt, in der Stadt der Zusammenbrüche und Brände, der Stadt von Blut und Schwefel. Fast eine Million Menschen, zusammengepfercht am unteren Ende von Manhattan Island. Und noch einmal ein paar Tausend verteilt auf die Dörfer Harlem und Bloomingdale oder die wuchernden Hüttendörfer der Nigger und irischen Nigger am Rande des Central Park, den man nun endlich an der 59. Straße angelegt hat. Eine Großstadt, in der Horden von Schweinen immer noch frei auf den Straßen herumlaufen. Wo Kutscher sich auf den Straßen Rennen liefern und mit ihren Peitschen aufeinander einprügeln, wo Fährboote Wettfahrten abhalten, kollidieren und im Hafen in die Luft fliegen. Die Bevölkerung zählt doppelt so viele Köpfe wie vor zwanzig Jahren, und damals waren es schon doppelt so viele wie zwanzig Jahre zuvor. Und jedes Jahr wird die Stadt dichter, lauter und dreckiger; abstoßender und zunehmend schwieriger zu durchqueren.

Und über all dies regiert unser aufrechter republikanischer Bürgermeister, der wie ein italienischer Vulkan zu regelmäßigen Ausbrüchen neigt, in welchen er sich gänzlich wirkungslos über jede Unzulänglichkeit auslässt. Ihm untergeordnet sind unsere unbeschreiblichen *Aldermen* und Ratsherren, besser bekannt als die Vierzig Räuber. Ich wünschte, es wären so wenige. Tatsächlich sind es zweiundachtzig. (Nur in New York City kann es gleich ein Zweikammersystem von Schurken geben.)

Unter ihnen wiederum ein riesiger, undurchschaubarer Haufen von kriminellen Blockwarten und Demagogen, Abdeckern und Trickbetrügern, Straßenräubern und Langfingern, Schlägern und Zuhältern, Bezirkssekretären, Klingelbeuteldieben und Flittchen. Und sie alle sind nur auf ihren Profit aus, haben nur ihre Interessen und Spielchen im Auge und sind immer auf der Suche nach der großen Chance. So viele halten die Hand auf, so verbreitet ist die Korruption, dass es nie gelingen könnte, damit aufzuräumen, selbst wenn man wollte, weil man nicht einmal durch die oberste, unbedeutendste Schicht Dreck hindurchkäme.

Kurz gesagt: Es ist eine großartige Stadt für einen Zeitungsreporter.

3

Herbert Willis Robinson

Ich bin ein Experte für Kater.

Dem Uneingeweihten mögen sie einfach nur unangenehm erscheinen, aber für den Erfahreneren gibt es feine und subtile Abstufungen. Wein ist am schlimmsten, selbst guter Wein. Das Sediment verstopft den Verstand wie Sand ein Getriebe und wühlt den Magen auf. Ein Brandykater hingegen ist wie eine Glocke, die mit einem Hammer zerschlagen wird, dröhnend, aber klar und hart. Süße Liköre erfüllen einen am nächsten Tag mit einem Gefühl klebriger Selbstverachtung, als winde man sich an einem gigantischen Fliegenfänger.

Nein, der beste Kater folgt der exakt richtigen Kombination von Bier und Whiskey. Bier, um den Magen zu festigen und ihm etwas zu tun zu geben. Whiskey, um den Geist zu einem trüben, kosmischen Brei aufzuweichen, erhellt von einem gelegentlichen Aufblitzen eines völlig ungerechtfertigten Optimismus. Richtig angestellt, kann ein guter Kater einen durch den nächsten Tag tragen wie eine dicke Baumwollwolke, sodass man alles ein wenig unklar, aber aus erhabener Entfernung sieht. Ein schlimmer Kater kann in uns den Wunsch wecken zu sterben oder, was auf dasselbe hinausläuft, dem Alkohol für immer abzuschwören.

Es hatte jedoch kein Weg daran vorbeigeführt. Wenn man wissen will, was die Leute in New York denken, muss man in die Saloons gehen. Letztes Wochenende, den ganzen Samstag und Sonntag, habe ich sie abgeklappert, und in dieser Stadt findet man jede Variante. Bars, illegale Kaschemmen und respektable Gaststätten, unkonventionelle Tanzschuppen und die Bars und Läden der

Boheme, elegante Clubräume und Hotelbars auf der Dollarseite des Broadway, Spelunken, wo man billigen Whiskey mit dem Schlauch direkt aus dem Fass trinkt, Nepperbars und finstere Kellerlöcher, die zu betreten lebensgefährlich ist.

Ich habe mich bis ganz unten vorgearbeitet, entschlossen, jene andere Stadt dort zu belauschen, wo sie murmelt. Habe mich wieder als Handlungsreisender ausgegeben, als Gimpel – gar als einer von ihnen. Bis ich am Samstagabend die allerschlimmsten Hafenbars erreichte hatte: The Morgue und The Yellow Man, The Glass House und das Hole-in-the-Wall. Furchtbare Läden, wo Verdünner als Alkohol verkauft wird und Seeleute schanghait oder gar umgebracht werden. Bars, die man nur aufsucht, um zu spionieren oder ausspioniert zu werden, oder wenn man zu müde ist, um zwischen beidem noch unterscheiden zu können.

Samstag, kurz vor Mitternacht, fand ich mich vor Finn McCools Bar The Sailor's Rest wieder, wo Slobbery Jim vor ein paar Jahren Patsy the Barber im Streit um zwölf Cent, die sie einem ermordeten Deutschen abgenommen hatten, aufgeschlitzt hat. Es ist nur eine windschiefe, uralte Bude an der South Street. Der boshafte, ironische Name ist in ein Holzschild geschnitzt, das über dem Eingang hängt und im Wind ein furchtbares Quietschen von sich gibt. Der Saloon selbst gleicht all diesen Läden, ausgestattet mit nichts als einer Theke, ein paar Tischen und langen Bänken entlang der Wände. Regale voll staubiger, geöffneter Flaschen mit brauner und gelblicher Flüssigkeit. Billige Drucke an den Wänden, die den üblichen Blödsinn über irische Helden in Amerika wiedergeben: O'Connell und Mitchel und der arme, alte Corcoran und Meagher mit dem Schwert.

Im Hintergrund hängen die roten Vorhänge des Samtzimmers, mit dem einzelnen Bett und der berüchtigten Falltür. Die meisten dieser Schlepperbars haben so etwas: einen Raum, in dem Fremde, die zu betrunken sind, um es zu merken, mit einem großen Krug Whiskey oder Rum auf Kosten des Hauses verführt und durch die schweren, roten Vorhänge geleitet werden, um ihren Rausch auszuschlafen. Nur um am nächsten Morgen auf dem Weg nach China oder Peru oder Schanghai aufzuwachen und auf Jahre hinaus nicht mehr in New York gesehen zu werden – wenn überhaupt jemals wieder.

Etwas war im Gange, das wusste ich in dem Moment, als ich hereinkam – etwas, das über den üblichen Mumpitz hinausging. Ich war schon früher an Samstagen hier gewesen, hatte sogar Maddy in solche Etablissements mitgenommen. Es gab immer einen Fiedler und irgendjemanden, der wie ein Wilder auf eine Trommel eindrosch, die mit Ziegenleder bespannt war. Die roten Seidenvorhänge wehten im Fenster, und zwei nur qualmende Tranlampen spendeten Licht. Die Männer tanzten wilde Reels und Polkas, dass das Sägemehl am Boden aufstob, im Arm junge Mädchen, die gerade aus Irland herübergekommen waren und all ihre Zähne zeigten, wenn sie lächelten.

Doch in dieser Nacht gab es hier keinen wahnsinnigen Trommler und keinen Tanz. Die Stimmung war bedrohlich, der Saloon zum Bersten voll, doch die Männer saßen nur vor ihrem Bier oder Ale und sprachen leise und zornig miteinander.

Ich stand an der Bar, wo ich vorgeben konnte, nur etwas zu trinken, während ich sie insgeheim beobachtete. Viele hatte ich bei der Einberufung gesehen, wo sie mit finsteren Mienen am Rande der Menge gestanden hatten. Feuerwehrleute, vornehmlich von der Black Joke Company, Schlachtergehilfen und Schmalspurgangster von den Daybreak Boys und den Swamp Angels, Dead Rabbits und Plug Uglies und den Roach Guards. Und sie alle wiederholten immer nur die eine gemurmelte Litanei:

»Verkauft für dreihundert Dollar! Wo ein Nigger tausend wert ist …«

Das Rückgrat unserer Stadt. Diese Männer sind es, die all die niederen und schweren Arbeiten tun, die diese ganze, gewaltige Maschine in Gang halten. Tatsächlich sind diese Männer unverzichtbar, und sie tun all das für Löhne, die sie kaum ernähren.

Wie ich sie verabscheute! Ich weiß, ich sollte die Armen lieben, aber das tue ich nicht, sie sind schmutzig und laut. Geschmückt mit den lächerlichen Erkennungszeichen ihrer Gangs: Hohe Zylinder und Seifenlocken, grellbunte Halstücher, die weiten Hosen in die Stiefel gesteckt. Schlagringe und riesige Bowiemesser fallen ihnen aus den Taschen. Sie stören die Vorstellungen in unseren Theatern, brüllen sich auf der Straße Obszönitäten zu, lösen gewaltsam jede politische Versammlung auf, die ihren Bossen nicht gefällt. Immer kampfbereit, aber hilflos; zynisch, aber voller Selbstmitleid.

Ich möchte die Armen lieben, aber ich kann nicht. Vielleicht nicht einmal Maddy …

»Trink aus!«

McCools Rausschmeißerin kam zu mir herübergeschlendert, um mir einen Whiskey aufzudrängen. Sie ist die berühmteste alte Vettel des ganzen Viertels, eine Irin, größer als einsachtzig, mit roten Haaren, die ihr bis zu den Knien reichen. Sie nennen sie Gallus Mag wegen der leuchtend gelben Hosenträger, die ihren Rock halten, obwohl sie zusätzlich noch einen Gürtel trägt, in dem unübersehbar ein Revolver und ein Totschläger stecken.

»Na los, zwing mich nicht, dich vor die Tür zu setzen.«

Mag hat Messingkrallen auf den Fingerspitzen, und wenn sie grinst, kann man sehen, dass ihre Zähne zu langen weißen Spitzen gefeilt sind, scharf wie Rattenzähne. Es heißt, dass sie den Kunden, die nicht freiwillig gehen, ein Ohr abbeißt und ihre Trophäen in einem hohen Glas mit Formaldehyd sammelt, das einen Ehrenplatz auf der Theke hat. Jeder in diesem Saloon lacht gern darüber. Neuankömmlinge, die eine Hand in das Glas stecken, um sich das obligatorische Solei herauszufischen, kriegen einen Mordsschreck, wenn sie stattdessen plötzlich ein Ohr in der Hand halten. Das ist immer einen Lacher wert.

Folgsam orderte ich noch einen Drink, und Gallus Mag grinste und schob ihn mir schwungvoll über die Theke zu. Ich nippte und bemühte mich, keine gar zu angewiderte Grimasse zu schneiden, aber vergebens. Der Geschmack und die Blume des Whiskeys ähnelten eher denen von Säure. Gallus Mag, die auf meinen Gesichtsausdruck gelauert hatte, warf den Kopf mit der roten Mähne zurück und brach in Gelächter aus. Alle Gäste stimmten mit ein.

Ich lächelte schwach und bemühte mich zu verbergen, wie sehr sie alle mich anwiderten.
Normalerweise stand Finn McCool selbst hinter der Bar. Heute Abend jedoch hatte er sich wie ein gefährliches Insekt unter seine Gäste gemischt und trug sein Gift von einer kleinen Gruppe zur nächsten. Seine Schultern waren gerundet, der vorzeitig verschrumpelte Kopf fast auf die Brust hinabgedrückt. Er war der Tammany-Captain seines Bezirks und stellvertretender Hauptmann der Black Joke. Die Black Joke und all die anderen Feuerwehren sind die Brutstätten unserer wunderbaren, neuen Massendemokratie. Es gibt Dutzende solcher freiwilligen Feuerwehren, die vorgeblich unsere leicht entflammbare Stadt beschützen. Tatsächlich sind sie jedoch kaum mehr als die Hauptquartiere unserer Straßengangs und politischen Organisationen – und wer kennt schon den Unterschied. Wagemutig ziehen sie ihre Löschwagen durch die Straßen und prügeln sich um die Croton-Hydranten, während unsere Häuser und Geschäfte niederbrennen.
Jede Feuerwehr hat Dutzende Mitglieder, die vonnöten sind, um die schweren Wagen von Hand durch die engen Gassen zu ziehen. Ausnahmslos Freiwillige, und inzwischen beinahe ausschließlich Iren – ungehobelte, arrogante junge Männer, die ihre Löschwagen gern mit grellen Bildern bemalen und ausgelassene Feste und Tanzvergnügen veranstalten.
Herangezüchtet werden sie von aufstrebenden Tammany-Hall-Politikern, wie etwa McCool. Er ist ausgesprochen freigebig mit Gefälligkeiten und Klatschgeschichten und rührt unablässig die Werbetrommel für seinen Bruder Peter, den Hauptmann der Feuerwehr, damit dessen Wiederwahl zum Alderman gesichert ist. Üblicherweise sind in Finns Saloon an einem Samstagabend die Anführer der Demokraten anzutreffen – aber aus irgendeinem Grunde ließen sie sich jetzt nicht blicken. Tatsächlich waren sie aus allen Spelunken verschwunden, die ich im Laufe des Wochenendes besuchte.
Kein Captain Reynders, der in einem Hinterzimmer Hof hielt, ohne dass seinem allwissenden Spielerblick je irgendetwas entging.

Kein Fernandy Wood, der selbstzufrieden und parfümiert durch die Menge schleimte. Keine Spur von dem großen Tweed mit seinem eigentümlich offenen, unschuldigen Jungengesicht, diesem monströsen Spiegelbild Greeleys. Sie alle glänzten verdächtig durch Abwesenheit. Ihr Verschwinden so beunruhigend wie das Heulen von Hunden und Katzen vor einem Erdbeben …

»Da siehst du's«, hörte ich eine leise Stimme hinter mir. »Da siehst du, wie unsere Mag mit denen verfährt, die belauschen, was sie nicht hören sollen.«

Ich nahm einen kleinen Schluck von dem Gift, das die irische Riesin mir serviert hatte, ehe ich mich umwandte. Da stand McCool und reichte mir gerade bis zum Ellbogen. Mit einem hässlichen Grinsen nickte er vielsagend auf das Glas mit den Ohren, durchschaute jede Maskerade, die ich mir ausdenken mochte.

»Sie muss eine wahre Circe sein«, erwiderte ich.

Mir war schon vor langem aufgefallen, dass die Ohren, die dort in der dunkelroten Flüssigkeit hinter dem Glas schwammen, verdächtig spitz, groß und haarig waren, selbst für die Matrosen und Saufköpfe, die das Sailor's Rest bevorzugten.

»Wer?«, fragte McCool.

»Circe war eine Hexe, deren Gewohnheit es war, Männer in Schweine zu verwandeln.«

»Ah. Aber das Miststück muss eine Lügnerin gewesen sein. Denn es braucht keine Frau, um einen Mann in ein Schwein zu verwandeln.«

»Nein?«

»Nein. Alles, was man tun muss, ist, Männer wie Schweine zu behandeln, und dann benehmen sie sich auch entsprechend.«

»Es ist also schweinisch, auf zwei Beinen zu stehen und für unser Land zu kämpfen?«

Ich war betrunken genug, um ihm gegenüber so unvorsichtig zu sein, aber vermutlich hatte ich auch gar nichts zu befürchten. Finn hätte mich längst zu Brei prügeln lassen, mich in den schwarzen öligen Fluss da draußen werfen oder nach Port o'Spain verschiffen lassen können, wenn er gewollt hätte. Nein, es musste einen bestimmten Grund geben, warum er mit mir sprechen wollte, einem Reporter von Horace Greeleys *Tribune.* Irgendetwas wollte er herausbekommen …

»Seltsam, dass es immer dann plötzlich *unser* Land heißt, wenn gekämpft werden muss«, bemerkte er mit einem Lächeln, das seine Augen nicht erreichte. »Wie dem auch sei, ich weiß nicht mehr so genau, wo ich dran bin. Ist es noch das Land, für das wir kämpfen? Oder sind es die Nigger?«

»Halten Sie die Sklaverei denn nicht für ein Übel?«

»Es gibt viele Übel in der Welt. Aber ich kann mich nicht erinnern, dass Abe Lincoln mit einer Armee von einer halben Million angerückt ist, als die Menschen von Connaught in ihren Hütten verhungert sind.«

»Wollen Sie die Einberufung verhindern?«, fragte ich ihn frei heraus.

Er zuckte kurz die Schultern und stierte mir noch konzentrierter als zuvor ins Gesicht, als verstehe er die Frage nicht so recht. »Aber es spielt doch überhaupt keine Rolle, was ich will.«

»Ist es das, was Sie diesen Männern erzählen?«, fragte ich und wies auf seine Gäste, die Feuerwehrmänner, die finster in ihre Gläser starrten.

Finn zuckte wiederum die Achseln. Das Grinsen war jetzt verschwunden, stattdessen runzelte er die Stirn, als versuchte er, einem besonders begriffsstutzigen Kind etwas zu erklären. »Tut es nur, und dann werdet ihr ja sehen«, sagte er. »Zieht nur die Männer ein, die in dieser Stadt die Feuer löschen. Ehrliche, schwer arbeitende Männer, die nicht mehr vom Leben verlangen, als dass man sie ihre Kinder großziehen und ihre Frauen lieben lässt.«

Ich wusste, er spulte nur seine übliche Wahlkampfrede ab, und trotzdem überlief es mich eiskalt, als ich ihn hörte.

»Nur zu, verschifft anständige Iren nach Süden, als wären es Nigger, während ihre Frauen und Kinder bei der Wohlfahrt Geld zum Leben erbetteln müssen. Fangt nur Montagmorgen wieder an, diese Trommel zu drehen, dann werdet ihr ja sehen, was passiert.«

Er nickte knapp, dann wandte er sich so abrupt ab, wie er erschienen war, und machte wieder seine Runden durchs Lokal. Ich beschloss, dass es Zeit wurde, mich zu verabschieden, und ließ ein saftiges Trinkgeld für den weiblichen Koloss hinter der Bar zurück.

Als ich draußen war, ging ich zum Kai hinüber und lehnte mich übers Wasser. Unter den kleinen Wellen der Strömung konnte ich die Überreste eines alten Schiffes ausmachen. Es war nicht viel davon übrig – ein paar zerbrochene Spanten und einige Planken des Schanzkleides waren am flachen, verschlammten Grund erkennbar. Im Schein der Schiffslaternen war der Name des Schiffes schwach erkennbar: *Jersey.* Eins der alten britischen Gefängnisschiffe aus der Zeit der Revolution, das man hier einfach hatte verfallen lassen, auf dass es allmählich im Hafenbecken versinke.
Tausende Männer sind auf solchen Schiffen gestorben, jahrelang angekettet in den Laderäumen, und nur nachts ließ man sie an Deck, damit sie sich ein wenig bewegen konnten. Sie sahen die Sonne niemals, bis sie dann schließlich verhungerten oder an irgendeinem Fieber zugrunde gingen. Eine teuflische, typisch britische Bestrafung. Sie hatten diese Männer einfach eingefangen, die für die Freiheit kämpften, eine große, ruhmreiche, abstrakte Vorstellung von Freiheit, und sie auf die Probe gestellt. Hatten dafür gesorgt, dass sie nie wieder auch nur die schlichte Freiheit genießen würden, an einem schönen Tag draußen in der Sonne zu stehen.
Doch ich hatte die *Jersey* schon viele Male zuvor gesehen. Meine Aufmerksamkeit galt in Wirklichkeit der Tür des Sailor's Rest. Aus dem Augenwinkel sah ich einen riesenhaften Schatten heraustreten, der anhielt und vorgab, eine Pfeife anzuzünden. *War er mir nachgeschickt worden?*
Aber noch während ich ihn beobachtete, erhaschte ich einen Blick auf eine zweite Gestalt, die sich lautlos aus ihrem Versteck hinter einem Haufen alter Taue und Kisten erhob. Sie hielt geradewegs auf mich zu, sodass mir das Blut in den Adern erstarrte. Irgendein abgebrannter Saufkopf oder Dieb, dem mein Anzug aufgefallen war, meine Uhrkette oder mein unsicherer Gang.

Der riesige Schatten an der Tür stürzte sich mit solcher Schnelligkeit darauf wie ein Hund auf eine Schlange. Den Totschläger in Händen, bewegte er sich für seine Größe mit einer außergewöhnlichen Behändigkeit und Präzision. Er packte meinen Angreifer an der Kehle und versetzte ihm einen einzigen, harten Schlag. Mit einem leisem Stöhnen brach der Mann zusammen, und mein Beschützer hob ihn hoch und warf ihn in den schwarzen Fluss, wo er mit einem fast unhörbaren Plätschern unterging. Dann zog er sich in den Schatten zurück, behielt mich im Auge und gab nicht länger vor, mit der Pfeife beschäftigt zu sein.

Da erkannte ich, dass Finn McCool keineswegs versuchte, irgendetwas herauszufinden. Vielmehr wollte er eine Nachricht übermitteln und hatte mir gar Schutz gewährt, um sich zu vergewissern, dass ich die Kais mitsamt seiner Nachricht unversehrt verließ.

»Wie alle feigen Kriminellen wollen sie sich schon im Voraus ein Alibi geben.«

Später machte ich in der Mulberry Street Nr. 300 Halt, dem Polizeihauptquartier, um Superintendent John Kennedy aufzusuchen, den Kommandanten der Stadtpolizei. Er nickte nur mit gesenktem Kopf und machte sich eine weitere Notiz an seinem Schreibtisch, während ich ihm alles berichtete, was ich gehört und gesehen hatte. Immer noch war er unermüdlich bei der Arbeit, wenngleich es inzwischen früh am Sonntagmorgen war. Er hielt nichts von meiner Befürchtung, dass der Mob außer Kontrolle geraten könnte, dass weder Tammany noch Mozart Hall oder all die anderen ungezählten Demagogen und Halunken in der Stadt ihn noch beherrschen könnten.

»Die großen Fische sind weggeschwommen, sodass ihnen niemand einen Vorwurf machen kann. McCool will uns glauben machen, dass er keine Kontrolle über den Mob hat – aber ich wette darauf, dass er nur die Befehle befolgt, die ihn aus der Ferne erreichen. Vielleicht gar aus Richmond!«

John Kennedy ist einer dieser forschen, zupackenden Iren, ein lebendes Beispiel dafür, was dieses Volk erreichen könnte, wenn es

nur die Finger von der Flasche ließe. Seine Uniform war so ordentlich und makellos wie die von McClellan, sein weißer Bart pedantisch getrimmt.
»Es heißt, die Black Joke habe durch die Einberufung dreißig Männer verloren. Auch ihren Hauptmann«, berichtete ich ihm.
»Ja, das habe ich gehört.« Kennedy nickte wieder, ohne dabei wirklich aufzublicken.
»Sie haben sich alle bewaffnet«, fuhr ich fort und zählte all die Gerüchte einer Revolte auf, die ich bei den Feuerwehrleuten aufgeschnappt hatte. »Auch die Shad Belly und die Dry Bones. Sogar die Big Six soll sich angeblich bereitmachen, auch wenn ich mir nicht vorstellen kann, dass Tweed seinen Leuten erlaubt, sich in irgendetwas hineinziehen zu lassen.«
»Ja, ich weiß. Die Feuerwehrjungs wollen alle wieder vom Dienst in der Miliz ausgenommen werden«, erwiderte Kennedy trocken und offenbar nicht überrascht. »Sie wollen, dass alles wieder so wird, wie es früher war, vor dem Krieg. Aber wo soll das hinführen, wenn wir für sie die alten Ausnahmeregeln wieder einführen? Beinahe jeder junge Mann in dieser Stadt, der auch nur ein bisschen Mumm in den Knochen hat, ist bei der freiwilligen Feuerwehr. Wer sollte also dann für uns kämpfen?«
Wieder schob er zackig seine Papiere zusammen. Die schiere Männlichkeit und Energie solcher Menschen wie Kennedy haben etwas Überwältigendes. Seine Haut war so rosig wie die eines Schweinchens, sein Kinn schärfer geschnitten als der Bug eines Klippers. Er kam mir vor wie eine Mischung aus dem Weihnachtsmann und einem Propheten des Alten Testaments: bereit, wachsam und ein wenig belustigt. Genau die Sorte Hauptmann, dem man im Mittelalter die Verteidigung einer Stadt anvertraut hätte.
»Es gibt nichts, worum wir uns sorgen müssten!«, versicherte er mir. »Sie hätten am Freitag zuschlagen sollen, als der Mob sich bereits versammelt hatte.«
Im bernsteinfarbenen Licht der Gaslampen gingen Männer mit wichtigen Mienen ein und aus und brachten ihm einen endlosen Strom von Berichten und Telegrammen. Kennedy überflog sie und

versah sie am Rand mit kurzen Notizen, ehe er sie an einen anderen Untergebenen weiterreichte. Seine Lieutenants waren ebenso aus dem Ei gepellt wie ihr Vorgesetzter, hatten die Kragen bis zum Kinn zugeknöpft, trotz der sengenden Hitze.

»Jetzt ist es zu spät«, fuhr er fort. »Wir sind vorbereitet. Ich habe allen den Urlaub gestrichen und jeden verfügbaren Mann in Bereitschaft versetzt. Sie werden nicht so dumm sein, irgendetwas anzuzetteln, jetzt da wir gewappnet sind.«

Gemeinsam mit Commissioner Acton hat Kennedy unsere Polizei zur ehrlichsten, verlässlichsten und effizientesten Truppe gemacht, die die Stadt je hatte. Seine Metropolitan Police war auf Initiative der Staatsregierung vor sechs Jahren ins Leben gerufen worden, eine letzte verzweifelte Maßnahme, um etwas gegen Bürgermeister Woods *Municipal Police* zu unternehmen, die ein bis dato nicht gekanntes Ausmaß an Verderbtheit zeigte. Fernandy Wood weigerte sich natürlich nachzugeben und pochte auf hehre Verfassungsprinzipien – tatsächlich konnte er auf die Schmiergelder nicht verzichten, denn sie waren das Lebenselixier seiner Verwaltung.

Daraufhin schickte ein Richter die Metropolitans aus, um ihn zu verhaften – den Bürgermeister der Stadt –, und bevor die ganze Geschichte geregelt wurde, lieferten sich unsere rivalisierenden Polizeibehörden, Metropolitans und Municipals, eine Schlägerei auf den Stufen der City Hall. Stämmige, uniformierte Polizisten, die einander boxten und schlugen und in die Augen stachen, und das alles am helllichten Tage. Wäre das 7. Regiment nicht zufällig vorbeigekommen und hätte die Kampfhähne getrennt, hätten sie sich vermutlich alle gegenseitig umgebracht. Gab es je eine Stadt, das alte Rom mit seinen Gladiatoren eingeschlossen, die ihren Bürgern solche Spektakel bot wie New York?

Seither hatte Kennedy das tote Holz entfernt und seine Polizei auf Zack gebracht. Sein Stab ist effizienter als der aller Divisionen, die ich unten in Virginia gesehen habe. Auf einem Tisch in seinem Büro ist ein Plan der gesamten Stadt ausgebreitet. Stecknadeln zeigen die Standorte der Polizeiwachen und des Einberufungsbüros an, die City Hall, die Sub-Treasury unten an der Wall Street, wo die

New Yorker Goldreserve aufbewahrt wird, die größten Banken und Geschäfte, die Häuser führender Bürger und all die anderen potenziellen Ziele.

»Wenn es Unruhe gibt, dann wird sie vermutlich am Einberufungsbüro ausbrechen. Aber wir müssen auch die Werften und die Gießereien am Fluss sichern. Dann haben wir hier die Union Steam Works und das staatliche Waffenarsenal dort ...«

Er wies mit einem rosa Daumen, dessen Nagel tadellos gepflegt war, auf das alte Dampfkraftwerk – an der 22. Straße und Second Avenue –, wichtig deshalb, weil es nach der Schlacht von Bull Run in eine Waffenfabrik umgewandelt worden war.

Unmittelbar darunter auf dem Stadtplan, an der 21. Straße, war das staatliche Waffenarsenal markiert, wo die Armee zehntausend Gewehre lagert.

»... aber wir haben die Broadway-Abteilung schon dort. Es müsste schon ein beachtlicher Mob sein, der an *ihnen* vorbeikommen will. Und für den Fall der Fälle haben wir Telegrafen in jeder Polizeiwache. Innerhalb von Minuten können wir Verstärkung an jeden Unruheherd überall in der Stadt schicken!«

Es gab keinen Anlass, an seinem System zu zweifeln. Und doch kam ich nicht umhin zu bemerken, wie viele Nadeln in seinem Stadtplan steckten. Eine ganze Stadt, die größte in Amerika, sollte von seinen zweitausenddreihundert Polizisten gehalten werden.

»Wie viele Männer kann General Wool Ihnen schicken?«, fragte ich. Wool war der Armeekommandeur der Stadt.

Kennedys Stirn zog sich ein wenig unwillig zusammen, aber er stand aufrechter denn je. »Nicht viele. Mead hat jeden verfügbaren Mann aus der Stadt abgezogen für Gettysburg. Höchstens fünfzehnhundert, und viele davon sind verwundet.«

Er versuchte wieder, mich zu beruhigen, während er mich hinausführte, legte eine Hand auf meinen Arm und ballte die andere zu einer selbstsicheren Faust. »Es gibt keinen Grund zur Sorge. Es kommt darauf an, ihnen immer einen Schritt voraus zu sein. Wir müssen sie mit aller Härte zu Räson bringen, ehe sie überhaupt richtig losschlagen können!«

Wir verließen das Hauptquartier und traten auf die Straße hinaus, wo das übliche Chaos einer Samstagnacht in unserer Stadt herrschte. Doch während wir das Gebäude durchquerten, fiel mir auf, was jedem New Yorker tagtäglich zu Bewusstsein kommt: dass Kennedys Männer samt und sonders Iren waren. Große, starke Kleiderschränke, zweifellos, selbst ihre langen Schnurrbärte schienen sich angriffslustig zu sträuben. Sie waren höflich und von ordentlicher Erscheinung, eine adrette Kampftruppe. Heutzutage müssen sie gar bei einem Einstellungstest beweisen, dass sie lesen und schreiben können.

Aber dennoch sind sie alle Iren, vom einfachen Dienstgrad über ihre Captains und Kommandeure bis hinauf zu Kennedy selbst.

Wir können nicht auf sie verzichten. Aber wenn es hart auf hart geht, was werden sie dann tun? Können wir uns auf sie verlassen, wenn es dazu kommt, dass sie gegen ihre Freunde und Nachbarn kämpfen müssen?

Oder ist der Feind schon innerhalb der Stadtmauern?

4
Ruth

Sieben Uhr.
Der Block lag in fast völliger Stille da. Um diese Zeit herrschte für gewöhnlich lebhafter Betrieb vor der Tür. Die Straße wimmelte von Männern und Frauen, die auf dem Weg zur Arbeit miteinander scherzten und sich neckten. Die Ladenbesitzer und Straßenhändler priesen mit ihrem langen Singsang ihre Waren an.
Aber heute öffnete keiner der kleinen Läden auf der anderen Straßenseite. Fenster und Türen waren geschlossen, auch wenn Ruth schattenhafte Bewegungen dahinter ausmachen konnte. Die Ladenbesitzer blieben in ihren Häusern, wusste sie, beobachteten und warteten ab. Wenn ab und zu doch jemand die Straße entlangkam, dann mit schnellen, nervösen Bewegungen, und er wandte den Kopf, als wollte er prüfen, wer oder was ihm folgte.
Im Hinterhof war es ebenso still. Sie schaute dort hinaus – nur um sich zu vergewissern, um sicherzugehen, dass er nicht von dort kam. Normalerweise wäre auch dort um diese Zeit schon allerhand Betrieb, denn ganze Familien kamen zusammen herunter auf dem Weg zu den stinkenden Abtritten. Aber jetzt rührte sich nichts.
Sie spähte über die Abortschuppen hinweg auf die Rückseite der Mietskasernen des nächsten Blocks, wo die Juden lebten. Eine Familie namens Mendelssohn, ein Glaser mit Frau und drei Töchtern. Sie kannte sie flüchtig. Man traf sich beim Wasserholen an der Pumpe, oder die Frauen nickten sich über die übel riechende Schlucht der Hinterhöfe zu, wenn sie beide auf den Dächern ihre Wäsche aufhängt. Sie waren samt und sonders Abstinenzler, keiner von ihnen rührte je eine Flasche an. Die älteste Tochter hatte ein

dunkles, schönes Gesicht, doch sie war lahm und ging mit einem vorsichtigen, wankenden Schritt. Manchmal stand Ruth freitagabends an der Hintertür, lauschte den fremdartigen Gesängen, die aus ihrem Küchenfenster herüberwehten, und beobachtete das tanzende Kerzenlicht.

»Diese Juden sind eine Schande für uns«, ereiferte Deirdre sich gern, aber die Meinungen der Frauen morgens an der Pumpe waren geteilt. Viele meinten, sie seien in der Tat eine Schande und Störenfriede, aber andere sagten, sie brächten Glück, jedenfalls wenn man wisse, wie man es anstellen musste.

»Haben Sie die Älteste mal am Bein berührt?«

»Nein, es sind die Haare, die man anfassen muss, um das Glück zu kriegen. Sonst nützt es nichts.«

»Nein, es ist natürlich das Bein, da, wo sie mit dem Gebrechen geschlagen ist.«

Sie debattierten endlos – und immer gelang es ihnen, sich an die älteste Mendelssohn-Tochter heranzuschleichen, wenn sie vor der Pumpe in der Schlange stand, und beiläufig ihren Rücken oder ihre Hüfte zu berühren, und sie glaubten, das Mädchen merke es nicht. Ruth dachte jedoch, dass sie es sehr wohl merkte, sah ihre Augen sich weiten und ihren Körper erstarren, wenn sie die Hände auf sich spürte. Aber niemand in Paradise Alley schien je besonders viel Glück zu haben, ganz gleich, wo sie das jüdische Mädchen auch anfassten.

Sie sah niemanden, aber jetzt konnte sie das Geräusch wieder hören, das aus allen Richtungen gleichzeitig zu kommen schien. Das Marschieren, das sie vorhin schon wahrgenommen hatte, das gedämpfte, unheimliche Murmeln von Männerstimmen und das Stampfen ihrer Füße, so als sei die ganze Stadt auf den Beinen.

Der Mob war unterwegs.

Wenigstens hielten sie hier noch nicht, sondern bewegten sich weiter Richtung Uptown, an ihnen vorbei, Gott sei Dank dafür.

Billy war noch dort oben, im Waisenhaus für farbige Kinder an der 43. Straße und Fifth Avenue. Er würde da in der Falle sitzen, ging ihr plötzlich auf, es sei denn, er war schon wieder auf dem Rückweg durch die Bowery. Sie versuchte, ihn sich vorzustellen, wie er vorsichtig, aber zügig einherschritt, seinen Lohn in der Tasche. Sie konnten aus der Stadt heraus sein, ehe die ersten Unruhen losbrachen …

Nein. Sie zwang sich, der Wahrheit ins Gesicht zu sehen. Alles andere hatte keinen Sinn. Das wusste sie, selbst wenn sie in ihrem Leben nichts sonst gelernt hatte. Es wäre besser, Billy würde sich irgendwo verbergen und in Sicherheit bringen, wenn der Mob wirklich unterwegs war. Selbst wenn er in ein paar Minuten heimkäme, jetzt wäre es keine kluge Idee, sich auf die Straße zu wagen.

Ruth ließ den Blick über ihre Habe schweifen, die an der Tür stand. Jeder Gedanke daran, wie befreit, wie erleichtert sie sich fühlen würde, hätten sie die Fähre erst erreicht, verblasste. Stattdessen zwang sie sich zu überlegen, was sie hier und jetzt besaßen und was sie brauchen würden.

Sie hatten genug zu essen für ein paar Tage, dafür hatte Ruth gesorgt. Was sonst, was noch? Wasser. Es war beinahe keines mehr da. Sie hatte Milton gestern Abend nicht zur Pumpe geschickt, weil sie geglaubt hatte, dass sie heute früh gleich aufbrechen würden. Jetzt musste sie gehen, es half alles nichts. Sie atmete tief durch und ergriff die beiden Eimer an der Tür.

Sie warf noch einen Blick ins Kinderzimmer und beschloss, die Kleinen dort einzuschließen, während sie zur Pumpe an dem kleinen Platz ging. Aber Milton, ihr Ältester, war schon wach. Er lag im Bett und las und lächelte ihr treuherzig zu. Doch als er ihren Ausdruck sah, wurde sein Gesicht schlagartig ernst, und gemeinsam mit seiner Mutter lauschte er den anschwellenden Geräuschen draußen.

»Was ist das?«, fragte er, und trotz aller Sorgen musste sie bei seinem Anblick lächeln.

Ihr Junge. Ihr Erstgeborener. Immer bereit, alles zu verstehen und mitzufühlen.

»Nichts, worum du dir Gedanken machen müsstest«, antwortete sie so leichthin, wie sie konnte. »Nur eine Schar Männer unterwegs …«

»Gehen wir trotzdem?«
»Na ja, ich weiß nicht genau. Jedenfalls nicht jetzt gleich.«
Es hatte sich als unmöglich erwiesen, ihre Vorbereitungen vor ihm geheim zu halten, der Junge war einfach zu gescheit. *Wenigstens hatten sie ihm nicht gesagt, warum.* Sie hatte ihm nie viel erzählt von dem Leben, das sie geführt hatte, bevor sie seinem Vater begegnet war. Nicht so sehr, um seine Gefühle nicht zu verletzen, sondern weil sie sich schämte, weil sie nicht wollte, dass er schlecht von ihr dachte, wenn er erfuhr, wie sie gewesen war, als sie mit Johnny Dolan zusammengelebt hatte.
»Wo ist Dad?«, fragte er.
»Bei den Waisenkindern ...«
Er wirkte ein wenig erleichtert, stellte sie mit Bedauern fest. Billy war immer zu hart zu dem Jungen. Es war ihm nie recht, dass der Junge so viel las, dabei war es doch Billy gewesen, der darauf bestanden hatte, Milton auf die öffentliche Schule zu schicken, so lange es ging. Er wollte, dass Milton morgens frisch und ausgeruht war, wenn er seinem Vater bei einer Arbeit half.
»So nützt du mir nichts«, warf er dem Jungen immer vor, vor allem, wenn er in einer seiner düsteren Katerstimmungen war. »Komm aus dem Bett, wasch dich und frühstücke erst mal.«
Aber Milton ließ sich von seinen Büchern nicht abbringen. Er nahm eines zur Hand, wenn er morgens aufwachte, und las abends nach dem Essen im Licht des Kohlefeuers, bis ihm die Augen zufielen. Er las lieber, als zu schlafen oder zu essen, und sie versuchte zu entziffern, worin er jetzt wieder schmökerte. Früher waren es patriotische Geschichtsbücher über die Vereinigten Staaten gewesen, Titel wie *George Washington – Sein Leben,* und vorne darauf ein Bild des großen Mannes auf einem weißen Pferd. Mittlerweile las er jedoch andere Dinge, irgendwelche Abenteuergeschichten. Langsam las sie den Titel laut vor, erkundete jeden Buchstaben einzeln: »Der ... grü-ne ... Rä-cher ... der ... Hei-de ...« Sie wusste, dass ihm das gefallen würde, und tatsächlich: Er strahlte sie an, schenkte ihr ein breites, seliges Kinderlächeln.
Süßer, süßer Junge, so süß wie Beeren.

Manchmal vergaß sie, wie jung er noch war. Ein dunkeläugiges Kind mit seinem großen Buch, auf das er selbst jetzt einen verstohlenen Blick warf. Das bisschen Lesen, das sie konnte, hatte er ihr beigebracht. Noch keine vierzehn und nicht einmal ein Hauch von Flaum auf seinen weichen, mandelförmigen Wangen, aber so ernst manchmal, dass er ihr wesentlich älter vorkam. Sein Körper war schon straff und muskulös wie der eines Mannes, von der harten Arbeit, die er tat, wann immer sein Vater einen Job für ihn fand. Größer als sie und so schwarz wie sein Vater – deutlich dunkler als ihre anderen vier Kinder, deren Haut eher den Ton von Milchkaffee hatte.

Sie ängstigte sich wegen seiner Hautfarbe. Immer fürchtete sie um ihn, wenn Billy ihn zur Arbeit mit hinausnahm. Wusste sie doch, wie die Hafenarbeiter und Straßenkehrer ausspucken und ihn beschimpfen würden. Dass er nicht einen Block weit gehen konnte, ohne irgendeine Gehässigkeit zu hören. Das war ihr unerträglich für ihren Jungen, ihren Liebling, wie sie wusste, wenngleich sie versuchte, vor sich selbst zu leugnen, dass sie eines ihrer Kinder vorzog.

»Für ihn ist es nicht so schlimm«, sagte Billy ihr immer. »Es ist besser, dass er so schwarz ist. Es sind die Mischlinge, die sie am meisten hassen. Die Vorstellung, wie es dazu kommt, ist es, die sie verrückt macht.«

Und der Junge lächelte nur, stolz, dass er arbeiten konnte wie ein Mann. Aber sie wusste, wie es ihn kränkte. Sie konnte die Angst und die Verwirrung in seinen Augen lesen, und sie sah, wie er zurückzuckte, wenn eine Schar irischer Rabauken die Straße herunterkam. Wie er unter ihren Flüchen zusammenfuhr. *Hey, Nigger. Hey, du Stück Schmuggelware …*

Sein Vater schalt ihn, wenn er das sah, und befahl ihm, aufrecht zu gehen wie ein Mann, doch sie hielt das für einen sinnlosen und unklugen Rat. Ruth wünschte nur, es gäbe einen Weg, ihn zu beschützen. Stattdessen war sie diejenige, die sich auf ihn stützte, wenn es darum ging, auf seine Geschwister aufzupassen, und er half ihr bei der Hausarbeit und den Besorgungen, wenn er nicht zur Arbeit ging. Er war so ein vertrauenswürdiges Kind, immer schon gewesen, zuverlässiger, als man es in seinem Alter erwarten konnte.

»Ich muss mal aus dem Haus. Wasser holen.«

»Ich erledige das …« Er legte sein Buch schon beiseite, wollte sich gleich auf den Weg machen.

»Nein!«, entgegnete sie, hastiger als beabsichtigt. Sie wollte nicht, dass er ihre Angst bemerkte. »Nein, das ist nicht nötig.« Sie lächelte ihm zu, versuchte ihre Besorgnis zu überspielen. »Es ist ja nur mal eben runter zur Pumpe«, fügte sie hinzu. »Und ich muss ein Wort mit Deirdre reden …«

»In Ordnung«, kam es hinter dem Buch hervor. Der grelle, melodramatische Umschlag zeigte zwei Männer, die mit Säbeln kämpften, zu ihren Füßen ausgestreckt eine Frauengestalt. Einer der Kontrahenten – zweifellos der Rächer höchstpersönlich – war von Kopf bis Fuß in Grün gekleidet. »In Ordnung«, wiederholte er, schien zu akzeptieren, was sie gesagt hatte, ohne es zu hinterfragen. »Dann mache ich Frühstück.«

Aber er war zu schlau, wusste Ruth. Er merkte genau, dass irgendetwas im Gange war, sie sah es in seinen Augen.

»Lies du noch ein bisschen«, sagte sie in der Hoffnung, dass ihn das ablenken werde. »Und lass die anderen noch schlafen. Es hat ja keinen Sinn, sie jetzt schon aufzuwecken.«

Sie schaute zu den jüngeren Kindern hinüber: Mana und Elijiah, Vie und Frederick. Verteilt auf das Sammelsurium von Betten und Liegen im Zimmer, schliefen sie fest, sabberten und wimmerten in der drückenden Hitze. Sie konnte sich ein warnendes Wort zum Abschied nicht verbeißen, wenngleich sie wusste, dass es nicht nötig war, dass es ihn nur beunruhigen würde: »Aber ganz gleich, was du tust, lass sie auf keinen Fall vor die Tür. Hast du mich gehört?«

»In Ordnung.« Die Augen ernst und feierlich wie die eines Bischofs, beobachtend, abwartend. Sie fällte eine Entscheidung. Es war sinnlos, vor dem Jungen etwas verheimlichen zu wollen, also war es das Beste, sie ging auf Nummer sicher.

»Denk dran, die Tür hinter mir zu verriegeln. Und mach nicht auf. Mach niemandem auf außer mir, hast du gehört? Nicht mal, wenn

es nur ein einzelner Mann ist und er sagt, er muss für irgendetwas reinkommen. Hast du gehört? Ganz egal, wie freundlich er tut, lass niemanden rein!«
»Welcher Mann?«
»Das braucht dich nicht zu kümmern.«
Sie hatte nicht so schroff klingen wollen. Aber es war unmöglich, ihm das jetzt zu erklären, selbst wenn sie gewollt hätte.
Oh, könnte sie die Vergangenheit doch nur aus ihrem Leben reißen. Um des Jungen willen.
»Es ist egal, wer«, fuhr sie mit sanfterer Stimme fort. »Alles mögliche Gesindel ist heute da draußen unterwegs, wütend wegen der Einberufung oder so. Wenn jemand versucht, trotzdem reinzukommen, dann holst du die anderen und bringst sie zur Hintertür raus, rüber zu den O'Kanes. Durch die Hintertür, hörst du?«
»Ja, Ma'am.« Er nickte feierlich, und sie lächelte.
Es war das Beste, eine Pflicht daraus zu machen, eine Aufgabe, die er zu erfüllen hatte. Das war seine große Stärke.
»Also gut. Ich werde nicht mal eine Viertelstunde weg sein. Mach dir keine Sorgen.«
Sie verließ das Zimmer, damit er sich ungestört fühlen konnte. Er war schon furchtbar schamhaft geworden, schlief selbst bei dieser Hitze in Unterwäsche oder seinen Hosen, damit sie ihn morgens ja nicht nackt sah. Sie ließ ihm Zeit, Hemd und Hose anzuziehen, ehe er sie an die Tür brachte. Dort hob sie den soliden Escheriegel an und tat einen erleichterten Stoßseufzer, als sie ihn wieder zurückfallen hörte, nachdem sie hinausgetreten war.
Er war ein guter Junge, auf ihn konnte man sich verlassen. Soweit überhaupt auf jemanden Verlass war, wenn *er* kam.

Die Frauen ihres Blocks standen an der Pumpe wie eine Reihe bunter Blumen. Die Haut einer jeden hatte einen anderen Ton, selbst Schwestern, ja Mütter und Töchter unterschieden sich hierin. Da waren Frauen und Mädchen von den Inseln, bläulich- und violettschwarz wie Pflaumen. Entflohene Sklavinnen aus dem Süden, mit Gesichtern wie feinste Schokolade oder wie abgewetztes Leder oder mit einem schwachen Hauch von Rot oder Oliv. Frauen aus Hamburg und Bayern oder aus Leinster und Connaught wie sie selbst. Gesichter, die einmal weißer als weiß gewesen waren, überzogen mit Sommersprossen wie das Fell eines Schimmels. Aber nun waren sie gebräunt, gegerbt gar von der brennenden Sommersonne. Jede schien erleichtert, jemanden auf der ansonsten ausgestorbenen Straße anzutreffen. Wie jeden Morgen warteten sie in der Schlange, um ihre Eimer an dem grünen, hölzernen Croton-Hydranten zu füllen, der im Schatten von Sweeneys Schlachterei stand.

Paradise Alley war in Wirklichkeit keine Straße, nicht einmal eine Gasse. Es war eigentlich nur ein Durchgang, nirgendwo breiter als drei Meter, der zu The Shambles führte, der großen Mietskaserne an der Cherry Street, die aus zwei miteinander verbundenen Gebäudekomplexen bestand, deren Mauern und selbst die Fenster für alle Zeiten rußgeschwärzt waren. Ruth und ihre Familie hatten zwei Zimmer gleich im Schatten dieses Gebäudes gemietet, in einem der wenigen verbliebenen Häuser, die am hinteren Ende des Blocks zusammengedrängt standen, wo das Gelände nach Südwesten hin abfiel. Die meisten dieser Häuschen waren nicht mehr als zehn Meter tief und höchstens acht Meter breit, hatten zwei Etagen und noch ein halbes Stockwerk im Dachgeschoss, die den Schneidern, Schreinern und Schustern, die sie ursprünglich gemietet hatten, als Werkstätten gedient hatten. Nicht, dass irgendwer mit solchen Fertigkeiten heute noch in Paradise Alley lebte.

Die Croton-Pumpe war die einzige für drei Blocks, und Frauen aus dem ganzen vierten Bezirk kamen hierher – die Juden vom nächsten Block, die Frauen aus der Mietskaserne und sogar Deirdre –, um Neuigkeiten und Klatschgeschichten auszutauschen. An normalen Tagen ließen sie sich für diese Pflicht meist mehr Zeit als nötig, hielten ihr Schwätzchen und schauten müßig zu, während ihre Kinder versuchten, sich gegenseitig zu ermorden. Heute waren sie schweigsamer, beinahe einsilbig. Unruhig schlurfend traten sie von einem Fuß auf den anderen, spielten nervös mit den Griffen der Holzeimer. In knappen Worten tauschten sie die wenigen Neuigkeiten aus, die sie hatten.

»Ich hab gehört, bei Owen's und Novelty wollen sie streiken …«
»Henry sagt, jeder Laden, wo sie nicht streiken, wird abgefackelt.«
»Sie brennen die ganze Stadt nieder, sie können …«
Ihre Stimmen klangen gedämpft und abgehackt. Eilig füllten sie die Eimer, wollten so schnell wie möglich zurück hinter ihre verbarrikadierten Fenster und verriegelten Türen.
»Warum sollten die Männer so etwas tun?«
»Sie werden nichts dergleichen tun«, schnaubte Mrs. McGillicuddy, eine hoch gewachsene Matrone aus Kerry, die in der Mietskaserne wohnte. Sie trug das Haar wegen der Hitze zu einem hohen Knoten gebunden, der sie noch größer wirken ließ, und Ruth sah die Haut im entblößten Nacken bereits eine rötliche Färbung annehmen. »Wenn sie sich dem Telegrafenamt auf zehn Blocks nähern, werden sie abgeknallt wie Hunde«, beharrte sie, die Hände in die Hüften gestemmt, als wollte sie die anderen herausfordern, ihr zu widersprechen. »Das gilt auch für das Arsenal, die City Hall oder die feinen Häuser der verdammten Republikaner. Das wissen Sie so gut wie ich.«
»Was werden sie also tun?«
Alle verstummten. Sie wussten nur zu gut, was die Männer wahrscheinlich tun würden, was sie immer taten, wenn sie frustriert waren: Kamen sie an die Großen und Mächtigen nicht heran, war es nur wahrscheinlich, dass sie ihr Mütchen an den einfachen Menschen auf der Straße kühlten. Hier, wo die Huren und Nigger und Mischlinge wohnten, hier, wo jeder tun konnte, was er wollte. Doch obwohl sie sich der Gefahr bewusst waren, in der sie alle schwebten, wurde ihr Tonfall immer zänkischer, und sie machten sich die Argumente der Männer zu Eigen.
»Kann man es ihnen verübeln? Dreihundert Dollar sollen sie bezahlen, um sich freizukaufen …«
»Und keine Ausnahme für die Feuerwehrleute oder Polizisten! Überhaupt keine Ausnahmen!«
Die Klagen sprudelten nur so hervor. Ruth und die anderen Frauen, die mit Schwarzen verheiratet waren, und die schwarzen Frauen schlugen die Augen nieder, als seien sie dafür verantwortlich.

»Ich hab gehört, die Abolitionisten schicken all die guten irischen Männer an die vorderste Front.«

»Und ich hab gehört, dass sie hunderttausend befreite Sklaven in die Stadt holen, die ihnen die Jobs wegnehmen …«

»Der Mann von meiner Schwester ist freiwillig gegangen, hat sich gleich zu Anfang gemeldet und hat in Virginia sein Bein verloren. Wozu taugt der jetzt noch, möchte ich mal wissen?«

»Und wir sollen um Geld von der Stadt betteln wie die Straßenhuren …«

»Kann man's ihnen verübeln? Dreihundert Dollar, und man kann sich freikaufen, einfach so! Wo man sich für tausend 'nen ganzen …«

Die Frau brach mitten im Satz ab. Endlich wurden sich die Irinnen der anderen Frauen in ihrer Mitte bewusst. Ruth sah und hörte alles. Sie sagte nichts, dachte aber an Billy, wie er immer vom Sessel aufsprang und wütend mit der Zeitung wedelte, wenn er etwas über das Geld las.

Dreihundert Dollar? Dreihundert Dollar! Verflucht noch mal, ich würde für die Hälfte in den Krieg ziehen! Für gar nichts!

Sie war gekränkt gewesen, weil sie sicher war, dass er es ernst meinte, und hatte ihn zum Schweigen gebracht.

Wovon sollten wir dann leben? Hast du darüber nachgedacht? Wovon sollten wir dann leben? Aber es spielte im Grunde keine Rolle. Die Regierung nahm keine schwarzen Soldaten, auch wenn die Schmalspurpolitiker sich gern an die Straßenecken stellten und darüber wetterten:

Man sieht kein einziges schwarzes Gesicht in der Truppe, oder? Alles nur irische Gesichter, die ihre Pflicht tun und für die Union kämpfen, aber kein einziger Schwarzer unter ihnen. Die warten nur ihre Zeit ab, um euch die Jobs wegzunehmen, die Frauen …

»Da kommt unsere Gnädigste. Ausnahmsweise mal früh aufgestanden.«

Selbst die schwarzen Frauen nickten zustimmend und waren froh, das Thema wechseln zu können.

»Die wird heute noch Unglück über uns alle bringen. Wartet nur ab …«

Ruth blickte die Straße hinunter und sah Maddy Boyle auf sie zukommen, den Eimer in der Hand. Sie bewegte sich mit diesem freizügigen Hüftschwung, der jeden veranlasste, ihr nachzuschauen, Frauen ebenso wie Männer. Maddy die Hure. Sie hielt den Kopf gesenkt, das übliche, leicht schiefe Grinsen im Gesicht, als mache sie sich insgeheim über irgendetwas lustig.

»Gott segne euch alle«, sagte sie sehr laut, als sie zu ihnen trat. Sie schaute ihnen allen direkt ins Gesicht, und ihre Mundwinkel zuckten vor unterdrückter Heiterkeit.

Die Frauen begrüßten sie mit einem knappen Nicken oder versteiften sich sichtlich und wandten sich ab, je nach ihren Moralvorstellungen. Und doch steckte an diesem Morgen mehr hinter ihrer Reaktion als Häme und Missbilligung, dachte Ruth. Maddy schien ihnen regelrecht unheimlich zu sein, und sie wichen vor ihr zurück wie nervöse Pferde.

Männer kamen zu Maddys Haus, das wussten sie alle. Tag und Nacht kamen sie, läuteten dreist an der Tür oder klopften ein zuvor vereinbartes Zeichen, leise und sacht wie der Schlag eines Taubenflügels. Metzger und Hafenarbeiter oder Matrosen, die breitbeinig die Straße entlangkamen, als hätte ihr Ding einfach nicht mehr genug Platz zwischen ihren Beinen. Feine Gentlemen, die immer ein wenig entsetzt und verstohlen dreinschauten. Schwarze und weiße Männer, Iren und Yankees. Manchmal kamen gar zwei oder drei gleichzeitig, und Ruth fragte sich immer, ob Maddy sie dann unten in der Küche warten ließ.

Und manchmal gab es nächtliche Ruhestörungen, grölende Betrunkene oder Schlägereien auf der Straße. Ruth sah gern aus ihrem Schlafzimmerfenster und beobachtete all die Männer, die sich um Maddy schlugen. Andere Leute beschimpften sie durchs Fenster und drohten, sie davonzujagen. Maddy ließ sich nichts gefallen, sie erwiderte die Beschimpfungen und fluchte wie ein Kesselflicker, bis die Nachbarn das Licht löschten und die Fenster wieder zuschlugen. Sie jagte ihnen allen ein bisschen Angst ein. Ein reicher Gentleman hatte das Haus für sie gemietet, und ihre Preise waren für die Männer hier im Block unerschwinglich. Väter und Söhne starrten ihr wie betäubt hinterher, wenn sie die Straße entlangging, und die Frauen murmelten, dass Maddy die Männer in ihren Bann schlug.

Sie nahm ihren Platz in der Warteschlange ein, immer noch das geheimnisvolle Lächeln auf den Lippen und angetan mit einem feinen, bestickten Gewand. Es war gelb wie Löwenzahn und viel zu durchsichtig, um es draußen zu tragen. Kaum mehr als ein Morgenrock, kostbarer als jedes Kleid, das irgendeine der Frauen an der Pumpe besaß, aber fleckig von Schmutz und Asche, vielleicht gar ein wenig Blut. Maddy schien weder bewusst zu sein, wie fein es war noch wie es aussah. Als sie bemerkte, dass die anderen Frauen sie anstarrten, grinste sie ihnen zu, rollte mit den Augen und streckte die Zunge heraus wie eine Wahnsinnige.

»Sie ist es.« Mrs. McGillicuddy nickte viel sagend und machte sich nicht die Mühe, die Stimme zu senken. »Sie ist diejenige, die wir im Auge behalten müssen.«

Die anderen wussten alle, was sie meinte.

»Bestimmt, wegen ihr werden sie herkommen.«

Maddy schien sie gar nicht zu hören, stand einfach nur da und wiegte sich langsam vor und zurück. Immer noch das kleine Lächeln auf den Lippen und die Zunge herausgestreckt. Wie ein Kind, dachte Ruth. Dann hob Maddy mit einem Mal den Kopf und riss eine riesige, uralte Pistole aus den Falten ihres Morgenrocks. Sie lachte, als die Frauen, die ihr am nächsten standen, zurückwichen und in ihrer Hast beinahe stolperten.

»Was kümmert es mich, wenn sie kommen?«, rief sie triumphierend, drehte sich wieder und wieder im Kreis und zielte auf sie alle. »Wenn sie kommen, kriegen sie von mir mehr, als sie wollen!«

»Jesus, stecken Sie das Ding weg, ehe Sie Schaden damit anrichten!« Mrs. McGillicuddy bemühte sich, verächtlich zu klingen, aber selbst ihr stand die Furcht ins Gesicht geschrieben.

»Seht ihr, das Mädchen hat nicht einen Funken Verstand.«

»Sie wird Unglück über uns alle bringen!«

Das war die Sorge, die sie alle teilten: Maddy brachte Männer her, und Männer brachten Ärger. Und trotzdem verspürte Ruth einen unbezähmbaren Drang, zu ihr zu treten und sie nach der Pistole zu fragen.

»Wissen Sie wirklich, wie man damit umgeht?«

Maddy schaute sie an, und Ruth lächelte unwillkürlich. Wie hübsch, wie jung sie noch war, dachte Ruth – im Gegensatz zu ihr selbst. Sie bezweifelte, dass Maddy wusste, wer sie war, obschon sie all die Jahre zusammen in diesem Block gewohnt hatten, doch das Mädchen erwiderte ihr Lächeln mit solcher Herzlichkeit, als wären sie die ältesten Freundinnen.

»Klar, was soll's denn da zu wissen geben?«

Maddy zeigte ein übertriebenes Schulterzucken und fuchtelte wieder mit der Waffe herum.

»Es ist ein Schießeisen. Man drückt einfach ab.«

»Und Sie könnten einen Mann damit töten? Einfach so?«

»Ein Kinderspiel«, antwortete Maddy. »Sie sollen nur versuchen, mir zu nahe zu kommen!«

Sie reichte Ruth die Pistole, und die ältere Frau wog den Lauf behutsam in der Hand, während sie darüber nachdachte.

Nur ein Schuss. Ein einziger gezielter Schuss würde selbst Johnny Dolan aus der Welt schaffen …

5
Johnny Dolan

Die weiche rosa Nase stupste ihn in die Wange, weckte ihn sanft, aber unerbittlich. Blinzelnd sah er in ein Paar feuchte blaue Augen, die seinen Blick zartfühlend und neugierig erwiderten.

Ruckartig richtete er sich auf, plötzlich hellwach. Schon wichen die Augen zurück, ihr Ausdruck enttäuscht – aber trotzdem brach ihm bei der Erinnerung an das Gefühl der forschenden, gummiweichen Nase der Schweiß aus. Das Tier floh die Gasse hinab und quiekte verdrossen.

»Hau ab!« Er hatte schon gelegentlich zuvor zwischen Schweinen genächtigt, aber man hörte immer wieder, dass sie Männer, die sinnlos betrunken in den Gassen entlang der Water Street schliefen, auffraßen. Als das Tier optimistisch in der Nähe verharrte, warf Dolan eine leere Flasche nach ihm und jagte es Richtung Straße davon. Dann wälzte er sich herum, lehnte sich gegen die Mauer, an der er gelegen hatte, um sich hochzustemmen, und griff nach der eingerollten Decke und dem kleinen Seesack, der seine Habe enthielt. Er vergewisserte sich, dass noch alles da war, auch die Stiefel an den Füßen, in deren Sohlen und Seiten er ein Stilett und ein Rasiermesser versteckt trug, und der Totschläger in der Tasche.

Er streckte sich und wandte sich zur Mauer, um zu urinieren. Während er damit beschäftigt war, betrachtete er die anderen reglosen Gestalten, die im Dreck und Abfall der Gasse lagen, begraben unter alten Mänteln und Zeitungen. Er fragte sich, ob sie es wert wären. Höchstwahrscheinlich waren sie von einem Barkeeper oder Taschendieb längst ausgenommen worden, aber man konnte nie wissen, vielleicht hatte ihr Gestank sie auch abgeschreckt …

Mit der Fußspitze drehte er den, der ihm am nächsten lag, auf den Rücken. Der Kopf fiel zurück, das Gesicht wächsern, wie vergilbt. Der Leib in einen Mantel gewickelt, trotz der Hitze. Dolan hatte seine Hosen- und Westentaschen schon durchwühlt, ehe er erkannte, dass der Mann tot war. Er richtete sich wieder auf, neigte den Kopf ein wenig zur Seite, als wolle er den Mann studieren, sein Geheimnis erkunden.
Wie konnte jemand so einfach aus dem Leben schlüpfen?
Er trat dem Landstreicher vor die kleinen Füße, verschrumpelt wie der ganze Rest. Nicht mal ein Paar brauchbare Stiefel, das Lackleder abgewetzt und übersät mit Löchern groß wie Silberdollars. Er trat ihn noch einmal, ehe er sich abwandte.
Du Glückspilz.

Er stand an der Einmündung der Gasse. Vollkommen reglos so wie immer, wenn er zu entscheiden versuchte, was als Nächstes zu tun war. Er gab nichts preis, ließ sich auf nichts ein, nur seine Augen glitten bald hierhin, bald dorthin, nahmen alles auf.
Alles war noch genauso, selbst nach all den Jahren. Der ranzige Fischgestank in Ufernähe, die auf dem Wasser treibenden Exkremente von Mensch und Tier, das Aroma von Kaffee, Ingwer und Zimt, Muskatnüssen, Zitronen und Orangen, die in großen Kisten an Land gebracht wurden, die Schiffe, die aufgereiht wie Rennpferde am Kai lagen und an ihren Trossen zerrten, die schwarzen Bugspriete, die über die Straße ragten.
Vierzehn Jahre. Doch nun war er wieder hier.
Rücken und Gelenke schmerzten nach der Nacht auf der Straße, und er rieb die wenigen Münzen in seiner Tasche gegeneinander und dachte nach. Sollte er sich ein Zimmer nehmen oder sich lieber gleich auf die Suche machen? Es wäre nett, eine Bleibe zu haben, einen Ort zum Alleinsein, und sei es nur für ein paar Stunden. Ein Loch, um sich zu verkriechen und nachzudenken und den Seesack sicher zu verwahren.
Aber die einzige Bleibe, die er sich leisten konnte, war vermutlich ein verwanzter Schweinestall, wo man Tag und Nacht um sein

Leben und seine Habe fürchten musste. Obendrein bestand die Gefahr, dass er dort erkannt würde, dass die anderen Gäste oder der Wirt ihre Nasen in seine Angelegenheiten steckten. Vielleicht gar zur Polizei stiefelten, um sich zu erkundigen, ob immer noch eine Belohnung auf ihn ausgesetzt war wegen dieser uralten Geschichte mit Old Man Noe vor all den Jahren.

Nein, besser in Bewegung bleiben. Es wär doch Unsinn, den ganzen Weg zurückzukommen, fünftausend Meilen, nur um dann hier am Galgen zu enden.

Hastig und mit gesenktem Kopf hatte er die Gangway überquert. Man konnte ja nie wissen, wer ihn vielleicht beobachtete. An den Kais trieb sich ein unüberschaubares Heer von Tagelöhnern, Taschendieben und Trunkenbolden herum und schlug die Zeit tot. Ihnen entging nichts, sie hatten alles im Auge. Es war das Einzige, das man hier tun konnte, das Einzige, das nichts kostete. Es wäre unsinnig, Geld für ein Bett zu verschwenden, während *sie* vielleicht schon weitergezogen waren. Bestimmt waren sie das, wenn sie auch nur einen Funken Verstand hatten.

Aber wenn sie einen Funken Verstand besäßen, hätten sie sich niemals mit ihm angelegt.

Vierzehn Jahre. Erst die Fahrt ums Horn, dann all die Zeit im Gefängnis, in das die Miliz ihn gesteckt hatte, dort in den Ausläufern der Sierras. Bretter sägen oder Steine brechen, angekettet in einer Reihe mit anderen Männern. Das Gefängnis war nicht einmal so furchtbar gewesen, nur ein Palisadenzaun mitten in der Wildnis. Einmal hatte er im Sägewerk eine Feile ergattert und sie im Ärmel versteckt. Jede Nacht hat er beharrlich an seinen Ketten gefeilt, wenn die anderen Männer in seiner Zelle schliefen. Er hatte gewartet, bis er mit einem Trupp zum Baumfällen in den Wald geschickt wurde, ehe er das geschwächte Glied endgültig durchtrennte. Dann war er blindlings in den Wald gerannt, sicher, dass niemand ihn zu fassen bekam.

Aber er hatte nichts zu essen und keine Zeit, um Fallen zu stellen, weil ihm jeden Tag die Hunde auf den Fersen waren. Er hatte nie zuvor solche Bäume gesehen – einen solchen Wald –, und es dauerte nicht lange, bis er sich hoffnungslos verirrt hatte. Der Standort des Gefängnisses war mit Bedacht gewählt worden. Es lag so weit von jedweder menschlichen Sieldung entfernt, dass kein weißer Mann allein zurückfinden konnte. Und jeden Morgen hörte er die Hunde und die Reiter. Höher und höher hatten sie ihn in die Berge hinaufgejagt, bis sie ihn schließlich – hungrig und wund, die Stiefel in Fetzen, die Haut aufgesprungen und zerschnitten von Dornenbüschen und den peitschenden Zweigen der Bäume – auf einem kahlen, weißen Felsensims gestellt hatten, und dort hatte er geweint, geheult wie ein Wolf vor Zorn und Enttäuschung.

Er wollte sich einfach in den Abgrund stürzen, aber er konnte sich nicht dazu überwinden. *Nicht, solange sie noch lebten. Nicht, solange sie hatten, was ihm gehörte.*

Er brachte es einfach nicht fertig, sich aufzugeben, solange er daran noch denken konnte. Denken, das war das Schreckliche. Seit jeher war er mit dieser Fähigkeit geschlagen gewesen, das wusste er seit der Zeit im Armenhaus in Cork damals.

Während andere Männer nur eine hirnlose Masse von Trieben waren, nicht besser als Schweine.

Weil er denken konnte, hatte er zugelassen, dass sie ihn wieder in Ketten legten und zum Gefängnis zurückbrachten. Dass sie ihn sechs Monate in Einzelhaft steckten und sein Strafmaß verdoppelten, weil er zu fliehen versucht hatte.

All die vergeudete Zeit. Und er hatte an nichts anderes gedacht als daran, wie es sein würde, wieder hierher zurückzukommen, in die Stadt. Aber was bedeutete Zeit, Zeit oder Entfernung, für jemanden wie ihn. Jetzt war er zurückgekommen, genau wie er es geschworen hatte. Jetzt konnte er wieder über andere Absichten nachdenken, als nur am Leben zu bleiben.

Zurück, um sich zu nehmen, was ihm gehörte: seine Frau und seinen Schatz. Also wo sollte er anfangen zu suchen?

Er blieb noch einen Moment reglos im Schatten der Schänke stehen. Am besten, er versuchte es zuerst in diesem Niggernest. Das Niggerdorf lag oben in den Dickichten und dem sumpfigen Gelände jenseits der 59. Straße, etwa eine halbe Meile hinter Pigtown.

Falls sie dumm genug waren, noch dort zu sein und zu glauben, seine Leute könnten sie beschützen.
Nun, das würden sie ja sehen. Selbst eine ganze Stadt voller Nigger wäre nicht genug, um sie vor ihm zu schützen.
Wieder rieb er die Münzen aneinander. Es reichte bestimmt für einen Drink, auch wenn er eigentlich gar nicht mehr wusste, was der jetzt kostete. Wenigstens ein Drink, den brauchte er einfach, damit diese Mühle in seinem Kopf zur Ruhe kam …
Er ging um die Ecke zu dem Saloon, der ihm am Abend zuvor aufgefallen war. Er erinnerte sich an den Namen von früher, auch wenn er nicht genau wusste, weshalb. The Yellow Man. Er versuchte, so unauffällig wie möglich – mit gesenktem Kopf – zu der Bar hinüberzugehen. Und trotzdem fuhr der Barkeeper zusammen, als er aufblickte. Die übrigen Männer an der Theke wichen ganz langsam zurück, als wollten sie ihn einerseits nicht beleidigen, ihm andererseits aber auch nicht zu nahe sein.
Zuerst fürchtete er, er sei erkannt worden. Doch als er in den stumpfen, gelblichen Spiegel hinter der Bar blickte, erkannte er die Wahrheit. Seit Galveston hatte er in keinen Spiegel mehr geschaut und keine Ahnung gehabt, wie er jetzt aussah: Seine Seemannskleidung war verdreckt von der Nacht auf der Straße. Ungleichmäßige Bartstoppeln wuchsen auf Wangen und Kinn, stahlgraue Haarbüschel, die wie abgenagt aussahen, ragten vom Kopf auf. Sein Gesicht war immer noch zerfurcht und wächsern von dem Gelbfieber, das er sich in Panama eingefangen hatte. Das hatte ihn noch einmal drei Monate gekostet; selbst das Weiße seiner Augen hatte sich gelblich verfärbt.
Er lächelte seinem Spiegelbild zu. Kaum menschlich. Genau wie er es wollte. Nahezu unkenntlich, aber wild und Furcht einflößend. *So wird niemand wagen, mir in die Quere zu kommen.*

Die Bar war ein finsterer, heruntergekommener Laden. Es gab einen alten Ofen und ein paar Tische mit Stühlen, auf denen weitere Männer zusammengesunken hockten. An den Wänden hingen die üblichen, vergilbten Illustrationen von George Washington und

Emmet unterm Galgen und Will, dem Pirat. Er legte eine Münze auf die Theke und wies auf eins der Fässer hinter der Bar, das schlicht mit WHISKEY beschriftet war, und so hoffte er, seine Unwissenheit zu kaschieren, was er bestellen sollte oder wie viel es kostete.

Der Barkeeper nickte, nahm die Münze und sagte: »Dreißig Sekunden.«

Dolan hatte keine Ahnung, was er meinte. So blieb ihm nichts übrig, als mit einem Grunzen zu antworten, einem kaum menschlichen Laut der Zustimmung. Er war noch nicht wieder an Menschen und eine solche Umgebung gewöhnt nach all den Jahren im Gefängnis. Ihm war es nur recht, dass sein Aussehen die Neugierigen abschreckte, aber er war immer noch in sich selbst versunken, bewegte sich und sprach wie ein Schwachsinniger oder ein unverständiges Tier. Er musste sich aufraffen, musste sich dem Tempo dieser umtriebigen, verräterischen Stadt anpassen.

Der Barmann ergriff einen grauen Gummischlauch, der an ein Fass hinter ihm angeschlossen war. Von allen Fässern baumelten solche Schläuche herab wie Rattenschwänze. Er zog daran und massierte die Oberfläche mit rhythmischen Bewegungen, als masturbierte er. Genau in dem Moment, da er den Whiskey fließen spürte, zog er seine Taschenuhr heraus und gab Dolan das Schlauchende.

»In Ordnung. Dreißig Sekunden.«

Folgsam legte Dolan die Lippen um die Schlauchöffnung – schmeckte die fetten, scharfen Rückstände von Zwiebeln und Würsten, von all dem, was die letzten hundert Männer gegessen hatten, die vor ihm aus diesem Schlauch getrunken hatten.

Dann kam der Whiskey. Er spülte jede andere Wahrnehmung aus seinem Mund und seinem ganzen Körper fort. Es war das schärfste Zeug, das er je probiert hatte, wie pures Jod, das ihm die Kehle ausbrannte. Mehr Kampferspiritus als Whiskey. Innerhalb kürzester Zeit zersetzte es die Innereien eines Mannes. Fraß sich wie Terpentin durch seine Eingeweide und fegte seinen Verstand leer. *Das war das Richtige, das würde dem Denken Einhalt gebieten.*

Er saugte weiter, hielt nicht einmal inne, um Atem zu schöpfen, entschlossen, jede Sekunde der ihm zustehenden Zeit auszunutzen. *Das würde für den Augenblick reichen.* Er schluckte unablässig, ließ das Gebräu die letzten Reste des Pökelfischs in seinem Magen aufbrodeln, wollte, dass es auch seinen Kopf zum Schäumen brachte. Als der Barkeeper ihm das Ende schließlich aus dem Mund riss, hätte er beinahe das Messer aus dem Stiefel gezogen. Er wünschte sich nichts so sehr, wie wieder mit diesem Schlauch verbunden zu sein.

Stattdessen blieb er noch einen Moment reglos stehen, die Hände auf die Theke gestützt, während er sich sammelte und sicherstellte, dass seine Beine ihn noch trugen.

»Noch einen?«, fragte der Barmann ein wenig misstrauisch, denn er hatte den Ausdruck in Dolans Augen gesehen, als er ihm den Schlauch wegnahm. Aber Dolan schüttelte den Kopf.

Es wurde Zeit. *Nach vierzehn Jahren wird es jetzt Zeit. Gott verflucht, die Zeit ist mehr als reif.* Er schulterte den Seesack und rekelte sich wie ein Tier, reckte jeden einzelnen Teil seines Körpers. Dann schlenderte er ohne Hast aus der Bar und in die große Stadt, die sich vor ihm aufblähte und öffnete, und in seinem Kopf herrschte ein wunderbares Glühen.

6
Herbert Willis Robinson

Die Maschinen in New York können nicht, und die Männer wollen nicht arbeiten. Die Straßenkehrer streiken, und die Maschinen, die man gekauft hat, um sie zu ersetzen, reinigen überhaupt nichts, sondern nässen nur den Müll ein und verteilen ihn gleichmäßig. Überall wachsen neue Müllberge: leere Flaschen, Kohlblätter, Fischgräten, Kleidungsfetzen. (Es ist ein ehernes Gesetz: Wo immer ein Müllhaufen ist, werden die New Yorker noch mehr Müll dazuwerfen und so tun, als sei dies genau der richtige Platz dafür.)

Entlang der Straßen liegen tote Pferde. Es ist die bisher schlimmste Hitze dieses Sommers, und die schwere, feuchte Luft vermittelt das Gefühl, als habe man in Melasse gebadet.

Zwei stämmige irische Arbeiter schwanken vor mir her, jeder einen Arm um die Schulter des anderen, voll wie die Strandhaubitzen um sieben Uhr morgens. Es gibt keinen Zweifel, irgendetwas liegt heute in der Luft. Sie dachten, es sei eine gute Idee, den ersten Tag der Einberufung auf einen Freitag zu legen. Packen wir's an, bringen wir's hinter uns und lassen die Gemüter sich übers Wochenende abkühlen. Stattdessen hat es ihnen Zeit verschafft, darüber zu reden und zu planen, hat der Hitze Zeit gegeben, sich auf uns herabzusenken.

Ich bin immer noch zum Süden der Insel unterwegs, zu meinem Arbeitsplatz beim New Yorker *Tribune.* Nachdem ich dort Halt gemacht habe, muss ich zurück nach Paradise Alley und mich um Maddy kümmern. Sie wird nicht ungeschoren bleiben, wenn es Ärger gibt. Vielleicht kann ich sie überreden, mit zu meinem Haus in

Gramercy Park zu kommen und in einem der Bedienstetenzimmer unterzukriechen – obwohl ich das bezweifle. Sie versagt mir inzwischen alles, Dinge, die ich für sie will, ebenso wie das, was ich für mich will. Sie weigert sich sogar, unser kleines Spiel noch zu spielen. Stattdessen wird sie sich auf diese riesige Pistole verlassen wollen, die sie sich irgendwie beschafft hat. Wird sie lachend in ihren kleinen Händen halten – wenn es Ärger gibt, kann ich mich selbst schützen …

Meine Maddy. Immer noch so eigenwillig, so schön, obwohl sie mir die kalte Schulter zeigt. Sie hat schon so viel erlebt. Aber noch nie einen Mob.

Der Junge blickt aus der Gosse zu mir auf. Die Blutpfütze umspielt sein Papierboot, zieht es in den Strudel hinab. Er fährt sich mit der Hand übers Gesicht, lächelt, verschmiert das Blut von Ohr zu Ohr …

Ich weiß nicht, warum sein Gesicht mir so im Gedächtnis haften geblieben ist. An den meisten anderen Tagen hätte ich ihn keines zweiten Blickes gewürdigt. Man kann einen wie ihn beinahe an jeder Straßenecke der Stadt finden. Nur eines der Kinder dieser Stadt beim Spielen …

An der 11. Straße beobachte ich eine irische Maurerkolonne. Sie bauen ein Doppelmietshaus auf dem Gelände von Abraham De Peysters ehemaliger Stadtvilla. Ich kann nie widerstehen, innezuhalten und zu verfolgen, wie diese Stadt sich erneuert, das ewige Anschwellen und Kontrahieren wie bei einer Riesenanakonda oder Mokassinschlange, die sich häutet.

Ich habe diese Kolonne schon seit Wochen beobachtet. Die Männer schuften in ihrer Grube aus gelblichem Lehm. Inzwischen sind sie mir so vertraut, dass ich die meisten auf einen Blick erkenne. Den großen Kerl mit dem roten Bart zum Beispiel, ein geborener Anführer; er ist der Polier. Den Kleinen, der ein bisschen humpelt, aber den Brustkorb eines Stiers hat und ganze Balken allein heben kann. Zwei mit dunkler Hauttönung und dicken, lockigen Bärten

sehen einander so ähnlich, dass sie nur Brüder sein können, vielleicht gar Zwillinge. Sie alle tragen steife Drillichhosen und Arbeitshemden, schmutzige Halstücher und verbeulte Strohhüte zum Schutz vor der sengenden Sonne.
Tag für Tag haben sie ein Stück von De Peysters stattlichem holländischen Backsteinhaus und Garten weggeknabbert, zielstrebig wie Ameisen und nur mit Hilfe primitivster Werkzeuge: Schaufeln, Spitzhacken und Vorschlaghämmer oder gar mit bloßen Händen.
Frage: Warum ist die Schubkarre die größte Erfindung aller Zeiten?
Antwort: Weil mit ihrer Hilfe die Iren gelernt haben, auf zwei Beinen zu gehen.
Es tut gut, wieder jemanden arbeiten zu sehen nach all den Streiks der letzten Monate. Dem Streik der Hafenarbeiter und der Gaswerker und Straßenfeger. Dem Streik der Schneider und Hutmacher, der Schiffsbauer und Kalfaterer, der Kupferschmiede und Zimmerleute, der Maschinisten und Steineschlepper …
Es ist eine Freude, selbst ein solches Bauwerk entstehen zu sehen, das stetige Wachstum tagein, tagaus hat etwas Beruhigendes. Hier gibt es keine Faulenzer und Tagediebe, die kleine Kolonne hat pausenlos gearbeitet. Sobald sie De Peysters Haus und Garten eingeebnet hatten, haben sie begonnen, das neue Bauwerk zu errichten. Sie verwenden Holz und Steine, die sie beim Abriss gewonnen haben. Nichts wird in dieser Stadt je weggeworfen außer menschlichem Leben.
Seit Kriegsbeginn hat es wenig Bautätigkeit gegeben. Selbst Dagger Johns riesige neue Kathedrale an der Fifth Avenue gammelt vor sich hin, weil es keine Arbeitskräfte mehr gibt. Doch das Mietshaus ist während des ganzen Frühlings und Frühsommers stetig gewachsen – drei Stockwerke hoch, die Zimmer sechs mal vier Meter groß und eine einzelne Reihe Aborte zwischen den beiden Blöcken. Wahrscheinlich werden die Männer, die es errichten, es auch selbst bewohnen. Sie bauen hier ihr eigenes Heim, schaffen sich selbst ein Dach über dem Kopf …
»Einsturz! Einsturz! Männer in Not!«
Es geschieht langsam und doch alles gleichzeitig – als beobachte

man einen fallenden Teekessel und weiß, welchen Schaden er anrichten wird, noch ehe er den Boden berührt. Ein Stöhnen wird laut, das aus den Tiefen der Erde zu kommen scheint, dann ein grauenhaftes Reißen, während das Gebäude einstürzt, und die Männer verschwinden unter all den alten Steinen, Balken und Erde. Der Polier mit dem roten Bart beweist seine typische Geistesgegenwart und bringt sich im letzten Moment mit einem Sprung in Sicherheit. Der kleine Vulkan mit dem Hinkefuß und zwei weitere kämpfen sich sogleich aus den Trümmern an die Oberfläche. Sie springen zurück in die Grube, ehe die große weißgraue Staubwolke sich auch nur gelegt hat. Ungeachtet der eigenen Gefahr graben sie wie besessen im Geröll und rufen:

»Helft uns, helft uns! Hier sind Männer in Not!«

Sofort läuft die gesamte Nachbarschaft zusammen. Gemüsehändler und Botenjungen, die zufällig gerade vorbeikommen, Kutscher springen von ihren Böcken und lassen die Fuhrwerke herrenlos zurück. Frauen kommen noch mit bloßen Füßen zur Baustelle gerannt, knoten sich schwarze Tücher um den Kopf, sie kommen geradewegs aus ihren Küchen und Kellern, den Hinterhöfen, Wäschereien und Fabriken. Und sie alle springen in die tückische Grube, um beim Graben zu helfen, stemmen ganze Balken, schaufeln Steine und Ziegel mit den Händen.

Ihre Hast ist so verzweifelt, so furchtbar anzusehen, dass ich, noch ehe ich weiß, was ich tue, dazueile. Da bin ich nun, schlittere und rutsche in die Baugrube hinab, auch wenn ich zu gar nichts nütze bin. Ich wende mich bald hierhin, bald dorthin und suche nach irgendetwas, das ich hinaustragen kann.

Ein neuerlicher, rauer Schrei des Triumphs oder der Angst erhebt sich. Sie haben die Verschütteten gefunden, und jetzt hieven sie sie in die Höhe: die beiden schwarzbärtigen Zwillinge. Aus der Nähe betrachtet sind sie verblüffend klein, ihre Beine sehr stämmig, die Augen leblos verdreht, und beide Gestalten gänzlich, selbst die lockigen schwarzen Bärte, in weißen Staub gehüllt. Die Helfer legen sie auf den Boden und bemühen sich verzweifelt, wieder Leben in ihre Lungen zu pressen, es in ihre Münder zu atmen. Ich warte mit ihnen, sehe ihnen über die Schultern, fasziniert, diese Szene so unmittelbar zu erleben, ihnen so nahe zu sein.

Aber alle Mühe ist vergebens. Die Arbeiter sind zu dem Staub geworden, der sie einhüllt. Die Männer, die ihnen die Brust massiert und sie beatmet haben, treten zurück, und nun schließen die Frauen einen Kreis um sie. Es sind ihre Frauen und Töchter, Schwestern, Cousinen und Nachbarinnen, die sie beschwören weiterzuleben – sie liebkosen ihnen die Stirn, wischen mit ihren Schürzen den Staub von Bärten und Wangen.

Es hilft alles nichts. Und als sie das erkennen, stoßen sie einen langen, durchdringenden Verzweiflungsschrei aus. Sie falten und ringen die Hände, strecken Gesicht und Arme gen Himmel. Ihre Gesichter wirken hohl und uralt, so verzerrt, dass sie kaum mehr menschlich sind. Ihr Wehklagen hat einen eigentümlichen, unirdischen Klang, als komme es aus vergangenen Zeiten, aus einem heidnischen Dorf irgendwo im Moor.

So schnell ich kann, klettere ich aus der Grube und klopfe so viel Staub wie möglich von meinem Anzug. In meiner Hast stoße ich gegen eins der neu gemauerten Fundamente. Ich berühre es kaum – doch augenblicklich beginnt die Mauer auseinander zu fallen, ein Stein nach dem anderen schlittert davon. Obwohl es vor Wochen gemauert wurde, ist der Mörtel in der feuchten Hitze wieder weich geworden.

Wie gebannt starre ich ihn an. Der Mörtel ist jetzt nichts weiter als eine schleimige graue Paste und quillt zwischen den Steinen hervor, die er doch eigentlich halten sollte. Das ist eindeutig die Ursache des Einsturzes: der minderwertige Mörtel, den irgendein Baustoffhändler geliefert hatte, der hoffte – was? –, dass er halten würde, bis das Mietshaus fertig und voller Menschen und er selbst weit weg war?

Ich klettere zum Straßenniveau zurück. Der Zustand meines Anzuges kümmert mich nicht mehr sonderlich. Ich will einfach nur weg von hier, weg von dem unaufhörlichen Wehklagen und dem grauen Mörtel, der immer noch aus den Fugen quillt, sodass die Steine in den gelben Morast purzeln.

7
Herbert Willis Robinson

Sieben Uhr dreißig.
Nach dem Erlebnis auf der Baustelle erreiche ich das Gebäude des *Tribune* mit immer noch schlotternden Knien. Mein Anzug und mein Gesicht sind mit Staub bedeckt, mit dem Staub dieser Männer und dem Staub des Hauses, das sie bauten. Was ist mir nur eingefallen, einfach so in die Grube zu springen? Sie retten zu wollen? Sie waren nicht zu retten …
Wieder versuche ich, den Staub aus Anzug und Haaren zu schütteln. Ich fühle mich noch nicht in der Lage, Horace unter die Augen zu treten. Statt ins Gebäude der *Tribune* zu gehen, lungere ich auf der anderen Straßenseite vor der *Times* herum, wo Henry Raymond, Greeleys einstiger Assistent und ewiger Dorn im Auge, Karabiner an jeden seiner Leute verteilt, der einen haben will. Er bricht in Gelächter aus, als er mich sieht, und verschluckt um ein Haar den Stumpen, den er lässig im Mundwinkel hängen hat.
»Lieber Himmel, Mann, was ist dir denn passiert? Lässt Horace euch sonntags jetzt auf seiner Farm arbeiten?«
Ich bemühe mich um eine amüsierte Miene und unterdrücke das Zittern meiner Hände. *Was für ein seltsamer Tag dies bisher schon gewesen ist. Erst dieser Junge, der mit dem Finger über seine Kehle fuhr, dann der Einsturz …*
»Wenn du auch nur ansatzweise ein Zeitungsmann wärest, Henry«, sage ich in meiner besten Horace-Imitation, »dann wüsstest du, dass die Zukunft unserer Nation von einem gesunden wissenschaftlichen Fortschritt in Landwirtschaft und Viehzucht abhängt.«

Henry lacht vergnügt und fährt fort, Waffen auszuteilen. Er ist ein kleiner, geschniegelter Kerl, dessen Gesicht beinahe hinter einem dicken Schnurr- und Backenbart verschwindet, und er war nie ein Abolitionist, sondern hat immer für einen Kompromiss zur Erhaltung der Union plädiert. Jetzt scheint er jedoch regelrecht erpicht auf Unruhen zu sein.

»Jerome geht hinauf zur Armory«, berichtet er mir und raucht seelenruhig seinen Stumpen, während er auf den Aktienspekulanten wartet, der sein Hauptinvestor ist. »Er will ein paar Gatling-Gewehre von der Armee besorgen. Wenn wir damit die Fenster bestücken, soll das Gesindel sich herzlich eingeladen fühlen, es bei uns versuchen!«

Er drückt die Zigarre aus und weist mit einer verächtlichen Geste über die Park Row hinweg auf den City Hall Park. Eine riesige Menschenmenge hat sich dort hinter dem hohen schmiedeeisernen Zaun des Parks zusammengerottet – Arbeiter und ihre Frauen, wie ich sie an diesem Morgen schon überall gesehen habe. Es ist eine wogende Menge, die die sorgsam bepflanzten Blumenbeete zertrampelt. Vorläufig beschränken sie sich darauf, miteinander zu sprechen und ein paar Rednern zu lauschen, die sich auf Holzkisten postiert haben.

»Gib ihnen ein paar Stunden, um sich zu betrinken«, sagt Raymond. »Die Polizei hätte sie längst da rausholen müssen. Aber unser verehrter Bürgermeister hat natürlich wieder einmal geschlafen.«

Das gilt offenbar auch für Superintendent Kennedy, trotz all seiner Zuversicht. Nur ein, zwei Polizisten sind dort drüben zu entdecken, weniger als an einem gewöhnlichen Arbeitstag, und sie bewegen sich furchtsam am Rande der Menschenmenge. So viel also dazu, dem Mob immer einen Schritt voraus zu sein und als Erste loszuschlagen.

»Was ist mit dem Stadtrat?«, frage ich.

»Ach, diese *Copperheads*«, schnaubt Raymond, und Empörung funkelt in seinen Augen. »Es ist ein Wunder, dass sie nicht hier draußen sind, um den Mob anzuführen.«

»Aber was ist mit der Verordnung?« Es ging ein Gerücht, die Vierzig Räuber wollten eine Nacht-und-Nebel-Verordung verabschieden, wonach die Stadt jedem, der wollte, die dreihundert Dollar für einen Ersatzmann zahlen würde. Solch ein Erlass wäre ebenso kostspielig wie feige, eine bedingungslose Kapitulation vor dem Mob – doch möglicherweise genau das, was uns alle retten könnte.
»Ja, davon habe ich auch gehört«, antwortete Raymond trocken. »Aber was hätten sie davon? Was fällt dabei für die Vierzig Räuber ab, he? Es wäre besser, wir würden unseren Stadträten dreißig Dollar für jeden Rekruten zahlen. Dann hätten wir allein mit den Männern aus dem sechsten Bezirk Richmond schon vor zwei Jahren nehmen können!«
Er hält mir einen Revolver hin, und nach kurzen Zögern bedanke ich mich, nehme die Waffe und stecke sie in die Innentasche meines schmutzigen Anzuges. Raymond gibt ein zufriedenes Grunzen von sich und lehnt sich dann weiter zu mir herüber, um ernst fortzufahren: »Wenigstens du hast Verstand! Den ganzen Morgen versuche ich schon, deinen Arbeitgeber zu überreden, ein paar Waffen anzunehmen. Sie werden kommen, weißt du.«
»Ja.«
»Diese sturen alte Dickschädel«, schimpft Raymond.
»Ja.«
Im Zeitungsgeschäft kämpft jeder gegen jeden, aber keiner ist so schlimm wie Horace Greeley. Seine Fehde mit Henry Raymond geht auf die Zeit zurück, da Raymond für ihn gearbeitet hat. Auslöser war wohl die Tatsache, dass Raymond todkrank in seinem Hotelzimmer lag und Horace es versäumt hat, auch nur einen Botenjungen zu schicken und sich nach ihm zu erkundigen. Und darauf fiel Raymond nichts Besseres ein, als die Fronten zu verhärten, indem er sein größeres, beeindruckenderes neues *Times*-Gebäude direkt gegenüber dem *Tribune* auf der anderen Seite der Nassau Street baute …
Ich wünsche ihm viel Glück, überquere die Straße zu Horace' Gebäude und betrete ein heilloses Chaos. Redakteure, Reporter und Lehrjungen laufen in den großen Räumen umher und treffen alle

denkbaren Vorbereitungen: Sie füllen Eimer mit Wasser, schließen und verriegeln die Läden an den großen Fenstern der unteren Stockwerke und stapeln feuchte Papierballen davor. Derweil berichten sie einander von allen Märchen und Gerüchten, die sie aufgeschnappt haben, ganz gleich wie irrsinnig sie klingen mögen. (Wenn eine Zeitung dichtmacht, was bleibt uns dann anderes, als uns unsere Lügen gegenseitig zu erzählen?)

Greeley selbst weigert sich entschieden, irgendwelche Vorkehrungen gegen den Mob zu treffen, obwohl allgemein bekannt ist, wie sehr sie ihn verabscheuen für seinen Abolitionismus, seinen Republikanismus, seine wiederholten Attacken gegen die Iren und die Katholiken generell. Stattdessen ist er wieder einmal in Märtyrerstimmung. Er steht hinter seinem hohen, lackierten Schreibpult, das zerzauste weiße Haar und der buschige Backenbart umgeben sein absurd rundes, rosiges, liebenswürdiges Gesicht, das ihn immer wie einen gealterten Cherub wirken lässt. Die großen blauen Augen blinzeln unschuldig, und er hält die Hände mit dem Ausdruck dieser vollkommenen, kindlichen Heiterkeit gefaltet, die in jedem – ob Freund oder Feind – den Wunsch aufkeimen lässt, ihn zu erwürgen.

Seine Adjutanten, Sydney Howard Gay und James Parton, flehen ihn an, die Angestellten zu bewaffnen, Polizeischutz anzufordern, zu fliehen – irgendetwas zu tun –, aber Horace weigert sich kategorisch.

»In einer Republik sind wir immer von der Gnade des Volkes abhängig«, erklärt er Mr. Gay, der den Tränen nahe ist. »Wenn wir trotz all unserer Mühen hier mit der Gefahr leben müssen, dass unser Zeitungshaus niedergebrannt und wir gar körperlich angegriffen werden – nun, dann sei es so. Dann müssen wir eingestehen, dass all das, was wir hier in den letzten zweiundzwanzig Jahren zu tun versucht haben, gescheitert ist.«

Doch allein die Tatsache, dass er sich vor Mittag hier blicken lässt, straft Greeleys äußere Gelassenheit Lügen. Oder wollte er einfach seiner Farm in Chappaqua entfliehen, insbesondere der Frau, die dort lebt und die er Mutter nennt, die im Büro aber besser unter dem Titel »der unausweichliche Konflikt« bekannt ist? Es müsste in der Tat ein mutiger Mann sein, der lieber zu Mary Greeley nach Hause ginge, als sich einem Mob zu stellen.

»Nein, es soll uns fern liegen, noch mehr Söhne dieser Nation zu opfern, die bereits im eigenen Blut ertrinkt ...«

Hinter dem kämpferischen Blick dieser blauen Augen entdecke ich Anzeichen von Unsicherheit. Wie die meisten Männer, die zu allen Dingen eine ausgeprägte Meinung haben, kommt Greeley mit einer Krisensituation nicht gut zurecht. Als der Krieg ausbrach, war es genauso. Seine erste Reaktion war, einen pazifistischen Leitartikel zu schreiben, der jedem Versuch, den Süden zum Verbleib in der Union zu zwingen, scharf widersprach – »Irregeleitete Schwestern, gehet in Frieden!« –, doch zwei Monate später überschüttete er Lincoln mit Telegrammen, die ihm vorschrieben, wie er seine Truppen einzusetzen habe.

»Denken Sie, es wird zu Gewaltausbrüchen kommen?«, fragt er mich in einem Tonfall, als sei Gewalt etwas völlig Undenkbares hier in unserer Stadt im blutigsten Krieg unserer Geschichte.

»Sie werden höchstens die Stadt niederbrennen«, antworte ich. »Aber ich nehme an, in Brooklyn machen sie Halt. East River und so weiter.«

»Ist die Armee denn entschlossen, die Einberufung durchzuführen? Das ist Wahnsinn! Ich habe Lincoln gesagt ...«

Er unterbricht sich und verfällt in Grübeln. Abwesend fährt er mit den Fingern über das Notizpapier und die voll gekritzelten Zettel, die seinen Schreibtisch bedecken, die alte Hutschachtel voller Notizen für künftige Leitartikel. Horace mit all seinen Steckenpferden – seinem Sozialismus und Fourierismus, seinem Enthusiasmus für Landreform und Abolitionismus, für ausgefallene Ernährungstheorien und freie Liebe. An manches davon glaubt er sogar.

»Wir müssen Bescheid wissen«, sagt er. Sein journalistischer Instinkt tritt in den Vordergrund, und wie besessen kritzelt er Notizen. »Ist die Polizei schon ausgerückt? Welche Truppen sind in der Stadt? Können wir auf weitere Hilfe von Meade rechnen? Wo rottet der Mob sich derzeit zusammen?«

Er blickt mich an und stellt sich die Frage, die ihm immer in den Sinn kommt, wenn er sich an jemanden wendet: *Was kannst du für das Imperium von Horace tun?*

»Was tun diese Verschwender vom Stadtrat? Wo ist unser Bürgermeister?«, verlangt er zu wissen.

»Aller Wahrscheinlichkeit nach in der Sommerfrische in Long Branch oder Newport.«

»Machen Sie die Typen ausfindig, seien Sie so gut. Es wäre doch nett zu wissen, was sie mit diesem Mob zu tun gedenken, der nach unserem Blut schreit.«

»Wie wäre es, wenn wir unser Scheitern eingestehen …«, beginne ich, aber Mr. Gay schiebt mich schon zur Tür hinaus.

Maddy. Ich sollte längst bei ihr sein, in dem Haus, das ich ihr in Paradise Alley gemietet habe. Ihr gilt meine ganze Sorge, und ich sollte doch gewiss versuchen, für sie zu tun, was ich kann, versuchen, sie zu überzeugen, sich in Sicherheit zu bringen.

Aber sie wird nicht gehen, das weiß ich jetzt schon. Während meiner Streifzüge am Wochenende habe ich bei ihr vorbeigeschaut. Aber sie wollte nichts von meinen Warnungen und Bedenken hören. Sie ist immer noch ein Kind, geistig jedenfalls, wenn auch nicht körperlich. Aber ich weiß, es steckt mehr dahinter als nur das. Sie ist verbittert und hat auch jedes Recht dazu. Ich habe sie verraten, obschon ich ihr nie irgendetwas versprochen habe. Ich sollte jetzt zu ihr zurückgehen – doch sie wird warten, ich bin sicher. Mir bleibt noch Zeit genug, Greeleys Anweisung zu befolgen, meine Arbeit zu tun, und anschließend kann ich zu ihr zurückkehren. Nur noch ein Weilchen …

Ich verlasse das Gebäude des *Tribune* durch die Hintertür, tauche wieder in die Stadt ein und mache mich auf den Weg zu der Menschenmenge im City Hall Park. Mein Puls rast bei der Vorstellung, mich unter solche Menschen zu begeben, aber ich kann es kaum erwarten, dort hinzukommen. Meine Verkleidung gibt mir Sicherheit.

Im Handumdrehen bin ich einer der ihren geworden, dank des Staubes, der mich in der Baugrube eingehüllt hat. Ich sehe natürlich nicht aus wie ein Arbeiter oder ein Ire, aber wie einer der riesigen Zwischenklasse, die diese Stadt zusammenhält. Ein Setzer vielleicht oder ein wandernder Handwerker, ein Eierverkäufer oder ein Vertreter für Wunderheilmittel, den das Glück im Stich gelassen hat.
Auf einer Orangenkiste steht ein Mann und belehrt uns. Ich erkenne ihn komischerweise; er ist der Barbier von Christadoro's im Astor House. Für gewöhnlich ist er ein freundlicher Mensch wie alle Barbiere, immer verbindlich und bereit, allem zuzustimmen, was seine Kunden über das Leben oder Politik oder Frauen zu sagen haben, während er mit einem Rasiermesser über ihre Kehle fährt.
Jetzt hüpft er auf seiner Orangenkiste auf und ab, immer noch in Hemdsärmeln und Schürze und animiert die Masse zu einem dreifachen Hoch auf General McClellan und den *Caucasian,* die verbotene Zeitung der *Copperheads.*
»Und jetzt dreimal Pfui auf den verdammten *Tribune* und die verdammte *Times* und diesen gottverfluchten Greeley! Diesen alten Geck im weißen Gehrock, der denkt, ein Nigger ist so gut wie ein Mann!«, brüllt er wütend und reckt sein Rasiermesser in die Luft.
Die Männer, die vor ihm stehen, lachen und jubeln und rufen aufs Stichwort dreimal Pfui. Das kann es nur in New York geben: einen Mob, der von einem revolutionären Barbier angeführt wird.
Aber trotz ihres Durstes nach Blut herrscht immer noch Festtagsstimmung in der Menge – sie machen einfach mal blau, und noch schwingt wenig Bedrohliches in ihrem kindlichen Jubel und Protest mit. Ich suche mir einen Platz am Rande der Menge und bleibe einen Moment stehen, um zuzuhören, aber diese Rhetorik des Barbiers kann meine Aufmerksamkeit nicht lange fesseln, und meine Gedanken schweifen ab. Ich blicke durch die Eisenstäbe des Zauns, der den Park umgibt, auf die Stadt hinaus, auf vorbeihuschende Szenen, die mich immer faszinieren, solange ich sie aus der Ferne betrachten kann.
Dort draußen scheint noch alles normal zu sein. Die Dollarseite des

Broadway schimmert in Gold und Magenta. Die feinen Damen schlendern dort an Hutmachern und Kaufhäusern vorbei – wie sie es seit zwei Jahren tun –, ausstaffiert mit ihren federgeschmückten Hüten. Die Moirékleider wallen smaragdgrün und bernsteingelb. An den Straßenecken ziehen sie an den versteckten Strippen von Madame Demorests Kleiderhebern, um ihre Reifröcke zu raffen und über den unbeschreiblichen Dreck und die Schweine in der Gosse hinwegzuschweben wie Ballons.
Wenn man sie denn wirklich als feine Damen bezeichnen kann. Heutzutage sind die Talmi-Aristokratie und der alte Geldadel kaum noch voneinander zu unterscheiden. Wir produzieren Millionäre schneller als unsere neuen kleinen Geldscheine. Innerhalb eines Monats kann ein Mann heute ein Vermögen machen, indem er der Regierung Sättel ohne Steigbügel verkauft, Gewehre ohne Läufe, Uniformen, die in Wirklichkeit nur zusammengeleimte Lumpen sind und beim ersten stärkeren Regen auseinander fallen. In Delmonicos neuestem Restaurant wimmelt es nur so von ihnen, und sie stopfen sich dort mit französischem Rebhuhn voll – obwohl sie Erbsen immer noch mit dem Messer essen und zum Naseputzen die Finger benutzen. Ihre Frauen fallen scharenweise in den Juwelierläden ein und behängen sich mit Perlen. Stecken sich die gerade erst lang gewachsenen Haare zu kunstvollen Kränzen auf, die wie die Schlinge des Henkers ihre fröhlichen Pausbackengesichter umrahmen. Sie geben grandiose Bälle und pudern sich das Haar mit Gold- und Silberstaub. An Sonntagen fahren sie mit ihren Kutschen im Central Park spazieren, begleitetet von livrierten Lakaien und in Kamelhaarstolen gewandet. Sie verbringen den Sommer in Saratoga, den Winter in Zobel und Hermelin gehüllt, rasen in ihren Schlitten die Fifth Avenue hinab, bewerfen einander mit Schneebällen und kichern wie Schulmädchen.

All diese goldene Lust. Auch wenn wir gern klagen, hat der Krieg uns doch kaum berührt – jedenfalls manche von uns. Gegenüber am Broadway sehe ich die schwarzen Kellner vom Astor House in ihren weißen Jacketts die Fensterläden öffnen und mit würdevollem Ernst die kostenlosen Snacks auf Bar und Tischen verteilen. Dort, jenseits der erhabenen griechischen Fassade, versammeln sich im stillen Innenhof mit dem Springbrunnen immer noch die Angehörigen der alten holländisch-englischen Aristokratie der Stadt, verspeisen »Zwölf Geflügelvariationen« und führen sich eine Auswahl von vierzig verschiedenen Madeiras zu Gemüte.

Whitman kam regelmäßig zum Mittagessen her, ehe er runter nach Washington ging, um seinen Bruder zu suchen. Er ließ sich von irgendwem auf ein Bier einladen und verbrachte dann den ganzen Nachmittag über dampfenden Platten mit Roastbeef, Schinken und gebratenem Truthahn, weichem Brot und Pickles, Sardinen und Käse und den unvermeidlichen hart gekochten Eiern (hier gibt es keine Ohren). Ein Dichter muss sich wie ein Kamel oder ein Holzbock ernähren, sagte er gern, muss essen, wann immer sich die Gelegenheit bietet, und dann so lange wie möglich von dieser Mahlzeit zehren.

Es ist noch gar nicht so lange her, dass ich hier mit ihm zusammen war. Wir steckten in einem Omnibus fest, während Lincoln auf dem Weg zu seiner feierlichen Amtseinführung durch die Stadt fuhr. Wir beobachteten den Konvoi der Kutschen, die ihn und seine Frau zum Astor House brachten, und die Menschenmenge, die sich zusammengefunden hatte, um einen Blick auf den großen Mann zu werfen. Auch damals lag Krisenstimmung in der Luft, dieses Gefühl von Schwindel und Atemlosigkeit, das sich oft vor einem schweren Gewitter einstellt. Die Konföderation war bereits in Gründung, und ein unüberschaubares Menschengewimmel hatte sich um das Hotel gebildet und umschloss den neuen Präsidenten in seiner Kutsche.

Whitman gefielen die Massen nicht. Er lehnte sich aus dem Fenster und rümpfte die Nase – schnupperte, als könne er das Schlechte in der menschlichen Seele riechen.

»Ungezählte Pistolen und Messer stecken hier in den Taschen ungezählten Attentäter«, murmelte er melodramatisch und ließ den Blick über den Mob schweifen. »Bereit zuzuschlagen, sobald Unruhe ausbricht …«

Wenigstens werden wir dann hier sein, in sicherer Entfernung, dachte ich, aber ich sprach es nicht aus. In diesem Moment stieg der alte Abe mit seiner typischen ungelenken Grazie aus der Kutsche. Ich hatte ihn im Jahr zuvor schon einmal gesehen, als er eine Wahlkampfrede vor der Cooper Union gehalten hatte, und schon damals war er beeindruckend gewesen. Jetzt kam er mir indessen vor wie eine Urgewalt – erstaunlich groß und schlank und muskulös. Seine Kleidung schwarz und schlicht, sein gebräuntes Gesicht gefurcht wie ein frisch gepflügtes Feld.

Er geleitete seine kleine dralle Frau in die Hotelhalle, eine Geste, die ebenso galant wie weise war, ehe er die Stufen wieder herabschritt und sich uns zuwandte. Er hielt die Hände auf dem Rücken verschränkt und ließ einen Blick höflicher, aber distanzierter Neugierde über uns schweifen.

Rufe nach einer Rede wurden laut, doch er lehnte ab, nickte und verneigte sich leicht, beugte seine hohe Gestalt wie einen gespannten Bogen. *Das Volk und sein Herr.* Er sagte ihnen mit seiner entwaffnenden Offenheit, dass alles sich zu schnell wandelte. »Ehe ich einen Fuß auf den Boden setzen kann, mag es passieren, dass ich von der sich wandelnden Szenerie vernichtet werde, die sich gleich darauf wieder wandelt.«

Das brachte ihm Gelächter und Applaus aus der Menge ein, und ich erkannte, dass ich mich geirrt hatte, dass Lincoln mit seinem langen Hals und dem hohen Zylinder, dem wirren Haar und den Affenarmen eine wahrhaft moderne Kraft war. Ein grobes Werkzeug. Die Maschine eines Western Riverboat vielleicht. Der Traum eines jeden Improvisators: zusammengeschustert aus all diesen zu lang geratenen, missgestalteten Teilen, und doch eine Maschine von einzigartiger Energie.

Danach ließen wir ihn natürlich all die Albernheiten erleiden, die wir unseren Politikern zumuten. Der Direktor des Astor House ließ es sich nicht nehmen, ihm ein Blumengebinde zu überreichen. Dann trat ein großer Mann vor und bot an, sich mit dem Präsidenten zu messen, und Lincoln stimmte mit der ihm eigenen mühelosen Duldsamkeit zu. Willig stellte er sich Rücken an Rücken mit ihm, und die Menge jubelte wieder, als sich herausstellte, dass der Präsident ganze fünf Zentimeter größer war.

Anschließend durfte er dann endlich eintreten, um sich in sein Zimmer zurückzuziehen und zu Bett zu gehen. Als er die letzten Stufen hinaufschritt, brach die Menge in spontanen Jubel aus – nichts könnte seltener oder bewegender sein in dieser Stadt voll professioneller Agitatoren und Störenfriede. Lincoln hielt nochmals kurz inne und wandte sich um, zum ersten Mal überrascht. Weitere Rufe, voll ehrlicher Emotionen, erhoben sich aus der Menge.

»Gott schütze Sie, Sir!«

»Bleiben Sie standhaft! Bleiben Sie standhaft für die Union!«

»Sie haben ein hartes Stück Arbeit vor sich!«

Und schließlich eine Kinderstimme: »Ich hoffe, Sie werden für uns sorgen! Wir haben für Sie gebetet!«

Er lächelte, blieb am Ende der Treppe nochmals stehen, um sich an die Menge zu wenden. Dieses verstohlene, leicht ironische Lächeln, das so typisch für ihn war, lauerte in seinen Mundwinkeln, doch seine Augen schimmerten feucht vor Ergriffenheit. »Aber ihr seid es doch, die für mich sorgen müssen«, sagte er leise, und dann verschwand er im Schatten des Hoteleingangs.

Ich habe ihn nur noch einmal gesehen, ehe er die Stadt verließ und der Krieg ausbrach. Das war am nächsten Abend, als er zur Academy of Music fuhr, um Verdis *Ein Maskenball* zu sehen. Mrs. Lincoln war zu einem Empfang in Barnum's American Museum mit all seinen Wundern gegangen – dem weißen Wal und der Meerjungfrau aus Fidschi und einem Zwerg, der jede gewünschte Passage aus Blackstones juristischem Lehrbuch auswendig aufsagen konnte –, und er war wieder allein.

Ich beobachtete ihn dort oben in der Präsidentenloge, sein Gesicht undurchschaubar wie eine Maske. Er saß hoch über uns allen und lauschte der göttlichen Musik. Gab selber nichts preis, nickte ernst jedem zu, der ihn grüßte. Während der Aufführung saß er in seinem Sessel zusammengesunken, und nur seine Hand mit einem weißen Handschuh war von unten zu sehen. Der weiße Handschuh schien im Dunkeln zu leuchten, wiegte sich sacht im Takt mit der Musik und schwebte über uns allen.

Ich taste in der Jackentasche nach der Pistole, die Raymond mir gegeben hat. Sie rüttelt mich aus meinen Erinnerungen und hilft mir, mich wieder auf meine Aufgabe zu konzentrieren. Im Moment ist von der Menge nichts weiter zu erfahren, also stehle ich mich davon, steige lautlos die Stufen zur City Hall hinauf und spähe durch die eleganten georgianischen Glastüren. Ich halte nach irgendeinem Offiziellen Ausschau. Doch das Gebäude scheint verlassen. Türen und Fensterläden sind fest verschlossen, die grünen Markisen sind eingerollt, damit sie möglichen Brandstiftern nicht zum Opfer fallen. Wo mag es unsere Stadtregierung hin verschlagen haben?
Hier ist nichts in Erfahrung zu bringen. Kein Laut dringt aus dem Gebäude, abgesehen vom Ticken der großen Uhr in der Säulenhalle, die für ihre Genauigkeit berühmt ist. Ich stelle meine eigene Uhr danach, starre einen Moment auf die Zeiger, die langsam und exakt anzeigen, wie die Zeit verrinnt.
Maddy. Ich muss zurück zu Maddy.

8
Ruth

Als sie endlich an der Reihe war, schöpfte Ruth ihr Wasser und verließ nach einem kurzen Zögern die anderen Frauen. Sie wäre viel lieber bei ihnen geblieben, selbst bei Maddy, obwohl sie alle so verschreckt waren, nervös wie Katzen. Wenigstens waren sie etwas Vertrautes, Teil ihrer üblichen Morgenroutine an diesem Tag voller Ungewissheit.

Außerdem graute ihr vor dem, was sie als Nächstes tun musste. Sie zwang sich, die wenigen Schritte den Block hinab zum Haus der O'Kanes zu gehen. Sie nahm beide Wassereimer behutsam in eine Hand, zog die Klingel und wartete auf Deirdre.

Natürlich hatte Deirdre ihr Wasser längst geholt, wusste Ruth, noch ehe sie eintrat. Es war auf Eimer und Schüsseln im Wohnzimmer und den übrigen Räumen des Hauses verteilt, viel mehr, als ihre Familie trinken konnte, aber nützlich, um mögliche Funken zu löschen.

Deirdre dachte immerzu. Sie dachte auf eine Art, wie Ruth niemals hätte denken können, den Blick stets in die Zukunft gerichtet.

Die Kinder waren bereits auf und angekleidet, saßen im Vorderzimmer mit ernsten feierlichen Mienen. Der Raum selbst war sauber und ordentlich. Voll gestopft mit den viel zu großen alten Möbeln, die Deirdre und ihr Mann Tom aus den Abrisshäusern drüben am St. John's Park geholt hatten. Sie waren Deirdres ganzer Stolz. Niemand sonst an der Paradise Alley besaß solche Möbel: ein ausladender, aufklappbarer Sekretär aus Kirsche und Eiche, eine Couch mit Rosenholzrahmen, sogar ein Tafelklavier hatten sie in einer Ecke noch untergebracht.

Das Haus der O'Kanes war nur unwesentlich breiter als jenes, in dem Ruths Familie wohnte, aber es war ihr Eigentum – auch das Obergeschoss –, und Ruth war überzeugt, jeder Zoll war so makellos wie eh und je. Die Böden waren beinahe durchgescheuert. Handgearbeitete Spitzenvorhänge umrahmten die Fenster, so gewissenhaft gehäkelt, dass sie nur von den Händen einer Nonne stammen konnten. Hübsche, blau-weiße Porzellanteller standen in den Regalen, und den Ehrenplatz über dem Kaminsims nahm ein stolzes Messingkreuz ein, daneben ein farbiges Herz-Jesu-Bild.
Deirdre stand mit ausdrucksloser Miene in der Tür. Allein schon durch meinen Anblick gereizt, wusste Ruth. Die perfekten, hellbraunen Augen, die die gleiche Farbe hatten wie ihr Haar, waren kalt und starr.
»Meinst du, wir sollten gehen?«, fragte Ruth zögernd, wie immer unsicher in Deirdres Gesellschaft.
Deirdre trat endlich beiseite und ließ Ruth eintreten – aber erst nachdem sie ihre Kinder aus dem Zimmer geschickt hatte, so als fürchte sie, die Kleinen könnten sich von Ruth irgendeine Krankheit holen. Ohne ein Wort des Protestes huschten sie hinaus, und erst dann lud Deirdre Ruth mit einer Geste ein, auf einer gepolsterten Chaiselongue aus Kastanie und Mahagoni Platz zu nehmen. Ruth hockte sich auf die Kante, so unruhig wie ein Sperling auf dem Wetterhahn.
»Ob ich denke, dass wir gehen sollten?«, wiederholte Deirdre Ruths Frage.
»Ja. Gehen oder etwas unternehmen.«
»Nun, vielleicht solltest du gehen«, entgegnete Deirdre trocken. »Du hast so eine Art, ihn anzulocken, nicht wahr?«
»Du weißt genau, dass das nicht stimmt«, widersprach Ruth leise.
»Tja, dann weiß ich nicht, wer es war. Ich weiß nicht, wer meinen Bruder den ganzen weiten Weg übers Meer hierher gebracht haben soll, wenn nicht du. Ich wünschte bei Gott, du hättest ihn dort gelassen.«
Ruth sagte nichts, beobachtete lediglich Deirdres Gesicht, das sich verzerrte, als sie diese Worte hervorpresste und ihren ganzen ange-

stauten Kummer über ihren Bruder, den Krieg und den Verbleib ihres Mannes über Ruth ergoss.

»Es war Johnny Dolan, der mich hergebracht hat«, sagte Ruth schließlich ruhig, aber mit Nachdruck. Deirdre verzog das Gesicht, erwiderte jedoch nichts.

»Er war derjenige, der mich hergebracht hat, das weißt du ganz genau, Deirdre Dolan«, wiederholte Ruth und nannte sie bei ihrem Mädchennamen. »Ob es dir gefällt oder nicht, es war Johnny Dolan, der mich herübergebracht hat. Ohne ihn hätte ich nicht überlebt.«

9

1846: Bliadhain an air – Das Jahr des Gemetzels

Ich wurde in der Gegend geboren, die Burren genannt wird, und man sagt, dort gebe es nicht genug Wasser, um einen Mann zu ertränken, keinen Baum, um ihn aufzuhängen, keine Erde, ihn zu begraben. Wir hatten eine Hütte draußen auf dem Land nicht weit von Ballyvaughan, und dort fand man im Sommer Frauenhaar, Rosen und wilde Orchideen, und die weißen Knochen der Erde lagen frei in der Sonne.

Im Winter, wenn niemand vor die Tür ging und keine Arbeit zu bekommen war, saßen sie am Torffeuer und lauschten ihrem Vater, der ihnen Gruselgeschichten erzählte oder von dem Tag berichtete, da er Daniel O'Connell bei der riesigen Versammlung gesehen hatte.

»Das ganze Land war gekommen, um den stolzen Dan zu hören. Überall waren Menschen. Sie bevölkerten den Hügel, die Straßen und die Felder jenseits der Straßen. Riesige Fässer mit Pech und Zucker hatten sie mitgebracht, aus denen sie Fackeln machten. Und dann stand Dan in höchst eigener Person da oben, die Brust geschwellt wie ein Hahn ...«

Die Augen halb geschlossen, saßen sie träumend ums Feuer. Lauschten den Geschichten ihres Vaters, während der Wind ums Haus heulte wie die Todesfee. Ruth saß allein. Sie war die Älteste, beinahe schon eine Frau. Dann die Jungen, Brian, der der Liebling

ihrer Mutter war, und Sean und Liam und die kleineren Mädchen, Kate und Agnes und Colleen, das Baby. Schläfrig wie Bären saßen sie während der langen Wintermonate auf dem Lehmboden der verräucherten Hütte. Keine Fenster, nicht einmal ein Kamin, nur die Tür wurde weit genug offen gelassen, um den Qualm hinaus- und das Schwein hereinzulassen.
Wie unwissend wir waren und wie hilflos. Es ist eine Sünde, so hilflos zu sein.
Ihr Vater erzählte ihnen die Geschichten aus der großen weiten Welt langsam und bedächtig, so als erfinde er sie gerade erst. Mutter sprach schneller, aber sie erzählte sie jedes Mal auf genau die gleiche Weise. Der Tanz an der Wegkreuzung, oder wie sie am Tag ihrer Hochzeit mitsamt der Hütte umgezogen waren.
Trotzdem hörten sie sie wirklich gern. Die Geschichte, wie die Hochzeitsgesellschaft das ganze Haus angehoben hatte: das Strohdach, die Torfwände und die Grundsteine und alles darinnen, und sie hatten es eine halbe Meile weit getragen zu der Stelle auf der felsigen Ebene des Burren, wo sie heute noch stand. Der Fiedler spielte, und die Frauen kochten unter freiem Himmel, und alle ließen die Arbeit dann und wann ruhen, um zu trinken, zu essen und zu tanzen.
»Damals tanzten wir in Sommernächten noch an den Wegkreuzungen. Dem Pfarrer gefiel das nicht, er hielt es für einen heidnischen Brauch.«
Ruth konnte es sich vorstellen: Das ganze Dorf überquerte langsam und auf leisen Sohlen das Feld, um den bigotten Priester nicht zu wecken. Flüstern und gedämpftes Lachen im Gras. Die jungen Männer in ihren farbenfrohen Westen, Ästchen und Torf fürs Feuer, Krüge mit schwarzgebranntem Whiskey und Fiedeln unter die Arme geklemmt. Das Rascheln der langen Röcke im hohen Gras, und die Frauen hatten sich bunte Schleifen an die Hauben geheftet …

Wenn der Westwind nachließ und der Winter zu Ende ging, schaffte mein Dad den Tang die Klippen herauf, dort, wo der weite Atlantik sich gegen die Felsen wirft und die Seevögel in den Steilhängen ihre Nester bauen. Und meine Mum vermischte ihn mit der sandigen Erde und dem Schweinemist, und die Kartoffeln gediehen selbst darin. Bis sie es eines Tages nicht mehr taten.

Sie ernteten sie im August, große weiße Kartoffeln. Sie wurden über dem Feuer gelagert, auf einem Bord gleich unter dem Strohdach. Man kochte sie mit ein wenig Salz oder, zu besonderen Anlässen, in einer Suppe mit ein wenig Hering, und dazu gab es einen Becher warme Buttermilch. Sie waren nicht so köstlich wie die roten Kartoffeln, die unten in Munster wuchsen, aber groß genug, um sie alle und das Schwein bis zum darauf folgenden Juni satt zu machen. Danach lebten sie von dem amerikanischen Mais, den sie in der Stadt bekamen, und aßen die Mehrzahl der Hühner, bis es wieder August wurde und Zeit, die Kartoffeln zu ernten.

In jenem August, als Ruth sechzehn wurde, gruben sie die Kartoffeln aus und stellten fest, dass die Hälfte schwarz und innen ganz verrottet war. Knollenfäule hatten sie schon früher erlebt, wenn auch nie so schlimm, aber es waren immer noch genug Kartoffeln übrig, um sie über den Winter zu bringen, ohne dass sie das Schwein schlachten mussten. Und im nächsten Frühling grub ihre Mutter die Beete mit dem Spaten um und bat den Pfarrer, sie einzusegnen, und im August waren die Kartoffeln wieder dick und weiß und fest, und sie dankten der Muttergottes und der heiligen Brigitta.

Aber zwei Wochen später wollte Mutter ein Dutzend Kartoffeln zum Abendessen kochen und schrie auf, als sie die erste zerschnitt. Sie brauchten sie nicht zu fragen, was passiert war. Die aufgeschnittene Kartoffel war durch und durch schwarz, obwohl sie sie unversehrt und weiß aus der Erde geholt hatten. Mutter zerschnitt auch die übrigen, eine nach der anderen, ihr Gesicht grimmig und versteinert. Alle waren so verfault wie die erste.

Dad hob uns auf das Bord über dem Feuer, und wir warfen die Kartoffeln hinunter, so schnell wir konnten, um die herauszusuchen, die noch gut waren, und sie vom Rest zu trennen. Aber es war zu spät.

Vor unseren Augen lösten sie sich zu schwarzem Schleim auf, noch während er sie auf dem Fußboden aufreihte.
Wir rannten hinaus zu den Beeten und gruben die Neupflanzungen aus, um zu sehen, ob wir welche finden konnten, die noch nicht befallen waren. Aber noch ehe wir sie ans Licht befördern konnten, drang uns der süßliche Gestank der Fäule in die Nase. Die Kartoffeln verwandelten sich in Scheiße, wo sie lagen. Wir rutschten auf dem Hinterteil darin herum, lachten und krabbelten in den Kartoffeln herum – was hätten wir denn sonst tun können?
Hast du je erlebt, dass ein Albtraum wahr wird? Ist dir je das Furchtbarste passiert, das du dir vorstellen konntest? Wir hatten immer befürchtet, die Kartoffelernte könnte einmal ausbleiben und wir würden verhungern. Und dann passierte genau das.

Danach blieb ihnen nichts anderes übrig, als die restlichen Hühner zu essen. Und als sie vertilgt waren, aßen sie das Schwein, sie hatten ja ohnehin kein Futter mehr für das Tier. Ihre Mutter brachte den ganzen Tag damit zu, briet und begoss das Fleisch, bis es so zart war, dass es beinahe vom Spieß fiel. Und ihr Vater zerlegte es gewissenhaft, teilte jede der fetten Bratenscheiben einzeln aus.
Schon allein der Duft machte sie alle heißhungrig. Keiner von ihnen hatte je zuvor richtiges Fleisch gekostet, und sie verschlangen es, sobald sie es in Händen hielten, ohne sich darum zu scheren, dass sie sich den Mund verbrannten. Mum und Dad schauten zu, aßen selbst nichts, überließen alles den Kindern, jeden einzelnen Bissen, und Tränen rannen ihre Wangen hinab. Denn sie wussten, was es bedeutete, das Schwein zu essen.

In diesem Winter blies der Wind Tag und Nacht von Osten, was ganz unnatürlich war, und brachte Schnee und Kälte mit sich. Mein Dad machte sich jeden Morgen auf den meilenweiten Weg zur Arbeit. Zusammen mit den anderen Männern baute er Straßen von Nirgendwo nach Nirgendwo, für vier Schilling und sechs Pence die Woche. Er arbeitete da an der Straße ohne Mantel und mit Schuhen, die ihm allmählich von den Füßen bröckelten, bis er schließlich an einer der Straßen starb und unter dem steinigen Geröll dort begraben wurde.

Im dritten Jahr der Knollenfäule kamen sie, um die Hütte einzureißen. Ein halbes Dutzend Soldaten, gerade erst aus den Betten geworfen und noch halb betrunken. Der nervöse Verwalter des Landeigners mit seinem Räumungsbefehl versteckte sich im Kreis ihrer Bajonette. Er forderte sie auf, die Hütte zu verlassen, und die Mutter kam mit ihren sieben Kindern heraus. Weiß wie Schnecken, keiner mehr ein Paar Schuhe an den Füßen, die zerlumpten Hosen schlotterten ihnen um die Waden.

In einer halben Stunde war es vollbracht. Mit den Bajonetten hoben die Soldaten das Strohdach ab, dann nahmen sie die Torfmauern und Grundsteine mit Brecheisen auseinander. Der Verwalter las seinen Räumungsbefehl mit lauter, bebender Stimme vor – schließlich verstummte er, als er feststellte, dass die Familie keine Einwände erhob. Sie standen einfach nur da auf dem nackten Kalkfelsen und blinzelten wie Maulwürfe im Sonnenlicht, das glitzernd von den Bajonetten zurückgeworfen wurde.

»Also gut«, sagte die Mutter, als die Soldaten fertig waren. Die Familie ging zurück zu den Überresten ihres Heimes und begann, ihr Scalpeen herzurichten, wie man eine notdürftige Behausung nannte, die aus der Ruine einer abgerissenen Hütte hergerichtet wurde.

Sie zogen alles aus den Trümmern, was sie finden konnten, die Hocker und Strohkissen, die Decken und den geschwärzten Kochtopf. Die Soldaten nahmen keine Notiz davon. Sie hatten ihre Pflicht getan und formierten sich zum Abmarsch zurück in die Stadt zu ihrem täglichen Gelage, der Verwalter wieder sicher in ihrer Mitte.

Die Familie stapelte ein paar Steinblöcke um ihre Habseligkeiten und setzte das gefallene Dach darauf, so gut sie konnten. Dann krochen sie alle bäuchlings aus der Sonne zurück in seinen Schutz.

Wir aßen das Schwein, und nachdem es vertilgt war, aßen wir Rüben, Brombeeren und Brennnesseln, die wir sammelten. Wir versuchten sogar, die Blumen zu essen, denn sie waren das Einzige, was dort draußen wuchs: das Frauenhaar und die schönen Rosen, die blauen und gelben Orchideen. Aber wir konnten sie nicht bei uns behalten.

Danach ging ihre Mutter zur Kirche, aber zwei der Priester waren am Fleckfieber gestorben, und der letzte hatte nichts vom Bischof gehört, also schloss er die Kirche und ging mit den anderen Männern, die noch laufen konnten, zum Straßenbau. Als Nächstes ging sie nach Ballyvaughan, um zu sehen, ob sie dort ein wenig Futtermais erbetteln konnte.

Und an dem Abend, kurz bevor es dunkel wurde, blinzelte ich durch ein Loch im Stroh und sah sie dort draußen. Eine große, schwarze Gestalt auf der Straße, und sie hielt den Rock vorne hoch, sodass sie aussah wie ein Säer auf dem Land, aber nicht wie jemand, der Getreide sät, sondern den Tod. Und von dem Augenblick an wusste ich, dass ich früher oder später würde fortgehen müssen.

Nachdem es in der Stadt keinen Futtermais mehr gab, bekamen sie Rüben, was tatsächlich ein Fortschritt war. Wenn man sie kochte, waren sie wenigstens nicht so hart wie der Futtermais, der sich im Mund anfühlte, als versuchte man, Kieselsteine zu essen. Doch bald gingen auch die Rüben zur Neige, und sie aßen Suppe von den Quäkern, bis es auch die nicht mehr gab. Danach gab es nichts mehr. Es gab nichts mehr zu essen, weder in der Stadt noch sonst irgendwo in der weiten Ödnis des Burren.

Hast du je erlebt, dass ein Albtraum wahr wurde? Ist dir je das Allerschlimmste passiert, das du dir vorstellen konntest?

Ihre Mutter lag am Herd, den Kopf auf die vier Steinplatten gebettet, auf denen sie früher ihr Feuer gemacht hatten. Ihre Stimme war nur mehr ein raues Flüstern. Sie erzählte wieder die alten Geschichten, wie sie in einer Sommernacht an der Wegkreuzung getanzt hatten.

»Das ist schon zwanzig Jahre her …«

Ruth versuchte, es sich vorzustellen, so wie sie es früher getan hatte. Aber letztlich konnte sie nichts anderes sehen als das Geschichtenerzählen. Sie alle zusammen, ihre Brüder und Schwestern und auch noch ihren Vater. Wie sie im Winter am Feuer geträumt hatten, während die Todesfee draußen heulte und es nichts anderes zu tun gab, als Geschichten zu erzählen.

Doch vor allem erinnerte sie sich an das Essen. Sie versuchte dagegen anzukämpfen, aber das war inzwischen alles, woran sie noch denken konnte. Die fetten weißen Kartoffeln, gekocht mit einem Salzhering im Topf und dazu ein Becher Buttermilch.

Das ganze Dorf wanderte hinaus zur Wegkreuzung, um dort zu tanzen. Sie überquerten die Felder bei Nacht, trugen ihre Trommeln aus Ziegenleder und ihre Flöten bei sich. Jede Frau trug ein buntes Band im Haar, und ihre langen Röcke flüsterten im hohen Gras …

Ihre Mutter war ihr nie alt erschienen, aber jetzt erinnerte sie sie an ein klappriges Pferd, das sie einmal in der Stadt gesehen hatte. Ihre Wangen waren eingefallen. Ihre Kopfhaut zeigte kahle Stellen, das dunkle, beinahe schwarze Haar, auf das sie so stolz gewesen war, fast gänzlich ausgefallen. Die Haut hing ihr wie ein loses Laken an den Knochen, die Augen waren eingesunken und wirkten weit aufgerissen.

»Bliadhain an air«, schrie sie. »Bliadhain an air! Das Jahr des Gemetzels!«

Ruth schaute auf sie hinab.

Ihr war schwindelig vor Hunger, und das Gesicht der Mutter schien sich vor ihr zu drehen. Sie hatten kein Feuer, und keiner von ihnen hatte mehr genug Kraft, hinauszugehen und Torf zu holen, ihn zu suchen und zu stechen. Doch die Steine waren noch warm, und Ruth legte den Kopf darauf, starrte in das todgeweihte Gesicht ihrer Mutter.

Ich habe sie im Frühling verlassen, als die roten Zistrosen und der Nelkenwurz blühten und die üppigen Orchideen die Felsen rosa und gelb und blau färbten. Ich ging einfach davon und ließ sie dort in all dieser unnützen Schönheit zurück.

Es herrschte ein fürchterlicher Gestank, und Ruth sah etwas Dunkles, Nasses auf der Decke ihrer Mutter glänzen. Sie hob den Kopf, betrachtete es und fragte sich, ob sie das Leben selbst aus ihr herausrinnen sah. Auch das Gesicht ihrer Mutter war verändert, ruhig, fast strahlend vom Fieber. Sie winkte Ruth mit einem gekrümmten Finger näher.

Da sah Ruth, dass der Nagel abgebrochen war, der Finger blutig und dreckig. Und gleichzeitig entdeckte sie das Loch unter dem Herdstein, das dort lag wie ein Abszess.

»Du musst. Ihn rausholen«, befahl ihre Mutter und deutete auf irgendetwas an der anderen Seite des Raums, ihre Stimme kaum hörbar, aber triumphierend.

»Du musst. Ihm helfen. Fortgehen.«

Langsam wandte Ruth den Kopf und schaute, wohin ihre Mutter zeigte. Sie nahm an, ihre Mutter habe nun den Verstand verloren. Doch sie wies auf Brian, ihren Liebling. Der Junge hockte am Boden und stierte vor sich hin, wie er es immer tat, aber etwas tröpfelte über sein Kinn auf die Brust.

Etwas, das er gegessen hatte – gegessen, wo es doch auf der ganzen weiten Welt nichts mehr zu essen gab. Und er hatte es gleich wieder ausgespuckt. Mindestens zwei Rüben und eine Kartoffel obendrein, nach den Überresten auf seinem Hemd und der Lache in seinem Schoß zu urteilen. Ruth sah, dass er das alte rote Taschentuch ihrer Mutter in der Hand hielt. Es war dreckverkrustet, weil sie die Rüben und die Kartoffel darin eingewickelt und es dann unter dem Herdstein vergraben hatte. Bis etwas zerbrochen war, etwas in ihrem Inneren zerrissen und sie gespürt hatte, dass es mit ihr zu Ende ging, dass es nichts mehr gab, das sie noch tun konnte. Da hatte sie den Stein angehoben, das letzte bisschen Nahrung auf der Welt ausgegraben und alles Brian gegeben.

Mum machte jetzt kein Geheimnis mehr daraus. Ruth blickte sie wieder an. Sie hatte sich auf einen Ellbogen aufgerichtet und gestikulierte immer noch – ihr Gesicht strahlend und siegesgewiss, selbst im Todeskampf.

»Hilf ihm. Er muss fort von hier …«, flüsterte sie.

Ruth sah wieder zu ihrem Bruder, der aus trüben, leblosen Augen ins Nichts starrte. Das Opfer war zu spät gekommen, die Nahrung konnte ihm jetzt nicht mehr helfen. Und immer noch bedeutete die Mutter Ruth mit ihrer blutigen, schmutzigen Hand, irgendetwas zu tun, ihm zu helfen, Brian.

Stattdessen kroch Ruth zu den anderen hinüber, die eng beieinander unter ihren Decken lagen. Agnes und Liam mit geschlossenen Augen – ob sie tot waren oder schliefen, wusste sie nicht. Die anderen starrten mit glasigen Augen ins Strohdach hinauf, ihre Brustkörbe bewegten sich kaum, falls überhaupt noch. Sie beugte sich über sie, um nachzusehen …

Die alte Frau sah vom Herd herüber.

»Rette ihn!«

Brian saß da, starrte ins Leere, die Beine vor sich ausgestreckt. Kartoffelbröckchen tropften seine Brust hinab.

Stirb hier nicht.

»Bring ihn hier raus!« Die letzten Worte ihrer Mutter.

Stirb nicht hier, nicht an diesem Ort.

Ruth hörte, wie die Worte in ihrem Kopf die ihrer Mutter überlagerten, und kroch los. Wider Willen wütend und beschämt, obwohl es doch ganz egal war, sie würden ohnehin alle sterben. Aber sie wollte nicht mit ihnen dort zugrunde gehen.

Sie kam aus dem Scalpeen, und die kühle Luft draußen belebte sie für einen Moment. Ihr war schwindelig, aber sie war kräftig genug, um sich aufzurichten und zu gehen. Sie wusste, sie würde nicht weit kommen, aber es war besser draußen zu sein und hier zu sterben, im rauen, kühlen Wind des Burren, als dort drinnen mit ihnen.

Ihrer Familie …

Mir kam der Gedanke, ich sollte gehen, also ging ich. Erst bin ich gekrochen und habe nicht angehalten, bis ich aus dem Scalpeen heraus war. Ich dachte, ich könnte mich einfach im Kartoffelbeet zusammenrollen. Aber dann war ich draußen und spürte die Luft und sagte mir: In Ordnung, geh einfach weiter, solange du kannst.

Sie ging schwankend, entfernte sich von den Überresten ihrer Hütte, ließ den kahlen weißen Felsen und das Meer vielfarbiger Blumen hinter sich.

10
Das Jahr des Gemetzels

Sie verließ das Scalpeen mit der Erwartung, jeden Moment zu fallen. Sie ging weiter, vorbei an den brachliegenden Kartoffelbeeten und dem Platz, wo einmal ihre Hütte gestanden hatte. Ging einfach hinaus ins Burren, nur um zu schauen, wie weit sie kommen konnte, und dachte: Nun, es ist besser, auf den Feldern zu sterben. Besser, unter freiem Himmel zu sterben.

Sie stieß auf eine Straße und folgte ihr, obwohl sie nicht wusste, woher sie kam und wohin sie führte. Doch nach vielen Stunden kam sie zu einer Hütte, die große Ähnlichkeit mit ihrer einstigen Behausung hatte, und sie trat an die Tür und klopfte. Sie wusste nicht, worum sie bitten konnte, denn schließlich hatte niemand im ganzen County mehr zu essen als ihre Familie.

Doch als sie näher trat, fand sie die Tür unverschlossen. Die wenigen Gegenstände, die die Hütte vorzuweisen hatte, waren wild durcheinander geworfen. Das Häuschen war eindeutig verlassen, die Bewohner sicher längst auf der Straße unterwegs.

So wie wir hätten gehen sollen. Ehe es zu spät war.

Sie durchsuchte die magere Hinterlassenschaft der geflohenen Familie – in ihrem verwirrten Zustand fand sie es überhaupt nicht sonderbar, sich im Haus fremder Menschen, inmitten ihrer Sachen aufzuhalten. Sie entdeckte ein gebrauchtes Hemd, das sie aufhob. Es war dünn wie ein Zwiebelhäutchen, aber immerhin ein Hemd. Dann eine Hemdbluse und ein Paar Hosen. Sie waren ihr zu lang, aber sie zog sie an und krempelte die Beine auf.

Danach sah sie sich weiter in der Hütte um, auf der Suche nach etwas Essbarem. Es war nichts zu entdecken, aber die gefundenen

Kleidungsstücke und der Schutz der Hütte wärmten sie, und nach einer Weile legte sie sich auf den Boden und schlief ein.
Am nächsten Morgen wachte sie auf und ging weiter auf der Straße, weil ihr nichts anderes zu tun einfiel. Immer wieder kam sie an Hütten vorbei, und beinahe in jeder fand sie irgendetwas, das sie gebrauchen konnte. Meistens irgendwelche zerlumpten Kleidungsstücke oder irgendwelchen alten Plunder, den sie vielleicht gegen etwas Essbares eintauschen konnte. Wenn sie gründlich genug suchte, fand sie manchmal gar Nahrungsmittel – ein paar Kartoffeln oder Rüben, die die Bewohner im Dachstroh oder unter den Herdsteinen versteckt und dann in ihrer verzweifelten Hast, dieses sterbende Land zu verlassen, vergessen hatten.
Sie musste vorsichtig sein. Manchmal fand sie Leichen in den Hütten, schon schwarz und aufgeschwemmt von der Wassersucht oder dem Skorbut. Dann brauchte sie immer eine Weile, bis sie den Mut fand, diese Häuser zu durchsuchen, bemühte sich, so wenig wie möglich zu berühren, damit sie sich nicht ansteckte.
Es kam auch vor, dass noch jemand in den Hütten oder verfallenen Scalpeens wohnte. Schreckhaft, wild und gefährlich wie Wölfe kauerten sie unter dem Strohdach und gingen mit einem Messer oder Knüppel auf sie los, wenn sie sie überraschte. Und oft kam sie zu Hütten, die schon durchsucht worden waren, mit Leichen darin, die überhaupt nicht so aussahen, als wären sie an der Seuche gestorben oder verhungert.
Sie ging weiter, durchquerte das ganze Burren, von Ballyvaughan bis Kilshanny, von Lisdoonvarna nach St. Mary's of the Fertile Rock. Kam durch die kleinen Städte, deren Plätze mit blauem Schiefer gepflastert waren, die Märkte leer und die Läden gegen die Menschen vom Lande verbarrikadiert. Die Weiden lagen verlassen, die Felder brach …

Die Menschen der Stadt bewegten sich langsam durch die Felder. Alle, Männer, Frauen und Kinder, gingen vornübergebeugt und suchten nach den letzten Rüben. Sie hörte nur das Rascheln ihrer Kleider und das Schlurfen ihrer Füße. Sie beobachtete sie und musste an die Leute denken, die bei Mondschein zur Wegkreuzung gezogen waren, um zu tanzen, an das bunte Band im Haar ihrer Mutter.

Ihre Mutter, die die Straße entlangging. Die schweigende Säerin, die ihren angehobenen Rock vor sich her trug …

Die Straßen waren jetzt voller Menschen, die dem Westen den Rücken kehrten. Sie zogen hinunter nach Cork oder in östlicher Richtung nach Dublin, dorthin, wo es vielleicht etwas zu essen gab. Die Männer und Frauen gingen langsam, stetig, so schnell der Hunger es zuließ. Schultertücher über die Köpfe gezogen, die ausgebeulten Hüte tief ins Gesicht gedrückt. Die Männer hatten kalte Pfeifen zwischen die Zähne geklemmt. Die Hände in den Taschen vergraben, gingen sie durch den Regen. Kehrten dem Westen den Rücken …

In Limerick sah sie eine Wagenladung Waisen, die man vor der Tür des Armenhauses zurückgelassen hatte. Das Haus war überfüllt, die Tür blieb ihnen verschlossen. Die Menschen auf der Straße wandten den Blick ab und hasteten vorüber. Die Waisen saßen dort in ihren Hemden, mit riesigen Augen und kahlen Köpfen wie Küken im Nest, zu entsetzt, um zu weinen.

In der Nähe von Tipperary stieß sie auf eine Gruppe von Männern, die eine schwarze Fahne mit sich trugen, auf der das Wort »Notflagge« stand. Auch sie so wild und entschlossen wie Wölfe, bewaffnet mit Piken und Hacken und anscheinend zu allem bereit. Sie fragten, ob Ruth sich ihnen anschließen wolle, denn sie hielten sie für einen Jungen. Doch dann kam ein Gemeindediener und gab ihnen etwas Brot, woraufhin sie sich zerstreuten, sanft wie Lämmer und dankbar.

Sie saßen zusammengekauert in der Höhle und warteten auf das Ende des Regens, der wie ein dichter Vorhang fiel. Sie alle, Männer wie Frauen, hatten sich in jedes verfügbare Stück Stoff gehüllt, Decken, Tischtücher, Röcke. Alles, womit sie sich bedecken konnten. Die Gesichter vom Fieber gerötet, sprachen sie leise miteinander,

wiederholten die Gerüchte und hoffnungsvollen Neuigkeiten, die auf den Straßen kursierten.
»Ich hab gehört, in St. Brendan's Well gibt es Futtermais.«
»Ach nein, wir kommen gerade von dort«, entgegnete ein grauhaariger Mann mit gebeugten Schultern in einem Tonfall, als wollte er sich entschuldigen.
»Wartet nur, bis der Befreier aus London zurückkehrt, er wird sich unserer annehmen …«
»Habt ihr gehört, was er den Commons gesagt hat?«
Der Mann mit den gebeugten Schultern zitierte, als sei es etwas, das er in der Klippschule auswendig gelernt hatte: »Irland liegt in Ihren Händen. Es liegt in Ihrer Macht. Wenn Sie das Land nicht retten …«
»Gott segne ihn, den stolzen Dan!«
»Ich fordere Sie auf, sich daran zu erinnern …«
»Ganz recht. Sie müssen sich bald an uns erinnern.«
»Tag für Tag bringen sie Schiffladungen mit Getreide aus dem Land, und wir sollen Peels Bimsstein fressen.«
»… ein Viertel der Bevölkerung …«
Sie lehnte an der Felswand nahe dem Höhleneingang und lauschte teilnahmslos, während die anderen über den Befreier sprachen, Daniel O'Connell. Ruth versuchte, so unauffällig wie möglich zu sein, wie ein halb verhungerter Junge auszusehen in ihren erbeuteten Sachen, dem Hemd und der Hose, denn das schien ihr auf der Straße das Sicherste zu sein.
Nicht, dass unter zehn Männern, die sie gesehen hatte, auch nur einer gewesen wäre, der die Kraft oder den Drang gehabt hätte, sie zu belästigen. Nicht, dass von diesen hier irgendetwas zu befürchten gewesen wäre, zusammengepfercht in der Höhle. Trotz all der wütenden Reden blieben sie ruhig und zahm, bereit zu akzeptieren, was immer das Schicksal mit ihnen vorhatte. »Es ist Gottes Wille«, hatte sie manchen sagen hören, ehe er sich zusammenrollte und starb.
Die schlimmste Art zu sterben, die es je gegeben hat.
Ruth empfand genauso, hatte das Gefühl, dass das Leben letzten

Endes einfach aus ihr herausrinnen würde wie Wasser aus dem Kalkstein nach dem Regen.
Und warum, warum sollte irgendwer es so in die Länge ziehen wollen?
»Seht euch das hier mal an!«
Es war ihnen bislang nicht aufgefallen, doch hinter ihnen lag eine Öffnung im Fels, die sich weit unter die Hügel zu erstrecken schien, die Wände gerade und glatt, offensichtlich der Eingang zu einem Dolmen – vielleicht das Grabmal eines mächtigen Königs vergangener Zeiten, wie die Farmer sie nach einem schweren Regen immer noch fanden.
»Da hinten?«
Sie spähten den dunklen Tunnel zur Grabkammer hinab.
»Seid ihr verrückt?«
»Warum nicht? Es ist ein Königsgrab. Warum sollten sie es sonst so tief gegraben haben?«
»Wir alle waren einmal Könige in diesem Land, wisst ihr …«
»Niemand kann wissen, was es da vielleicht zu finden gibt.«
»Sicher, aber es ist ein Himmelfahrtskommando. Wie sollen wir denn den Weg finden?«
»Ich habe Streichhölzer!«
Eine junge Frau mit weit aufgerissenen blauen Augen, die wirkte, als habe sie den Verstand verloren, hielt eine kleine Holzschachtel in die Höhe. Sie starrten sie einfach nur an, zu höflich oder erschöpft, um sie zu fragen, warum sie etwas so Kostbares wie eine Schachtel Streichhölzer nicht längst gegen eine Kartoffel oder einen Kanten Brot eingetauscht hatte.
»Sind da wirklich welche drin? Funktionieren die auch?«
»Klar!«
Die wahnsinnige junge Frau nahm eines heraus, riss es über den felsigen Boden und hielt die kleine Flamme mit einem Grinsen in die Höhe. Einstmals leuchtend rotes Haar lugte strähnig unter ihrem Kopftuch hervor, ihr Bauch war geschwollen, ob von Hunger oder einer Schwangerschaft vermochte Ruth nicht zu sagen.

»Wer weiß? Wer weiß, wie viel Gold sie mit ihren Königen beerdigt haben?«
»Unsere Könige.«
»Also schön. Alles, was wir finden, wird gerecht geteilt.«
»Einverstanden!«
Ruth schaute sich unter den rund zwanzig halb verhungerten Männern und Frauen um und dachte, wenn sie dort unten eine Krone und ein Zepter fanden, würde der erste Pfandleiher, zu dem sie kamen, sie ihnen für eine Schüssel Suppe abluchsen können.
Sie teilten die Bilder ihrer Träume, aber das war eben alles, was sie besaßen.
Ruth folgte ihnen in die Grabkammer hinab, ging gebeugt unter dem ausladenden Steindach, das sich ins Innere des Hügels erstreckte. Die Verrückte entzündete unbekümmert ein Streichholz nach dem anderen. Die Luft wurde stickiger, feuchter, und irgendwo vor ihnen in der Dunkelheit floss Wasser.
»Mein Gott, was war das?« Die Stimme des alten Mannes bebte vor Hoffnung, als er in der pechschwarzen Finsternis über irgendetwas stolperte, das er für das Skelett eines Königs in seiner Rüstung hielt. Wieder flammte ein Zündholz auf und schwebte knapp über dem Boden.
»Jesus!«
Sie beugten sich über den verwesenden Leichnam. Die Wangen waren eingesunken, Knochen ragten aus angenagten Fingern, die immer noch eine Decke umklammert hielten, bis ans Kinn hochgezogen. Kein König vergangener Zeitalter, nur eine Frau, die vor wenigen Tagen gestorben war. Langsam drängten sie sich an ihr vorbei, stießen immer weiter ins Innere des Grabes vor. Sie stolperten über weitere Leiber, von denen manche noch atmeten und sich zum Sterben hingelegt hatten, wo sie waren, entlang der kühlen, dunklen Wände des Dolmen.
»Alles hier ist längst geplündert worden …«
»Das kannst du gar nicht wissen«, beharrte der Mann mit den gebeugten Schultern. »Ich hab von einem Kind gehört, das eine Goldkette gefunden hat, keine zwei Meilen von hier …«

Das Streichholz ging aus, und sie standen in der Dunkelheit und warteten, während die Verrückte nach einem neuen kramte. Ihr Vorrat schwand; sie konnten ihre Nägel über den Boden der Holzschachtel kratzen hören. Sie hatten die Leiber hinter sich gelassen, waren zu weit entlang dem gewundenen Tunnel vorgedrungen, als dass irgendwer sich hierher hätte schleppen können, auch nicht für das Privileg, allein zu sterben. Aber immer noch wollten sie nicht umkehren, ohne das Ende gesehen zu haben.

Das Mädchen zündete ein weiteres Streichholz an, lächelte triumphierend, und sie schlurften weiter. Das Rauschen des Wassers wurde lauter, die Luft war hier klarer, und das gab ihnen Hoffnung. Der Tunnel machte eine scharfe Kurve, die so unerwartet kam, dass sie beinahe gegen den Felsen gelaufen wären – dann kamen sie um die Biegung und fanden ein riesenhaftes Skelett, das auf einem Felsblock saß.

»Jesus, hier ist es!«

»Oh, jetzt werden wir etwas zu essen bekommen!«

»Schweinefleisch, jeden Abend!«

Allein beim Klang dieser Worte spürten sie alle einen Stich in ihren geschrumpften Mägen, und Ruth dachte wieder, dass sie alle verrückt sein müssen. Es war jedoch nicht zu leugnen: Dort war ein Skelett. Und ein erhabenes obendrein. Es saß da so gelassen auf seinem Felsenthron, als habe es sie erwartet. Die Knochen waren in der Tat uralt, kein Fetzen Fleisch hing mehr daran, und sie hatten die Farbe von bräunlichem Wachs angenommen …

»Es muss Brian höchstpersönlich sein. An die acht Fuß groß.«

»Ganz sicher ist es ein König. Wer sonst sollte es sein?«

Aber das königliche Skelett besaß keine Beigaben. Keine königlichen Gewänder, keine Rüstung, überhaupt keine Kleidung. Weder eine goldene Krone noch goldene Ketten. Und schließlich ging ihnen auf, dass hier noch etwas nicht stimmte, dass etwas ganz und gar unnatürlich war.

»Hier, er ist überhaupt kein König!«

»Woher willst du das wissen? *Woher willst du das wissen?«*, verlangte die Verrückte wütend. Sie entzündete ein weiteres Streich-

holz, obwohl das erste die kleine Nische, in der sie standen, hinreichend ausleuchtete, und vertrieb jeden möglichen Schatten.
Niemand antwortete ihr, denn jetzt sahen sie alle den lang gezogenen Kiefer des Skeletts. Die spitzen Zähne und gewaltigen Klauen eines Bären oder irgendeines anderen prähistorischen Ungeheuers, das vor langer Zeit in diese Grabkammer gekommen war, um zu sterben. Kein König. Ganz und gar kein König – und doch standen sie noch eine Weile da und starrten es an, gebannt von seiner schieren Größe und den Geheimnissen, die es umgaben. Bis der Mann mit den gebeugten Schultern schließlich fragte: »Also? Denkt ihr, er hat unseren König aufgefressen?«

Die alten Frauen hockten am Straßenrand und warteten auf den Leichenkarren. Sie saß bei ihnen, weil sie nichts Besseres zu tun wusste. Die Frauen durchschauten ihre unzulängliche Maskerade und rieten ihr, sich einen Mann zu suchen, solange sie noch konnte, zu heiraten, wenn es das war, was nötig war. Ruth begriff anfangs kaum, dass sie mit ihr redeten. Die alten Frauen sahen aus wie Krähen, gestikulierten mit den von schwarzen Tüchern verhüllten Armen. Der Mangel an Nahrung hatte jeden Zahn in ihren Mündern verfaulen lassen. Sie gaben leise, besänftigende Schmatzlaute von sich, während sie ihr rieten, was sie tun sollte.
»Sieh zu, dass du dich rettest.«
»Du kannst doch einen Mann kriegen. Irgendeinen.«
»Irgendeinen Mann.«
Das wiederholten sie wieder und wieder, bis schließlich der Karren kam, und sie standen auf, um ihm zu folgen. Sie sahen aus wie ein wandelnder Haufen Stöcke in schwarzen Lumpen. Sie gingen los, sobald sie den Karren sahen, noch fünfzig Meter entfernt, nutzten ihren Vorsprung, um in die Gänge zu kommen, sodass sie eine kleine Strecke mit ihm Schritt halten konnten. Die Arme ausgestreckt und die Münder in einer Geste der Trostlosigkeit geöffnet, boten sie sich als Klageweiber an.
Ruth folgte ihrem Beispiel. So war es Sitte, und sie hofften, dass die Hinterbliebenen in ihrer Trauer ein paar Pennys auf die Straße

werfen würden. Doch hier gab es keine Hinterbliebenen, nur den Kutscher, der die Zügel seines Esels aufschüttelte. Er stierte geradeaus, und die nackten Füße der Toten ragten aus den rauen Leichentüchern und verursachten hinten auf dem Karren ein trommelndes Geräusch. Die alten Frauen folgten dennoch, so weit sie konnten, die Arme immer noch ausgebreitet, die Münder zu trocken zum Klagen, die Zungen dumpf gegen die Gaumen klickend.
Der Kräftigsten von ihnen gelang es, auf einer Höhe mit dem Karren zu laufen. Sie legte eine Hand auf ihn und versuchte, in das Gesicht des Kutschers aufzuschauen. Ruth bemühte sich, mit ihr Schritt zu halten und sie zu stützen. Hörte ihren Klageruf, den sie an den Kutscher richtete, obwohl der nur geradeaus starrte, so reglos und blind wie seine Fracht.
»Ich stamme vielleicht aus einer ebenso guten Familie wie jeder, an den ich mich wende, doch bin ich nun mittellos!«
Die alten Frauen gingen noch ein paar Schritte, ehe sie zurückblieben und am Straßenrand wieder zu Boden sanken, während der Karren weiter zum Friedhof fuhr.

Das Umland von Limerick war von einer Unzahl neuer Straßen durchzogen. Sie verliefen eben und schnurgerade, und als Ruth auf eine von ihnen stieß, beschloss sie, ihr zu folgen, auch wenn sie nicht wusste, wohin sie führte. Doch nach wenigen hundert Metern erkannte sie, dass sie der einzige Mensch auf dieser Straße war. Sie vernahm nichts als das Knirschen ihrer Schritte auf dem losen Schotter und das Krächzen der Krähen, die vor ihr im Sturzflug herabstießen und sie hinaus in die baumlose Ebene führten.
Trotzdem ging sie viele Meilen. Wolken zogen an ihr vorüber. Etwas Dunkles schien sie zu verfolgen, schräg hinter ihr zu laufen, sodass sie anfangs glaubte, es sei eine Wolke oder vielleicht eine der kreisenden Krähen oder der Teufel. Doch es gab keine so großen Krähen, und schließlich erkannte sie, dass es ihr eigener Schatten war, der sich zum Straßenrand hin neigte, geisterhaft dünn und körperlos, und mit den Wolken schwand und sich

auflöste. Sie wartete, bis er so weit gewandert war, dass sie ihn vor sich hatte, und dann trampelte sie ihn nieder, ließ ihn verschwinden.

Die Straße schien sich ins Unendliche zu erstrecken, weit über den Horizont hinaus, aber das war eine Illusion. Denn nachdem Ruth ihr den ganzen Tag gefolgt war, führte sie lediglich in eine kleine Senke hinab und endete dort, mitten in der Ebene. Nichts gab es dort, kein Ziel, keine Stadt. Kein Hinweisschild zu einem anderen Ort; sie hörte einfach auf. Und da stand Ruth ganz allein, bis auf die Krähen, die sie dort am Ende der Straße umflatterten, und schrie in die Stille hinein.

Schon aus einer halben Meile Entfernung hatte sie das Gefühl, dass mit dem Dorf irgendetwas nicht stimmte. Es war nicht mehr als ein weißer Klecks in der grünen, hübschen Landschaft. Zwanzig Häuser, die sich am Rande eines Sumpfes zusammendrängten. Kein Rauch kam aus den Schornsteinen, keine Kühe standen auf den Weiden, keine Schweine in den Pferchen. Nichts und niemand rührte sich in dem ganzen Dorf.

Sie nahm an, dass die Einwohner alle zusammen losgezogen waren. Auch das hatte sie schon gesehen, ganze Dorfgemeinschaften, die seit tausend Jahren am selben Fleck existiert hatten, brachen auf nach Dublin oder sonst irgendwohin, wo sie hofften, Nahrung zu finden. Weil sie glaubten, dass die Gemeinsamkeit immer noch Sicherheit und Überleben gewährleistete. Nur aus diesem Grund hatten sie sich ja ursprünglich zusammengetan. Doch Ruth wusste nach Monaten auf der Straße, dass es weder Sicherheit noch Beistand mehr gab, nirgendwo.

Doch als sie näher kam, war sie sicher, etwas zu sehen. Eine Hand voll niedriger Schatten, die zwischen den Häusern lauerten.

Sie blieb stehen, wo sie war. Auf der Straße hörte man immer wieder von Männern, die in Hütten einbrachen, die Bewohner ermordeten und sogar deren Fleisch aßen. Sie überlegte, ob es vielleicht besser wäre, das Dorf zu umrunden. Doch es war nicht mehr als die Ahnung einer Bewegung, die über die gekalkten Wände der Häuser flimmerte. Außerdem wirkten die Schatten niedrig, wie von Kindern oder Schweinen.

Sie verließ die Straße, als sie das Dorf erreicht hatte, aber sie war vorsichtig, nur für den Fall. Sie schlich zur Rückseite des nächsten Hauses, versuchte so nah am Boden wie möglich zu bleiben. Sie hörte ihre eigenen leisen Schritte im Gras. Nahm all die Gerüche des Dorfes wahr und registrierte, welche fehlten. Der Gestank von Schweinemist in den Ställen war durchdringend, doch nirgendwo roch es nach Gekochtem oder Gebratenem, nach Feuer im Herd, dafür lag über allem ein Hauch von Verwesung. Das Übliche.

Sie schob sich gerade zur Vorderseite des Hauses, als sie aus dem Augenwinkel wieder eine Bewegung wahrnahm. Sie fuhr herum, gerade noch rechtzeitig, um die Hinterbeine eines Hundes hinter der nächsten Hausecke verschwinden zu sehen.

Das war es also.

Sie erwog, ihm zu folgen, aber sie wusste, dass das sinnlos war. Sie hatte nicht mehr die Kraft, einen Hund zu jagen und zu töten. Das Dorf lag immer noch in unheimlicher Stille, nicht einmal die Stimmen und der Flügelschlag der Krähen waren zu vernehmen, die doch sonst allgegenwärtig waren.

Am besten, sie sah sich um und verschwand dann.

Sie betrat das erste Haus. Es musste den reichsten Leuten des Dorfes gehört haben, nahm sie an. Ein solide gebautes Haus aus Holz, Stein und Torf. Sie klopfte an die Holztür – es war einmal eine stabile Tür gewesen, doch jetzt schwang sie lose auf zerbrochenen Angeln –, dann schob sie sie auf und schlich hinein.

Das Haus war ein Trümmerfeld. Die feinsten Teller und Tassen, die sie je gesehen hatte, und die massiven Holzmöbel lagen zerbrochen in einem unordentlichen Haufen am Herd. Selbst einige der Herdsteine waren ausgegraben und durch den Raum geschleudert worden.

Langsam formte sich der Gedanke in ihrem vom Hunger vernebelten Verstand: *Sie haben nicht einfach zusammengepackt und sind gegangen.*

Eine weitere Tür führte ins Innere des Hauses, und Ruth betrachtete sie, von bösen Vorahnungen erfüllt. Allein die Vorstellung eines Zimmers mitten in einem Haus erschien ihr unheilvoll – eine offensichtliche Falle. Aber sie musste einfach nachsehen, und außerdem kam ein solcher Gestank von dort, dass sie einfach nicht glauben konnte, irgendwer, egal ob Mensch oder Tier, könne dort auf der Lauer liegen.

Sie trat ein und stellte fest, dass es das Schlafzimmer war. Es hatte ein richtiges Bett mit einer fein bestickten Steppdecke. Darunter lagen ein Mann, eine Frau und zwei Kinder – alle tot, aber noch nicht sehr lange. Ihre Gesichter waren mit großen roten Flecken und offenen Wunden übersät. Neben dem Bett stand eine Wiege, darin lag ein totes Baby, das von irgendeiner Kreatur angenagt worden war. *Der Hund …*

Sie schlich wieder hinaus, nachdem sie nur sporadisch nach etwas Essbarem gesucht hatte, denn der Gestank wurde selbst ihr zu viel. Sie trat aus der Tür und war froh, wieder an der frischen, kühlen Luft zu sein – und dann sah sie den geduckten schwarzen Umriss hinter dem nächsten Haus verschwinden.

Noch ein Hund oder derselbe? Doch im gleichen Moment schreckte ein plötzlicher menschlicher Laut sie auf, der von der anderen Seite des Weilers zu kommen schien, nur ein paar hundert Schritte entfernt.

Es war die Stimme einer Frau, erkannte sie. Sie schrie etwas mit so hoher und verzweifelter Stimme, dass Ruth die Worte anfangs nicht verstehen konnte. Instinktiv, geleitet von dem letzten Rest Mitgefühl für eine andere leidende Kreatur, das sie noch aufbringen konnte, machte Ruth einen Schritt in die Richtung, aus welcher die Stimme kam, und fragte sich, was sie tun sollte. Dann hielt sie inne.

Jetzt verstand sie die Frau. Das eine Wort, das sie wieder und wieder schrie: »Essen! Essen! ESSEN!«

Immer wieder derselbe Ruf. Aber wusste sie denn nicht, dass es nichts zu essen gab? Und wenn doch, dann würde sie es essen …

Dieser dumme Junge, Kinn und Brust beschmiert mit der erbrochenen, letzten Mahlzeit. Sie hat ihm die letzten Rüben, die letzte Kartoffel gegeben, ihrem ältesten Sohn, dem Jungen, der schon halb tot war. Sie hatte sie aufgespart, während die anderen Kinder verhungerten …

Ruth schlich weiter zur nächsten Hütte. Sie war ärmlicher, nur aus getrocknetem Torf, Stroh und Lehm gebaut. Drinnen sah es noch schlimmer aus als in dem ersten Haus. Leichen lagen kreuz und quer auf dem festgestampften Lehmboden, die Leiber verdreht und aus den Leichentüchern gezerrt. Die Kehlen aufgerissen, ganze Gliedmaßen abgetrennt und verstreut. Ruth verharrte an der Tür, ganz und gar nicht sicher, ob sie eintreten sollte. Doch sie zwang sich, ein par Schritte zu machen, hielt sich zum Schutz gegen den Gestank die Nase zu. Sie hob einen Schürhaken auf, bemühte sich, die angefressenen Toten nicht anzusehen, und stocherte unter den Steinen und Strohkissen herum. Auf der Suche nach einer vergessenen Kartoffel, einer Rübe, ein bisschen Maismehl …

Doch es gab nichts zu finden, und rückwärts trat sie wieder ins Freie. Sie versuchte immer noch, nichts zu sehen, hielt den Blick gesenkt, als sie direkt hinter sich das Knurren hörte.

Langsam wandte sie sich um und sah den Hund zum ersten Mal von vorn. Sie wusste nicht, warum er sie angeknurrt hatte. Ohne diese unbeabsichtigte Warnung hätte er sie wahrscheinlich anfallen, ihr die Kehle aufreißen können, noch ehe sie wusste, dass er überhaupt da war.

Das Tier hatte ein gelbliches Fell und war viel größer, als es ihr ursprünglich erschienen war, reichte ihr fast bis an den Oberschenkel. Die Rippen waren unter dem fleckigen Fell deutlich sichtbar, die Schnauze mit Blut und Fleischfetzen verschmiert. Der Hund knurrte wieder und schnappte; spitze, gelbe Zähne schimmerten in seinem roten Maul.

Er ist zu dünn.

Der Gedanke kam ihr unvermittelt in den Sinn. Nicht, dass es irgendeinen Unterschied machte. Sie konnte nirgendwohin. Die Hütte hinter ihr hatte keine Tür, nur die leere Öffnung in der Torfwand. Wenn sie wieder hineinging, säße sie dort nur in der Falle.

Sie versuchte, auf die Seite des Häuschens zu gelangen, den Rücken an die verfallene Torfwand gepresst. Doch als sie sich rührte, kam

ein großer, roter Hund um die Ecke, zwei weitere Mischlinge folgten ihm. Trotz der angefressenen Leichen in der Hütte wirkten sie alle so abgemagert wie der erste.
Da stimmt doch etwas nicht.
Aber es spielte keine Rolle. Sie war eingekreist, und die Hunde knurrten sie an. Einer stieß ein hohes Bellen aus, als sei es ein Signal, und die anderen schlichen näher an sie heran. Die Hunde umstellten sie, sodass kein Fluchtweg mehr offen war, bewegten sich so schnell und selbstverständlich, als hätten sie dies schon viele Male getan.
Sie rührte sich nicht, zu schwach, irgendetwas zu unternehmen. Sie konnte sie nicht alle im Auge behalten, weil sie zu weit auseinander gezogen waren. Das Einzige, was ihr zu tun einfiel, war, die Arme vor sich zu halten und zu hoffen, dass die Hunde so nicht gleich an ihre Kehle oder den Bauch herankamen. Dass sie die Chance bekommen würde zu rennen, wenngleich sie wusste, dass sie nicht weit kommen würde, hier draußen auf der Straße oder dem weitläufigen Moor, das sich bis zum Horizont erstreckte …
Die Hunde kauerten sich zusammen. Das Bellen war nun verstummt, nur das kehlige Knurren noch zu hören. Jetzt war es so weit. Sie drückte den Rücken gegen die Wand und versuchte den Moment abzupassen, in dem sie springen würden, als ein Mann um die Hütte herumkam.
Er bewegte sich sehr schnell, in einem krebsartigen, seitlichen Gang, ein dickes Stück Holz in der Hand. Er griff die Hunde an, noch ehe sie ihn bemerkt hatten. Er ließ den Knüppel auf den Kopf des ersten niedersausen, sodass das Tier mit einem fürchterlichen Krachen im Dreck landete.
»Ha!«, brüllte er triumphierend, drosch dann wütend auf den verletzten Hund ein, zertrümmerte seinen Kopf, die Rippen, die ausgestreckten, zitternden Beine.
»Ha! Ha!«
Nicht einmal dann ergriffen die übrigen Hunde die Flucht. Stattdessen kreisten sie ihn ein, und einer nach dem anderen sammelte seinen Mut und griff ihn an. Dem ersten verpasste er einen harten

Schlag vor die Brust, doch der Hund kam wieder auf die Beine und stürzte sich erneut auf ihn, bis dem Mann ein gut gezielter Stoß glückte und er dem Tier seinen Knüppel so weit wie möglich in den Schlund rammte und es dann von sich schleuderte, sodass es sich im Flug um die eigene Achse drehte.

Doch nun fiel der erste Hund ihn an, der gelbe Mischling mit dem schlaffen Fell, und der Mann hatte seinen Stock eingebüßt. Ruth zwang sich, ihren Platz an der Wand aufzugeben, kroch auf Händen und Knien zu dem röchelnden Hund, der sich zuckend am Boden wand. Sie packte den Knüppel und zerrte mit aller Kraft daran, versuchte, ihn herauszuziehen, ohne den Zähnen des Hundes mit den Fingern zu nahe zu kommen.

Doch es war zu spät. Der gelbe Hund hatte sich auf den Mann gestürzt und schnappte nach dessen Kehle. Der vergrub die Hände im Fell seines Angreifers, zog ihn näher zu sich heran. Dann umschlossen seine Hände plötzlich die Kehle des Hundes. Er drückte zu, während die Krallen sein Hemd zerrissen und seine Brust blutig kratzten. Der Hund wand sich, warf sich hin und her, um seinen Kopf zu befreien. Doch der Mann drückte nur noch fester zu, presste den Hals des Tieres zusammen, das Gesicht zu einer schrecklichen Grimasse verzerrt, nur Zentimeter von der Hundeschnauze entfernt. Tiefer und tiefer gruben sich die Hände ins Fell, bis das Tier endlich erschauerte und starb. Der Mann ließ es fallen.

Zwei Hunde waren noch übrig, die den Kampfplatz umkreisten und auf ihre Chance warteten. Nun endlich hatte Ruth den Knüppel befreit und warf ihn dem Mann zu. Er hob ihn hoch und drohte den Hunden damit, seine Hände blutbeschmiert, sein rasierter Schädel mit roten, pulsierenden Geschwüren übersät. Die Tiere sahen ihn an und trollten sich, wandten nur noch einmal den Kopf, um ihn ein letztes Mal anzuknurren.

Warum er sie nicht auch gleich getötet hatte, blieb ihr ewig ein Rätsel.

Je besser sie ihn kennen lernte, umso weniger verstand sie es. Sie wusste nur noch, dass sie sich auf die Knie aufgerichtet hatte und dann aufgestanden war. Sie starrte ihn an, wie er mit dem Knüppel in der Hand dastand, umgeben von Hundekadavern. Eine gelbe, mörderische Wut stand in seinen Augen, als hätte er die Seuche oder etwas Schlimmeres. Sie versuchte, sich vorzubereiten, überlegte, was sie sagen sollte, wenn er einen Schritt auf sie zu machte. Doch stattdessen ließ er nur den blutverschmierten Stock fallen und kniete sich neben seine Beute.

»Gut, gut, gut …«, murmelte er.

Er stemmte die Kiefer der getöteten Hunde auf und schaute erst dem einen, dann dem anderen in den Rachen.

»Gut, gut, gut«, sang er vor sich hin. »Keine Flecken auf der Zunge. Gut.«

Er zog ein Messer aus dem rechten Stiefel und fing an, auf die Überreste der Hunde einzustechen. Es war nur eine kurze Klinge, so klein, dass er sie nicht einmal eingesetzt hatte, um sich gegen die Hunde zu verteidigen. Doch jetzt benutzte er es, um ihnen unter großer Mühe die Beine abzusäbeln, eins nach dem anderen, dann die Zungen. Sie beobachtete ihn gebannt, dort auf der Straße, die durch das Dorf führte. Er nahm sie indessen kaum zur Kenntnis, warf ihr nur einen Blick zu, der sie warnte, seiner Beute nicht zu nahe zu kommen.

Und dann fing die Frau wieder an zu schreien: »Essen! Essen! Essen!«

Er hörte es auch. Sie hatte es sich nicht nur eingebildet – das erkannte sie daran, wie er den großen, schauerlichen Kopf zur Seite neigte. Er lauschte wie ein Hund. Schätzte den Laut mit vollkommenem Gleichmut ein, das Gesicht ausdruckslos, ehe er emsig an einem der feuerroten Geschwüre über dem rechten Ohr kratzte.

»Esssen! Essen! ESSEN!«

Er steckte sein Messer wieder in den Stiefel, blickte zu Ruth hoch und erteilte ihr zum ersten Mal einen Befehl: »Komm!«

Sie schleppte die Hundeteile für ihn und konnte sich nur daran hindern, das warme Fleisch und die Innereien in den Mund zu stopfen, weil sie sich vorstellte, was er wohl mit ihr machen würde, wenn sie es täte. Stattdessen folgte sie ihm eine Reihe von Hütten entlang, kaum in der Lage, mit ihm Schritt zu halten, denn er bewegte sich erstaunlich schnell in diesem eigenartigen Gang. Sein Gesundheitszustand war offenbar weitaus besser als ihrer; er war immer noch stark und behände. Er sah noch nicht einmal abgemagert aus, doch woher er ausreichend Nahrung bekommen haben sollte, konnte sie sich einfach nicht vorstellen.

Die Schreie wurden lauter, die Frau hörte sich an, als liege sie im Todeskampf, und er beschleunigte seine Schritte noch mehr. Endlich erreichten sie das Haus, aus dem das Geschrei drang. Ruth keuchte vor Anstrengung. Der Mann betrachtete sie neugierig, wartete, bis sie ihn eingeholt hatte. Dann stieß er die Tür des Hauses auf und spähte angestrengt in das Halbdunkel im Innern. Er trat ein und bedeutete Ruth mit einer Geste, ihn zu begleiten. Sie tat, was er wollte, obwohl der Gestank fürchterlich war, schlimmer noch als in den Leichenhütten. Sie wankte und versuchte zurückzuweichen. Doch er packte ihren Arm und hielt sie, wo sie war.

»Bleib hier! Ich brauch dich vielleicht«, befahl er und zeigte auf das Strohlager in der Ecke des dunklen Raumes.

Sie lagen unter einer Decke, die Frau und ihr Mann, jedenfalls nahm Ruth an, dass sie ein Ehepaar waren. Der Mann lebte noch, war aber zu schwach, um irgendetwas anderes zu tun, als die Augen zu bewegen, den Mund hatte er weit aufgesperrt. Auch die Frau lag flach auf dem Rücken. Ihre Augen starrten ins Dachstroh hinauf, anscheinend ohne irgendetwas zu sehen. Und immer noch schrie sie dieses eine Wort zum Himmel auf: »Essen! Essen!«

Doch Ruth konnte sehen, dass es dafür zu spät war. Alle Zähne waren ihnen ausgefallen, dem Mann ebenso wie der Frau, ihre Wangen hingen herab wie die alter Leute. Die Haut veränderte sich bereits. Der Mann war groß, hatte eine breite Brust. Die Augen der Frau waren dunkelbraun und jetzt riesig, ihr Haar von weißen Strähnen durchzogen. Völlig hilflos …

Der Mann, der sie vor den Hunden gerettet hatte, zog sein Messer wieder hervor, hob damit eine Ecke der Decke an und zog sie langsam von den beiden Körpern. Sie protestierten nicht, blieben einfach liegen, der Mann schweigend, und die Frau schrie weiter, wenn auch vergeblich. Sie waren beide vollständig bekleidet, sah Ruth – doch die Kleidung war aufgeplatzt, wo Arme und Beine an den Gelenken geschwollen waren. Sie konnte die Augen einfach nicht abwenden; das gestaute Blut unter der Haut war so dunkel, dass es schwarz wirkte.

Der Hundetöter ließ die Decke fallen und ging hinaus. Ruth folgte ihm, so schnell sie konnte. Er hockte sich in einen Ring weißer Steine neben der Hütte, wo einmal ein Gemüsegarten gelegen hatte, ehe er vollständig geplündert wurde, selbst die Stiele samt der Wurzeln waren vertilgt worden. Der Mann hob einen der weißen Steine hoch und wog ihn in der Hand – dann bedeutete er Ruth, seinem Beispiel zu folgen.

»Nein«, erwiderte sie, ohne zu zögern, und bedauerte es in dem Moment, als ihr das Wort über die Lippen gekommen war. Doch dieses eine Mal war seine Reaktion beinahe sanft.

»Wir werden etwas Schwereres als den Stock brauchen. Das sind keine Hunde, weißt du …«

»Damit will ich nichts zu tun haben«, sagte sie.

»Ach ja?«

Er packte sie fest am Arm.

»Du willst mir also erzählen, was du tust und was nicht, wie?«

Sie versuchte, sich zu befreien, aber er hielt ihren Arm fest im Griff.

»Verdammt, es ist der Scharbock! Das musst du doch schon mal gesehen haben«, schnauzte er. »Dagegen kann man nichts machen!«

»Trotzdem will ich mir das nicht auf mein Gewissen laden.«

Der Hundetöter schnaubte.

»Dein Gewissen! Du solltest dir zuerst über deinen Bauch Gedanken machen.«

»ESSEN!«

Wieder kratzte er sich hart am Kopf und lauschte der Frau in der Hütte.

»Und außerdem«, murmelte er, »muss dieses Geschrei aufhören.«

Er nahm den großen, weißen Stein wieder auf und ging hinein. Sie wartete draußen im verwüsteten Garten, während er es tat. Sie

hätte ins Moor fliehen oder sich in einer der Hütten verstecken können, und sie war keineswegs sicher, ob er sie verfolgt hätte.
Aber stattdessen wartete sie, blieb einfach im Garten stehen. Das war die Entscheidung, die sie in dem Moment fällte, denn sie wusste, dass sie ohne ihn nicht viel länger überleben würde. Sie stand im Garten und spürte den Ostwind in ihrem Haar. Wartete, bis die Frau verstummte …
Nach ein paar Minuten kam der Mann wieder aus dem Haus, den blutigen Stein in der Hand. Er ging noch ein paar Schritte und schleuderte ihn dann so weit weg, wie er konnte, hinaus ins Moor. Dann richtete er den Blick wieder auf sie.

11
Johnny Dolan

Er schlenderte an den Juwelier- und Uhrmacherläden auf der Maiden Lane entlang, betrachtete die funkelnden Auslagen in den Fenstern und überlegte, wie einfach es wäre, eine Scheibe einzuschlagen, die Beute herauszuklauben und zu verschwinden …

Und was ist mit meinen Schätzen? Die ganze Sammlung hatte er den weiten Weg über den Ozean gebracht. Wie durch ein Wunder waren sie in ihrem Glasschrank unbeschadet geblieben. Sein Wunderkabinett. *Wo waren sie jetzt?*

Er wollte nicht weiter darüber nachdenken, noch nicht. *Höchstwahrscheinlich verscherbelt oder weggeworfen.* Ruth war nie in der Lage gewesen zu begreifen, was so etwas wert war. Niemand hatte das begriffen, nachdem sie nach Amerika gekommen waren, was er nie hatte verstehen können. Es hatte immerhin ihre ganze Überfahrt finanziert, und zwar allein mit dem Geld, das ein Dubliner Pfandleiher dafür zu geben bereit gewesen war. Doch sie hatten ihn nur ausgelacht in dem Saloon, zu dem Finn McCool sie gebracht hatte, hatten es zerbrochen und alles durcheinander gebracht, ehe sie es ihm zurückgaben.

Irgendein Plan, ihn übers Ohr zu hauen, zweifellos – so wie sie es getan hatte. Nun, er würde herausfinden, was es jetzt wert war, so oder so …

Er bog nach Norden in die Pearl Street und kam durch die Bowery. Würfelklimpern und Klaviermusik drangen bereits aus den Türen der Theater und Kaschemmen entlang der Straße, selbst so früh am Morgen. In den Fenstern der Bars prangten große Schilder, die ihre Attraktionen anpriesen:

Die schönsten jungen Kellnerinnen in der ganzen Stadt!
Wir leben noch – schöne Tänzerinnen, charmante Sängerinnen, hinreißendes Ballettcorps!
Wer jammert über schlechte Zeiten? Hier gibt es ein kostenloses Mittagessen!
Er stolperte, wurde wieder und wieder angerempelt, obwohl alle in die gleiche Richtung zu strömen schienen, nach Norden. Sicher zu irgendeiner neuen Sensation in der Stadt. Ein Opernsänger oder ein ausgestopfter Affe, irgendetwas, das sie für ein par Minuten fesseln konnte. Er schaute sich gehetzt um, spürte ein Gefühl von Panik im Bauch. Er war noch nicht wieder an so viele Menschen gewöhnt nach all den Jahren im Gefängnis …
Und dann sah er das Gesicht. Es schien über der Menge zu schweben, über all den Matrosen und Schiffsbauern, Kutschern und Hafenarbeitern, die sich langsam um die Ecke in die Catherine Street schoben. *Sein* Gesicht – Patrick. Das zu suchen er beinahe aufgegeben hatte, selbst in großen Menschenmengen.
Doch da war er. Größer, als Dolan geschätzt hätte, aber im richtigen Alter. Vielleicht war er es doch nicht. Es gab eben nur eine begrenzte Zahl von Gesichtern auf der Welt, und er hatte schon früher geglaubt, einen Blick auf ihn erhascht zu haben, am Broadway, auf dem Embarcadero, selbst drüben in Dublin.
Und doch, er sah aus wie Patrick, der gleiche entrückte, aber freundliche Blick, der Mund leicht zu einem schiefen Lächeln verzerrt. Er wandte sich halb um, als wollte er auf irgendetwas zurückblicken, und im Profil ähnelte er Patrick so sehr, dass Dolan versuchte, sich durch die Menge zu ihm durchzukämpfen, und alles andere vergaß, wozu er hergekommen war.
Aber es fiel ihm nicht mehr so leicht wie früher, auf einem überfüllten Gehweg seinen Kurs zu halten. Er drängte vorwärts, nur um gegen noch mehr Rücken und Ellbogen zu prallen. Er folgte dem Gesicht – *folgte Patrick* – durch die ganze Bowery, unfähig, die Lücke zwischen ihnen zu schließen. Kurz vor der Grand Street, als er nur noch zehn Schritte hinter ihm war, verschwand das Gesicht so abrupt, als sei es ins Meer gefallen.

Dolan drängte sich rüde zu der Stelle, wo er es zuletzt gesehen hatte, aber es nützte nichts. Er schaute in jede Bar, jeden Laden entlang dem Block, klopfte gar an die Türen der Wohnhäuser, trotz des Risikos. Alles vergebens. Neugierig und argwöhnisch spähten die Leuten aus den Türen, und er versuchte stammelnd, das Gesicht, Patrick zu beschreiben. Doch es war, als hätte er vergessen, wie man ihre Sprache spricht. Die Worte sprudelten in abgehackten Fragmenten hervor, was die Leute nur noch weiter erschreckte …
Das Gesicht meines Bruders? Meins! Nur jünger. Wie ein Junge. Ist er hier?
Diejenigen, die er ansprach, schüttelten nur die Köpfe und zogen sich hastig ins Halbdunkel ihrer Häuser und Wohnungen zurück. Dolan spürte den altvertrauten Zorn in sich aufsteigen, aber er rang ihn nieder. All dies bewies nur, wie richtig seine Entscheidung gewesen war, sich kein Zimmer in einer Pension zu suchen. Er war schon lange nicht mehr in der Lage, höflich mit anderen Menschen zu sprechen, auch nur wie ein normales menschliches Wesen zu wirken …
Rückwärts taumelte er mitten auf die Straße, ohne die Pferde und Wagen auch nur wahrzunehmen. Immer noch fragte er sich, ob er etwas übersehen hatte, eine winzige Gasse etwa. Die gab es hier unten in großer Zahl, wie er sich erinnerte, und die meisten waren nicht einmal breit genug, dass ein Mann hindurchgepasst hätte. Die jungen Gangster und Langfinger verkrochen sich dort gern, wenn die Polizei ins Hafenviertel herunterkam.
Schließlich fand er, wonach er Ausschau gehalten hatte. Eine breite Sackgasse, knietief mit Morast bedeckt, zwischen zwei Gebäuden auf der Ostseite der Straße. Cat Alley, wie er sich erinnerte. Sie war verlassen, aber vielleicht lag eine weitere Einmündung oder eine Tür an ihrem Ende. Er bog in das Gässchen, so mit seiner Suche beschäftigt, dass er den Mann nicht bemerkte, der ihm folgte, auch nicht den Arm, den er nach ihm ausstreckte.
»Dolan! Der *gefährliche* Johnny Dolan!«
Die Stimme dröhnte über seinem Kopf. Ein Arm, so dick und lang wie der eines Bären, legte sich um seine Schultern.

»Dolan! Du bist es doch, oder?«
Er machte sich ganz schlaff. Wenn es die Polizei war, dachte er, dann hatte er nur eine Chance, an das lange Messer in seinem Stiefel zu gelangen. Doch die Bärenpranken ließen ihn los, und als er sich umwandte, sah er noch ein vertrautes Gesicht, eines, das er an dem enormen Auswuchs erkannte, der es beherrschte.
»Big Nose Bunker«, sagte er verwundert, mehr zu sich selbst als zu dem großen Mann vor ihm.
»Stimmt!« Bunker grinste und drosch ihm auf die Schulter. »Du hast mich auch gleich erkannt! Ah, da bist du ja wieder, Junge!«
Er kannte Bunker aus der Zeit, als er bei den Dead Rabbits mitgemischt hatte. Ein Dieb, aber kein besonders guter – ein kleiner Fisch trotz seiner Größe. Jetzt war er in die Jahre gekommen und fett geworden, seine breite Brust und der Bauch waren in einen gelb-schwarz karierten Anzug gezwängt.
Er lachte unangenehm und stieß Dolan mit dem Ellbogen an.
»Ich hab dich nicht mehr gesehen, seit Old Man Noe abgemurkst wurde. Stimmte das, was damals geredet wurde?«
»Was denn?«
»Du weißt schon.«
»Nein, ich weiß gar nichts.«
»Komm schon. Dass du sein Auge immer in der Tasche hattest? Das Auge, das du ihm ausgedrückt hattest?«
Dolan stand an der Einmündung zur Gasse, trat von einem Fuß auf den anderen und dachte nach. Bunker grinste ihn durch seinen dicken, schmierigen Backenbart anzüglich an – sein Atem roch nach Whiskey und Zwiebeln, sodass Dolan beinahe übel davon wurde. Es erinnerte ihn an den Schlauch, aus dem er im Yellow Man getrunken hatte.
Big Nose war immer ein Schwätzer gewesen, wie er sich entsann. Es brauchte nur zwei oder drei Drinks, und er würde jedem erzählen, dass er den leibhaftigen Johnny Dolan in der Bowery gesehen habe.
»Ach, red schon! Ich werd schweigen wie ein Grab!«
Er erwiderte Bunkers Grinsen. »Komm mit«, sagte er, legte ihm die

Hand auf die Schulter und führte ihn weiter die Gasse hinab. »Komm. Du willst es sehen? Ich zeig's dir …«

Big Nose ging willig neben ihm her, das hässliche Grinsen nach wie vor im Gesicht. Dolan grinste zurück, Bunkers Schulter fest im Griff, bis er sicher war, dass sie weit genug von der Straße entfernt waren, um so gut wie unsichtbar zu sein. Cat Alley bog scharf nach rechts ab und endete an der Rückseite eines verfallenen Gebäudes. Er erinnerte sich daran. Das Mauerwerk des verlassenen Hauses wies große Lücken auf – breit genug, dass ein Mann sich hindurchzwängen und durch das Gebäude auf die Chrystie Street gelangen konnte …

Immer noch grinsend, stand er vor Bunker und holte den Augenstecher, der wie ein kleiner Korkenzieher aussah, aus der Tasche, gab vor, ihn in eine der grell orangefarbenen und gelben Kisten zu bohren. Big Nose fiel sofort darauf herein, lehnte sich vor, soweit seine Leibesfülle es zuließ, erpicht darauf, das ausgestochene Auge von James Noe zu sehen. Angewidert schüttelte Dolan den Kopf, während er nach dem Messer im Stiefel griff.

Als ob ein Auge so lange halten würde …

Big Nose sah die Klinge im letzten Moment aus dem Augenwinkel und riss die Hand hoch, um sie abzuwehren. Normalerweise hätte das keinen Unterschied gemacht, aber Dolan war immer noch angeschlagen vom Gelbfieber, von der Nacht auf der Straße und all den Jahren im Gefängnis. Er taumelte zur Seite, stach ziellos auf Bunkers Hand ein und schnitt ihm vier Finger ab, ehe Big Nose zurückweichen konnte, die Augen weit aufgerissen.

»Jesus, Johnny!«, protestierte er, eher beleidigt als schmerzvoll, und stierte verständnislos auf seine abgetrennten Gliedmaßen, die im Morast der Gasse lagen.

»Jesus, ich hab kein Geld, weißt du …«

»Nein. Nein, aber du hast eine Zunge, oder?«

Dieses Mal rammte er die Klinge, die so stark und scharf wie ein Fleischermesser war, geradewegs durch Bunkers Hand in seinen Leib. Big Nose stieß einen röchelnden Schrei aus, aber sie waren die Gasse weit hinuntergegangen, und der Ruf verklang ungehört im allgemeinen Getöse der Händler, der rollenden Fässer, der Pferde und Wagen und der Stimmen all der Menschen auf der Straße. Wieder und wieder stach er zu, sechsmal insgesamt, bemüht, ein lebenswichtiges Organ oder eine Arterie zu treffen, ehe Bunker zu Boden ging. Er war jetzt verstummt, wirkte aber immer noch ein wenig verdattert. Ein großer Fleischberg von einem Mann, der langsam in die Knie brach, dann vornüberkippte und mit dem Gesicht im Morast endete. Johnny blieb einen Moment vor ihm stehen, dann wischte er das Blut an Bunkers Jacke von der Klinge, ehe er sich über ihn beugte und hastig seine Taschen durchsuchte, nur für den Fall der Fälle.

»Ach, zur Hölle mit dir, Big Nose«, schimpfte er gedämpft, denn er hatte tatsächlich nichts gefunden, nicht einmal eine alte verbeulte Kupferuhr, die er irgendwo hätte verpfänden können. »Du hast es immer schon gern mit der Wahrheit gehalten.«

Eilig verschwand er in dem verfallenen Gemäuer Richtung Chrystie Street. Dort verschmolz er nahtlos mit der Menge, zog mit ihr weiter Richtung Norden, das Gesicht seines Bruders vorübergehend vergessen.

12
Herbert Willis Robinson

Ich verlasse unsere verlassene City Hall, umrunde die Menschenmenge, die den Park bevölkert, und gelange über eine Fußgängerbrücke auf die Schillingseite des Broadway. Hier ist der Gehweg fast so überfüllt wie an jedem gewöhnlichen Montagmorgen. Voll gestopft mit Kaufleuten und Wall Street-Händlern, Hausierern, Botenjungen und Besuchern von außerhalb, und sie alle ahnen nichts von der hereinbrechenden Krise. Die Blumenmädchen stellen wie üblich ihre Ware aus, wo immer sie eine Ecke oder einen Zaun finden können.
Ich halte am Stand einer alten Negerin, um eine Birne in Sirup zu erstehen, die in einer Tonschale serviert wird. Ein gutes Heilmittel für einen Brummschädel. Die Menschenströme drängen sich an mir vorbei, ungeduldig wie immer. Doch während ich da stehe und meine Birne schlürfe, stelle ich fest, dass trotz des Anscheins von Normalität viele der Textilhandlungen nicht geöffnet haben. Oder sie schließen bereits wieder, und ihre Metallrollläden rasseln scheppernd aufs Pflaster. Manche unserer Kaufleute sind gar so weit gegangen, ein paar Finsterlinge anzuheuern, die vor den Geschäften einherstolzieren, die Pistolen unübersehbar im Gürtel. Ich frage mich, was sie ausrichten werden, wenn der Mob wirklich kommt.

An der Paradise Alley sind sie vernünftiger. Der einzige Laut dort ist das Summen der Fliegen, die über den Abfallhaufen und Pferdekadavern kreisen. Jede Tür ist versperrt. Fast kann man spüren, wie sie drinnen in der lähmenden Hitze sitzen, jede Bewegung auf der Straße beobachten …

Ich betätige den Klingelzug an Maddys Tür – an der Tür des Hauses, das ich für sie gemietet habe. Es ist ein solides Bauwerk aus behauenen Steinquadern und stammt noch aus der Zeit der Holländer. Eines der wenigen Häuser, die das gerundete Ende der Cherry Street noch säumen. Und unten an der Paradise Alley, sie alle überragend, erhebt sich dieses grässliche Doppelmietshaus, das The Shambles genannt wird – ein riesenhaftes, wuchtiges Bauwerk, dessen Wände und selbst die Fenster ewig mit einer Rußschicht bedeckt sind.

Ich schaudere ein wenig, so wie immer bei diesem Anblick, dann wende ich mich ab und läute abermals an Maddys Tür. Immer noch rührt sich nichts, also hämmere ich mit beiden Fäusten dagegen, schlagartig erzürnt über ihre Unverschämtheit, dann besorgt. War es möglich, dass sie an einem solchen Tag ausgegangen war? Konnte sie so dumm sein, jetzt in einer der finsteren Gegenden herumzustreifen, die sie so gern aufsuchte …

»Schon gut, schon gut, wenn du's so nötig hast!«

Die Stimme einer Schlampe, doch ich bin erleichtert. Wenigstens hat sie genug Verstand, heute im Haus zu bleiben …

Sie öffnet die Tür und grinst mich durch einen Vorhang aus Haaren frech an. Da geht mir auf, dass sie sich nur über mich lustig gemacht hat. Sie wusste, wer an der Tür war, hat mich vom Fenster im Obergeschoss vielleicht die Catherine Street entlangeilen sehen.

»Ach, du bist es«, sagt sie kokett und schmiegt sich an den Türpfosten. »Tut mir Leid, ich habe einen Stammkunden erwartet …«

Aufs Neue wutentbrannt, packe ich sie am Ellbogen und stoße sie hinein. Ärgerlich reißt sie ihren Arm los, schiebt die Hand unter die Kleidung und zieht sie mit dieser riesigen Pistole wieder hervor, die sie neuerdings mit sich herumschleppt.

»So kannst du mit mir nicht umgehen! Nimm dich zusammen, oder du kriegst es hiermit zu tun!«, kreischt sie und fuchtelt mir mit dem gewaltigen Ding vor der Nase herum.

Ich schlage ihr die Pistole aus der Hand, und die Kugel rollt harmlos davon, als sie auf den Boden fällt. Dann schlage ich sie, einmal, zweimal ins Gesicht, so hart wie ich es übers Herz bringe. Ich nehme an, sie ist noch betrunken vom Abend zuvor. Augenblicklich überkommen mich Bedauern, Schmerz und Selbstverachtung ob meiner Unbeherrschtheit. Maddy faucht einen Moment wie eine Katze, dann nimmt sie sich zusammen und wartet ab, was ich wohl sonst noch zu sagen habe.

Sie ist nicht so leicht aus der Fassung zu bringen.

»Amüsier dich ein anderes Mal auf meine Kosten. Heute braut sich was zusammen.«

»Ach ja?«, fragt sie und legt eine Hand an meinen Schritt, ertastet mit erfahrenen Fingern die Schwellung, die sich dort in dem Moment gebildet hat, als ich ihr Haus betreten habe. »Tatsächlich?«

Ich stoße ihre Hand weg und packe sie bei den Armen. Mit einem hämischen Grinsen im Gesicht steht sie da. Und Gott helfe mir, sie sieht beinahe so jung aus wie damals, als ich ihr zum ersten Mal begegnet bin. Immer noch empfinde ich diese Zärtlichkeit für sie. Wenn ich sehe, wie das dünne, seidige Haar ihr ins Gesicht hängt. Sie trägt den feinen gelben Morgenmantel, den ich ihr bei Stewart's gekauft habe, doch selbst in diesem Licht kann ich sehen, dass es ihr in der kurzen Zeit schon gelungen ist, ihn mit Asche und Essenresten zu beschmutzen, vielleicht sogar mit Schlimmerem.

Ich weiß nicht, warum sie mich so hasst – abgesehen von der Tatsache, dass ich ihr Leben gestohlen habe.

»Du musst fort von hier«, erkläre ich ihr. »Diese Pistole wird dir gegen den Mob nicht mehr nützen als gegen mich. Du musst mit mir kommen.«

»Warum sollten sie hierher kommen wollen?«, keift sie. »Es sind eure feinen Häuser Uptown, die sie niederbrennen werden. Sieh lieber zu, dass du nach Hause kommst, und kümmere dich um deine Angelegenheiten.«

»Darauf würde ich mich an deiner Stelle nicht verlassen«, entgegne ich so ruhig wie möglich. »Polizei und Soldaten werden Gramercy Square bewachen. Der Mob wird dahin gehen, wo am wenigsten Widerstand zu erwarten ist.«

»Und du meinst, eure Soldaten werden zu irgendwas nütze sein?

Diese zusammengeschossenen alten Männer? Ich hab gesehen, wozu die taugen. Außerdem heißt es, es sei nicht einmal ein ganzes Regiment in der Stadt …«
Sie will mich nur wieder provozieren, aber ich fürchte, sie hat Recht.
»Schau dich doch nur mal um«, sage ich und packe sie wieder bei beiden Armen, will sie zwingen, mir zuzuhören. »Sieh dir all die Farbigen hier an, und viele leben in aller Offenheit mit Weißen zusammen. Was glaubst du wohl, wen der Mob wirklich verbrennen will? Und wenn sie herkommen, werden sie auch dich finden.«
»Und was hast du mit mir vor?«
»Ich nehme dich mit nach Hause …«
»Du nimmst mich mit in dein Haus? Jetzt bin ich aber platt.«
»Ja, du kannst in den Quartieren der Dienerschaft unterkommen. Und wenn der Mob wirklich dort auftaucht, kannst du sagen, du arbeitest für mich …«
Das hätte ich besser nicht gesagt, aber das erkenne ich zu spät. Ihr Körper versteift sich, diese Sturheit hüllt sie ein wie ein Schleier.
»Ich hab mal für dich gearbeitet. Jetzt tu ich, was mir passt.«
»Wann hättest du das nicht getan?«, frage ich sie und sehe mich um. Sie hat das Haus, das ich für sie gemietet habe, in ein Bordell verwandelt. Auf dem Tisch steht eine leere Whiskeyflasche, leere Gläser und eine geöffnete Sardinenbüchse liegen herum. Im ganzen Haus riecht es ranzig, beinahe so widerlich wie draußen. Es sieht aus, als wäre hier seit Wochen oder gar Monaten nicht geputzt worden, dabei gebe ich ihr auch Geld für eine Zugehfrau.
Fast reflexartig weiche ich zurück zur Tür. Maddy grinst nur wissend.
»Warum bist du wirklich gekommen? Um mir die Chance zu bieten, als dein Dienstmädchen zu arbeiten? Oder hast du gehofft, wir könnten dein Spiel wieder spielen?«
Sie hebt den Saum des Morgenrocks an über ihr Geschlecht, weiter bis über ihre kleinen runden Brüste, lasziv wie eine Hure von der Water Street, und ich bin vollkommen gebannt.
Selbst nach all dieser Zeit.

»Ich kann das hier im Handumdrehen ausziehen. Du musst nur noch die Ketten holen …«
»Also schön. Du hast deinen Spaß gehabt.«
Am liebsten würde ich einfach gehen und sie dem Mob überlassen. Am liebsten würde ich sie aufs Sofa werfen und auf der Stelle nehmen. Am liebsten würde ich sie vor allem retten. Und wie immer erkennt sie mein Dilemma und grinst wissend hinter ihrem Vorhang aus Haaren hervor. *Diese Menschen …*
»Wenn du darauf bestehst, hier zu bleiben, dann triff wenigstens einige Vorsichtsmaßnahmen.«
Ich gebe ihr den Colt Revolver, den Raymond mir aufgedrängt hat, und zeige ihr, wie man den Mechanismus betätigt und die Trommel dreht. Es wird nicht einfach für sie sein, ihn mit ihren zarten kleinen Händen abzufeuern oder bei diesem Rückstoß zu treffen. Doch wenigstens kann sie damit sechs Schüsse abfeuern, und es hört sich an wie Kanonendonner. Das wird vielleicht ausreichen, um ihr einen kleinen Vorsprung zu verschaffen …
Sie steht da und betrachtet ihn, streichelt den glatten weißen Elfenbeingriff, als wäre es das beste Geschenk, das ich ihr je gemacht habe, besser als all die Kleider, Parfüms und Haarschleifen in all den Jahren. Besser als dieses Haus oder all die Lehrer oder das Klavier. *Ein Revolver.* Sie bestaunt ihn mit kindlicher Bewunderung. Und in ihrer Stimme schwingt dieser rätselhafte, triumphierende Unterton, als sie mir trotzt: »Ich tue, was mir passt.«

Meine Maddy. Mein Mädchen, meine Liebe. Eine keifende Hure – und das ist mein Werk.
Ist es mein Werk?
Sie war einmal anders – glaube ich. Genau wie ich.
Wir sind uns vor vielen Jahren begegnet, als sie fast noch ein Kind war, wenn auch schon lange nicht mehr unschuldig – nicht in dieser Stadt.
Ich kann mich noch genau an diesen Moment erinnern. Es war an einem der wenigen echten Frühlingsabende, die diese Stadt erlebt. Ich war bis lange nach Einbruch der Dunkelheit im *Tribune*-Ge-

bäude geblieben, bis die landesweite Wochenausgabe in Druck ging. Auf dass das Wort Greeleys die ganze Nation erreiche. Und tatsächlich: Es wird von Schafhirten am Ohio, Kleinbauern in Illinois und Goldsuchern in den kalifornischen Bergen gelesen. Die Vorhut der Zivilisation, die Hochwasser und Hunger, Banditen und Wilde abwehrt. Und sie sitzen zusammengekauert um ihre Lagerfeuer in der dunklen, endlosen Prärie und verschlingen jeden Fetzen des *Tribune*, der ihnen in die Hände fällt. Und fragen einander mit ehrfürchtigen Stimmen: *Habt ihr Horace gelesen?*

Nachdem meine Arbeit getan war, blieb ich noch dort und versuchte, an meinem eigenen Buch zu arbeiten, einer Sammlung von Skizzen des Stadtlebens, die ich *Straßenszenen* zu nennen gedachte. Das war meine geheime Ambition, das Buch, von dem ich bislang nicht einmal den anderen Literaten unten in *Pfaff's Cave* erzählt hatte. Im Tiefsten meines Innern hegte ich die Hoffnung, der amerikanische Dickens zu werden, ein Buch von großer sozialer Bedeutung hervorzubringen – das obendrein wegging wie warme Semmeln.

Doch irgendwie wollten sich die Bilder, die ich gesammelt hatte, einfach nicht zusammenfügen. Sie gerieten ins Stocken und schrumpften auf dem Papier vor mir. Ich schob es auf meine Müdigkeit, auf meinen Fehler, mich erst dann auf das zu stürzen, was ich als meine Kunst betrachtete, nachdem ich die notwendige Arbeit getan hatte. Gänzlich entmutigt nickte ich schließlich ein, der warme Raum lullte mich ein.

Es war ihre Stimme, die mich weckte:

»Heißer Mais! Heißer Mais!
Hier ist guter, heißer Mais!
Dampfend heiß, dampfend heiß!
Aus dem Topfe mit viel Fleiß!«

Die Stimme eines Maismädchens, so nah unter meinem Fenster, dass ich beinahe ihren Rock rascheln hören konnte. Wie oft hatte ich diesen Ruf schon gehört! Normalerweise nachts, wenn ich zu schlafen versuchte, rastlos unter einem Laken in meinem ofenheißen Schlafzimmer. Und der Ruf eines Maismädchens kam von irgendwoher in der riesigen Stadt durchs Fenster …

»Heißer Mais! Heißer Mais!
köstlich und schneeweiß!
Alle, die Geld haben,
Soll'n sich dran laben!
Kauft meinen heißen Mais!
Lasst mich nicht länger darben!«

Jetzt wurde ihr Ruf von anderen Geräuschen überlagert, vom Quietschen der Omnibusse, die sich den Broadway entlangquälten, von den Rufen der Zeitungsjungen, die die späte Extraausgabe anpriesen, von einer Feuerglocke und eifrigen jungen Männern, die in ihren roten Hemden zur Wache rannten, vom Gelächter der jungen Gentlemen auf dem Weg ins Theater, von einer Abendgesellschaft, einem Hurenhaus.
All die Laute der großen Stadt bei Anbruch der Nacht …
Immer zur Abendstunde beschleunigt die Stadt ihr Tempo. Die Wall Street-Händler verlassen die Börse, um in Hotelbars und Spielhöllen weiterzuzocken. Die Arbeiter versammeln sich zu ernsten Gesprächen in ihren Kneipen und bei politischen Versammlungen. Gangster schmieden finstere Pläne in Kellerverstecken, und lächelnde Frauen treten unerschrocken durch Saloontüren. Die Theater und Biergärten füllen sich.
Das Büro war erfüllt vom durchdringenden, angenehmen Geruch meines Berufs: Tinte und Bleistiftspäne, Löschpapier, Gummi und Maschinenöl. Unter meinen Füßen spürte ich das Vibrieren der Pressen im Erdgeschoss, die die morgige Ausgabe druckten, die dann in der Stadt, im ganzen Staat und bis hin zu den neuen Außenposten der Republik verteilt werden würde – und damals konnte ich noch mit einem Gefühl von Stolz und Zufriedenheit daran glauben, dass ich ein Teil all dessen war.

»Heißer Mais! Heißer Mais!
Hier ist guter, heißer Mais!
Mein Mais ist köstlich,
Und zwar sehr,
Denn von Long Island
kommt er her!«

Wieder scholl die Stimme des Mädchens zu mir herauf. Es war eindeutig die Stimme einer jungen Frau, vielleicht noch nicht einmal zwanzig. Tapfer und eindringlich, doch gleichzeitig arglos und verwundbar, wie nur die Stimme eines jungen Mädchens klingen konnte. Ich hörte sie ein wenig beben. Vermutlich hatte sie Angst, sie werde ihren Mais nicht verkauft bekommen, ehe er kalt wurde, und ihn zurück nach Little Water oder zum Arch Block bringen müssen, was ihr eine Tracht Prügel von ihrer Mutter oder ihrem Zuhälter (oder von beiden) einbringen würde. Und doch versuchte sie, ihre Angst auszunutzen, genau den Tonfall mädchenhafter Hilflosigkeit zu treffen, der Männer anzieht wie Fliegenschwärme. Sie entsprechen dem Frauenideal, das wir hier in der Stadt haben. Wenn die Zeiten nur schlecht genug sind, findet man sie an jeder Straßenecke: Streichholzmädchen oder Knopfmädchen, Birnenmädchen und ganz besonders Maismädchen. Sie halten ein Zedernfässchen im Arm voll heißer, gerösteter Maiskolben – gleich unschwer zu deutenden Symbolen ihres wahren Berufes. Diese Kindfrauen, immer halb nackt, immer barfuß. Und immer bieten sie an und betteln, locken und bluten.

»Heißer Mais! Heißer Mais!«

Sie war gleich unter meinem Fenster – umkreist von Männerschwärmen in schwarzen Gehröcken, das wusste ich genau. Geschäftsleute und junge Gangster, Angestellte und Kapitäne aus fremdem Ländern, Stadträte und Richter. Manche kauften etwas, die anderen glotzen nur. Hielten eine Münze in der Hand, knapp außerhalb ihrer Reichweite. Die jungen Gentlemen. Die Schläger in ihren schmalen Krawatten und Zylindern, die sich rüde durch die Menge drängen und sich die Fingernägel mit ihren Messern säubern …

»Heißer Mais! Heißer Mais!«

Ein plötzlicher, schriller Schrei unterbrach die Litanei des Mädchens. Augenblicklich sprang ich aus meinem Sessel auf, hastete aus dem Büro die Treppe hinab und zum Haupteingang, kämpfte mich im Laufen in meinen Rock. Der *Tribune* hat zwar einen Wachmann, und Reporter, Setzer, Politiker und Redakteure bevölkerten die Halle, aber wer weiß? Eines der charmantesten Attribute unserer Stadt ist, dass, obwohl sie nicht halb so gefährlich ist, wie sie scheint – welcher Ort könnte das je sein? –, jederzeit und überall die grauenvollsten Dinge passieren können.

Ich lief zur Tür hinaus, wild entschlossen, wenn schon nicht sie zu retten, dann doch zumindest die Story zu kriegen. Das Maismädchen stand an der Straßenecke und schrie immer noch wie am Spieß. Sie hielt ihr Zedernfass umklammert und verteidigte ihre Ware mit Klauen und Zähnen – gegen eine Herde Schweine.

Die Mehrzahl der Maiskolben hatten sie bereits erbeutet und machten sich davon Richtung City Hall Park, schnauften und grunzten, fraßen, während sie rannten. Unsere Politiker reden unablässig darüber, dass ein Weg gefunden werden müsse, unsere Straßen von den Schweinen zu befreien, Greeley selbst muss dem Thema ein Dutzend Leitartikel gewidmet haben. Aber irgendwie geschieht niemals irgendetwas. Sie brechen aus den Pferchen am North River aus, wo sie gehalten werden, und machen in Rudeln die Straßen unsicher. Klüger als Hunde und doppelt so groß, rennen sie Kinder über den Haufen und reißen den Damen alles Essbare aus den Händen.

Vor meinen Augen terrorisierten drei von ihnen das Maismädchen mit unheimlicher Koordination und Intelligenz. Zwei Schweine stießen mit den Schnauzen gegen das Fass, versuchten, es weit genug zu kippen, dass das dritte die Schnauze hineinstecken und an die restlichen Maiskolben herankommen konnte.

»Verschwindet! Verschwindet! Ihr schrecklichen Biester!«, kreischte das Mädchen und schlug mit der Hand nach ihnen.
Zögernd traten die Schweine den Rückzug an, als sie mich kommen sahen. Mit ihrem üblichen Scharfblick maßen sie meine Größe und mein Gewicht und beschlossen, sich wieder mit ihrer gewöhnlichen Nahrung aus der Gosse zu begnügen: abgenagte Äpfel und Wurststückchen, verdorbene Austern, Metzgerabfälle und Pferdekadaver, ertrunkene Ratten und halb verweste Tauben. (Vollkommen ausreichend, damit sie fett und rund werden, ehe sie die feinsten Tafeln von Manhattan zieren.)
An der Straßenecke stand immer noch schreiend und weinend das Maismädchen, und die jungen Männer, die vorbeikamen, grinsten.
»Schon gut, ich habe sie davongejagt«, sagte ich streng, aber nicht unfreundlich.
Es sollte sie trösten, aber sie schrie weiter wie eine Harpyie: »Was soll ich nur tun? Was soll ich tun?« – und ohne einen bewussten Entschluss zu fassen, nahm ich sie bei den Schultern und schüttelte sie, weil ich wollte, dass sie mit dem fürchterlichen Getöse aufhörte. Sie kreischte weiter, und ehe ich wusste, was ich tat, hob ich sie hoch.
Da standen wir nun und starrten einander schweigend an. Unsere Gesichter nur Zentimeter voneinander entfernt. Ihre Schultern waren schmal, geradezu mager unter dem karierten Tuch. Ich weiß, ich hätte vom ersten Moment an gefesselt sein sollen, aber tatsächlich dachte ich, dass sie aussah wie all die anderen: Sie trug das gleiche Schultertuch, das gleiche bedruckte Kattunkleid, das an strategischen Stellen wie etwa der Schulterpartie und den Waden eingerissen war und ihre Beine bis übers Knie zeigte.
Es war unmöglich, ihr Alter zu schätzen, aber was es auch immer sein mochte, sie war nicht lange Kind gewesen. Das schaffte niemand, draußen auf der Straße bei jedem Wetter und in jeder nur denkbaren Gesellschaft. Ihr Haar war strähnig und ungepflegt, ihr Gesicht schmutzig, die Füße nackt. Ich erinnere mich, dass ihre Hände meine Arme umklammerten. Sie waren klein, aber rau und schwielig vom Mais, den sie jeden Morgen putzen und anschlie-

ßend auf der Straße oder in irgendeinem gemieteten Zimmerchen rösten musste.

Wie sie sich an mir festklammerte! Wie wild sie ist, dachte ich dann, doch gleichzeitig: Wie hilflos. Wie schutzlos. Ihre aufgerissenen grünen Augen voller Schrecken, aber gleichzeitig berechnend. Ihr Gesicht ernst und offen und unschuldig, während sie zu erraten versuchte, wer ich war und was zum Teufel ich wollte.

13
Herbert Willis Robinson

Oh, mein Mädchen …

Ich las sie von der Straße auf. Ich las sie auf, nachdem die Schweine sich über ihren Mais hergemacht hatten.

Es wäre ganz einfach gewesen, sie zu verlassen, nachdem sie endlich aufgehört hatte, wegen der Schweine zu schreien. Es wäre einfach gewesen, in mein überhitztes Büro zu meinem wertlosen Buch zurückzugehen.

Aber das tat ich nicht. Stattdessen fischte ich ein paar Münzen aus der Tasche, Dollars und halbe Dollars, und drückte sie ihr in die Hand, um für die verlorene Ware zu zahlen. Oder zumindest redete ich mir das ein. Der Betrag, den ich ihr gab, muss das Zehnfache dessen gewesen sein, was ihr Eimer voll gerösteter Maiskolben wert war. Sie hakte sich daraufhin bei mir ein, so selbstverständlich wie ein Kind, und mir ging auf, dass ich mehr gekauft hatte als nur den verdammten Mais.

Was tat ich da nur?

Ja, ich bin ein schlechter Mensch. Ich war schon vorher in Freudenhäusern gewesen. Aber sie war noch so jung. Eigentlich noch gar keine Frau. Und ich hatte mich nie für die Kindfrauen interessiert, all die Annabelle Lees, die die Straßenecken und Bordelle dieser Stadt bevölkern. Aber sie hatte etwas, das mich anzog …

Ich machte ein paar zögerliche Schritte die Park Row entlang, Richtung City Hall Park, so als wollte ich sie auf die Probe stellen. Ihre Hand so klein, so leicht auf meinem Arm. Sie sah zu mir auf, die Augen immer noch fragend, aber fügsam, und ein Ausdruck dieses eigenartigen, kindlichen Vertrauens lag darin, das selbst die

abgestumpfteste Bordsteinschwalbe haben muss, um sich einem fremden Mann in einer dunklen Straße auszuliefern.
»Ich weiß einen Ort«, sagte ich und beschleunigte meine Schritte, den Kopf gesenkt und den Kragen hochgeschlagen in der Hoffnung, dass mich niemand erkannte, während ich sie die schwach beleuchtete, überfüllte Straße entlangzerrte.
Ich konnte sie schlecht mit zu mir nehmen, in mein respektables Haus am Gramercy Park. Sie wohnte zweifellos in den Five Points oder irgendeiner Mietskaserne im sechsten Bezirk – dem »Tor zur Hölle« oder dem »Ziegelbrockenpalast« vielleicht. Das ging auch nicht. Wer weiß, was für ein Zuhälter dort auf sie wartete oder ob all dies nicht nur dazu gedacht war, mich dort in irgendeine Falle zu locken – um mir die Geldbörse zu rauben, die Uhr oder das Leben, sobald ich die Hosen heruntergelassen hatte.

Nein, es gab nur einen Ort, wohin wir gehen konnten: zu einer der sieben Schwestern, den sieben Hurenhäusern, die in einer Reihe an der 23. Straße Ost standen. Ein jedes wurde angeblich von einer der sieben Töchter einer angesehenen Familie aus Neuengland geleitet, die nacheinander in die Stadt gekommen und zum Laster verführt worden waren. Die Geschichte berichtete weiter, dass sie sich ihrer Sünde daraufhin gänzlich verschrieben und einen märchenhaften Erfolg damit hatten.
Das ist natürlich alles Unsinn. Die Geschichte war, oberflächlich betrachtet, einfach zu gut, die Wahrheit wesentlich nüchterner, wie sie es meistens ist. Die Häuser gehörten wie alles in dieser Stadt einem undurchschaubaren Konglomerat von Geschäftsleuten und wurden von sieben, nicht miteinander verwandten alten Vetteln geleitet, die niemals etwas anderes getan hatten, als junges Fleisch anzubieten.
Ich ging öfter zu ihnen, als mir lieb war. Es waren die nobelsten Bordelle in der Stadt, mit Samtvorhängen, richtig gestimmten Klavieren, guten Brandymarken und Zigarren in ihren Salons. Nach jedem Freier wurden die Laken gewechselt und die Nachttöpfe geleert. An Heiligabend gab es dort immer ausgelassene Partys, wo Blindekuh und Bockspringen gespielt wurde – hüllenlos, jedenfalls

soweit es die Mädchen betraf. Und an Neujahr gab es immer einen förmlichen Empfang, wo Gentlemen auf einen Sprung vorbeikamen, um ein Glas Punsch zu trinken und mit denselben jungen Damen, herausgeputzt in ihren feinsten Kleidern und Haarschleifen, höfliche Konversation zu machen.

Ich brachte Maddy in jenes der sieben Häuser, das ich bevorzugte, das respektabelste von allen, wählerischer als die feinsten Hotels und wesentlich sauberer. Es wurde von einer ganz besonders hässlichen alten Hurenwirtin geleitet, die unter dem Spitznamen Grandma Em firmierte. Beflissen und unter zahlreichen Verbeugungen hieß sie uns willkommen, wirkte nicht im Mindesten überrascht, mich in Begleitung eines zerlumpten Maismädchens zu sehen, das ich auf der Straße aufgelesen hatte.
Stattdessen führte sie uns rasch und diskret die Treppe hinauf. Durch den schleierdünnen Vorhang zum Vordersalon konnte man die Silhouetten gut gekleideter Männer und Frauen im angeregten Gespräch erkennen, und eins der Mädchen spielte eine feierliche Melodie auf dem Klavier.
Grandma Em stieg vor uns die Treppe hinauf, vom Alter tief gebeugt, aber erstaunlich agil. In der Hand trug sie eine dicke Kerze. Sie brachte uns zu einem der diskretesten, entlegensten Hinterzimmer im Obergeschoss ganz am Ende eines verwinkelten Flures.
»Wie Sie es gern haben, Sir«, murmelte sie, öffnete die Tür und steckte mir den Schlüssel zu.
Das Zimmer war unpersönlich, aber mit guten Möbeln ausgestattet: ein stabiler unverschnörkelter Sekretär, eine Frisierkommode, auf der Haar- und Kleiderbürsten arrangiert lagen. Schreibpapier und Federn, eine ungeöffnete Flasche Brandy, eine Hand voll guter Zigarren – kurz gesagt alles, was ein Gentleman sich in seinem Club nur wünschen könnte. Doch meine Vorlieben in ihrem Haus waren das Einzige, was Grandma Em je über mich herauszufinden versucht hatte. Sie hatte nie angedeutet, sie wisse von meinen Publikationen oder wo ich wohnte oder wen ich vielleicht kannte oder gar, wie ich hieß.

»Klingeln Sie nach dem Mädchen, wenn Sie sonst noch einen Wunsch haben, Sir.«

Sie zog das Schultertuch fester. Mit der Brille auf der Nasenspitze schenkte sie uns ein liebenswürdiges Großmutterlächeln und zog sich unter zahlreichen Verbeugungen zurück. Aber ich hatte mit eigenen Augen gesehen, wie sie mit einem Mädchen verfahren war, das sie hintergangen hatte: Es war eine hübsche Mulattin von den Inseln gewesen, und Grandma Em hatte sie unten in der Küche in eine Ecke gedrängt und sie mit einer heißen Gabel gebrandmarkt, ehe irgendwer einzuschreiten wagte.

Sie schloss die Tür, und ich sperrte umgehend ab, ehe ich mich endlich meiner Errungenschaft zuwandte – dem Maismädchen. Sie stand auf Zehenspitzen am Rand des Teppichs, drehte sich langsam um die eigene Achse und schaute sich alles an: Das ausladende, von einem Baldachin beschirmte Bett mit der Federmatratze, die Spiegelkommode an der gegenüberliegenden Wand mit weiteren Haarbürsten, Nadeln, Spangen und Kämmen. Dann hüpfte sie plötzlich durchs Zimmer, bewegte sich so leicht und natürlich, dass es fast aussah, als fliege sie. Ihre Füße berührten den Boden kaum, und sie betrachtete alles eingehend. Strich mit der Hand über die glatte Steppdecke und die polierten Möbel, fuhr sich mit der Bürste durchs Haar.

Ich war sicher, dass sie mir ein Theater vorspielte, dass sie die Unschuld mimte, so wie sie es draußen auf der Straße für die Männer tat. Ich machte es mir auf dem Bett bequem und versuchte sie zu ignorieren, streifte die Schuhe ab und zündete eine Zigarre an.

Tatsächlich aber ignorierte sie *mich.* Sie fuhr einfach fort, im Zimmer herumzuflattern, aufgeregt wie ein Kind, das sie im Grunde ja noch war. Sie beachtete mich erst wieder, als sie sich umwandte, um ihrer Begeisterung Ausdruck zu verleihen. Ihr schmutziges, unschuldiges Gesicht glühte vor Vergnügen.

»Wohnen Sie hier?«, fragte sie.

Ich setzte mich auf – ich konnte es immer noch nicht ganz glauben und betrachtete sie eine Weile, bevor ich meine Zigarre ausdrückte.

»Komm her«, sagte ich und klopfte auf mein Knie.

Wie ein gehorsames Kind hüpfte sie zu mir herüber und setzte sich auf meinen Schoß. Sie war so leicht, so zierlich. Ihre spitzen, mageren Gesäßknochen bohrten sich in meine Oberschenkel.
»Du magst diesen Ort also. Wie würde es dir gefallen, eine Zeit lang hier zu bleiben?«
Ich verfügte über eine erprobte, sichere Methode der Verführung – obwohl ich zugeben muss, dass ich sie bisher nur bei Huren angewandt habe. Um ihre und meine Nerven zu beruhigen, stellte ich ihr ein paar Fragen. Wo sie herkam, über ihre Familie, was ihr gefiel und was sie so anstellte. Die ganze Zeit hatte ich den Arm sanft um ihre Hüfte gelegt, hielt sie auf eine unschuldige, fast vertraute Art fest. Langsam, ganz langsam begann ich, ihr Brüste zu streicheln, ihren Hals. Ich liebkoste ihre Stirn und Wangen, brachte sie dazu, entspannt in meinem Arm zu liegen, sodass auch ich zu zittern aufhörte.
Aber dieses Mädchen war anders. In dem Moment, als meine Hand ihren Schenkel berührte, hob sie ihr buntes Kleidchen an, zog es sich über den Kopf und ließ es zu Boden fallen – einfach so. Sie trug jetzt nur noch einen groben, gelben Unterrock. Die kleinen, samtweichen Brüste entblößt, mit Rippen, die sich darunter abzeichneten, saß sie immer noch auf meinen Knien.
Es war der Körper eines Mädchens, aber ein Körper, der bereits der Härte der Welt ausgeliefert war, und plötzlich wusste ich nicht mehr, was ich damit anfangen sollte. Mir war zum Weinen zumute, ich wollte sie anbeten, wollte, dass sie nie mehr Härte und Grausamkeit erleben musste – und gleichzeitig wollte ich sie vögeln.
»Was gefällt dir?«, fragte sie auf ihre unschuldige Art, wobei sie meine Fragen wiederholte.
»Wie heißt du? Wo kommst du her?«
Sie fuhr mit der Hand durch mein pomadeglänzendes Haar und schnüffelte neugierig an dem Parfüm an meinem Hals – wieder so süß und ungezwungen wie ein Kind. Ich roch ihren sauren Mädchenatem vor meinem Gesicht, und es war beinahe um mich geschehen. Ich lehnte mich unter ihrer Führung gefügig zurück, und sie schwang sich auf meinen Bauch. Dann zog sie den Unterrock

über den Kopf und ließ ihn auf den Boden gleiten. Nackt und völlig ungezwungen saß sie auf mir, stützte sich mit den Händen auf meine Brust.

»Was gefällt dir?«

Ich griff nach ihr, wusste nicht, was ich zuerst berühren sollte. Ich wollte ihr Brüste spüren, ihr Geschlecht, die Glätte ihrer Haut, ihr Gesicht, alles auf einmal. Ich wollte ihr Freude schenken. Vor allem wollte ich sie zu meiner eigenen Freude berühren, dieser erste, erhebende Kontakt von Fleisch mit neuem Fleisch. Doch ich wollte sie auch dazu bringen, irgendetwas zu empfinden – zu stöhnen, zu zucken, mich zu lieben oder zu fürchten.

Aber das tat sie nicht. Sie legte sich auf mich, so ernst und unbewusst, wie sie alles andere tat. Ich nahm ihre linke Brust in die Hand, die ein wenig kleiner und runder war als die rechte. Selbst dieser kleine Unterschied gefiel mir. Dann legte ich meine Lippen darauf, leckte behutsam, saugte an der kleinen Knospe ihrer Brustwarze. Und in dem Moment war ich von der Sehnsucht erfüllt, ihr alle Zärtlichkeit zu schenken, die ich einem anderen menschlichen Wesen geben konnte, niemals irgendetwas zu tun, das sie verletzen könnte. Ich war überzeugt, dies sei der erste wirklich selbstlose Augenblick meines Lebens, als ich dort in diesem Bordell auf dem Rücken lag und langsam in die Straßenhure eindrang, der ich gerade begegnet war.

Später schmiegte sie sich unter meinem Arm zurecht und lag ein Weilchen still, immer noch nackt. Ich wollte sie zudecken, doch da stand sie auf und ging wieder durchs Zimmer. Vor dem Spiegel blieb sie stehen und starrte hinein, drehte sich langsam um und versuchte, einen Blick auf ihren schmalen Rücken zu erhaschen und auf ihr Hinterteil, die einzige Stelle, wo sie ein bisschen Fleisch auf den Knochen hatte. Ich dachte wieder, dass es übertrieben war, wie sie sich gab, dass dies eine Vorstellung sein musste. Dann wandte sie sich zu mir um, ihr Gesicht vollkommen ernst: »Gibt es hier einen Ort, wo ich …«

Ich gestattete ihr, den Satz unvollendet zu lassen, warf ein Nachthemd über und läutete. Zwei hübsche junge Frauen erschienen daraufhin, die zum Stammpersonal dieses Hauses gehörten. Grandma Em schien meinen Appetit und meine Energien recht hoch einzuschätzen. Instinktiv lief Maddy zu ihnen hinüber, stellte sich auf ein Bein und flüsterte, die Hand vor dem Mund.

Sie lachten und gingen den dunklen Flur hinab zu einem weiteren Zimmer, winkten ihr zu folgen. Sie zögerte, und ich nahm sie bei der Hand und führte sie den halben Korridor entlang. Sie war immer noch nackt und so eigentümlich vertrauensvoll. Kurz vor dem Ziel ließ sie mich los und rannte die letzten Schritte zu der Tür, wo die älteren, etwas größeren Mädchen sie lächelnd in Empfang nahmen und ihr impulsiv übers Haar strichen. Sie standen dort wie ein Trio von Wassernymphen oder Waldgöttinnen vor meinen verzückten Blicken.

Ich erinnere mich, dass sie in jener Nacht tief und fest neben mir schlief. Unschuldiger denn je, Gesicht und Körper frisch gebadet und in einem geblümten, hoch geschlossenen Nachthemd. Nach ihrem Bad hatte ich nach Schinken und Kartoffeln geschickt, und sie hatte alles gierig verschlungen, ehe sie in Tiefschlaf fiel und leise auf meinem Schoß schnarchte.

Ich lag neben ihr, leerte ein Glas Brandy und war versucht, ihr einen freundschaftlichen Schubs zu geben. Versucht, gleich noch einmal über sie herzufallen. Jedes Mal, wenn ich sie ansah, wuchs mein Wunsch, sie vor der ganzen Welt zu beschützen, im gleichen Maße wie mein Schwanz.

Sie hieß Maddy Boyle, erfuhr ich, und sie lebte in den Shambles, jenem abscheulichen Doppelmietshaus unten an der Paradise Alley gleich über der Kanalisation der Stadt. Dies war schwerlich ihre erste Nacht auf der Straße oder ihre erste Erfahrung mit einem Freier. Sie hatte sogar einen Luden: ein gewisser Eddy Coleman, ein Straßengauner, den ich zufällig flüchtig kannte und der seine Tage in Rosanna Peers' Lebensmittelladen in den Five Points mit Trunk und Würfelspiel vertat. Sie versicherte mir, dass er sie dafür verprügeln würde, dass sie nicht heimgekommen war, und wenn-

gleich die Aussicht sie nicht sonderlich zu erschüttern schien, bestand ich darauf, dass sie bei Grandma Em blieb, wenigstens für ein paar Tage.
Was ich danach mit ihr tun sollte, wusste ich nicht.
Doch aus irgendeinem Grunde erfüllte die Aussicht mich mit einem Gefühl prickelnder Vorfreude, beinahe einer Art Schwindel. Vorläufig gehörte sie mir, anscheinend so lange, wie ich es wünschte.
Was für ein Leben sie schon hinter sich hatte! Was für ein Leben sie alle führen, diese Kinder und Beinahekinder, die auf unseren Straßen betteln und verhungern. Hier erkannte ich eine Chance, wenigstens für eins von ihnen etwas zu tun. Der endlose Strom von Menschen in unseren Straßen hatte mich seit jeher fasziniert, diese ewig sich wandelnde Szenerie. Viele Male hatte ich mich in der einen oder anderen Verkleidung unter sie gemischt, denn das war es, was meine Arbeit erforderte.
Ich war nur bislang nie so recht in der Lage gewesen, irgendetwas zu tun, was darüber hinausging, nicht einmal mir eine Frau zu suchen und eine Familie zu gründen. Nichts dergleichen, abgesehen von Begegnungen in Häusern wie diesem. Nichts dergleichen, nicht einmal enge Freunde, nur die Kollegen von der schreibenden Zunft, mit denen ich bei Pfaff's zusammen trank.
Doch dies hier, dies könnte etwas anderes werden, dachte ich. Etwas, das ich für einen anderen Menschen und für mich selbst tun kann. Vor dem Fenster sah ich die roten japanischen Papierlaternen in Grandma Ems Garten. Selbst in dieser schäbigen Umgebung schienen sie verheißungsvoll zu schimmern.

Das ist so lange her – eine Ewigkeit nicht nur im zeitlichen Sinne. Kann es sein, dass sie je so niedlich, so vertrauensvoll war? Oder dass ich das war?
Meine Maddy. Trotz der Häme, mit der sie mir begegnet – trotz allem, was zwischen uns vorgefallen ist, ihre Degeneration, unsere furchtbaren kleinen Spielchen – wünsche ich immer noch, sie zu beschützen. Ich frage mich, ob ich nicht auf der Stelle zu ihr zu-

rückgehen sollte, um sie zu überreden, mit mir zu kommen und sich in Sicherheit zu bringen.

Doch genau voraus, Richtung East River, höre ich jetzt ein neues Geräusch. Das Trampeln von Füßen, Tausende von Stiefeln und tiefe, ferne Männerstimmen. Ein unvergesslicher Laut, den ich nicht mehr gehört habe, seit ich unten in Virginia mit Burnside im Feld war.

Es ist eine marschierende Armee. Gewiss, ihnen fehlt die Disziplin einer echten Armee, und dennoch sind sie eine Streitmacht. Eine Flutwelle von Männern, die nach Norden strömt. *Der Mob hat sich zusammengerottet, aber wo will er hin?* Auf jeden Fall kommen sie nicht hierher. Maddy ist in Sicherheit, und später bleibt noch genug Zeit, um sie zu retten. Ich haste die Straße entlang, eile der Story entgegen.

14
Maddy

Durch die Ritzen des Fensterladens sah sie ihm nach, strich über die glatte Elfenbeinoberfläche des Revolvergriffs und wog ihn in der Hand. Zielte am Lauf entlang durch die Lamellen auf die Frauen, die immer noch an der Croton-Pumpe Schlange standen.

»Sie sollen nur kommen. Sie sollen's nur versuchen und kommen.«

Sie stellte sich vor, die Frauen dort unten seien Männer. All jene, die früher schon hergekommen waren, und die, die nicht wiederkommen würden. Sie stellte sich vor, wie sie durch die Tür traten und sie den Revolver auf sie richtete. Ihre Hand tastete über die Trommel, über den Lauf.

»Sie sollen es nur versuchen.«

Eine neue Waffe, eine lange Waffe. Die Waffe eines Kavallerieoffiziers. Treffsicher. Und diese war wenigstens aus Stahl, sodass man sich nie sorgen musste …

Wir kümmern uns um deine Nigger. Um dich und all deine Nigger.

Diese Stimme, die sie neulich nachts gehört hatte, ließ ihr das Blut in den Adern erstarren. Der, den sie ausgesperrt hatte. Er hatte seine Drohungen ruhig ausgesprochen, aber das ließ sie nur umso ernster erscheinen. Ein Schwur, laut genug, dass der ganze Block ihn gehört hatte.

Er war früher schon hier gewesen. Ein kleiner, verschrumpelt wirkender Mann. Hauptmann einer freiwilligen Feuerwehr, wie sie wusste, oder dessen Stellvertreter. Er befestigte seine Hosenträger mit einem Paar goldener Adler, so stolz, als wären es die Epauletten eines Colonels. Oft genug bekam er seinen Schlauch nicht hoch, und das war der Grund, warum sie ihn nicht hereingelassen hatte.

Solche Kerle nahmen einfach zu viel Zeit in Anspruch. Ihnen wurde nur zu bewusst, dass es ein Geschäft war, und sie rammelten in zunehmender Verzweiflung, einen immer grimmigeren Ausdruck im Gesicht. Und dann ließen sie es an ihr aus.

All diese Männer und ihre Waffen. Seit Kriegsbeginn hatte sie sie in jeder nur denkbaren Erscheinungsform kennen gelernt, das Geschäft blühte. Matrosen in weißen Jacken auf Landgang von den Blockadeschiffen. Offiziere von den freiwilligen Zouave-Corps, die rote Pluderhosen und einen lustigen kleinen Fes mit Troddeln trugen. Und die Wehrpflichtigen, Jungen mit weichem Flaum auf den Wangen aus Massachusetts, Maine und Vermont, die auf dem Weg nach Süden in den Krieg durch die Stadt kamen und auf Empfehlung eines Freundes oder Cousins, die schon hier gewesen waren, bei ihr landeten. Ein zufriedener Kunde – der vielleicht schon unter der Erde lag, irgendwo in der Wildnis von Virginia oder Stone River …

So kam einer nach dem anderen, zwei oder drei mindestens jede Nacht. Ängstlich oder aufgeregt oder betrunken oder streitsüchtig oder gefährlich wütend. Sie wurde mit allen fertig und schickte sie ihrer Wege, ließ sie die Hosen auf der Straße zuknöpfen, wenn sie versuchten, ihr Ärger zu machen.

Aber er war zurückgekommen, dieser Feuerwehrhauptmann, diese Stimme, und hatte den Farbigen die Schuld an allem gegeben.

Männer waren immer enttäuscht wegen irgendetwas. Das war das Erste, was man über sie lernen musste. Sie waren selten zufrieden, und immer suchten sie einen Schuldigen für ihre Unzufriedenheit – einen reichen Mann oder eine Frau. Die Regierung oder Gott in seiner unendlichen Gnade. Die Nigger. In Wahrheit war es immer ein und dasselbe: Die Sache, die sie behinderte. Am besten, man schlüpfte nicht in diese Rolle.

Sie zog sich in das Halbdunkel im Innern des Hauses zurück und machte sich hinter dem unordentlichen Küchentisch zu schaffen. Auf der Anrichte fand sie die Reste des gestrigen Abendessens: Brot, Käse, Sardinen und sauren Wein. *Gott, es war heiß.* Sie schwitzte bereits unter dem gelben Seidenmorgenrock, und der

Schweiß sammelte sich in kleinen Tröpfchen auf den feinen Haaren entlang der unteren Wirbelsäule und auf der Oberlippe. Auf der Suche nach der Kelle und dem Wassereimer blickte sie sich um. Sie beschloss, dass sie mehr als nur Wasser wollte, und ging zu dem Krug, den sie in der kühlsten Ecke der Küche aufbewahrte. Sie zog den Stopfen mit den Zähnen heraus und nahm einen langen Zug. Spürte den scharfen Whiskeygeschmack langsam ihre Kehle hinabrinnen. Mit dem Handrücken fuhr sie sich über den Mund und dachte daran, wie sehr Robinson das hasste – sowohl den Krug als auch das Mundabwischen mit der Hand. Dieser Ausdruck von Abscheu in seinem Gesicht, wenn er Whiskey in ihrem Atem roch, vor allem morgens.

Ich tu, was mir passt.

Nicht, dass es ihn davon abhielt, sie zu wollen. Nichts konnte das. Manchmal genoss sie das: Ganz gleich, wie hässlich sie sich für ihn machte, er wollte sie trotzdem immer noch. Sie blieb ungewaschen und machte sich nicht zurecht, ließ das Haus verkommen, bis die Kakerlaken die Wände hinaufkrabbelten. Ihr langes, rotbraunes Haar trug sie stumpf und strähnig. Und sie reizte ihn mit Worten. Nichts half. Nicht einmal die schwarzen Männer, die den Feuerwehrhauptmann so aufregten. Sie wusste von anderen, Huren und Bordsteinschwalben, die sich weigerten, farbigen Männern zu Diensten zu sein. Ihr war das seit jeher egal gewesen. Für sie war es immer dasselbe, das Stoßen und Pulsieren da unten, wen kümmert es, welche Farbe es hatte. Nur die anderen Männer störte es, das wusste sie. Denn sie waren neidisch auf ihre angebliche Größe und Standhaftigkeit. Der Gedanke, dass die Frauen danach für weiße Männer verdorben sein könnten, machte sie wütend. Als gäbe es da noch irgendetwas zu verderben.

Sie umschlang ihren Oberkörper und rieb sich heftig die Arme bei der Erinnerung an Robinsons Berührung. Die Geste war ebenso nutzlos wie all die anderen Hände, mit denen sie die seinen auszulöschen versucht hatte. Das Gefühl blieb. Etwas Tieferes, Beunruhigenderes gar als seine Berührung auf ihrem Geschlecht.

Wie er ihr Handgelenk immer packte, es hinter ihren Rücken zog und die Fessel darum schloss …

Die lockeren Spielketten, mit denen Robinson sie fesselte. Und immer lachte er dabei – dieses gezwungene, grimmige Lachen, als sei alles nur ein Spaß zwischen ihnen beiden. Sie wusste nicht, was schlimmer war: wenn er lachte oder wenn er es nicht tat. Denn wenn er nicht lachte, starrte er sie an, starrte regelrecht durch sie hindurch – einen unnatürlichen Glanz in den Augen, den Mund leicht geöffnet, schwer atmend und unfähig zu sprechen.

Robinson beharrte gern auf der Behauptung, es gefiele ihr. Von dem Tag an, da sie zu Schaus Galerie gegangen waren und die Statue angeschaut hatten, hatte er darauf bestanden, dass sie sein Spiel spielte. Angefangen hatte es mit einem schlichten Lederriemen, wie ihn auch die Skulptur zeigte, aber unweigerlich waren bald Ketten daraus geworden.

Sie war nicht sicher, warum. Das Gewicht der Ketten schien ihm zu gefallen, auch wenn sie nur Attrappen waren. Oder vielleicht lag es daran, wie sie das Licht auffingen, das durch die Läden hereinfiel – Gold auf Silber. Doch sie hatte den Verdacht, es war vor allem der Anblick der Fesseln auf ihrer nackten Haut. Von der metallischen Kälte bekam sie Gänsehaut auf den Armen, und ihre Brustwarzen richteten sich auf, wenn er die Ketten darüberlegte. Auch ihre Nackenhaare richteten sich davon auf, nur war ihm das nie aufgefallen.

Sie nahm noch einen Schluck aus dem Krug. Der ging schon viel leichter runter – das war meistens so nach dem ersten. Doch ihr Kopf wurde nun schwer. Sie erwog, ein Schläfchen zu halten, der elfenbeinerne Pistolengriff lag immer noch in ihrer rechten Faust.

Sie öffnete die Augen, ohne den Kopf von der Tischplatte zu heben. Wieder ein verschimmelter Teller. *Überlass ihn den Schaben und Fliegen.* Ein dumpfes Dröhnen war in ihren Ohren, aber sie konnte nicht sagen, ob es von draußen kam oder in ihrem Kopf war.

Wann hatte sie zum letzten Mal gegessen?

Sie richtete sich auf, erwog, sich noch einen Schluck aus dem Krug zu holen, aber sie wusste, das würde die Hitze nur unerträglicher machen. Und sie überlegte, ob sie versuchen sollte, mehr Geld aus ihm herauszuholen, wenn er wiederkam.

Sie war immer gewesen, was er haben wollte. Doch jetzt wollte sie einfach nur eine Reaktion aus ihm herauskitzeln, ganz gleich welche. Und das war der Grund, warum sie immer noch zuließ, dass er ihr die Ketten anlegte …

Das Dröhnen in ihrem Kopf setzte sich fort, und sie kam unsicher auf die Füße, torkelte zum Krug hinüber und dachte: *Wenigstens das wird davon aufhören.*

Doch sie ging weiter, ohne den Whiskey anzurühren, betrat das vordere Zimmer, und das Dröhnen wurde merklich lauter. Bis sie schließlich vor dem Fenster mit dem geschlossenen Laden stand und erkannte, dass das Geräusch nicht in ihrem Kopf war, sondern von draußen, von irgendwoher in der Stadt kam.

Die Hitze lastete schwer wie ein Amboss auf ihrer Brust.

»Sie sollen nur kommen«, flüsterte sie.

Sie wollte sogar, dass sie kamen, obwohl sie die ersten Angststiche im Bauch spürte. Und sie fragte sich, wann er zurückkommen würde, um sie zu holen, doch sogleich schüttelte sie den Gedanken ab.

»Sie sollen nur kommen und es versuchen. *Ich tu, was mir passt.*«

15
Ruth

»Ist er weg?«

»Ich glaube ja.«

Ruth spähte durch Deirdres feine Spitzenvorhänge hinaus. Der gut gekleidete Mann verschwand aus ihrem Blickfeld, ging Richtung East River, woher der Lärm des Mobs heraufdrang.

Was war nur los mit Männern, dass einer freiwillig auf so etwas zugehen konnte?

Sie hatte das Schlimmste vermutet, als sie den Mann entdeckt hatte, der so eilig die Straße entlangkam. Aber sie hatte schnell erkannt, dass er es nicht sein konnte, dass dieser Mann sich überhaupt nicht wie Johnny Dolan bewegte, in dieser halb gebeugten Haltung, an die sie sich selbst nach all den Jahren noch so gut erinnerte.

»Wer war das?«, fragte Deirdre scharf und sah ihr über die Schulter.

»Nur *er* – Maddys Gentleman.«

In all der Zeit, die sie in Paradise Alley gewohnt hatte, hatten sie nie seinen Namen erfahren.

»Ach der.«

Angewidert verzog Deirdre das Gesicht.

»Allein der Gedanke. Und das in unserer Straße …«

»Na ja, besser er als der von neulich Nacht«, erwiderte Ruth.

»Oh ja, viel besser, nehme ich an«, sagte Deirdre spitz.

Es war eine von Maddys nächtlichen Ruhestörungen gewesen. Ruth hatte im Bett gesessen und mit der heimlichen Faszination gelauscht, mit der sie immer verfolgte, was nachts auf den Straßen der großen Stadt vorging. Wilde Schlägereien, Streitigkeiten unter Betrunkenen, die erregten Stimmen und Laute aus der Dunkelheit.

Und sie lauschte auch dem Klatsch der anderen Frauen und den Geschichten, die Billy mit heimbrachte – all die Freuden, die sie früher nie gekannt hatte, die das enge Zusammenleben mit anderen Menschen mit sich brachte.
Aber dies hier war anders gewesen. Diese Stimme hatte weder protzig noch kurzatmig geklungen, wie es sonst der Fall war. Nicht die üblichen Betrunkenen, die zum Himmel hinaufbrüllten, sondern diese Stimme sprach wohl überlegt, gerade laut genug, dass der ganze Block sie hören konnte.
»Wir kümmern uns um deine Nigger.«
Die Stimme scharf und gefährlich wie ein Messer.
»Dieses Land gehört den Weißen, und eher wollen wir verdammt sein, ehe wir auch noch unsere Huren mit den Niggern teilen …«
»Nigger? Nigger? Zwei von eurer Sorten könnten es nicht mit einem Nigger aufnehmen! Ein Niggerfeuerwehrmann wüsste wenigstens, wie er seinen eigenen Schlauch bedient!«
Maddy kreischte Obszönitäten zurück, wie üblich. Verhöhnte ihn und verspottete seine Männlichkeit, bis sich überall entlang dem Block Fenster öffneten.
»Geht der Scheiß vielleicht ein bisschen leiser? Wir haben hier Kinder im Haus!«
»Dann halt du doch dein Maul! Ich muss morgen früh zur Arbeit, aber deine Blagen können den ganzen Tag verschlafen!«
Der Austausch von Beschimpfungen und Flüchen ebbte ab zu sarkastischen Scherzen, und Gelächter dröhnte durch die Nacht. Billy regte sich im Bett neben ihr – wie immer von der geringsten Bewegung aufgeschreckt, und murmelte, sie solle sich hinlegen und ihn schlafen lassen.
Aber die Stimme vor Maddys Haus, immer noch entschlossen, kalt und wohl überlegt, sprach wieder und wieder die eine Drohung aus: *»Wir kümmern uns um deine Nigger. Und um dich auch …«*
Es war etwas an der Art, wie er das Wort sagte: Nigger. Natürlich hatte Ruth es vom ersten Tag an gehört, da sie in die Stadt gekommen war. Die nationalistischen Rotten der »Know Nothing«-Gangs in den Straßen hatten sie als irische Nigger beschimpft.

Nigger, Neger, schwarze Nigger und grüne Nigger – soweit sie sagen konnte, war es eine Niggerstadt.
Aber dieser hier hatte das Wort als überlegte Drohung ausgesprochen, eine Drohung, die der unsichtbare Sprecher, die Stimme aus der Dunkelheit, mit unverkennbarer Befriedigung aussprach. Sie konnte nicht sehen, wer es war – nur eine kleine, dunkle Gestalt vor Maddys Tür, die ihre Worte noch einige Male wiederholte. Dann war sie weggegangen, die Paradise Alley entlang, um schließlich in den festungsgleichen Shambles zu verschwinden.
Das war, ehe sie erfahren hatte, dass Johnny Dolan zurückgekommen war. Doch es hatte sie trotzdem daran erinnert, wie er immer gesprochen hatte, und allein vom Klang der Stimme, der durchs Fenster hereinkam, überlief es sie eiskalt. Die Stimme kam ihr sogar vertraut vor, sodass sie sicher war, sie gehöre einem von Johnnys alten Kumpeln bei der Feuerwehr oder aus dem Clubhaus. Einer, der seinen Weg in der Welt gemacht hatte und zu einer Position aufgestiegen war, die es ihm erlaubte, Huren auf der Straße zu bedrohen. Der ganze Vorfall hatte sich in ihr Gedächtnis eingebrannt und sie seither ständig beunruhigt.

Sie stand am Fenster, sah Maddys Gentleman die Straße hinuntergehen und lauschte dem fernen Dröhnen marschierender Männer, die sich immer noch Richtung Uptown bewegten.
»Glaubst du, sie werden kommen?«, fragte sie, doch sie bereute es, noch ehe sie ganz ausgesprochen hatte. Es war eine dumme Frage, und das wusste sie. Die Art Frage, wie Kinder sie stellen, die beruhigt werden wollen. Deswegen hatte auch sie gefragt …
»Woher sollte ich wissen, was diese Gangster vorhaben oder ob sie herkommen?«, entgegnete Deirdre.
Doch unter ihrem üblichen Grimm lag ein Hauch von Unsicherheit. Ihrer Stimme fehlte der typische Kommandoton. So hatte Ruth sie noch nie gehört.
»Sie werden nicht herkommen«, sagte Deirdre nun, als wollte sie damit ihre Fassung wieder gewinnen.
»Woher weißt du das?«, fragte Ruth, von neuer Hoffnung erfüllt.

»Sie werden nicht kommen. Das wird die Regierung nicht zulassen«, erklärte sie und bekreuzigte sich. »Der Bürgermeister wird es nicht zulassen und die Kirche auch nicht. All das, was da auf den Straßen vorgeht …«

»Ah. Ah, na dann«, antwortete Ruth respektvoll.

Sie hätte gerne gefragt: Aber was werden sie tun, um sie zu hindern?, doch das wagte sie nicht, um Deirdres und ihrer selbst willen. Denn sie hatte damals in Irland mit eigenen Augen gesehen, was die Regierung und die Kirche und sonst wer taten, wenn alles zum Teufel ging.

Was waren all diese unwirklichen Dinge wie die Jungfrau und der Heilige Geist verglichen mit ihm? Johnny Dolan bei ihrer ersten Begegnung, der im diffusen Abendlicht stand, ein Messer in der einen, ein Stück Fleisch in der anderen Hand …

16
Das Jahr des Gemetzels

An jenem Abend hatten sie hinter der Mauer einer verfallenen Festung nahe Ballykinvarga gesessen, während ein Gewitter über die Ebene heranzog. Er hatte dort ein Torffeuer gemacht und das Hundefleisch darüber gebraten. Ab und zu warf er ihr ein Stück zu. Mit einem zufriedenen, hämischen Grinsen hatte er zugesehen, wie sie es verschlang – das immer noch brutzelnde, triefende Fleisch voll gelber Galle und Fett.

Sie hatte alles gegessen, was er ihr gab, selbst Leber und Herz, obwohl sie schon damals gewusst hatte, dass er sie auf die Probe stellte.

»Besser als harter Futtermais, was?«

Sie aß einfach weiter, beobachtete ihn, nicht sicher, was sie sagen, oder besser: ob sie nur zustimmend nicken sollte.

»Das ist Fleisch immer.«

Sie betrachtete ihn nach wie vor, immer noch schweigend.

»Auch besser als der Fraß im Armenhaus von Cork«, fuhr er fort. Sein Grinsen entblößte abscheuliche schwarze Zahnstümpfe.

»Da gab's kein Fleisch. Nur Kohl und holzige Rüben, wenn man Glück hatte.«

»Aber wenigstens haben sie dich dort aufgenommen«, sagte sie schließlich, verwundert, dass jemand solches Glück haben konnte. Es gab keine Armenhäuser in Ballyvaughan oder Kilfernora oder in irgendeinem der anderen kleinen Dörfer am entlegenen Ende des Burren. Allein die Vorstellung von einem öffentlichen Haus, wo man vielleicht Essen und Obdach finden konnte. Wieder überkam sie der Neid, den sie beim Anblick des Waisenhauses in Limerick empfunden hatte, obwohl es dem Zustrom immer neuer Waisen seine Türen verschlossen hatte. *Allein die Vorstellung …*

Aber Dolan stieß nur ein kurzes, hartes Lachen aus, das wie ein Bellen klang.

»Das haben sie, ja«, sagte er. »Dazu war das Armenhaus ja da, zum Aufnehmen. Sie nahmen uns an einem Ende auf und am anderen haben sie uns wieder ausgeschissen.«

»Aber sie haben euch aufgenommen. Das war immerhin etwas …«

»Oh ja, sie haben uns aufgenommen. Als wir klein beigegeben und eingestanden haben, dass wir kurz davor waren zu verhungern, da haben sie uns aufgenommen. Erst haben sie uns ins Dienstzimmer gebracht und uns alle Sachen ausgezogen. Dann hat der Amtsarzt uns in die Mäuler geguckt, dann hat uns ein Sanitäter mit kaltem Wasser abgespritzt und von Kopf bis Fuß mit Lauspulver bestreut, und dann haben sie uns in Uniformen gesteckt, als wären wir Verbrecher.

Meine Schwestern und meine Ma haben sie in den Frauenhof geschickt, und meinen Bruder, Patrick, in die Irrenabteilung, und meinen Vater und mich haben sie in den Steinbruch geschickt oder auf die Tretmühle. Und dafür bekamen wir eine Schale Kohlsuppe und eine Hand voll Rüben jeden Tag und die Ruhr.«

Die Knöchel der Hand, die den Hundeknochen hielt, traten weiß hervor, und sein Gesicht war plötzlich wutverzerrt.

»Er war kein beschissener Irrer. Nur weil er zu vorsichtig war, um ihre Fragen zu beantworten! Er hätte bei uns sein sollen, bei Dad und mir, dann hätte er wenigstens ein bisschen Trost gehabt, ehe sie ihn mit uns anderen da rauftrugen!«

Schrecken überkam Ruth, und sie wich zurück und fragte sich furchtsam, was er wohl tun würde. Doch der Ausbruch verging so schnell, wie er über ihn gekommen war, ebbte wieder ab zu der bloßen, unversöhnlichen Wut.

»Nicht, dass es irgendetwas geändert hätte. Sie haben uns zum Schluss ja doch alle da raufgebracht. Einen nach dem anderen haben sie in die schwarze Dachkammer gebracht.«

»Aber dich nicht.«

Sie hatte auf der Straße von der schwarzen Dachkammer gehört. Jedes Armenhaus hatte eine. Es war der Raum, wohin man die hoffnungslosen Fälle brachte. Die Sterbekammer …
»Oh nein, man kehrt nicht zurück aus der schwarzen Dachkammer«, bestätigte Dolan und nickte heftig.
Er sah sehr jung aus, beinahe knabenhaft, wenn er so ernst war, trotz der Geschwüre auf der Kopfhaut, der fehlenden Zähne. Aber er war ja auch jung, er muss noch ganz jung gewesen sein, kaum mehr als ein Knabe, dachte sie immer, wenn sie in späteren Jahren darüber nachsann.
»Sie haben uns alle da raufgebracht. Erst meine Schwestern. Dann meinen Dad und meine Ma und dann meinen Bruder, der kein Irrer war. Uns alle haben sie in die schwarze Dachkammer gebracht, als die Zeit gekommen war, und da legten sie uns auf eine lange Holzrutsche, die durchs Fenster nach unten führte, sodass sie uns direkt in die Erde scheißen konnten.«
»Aber dich nicht«, wiederholte sie.
»Oh doch«, beharrte er. »Oh doch, mich auch.«
Hinter ihm, weit weg im Osten, sah sie das Unwetter auf die alte Rinderfurt zuziehen wie eine Armee. Dichte, graue Schleier aus Regen prasselten auf die leeren Felder hinab und sperrten nach und nach alles Licht aus.
»Als ich nur noch auf der Erde liegen und meine Hosen mit Blut voll machen konnte, da haben sie mich auch geholt. Mit einem Priester für die Absolution, einem Brett, um mich darauf zu tragen, und einem Stück gelbem Leinen als Leichentuch.«
»Aber du bist nicht gestorben.«
»Doch, natürlich. Ich hab dir doch gesagt, niemand kommt aus der schwarzen Dachkammer zurück.«
Der Regen war jetzt hörbar, das Gewitter hatte sie beinahe erreicht. Dolan sprang auf die Füße, die graue, halb verzehrte Hundekeule immer noch in der Faust, und starrte über die bemooste, bröckelige Festungsmauer.
»Scheiße«, fluchte er vor sich hin, sein Ausdruck ungläubig. »Was für ein Unwetter soll das sein, das von Osten kommt?«

Und in diesem Moment, als sie ihn da an der Mauer der alten Burg stehen sah, einen Batzen Hundefleisch in der Faust, da wusste sie nicht mehr, wo sie sich befand. Sie wusste nicht, wer sie war, ob sie selbst tot oder lebendig oder in eine der alten Gruselgeschichten ihres Vaters geraten war.

Der Sturm brach über sie herein, löschte das Feuer und verschlang das letzte, graue Abendlicht. Sie kauerten sich an die Mauer. Sie konnte ihn in der völligen Schwärze nicht sehen, aber sie wusste, dass sein Gesicht direkt vor ihr war, konnte seinen fauligen Atem auf der Wange spüren, als er sich vorbeugte und ihr den Rest der Geschichte erzählte.

»Als ich nicht mehr den Mund aufmachen und meinen eigenen Namen sagen konnte, kamen sie mich holen. Sie riefen den Priester und sechs Mann, um mich in das Leinentuch zu wickeln und mich nach oben zum Dachfenster zu tragen, und von da ließen sie mich runterrutschen in das Loch mit all den anderen.«

Das triumphierende Leuchten in den irren, roten Augen ihrer Mutter kurz vor dem Ende. *Sie hatte eine Kartoffel für ihren Sohn aufgespart.*

»Aber du bist nicht gestorben.«

»Doch. Ich war tot und begraben, verdammt, aber ich habe keine drei Tage gebraucht, um wieder aufzuerstehen. Nein, ich bin gleich in der ersten Nacht aufgestanden, ehe sie uns mit einer Kalkschicht bedecken konnten, und bin nach vorn zur Eingangstür gegangen und habe dagegen getrommelt, damit sie mich reinließen. ›Oh, gnädiger Gott, wer ist da?‹, riefen sie. ›Geh weg, egal, wer du bist. Dieses Haus ist überfüllt!‹ Und ich hab gesagt: ›Ich bin's, Johnny Dolan, und ich bin doch schon drin!‹

Und da sagten sie: ›Geh weg! Du bist ein Schwindler! Johnny Dolan ist tot!‹ – ›Aber ich bin's‹, sag ich ihnen. ›Ich werd doch wohl wissen, wer ich bin, Herrgott noch mal!‹ Und dann kamen die Beamten und spähten durch das Guckloch in der Tür und sahen das Blut und die Scheiße auf meiner Hose und den Kalk von der Leichengrube in meinen Haaren und das Leinentuch um meine Schultern. Genau wie Lazarus, auferstanden von den Toten, und das ganz ohne seine Schuld. Sie sahen all das, und dann machten sie das Guckloch wieder zu, und ich hörte sie drinnen flüstern und sich fragen, was sie tun sollen. Dann kamen sie zurück, aber alles, was sie sagten, war: ›Geh weg! Die Bücher stimmen nicht mehr, wenn du wieder lebst!‹«

Sie spürte, wie er sich neben ihr vor Lachen schüttelte über diesen kleinen Scherz.

»›Geh weg, oder die Bücher kommen durcheinander!‹ Also hab ich das gemacht, bin weggegangen und hab mich allein durchgeschlagen und bin seither tot.«

Das Gewitter zog weiter und durchnässte sie zum Abschied noch einmal gründlich. Und als es fort war, kamen die Sterne und ein Sichelmond zum Vorschein, und die Stille kehrte in das leere, verlassene Land zurück.

Dann befahl er ihr, sich ganz auszuziehen, und strich im fahlen Mondlicht mit den Händen über ihren Körper. Sie hatte etwas in der Art erwartet, auch wenn sie im Grunde nichts von diesen Dingen wusste. Später erkannte sie, dass es ihm ebenso erging, aber trotzdem zwang er sie an der alten Festungsmauer auf Hände und Knie hinab, inmitten der Pfützen und all dem Hundefett und den Knochen. Dort tat er es, und sie trieben es im Morast, als wären sie selbst zwei Hunde.

Und sie empfand gar nichts, fühlte nur Müdigkeit und Schwindel, die sie jetzt schon so lange begleiteten, und sie tat alles, was er befahl, weil sie Angst hatte, er würde sie sonst schlagen oder ihr das Genick brechen.

Das Einzige, was ihr bewusst gewesen war, war der Geruch der Erde, das Gras kalt und glitschig unter ihren Händen und Armen, die graue Steinmauer neben ihr und der Geruch des nassen Torfs vom Feuer und von seinem Kot hinter der Mauer.

Und obwohl sie alles tat, was er sagte, schlug er sie, als er Mühe hatte einzudringen, fummelte und grunzte hinter ihr. Er schlug sie ins Gesicht und mit der Faust und dem Ellbogen in die Seite, gleich unter den Rippen, und auch das war das erste Mal. Das erste Mal, dass er Hand an sie legte, dort draußen in der verfallenen Hügelfestung.

17
Das Jahr des Gemetzels

»Wozu bist du denn nütze? Wozu?«

Das sagte er jeden Abend zu ihr, während er im Heu oder einer verlassenen Hütte in sie hineinstieß. Wo sie auch gerade lagen, jedes Mal drängte er sich in sie hinein …

»Das ist das Einzige, wozu du taugst, das weißt du …«

Nach jener Nacht, dem ersten Abend in der Festung, war sie mit ihm durchs ganze Land gezogen. Sie musste das nicht. Das war ja das Schlimme an der ganzen Sache, das, was sie am meisten bereute. Sie hätte ihm jederzeit entkommen, einfach mit den anderen geisterhaften Gestalten auf der Straße verschmelzen können. Irgendeine dunkle Gasse hinab in einer der schieferblauen Städte oder einfach nur in irgendeine verlassene oder verfallene Hütte, während er noch schlief.

Vielleicht hätte er ihr den Schädel zertrümmert, wie er es bei dem Hund getan hatte. Vielleicht hätte er sie umgebracht und bezahlen lassen, aber das glaubte sie nicht. Wahrscheinlich hätte er sie nur ausgelacht und verflucht: *Dann geh doch zum Teufel, du dummes Luder!*

Aber er hatte versprochen, sie zu ernähren, und das tat er. Er erzählte ihr, er habe noch eine Schwester namens Deirdre, die Einzige aus der ganzen Familie, die noch lebte, und sie wohne weit weg in New York. Ruth war nicht sicher, ob sie das glauben sollte – ob sie ihm überhaupt irgendetwas glauben sollte, das sie nicht sehen und anfassen konnte wie das Brot oder den Kohl, die er ihr abends zuwarf, als sei sie selbst ein Hund. Er sagte ihr, sie würden zu Fuß nach Dublin gehen und einen Weg finden, das Geld für die Überfahrt zusammenzukriegen. Aber für sie sah es eher so aus, als gingen sie einfach der Straße nach, dorthin, wo es gerüchteweise etwas zu essen gab.

Sie wusste nicht einmal, ob er wirklich glaubte, dass sie alle tot waren, auch wenn er dies beharrlich behauptete, soweit es ihn selbst betraf. Dieses harte, krächzende Lachen. Die einzige Gelegenheit, bei der er überhaupt je lachte.

Natürlich bin ich tot. Sonst würden ja die Bücher nicht mehr stimmen …

Manchmal schien er beinahe in eine Art Trance zu verfallen und studierte jedes Gesicht, dem sie auf der Straße begegneten. All die eingefallenen, gelblichen Wangen und die von Angst erfüllten Augen. Sie erwiderten sein Starren, denn sie waren zu geschwächt, um den Blick mit dem gebotenen Anstand abzuwenden. Sie sahen in ihm nur einen der Zahllosen, die der Hunger um den Verstand gebracht hatte.

Er starrte sie weiterhin an. Zuerst glaubte Ruth, er suche etwas, aber was nur, bei Menschen, die nichts besaßen? Sie dachte auch, dass es nur eine weitere Marotte sei. Er hatte viele merkwürdige Gewohnheiten und Zwänge. Ungeachtet der verschmutzen Kleider und der Geschwüre auf der Kopfhaut wusch er sich bei jeder sich bietenden Gelegenheit. Suchte ihnen einen Lagerplatz in der Nähe eines Bachs oder Sees. Schüttete wieder und wieder Wasser über sich, rieb und scheuerte seine Haut, bis sie wund war.

Ruth erkannte schließlich, dass es ein bestimmtes Gesicht war, das er suchte. Sie fand es in den Nächten heraus, wenn sie neben ihm lag, die wenigen Nächte, da sie nicht so schwach vor Hunger war, dass sie augenblicklich einschlief, sobald sie anhielt und den Kopf auf die Erde bettete. Er knirschte mit den Zähnen und zuckte wie ein schlafender Hund. Murmelte wieder und wieder den einen Namen: *Patrick. Patrick.* Sie begriff, dass er nach seinem Bruder suchte, den man in die Abteilung für Zurückgebliebene gesteckt hatte. Suchte ihn in jedem Gesicht, das er auf der Straße sah, suchte Patrick in der Hoffnung, dass er noch irgendwo am Leben war.

Sie hatte es ihm ins Gesicht gesagt an irgendeinem Abend, als er grober denn je zu ihr gewesen war. Er hatte sie zu Boden geworfen und in sie hineingestoßen, als wolle er sie unter seinem Gewicht begraben. Sie hatte zu ihm aufgestarrt, ihre Kleidung dreckverschmiert, genau wie ihr Haar und Gesicht. Er war schon dabei, eine Keule des Hasen zu verschlingen, den er über dem Feuer gebraten hatte, und Ruth hatte ihn beobachtet und konnte nicht an sich halten.

»Er ist tot, weißt du. Du weißt es ganz genau. Er ist mit Sicherheit tot, dein Bruder ...«

Er stand auf, und die gelbe Galle verfärbte seine Augen, so wie sie es damals beim Kampf mit den Hunden zum ersten Mal gesehen hatte. Doch sie fühlte sich so gedemütigt, sie konnte der Versuchung nicht widerstehen zu sagen: »Anders als du. Du tust ja nur so, als wärst du tot. Er ist ...«

Sie war überrascht, dass er tatsächlich versuchte, mit ihr über den Punkt zu streiten, während er auf sie zu ging.

»Das weißt du doch gar nicht. Du weißt überhaupt nichts. Diese Idioten. Er könnte genauso lebendig sein wie ich, was nicht viel heißt ...«

»Ach, dann bist du also doch lebendig? Aber er nicht, und das weißt du.«

Da hatte er sie geschlagen, so wie er es jetzt immer tat, wenn er wollte, dass sie irgendetwas machte: sich schneller bewegte, ihm irgendetwas holte, den Mund hielt. Er schlug sie links und rechts ins Gesicht, die Fäuste flogen so schnell, dass sie im selben Moment zu landen schienen. Sie fiel zurück auf den Boden und konnte nichts mehr sagen. Und doch verspürte sie Triumph über dieses geheime Wissen, das sie eines Tages in der Zukunft gegen ihn verwenden würde.

Er sucht nach ihm, ich hatte Recht ...

Wenn sie ihn bei der Morgenwäsche im Fluss beobachtete, wie er schrubbte und scheuerte, fragte sie sich, was er wohl abzuwaschen versuchte – die Läuse oder den Kalk und Dreck aus dem Armenhausgrab? Es gefiel ihr, ihm heimlich zuzuschauen, ihn in seiner schutzlosen Nacktheit im Wasser zu sehen. Denn dann war er kein

Todesbote, kein Teufel mehr, sondern nur noch ein Mann, mit einem Penis und den gewöhnlichen Armen und Händen eines Mannes und seiner roten, von Geschwüren übersäten Haut – nichts weiter. So normal und verletzlich, nicht anders als ihre Brüder. So anders als die Fäuste und der massige Körper, die sie mit unheimlicher Schnelligkeit aus der Dunkelheit angriffen.
Bald übernahm sie die Gewohnheit. Sie ließ ihren erschöpften, halb toten Leib ins Wasser gleiten und schrubbte ihre Haut, bis sie wund war, genau wie er es tat, versuchte, so viel wie möglich von ihm abzuwaschen.

Die Kuhweide lag gleich an der Straße und zog sich über einen Hügel. Dolan bewegte sich mit dem ihm eigenen raschen, gebeugten Schritt durchs Dickicht – das Messer in einer Hand. Sie folgte ihm gehorsam, nicht sicher, ob sie sich hier überhaupt aufhalten durften, aber wie immer getrieben vom Hunger und von ihm.
»Nur ein Schlückchen, nur ein Schlückchen«, murmelte Dolan vor sich hin, als er die Herde erreicht hatte. Er ließ den Blick über die Weide gleiten, um sich zu vergewissern, dass kein Hirte in der Nähe war.
»Das Rote ist das Wahre. Nur ein Schlückchen, um uns auf den Beinen zu halten.«
Er trat zu einer Gruppe von drei Milchkühen, die friedlich beisammenlagen. Er kniete sich neben die nächst liegende, schaute noch einmal über die Schulter zurück und murmelte dann etwas mit leiser, beruhigender Stimme, ehe er die Klinge seines Messers mit einer schnellen Bewegung über ihre Hinterhand zog. Erschrocken kam die Kuh auf die Beine und trat wütend aus. Mühelos wich er ihren Hufen aus und lief dann neben ihr her, drückte ein trockenes Stück Brot auf die Wunde und saugte das Blut damit auf.
»Hier, hier, nimm das«, befahl er und reichte es ihr.
Sie nahm es und streckte dann ihr eigenes Brotstück aus. Dolan packte ihr Handgelenk und drückte das Brot auf die Flanke der Kuh, gleich unter dem tröpfelnden Schnitt. Sie rannten neben dem fliehenden Tier her, Dolans Pranke umschloss immer noch ihr

Handgelenk. Die dicken roten Bluttropfen sickerten allmählich in das Brot.

Die Kuh entkam schließlich, und Ruth hielt sich das Brot vors Gesicht. Es roch Ekel erregend sauer, fleischig und roh. Bis sie schließlich nicht länger widerstehen konnte und gierig darüber herfiel. Das Blut entzückte sie, denn das Brot war jetzt so rot und saftig wie Fleisch.

Das letzte Mal habe ich Fleisch in unserer Hütte gegessen, als wir das Schwein geschlachtet haben. Ein Festessen, wie ich es noch nie zuvor erlebt hatte, niemals. Kate und Agnes und Colleen haben so aufgeregt geplappert. Die Gesichter von meiner Ma und Dad so verzerrt und ängstlich auf der anderen Seite des Feuers. Das Schwein war kein Festessen, das wusste ich damals schon, sondern ein letztes Abendmahl …

Sie würgte das Brot hinunter und sah auf, hoffte auf mehr. Dolan hatte seines schon vertilgt und saugte jetzt an der verletzten Kuh, wich geschickt ihren Tritten und dem peitschenden, mistverklebten Schwanz aus. Er hatte die Lippen auf die Wunde gepresst und leckte den langsamen Blutstrom auf. Ruth wischte sich über den Mund, lachte laut und lief ihm nach. Sie scherte sich nicht mehr um Kuhhirten oder Sheriffs.

Was für ein Irrsinn, direkt von der Kuh zu trinken.

Dolan war direkt vor ihr, eine Hand beruhigend auf die Flanke der Kuh gelegt, und nahm die Lippen nur lang genug von der Wunde, um beschwichtigend auf das Tier einzureden, während er geschickt rückwärts neben ihr her hüpfte. Den Mund schon wieder an ihrem Bein. »Schon gut, schon gut, bist ja ein braves Mädchen. Lass mich an dieser Titte saugen …«

»Jetzt ich!«

Sie jagten die Kuh über den Hügelkamm, lachten und johlten und vergaßen in ihrem Blutrausch, wo sie sich befanden.

Und dann hörten sie es zum ersten Mal: ein hohes, quietschendes Geräusch, sehr schwach, aber doch melodisch und anders als alles, was sie je zuvor gehört hatte. Es brachte sie ruckartig zurück in die Realität, und sie hockten sich ins Gras, versuchten sich dort oben auf dem Hügel zu verstecken. Aber niemand kam, kein Zeichen menschlicher Aktivität ließ sich entdecken außer der fernen Musik.

»Eine Drehorgel«, sagte Dolan schließlich ungläubig.

»Eine was?«

Er schlug sie mit dem Handrücken ins Gesicht, dass ihr Kopf zur Seite flog.

»Eine Drehorgel. Mit einer Kurbel. Das ist es.«

Sie blickten hügelabwärts und über das Farmhaus hinweg zu der Ruine eines alten Klosters, die an einer Wegkreuzung stand. Das Dach war eingestürzt, und ein riesiger Nadelbaum stand dort, wo einmal der Chor gewesen war. Die Stufen zum Portal waren verschwunden, und an ihrer Stelle stand ein kleines weißes Zelt. Der Klang der Drehorgel kam von dort, und eine Menschenmenge hatte sich zusammengefunden und stand drängelnd um das Zelt.

Jetzt verstanden sie, warum weder Hirte noch Farmer die Kühe bewacht hatte. Eine Weile beobachteten sie die Szene, dann machten sie sich hügelabwärts auf den Weg und wischten sich das Blut vom Gesicht.

»Alle Wunder! Nur ein Penny! Alle Wunder der Welt für nur einen Penny!«

Ein kleiner Mann, der wie abgesägt aussah, mit einem grau melierten Bart und einem Admiralshut hatte die Menge in seinen Bann gezogen.

»Die fantastischste Kuriositätensammlung der Welt!«, krakeelte er. Er trug eine Augenbinde und hatte die Hand in seine Jacke gesteckt wie Napoleon.

»Der originale Kunstschrank von Philippe Hainhofer höchstpersönlich! Auf ausdrücklichen Befehl seiner Majestät Gustav König Adolf von Schweden erbaut! Aus dem fernen Uppsala ist dieses Wunderwerk zu euch gekommen!«

Die Menschen drängten näher, obgleich sie kein Wort von dem verstanden, was er da faselte. Mit den Ellbogen stießen sie einander aus dem Weg, obwohl die meisten von ihnen keinen Penny besaßen.

Ruth wollte sich ins Gedränge stürzen, wollte nur einen Blick riskieren, doch dann riss Dolans raue Hand sie zurück.
»Jetzt nicht!«, sagte er und renkte ihr beinahe die Schulter aus. Dieses boshafte Grinsen lag wieder auf seinen Lippen. »Deine Gelegenheit kommt noch. Und seine erst recht.«
Sein Plan stand längst fest, erkannte sie später. *Wann hatte er ihn gefasst? Als wir den Hügel herunterkamen?*
Sie warteten bis zum Abend, versteckten sich hinter den Dornbüschen und wilden Rosensträuchern, die am Boden der verfallenen Abteikirche wuchsen. Nur ein Fenster war übrig, die große Rosette, das Auge Gottes in der Westfassade. Die Mehrzahl der Scheiben war eingeschlagen, die übrigen glitzerten wie abgebrochene Zähne. Ruth verbrachte die Zeit damit, am Boden umherzukriechen und die geheimnisvollen Abbildungen und Buchstaben freizulegen, die in die Steinfliesen gemeißelt waren: die Figuren von Rittern und Kirchenherrn, die Lebensdaten von Bischöfen, alle in den glatten Granit der Grabplatten geschnitten.
Sie strich auch über die jüngeren Inschriften auf den Holzkreuzen, die im Gebüsch aufragten.
Das waren die Gräber von Priestern, die zu der neueren Holzkirche auf der anderen Straßenseite gehört hatten – jedenfalls sagte er das, ich konnte damals ja noch nicht lesen. So hilflos.
An seinen Reden hätte ich erkennen müssen, was er vorhatte. Ich hätte es wissen müssen, aber ich habe mitgemacht. Das war meine Sünde. Einfach mitzumachen.

Sie warteten in der Klosterruine und lauschten der unablässigen Werbung des kleines Mannes. Die verstimmte Drehorgel spielte wieder und wieder die gleichen Zirkusmelodien. Bis die Vesperglocke der grob gezimmerten Holzkirche auf der anderen Seite zu läuten begann.
Zögernd löste die Menschenmenge sich auf. Die Fiebernden, Verhungernden und halb Toten schleppten sich mit den Übrigen hinüber, um das Abendgebet zu hören.
Der kleine Mann mit dem Admiralshut rollte den Zelteingang

herunter und strich durch die Klosterruine auf der Suche nach Papierfetzen und Holz für ein Feuer.
Auf Händen und Knien kroch Dolan aus dem Dornengebüsch. Sie folgte ihm zitternd an der verfallenen Kirchenmauer entlang. Das Messer lag wieder in seiner Hand und machte schnell und geräuschlos einen Schlitz in die Rückwand des kleinen weißen Zeltes. Sie schlüpften hinein und richteten sich vorsichtig auf, um das Geheimnis zu entdecken.
Und da war es. Das Wunderkabinett.

Niemals hatte sie zuvor etwas Vergleichbares gesehen. Von außen war es nicht einmal so außergewöhnlich; lediglich eine Holzkiste, die mit Goldfarbe bemalt war. Nicht größer als ein Küchenregal mit Glastüren.
Aber das Innere! Ganze Welten gab es dort drinnen hinter dem Glas.
Sie sah das Ohr eines Mohren, das Auge eines Riesen und ein Schiff in einer Flasche. Eine winzige Harfe, nicht größer als ein Finger, eine Daguerreotypie des großen O'Connell und den Knochen eines Ungeheuers. Eine Musketenkugel, eine riesige Austernschale, eine Henkersschlinge, ein Zündholz mit einem Schwefelkopf und ein zerbrochenes Schwert mit einem juwelenbesetzten Heft. Getrocknete Blumen waren zu sehen und bunte Edelsteine und winzige, perfekte Gemälde, nicht größer als ein Daumennagel, von einem sinkenden Schiff auf dem Meer und von einer lang vergangenen Schlacht. Von Liebenden, die im Mondschein spazieren gingen, und eines von der schönsten Frau auf der ganzen Welt, vollkommen hüllenlos, die Augen so grau wie ein Sturmhimmel und Haar wie ein feuriger Reif um ihren Kopf.
All das gab es dort. Alles in diesem einen Schränkchen, und sogar er war beeindruckt, das konnte ich in seinem Blick sehen. Und warum auch nicht? Alles, was man sich auf der Welt wünschen konnte, gab es dort hinter dieser Glasscheibe, so nah, dass man sie mit der Faust hätte zerschmettern und es packen können. Stattdessen wandte er sich zu mir um.

Plötzlich stand er neben dem kleinen Schausteller im Feuerschein, überraschte ihn beim Abendessen. Der Zwerg ließ den Topf mit den Kaninchenstücken, den er über der Flamme geschwenkt hatte, fallen, steckte rasch eine Hand in sein Bündel und quäkte dem Fremden mit seiner seltsamen Papageienstimme zu: »Wer bist du? Was treibst du da im Dunkeln?«
Dolan trat vor, und die Geschwüre glänzten blutrot auf seinem geschorenen Schädel.
»Woher hast du das ganze Zeug?«, fragte Dolan leise.
Der Alte lachte keuchend und plusterte seine dicken, roten Wangen auf, ließ die Hand aber im Bündel. »Von den Trödlern. Mehr brauchst du nicht zu wissen. Der Rest geht nur die und mich etwas an.«
Dolan blieb stehen, wo er war, sagte nichts, und das Lächeln verschwand vom Gesicht des Schaustellers. Er griff wieder nach seinem Topf und hob die Kaninchenstücke auf. In derselben Bewegung zog er die Hand aus dem Bündel. Sie hielt jetzt eine riesige Pistole, die auf Johnny Dolan gerichtet war.
»Mein Essen reicht nur für einen. Die Vorstellung ist vorbei. Komm morgen wieder, wenn du sie sehen willst ...«
»Es ist nicht dein Essen, das ich will.«
Dolan blieb weiterhin auf der anderen Seite des Feuers stehen und sagte nichts weiter, bis der kleine Mann schließlich schrie: »Also? Was dann? Was willst du von mir?«
»Etwas anderes«, antwortete Dolan und grinste plötzlich.
Der Schausteller blieb auf Distanz. »Und zwar?«
»Etwas, das ich dir anbieten will. Und wofür du bezahlen willst.«
Dolan zeigte auf das Zelt. Auf seinen Wink hin trat sie vor, stand als Silhouette im Feuerschein vor der Zeltöffnung.
»Was? Was ist es? Wie zum Teufel bist du da reingekommen?«, verlangte der Schausteller zu wissen und schaute blinzelnd zum Zelteingang.
»Sieh mal ...«
Auf sein Zeichen öffnete sie ihr Kleid und entblößte ihren Körper. Sie drehte sich so, dass er ihr Profil sehen und erkennen konnte,

dass sie auch wirklich eine Frau war, denn sie war so erbärmlich abgemagert.

»Na ja«, murmelte der Alte. Er erhob sich von seinem Platz am Feuer, den Topf mit dem Kaninchen nach wie vor in der Hand. »Tja, vielleicht kann ich tatsächlich was dafür bezahlen.«

»Ganz sicher«, stimmte Dolan grinsend zu. »Komm raus«, fügte er dann mit erhobener Stimme hinzu.

Sie tat immer noch, was er befahl, und trat aus dem Zelt vor ihn hin. Beschämt, so halb nackt, wie sie war, versuchte sie, sich mit den Händen zu bedecken. Dolan packte sie bei den Armen und zerrte an ihrem Kleid. Er zerriss es, band ihr mit den Fetzen die Hände auf den Rücken, sodass sie nackt vor dem kleinen Mann stand.

»Pah!«, schnaubte er. »Das ist nicht besonders viel! In Cork kriege ich was Besseres und muss sie dafür nur einmal in meinen Schrank schauen lassen.«

»Und sind wir hier in Cork?«

»Nein, nein, da hast du schon Recht.« Der Schausteller dachte nach, ließ den Blick zwischen ihr und Dolan hin- und herwandern. »Was willst du für die Schlampe?«

Dolan zuckte die Schultern, gab sich so gleichgültig, wie er konnte, das wusste sie. Ruth beobachtete ihn, stand bebend am Feuer in der warmen Nachtluft. »Du weißt schon. Das Übliche. Ich krieg was von deinem Essen ab.«

»Einverstanden. Aber nur die Hälfte. Mehr ist sie nicht wert«, beschied der Mann und stellte den Kochtopf behutsam zwischen sie. »Ein Bissen mehr – und ich schieße und nehm das Mädchen trotzdem, vergiss das nicht!«

»Schon recht«, erwiderte Dolan. Er ließ Ruth los und griff nach dem Topf, wobei er den kleinen Mann unverwandt anlächelte. Vorsichtig nahm er den Topf beim Stiel und schleuderte den Inhalt mit einer plötzlichen Bewegung dem Schausteller ins Gesicht. Der schrie auf, als das heiße Fleisch und Fett ihn trafen, fuhr zurück, und der Schuss aus seiner Pistole löste sich.

Aber Dolan hatte bereits zum Sprung angesetzt, und die Kugel pfiff über seinen Kopf hinweg, ohne Schaden anzurichten. Er wollte ihn

in Kniehöhe umschlingen, doch es gelang dem kleinen Mann, ihm auszuweichen und ins Zelt zu flüchten.
Er packte den Kasten, obwohl er fast so groß war wie er selbst, und flüchtete damit wie ein Hase in das Gestrüppdickicht der Ruine. Dolan jagte hinter ihm her, die Augen groß und gelb wie die eines Wolfs im Flammenschein.
Ruth kauerte sich furchtsam am Feuer zusammen und warf sich das zerrissene Kleid um. Sie beobachtete Dolan, der sich durch die Dornenbüsche kämpfte, überall suchte und seinen Knüppel hin- und herschwang. Dann sah sie den kleinen Mann – nur ein schwacher Schimmer, der über die Grabplatten kroch. Eine Reflexion der Flammen auf dem Glas des Schränkchens, und sie rief wider Willen: *»Da! Da ist er!«*
Der kleine Mann sprang auf und rannte um sein Leben. Doch Dolan war bereits über ihm wie ein Falke, bekam ihn diesmal an den Knien zu fassen. Der Mann schrie auf, seine Füße suchten schlitternd Halt auf dem glatten, rutschigen grauen Granit. Dann fiel er, prallte mit dem Kopf auf den Stein, und Dolan hatte ihn. Er prügelte in der Dunkelheit auf ihn ein – einmal, zweimal, schnell und wirkungsvoll, als sei es eine Ratte, die er erledigen wollte. Schließlich ließ er von ihm ab und kam auf Ruth zu, das Ende des Stocks dunkel und nass im schwachen Mondlicht.
»Ist er tot?«, flüsterte sie.
Dolan zuckte lediglich die Schultern und deutete mit dem Kinn auf ihn.
»Woher soll ich das wissen? Zum Teufel, es wär besser für ihn …«
Er hob das Wunderkabinett auf. Es war seltsamerweise unbeschädigt geblieben, und er trug es tiefer ins Gebüsch. Liebevoll zog er die schwarzen Vorhänge zu. Auf der anderen Straßenseite hörten sie einen Hund bellen, und in einem Fenster der kleinen Holzkirche war Licht zu sehen.
»Beeil dich!«, befahl Dolan, wieder ganz geschäftsmäßig. »Man weiß nie, was diese Priester vorhaben.«
»Jesus, aber es ist nicht recht, es ihm einfach so wegzunehmen«, protestierte sie und schaute hinüber zum reglosen Schatten des

Schaustellers auf der Grabplatte. Sie versuchte immer noch auszumachen, ob er atmete.
Dolan beschimpfte sie nur.
»Hier ist überhaupt nichts mehr recht. In diesem Land gibt es kein Recht.«
Er ging bereits die Straße hinunter, das Wunderkabinett irgendwie auf dem Rücken befestigt.
»Du wolltest doch auch das Geld, oder?«, fragte er und sah sie an.
»Ah, aber Jesus …«
»Du wolltest doch auch aus diesem Land herauskommen. Stimmt doch, und deshalb hast du mir geholfen, ihn fertig zu machen.«
Schon folgte sie ihm die Straße hinab, Schritt für Schritt, als würde sie langsam von einem Seil gezogen. Das Hundegebell erscholl jetzt lauter über die Straße, und sie hörten Schritte und Männerstimmen in der vollkommenen Stille der Nacht.
»Ah, aber Jesus, Johnny, wir müssen eines Tages vor Gott treten!«, jammerte sie, als sie hinter ihm her eilte und gleichzeitig ihr zerrissenes Kleid überstreifte.
»Das hoffe ich doch«, schnaubte er. »Dann kann ich ihn von Angesicht zu Angesicht verfluchen.«

18
Ruth

Acht Uhr.

Die hübsche kleine Messinguhr auf Deirdres Kaminsims schlug die Stunde. Selbst das klang laut in dem überfüllten kleinen Wohnzimmer und ließ sie beide zusammenzucken.

»Ich sollte zurückgehen.«

Sie spähte wieder aus dem Fenster, wie sie es bereits ein Dutzend Mal getan hatte. Sie hätte längst zu Hause sein sollen, obwohl sie wusste, dass dort bestimmt alles in Ordnung war, dass sie Milton trauen konnte, ihre Anweisungen zu befolgen und sich um die anderen zu kümmern. Wie dumm – sie hatte sich hier nur aufgehalten, weil Deirdres makelloses Haus etwas so Beruhigendes an sich hatte, genau wie ihre gehorsamen, stillen Kinder und ihre eiserne Selbstkontrolle. Doch nun hatte sie festgestellt, dass selbst Deirdre sich fürchtete.

Acht Uhr – und wo war Billy? Sie fragte sich, ob er seiner Schwäche wieder nachgegeben hatte, doch augenblicklich schämte sie sich dieses Gedankens.

Nein, heute wusste er es sicher besser.

Es mochte seine große Schwäche sein, aber er würde ihr das niemals antun, ihnen allen, nicht heute. Er würde auf der Stelle nach Hause kommen, sobald er sein Geld hatte.

Es sei denn, er konnte nicht. Dann wäre sie tatsächlich ganz allein, wenn Dolan kam. Sie stand mit den meisten ihrer Nachbarn in Paradise Alley auf gutem Fuße, viele von ihnen waren auch gemischtrassige Familien, und sie verkehrte freundschaftlich mit den Juden im Nachbarblock jenseits der Abtritte im Hinterhof.

Aber was konnte sie von ihnen erwarten, wenn *er* kam? Sie bezweifelte, dass sie ihm etwas entgegensetzen könnten, selbst wenn sie wollten. Und wenn es einen Aufruhr auf den Straßen gab, würden sie sich in ihre Keller verkriechen und die Köpfe einziehen. Die Einzige, auf die sie rechnen konnte, war Deirdre, und Milton vielleicht – ihr süßer Junge, sie durfte nicht zulassen, dass er es mit einem wie Johnny Dolan zu tun bekam.

Nein. Sie musste es tun. Sie musste ganz allein eine Lösung finden.

»Also dann.«

Sie trat zu Deirdre und küsste sie impulsiv auf die Wange, ehe sie aufbrach. So ein schönes Gesicht, aber immer so kalt. Das lange braune Haar – dieselbe Farbe wie ihre Augen – streng zusammengebunden. Deirdre schien überrascht von dem Kuss, dann verlegen, und sie wandte sich ab.

»Ich muss nach Hause«, sagte Ruth und konnte sich nicht zurückhalten hinzuzufügen: »Ich wünschte, wenigstens dein Tommy wär hier.«

Es war genau das, was sie nicht hätte sagen dürfen, und das wusste sie auch, aber es war schon heraus. Deirdre wirkte wie erstarrt, dann schlagartig wütend und angewidert.

»Hast du ihm noch nicht genug eingebrockt? Ihn in deine Ränke hineingezogen?«

Deirdres Mund verzerrte sich vor Wut, während sie sich bemühte, so leise zu sprechen, dass die Kinder sie nicht hörten.

»Er hat mir geholfen«, erwiderte Ruth ruhig und hielt ihrem Blick stand. »Er hat mir geholfen, als sonst niemand für mich da war.«

19
Deirdre

Ruth war fort. Deirdre wartete, bis sie das Haus verlassen hatte, und beobachtete sie durchs Fenster. Dann trat sie an den Sekretär, öffnete die unterste Schublade und befingerte den Inhalt. Dieser Sekretär war ihr ganzer Stolz. Sie hatte zwei Jahre gebraucht, um das Geld zusammenzusparen. Ein riesiges Möbelstück aus geschnitztem Kirsch- und Eichenholz und schwarz gebeizt. Der Aufsatz hatte Glastüren mit Vorhängen an der Innenseite. In den Scheiben sah sie ihr Gesicht gespiegelt – streng und verhärmt –, während sie eine Seite des *Tribune* vom vergangenen Freitag herausholte.
Wieder las sie den Namen auf der Seite mit der langen Liste. Sie bekreuzigte sich jedes Mal, wenn sie ihn sah. Die Druckerschwärze war verblasst und von ihren Fingern verwischt, wenngleich sie versucht hatte, das zu vermeiden, sie wollte keinen der Namen auslöschen, es wäre ein Sakrileg gewesen.
Der Name, den sie nicht finden wollte, stand dort in der feinen Type, versteckt in einer Spalte auf den hinteren Seiten unter der Rubrik: Verluste und Verwundete. Wie eine fette Kröte prangte er dort auf dem Zeitungspapier: »69. New York … O'Kane, Tom. Kompanie A, Bein.«
Nichts sonst. Nur die Auflistung des Namens, des Regiments, der Kompanie und wo er getroffen worden war. Wenigstens stand dort dieses Mal keine der gefürchteten Spezifizierungen, wie sie sie hinter manchem Namen schon gesehen hatte: Amp. für Amputation oder die Formulierung, die sie beim letzten Mal hinter seinem eigenen Namen gelesen hatte: Brust, lebensgefährlich. Es hatte sie beinahe zerbrochen, als sie das letzte Weihnachten gelesen hatte.

Lebensgefährlich – und nichts weiter, kein Hinweis, wo er sein mochte oder wie es ihm ging. Es hatte sie fast in den Wahnsinn getrieben, es vor den Kindern geheim zu halten und gleichzeitig zu versuchen herauszubekommen, in welchem Lazarett er lag.
Lebensgefährlich.
Sie versuchte, sich dieses Mal damit zu trösten, dass der Zusatz fehlte. Kein lebensgefährlich. Sie sagte sich, es sei nur eine einfache kleine Wunde, ein Kratzer, nichts weiter. Doch im Tiefsten ihres Innern wusste sie, dass das bedeutungslos war, dass Männer an jeder Kleinigkeit sterben konnten dort unten im Krieg. Mehr als eine der Frauen, die sie regelmäßig an der Pumpe traf, hatten die gleiche, schlichte Auflistung gelesen – nur um eine Woche später aus einem Telegramm zu erfahren, dass er tot war, hinweggerafft von einem unerwarteten Fieber oder einem Blutsturz unten in einem der feuchten Feldlazarette, wo sie lagen.
Sie faltete die Zeitung zusammen und legte sie zurück in die Schublade, ehe sie das Interesse der Kinder wecken konnte. Ihre Finger verschmierten die eng gedruckte Schrift wieder, verwischten weitere Namen trotz ihrer Vorsicht.
Sie konnte nicht ertragen, darüber nachzudenken: Tom, der irgendwo in einem riesigen Krankensaal verblutete. Vielleicht lag er im Fieberwahn, und niemand war dort, der seine Hand hielt oder mit ihm sprach oder ihm einen Schluck Wasser brachte. Ihr zweitältester Sohn Charlie war an einem Fieber gestorben. Noch nicht einmal drei Jahre alt, und es war schrecklich gewesen, das mit anzusehen. Für sie – und auch für Tom – doch es hatte ihr Trost gespendet, den kleinen Jungen zu pflegen. Sie hatte ihm alles geholt, ihm Erleichterung verschafft, wo es nur ging, bis zu dem Moment, als der Priester seine Augen geschlossen hatte. Und sie wusste, dass seine Seele bei Gott im Himmel wohnte …
Tom hatte es vor ihr verborgen, all das Elend, als er wieder in der Lage gewesen war zu schreiben. Selbst da waren seine Briefe – so sie denn durchkamen – viel sanfter, als sie erwartet hatte. Der erste kam in einer säuberlichen Frauenhandschrift. Er hatte ihn irgendeiner Freiwilligen diktiert, als er noch kaum in der Lage gewesen

war, sich aufzurichten. Die fremde Dame war nirgendwo erwähnt, bis auf ihren Namen, der bescheiden unter die Unterschrift gesetzt war: aufgenommen von Mrs. Jeremiah Slade.

Schon allein auf den Namen war Deirdre eifersüchtig, auf ihre Gegenwart dort an seiner Seite, auf die Frau, die seine Worte niedergeschrieben hatte.

Sie hatte Tom gebeten, ihr ein Bild von sich zu schicken, als die Briefe wieder in seiner eigenen, ungelenken Handschrift kamen. Als er antwortete, konnte sie seine argwöhnische Verwunderung zwischen den Zeilen lesen. Sie war keine sentimentale Frau, und ihre Bitte war ausgesprochen kostspielig – während sie doch kaum in der Lage war, die Kinder zu kleiden oder Zucker zu kaufen.

Vielleicht wenn ich kräftiger bin, hatte er geantwortet, doch sie konnte es nicht erwarten. In ihrem nächsten Brief hatte sie ihn beinahe angefleht, die Daguerreotypie aufnehmen zu lassen. Lass mich dich sehen, hatte sie geschrieben. Ich will dich sehen – und zwei Monate später war es eingetroffen, ein Bild von ihm in einem ovalen Messingrahmen. Ausgemergelt, die Uniformjacke und das Wintercape hingen von seinen Schultern wie alte Lumpen von einer Vogelscheuche. Doch da, das geliebte Gesicht unter der Infanteriemütze. Es schien sie fast anzulächeln, je nach Blickwinkel, je nachdem, wie sie die Daguerreotypie drehte, bei bestimmten Lichtverhältnissen oder morgens, wenn sie es auf der Kommode in ihrem Schlafzimmer stehen sah. Der Ausdruck in seinem Gesicht war beinahe pfiffig und beruhigend.

Doch jetzt war er wieder verwundet. Der Gedanke versetzte ihr einen Stich. Am liebsten hätte sie Ruth geschlagen, die einfach in ihr Haus spaziert kam und sagte, sie wolle ihn zurück.

Hatte sie es nicht gerade selbst gesagt? Will ich ihn nicht ebenso zurück wie sie?

Aber welches Leid hatte Ruth ihr denn je zugefügt, außer in derselben Straße wie sie zu leben und zu versuchen, ihre Familie zusammenzuhalten und ihr ein Heim zu geben? Selbst als Deirdre sie am allermeisten gehasst hatte – dafür, dass Ruth sie bewogen hatte, stillschweigend zu dulden, dass sie ihren Bruder fortschafften, und obendrein Tom mit hineingezogen hatte –, hatte sie ihr nicht wirklich etwas vorwerfen können. Immerhin hatte Ruth Johnnys Leben geschont, wo es doch ein Leichtes gewesen wäre, ihn an den Galgen zu bringen, und Deirdre selbst doch anfangs dafür plädiert hatte, ihn der Polizei auszuliefern.

Ruth hatte gar versucht, ihre Freundin zu bleiben, trotz der Art, wie Deirdre sie in all den Jahren seither geschnitten und verachtet hatte. Hatte sie immer gegrüßt, wenn sie sie auf der Straße oder an der Pumpe traf. Selbst letzten Winter, als Deirdre so verzweifelt war, war Ruth an die Tür gekommen, um ihr zu sagen, wie Leid es ihr tue – um zu sehen, ob es irgendetwas gab, das sie tun konnte. Obwohl Deirdre ihr fast die Tür vor der Nase zugeschlagen, ihr Mitgefühl und ihre Hilfe verschmäht hatte.

Und gewiss war das der Grund, warum Tom verwundet worden war: ihr Stolz. Ihre Hartherzigkeit.

Sie hatte Ruth vorgeworfen, dass sie Tom in die Intrige gegen ihren Bruder hineingezogen hatte. Sie hatte Ruth gar beschuldigt, Tom in den Krieg getrieben zu haben.

Dabei war das in Wahrheit doch das Schlimmste. Das war das Verwerflichste: Denn sie selbst, Deirdre, war es gewesen, die dafür gesorgt hatte, dass Tom in den Krieg zog. *Und das nur, weil er die Nigger in den Block gebracht hatte.*

20 Tom O'Kane

Er konnte es einfach nicht fassen, wie der Rebellensoldat gefallen war. Wie ein lebloser Gegenstand. Wie eine Kugel oder ein Hülsenfragment, zufällig, unbeabsichtigt und wahllos zerstörerisch.
Gerade war er noch über das Feld gerannt, so lebendig wie Tom selbst. Verängstigt, aber ebenso euphorisch, nachdem Toms Kugel links an ihm vorbeigezischt war. Und Tom wusste, er versuchte, sich zu erinnern, was es war, das von ihm erwartet wurde, versuchte, eine niedrige Stelle in der Mauer des Farmers zu erreichen.
Und dann war dieser Lieutenant vorgetreten, und da war er auf einmal überhaupt kein Mensch mehr. Nur ein toter Gegenstand, der zu Boden fiel.

»Hast du gesehen, wie sie gekommen sind? Hast du das gesehen?«, fragte Snatchem ihn zum hundertsten Mal an diesem Tag, schüttelte immer noch ungläubig den Kopf.
»Ja, ich hab's gesehen, George. Ich hab's genau gesehen«, antwortete Tom mit gesenkter Stimme und steckte sich einen Strohhalm zwischen die Zähne. Er wünschte, er hätte Tabak, um sich eine Zigarette zu drehen.
So war das eben mit der Armee. Manchmal waren bestimmte Dinge einfach nicht zu bekommen, in der Regel immer dann, wenn man sie am dringendsten brauchte. Nicht so wie in der Stadt, wo man sich manchmal vielleicht nicht leisten konnte, was man wollte, aber es gab immer einen Weg, um irgendwie an eine Sache heranzukommen, wenn man sie denn unbedingt haben wollte …

Sie saßen unweit von Harrisburg auf einem Heuhaufen vor dem Operationshospital und bemühten sich, den Wind immer im Rücken zu haben, damit der Gestank aus den Zelten der Chirurgen sie nicht erreichte. Dort umschwirrten große Fliegenschwärme die Eimer voll abgehackter Arme und Beine.

Tom dachte immer noch an den Mann, den Rebellen, den er aufs Korn genommen hatte. Immer noch konnte er nicht fassen, wie der Mann gestürzt war. Wie eine Patronenhülse. Das Bajonett in den Händen des Toten war in Toms Bein eingedrungen, wie er es schon so oft gesehen hatte. So viel Blei, Eisen und Stahl, die das Fleisch von Mensch oder Pferd zerfetzten.

»Hast du je im Leben so viele gesehen? Hast du sie je *so* kommen sehen?«

»Nein. Nein, hab ich nie«, wiederholte Tom geduldig.

Denn die Wahrheit war, dass er nie etwas Vergleichbares gesehen hatte. Die Angriffe der Konföderierten waren gewöhnlich heftige, unorganisierte Angelegenheiten. Das war es, was sie so Furcht erregend machte. Die Männer stürmten vor wie wilde Hunde, als könne man sie einfach nicht länger zurückhalten. Sie kamen mit lautem Gebrüll, stießen ihren furchtbaren Schrei aus und bewegten sich mit unglaublicher, entnervender Schnelligkeit.

Am letzten Tag waren sie jedoch marschiert, als wären sie bei einer Parade. Die Banner wehten hoch, und sie kamen in einer langen, ordentlichen Reihe nach der anderen, einige der Offiziere sogar hoch zu Ross. Schweigend und entschlossen marschierten sie über die Straße und auf die Felder hinab.

Ihre eigenen Truppen waren verstummt, während sie das sahen. Einen Moment hatten sie ihr Johlen und ihre Gesänge eingestellt, obwohl sie nach den blutigen Kämpfen des Vortages immer noch rasend waren, nach all den Niederlagen und Entbehrungen, die sie in den letzten zwei Jahren hatten erdulden müssen, seit sie versuchten, diese rebellischen Hurensöhne in die Knie zu zwingen.

Dann waren die Hasen gekommen, flitzende, braun-weiße Flecken, die die heranziehenden Soldaten vor sich her trieben. Wie irgendetwas die letzten zwei Tage dort draußen hatte überleben

können, in diesem Feld zwischen den Fronten, vermochte Tom sich nicht vorzustellen, aber da waren sie, rannten aus der Deckung der Sträucher und hohen Gräser. Rannten, wie nur Hasen in Panik es können, die Ohren flach und im wilden Zickzackkurs.
Ein paar Männer lachten, zeigten mit den Fingern auf sie und taten, als wollten sie sie mit den Bajonetten aufspießen. Die Veteranen beobachteten das Schauspiel nüchterner, denn sie erinnerten sich daran, wie die Kaninchen, Vögel und Rehe aus dem Dickicht gebrochen waren, als Jackson bei Chancellorsville die Flanke aufgerollt und sie beim abendlichen Biwak überrascht hatte …
Immer mehr Männer kamen zwischen den Bäumen hervor. Ein Regiment nach dem anderen, und sie marschierten in feierlicher Prozession. Die schiere, sinnlose Schönheit dieses Anblicks hatte Tom und seine Freunde in stumme Reglosigkeit versetzt. Die Rebellen hatten sich gar die Zeit genommen, ihre Reihen auszurichten, als sie gerade einmal die Hälfte des grüngoldenen Feldes überquert hatten. Jeder Mann streckte in perfekter Paradeformation den Arm aus und berührte die Schulter seines Vordermannes, um die Lücken zu schließen, die jene hinterlassen hatten, die bereits gefallen waren. Und immer noch kamen sie mit derselben Entschlossenheit, als rissen die Granaten der Unionsgeschütze und die Kugeln der Scharfschützen nicht ständig neue Lücken in ihre Reihen, schneller, als sie sie zu schließen vermochten. Man konnte glauben, dieses Manöver werde nie ein Ende nehmen, bis der letzte Mann vortrat, den Arm nach der Schulter seines Nebenmannes ausstreckte und ins Leere tastete.
Aber schließlich ging es doch vorüber. Das Manöver war ausgeführt, die Reihen geschlossen, sodass sie ein ordentlicheres, dichteres Ziel für die Kartätschen und Musketen boten. Und dann rückten sie vor.
»Sie hätten zweimal so viele haben können. Zweimal so viele Männer, aber nie hätten sie eine Stellung wie unsere einnehmen können.«
»Nein.«
»Haben die vielleicht gedacht, ihre Geschütze hätten uns alle er-

wischt? Haben die gedacht, das große Getöse hätte uns alle in die Flucht geschlagen?«

Das Geschützfeuer vor dem Angriff war endlos gewesen. Mehr Kanonen, als Tom je zuvor gehört hatte, und sie brachten seine Zähne zum Klirren. Sie ließen die Erde erbeben, standen dicht an dicht vor dem Waldsaum am gegenüberliegenden Ende der flachen Senke, jenseits der Straße. Aber die meisten Geschosse waren zu lang. Sie richteten große Zerstörung in den hinteren Reihen an, beim Generalsstab und den Munitionswagen der Artillerie, pfiffen jedoch über sie, die Infanterie, hinweg. Zitternd, beinahe taub vom Geschützdonner, aber abgeschirmt lagen sie am Fuß der niedrigen Steinmauer. Sie tauschten gar das eine oder andere Grinsen über die plötzlichen Nöte ihrer Kommandanten und der Artilleriesoldaten, die sich auf allen vieren oder mit einem Hechtsprung in Deckung bringen mussten und vergeblich versuchten, ihre Pferde ruhig zu halten.

»Offiziere«, sagte Tom.

»Was?«

»Offiziere«, wiederholte er. »Du hast es doch in Fredericksburg gesehen. Da war es die gleiche Geschichte, nur auf ihrer Seite. Ein Offizier hatte sich irgendwas in den Kopf gesetzt.«

»Aber es hat überhaupt keinen Sinn ergeben!«

»Das muss es auch nicht. Sie sind eben nur Offiziere, egal, welche Allüren sie sich zulegen. Das ist genau wie mit den Jungs von der Black Joke. Irgendwer setzt sich was in den Kopf, und dann machen alle anderen mit, egal, ob's eine gute Idee ist oder nicht. Und dann läuft die Sache aus dem Ruder.«

Die ganze Sache war aus dem Ruder gelaufen. Drei Tage dort draußen in der furchtbaren Hitze mit all den Fliegen. Es war ein Wunder, dass überhaupt einer von ihnen überlebt hatte. Das Gesicht in den lehmigen, schwarzen Morast von Pennsylvania gedrückt, hatte er nur gehofft, dass nicht zufällig eine verirrte Granate auf ihm landen würde. Und er hatte gedacht, wie gut diese Erde doch war; kein Wunder, dass die ordentlichen, kleinen, holländischen Farmen, an denen sie vorbeigezogen waren, so hübsch und wohlhabend ausgesehen hatten. Die Pferde waren wohl genährt und hatten alle ein glänzendes Fell, die Scheunen waren so riesig wie die feinen Villen an der Fifth Avenue, und über den Haustüren diese seltsamen, heidnischen Symbole …

»Nun guck dir das an. Richtig verkeilt da drin.«

Snatchem betrachtete jetzt seine Hand, die zweite Sache, die seine Gedanken derzeit beschäftigte. Zum tausendsten Mal fingerte er daran herum, doch der Splitter des Minié-Geschosses saß so fest in seiner Handfläche wie die Diamanten in den Ringen, die man in den Juwelierläden auf der Dollarseite des Broadway sah. Es steckte in dem feinen Knochengewebe der Mittelhand, hatte genug Schlagkraft gehabt, dort einzudringen und seine Finger zu spreizen, sodass er keine Faust machen konnte, aber nicht genug, um an der anderen Seite wieder herauszukommen. Der Chirurg hatte sie nicht herausholen können, obwohl er es mit einer rot glühenden Pinzette versucht hatte, bis Snatchem vor Schmerz gebrüllt hatte. Der Arzt hatte sich erboten, die Hand zu amputieren, und sich mit einem Achselzucken abgewandt, als das Angebot ausgeschlagen wurde. Denn Beine warteten darauf, abgesägt zu werden …

Sie hatten beide Glück gehabt. Sie hatten gute Wunden. Nicht schlimm genug, um sie wirklich zu verkrüppeln, aber doch so ernst, um diesen Feldzug für sie zu beenden, zumindest vorläufig.

Man würde sie ins Invalidencorps stecken, wo sie ein paar Monate Wachdienst schieben würden, bis ihre Militärzeit vorüber war. Schluss damit, Bobby Lee zurück nach Virginia zu jagen.

Eine gute Wunde – auch wenn es Tom überrascht hatte, wie schmerzhaft sie war. Der Stahl hatte sich durch das Muskelfleisch seiner Wade gebohrt. Viel schmerzhafter, jedenfalls zu Anfang, als die Schussverletzung damals bei Fredericksburg, deren Austrittswunde in seinem Rücken so groß wie die Faust eines Mannes gewesen war …

Der Rebell war gefallen wie eine leere Patronenhülse …

Er hatte die Veteranen davon reden hören, es aber nie selbst erlebt. Wie man einen einzelnen Mann aus der Masse aufs Korn nahm. Es war nicht das, was sie tun sollten. Die Offiziere schärften ihnen wieder und wieder ein, nicht zu zielen. Was sie wollten, waren massive Salven, bei denen alle Schüsse gleichzeitig auf die dicht gedrängten Leiber der Gegner abgefeuert wurden.

Aber es passierte trotzdem. Tom hatte den Mann entdeckt, als der noch hundert Schritte von der Mauer entfernt war, gleich nachdem die spektakuläre Exerzierplatzformation der Rebellen sich aufgelöst hatte. Die wenigen Soldaten in grauen Uniformen, die noch übrig waren, hatten einen letzten Sturm auf die Mauer unternommen, und Tom hatte sich diesen einen ausgesucht. Die Haut war nussbraun gebrannt nach den vielen Tagen auf den Straßen von Maryland und Pennsylvania. Ein hagerer Mann mit einem eigenwilligen Kinn und kleinen Augen. Er trug eine erbeutete Zouave-Pluderhose und die vorschriftsmäßige graue Konföderierten-Infanteriemütze auf dem Kopf. Keine Schuhe …

Tom hatte seinen Weg mit dem Lauf verfolgt und auf den richtigen Moment für seinen Schuss gewartet. Der Mann überwand die letzten Meter, nachdem er es so weit geschafft hatte, nachdem er die ganzen mörderischen eineinhalb Meilen offenes Gelände hinter sich gebracht hatte, und er rannte auf die hüfthohe Steinmauer zu, hinter der Tom wartete. Und er rannte jetzt, so schnell er konnte. Er schrie nicht, so wie seine Kameraden es taten, sondern rannte einfach nur, den Mund geöffnet, den Kopf gesenkt, das Bajonett in Bauchnabelhöhe.

Dann hatte der Rebell den Kopf gehoben und Tom gesehen. Tom war sich dessen absolut sicher, selbst durch all den Rauch von ihren Geschützen und Salven. Für ein oder zwei Schritte kam der Mann aus dem Laufrhythmus, vielleicht noch zwölf Meter von der Mauer entfernt, als er Toms Muskete auf sich gerichtet sah. *Er sah seinen eigenen Tod vor sich stehen.* Und trotzdem lief er weiter, denn er konnte nirgendwo anders hin …

Da hatte Tom abgedrückt und ihn verfehlt. Die Kugel pfiff links am Ziel vorbei, und Tom verfluchte seine verdammte, unbrauchbare Waffe. Der Rebell erstarrte für einen Moment und rannte dann schneller denn je, aus seiner Todesangst erlöst. Tom wusste, wie das

war, denn er hatte es selbst schon erlebt. Diese wilde, ekstatische Hoffnung, die plötzlich in dir aufkeimt, dass du selbstverständlich nicht sterben wirst. Es sind doch so viele andere Jungs hier, die es erwischen kann, also warum ausgerechnet mich?
Tom ließ ihn nicht aus den Augen und pflanzte sein Bajonett auf, machte seine Muskete zum Speer, urzeitlich und zuverlässig. In halb gebückter Haltung ging er hinter der Mauer in Position.
Gott verfluche alle Farmer mit ihren Zäunen und Mauern. Ein Mann konnte daran hängen bleiben wie eine Fliege am Fliegenfänger. Doch sie waren ein Segen, wenn man dahinter stand.
Der Mann hatte die Mauer erreicht. Tom wartete, beobachtete den Rebellen, der sie in einem großen Sprung nehmen wollte. Doch er schaffte es nicht ganz, blieb mit den Füßen hängen, geriet ins Wanken und war einen Moment weit offen. Tom kauerte sich noch ein wenig weiter zusammen und berechnete seinen Stoß – als der Lieutenant plötzlich wie aus dem Boden gestampft dastand und den Mann in den Kopf schoss.
Schoss ihm geradewegs durch die Infanteriemütze, und der Mann stürzte herab. Er fiel so plötzlich, dass Tom nicht mehr ausweichen konnte. Das Bajonett in den toten Händen wurde in Toms Wade getrieben, durchbohrte sein Fleisch und nagelte ihn am Boden fest.
Tom schaffte es gerade noch, seine eigene Muskete herumzureißen und die Hände des Toten von dessen Waffe wegzuschlagen, ehe das Gewicht ihm den Muskel vom Bein riss. Dann musste er inmitten der Schlacht seine Muskete loslassen, denn er brauchte beide Hände, um das Bajonett aus seinem Bein zu ziehen. Er schrie vor Schmerz und verfluchte den Lieutenant, der überhaupt nicht registriert hatte, was passiert war, und längst im Kampfgetümmel verschwunden war. Tom hatte gerade noch genug Verstand, seine eigene Waffe wieder aufzunehmen, sodass er nun mit zwei Speeren dastand, in jeder Hand einen, und heulte wie ein Hund.

Der Schmerz war unerträglich gewesen. Doch was ihm im Nachhinein am meisten zu schaffen machte, war nicht die Einmischung des Lieutenants oder sein knappes Davonkommen oder die Wunde selbst, so schmerzhaft und gefährlich sie auch war, sondern vor allem die plötzliche Verwandlung des Rebellen in einen leblosen Gegenstand, ein bloßes Projektil. Das war es, was Tom einfach nicht fassen konnte. Der Mann, der lebendig auf die Mauer sprang, war TOT, ehe er herunterkam. Verwandelt in ein weiteres sinnloses Werkzeug der Zerstörung, in ein Schicksal, einen Zufall. Nichts weiter.

Snatchem schüttelte den Kopf und fragte ihn nochmals: »Hast du so was je gesehen?«

»Nein. Nein, George, noch nie.«

21
Johnny Dolan

Dolan hörte die Schreie der Tiere, lange bevor sie sie erreichten. Er konnte sie auch riechen, den Gestank von Pisse und Dung, Eingeweiden und Blut. Und dann wusste er, wo er war: *die Blutstätte.* Die Schlachthäuser von Houston und Attorney, wo der Mann seiner Schwester, Tom O'Kane, ihm einmal Arbeit besorgt hatte: Mit einem Reisigbesen musste er Innereien, Hufe und Ohren in den Rinnstein kehren. Und da war noch etwas Schlimmeres gewesen, woran er sich erinnerte. Nicht nur das Blut und die Scheiße – denn danach stank es schließlich in der halben Stadt –, sondern der Geruch der Angst. Die blinde, unwissende Hilflosigkeit all der Ziegen, Schafe und Rinder, die zusammengepfercht und übereinander gestapelt waren. Blökend und schwitzend warteten sie in ihren Verschlägen, während sie hörten und witterten, wie ihre Artgenossen im Nebenraum geschlachtet wurden.

Es sah beinahe unverändert aus. Die Metzger standen draußen und sahen die große Menschenherde vorbeiziehen. Die Hackbeile und Messer noch in den Händen. Bärtige, ausdruckslose Gesichter, die Arme verschränkt. Ihre Schürzen mit roten und gelben Flecken bedeckt, die einander dicht an dicht überlagerten wie Samenflecken auf den Laken in einem Hurenhaus. Einige der Männer riefen die Schlachter an, und sie folgten, rissen sich die Schürzen herunter, während sie sich dem Zug anschlossen. Sie hielten die schweren Messer noch in der Hand und fuchtelten übermütig damit herum, als seien sie unterwegs zu einem Volksfest.

Dolan ließ sich benommen mit ihnen treiben. Er fühlte sich immer noch wie in einen Nebel gehüllt – von dem Whiskey, vom Auftauchen Patricks auf der Straße und von dem ungewohnten Gefühl, Menschen um sich herum zu haben. Der vertraute Anblick und Gestank der Blutstätte verwirrte ihn zusätzlich – es kam ihm vor wie einer der Träume, die er im Gefängnis gehabt hatte.

Er hatte nach wie vor keine Ahnung, wohin sie eigentlich gingen. Aus dem Geschrei der Männer um ihn herum hatte er geschlossen, dass es wohl irgendwas mit dem Krieg zu tun hatte, aber was sie so aufrührte, wusste er nicht.

»Dreihundert Dollar! Das sind wir ihnen wert!«

Der Krieg.

Er hatte ihn kaum zur Kenntnis genommen, bis sein Schiff Galveston erreicht hatte und dort durch die Blockade geschlüpft war. Er hatte sich keine Zeitungen gekauft, und an Bord war er für sich geblieben. Schlief allein in einer Ecke des Kohlenbunkers, wo es für die anderen zu heiß war. Nach all den Wintern in der Sierra glaubte er nicht, dass ihm je wieder zu warm sein könnte, auch nicht hier in New York im Juli. Genau wie er gedacht hatte, er könnte nie wieder satt sein nach den Erlebnissen in Irland.

Immer war es zu spät, wenn man die Dinge erkannte, und dann auch nur dadurch, dass man sie nicht hatte.

Nach seinem Fluchtversuch hatte er vierzehn Jahre gebraucht, um aus dem Gefängnis herauszukommen. Vierzehn Jahre für das Verbrechen, zur falschen Zeit in einer Spielhölle an der Montgomery Street gewesen zu sein. Er hatte alles erduldet, die Schläge von den Wachen, die Kälte und den Schnee, die im Winter durch die Ritzen der Gefängnisgebäude drangen, so wie der Regen es im Frühling tat. Und wenn er darüber nachdachte – wenn er darüber nachdenken konnte, ohne in Raserei zu verfallen –, kam er zu dem Schluss, dass all das nicht schlimmer gewesen war als das Armenhaus in Cork.

Sie zogen weiter, vorbei an den Schlachthöfen und den Wurstfabriken. Übel riechende Fässer standen in Reih und Glied, gefüllt mit Tierdärmen, die gesäubert und zu Wurstpelle verarbeitet wurden. Hier hatte alles seine Ordnung, die vollständige Zerlegung des

Leibes, bis nichts übrig blieb. Die Gerber hängten ihre stinkenden, grünen Tierhäute zum Trocknen in die Sonne. In den Fettfabriken rührten Männer mit langen Stangen in dampfenden Bottichen voller Knochen und Hufe, kochten sie zu Seife und Färbemitteln, bis am Ende nur noch Asche zurückblieb.

Sie passierten die Armory und die Union Steam Works. Vor der Armory stand eine Polizeiwache, wie er erwartet hatte, doch eine zweite hatte sich vor den Steam Works postiert. Der Mob schrie und johlte, und die Polizisten standen stockstill auf ihren Posten, zeigten keinerlei Reaktion. Sie hatten die Kappen tief ins Gesicht gezogen, und die Messingknöpfe an ihren blauen Uniformen funkelten.

Er erinnerte sich an die Beamten im Armenhaus, wie aufgeblasen sie daherkamen in ihren schäbigen grünen Jacken. Manchmal tauschten die anderen Männer und Jungen Rüben gegen schwarzgebrannten Whiskey bei ihnen – alles Essbare war wertvoller als Gold –, und dann kletterten sie mit ihren durchsichtigen kleinen Flaschen über die Mauer in den Hof, wo die Frauen wohnten. Er selbst hatte das nie getan, denn er war immer zu hungrig, um selbst dafür eine seiner Rüben herzugeben. Aber nachts kletterte er hinauf und sah ihnen zu: schattenhafte Gestalten, die entlang der Backsteinmauer aufgereiht standen und stießen und keuchten.

Alles ging leise vonstatten, um den Priester nicht zu wecken, der das Armenhaus leitete. Man hörte sie kaum sprechen, nur das Rascheln von Kleidung und ein gelegentliches Stöhnen oder Schluchzen. Und einmal hatte er seine Schwester gesehen, Kathleen. Sie lehnte an der Wand, und der dunkle Schatten eines Mannes beugte sich über sie. Während er hinschaute, hatte sie den Kopf zur Seite gedreht und gehustet. Dann hatte sie die Flasche aus der Tasche des Mannes genommen, der mit ihr zu Gange war, und hatte einen langen Zug getrunken, ehe sie sie zurücksteckte und wieder in der Schwärze seiner Umarmung verschwand.

Im Gefängnis in Kalifornien war es das Gleiche gewesen. Die Männer auf den Knien vor den Wachen. Er hatte so etwas nie getan, eher wolle er eine der Wachen mit seinem Messer umbringen, hatte er sich geschworen, bevor er das täte. Aber er wusste, dass auch das eine Lüge war. Nach vierzehn Jahren hätte er alles getan, einfach alles, was nötig war, um zu überleben, selbst das.
Die Wahrheit war, dass niemand je versucht hatte, ihn zu zwingen. Er wusste, dass er ihnen zu hässlich erschienen war, und das war ihm schon ganz recht so. Er wollte so bleiben mit seinen abgebrochenen Zähnen und den alten Narben, die sich im Zickzack über seinen Schädel zogen. Es war ihm recht, allein durch sein Aussehen und Benehmen jedem Ärger aus dem Weg zu gehen, und er knurrte wie ein Hund, wenn eine der Wachen oder ein Mitgefangener ihm zu nahe kam. Er war bemüht, sie von sich fern zu halten und dem Drang zu widerstehen, etwas zu zerschmettern, zu töten. Und gegen den noch zwingenderen Drang anzukämpfen zu sterben, bevor er nach New York zurückkehren und die alte Rechnung begleichen konnte …
Dann war es eines Tages vorbei. An irgendeinem Tag, den jemand im Kalender markiert hatte, war er nach vierzehn Jahren ein freier Mann, und sie gaben ihm seine Kleidung zurück – die alten Hosen und die Jacke, die er in New York getragen hatte. Sie waren jetzt löchrig und viel zu weit – und einen neuen Silberdollar. Dann sagten sie ihm, er sei frei.
Er war durch das Gefängnistor getreten und auf dem Wagen eines fahrenden Händlers nach San Francisco zurückgekehrt. Es hatte zwei Wochen gedauert. Die Maultiere kamen im Vorgebirge nur langsam voran, und sie hatten in jedem Außenposten, jeder neuen Stadt angehalten. Mehr als einmal hatte er erwogen, den Händler einfach zu töten – seine Waren zu verhökern, die verdammten Maultiere aufzuessen und mit ein bisschen Geld in der Tasche nach San Francisco zurückzukehren.
Aber er war kaum in der Lage, normal zu gehen nach all den Jahren mit den Eisenketten und der Kugel an den Füßen. Er konnte seinen Reflexen noch nicht wieder trauen, konnte sich nicht einmal zu-

trauen, vernünftig zu denken. So zwang er sich zu warten, bis er das Meer erreichte, wieder zu Verstand kam und ein Schiff zurück nach Osten nehmen konnte.

Selbst in der Nacht, bevor das Schiff ablegen sollte, hatte er auf dem Bett in seiner verwanzten Pension unten am Embarcadero gesessen, eine Flasche gepanschten Whiskey vor sich. Er hatte darüber nachgedacht, wie lange es wohl dauern würde, nach Panama hinunterzusegeln, den Isthmus auf dem Rücken eines Maultiers zu überqueren und dann wieder nordwärts durch die Karibik zu segeln. Der gleiche Weg, auf dem er hergekommen war, und das alles nur, weil er geglaubt hatte, er werde zu seinem Bruder gebracht.

All die endlosen Schiffsreisen und das Warten, nur um zum Ausgangspunkt zurückzukehren.

Er hatte mit dem Gedanken gespielt, es einfach aufzugeben. Auf einem Klipper ins Chinesische Meer anzuheuern oder zu den Sandwich Islands, wo Mose der Bowery Boy höchstpersönlich hingegangen war, um sein Geschäft zu eröffnen. Einen Ort zu finden, der so weit weg war, dass er *sie* einfach vergessen konnte – und seinen Schatz und wie sie ihn verkauft hatten, und was man ihm alles schuldete. Einen Ort zu finden, der so weit weg war, dass er einfach keine Möglichkeit mehr haben würde zurückzukommen.

Oder besser noch, seinem Leben jetzt auf der Stelle ein Ende zu machen, hier in dieser Absteige.

Aber es war *seins.* Das war der Grund, warum er aufblieb und den Whiskey nicht mehr anrührte, damit er nicht zu besoffen wurde. Das Wunderkabinett gehörte nach wie vor ihm, und *sie* gehörte ihm, und das stand ihm zu. Wenigstens so viel musste es in seiner Welt doch geben, und wenn man es ihm vorenthielt, dann wollte er dafür Rechenschaft.

Die Menge zog weiter Richtung Uptown, schwenkte allmählich nach Westen, zur Third Avenue hinüber. Die meisten bogen ab, als sie zur 47. Straße kamen, doch er ging weiter, dorthin, wo Pigtown lag, wie er sich entsann. Er war erleichtert, dem Mob entkommen und beinahe allein zu sein.

Flüchtig überlegte er, wie viele Blocks es wohl geben mochte – wie weit die Stadt, die wie ein weidwundes Tier über die Insel kroch, sich voranbewegt hatte, seit er fortgegangen war. Viele der Straßen, an denen er vorbeikam, waren noch so gut wie unbebaut, eine Villa aus braunem Sandstein oder eine unerlaubt errichtete Baracke erhob sich hier und da hinter Absperrungen aus weißen Seilen, die anzeigten, wo der nächste Block oder Gehweg verlaufen sollte. Auf der Fifth Avenue sah er etwas, das entweder die Ruine oder der Beginn einer riesigen Kirche war, die großen, dunklen Steinquader mit halb verdursteten Weinranken und Blättern bewachsen.
Genau wie die Klosterruine in der Nähe von Cork, wo sie über den kleinen Schausteller gestolpert waren ...
Aber er ging unbeirrt weiter zur 59. Straße, und da sah er ihn, genau wie er ihn in Erinnerung hatte: den riesigen, schiefergrauen Felsblock, der die Grenze von Pigtown markierte. Beinahe schwindelte ihm von dem Anblick nach all dieser Zeit, nachdem er so viele Jahre daran gedacht hatte. *Er war den ganzen Weg zurückgekommen.*
Dann kehrte er in die Gegenwart zurück, duckte sich hinter dem Fels und kroch vorsichtig an dessen Flanke hoch. Als Erstes wollte er die Lage peilen, *sie* ausspionieren – doch er erinnerte sich auch, dass das Niggerdorf weiter Richtung Uptown und im Westen lag. Trotzdem, es war besser, vorsichtig zu sein ...
Er kletterte den Felsen hoch und sah vor sich – eine Rasenfläche. Einen richtigen Rasen, wie er ihn erst einmal im Leben gesehen hatte. Das war auf einem Landgut unweit von Cork gewesen, wo er sich als Junge unzulässigerweise herumgetrieben hatte. Das Gras war grün und perfekt gepflegt. Es wirkte so weich und einladend wie ein Bett. Und um den Rasen herum lag ein Märchenland. Nie zuvor hatte er etwas Vergleichbares gesehen in dieser Stadt, nicht einmal auf dem Gut jenes feinen Lords damals in Cork. Es war, als hätte jemand dieses Land erschaffen, hätte es so sorgsam und präzise angelegt und von Hand geformt, als baute er ein Haus. Überall um den perfekten Rasen waren geschlängelte, ordentlich geharkte Wege und Lilienteiche angelegt. Es gab Brücken mit verschnörkelten Eisengeländern und hübsche kleine Strohhütten. Hier und da

waren Gruppen junger Baumschösslinge angepflanzt. Und all das, ganz gleich, wohin er schaute, schien seinen Blick in die Ferne zu lenken, auf irgendeinen entlegenen, grünen Ausblick, der sich nach Norden hin öffnete, wo sich weitere neue Rasenflächen, Bäume und gewundene Pfade befanden.

Alles andere – alles, woran er sich erinnerte – war fort. Nicht nur die Abwassergräben und ungepflasterten Straßen von Pigtown, die windschief zusammengezimmerten Häuser, aus denen Ofenrohre ragten statt Kamine, die gekehrten Hinterhöfe mit den Schweinen, Hühnern und bösartigen Hunden. Nein, das Land selbst war verschwunden. Der unebene, von Gesteinsbrocken übersäte Boden. Die krummen Pappeln und Götterbäume, die schwarzen, stehenden Tümpel. Alles weg – so vollständig, als hätte auch sie die große Hand vom Angesicht der Erde gefegt.

Dolan wusste nicht, wie er sich das erklären sollte, überlegte, ob er sich vielleicht verlaufen hatte. Aber nein, hier war der große graue Fels, es gab sogar ein Straßenschild der 59. Straße, wenngleich sie nur aus ein paar verlassenen Baugrundstücken bestand. Er war zweifellos hier, an dem Ort, von dem er aufgebrochen war. *Aber wo war hier?*

Er torkelte auf den perfekten Rasen. Für einen Moment vergaß er alle Vorsicht, suchte nach irgendeiner Spur dessen, was einmal gewesen war – etwas, woran er sich orientieren konnte. Aber es war alles fort. Und nicht nur Pigtown mit seinen unförmigen Hütten – wo die Schweine zwischen den weggeworfenen Flaschen, dem zerbrochenen Geschirr, den Messern und Knochen wühlten, die jede Hütte umgaben wie ein Zauberring aus Abfall. Er fand auch keinen Hinweis auf das Niggerdorf, als er einen der mäandrierenden Pfade mit seinen zierlichen, schmiedeeisernen Brücken entlanglief. Das ganze Dorf mit seinen ordentlichen weißen Häuschen und den zwei Kirchen war ebenso verschwunden, ausgetauscht gegen immer noch mehr makellose Rasenflächen und neu gepflanzte Bäume. An jeder Ecke sah er kleine Schilder auf dem Rasen, und er trat näher, um sie zu lesen, in der Hoffnung, sie könnten ihm einen Hinweis geben, wohin all die Menschen verschwunden waren oder zumindest, wem all dies hier jetzt gehörte. Doch auf allen standen immer nur die beiden verschnörkelt geschriebenen Worte:

Betreten verboten

Trotzdem ließ er sich auf Hände und Knie nieder und versuchte, es zu erschnüffeln, irgendeinen versteckten Hinweis darauf zu riechen, was hier passiert war. *Sie* aufzuspüren.

Aber er fand nichts, nicht einmal den Eckstein eines Fundaments. Es blieb ihm nur, langsam wieder auf die Füße zu kommen und sich um die eigene Achse zu drehen, wirklich und wahrhaftig ratlos.

Er hatte damit gerechnet, dass sie fortgezogen waren nach vierzehn Jahren. Er hatte erwartet, dass sie verschwunden sein würden, wenn sie auch nur ein bisschen Verstand hatten, aber er war immer davon ausgegangen, eine Spur zu finden. Irgendeinen Nachbarn, der sich an sie erinnerte und sagen konnte, wo sie jetzt wohnten. Oder wenigstens den nächsten Ort, wo er suchen, die nächste Spur, der er folgen musste. Auf das hier war er nicht gefasst gewesen, dieses Nichts, und als er da auf dem sorgsam gewalzten Rasen stand, hatte er das Gefühl, sein Verstand löse sich auf. Es war ein betäubendes, beruhigendes Gefühl. Es machte ihn so ahnungslos und hilflos wie ein kleines Kind.

Vielleicht war nichts mehr von dem, was er wusste, real. Vielleicht sollte er den Gedanken aufgeben, sie jemals zu finden. Einfach aufhören und sich hinlegen, hier auf den Rasen …

Aus dem Augenwinkel erhaschte er eine Bewegung und blickte auf. Ein Mann in einer blauen Uniform mit glänzenden Goldknöpfen kam über einen der Pfade näher und betrachtete Dolan argwöhnisch. Johnny wusste, dass allein sein Aussehen reichte, um das Misstrauen eines Polizisten zu erregen.

Er erhob sich aus dem Gras und schlug wankend den Weg ein, den er gekommen war, versuchte, sich rasch zu bewegen, aber nicht zu rasch. Bald erkannte er jedoch, dass er den Rückweg verfehlt und an einer Gabelung der geschlängelten Wege die falsche Abzweigung genommen hatte. Was machte das jetzt noch? Er passierte eine Gruppe von Fliederbüschen und zwei weitere große graue Felsbrocken. Er war dankbar, dass er Deckung gefunden hatte, und sah über die Schulter zurück, um zu prüfen, was der Polizist machte.

Als er sich wieder umdrehte, ragte vor ihm plötzlich eine Vielzahl riesenhafter, abscheulicher Kreaturen auf. Oder genauer gesagt, ihre Knochen, weiß getüncht und in erschreckenden Posen aufgestellt. Sie bestanden nur aus Zähnen und Klauen und hervorstehenden Knochen, anders als jedes Tier, das er je gesehen hatte, aber sehr real. Dolan konnte sich nicht zurückhalten, er ging um sie herum, starrte zu ihren gewaltigen Schädeln auf und klopfte auf die dicken Schenkelknochen, die jedoch nur nach hohlem Gips klangen.

Statuen also. Aber wer würde Statuen solcher Kreaturen aufstellen, solcher Skelette?

Ehe er eine Erklärung gefunden hatte, sah er Männer in den Park strömen. Sie gehörten auch zu dem Mob, erkannte er – grobschlächtige Arbeiter wie die, mit denen er hergekommen war. Langsam, aber entschlossen gingen sie quer über die gepflegten Rasenflächen mit den kleinen Verbotsschildern. Bei ihrem Anblick ergriff der Parkwächter auf der Stelle die Flucht, bemerkte Dolan zu seiner Überraschung. Und immer mehr Männer kamen, Hunderte.

Dolan beeilte sich, zu ihnen zu stoßen, bahnte sich vorsichtig einen Weg um die riesigen Gipsungeheuer.

22
Herbert Willis Robinson

Sie sind kein Mob – noch nicht. Noch gleichen sie eher einer fröhlichen Menschenmenge bei einem Volksfest. Mindestens fünfhundert sind es jetzt, vielleicht auch tausend. Und sie bewegen sich langsam die Eastside hinauf zum Einberufungsbüro an der Third Avenue, Höhe 46. Straße. Noch könnte eine Hand voll Soldaten sie aufhalten, ein Dutzend Stadtpolizisten. Aber es sind weit und breit keine Polizisten zu entdecken, und sowohl Größe als auch Selbstvertrauen der Menge nehmen mit jedem Block, den sie weiterkommt, zu.

Als wir die Kais am East River erreichen, stimmen sie ein Gebrüll an. Machen einen gewaltigen Radau mit ihren Töpfen und Pfannen und den anderen Metallstücken, die sie aneinander schlagen. Und sie singen ihre obszönen Lieder für die Hafenarbeiter, die sich mit ihren Kisten und Ballen abmühen. Die Messingschmiede und Eisengießer, die Eisenschmiede mit ihren Dampfhämmern, die Kesselmacher, die ihre Bleche in feurigen Essen erhitzen. Sie alle lassen von ihrer Arbeit ab und kommen heraus, so schnell, wie die Jünger dem Ruf des Nazareners gefolgt sein müssen. Immer noch kochen sie vor Wut über die jüngsten Streiks, die Streikbrecher, die man geholt hat, um ihre Arbeit zu übernehmen, und all die anderen tausend Ungerechtigkeiten, die die Armen sich wie Orden an die Brust heften.

»Wir sind freie Männer, oder etwa nicht?«

»Nicht irgendwelche Nigger, mit denen sie machen können, was sie wollen ...«

Und sie rechtfertigen sich voreinander:

»Ein Nigger, Teufel noch mal! Dreihundert Dollar, wo man doch für einen Nigger tausend kriegen kann!«
Am liebsten würde ich sie fragen: Was beleidigt euch mehr? Die Tatsache, dass ein Preis auf euren Kopf ausgesetzt ist? Oder dass er so niedrig ist? Aber ich gedenke nicht, mein Glück auf die Probe zu stellen. Schließlich sind sie ja immer noch in Feierstimmung. Grölen aus voller Kehle:

»For we'll hang Abe Lincoln from a sour-apple tree,
Yes, we'll hang ol' Abe from a sour-apple tree ...«

Sie malträtieren jeden gut gekleideten Gentleman, der ihnen zufällig in die Arme läuft, jeden, der wohlhabend genug aussieht, um sich von der Einberufung freizukaufen. Sie schubsen ihn hin und her, brüllen ihm ins Gesicht: »Bist du ein Dreihundert-Dollar-Mann?!« Sie zwingen ihn, einen Schluck von ihrem Whiskey zu nehmen, ein Stück mit ihnen zu marschieren oder der Konföderation die Treue zu schwören.
Zum Schluss lassen sie den Mann aber laufen, und er kommt mit ein paar Tritten oder Verhöhnungen davon, sie klopfen ihm gar die Schulter, wenn er es sportlich genommen hat. Noch ist alles nur Spaß, doch das kann sich von einer Sekunde zur nächsten ändern, mit einem zornigen Wort, mit einem Schluck Whiskey.
Mir selbst bleibt das raue Spiel erspart, dank des Zwischenfalls auf der Baustelle und der Tatsache, dass mein Anzug mit dem Staub von Mensch und Mauerstein bedeckt ist. Genau wie die Menge im City Hall Park halten auch diese hier mich für einen der ihren – soll heißen, einen vom zahlreichen Stamme der Mittellosen. Nur zu gern spiele ich mit, fühle mich sicher in meiner Verkleidung. Viele bieten mir einen Schluck aus ihrer Flasche an, und ich gebe vor zu trinken. Tue so, als wäre ich ebenso betrunken wie sie. Ich torkele mit ihnen einher, lache über ihre Witze und singe gar fröhlich mit, als sie zu meinem Arbeitgeber kommen:

»For we'll hang Horace Greeley from a sour-apple tree,
yes, we'll hang Horace Greeley from a sour-apple tree …«

Den ersten Ärger gibt es vor dem großen Novelty Eisenwerk an der 10. Straße. Dort werden die sechzig Tonnen schweren Schiffsrümpfe der Kanonenboote und Blockadeschiffe gegossen, die den Süden allmählich in die Knie zwingen. Ein Meister von Novelty will seine Männer daran hindern, ihre Arbeitsplätze zu verlassen, läuft ihnen nach, packt sie beim Arm und sagt irgendetwas davon, dass sie ihren Vertrag erfüllen müssen.

»Hier, wir haben uns zu diesem Job verpflichtet und müssen ihn ausführen …«

Sofort schlagen sie auf ihn ein, sodass er zu Boden geht. Er ist ein großer, stolzer Mann, offensichtlich daran gewöhnt, andere zu führen. Sein Oberkörper ist entblößt, und die rußgeschwärzten Muskeln treten deutlich hervor. Trotzdem schlagen sie ihn zu Boden, treten ihn und trampeln auf ihm herum, sodass er schließlich in die Gießerei zurückkriecht, über die er einst geherrscht hat, zweifellos froh, mit dem Leben davonzukommen.

Es kommt mir vor, als wäre selbst die Luft, die uns umgibt, zerschmettert. Ein Mann, der nicht das Geringste verbrochen hat, wird am helllichten Tage zusammengeschlagen. Und diejenigen, die es getan haben, rennen nicht um ihr Leben, sondern stehen herum und stimmen ein Triumphgeheul an. Und die anderen unternehmen nichts, um sie aufzuhalten, sondern stimmen mit ein, lachen und verhöhnen das Opfer.

Ich habe wohl tausend Preiskämpfe gesehen, erlebt, wie Männer zu blutigem Brei geschlagen wurden, während die Menge johlte: *Schließt die Läden, es gibt einen Trauerfall in der Familie!* Ich bin oft genug Zeuge von Straßenschlägereien gewesen in unserer turbulenten Stadt, habe gar Männer auf dem Schlachtfeld fallen sehen. Aber dies ist weit schlimmer. Ich habe das Gefühl, dass es nichts mehr unter der Sonne gibt, woran man sich klammern kann, keine Gerechtigkeit, keine Gnade, keinen Anstand. Dass wir alle allein gelassen sind, so nackt und schutzlos wie der Gießereimeister es war.

Ich will etwas dagegen unternehmen, ich habe das Gefühl, ich muss etwas tun. Meine Hand gleitet in die Tasche, wo Raymonds Revolver steckte. Aber natürlich ist die Tasche jetzt leer, die Waffe liegt bei Maddy. Ich halte den Mund, ziehe mit der Menge weiter und sage mir, dass ich nicht das Geringste tun kann.

Nahe Dutch Hill verlassen wir den East River und dringen wieder in die Stadt vor – vorbei an den Herden halb wilder Ziegen und den Lumpensammlerhütten, den Ascheneimern, die seit Wochen ungeleert sind und einen Pesthauch verströmen. Die Menge ist jetzt auf mindestens fünftausend Mann angeschwollen, und immer noch singen sie und machen ihre lärmende Katzenmusik. Als wir die 46. Straße erreichen, rennen sie plötzlich los, geradewegs auf das Einberufungsbüro zu – aber dort sind alle Türen und Fensterläden noch fest verschlossen, Gott sei Dank. Ein Gerücht macht die Runde, dass es den ganzen Tag nicht öffnen soll. Ich bete, dass es wahr ist, doch ich habe noch nie erlebt, dass unsere gewählten Volksvertreter je so viel gesunden Menschenverstand bewiesen hätten.
Wir stehen auf der Straße herum, unsicher, was wir als Nächstes tun sollen. Um unser Ziel betrogen, brechen wir Richtung Uptown auf – der Mob wächst weiter an, verliert aber an Schwung und Entschlossenheit. Wir gelangen zur 48. Straße, wo der Gehweg endet. Ein Stück weiter erreichen wir etwas, das wie eine antike Ruine in Europa aussieht: riesige weiße Quader, die sich auf einem lang gezogenen Fundament türmen, schon ergraut vom Ruß und dem schmutzigen Regen der Stadt, halb von Unkraut und Ranken bedeckt.
Der Mob wird langsamer, als er diese Stätte passiert, aber er hält nicht an. Einige der Frauen bekreuzigen sich, und die Männer nehmen den Hut ab. Dies soll das Herz ihres Glaubens werden, der neue Sitz ihrer Erzdiözese – auch wenn ihnen das im Augenblick völlig gleich ist. Doch ich weiß, dass es ebenso die letzte Obsession eines sterbenden Mannes ist.

Trotz meines Brummschädels war ich am Sonntagmorgen nach St. Patrick gegangen. Zu ihrer Zitadelle. Die trutzige kleine Kirche an der Ecke Prince und Mott Street, die wie eine Festung hinter ihrer dicken Steinmauer steht.
Ein Pfarrer, den ich aus dem sechsten Bezirk kannte, ein gewisser Vater Knapp, hatte mir gesagt, er könne ein Gespräch mit Erzbischof Hughes arrangieren. Er führte mich in die Privaträume des Erzbischofs, geradewegs ins Schlafzimmer, während man die Messgesänge aus der Kirche auf der anderen Seite des Innenhofes hörte. Da saß er. Dagger John Hughes aus dem County Tyrone hockte auf seinem Bett wie ein verwundeter Falke. Zu schwach, um auf seine Kanzel zu steigen, doch der Blick der blaugrauen Augen so stechend wie eh und je. Vor sich ein kleines Schreibpult, an dem er irgendetwas verfasste, doch als er mich sah, ließ er die Feder sinken und sprach ein einziges, ungeduldiges Wort:
»Greeley!«
Ich nickte, musste unwillkürlich lächeln, und er wies auf das Schreibpult neben dem Bett.
»Ich versuche gerade, einen Brief an Ihren Arbeitgeber zu beenden. Aber es ist immer ein delikates Unterfangen, meinen Sie nicht, einem Zeitungsmann Worte in die Hand zu geben.«
»Aber das ist es, wofür ich hergekommen bin, Eminenz«, gestand ich, um seine üblichen Tiraden gegen Horace abzukürzen, ehe ich der Versuchung erliegen konnte, mit einzustimmen. »Ich würde gern erfahren, was Ihrer Meinung nach morgen passiert, wenn die Einberufung fortgesetzt wird.«
Er neigte den Kopf zur Seite. Dann blickte er aus dem Fenster in den Innenhof mit den Schatten spendenden Bäumen, dem hohen Gras und den schmalen rötlichen Grabsteinen seiner Vorgänger. Während der fremdenfeindlichen Unruhen der Know-Nothing-Gangs vor zwanzig Jahren hatten sich in diesem Innenhof auf seinen Befehl hin Bewaffnete versammelt. Und Dagger John hatte den Bürgermeister einbestellt und ihm gesagt, wenn auch nur eine einzige katholische Kirche angerührt würde, werde er die Stadt in ein zweites Moskau verwandeln.

Die Kirchen blieben unbehelligt. Die Stadt entging der Feuersbrunst – jedenfalls damals.
»Was meiner Meinung nach passieren wird?«, fragte er mich nun und traktierte mich mit seinem vernichtenden Blick. »Ich glaube, dass die guten, katholischen Arbeiter dieser Stadt ihre Pflicht für ihr Land tun werden. Und ich glaube ebenso, dass ihr jungen Männer der feinen Gesellschaft eure Tage an der Wall Street verbringen werdet, um auf den Ausgang des Krieges zu wetten, und eure Nächte in einem Bordell. Und das, Sir, ist nicht nur das, was ich glaube. Es ist das, was während der letzten zwei Jahre geschehen ist, und ich nehme an, es wird genauso weitergehen, bis dieser elende Krieg vorbei ist.«
Ein Hustenanfall unterbrach ihn. Ein Schatten der Unsicherheit trübte seine Augen, und die Krallen wurden eingefahren.
Es war also wahr, was gesagt wurde. Auf den ersten Blick sah er aus wie der gute alte Dagger John – der vertraute ungeduldige Zug um seine Mundwinkel, die lange, scharfe Nase, die so entschlossen aus dem Gesicht ragte. Das Gesicht eines großen Kommandanten, eines Wellington oder Marlborough. Und er war noch eitel genug, um unter seinem Käppchen eine Perücke zu tragen.
Doch als ich genauer hinsah, erkannte ich, dass der schlichte schwarze Priesterrock viel zu weit für seine magere Gestalt war und das riesige Goldkreuz um seinen Hals ihn niederzuzerren schien. Die kraftvollen Arme und der starke Hals waren verschwunden, die sehnige, gertenschlanke Gestalt des ehrgeizigen jungen Messdieners, der sich den Besuch des Priesterseminars in Maryland als Tagelöhner, als Sklavenaufseher, mit jeder Arbeit, die er bekommen konnte, finanziert hatte. Der arme Einwandererjunge, den es nach Erleuchtung dürstete – und nach Macht.
»Ihr habt Kanonenfutter aus uns gemacht!«
Sein Blick glitt wieder zum Innenhof. Doch es war nicht dieser bescheidene Hof, den er sah, wusste ich, sondern das begonnene Bauwerk in Uptown an der Fifth Avenue. Wo das krönende Werk seines Hirtenamtes unter Ranken und Unkraut begraben lag.
»Ich habe die verstreuten Überreste der irischen Nation versam-

melt«, murmelte Dagger John mehr zu sich selbst. Vater Knapp trat erschrocken einen Schritt auf ihn zu, der Erzbischof wirkte mit einem Mal so untröstlich – das Gesicht schlaff und gelblich im Sonnenschein. Doch Hughes verscheuchte ihn mit einem Wink.
»Ich war gerade im Begriff, wieder ein Volk aus ihnen zu machen«, fuhr er voller Bitterkeit fort. »Ein gottesfürchtiges, selbstbewusstes Volk.«
Es stimmte, zwei Jahrzehnte lang hatte der Kommandant seine Kirche und sein Volk seinem Willen unterworfen. Aus einem Haufen verlotterter Bauern hatte er Glaubensstreiter geschmiedet. Er hatte ihre Söhne auf Gemeindeschulen geschickt und die Sisters of Mercy aus Dublin herübergebracht, auf dass sie ihre Töchter lehrten, pflichterfüllte Dienstmädchen, Köchinnen und Näherinnen zu werden. Er hatte über hundert Kirchen im Stadtgebiet errichtet … Dagger John Hughes – eher ein römischer Gladiator als ein demütiger Christ, hatte Bennett ihn im *Herald* beschrieben. Unermüdlich hatte er Briefe an den Chefredakteur verfasst, immer ein wehrhaftes Kreuz neben der Unterschrift. In Zivilkleidung war er zu den Versammlungen der Know-Nothing-Bewegung gegangen, um zu hören, was der Feind plante. Während des großen Disputs um religiöse Erziehung hatte er zwei Tage und zwei Nächte gegen die führenden protestantischen Geistlichen und Juristen gesprochen, hatte nur kurze Pausen eingelegt, um zu essen und zu schlafen. Er hatte jede Spur des bäuerlichen Dialekts aus seiner Stimme getilgt, sodass niemand hören konnte, woher er kam, und sie gezwungen waren, ihm zu lauschen. Und die große Kathedrale an der Fifth Avenue sollte sein Werk krönen. Sie sollte mehr sein als bloß eine Kirche – mehr als die schlichte kleine Kathedrale auf der gegenüberliegenden Hofseite mit ihren schiefen Türmen und der erbärmlichen Spitze. Die sollte ein Meisterwerk werden, sein Denkmal und das seines Volkes. Erbaut mit dem Schweiß und den Fertigkeiten der Iren, finanziert mit den Pennys, die sie in der Kollekte gespendet hatten.
»Und dann musstet ihr euren Krieg anfangen.«
Der Krieg hatte all seine Pläne durchkreuzt, die Pennys ebenso wie

die Arbeiter verschlungen. Und nun lagen die großen Granitblöcke auf dem Baugelände verstreut wie Gottes Bauklötze, vergessen.
»Darf ich daraus schließen, dass Sie den Krieg nicht länger unterstützen?«
»Sie dürfen nichts dergleichen schließen!« An seiner langen Nase entlang starrte er mich an.
Er war ein schlauer Fuchs – aber Abe Lincoln war noch schlauer. Mit Sewards Hilfe hatte er ihn kleingekriegt, hatte Hughes das Einzige geboten, das ihn für den Verlust seines Denkmals entschädigen konnte: Er hatte ihn zum Botschafter der Nation ernannt und ihn fortgeschickt, um die Union an den dekadenten Höfen Europas zu verteidigen. Die Versuchung war zu groß gewesen, um ihr zu widerstehen: die Chance, Rom und Paris wiederzusehen – und Tyrone.
»Der Papst in Rom hat mich getadelt, und die *London Times* hat mich für meine unerschütterliche Unterstützung der Union beschimpft«, erklärte er mir und hielt eine Ausgabe des *Tribune* vom letzten Freitag hoch. »Aber sehen Sie sich an, was Ihr Mr. Greeley mir vorhält: ›Ihr Volk ist seit Jahren und bis auf den heutigen Tag die treibende Kraft hinter dem Niedergang dieser schwer geprüften Nation.‹ Mein Volk! Sir, das ist unerträglich!«
Der alte Kampfgeist war für einen Moment in seiner Miene erkennbar.
»Die Kirche unterstützt Recht und Ordnung, selbst in einem protestantischen Land. Sie können Ihrem Arbeitgeber berichten, was ich letztes Jahr von der Kanzel gesagt habe: Die Leute sollten von sich aus darauf bestehen, eingezogen zu werden, um diesen furchtbaren Krieg zu Ende zu bringen.«
Er beugte sich wieder über das Schreibpult und arbeitete weiter an seiner Antwort an Greeley. Mit einem Wink der beringten Hand wurde ich entlassen – im Sonnenlicht glitzerte der Stein für einen Augenblick gelblich auf. Dagger John kritzelte mit wütender Entschlossenheit, um seinen Standpunkt ein letztes Mal klar zu machen.
Vater Knapp begleitete mich hinaus. Wir blieben am Tor des verlassenen Friedhofs stehen, hörten immer noch die Messgesänge in St. Patrick.

»Also? Es wird keinen Ärger geben?«, fragte ich ihn.
»Ist es das, was Sie glauben?«
»Aber – der Erzbischof hat gesagt …«
»Seine Eminenz sieht nicht, was vorgeht. Er ist hier praktisch eingesperrt …« Er verstummte, und sein Blick wanderte zu dem kleinen Backsteinhaus des Erzbischofs. »Er hat so viele falsche Anschuldigungen gegen sein Volk gehört in der Vergangenheit.«
Mir ging auf, dass es keineswegs Hughes gewesen war, der mich hatte sprechen wollen, sondern Vater Knapp selbst. Er ist ein kleiner, untersetzter Mann, vierschrötig gebaut, doch seine Augen wirken immer, als schmerzten sie vom Blinzeln. Sein schmutzig blondes Haar war an den Schläfen ergraut. Ein wahrhaft bescheidener Mann, der meines Wissens keinen Funken persönlichen Ehrgeiz besaß. Und er ist nur hier, um den Erzbischof zu betreuen, weil er zufällig aus Annaloghan stammt, demselben Dorf in Tyrone wie Hughes selbst.
»Es ist eine Ungerechtigkeit, die man diesen Männern zufügt, indem man sie zwingt, in den Krieg zu ziehen, weil sie nicht in der Lage sind, sich freizukaufen«, sagte er kopfschüttelnd. »Aber wie dem auch sei, es darf nicht eskalieren. Ob gerechtfertigt oder nicht, ein Aufstand wäre ein Makel, von dem wir uns niemals reinwaschen könnten.«
»Also, was wird die Kirche tun?«
Er streckte die Arme aus, Handflächen nach oben. Es war weniger ein Schulterzucken als eine Geste der Verzweiflung.
»Alles, was wir tun können. Alles, was wir können. Aber Sie haben die Leute ja gesehen. Sie wissen, was sie empfinden.«
»Das ist alles, was Sie versprechen können? Es ist ja nicht einmal ein Versprechen!«
Zum ersten Mal lag Ungeduld in seinem Blick. »Und was ist mit Ihnen, Mr. Robinson? Was würden Sie ihnen sagen?«
»Nun …«
»Sagen Sie mir, Sir: Haben Sie die dreihundert Dollar für einen Ersatzmann bezahlt? Oder warten Sie ab, ob Sie eingezogen werden?«

»Ich … ich brauchte nicht. Ich bin ausgenommen. Als Kriegsberichterstatter«, stammelte ich idiotisch.

Und wenn ich das nicht wäre? Überall in der Stadt schießen Agenturen wie Pilze aus dem Boden. Sie inserieren in den Zeitungen, bieten an, die etwas unangenehme Angelegenheit, den Kauf eines Mannes, der ersatzweise für einen in den Krieg zieht, zu erledigen. Sie kümmern sich um alles. Man muss nicht einmal den Namen des Mannes erfahren, wenn man nicht will.

Derweil haben andere Städte Buden in unseren öffentlichen Parks errichtet und versuchen, ihre Rekrutenquoten mit unseren jungen Männern zu erfüllen. Sie überbieten sich gegenseitig mit den Bonuszahlungen für diejenigen, die bereit sind, sich für das gute, alte Cincinnati oder Elmira zu verpflichten. Es wird sogar von gewissen Spelunken unten in Greenwich Village oder drüben an der West Cherry Street gemunkelt, wo Prämienjäger junge Männer unter Drogen setzen und an den Meistbietenden verhökern …

Warum nicht? Es wäre nicht das erste Mal, dass in dieser Stadt Menschenhandel betrieben wird, und ganz gewiss auch nicht das letzte Mal …

Ich wollte meine Beweggründe erklären. Ich wollte Vater Knapp klar machen, dass das eben mein Beruf ist. Dass dies meine Rolle ist, dass ich beobachte und berichte – aus einer gewissen Entfernung –, so wie er milde Gaben verteilt und Erlösung verheißt.

Aber in diesem Moment endete die Messe. Die Gemeindemitglieder strömten auf den Friedhof hinaus und blinzelten im grellen Sommersonnenschein. Ihre Stimmen waren gedämpft und drängend. Sie suchten nach Rat in dieser Krisenzeit – aber sie wollten wohl nicht hören, nahm ich an, dass sie auf ihrer Einberufung bestehen sollten.

»Kriegberichterstatter, ja?«, sagte Vater Knapp mit einem grimmigen Lächeln. »Nun, möglicherweise werden Sie sich morgen schon wieder an der Front finden.«

23
Herbert Willis Robinson

Und hier bin ich – zurück an der Front. Wenn man es denn so nennen will. Im Moment fliegen keine Kugeln, doch Ungeheuer dräuen über uns. Riesig und knochig, die Mäuler geöffnet, die Klauen wütend erhoben. Aber niemand ist eingeschüchtert. (Dieser Mob hat schon Schlimmeres gesehen.) Übermütig grüßen sie diese Kreaturen, ziehen den Hut vor ihnen. Ihre Rufe zeigen den gleichen schwarzen Humor, den sie auch bei der Einberufung an den Tag gelegt haben:

»Pass bloß auf, O'Connell!«

»Guck mal, sieht der nicht aus wie Jameson während der Hungersnot?«

Wir sind in den neuen Central Park gelangt, wo Professor Hawkins seine Gipsnachbildungen von Dinosaurierfossilien aufgestellt hat. Sie sind eine der beliebtesten Attraktionen der Stadt. Väter aller Schichten bringen ihre Söhne hierher und lassen sie zwischen den Gipsskeletten herumklettern und epische Schlachten gegen diese Ungeheuer ausfechten.

Johlend und winkend zieht der Mob an ihnen vorbei. Es sind inzwischen Tausende, die marschieren, Frauen ebenso wie Männer verstopfen die primitiven neuen Straßen, über die sie von Ost und West herbeiströmen. Unverschämt machen sie sich auf dem Rasen des neuen Parks breit, lassen ihre Flaschen, Essensreste und Fetzen von Wachspapier auf den akkurat geharkten Pfaden zurück.

»Lincoln, dieser Nero, dieser Caligula, dieser Despot!«, wettert einer der Hinterhof-Rhetoriker bereits, der sich auf eine Orangenkiste gestellt hat. Wenn eine Gruppe Iren auch nur für fünf Minu-

ten irgendwo herumsteht, fängt immer einer von ihnen an, eine Rede zu halten.
Und schon schart die Menge sich um ihn, wie üblich erpicht darauf, irgendwelches politisches Gewäsch zu hören. Ich erkenne den Redner – ein Winkeladvokat, der vor ein paar Jahren aus Virigina hierher gezogen ist.
»Widersetzt euch der Einberufung! Organisiert den Widerstand! Wählt euren Anführer – und wenn nötig, werde ich euer Anführer sein!«
Sie applaudieren emsig, rufen »So ist's recht!« und »Zur Hölle mit Abe!«. Irgendwer ruft zu einem dreifachen Pfui auf den Präsidenten und Greeley auf, dann folgt ein dreifaches Hurra auf Jeff Davis und General McClellan, ihren ewigen Helden.
Wie jeder Mob, so verehrt auch dieser die falschen Idole. Ich bin Davis einmal in Washington begegnet, als er Pierces Kriegsminister war – ein eitler, nervöser Mann, der seine Unsicherheit hinter einem affektierten Südstaatlerhabitus zu verstecken suchte. McClellan ist noch schlimmer. Ich habe ihn im Bellevue gesehen, als ich mit einigen der Verwundeten aus Fredericksburg zurückkam. Er kam mir vor wie ein Operettengeneral, stolzierte mit geschwellter Brust von einem Bett zum nächsten, streckte jedem der bleichen, leidenden Soldaten eine Hand entgegen und polterte: »Nun! Was fehlt Ihnen denn, guter Mann?« Ich bete, dass unsere Armeen ihm nie wieder anvertraut werden.
Aber all das würde für den Mob hier im Park keinen Unterschied machen, selbst wenn sie es wüssten. Wie Kinder, die Schimpfworte hersagen, wollen sie den Republikanern einfach das Schockierendste an den Kopf werfen, das ihnen einfällt. Sie lassen sich auf dem Rasen nieder und machen es sich bequem, als wäre dies ein Tammany-Sommerfest.

Diese bedauernswerten Ahnungslosen. Diese armen Menschen mit den schlichten, gebräunten Gesichtern. Sie kommen aus den Five Points und dem Arch Block, vom Paradise Square und Gotham Court, aus Cat Alley und den Shambles. Sie könnten ebenso gut geradewegs aus dem Mittelalter stammen, Bauern auf einer Wallfahrt oder einem Kreuzzug. Mit aufgesperrten Mündern sehen sie sich um. Normalerweise kommen sie nie in diese Gegend, in Olmsteds wunderbaren neuen Park mit den Gipsungeheuern, dem gepflegten Rasen und den verspielten Brücken, den jungen Bäumen und pittoresken Felsformationen.

Maddys Leute. Wie ein Sturm kommen sie über uns – oder wie eine Pest. Mit Schiffen gelangen sie an unsere Ufer wie jede Pest in der Geschichte. Es hat immer ein paar Iren in der Stadt gegeben – so wie es hier immer ein paar Menschen aus jedem Winkel der Welt gegeben hat. Die meisten stammten aus Ulster: Krämer und Schiffsbauer, Zimmerleute und Metzger, fleißig, respektabel, presbyterianisch und fad.

Dann eines Tages, kurz vor dem Winter stand eine halb nackte Frau mit einem Säugling an der Brust mitten auf dem Broadway und bettelte. Es hat immer Bettler in dieser Stadt gegeben, aber das war doch schockierend. Die Polizei hat sie schleunigst einkassiert, aber eine Woche später war sie wieder da, dann kam noch eine, dann noch eine. Heruntergekommene Frauen mit verzweifelten Gesichtern, Kinder, die sich an ihre Röcke klammerten, während sie zu den vorbeiziehenden Menschen aufstarrten und sie um eine Münze oder ein Stück Brot anflehten.

Jetzt machen sie alles Mögliche in unserer Stadt, all die schweren Arbeiten, die ungeliebten Jobs, die aber getan werden müssen – und die sie den Negern weggenommen haben. Sie sind unsere Stallknechte und Kutscher, unsere Dienstmädchen und Köchinnen, unsere Mörtelträger und Maurer, unsere Putzfrauen und die Männer fürs Grobe. Sie schlachten unser Vieh, kochen unser Essen, verkaufen uns unsere Austern und schenken uns unsere Getränke ein. Sie bauen unsere Häuser, entladen unsere Schiffe, schaufeln unsere Scheiße. Und sie sind die Männer, die unsere Feuer löschen und auf unseren Straßen für Ruhe und Ordnung sorgen.

Jetzt sitze ich hier zwischen ihnen im Gras, hülle mich in meine Tarnung. Bedaure sie so sehr und wünsche, sie würden verschwinden …

»Und möge ich der nächste glorreiche Märtyrer auf dem Altar der Freiheit meines Landes sein!«
Der Orangenkistenredner predigt immer noch, doch inzwischen ist die Menge gelangweilt. Das Einberufungsbüro ist immer noch geschlossen, und es ist kein Opfer zur Hand, auf das sie sich stürzen könnten. Sie beginnen sich zu zerstreuen, schlendern davon in die weitläufige, grüne Schönheit des Parks, und ich bin plötzlich von der Hoffnung erfüllt, dass wir vielleicht doch noch davonkommen, der Aufstand womöglich im Sande verläuft, noch ehe er richtig begonnen hat.
In dem Moment kommt ein wildes Ungetüm den Kiespfad entlanggetorkelt. Gräulich und hässlich, ähnelt es eher einem Bär als einem Mensch. Seine Kleidung ist zerlumpt und dreckverkrustet, der Kopf von schrecklichen, roten Geschwüren bedeckt, die aus den grauen Haarbüscheln ragen. Seine Augen weiten sich vor Furcht oder Staunen, als er sich plötzlich inmitten der Menge findet. Als sie ihn entdecken, jubeln die Männer um mich herum ausgelassen: »Hey, seht doch mal, es ist Mose!«
Allmählich breitet der Ruf sich aus.
»Mose, es ist Mose!«
Sie umringen ihn, lachen und johlen. Diese neue Attraktion setzt dem Auflösungsprozess ein Ende.
»Behaltet euren Abraham, hier ist unser Mose!«
Sie taufen ihn auf den Namen dieses unsterblichen Bühnenhelden: Mose, der Bowery Boy, Idol der Gangs und Feuerwehrmänner. Das Ungetüm starrt sie nur an, die Augen verengt, die Lippen zu einer Grimasse verzerrt, aber immer mehr Männer nehmen den Ruf auf. Einladend halten sie ihm ihre Whiskeyflaschen hin, und ein junger Spund versucht, ihm eine Kette mit einer Holzplanke umzuhängen, auf der mit Kreide die Worte KEINE EINBERUFUNG! stehen.
Wie ein Bär, der über das erträgliche Maß gereizt wird, erwacht die Kreatur plötzlich zum Leben. Mit einem einzigen Schlag schickt er den Jungen zu Boden und packt gleichzeitig die Planke; seine Bewegungen sind erschreckend schnell und wirkungsvoll. Dro-

hend hebt er das Holzstück über den Kopf, und die Menge weicht zurück.
Erst dann nimmt er die Planke in Augenschein, als müsse er mühsam entziffern, was darauf steht. Ein kleines, boshaftes Lächeln scheint seine Lippen zu umspielen, dann legt er sich die Kette selbst um die Schultern und bedeutet einem der Männer, ihm die Whiskeyflasche zu geben. Er nimmt einen tiefen Zug, und die Menge jubelt, umringt ihn, drängt ihn in die vorderste Reihe.
Während sie noch ihren neuen Helden feiern, kommt ein Junge in den Park gerannt und umrundet geschickt die Gipsungeheuer. Irgendetwas Dunkles – Dreck oder Blut – ist über sein Gesicht geschmiert. Es könnte gar derselbe Junge sein, den ich vorhin gesehen habe, als ich die Straßenbahn bestieg. Aber für mich sehen all diese Iren sowieso gleich aus …
Er hat zur Sonne hinaufgegrinst, während er sich das Blut über den Mund schmierte …
»Die Einberufung! Die Einberufung!«, brüllt er jetzt. »Sie fangen wieder an! Die Zwangsverpflichtung! Im Einberufungsbüro!«
Augenblicklich setzt der Mob sich wieder in Bewegung. Noch lachen sie, aber sie marschieren auf ein Ziel zu, und ihr frisch gekrönter Mose führt sie an.
Ein grinsender halbstarker Rüpel reiht sich neben ihm ein und hält ihm eine amerikanische Flagge mitsamt Stange hin, die er irgendwo gestohlen hat. An seiner anderen Seite nimmt einer vom Kochtopftrommlercorps Aufstellung und drischt emsig mit einer Schöpfkelle auf sein Instrument. Die drei bilden eine krude Parodie des »Spirit of '76«, jener Szene, die so gern bei Picknicks zum vierten Juli nachgestellt wird. Die Anspielung entgeht auch der Menschenmenge nicht. Sie grölen ihren Jubel und folgen dem Trio, das sie nun entlang der Bahnstrecke der New Haven Line auf der Fourth Avenue führt.
»Zum Einberufungsbüro!«, rufen sie. »Mose zum Einberufungsbüro!«
Ich kann einfach nicht glauben, dass die Kommandantur das Büro wirklich geöffnet hat. Sind sie denn wahnsinnig? Die fröhliche

Stimmung des Mobs wird in der Sekunde umschlagen, da sie dort eintreffen.
Hinter uns ertönt eine Glocke, laut und eindringlich. Ein plötzlicher Hoffungsschimmer und Erleichterung. Kann das sein … Sind Kennedys Männer endlich gekommen?
Aber nein. Es ist nur der Acht-Uhr-Siebenundfünfziger aus Stamford, der sich langsam die Schienen entlangquält. Die gut gekleideten Fahrgäste – Männer und Frauen – starren voller Verwirrung aus den Fenstern auf den zerlumpten Mob, der ihnen den Weg versperrt.
Gut gelaunt macht die Menge dem Zug Platz. Einige der Männer nehmen gar die Hüte ab und winken den Passagieren damit großspurig zu. Ein paar springen auf den Schienenräumer, fahren ein Stück mit und rufen und pfeifen, damit ihre Kumpel sie sehen. Immer noch bewegt der Zug sich langsam vorwärts. Die Lokomotive und die zwölf Waggons haben uns fast schon passiert, als sie die Aufmerksamkeit des neuen Anführers erwecken.
Die Männer versuchen ihn aus dem Weg zu zerren, weil sie um sein Leben fürchten, aber er schüttelt sie so mühelos ab wie vorhin den jungen Kerl. Dann steht er so unverrückbar auf den Schienen, dass der Zug zum völligen Stillstand kommen muss. Wütend betätigt der Lokführer die Glocke und die schrille Pfeife – aber ohne Erfolg. Die Kreatur ignoriert ihn, stiert grimmig geradeaus. Allmählich verliert die Lok an Dampf, bis sie schließlich mit ein paar schwachen Zischlauten gänzlich verstummt.
Erst da geht er von den Schienen. Und während der Zug nun steht und neuer Dampf sich im Kessel bilden muss, nimmt die Kreatur einem der Hafenarbeiter aus der Menge ein Stemmeisen ab und hebelt damit einen Pflasterstein aus der Straße. Immer noch sind seine Bewegungen bedächtig, er hat keine Eile – sodass keiner von uns, weder der Mob, noch die Fahrgäste oder der Lokführer so recht glauben können, was sie sehen. Bis er den Pflasterstein hochhebt – der halb so lang wie sein Arm und aus gutem Massachusetts-Granit gehauen ist – und ihn durch ein Fenster des vorderen Waggons wirft.

Einen Augenblick stehen wir nur fassungslos da. Dann brüllt die Masse mit einer einzigen, uralten Stimme. Sie graben weitere Pflastersteine aus, greifen jeden losen Stein, jedes Stück Holz oder Abfall, dessen sie habhaft werden, und schleudern sie auf den Zug. Die Lokomotive kreischt, stößt eine Dampfwolke aus und setzt sich langsam wieder in Bewegung. Doch nun läuft der Mob mit, greift den Zug an wie wilde Indianer, wie primitive Jäger, die ein großes Beutetier verfolgen. Bombardieren ihn mit Steinen, mit Abfall, zerschmettern sämtliche Fenster. Er entkommt mit knapper Not, rumpelt keuchend und zischend Richtung Grand Central Station. Die Fahrgäste drängen sich nun im Mittelgang zusammen, spähen hinter den Sitzen hervor auf die Szene hier draußen, ihre Augen voll Angst vor dieser gänzlich fremd gewordenen Stadt.

24
Finn McCool

Irgendetwas musste geschehen, so viel stand fest, denn diese Übergriffe konnte man sich nicht gefallen lassen. Dreißig Männer. Dreißig Männer seiner Feuerwehr allein am ersten Tag eingezogen, darunter sein Bruder Peter, der Hauptmann der Black-Joke-Feuerwehr.

Das ganze Wochenende war er durch die Bars, die Clubhäuser und die irischen Gemüseläden gezogen. Er hatte mit Stadträten und Mitgliedern verschiedener Komitees und mit den Hauptleuten anderer freiwilliger Feuerwehren gesprochen. Sie hatten nicht wirklich etwas geplant. Niemand hatte etwas in der Art getan. Sie waren zu klug, zu erfahrene Politiker, um irgendetwas direkt auszusprechen, nicht einmal in ihren eigenen Gaststätten und Häusern.

Doch sie waren sich alle einig – Tammany Hall und Mozart Hall und die Unabhängigen. Irgendetwas musste geschehen. Ohne die Jungs hatten sie niemanden, um die Feuerwehrwagen durch die Straßen zu ziehen, sich mit rivalisierenden Feuerwehren um die Hydranten zu prügeln oder am Wahltag ganze Kisten voller Stimmzettel zu stehlen. Ohne die Feuerwehren konnte es keine Organisation geben, nirgendwo. Und ohne die Organisation war – Chaos.

Irgendetwas musste geschehen. Und es war die Feuerspritze selbst, die das bewerkstelligen würde, und das gefiel ihm. Es war ein modernes Meisterwerk der Technik, von einem Iren bemalt, von irischen Zimmerleuten und Schmieden gebaut. Und nützlich war es obendrein: eine Feuerspritze. Absolut unersetzlich – im Gegensatz

zu den schwerfälligen neuen Straßenkehrmaschinen, die nur dazu da waren, den Männern die Arbeit wegzunehmen.
Er saß jetzt davor, allein in der Feuerwache. Die Black Joke, die Old Bombazula, wie sie sie nannten. Die große kupferne Feuerspritze thronte inmitten des schweren Wagens. Zwei Reihen dicker Pumpenhebel befanden sich auf beiden Seiten, dort wo beim Einsatz die Männer standen und wie besessen arbeiteten – selbst wie Maschinen arbeiteten – und das Wasser hindurchpumpten.
Vor allem jedoch liebte er die Bilder, die Formen und Zeichen, die beinahe jeden Zoll des schwarzen Wagens bedeckten: Szenen aus dem Leben von Rip van Winkle, Washington bei der Überquerung des Delaware und der alte Pete Stuyvesant mit seinem einen Bein, der den Briten die Stirn bot. Und das Kaperschiff aus dem Krieg von 1812, nach dem die Feuerspritze benannt war – die *Black Joke* bei der Jagd auf eine englische Fregatte.
Auf der Rückseite des Hartholzgehäuses der Pumpe zeigte ein Gemälde ein großes Feuer irgendwo in der westlichen Prärie, das außer Kontrolle wütete. Und vorn stand das Motto ihrer Feuerwehr in Goldbuchstaben:

DAS EDELSTE MOTIV IST DAS ALLGEMEINWOHL

Jetzt lag der Wagen voller Steine, die überall um die Feuerspritze aufgetürmt waren – faustgroße Kiesel, Pflastersteine und Ziegelbruchstücke, die sie auf der Unglücksbaustelle auf dem alten DePeyster-Gelände gesammelt hatten. Auch der Schlauchwagen war damit gefüllt. Wenn sie die beiden Wagen zum Einberufungsbüro brachten, würden die Polizisten und Soldaten niemals rechtzeitig erkennen, was los war. Aber dann würden sie es wissen. Dann würden er und seine Männer all den Niggern und Niggerfreunden zeigen, dass sie es ernst meinten. Dass man so nicht mit freien Männern umspringen konnte …
Und doch, Finn war sich nicht ganz sicher. Rastlos lief er im Kreis um die Feuerspritze und ließ sich alles noch einmal durch den Kopf gehen. Die Einberufung zu stoppen bedeutete offenen Kampf, ganz

gleich, wie sie es angingen. Und Kampf bedeutete, dass man etwas dem Zufall überlassen musste, aber Finn McCool hielt von Zufällen in der Politik ebenso wenig wie von Zufällen bei den Pharospielen, die er unten an der Pearl Street laufen hatte. Nach seiner Vorstellung war Zufall das Gegenteil von Politik.

Aber es führte kein Weg daran vorbei, und die Republikaner hatten sich das selbst eingebrockt. Es war schlimm genug gewesen, als sie diesen Krieg erzwungen und die Demokraten im Land in zwei Lager aufgespalten hatten. Das war nur ein schlauer politischer Schachzug gewesen, den Finn beinahe bewundern musste, und weder er noch irgendjemand sonst im Saloon oder der Feuerwache gab einen Scheißdreck auf das Schicksal von ein paar Baumwollpflanzern.

Aber das hier war etwas anderes. Dieses Mal wollten sie sie wirklich töten, daheim und im Feld. Die republikanischen Kriegsgewinnler saßen zu Hause, während sie wie Nigger runter nach Virginia verhökert wurden.

»Sie kommen!«

Ein Junge platzte in die Feuerwache, brüllte und konnte kaum an sich halten vor Aufregung über seine Neuigkeiten.

»Sie kommen von Corlear's Hook und den Kais am East River! Und sie haben die New Haven Line aufgehalten und den Express mit Pflastersteinen zertrümmert!«

Das Gesicht des Jungen war mit Blut und Ruß von weiß Gott woher verschmiert. Es war so dunkel, dass McCool ihn im ersten Moment für einen farbigen Bengel gehalten hatte, und er war bei seinem Anblick zusammengefahren. Doch dann hatte der Junge hinter der Blutmaske gelächelt – ein breites Kürbislaternengrinsen – und McCool hatte ihn erkannt: Henry McCarty aus der Greene Street drüben. Einer der vielen Laufburschen der freiwilligen Feuerwehr, die immer zum Brandort vorausrannten und die Croton-Hydranten ausfindig machten.

Finn hatte sie am Abend zuvor überall in der Stadt postiert – nur eine weitere Vorsichtsmaßnahme, um über alle Ereignisse auf dem

Laufenden zu bleiben. Er fing an, den Jungen nach Einzelheiten zu befragen, aber schon kamen weitere Laufburschen herein, die Gesichter gerötet vor Erregung, und sie berichteten ihm von dem zerstörten Zug und den zahllosen Männern, die durch die Hafenanlagen und Straßen der East Side marschierten. Er nickte feierlich und zufrieden – und unterdessen überlegte er, wie lange sie brauchen würden, das Einberufungsbüro zu erreichen, wie viel Vorsprung er ihnen lassen sollte.

Bald darauf trafen die Männer der Feuerwehr ein, wie befohlen. Die Freiwilligen der Black Joke Fire Company, Nr. 33. Angetan mit ihren besten Uniformen, den roten Hemden, den glänzend schwarzen Hosenträgern und Hosen, die prächtigen schwarzen Jacken mit den Goldknöpfen, die sie bislang nur einmal zur Parade für den Prince of Wales getragen hatten. Die Männer sahen nur ein klein wenig mitgenommen aus von all dem Bier, das er ihnen während des ganzen Wochenendes im Sailor's Rest und den anderen Saloons im Vierten Bezirk spendiert hatte. Und dort hatte er mit ihnen an der Bar gestanden und ihnen wieder und wieder die gleichen Argumente eingetrichtert: »Pete haben sie schon eingezogen, unseren Hauptmann, und ihr wisst, dass wir uns das nicht gefallen lassen können. Dreißig Mann – dreißig! – allein von unserer Wache … Und wer soll die Feuer löschen und die Frauen und Kinder und Babys retten? Ist euch aufgefallen, sie ziehen niemanden von der Metropolitan Police ein. Nicht, solange es noch Schädel einzuschlagen und Familien aus ihren Wohnungen zu vertreiben gibt …«

Nachdem er sie auf diese Themen gebracht hatte und auf die Frage, wie ihre Frauen und Kinder von ihrem Sold leben sollten, legte er eine kleine Kunstpause ein, ehe er den Preis ins Spiel brachte.

»Für dreihundert Dollar kann ein Mann – jeder Mann, heißt es – sich vom Kriegsdienst freikaufen. Er muss einfach dreihundert zahlen und kann sich einen Ersatz kaufen, der für ihn da runtergeht und kämpft.«

Wieder wartete er einen Moment, dann holte er den Zettel heraus, die Auktionsliste, die man einem Menschenhändler namens Flask abgenommen hatte, einem Sklavenhändler, den die Marine im Long Island Sound aufgegriffen und in die Stadt gebracht hatte, wo ihm der Prozess gemacht werden sollte. Die fette Schrift und die Zeichnungen erschlossen sich selbst den Analphabeten auf den ersten Blick. Abgebildet war ein Versteigerungspodium mit halb nackten farbigen Männern, Frauen und Kindern in Handketten. Kultivierte Gentlemen mit feinen Gehröcken und Spazierstöcken nahmen sie in Augenschein.

Die Preise standen dort fett gedruckt:

NEGERSKLAVE: $ 1000; FRAU MIT KIND: $ 1500

Und er ließ die Auktionslisten, die er tausendfach hatte nachdrucken lassen, auf die biertriefende Theke flattern. Bevor er das Offensichtliche konstatierte – was ja schließlich sein Beruf war: »Verkauft für dreihundert Dollar. Wo ein Nigger …«

Er musste den Satz nicht einmal beenden, ehe sie anfingen zu brüllen, den verhassten Vergleich regelrecht niederzuschreien.

Nicht, dass er es nicht glaubte. Auch das war eine offene Rechnung. Samstagnacht war er wieder hingegangen, zu dem Haus an der Paradise Alley. Ganz leise zuerst, so leise wie er nur gehen konnte auf dieser Straße voller Schwarzer und Mischlinge und Huren mit ihren Kindern. Wieder und wieder war er um das Haus herumgegangen und hatte versucht, durch die roten Vorhänge im Erdgeschoss zu spähen. Er wollte sie mit einem von ihnen auf frischer Tat ertappen.

Als brauchte er noch einen Beweis. Er wusste ganz genau, dass sie farbige Freier nahm. Die Vorstellung machte ihn wütend; es war eines der wenigen Dinge, die Finn wirklich in Zorn versetzen konnten. Es war nicht richtig, dass sie selbst ihre Huren mit ihnen teilen mussten. Das war wie Unzucht mit Eseln, es war ein Wunder, dass diese Kerle eine wie sie nicht in Stücke rissen, die kleine Hure, sie für jeden redlichen, schwer arbeitenden Mann verdarben.

Das brachte das Fass zum Überlaufen. Sie sollten doch wenigstens über denen stehen. Und die Wut hatte ihn dieses Mal übermannt –

was noch nie vorgekommen war – dort unten an der Paradise Alley. Er war nicht länger ums Haus herumgeschlichen, sondern hatte wutentbrannt an die Tür gehämmert, bis sie schließlich geöffnet hatte.
Gelacht. Sie hatte einfach gelacht. Ein feiner gelber Morgenrock, den sie mit einer Hand über der Brust zusammenhielt, und offensichtlich trug sie nicht einmal einen Unterrock darunter. Sie lachte genau wie damals, als er sie gefragt hatte, ob sie es mit solchen Kerlen machte, er selbst hart wie der Griff einer Axt. »Sind sie so wie wir? Sind sie wie wir da unten?«
Er wollte es wirklich wissen, aber sie hatte einfach nur weiter gelacht, und seine Erektion war geschrumpft.
»Ist doch egal! Ihr Männer denkt doch immer nur an eure Dinger. Aber in Wahrheit ist eins wie das andere.«
Doch es war eben nicht egal. Es machte einen Unterschied, sie waren keineswegs gleich, und das hätte sie wissen sollen. Das war doch wohl das Mindeste, was ein Mann erwarten konnte, selbst von einer Hure: dass er sie nicht mit Hunden oder Affen teilen musste …
Er hatte wieder die Fassung verloren, als sie so an die Tür kam, nur im Morgenrock. Er hatte zugelassen, dass sein Zorn ihn überwältigte.
»Wir kümmern uns um deine Nigger«, hatte er ihr gedroht, dort mitten auf der Straße, wo jeder ihn hören konnte.
Er wusste nicht, was in ihn gefahren war, aber es war sein Ernst gewesen. Und das war es noch. Sie würden mit all den Huren abrechnen, genau wie mit den Niggern. Dafür, dass Männer wie er für sie in den Krieg geschickt wurden, dafür, dass sie ihnen die Jobs wegnehmen wollten und ihre Frauen stahlen, selbst wenn es nur Huren waren. *Sie würden mit ihnen allen abrechnen.*

Die Männer standen jetzt in ihren besten Uniformen vor ihm und warteten auf seine Ansprache. Finn sprang auf den Spritzenwagen, stand gleich über dem Gemälde des lodernden Präriefeuers und hob die Hände, um sie zum Schweigen zu bringen.

»Jetzt, Männer. Jetzt, Männer«, sagte er ihnen. »Jetzt müsst ihr zeigen, woraus ihr gemacht seid als wahre Amerikaner und ebenso als wahre Iren.«

Sie antworteten mit donnerndem Jubel. Und sie stimmten ihren Ruf an, der auch immer dann erscholl, wenn sie zu einem Feuer liefen: »Ganz schwarz und noch nie gewaschen!«

Langsam breitete sich ein Lächeln auf Finns Zügen aus, das die Männer erwiderten.

»Also dann, Jungs, ich denke, es wird Zeit, dass wir mal einen Besuch beim Einberufungsbüro machen. Seid ihr dabei?«

Ihr Jubel war ohrenbetäubend in der kleinen Feuerwache.

»Räuchert all die Hurensöhne aus!«

»Die Straßenkehrmaschinen! Lasst uns die zuerst verbrennen!«

»Dann die Hotels!«

Finn lächelte gütig auf sie hinab – auch wenn das die Art Gerede war, die ihn nervös machte. Das war der Grund, warum man die Organisation brauchte. Sobald man Männer von der Leine ließ, lief man Gefahr, dass die Dinge außer Kontrolle gerieten …

»Immer mit der Ruhe! Immer mit der Ruhe!«, rief er über ihr Gebrüll hinweg. »Zuerst das Militärbüro. Zuerst die Einberufungsunterlagen!«

Sie nahmen ihre Positionen an der Spritze und dem Schlauchwagen ein, ihre Hände an den Haltegriffen und Pumpschwengeln. Sie drückten sich die hohen schwarzen Leinenhüte ins Gesicht, als wären es Helme.

»Munter! Munter jetzt, Jungs!«

Er stimmte ihren traditionellen Anfeuerungsruf an. Die Männer waren in Position. Die Laufburschen hüpften vor Erregung auf und ab. Cassius Keahny stand vorn, das silberne Horn in der Hand. Finn McCool hob den rechten Arm.

»Also dann. Wollt ihr ziehen, Jungs?«

»Ja, wir ziehen!«

»Wollt ihr arbeiten, Jungs?«

»Ja, wir arbeiten!«

»Also dann, lasst uns das alte Mädchen grün anmalen!«

McCool ließ den Arm niedersausen, und die älteren Laufburschen schoben wie aufs Stichwort die großen Türen der Feuerwache auf. Keahny war schon draußen auf der Straße und stieß wieder und wieder in sein Silberhorn. Die anderen folgten gleich dahinter. Finn saß an der Spritze und gab den Takt vor. Als er hinabblickte, sah er diesen Jungen wieder, Henry McCarty, der ekstatisch grinste, während er neben ihm her lief und versuchte, Schritt zu halten. McCool konnte nicht anders, als sein Grinsen zu erwidern, während sie die Feuerspritze hinaus in die gnadenlose Sonne rollten.

25 Herbert Willis Robinson

»Sie kommen!«

Der Ruf erschallt euphorisch und hoffnungsvoll und mysteriös. Wird in einem fort wiederholt ohne jede weitere Erklärung.

»Sie kommen!«

Die Menge steht zusammengedrängt in der 46. Straße vor dem Einberufungsbüro. Genau wie letzten Freitag warten sie darauf, dass es öffnet, warten auf – irgendetwas. Heute ist es eine andere Menge; sie sind wölfisch und erwartungsvoll. Beinahe ein Mob. Methodisch lesen sie weitere Pflastersteine auf, brechen die Holzzäune der umliegenden Baustellen ab, um die Pfosten als Schlagstöcke zu benutzen.

»Mein Gott, sie öffnen tatsächlich«, murmelt ein Mann hinter mir. Ich erkenne ihn, es ist ein Schmalspurpolitiker von Tammany Hall namens Eagan. Er spricht nicht mit mir, sondern starrt lediglich voller Erstaunen auf das Militärbüro.

Er muss sich irren. Es warten jetzt Tausende Männer und Frauen vor dem Einberufungsbüro, die Menge schwappt schon bis in die Second und Third Avenue – wir stehen so eng zusammengepfercht, dass wir uns nicht zerstreuen könnten, selbst wenn wir wollten. Angesichts dessen können sie doch nicht so töricht sein zu öffnen.

Doch das sind sie. Um Schlag neun marschiert die kleine Invalidenwache vor der einstigen Ladenfront auf wie die Figuren auf irgendeinem bayerischen Glockenturm. Die Menge stimmt ein lautes Gebrüll an, als sie die Holzläden öffnen. Blutdurst schwingt in ihren Stimmen, und sie fuchteln mit ihren Pflastersteinen und Zaun-

pfählen herum. Der Kommandant und seine Männer erscheinen am Fenster, ihre Gesichter bleich und angespannt.
Wenn sie auch nur einen Funken Verstand hätten, würden sie auf der Stelle wieder schließen. Stattdessen tun sie ihre Pflicht. Es ist die Art blinder, selbstmörderischer Kadavergehorsam, den ein Volk nur im Krieg lernt. Marshal Jenkins, seine Assistenten und der Blinde, der die Namen zieht. Die Soldaten hieven die große Holztrommel wieder auf ihre Achse und geben die Zettel mit den Namen hinein, Tausende Namen von Männern, die den Mob bilden, werden in die Trommel geschüttet, während das Getöse überall um sie herum anschwillt.
Der Kommandant hat zumindest die Wache verstärkt. Man sieht mehr Bajonette, mehr US Marshals stehen am Fenster. Trotzdem kann er nicht mehr als sechzig Mann insgesamt haben. Die Soldaten wahren eine beeindruckende Front, die Hände an den Waffen, Augen geradeaus. Doch ich kann sehen, dass die Beine des stadtbekannten Blinden zu zittern anfangen. Er weicht von der Trommel zurück wie ein scheuendes Rennpferd.
Wo ist Kennedys Polizei?
Ist es möglich, dass sein effizientes Kommunikationssystem so kläglich versagt hat? Oder sind wir verraten …
Ich versuche, mich aus der Menge zu schlängeln, um zur 19. Polizeiwache zu gelangen und die Männer dort aufzufordern, ein Telegramm an Kennedys Hauptquartier an der Mulberry Street zu schicken. Aber es erweist sich als unmöglich. Die Menge steht so dicht, dass ich mich nicht vom Fleck bewegen kann.
»Wir müssen uns zum 19. durchschlagen«, flüstere ich Eagan zu, der zwar ein treuer Tammany-Anhägner, aber ebenso entsetzt ist wie ich. »Von da aus können wir kabeln. Kennedy hat ein flächendeckendes Telegrafensystem aufgebaut.«
»Ich komme gerade vom 19.«, murmelt er mit sorgsam gesenkter Stimme zurück. »Sie wissen Bescheid. Nur im Hauptquartier will ihnen keiner glauben …«
»Wie ist das möglich?«
Seine Lippen bewegen sich, aber seine Worte werden übertönt. Der

Marshal hat die Trommel in Bewegung gesetzt. Die Soldaten drehen unermüdlich an der Kurbel, und das mahlende Donnergeräusch schallt die Straßen entlang.
Alle sind still. Die Menge ist genau wie letzten Freitag eingeschüchtert vom Getöse der Trommel.
Doch plötzlich wogt eine heftige Bewegung die Straße auf und ab; jeder wird gestoßen und stößt gleichzeitig zurück. Tritte und Ellbogen treffen mich, und ich kann nicht verhindern, gegen Eagan gedrängt zu werden. Für einen Moment scheint es, als habe der Sturm schon begonnen.
Dann höre ich den Ruf wieder, der selbst den rumpelnden Donner der Trommel übertönt: »SIE KOMMEN!«
Der Ruf ist ein Jubel. Zwischen all dem Geschrei höre ich wiederholt einen langen, schrillen Trompetenstoß, und ich hoffe inständig, die Menge möge sich irren, dass es eine Abteilung Soldaten ist oder Kennedys Metropolitans endlich eingetroffen sind.
»Sie kommen!«
»Die Black Joke!«
Eine Feuerspritze mit Schlauchwagen biegt von der Third Avenue in die Straße ein. Die typische Schar mitlaufender Jungen und ein Mann mit einer silbernen Trompete führen den Zug an. Die Menge kann nicht schnell genug Platz machen – Menschen werden durch Fenster und Türen der angrenzenden Häuser gedrückt –, aber der Rest jubelt immer noch. Die Feuerwehrmänner in ihren roten Hemden mit den breiten Hosenträgern und ihren spitzen Helmen ziehen ihr Gefährt mit der üblichen halsbrecherischen Geschwindigkeit. Es ist Nummer 33, die Black Joke. Auf der Stelle gehen sie ans Werk. Finn McCool persönlich führt das Kommando, steht auf dem Pumpengehäuse wie ein rachsüchtiger irischer Dämon und teilt mit beiden Händen die Pflastersteine und Ziegelbrocken aus, die sie mitgebracht haben.
»Hier, Jungs. Denkt dran: Zielt hoch. Wir wollen niemanden von den Leuten hier treffen …«
Marshal Jenkins und seine Männer stehen wie Salzsäulen im Fenster, während die Feuerwehrmänner ihre Geschosse weiterreichen.

Das gewaltige Donnern der Trommel verstummt. Der Blinde weicht langsam von der Fensteröffnung zurück.

»Und los!«

Ein Schuss fällt, nahe genug, dass Eagan und ich und die Menschen um uns herum sich instinktiv ducken. Auch die Männer der Wache fahren zusammen, Jenkins und seine Marshals zucken vom Fenster zurück. Der Blinde fällt mit einem hilflosen Schrei zurück ins Büro.

Ich weiß nicht, wer geschossen hat, eine der Wachen oder jemand aus der Menge, jedenfalls folgt dem Schuss ein Steinhagel, schlägt durch die Fenster, prallt polternd von der hohlen Trommel ab.

Die Invaliden stolpern zurück ins Innere, bemüht, die Geschosse mit erhobenen Armen und Waffen abzuwehren. Sie versuchen, die Holzläden zu schließen, aber es ist zu spät. Die Menge schwappt nach vorn und zwingt sie wieder auf. Sie stürzen die große Holztrommel, zertrümmern sie auf dem Gehweg und verstreuen die Namen – ihre Namen – auf der Straße.

Der Kommandant und seine Leute fliehen durch die Hintertür – die Männer der Black Joke sind ihnen dicht auf den Fersen, klettern zum Fenster hinauf und hindurch. Ein paar Soldaten und Polizisten versuchen sie aufzuhalten, doch sie werden unbarmherzig niedergeschlagen und in die Menge gestoßen. Der Rest der Wache ergreift die Flucht. Die Feuerwehrleute machen sich emsig ans Werk und zertrümmern das Einberufungsbüro mit ihren Äxten. Es ist offensichtlich, dass sie wissen, was sie tun, dass sie selbst in diesem Chaos einen Plan verfolgen. Sie schütten Terpentin auf den Boden und stecken es in Brand, verbrennen jeden Fetzen Papier, den sie finden. Doch schon folgt der Mob ihrem Beispiel, stürzt sich auf jedes Ziel, egal ob es mit der Einberufung zu tun hat oder nicht. Binnen weniger Minuten legen sie Telegrafenmasten um und plündern einen Geschirrladen neben dem Militärbüro. Das Klirren von berstendem Porzellan vermischt sich mit dem Knistern der Flammen und dem Johlen der Menge. Wütend stiere ich zu McCool auf seinem Spritzenwagen hoch, doch selbst er scheint ein wenig verblüfft über das, was seine Männer angerichtet haben. Seine hellen Geieraugen sind getrübt und unsicher.

Eagan und ich stolpern Richtung Third Avenue davon – weitere irische Horden kommen uns entgegen, die sich den Spaß nicht entgehen lassen wollen. Männer, Frauen und Jungen, ihre Gesichter leuchten von diebischer Freude, dass sie aussehen wie Kobolde. Sie rennen gegen jedes Haus, jeden Laden auf der Straße an. Andere sind schon schwer beladen mit Porzellanstapeln, Stühlen und Kommoden, die sie den Anwohnern geradewegs aus der Küche gestohlen haben.

Ich trage mich immer noch mit dem Gedanken, mich zur Polizeistation durchzuschlagen und Kennedy eine weitere Nachricht zu schicken. Doch kaum haben wir die Ecke der Third Avenue erreicht, als eine Kutsche vorfährt und der Police Superintendent höchst persönlich aussteigt. Er kommt mir jetzt sehr viel weniger martialisch vor, denn er trägt Zivil und ist nur mit einem Rattanstock bewaffnet. Sein Gesicht ist todesbleich, das fröhliche Weihnachtsmannlächeln und alles Selbstvertrauen sind aus den Zügen gewichen.

»Es ist Wahnsinn, dass Sie herkommen!«, sagt Eagan zu ihm, und es stimmt. Kennedy hat nur einen einzigen uniformierten Polizisten und einen seiner Büroangestellten bei sich.

»Ich musste es selbst sehen«, erklärt Kennedy und nickt entschuldigend. »Ich musste mir Gewissheit verschaffen.«

»Sie können von hier aus genug sehen«, erwidert Eagan. »Jetzt sehen Sie zu, dass Sie zurück in die Kutsche kommen, und machen Sie …«

Stattdessen schreitet Kennedy mit der typischen Entschlossenheit auf den Mob zu. Wie die äußerlichen Verhaltensweisen eines Mannes doch weiter existieren, selbst wenn seine innere Selbstsicherheit verflogen ist! Ich kann nicht sagen, was er sich dabei gedacht hat. Vielleicht kann er einfach nicht glauben, was er vor sich sieht. Das Einberufungsbüro ein Flammenmeer. Der Mob ist jetzt dabei, den ganzen Block in Brand zu setzen, Flammen schlagen aus den Fenstern von einem Dutzend Läden oder Wohnhäusern an der 46. Straße. Einige Frauen, die hier leben, versuchen die Plünderer zur Vernunft zu bringen. Mutig oder hysterisch packen sie die Männer bei

den Armen und flehen sie an, ihnen nicht das Haus über den Köpfen niederzubrennen. Die meisten sind selbst Irinnen, doch die Männer reißen sich einfach los, der Mob ist im Beutefieber.
Ich sehe Kennedy einen Moment innehalten und diese erbärmliche Szene betrachten, dann geht er geradewegs auf die Aufständischen zu.
»Wohin zum Teufel geht er?«, frage ich Eagan. »Sie müssen Ihre Männer hierher schaffen …«
Aber es hilft nichts. Kennedy bewegt sich unbeirrt auf den Mob zu, sein Büroangestellter und der Uniformierte fluchen, folgen ihm aber loyal.
»Sie werden ihn umbringen!«, presst Eagan ungläubig hervor, doch die meisten Randalierer scheinen lediglich verwirrt, plötzlich diesen gut gekleideten Gentleman und einen einzelnen Polizisten in ihrer Mitte zu finden. Vor lauter Erstaunen unterbrechen sie ihr Zerstörungswerk und das Plündern für einen Moment. Kennedy nickt ihnen ernst zu und hebt zu einer Ansprache an: »Mitbürger! Ich stehe hier vor Ihnen, um an Ihren gesunden Menschenverstand zu appellieren. Ich will mich im Augenblick nicht zur Frage der Rechtmäßigkeit Ihres Anliegens äußern.«
Er steht da mit ausgebreiteten Armen wie ein Straßenagitator von Tammany Hall am Wahltag. Die Menge – wir alle – starren ihn mit einer Art ehrfürchtigem Staunen an.
»Zur Einberufung: Ich weiß, Sie sind der Ansicht, dass Sie im Recht sind. Es ist ohne Frage sehr hart für einen Mann, seine Familie zu verlassen und in den Krieg zu ziehen, wenn dies nicht sein eigener Wunsch ist, aber darüber will ich jetzt nicht mit Ihnen streiten. Sie glauben wahrscheinlich, Sie hatten ein Recht, dies zu tun.«
»Er hat den Verstand verloren«, murmelt Eagan neben mir.
Kennedy ist dem Mob jetzt auf Gedeih und Verderb ausgeliefert. Weit und breit sind keine Soldaten, keine weiteren Polizisten mehr zu sehen. Überhaupt niemand bis auf eine weitere freiwillige Feuerwehr, die Honey Bee, die herbeigeeilt kam, als sie den Rauch gesehen haben, doch jetzt stehen die Männer nur herum und unterhalten sich mit denen von der Black Joke.

Trotzdem scheint es für einen Moment, als könnte Kennedy Erfolg haben. Er ist von einer Schar weinender Frauen hier aus dem Block umringt. Es ist wie eine Szene aus diesen melodramatischen Bühnenstücken, die sie so lieben.
»Sie sind hergekommen, um eine bestimmte Sache zu tun. Sie haben sie getan. Jetzt sollten Sie sich zufrieden geben. Das Einberufungsbüro ist zerstört, und ich appelliere an Sie, die Feuerwehrleute ihre Arbeit tun zu lassen und die Häuser dieser armen Frauen zu retten. Ich bin sicher, die Jungs von den Feuerwachen hier werden mich in meinem Ansinnen unterstützen und ihre heilige Pflicht tun. Werden Sie das, Sirs? Werden Sie die Brände löschen?«
Mit einer großen Geste streckt er McCool die Hand entgegen, der immer noch breitbeinig auf seiner Feuerspritze steht. Er hat seine heroische Pose jetzt eingebüßt: Sein ganzer Körper ist vor Konzentration wie verkrampft, er hat die Schultern gebeugt, der vorzeitig verschrumpelte Kopf ist fast auf die Brust hinabgesunken. McCool zögert, dann nickt er einmal bedächtig und hebt die Hände wie ein Bischof, der seine Gemeinde segnet.
»Also gut, Jungs!«, ruft Finn und greift Kennedys Argument auf: »Wir haben getan, wozu wir hergekommen sind. Lasst uns diese Feuer löschen!«
Die Menge jubelt ihm zu, selbst die Männer, die eben noch die Brände gelegt haben. Für einen Moment sieht es so aus, als könne die Ordnung wiederhergestellt werden. Die Feuerwehrmänner eilen zu ihren Spritzen zurück und schließen ihre Schläuche an den grünen Croton-Hydranten an. Sie bearbeiten die großen Pumpschwengel, um den Druck aufzubauen – bereit, ihre Pflicht zu tun und die Feuer jetzt zu löschen.
Das ist der Moment, da der tatsächliche Anführer des Mobs einschreitet. Dieser merkwürdige, grauhaarige Vagabund aus dem Park, der immer noch das Schild mit der Aufschrift KEINE EINBERUFUNG um den Hals trägt. Ich habe ihn nicht mehr gesehen seit seinem großen Auftritt, als er sich dem New-Haven-Express in den Weg gestellt und eine Fensterscheibe zertrümmert hat.
Jetzt fällt er mir wieder ins Auge. Wie aus dem Boden gestampft

steht er plötzlich vor dem Superintendent. Die Augen so scharf und schlau wie die einer Ratte. Ehe irgendwer ihn aufhalten oder auch nur ein Wort sagen kann, verpasst er Kennedy einen furchtbaren Fausthieb an den Kopf. Kennedy versucht auszuweichen und den Schlag mit seinem Spazierstock abzufangen. Doch der Vagabund ist stark und unnatürlich schnell. Er packt den dünnen Rattanstock und zerbricht ihn wie einen Zweig – dann macht er einen Schritt zurück und schlägt den Superintendent erneut, diesmal mit dem ganzen Unterarm, und Kennedy geht besinnungslos zu Boden.

Mehr braucht es nicht. Der uniformierte Polizist an Kennedys Seite zieht seinen Schlagstock, um seinen Vorgesetzten zu verteidigen – doch ein weiterer riesenhafter Ire rennt von hinten an ihn heran und zieht ihm mit einem Zaunpfahl eins über den Schädel. Er schickt ihn gleich neben Kennedy zu Boden und fängt an, ihm die Uniform vom Leib zu reißen, während er ihn anbrüllt: »Du Hurensohn! Jetzt hab ich dich, und jetzt mach ich dich fertig!«

Die Menge nimmt den Ruf auf, schließt den Kreis um sie und prügelt auch auf Kennedys Büroangestellten ein. Irgendwie gelingt es Kennedy, wieder auf die Füße zu kommen. Er fängt an zu laufen, torkelt die Straße entlang – der Mob ist ihm dicht auf den Fersen. Jagt den obersten Polizeioffizier der Stadt durch die Straßen, schlägt mit Knüppeln und Fäusten auf ihn ein, wann immer er in Reichweite ist.

Kennedy reißt sich wiederum los und läuft um sein Leben. Eagan und ich folgen ihnen hilflos und überlegen fieberhaft, was wir tun können. Der Mob, der Kennedy verfolgt, knurrt und bellt wie eine Hundemeute.

»Kommt schon, Jungs! Haltet zusammen, und wir können es mit der ganzen verdammten Polizei dieser Stadt aufnehmen!«

»Macht den Hurensohn fertig!«

Einer drischt mit irgendeinem Knüppel auf Kennedy ein, sodass der in eine Baugrube stürzt. Kopfüber schlittert er durch den gelben Morast, und ich fürchte, es ist sein Ende. Doch er kommt sofort

wieder auf die Beine und versucht verzweifelt, auf der anderen Seite aus der Grube herauszuklettern, die die Menge in großer Hast umrundet, um ihn zu erwischen.
Wir laufen mit, Eagan und ich, bemüht, Kennedy vor dem Mob zu erreichen. Um dann was zu tun? Ich stecke die Hand in die Tasche, doch dann fällt mir wieder ein, dass ich den großen Colt-Revolver, den Raymond mir überlassen hat, Maddy gegeben habe.
Gegen eine solche Menge würde er ohnehin nicht viel ausrichten. Flucht ist die einzige Hoffnung, und Kennedy ist schon aus der Grube geklettert und rennt weiter, wird aber deutlich langsamer. Ich sehe sein Gesicht, als er auf uns zugelaufen kommt – hoch rot und erschöpft, den Mund vor Anstrengung geöffnet. Sein Kopf und der feine Anzug sind von seinem eigenen Blut besudelt, vom gelben Schlamm der Baugrube – als bedecke ihn schon die Erde des Grabes.
Ich brülle ihm zu, sich zu beeilen, als wüsste er nicht selbst ganz genau, in welcher Gefahr er schwebt. Eagan an meiner Seite brüllt auch und sieht sich nach Kennedys niedergeschlagener Wache und der Kutsche um. Gott allein weiß, was aus uns wird, wenn der Mob uns bemerkt. Aber sie sind gänzlich auf ihr Opfer fixiert, und jetzt haben sie ihn. Während er schon flehend die Arme nach uns ausstreckt, versetzt ihm der Kerl mit dem Knüppel einen letzten, dröhnenden Schlag auf den Hinterkopf.
Die Wucht schleudert ihn vorwärts, geradewegs in Eagans Arme. Der hält ihn, während der Mob herandrängt, die Augen vor Erregung weit aufgerissen. Sie fragen sich wohl, ob sie es wirklich getan, den Superintendent der Polizei auf der Straße erschlagen haben. Eagan dreht Kennedy um, sodass dessen Gesicht dem Mob zugewandt ist. Er tastet nach seinem Puls – dann schaut er mit einem Ausdruck des Schreckens und Entsetzens auf und lässt Kennedy langsam zu Boden gleiten.
»Er ist tot, Jungs«, erklärt Eagan nahezu flüsternd. Er weicht keinen Schritt zurück, als der irische Goliath und seine Freunde näher rücken.
»Ihr habt’s geschafft. Es ist vorbei.«

Der Mob zögert ob dieser Neuigkeit. Selbst sie in ihrem blindwütigen Zorn erkennen, dass dies Folgen haben wird.

»Jesus, jetzt hetzen sie die Armee auf uns.«

»Lasst uns hier nicht rumstehen und drauf warten …«

Sie weichen zurück, ihr Durst nach Blut ist vorerst gestillt.

Ich trete zu Eagan, der sich schützend über den Leichnam gebeugt hat.

»Ich habe nie einen lebendigeren Mann gesehen als ihn gestern Abend …«

»Halten Sie den Mund. Er ist nicht tot«, wispert Eagan.

»Was?«

»Er lebt noch, der verfluchte Narr. Holen Sie seinen Wagen!«

Aus irgendeinem Grunde hat der Mob das Pferd nicht in die Flucht getrieben, sodass ich die Kutsche zur Lexington Avenue bringen kann. Bis ich dort ankomme, sind auch Kennedys Polizist und sein Angestellter zu uns gestoßen, beide blutüberströmt und ihrer Kleidung bis auf die Unterwäsche beraubt. Zusammen schaffen wir es, Kennedy in den Fond zu bugsieren, bedecken ihn mit Jutesäcken von der Baustelle und bringen ihn ins Hauptquartier.

»Sie sollten mitkommen«, rät Eagan mir, ehe er das Pferd antreibt.

Natürlich hat er Recht. Ich sollte nach Downtown zurückkehren und mich im *Tribune* in Sicherheit bringen. Vor allem sollte ich zu Maddy gehen und sie überreden, mit mir zu kommen.

Aber ich tue nichts von alledem. Ich habe meine Pflicht, meine Berufung. Das war es, was ich Vater Knapp erfolglos zu erklären versucht habe. *Meine Aufgabe ist es, zu beobachten und zu berichten.*

Mein ganzes Leben habe ich mich zu sehr gefürchtet – vor meiner eigenen Unzulänglichkeit, vor der Stadt um mich herum –, um je wirklich hinaus auf die Straße zu gehen und das Leben zu sehen, wie es ist. Zu sehen, was mich zurückhält, was verhindert, dass mein Schreiben je mehr ist als Gekritzel auf einem Blatt Papier.

Und hier ist meine Chance, die mir plötzlich und ohne eigenes Zutun in den Schoß gefallen ist. Der Einsturz auf der Baustelle am alten De-Peyster-Gelände heute früh hat mir die perfekte Verkleidung beschert. Jetzt kann ich mich unter sie mischen, diese wilden

Iren, diese Mobs, selbst am Höhepunkt ihrer Raserei – doch ungesehen und unerkannt.
Diese Chance ist einfach zu gut, um sie zu verpassen. Maddy kann warten, der Mob ist noch weit von ihr entfernt in Uptown. Ich habe Zeit, reichlich Zeit, zu beobachten und zu berichten. Ich eile zurück zum Einberufungsbüro und dem Mob. Der ganze Block steht jetzt in Flammen, und dicker Qualm quillt mir entgegen, als ich näher komme.

26 Ruth

Als sie zurückkam, hatte Milton seine Geschwister inzwischen angezogen und um den Frühstückstisch gesetzt. Er ging von einem zum anderen, brachten ihnen ihre Teller und kümmerte sich um sie – so schnell und geschickt in seinen Bewegungen, wie sein Vater es bei der Ausübung seines Handwerks gewesen sein musste, dachte sie.

Ich hätte ihn gern einmal ein Schiff bauen sehen. Ich habe nie gesehen, wie er eins gemacht hat …

Sie hielt inne, gestattete sich nicht, weiter darüber nachzudenken, so als würde sie Billy nie wiedersehen. Stattdessen lächelte sie Milton zu – ihrem guten Jungen – und machte das Frühstück. Wieder Porridge und Milch, und die Kleinen beklagten sich, aber sie hatten nichts anderes mehr im Haus.

»Ich will nicht!«

»Ich auch nicht!«

Vie und Mana wechselten sich ab, ihre Augen groß und voller Tränen.

»Ihr esst das. Wir können froh sein, dass wir überhaupt etwas haben …«

An jedem anderen Tag hätte sie vielleicht versucht, es ihnen schmackhaft zu machen. Mit einem kleinen Spiel oder einer Gruselgeschichte, an die sie sich aus ihrer Kindheit erinnerte.

Wie seltsam, wie seltsam, irgendetwas nicht essen zu wollen, das man vorgesetzt bekommt.

Ihr fiel es immer noch schwer, die Lebensmittel nicht zu essen, die man auf der Straße fand. Kartoffeln, Rüben und Zwiebeln, Äpfel

und sogar Bratenstücke fielen von den Fuhrwerken. Als sie das zum ersten Mal gesehen hatte, wusste sie, dass sie trotz all ihrer Sünden in den Himmel gekommen war.
Doch jetzt war es unmöglich, den Kindern etwas anderes zu besorgen, selbst wenn sie das Haus hätte verlassen können. Man bekam auf dem Markt keinen Kaffee für weniger als fünfzig Cent das Pfund, Zucker kostete wenigstens zwanzig. Und selbst zu den Preisen war das, was sie bekam, nie von besonders guter Qualität. Sägemehl war in den Kaffee gemischt, Sand in den Zucker, Mennige war im Pfeffer und Waid im Tee.
»Gibt's denn gar nichts anderes? Überhaupt nichts anderes?«
Sie verzogen die Gesichter, als sie die Milch schmeckten, und Ruth ergriff die Dose, die sie am Tag zuvor ergattert hatte. Sie hatte die eingestanzten Worte REINE ORANGE-COUNTY-MILCH so gerade entziffern können.
Sie ließ einen Tropfen in ihre Handfläche fallen und leckte ihn auf. Die Milch war Ekel erregend, hatte eine bläulich weiße Farbe und schmeckte nach Kreide und Magnesium. Sie bezweifelte, dass die Kuh sich jemals auch nur in der Nähe von Orange County aufgehalten hatte. Vermutlich war es ein erbärmliches, lahmes, schwindsüchtiges Vieh, das seine Tage in einem dunklen Stall in irgendeiner Brauerei in Williamsburg fristete und von Mulch lebte.
»Nein, wir haben nichts anderes. Ihr könnt es essen, oder ihr müsst hungern«, sagte Milton an ihrer Stelle, weil Ruth immer noch in Gedanken versunken war. Er schaute so streng auf seine kleinen Schwestern hinab, dass sie zu kichern anfingen.
Ruth lächelte ebenfalls. *Ihre beiden kleinen Mädchen.* Sie hatte sich gefreut, sie zu bekommen, damit sie nicht länger die einzige Frau in einem Haushalt voller Männer war. Sie hatten hellere Haut als Milton, doch ähnelten sie Ruth weniger als Ruths Mutter. Das war Pech. Aber zumindest hatten sie auch etwas von ihrem Vater in sich: seine ausgeprägten, strengen Züge, ernste, intelligente braune Augen.
Manchmal kam es ihr vor, als fühle sie Billys nachdenklichen Blick durch diese Augen. Dieser ernste Blick, mit dem er sie betrachtete,

sie abschätzte, wie er es mit allen Dingen tat: ein Stück Holz, einen Menschen, das Essen auf dem Tisch vor ihm. Es war der Blick eines Mannes, der einmal gesprungen war, ohne hinzuschauen, und heute vorsichtiger war. Er fasste nicht so leicht Vertrauen, aber man sah auch Nachsicht in diesem Blick. Die Traurigkeit und die Güte, an die sie sich immer geklammert hatte in der Hoffnung, es sei genug.

Wo war er jetzt?

Wo war ihr Mann? Es wurde zu spät, wusste sie, selbst zu spät dafür, zu den Fähren aufzubrechen, jetzt mit all diesen Männern auf den Straßen. Sie fragte sich, ob sie trotzdem gehen sollten – aber sie sorgte sich mehr darum, dass er jetzt vielleicht irgendwo niedergeschlagen und blutend in einer dunklen Gasse lag. Oder Schlimmeres.

Nein, nicht Billy. Billy war zu schlau. Sicher war er irgendwo in Deckung gegangen. Ihn würden sie nicht auf offener Straße erwischen.

Aber selbst wenn er jetzt gleich mit seinem Lohn in der Tasche durch die Tür käme, wüsste sie nicht, wovon sie leben sollten draußen auf der Straße mit fünf Kindern, weit weg von all ihren Freunden und Nachbarn. Allein von hier aufzubrechen und sich auf den Weg nach Neuengland oder Pennsylvania zu machen würde alles aufzehren, was sie hatten.

Aber wir können hier nicht bleiben. Sie versuchte, sich damit abzufinden, und führte sich wieder vor Augen, dass dies hier nicht Irland war, kein verhungerndes Land. Hier gab es endlose Meilen von Farmland, Felder voller Weizen und Mais und Städte wie diese hier.

Aber welche Gnade konnte sie erhoffen? Eine Niggerfamilie – schwarze Nigger, grüne Nigger –, die mitten im Krieg von Tür zu Tür ging?

Neun Uhr.

Die Kinder aßen, so viel sie herunterbrachten vom Porridge und der Brauereimilch und quengelten dann, weil sie nach draußen wollten. An normalen Tagen waren die Straßen und Hinterhöfe um

diese Tageszeit von ihren Freunden bevölkert, die schreiend und lärmend Haschen spielten.
Doch heute würde sie sie drinnen halten – hätte sie am liebsten an ihre Schürzenbänder gefesselt. Milton kümmerte sich um sie. Er brachte sie zurück ins Kinderzimmer und erfand aus dem Nichts Spiele, um sie zu unterhalten, und sie war ihm dankbar, vermisste aber ihren Radau, der draußen an- und abschwoll wie das Meeresrauschen in Moher. Das Schlaflied der Wellen …
Sie stand oben auf der Klippe im Gras mit ihren Geschwistern, den anderen Kindern und ihren Müttern. Schweigend warteten sie auf die Männer, ließen die Gelegenheit zu schwatzen ungenutzt. Wie gebannt vom Rauschen der Wellen. Und schließlich kam das Seegras, so verblüffend schwer, glitschig wie Aale. Die Männer schütteten es aus den Körben, die sie auf dem Rücken trugen. Die Kinder sortierten es – so schlüpfrig, und das Meersalz und der Sand brannten ihnen in den Augen. Ihre Mütter rollten es zusammen und bündelten es mit Flachs. So wurde es auf die Felder gebracht und unter die dünne, ausgelaugte Krume gepflügt. Und aus der Saat dieser langen, fischigen Halme sollten die Kartoffeln wachsen, sollten sie wachsen, das Kartoffelvolk …
»Nein, nein, nein!«
»Doch, so sind die Spielregeln!«
Sie hörte die Kinder jetzt im Schlafzimmer krakeelen, einhellig protestierten sie gegen irgendeine Entscheidung ihres großen Bruders. Doch Milton überstimmte sie unbeirrbar. Sie musste lächeln, als sie das hörte. Er kannte die Regeln.
Die Straße war immer noch wie ausgestorben. Auch die Frauen waren jetzt in den Häusern. Mit ihren Männern, oder sie warteten auf sie. Selbst ihre Wäsche hatten sie hereingeholt, die zuvor schlaff und im Zickzackmuster auf den Leinen im Hinterhof gehangen hatte wie gefallene Flaggen.
Wo war Billy?
An den meisten anderen Tagen hätte sie sich um diese Zeit auf den Weg zu den Deutschen in der Lumpensammlerkolonie gemacht. Es war eine Ansammlung windschiefer Holzschuppen in den unbe-

bauten Blocks zwischen dem Central Park und Jones's Wood. Und überall dort – in den Höfen, unter den Türstürzen, zwischen den Ofenrohrkaminen – waren Leinen gespannt, an denen Lumpen trockneten und Körbe voller Knochen. Die Schuppen selbst waren voll gestopft mit jedem nur denkbaren Abfall, den die gebeugten, alten deutschen Ladys ergattern konnten: Porzellanscherben oder beinamputierte Stühle, kleine Fetzen bunter Bänder und Stoffe. Stücke von gestanztem Blech und zerbrochene Lampen, Eimer voll Asche und ausgebrannter Kohlestückchen.

Einfach alles, was sie finden konnten und was man mit viel Fantasie und Klebstoff in ein Spielzeug verwandeln konnte, eine Puppe. Nur gerade so viel Platz am Boden war freigeblieben, dass die beiden alten Frauen, Mrs. Krane und Mrs. Müschen, ihre schmalen Betten dort aufschlagen konnten. Ruth arbeitete dort jeden Tag, bis ihre Finger schmerzten. Wickelte und heftete Stoffstücke um alte Hammelknochen, polierte und wienerte, schnitt und nähte. Bastelte hübsche Stoffpuppen mit feinen Kleidchen. Es brachte vier Dollar die Woche, aber sie hatte schon schlimmere Jobs gehabt. Wenigstens störte es die deutschen Ladys nicht, wenn sie ihre Kinder mitbrachte, die dann inmitten der Lumpenberge saßen und spielten. Und sie ließen sie mit den anderen Frauen schwatzen, wenn sie zusammen am Herd saßen und arbeiteten, die Köpfe über die leuchtenden und übel riechenden Materialien in ihren Schürzen gebeugt.

Manchmal bot sich auch die Gelegenheit, eine fertige Puppe in ihrer Tasche verschwinden zu lassen. Sie nahm nur die schönsten Stücke mit – die hübschen kleinen Kammerzofen etwa, die sie aus den besten Filzstücken und den glänzendsten Knochen machte, welche sie zuvor verstohlen in ihren Materialvorrat geschmuggelt hatte. Mit Kohlestückchen polierte sie sie, bis ihre Gesichter so schön und schwarz glänzten wie Billys Haut.

Sie musste allerdings vorsichtig sein. Sie wusste, dass die deutschen Ladys Mädchen schlugen, die etwas mitgehen ließen. Eifersüchtig hüteten sie selbst die kleinsten Stücke Abfall, die sie aus den Ascheeimern gerettet hatten. Den Augen hinter den großen, runden Brillengläsern entging nicht viel, und ohne Unterlass wachten sie über ihr Lumpenkönigreich. Nahe der Tür verwahrten sie ihre soliden Stöcke in einem alten Schirmständer – immer bereit, die Meuten aufgebrachter Irinnen zurückzuschlagen, die in schlechten Zeiten herkamen und verlangten, sie sollten alle Farbigen hinauswerfen.

Hauptsächlich, damit sie uns allen weniger zahlen können, wusste Ruth. Während dieser Keilereien versteckte sie sich mit den anderen ganz hinten im Schuppen. Die farbigen Frauen wollten ihre Gesichter nicht zeigen, denn sie wussten, dass allein ihr Anblick die Wut steigern würde. Ruth und die anderen Weißen verbargen sich ebenfalls, denn wenn entdeckt wurde, dass sie mit Farbigen zusammen in einer Werkstatt arbeiteten, würde das Vergeltung nach sich ziehen …

Doch es war der beste Job, den sie bekommen konnte, und sie wollte ihn auf keinen Fall verlieren, und sei es nur, weil er es ihr ermöglichte, Puppen für ihre Lieblinge zu machen, ihre Mädchen. Diese Puppen waren der ganze Stolz ihrer Töchter. Die Figuren mit den schwarzen Gesichtern – oder kaffeefarben, genau wie sie selbst, eine Farbe, die man erhielt, wenn man Holz mit altem Tabak einrieb. Anders als jede Puppe, die die anderen Kinder in Paradise Alley besaßen …

Es war auch Ruths ganzer Stolz. Allein das Wissen, dass sie sie herstellen konnte – dass sie sie gar an die großen Läden verkaufen könnte. Dass sie das Geld verdienen konnte, all die fünfundzwanzig Cents-Münzen, die Mrs. Müschen ihr jeden Freitag in die Hand zählte. Zu wissen, dass sie etwas zum Unterhalt ihrer Familie beitrug. Dass sie nicht nutzlos war …

Sie hörte die Kirchenglocke und wandte den Kopf, für den Moment vom Spiel der Kinder abgelenkt.

Zehn Uhr – und wo war Billy?

27
Billy Dove

Er brach gern früh am Morgen zur Arbeit auf. Im Sommer war es kühler, und es waren weniger weiße Leute auf der Straße. An manchen Tagen konnte er den ganzen Weg zum Waisenhaus zurücklegen, ohne ein einziges Mal etwas zu hören, das ihn verleiten wollte, sich umzuwenden und die Hand an sein Messer zu legen. Manchmal konnte er den ganzen Weg gehen, ohne Nigger genannt zu werden.

Sie nannten ihn Billy Dove – Billy, die Taube –, weil er so viele Reisen gemacht hatte, aber er war immer zurückgekehrt. *My Billy Dove, one day you will sail off and go far away from me.* Er war nach London gesegelt und nach Le Havre, nach Barcelona und Marseille und zum Goldenen Horn. Doch er war immer zurückgekehrt.

Es waren über drei Meilen von Paradise Alley bis zum Waisenhaus an der 43. und Fifth Avenue, und meistens schaffte er es in einer Stunde. Er brach vor Sonnenaufgang auf und ging zügig in diesem breiten, schwankenden Seemannsschritt, den er selbst nach all den Jahren an Land noch nicht abgelegt hatte. Früh am Morgen erhaschte er manchmal einen Hauch von der Welt außerhalb dieser Stadt, ein plötzlicher Duft von Bäumen oder Gras – oder der See –, der von irgendwoher angeweht kam. Genug, jedenfalls an warmen Tagen, um ihn an Charleston zu erinnern – den Duft der roten Kamelien und Azaleenblüten unten an den Kais am Cooper.

Nicht jedoch heute. Das sah er, sobald er den Broadway erreichte. Die Straßen waren voller Männer – unüblich für diese Stunde an

einem Montagmorgen. Viele sahen so aus, als seien sie seit gestern Abend überhaupt nicht zu Hause gewesen. Prahlend und lärmend taumelten sie die Straßen entlang, die Augen gelblich trüb vom Alkohol.
»Muss die Hitze sein. Bei Hitze kommt immer das Ungeziefer heraus«, murmelte er.
Er dachte an die Kakerlaken, die bei dieser Hitze aus jedem Loch und jeder Ritze in ihrem Haus gekrochen kamen, ganz gleich, wie viele er oder Ruth oder die Kinder mit ihren nackten Füßen zertraten oder mit dem Reisigbesen erschlugen.
Das ist es, was ich euch zu bieten habe, ein Leben unter Kakerlaken.
Eine erdrückende, gelbe Hitzewolke hatte sich bereits auf die Stadt herabgesenkt. Manchmal lastete die Hitze hier auf dieser Stadt schlimmer als in Charleston. *Schlimmer gar als an der Küste von Guinea …*
Er schwitzte fürchterlich. Der Schweiß rann unter dem formlosen, breitkrempigen Hut hervor und juckte ihn unter dem Sackleinenhemd. Er versuchte den torkelnden weißen Männern auszuweichen, ihrer Aufmerksamkeit um jeden Preis zu entgehen. Doch noch ehe er die 14. Straße erreicht hatte, war er schon ein Dutzend Mal vom Gehweg gestoßen worden. Die grinsenden, abscheulichen Fratzen kamen seinem Gesicht ganz nah.
»Runter mit dir, Nigger!«
»He, du Stück Schmuggelware! Wieso meinst du eigentlich, du könntest hierher kommen aus dem Süden und einem weißen Mann den Job wegnehmen?«
Er wandte sich hastig ab, sagte nichts, ließ die schwankenden Gestalten hinter sich. Noch war es ihnen nicht ernst, jedenfalls noch nicht ganz. Die ganze Nacht aufgeblieben und getrunken an einem Sonntag. Irgendetwas war im Gange, erkannte er – und er beschleunigte seine Schritte, nur noch darauf bedacht, das Waisenhaus zu erreichen, sein Geld zu bekommen und zurückzugehen.
»Wir sollten längst weg sein«, sagte er sich. »Wir hätten schon vor langer Zeit gehen sollen …«
Er schämte sich bei der Erinnerung daran, wie er Ruth wider-

sprochen hatte, als sie gestern Nachmittag genau das Gleiche gesagt hatte. Nachdem sie erfahren hatten, dass Johnny Dolan wieder in der Stadt war.

Wohin gehen? Und zu welchem Zweck? Nur um von ihm dort aufgespürt, wie ein verwundetes Tier in die Enge getrieben zu werden. Nein, es war richtig gewesen zu bleiben. Wenigstens solange sie in Seneca Village hatten leben können, ehe man sie von dort vertrieben hatte und sie hierher in den Vierten Bezirk gezogen waren. Dort hatten sie ein Heim gehabt, Freunde, ein ganzes Dorf um sich herum, das sie vor den Sklavenjägern und allem anderen schützte. Damals hatte er immer noch die Hoffnung gehegt, dass er irgendwo auf einer Werft eine Anstellung finden würde.

Und danach, nachdem das ganze Dorf über Nacht eingerissen und untergepflügt worden war, sodass nicht einmal mehr eine Holzlatte hervorragte, um davon zu künden, danach war er es müde gewesen, immer davonzurennen, und hatte auch nicht mehr gewusst, welche Richtung er einschlagen sollte.

Sie nannten ihn Billy Dove, weil er so viele Reisen gemacht hatte, aber er war immer zurückgekehrt. Bis eines Tages …

Er ging jetzt, so schnell er konnte, lief beinahe, als er die Fifth Avenue überquerte. Am liebsten wäre er gerannt, aber er wusste, der Anblick eines rennenden schwarzen Mannes lockte immer einen Polizisten, dann eine ganze Meute an, die die Verfolgung aufnahmen. Bestenfalls würden sie ihn packen, schlagen und ins Gefängnis stecken, ehe er auch nur ein Wort der Erklärung vorbringen konnte – bestenfalls. Natürlich gab es Straßenbahnen und Omnibusse, aber als Schwarzer war ihm der Zutritt zu den meisten Linien verwehrt, und außerdem quollen sie heute Morgen über von Männern und Gangstern, die auf Streit aus waren.

Genau in diesem Moment fuhr einer der gelben Omnibusse an ihm vorbei, und eine Flasche flog heraus. Sie verfehlte ihn knapp, zerschellte auf dem Bordstein, und der essigscharfe Whiskey spritzte auf seine Schuhe. Grölendes Gelächter hallte die Straße entlang, doch er ging weiter. Den Kopf gesenkt, die Hände in den Taschen.

Er bog um die nächste Ecke, nur für den Fall, dass sie von seiner ausbleibenden Reaktion enttäuscht waren und beschlossen, vom Wagen zu springen und ihm zu folgen …
»Eine Stunde«, sagte er sich wieder.
Eine Stunde bis zum Waisenhaus mit all den kleinen Jungen in den schlichten, dicken Wollhemden und -hosen. Und die Mädchen schwirrten umher wie Schmetterlinge in ihren langen Röcken und gesteppten Chinesenjacken. Er musste immer lächeln, wenn er an sie dachte. Mit schwermütigen und ernsten Gesichtern trieben sie ihre Reifen im schieferblau gepflasterten Innenhof umher, der von einem hohen Zaun geschützt war.
Es war kein schlechter Ort – die Kleider warm, die Betten sauber, das Essen oft besser als das, was er seinen eigenen Kindern daheim bieten konnte. Das Haus war im Winter ordentlich beheizt und das ganze Jahr über blitzsauber. Die alten weißen Damen, die es leiteten, waren sehr streng, aber gütig. Es gab Zeit zum Spielen und Schulunterricht, und die Kinder lernten eine Arbeit, die sie ernähren konnte, wenn sie das Heim verließen.
Und doch waren die Gesichter der Kinder immer so ernst. Sie wussten ganz genau, wo sie sich befanden. Die meisten von ihnen waren nicht wirklich Waisenkinder, was die Sache umso schlimmer machte. Sie warteten und fragten sich immerzu, wann sie wieder nach Hause durften.

Eine Stunde für jede Strecke. Vielleicht. Ein paar Minuten Reden und Verhandeln um seinen Lohn dazwischen. Er überlegte kurz, ob er den alten Damen sagen sollte, dass er fortging.
Nein. Das hat keinen Sinn. Die ernsten, aufrechten, grauhaarigen Frauen mochten das zum Anlass nehmen, sein Geld zurückzuhalten, um seine Rückkehr zu gewährleisten. Bei den Weißen wusste man nie. Besser, er erzählte etwas von einem Krankheitsfall in der Familie und versprach, vor Mittag zurückzukommen. Er war sicher, dass er dafür verzweifelt und gequält genug aussehen konnte.
Also zwei Stunden hin und zurück, höchstens zweieinhalb. Dann mussten sie nur noch packen und gehen. Ruth würde alles bereit

haben, wusste er, in solchen Dingen konnte er sich auf sie verlassen. Natürlich, selbst dann würden sie eine weitere halbe Stunde brauchen, vielleicht auch eine ganze, um die Fähre in Fulton oder an der Desbrosses Street zu erreichen. Und dann über einen der breiten, gemächlichen Flüsse, die diese höllische Insel umschlossen.

Sie konnten von Glück sagen, wenn sie zur Mittagsstunde aus der Stadt waren. Wenn die Lage bis dahin nicht aus dem Ruder gelaufen war.

Heute versagte er sich den Umweg über die Hafenanlagen an der East Side, den er so gern machte, wenn es früh war und er genug Zeit hatte. Nicht, dass es je zu etwas anderem diente, als sich selbst zu quälen. Er ging gern an den großen Werften dort vorbei: Smith & Dimon's, Brown & Bell's, Jacob Westervelt's und William Webb. Und er sah den Männern zu, die dort an den schnittigen China-Klippern arbeiteten, den Dampfern, den Kriegsschiffen und den eisenummantelten Panzerschiffen, die so schwerfällig aussahen, dass man sich nicht vorstellen konnte, wie sie sich je über Wasser halten sollten. Er beobachtete die Schiffsbauer an ihren Drehbänken, beim Anpassen und Kalfatern der Planken. Helle Eiche und Fichte aus den Wäldern im Norden des Staates, Robinie aus Long Island, Kastanie aus Neuengland, immergrüne Eiche und Pechkiefer aus Georgia. Er beobachtete auch die Segelmacher und Seiler, die Zimmerleute und Schmiede, die an Panzerungen und Kesseln herumhämmerten – das ganze Treiben in den Werften, wo alle geschäftig wie Ameisen ihren vielen verschiedenen Aufgaben nachgingen, bis er es nicht mehr aushielt und weiterging.

Meine Schwäche. Ich muss mich vor meiner Schwäche in Acht nehmen.

Er wusste, wenn er nur in die Nähe einer Hafenkneipe kam, dann würde er unwiderstehlich angezogen, und alles konnte passieren. Und er wusste auch, wenn er mit gesenktem Kopf an den Werften entlangging und über die schönen neuen Schiffe und sein Los nachgrübelte, konnte es passieren, dass ihm jemand einen Aal vor die Füße warf. Und dann würde er aufblicken und die bleichen, grinsenden, erwartungsvollen weißen Gesichter sehen …

Sie nannten ihn Billy Dove wegen all der fremden Orte, die er gesehen hatte, aber er war immer zurückgekommen. Sein Herr hatte ihm als Beweis seiner Zuneigung diesen Namen gegeben, als er ihn zum ersten Mal als Schiffszimmermann vermietet hatte.

»Mein Billy Dove«, pflegte er zu sagen, ein wenig traurig, ein wenig theatralisch, wenn er ein paar Gläser getrunken hatte. »Eines Tages wirst du davonsegeln und mich verlassen.«

Er war nach London gesegelt und nach Le Havre, nach Barcelona und Marseille und durch die ganze Ägäis bis zum Goldenen Horn. Aber er war immer zurückgekehrt zu der Landzunge, wo der Cooper und der Ashley sich trafen und in den Atlantischen Ozean ergossen. Er war immer nach Charleston zurückgekehrt.

Er sah keinen Grund, warum er das nicht hätte tun sollen. Er war sich seiner selbst sicher und verstand sich auf die Arbeit, die er zwischen den Seereisen in der kleinen Werft am Cooper leistete. Und noch hatte er den Hafen nicht gefunden, wo ein schwarzer Mann sich heimischer hätte fühlen können. Er war sogar einigermaßen sicher, dass sein Herr ihm die Möglichkeit gegeben hätte, sich freizukaufen, wenn er wollte, denn er war dankbar für all das Geld, das Billy für ihn verdient hatte.

Doch wenn er darüber nachdachte, fand er die Vorstellung gar zu abstoßend, Geld für seine Freiheit zu bezahlen – sein eigenes Selbst zu kaufen. Er hatte begonnen, über viele Dinge nachzudenken. Die endlosen Reihen von Männern und Frauen in Fußketten, die über den alten Sklavenmarkt schlurften. Das leere Grundstück an der Meeting Street, wo die Emmanuel-Kirche gestanden hatte. Die schwere Stille der Stadt selbst, die Luftnelken, die überall hingen wie Rauch und eine namenlose Bedrohung zu verbergen schienen.

Ihm war aufgefallen, dass jede Arbeit, die auch nur den geringsten Wert hatte, von vermieteten Sklaven oder befreiten Schwarzen getan wurde. Sie waren es, die die Pferde in der Hufschmiede beschlugen, die neue Räder an die Kutschen montierten. Sie schliffen die Muster ins Glas an den Veranden der feinen Häuser am North Market und der Wentworth Street, ziselierten das Silber und Messing in ihren Speisezimmern, schnitzten die Möbel für ihre

Salons. Sie nähten die weißen Segel oder planten und zimmerten die Schiffsrümpfe, wie er es Tag für Tag in der Werft tat.
Er wusste, dass er sich die Freiheit erkaufen und so wie die anderen Freigelassenen in einem kleinen Haus oben am Neck leben konnte. Dass er genug Geld sparen konnte, um sich eine Uhr, eine Weste und eine Frau zu kaufen – selbst eigene schwarze Sklaven, wenn er wollte.
Aber nachts ging er manchmal zum Gefängnis, setzte sich unter das Fenster und lauschte den traurigen Liedern der schwarzen Insassen. Und oft kam er an der Stelle vorbei, wo die Emmanuel-Kirche gestanden hatte, ehe ein weißer Mob sie vor dreißig Jahren während des Denmark-Vesey-Aufstandes niedergebrannt hatte. Vesey war ein befreiter Sklave gewesen und ein Seemann so wie er, aber man hatte ihn im Gefängnishof aufgehängt und die Kirche, in der er zu beten pflegte, niedergebrannt. Jetzt stand dort nichts als ein Dschungel aus Kamelien, gelben Magnolien und Azaleen.
Er konnte ihm nicht trauen. Alles wuchs gar zu schnell hier – das unablässige Wachsen und Verrotten, die ständige Regeneration verdeckten alles, was zuvor da gewesen war. Und nach einer Weile täuschten sie einen, sodass man nicht mehr sah, wie die Dinge heute und seit jeher gewesen waren.

Von da an hatte er keine Gelegenheit verstreichen lassen, etwas aus der Werft zu stibitzen: ein Stück Holz, einen Pfriem. Eine Drechselbank, einen Hammer. Er erzählte den anderen Sklaven, er lasse diese Sachen mitgehen, um sie in der Ropemaker's Lane zu versilbern, damit er Haarschleifen für seine Liebste kaufen könne, und sie ließen ihn gewähren, solange die Aufseher ihnen nicht die Schuld gaben.
In jeder freien Minute arbeitete er an seinem Boot, das er unter einer Plane in einem entlegenen Winkel der Werft versteckt hatte. Es war gerade groß genug, um einen Mann zu tragen, aber er baute es, wie man es ihn gelehrt hatte: stark und geschmeidig genug, um auf dem offenen Meer zu bestehen. Als Mast plante er eine junge Fichte aus den nördlichen Wäldern zu nehmen, sodass er biegsam

genug war, um den Hurrikanen standzuhalten, die schon bald wieder von Süden heraufziehen würden. Die Segel nähte er aus Sackleinen, die Planken und Fugen fügte er so passgenau zusammen und kalfaterte sie, bis kein Haar mehr dazwischenpasste.

Und als er fertig war, als er glaubte, dass sein kleines Boot dem Meer würde standhalten können, ging er zu dem großen Haus mit der zweistöckigen Veranda, das der Mann, der sich sein Eigentümer nannte, an der East Bay Street besaß. Er setzte sich in die Küche, wo seine Mutter und Schwester arbeiteten. Aß die Kekse, die sie ihm zusteckten, und sah sie in ihren schlichten weißen Musselinkleidern und den gelben Kopftüchern umhereilen, während sie Schinken und Maisbrot in den großen Ziegelöfen buken. Und derweil sah er draußen im gepflasterten Hof die großen Palmetto-Palmen. Das Licht flackerte und schimmerte, während die Diener die Fenster öffneten, um die kühle Nachtluft hereinzulassen.

Kurz vor Sonnenaufgang würden sie wieder geschlossen, wusste er, um die Nachtkühle im Haus zu halten und die Tageshitze auszusperren. Aber bis dahin würde er längst wieder fort sein, auf dem Weg zurück zur Werft. Es war nicht nötig gewesen, sich zu verabschieden, Worte zu sprechen, die irgendwer hätte belauschen können. Die Frauen hatten gewusst, warum er gekommen war, hatten ihm ins Gesicht geblickt und seine Hand genommen. Für einen Augenblick hatten sie ihn festgehalten, dann gaben sie ihm noch ein paar Kekse, ein Stück vom salzigen Schinken. Danach war er zu den Docks hinuntergegangen und hatte das kleine Boot wie selbstverständlich auf den Fluss hinausgeschoben – sodass die anderen Arbeiter und die weißen Aufseher glaubten, Billy Dove sei lediglich im Begriff, ein neues Boot zu testen, so wie er es immer tat, ehe er es den Eigentümern übergab.

Nur an diesem Tag war er immer weiter gesegelt, die Hafeneinfahrt hinaus und vorbei an den großen Palmen an der Battery. Er passierte Fort Moultrie und die fünfeckige Zitadelle Fort Sumter, deren große schwarze Kanonen auf die See gerichtet waren. Er segelte an den Austernfischern, den Shrimpstrawlern und den Fischereischonern vorbei, bis zu den entlegensten Kais und noch weiter. Er beobachtete das blaue Meerwasser, das unter seinem Ruder dahinrauschte, und sah dann zurück auf den Hafen mit seinen Forts, seinen großen Bäumen und all den feinen rosa, weißen und grauen Häusern. Und er wusste, dass er sie nie wiedersehen, nie mehr am Bug eines Seglers stehen würde bei der Heimkehr von einer Seereise, stolz und glücklich und angefüllt mit neuen Geschichten.

Am ersten Tag segelte er bis zu den Sea Islands, wo er seine Wasservorräte auffüllen und sich im hohen Uferschilf der Sümpfe verbergen konnte, bis es dunkel wurde. Danach segelte er in nördlicher Richtung. Er brach nachts auf und orientierte sich am Mond und dem Polarstern, den am Sternenhimmel zu erkennen die Matrosen ihm beigebracht hatten. Er blieb in Küstennähe, denn er hatte keine Seekarten, tastete sich durch die vorgelagerten Inseln um Hatteras herum und durch Tidewater – die Küste Virginias – und aß so wenig wie möglich von den wenigen Orangen, die er mitgenommen hatte, von dem Käse und dem Brot. Er war nur darauf bedacht, schneller als die Hurrikane die Küste hinaufzukommen, ehe er wieder an Land gehen musste.

Doch es dauerte zu lange. Er musste sich vorsichtig vorantasten, selbst nachts, musste sich vor den Schnapsschmugglern und den Sklavenfängern in Acht nehmen, die ohne Licht fuhren und sicher nur zu gern einen jungen, begabten Ausreißer aufgegabelt und ihrem Fang hinzugefügt hätten. Nach einer Woche dachte er, es vielleicht weit genug nach Norden geschafft zu haben, aber sicher war er sich nicht. Er hatte von zu vielen Entflohenen gehört, die jahrelang geduldig geplant und gehortet hatten, dann diesem Stern und jenem Fluss gefolgt waren, bis sie sicher waren, Philadelphia erreicht zu haben, nur um dann irgendwo in der Wildnis zu landen und in einer Sklavenhändlerstadt wie Richmond, Baltimore oder Washington City geschnappt zu werden.

Nach einer weiteren Woche war sein Proviant aufgezehrt, und er hatte nur noch eine Tagesration Wasser in dem kleinen Kanister, den er auf den Sea Islands gefüllt hatte. Trotz all seiner Sorgfalt hatte das Boot zu lecken begonnen, aber er war immer noch zu ängstlich, um einen Hafen anzulaufen. Stattdessen machte er an den verlassensten Stränden und abgelegensten Flussmündungen Halt, die er finden konnte. Verschwendete kostbare Nächte damit, ins Landesinnere zu schleichen und auf irgendeiner Farm etwas zu stehlen. Hoffte, dass kein Hund ihn auf den Schafweiden, beim Hühnerhaus oder dem Schweinepferch oder im Kartoffelkeller witterte.

Er konnte es immer noch nicht riskieren, bei Tag zu segeln, also legte er den dünnen Fichtenmast um und verbarg sich in einer der zahlreichen seichten Buchten. Dort suchte er sich ein Versteck in einer Höhle oder unter der Wurzel eines abgestorbenen Baums und bedeckte sich mit welken Blättern und Ranken, ehe er einschlief. Als könne er sich in der Erde vergraben, sicher vor jedem umherstreunenden Jungen oder Hund. Und wenn er aufwachte, wusste er, dass er wie ein Teil des Waldes selbst aussah, wie ein Wesen, das halb Mensch, halb Geist war und aus der Erde gekrochen kam, bedeckt mit Blättern und Erde.

»Frei oder nicht frei«, murmelte er zusammengekauert am Boden vor sich hin und lauschte furchtsam, ob er irgendwen hörte, der sich so weit von den bewohnten Gegenden entfernt hatte. Und er fragte sich, was er tun würde, wenn es ein Mann wäre? Was, wenn eine Frau? Ein Kind?

Frei oder nicht frei?

Er war schließlich zu dem Schluss gekommen, dass sein Besitzrecht an seiner Person auch einschloss, dass er frei war zu ertrinken, wenn er sich dafür entschied. Schließlich war er wieder in See gestochen und dem Polarstern gefolgt. Er knotete sich ein Seil um einen Fußknöchel. Jetzt war er entschlossen, ganz gleich, wie schlimm Hunger oder Durst wurden, nicht mehr an Land zu gehen, bis er freien Boden erreicht hatte.

Anfangs blieb das Glück ihm hold, und er machte gute Fahrt. Doch dann eines Nachmittags fühlte er die ersten Vorboten der Hurrikane, nur ein sachtes Kitzeln im Nacken. Noch war es nicht mehr als eine Brise, gerade genug, um die Wedel der Palmetto-Palmen unten in Charleston rascheln zu lassen oder die ersten gefallenen Blätter von den gepflegten Rasenflächen der großen Häuser zu fegen. Dahinter spürte er jedoch eine größere Kraft, wie die Faust eines Mannes. Er hatte diese Stürme oft genug gesehen. Sie bildeten sich vor der afrikanischen Küste und nahmen immer mehr Schwung auf, während sie über den Atlantik und durch die Karibik fegten. Den ganzen Rest des Tages kehrte er ihnen den Rücken zu und floh. Er wagte nicht zurückzuschauen, aber er wusste, die Stürme waren dort, böig und launisch, so lebendig und eigensinnig wie er selbst. Stundenlang kreuzte er, so gut er konnte – sagte sich, dass er sich an diesem Morgen wenigstens nicht um die Sklavenfänger sorgen musste, da niemand außer ihm bei solchem Wetter auf See sein würde. Er wagte sich gar näher an die Küste, als die Winde es notwendig machten – manchmal nahe genug, um die kleinen Städte mit den weißen Kirchtürmen und roten Ziegelhäusern oder die Männer auf den Feldern zu sehen. Noch wäre es ein Leichtes gewesen, an Land zu gehen. Sein Boot an die Küste zu steuern und einfach zu diesen Menschen zu gehen. Mit seinem eigenen Geld für ein Dach über dem Kopf, für Nahrung und Wärme zu bezahlen. Doch er konnte nicht. Nirgendwo in diesem Land gab es Schutz für ihn, also steuerte er sein Boot wieder hinaus unter die dräuenden Wolken, die ihn inzwischen überholt hatten.

Zuerst kam der Regen. Er fiel in dichten, erstickenden Vorhängen und drohte ihn auf der Stelle zu ertränken. Er musste ein weiteres kleines Loch in die Bordwand schlagen, damit das Wasser ablaufen konnte. Doch dann kam der Wind, foppte ihn, sodass er beinahe über Bord ging, ehe er beidrehen und die Leine um seinen Knöchel an den Mast knoten konnte. Er band so viele Habseligkeiten wie möglich an sich oder dem Boot fest, verbrauchte alles an Seilen, was er auf der Werft hatte stehlen können.
Wider Willen schaute er erneut über die Schulter – und da war der Sturm. Die schwarzen Wolken breiteten sich am Himmel aus und verschluckten die Sonne. Das Wasser war mit einem Mal völlig still, doch in der Ferne sah er schon die schäumenden Wellen, die weißen Kämme verfolgten ihn rasend schnell wie wilde Pferde. Er hörte ein

dumpfes Dröhnen, dann einen Laut wie den Schrei einer Frau, und der Sturm war über ihm.

Augenblicklich war er in vollkommene Dunkelheit gehüllt. Er steuerte nur noch nach Gefühl, das Auf und Ab in seinem Bauch, während das kleine Boot über die Wellenkämme und in die Täler geschleudert wurde.

Der Wind blähte sein kleines Segel, drohte es zu zerfetzen und das junge Fichtenholz des Mastes zu brechen. Doch als er sich vorbeugte, um den Mast umzulegen, traf ihn ein Brecher und spülte ihn über Bord, so beiläufig, wie ein Mann eine Fliege von der Wange fegen mag.

Er strampelte und ruderte mit den Armen, allein die Sicherungsleine an seinem Knöchel verband ihn noch mit dem Boot, und er betete, der Mast möge nicht brechen. Eine Welle schmetterte ihn gegen die Bordwand, quetschte ihm Rippen und Brust, zerrte ihn wieder fort und verdrehte die Leine so lange, bis er sicher war, dass sein Knöchel bersten würde. Die nächste schleuderte ihn zurück gegen das Boot, und um ein Haar hätte sie ihm den Schädel zerschmettert. Er landete hart mit der Schulter am Heck.

Er tastete über die Bordwand, berührte die Reling mit den Fingerspitzen und schaffte es mit knapper Not, sich wieder ins Boot zu hieven, ehe die nächste Welle es traf. Sie warf ihn nieder, er landete auf dem Gesicht und kroch dann das Deck entlang. Etwas Hartes traf seinen Kopf, und er klammerte sich daran fest, um an Bord zu bleiben. *Der Mast,* dachte er, obwohl er nicht sicher sein konnte. Er fühlte nur raue Oberflächen unter den Händen und wusste nicht mehr, was sich wo befand – wo das Boot endete und das Wasser begann –, bis er die Wut über seine Machtlosigkeit in die tosende Dunkelheit hinausschrie.

Auf unerklärliche Weise blieb das Boot über Wasser. Er klammerte sich die ganze Nacht an den Mast und die Sicherungsleine, bis der Sturm schließlich nachließ und das Meer sich so schnell beruhigte, wie es zu toben begonnen hatte. Es war noch kein richtiger Hurrikan gewesen, sondern nur ein Vorbote. Doch als die Sonne aufging, sah Billy, dass sein Boot schwere Schlagseite nach Backbord hatte und der dünne, biegsame Mast gebrochen war und bestenfalls notdürftig repariert werden konnte. Er richtete ihn wieder auf und befestigte ihn mit Tauen, so gut es ging. Dann kam er zu den Schluss, dass er auf das Land zuhalten musste, das sich wie ein dünner Bleistiftstrich am nördlichen Horizont abzeichnete, ganz gleich, wo er sich befand.

Und dann hatte er zwischen sich und der Küste das Segel entdeckt. Es war eine schnittige Brigg, ihr messerscharfer Kiel zerteilte die Wellen, während sie sich nach Süden kämpfte. Noch während er sie beobachtete, erwischte sie eine südwestliche Brise und flog an ihm vorbei, keine hundert Meter entfernt. Sie trug weder Flagge noch Wimpel – er konnte nicht einmal einen Namen entdecken. Sie fuhr mit zwei quadratischen Vorsegeln und einem Gaffelsegel am Besanmast, alle von der gleichen schmutzig grauen Farbe, sodass man sie bei Nacht gewiss nicht sehen, sie selbst vor dem grauen Herbsttageslicht kaum ausmachen konnte.

Ein Sklavenschiff?

Er starrte stur geradeaus, als das Schiff ihn passierte, versuchte, so desinteressiert wie möglich zu wirken, und als es an ihm vorbeigezogen war, drehte er sich lange nicht um. Nur irgendein Nigger aus der Gegend im Boot seines Herrn unterwegs. Sie fuhren die Flussläufe hinauf, wusste Billy, wenn sie von den Indies oder den Sklavenmärkten in Havanna hier heraufkamen. Versuchten immer, der Marine aus dem Wege zu gehen, und schauten gleichzeitig, was sie finden konnten. Lauerten immer auf Entflohene, stahlen vielleicht sogar ein paar Dutzend Sklaven von einer Küstenplantage, wenn ihr Eigentümer nicht wachsam genug war.

Er wäre ein guter Fang.

Er riskierte einen Blick unter dem Arm hindurch, während er vorgab, das Segel richten zu müssen. Er hoffte inständig, die grauen Segel am Horizont verschwinden zu sehen.

Stattdessen hatte die Brigg gewendet. Vor dem frischen nördlichen Wind kam sie jetzt geradewegs auf ihn zu. Es würde keine Stunde dauern, ehe sie ihn einholte, es sei denn, der Wind flaute ab.

Doch die Küstenlinie auf der Backbordseite wich zurück in eine lang gezogene Bucht oder einen Meeresarm. *Aber wo?* War er im Norden? Oder immer noch in einem Sklavenstaat, in Maryland oder Delaware?

Er wusste, es blieb ihm nichts anderes übrig, als es zu riskieren. Dann hatte er immerhin die Chance, das Land zu erreichen und sich zu verstecken, ehe sie ein Beiboot klargemacht hatten, um ihn zu schnappen. Er versuchte, Richtung Küste zu steuern, doch sein primitives Ruder war so gut wie nutzlos, weil der Sturm es völlig zerschmettert hatte. Solange er den Mast aufrecht hielt, konnte er seinen Vorsprung vor dem Sklavenschiff noch ein Weilchen halten, aber nicht an Land gelangen.

Er überlegte, was zu tun war, suchte nach seinem Messer. Doch es war fort, ebenfalls ein Opfer des Sturms, und er begann zu fluchen. Denn er wusste, dass er nun nichts hatte, womit er sie hätte provozieren können, ihn zu töten. Dass ihm nur der Sprung ins Meer blieb, wenn sie ihn einholten. Dann musste er so schnell und so weit abwärts tauchen, dass er keine Chance hätte, je wieder die Oberfläche zu erreichen, selbst wenn er schwach wurde und es versuchte. Oder er konnte sich einfangen lassen. Dann würden sie ihn irgendwo verkaufen, und er müsste darauf hoffen, dass sich irgendwann eine neue Gelegenheit zur Flucht bot.

Frei oder nicht frei?

Die erste graue Flosse tauchte etwa fünfzig Meter vor ihm an Backbord auf. Sie war gerade oberhalb der Wasserlinie erkennbar, so grau und scharfkantig wie die Segel des Sklavenschiffs, das ihn immer noch unbarmherzig verfolgte. Instinktiv legte Billy sich flach aufs Deck, so weit wie möglich in der Mitte seines Bötchens, und verfolgte die Flosse mit den Augen, bis sie so plötzlich verschwand, wie sie aufgetaucht war.

Er will nur mal schauen, sagte er sich. Doch dann sah er eine zweite Rückenflosse aus dem Wasser ragen, dann eine dritte, eine vierte. Genau das hatte er befürchtet; er hatte noch nie einen Hai allein gesehen. Auf welchem Meer er auch gesegelt war, überall traten sie als Meute auf, stürzten sich auf alles, was über die Bordwand ging.

Rangelten miteinander in ihrer Gier, es zu zerfetzen: Reste vom Pökelfleisch aus der Kombüse, aber auch ganze Eimer und Flaschen. Schnappten nach allem in ihrem Fresswahn …

Das war auch jetzt nicht anders: Der erste Hai, den Billy entdeckt hatte, tauchte mit offenem Maul wieder auf und schlug die Zähne in ein kleines Fass, das im Wasser trieb und Billy bislang nicht aufgefallen war. Das Fass zersplitterte auf der Stelle. Nichts blieb übrig bis auf ein paar Dauben, die im Wasser trieben, und der Hai tauchte mit seiner Beute wieder ab.

In seinem Kielwasser entdeckte Billy allerhand Abfälle: zerbrochene Holzkisten, Seilstücke, Obstschalen und angeschimmelte Brotkanten, Knochen und Krabbenschalen. Ein kleiner Möwenschwarm tummelte sich darüber. Die Vögel stießen herab und fischten vorsichtig zwischen den Haien. Natürlich, es war eine Strömung …

Er war so mit seiner Flucht vor dem Sklavenschiff beschäftigt gewesen, dass er sie bislang nicht bemerkt hatte, aber da war sie, deutlich erkennbar an ihrer Abfallspur. Eine Strömung, die Ausflugsboote und Dampfer, Yachten und Handelsschiffe sich offenbar regelmäßig zunutze machten, um sich von ihr landeinwärts treiben zu lassen. Das war es, was die Möwen und Haie anzog, die im Kielwasser der Schiffe nach Fressbarem suchten. Es spielte keine Rolle, dass sein kleines Segel beinahe völlig zufetzt war, er es mit bloßen Händen zusammenhalten musste. Alles, was er tun musste, war, sich auch dieser Strömung zu überlassen, dann konnte er der Brigg entkommen, konnte rasch in Strandnähe gelangen, wo das größere Gefährt auflaufen würde, wenn die Seeleute sich nicht vorsahen.

Aber wie? Sein Ruder war dahin. Die Strömung war höchstens dreißig Meter vor ihm, doch er hatte keine Möglichkeit, dorthin zu gelangen.

Es gab nur einen Weg. Langsam, zögerlich kroch Billy zur Bordwand; er musste seine Hände und Füße zwingen, sich zu bewegen. Achtern hockte er sich auf den Bootsrand und schaute zu dem grau betakelten Sklavenschiff zurück. Es folgte ihm nach wie vor, hatte die Lücke bereits halbiert. Es blieb ihm keine andere Wahl.

Er ließ sich ins Wasser gleiten, hielt die Leine vom Mast in einer Hand. Der kleine Leinenbeutel, der alles Geld enthielt, das er gespart hatte, war fest um seinen Oberschenkel gewickelt. Das Wasser fühlte sich überraschend warm und angenehm auf der Haut an. Langsam arbeitete er sich die Steuerbordseite entlang, dicht ans Boot gedrängt. Er versuchte, so wenig Geräusche und Wellen wie möglich zu machen. Er zog das Seil mit, drehte sein kleines Boot langsam in Richtung Strömung. Vom Wasser aus richtete er das Segel aus.

Ein Hai zog in schnellem Zickzack an ihm vorbei, so nahe, dass er beinahe gegen seine Schulter geprallt wäre. Rastlos pflügte der große Fisch durchs Wasser, die glatte Oberfläche seines Körpers hier und da von weiteren Flossen unterbrochen. Billy erstarrte; er wusste, er hätte keine Chance, wenn der Hai ihn angriff. Wartete auf die erste Berührung, den Biss, fragte sich, wie schlimm der Schmerz sein würde. Wie ein Messer? Ein Axthieb in seinen Fuß, seine Wade?

Aber es geschah nichts, und er spürte nur das warme Liebkosen des Wassers. Er warf einen Blick über die Schulter und sah die Brigg genau auf ihn zuhalten. Er begann wieder zu treten und zu paddeln, bemüht, seine Bewegungen so ruhig und natürlich wie möglich zu halten und seinen Vorsprung vor dem Sklavenschiff auszubauen. Er hatte die Strömung jetzt fast erreicht, sah das Treibgut in ihrem Sog. Die Abfälle glitzerten im schwachen Licht der Nachmittagssonne. Nur noch wenige Meter …

Ein weiterer Hai zog an ihm vorbei, und Billy zwang sich, wieder still zu halten, und schaute ihm nach. Der Fisch schwamm jedoch nicht weiter, sondern kreiste einmal um das Boot. Billy verlor ihn aus den Augen und glaubte, er sei fort, als eine schwache Bewegung ihn bewog, nach unten zu schauen. Und da sah er ihn. Der Hai wurde größer und größer, während er aus der Tiefe auf ihn zuschoss.

Billy blieb keine Zeit zu reagieren, selbst wenn er dazu in der Lage gewesen wäre. Stattdessen sah er einfach zu, wie gelähmt, und das Biest kam knapp hinter ihm an die Oberfläche. Der hässliche, spitze Kopf war so nah, dass Billy nur die Hand hätte ausstrecken müssen, um ihn zu berühren. Fast verspielt rollte der Hai auf die Seite. Billy erhaschte einen Blick in das geöffnete rosa Maul mit den unermesslich vielen gezackten Zähnen – zwischen den alten drängten schon neue hervor, als könne der uralte Fresstrieb, der diese Kreaturen beherrschte, niemals auch nur für einen Moment nachlassen.

Das kleine dunkle Auge starrte ihn gleichgültig an, als der Hai an ihm vorbeizog. Er tauchte unter der nächsten Welle ab, so plötzlich, wie er gekommen war, und kehrte zu seiner unablässigen Jagd zurück. Plötzlich zog das Boot nach vorn, riss ihm beinahe die Leine aus der Hand – und Billy erkannte, dass er endlich die Strömung erreicht hatte. So schnell er konnte, schwang er sich über die Bordwand und murmelte ein kleines Dankgebet. Er hielt den schlanken Mast mit seinen bloßen Händen umklammert. Der Sog war jetzt spürbar stärker, ließ ihn förmlich aufs Ufer zufliegen.

Er sah zurück. Die Brigg sah beinahe aus, als zögere sie. Das graue Gaffelsegel flatterte lose. Er war schon zu weit gekommen, als dass sie ihm noch den Weg hätte abschneiden können, da war er sicher. Sie hätte höchstens beidrehen und ihm in die Strömung folgen können, aber wer konnte sagen, wohin das führen würde? So nah an Land konnte sie leicht auf Grund laufen. Und wenn ein Boot der Marine in dem Hafen lag, zu dem Billy getragen wurde, mochte das Sklavenschiff seine ganze Ladung verlieren.

Billy spürte Wasser die Oberseiten seiner nackten Füße kitzeln und erkannte, dass die Strömung sich verlangsamt hatte. Er hatte sich so auf seine Verfolger konzentriert und auf die Aufgabe, den gebrochenen Mast aufrecht zu halten, dass er das eindringende Wasser gar nicht bemerkt hatte. Rasch ließ er den Blick über das kleine Deck schweifen. Die Escheplanken, die er so sorgsam kalfatert hatte, hielten selbst nach dem Sturm.

Aber da – wo das Ruder gegen die Bordwand geprallt war, befand sich ein Loch, nicht größer als ein Finger. Ein zweites war genau gegenüber, wie ein Loch, das in einen gefalteten Bogen Papier gebohrt wird. In aufsteigender Verzweiflung schaute er zu dem

Sklavenschiff zurück, das immer noch vor dem Beginn der Strömung verharrte, fast bewegungslos. Wahrscheinlich war er jetzt zu nahe an der Küste, als dass sie ihn noch hätten einholen können. Doch sie konnten immer noch ein Beiboot aussetzen, mit sechs guten Ruderern bemannt, um ihn einzufangen.

Das Wasser reichte ihm jetzt fast bis zu den Knöcheln, und die Schaluppe wurde immer langsamer, je mehr sie voll lief. Er hatte nichts, um die Löcher zu stopfen, und selbst wenn, ihm blieb keine Zeit, es vernünftig zu tun. Stattdessen begann er einfach, mit den Händen zu schöpfen und das Wasser über die Bordwand zu kippen, und wünschte, er hätte seinen Hut noch.

Es reichte nicht. Das Wasser stieg weiter, hatte ihn schon fast ganz überspült. Die Brigg lag immer noch hinter ihm, doch wenigstens trieb die Strömung ihn Stückchen für Stückchen näher an Land. An Backbord kam ein paar hundert Meter entfernt ein Strand in Sicht, nahe genug, dass er Menschen erkennen konnte, Gestalten, die ihre Angelruten in die Brandung warfen.

Das war's, erkannte er. Näher konnte er der Küste nicht kommen. Auch wenn er nicht wusste, wer die Leute dort drüben waren oder wo er sich befand. Es gab keinen anderen Ausweg; das Boot würde jeden Moment sinken. Er musste versuchen zu tauchen, so weit er konnte, dann aus der Strömung und auf den Strand zu schwimmen. Doch auch darin lag eine Gefahr, wenn es ihm nicht gelang, der Strömung zu entkommen. Wenn sie sich als zu stark erwies, würde er einfach mitgerissen. Dann konnten die Sklavenjäger ihn mühelos mit dem Boot einholen, ehe er irgendwo an Land kam …

Er musste es versuchen. Er sprach ein kurzes, hoffnungsvolles Gebet und stand auf. Das Wasser schwappte ihm vor die Schienbeine. Dann zögerte er nicht länger. Er trat an die Steuerbordwand und sprang über Kopf, so weit er konnte. Das Wasser glitzerte unter ihm, die Luft brauste an seinen Ohren vorbei, sodass es ihm einen Moment schien, als legte er den halben Weg zum Strand im Flug zurück. Dann tauchte er ins Wasser ein, immer noch im Bereich der Strömung. Sie packte ihn sofort und versuchte ihn hinter dem Boot her zu treiben. Er schwamm Richtung Strand. Er war immer ein

guter Schwimmer gewesen, doch die Strömung war stark, sehr stark, und er war nahezu völlig erschöpft. Seine Rippen schmerzten von dem Zusammenprall mit der Bordwand während des Sturms. Er schwamm weiter. Die Strömung trieb ihn parallel zum Strand. Die Sandhügel hinter den Anglern sahen gelb aus, nahezu golden. Er kämpfte sich weiter aus der Strömung, die ihn allmählich, scheinbar unwillig losließ, und er befreite sich von ihr wie ein Mann, der einen engen Stiefel abschüttelt. Sein Atem war ein mühsames Keuchen geworden, das Herz hämmerte ihm in der Brust.
Dann war er frei und musste sich lediglich noch durch die raue Brandung kämpfen. Er ließ sich von ihr auf den Strand treiben, kaum mehr in der Lage, die Arme zu heben, keuchte und spuckte, während sie ihn umherschleuderte. Schließlich traf ihn eine Welle wie ein Rammbock, schleuderte ihn in den Sand, und er hörte eine weitere Rippe brechen. Unsicher kam er auf die Füße, und die nächste Welle riss ihn um ein Haar wieder um. Dann taumelte er geradewegs auf den ersten Angler zu – er hatte keine Chance, sie zu umgehen, sie waren über den ganzen Strand verteilt, in so regelmäßigen Abständen, als wären sie Wachposten.
Er trat zu dem ersten und bemühte sich, ein so entspanntes, höfliches und ausdrucksloses Gesicht zu machen, wie die lange, bittere Erfahrung ihn gelehrt hatte.
Frei oder nicht frei?
»Ich bin mit dem Boot meines Herrn abgetrieben worden. Wenn Sie so freundlich sein würden und mir sagen, wie ich zurückkommen kann …«, brachte er krächzend hervor, den Blick sorgsam gesenkt. Er schaute auf den Sand, warf nur kleine, verstohlene Blicke auf den Mann. Überlegte, ob er es mit ihm aufnehmen konnte. Er war ein wenig kleiner als Billy, unter der Jacke malte sich ein rundlicher Bauch ab, und er trug hohe Stiefel. Eine kalte, durchweichte Zigarre steckte zwischen seinen Zähnen, und er konzentrierte sich auf seine Angelrute, während Billy mit ihm zu sprechen versuchte.
»Was sollte mich das kümmern?«, schnaubte er. »Das hier ist New Jersey! Du kannst zum Teufel gehen, aber pass auf, dass du meine Leine nicht durcheinander bringst.«

Billy stand vor ihm im Sand, der unter den dahinjagenden Wolken gelb leuchtete. Er fröstelte ein wenig, denn es war ja schon Herbst, und eine Gänsehaut überzog seine nasse, unbekleidete Brust.
New Jersey. Ein freier Staat – er hatte die Namen der freien Staaten in Erfahrung gebracht, ehe er aufgebrochen war. Er blickte zum Horizont, wo er die Brigg so gerade noch ausmachen konnte – die grauen Segel zogen Richtung Süden davon. Er ließ seinen Blick zu seiner kleinen Schaluppe wandern, kaum mehr als ein dunkler Fleck im Wasser, und er hatte Mühe, sie zu erkennen. Aber dort war sie, wurde immer noch von der Strömung getragen. Er sah sie untergehen und war zufrieden mit ihr – mit seiner Arbeit. Und er hätte nie gedacht, dass sie das letzte Boot sein sollte, das er je gebaut hatte, dass er nie wieder auf einer Schiffswerft arbeiten sollte.

28
Billy Dove

Als er das Colored Orphans' Asylum erreichte, hatte er selbst das dicke Sackleinenhemd durchgeschwitzt. Er trat durch das schmiedeeiserne Tor im Zaun und ging an den beiden Trauerweiden vorbei, die wie zwei gigantische, umgedrehte Staubwedel im Hof standen. Das Gebäude selbst hatte drei Stockwerke – es war ausgerechnet wie das Haus eines Plantagenbesitzers im Süden gebaut, komplett mit Portikus und sechs Säulen vor dem Eingang. Das Einzige, was fehlte, waren die Sklavenhütten hinter dem Haus …

Wenigstens ließen die beiden Yankee-Ladys, die das Waisenhaus führten, die farbigen Angestellten durch die Vordertür herein, genau wie die weißen Lehrer und philanthropischen Direktoren.

Sie sind Angestellte genau wie wir anderen. Die strengen grauen Augen funkelten, das typisch neuenglische Gerechtigkeitsempfinden immer unbestechlich, komme, was da wolle.

Doch heute Morgen war es anders. Er spürte es, sobald er durch die Tür kam, obwohl alles so makellos wirkte wie üblich. Die Flure mit den weißen Wänden waren frisch geschrubbt, und das ganze Gebäude roch nach Lauge und gekochter Seife.

Und doch war etwas anders als sonst. Falsch. Die langen, hallenden Flure waren stiller als gewöhnlich, obwohl er die Kinder draußen hörte, wo sie sangen und Seil sprangen und ihre Reifen über den mit blauem Schiefer gepflasterten Hof trieben.

Hol dir einfach nur dein Geld. Hol dir das Geld und verschwinde. Drei Stunden mindestens, und die Straßen wimmeln schon von betrunkenen weißen Männern …

Er begab sich geradewegs zum Büro, doch die beiden Yankee-

Ladys, Miss Shotwell und Miss Murray, hatten sich drinnen schon verbarrikadiert, die Tür war abgesperrt, und die dichten grünen Rollos waren vor das Fenster gezogen. Damit hatte Billy nicht gerechnet. Ihm blieb nichts anderes übrig, als draußen auf dem Flur zu warten. Weil er nichts Besseres zu tun hatte, rechnete er aus, wie viel er zu bekommen hatte und wie lange es reichen würde.

Zwei Wochenlöhne ergaben sechs Dollar, plus der fünfzig Cent, die sie ihm für den Hammer schuldeten. Sechs Dollar fünfzig …

Selbst mit den fünf, die Ruth bestimmt irgendwo beiseite gelegt hatte, war es kaum genug, um damit nach Providence zu kommen, geschweige denn nach Boston. Besser, sie gingen in die andere Richtung, runter nach Newark. Mit der Fähre an der Chambers Street rüber …

Und was dann? Wovon sollen wir leben? Das ist der wahre Grund, warum wir nicht schon früher gegangen sind: weil ich nicht wüsste, wie ich anderswo meine Familie ernähren sollte.

Er schaute auf die Uhr über dem Büro der Heimleiterinnen. Langsam verstrichen die Minuten, und das Ticken hallte laut auf dem leeren Korridor. Schon kurz nach acht. Er würde bis halb neun warten, länger konnte er nicht riskieren. Nein, zehn nach acht, jetzt, wo all die Männer auf der Straße waren. Und nur Gott wusste, wo dieser Verrückte steckte …

Er würde also notfalls die Tür aufbrechen müssen, selbst wenn solche Impertinenz ihn seine Stelle kosten würde. Warum nicht jetzt gleich? Warum überhaupt warten? Er trat an die Tür und hielt dann inne. Was, wenn sie sich weigerten, ihm den geschuldeten Lohn zu geben? Er konnte sich nicht vorstellen, dass die beiden Yankee-Ladys so unfair sein könnten – aber wer wusste schon, wozu die Leute sich an so einem Tagen alles hinreißen ließen?

Er setzte sich auf die kleine Bank vor dem Büro, wo er so viele der Eltern hatte sitzen sehen, Tanten und Großeltern, ältere Schwestern und Brüder. Immer saßen sie da in ihren besten Kleidern und warteten darauf zu hören, ob das Heim ihr Kind aufnehmen konnte. Die Kinder selbst saßen unnatürlich still, doch ihren Augen entging nichts. Sie wussten genau, was vorging, und wagten

nicht zu sprechen, als fürchteten sie, irgendeinen Bann zu brechen, das letzte Band zu ihrer Familie zu durchschneiden.
Billy hasste das. Er hasste alles an diesem Waisenhaus, oder jedenfalls redete er sich das ein. Es war die einzige Arbeit, die er je in dieser Stadt bekommen hatte. Er hasste es, wie abhängig er davon war, hasste es aber auch gleichzeitig, die Stellung aufzugeben.

Als er schließlich nach New York gekommen war, war er geradewegs zum Hafen gegangen. Sobald er den Wald aus Segelmasten sah, war er sicher, dass er hier Arbeit finden konnte. Hier lagen mehr Schiffe, als er je in Charleston gesehen hatte, mehr Schiffe als in Rotterdam oder gar London, und sein Herz machte einen Satz bei ihrem Anblick.
Er war sicher, er würde etwas finden. Er bewarb sich bei allen Werften in Manhattan, wo es geschäftig zuging wie in einem Ameisenhaufen, dann zog er weiter von der South Street zur 23. Straße Ost. Irgendetwas musste es doch für ihn geben. Vielleicht nicht seine alte verantwortungsvolle Position, jedenfalls nicht gleich zu Anfang. Er war ein vernünftiger Mann und wusste, dass man nie ganz oben anfing, wenn man neu irgendwohin kam, aber irgendetwas würde sich ergeben.
Doch auf den Werften arbeiteten nur Weiße. Und als er ihnen erklärte, was er wollte, dass er nicht gekommen war, um für ein paar Pennys vor ihnen zu tanzen oder ihnen ihr Mittagessen zu verkaufen, da verfluchten sie ihn und sagten ihm, er solle verschwinden, und drohten, ihm die Sklavenfänger auf den Hals zu hetzen. Am nächsten Tag versuchte er es bei einer anderen Werft, bekam aber die gleiche Antwort. Am Tag darauf war es genauso, am nächsten Tag ebenfalls. Und nicht nur die irischen Werftarbeiter, auch die Deutschen und die Amerikaner jagten ihn davon.
Er versuchte es unten in Red Hook, in Brooklyn und flussaufwärts in Green Point, sogar drüben in den Werften von Hoboken, aber es war überall das Gleiche. In einer kleinen Werft nahe Corlears Hook namens McPherson's hatte er die Eigner gar überreden können, ihn einzustellen. In seiner Verzweiflung hatte er vor ihren

Augen eine Planke zugehauen und gehobelt, so tadellos und schnell, dass sie eingewilligt hatten, ihn zum Lohn eines Neulings zu nehmen.

Doch sobald er in den Hof hinuntergekommen war, sobald die anderen Männer erkannt hatten, wozu er da war, hatte einer nach dem anderen sein Werkzeug niedergelegt und war gegangen. Sie ließen sich nicht einmal davon beeindrucken, dass die Eigner drohten, sie alle zu feuern, und entgegneten lediglich, was Billy überall gehört hatte, halb Gesetz und halb Drohung:

»Diese Werkstatt gehört den Weißen. Dieses Ufer gehört den Weißen.«

Nicht lange, und sein Geld ging zur Neige, obwohl er nur ein Zimmer in einer heruntergekommenen Absteige für schwarze Matrosen an der Roosevelt Street hatte finden können. Er hatte es aufgegeben, eine Stellung in einer Schiffswerft zu suchen, und war inzwischen gewillt, jede Arbeit anzunehmen. Auf den Baustellen, die über Nacht an jeder Straßenecke aus dem Boden zu schießen schienen, fragte er nach Arbeit. Er versuchte sich als Heizer in dem großen Gaswerk zu verdingen, das an der 14. Straße aufragte und wo es fürchterlich nach Ammoniak roch. Er hatte sich gar erboten, die Eingeweide, die Scheiße und die Hufe in den Schlachthöfen zusammenzukehren.

Aber es gab nichts für ihn. Und ihm ging auf, dass alle anderen schwarzen Männer, die er sah, nichts anderes taten, als bestenfalls eine Schubkarre zu schieben, Botengänge zu erledigen oder Säcke auf den Schultern zu schleppen wie Esel. Keiner hatte eine feste Arbeit. Nicht einmal als Steineschlepper wurden sie genommen – und das war der niedrigste Job in der Hierarchie der irischen Bauarbeiterkolonnen. Und dennoch waren die schwarzen Gesichter zu jeder Zeit verschlossen und gaben nichts preis. Wenn er ihnen in die Augen blicken wollte, schauten sie weg, als versuchten sie, das Wenige zu schützen, das sie hatten.

Unten an den Kais, auf den Fischmärkten der Fulton Street hatte er gar erwachsene schwarze Männer für einen Aal tanzen sehen. Ein Mann stampfte den Takt mit dem Fuß und spielte auf einer Mund-

harmonika oder einem Banjo. Sein Partner führte die Schwindel erregend schnellen Schritte und Verrenkungen des »Breakdown« genannten Tanzes auf. Die weißen Fischhändler grinsten, stupsten sich gegenseitig vergnügt an, unfähig, die eigenen Füße still zu halten. Und dann und wann ließen sie sich dazu herab, den Tänzern einen glitschigen, noch zappelnden Aal vor die Füße zu werfen.
Doch die weißen Männer ahnten nicht, was Billy sah: Dieser Tanz war eine Nachahmung. Eine subtile, höhnische Karikatur der Art und Weise, wie die o-beinigen Matrosen und die irischen Arbeiter wichtigtuerisch über die Kais stolzierten – vor allem dann, wenn sie einem schwarzen Mann begegneten.
Ein feinsinniger kleiner Scherz, den nur die beiden Schwarzen verstanden. Aber was sollte das ihnen ausmachen, den weißen Männern, die mit einem spöttischen Grinsen zuschauten?

Nur die schwarzen Matrosen, die Billy in den Pensionen sah, erschienen ihm wie richtige Männer. Ihre blauen Jacken und die weißen Hosen waren sauber und gebügelt, und sie trugen ihre Matrosenmützen in einem verwegenen Winkel. Sie lachten und redeten selbstbewusst, und er erwog, mit ihnen zu fahren: nach Brasilien oder Peru, nach Veracruz oder Santo Domingo oder Havanna. Doch als er zu den Kais an der South Street ging und sie anzusprechen versuchte, grinsten sie nur und antworteten in ihrer eigenen Sprache. Und da erkannte Billy, dass er keine Ahnung hatte, wie es auf einem solchen Schiff zuging oder was mit ihm dort geschehen mochte.
Im Gegensatz zu New York.
Er war wieder zu den geschäftigen Werften hinuntergegangen. Versuchte, nicht daran zu denken, dass er kein Geld mehr hatte, dafür aber ein Loch in seinem Bauch, das sein ganzes Selbst aufzusaugen schien. Er beobachtete die Zimmerleute und Schreiner, die die Schiffsgerippe zusammenfügten. Der Beginn von etwas Edlem, das methodisch und exakt fertig gestellt würde, bis es bereit war, dem Wind standzuhalten und um die Welt zu segeln und die Besatzung sicher über die Wellen zu tragen.

Da hatte er angefangen. Er hatte den Werften den Rücken gekehrt und war in den ersten Saloon gegangen, den er an der Water Street fand, einen windschiefen Holzschuppen, der sich »The Sailor's Rest« nannte. Er wusste, es war gut möglich, dass man ihn dort nicht bedienen würde – dass er vielleicht gar zusammengeschlagen und beraubt würde, sobald er einen Fuß durch die Schwingtüren setzte – aber er ging trotzdem hinein. So groß war der Drang gewesen, seinen letzten Nickel für irgendetwas auszugeben, das ihm den Verstand vernebelte.

Doch er war weder geschlagen noch in den Fluss geworfen worden. Stattdessen wurde ihm etwas zuteil, das er als Privileg hätte ansehen können, hätte er es nicht besser gewusst. Die weißen Männer, die an der Theke standen, tranken aus Gummischläuchen, die zu den Whiskeyfässern hinter der Bar führten. Doch für ihn hatte der Barkeeper ein Glas hervorgeholt – auch wenn es das widerlichste, schmutzigste Glas war, das Billy je gesehen hatte – und ihm Whiskey eingeschenkt.

»Hier!«, hatte er geknurrt. Er grinste Billy schief an, fuhr aber vollkommen ernst fort: »Wir können ja nicht zulassen, dass du aus demselben Schlauch trinkst wie die weißen Männer.«

Billy hatte einen Moment stockstill gestanden, nicht sicher, ob er lachen oder einfach auf dem Absatz kehrtmachen sollte. Stattdessen hatte er das Glas genommen und den Inhalt in einem Zug die Kehle hinuntergekippt. Nie zuvor hatte er etwas so Grässliches geschmeckt. Der Whiskey schien Gaumen und Kehle zu versengen, bis er das Gefühl hatte, sein Kopf werde explodieren. Und doch erfüllte er ihn mit allem, was er brauchte, mit Bitterkeit, Mut und stumpfsinnigem Stolz.

»Ist das dein letzter Nickel?«, fragte der Barkeeper wissend.

Billy sah ihn dümmlich blinzelnd an – jede Reaktion und Bewegung, selbst der Schlag des Augenlids schon betäubt und langsam.

»Tja, wenn du vielleicht rüber ins Samtzimmer gehen willst, da gibt es einen ganzen Krug für dich zu saufen – auf Kosten des Hauses.«

Der Barkeeper ruckte das Kinn zu einem roten Samtvorhang am hinteren Ende des Schankraums. Gott allein mochte wissen, was dahinter lag – ein abgetrenntes Zimmer in einer Hafenkneipe –, aber Billy zog es trotzdem in Erwägung. Ein ganzer Krug von diesem Zeug, mehr, als er sich je würde leisten können. Und schon wollte er jeden Tropfen …

Ganz langsam und unter größter Anstrengung schüttelte er den Kopf. So betrunken er auch war, er spürte, dass es gewiss besser für ihn wäre, das Angebot auszuschlagen. In dieser Stadt gab es nichts umsonst. Wenn irgendwer dir kostenlos etwas anbot, machte man sich besser aus dem Staub …

Er stieß sich von der Bar ab, wankte auf die stinkende, wimmelnde Straße hinaus, und der Barkeeper rief ihm immer noch hinterher, köderte ihn. Billy ging weiter, stapfte durch den gelben Pferdemist, und je weiter er sich von der Bar entfernte, desto mehr nahm seine Düsternis zu. All die schöne Wut, die Bitterkeit und der Zorn verebbten mit jedem Schritt durch die gelbe Scheiße, die schon eintrocknete und zu Haferhülsen zerfiel.

Blind taumelte er zurück Richtung Werften. Auch seine Verwegenheit, die der Alkohol ihm beschert hatte, verflog bereits, und nur die Leere in seinem Bauch blieb. Jetzt wünschte er sich, er hätte den Nickel behalten, um eine Semmel oder ein Stück Fisch zu kaufen. Bettelte wortlos um einen Job, irgendeinen Job, nur aus Mitleid. Und sei es nur, die Holzspäne an den Trockendocks zusammenzufegen …

Etwas Hartes, Nasses landete vor seinen Füßen, so laut, dass er einen Schritt zurückwich. Ein Aal. Der Fisch lebte noch, versuchte, sich über die trockenen Steine zurück ins Wasser zu schlängeln.

Billy sah auf und erblickte zwei rotgesichtige Männer mit Keulenarmen, die ihn erwartungsvoll angrinsten. Am liebsten hätte er das schleimige Tier gepackt und ihnen an die Köpfe geworfen.

»Hey, Juba!«, rief einer von ihnen, und das Grinsen erstarrte. »Hey, Juba, zeig uns einen Breakdown!«

Beinahe wäre er weitergegangen. Ein wenig Trotz war noch in ihm, der entweder vom Whiskey oder aus seinem Inneren kam. Doch dann schaute er wieder auf den Aal hinab, der immer noch um sein Leben kämpfte. Er wand sich blind auf dem Kai und suchte einen

Weg zurück ins Wasser. Er gab einfach nicht auf, gierte instinktiv nach Leben.
Billy hob ihn mit beiden Händen auf, verdrehte den Kopf an dem schleimigen Leib, bis er aufhörte zu zappeln, und steckte ihn in sein Hemd. Die weißen Männer pfiffen und johlten voller Ungeduld – jetzt kamen immer mehr hinzu, Teerjacken, Schiffsbauer und Mechaniker, die stolz aufgerichtet den Kai entlanggingen. Langsam und sorgfältig studierte Billy jede ihrer Bewegungen, und dann begann er zu tanzen.

29
Billy Dove

Er ging im Korridor des Waisenhauses auf und ab. Wagte nicht einmal mehr, auf die Uhr über der Bürotür der Heimleiterinnen zu schauen. Betrachtete stattdessen durchs Fenster die Kinder – versuchte, sich mit ihrem Anblick abzulenken. Sie rannten und tobten in ihren getrennten Höfen.

Jungen und Mädchen. Getrennte Höfe und getrennte Betten. Jede Minute ihres Tages war genauestens verplant, von dem Moment, da die Morgenglocke sie weckte, bis zum Abend, wenn die Lichter gelöscht wurden. Nicht einmal ein schlechtes Leben – doch was für ein Schock stand ihnen bevor, wenn sie hinaus in die Welt gehen mussten, in die große Stadt, die sie erwartete.

Das Heim für farbige Waisenkinder. Ein Heim war es in der Tat, jedenfalls vorübergehend. Er dachte an den Namen, der draußen in den Sturz über den Säulen gemeißelt war. Er befürchtete, dass allein der Name diesen Ort heute zur Zielscheibe machen könnte.

Da musste er zum ersten Mal an die Jodtinktur denken, die oben im Medizinschränkchen verwahrt wurde. An die Flasche Pfirsichbrandy, die in der Küche eingeschlossen stand und deren Füllmenge immer mit einem Strich markiert war, den eine der Damen mit ihrem Ring in die Flasche ritzte. Sie waren abstinent, die Misses, aber sie waren auch praktische Yankees, gerissene Yankees, wie sein Herr immer gesagt hatte. Sie hatten immer etwas im Hause, falls einmal ein durstiger Gönner vorbeikam, doch sie markierten den Flaschenstand mit einem Ring. Das ließ sich natürlich problemlos umgehen: Man konnte ein Quäntchen Wasser hinzufügen oder eine neue Markierung einritzen; die Damen würden es nicht merken.

Nein, ermahnte er sich, wenngleich er das Bild der wundervollen rötlich braunen Farbe des Brandys nicht abschütteln konnte. Die Flasche zu drei Vierteln gefüllt.

Nein, sie kontrolliert dich nicht. Du kontrollierst sie. Deine Schwäche …

In dem Moment kam Yolanda um die Ecke, zog ihren Eimer scheppernd hinter sich her. Sie war eine der Putzfrauen, ein kleines, sehniges Persönchen von den Inseln, die Haut beinahe rotbraun gebrannt von der karibischen Sonne. Sie betrachtete ihn argwöhnisch, während sie mit Mopp und Eimer zu Werke ging.

»Was drückst du dich denn hier draußen rum?«, fragte sie ironisch mit ihrer hohen, dialektgefärbten Stimme.

»Das geht dich nichts an«, erwiderte er ungeduldig, doch sie schnaubte nur.

»Das geht mich wohl was an. Wenn ich mit dem Flur fertig bin, musst du mir helfen, das Frühstück für die Kinder zu machen. Die Köchin ist heute nicht gekommen …«

Sie richtete sich zu ihrer vollen Größe auf – nicht mehr als eins fünfzig von den Füßen in den dünnen Sandalen ihrer Heimat, die sie bei jedem Wetter trug, bis zum Kopf, um den sie ein leuchtend gelbes Tuch gebunden trug, stolz wie eine Flagge.

»Die Köchin ist nicht gekommen?«

»Sag ich doch.«

Yolanda zuckte die Schultern und betrachtete ihn dann mit zur Seite geneigtem Kopf, als sei er ein Trickbetrüger, dessen Masche sie durchschauen wollte.

»Und die anderen Frauen …«

»Ich bin die Einzige. Was glaubst du wohl, warum ich dich gebeten hab? Keine Köchin, keine Lehrer – niemand ist heute gekommen. Nur du, ich, der alte Bert und die Misses. Bert ist draußen und passt auf die Kinder auf, ich muss putzen …«

Billy wandte sich von ihr ab und starrte flehentlich auf die grünen Vorhänge am Bürofenster. Jetzt würde er niemals sein Geld bekommen. Sie würden ihn nicht fortlassen, jetzt, da sonst keiner von den Angestellten zur Arbeit erschienen war …

Die Bürotür öffnete sich, und Miss Shotwell und Miss Murray kamen heraus. Hoch aufgerichtet und grau wie üblich – das Grau war in ihren Augen, ihrem Haar, selbst das einstige Purpur ihrer langen, schlichten Kleider war verblasst. Ein Captain der Polizei folgte ihnen hinaus und verbeugte sich entschuldigend. Die Augen in dem breiten, roten irischen Gesicht waren auf den Boden gerichtet, als er davonging.

Billy trat zu den Damen, sobald der Captain fort war, auch wenn er sah, dass sie ihn kaum wahrnahmen. Ihre Gesichter wirkten grimmig und abwesend.

»Entschuldigung, Misses, aber ich muss Sie um meinen Lohn bitten …«, begann er. »Verstehen Sie, meine Frau ist krank. Sie braucht einen Doktor …«

Zum ersten Mal sah Miss Shotwell ihn wirklich an. Ihre sonst so harten grauen Augen waren voller Sorge und Mitgefühl, sodass er wusste, was sie sagen würde, und er hasste es.

»Ach, Billy«, sagte sie mit der sanften Stimme, die sonst den Kindern vorbehalten war. Etwa um jenen, die noch Eltern hatten, zu erklären, dass Vater und Mutter diesen Monat nicht kommen konnten und sie wieder hier bleiben mussten. »Ach, Billy, vielleicht können wir eine Nachricht schicken. Ich kenne Ärzte, die sie kostenlos behandeln würden, nur weiß ich nicht, ob sie sich heute vor die Tür wagen …«

»Ich brauche nichts kostenlos«, entgegnete er, bemüht, langsam und respektvoll zu sprechen, die aufsteigende Verärgerung aus seiner Stimme zu halten. »Wenn ich meinen Lohn bekommen könnte, kann ich den Doktor bezahlen. Ich muss nur zurück nach Hause …«

»Aber das ist unmöglich.«

Er entdeckte einen Anflug von Furcht in ihren harten Augen. Dann wandte sie den Blick ab, sah den Korridor entlang Richtung Hof, wo die Kinder spielten.

»Niemand sollte heute unterwegs sein«, sagte sie eindringlich. »Der

Polizist hat uns erzählt, dass sich Männer auf den Straßen zusammenrotten.«

»Das weiß ich, Miss. Ich weiß, ich hab sie gesehen, aber ich muss zurück, meine Frau ist krank …« Doch er wusste schon, dass er nichts erreichen würde.

»Ich fürchte, wir könnten Sie ohnehin nicht bezahlen. Der Bote von der Bank ist noch nicht mit den Löhnen gekommen. Ich habe die größten Zweifel, ob er heute überhaupt noch kommt.«

Sechs Dollar. Ihr müsst doch hier irgendwo sechs Dollar haben. Die rotbraune Farbe des Brandys, die Flasche drei viertel voll …

»Es kommt nicht in Frage«, warf Miss Murray ein, und sie klang ungeduldig. »Wir haben hier zweihundertsiebenunddreißig Kinder, um die wir uns kümmern müssen – Kinder Ihrer Rasse! Niemand von den Angestellten ist heute gekommen, auch keiner der Lehrer!«

»Sie sind Schwarze, das stimmt, aber es sind nicht meine Kinder«, entgegnete er unverblümt. Doch keine der Damen hörte ihm mehr zu.

»Vielleicht sollten wir sie fortbringen«, dachte Miss Shotwell laut. »Vielleicht sollten wir sie auf der Stelle von hier fortbringen.«

»Oh, Anna. Und wohin?«

»Die Polizei kann keine Männer für uns abstellen. Du hast doch gehört, was der Captain gesagt hat.«

»Aber wohin?«

»Vielleicht sollten wir sie in den Park bringen. In den Schutz der Bäume.«

»Aber wie sollten wir sie zusammenhalten? Und wie sollen wir sie dorthin schaffen?«

Billy tauschte einen Blick mit Yolanda, während die Damen debattierten. Ihre Augen hatten sich zu misstrauischen Schlitzen verengt. Sie dachte, dessen war er sicher, was er auch dachte: dass nämlich alles an ihnen hängen bleiben würde. *Nur du und ich.* Bert, der draußen im Hof war, war ein grauhaariger alter Mann, der hinkte und kaum je ein Wort sprach.

»Nur wir«, murmelte er vor sich hin. »Nur wir.«

Er ging davon, überließ die Damen ihrer Diskussion auf dem Flur. Eilig ging er zurück zum Haupteingang mit dem Portikus und den Säulen, und nur Yolandas Vorwürfe folgten ihm: »Wo läufst du hin? Wo willst du hin, komm sofort zurück!«
Er trat durch die Tür und hatte nur einen Gedanken: Zurück nach Downtown. Zurück zu seiner Familie, auch ohne Geld, und zusehen, ob es nicht irgendetwas gab, das sie tun konnten.
Ich hätte sie nie allein lassen sollen. Ein Fehler. Schon wieder ein Fehler.
Er überquerte den Vorhof, hielt aber ein gutes Stück vor dem schmiedeeisernen Zaun inne und glitt in den Schatten von einer der beiden großen Weiden.
Eine unübersehbar große Zahl weißer Männer bevölkerte die Fithh Avenue. Sie strömten Richtung Uptown und schnitten ihm damit den Weg ab. Aus Abfällen und geklauten Zaunlatten hatten sie grobe Holzschilder gezimmert. Darauf hatten sie ihre Parolen mit Ruß geschrieben oder mit Messern eingeritzt: *Keine Einberufung!* und *Keine Einberufung, keine Nigger, keinen Krieg!* und *Keine Nigger!* Die Augen der Männer hart und unbarmherzig, und doch voll grauenvoller Vorfreude.
Oh, könnte ich doch unsichtbar sein. Könnte ich ein Schatten sein und übers Wasser gehen.
Er glitt hinter die Bäume und floh zurück ins Haus, wo die beiden Damen immer noch stritten und Yolanda nach ihm rief. Er musste nach Hause. Aber das war jetzt unmöglich. Er stolperte zurück ins Waisenhaus und dachte wieder an die rostrote Farbe in der Brandyflasche, die zu drei Vierteln gefüllt war. Dachte an die Jodtinktur.

30
Herbert Willis Robinson

König Mob.
Es herrscht ein dröhnendes Getöse. Ungehindert drängt der Mob zurück nach Downtown. Immer noch brüllen und rufen sie, dreschen auf ihre Töpfe und Pfannen ein. Ein neues Geräusch ist hinzugekommen: Tausende rennender Füße von all den Männern, Frauen und Kindern, die von überall herbeigeströmt kommen, um sich uns anzuschließen.
Sie belagern ganze Blocks und Avenues, quellen über bis zum East River, zur Fifth Avenue und dem Broadway. Plündern, wo sie nur können, vornehmlich in Saloons und Juweliergeschäften. Sie rauben das alte Bull's Head Inn aus, das Croton Cottage und sogar das Palace Park Hotel. Sie schlagen die großen Frontfenster ein und kommen mit Portwein- und Champagnerflaschen unter den Armen wieder heraus, die Fäuste voller Havannas.
Es ist ein kleines Spiel, mit dem sie sich vergnügen. Der Ruf wird laut, dass die Einberufungsakten in diesem Hotel oder jenem Haus versteckt seien, und schon brechen sie dort ein. Sie schleudern alles, was sie tragen können, durch die Fenster ins Freie. Papiere, Matratzen, ganze Schreibtische, Laken und Bettzeug blähen sich im Fall wie Segel. Sobald alles auf der Straße liegt, türmen sie es zu einem Scheiterhaufen auf. Sie sperren gar die Gashähne auf und stecken die grünen Markisen über der Ladenfront in Brand.
Eisenwarenhandlungen lieben sie besonders, denn dort finden sie Schusswaffen. Erstaunlicherweise öffnen manche dem Mob gar die Türen. Ich beobachte einen findigen Kaufmann an der 40. Straße, der sein ganzes Inventar an Handfeuerwaffen an den Mann bringt.

Mit einer Hand hält er seinen Colt auf die Menge gerichtet, mit der anderen nimmt er das Geld seiner Kunden entgegen. Er verkauft ihnen alles, selbst seinen illegalen Vorrat an Armeegranaten. Dann, als der Mob vollständig bewaffnet ist, richten sie ihre neuen Schießeisen auf ihn und zwingen ihn, das ganze Geld herzugeben, das er gerade verdient hat, dazu seine Uhr und die Stiefel.

Bald fallen sie in den besseren Häusern an der Lexington und Fifth Avenue ein. Immer angetrieben von irgendeinem Gerücht, dass dieses Haus einem Republikaner gehört, jenes einem Abolitionisten – oder gar Greeley persönlich. Auf der 45. Straße sehe ich sie zwei dreistöckige Stadtvillen angreifen. Während sie die Türen einschlagen, flieht eine Schar Frauen und Kinder durch die Hintertür, aufgescheucht wie Wachteln. Sie laufen über den Hof, heben die Kinder über den Zaun, ehe sie selbst hinüberklettern, so gut es in ihren langen Röcken und Korsetts eben geht, dann flüchten sie Richtung Downtown.

Der Mob lässt sie laufen. Er ist zu sehr damit beschäftigt, alles aus den Fenstern zu werfen: Bücher, Porzellan und Silber, Teppiche und Wachstuch, Stühle, Spiegel und Tische, selbst die Vorhänge und Tischtücher.

»Es ist Washington! Um Himmels willen, verbrennt Washington nicht!«

Ein betrunkener Halunke stolpert aus dem Haus nebenan, ein gelungenes Ölgemälde unseres Gründervaters an die Brust gedrückt. Ein zweiter Schurke verfolgt ihn mit einem Rasiermesser, um das Porträt aus dem Rahmen zu schneiden, damit er es stehlen oder verbrennen kann. Doch die anderen Plünderer jagen ihn davon und lehnen das Bild ehrfürchtig an eine Straßenlaterne. Und dann nimmt der Mob begeistert den Ruf des Betrunkenen auf: »Um Himmels willen, verbrennt Washington nicht!«

Das Porträt bleibt an seinem Platz an der Laterne stehen, während sie jedes Haus auf der Straße leer räumen und anzünden. Als ihr Werk getan ist, trägt der Betrunkene das Bild davon – eine weitere Ikone, um sie ihrem Heer vorauszutragen. Sie lassen die feinen

Stadtvillen brennend und zerstört zurück, Türöffnungen und Dächer fallen ein, die Fensteraugen blind.

Wo ist die Polizei?

Maddy hat Recht gehabt. Sie werden nicht kommen, nicht einmal, um die Heime der reichsten und prominentesten Einwohner der Stadt zu schützen. Nicht, dass sie die Häuser der Armen oder der Mittelklasse verschonen. Ich folge ihnen in ein neues Mietshaus nahe der Second Avenue, wo sie mit ihren selbst gezimmerten Knüppeln auf die Treppe hämmern, lachen und rufen: »Kommt raus, kommt raus!«

»Kommt raus, oder wir räuchern euch aus, zum Teufel mit euch!«

Sie scheuchen die verängstigten Familien aus ihren Wohnungen und durchwühlen ihre wenigen Habseligkeiten. Eine alte Frau fleht sie an, ihr die Uhr zu lassen, die ihre Mutter ihr geschenkt hat – ihr einziger Besitz. Sie stoßen sie beiseite und nehmen die Uhr. Eine andere, jüngere Frau versucht, ihnen die Stirn zu bieten. Sie steht vor ihrer Wohnungstür.

»Aus dem Weg mit dir, verdammt!«

Sie ohrfeigen und schlagen sie und werfen sie dann über das Geländer im zweiten Stock. Sie prallt auf den Handlauf und liegt dann wimmernd und hilflos im Erdgeschoss am Boden. Ein paar ihrer Nachbarn packen sie und schleifen sie hinaus in Sicherheit, ehe das Gebäude in Flammen aufgeht.

Die Plünderer kommen herausgetaumelt, immer noch lachend. Schwer beladen mit dem, was sie finden konnten: Bettzeug und Laken und Kleiderbündel. Das meiste davon ist so offensichtlich alt und fadenscheinig, so wertlos, dass sie es einfach auf den Boden werfen und ein weiteres Feuerchen davon machen. Ein beinahe kahlköpfiger, o-beiniger Mann, der in dem Mietshaus wohnt, springt um das Feuer herum und versucht, mit spitzen Fingern sein mageres Hab und Gut herauszuziehen. Der Mob ergreift und schlägt auch ihn. Und sie brüllen: »Werft ihn ins Feuer!« – ehe er sich losreißen kann und gerade noch mit dem nackten Leben davonkommt.

Ich versuche, in die Gesichter der Männer zu schauen, die zu so etwas fähig sind, werfe ihnen kurze Seitenblicke zu, so unauffällig wie möglich.
Aber da ist nichts. Das ist das Schlimme daran. Keine dämonische Grausamkeit ist ihren Zügen abzulesen, nichts in den Gesichtern spiegelt die Brutalität wider, derer sie fähig sind. Sie wirken lediglich ein wenig belustigt und ein wenig angetrunken, während sie ihr Zerstörungswerk vollbringen. Nicht mehr und nicht weniger gut unterhalten als bei einer Stierhetze oder einem Baseballspiel.
Ich kann es kaum ertragen, sie zu beobachten, obwohl all das auch eine schreckliche Faszination hat, wie ein Omnibusunglück auf der Straße oder der Untergang eines Dampfbootes auf dem Hudson. Aber was sonst kann ich tun? Raymonds Pistole habe ich nicht mehr. Ich versuche, Hilfe zu holen, irgendwo Verstärkung zu finden. Aber die Polizeiwache ist verriegelt und verlassen, die Metropolitans sind verschwunden, um den Aufstand in irgendeinem anderen Block zu bekämpfen – hoffe ich. Hilflos kehre ich zum Ort des Geschehens zurück. Was ich zu Vater Knapp gesagt habe, hallt jetzt wie ein Fluch in meinem Kopf: *Ich beobachte und berichte.*
Der Himmel über uns ist jetzt von einem fauligen Gelb, die Luft dick und dumpfig wie Galle. Wann regnet es endlich?

Der Mob hält nach neuen Zielen Ausschau, findet im Moment kaum noch lohnende Häuser. Die Männer entdecken eins an der Fifth Avenue, Höhe 43. Straße: das Heim für Farbige Waisenkinder. Das Einzige, was mich wundert, ist, dass sie so lange gebraucht haben, um darauf zu kommen. Sie strömen die Eingangsstufen des Plantagenhauses hinauf und schlagen die Tür ein, gieren jetzt nicht mehr nur nach Beute.
Die Waisenkinder sind nirgendwo zu entdecken. Ist es möglich, dass sie entkommen sind? Aber wie? Und wo sollen sie hin in dieser Stadt?
Bald ringelt sich eine dünne Rauchfahne aus den oberen Fenstern. Wenn sich noch irgendwelche Kinder im Gebäude befinden,

werden sie sicherlich in die Falle geraten, verbrennen oder ersticken, wenn der Mob sie nicht vorher findet.

Wo ist Kennedys verfluchte Polizei?

Stattdessen ertönt wieder eine Feuerwehrglocke, und die Männer rollen ihre Spritze in den Hof und bis vor die Eingangsstufen des Waisenhauses.

»Macht Platz, macht Platz!«

Ich frage mich, was für ein Unheil sie nun wieder anrichten wollen. Aber es ist nur wieder die Honey Bee Company, eine der ältesten und schnellsten Feuerwehren der Stadt. Der berühmte, vergoldete Bienenkorb hängt zwischen ihren Bremsen. John Decker, der Leiter der Brandschutzbehörde, ist bei ihnen, und er fleht die Menge an, zurückzutreten und sie das Feuer löschen zu lassen.

»Sie sind alle weg! Keiner mehr drin!«, ruft er, und ich kann nur beten, dass er die Wahrheit sagt. »Die Kinderchen sind alle weg. Lasst uns das Feuer löschen, ehe die ganze Stadt niederbrennt!«

Doch inzwischen ist der Mob nicht einmal mehr gewillt zuzuhören. Decker wird niedergeschlagen, und die übrigen Männer der Honey Bee werden davongejagt. Der Mob wirft die stolze Feuerspritze um und zerlegt sie in Trümmer. Viele von ihnen betrachten selbst das hier, das Niederbrennen des Waisenhauses, nur als Flegelei. Ich entdecke ein kleines Mädchen, vielleicht zehn Jahre alt, das im Qualm umherhüpft, so selbstvergessen, als spielte es zu Hause in seiner Straße Himmel-und-Hölle.

»Jetzt geht's richtig los!«

Riesige Flammen schlagen plötzlich aus einem der oberen Fenster. Großer Jubel erhebt sich, und die Menge stürmt das verhasste Gebäude wie ein Mann. Sie reißen die Holzverkleidung heraus, hacken mit Äxten, Beilen und Messern auf alles ein, versuchen gar mit bloßen Händen, es zu zerstören. Weitere Plünderer werfen die armselige Habe der Waisenkinder aus den oberen Fenstern: winzige weiße Kleider und Hosen, ein paar vereinzelte Fotografien und sonstige Andenken. Sie landen allesamt im Feuer.

»Vorsicht! Vorsicht!«

Der Warnruf von oben kommt zu spät. Eine ganze Kommode

purzelt herab, und ein furchtbarer Schrei gellt. Das Möbelstück ist auf dem kleinen irischen Mädchen gelandet, das ich gerade noch um das Feuer herumhüpfen sah. Einige Männer eilen herbei, um das Kind zu befreien, aber es ist zu spät. Das Mädchen windet sich in Schmerzen und stirbt. Mit neuer Wut setzt der Mob die Zerstörung des Waisenhauses fort, als trage das Gebäude die Schuld. Und sie schreien: »Rache! Rache!«

31
Billy Dove

»Sie sind hier«, berichtete er den beiden Damen. Nervös stand er in der Tür zum Büro, den Hut in den Händen. Wagte kaum, die Worte zu flüstern.
»Was?«, fragte Miss Shotwell verständnislos und stand vom Schreibtisch auf, als wäre sie beleidigt worden.
»Sie sind hier, Misses. Der Mob. Ich habe sie gerade draußen gesehen, auf der Fifth Avenue.«
»Sie sind jetzt dort draußen?«
»Sie ziehen vorbei. Die meisten sahen aus, als wollten sie nach Uptown.«
»Na bitte«, warf Miss Murray erleichtert ein.
»Wir müssen trotzdem verschwinden, Misses. Wir müssen die Kinder hier rausschaffen«, erklärte er so nachdrücklich wie möglich.
»Aber wenn der Mob doch nur vorbeizieht …«
»Die kommen zurück, und zwar bald.«
»Aber wie?«, fragte Miss Shotwell, und ihre Stimme bebte ein wenig, obwohl er sehen konnte, dass sie sich große Mühe gab, ruhig und langsam zu sprechen. »Wenn der Mob jetzt dort draußen auf den Straßen ist, wie sollen wir die Kinder hier herausbringen?«
»Ich weiß es auch nicht, Misses. Aber wir müssen es tun.«
»Wenn wir uns vielleicht einfach ganz still verhalten, das Tor und die Eingangstür absperren …«, schlug Miss Murray vor. »Und die Fenster schließen, sodass es aussieht, als wäre niemand hier.«
»Und wenn sie trotzdem reinkommen, Miss? Was sollen wir dann tun?«, wandte er ein. »Wenn sie das Haus anzünden, was machen wir dann?«

Beide Frauen schwiegen, dachten angestrengt nach. Jetzt da sie sich darauf eingestellt hatten, mit dem Schlimmsten zu rechnen, überlegten sie in ihrer praktischen Yankee-Art, was nun zu tun sei.
»Mr. Dove«, begann Miss Shotwell höchst förmlich, so wie sie zu sprechen bevorzugte, wenn sie wichtige Anweisungen erteilte. »Mr. Dove, bitte gehen Sie hinauf in die Kuppel und versuchen Sie festzustellen, in welche Richtung der Mob zieht. Und seien Sie so freundlich, bitten Sie vorher Bert und Yolanda, die Kinder vom Hof zu holen. Miss Murray und ich werden ihnen helfen.«
»Ja, Miss.«
Aber wir müssen trotzdem verschwinden, dachte er und ging mit langen, eiligen Schritten den Flur entlang. Wieder kam ihm der Pfirsichbrandy in den Sinn, als er an der Küchentür vorbeikam. Doch er ging weiter, begab sich zur Hintertreppe und nahm immer drei Stufen auf einmal mit seinen langen Beinen.
Er war dankbar für die Gelegenheit, sich zu bewegen. Trotz der Hitze fühlte er die federnde Kraft in seinen Beinen. Die Hitze gab seinem Körper Spannkraft und Elastizität, genau wie bei einem guten Stück Holz. Sie machte ihm nie etwas aus, im Gegensatz zu den Yankee-Ladys und Ruth, die in der Hitze regelrecht zu welken schienen.
Ruth. Der Gedanke flatterte ihm in den Sinn wie der Schatten eines Vogels. Er musste zurück, aber wie?
Im Moment konnte er nichts anderes tun als festzustellen, wo der Mob war. Er stieg weiter die Treppe hinauf, vorbei an den Schlafsälen im zweiten Stock. Er warf einen kurzen Blick hinein, sah die gewissenhaft aufgereihten Eisenbettchen. Sie waren ordentlich gemacht, die Laken straff. Die Kinder waren selbst dafür verantwortlich, den Bereich um ihre Betten sauber zu halten. Das war nicht weiter schwierig, denn die meisten besaßen nicht mehr als die Kleider, die sie am Leib trugen, und ein paar hübsche Bänder und ein bisschen Krimskrams, den sie auf der Straße aufgelesen hatten. Vielleicht eine Daguerreotypie oder Fotografie von ihrer Mutter oder ihrem Vater, wenn sie großes Glück hatten.
Er ging weiter bis auf den Dachboden, öffnete dort die Falltür und

kroch in die Kuppel. Sie war kaum hoch genug, dass er darin hocken konnte, die Luft war abgestanden und heiß, der Boden voll toter Fliegen. Er kniete sich hin, wischte den dicken Staub von den Scheiben und sah auf die Fifth Avenue hinab.

Jetzt waren es Tausende. Sie zogen tatsächlich immer noch Richtung Uptown, gingen nach Norden und wandten sich dann nach Osten Richtung Third Avenue.

Aber warum? Was suchten sie dort?

Allmählich kam er dahinter – er erinnerte sich an die Wortfetzen, die er von weißen Männern auf der Straße aufgeschnappt oder über die Saloontüren gehört hatte. Das war etwas, was weiße Leute sich nie klar machten: dass schwarze Männer und Frauen alles aufmerksam verfolgten, was sie sagten. Dass sie das tun mussten, weil ihr Leben davon abhing …

Sie wollten die Einberufung stoppen, davon war die Rede gewesen. Das war also ihr Ziel, das Militärbüro. Sie wollten sie stoppen, die Trommel zerstören und all ihre Namen verbrennen. Billy wusste, wenn sie Erfolg hatten, dann würden sie außer Rand und Band geraten und tun, was immer ihnen gefiel. Und wenn sie keinen Erfolg hatten, würden sie es an jedem beliebigen Opfer auslassen, das ihnen in die Hände fiel.

Das werden wir sein. Ein Haus voll schutzloser schwarzer Kinder.

Sein Haus. Er dachte wieder an Ruth und die Kinder, die drüben in der Paradise Alley auf ihn warteten. Und was sollten sie tun? Sie warteten auf ihn, während der Mob in den Straßen wütete und Johnny Dolan irgendwo in der Stadt war.

Ruth würde nicht ohne ihn aufbrechen, das wusste er. Sie würden auf ihn warten, komme, was wolle. Aber wie sollte er nach Hause kommen? Er könnte von Glück sagen, wenn er auch nur zehn Blocks weit kam, selbst wenn er durch Hinterhöfe und Gassen schlich.

Und selbst wenn es möglich wäre, was war mit der Verantwortung, die er hier hatte?

Er drehte sich um, blickte durch die Fenster der Kuppel in den umzäunten Hinterhof des Waisenhauses. Die Misses und der alte Bert hatten die Kinder in ordentlichen Reihen aufgestellt – Mädchen und Jungen immer paarweise nebeneinander. Kein Laut war hier oben von dort zu hören. Er wusste, dass diese Kinder wie alle Waisen besonders empfänglich für die Stimmung der Erwachsenen um sie herum waren und jede noch so kleine Schwankung wahrnahmen.

Eine der Damen klatschte gebieterisch in die Hände, und augenblicklich setzten die Kinderriegen sich in Bewegung und traten ins Haus. Es waren gute Kinder, gehorsam und wohl erzogen, aber ihm war klar, wenn es zum Schlimmsten kam, konnten der alte Bert, Yolanda und die Misses ihnen nicht helfen. Die Yankee-Ladys würden beiseite gestoßen, Bert und Yolanda könnten sich glücklich schätzen, wenn sie nicht gelyncht würden …

Und was genau könnte er selbst tun? Wenn sie fliehen mussten?

Billy wusste nicht, ob er irgendetwas tun konnte – aber trotzdem kroch er eilig aus der Kuppel und lief die Treppen wieder hinab. Die Entscheidung war ihm im Grunde aus den Händen genommen. Er konnte nicht zurück nach Hause, nicht durch diesen Mob. Besser, er versuchte wenigstens, hier etwas zu tun, als auf der Straße niedergemacht zu werden wie ein Hund.

Außerdem waren es diese Waisenkinder, die ihn gerettet hatten. Das musste er zugeben, sosehr er diese Arbeit auch immer verabscheut hatte. Es waren die Waisen, die ihm eine feste Arbeit eingebracht und verhindert hatten, dass seine Schwäche ihn überwältigte.

Er war zufällig an diese Arbeit gekommen. Eines Nachmittags war er weit nach Uptown gewandert, nachdem er den Morgen wieder damit verbracht hatte, am Hafen einen Tagesjob oder ein paar Botengänge zu ergattern. Nachdem er sich nicht einmal mehr betrunken dazu bringen konnte, für einen Aal zu tanzen. Er nahm jede Arbeit an, die er kriegen konnte, leerte die Reste aus den Whiskeyfässern der Saloons, die dann an finstere Spelunken verkauft wurden, oder er mistete die Transportschiffe aus, auf denen Schlachtvieh in die Stadt gebracht wurde, oder übernahm Botendienste, wenn kein weißer Junge, der älter als sechs war, zur Verfügung stand. Manchmal bettelte er auch mit den anderen Männern, die sich nicht dazu herablassen konnten, für einen Fisch zu tanzen, auf dem Coenties Slip.

Und wir waren die, die noch Stolz hatten.

Er hatte sich Richtung Uptown auf den Weg gemacht, wollte am liebsten immer weiter laufen und diese verfluchte Insel einfach hinter sich lassen. Er war gelaufen und gelaufen, hatte sich geschworen, nicht anzuhalten, bis er eine Eisenbahnbrücke oder Furt fand, die er durchschwimmen oder durchwaten konnte.

Stattdessen hatte er jenseits der Endpunkte all der Bahn- und Omnibuslinien, jenseits all der hässlichen irischen Elendsviertel, der Schnapsbrennereien und Seifenfabriken, versteckt zwischen den Bäumen, eine ganze Stadt freier schwarzer Männer und Frauen gefunden.

Er hatte immer gewusst, dass ein solcher Ort existieren musste, hatte fest daran geglaubt, seit er sich mit seinem kleinen Boot davongestohlen hatte. Die Stadt bestand lediglich aus zwei säuberlich geharkten ungepflasterten Straßen und grob gezimmerten, gekalkten Häuschen mit Gemüsebeeten daneben und am Beginn jeder Straße eine Kirche. Aber wohin er auch blickte, entdeckte er Männer und Frauen seiner eigenen Hautfarbe – sie nickten ihm grüßend zu und betrachteten ihn ohne Überraschung oder Misstrauen: ein schwarzer Mann in einer schwarzen Stadt.

Sie nannten das Städtchen Seneca Village, und die Einwohner waren fast ausschließlich entflohene Sklaven, obwohl es auch ein paar alteingesessene schwarze Familien aus der Stadt gab, ein paar Weiße und Indianermischlinge, die eingeheiratet hatten. Er hatte auch bald herausgefunden, dass diese Menschen immer noch in der weißen Stadt arbeiten mussten und versuchten, an ihren Rändern irgendeine Art von Lebensunterhalt zu ergattern. Es gab keine schwarze Werft, keine Werkstatt, in der er hätte arbeiten können.

Frei, und doch nicht frei – aber trotzdem blieb er. Er fand mal bei dieser Familie Obdach, mal bei jener. Kaum ein Wort wurde darüber verloren, dass er mit an ihrem Tisch aß, kein Geld oder sonstige

Gegenleistung wurde erwartet, doch er ging in den Wald und schlug Feuerholz für sie oder bestellte das Gemüsegärtchen. Er machte auch Schreinerarbeiten, obwohl fast niemand im Dorf jemanden mit seinen Fertigkeiten brauchte, um die windschiefen Schuppen und Häuschen zusammenzuzimmern.

So beschäftigte er sich meist mit dem Bau seines eigenen Hauses. Er steckte sich ein Waldgelände von etwa zwanzig Ar ab, borgte an Werkzeug, was er bekommen konnte, um die dünnen, widerstandsfähigen Bäume zu fällen und die Stümpfe und Wurzeln auszugraben. Das Holz taugte nicht zum Bauen, doch er war tiefer in den Wald gegangen und hatte die größten Nadelbäume und Eichen geschlagen, die er finden konnte, und zu Brettern gehauen.

Es ging nur langsam voran mit den minderwertigen Sägen, Beilen und Äxten, die er ausleihen konnte, aber das machte ihm nichts. Er ließ sich Zeit und genoss es, wieder einmal richtige Arbeit zu tun – und, was noch besser war, für sich selbst zu arbeiten. Zu arbeiten, wie er es wollte, mit größter Sorgfalt jedes Brett zu formen und zu hobeln. Hilfe nahm er nur in Anspruch, um den Dachstuhl zu errichten, ehe er ihn selbst mit den Holzschindeln deckte, die er sorgsam Stück für Stück angefertigt hatte. Und als es schließlich fertig war, betrachtete er sein kleines Haus und konnte mit Fug und Recht sagen, dass wenigstens dies sein Eigen war.

Es war Reverend Betancourt, der ihm die Arbeit im Waisenhaus besorgt hatte. Er war eines Sonntagnachmittags zu Besuch gekommen, nachdem er wieder eine seiner zornigen, kompromisslosen Predigten von der Kanzel der All Angels Church geschmettert hatte. Wortlos war er auf seinen kurzen Beinen durch Billys Haus gestapft, ehe er ihm vorhielt: »Was für ein Mann baut ein Haus, bevor er Arbeit hat?« Er traktierte Billy mit einem finsteren Blick, bis der schließlich die Schultern hob und wegschaute.

»Ein Mann, der bleiben will!«, antwortete der Geistliche sich selbst. »Aber wenn Sie bleiben wollen, brauchen Sie etwas, womit Sie Ihren Lebensunterhalt verdienen können!«

Danach hatte er ihn zum Waisenhaus gebracht. Es war das größte Gebäude, das Billy je betreten hatte, und es roch damals genau wie heute nach Seife, Stärke und frischem Kalk. Der Reverend hatte ihn mit den beiden Yankee-Ladys von der Abolitionistenbewegung bekannt gemacht, deren Haar damals schon den ersten Grauschimmer aufwies. Miss Shotwell, die größere von beiden, hatte ihm die Hand geschüttelt und ihn Mister genannt – das war das erste Mal gewesen, dass eine weiße Frau so etwas getan hatte.

»Es ist eine gute Arbeit für einen Mann, der seine Hände zu gebrauchen weiß«, hatte Reverend Betancourt ihm versichert. »Eine gute Arbeit für einen Mann, der gern schreinert.«

Doch tatsächlich war es im Wesentlichen die Arbeit einer Kinderfrau. Er hütete die Kinder, wenn sie draußen spielten. Half den Köchinnen, das Essen aufzutragen und anschließend die Küche in Ordnung zu bringen. Schlug und schleppte das Holz fürs Feuer, holte Wasser von der Pumpe und brachte die Kinder abends in ihren Schlafsälen zu Bett.

Er hatte es akzeptiert, hatte sich gesagt, dass es zumindest ein regelmäßiges Einkommen brachte – dass es gut genug war, bis er eine richtige Stellung fand, irgendwo bei einer Werft. Er hatte kein Geld mehr für Alkohol ausgegeben, jeden Penny gespart, den er nicht für Nahrung und Kleidung brauchte, um eigenes Werkzeug zu kaufen wie ein richtiger Handwerker. Er bereitete sich auf den Tag vor, da er Arbeit auf einer Schiffswerft finden würde.

Doch schon während dieser Zeit war ihm allmählich klar geworden, dass dieser Tag nie kommen würde. Dass er nie eine Arbeit beim Schiffsbau finden würde oder sonst irgendwo in der Stadt, eine Arbeit, für die er den Lohn eines weißen Mannes bekommen könnte. Dass es den Ort einfach nicht gab, wo die weißen Männer, sobald er das Gelände betrat, nicht die Werkzeuge beiseite legten und die Arme verschränkten und darauf warteten, dass er wieder verschwand.

Er hatte die Stellung im Waisenhaus behalten. Hatte den Kindern die Nase geputzt und sie zugedeckt. Jeden Abend den Hof gekehrt und geharkt, hatte ihnen aus den Krüppelkiefern primitive, eckige Baseballschläger geschnitzt. Hatte alles getan, worum er gebeten wurde.

Aber er hatte aufgehört, von seinem Lohn neues Werkzeug zu kaufen. Er hatte versucht, zu den wenigen Saloons zurückzukommen, in denen Schwarze bedient wurden, doch die lagen nun am anderen Ende der Stadt und wechselten ständig die Standorte. Für einen schwarzen Mann war diese ganze Stadt wie Treibsand, schien unablässig unter seinen Füßen zu fließen.

Er kaufte sich eine Flasche richtigen Whiskey, doch als er allein trank, wurde die Flasche selbst zur Besessenheit. Er ließ sie nie aus den Augen, beobachtete, wie ihr Inhalt erst von drei Vierteln auf die Hälfte schwand, dann auf ein Drittel. Dann nahm er noch einen Schluck und versicherte sich, dass sie immer noch beinahe voll war, dass ihm noch genug blieb. Und so weiter, bis es immer weniger und weniger wurde und er es irgendwann nicht mehr aushielt und den letzten Tropfen mit einem bitteren Schluchzen trank.

Er zog es vor auszugehen, irgendwohin, wo er wenigstens mit jemandem reden konnte. Er machte die Schwarzbrennereien in der Wildnis aus Gesträuch und alten Bäumen nördlich von Seneca Village ausfindig – obwohl er wusste, dass er damit ein enormes Risiko einging wegen all der Sklavenfänger, die immer am Dorfrand lauerten. Er hatte sie aus der Ferne gesehen: magere, rastlose Männer. Sie trugen Ketten und Peitschen am Gürtel und brachten einen schwarzen Mann am helllichten Tage auf offener Straße in ihre Gewalt, wenn niemand sie aufhielt.

Die Männer, die die Schwarzbrennereien betrieben, waren schon gefährlich genug. Billy machte sie ausfindig, indem er dem Geruch nach Holzfeuer und gebranntem Zucker folgte. Er achtete darauf, langsam und vernehmlich in das Dickicht zu treten, in dem sie sich verbargen. Sie waren immer zu zweit und standen über den Topf gebeugt. Einer rührte bedächtig, der andere stand daneben, stets ein Gewehr in Händen. Und sie warfen Billy finstere Blicke zu, wenn er auf die Lichtung kam, schon eine Münze in der ausgestreckten Hand.

Sie nahmen sein Geld, ohne ein Wort zu sprechen, und reichten ihm einen verbeulten Blechbecher, der enthielt, was immer sie gerade brauten. Billy trank es da und dort, nahm kleine, langsame Schlucke des süßen, frischen, warmen Whiskeys. Hockte auf der Lichtung im Gras und sprach leise mit den anderen Männern, schwarze und weiße, die sich um den Kessel versammelten. Sie erzählten sich gegenseitig ihre traurigen Geschichten, klagten, dass sie keine Arbeit finden konnten. Und er berichtete von seinen Plänen, wenn er betrunken genug war, dass er nach Westen ziehen wolle, vielleicht gar bis San Francisco, wo es gewiss leichter für einen Mann war, anständige Arbeit zu bekommen – irgendetwas anderes zu tun, als verlassenen Kindern die Nasen und Ärsche abzuwischen.

Aber er war niemals irgendwo anders hingegangen als zurück zu seiner Hütte, und er war sich seiner schwindenden Möglichkeiten und seiner Verwundbarkeit durchaus bewusst. Er versuchte, so leise und leichtfüßig wie möglich zu gehen. Hielt immer Ausschau nach möglichen Verfolgern – Sklavenfängern oder einfach nur Langfingern, die ihm auf dem Heimweg von der Brennerei auflauern mochten.

Diese ganze Stadt ist ein Ort der Jagd und der Flucht.

Er hastete die Treppe von der Kuppel hinab, vorbei an den langen Reihen von Waisenkindern, die zu ihren Schlafsälen hinaufgingen. Miss Shotwell hatte sie angewiesen, hinaufzugehen und den einen Gegenstand auszuwählen, den sie am allerliebsten mitnehmen wollten. Was für ein überflüssiger Unsinn, wo sie doch um ihr Leben laufen mussten – aber er konnte ihnen keinen Vorwurf machen. Gerade weil sie so wenig besaßen, war es umso wichtiger, wenigstens etwas mitzunehmen.

»Ich habe den Kindern befohlen, sich abmarschbereit zu machen.« Miss Shotwell und Miss Murray standen am Fuß der Treppe, kerzengerade aufgerichtet wie immer, aber die Furcht loderte jetzt offen in ihren Augen. Gleich hinter ihnen warteten Yolanda und Bert mit grimmigen Mienen.

»Sie werden sich hier unten wieder versammeln, und dann werden wir sehen, ob es notwendig ist, das Heim zu verlassen.«

»Falls wir können, Miss«, entgegnete Billy, so sanft wie er konnte. »Falls wir können.«

Selbst hier im Innern des Gebäudes konnten sie den wachsenden Lärm der Menge irgendwo aus östlicher Richtung vernehmen. Er machte eine Runde mit Yolanda und dem alten Bert, um sich zu vergewissern, dass alle Türen verriegelt und die Fenster geschlossen waren, bis der Schweiß ihnen in Strömen übers Gesicht rann im stickigen, aufgeheizten Haus. Auch wenn das gegen einen Mob nicht das Geringste ausrichtete.

Artig kamen die Kinder in Reih und Glied zurück ins Erdgeschoss. Die älteren halfen den ganz kleinen, hielten sie bei den Händen. Sie stellten sich im Speisesaal auf, wie die Yankee-Ladys angeordnet hatten. Sie trugen ihre dicken Ausgehjacken und knielange Hosen, die Mädchen weite Röcke. Sie warteten auf weitere Anweisungen, jedes hielt den einen Gegenstand, der ihm am kostbarsten war, mit der Hand umklammert.

Billy wusste, höchstens jedes dritte dieser Kinder war wirklich eine Waise. Sie waren die Kinder von Arbeiterinnen und Arbeitern, die an der Cholera oder der Schwindsucht gestorben oder einfach eines Tages vor Erschöpfung tot umgefallen waren. Doch ebenso waren sie Kinder von Huren und Taschendieben oder Stadtstreichern. Ihre Mütter brachten ihre Tage im Arbeitshaus auf Blackwell's Island zu. Sie waren die Söhne und Töchter von Dienstmädchen und den jungen Herren des Hauses. Kinder, die verlassen auf der Straße aufgefunden worden waren oder deren Eltern einfach keine Mittel mehr besaßen, sie zu ernähren. Es waren gar ein paar darunter, die ganz allein aus dem Süden heraufgekommen waren. Sie waren mit einer größeren Gruppe von einer Plantage geflohen – waren getrennt worden, als die Erwachsenen getötet oder wieder eingefangen wurden, aber dennoch weitergegangen. Wie durch ein Wunder wurden sie schließlich in dieser Stadt angespült, halb verhungert, verstört und sprachlos.

Die Jahre hier im Heim waren voraussichtlich ihre besten. Auch das wusste er. Es war nahezu grausam, fand er, wie sie hier ausgebildet wurden: Man brachte ihnen bei, sich zu benehmen, lehrte sie

Lesen, Schreiben und Rechnen, unterwies sie in diesen oder jenen praktischen Verrichtungen, ehe sie nach ein paar Jahren zu ihren Eltern zurückgeschickt oder als Hausdiener und Farmarbeiter vermittelt wurden – die meisten, sobald sie zwölf waren.

Doch es gab nur noch wenige feine Leute hier in der Stadt, selbst unter den Republikanern, die schwarze Dienstboten einstellten. Und die Farmer in Upper Manhattan oder auf Long Island mochten die schwarzen Arbeiter noch weniger. Diejenigen, die dennoch Schwarze beschäftigten, waren in der Regel auf der Suche nach jemandem, dem sie so gut wie nichts bezahlen mussten und ihn behandeln konnten, wie sie wollten. Es war unwahrscheinlich, dass diese Kinder je wieder haben würden, was ihnen hier geboten wurde: genug zu essen und ein warmes Bett – und Menschen, denen es nicht gleichgültig war, was aus ihnen wurde.

Und meine Kinder? Billy versuchte, sie sich hier vorzustellen, wie sie im Takt der Heimglocke die Treppen auf- und abgingen. Feierlich und still einhergingen, sich dorthin setzten, wo man es ihnen befahl. Bis sie wieder in die Stadt hinausgestoßen wurden …

Vor allem mein Junge, Milton. Er würde sich hier langweilen, so wie er schon las und dachte – auch wenn es ihm gefallen würde, den jüngeren Kindern zu helfen und Verantwortung zu übernehmen.

Er war etwas Außergewöhnliches, wusste Billy, obwohl ihn das dem Jungen gegenüber nur strenger machte. Er versuchte alles, um ihn abzuhärten, möglichst schnell einen Mann aus ihm zu machen. Dies war eine Stadt, die das Außergewöhnliche hasste, die es in den Schmutz trat und zerbrach, je feiner und dunkler es war, desto besser …

Die Kinder standen schwitzend im Speisesaal und warteten auf weitere Instruktionen. Billy war bei ihnen und bemühte sich, so gut er es vermochte, sie zu beruhigen, während die Yankee-Ladys die Lage erörterten und überlegten, wohin sie fliehen sollten.

»Wir machen nur einen kleinen Ausflug, einen Spaziergang in den Wald …«

Er versuchte ihnen weiszumachen, sie gingen nur zu einem Picknick in den neuen Park oder auf einen der anderen seltenen Ausflüge, zu denen sie Gelegenheit bekamen. Doch er wusste, keins der Kinder ließ sich etwas vormachen. Ernst und feierlich erwiderten sie seinen Blick. Lauschten dem Lärmen der Menge, das jetzt stetig näher kam …

»Aber wo können wir hin? Welcher Weg ist sicher?«, hörte er Miss Murray viel zu laut in seinem Rücken flüstern.

Ganz in der Nähe hörten sie Feuerglocken und etwas, das wie Jubel klang.

»Mr. Dove, bitte seien Sie so gut und stellen Sie fest, was das ist«, bat Miss Shotwell, aber er war schon auf dem Weg zum Flur und öffnete einen Fensterladen an der Vorderfront.

Von hier aus konnte er nur sehr wenig auf der Fifth Avenue erkennen. Ein paar rennende weiße Männer, und das Gebrüll war lauter denn je. Doch bald nahm er in der heißen Sommerluft einen Geruch wahr:

Feuer. Sie hatten die ersten Brände schon gelegt.

Ein Soldat kam die Fifth Avenue entlanggetaumelt, dann noch einer, und ein weiterer. Einige schleiften ihre Musketen am Lauf hinter sich her, die restlichen hatten ihre Waffen eingebüßt. Ein Offizier fuchtelte nutzlos mit seinem Säbel in der Luft herum. Einige von ihnen wankten, bluteten am Kopf und wurden von ihren Kameraden gestützt. Sie alle bewegten sich, so schnell sie konnten, die Straße entlang und schauten furchtsam zurück.

So – die Soldaten waren also bereits in die Flucht geschlagen. Und nun würde der Mob kommen. Auf der Suche nach irgendetwas, das sie zerstören, irgendwem, den sie jagen konnten.

Er ging zurück, um den Yankee-Ladys zu berichten, was er gesehen hatte, flüsterte ihnen die Neuigkeiten zu. Um der Kinder willen nahmen sie es mit äußerlicher Gelassenheit auf, aber Billy sah die Verzweiflung in ihren Gesichtern. Was sollten sie jetzt nur tun? Sie sollten die Kinder nach Süden bringen, schätzte er, nach Lower Manhattan, aber das würde bedeuten, sie durch ganze Viertel voll betrunkener, irischer Arbeiter zu führen …

Ein lautes Klopfen erscholl an der Tür. Billy und die Yankee-Ladys schauten sich an, fragten sich alle drei, ob sie tatsächlich schon hier sein konnten. Langsam ging Billy zurück zur Eingangshalle.

»Danke, Mr. Dove, aber ich gehe selbst«, sagte Miss Shotwell hastig und folgte ihm, aber er ließ es nicht zu.

»Nein, Miss, ist schon recht.« Er hielt inne und suchte nach den richtigen Worten. »Wenn ich nicht zurückkomme, wissen Sie, dass Sie die Kinder wegbringen müssen. Am besten nach Süden und Westen, nehme ich an. So schnell Sie können!«

Er eilte auf den Korridor hinaus, ohne eine Antwort abzuwarten. Überlegte, dass der Türriegel sie zumindest ein Weilchen aufhalten würde. Zeit genug für ihn, zu den Damen und den Kindern zurückzukehren und sie in den hinteren Hof zu bringen. Und dann?

Das Klopfen an der Tür wiederholte sich. Neben dem geöffneten Fensterladen presste er sich an die Wand, versuchte, außer Sicht zu bleiben. Er wollte wenigstens sehen, wer es war, ehe sie ihn entdeckten.

Ein Gesicht erschien vor ihm, so plötzlich und so nah, dass er zurückfuhr. Es war weit unten, wo er es nicht erwartet hatte – eine schreckliche Koboldfratze, breit und grinsend, verschmiert mit Blut und Ruß. Das Gesicht eines Jungen, erkannte er nun. Ein kleiner weißer Junge, der jetzt ebenso hartnäckig ans Fenster klopfte wie zuvor an die Tür. Ehe Billy noch darüber nachgedacht hatte, öffnete er die Tür und ließ das Kind ein, denn er dachte, dass es selbst in irgendwelchen Nöten sei. Doch der Junge stand einfach nur da und grinste ihn an.

»Die kommen her, um euch auszuräuchern«, erklärte er. »Das Militärbüro haben sie schon abgefackelt und die Trommel kaputtgemacht. Jetzt kommen sie her, um euch auszuräuchern.«

»Wann?«, fragte Billy und hockte sich vor ihn.

Der Junge stand einfach nur da, völlig gelassen, wie ein schrecklicher Unheilsbote. Und woher hatte er das Blut im Gesicht? Und die Asche?

»Kann jederzeit so weit sein, denk ich. Sobald die damit fertig sind,

den ganzen Block abzufackeln. Sie reden schon davon, sagen, lasst uns rübergehen und die Niggerwaisen verbrennen.«
»Wie werden sie herkommen, weißt du das? Die Fifth Avenue runter?«
»Klar. Und über die Fourth Avenue auch. Ich schätze, sie nehmen jeden Weg, den sie finden.«
»Verstehe.«
Damit stand die Entscheidung fest. Sie mussten auf der Stelle aufbrechen, nach Süden gehen und konnten nur hoffen, dass sie schneller waren als der Mob.
»Ich weiß einen Weg, der an ihnen vorbeiführt«, bemerkte der Junge.
»Was?«
»Rüber zum 20. Polizeirevier. Ich kann euch hinführen.«
Billy sah den Jungen scharf an, überlegte, ob er sie in eine Falle locken wollte. Aber er wirkte vollkommen entspannt, und außerdem brauchte die Meute ihnen keine Falle zu stellen.
»Das 20. Polizeirevier ist Uptown. Wie sollen wir dahinkommen?«, fragte Billy. »An diesem Mob vorbei?«
»Durch die Hinterhöfe«, antwortete der Junge. »Ist ganz einfach, wenn man weiß, wie.«
Die Hinterhöfe. Alles war ihm recht, das ihnen die offene Straße ersparte, ihnen ermöglichte, ungesehen zu bleiben. Auf diese Art und Weise hätten die Kinder, selbst wenn sie entdeckt würden, eine Chance, wegzulaufen und sich in Kellern, Kohlenschuppen oder Latrinen zu verstecken …
Er richtete sich wieder auf und horchte. Er hörte etwas, das wie das Singen von Betrunkenen klang, noch einige Blocks entfernt, aber es kam unzweifelhaft näher.
»In Ordnung«, sagte Billy, legte dem Jungen einen Arm um die Schultern und führte ihn den Korridor entlang. »Wir versuchen es mit deinem Vorschlag.«

Sie verließen das Waisenhaus durch die Hintertür, wiederum in makelloser Formation. Zwei Reihen, die Mädchen in der einen, die

Jungen in der anderen. Die größten Kinder trugen die Kleinsten auf dem Rücken.
Die Yankee-Ladys, Yolanda und der alte Bert trugen ebenfalls jeder eins der kleinen Kinder. Yolanda schnaufte und beschwerte sich verdrossen: »Der Mob kommt von Norden, ich versteh nicht, warum wir jetzt ausgerechnet nach Norden gehen.« Die Misses waren beinahe sprachlos vor Furcht, doch sie bestanden darauf, die Nachhut zu bilden und darauf zu achten, dass niemand den Anschluss verlor.
Billy trug auf jedem Arm ein kleines Mädchen. Er führte den Zug an und ging an der Seite des weißen Jungen, der ihnen den Weg zeigte. Immer noch unsicher, ob ihm zu trauen war, wollte er wenigstens in der Lage sein, die anderen zu warnen, wenn es sich als Falle entpuppte.
Und wenn es eine Falle war, würde er den Jungen mit bloßen Händen erwürgen, das schwor er bei Gott.
Schnell und leise überquerten sie den Hof. Ein wunderschönes kleines Mädchen aus Martinique namens Anik hob lauthals zu einem Kirchenlied an, denn sie war es gewohnt, dass sie sangen, wann immer sie irgendwohin marschierten.

Then sings my soul
My savior God to me …

»Still! Hör sofort mit dem Lärm auf!« Die anderen Kinder brachten sie zum Schweigen, ehe er es tun konnte. Sie wussten genau, was vorging, erkannte er. Sie hörten das Lärmen der Menge jetzt auf der Fifth Avenue draußen – ebenfalls eine Art Gesang.
»Hier lang.«
Der Junge schaute grinsend zu ihm auf, stolz darauf, mit seinen Geheimnissen prahlen zu können. Er öffnete das Hintertörchen, und sie verließen schweigend den Hof. Als das letzte Kind hinaustrat, hörte Billy den Mob auf der anderen Seite des Gebäudes, wo das schmiedeeiserne Tor die Menge aufhielt.
»Wartet! Wartet! Ich hab's vergessen!« Ein kleiner Junge, den sie

Tad nannten, verließ seinen Platz in der Riege und rannte zurück durchs Törchen und ins Waisenhaus, ehe Billy ihn aufhalten konnte. Ihm blieb nichts anderes übrig, als die beiden kleinen Mädchen an Bert weiterzureichen. Yolanda beschimpfte ihn lästerlich, aber er hieß sie weiterzugehen, und er werde ihnen folgen. Dann rannte er hinter Tad her zurück ins Haus und fluchte die ganze Zeit leise vor sich hin.

Billy folgte dem Jungen die Treppen hinauf in den Schlafsaal. Dort stand der kleine Kerl an seinem Bett und wühlte in einer alten Zigarrenkiste, bis er fand, wonach er gesucht hatte. *Ein Pferd.* Eine winziges Zinnpferd. Es hatte einen kleinen Ring am Rücken, war vielleicht einmal Teil eines Schlüsselanhängers gewesen und hatte seinem Vater oder seiner Mutter gehört. Triumphierend hielt er es in die Höhe, aber Billy war schon bei ihm und hob ihn hoch.

»Ist es das? Ist es das, was du wolltest?«

Besser, ich gehe auf Nummer sicher.

»Ja«, hauchte Tad, und Billy setzte ihn sich auf den Arm und eilte zurück zur Treppe.

Irgendwo ganz in der Nähe zersplitterte Glas. Billy zuckte zusammen und warf einen Blick durchs Fenster in den Vorgarten. Da war der Mob. Weiße Männer, Frauen und auch Kinder strömten im Vorgarten zusammen. Manche warfen schon Ziegel gegen die Hauswand oder gruben Pflastersteine aus, andere rissen den schmiedeeisernen Zaun an der Straßenfront nieder. Immer mehr kamen die Fifth Avenue herauf. Sie johlten, lachten und sangen etwas – zuerst unverständlich, aber allmählich konnte er die Worte verstehen: »Brennt das Niggernest nieder! Brennt das Niggernest nieder! Brennt das Niggernest nieder!«

Einige Männer kamen an die Eingangtür, Brechstangen und große Schraubenschlüssel in Händen.

Dann rannte er wieder die Treppe hinab ins Erdgeschoss und betete, dass sich noch keiner auf die Rückseite zur Hintertür geschlichen hatte. Niemand dort. Gott sei Dank dafür. Er schlüpfte rasch durch das hintere Tor im Zaun, hielt jedoch inne, um es zu verriegeln. Versuchte, alles zu vermeiden, was der Meute einen Hinweis über ihre Fluchtroute geben konnte.

Er rannte über den Hinterhof und die Gasse entlang, in die die anderen eingebogen waren. Bald kamen die Waisenkinder vor ihm in Sicht. Billy war erleichtert und gleichzeitig ängstlich, weil sie noch nicht weiter gekommen waren. Selig betrachtete Tad seinen Talisman, das winzige Pferd in seiner Hand. Scheinbar hörte er das anschwellende Gegröle hinter ihnen überhaupt nicht.

»Brennt das Niggernest nieder! Brennt das Niggernest nieder!«

32
Ruth

Mittag. Jetzt war sie sicher, dass er nicht heimkommen würde. Sie konnte nur hoffen, dass er nicht irgendwo in einer Bar gestrandet war.

Da würden sie ihn kriegen. Sicher wusste er doch, selbst wenn er getrunken hatte, dass sie ihn an einem solchen Ort erwischen würden.

Aber wo konnte er sonst sein? Wäre er im Waisenhaus sicherer? Wäre er das irgendwo in der Stadt?

Wieder spürte sie einen Kloß in der Kehle, aber sie würgte die Angst hinunter. Billy hatte schon Schlimmeres überstanden. Er war schlau und einfallsreich, außer wenn er einen zu viel getrunken hatte. Es gab Gassen und Gässchen, Durchlässe und Hinterhöfe. Dächer und Keller, die Hintertüren von Saloons, Läden und Ställen. Tausend Verstecke für einen Mann, der wie ein wildes Tier gejagt wurde. Billy würde eines finden, sie war sich sicher. Das musste sie sein.

Sie versuchte, sich davon abzulenken, den Impuls niederzuringen, der sie manchmal packte wie zwei würgende Pranken: sich einfach die Kinder zu schnappen und zu fliehen. Stattdessen ging sie ein paar Minuten zu Milton, der mit seinen jüngeren Geschwistern spielte. Er hatte eine Art Kartenspiel erfunden, das aus alten Lieferscheinen und Etiketten bestand, die er von leeren Kisten, die er auf der Straße fand, ablöste und sammelte. Ruth betrachtete die hübschen Schriftzüge und Bilder. Tropische Landschaften und halb nackte Frauen von dort, wo Tomaten, Bananen und Reis herkamen. Die feierlichen, bärtigen Gesichter von Kaufherren, die durch die Ernsthaftigkeit ihrer Mienen für die Güte ihrer Waren warben.

Die Spielregeln waren zu kompliziert für sie, doch die anderen Kinder schienen sie mühelos zu begreifen. Lächelnd schaute sie ihnen zu. Und der Gedanke erfreute sie: Fünf Kinder, und jedes war gescheiter als sie.
Sie würden es besser verstehen als ihre Mutter, aus einer Falle herauszukommen. Von einer Insel herunterzukommen, wenn dort alles zum Teufel ging …
Milton teilte die Lieferscheine und Etiketten wieder aus. Sie versuchte, sein System zu durchschauen: Blau schlug Grün, Grün schlug Rot, Rot schlug schlichtes Schwarzweiß. Aber Trumpf war die Entfernung zum Ziel, das auf den Lieferscheinen angegeben war: Troy schlug Yonkers, Hartford schlug Elizabeth. Er hatte gar einen Lieferschein aus San Francisco gefunden, und der schlug alle anderen.
»Wie weit ist es bis dorthin?«, fragte sie Milton.
»Das ist viele tausend Meilen weit weg«, antwortete er. »Vielleicht drei-, viertausend Meilen.«
Sie wusste das schon, wollte sich nur beruhigen. *Aber was hieß das schon? Er war einmal Tausende Meilen weit gekommen, er konnte es wieder tun …*
Sie stand auf und wandte sich vom Tisch ab. Die Kleineren spielten begeistert weiter, aber Miltons Blick folgte ihr, das wusste sie. Es war unmöglich, etwas vor ihm zu verbergen. Sie trat wieder ans Fenster, sah über den Holzladen hinweg auf die Straße. Sie lag vollkommen verlassen da, nicht einmal ein Schwein war zu entdecken. Sie waren schlaue Kreaturen, verschwanden von der Straße, wenn sie spürten, dass sich ein Sturm oder sonst irgendetwas zusammenbraute. *Schlauer als sie.*
Sie ging zu den Kindern zurück. Über eines war sie froh, als sie sie alle so in ihr Spiel vertieft sah, über das Milton so streng den Vorsitz führte. Sie war froh, dass er nichts von damals wusste – dass keins ihrer Kinder wusste, wer sie gewesen war und was sie getan hatte.

33
Das Jahr des Gemetzels

Ich bin mit ihm gegangen. Ich wollte nicht, dass er mich zurücklässt. Ich wusste nicht, wie ich dann hätte weiterleben sollen. Und das war meine Sünde: Ich wollte immer noch leben …

Wenn sie auf der Straße unterwegs waren, sorgte Johnny Dolan immer dafür, dass der Kasten verdeckt war. Aber abends lagerten sie nun so weit von der Straße entfernt wie möglich, und dann öffnete er ihn und starrte hinein, bis das Licht schwand.

Alles gab es dort drin hinter dem Glas. Winzige Spiegel und Kristalle waren an die Rückwand geklebt, sodass Größe und Form des Innenraums sich jedes Mal zu verändern schienen, wenn sie hineinblickten. Und immer fanden sie etwas Neues. Die Embryos kleiner Tiere, Insekten, die in einer Lösung in Gläsern schwammen, Federn seltsamer Vögel und Knochen von Heiligen. Winzige See- und Sternkarten, einen Kompass, Werkzeuge von Apothekern, Barbieren und Quacksalbern …

Zuerst hatte Dolan all die Sachen gar nicht anschauen wollen. Er hatte den Kasten unter Verschluss gehalten, als könne es den Inhalt schmälern, wenn er ihn betrachtete. Und er hatte ihr eingeschärft, darauf zu achten, dass er immer verhüllt war, und niemandem ein Sterbenswort davon zu sagen.

»Das hier ist unsere Passage von dieser Insel«, sagte er gern, während sie auf dem Weg nach Dublin waren. »Dieser Kasten bedeutet, dass wir nicht verhungern.«

Aber dann hatte er irgendwann begonnen hineinzuschauen, und von da an tat er es jeden Abend, bis die Sonne unterging oder noch länger. Er hielt das Feuer noch eine Stunde länger in Gang, selbst wenn es bedeutete, dass er mühsam Brennholz zusammenklauben musste. Das schien ihm nichts auszumachen, und sie war froh. Er ließ sie jetzt in Ruhe, jedenfalls meistens. Starrte immer nur dieses Ding an und grübelte anschließend darüber nach.

»Und was meinst du, was das da hinten ist? Wozu soll das wohl gut sein?«, fragte er sie, während sie gemeinsam im Feuerschein in den Kasten spähten. Zuerst missgönnte er ihr auch nur den kleinsten Blick, fürchtete nach wie vor, sie könne es abnutzen, und zog es dann aber vor, für all seine Spekulationen ein Publikum zu haben. »Denkst du, wir können alles da drin sehen? Alles, was drin ist?«

Die Menschen auf der Straße waren inzwischen zu einem Strom geworden, der immer schneller Richtung Dublin floss. Ganze Familien, die ihre gesamte Habe in Handwagen oder Schubkarren mit sich führten. Männer mit grimmigen Gesichtern, die ihre Schaufeln und Hacken trugen, die Werkzeuge ihres Handwerks, wenngleich es nirgendwo mehr Arbeit gab.

Überall sahen sie Leichen. Sie lagen auf den Feldern oder den Türschwellen ihrer Hütten, selbst entlang den Straßen, die Münder weit geöffnet und innen grün, weil die Menschen versucht hatten, Gras oder Nesseln zu essen.

Sie streiften die Leichen nur mit einem kurzen Blick und gingen weiter. Sie rasteten jetzt nicht mehr, nicht einmal, um das Kabinett anzuschauen. Die Furcht wurde immer spürbarer und hetzte sie vorwärts, je näher sie der Stadt kamen.

Ruth sah eine Frau, die den nackten Leichnam ihrer Tochter aus ihrem Scalpeen zog. Die Tote war beinahe so groß wie sie selbst, doch sie zerrte sie an den Füßen ins Freie, bedeckte sie mit Steinen und kroch zurück unter das löchrige Dach der Hütte.

Ich wandte mich zu Dolan um, um festzustellen, ob er das gesehen hatte und was er dachte. Aber sein Blick war stur geradeaus auf die Straße vor uns gerichtet.

Als sie nach Dublin kamen, blieben sie für sich, und Dolan sorgte gewissenhafter als je zuvor dafür, dass das schwarze Tuch ihren Schatz immer vollständig verhüllte. Selbst ihn schüchterten die Größe der Stadt, die Menschenmassen auf den Straßen und ihr geschäftiges Treiben ein. Es war die erste Stadt, die sie sahen, wo noch Nahrungsmittel in den Schaufenstern der Läden auslagen: Hühner, Schweine und Wurstketten hingen von den Fleischerhaken in den Metzgereien, feine Kuchen und Torten lagen in den Bäckereiregalen. Die Häuser entlang den prächtigen Straßen wirkten schmuck und hell, waren in leuchtendem Hellblau und Gelb gestrichen.
In den Gassen entdeckten sie jedoch Haufen von Unrat und die Leiber von Männern und Frauen, ob tot oder lebendig vermochten sie nicht zu sagen. An jeder Straßenecke standen Kinder, die die lose Haut an ihren Armen gepackt hielten, um das Ausmaß ihres Hungers zu beweisen. Das Haar war ihnen ausgefallen, doch auf Wangen und Stirn wuchs ihnen ein weicher Flaum, sodass sie wie Affen aussahen. Wie eine Litanei murmelten sie ihr Flehen vor sich hin:
»*Ta sinn ocrach*« – »Wir haben Hunger.«
»*Tha shein ukrosh*« – »O weh, der Hunger.«

Dolan mietete ein Zimmer in einer Seemannspension nahe den Liffey Kais und bestand darauf, dass sie abwechselnd bei dem Kasten Wache hielten. Sie verließen das Zimmer so gut wie nie. Nachts war die Stadt unbeleuchtet und bedrohlicher denn je.
Aber wohin sie tagsüber auch blickten, überall entdeckten sie Werbetafeln. Ladenschilder schepperten und flatterten über ihren Köpfen – riesige Stiefel und Hüte, Rinder und Schweine. Die Schaufenster verlassener Läden waren mit Eisenbahnfahrplänen, Reklame für alle möglichen Heilmittelchen, Auktionslisten und Bekanntmachungen zur Armutsgesetzgebung bepflastert. Auch ganze Zeitungsseiten mit fett gedruckten Schlagzeilen waren dort angeschlagen. Männer standen davor und versuchten zu entschlüsseln, was sie bedeuteten – falls sie überhaupt eine Bedeutung hatten:

Der Befreier in Rom!
Daniel O'Connell wird mit Seiner Heiligkeit zusammentreffen – Sofortmassnahmen gegen Hungersnot!
Seine Heiligkeit verspricht, seiner Herde im heiligen Irland, dem Stützpfeiler der Kirche, beizustehen.
O'Connell nach Audienz mit dem Heiligen Vater wiederhergestellt.

Dolan studierte sie alle: Die Geschichten über wundersame Heilmittel, die Enteignungsverfügungen und die Gazetten, als könne er daraus entnehmen, wohin sie als Nächstes gehen oder was sie tun sollten. Aber am liebsten schaute er in seinen Kasten – saß dort oben in ihrem Zimmer und stierte auf all die Wunderdinge hinter der Glasscheibe.

Eines Nachmittags schließlich befahl er ihr, die Kiste zu nehmen, und führte sie zum Pfandleiher. Zusammen hatten sie sie durch die Tür bugsiert und auf die Ladentheke gehievt, und Dolan verlangte ohne Umschweife zehn Pfund dafür.

Zuerst lachte der Pfandleiher sie nur aus. Er war ein fetter kleiner Mann namens Murphy, dessen Laden an der Thomas Street bis zur Decke mit Gegenständen gefüllt war, die er den Menschen für so gut wie gar nichts abgegaunert hatte. Es gab Teeservice, Kessel und Teller, Uhren und Uhrenketten. Mandolinen, Zithern und Banjos hingen an Kordeln von der Decke. Alles eingeheimst von denjenigen, die verzweifelt genug waren, für eine Passage alles herzugeben. Das gute Aussteuerleinen, die dicken Quilts, die hübschen Broschen, Kameen und Haarkämme und all die anderen Besitztümer, die im Laufe eines Lebens angehäuft wurden – im Laufe dreier Leben –, waren nun in einem Pfandleihhaus in Dublin gelandet, wo jeder sie durchwühlen konnte.

»Sehen Sie sich das hier an.« Lachend wies Murphy auf alles, was er hatte. »Und nicht ein einziges Teil davon ist zehn Pfund wert. Nichts auf dieser Welt ist zehn Pfund wert!«

Zu ihrer Überraschung fuhr Dolan nicht aus der Haut. Er sagte lediglich: »Das werden wir ja sehen«, und zog die Vorhänge des

Wunderkabinetts zurück. Bei diesem Anblick zog selbst der Pfandleiher hörbar die Luft ein.

»Alles, was das Herz begehrt«, murmelte er und ließ den Blick über den Inhalt schweifen. »Alles, was das Herz begehrt.«

Dolan zeigte ihm jede Einzelheit, als bedürften sie einer Erklärung. All die kleinen Spiegel und feinen Gemälde. All die versteckten Winkel und labyrinthischen Tricks, die sie auf dem Weg hierher entdeckt hatten – der verborgene Kompass und das Skalpell, das phrenologische Schaubild und die Abbildungen der einhundertvierundvierzig Stellungen der hinduistischen Liebe und die Geheimfächer, die man aufspringen lassen konnte, um eine Spieluhrballerina, eine getrocknete Orange oder das Skelett einer Kröte zu enthüllen. Der Pfandleiher atmete stoßweise, während er all dies betrachtete, und wiederholte ein ums andere Mal: »Alles, was das Herz begehrt.«

Doch schließlich bekam er sich so weit wieder in die Gewalt, dass es ihm gelang, ihr Ansinnen abzulehnen – aber selbst Ruths unerfahrener Bauernmädchenblick reichte aus, um zu erkennen, dass Dolan ihn am Haken hatte.

Er dankte dem Mann lediglich und ging hinaus. Tat so, als sei es ihm völlig gleich, obwohl sie inzwischen wieder nahe daran waren zu verhungern – die letzten der Pennys, die Dolan dem Schausteller gestohlen hatte, hatten sie für die Miete des Zimmers ausgegeben.

Und tatsächlich: Als sie am nächsten Tag zurück in das Pfandleihhaus kamen, sprang Murphy von seinem Hocker auf, als habe er auf nichts anderes gewartet.

»Fünf Pfund!«, rief er. »Nicht einen Schilling mehr. Ich schwöre, es fällt mir schwer genug, das anzubieten. Jeder Trödler in Irland wird mich auslachen!«

»Zehn«, antwortete Dolan.

Er hob das Tuch wieder ein wenig an, gerade genug, dass der Mann in den Kasten sehen konnte – das edelsteinbesetzte, abgebrochene Schwertheft, den winzigen Dynamo. Das Bild der schönsten Frau der Welt, völlig nackt, mit ihren Augen so braun wie die See und dem feurigen Ring um den Kopf.

Doch auch an diesem Tag biss der Pfandleiher nicht an. Dolan brachte den Kasten jedoch am folgenden Tag wieder hin, am Tag darauf auch und am nächsten ebenso. Bis der Mann ihm die zehn Pfund schließlich ohne ein Wort in die Hand zählte und sie aus dem Laden führte.

»Er konnte es nicht ertragen, ihn noch einmal aus den Augen zu verlieren«, sagte Dolan draußen auf der Straße. »Er konnte es nicht aushalten, ihn so viele Male zu sehen und dann wieder zu verlieren. Das könnte kein Mensch.«

Dolan zwang sich, den Rest des Tages zu warten und die Nacht und den nächsten Tag auch – ehe er durchs rückwärtige Fenster in die Pfandleihe einbrach und seinen Schatz zurückstahl. Länger konnte er es nicht ertragen, das wusste sie. Und als sie ihn fragte, ob man sie nicht für den Diebstahl allein aufhängen könnte, hatte Dolan nur die Schultern gezuckt und erwidert, dass der Pfandleiher den Kasten ja immerhin einen Tag und eine Nacht ganz für sich allein gehabt habe.

Nachdem sie das Geld hatten, ging Dolan jeden Morgen zum Hafen, um die Schiffe anzuschauen, ihre Planken zu prüfen, indem er dagegen trat, und die Wasserfässer zu zählen, die sie an Bord hatten. Denn er kannte die Geschichten von all den Schiffen, die Mastbruch erlitten hatten oder gar gesunken waren, noch ehe sie den Sankt-Lorenz-Strom oder New York City erreicht hatten. Über die *Katie Calhoun* etwa, die von Waterford aus aufgebrochen und gleich hinter der Hafenausfahrt gesunken war. Alle an Bord waren ertrunken, vor den Augen ihrer Freunde und Verwandten, die noch am Kai standen und winkten.

Ruth konnte sich nicht vorstellen, dass es mit irgendeinem der Schiffe hier besser gehen sollte, wurmzerfressen und schäbig wie sie waren, die Segel wieder und wieder geflickt. Die großen grauen Hafenratten rannten unbehelligt die Taue hinauf und hinunter. Doch Dolan suchte weiter, bis er einen Schoner fand, der ihm zusagte: die *Birmingham* aus Liverpool, und er nahm Ruth mit ins Reedereibüro, um eine Passage zu buchen.

Das Büro war ein enges Dreieck und hatte nichts als einen mit Schellack überzogenen Brotlaib im Schaufenster. Draußen auf dem Holzgehweg standen zwei weitere Bettelkinder – die Köpfe kahl, den weichen Affenflaum auf der Stirn. Sie waren nicht einmal mehr fähig, ihre Bitte um Brot auszusprechen. Die Münder hingen ihnen offen, sodass ihre Zungen jedes Mal, wenn sie etwas zu sagen versuchten, am Gaumen kleben blieben.

Drinnen stand ein einsames Pult, der Angestellte saß dahinter auf einem hohen Hocker. Er trug einen verbeulten Zylinder auf dem Kopf und kratzte sich emsig den gestutzten Bart bei der Arbeit. Sie gaben ihm ihr Geld, und der Mann begann mit großem Elan, mehrere Bogen Papier auszufüllen und abzustempeln.

»Wie ist das Schiff?«, verlangte Dolan zu wissen.

»Wissen Sie das denn nicht? Sie sind doch diejenigen, die eine Passage darauf buchen! Warum sollten Sie sich ein Schiff aussuchen, das nichts taugt?«, knurrte der Angestellte – doch er besann sich, als er Dolan ins Gesicht schaute. »Oh, es ist ein gutes Schiff, ein schnelles Schiff! Geht regelmäßig auf Reede, genau wie die Vorschriften es wollen. Sie bekommen jeden Tag vier Liter Wasser und morgens Haferbrei und zum Abendessen Hering und einen ganzen Laib Brot – genau wie der, den Sie im Fenster sehen.«

Er zeigte mit der Feder auf das Brot, und sie verschlangen es mit gierigen Blicken – den ewig haltbaren, lackierten Laib, der so verführerisch aussah. Der Angestellte brachte seine letzten Stempel an und schob ihnen die dicken Papierstapel hinüber.

»Hier haben Sie die Dokumente. Jetzt müssen Sie nur noch beim Amtsarzt vorbeischauen.«

Eine Menschenschlange, die so lang wie ein Häuserblock war, hatte sich vor dem benachbarten, ebenso kleinen Ladenlokal aufgereiht. Doch es ging schnell vorwärts – so schnell, wie die halb verhungerten Menschen sich bewegen konnten. Denn die Untersuchung bestand lediglich darin, dass ein jeder die Zunge herausstreckte, wenn er an dem Arzt vorbeikam. Dieser wirkte vollkommen verängstigt. Er saß hinter einem Fenster, das in die Wand eingelassen war, und bog den Kopf zurück, so weit es ging, während er ihre Zungen

betrachtete. Er hielt niemanden an, unterschrieb für jeden das notwendige Formular, obwohl einige der Auswanderer ganz offensichtlich im Endstadium der vom Hunger verursachten Wassersucht dahinvegetierten oder an Fleckfieber litten.
»Genehmigt! Sie sind alle reisetauglich!«, rief er ihnen durchs Fenster zu, während sie vorbeischlurften und sich vor Hunger und Schwäche an ihre Nachbarn klammerten, der eine sich schwer auf den anderen stützte.
»Genehmigt! Oh, bitte, lieber Gott, ihr habt alle die Genehmigung, hier zu verschwinden!«

Anschließend hatten sie kaum noch genug Kraft, in einen nahen Lebensmittelladen zu gehen und ihre letzten zwei Pfund für Zwieback und gesalzenen Kabeljau, Zitronen und Dörrfleisch auszugeben. Ruth dachte, dass sie das Geld in New York dringender brauchen würden, aber als sie die Lebensmittel sah, konnte sie sich nicht zurückhalten. Sie hätte alles auf der Stelle verschlungen, aber Dolan verpasste ihr einen Nackenschlag.
»Das reicht! Wir haben eine lange Reise vor uns!«
»Aber der Mann hat gesagt, wir bekommen zu essen auf dem Schiff!«, wandte sie ein und musste wieder an den lackierten Brotlaib im Reedereibüro denken.
»Aber klar doch«, höhnte Dolan. »Träum ruhig weiter. Aber ich will verdammt sein, wenn ich je wieder irgendwem glaube, der mir weismachen will, es gebe genug zu essen.«

Am nächsten Morgen waren die Kais so überfüllt, dass Ruth bezweifelte, ob sie sich je durch die Menge würden kämpfen können, geschweige denn ihr Schiff finden. Familien, ganze Dorfgemeinschaften standen zusammen, um ihre Söhne und Töchter betrunken und tränenreich nach Amerika zu verabschieden. Andere versuchten, sich den Weg die Gangways hinauf zu erzwingen, ganz gleich, ob sie eine Passage hatten oder nicht, hielten Taschen und Koffer umklammert und purzelten ins Wasser. Die Fuhrwerkkutscher und Hafenarbeiter verfluchten sich gegenseitig, während

sie die schwarzen Schiffsbäuche beluden, die Pferde wieherten und schlitterten auf den Pflastersteinen. Zeitungsjungen drängten sich durch die Menge und brüllten ihre widersprüchlichen Gerüchte:
»Der Befreier in Genua gestorben! Das Herz wird nach Rom gebracht, der Leib soll in sein geliebtes Irland zurückkehren!«
»O'Connell sicher in Padua gelandet! Gerüchte, er sei verstorben, sind Lügen!«
Ein paar Männer schnipsten den Jungen Pennys zu, nahmen eine der Zeitungen und beugten sich darüber. Doch dies waren hauptsächlich Reedereivertreter und andere Hafenoffizielle – der Rest der Menge drängte weiter. Die Menschen hielten ihre wenigen Habseligkeiten umklammert, knufften und stießen einander in ihrer Hast, auf ihr Schiff zu gelangen.

Dolan zerrte sie vorwärts und schließlich an Bord der *Birmingham*. Er hielt sein Wunderkabinett in die Höhe, während er ging, warf allen, die ihm in den Weg kamen, finstere Blicke zu und trat nach ihnen.
Er brachte Ruth unter Deck und zu der kleinen Nische, die man ihnen dort zugeteilt hatte. Ruth dachte, dass sie so eng und dunkel war wie das *Scalpeen,* wo sie mit ihrer Familie vegetiert hatte. Das ganze Deck war in lange Reihen enger hölzerner Verschläge unterteilt. Am Bug war eine Reihe für allein stehende Männer, am Heck eine für allein reisende Frauen – doch dazwischen lagen die Reihen der Verschläge, die nur wenige Zoll breiter waren und den verheirateten Paaren oder ganzen Familien dienten. Jeder war etwa halb so breit wie eine Pferdebox, aber genau wie diese enthielten sie nichts als einen einzelnen Wassereimer und eine dünne gelbe Strohschicht am Boden. Es gab keine Tür, nicht einmal einen Vorhang. Jeder Verschlag führte auf einen zentralen schmalen Mittelgang, der sich über die gesamte Länge des Schiffes zog, und ein hölzernes, verkohltes Kochgestell stand in der Mitte wie eine hockende Kröte.
»Na ja«, sagte Dolan, seine Stimme untypisch leise und unsicher. Man konnte fast sehen, wie sein Selbstvertrauen verebbte, der Glaube, dass er genau wusste, was er tat, der ihn noch erfüllt hatte,

als er am Kai gegen die Schiffsplanken getreten hatte. »Na ja, es wird reichen müssen«, knurrte er.

Oben an Deck war es besser. Dort verspürte sie gar ein Hochgefühl, als sie auf die vielen Menschen am Kai hinabsah. Der Wind wehte von Osten, und die Crew beeilte sich, um ihn zu nutzen. Die Matrosen brüllten sich in den Wanten Befehle zu, während über ihnen die Wolken dahinzogen. Und einige der anderen Passagiere standen weinend an der Reling und winkten Nachbarn und Verwandten am Kai zu. Doch die meisten waren auf die gleiche Art hierher gekommen wie sie – waren aus dem Hinterland zugewandert und hatten ihre Toten zurückgelassen.
Als das Schiff sich vom Pier entfernte, versuchten sie, ihre Trauer mit dem Land hinter sich zu lassen, und veranstalteten aus dem Stegreif ein ausgelassenes Fest. Die Männer holten ihre kleinen Flöten und Mundorgeln hervor, dann führte ein Mädchen einen alten blinden Sänger auf Deck. Er hatte ein Banjo, setzte sich an den Mast und begann »Fiddler's Green« zu spielen. Dann stimmte er ein neues Lied an, das Ruth in den Bars von Liffey gehört hatte:

This ship it sails in half an hour
To cross the broad Atlantic,
My friends are standin' on the quay
With grief and sorrow frantic.
I'm just about to sail away
In the good ship Dan O'Leary,
The anchor's away and the gangway's up
I'm leavin' Tipperary.

Damals war es ein fröhlicher Reel gewesen. Doch jetzt spielte der alte Mann es so langsam und melancholisch wie ein Klagelied. Es war nicht das, was sie hören wollten. Niemand tanzte dazu, auch wenn sie versuchten, mit Händen und Füßen den Takt zu halten, selbst Johnny Dolan.

And it's good-bye, Mick, and good-bye, Pat,
And good-bye Kate and Mary.
The anchor's weighed and the gangway's up,
I'm leaving Tipperary.
And now the steam is blowing up,
I have no more to say.
I'm bound for New York City, boys,
Three thousand miles away.

Einige Kinder lächelten trotzdem. Sie spähten hinter den Röcken und Armen ihrer Mütter hervor. Ruth war fast so neugierig wie sie. Und sie konnte nur denken: *Wie haben sie das geschafft? Wie haben sie sie am Leben gehalten?* Die geflickten weißen Segel blähten sich über ihren Köpfen, als sie nun rasch flussabwärts glitten.

»Daniel O'Connell! Daniel O'Connell! Er ist tot! Er ist nicht mehr!«

Bei diesen Worten brachte der alte Mann die schrillen Klänge seines Banjos zum Verstummen. Andere Stimmen widersprachen: »Er lebt! Ich sag euch, er lebt!«

Doch da war das Schiff, das ihnen den Fluss hinauf entgegenkam. Es war groß und modern, vom Bug bis zum Heck in schwarzen Wimpeln und Crepe verhüllt. Die *Birmingham* schwang scharf nach Steuerbord, um ihm Platz zu machen.

»Daniel O'Connell!«

Das Trauerschiff kam näher, der Schornstein stieß dicke Rauchwolken aus. Die Mannschaft stand in schmucken weißen Uniformen an der Reling stramm. Die *Duchess of Kent*, es war tatsächlich der Name des Schiffs, den sie in der Zeitung gelesen hatten, gerade noch erkennbar unter dem Bugspriet.

»Der Befreier!«

Ein Mann drosch mit der flachen Hand auf seine Zeitung, so triumphierend, als habe er auf einen Sieger beim Pferderennen gesetzt.

»Er ist es, keine Frage!«

»Der stolze Dan!«

Der Mann wies hinüber, wohin längst alle Blicke gerichtet waren:

auf den schwarzen Katafalk, der in der Mitte des Hauptdecks stand, gleich hinter der Mannschaft. Eine Ehrengarde von Matrosen stand an jeder Ecke des Sargs, die Musketen in Händen.

»Jetzt ist er wohl nicht mehr so stolz!«

Es gab einen kleinen Tumult, der Sprecher wurde auf der Stelle niedergeschlagen, beschimpft und verflucht.

»Daniel O'Connell!«

»Sie haben sein Herz nach Rom geschickt …«

»Daniel O'Connell! Er ist tot!«

Der Sänger tastete sich vorsichtig über das Deck, alle, selbst seine Nichte hatten ihn in der Aufregung vorübergehend vergessen. Die blinden, trüben blauen Augen glitten hin und her, als versuchten sie, übers Wasser zu blicken.

»Ich hab ihn bei der Massenversammlung auf Sidney Hill gehört!«

Für einen Moment war er gänzlich in seine Erinnerungen versunken, als durchlebte er erneut die nächtliche Massenversammlung von damals, als er noch hatte sehen können. Auch Ruth konnte es sehen. Die Stimme ihres Vaters am Feuer, während der Wind draußen heulte. Die Massenversammlung. Der Hügel, alle Straßen und die Felder voll von Menschen, die Fackeln aus Pech- und Zuckerfässern machten. Und sie spitzten die Ohren, um jedes Wort zu erhaschen, nur dann und wann brandete Zustimmung als leises Raunen auf, wenn sie sich nicht länger zurückhalten konnten.

Die Kartoffeln und der Becher Buttermilch dazu. Und wir alle zusammen lächelnd am Feuer.

Daniel O'Connell stand auf dem Hügel und wartete geduldig, bis der Lärm verebbte, ein gut aussehender, stabiler, breitschultriger Mann, die Augen leuchtend und gütig im Fackelschein. Und der alte blinde Sänger versuchte, seine wunderbare, voll tönende Stimme zum Leben zu erwecken:

»Irland! Land meiner Väter – Irland! Geburtsland meiner Kinder – Irland! Hier will ich begraben werden – Irland! Deine Männer sind tapfer, deine Frauen zu schön und gut – zu hoch stehst du über den anderen Nationen der Erde, bist zu rein und fromm, um versklavt zu sein! Ich verspreche euch, ihr sollt frei sein!«

Die Passagiere schwiegen, als der Sänger verstummte. Doch als das schwarze Schiff sie passierte, stießen die Frauen ein hohes, schrilles Wehklagen aus, das übers Wasser scholl.
Das Trauerschiff antwortete mit einem Salut seiner einzelnen Bugkanone. Dann verschwand es hinter einer Flussbiegung und fuhr weiter nach Dublin. Die Passagiere beruhigten sich erst wieder, als das letzte ihrer Segel sich entfaltete, sich vor dem wolkigen Himmel blähte, und der Schoner Richtung Meer zog.

34
Das Jahr des Gemetzels

Im Schiffsbauch war wieder Abend. Nur die Pfeifen der Männer sah man rot aufglühen, die Flammen der Zündhölzer, die Kohlen im Kochgestell. Die Männer und Frauen an dem kleinen Herd stritten und rangelten um die besten Plätze – sie tanzten wie wahnsinnige Kobolde ums Feuer, wenn das Schiff schlingerte, sodass alle losen Gegenstände ins Gleiten gerieten.

»Passt auf die Fladen auf, passt auf die Fladen auf!«

Wieder schlingerte das Schiff, und die Planken ächzten wie ein verwundetes Tier, krachten wie alte Knochen. Das Feuer verlosch, und der dunkle Raum füllte sich aufs Neue mit dem Gestank von Erbrochenem und Dreck.

Ruth rollte mit der Bewegung des Schiffes durchs übel riechende, kratzige Stroh. Versuchte, wieder einzuschlafen, damit sie den Durst nicht fühlen musste. Aber es gelang nicht. Das alte Stroh in ihrem Verschlag wimmelte von Läusen und Kakerlaken. Und sein Leib gleich neben ihr in dem viel zu engen Verschlag. Sie konnte ihn kaum erkennen, aber sie wusste, er war da. Groß, massig und unerträglich warm. Er lag bemerkenswert still, ließ sich vom Ungeziefer im Stroh überhaupt nicht stören.

Ob er wohl tot war?, fragte sie sich. Konnte er tot sein, und dies hier war die Hölle?

Wir dachten, es wäre ein gutes Schiff, aber man hat uns betrogen. Wir dachten, es wäre ein gutes Schiff, aber der Kapitän verstand sein Handwerk nicht, und als wir auf die offene See hinauskamen, ging es nicht mehr voran.

Das Pökelfleisch und der Zwieback reichten nicht einmal drei Wochen. Danach bekamen sie nur noch Suppe, eine Schale Haferbrei und einen halben Liter Wasser pro Tag. Hätten sie nicht das Fleisch, Obst und den Zwieback gehabt, all das, was Dolan in Dublin gekauft hatte, wäre sie gewiss gestorben, da war sie sicher. Aber das nützte nichts gegen die Wasserknappheit.

Sie versuchte, nicht daran zu denken, einfach nur dazuliegen und an gar nichts zu denken. Aber bald trocknete ihr Mund aus, und ihre Lippen wurden rissig. Sie fuhr mit der Zunge darüber, aber früher oder später trocknete auch die aus, schwoll zu etwas an, das sich wie ein trockener Erdklumpen in ihrem Mund anfühlte …

Hätten wir doch nur die Erde essen können. Hätten wir doch …

Wenn sie diesen Punkt erreichte, nahm sie etwas von dem Wasser, aber es war nie genug. Man gab ihnen ihre Ration am Morgen, und Ruth versuchte, sie über den Tag einzuteilen, aber das machte es nur schlimmer. Die ganze Zeit musste sie daran denken, dass es gleich hier neben ihr stand. Und sich sorgen, dass die nächste Welle es umwerfen und ihre Ration zwischen die Planken sickern könnte. Und sie wusste, wenn sie auch nur für einen Augenblick den Rücken kehrte – auch nur einen Moment aufstand, um sich die Beine zu vertreten oder den stinkenden Eimer zu leeren, in den sie ihre Notdurft verrichteten –, würde eines der Kinder sich über ihren Becher hermachen. Und sie hörten nicht auf zu trinken, ehe man sie mit den Fäusten verjagte.

Bald ging sie dazu über, ihr ganzes Wasser gleich am Morgen zu trinken, weil es ihr nur so sicher war. Viele der anderen Passagiere taten das Gleiche, lagen dann den Rest des Tages auf ihrem Strohlager und riefen nach mehr.

Und manche Menschen wurden wahnsinnig vom Durst und warfen sich ins Meer, nur um einen Schluck zu trinken zu bekommen. Es war genauso schlimm wie vorher an Land mit dem Hunger – aber da konnte man wenigstens aufstehen und laufen, irgendwohin laufen, und sei es auch nur bis ans Ende der Straße.

Dolan schnüffelte an den Fässern und murmelte wissend vor sich hin. Er fluchte, schien aber gleichzeitig auch zufrieden – zufrieden, dass er betrogen wurde.
»Gott verflucht – Gott verflucht, ich hätt's wissen müssen!«
Sie stand wartend hinter ihm, denn er hatte ihr befohlen, ihm zu folgen. »Was ist denn? Du hast die Fässer doch gezählt, eh wir losgesegelt sind ...«
Er antwortete nicht, sondern zückte sein Messer und hebelte den Deckel vom ersten Fass. Ein scharfer, bitterer Geruch stieg ihnen in die Nase. Dolan schöpfte eine Hand voll Wasser, führte sie zum Mund, spuckte es aber gleich wieder auf die verdreckten Deckplanken.
»Jod!«, verkündete er und fluchte wieder, machte ein finsteres, aber gleichzeitig triumphierendes Gesicht dabei. »Sie haben das Wasser in alte Jodfässer gefüllt!«
Er drängelte sich zurück durch den voll gestopften Laderaum. Die Männer und Frauen standen still vor ihren Verschlägen, erhoben keine Einwände, als er sie beiseite stieß. Andere lagen reglos in ihren Hängematten oder stöhnend auf dem Boden. Sie stolperten über sie, während Dolan sich unaufhaltsam zur Leiter vorkämpfte und zur Kabine des Kapitäns hinaufstieg. Ruth kletterte trotz ihrer Schwäche folgsam hinterher, hinauf zum Hauptdeck.

Dort taumelte sie umher, zum ersten Mal seit Tagen an der frischen Luft, schwankte unter der Fülle von Sternen über ihnen. Sie war seit dem Beginn der Reise nicht mehr nachts an Deck gewesen, und jetzt konnte sie nur zum Himmel aufstarren und auf das schwarze, wogende Meer, das sie von allen Seiten umgab. Der Wind fegte durch die Takelage und ließ sie erstarren – fuhr schneidend durch sie hindurch, sodass sie einen Moment lang nicht wusste, ob sie überhaupt existierte, ob sie nicht selbst ein Teil der Schwärze war.
Und da habe ich es gesehen. Ich habe gesehen, dass wir alle auf dem Kamm des Ozeans ritten wie ein Floh auf dem Rücken eines Tieres. Und da sah ich, dass dies Gottes Welt war, schön und weit und ohne jedes Mitgefühl.

»Komm schon!«
Dolan zog sie mit sich über das Deck. Vor der Kapitänskajüte saß ein Matrose auf einem Fass und hielt Wache, aber Dolan schlug ihn nieder, noch ehe er aufstehen konnte. Dann drang er in die Kabine ein, wo der Kapitän so gleichgültig wie der Teufel über seinen Seekarten saß, eine gute Flasche Brandy zur Hand. Anscheinend nicht überrascht von diesem Überfall …
»Jod!«, fuhr Dolan ihn an. »Zur Hölle mit dir, ich wette, du hast die Fässer von einem Dubliner Apotheker gekauft!«
Der Kapitän machte sich nicht einmal die Mühe aufzustehen. Er war ein Mann aus Ulster, sprach mit dem typischen Derry-Akzent, die Stimme schleppend vom Alkohol.
»Was macht das schon?«
»Was macht das schon? Das weißt du selbst ganz genau! Wir werden vorläufig keinen Schluck davon trinken können, das macht es. Du verdammter Dieb!«
»So war es am billigsten«, erklärte der Kapitän. Er wies zur Wand hinüber, wo eine Reihe Rum- und Brandyflaschen auf den Regalen verzurrt standen. »Und wenn ihr zu durstig werdet, könnt ihr hiervon etwas kaufen, zu einem anständigen, christlichen Preis …«
Dolan machte einen Schritt auf den Mann zu, doch der zückte augenblicklich ein Messer und ergriff einen der Stahlstifte, mit denen die Karten auf dem Tisch vor ihm befestigt waren. Dolan zögerte nur einen Augenblick – doch dann flog die Tür auf und weitere Matrosen drängten herein, bewaffnet mit Eisenstangen und Musketen. Sie packten Dolan bei den Armen und stellten ihn vor den Kapitän.
»Hast du dir jetzt alles von der Seele geredet? Dann sieh zu, dass du zurück in das gottverdammte Loch kommst, wo du hingehörst!«
Dolan beherrschte sich und hörte auf, sich zu wehren. Stattdessen stierte er mit mörderischer Befriedigung zum Kapitän hinüber.
»Gott verfluche dich, es ist egal, wo *wir* sind. *Du* musst immer noch mit dem Wasser, das in den Fässern verfault, den ganzen verdammten Ozean überqueren.«
Der Kapitän lehnte sich nur auf seinem Stuhl zurück. »Ach, wenn das alles ist, was dir Sorgen macht: Ich habe Erfahrung mit solchen

Situationen. Sei beruhigt, ich rechne damit, dass die Wasserrationen in den nächsten Tagen größer werden.«

Die Matrosen eskortierten sie zurück über das Deck. Die See glitzerte und wand sich wie eine riesige schwarze Schlange. An der Luke angekommen, zwangen sie sie zurück in den Laderaum. Und in dieser Nacht bekam sie das Rückfallfieber. Sie lag in ihrem eigenen Dreck in dem kleinen Verschlag und lauschte all den anderen, die am Fieber oder anderen Seuchen starben.

Und jeden Morgen hörte ich das schleifende Geräusch, wenn sie die Leichen ins Meer gleiten ließen. Manchmal zwei oder drei auf einmal. Sie wurden einfach über Bord geworfen, ohne dass irgendwer auch nur ein Wort zu ihrem Gedenken sprach, ohne Stein, der ihr Grab markierte.

Und wäre Johnny Dolan nicht gewesen, wär ich ihnen gefolgt. Er war es, der mich gefüttert und das Stroh sauber gehalten hat, so gut es eben ging. Ohne ihn wär ich im Bauch von diesem Schiff zugrunde gegangen. Ich wäre dort gestorben, ohne Absolution, belastet mit all meinen Sünden, und sie hätten mich in das weite, endlose Meer geworfen.

Sein grauenhaftes Gesicht kam ihrem ganz nah. Sein Haar hatte schließlich wieder zu wachsen begonnen, wenn auch nur in vereinzelten Büscheln. Und wann immer er den Mund öffnete, entblößte er die verfaulten Zähne in einem unfreiwilligen Grinsen.

»Hier, iss ein bisschen Haferschleim.«

Löffel um Löffel fütterte er sie mit dem dünnen Brei. Zuerst konnte sie es nicht so recht glauben – hatte gedacht, er würde sie schlagen, als sie morgens nicht von ihrem Strohlager aufstehen konnte. Sie hatte gar angenommen, dass er sie umbringen würde wie die Frau damals in dem Dorf, die nach Essen geschrien hatte. Und dann wäre sie nur ein weiterer Leichnam, den die Matrosen morgens Stufe um Stufe die Stiege hinaufzerren mussten.

»Hier, iss schon!«

Er zwang sie zu essen, hielt ihr dann einen halb gefüllten Becher

Wasser an die aufgeplatzten Lippen, damit es besser rutschte. Sie schluckte, so gut sie konnte, und gab sich Mühe, alles bei sich zu behalten. Vor allem für das Wasser war sie dankbar, wusste sie doch, dass es von seiner eigenen Ration abgezweigt sein musste. Sie konnte immer noch nicht glauben, dass er hier hockte und sie pflegte, und trotz ihrer Dankbarkeit war sie voller Argwohn.

Was will er nur?

»Lass mich sterben. Das ist meine Strafe dafür, dass ich geholfen hab, den kleinen Trödler zu töten!«, schrie sie. Und doch war sie verwundert über sich selbst, dass sie immer noch nicht sterben wollte.

»Deine Strafe«, schnaubte Dolan. »Wenn es so etwas wie göttliche Strafe gäbe, käme selbst Gott nicht mehr nach.«

Er setzte ihr den Becher wieder an die Lippen – und nachdem sie getrunken hatte, knöpfte er das zerschlissene Kleid auf und zog es ihr mitsamt der schäbigen Unterwäsche, die sie seit Dublin trug, aus. Zuerst versuchte sie, sich zu wehren, denn sie glaubte, das sei wieder einmal alles, was er wollte: sich ihr aufzwingen.

Er ignorierte ihre Gegenwehr, streifte ihr mühelos die Kleidung ab und begann, sie zu waschen. Ungeschickt, aber behutsam wie eine Mutter wusch er ihr Gesicht und Brust, zog sie schließlich wieder an und glättete das Stroh unter ihr. Sie streckte sich aus, lag nun hilflos zitternd in seinen Armen.

»Warum lässt du mich nicht einfach sterben?«

Sie schaute zu ihm auf, plötzlich von irrationaler Hoffnung erfüllt.

Er muss mich doch ein klein bisschen mögen …

»Nein.«

Sein Gesicht so brutal und leidenschaftslos wie eh und je.

»Nein. Nicht, nachdem ich all das Geld in dich gesteckt habe. Ich werd eine Frau brauchen in Amerika.«

Während der ganzen restlichen Überfahrt hielt er sie am Leben, pflegte sie bei jedem Fieberanfall. So verlief diese Krankheit, dieses Rückfallfieber: Nach etwa einer Woche begann es zu fallen, und sie fühlte sich besser, kühler, der Kopf klarer. Dann fing es wieder von vorne an, schlimmer als je zuvor. Hilflos lag sie dann im Stroh, und ihr Herz hämmerte, dass sie glaubte, es werde zerspringen. Zu schwach, um irgendetwas zu tun, selbst um den Eimer zu benutzen. Er machte sie sauber, fand gar irgendwo frisches Stroh für sie. Er brachte ihr Essen und Wasser, und sie konnte sich nicht beherrschen und nahm es. Trank gierig – das Wasser schmeckte jetzt kühler und angenehmer als zuvor, der stechende Jodgeschmack hatte nachgelassen.

»Das Wasser …«

Der Geist eines Lächelns umspielte seine Lippen.

»Der Kapitän wusste, wovon er sprach. Er hat zwar keine Ahnung, wie man ein Schiff steuert oder mit Proviant versorgt, aber er versteht sein Geschäft.«

»Wirklich?«

»Ja. Gestern Morgen haben sie den Hurensohn über Bord geworfen. Schiffsfieber. Den ersten und zweiten Maat auch. Der Rest der Mannschaft hat sich jetzt mit den Musketen in der Kajüte verbarrikadiert. Sie kommen nicht mal mehr runter, schmeißen einfach das Essen durch die Luke.«

Wieder lächelte er beim Gedanken an den Kapitän. Doch sie sah, dass seine eigenen Augen trüb und glasig waren. Und sie spürte, dass seine Hand auf ihrem Kopf nicht kühler war als ihre eigene Haut.

»Bist du auch krank?«, fragte sie ihn fast zärtlich, aber er schüttelte den Kopf.

»Kümmer dich nicht um mich«, befahl er und zwang sie, den Rest zu trinken. »Tu, was ich dir sage, und trink.«

Sie versuchte ihn wegzustoßen, aber sie schaffte es nicht. Stattdessen sank sie zurück ins Stroh und ließ sich das Wasser in den Mund rinnen, weinte über ihre Schwäche, aber leistete ihm keinen Widerstand mehr.

Als sie einige Zeit später zu sich kam, war er fort, und sie streckte die Hand nach dem Wunderkabinett aus, hob eine Ecke des Tuches an und versuchte, einen Blick auf all die Schätze zu werfen. Sie konnte die vertrauten Formen nur mit größter Mühe ausmachen: Das Ohr des Mohren und das Liebespaar im Mondschein und das

Flaschenschiff. Das Auge des Riesen, das ihren Blick kühl erwiderte. All das waren jetzt nur glitzernde Formen hinter Glas.

Und aus großer Ferne sah ich das Scalpeen *im Burren und meine ganze Familie unter dem eingefallenen Dach. Brian und Sean und Liam und die Mädchen: Kate, Agnes und Colleen und meine Ma auch. Und das Dach über ihnen war wie eine Decke, unter der sie alle im ewigen Schlaf lagen.*
Nur dass einer von ihnen draußen war. Ich konnte sehen, dass eins der Kinder, vielleicht Brian, die Hütte verlassen hatte und wegzukriechen versuchte. Krabbelnd folgte er mir über das Burren. Nachdem ich sie alle zum Sterben zurückgelassen hatte.

»Jesus, oh Jesus, Johnny, glaubst du nicht, einer von ihnen könnte noch am Leben sein? Meinst du nicht, Johnny?«
»Herrgott, wovon faselst du da?«
»Wir hätten diesen Trödler nicht umbringen sollen, Johnny. Das hätten wir nicht tun dürfen.«
»Wieso fängst du jetzt davon an? Woher willst du überhaupt wissen, dass wir ihn umgebracht haben?«
Gehetzt blickte sie sich um und sah das Auge des Riesen, das sie aus dem Wunderkabinett anstarrte.
»Glaubst du, das ist wirklich wahr? Meinst du, wir haben ihn vielleicht gar nicht umgebracht …«
»Wie soll ich das wissen?« Er zuckte die Schultern und wandte den Blick ab. »Aber eins sag ich dir: Ich hätte zwei Dutzend Trödler kaltgemacht, um aus dem verfluchten Land rauszukommen.«

Ein Eimer Wasser wurde aufs Feuer geschüttet. Graue Wolken von essigsaurem Qualm quollen auf, drangen bis in ihren Verschlag und nahmen ihr den Atem. Seeleute stapften durch den Laderaum und hieben mit ihren Schlagstöcken und Gaffeln an die Verschläge, traten die halb toten Gestalten, die dort lagen. Sie hatte keine Ahnung, wie viel Zeit sie im Fieberwahn verbracht hatte, Tage, Wochen oder Monate.

»Auf! Steht auf und raus mit euch, verdammt! Ihr seid da, wo ihr hinwolltet!«

Ein Matrose hatte sich ein großes rotes Taschentuch vor die Nase gepresst und stand über ihnen. Er trat nach ihren Füßen und nach Dolan an ihrer Seite – ob Johnny noch lebte oder tot war, vermochte sie nicht zu sagen.

»Raus mit euch! Ihr seid in Staten Island. Von jetzt an müsst ihr lernen, für euch selbst zu sorgen!«

Er ging weiter zum nächsten Verschlag. Ruth fühlte sich so schwach wie ein neugeborenes Kalb, aber das Fieber hatte wieder nachgelassen. Sie stupste Dolan an, der immer noch grau, steif und reglos im Stroh lag.

»Wir müssen jetzt aufstehen ...«

»Warum?«

»Wir sind da. Und sie müssen das Schiff zurück in die Hölle segeln.«

Er schlug die Augen auf und erhob sich langsam. Er war jetzt magerer, als sie ihn je gesehen hatte, magerer gar als in den Wochen, da sie auf der Straße fast verhungert wären. Seine Haut war schlaff wie die eines alten Mannes. Und doch war er an der Luke, ehe sie sich auch nur auf die Knie aufgerichtet hatte – seine Krebsbeine trugen ihn so schnell wie eh und je dem Licht entgegen, das durch die viereckige Öffnung in den dunklen Laderaum strömte.

»Warte!«, sagte er, einen Fuß auf der Stiege, als sie ihn gerade einholte. »Wir müssen noch mal zurück. Wir müssen das Wunderkabinett mitnehmen.«

»Wie?«

»Wir müssen. Und damit Schluss.«

Auf Händen und Füßen krochen sie zum Verschlag zurück, hatten im Augenblick keine Kraft mehr, um aufrecht zu stehen. Die anderen Passagiere, die noch übrig waren, krochen ebenso langsam an ihnen vorbei. Doch Ruth und Dolan schafften es zurück, und sie half ihm mit letzter Kraft, den Kasten hochzuheben und auf seinen Rücken zu binden, schlang den Strick um seine Brust und den Bauch. Danach mussten sie einen Moment ausruhen, dann krochen sie zurück und die Leiter hinauf. Dolan trug das Wunderkabinett wie ein Maultier.

Oben auf Deck schrien und brüllten die Seeleute immer noch durch ihre Taschentücher und stießen und traten die Passagiere in eine Warteschlange für die kleinen Boote. Sie warteten auf Händen und Knien an die Reling gelehnt und blickten auf die lang gezogene Bucht vor ihnen. Sie war von einem niedrigen Hügelzug gesäumt. Jeder der flachen Kegel wirkte braun und öde, kein Baum oder Grashalm wuchs dort mehr. Doch auf jedem Kamm stand ein neues weißes Herrenhaus.

»Das ist es.«

»Das ist was?«

»Amerika.«

»Jesus!«

Als sie an der Reihe waren, machten sie sich daran, die Strickleiter zu den Booten hinabzuklettern. Ruth ging als Erste, obwohl sie sicher war, dass sie abstürzen würde – sie schwankte vor Schwindel und krallte die Finger in die Hanfsprossen, bis sie bluteten. Nur der Gedanke hielt sie aufrecht, wie lächerlich es wäre, jetzt zu sterben, sich den Schädel auf den Planken eines kleinen Ruderbootes einzuschlagen, nachdem sie die ganze Überfahrt überstanden hatte.

Doch andere starben tatsächlich. Sie verloren den Halt und stürzten ins Wasser wie Bleigewichte. Manche tauchten wieder auf, und die Matrosen fluchten noch ein bisschen mehr und fischten sie mit den Rudern wieder heraus. Doch die Übrigen waren verloren. Es ging zu schnell, als dass irgendwer auch nur die genaue Stelle hätte nennen können, wo sie untergegangen waren, und so ertranken sie in Sichtweite von Staten Island.

Die Matrosen brüllten die restlichen Passagiere nur an, sich zu beeilen. Hastig ruderten sie sie an den schlammigen Strand, warfen sie aus den Booten, und die Passagiere purzelten in den Morast und landeten auf hartem Geröll.

»Da bist du nun, Kolumbus! Wir müssen noch ein paar andere rüberschaffen …«

Sie verharrten auf Händen und Knien, Männer, Frauen und Kin-

der – alle zu schwach, um zu stehen. Dann begannen sie langsam, den Strand hinaufzukriechen. Sie bewegten sich auf eines der weißen Häuser auf dem Hügel zu, das einzige Anzeichen menschlicher Besiedlung. Der Strand war mit allem möglichen Unrat übersät: leere Whiskeyflaschen und Tiegel für Salben, Lumpen und löchrige Schuhe, zersplitterte Ruder, Blechdosen und Passagierlisten, schwammige Bündel aus Tang oder Algen und tote Quallen.
Ruth kroch hügelan neben Dolan her, der immer noch das Wunderkabinett mit sich schleppte. Als sie aufblickte, sah sie einen Mann von dem Haus dort oben auf sie zukommen. Er war ganz in Schwarz gekleidet, hatte einen Zylinder auf dem Kopf, einen Bart und ein Gesicht, das so grimmig wie der Tod war.
Ruth glaubte, er käme vielleicht den Hügel hinab, um etwas zu ihnen zu sagen. Aus irgendeinem Grund nahm sie an, er werde ihnen seine Dienste anbieten oder sie zumindest willkommen heißen.
Doch stattdessen ging der Mann mit dem großen schwarzen Hut geradewegs durch das Knäuel kriechender Menschen hindurch zu den Matrosen am Ufer, die immer noch damit beschäftigt waren, Menschen aus den Booten zu werfen, und er sagte zu ihnen: »Ihr beschissenen englischen Bastarde! Ihr werdet uns noch alle umbringen mit diesem Abschaum, den ihr hier anlandet.«

35
Das Jahr des Gemetzels

Sie lag in einem Krankenhausbett und wurde immer wieder von Fieberanfällen übermannt. Wenn sie schlief, träumte sie, sie sei immer noch auf dem Schiff, und wenn sie wach war, dachte sie, dass dieser Raum noch schlimmer roch, denn er stank nach verfaulendem Fleisch und nassem Schimmel. Genau über ihrem Bett war ein Loch in der Decke, und wenn es regnete – was häufig der Fall war, meist in kurzen unwetterartigen Schauern –, tropfte das Wasser ihr auf die Füße und sammelte sich zu öligen Pfützen am Boden.

Der Raum war groß und rechteckig. Ihr Bett war eines in einer langen Reihe. An der gegenüberliegenden Wand waren weitere Betten aufgereiht. Dies sollte eigentlich der Krankensaal der Frauen sein, aber es gab auch Männer – überall Männer, die in ihrem eigenen Krankensaal keinen Platz mehr gefunden hatten, und sie wanden sich halb nackt im Fieberwahn. Versuchten, sich neben die Frauen in deren Betten zu drängen, stritten und schlugen.

Das schien niemanden zu kümmern. Ruth war sich nicht sicher, wo sie sich eigentlich befanden oder wer hier zuständig war. Jeden Morgen und Abend kamen ein paar Männer in Uniform und gingen die Bettreihen entlang. Sie warfen ihnen uralten, wurmstichigen Zwieback zu, leerten ihre Bettpfannen und füllten die Blechnäpfe mit Wasser aus einem Eimer.

Dieses Wasser war nur unwesentlich besser als das jodverseuchte auf dem Schiff. Es war grün und brackig, und tote Insekten trieben auf der Oberfläche. Sie fing das Regenwasser in ihrem Blechnapf auf und trank es, wenn sie konnte, auch wenn es nach kalkigem Putz schmeckte.

Irgendwo auf der andere Seite des Mittelgangs war Johnny Dolan, glaubte sie. Falls er noch am Leben war – und wenn nicht, wusste sie nicht, was sie tun sollte. Einmal am Tag, meist zur Vesper, kamen die Uniformierten mit einer Trage und schafften wenigstens eine Leiche weg, die unbemerkt in ihrem Bett erstarrt war. Es wäre möglich, dass er dabei gewesen war, ohne dass sie es erfahren hatte.

»Du! He, du! Bist du tot oder schläfst du?«

Ruth sah auf zu einem der Fenster in der gegenüberliegenden Wand, obwohl sie nicht wusste, wer da sprach oder ob er mit ihr sprach. Die Läden waren für gewöhnlich fest verschlossen, doch bei jedem Unwetter rissen sie sich von ihren Riegeln los und klapperten so laut im Wind, dass sie alle Kranken aufweckten. Auch jetzt waren sie geöffnet, und Ruth konnte dahinter die hohe Ziegelmauer erkennen, die das ganze Krankenhaus umgab. Nachts beobachtete sie, wie der Mond langsam über die Kante der Mauer zum Vorschein kam, und versuchte anhand der Mondphase abzuschätzen, wie viel Zeit schon vergangen war. Aber sie kam zu keinem Ergebnis, denn sie war nicht sicher, wie voll der Mond gewesen war, als sie in dieses Krankenhaus gekommen waren.

»Du! Du da drüben! Schau hierher!«

Flatternd öffneten sich ihre Lider wieder, und Ruth war nicht sicher, ob sie eine Minute oder eine Woche geschlummert hatte. Sie wusste nur, dass es draußen immer noch finster war. Sie hob den Kopf, um nach dem Mond Ausschau zu halten.

Stattdessen entdeckte sie ein Gesicht. Das Gesicht eines Unholds, mindestens so abscheulich wie Dolans Fratze, aber anders. Es war lang gezogen und verzerrt, mit einer schmalen Nase, glänzenden Augen und einem breiten, boshaften Grinsen. Ein übergroßer Kopf auf einem verschrumpelten Leib, der, so unglaublich es auch schien, draußen auf der Mauer hockte. Sie schloss die Augen.

»Komm schon, komm schon! Wir müssen jetzt los!«

Eine Hand rüttelte sie grob. Sie öffnete die Lider und rechnete damit, das Gesicht wieder zu sehen. Doch es war Dolan – seine Augen schlimmer denn je vom Fieber getrübt, nur mehr schwarze Punkte

in gelblich weißen Ovalen. Er warf ihre wenigen Habseligkeiten aufs Bett und befahl ihr, sich anzuziehen und mitzukommen.
»Aber du bist krank …«
»Kommt schon! Wir haben keine Zeit!«, rief der Unhold auf der Mauer gedämpft, aber drängend.
»Vertraut nur dem alten Finn. Ihr wisst doch genau, dass ihr es da drin nicht mehr lange macht. In den Narrows liegen schon zwei weitere Schiffe, und sie warten nur auf Tageslicht, ehe sie landen. Wenn ihr hier bleibt, habt ihr vor Mittag wieder das Schiffsfieber!«
Sie stand auf, denn sie wusste, er hatte Recht. Sie klaubte ihre Sachen zusammen und bemerkte, dass Dolan es irgendwie geschafft hatte, immer noch im Besitz des schwarz verhängten Kastens zu sein. Und mit dieser Erkenntnis ging ihr auf, dass ihr Fieber wieder gefallen war. Sie fühlte sich immer noch schwach und ein wenig wackelig, aber ihr Kopf war herrlich kühl, als sie ihre Kleider überstreifte. Wie in Trance durchquerte sie den Krankensaal und kletterte durchs Fenster: Erst stieg sie auf ein unlängst frei gewordenes Bett, dann streckte der Mann mit dem Unholdgesicht ihr die Hand entgegen und hievte sie hinaus. Anschließend half er Johnny mit dem Wunderkabinett.
»Ach du meine Güte, was ist das denn?«
Der Mann, der sich Finn nannte, hockte immer noch auf der Mauer und zupfte neugierig mit den langen Fingern an dem schwarzen Tuch.
»Das braucht dich nicht zu kümmern«, röchelte Dolan, während er hinterherkletterte.
»Aber nun sag doch, was es ist.«
»Ein Wunderkabinett.«
Dolan sagte es zögernd, eine Spur verlegen sogar, aber auch mit Stolz.
»Ach, wirklich? Na ja, weißt du, die Fähre ist nicht umsonst. Vielleicht ein oder zwei Wunder …«
Er brach ab, als er den Blick sah, den Dolan ihm zuwarf.
»Schon gut, schon gut. Später ist noch reichlich Zeit, um Rechnungen zu begleichen.«

Er spähte hügelabwärts auf die Narrows, wo zwei große Schoner aufragten wie Geisterschiffe.
»Wir sollten uns ein bisschen beeilen, denn die nächste Ladung ist schon da.«

Im grauen Licht des Tagesanbruches saßen die Männer und Frauen in dem Prahm. Ruth zählte mindestens zwanzig, die schweigend warteten. Die dunklen Gestalten saßen vornübergebeugt zum Bug hin, als bewegten sie sich bereits übers Wasser. Der Fährmann stand ebenso reglos über ihnen an das Segel gelehnt. Er war ein vierschrötiger Holländer mit einem bauschigen Backenbart und einem Gesicht wie eine gekochte Kartoffel, und er hielt das Steuer in einer Hand.
Finn hieß sie eng zusammenrücken und nahm ihnen ihre mageren Habseligkeiten ab, die geknoteten Taschentücher und Bündel.
»Kommt schon, das braucht ihr dort nicht, wo ihr hingeht. Belastet euch nicht mit diesem Plunder aus der alten Heimat. Das hält euch nur auf.«
Er gestattete Dolan wohl, das Wunderkabinett mitzunehmen. Ruth und Johnny nahmen in dem Prahm Platz, so dunkel und reglos wie die übrigen Passagiere, und genau wie sie lehnten sie sich der Stadt entgegen. Als das Boot voll war, stieß der Unhold selbst es vom Strand ab, lachte triumphierend und sprang an Bord, als es schon ablegte. Auf der anderen Seite des Hafens erhob sich New York.

Und es war mit nichts zu vergleichen, was ich je zuvor gesehen hatte, nicht einmal mit Dublin. All die Kirchtürme und Masten, all die Kamine und Schornsteine, die ihre schwarzen Rauchwolken gen Himmel ausstießen. Der Tag brach gerade erst an, aber in hunderttausend Öfen brannte bereits das Feuer. Die breiten, niedrigen Lagerhäuser zogen sich an den Kais entlang, ihre Fensterreihen wie dunkle, tote Augen, und der Lärm wehte uns schon übers Wasser entgegen. Man hörte Hämmer singen und Wagenräder rumpeln und das Zischen und Pfeifen der Dampfpressen. Rufende Stimmen von hunderttausend Menschen, die schon auf den Beinen und bei der Arbeit waren. Es war eine Stadt voller Leben, doch ihr Gewand war schwarz ...

»Da liegt es: New York in seiner ganzen Herrlichkeit!«
Sie schwiegen, und Finn, der im Heck saß, lachte sie aus.
»Was ist los mit euch? Habt ihr etwa nie zuvor die Hölle gesehen?«
»Fahren wir da hin?«
»Sicher doch! Gehören wir nicht alle in die Hölle? Zumindest doch wir alle, die wir es bis hierher geschafft haben.«
Der bullige Holländer stakte sie verdrossen weiter auf den Hafen hinaus, vorbei an einer kleinen Sandinsel mit den verfallenen Überresten eines hölzernen Forts und eines Galgens – die Schlinge schwang noch sacht im Wind. Die Strömung wurde stärker, und der Verkehr auf dem Fluss wurde dichter, bis es schien, als halte der ganze Hafen auf sie zu. Dampfschiffe und Raddampfer, Fähren und Schoner. Fischkutter und Flusskähne, die wegen ihres üppigen Vorbaus »Holländerinnen« genannt wurden, Briggs und Schaluppen, Boote, die Vieh oder Werkzeug transportierten, und die Aristokraten unter den Schiffen: die schönen Klipper mit einem einzelnen schwarzen Kreis auf ihren schnittigen Segeln. Sie alle brachten das kleine Boot in ihrem Kielwasser zum Schaukeln oder kreuzten wie Haie vor ihrem Bug, sodass der Fährmann seine liebe Mühe hatte, sie vor dem Kentern zu bewahren. Grimmig nahm er seine Pfeife zwischen die Zähne, hielt seine Stake umklammert und stemmte einen Fuß gegen den Bug, während er unbeirrt weiterfuhr, vorbei an wohl bekannten Schiffswracks, bis sie schließlich auf die Rampe der Chambers Street-Fähre stießen.
Der Unhold hievte einen nach dem anderen der Passagiere aus dem Boot und lehnte sie an die Kaimauer. Dort fiel augenblicklich eine Meute kleiner Jungen über sie her, schnell und frech wie Dohlen, und versuchte, ihnen alles wegzunehmen, was nicht niet- und nagelfest war. Sie grapschten nach allem, was der Unhold übersehen hatte: Geld, Uhren, Mützen und Jacken. Sie wollten ihnen die Ringe stehlen – so sie noch welche besaßen –, wollten ihnen gar zwischen die Beine fassen. Versuchten sie wegzuzerren, Männer

wie Frauen, um sie zu den Pensionen zu schleifen, für die sie arbeiteten.

Finn hielt sie auf Armeslänge Abstand, bis er seine Ladung verteilen konnte. Für jeden Passagier kassierte er eine Münze, ehe er sie mit diesem oder jenem der Laufburschen wegschickte. Und seine Schützlinge warteten so still und geduldig wie Schlachtvieh, gingen, wohin man sie wies.

»Ihr zwei kommt mit mir«, sagte er schließlich zu Ruth und Dolan, als alle anderen verteilt waren.

Ruth blieb stehen, wo sie war, wartete Johnnys Reaktion ab. Es war das erste Mal, dass sie ihn unsicher erlebte. Unentschlossen stand er da, die Augen vom Fieber gerötet. Und immer noch hielt er seinen Kasten umklammert.

»Kommt schon! Die Zeit verrinnt!«

Der Unhold winkte ihnen. Er hielt das Pferd einer Mietdroschke am Zügel, die aus dem Nichts gekommen zu sein schien. Der Gaul schnaubte und scharrte ungeduldig mit einem Huf auf dem Pflaster.

»Wollt ihr nicht mit mir kommen? Wem wollt ihr euch denn sonst anvertrauen, wenn nicht dem guten, alten, ehrlichen Finn McCool! Und vergesst den Kasten nicht!«

Dolan zog die Schultern hoch und stieg in die Kutsche, das Wunderkabinett vor die Brust gedrückt.

»Na also!«

Finn schob Ruth hinterher und stieg selbst ein. Er zerrte hart an dem Lederriemen, der um das Bein des Kutschers geknotet war, und brüllte ihm durchs Fenster zu: »Bring uns zum Sailor's Rest am Peck Slip. Beeil dich!«

Und obwohl der Kutscher die Zügel knallen ließ, kamen wir nicht schneller als im Schritttempo voran, doch das war mir recht. Denn wohin wir auch fuhren, überall gab es Lebensmittel. Ganze Märkte voller Fisch und Eier draußen unter freiem Himmel, und Fuhrwerke kamen an uns vorbei, mit Bier und Würsten und blutigen Fleischbatzen – so nah, dass man die Hand ausstrecken und sie packen konnte.

Aber das Beste waren die Schweine. Sie rannten einfach frei da draußen auf der Straße herum – ganze Herden von Schweinen, jedes groß und fett genug, um eine Familie satt zu machen, und sie rannten einfach so auf der Straße rum, sodass jeder, der schnell und schlau genug war, eins einfangen konnte. Und da wusste ich, dass dies ein großartiges Land war.

Die Droschke hielt vor einem hölzernen Gebäude, das wie ein Geschwür an seinem Nachbarn zu kleben schien. Finn McCool sprang augenblicklich aus der Kutsche und hievte das Wunderkabinett herab, ehe Dolan ihn aufhalten konnte.
»Hey – hey, wo willst du damit hin?«
Er hastete ihm nach, aber Finn grinste nur unschuldig.
»Wohin wir gehen? Zu deinem neuen Heim, Söhnchen – zu deinem neuen Heim!«

Sie standen im Sailor's Rest und blinzelten ins verräucherte Halbdunkel. Der Saloon war nahezu kahl. Es gab einen ausladenden, verrußten Herd, eine Bar an der Rückwand und im hinteren Teil einen eigenartigen roten Vorhang vor einer Tür. Das einzige Mobiliar waren jedoch ein langer Tisch und zwei Bänke, wo vielleicht zwei Dutzend Männer und Frauen saßen, aßen und tranken, rauchten und sangen und sich beim Würfelspiel aus voller Kehle anbrüllten.
»Gott segne euch alle!«, rief Finn.
»Ach, zur Hölle mit dir!«
Gelächter brach am Tisch aus, dann wandten die Würfler sich wieder ihrem Spiel zu und ignorierten sie. Finn schob Ruth und Dolan weiter in den Raum hinein.
»Hallo! Hier haben wir zwei weitere arme Seelen, die in den sicheren Hafen gelangt sind!«, erklärte er dem Barkeeper lauthals, einem wilden Gesellen mit fassrundem Brustkorb und Brauen, die über seinen Augen zu hocken schienen wie Krähen. Als Antwort gab er nur ein Grunzen von sich und stierte auf die schwarz verhängte Kiste, die Finn ihm reichte.

»Was ist das denn?«, fragte er und wendete sie hin und her. Seine Arme waren dick wie Baumstämme.
»Ein Wunderkabinett!«, antwortete Finn McCool großspurig. »Es enthält all die großen Wunder der Welt, so wurde mir jedenfalls versichert.«
Der Barkeeper grunzte wieder und schnipste Finn eine Münze zu, die in dessen Tasche verschwand, ehe sie Zeit hatte zu glänzen. Dann hievte er das Wunderkabinett über die Theke und verstaute es in einem kleinen Alkoven unter der Treppe.
»Verflucht, ich hab nie gesagt, dass ich das verkaufen will!«, stieß Dolan hervor, stammelnd vor Fieber.
»Wir wollen dein Eigentum nur sicher verwahren.«
»Sicher für wen? Gebt es mir wieder …«
Aber McCool unterbrach ihn und zog ihn zurück zur Bar.
»Sicher für uns alle vielleicht?«, sagte er und zwinkerte Dolan zu. »Keine Bange, Söhnchen, es ist so sicher wie die Kronjuwelen! Vertrau dem alten Finn! In diesem Haus kümmert man sich um irische Immigranten wie nirgendwo sonst in der ganzen Stadt. Hier ist dein Schatz sicherer, als wäre er auf dem Polizeirevier oder gar in der City Hall selbst! Wie wär's, wenn du uns was einschenkst, Pat?«
Pat, der Barkeeper, förderte eine staubige Flasche zu Tage und schenkte jedem ein ordentliches Glas einer Flüssigkeit ein, die die Farbe rostiger Nägel hatte. Ruth beobachtete Dolan. Er starrte auf den Whiskey, der allmählich im Glas trüb wurde – aber immer wieder wanderte sein Blick zurück zu seinem Schatz in dem Verschlag unter der Treppe. Dann nickte er knapp, ergriff sein Glas, und sie folgte seinem Beispiel.
Es war das schärfste Zeug, das ich je geschluckt habe. Es fühlte sich wie Feuer in meiner Kehle an – und sobald es unten war, fing alles in meinem Kopf an, sich zu drehen.
Finn lotste sie zurück zu den Leuten am Tisch und dem Spiel, das dort im Gange war.
»Hier, erlaubt mir, euch mit der hauseigenen Abteilung der Roach Guards bekannt zu machen …«

»Stimmt genau! Bowery Boys werdet ihr hier nicht finden!«
»Diese Hurensöhne!«
»Nein, das hier ist ein respektables Haus!«
Ihre fahlen, schmutzigen Gesichter legten sich in zahllose Falten, als sie lachten.
»Das hier ist der einarmige Charlie. Und Kate Flannery, der sabbernde Jim und Patsy, der Barbier. Und hier haben wir Sadie, die Ziege, und Jack Rat, der sein Geld damit verdient, den Ratten unten bei Kit Burns die Köpfe abzubeißen. Und George Leese, der auch Snatchem genannt wird und der mal bei den Slaughterhouse Gangs war, der aber jetzt bei den Boxkämpfen als Blutsauger arbeitet.«
Der letzte Kerl kam schlurfend näher. Er schien es gelassen zu nehmen. Er trug den Hut in einem verwegenen Winkel auf dem Kopf, und seine Weste war voller Flicken.
»Ich weiß nicht, ob ich mich selbst in erster Linie als Blutsauger beschreiben würde«, erklärte er ihnen. »Ich betrachte mich eher als eine Art Hurensohn für alle Fälle, wenn's recht ist. Einer, der den Leuten im Dunkeln das Messer in die Rippen rammt und ihnen den Schädel eintritt.«
Und was sie zu Roach Guards oder sonst irgendetwas machte, konnte ich nicht sagen, außer dass alle Männer einen blauen Längsstreifen am Hosenbein trugen. Sie kamen mir alle so vor, als würden sie einem so bedenkenlos die Kehle durchschneiden oder die Börse stehlen, wie sie einen anlächelten, und das Einzige, was für sie sprach, war die Tatsache, dass sie aus Irland stammten.
»Oh, da ist ja meine geliebte Gallus Mag!«, rief Finn, und die größte Frau, die Ruth je gesehen hatte, stand vom Tisch auf. McCool nahm einen kleinen Anlauf und schaffte es, die Arme um ihren Hals zu schlingen und ihr einen Kuss auf die Wange zu geben. Sie lächelte schüchtern und entblößte dabei die niedlichen weißen Zahnspitzen – eine jede scharf wie eine Dolchklinge.
»Ach, Finn!«
»Ah, ich liebe sie, ich liebe sie wirklich! Keine Frau auf der Welt ist wie meine Maggy!«, versicherte McCool und gab ihr einen Kuss auf die Lippen, nur um sie noch einmal erröten zu sehen.

»Komm und heb noch einen mit uns, Mag! Lasst uns was trinken und essen!« Er sprang wieder auf, donnerte eine Faust auf den Tisch und pfiff nach dem Barkeeper.

»Hey! Hey, Pat! Ist noch nicht Zeit zum Essen?«

»Unterwegs«, knurrte der Barkeeper, und eine rotgesichtige Frau, die noch größer und runder war als Pat selbst, kam aus einem hinteren Zimmer mit einem ganzen Schwein auf einer Platte. Sie setzte sie mitten auf dem Tisch ab – und auf der Stelle zauberten alle Männer und Frauen dort von irgendwoher Messer hervor und begannen, an dem Braten herumzusäbeln, wo sie ihn gerade zu fassen bekamen, einschließlich der Ohren und des Schwanzes.

»Herrje, ihr habt ja gar kein Werkzeug«, sagte Finn liebenswürdig, schnitt noch ein paar Stücke ab und reichte sie Dolan und Ruth. Das Schwein war an einigen Stellen verbrannt, an anderen noch fast roh, die Haut so grau und gespannt wie ein Segel. Doch als der Geruch ihnen in die Nase stieg, Finn ihnen mehrere Scheiben abgeschnitten und in die Hände gelegt hatte, konnten weder Dolan noch Ruth widerstehen. Sie würgten es hinunter, so schnell sie konnten, und streckten die Hände nach einem Nachschlag aus.

»Aus dem Weg, du!«

»Das ist meins!«

Die Leute am Tisch stürzten sich wieder auf den Braten – alle gleichzeitig –, und zwar mit solcher Wut, dass das Schwein vom Tisch rollte und auf dem Boden landete. Es kullerte über den Fußboden, und sie alle jagten ihm nach und stachen immer noch darauf ein, bis es schließlich mit dem Gesicht nach oben im kalten Herd zu liegen kam und sie mit seinem gebräunten, offenmäuligen Schweinsgesicht anstarrte.

Und da fühlte Ruth, wie sich ihr der Magen umdrehte. Dolan erging es genauso, und nebeneinander wankten sie zu den Spucknäpfen in der Ecke, um sich zu übergeben. Unter Krämpfen würgte sie, bis sie nichts mehr in sich hatte, das sie hätte ausspucken können, und ihr war schwindelig in der stickigen, verräucherten Luft.

»Das hätten wir.«

Finn McCool stand plötzlich neben ihr und gab mitfühlende Gurrlaute von sich.
»Jetzt habt ihr beide gekotzt, und das war's. Was ihr jetzt braucht, ist ein Zimmer oben. Seid unbesorgt, hier kümmert man sich um irische Landsleute.«
Sie stellte fest, dass sie zusammen mit Dolan eine wacklige Holztreppe hinaufbugsiert wurde. Dann zog Finn sie einen langen Flur im Obergeschoss entlang. Sie kamen an einem Raum nach dem anderen vorbei. Die meisten hatten offene Eingänge ohne Türen, waren stockdunkel, und es roch nach menschlichen Ausscheidungen, Schweiß und Schlimmerem.
Vor einem dieser Löcher hielt er an – woher er wusste, welches das richtige war, konnte sie sich nicht erklären – und schob sie beide durch den niedrigen Eingang. Es gab keine Möbel, nur Stroh am Boden. Ruth dachte vage, dass es dem Verschlag an Bord nicht unähnlich war, nur roch es noch schlimmer.
»So, jetzt ruht euch ein wenig aus.«
Sie versuchte, Dolans Blick aufzufangen, denn sie wusste, dass hier irgendetwas nicht stimmte. Aber er schien kaum noch bei Besinnung zu sein, und auch sie hatte Mühe, die Augen offen zu halten. Sie fragte sich, was hier in diesem Loch mit ihnen geschehen würde, doch sie war so erschöpft, dass es sie kaum noch kümmerte, und ließ sich von der Stimme des Unholds einlullen.
»Bei Finn seid ihr in guten Händen. Nur keine Sorge …«

Irgendwann, es musste einige Zeit vergangen sein, wachte sie davon auf, dass Dolan sie trat.
»Steh auf. Steh jetzt auf, wenn du lebend hier rauskommen willst.«
Sie zwang sich aufzuwachen und kroch zur Türöffnung. Immer noch nicht sicher, ob sie wieder im Krankenhaus oder auf dem Schiff war.
»Hörst du das?«
Dolan stand an ihrer Seite und horchte angestrengt. Die Dunkelheit, die sie umgab, war nahezu vollkommen, nur eine flackernde Gaslaterne auf dem Flur gab etwas Licht.

»Hörst du, wovon sie reden?«
Ruth hörte nichts als das leise Murmeln von Stimmen unten aus der Bar. Ihr Magen revoltierte immer noch, und ihr war nach wie vor schwindelig, aber sie folgte Dolan zur Treppe. Von dort konnten sie in den Schankraum hinabblicken, der jetzt fast völlig ausgestorben war.
Nur Finn und Pat der Barkeeper waren noch anwesend. Und während Ruth die beiden beobachtete, hoben sie das Wunderkabinett hoch und setzten es auf die Bar. Sie schlugen das schwarze Tuch zurück, sodass das cremeweiße und goldene Gehäuse plötzlich unanständig entblößt auf der Theke stand.
»Da haben wir's!«
»Diese Bastarde«, flüsterte Dolan an ihrer Seite. Er sammelte seine Kräfte, wappnete sich, um die Treppe hinabzustürzen – aber gleichzeitig wollte er, dass sie einen Blick darauf warfen, das sah sie. Um herauszufinden, wie viel es tatsächlich wert war …
»Also, was meinst du?«
Ihre Stimmen klangen ungläubig. Dann schnaubte Pat, der Barkeeper höhnisch. »Wunderkabinett! Oben bei Barnum's kann man alle Tage bessere Wunder sehen!«
»Bastarde«, flüsterte Dolan wieder, dieses Mal rasend vor Zorn.
»Alles billiger Tand! Plunder und Glas«, bemerkte Finn McCool betrübt.
»Und wenn ich dran denke, dass ich dir einen Shilling York dafür gegeben hab! Den schuldest du mir und die Drinks obendrein!«
Ärgerlich schüttelte Pat wieder den Kopf und holte einen Hammer unter der Bar hervor. Mit einem harten, gekonnten Schlag zertrümmerte er den Schließmechanismus der Vitrinentür. Ein Riss sprang augenblicklich über die gesamte Länge der Glasscheibe. Pat öffnete die Tür und steckte einen Arm bis zum Ellbogen in den Kasten.
»Tand!«, befand er, während er eine Hand voll des glitzernden Inhaltes hochhielt.
Dolan schlich die Treppe hinab, um sich auf ihn zu stürzen, ehe Ruth irgendetwas tun konnte, um ihn zurückzuhalten.
»Wertlos!«

Die Hand des Barkeepers pflügte immer noch durch all die Wunderdinge. Gleichgültig zerstörte er die sorgsam arrangierten Szenen, die perfekten Lichtspiele und Spiegeltricks und Geheimfächer, die sie all die Wochen auf der Straße so sorgsam gehütet hatten, während der ganzen Überfahrt …
»NEIN!«
Er schrie, als hätten sie ihm das Herz herausgerissen. Und da hab ich gedacht: Mir ist gleich, was er sagt, ich glaube nicht, dass er ein toter Mann ist.

Dolan war über den Barkeeper hergefallen, ehe der auch nur aufschauen konnte, und schlug ihm den Hammer aus der Hand. Der erste Faustschlag traf Pat zwischen die Augen, sodass er gegen die Bar taumelte. Der zweite brach ihm die Nase und schleuderte ihn herum. Dann packte Dolan ihn am Kragen und drosch seinen Kopf wieder und wieder auf die Theke.
»Wertlos, meinst du?!«
Er schlug unbarmherzig auf den Mann ein, gänzlich vom Zorn übermannt – bis Finn ihm den Lauf einer Pistole fest an die Schläfe drückte.
»Das reicht jetzt aber. Du bringst den Mann ja um.«
Dolan hielt inne, wenngleich er immer noch über den Barkeeper gebeugt stand. Aus dem Augenwinkel betrachtete er Finn und dessen Pistole. Wollte weitermachen, erkannte Ruth von ihrem Platz am Fuß der Treppe, aber Finn sah es auch.
»Sei nicht blöd! Ich blas dir das Hirn raus. Nimm deinen verdammten Kasten und hau ab!«
Dolan sah ihn noch einen langen Moment aus dem Augenwinkel an. Dann richtete er sich auf, schloss den zerbrochenen Verschluss des Wunderkabinetts, so gut er konnte, und hüllte es wieder in das schwarze Tuch. Danach ging er langsam hinaus, den Kasten an die Brust gepresst, und Ruth folgte ihm. Pat lag bewusstlos auf seiner Bar, sein Gesicht ein Trümmerfeld.
»Du bist ein richtiger Schatz!«, rief Finn ihnen glucksend nach – hielt die Pistole aber weiterhin auf sie gerichtet.

Von der Tür warf ihm Dolan noch einen Blick zu, sagte aber nichts.
»Ach, guck mich doch nicht so an«, rief McCool, immer noch lachend. »Ich will damit nur sagen, dass ein Mann mit deinem Zartgefühl es in dieser Stadt weit bringen könnte. Mit der richtigen Anleitung. Komm mal wieder vorbei, und dann bring ich dir bei, wie man Geld macht.«

Die ganze Nacht waren sie Richtung Norden und Westen gewandert, weg von dem Wald aus Masten am Südzipfel der Insel. Erschöpft und fiebrig quälten sie sich vorwärts. Sie staunten, wie viel Betrieb noch auf den Straßen war, die sowohl mit Menschen als auch Gefährten verstopft waren – grinsende Fratzen kamen ihnen aus der Dunkelheit entgegengesegelt.
Ruth folgte ihm, auch wenn sie nicht wusste, was er hier mitten in der Nacht in einer fremden Stadt zu finden hoffte. Sie kamen an Saloons vorbei, aus denen keilförmig schummriges Licht fiel. Grölendes Gelächter und Geschrei drangen aus den Hintereingängen. Sie passierten windschiefe Mietshäuser, verbretterte Villen und neue Fabrikgebäude aus Backstein, die dröhnten und vibrierten – selbst zu dieser Stunde brannten die Öfen und rauchten die Schornsteine.
Sie liefen weiter, bis die Blocks sich ebenso wie das Menschengewimmel ausdünnten. Die Zahl der Häuser nahm ab, doch sie wurden größer und vornehmer, bis schließlich ein einzelnes einen ganzen Block einnahm. Dann blieben die Häuser gänzlich zurück, wurden abgelöst von einem flachen, mit Gestrüpp bedeckten Marschland, dem ein abscheulicher Geruch entströmte. Aber immer noch ging Dolan weiter, bis sie schließlich einen großen, grauen Felsbrocken erreichten, der ihnen aus der Dunkelheit entgegenragte.
Er bestand darauf hinaufzuklettern, als sei dies tatsächlich sein Ziel gewesen. Und dort auf der anderen Seite sah er die Hütten von Pigtown, die wie große Pilze am Boden einer Senke standen. Häuser, die nichts weiter als grob gezimmerte Schuppen waren, zusammengeschustert aus ein paar losen Brettern und Ziegeln. Jedes hatte einen kleinen, umzäunten Garten, darin einen Hund, der wie

besessen heulte, und ein Schwein. Und dort stellte er den Kasten endlich ab, um ihr neues Zuhause in Augenschein zu nehmen.

»Das ist gut genug«, verkündete er, und sosehr der Anblick des Viertels Ruth auch entsetzte, war sie dankbar, für die Nacht Halt zu machen.

Sie wuschen sich die Gesichter in einem trüben Tümpel, wenngleich die Hunde jetzt jaulten, als schliche der Satan selbst um ihre Häuser. Von ihren neuen Nachbarn sahen sie nur den einen oder anderen, der herauskam, um seinem Hund einen Tritt zu verpassen und ihnen mit der Faust zu drohen, ehe sie wieder in ihrer Behausung verschwanden.

Dolan und Ruth schenkten ihnen keine Beachtung. Stattdessen ließen sie sich auf einer kleinen Wiese nieder, um ein paar Stunden auszuruhen. Und dort unter den Sternen legten sie sich hin, bis es Morgen wurde und sie beginnen konnten, ihr neues Heim zu bauen.

36
Johnny Dolan

Er wusste nicht so recht, warum er den Mann geschlagen hatte; es war ihm einfach danach zu Mute gewesen, und es hatte ihm zum ersten Mal seit vierzehn Jahren ein Gefühl echter Befriedigung gegeben. Er hatte nichts gegen ihn, wusste nur, dass der Mann eine Ansprache hielt und dass dann alles enden würde. Dolan war nicht einmal sicher, was er geredet hatte – er konnte kaum noch verstehen, was die Leute sprachen. Seit er aus dem Gefängnis in den Sierras entlassen worden war, kam es ihm vor, als befinde er sich unter Wasser, sei nur noch eingeschränkt in der Lage zu hören, was man zu ihm sagte. Aber Dolan wusste, was er zu tun hatte, erkannte es in den Gesichtern derer, die lauschten. Die Männer wirkten ein wenig verschämt über das, was sie bereits angerichtet hatten. Die Gesichter der Frauen waren von Tränen benetzt. Er begriff es nicht so ganz, doch er wusste, dass das, was der Superintendent der Polizei da sagte, dazu führen würde, dass es aufhörte. Dann würden die Feuer gelöscht und die ganze Straße wieder zu dem, was sie zuvor gewesen war, und er wäre allein – müsste sich seinen Weg durch diese Stadt suchen, in die er zurückgekehrt war, dreitausend Meilen weit für einen Rachezug.

Also hatte er zugeschlagen. Und er wusste, als er es tat, dass damit alles wieder in Gang kommen würde. Das war das Einzige, was er nun tun konnte. Er konnte die Dinge in Gang bringen.

Deswegen hatten sie ihn zu ihrem Anführer gekürt. Schoben ihn vor sich her, die Third Avenue hinab. Die Holzplanke hing ihm immer noch um den Hals und fühlte sich inzwischen so natürlich an, dass er sie beinahe vergaß.

Er hatte eine diffuse Erinnerung an einen Tag, da eine Menschenmenge ihn nach einem Preiskampf auf den Schultern getragen hatte. Der gefährliche Johnny Dolan. Wie er diesen Namen geliebt hatte! So wie alles andere am Boxen. Die süße Erfüllung, einen Mann zu schlagen und geschlagen zu werden …
Es war der Nachmittag, da er fünfzig Runden gegen den großen John Morrissey gekämpft hatte. Auf einem Prahm, der unweit von Yonkers im Hudson ankerte. Ein Tag ähnlich wie der heutige, mit dem Geschmack nach Blut im Mund. Die Julisonne verbrannte ihnen Rücken und Brust zu einem schmerzhaften, leuchtenden Rosa. Die jungen Burschen und wetteifrigen Zuschauer drängten sich auf den Dampfern und Flößen, die den Prahm umgaben, brüllten und wedelten mit ihren Geldscheinen – tauchten mit jeder Welle auf dem Fluss ab und dann wieder auf.
Er hatte nicht die geringste Chance gehabt zu gewinnen. Morrissey war ein Bär von einem Mann, massig und muskulös wie ein Schmied. Kalte, grüne Augen, denen nichts entging, blickten gerissen aus seinem bärtigen Gesicht. Dutzende seiner Tammany-Kumpel waren dort, um ihm zuzujubeln, und von der Sekunde an, da er aus seiner Ecke kam, war klar, dass er Dolan fertig machen wollte, so schnell und gründlich er konnte. Dass er ihn umbringen wollte, wenn es nötig war.
Er konnte nicht einmal hoffen, ihn zu foulen. Gleich nachdem die Glocke zur ersten Runde ertönte, versuchte Dolan einen Trick, den er bei anderen Kämpfen dieser Art gelernt hatte: Er sprang plötzlich auf Morrissey zu und landete hart mit beiden Füßen auf dem Deck, bemüht, den Gegner auf dem schwankenden Boot aus dem Gleichgewicht zu bringen.
Doch Morrissey war zu groß. Er sah Dolans Finte kommen und landete einen gewaltigen Aufwärtshaken in dem Moment, da Dolan das Deck erreichte. Der ging krachend nieder, ehe er wusste, wie ihm geschah. Die Kerle auf den umliegenden Booten jubelten und stampften vor Vergnügen.
»Schließt die Läden, es gibt einen Trauerfall in der Familie!«
Morrissey bedachte ihn mit einem kleinen, gehässigen Grinsen,

während er in seine Ecke zurückging, sein Blick deutlicher als alle Worte: Ist das alles, was du zu bieten hast?

Dolan schleppte sich zu seinem Hocker zurück. Die Regeln auf dem Boot waren dieselben wie an Land: Jede Runde dauerte so lange, bis einer der Kontrahenten zu Boden ging, und der Kampf wurde fortgesetzt, bis einer von beiden beim Schlag der Glocke nicht mehr antreten konnte. Nicky Ward, sein Manager, überschüttete ihn mit Hudsonwasser, während Snatchem, der Blutsauger, sich seinen Hinterkopf anschaute.

»Jesus, du hast schon eine Platzwunde dahinten. Du musst aufpassen«, beschwor Snatchem ihn und betupfte die Wunde mit Jod, bis Dolan ihn ungeduldig beiseite stieß.

»Ich versuch, dem Kerl nicht den Rücken zuzuwenden.«

Den ganzen Nachmittag und bis in den Abend hinein hatten sie sich an Deck des Bootes umkreist. Dolan war schneller als der Champion, erwischte ihn von unten aus seiner gebückten Haltung heraus. Aber jedes Mal musste er einen Preis zahlen. Morrissey schlug ihn härter, als er je im Leben geschlagen worden war, schlimmer als alles, was er je von Yankee Sullivan oder Bill dem Schlächter oder gar Tom Hyer hatte einstecken müssen – und Morrisey zu schlagen fühlte sich an, als dresche man auf einen Büffel ein. Dolans Fäuste prallten vom Kopf des Gegners, dem gewölbten Knochen über den Augen ab. Als er nach der zwanzigsten Runde in seine Ecke zurückkehrte, sahen seine Finger aus wie Hackfleisch, glichen blutigen, stummeligen Würmern.

»Du wirst dir beide Hände brechen, wenn du so weitermachst«, schalt Snatchem ihn wieder. Gekonnt streckte er die Hände und saugte das geronnene Blut und den Eiter von den blanken Knöcheln. Regelmäßig spuckte er in den Eimer aus, dann rieb er die Hände mit Mehl ein.

»Das ist mir egal«, entgegnete Dolan, selbst von seinen Worten überrascht. Doch es stimmte, es war ihm wirklich egal.

Gegen jeden anderen Gegner hätte er seine rohen Knöchel zu seinem Vorteil einsetzen können – hätte Snatchem befohlen, sie mit Jod oder Salz zu bestreichen, das beim nächsten Schlag ins Gesicht seines Gegner in dessen Augen geraten wäre. Doch er wusste, wenn er so etwas jetzt versuchte, wäre er niemals lebend von diesem Boot heruntergekommen. Morrisseys Tammany-Gangster mit ihren Messern, Pistolen und hohen Wetten würden ihn hier auf der Stelle fertig machen.

Es blieb ihm nichts anderes übrig, als sich wieder und wieder anzupirschen und seine Prügel einzustecken – und so gefiel es ihm. Das altvertraute unbekümmerte Hochgefühl baute sich in ihm auf. Je mehr er geschlagen wurde, umso drängender wurde sein Zwang, selbst zu schlagen. Er stürmte vor, schenkte den Hieben, die auf seinen Kopf, die Rippen und die Nieren niederprasselten, keine Beachtung. Jeder Schlag spornte ihn nur an, selbst die Fäuste zu schwingen.

Der Kampf erstreckte sich über fünfundzwanzig Runden, dann dreißig, dann vierzig. Jede endete damit, dass Dolan auf den Deckplanken landete. Die Sonne hatte ihm Schultern und Rücken inzwischen so schlimm verbrannt, dass er jedes Mal aufschreien wollte, wenn er die Arme hob. Zwischen den Runden wurde auf dem von Kreidestrichen markierten Ring Sägemehl ausgebracht, doch die Kontrahenten schlitterten und rutschten trotzdem auf dem Deck umher, das von ihrem Schweiß und Blut glitschig geworden war.

Wie der Fußboden der »Blutstätte« – blutbedeckt unter seinem Besen. Sein Schwager, Tom O'Kane, hatte ihm dort einen Job besorgt, aber er war nicht lange geblieben. Er wollte lieber irgendwo sein, wo er das Töten selbst erledigen konnte …

Die einundvierzigste Runde hatte damit geendet, dass Morrissey ganz von selbst ausgerutscht und hingeschlagen war, und Dolan fragte sich für einen Moment, ob sein Gegner tatsächlich erschöpft sein könnte. Doch Morrissey trat zur zweiundvierzigsten wieder an und beförderte Dolan in Windeseile aufs Deck, und der gab daraufhin ein für alle Mal jede Hoffnung auf den Sieg auf.

Trotzdem griff er Morrissey weiter an. Er hatte jeglichen Selbsterhaltungstrieb längst hinter sich gelassen, war nur noch neugierig herauszufinden, was in ihm steckte. Hier und dort zeigte Morrisseys eigenes stolzes Gesicht auch die Spuren seiner Mühen. Er hatte

zwei beachtliche Veilchen, ein paar Platzwunden an Nase und Wangen, und der Wikingerbart war blutverklebt.
Das meiste ist meines, wusste Dolan. Er ahnte, wie er aussehen musste, als er in seine Ecke zurückkehrte und Snatchem und Nicky Ward vor ihm zurückwichen. Zwei seiner wenigen verbliebenen Zähne hatte er bereits ausgespuckt, und der Rest wackelte. Seine Nase spürte er überhaupt nicht mehr, in seinem Kopf war ein anhaltendes Klingeln, und sein Blickfeld hatte sich zu zwei verschwommenen Schlitzen verengt, durch die er Morrissey, der erneut auf ihn zukam, gerade noch ausmachen konnte.
Doch unmittelbar bevor die fünfzigste Runde begann, erkannte Dolan, dass die Menge jetzt seinen Namen brüllte, weitere Münzen und Geldscheine setzte, denn die Wetten wurden jetzt darauf abgeschlossen, wie lange er durchhalten würde. In seiner Ecke flehte Nicky ihn an aufzugeben, denn er werde geblendet oder getötet, wenn er es nicht täte.
»Was denn, hast du dein Geld etwa auf die nächste Runde gesetzt, Nick?«, knurrte er und kehrte torkelnd in den Ring zurück.
Was zum Teufel ging es die an, ob er lebte oder starb? Außerdem war er doch sowieso schon tot. Das hatten die an der Tür des Armenhauses gesagt …
Aber diese hier war die letzte Runde. Er hätte nicht mehr weiterkämpfen können, selbst wenn er gewollt hätte – seine Knöchel blank, Hände und Finger gebrochen und nutzlos. Er war noch nie in einem Kampf k.o. geschlagen worden und fragte sich nun, wie es wohl war, ins Vergessen geprügelt zu werden. Er wollte es, sehnte sich danach.
Er ging in die Ringmitte und warf einen unkoordinierten rechten Schwinger in Morrisseys Richtung in der Absicht, ihn zu verfehlen. Der Champion verkürzte den Abstand und landete eine kurze Linke auf sein Kinn, die ihn in Schwindel versetzte, aber er blieb auf den Beinen. Du musst es dir immer noch verdienen. Morrissey kam wieder heran, unbeirrbar und unüberwindlich wie eine Kriegsmaschine. Dolan ließ einfach die Arme sinken, und dann kam der Moment, über den noch jahrelang in den Clubhäusern und Spielhöllen gespro-

chen wurde: Johnny spuckte einen Zahn aus, der in beinahe spöttischer Weise von der Brust des Champion abprallte.

»Komm schon, du fettes Schwein. Worauf wartest du denn?«

Morrissey stierte ihm fragend ins Gesicht, witterte eine Falle – oder vielleicht konnte er einfach nicht verstehen, was Dolan zwischen abgebrochenen Zähnen hervor sagte – es war unmöglich zu entscheiden, was von beidem es war. Dann kam er näher, täuschte einmal mit dem Kopf, ein Profi bis zuletzt. Dolan sah die Linke nicht kommen, ein gerader, harter Jab, erstaunlich gut platziert nach so vielen Runden. Die Rechte folgte unmittelbar. Eine perfekte Kombination, und die Hiebe waren so hart, dass Dolan das Gefühl hatte, etwas in seinem Kopf zerplatze. Er war bewusstlos, ehe er aufs Deck schlug.

Als er zu sich kam, hatten die Männer ihn schon auf ihre Schultern gehoben. Die Gangster und Spieler trugen ihn jubelnd im Kreis herum, auf dem Prahm und den umliegend Dampfern, geschmückt mit Feiertagsgirlanden und Wimpeln.

Dolan war so schwindelig, dass er glaubte, er müsse sich übergeben, aber er war zu schwach, um zu würgen. Stattdessen starrte er dumpf auf die andere Seite des Rings, wo Morrissey von seinen Tammany-Sekundanten mit kühlen Schwämmen und Tüchern bearbeitet wurde. Immer noch stand er aufrecht und ungebeugt wie eine Eiche, erwiderte Dolans Blick und bedachte ihn mit einem kleinen, respektvollen Nicken, das wohl eine Anerkennung für den beachtlichen Kampf sein sollte, den er geliefert hatte.

Dolan hatte einen Strom blutigen Schleims in seine Richtung gespuckt. Morrissey runzelte die Stirn und wandte sich ab, begriff nicht, dass er die Erwartungen seines Gegners nicht erfüllt hatte. Dass er auf ihn hätte eindreschen sollen, bis nichts übrig war, bis das Denken ein für alle Mal endete.

Doch es war zu spät. Dolan war aufgewacht, und die betrunkenen Zuschauer trugen ihn im Kreis herum und herum, bis er ohnmächtig wurde und sie ihn ausgestreckt aufs Deck legen und mit Flusswasser wieder beleben mussten. Und er war wütender denn je, noch am Leben zu sein.

37

Herbert Willis Robinson

Die Stadt liegt aufgeschlitzt auf dem Rücken wie ein Käfer. Überall formiert sich spontan der Mob. Männer, Frauen und Kinder schwärmen auf die Straße hinaus, suchen nach etwas, woran sie ihren Zorn oder Übermut auslassen können. Sie schreien und brüllen sich heiser, ergreifen jede Waffe, derer sie habhaft werden: Stöcke und Zaunpfähle, Schindeln und Steine, Bügeleisen und Bratpfannen.

Sie plündern jetzt überall, geben nicht mehr vor, nach Einberufungsakten zu suchen. Sie räumen Hotels und Restaurants aus, Gemüseläden und Pfandleiher, Schneider, Textilgeschäfte und Juweliere. Die gesamte Ordnung der Stadt wird im Lauf eines Vormittags vernichtet. Unten im 14. Bezirk habe ich gar einen Stadtrat gesehen, der die Menge anführte.

Ich kämpfte mich Richtung Downtown, verzweifelt bemüht, irgendwem irgendeine Nachricht zukommen zu lassen. Aber die Metropolitan Police ist nirgendwo zu sehen. Die meisten ihrer Wachen sind verlassen oder nur noch sporadisch besetzt – manche sind auch schon in Flammen aufgegangen.

Ich muss den ganzen Weg zum Polizeihauptquartier an der Mulberry Street laufen. Wie anders sah es hier noch letzte Nacht aus! Kennedys makellose Effizienz ist verschwunden – genau wie Kennedy selbst, der im Krankenhaus liegt und mit dem Tode ringt. Alles befindet sich in Aufruhr: Zerzauste und blutende Streifenpolizisten und Sergeants kommen und gehen, Boten eilen von überall in der Stadt her, verängstigte und zornige Bürger verlangen, dass irgendetwas getan wird.

Mit Mühe kämpfte ich mich zu Commissioner Thomas Acton von der Polizeidirektion durch, der jetzt wohl zuständig ist. Er sitzt hinter Kennedys Schreibtisch, das Gesicht zornesrot, und ist bemüht, ein wenig Ordnung in das allgemeine Chaos zu bringen. Atemlos berichte ich ihm von der Brandstiftung im Waisenhaus und dass ich einige im Mob davon habe reden hören, die Armory zu stürmen. Doch er nickt nur grimmig: »Ja, ja. Wir wissen das alles schon!«

Er richtet seine Aufmerksamkeit stattdessen auf die Boten, die ständig hereinkommen, oder auf die Fernschreiben aus den wenigen Stadtvierteln, wo die Telegrafen noch funktionieren.

In Crook's Restaurant schlagen sie die schwarzen Kellner zusammen ... Eine Abteilung eines Invalidencorps ist an der Grand Central Station in die Flucht geschlagen worden, ihre Gewehre gestohlen ... Männer versuchen, die Harlem River Bridge und die Macombs's Bridge in Brand zu stecken ... Der Mob errichtet Barrikaden auf der Ninth Avenue ... Sie fallen in Negerwohnungen in der Baxter und Leonard Street ein, brennen Negerpensionen auf der Roosevelt Street nieder ...

»Mein Gott, Mann, haben Sie das da draußen denn gesehen?«, kann ich mir nicht verbeißen auszurufen, weil ich glaube, dass er es allein aufgrund von Telegrammen nicht begreifen kann.

Aber Acton hat einen Plan. Den ganzen Tag haben er und Inspector Carpenter – der ranghöchste Polizeibeamte, der sich derzeit noch im Hauptquartier befindet – Männer von der Straße abgezogen. Sie versuchen, ein Einsatzkommando zu bilden, um es dem Mob entgegenzustellen. Sie haben an die hundertfünfundzwanzig Polizisten beisammen, die sich in einem Dienstzimmer zusammendrängen.

Und damit riskieren sie die ganze Stadt. Die Polizeikräfte sind schon mehr als ausgelastet mit der Aufgabe, die lebenswichtigen Arterien der Stadt zu sichern: Die Telegrafenleitungen, Bahngleise und Brücken, die Werften, Kais und Ufer, ihre eigenen Wachen. Viele der Streifenpolizisten, die sie hier zusammengezogen haben, tragen schon Blessuren von den Kämpfen am Morgen.

Unterdessen kommen Sergeant Burdick und das, was von seiner Broadway-Wache übrig ist, ins Hauptquartier getorkelt. Vierunddreißig der größten, härtesten Männer in der Metropolitan Police, deren Aufgabe normalerweise darin besteht, das gefährliche Verkehrsgewimmel auf dem Broadway zu regeln. Man hatte sie mit Colt Revolvern und Hinterladerkarabinern bewaffnet und ausgeschickt, die Armory an der 21. Straße und Second Avenue zu halten.

Stattdessen waren sie gezwungen worden, ein winziges Schlupfloch in die Rückwand des Waffendepots zu brechen und um ihr Leben zu laufen. Das ist die schlimmste aller Nachrichten. Während sich hier im Dienstzimmer das Einsatzkommando formiert, ist der Mob vermutlich gerade dabei, sich zu bewaffnen – bricht all die Kisten mit brandneuen Gewehren und Munition auf, die er erbeutet hat. Mit solcher Feuerkraft sind sie jedem Polizisten oder Soldaten, der sich noch in der Stadt befindet, überlegen.

Selbst hier im Dienstzimmer des Hauptquartiers an der Mulberry Street können wir ihre orgiastischen Rufe und Schreie hören, die durchs Fenster hereindriften. Stetig kommt der Mob näher. Rastlos bewegen sich die Beamten und treten von einem Fuß auf den anderen; sie wissen nicht, was sie erwartet oder was sie tun sollen.

Dan Carpenter nimmt vor seinen Männern Aufstellung. Aufrecht wie ein Ladestock, die Stirn gefurcht, doch die Augen über seinem buschigen Backenbart leuchten.

»Formiert euch! Formiert euch, Männer!«

Sie nehmen Haltung an, sind augenblicklich verwandelt. Erwartungsvoll verfolgen sie, wie Tom Acton vortritt und Carpenter seinen Auftrag erteilt.

»Werden Sie gehen, Sir?«

»Ich gehe«, erwidert Carpenter mit einer Stimme, die wie eine Zehnpfündergranate klingt. »Ich gehe, und ich werde nicht zurückkehren, es sei denn siegreich.«

Jubel erhebt sich im Hauptquartier, übertönt das wahnsinnige Gejohle von der Straße. Die Iren werden kämpfen.

»Was sollen wir mit Gefangenen machen, Sir?«, fragt ein Sergeant Copeland.
»Gefangene? Gefangene?«, knurrt Acton und schnaubt wie ein Schlachtross. »Es werden keine gemacht! Tötet! Tötet! Tötet! Zerschlagt den Mob. Zerschlagt den Mob! Bringt mir keinen Gefangenen in dieses Gebäude, bis der Mob zerschlagen ist!«
»Männer!«, dröhnt Carpenters Stimme. »Ihr habt eure Befehle gehört. Wir sollen einem Mob entgegentreten und ihn zerschlagen. Wir sollen keine Gefangenen machen!«
Sie jubeln immer noch frenetisch, ihre Wunden, ihre Erschöpfung vergessen, als Carpenter sie auf die Mulberry Street hinausführt.
»Folgt mir, Jungs! Und wenn ihr zuschlagt, tut es schnell und hart!«
Singend marschieren sie, immer vier nebeneinander ziehen sie durch die heimgesuchten, abgebrannten Blocks:

The Union forever,
Hurrah, boys, hurrah!
Down with the traitor
And up with the star …

Ich gehe mit ihnen. Rede mir ein, mir nichts aus der Gefahr zu machen. Ich will sehen, ob sie die Stadt retten können. Ich will – ich muss – einfach sehen, was als Nächstes passiert.
Wir marschieren dem Mob geradewegs entgegen. Wir hören sie kommen, sie übertönen unseren Gesang, als wir uns der Amity Street nähern. Es ist ein schreckliches Geräusch, das ein solcher Mob verursacht – wie eine Feuerwalze, die methodisch alles zermalmt und zerstört, was auf ihrem Weg liegt.
Zuerst kommt eine wilde Schar von Flüchtlingen, die der Mob vor sich her treibt wie aufgescheuchte Tauben. Schwarze und Frauen hauptsächlich, aber auch Weiße, ganze Familien – Bürger einer amerikanischen Stadt! –, die um ihr Leben rennen. Fast bringen sie unsere Reihen in ihrer Panik zur Auflösung. Verzweifelt halten sie

die wenige Habe beisammen, die sie retten konnten, ihre Handwagen und Schubkarren rumpeln über das Straßenpflaster.
»Halt, Männer, lasst sie durch!«, befiehlt Carpenter. Die Polizisten bilden eine Gasse, um sie hindurchzulassen, und erbleichen bei ihrem Anblick.
Aber es bleibt keine Zeit, in Panik zu geraten. Der Mob folgt den Fliehenden auf dem Fuße. Prahlerisch kommen sie jetzt einherstolziert, voller Selbstbewusstsein. Sie füllen den Broadway, so weit das Auge reicht. Es müssen mindestens zehntausend sein, und sie kommen brüllend und johlend näher. Schwingen ihre Knüppel, Steine und Messer, ihre Pfähle und Fleischhaken, Musketen und Pistolen – und ein paar Säbel, die sie irgendwo gestohlen haben.
Als sie uns entdecken, stoßen sie ein wildes, lüsternes Geschrei aus. Weit davon entfernt, den Rückzug anzutreten oder aufzugeben, rennen sie geradewegs auf uns zu, ihre Stimmen gleichen jetzt dem Dröhnen einer Lokomotive. Die Polizisten halten wieder an, und der Gesang bleibt ihnen im Halse stecken. Ich spüre deutlich, dass sie im Begriff sind, kehrtzumachen und vor den Aufrührern zu fliehen, kann den Impuls zu rennen selbst kaum niederringen.
Doch Carpenter steht mit einem Satz vor seinen Männern und dreht dem Mob seelenruhig den Rücken zu. Er schwenkt seinen Stock aus Robinienholz über dem Kopf und klopft dann rhythmisch damit aufs Pflaster – das weltweit bekannte Signal der Polizei, dass sie sich formiert. Seine Männer nehmen es sofort auf, klopfen mit ihren eigenen Schlagstöcken auf die Straße, bis es ein stetiger, dröhnender Takt wird, der selbst über das Geschrei des Mobs hinweg hörbar ist.
Die Menge wird langsamer, als sie dies hört, aber sie ist keine hundert Meter mehr entfernt und kommt immer noch näher. Ein hünenhafter keltischer Steineschlepper läuft vorneweg, schwingt eine riesige amerikanische Flagge, die er von irgendeinem Hotelportal gestohlen hat.
»Auf sie, Jungs! Sie können uns jetzt nicht aufhalten!«, brüllt er, stürzt auf Carpenter zu und schwingt seinen Fahnenmast, um dem Inspector damit auf dem Kopf zu schlagen.

Doch Carpenter läuft ihm entgegen, sein eigener Knüppel einsatzbereit. Mühelos taucht er unter der Fahnenstange hindurch und drischt so hart auf den Kelten ein, dass es klingt, als zermalme er einen Kürbis. Der Koloss wankt einen Schritt zurück, Blut tropft von seiner Schläfe, dann bricht er tot zusammen. Der Mob weicht zurück, gänzlich verdattert über Carpenters Widerstand, während zwei Polizisten herbeieilen und die Flagge ergreifen, ehe sie zu Boden fallen kann.

»Auf die rechte Flanke!« Kühl bellt Carpenter seine Befehle. »Front bilden, marsch, marsch! Angriff!«

Mit einem vielstimmigen Ruf heben die Männer ihre Schlagstöcke und preschen vor. Wie die Sense durchs Korn, so fahren sie durch den Mob. Die Arme heben und senken sich, heben und senken sich, jedes Mal finden ihre Holzknüppel ein Ziel.

Unter dem Aufprall erzittert der Mob, wankt dann zurück. Sie lassen einen Hagel aus Steinen, Ziegeln und Zaunpfosten auf die Angreifer niedergehen, und einige der Polizisten sinken zu Boden, doch sofort springen neue herbei, um ihre Plätze einzunehmen. Immer noch fahren ihre Arme auf und nieder, ziehen eine Schneise auf der Mitte des Broadway.

Carpenter ist immer noch vorn. Seine Augen lodern wie die eines Dämonen, während er seine Männer anführt. Plötzlich steht er dieser Kreatur aus dem Park gegenüber, ihrem Anführer. Sie hat immer noch das Holzschild um den Hals: KEINE EINBERUFUNG! Die beiden Männer ringen miteinander, und für einen Moment sieht es so aus, als könne der Anführer sogar Carpenter niederwerfen. Dann kommen Sergeant Copeland und ein weiterer Beamter von hinten und dreschen mit ihren Schlagstöcken auf den Mann ein, bis er am Boden liegt. Sie packen die leblose Gestalt und schleudern sie durch das Frontfenster eines Saloons.

Die Polizeikette bewegt sich weiter nach vorn, knüppelt alles nieder, was sich ihr in den Weg zu stellen wagt. Ich bin gleich hinter ihnen, lasse mich von dieser Welle mitreißen wie die Schwimmer draußen vor Coney Island, bin wie durch ein Wunder immer noch unversehrt, während überall um mich herum Männer fallen.

Es ist ein qualvoller, primitiver Kampf, der mit elementarsten Mitteln ausgefochten wird: Steine, Knüppel, Speere. Doch die Straße ist zu schmal, selbst hier auf dem Broadway, als dass der Mob den Vorteil seiner Übermacht nutzen könnte. Bald geraten sie in Panik und nehmen vor unserem Ansturm Reißaus – stolpern und taumeln die Straße entlang, lassen Hunderte besinnungslos und sterbend zurück. Carpenters Männer scheinen nicht einmal außer Atem, nur eine Hand voll ist ernstlich verwundet. Aber es gibt noch mehr zu tun.

»Weiter, Männer, weiter!«, drängt er und führt sie eilends zum Waffendepot.

Es ist ein Ehrfurcht gebietendes Bauwerk, vier Stockwerke hoch und aus Natursteinquadern errichtet, mit kleinen Fenstern und einer schweren, massiven Eichentür am Ende einer steilen Treppe. Ein Gebäude, das leicht zu verteidigen ist, und wir können nur raten, welch ein Empfang uns dort erwartet, nachdem die Aufrührer hier reichlich Zeit hatten, es zu besetzen und das Waffenlager aufzubrechen.

Aber sie haben sich Zeit gelassen, Gott sei Dank, so wie der Mob es immer tut, wenn er keiner Opposition gegenübersteht, die ihn zum Handeln zwingt. Das Eichentor, wo sie sich Zugang verschafft haben, ist aus den Angeln gehoben. Die Mehrzahl ist anderweitig beschäftigt, plündert die Textilläden und Saloons in der Umgebung – nur ein paar der Aufständischen haben begonnen, die Musketen und Karabiner auszupacken.

Wir kommen über sie, ehe sie wissen, wie ihnen geschieht, umstellen die Armory, sodass die Plünderer dort drinnen in der Falle sitzen. Alle, die zu fliehen versuchen, werden niedergeschlagen und die Stufen hinuntergeworfen, sobald sie am Tor erscheinen. Doch wir hören die Übrigen im Innern, immer noch brüllen sie uns ihre Hasstiraden und ihren Trotz entgegen. Carpenter zieht eine Pistole und führt seine Männer hinein.

»Auf sie, Männer! Jetzt!«

Mit dem Fuß stößt er die beschädigte Tür weiter auf. Die Aufrührer stehen dort über die gelagerten Gewehre gebeugt. Sie haben die

Kisten aufgebrochen, doch die Waffen sind noch ungereinigt und in ihre Einzelteile zerlegt. Die Polizisten fallen über sie her wie Hunde über Ratten, prügeln auf alles ein, was sich regt. Die Aufständischen, die Gelegenheit dazu bekommen, springen geradewegs durch die Fensterscheiben, verzweifelt bemüht, den Schlagstöcken zu entgehen.

Einige wenige stellen sich dem Kampf. Carpenters Männer drängen sie langsam zurück und zur Treppe, sodass sie unter Fluchen und wütendem Knurren die Stufen hinaufstolpern. Sie können dem unaufhaltsamen, maschinengleichen Angriff der Polizei nicht standhalten – immer noch heben und senken sich diese Arme. Ich beobachte Sergeant Copeland, der einem Mann mit seinem Knüppel einen anderthalb Meter langen Stock aus der Hand schlägt und sein wild mit den Armen ruderndes Opfer dann über das Geländer befördert. Ein grobschlächtiger Geselle versucht dem Sergeant mit einem Enterhaken beizukommen, doch Carpenter, immer noch ganz vorn, schießt ihm mitten ins Gesicht.

Die Polizisten drängen sie in den zweiten Stock hinauf. Dort verbarrikadieren die Aufständischen sich in der Exerzierhalle, wo die meisten der Karabiner aufbewahrt werden. Wir hören sie dort drinnen, wie sie eilig die Feuerwaffen auspacken, und selbst Carpenter gerät ins Zögern, unsicher, was jetzt zu tun ist. Wenn es ihnen gelingt, die Karabiner einzusetzen, sind sie uns an Waffen haushoch überlegen – könnten einen Ausfall riskieren und das Schicksal wenden.

»Wir müssen diese Tür aufbrechen«, befiehlt der Inspector.

Doch dann riechen wir den Rauch, der langsam durch den staubigen, lückendurchsetzten Dielenboden der Armory aufsteigt. Durch irgendein Unglück – oder die Hand eines Narren – ist ein Feuer ausgebrochen. Die Flammen rasen schon durch das erste Obergeschoss, verzehren die staubigen alten Kisten und Stapel, arbeiten sich unaufhaltsam auf Schießpulver und Kugeln zu. Carpenter befiehlt den Rückzug, und seine Männer folgen, so schnell sie können.

»Feuer! Feuer! Raus hier, solange ihr noch könnt!«

Hinter der Tür hören wir sie immer noch lachen und uns verfluchen.

»Zur Hölle mit euch! Für wie dämlich haltet ihr uns?«

Wir schaffen es gerade noch vor der ersten Explosion ins Freie. Ein dumpfer Knall, dann schießen turmhohe Flammen aus der Armory, wenigstens fünfzig Fuß. Ein Schauer aus Kugeln und Patronen dringt durch die einst solide Mauer, sodass selbst der Mob schreiend in Deckung geht. Ich bin hinter das Lagerhaus auf der anderen Straßenseite geflüchtet, und von dort erhasche ich einen Blick auf die Hölle. Der Fußboden der Exerzierhalle stürzt ein, und die Männer dort werden hinab ins Feuer geschleudert, schreien und brennen, während sie fallen.

Einige wenige schaffen es, durch die Tür hinauszustolpern. Auch sie stehen in Flammen oder haben schwere Verbrennungen, manche umklammern immer noch die erbeuteten Karabiner. Carpenter steigt die Treppe zum Eingang hinauf und erschießt einen nach dem anderen, der herauskommt, so mühelos, als wären es tollwütige Hunde.

»Wenigstens haben sie uns erspart, all die Waffen hier abtransportieren zu müssen«, bemerkt er beiläufig, während er seine Pistole wieder einsteckt. Dann führt er uns Richtung Hauptquartier davon. Die Armory in unserem Rücken brennt immer noch. Niemand wagt, sich uns entgegenzustellen. Die Männer marschieren in Hochstimmung und haben ein neues Lied angestimmt.

Thy banner makes tyranny tremble
When under the red, white and blue …

Ich würde gerne behaupten, dass ich in der Lage bin, eine gewisse Objektivität zu wahren, eine gewisse Professionalität im Rückblick auf all dies. Stattdessen jubele ich. Sie haben die Männer niedergemacht, die meine Stadt zerstört haben, und ich ertappe mich dabei, dass ich gar mit ihnen singe, als sie den Weg zurück Richtung Downtown einschlagen:

When under the red, white and blue …

38
Ruth

Abend.
Sie hörte die Glocke von St. Patrick zur Vesper läuten – der Klang hatte etwas Beruhigendes nach all den rastlosen und beängstigenden Geräuschen dieses Tages.
Doch Billy war immer noch nicht zu Hause …
Sie betrachtete ihre Kinder, die zusammengekauert in der Küche saßen. Inzwischen war es unmöglich, ihnen zu verheimlichen, dass irgendetwas im Gange war. Im Laufe des Nachmittags waren sie so nervös geworden, so unleidlich, dass sie ihnen erlaubt hatte, auf die Straße zu gehen, unter der Voraussetzung, dass sie sich nicht vom Haus entfernten.
Doch selbst draußen hatten sie es gemerkt. Die leere Straße. Der Klang ferner, gedämpfter Schreie und Explosionen, der Brandgeruch. Nicht lange, und sie hatten die Lust an ihrem Spiel verloren und sich schließlich wieder im Haus verkrochen.
Schweigend saßen sie jetzt hier auf ihren Stühlen, Mana auf Ruths Schoß und Elijiah zu ihren Füßen. Die Augen geschlossen, selbst Milton döste. Billys Abbilder. Seine Hautfarbe und seine Gesichtszüge fanden sich in jedem der Kinder wieder, zumindest ein wenig, hatten ihre eigenen verdrängt und überlagert, stellte sie zufrieden fest.
Nein, er ist noch am Leben. Er hat genug Verstand, um ihnen aus dem Weg zu gehen – jedenfalls, wenn er nicht trinkt.
Den ganzen Tag über hatten sie schlechte Neuigkeiten gehört. Eine Nachbarin nach der anderen war verstohlen über die Straße gekommen, um sicherzugehen, dass Ruth nichts entging. Vor allem

Mrs. McGillicuddy kam wieder und wieder, um ihr zu berichten, dass es in diesem oder jenem Block zu Kämpfen gekommen oder wieder ein Schwarzer gelyncht worden war, immer mit einem halb versteckten Lächeln der Zufriedenheit auf ihrem aufgedunsenen, roten Gesicht.
Vom Waisenhaus hatten sie nichts erfahren, aber Ruth konnte nicht anders, als das Schlimmste zu befürchten. Der Gedanke drohte sie niederzudrücken. All die Schönheit verschwunden, einfach so. Sie erinnerte sich daran, wie sie ihn zum ersten Mal gesehen hatte: groß und aufrecht war er dahergekommen auf dem Heimweg durch die Felder der Farbigensiedlung. Seine Arbeitskleidung alt und ausgefranst, doch sein Gesicht mit den hohen Wangenknochen glänzte in der Sonne. Der schönste Mann, den sie je gesehen hatte …

Sie lebte damals noch mit Johnny Dolan in Pigtown, etwa dort, wo heute die Kreuzung 59. Straße und Fifth Avenue lag. Es war nur ein Schandfleck von einem Dorf, eine Senke, in der Hütten aus Holz und Ziegeln von Abbruchhäusern standen, abgedichtet mit Lehm und Fett. Die Männer gingen morgens zur Arbeit auf die Baustellen oder in die Fabriken, wo Fleischabfälle und Knochen verwertet wurden, in die Schlachthäuser oder Gerbereien ein paar Blocks entfernt. Abends kamen sie torkelnd heim, nachdem sie an ihren Schwarzbrennereien Halt gemacht hatten, zu Tode erschöpft, betrunken und gefährlich.
Sie arbeitete damals schon bei den Lumpensammlern in dem Armenviertel drüben am East River, und am Ende ihrer Arbeitstage war sie kaum in der Lage, aufrecht zu stehen und heimzugehen. Sie hielt an, wenn sie den Rand der Senke erreichte, machte sich dann auf den Weg über die furchigen, unfruchtbaren Felder, achtete nicht wirklich darauf, wohin sie trat. Sie raffte die Röcke, um die zerfallenen Steinmauern oder einen Zaun zu überklettern, dachte: Wie tief sie gefallen sind. Die wissen nicht mal, wie man eine ordentliche Mauer baut …

So hatte sie das Negerdorf gefunden. Sie war nie zuvor hier vorbeigekommen, obwohl sie jeden anderen Zoll der spärlichen Gehölze und Wiesen bis hinauf nach Harlem kannte, und sie hatte auf ihren Wanderungen so manche Entdeckung gemacht. Weitere versteckte irische Elendsviertel und ordentliche kleine Dörfer von deutschen Einwanderern. Eine Kapelle und Schule für junge Damen, die von den barmherzigen Schwestern oben in McGown's Pass geführt wurden. Einen irrsinnigen Flickenteppich aus Gärten, Ziegenställen und hübschen kleinen Wiesen, die alle hinter einer Ziegelmauer versteckt lagen und von einem exzentrischen Deutschen aus Mönchengladbach angelegt worden waren. Ein Schild an der Mauer verkündete: *Jupiterville, Eigentümer: Jupiter Zeus K. Hesser.* Doch das wusste sie damals noch nicht, denn sie konnte nicht lesen, lediglich staunend mit den Fingern über die fein gemeißelten Buchstaben streichen.

Dann war sie eines Tages über eine kleine Hügelkette nahe der Bloomingdale Road gekommen, eine Meile nordwestlich von Pigtown vielleicht, und da hatte sie sie gesehen. Es war beinahe wie eine Vision: Eine lange Reihe von ihnen, und immer gingen sie zu zweit nebeneinander. Erst die Frauen, die Männer folgten. Die meisten hatten keine Schuhe, aber sie alle waren ganz in Weiß gekleidet, bis hin zu den Schärpen um ihre Hüften und den Tüchern, die die Frauen um die Köpfe trugen. Sie sangen eine Art Kirchenlied, das Ruth weder kannte noch verstand, folgten dem Mann, der, so nahm sie an, so etwas wie ein Niggerpriester sein musste. Er trug ein glänzendes Messingkreuz vor sich her. Sein bestickter gelber Umhang stach aus ihrer gänzlich weißen Kleidung hervor.

Aber ihre Haut. Sie konnte den Blick einfach nicht abwenden. Das war die wahre Farbe. Nicht zwei von ihnen hatten exakt den gleichen Ton: Manche lohfarben, manche kaffeebraun, andere beinahe gelblich oder mit einem Stich ins Rote oder gar fast so weiß wie sie selbst.

Doch die Hautfarbe der meisten war ein echtes, tiefes Blauschwarz, das von den sauberen weißen Hosen, Hemden und Kleidern noch unterstrichen wurde.

Sie hatte Menschen mit solcher Hautfarbe schon früher gesehen, in den Straßen in Downtown, meist Seeleute in ihren weißen Matrosenjacken und gestreiften Hosen, die in irgendeiner fremden Sprache redeten. Aber hier! Und so viele auf einmal! Es waren Dutzende, und sie kamen hier so nahe an ihrem Zuhause vorbei, so ganz und gar erreichbar und menschlich. Nachdem sie vorbeigezogen waren, folgte Ruth ihnen wie in Trance. Sie musste sie einfach sehen, jedes Detail an ihnen studieren. Wie ihre Gesichter aussahen und ihr Haare, die bloßen Füße – sie wollte sie sehen und jeden Unterschied ausmachen.

Und da wollte ich aufspringen. Ich wollte tanzen und lachen, nur weil ich sie sah. Einfach nur sehen, dass es solche Leute auf der Welt gab – Leute, die so ganz anders waren als all die Scheiße, die ich kannte.

Schließlich stand sie mit offenem Munde auf der Straße und starrte ihnen nach, während der Priester die Prozession weiter in ihr Dorf führte. Es bestand nur aus ein paar Dutzend Holzhäusern entlang zweier ungepflasterter Straßen, an deren Anfang je eine Kirche stand. Ärmlich, wusste sie, vielleicht gar so arm wie Pigtown. Doch die Häuser sahen wie richtige Häuser aus, und das Land, das sie umgab, war in ordentliche kleine Gärten und bestellte Felder unterteilt, wo Kürbisse und Weizen und Mais an dünnen Stängeln wuchsen, sodass es ihr vorkam, als marschierten sie geradewegs ins Paradies.

Schon da wollte sie ihnen folgen, wollte hinter ihnen die Straße entlanggehen, aber sie konnte sich nicht dazu bringen. Sie machte einen Schritt, ging wieder zurück – versuchte es noch einmal und ging wieder rückwärts, bis sie einen regelrechten Jig auf der Straße aufführte. Unsicher, was sie zu ihnen sagen sollte, was sie sagen konnte oder was sie tun würden.

Und da hatte sie ihn gesehen. Er kam über die Felder in seinen blauen Arbeitshosen und seinem Arbeitshemd, einen formlosen Strohhut auf dem Kopf. Und seine Haut. Auch seine Haut war schwarz wie Kohle, hatte nur einen winzigen Rotschimmer. Er hatte die

Hände in die Hosentaschen gestopft und hielt den Kopf gesenkt, so als studiere er die Beschaffenheit des Bodens.
Und doch merkte sie, dass er alles beobachtete, dass er alles wahrnahm, was ihn umgab. Sein Kopf hob sich nur ein klein wenig, beinahe unmerklich, bei jedem Geräusch, das er hörte. Sein Weg verlief nicht gerade, sondern ein bisschen geschlängelt. Und doch war sein Schritt leichtfüßig, behände. Seine Füße schienen die schlammige Erde kaum zu berühren, so als tanze er für sich allein.
Das ganze Dorf zog durch die Felder zur Wegkreuzung, um zu tanzen. Die Frauen mit Schleifen im Haar, und die Männer trugen ihre Fiedeln und brachten etwas zu trinken mit. Alle gingen leise, um den strengen Priester nicht zu wecken …
Sie war sicher, er war der schönste Mann, den sie je gesehen hatte – und da konnte sie nicht anders, als zu rennen. Obwohl sie sich schämte für den Radau, den sie machte, während sie durch Unterholz und über trockenes Laub lief wie ein Tier auf der Flucht. Sie verbarg sich hinter den dürren Baumstämmen, verbarg den Kopf in den Armen und war doch unfähig, sich zu hindern, ihn anzuschauen, die Arme sinken zu lassen und sein Gesicht zu betrachten, seinen wohl geformten Kopf. Bis er schließlich das Negerdorf betreten hatte, ohne das geringste Anzeichen, dass er sie gehört hatte.

Danach war sie ständig um das Dorf herumgeschlichen. War auf Händen und Füßen durchs Gebüsch gekrochen. Dornen verkratzten ihr die Beine, und sie roch die Erde und das verfallene Laub. Zuerst, als sie noch nicht wussten, wer sie war, hetzten sie die Hunde auf sie. Es waren schnelle, lautlose Tiere, dazu abgerichtet, einen Eindringling zu packen, ehe der auch nur ahnte, dass sie da waren. Ruth hatte ihre liebe Mühe, ihnen zu entkommen, hörte ihre Pfoten im Unterholz gleich hinter sich.
Doch als sie sich an sie gewöhnten – als sie erkannt hatten, dass sie nicht der Sheriff war oder ein Sklavenfänger, der sich im Wald herumdrückte – ließen sie sie zufrieden. Sie nahmen an, sie sei einfach eine von den Weißen, wie all die anderen aus der Stadt, weiße Männer, Frauen und Kinder, die sich gern in der Nähe des Niggerdorfes

herumtrieben. Seneca Village nannten sie selbst es, wie Ruth schließlich herausfand. Sie kamen, um diese ganze Stadt voll schwarzer Leute zu begaffen – oder weil sie mehr als nur das wollten.

Ruth schlich manchmal ganz nah an sie heran, wenn sie auf ihren Feldern arbeiteten, kroch zusammengekauert auf Händen und Knien durchs Gebüsch. Sie sah sie Sonntagsmorgens in eine ihrer Bretterkirchen gehen. Sie wollte sie fragen, ob sie ihn kannten und wie er sei, aber nicht nur das. Sie wollte sie auch fragen, wie sie hierher kamen, ihre kleinen Felder bestellten, unbehelligt vom Rest der Welt. Sie wollte wissen, wie zum Henker sie es anstellten, dass man sie zufrieden ließ.

Für gewöhnlich sah sie ihn abends, wenn er nach Hause ging. Er umging Pigtown in einem weiten Bogen, hatte sie herausgefunden, machte einen Umweg bis zu den Eisenbahnschienen an der Fourth Avenue. Dort stieß sie meist auf ihn, wenn sie von der Arbeit bei den Lumpensammlern kam. Sie folgte ihm die nur zum Teil fertig gestellten, verlassenen Straßen entlang. Sie hielt einen großen Abstand, bis er etwa an der 65. Straße nach Westen abbog und dann in die Dickichte und Felder eintauchte, die Seneca Village umgaben. Er beschleunigte seine Schritte, sobald er im Schatten der Bäume war. Er ging beinahe verstohlen, seine Schritte wurden länger, sodass sie kaum mithalten konnte. Und trotzdem folgte sie ihm, rannte, so schnell sie konnte, nur um einen besseren Blick auf ihn zu erhaschen. Ihr Verlangen machte sie verlegen und beschämt, doch mehr noch schämte sie sich dafür, wie ungeschickt sie durchs Unterholz trampelte.

Manchmal verlor sie ihn, denn er war zu schnell. Eines Abends während der Dämmerung kam sie zu dem Schluss, dass er gar den Pfad verlassen und sich ins Dickicht aus Bäumen und Gesträuch zurückgezogen haben musste. Sie konnte sich nicht vorstellen, warum er das tun sollte, aber impulsiv folgte sie ihm.

Als sie im Dickicht war, kam sie zu dem Schluss, dass sie sich geirrt haben musste. Sie stolperte durch Dornengesträuch, Zweige und

Wurzeln der Götterbäume, unfähig, in der zunehmenden Dunkelheit auch nur den Weg zurück zum Pfad zu finden. Bis sie sich schließlich durch ein weiteres Gebüsch gequält hatte und sich Auge in Auge mit ihm wiederfand. Seinem Ausdruck nach zu urteilen, war er ebenso überrascht wie sie. Er hatte die linke Hand erhoben, als wollte er etwas abwehren. Die Rechte an der Hüfte hielt irgendetwas umklammert.

Ein Messer, erkannte sie. Doch sie verspürte keine Angst hier allein mit ihm, nur Verlegenheit. Sie gab vor, sich an ihm vorbei weiter ins Dickicht drängen zu wollen, doch er verstellte ihr den Weg.

»Da solltest du lieber nicht langgehen«, sagte er und hielt den Blick gesenkt, als schäme auch er sich für irgendetwas. Dann hörte sie Männerstimmen hinter ihm und roch verbrannten Zucker. Der Geruch seines Atems war ihr bekannt, aber irgendwie war es bei ihm nicht so schlimm – nicht so sauer und eklig wie bei Johnny Dolan, wenn er getrunken hatte.

Sie trat zurück und sah ihn an. Seine Augen waren in der beinahe völligen Dunkelheit nicht zu erkennen. Dann hatte sie kehrtgemacht und war nach Pigtown zurückgerannt.

Danach versuchte sie, ihn morgens zu sehen und festzustellen, wohin er wohl tagsüber ging, was er mit sich anfing. Sie dachte über ihre Begegnung im Wald nach. Und sie sagte sich: Er hat es getan, um mich zu beschützen, er hatte keinen eigenen Vorteil davon. Er hat es nur getan, um mir zu helfen …

Eines Morgens im späten Frühling stand sie noch früher auf als gewöhnlich und schlüpfte aus der Hütte, die sie mit Johnny Dolan bewohnte. Sie hatte sich im Dunkeln angekleidet, Dolan schnarchend zurückgelassen und war hinausgelaufen, barfuß über die schlammigen Höfe und die Wiesen mit dem hohen Gras, die Pigtown umgaben. Es war ihr gleich, dass die Hunde ihr nachbellten oder irgendjemand sie sehen mochte. Es war ein herrliches Gefühl, einfach nur zu rennen.

Sie wartete bei dem großen grauen Felsen, den Dolan erklommen hatte, als sie nach Pigtown gekommen waren, bis sie ihn sah. Er kam durch die Felder, wie sie erwartet hatte, obwohl sie festgestellt hatte, dass er niemals zweimal hintereinander genau den gleichen Weg nahm. Sie folgte ihm, so wie sie es abends getan hatte, nur in umgekehrter Richtung – hinaus über die Felder und durch Gestrüpp und Gehölze in östlicher Richtung. Sie folgte ihm auf seinem weiten Umweg, mit dem er die Iren in Pigtown mied, bis zur Bahnlinie an der Fourth Avenue.

Danach wurde es einfacher. Sie konnte ein wenig näher an ihn heranrücken, verborgen hinter all den anderen Männern und Frauen aus den Vierteln Uptown, die auf dem Weg zur Arbeit waren. Sie folgte ihm bis zur Fifth Avenue und dann fast eine ganze Meile nach Süden – wo er plötzlich durch das hohe, schmiedeeiserne Tor eines Hauses trat, das wie eine Gutsvilla aussah und sich wie durch Zauberhand erbaut an einer fast noch leeren neuen Straße erhob.

Über dem Tor standen Wörter, aber die konnte sie nicht lesen. Sie fragte sich, ob er ein Diener in dem großen Haus war, ob farbige Leute solche Arbeiten verrichteten – aber dann erkannte sie, dass sie überhaupt keine Vorstellung hatte, was die Menschen in Seneca Village, abgesehen von der Arbeit in ihren kleinen Gemüsegärten, taten oder wie sie ihren Lebensunterhalt verdienten.

Am liebsten wäre sie ihm ins Haus gefolgt, aber sie wagte nicht, an die Tür eines so feinen Gebäudes zu klopfen. Stattdessen schlich sie sich ans hintere Ende des Grundstücks, was nicht schwierig war. Nur zwei weitere Häuser standen an der einsamen Straße, und ihre größte Sorge war, dass er sie von einem Fenster des Hauses aus sehen könnte. Doch zumindest eine Mauer umfriedete den Garten des großen Hauses, und dahinter verbarg sie sich und schlich bis zur hölzernen Hinterpforte.

Dann nahm sie ihren Mut zusammen und spähte durch die Latten. Sie entdeckte zwei Höfe voll farbiger Kinder. Jungen und Mädchen, alle in den gleichen Uniformen aus dicken, wattierten Hemden und Hosen oder Kleidern. Sie spielten mit Reifen und Bällen oder sprangen Seil. Obwohl ihr auch auffiel, dass sie für Kinder sehr ernst wirkten, beinahe so ernst wie die Kinder in Limerick

und Tipperary, die am Straßenrand gebettelt hatten und verhungert waren.
Zuerst war sie völlig verdattert und fragte sich, ob dieses Haus zu Seneca Village gehörte oder ein eigenes Negerdorf war. All diese farbigen Kinder lebten in diesem feinen Haus.
Dann sah sie ihn wieder. Er kam heraus auf den mit bläulichem Schiefer gepflasterten Hof. Seine Bewegungen wirkten jetzt ganz anders als auf seinem Weg durch die Felder. Er war entspannter und weniger wachsam. Doch ebenso wenig ging er mit diesem leichtfüßigen, stolzen Schritt, der ihr so gefallen hatte. Stattdessen schien seine Haltung gebeugt, ständig bückte er sich oder kniete sich hin, um einem kleinen Mädchen den Mantel zuzuknöpfen oder für ein paar der Jungen einen Stoffball zu reparieren. Er ging zwischen diesen ernsten Kindern in ihrer lustigen gepolsterten Kleidung umher – wischte Tränen weg und versorgte ihre Schrammen und blauen Flecken.
Eine Glocke erklang, und die Kinder beeilten sich, Aufstellung zu nehmen – die Jungen und Mädchen jeweils in ihren Höfen. Sie standen perfekt aufgereiht, stiller und ernster denn je, bis an jeder der Türen eine große, grauhaarige weiße Frau erschien und die Kleinen im Innern des Hauses verschwanden.
Jetzt war ihr die Sache klar, dachte Ruth. Die feine Villa war so etwas wie eine Schule, ein Armen- oder Waisenhaus. *Die Wagenladung Waisenkinder in Limerick vor dem Armenhaus. Mit offenen Mündern hatten sie dort gehockt, wie Küken.*
Jetzt, da die Kinder fort waren, richtete er sich allmählich auf, ging im Hof umher und las alles auf, was sie zurückgelassen hatten: Bälle und Bänder, einen kleinen Pullover. Sorgsam trug er alles hinein, dann kam er wieder, um sich zu vergewissern, dass das Tor verschlossen und verriegelt war. Sie musste zurückspringen, als er kam, und sich gegen die Mauer pressen, um sicherzugehen, dass er sie nicht entdeckte. Trotzdem war sie ihm nahe genug, um ihn zu hören, gar zu riechen. Der säuerliche Alkoholgeruch war verschwunden, nur sein eigener Duft noch wahrzunehmen – ein männlicher Geruch nach Seife und Kaffee, Speck und Tabak. Noch

einmal vergewisserte er sich, dass der Riegel gesichert war, ebenso wie die hinteren Türen, ehe er selbst im Haus verschwand.

An diesem Abend war sie den ganzen Rückweg von der Arbeit bei den beiden deutschen Ladys gerannt, denn sie wollte ihn um jeden Preis auf seinem Heimweg einholen. Den ganzen Tag war sie unfähig gewesen, sich den Anblick von ihm mit den Kindern aus dem Kopf zu schlagen. Nahe der 65. Straße war sie in das Wäldchen eingebogen und wäre wieder beinahe mit ihm zusammengeprallt. Dieses Mal stand er wie angewurzelt mitten auf dem Weg, den Kopf leicht nach Süden gedreht, als lauschte er aufmerksam.

»Sei leise«, sagte er, ohne sie anzuschauen. Seine Stimme war nur ein Flüstern, und sie hatte kaum zu atmen gewagt.

Sie hörte ein fernes Geräusch, eher die Andeutung eines Geräusches: ein sehr schwaches Klirren von Metall oder Glas – und plötzlich fuhr er zu ihr herum und packte sie bei den Schultern. Ehe sie aufschreien konnte, drehte er sie um und stieß sie durchs Gebüsch in eine flache Rinne. Die Zweige versperrten ihr die Sicht und verkratzten ihr das Gesicht. Er warf sich roh auf sie, und sein viel größerer Körper presste ihren Leib in die Erde. Mit einer Hand hielt er ihr den Mund zu, mit der anderen zog er das Messer, das sie schon kannte, aus dem Stiefel und hielt es ihr an die Kehle.

Sie lag halb unter ihm begraben, versuchte, ihr Beben unter Kontrolle zu bringen und sich auf das vorzubereiten, was kommen mochte. Aber trotz ihrer Furcht und dem Zittern ihrer Glieder konnte sie doch irgendwie nicht wirklich glauben, dass er ihr etwas antun würde. Dann lagen seine Lippen an ihrem Ohr, und sie spürte seinen warmen Atem auf der Wange.

»Ein Laut, und ich schneid dir die Kehle durch«, flüsterte er. »Ich schwör's bei Gott.«

Sie verhielt sich vollkommen ruhig, und in der Stille hörte sie die Männer und das klimpernde Geräusch von vorhin, aber jetzt viel näher und deutlicher. Sie drehte den Kopf ein klein wenig, um sehen zu können, seine Hand immer noch auf ihrem Mund. Dann entdeckte sie sie.

Sie waren zu zweit und bewegten sich nahezu geräuschlos den Pfad entlang. Hagere weiße Männer mit breitkrempigen Hüten und langen, weißen Staubmänteln. Sie gingen vornübergebeugt, als folgten sie einer Spur. Beide trugen eine eingerollte Ochsenpeitsche und eine Pistole am Gürtel, die unter den offenen Mänteln hervorblitzten.
»… dachte, ich hätte ihn hier reingehen sehen.«
Erst als sie fast auf einer Höhe mit ihnen waren, ging ihr auf, dass die Männer miteinander sprachen. Ihr langsamer Südstaatenakzent klang leiser als ein Flüstern.
»… war mir sicher. Der kommt doch fast jeden Abend hier lang.«
»Ich weiß. Hab ihn auch gesehen. Meinst du, er hat uns überholt?«
»Keine Ahnung …«
Sie blieben auf dem Pfad stehen, nur einen Meter über ihren Köpfen. Nahe genug, dass Ruth die kurzen Ketten erkennen konnte, die sie um die Arme gewickelt trugen, die offenen Schellen wie greifende Hände. Das war der Laut, erkannte sie jetzt. Und da Ruth die Männer sehen konnte, musste sie befürchten, dass die beiden auch sie sehen konnten – ihr bleiches, weißes Gesicht, das im Gebüsch schimmerte. Sie drehte das Gesicht zur Erde, und ihr braunes Haar verschmolz mit der Dämmerung.
»Er könnte hier irgendwo im Gebüsch verschwunden sein …«
Einer der Sklavenfänger machte eine weit ausholende Geste über ihre Köpfe hinweg.
»Stimmt. Willst du ihm folgen? Und wenn er uns gesehen hat?«
»Ach, zur Hölle, der hat uns nicht gesehen.«
»Warum sonst hat er den Weg verlassen?«
»Weiß ich nicht. Um zu pinkeln. Wir schnappen ihn mit seinem Schwanz in den Händen.«
Es folgte ein kurzes Schweigen. Ruth lauschte, das Gesicht im Dreck. Wartete auf das Geräusch ihrer Schritte im trockenen Laub. Und fragte sich, was er dann tun würde.
»Er ist verdammt leise für einen Kerl, der pinkelt. Verflucht, was, wenn er gar nicht da ist? Wir könnten die halbe Nacht damit vertun, im Unterholz herumzuirren.«

»Na schön.« Die erste Stimme klang erleichtert. »Meinetwegen, dann lass uns weitergehen. Sehen wir uns im Dorf um …«
Die Stimmen wurden allmählich leiser, die Schritte der Männer waren fast überhaupt nicht mehr zu hören. Doch Ruth wartete immer noch – versuchte nicht, sich umzudrehen, zu entkommen oder auch nur den Kopf zu heben. Wollte ihm zeigen, dass er ihr trauen konnte, und wartete, dass er die Hand von ihrem Mund nahm.
»Alles in Ordnung?«, fragte er, als er die Hand schließlich zurückzog.
Sie nickte und sah ihn so direkt wie möglich an. Doch selbst jetzt war seine Miene ausdruckslos, verschlossen.
»Sag mir eins«, bat sie. »Hättest du mir wirklich die Kehle durchgeschnitten, wenn ich einen Laut von mir gegeben hätte?«
Er starrte sie noch einen Moment an. Wider Willen breitete sich ein Lächeln auf seinen Zügen aus, und sie fand, es ließ sein Gesicht viel empfindsamer wirken, geradezu jungenhaft.
»Nein«, flüsterte er und senkte den Blick. »Nein, das hätte zu viel Zeit gekostet. Ich hätte mich zuerst auf die beiden gestürzt.«
Dieses Mal lachte sie. »Ja, wahrscheinlich, das hättest du.«
Auch er lachte in sich hinein, wurde dann wieder ernst und schaute den Pfad nach Westen entlang, wo die Sklavenfänger in Richtung Seneca Village verschwunden waren.
»Ich sollte jetzt gehen.« Er sah sie wieder an. »Du auch. Solange die sich hier rumtreiben …«
»Ich komme mit dir«, erwiderte sie impulsiv.
»Was?«
»Ich komme mit dir. Ich gehe voraus. So kann ich dich wenigstens wissen lassen … ob die Luft rein ist. Oder ob sie dir auflauern.«
Er stand reglos und betrachtete sie, während er den Vorschlag überdachte, sein dunkles, gut aussehendes Gesicht gab immer noch nichts preis.
»Nein«, sagte er schließlich, und eine Welle der Enttäuschung schlug über ihr zusammen. »Nein, das wäre nicht recht. Aber du kannst mir folgen. Wenn du siehst, dass mir irgendwas passiert,

rennst du ins Dorf und holst alle, die du antriffst. Würdest du das machen?«
Sie nickte nachdrücklich. »Ja, das kann ich machen. Niemand Besonderes?«
»Nein. Egal wer. Sag es dem Ersten, den du triffst. Sag ihm, was passiert ist und dass sie schnell kommen sollen und die Hunde mitbringen. Hast du verstanden?«
Sie nickte wieder.
»In Ordnung.«
Sie machten sich auf den Weg. Er ging jetzt gut zehn Schritte voraus. Sie hob den Rock an und lief hinterher. Es war ein wolkenverhangener Abend, und sie fürchtete, sie könnte ihn verlieren, denn er verschmolz fast mit der Dunkelheit. Sie war fest entschlossen, ihre Rolle zu spielen, ins Dorf zu rennen und Alarm zu schlagen – aber sie war nicht sicher, ob sie ihn wirklich im Stich lassen konnte, wenn die Sklavenfänger plötzlich über ihn herfielen. Als sie sich dem Dorf näherten, hob er die Hand und verlangsamte seine Schritte. Folgsam blieb sie stehen. Versuchte jeden Schatten, jedes mögliche Versteck hinter den Büschen und Felsen, die hier und da aufragten, im Auge zu behalten.
Das ganze Dorf lief über die Felder, so geräuschlos wie möglich.
Er ging noch ein paar Schritte weiter, und Ruth folgte, dann hielt er wieder an. Sie sah jetzt Licht aus dem Dorf, den flackernden Feuerschein hinter den Fenstern der kleinen, weißen Häuser. *Fast geschafft.* Doch er stand stockstill auf dem Pfad, schien beinahe mit der Dunkelheit zu verschmelzen, mit den Bäumen, den Felsen und dem wolkigen Abend. Bis Ruth nahezu dasselbe Gefühl hatte wie in jener Nacht in der alten Festung mit Dolan: dass nichts von alldem real und sie ganz allein in der Dunkelheit war.
Er stand da, lauschte, und dann wich er einen halben Schritt zurück, als habe er etwas gehört. Da *war* etwas. Sie hörte ein leises Rascheln, als schleiche jemand gebückt durchs Gras. *Versuchten sie, sich an sie heranzuschleichen?* Doch dann hörte sie ihn wieder leise lachen, und er streckte die Hand nach etwas aus.
»Schon gut. Napoleon! Jetzt kann uns nichts mehr passieren.«

Er streichelte einen riesigen, gelben Mischling, einen der zahllosen Hunde aus dem Dorf, denen sie schon begegnet war, schnell, lautlos und schlau wie Schweine. Das Tier wandte sich zu ihr um und bleckte die Zähne, doch er packte das Nackenfell und hielt den Hund zurück.
»Nein, schon gut, schon gut. Ruhig, Napoleon. Sie ist eine Freundin.«
Es durchrieselte sie warm, als sie dieses Wort von seinen Lippen hörte, auch wenn sie wusste, dass er es nur für den Hund gesagt hatte.
»Dein Hund?«
»Nein, er gehört meinen Nachbarn.«
»Du solltest auch einen haben, an einem Ort wie diesem.«
»Vielleicht.«
Sie gingen den Rest des Weges bis zum Dorf nebeneinander, Napoleon lief zielstrebig vor ihnen her. Sie konnte sich nicht vorstellen, dass irgendwer, auch nicht die Sklavenfänger, sie behelligen würde, solange sie diesen Hund bei sich hatten. Als sie die ersten Häuser des Dorfes erreichten, sah der Mann sie an, als erwarte er, dass sie nun ginge, aber das tat sie nicht. Stattdessen blieb sie an seiner Seite und gab vor, nichts zu bemerken. Folgte ihm geradewegs zu dem kleinen, gekalkten Haus – gerader und solider gebaut als der Rest –, das offenbar sein Heim war.
Sie ging mit ihm bis zur Tür, selbst als der Hund sie verließ und in den Hof seines Herrn nebenan einbog. Sie folgte dem Mann, auch wenn sie nicht so recht wusste, was sie hier tat, bis er stehen blieb und sich ihr zuwandte, als wolle er fragen, was sie eigentlich suchte.
»Also«, sagte er schließlich.
»Wie heißt du?«, fragte sie ihn, aber er blickte zur Seite, die Hände in die Hüften gestemmt.
»Also dann.« Er beantwortete ihre Frage nicht, wartete, dass sie ging.
»Lass mich hier bleiben«, bat sie, denn es war das Einzige, was ihr einfiel – der einzige Weg, wie sie verhindern konnte, dass er hineinging und sie verließ. Sie würde ihm nie wieder so nahe kommen.

»Was?« Seine Stimme klang verwundert, aber nicht angewidert, und das war doch schon etwas.
»Lass mich die Nacht über bei dir bleiben«, wiederholte sie. Sie errötete vor Scham, dass dies das Einzige war, was zu tun ihr einfiel – dass sie ihm keine Konversation oder sonst etwas zu bieten hatte, das ihn verlocken könnte. Aber sie war dennoch gewillt, ihn zu bitten.
»Es ist ein kleines Haus«, sagte er schließlich.
»Ich brauche nicht viel Platz.«
»Kleines Haus, kleines Bett.«
»Dann schlaf ich auf dem Fußboden. Nur eine Decke am Boden«, entgegnete sie, dann überraschte sie ihn wieder: »Hast du eine Frau?«
»Was?«
»Keine Bange, ich komm ihr nicht in die Quere. Ich werd nicht in ihrem Bett liegen. Gib mir nur eine Decke und lass mich diese Nacht bei dir bleiben.«
»Nein«, sagte er seufzend, blieb weiterhin an der Tür stehen. »Nein, ich habe keine Frau. Hast du einen Mann?«
»Ja.«
»Dein Ehemann?«
»Nein, aber einen Mann. Er ist ein harter Mann«, erklärte sie ihm so ehrlich, wie sie konnte.
»Wo ist er jetzt?«
»Weg. Auf einer Baustelle drüben in Hoboken. Aber ich würde nie ein Wort zu ihm oder sonst irgendwem über dich sagen. Du kannst mir trauen, ich denke, das weißt du inzwischen.« Sie nickte Richtung Wald, wo die Sklavenfänger immer noch irgendwo in der Dunkelheit lauerten.
Doch er rührte sich immer noch nicht, und sie gestand ihm verzweifelt: »Ich hab dich gesehen. Ich bin dir schon früher gefolgt.«
»Ich weiß«, entgegnete er achselzuckend.
»Ich hab dich mit den Kindern gesehen.«
Er antwortete nicht, aber sie glaubte zu sehen, dass er zusammenzuckte, als verspüre er einen unerwarteten Schmerz.

»Ich hab gesehen, wo du hingehst«, fuhr sie fort. »Ich hab gesehen, wie du dich um die Kinder kümmerst. Ich weiß, dass du ein guter Mann bist. Ein Mann, der sich um die Seinen kümmern kann und sie vor anderen beschützt …«

»Was weißt du?«, unterbrach er sie, seine Stimme voller Bitterkeit. »Was weißt du schon?«

»Ich *weiß* es!«

Er ging nicht weiter darauf ein, und einen langen Moment fürchtete sie, er werde einfach die Tür öffnen und hineingehen. Doch dann schob er die Tür langsam weit für sie auf.

Als er ein Streichholz anriss und die Lampe entzündete, erkannte sie, dass das Innere der Hütte genauso war, wie sie es sich vorgestellt hatte. Sie war nur wenig größer und besser möbliert als ihre eigene drüben in Pigtown, aber wesentlich sauberer. Das Zuhause eines Mannes, der auf sich hält, dachte sie.

Das Häuschen bestand nur aus einem Raum mit zwei Fenstern. Der Abort und die Pumpe waren hinten im Hof. Die einzigen Möbel waren ein schmales Bett und ein Stuhl; ein alter Franklin-Ofen mit einem Rohr, das offensichtlich aus zusammengeklaubten Metallstücken bestand. Doch es gab eine Waschschüssel und einen kleinen Teppich in leuchtendem Blau und Orange. Vergilbte Bilder von Segelschiffen, die aus der Zeitung ausgeschnitten waren, hingen an den Wänden, und er hatte gar ein kleines, sorgfältig gezimmertes Regal mit Büchern, selbst wenn es nur abgegriffene, billige, in Pappdeckeln gebundene Ausgaben waren, deren Titel sie nicht lesen konnte.

Es war das Zuhause eines Menschen, der noch unter den Lebenden weilte und sich bemühte, einen kleinen Eindruck in der Welt zu hinterlassen.

Mehr denn je schämte sie sich ihrer selbst. Sie genierte sich oft dafür, wie sie aussah und wie unwissend sie war. Schämte sich, dass sie so schmutzig und dünn und wenig anziehend war, so dumm und so arm.

»Lösch die Lampe«, bat sie ihn, als sie sich aufs Bett setzten. Die

Vorstellung, sich bei Licht vor ihm auszuziehen, machte sie verlegen, doch das änderte nichts daran, dass sie ihn wollte.

Aber er ließ den Docht brennen und küsste sie. Sie glaubte, tatsächlich so etwas wie Zuneigung in seinem Gesicht zu sehen, oder vielleicht war es auch Mitleid, und er küsste sie sanft auf den Mund und legte seine große Hand auf ihre Wange. Sie konnte nicht anders, als sich dagegen zu schmiegen und seinen Kuss zu erwidern. Als er ihr das Kleid auszog, den fadenscheinigen, schmuddeligen Kittel, den sie trug, war sie wieder beschämt. Doch er drückte sie nur an sich, zog sie mit sich aufs Bett hinab unter die kratzige Wolldecke.

Es war anders als alles, was sie je mit Dolan erlebt hatte. Er war so sanft und ließ sich Zeit. Als sie danach neben ihm im Bett lag, bewunderte sie jedes Detail an ihm. Sein Gesicht, seine Augen. Er hatte schöne Hände, fand sie, die Hände eines Künstlers, ähnlich denen der besten Näherinnen, die sie bei den Lumpensammlern beobachtet hatte. Sehnig und schwielig von der Arbeit, die sie taten, aber empfindsam und wissend, mit langen, schlanken Fingern.

»Wie heißt du?«, fragte er und sah sie im flackernden Licht an, sein Ausdruck wieder verschlossen und distanziert.

»Ruth. Ich heiße Ruth«, antwortete sie, und ihr kam in den Sinn, dass sie dies nie zuvor jemandem gesagt hatte, den sie liebte. »Und wie heißt du?«

Er schwang die Beine aus dem Bett, ohne zu antworten, und schob ein wenig Kleinholz durch das Gitter des Ofens, um Feuer zu machen, obwohl es mit zwei Körpern in dem kleinen Raum eigentlich nicht kalt war.

»Billy«, eröffnete er ihr schließlich und schaute in den Ofen, wo das Feuer allmählich in Gang kam und dann doch zu ersticken drohte. Er stocherte mit einem Stock darin herum, und Funken stoben auf. »Billy Dove.«

»Das ist ein hübscher Name. Billy Dove«, wiederholte sie. »Warum hasst du ihn?«

»Ich hasse ihn gar nicht.« Er sah sie scharf an. »Das tu ich nicht.«

»Tust du doch.«

Er stocherte ein letztes Mal im Feuer und kam dann zurück ins Bett. Sie legte einen Arm über seine Brust, schmiegte sich in seine Armbeuge, und er zog sie fest an sich.

»Er wurde mir gegeben«, erklärte er.

»Und? Wird uns nicht allen ein Name gegeben?«

»Er wurde mir von einem Mann gegeben, der sich einbildete, mich zu besitzen. Und der Name steht außerdem für etwas, das ich damals war, aber heute nicht mehr bin.«

Sie spürte sein unbehagliches Achselzucken in der Dunkelheit. Er verschränkte die Hände hinter dem Kopf und schaute zu der Decke auf, die er selbst gebaut hatte.

»Was warst du denn?«

»Ich war ein Seemann. Ich war jemand, der Schiffe bauen konnte.«

Wieder hörte sie die Bitterkeit und auch den Stolz in seiner Stimme, aber sie war immer noch nicht sicher, dass sie es verstand. Für sich selbst hätte sie sich keine bessere Arbeit auf der ganzen Welt vorstellen können als die, welche sie ihn bei den Waisenkindern hatte tun sehen.

»Du weißt nicht, wie das ist, so etwas zu bauen«, sagte er ihr beinahe anklagend.

»Aber du sorgst für …«

»In dieser Stadt sorgt jeder schwarze Mann oder jede schwarze Frau für irgendwen. Für schwarze oder weiße Kinder, seine eigenen oder die anderer Leute. Das ist alles. Sie sorgen.«

»Aber was ist dagegen einzuwenden?«, fragte sie, so offensichtlich naiv und aufrichtig, dass er ihr antwortete.

»Und was bekommen wir dafür? Was hat ein Mann wie ich von seiner Sorge? Was kann ich erreichen und für mich beiseite legen? Was ist der Sinn all dieser Sorge? Wofür soll sie gut sein?«

Für mich, wollte sie sagen. Aber das wagte sie nicht.

»Ein Mann arbeitet sein ganzes Leben für irgendetwas. Für eine Fertigkeit. Er erlernt sie – aber dann kann er sie nicht anwenden. Ich will keinen Namen, den irgendwer mir gegeben hat. Ich bin jetzt hier, und ich will keinen Namen, der bezeichnet, was ich nicht bin.«

Er schob sie wieder unter sich, und sie war froh, trotz seines Zorns.

Sie öffnete sich ihm, hielt ihn so fest, wie sie konnte. Den Rest der Nacht schlummerten sie, redeten und liebten sich, bis Ruth am frühen Morgen in einen tiefen, seligen Schlaf fiel. Und bei allem Mitgefühl war ihr doch sehr wohl bewusst, dass sie nicht hier wäre und er sich nie mit ihr abgegeben hätte, wenn er ein Schiffsbaumeister wäre und sie das, was sie nun einmal war.

Danach ging sie immer zu ihm, wenn Johnny Dolan eine Arbeit in New Jersey oder oben am North River hatte, die ihn über Nacht aus der Stadt führte. Und selbst an den anderen Tagen, wenn Dolan zu Hause war und sie nicht über Nacht bleiben konnte, ging sie nach der Arbeit zu ihm und blieb so lange wie möglich, und sie lagen zusammen auf dem Bett, liebten sich und redeten.

Manchmal betrat sie sein Haus allein durch die unverschlossene Tür, wenn er spät aus dem Waisenhaus heimkam. Sie hielt sich gern in seinem Haus auf, auch wenn sie sich nirgendwo so sehr für sich schämte wie gerade hier. Dafür, dass sie nichts als ein paar ausgefranste Bänder hatte, die sie sich ins Haar flechten konnte. Für ihre rissigen Schuhe, die sie am liebsten abstreifte, und dann den größten Teil des Jahres barfuß lief. Lange betrachtete sie sich in dem kleinen Rasierspiegel, den er an der Wand befestigt hatte, und wünschte sich, sie wäre hübsch. Dass sie irgendetwas in sich trüge, um einen Mann zu binden, statt halb verhungert, ständig ausgehöhlt zu sein. Sie konnte ja nicht einmal lesen, war unfähig, ihm mit ihrem Verstand zu helfen, ihm Glück, Wohlstand oder Perspektiven zu bieten.

Sie versuchte wenigstens, sein Heim so schön wie möglich zu machen, obwohl es in Wahrheit nicht viel zu tun gab. Manchmal schrubbte sie den Fußboden, pflückte einen Strauß Wiesenblumen oder ließ bei den deutschen Ladys ein paar bunte Stofffetzen mitgehen. Einmal hatte sie ihm gar Vorhänge für die Fenster genäht, aus dem gleichen leuchtend gelben Stoff wie zu Hause. Unter Johnny Dolans Nase hatte sie es getan, vorgegeben, der ganze Stoff sei für ihre Fenster bestimmt. Und diese kleine Täuschung erfüllte sie mit diebischer Freude ...

Doch Billy hielt all seine Sachen so tadellos in Ordnung, dass sie selbst in dieser Hinsicht nicht viel für ihn tun konnte. Sie würde nie den Tag vergessen, da sie sein Werkzeug gefunden hatte, das er mit seinem ersten Lohn vom Waisenhaus erstanden hatte. Alles geölt und sorgsam in einer Tasche verstaut, die er in dem kleinen Verschlag unter seinem Bett aufbewahrte. Dies war sein Schatz, aber sie erkannte, dass dieses Werkzeug nie benutzt worden war, denn es war so neu und glänzend wie an jenem Tag, als er es gekauft hatte.

Da hatte sie wieder seinen Schmerz gespürt, und es hatte sie mehr denn je bekümmert, dass sie nichts für ihn tun konnte. Sie dachte an die Männer, die sie gesehen hatte, Zimmerleute und Arbeiter, die von den Baustellen in Downtown kamen. *We won't go home till morning*, sangen sie. Kamen stolz in ihren Lederschürzen daher, ihr Werkzeug in einer Tasche über der Schulter, und sie hielten die Köpfe hoch wie Männer, die genau wissen, dass sie von Wert sind. O-beinig gingen sie, als seien sie nahezu unfähig, das Gewicht ihrer eigenen Bedeutung zu tragen.

An ihm sah sie diesen stolzen Schritt nie. Stattdessen eine Art Resignation, etwas Verlorenes. Etwas, das vielleicht gar die Ursache für seine Sanftmut war. Keine vollständige Kapitulation. Sie spürte auch seine anhaltende Enttäuschung, die Bitterkeit und Verwirrung, die ihn quälten wie ein Splitter unter der Haut. Spürte, dass dies die Ursache für den Brandy und den Whiskey war, die sie manchmal in seinem Atem roch. Für die Vorsicht, den lautlosen Schritt auf seinen Wegen von der und zur Arbeit. Dafür, dass er noch heute jeden Abend zu mir nach Hause kommt.

Wenn sie mit ihm zusammen war, dachte sie an nichts sonst, aber tagsüber fürchtete sie manchmal, Johnny Dolan könne dahinter kommen. Die Angst, die Nachbarn könnten merken, dass sie abends manchmal nicht nach Hause kam.

Sie hatte keine Freunde in Pigtown, und sie wusste, dass es Dolan so lieber war. Fast alle Leute dort blieben für sich. Sie waren nicht mehr als geisterhafte Gestalten, die in die trübe Morgendämmerung hinaustraten, um sich zu erleichtern, oder nach Sonnenuntergang heimwärts torkelten. Trotzdem wusste sie nicht, wer sie womöglich beobachtete, und versuchte etwaigen Spionen Sand in die Augen zu streuen. Nachdem sie von der Arbeit heimkam, ging sie ständig aus dem Haus und wieder hinein. Zuerst sammelte sie Holz, beim nächsten Mal fütterte sie das Schwein, dann erledigte sie die übrigen kleinen Arbeiten ums Haus, ehe sie sich schließlich davonschlich und zu Billy lief.

Sie wusste nicht, ob sie damit irgendwen täuschen konnte. Doch bald kam sie zu dem Schluss, dass es eigentlich gleich war, denn Johnny Dolan war nicht die Sorte Mann, dem die Nachbarn gern Klatschgeschichten zutrugen. Ganz gleich, was sie argwöhnten, niemand war erpicht darauf, Dolan aufzutischen, dass seine Frau die Nächte mit einem gut aussehenden Kerl aus dem Niggerdorf verbrachte.

Und Johnny selbst schien auch keinen Verdacht zu schöpfen. Sie behielt ihn genau im Auge, denn sie wusste, dass er schlau war und sich nicht unbedingt gleich anmerken ließ, was ihn bewegte. Aber nichts deutete darauf hin, dass er es wusste. Er erhob haltlose Anschuldigungen, wenn er von einem Job heimkam, fragte sie, mit welchem der Nachbarn oder der Jungs von seiner Feuerwache sie sich herumgetrieben habe, doch sie wusste, er tat es nur, um eine Entschuldigung zu haben, sie herumzustoßen und zu ohrfeigen, sie zu schlagen und zu treten, eine Hure und ein Flittchen zu nennen, bis er sich weit genug beruhigt hatte, um das Essen zu vertilgen, das sie für ihn gekocht hatte.

Es war immer das Gleiche, wenn er in die Stadt zurückkam, oder auch, wenn er nur in Downtown gewesen war oder den ganzen Tag im Hof gesessen, gegrübelt und an der Flasche genippt hatte. Es war schlimmer, wenn er von einem Boxkampf zurückkam als von der Arbeit, hatte sie festgestellt, dabei hätte sie gedacht, dass er danach erst einmal des Kämpfens müde sein müsste. An solchen Tagen war sein Gesicht ein einziger Brei purpurroter Blutergüsse, die Ohren geschwollen wie Blumenkohlköpfe und die Nase eingedrückt, sodass sie es kaum ertragen konnte, ihn anzusehen.

Doch das schien ihn nur zu erregen und in Stimmung zu bringen. Sobald er hereinkam, ging er in Boxerpose: die Knie ein wenig gebeugt, die Arme hoch. Und er wippte auf den Fußspitzen wie eine verrückte Aufziehpuppe. Und er verspottete sie mit wiederholten, gemeinen Schlägen, zu schnell, als dass sie ausweichen oder gar hätte zurückschlagen können.

»Na los, sag mir, was du getrieben hast«, stichelte er, zischte es durch zusammengebissene Zähne. »Erzähl mir, wie dein Tag war. Na los.«

Bis er sie schließlich in einem Winkel neben dem Ofen in die Ecke trieb, sodass ihr nichts anderes übrig blieb, als irgendetwas zu greifen – einen Besen, ein Holzscheit, was gerade zur Hand war – und sich zu wehren. Sie versuchte dann, ihm ein ordentliches Ding zu verpassen, denn es war dieser Moment, da er ihre Duldsamkeit über jedes erträgliche Maß strapaziert hatte, den er zum Anlass nahm, sich vollends gehen zu lassen.

Ein ungehemmter Faustschlag war genug. Sie ließ es genug sein. Er landete auf ihrem Kinn oder im Magen und lähmte sie nahezu. Ihre Arme und Beine plötzlich unbrauchbar, sodass sie hilflos gegen die Wand der Hütte sackte. Und danach war er meistens weit genug zufrieden gestellt, dass er sein Abendessen wollte.

Billy sah ihre Narben und Blutergüsse selbst in dem schwachen Mondlicht, das durch die Fenster seines Hauses fiel. Fragend strich er mit dem Finger über die Schwellungen entlang ihrem Kiefer, die engen, roten Kreise auf ihrem Bauch. Ein neuer entstand in der Regel schon, ehe die letzten vergangen waren, sodass er ihre Verletzungen in jedem Stadium sah, wenn sie frisch waren, aufblühten und schließlich verblassten, diese bösartigen Blumen, Wasserflecken auf ihrem Leib.

»Warum lässt du dir das gefallen?«, verlangte er zu wissen, und dann war es an ihm, sie mit Fragen zu löchern. »Wie kannst du einen solchen Faustschlag nur hinnehmen?«

»Mir bleibt keine andere Wahl.«

»Glaubst du nicht, dass er dich eines Tages umbringt?«

Seine Stimme voller Besorgnis, mehr Anteilnahme als Empörung, erkannte sie mit tiefstem Bedauern.

»Willst du, dass ich irgendwas unternehme? Gegen ihn?«

Das Angebot schmeichelte ihr ein wenig. Und sie dachte, dass er es vielleicht sogar täte, und sei es nur aus Stolz. Sie sah es vor ihrem geistigen Auge, wie er nach Pigtown marschierte, in der Hand die riesige, rostige Pistole, die er, wie sie wusste, im Regal hinter der protestantischen Bibel verbarg. Sah ihn zu ihrer Hütte kommen und Johnny Dolan niederschießen wie einen Hund.

Doch was würde dann mit ihm geschehen? Was würde mit ihr geschehen? Und mit all den Menschen in seinem Dorf?

»Nein, nein. Ich werd schon mit ihm fertig«, versicherte sie ihm.

Sie hörte sein tiefes, bitteres Lachen, auch wenn sie sein Gesicht in der zunehmenden Dunkelheit nicht mehr genau erkennen konnte.

»Oh, das sehe ich, wie gut du mit ihm fertig wirst. Und wenn du es noch ein bisschen besser machst, Süße, dann bist du tot.«

»Ich kann das aushalten«, beharrte sie grimmig, obwohl sie sich ganz und gar nicht sicher war, ob das stimmte. »Er würde nie zu weit gehen, er weiß, dass er eine Frau braucht.«

Und warum sollte er keine haben? Warum sollte er nicht mich haben und mit mir tun, was er will? Immerhin wäre ich ohne ihn verhungert …

Und doch quälte es sie, Tag für Tag, zu der Hütte zurückkehren zu müssen. Dolan wieder gegenüberzutreten. Auf seine Launen einzugehen und zu versuchen, ihm auszuweichen. Nichts half. Ihm die Stirn zu bieten war das Schlimmste. Die Herausforderung war ihm nur zu willkommen. Manchmal – manchmal versuchte sie, ihn zu reizen, es hinter sich zu bringen, die Spannung abzubauen. In der Hoffnung, dass sie mit einem gut platzierten Schlag davonkam, und dann wäre es überstanden. Zumindest für ein Weilchen.

Sie ließ den Dingen ihren Lauf, während sie auf eine Lösung sann. Sie hatte Angst, dass sie schon gar nicht mehr besonders gut denken konnte, bald vielleicht gar nicht mehr würde denken können, so wie er ihren Kopf gegen die Wand schmetterte. Und sie hatte auch

Angst davor, dass ihr Billy Dove wieder davonfliegen würde zu einem der weit entlegenen Orte, von denen er gern erzählte. Nach Portugal oder zur Windward Coast, hinunter nach Brasilien, nach Tortuga oder um Kap Hoorn nach Peru.

Wenn sie jetzt beisammen waren, sprachen sie nicht viel, als habe der Wetterumschwung, der herannahende Winter schon alles mit einer dicken Schicht aus Eis überzogen. Je kälter es wurde, desto seltener sahen sie sich. Sicher, jetzt fühlte es sich umso besser an, von ihm gewärmt in dem Bett neben dem Ofen einzuschlafen. Es war auch dunkler, was es leichter machte, abends ungesehen zu bleiben. Leichter, nach Hause zu schleichen, jetzt, da selbst die Hunde drinnen in den Hütten angekettet lagen, damit sie nicht erfroren und die Barackensiedlung im Frühling auf ihr unablässiges Gebell verzichten musste.

Doch mit dem Winteranfang endete die Bautätigkeit. Die Stadt schlummerte unter Schnee und Eis, ihr endloser Erneuerungsprozess war vorübergehend zum Stillstand gekommen. Die Baustellen lagen verwaist, und es gab nur wenige Preiskämpfe. Die Sportsfreunde dösten über einem Whiskeyglas am Feuer oder gingen im Bordell ihren anderen Vergnügungen nach.

Dolan war jetzt fast immer zu Hause und verbrachte die Tage damit, am Ofen zu hocken und zu grübeln. Er rauchte seine Pfeife und starrte ins flackernde Feuer, das Zeitungsfetzen und Fichtenzweige verzehrte. Nur nachts erledigte er manchmal irgendeinen Job mit den Gangs vom Fluss, über die er nie viel sprach.

Sie wusste nie genau, was er da trieb. Manchmal erzitterte die Wand ihrer Hütte abends unter einem plötzlichen Klopfen, was sie so erschreckte, dass ihr die Näharbeit in den Schoß fiel. Dann suchte er die mysteriösen Werkzeuge zusammen, die er sich zugelegt hatte, Eisenkeile und lange Messer und eines, das wie eine Kupferspirale aussah und nicht länger als sein Daumen war. Damit ausgerüstet ging er in die Nacht hinaus; ein zweiter Schatten begleitete ihn über den Schnee.

Den Rest der Zeit musste sie es dort mit ihm aushalten in der elenden Hütte aus Planken und Bahnschwellen, die er für sie aufgetan hatte. Hier klebte sie fest wie eins der wenigen verbliebenen Schmuckstücke, die noch auf den Böden des Wunderkabinetts hafteten. Er hatte nie versucht, es nach jener Nacht im Sailor's Rest zu reparieren. Er behielt es als beschädigtes Relikt. Ständig verhüllt stand es in einer Ecke. Sie wusste, er spähte nicht einmal mehr unter das schwarze Tuch. Es bereitete ihm keine Freude mehr, wenngleich er unverändert überzeugt war, es sei von unermesslichem Wert. Während der Wintermonate brummte er manchmal, er sei versucht, es zu Geld zu machen und sich von dem Vermögen irgendwo ein großartiges Haus zu kaufen.

»Es ist ein Schatz«, sagte er beharrlich, wenn er genug Whiskey getrunken hatte. »Die waren nur zu dämlich, das zu erkennen. Die wollten mich nur reinlegen, damit ich es ihnen gebe.«

Er sprach davon, es zu Barnum's American Museum zu bringen oder es selbst auszustellen, doch das tat er nie. Sie hatte erwogen, es zu reparieren, denn sie hatte bei den deutschen Ladys allerhand gelernt, doch sie wusste, dass er über eine solche Anmaßung durchdrehen, sie vielleicht gar dafür umbringen würde. Aber es gab Abende, wo sie sich kaum zurückhalten konnte. Manchmal, wenn sie so mit ihm in der Hütte zusammengepfercht saß und der Kasten schwarz und vorwurfsvoll in der Ecke stand – als stumme Mahnung an die Sünde, die sie gemeinsam begangen hatten –, hatte sie die größte Mühe, sich zurückzuhalten, den Kasten nicht hochzuheben und zu zertrümmern.

Nach Weihnachten waren die Aufträge von Stewarts und den anderen großen Kaufhäusern zurückgegangen, und die deutschen Ladys hatten Ruth und alle anderen Näherinnen vorübergehend entlassen. Manchmal gab sie vor, noch Arbeit zu haben, und schlich tagsüber nach Seneca Village hinüber, aber sie hatte große Angst, ertappt zu werden, und so tat sie es nicht oft. Sie fürchtete, Dolan könne ihr Verlangen spüren, ihre Sehnsucht nach Billy, wenn sie zu lange zusammen in ihrer Hütte hockten. Selbst wenn sie einen guten Grund fand, das Haus zu verlassen, um Lebensmittel zu kaufen oder ihre Näharbeiten auszuliefern, hatte sie das Gefühl, dass er ihr misstraute. Wenn sie heimkam, sah sie ihn im Hof stehen und ihren Rückweg hinab in die Mulde verfolgen. Vorgeblich war er draußen, um Feuerholz zu hacken, doch er beobachtete sie, sagte nichts und hielt die Axt mit beiden Händen vor den Oberschenkeln.

Nachts war es am schlimmsten. Sie konnte es jetzt kaum ertragen, wenn er sich ihr aufzwang. Er malträtierte und befingerte sie in der Dunkelheit und drang dann in sie ein. Und wenn er seine Befriedigung gefunden hatte, lag er erst keuchend, dann schnarchend auf ihr. Sein Gewicht drückte sie nieder, begrub sie nun hier an diesem neuen Ort, dem nächsten nackten, unbedeckten Grab, das er ihnen gesucht hatte.

Sie redete sich ein, dass es nichts machte, dass Billy sie in Wahrheit ohnehin nicht wollte. Dass sie so gut wie tot, so gut wie begraben war. Und doch trauerte sie um ihn, je länger sie getrennt waren. Sie wollte bei ihm sein, selbst wenn sie nicht die Nacht zusammen in seinem Bett verbringen konnten, keine Zeit hatten, sich zu lieben. Sie sehnte sich danach, sein kleines Heim wiederzusehen, seine sanfte Stimme zu hören – und sie war gewillt, alles auf sich zu nehmen, solange sie diese Dinge ab und zu haben konnte.

Doch ehe der Winter vorüber war, merkte sie, dass ihre Regel ausgeblieben war. Das überraschte sie anfangs nicht, denn sie hatte kaum je Monatsblutungen gehabt. Während der langen Hungermonate auf der Straße kein einziges Mal. Und selbst nachdem sie hierher gekommen war, waren sie nur sporadisch aufgetreten – das wenige Blut kam ihr schwach und dünn vor, bestätigte ihre Überzeugung, dass sie gar keine richtige Frau war.

Doch dann waren sie ganz ausgeblieben, und als sie eines Tages zu Billy schlich, musste sie sich an der Bloomingdale Road plötzlich übergeben. Ungläubig hatte sie festgestellt, dass ihr Bauch an Umfang zunahm – noch war es kaum erkennbar, doch nach einigen Wochen konnte sie den Tatsachen nicht länger ausweichen.

Sie wusste, wenn es von Billy war, würde Dolan sie wahrscheinlich umbringen, sobald er das braune Baby sah. Und das Kind würde er vermutlich auch töten. Doch noch unerträglicher war der Gedanke, es könnte von ihm sein. Dass Billy sie mit Johnny Dolans Kind im

Arm über die Felder kommen sehen musste – eine ständige Erinnerung daran, was sie war und woher sie kam.
Ein paar Tage lang erwog sie gar, sich und damit auch dem Kind das Leben zu nehmen, sich mit Steinen zu beschweren und ein Loch in das Eis auf dem North River zu schlagen. Von einem Priester hatte sie einmal gehört, dass werdende Mütter, die sich das Leben nahmen, dazu verdammt waren, für alle Ewigkeit mit ihrem ungeborenen und gleichermaßen verdammten Kind in der Hölle umherzuirren, und der Gedanke gefiel ihr. Auf ewig dort umherzustreifen und sein Kind immer an ihrer Seite – auf ewig Mutter und Kind, und nichts anderes tun zu müssen, als auf dieses Kind aufzupassen und es zu versorgen.
Doch dann kam ihr in den Sinn, dass es auch Billys Kind sein könnte, und der Gedanke, ihm das zu verheimlichen, ihm sein Kind vorzuenthalten, war unerträglich.
Es blieb ihr also nichts anderes übrig – sie musste es Billy sagen. Sie fand seine Spur eines Abends im Schnee, als er auf dem Heimweg vom Waisenhaus war. Sie erkannte sie mühelos – an der Größe und Leichtigkeit des Schritts. Es waren nur ganz schwache Abdrücke in der dünnen, verharschten Schneeschicht, und sie verliefen ein wenig geschlängelt.
Sie folgte der Spur, ging zuerst neben seinen Fußabdrücken. Dann lief sie dazwischen, bis ihre Abdrücke ineinander verschränkt waren. Als seien sie ein Liebespaar, das sich einen Weg über das verschneite Feld bahnte – Arm in Arm, Halt suchend, im rutschigen Schnee aufeinander gestützt. Bis ihr schließlich bewusst wurde, was sie tat, und da hatte sie sich umgewandt und die Spur betrachtet, die sie über das offene Land gelegt hatte. Dann war sie zurückgerannt und hatte versucht, die Fußabdrücke mit dem Schuh zu verwischen. Sie begann, vor Anstrengung in der Kälte zu keuchen, der eisige Schnee machte ihre Füße in den abgewetzten Lederschuhen taub, und sie zitterte in ihrem dünnen Mantel.
Sie ging weiter, verwischte auch seine einsamen Fußspuren, wenngleich es inzwischen fast völlig dunkel war; die Winternacht war so abrupt hereingebrochen, als sei ein Vorhang gefallen. Nur der kalte,

weiße Halbmond warf sein fahles Licht auf das Land. Trotz ihres Zustandes bewegte sie sich fast lautlos durch den Wald. Die trockenen Blätter lagen jetzt unter dem Schnee begraben. Kein schwerfälliges Waldtier mehr, sondern ein Fuchs, der behutsam durchs Dickicht schleicht.

Im Schein des Mondes folgte sie Billys Spuren und entdeckte ihn schließlich auf der kleinen Anhöhe hinter Seneca Village – eine zerklüftete Hügelkette, auf der vereinzelt kahle Weißbirken standen. Er hatte ihr den Rücken zugewandt und schaute auf Seneca Village und den North River hinab. Sie sah ihn einen Messingflachmann aus der Tasche ziehen, den Deckel abschrauben und einen Schluck trinken. Unverwandt sah er aufs Wasser hinab, wo Schiffe mit skeletthaften, weißen Masten lagen, die auf den Frühling oder die Ankunft des Eisbrechers warteten.

Geduldig verharrte sie, bis er sich auf den Heimweg machte. Ohne ein Wort zu sagen, war sie den kleinen Hügel hinaufgeklettert, dorthin, wo er gestanden hatte.

Sie schaute nicht aufs Wasser, sondern auf den Halbmond darüber und den Kranz kalt funkelnder Sterne, der ihn umgab. Dann hinab auf die Dutzende winziger, bernsteinfarbener Gaslichter und roten Feuer im Dorf. Sie entdeckte Billy zwischen den ersten Häusern von Seneca Village und wartete, bis er in seinem Haus war und eine Lampe angezündet hatte.

Wie gebannt, nahezu in Ekstase schaute sie weiter in seine Richtung, bis die Myriaden winziger Lichter um sie zu kreisen schienen. Genau wie die Sterne auf See es getan hatten, an jenem Abend an Deck, als sie das Fieber bekommen hatte. Es war dieselbe weite Welt, die sie auf dem Schiff gesehen hatte, und doch war es eine andere. Nicht mehr nur Bestie – gewaltig, blendend und erbarmungslos –, sondern ein Ort, wo *er* existierte, wo sie hineingehen und sich am Feuer zur Ruhe betten konnte. Und da erkannte sie, dass sie einen Ausweg finden musste.

39
Ruth

Danach hatte sie erwogen, Johnny Dolan selbst umzubringen. Das wäre bestimmt gar nicht so schwierig, dachte sie. Es ließe sich sicher etwas finden, das sie in sein Essen oder seinen Whiskey mischen konnte. Niemand würde der Sache auf den Grund gehen. Die Menschen von Pigtown waren auf sich allein gestellt. Nicht einmal die Polizei ließ sich hier blicken, es sei denn, ein wirklich Aufsehen erregendes Ding war gedreht worden.

Doch diese Lösung würde es mit sich bringen, dass es Verkäufer gäbe, die reden konnten, oder Tagediebe an den Straßenecken, die möglicherweise beobachteten, wie sie das Päckchen erstand. Sie hatte schon von solchen Dingen gehört, von Zeugen in berühmten Mordprozessen. Also dachte sie darüber nach, es auf direktem Wege zu tun, mit einem Messer oder einem Schlag mit der Schaufel auf den Kopf oder gar mit der Axt, die er benutzte, um das Brennholz zu hacken. Falls sie nicht auf Anhieb Erfolg hatte, dann wäre wohl sie diejenige, der es an den Kragen ging – aber sie glaubte nicht, dass dieses Problem sich stellen würde.

Es wäre gar nicht so schwierig. Sie musste nur abwarten, bis er abends genug getrunken hatte. Dann ein gezielter, harter Schlag, und anschließend konnte sie ihn draußen auf den Wiesen verscharren, wo man schon mit den Ausschachtungsarbeiten für den neuen Park begonnen hatte. Sollten sie seinen Schädel doch ausgraben und sich fragen, welcher Mord aus längst vergangenen Tagen dahinter steckte – ein Gefallener aus dem Unabhängigkeitskrieg oder ein Sklavenfänger, der sich zu nah an die Hunde von Seneca Village herangeschlichen hatte. Sie wäre dann schon längst mit ihrem

Liebsten über alle Berge, sicher aufgehoben im nächsten Negerdorf, wo niemand ihnen nachschnüffeln würde.
Sie versuchte sich einzureden, es sei unmöglich, dass man Johnny vermissen würde. Aber sie wusste, das stimmte nicht. Er war ein Einzelgänger, selbst bei der Arbeit oder der Feuerwehr. Die Jungs von der Wache kamen nie zu Besuch, und Johnny nahm Ruth nie mit zu einem der Feuerwehrfeste, zu denen, das wusste sie, die anderen Frauen gingen. Wenn man bedachte, wie ungern er etwas von sich preisgab, bestand gar die Chance, dass dort niemand von ihrer Existenz ahnte oder wusste, wo er lebte. Wenn er beim nächsten Alarm oder Tanzfest nicht erschien, würden sie einfach glauben, er sei fortgezogen. Nach Westen gegangen oder hinüber nach Newark. Oder nachts auf dem Heimweg vom Yellow Man betrunken in den Fluss gefallen.

Nein, es gab nur zwei Menschen, wusste sie, zwei Menschen in dieser ganzen großen Stadt, die Johnny Dolan je vermissen würden. Seine Schwester Deirdre und ihr Mann. Und letzten Endes sollten es diese beiden sein, die ihr halfen.

Es war Ruth gewesen, die sie ausfindig gemacht hatte, nachdem es ihm nicht gelungen war. Ein anständiges irisches Mädchen namens Deirdre, das als Dienstmagd oder Köchin arbeitet. Sie wusste, wie lächerlich das geklungen haben musste in dieser Stadt, wo es gewiss hunderttausend Frauen gab, auf die diese Beschreibung passte.
Es schien unmöglich, aber dann hatte sie die Arbeit bei den Lumpensammlern gefunden. Nachdem er sie wieder einmal geschlagen hatte, war sie losgelaufen, so weit nach Osten, wie sie konnte. Sie wollte den Fluss sehen, der dort angeblich floss, auch wenn sie noch nicht sicher war, ob sie sich hineinstürzen wollte.
Stattdessen hatte sie die Knochenhügel gefunden. Berge von Papierfetzen und Abfall, alle denkbaren Reste an Stoff und Leder, zerbrochene Möbel und Porzellanscherben. Alles, was diese unersättliche Stadt tagtäglich ausspie, ihre jammervollsten Abfallprodukte, die hier angespült und in den Werkstätten der deutschen

Ladys in mühevoller Kleinarbeit geflickt und neu zusammengesetzt wurden. Sie hießen Mrs. Krane und Mrs. Müschen, sagten sie ihr, wenngleich Ruth den Verdacht hegte, dass sie wohl eher miteinander »verheiratet« waren. Sie waren hager und groß und bewachten ihre Müllberge durch dicke Brillengläser. Wie sie in den Besitz all ihrer Schätze gekommen waren, erfuhr Ruth nie. Durch Erbschaft oder Glück? Oder durch endloses Sammeln?

Als sie um Arbeit bat – weil sie irgendetwas wollte, eine Ausrede, um von ihm wegzukommen, und sei es nur für einige Stunden am Tag –, hatten sie ihr einen Platz angeboten und ihr die schlichten Puppen und den sonstigen Tand gezeigt. Die kleinen Figuren, denen es an jeglicher Eleganz mangelte, die jedoch ihren Zweck erfüllten und die sie Downtown bei Macy's und Chesler's verkauften oder gar bei Stewart's mit den exquisiten Marmorböden und all den hübschen, blonden jungen Männern hinter den Verkaufstischen.

»Mach das hier«, hatten sie gesagt und ihr gezeigt, wie man den Stoff um die Knochen wickelte und die Bänder um den Stoff. »Mach das hier.« Sie hatte es versucht, und sie sahen zufrieden aus trotz ihrer mürrischen, rätselhaften deutschen Gesichter.

Nach ein paar Tagen konnte Ruth es gar besser als die beiden, und sie war so glücklich, als sie erkannte, dass es etwas gab, das sie konnte – wenigstens irgendetwas, selbst wenn sie es bis ans Ende ihrer Tage wieder und wieder tun müsste.

Und dort hatte sie jede Frau, die sie traf, nach Deirdre gefragt. Sie fragte die anderen, die mit ihr am Feuer saßen und Puppen bastelten und nähten, und sie fragte jede Frau, die in die winzige Werkstatt kam, um Lumpen zu verkaufen. Wochen- und monatelang hatte sie sich erkundigt, und so hatte sie Deirdre schließlich gefunden, auch wenn Johnny Dolan es ihr nicht gedankt hatte.

Deirdre wohnte damals schon in dem Haus in Paradise Alley, mit ihrem Mann Tom O'Kane und ihren Kindern und all den hübschen Sachen. Als Ruth und Johnny schließlich hingegangen waren, um sie zu besuchen, hatten Deirdre und das Haus Ruth gleichermaßen eingeschüchtert. All die großen Möbel, die sie ins Wohnzimmer gepfercht hatten, der aufklappbare Sekretär, die Couch, das Tafelklavier in der Ecke. Selbst das Licht war anders gewesen – wunderbar sauber und klar, weißes Licht von einer Argand-Lampe mit teurem Öl.

Und Deirdre selbst saß in einem echten Tageskleid aus grün gestreiftem Taft mit Puffärmeln und bestickten Musselinmanschetten und -kragen am Teetisch. Ruth war unter ihrem forschenden Blick förmlich zusammengeschrumpft. Sie hatte ihre liebe Mühe mit der Tasse, damit, den Finger durch den winzigen Henkel zu stecken. Um ein Haar hätte sie den ganzen Tee verschüttet. Und sie versuchte, auf dem Sofa zu sitzen, ohne dass das billige Kleid ihre Oberschenkel hinaufrutschte …

Deirdre war ihr so Furcht einflößend erschienen, dass Ruth erstaunt war, sie weinen zu sehen, als Johnny Dolan seiner Schwester berichtete, der Rest der Familie sei gestorben. Sie hatte die Hände vors Gesicht geschlagen und geheult wie ein Kind. Hemmungslos geschluchzt, sich selbst von ihrem Mann abgewandt, als er sich halb von seinem Stuhl erhob und ihr ungeschickt einen tröstenden Arm um die Schultern legen wollte. Doch als sie den Kopf wieder hob, sah Ruth, dass ihre Augen trocken waren.

Ihr war auch nicht entgangen, mit welcher Missbilligung Deirdre ihren Bruder betrachtete. Wie wütend sie aussah, wann immer Ruth mit einem neuen Bluterguss oder einem blauen Augen zu ihr zu Besuch kam. Deirdre durchschaute ihren Bruder mühelos und hielt ihm Vorträge über seine Verantwortung.

»Du solltest wie ein anständiger Ire leben und aufhören, Schande über dich und deinen Gott zu bringen«, schimpfte sie.

Doch Ruth wusste, sie selbst fand noch weitaus weniger Gnade vor Deirdres Augen, denn Deirdre machte sie für Johnnys Verkommenheit verantwortlich. Und ihre Verachtung verwandelte sich in Abscheu, als sie erfuhr, dass Ruth und Johnny nie getraut worden waren.

Aber es gab auch noch den Ehemann, Tom. Es gab immer einen Mann. Wann immer er sie sah, hatte er ein freundliches Wort und

einen kleinen Scherz für sie. Er war ein stiller Mann, seine Stimme ebenso sanft wie sein Auftreten – ein ehemaliger Fleischer und nun Feuerwehrmann mit Armen so drahtig und stark wie Kabel.
Es gab immer einen Mann, um eine Frau in Schwierigkeiten zu bringen oder ihr herauszuhelfen.
Sie sah ihn zusammenfahren, wenn er neue Blutergüsse an ihr entdeckte. Die Spuren ihres Martyriums, die er als guter Mann nicht ignorieren durfte. Ein Plan begann in ihrem Kopf Gestalt anzunehmen, noch ehe sie wirklich wusste, was sie tun würde. Noch bevor Old Man Noe ermordet wurde und Johnny Dolan nicht mit Platzwunden und Blutergüssen im Gesicht heimkam, sondern mit tiefen, blutigen Kratzern.
Sie hätte vielleicht geglaubt, dass sie von irgendeiner Hafenhure stammten. Doch als Dolan den Mantel auszog, sah sie, dass seine Weste und sein weißes Leinenhemd blutverschmiert waren. Er sah nicht gerupfter aus als nach einer gewöhnlichen Keilerei an den Kais – doch er war beunruhigter, als sie ihn je erlebt hatte, lief rastlos in der Hütte auf und ab. Spähte aus der Tür und durch die schlecht abgedichteten Planken, als erwarte er, dass irgendwer über die verschneite Wiese käme, um ihn zu holen.
Er trug den Spazierstock halb unter der Jacke verborgen. Ein schwarzer Eichenschaft mit einem Goldknauf in Gestalt eines Hundekopfes, der eher einem Schakal glich: eine lange Schnauze und aufrechte, spitze Ohren. Er versuchte, ihn verstohlen in die Ecke hinter dem Wunderkabinett zu stellen – seine Ecke, wo er auch sein Werkzeug oder sein Geld und alles andere, das von Wert für ihn war, aufbewahrte.
»Was ist das denn?«, hatte sie gefragt, zu überrascht, um zuvor nachzudenken.
Augenblicklich kam er mit erhobenen Fäusten auf sie zu. »Willst du irgendwas hierüber sagen? He? Ich garantiere dir, wenn du auch nur ein Wort zu irgendwem sagst, dann sorge ich dafür, dass du mit mir hängst!«
Er hielt ihr die Faust direkt vor die Nase, schlug sie aber nicht.
»Schon gut.«

»Dein Glück.« Er ging weiterhin auf und ab und machte über die Schulter leere Drohungen. »Dein Glück.«
Sie senkte den Blick auf die Näharbeit in ihrem Schoß und tat so, als sehe sie nicht, dass er weitere Gegenstände aus den Innentaschen von Jacke und Weste ans Licht förderte. Und auch sie verbarg er dort hinter dem Kasten, der sein größter Schatz war.
Als er fertig war, ging er hinaus und holte neues Brennholz. Fluchte, weil es im Feuer zischte und knackte, immer noch kalt und feucht von der Erde im Hof. Als das Feuer endlich ordentlich brannte, zog er Weste und Hemd aus und stopfte sie hastig in den Ofen.
»So! Jetzt sind alle Beweise verschwunden. Es würde dir also gar nichts nützen, wenn du jetzt zu irgendwem etwas sagst.«
Er baute sich vor ihr auf, barbrüstig, die Hände angriffslustig in die Seiten gestemmt.
»Nein.«
»Würde dir sowieso keiner glauben.«
Sie hielt den Kopf gesenkt, bis er schließlich sein Nachthemd überstreifte und ins Bett stieg. Immer noch beschimpfte er sie unablässig. Seine Stimme klang schrill und hohl. »Mach das Licht aus! Wie soll ein schwer arbeitender Mann seinen Schlaf bekommen?«
»Wie du willst.«
Sie blies die übel riechende Öllampe aus, in deren Licht sie gearbeitet hatte, und saß dann im Dunkeln. Nach einigen Minuten begann er zu schnarchen, wie sie erwartet hatte. Er schlief immer am schnellsten ein, wenn er aufgeregt war, irgendetwas ihn in Unruhe versetzt hatte. Sobald er fest schlief, erhob sie sich lautlos und trat an sein Versteck hinter dem Wunderkabinett.
Das einzige Licht kam von der Glut hinter der geöffneten Ofentür, doch sie brauchte nicht mehr. Mit dem Gesicht zum Bett hockte sie sich über den Nachttopf, sodass sie eine Entschuldigung hatte, falls er plötzlich aufwachte und mit einem Mal kerzengerade im Bett saß, wie es gelegentlich vorkam.
Hinter ihrem Rücken ertastete sie die stabile Blechkiste, die er benutzte, und das neue, teure Schloss, das er auf dem Broadway

gekauft hatte. Mühelos öffnete sie es mit einer Haarnadel und untersuchte dann den Inhalt der Kiste. Befühlte die neuesten Schätze, die er heimgebracht hatte: ein feines Seidentaschentuch, das sich himmlisch anfühlte. Eine Taschenuhr war darin eingewickelt. Mit dem Daumen strich sie über das zerbrochene Glas und das glatte Metallgehäuse. Die Uhr lief noch, bebte wie ein kleines Vogelherz in ihrer Hand. So gründlich ertasteten ihre Finger die Inschrift auf der Rückseite, dass sie sie vielleicht hätte entschlüsseln könne, hätte sie die Buchstaben gekannt.

Als Nächstes fand sie die Uhrkette und ein Paar Manschettenknöpfe. Etwas, das möglicherweise eine Krawattennadel war. Dickes Papier – vielleicht ein Bündel Geldscheine oder gar Wertpapiere. Nichts Ungewöhnliches. Nur die typische Ausbeute eines Raubüberfalls auf irgendeinen betrunkenen Gecken oder jungen Gentleman in einer der Gassen des engen Straßengewirrs am Hafen.

Dann fühlte sie es – die kalten Kupferwindungen dieser komischen Spirale, die er immer mit sich herumtrug. Wie ein Korkenzieher, aber nicht größer als das Ringelschwänzchen eines Ferkels. Sie hatte immer angenommen, es sei ein Instrument, das man bei Einbrüchen benutzte, aber jetzt war irgendetwas anders daran – etwas Weiches, fast Schleimiges bedeckte das obere Ende. *Blut vielleicht?* Wieder fuhr sie mit dem Daumen darüber, doch es war glitschig und schwer zu greifen, beinahe wie eine Auster. Schließlich ergriff sie den ganzen Korkenzieher behutsam mit zwei Fingern. Erst später erkannte sie, dass sie gewusst hatte, was es war, noch ehe sie es gesehen hatte. Weil sie es zuvor so oft im Wunderkabinett gesehen hatte, sodass sie nicht zusammenschreckte oder schrie oder sonst irgendetwas tat, das ihn hätte aufwecken können, als sie es schließlich erkannte – unverkennbar selbst in diesem schwachen Licht …
Ein menschliches Auge.

40
Ruth

Sie fuhr mit einem Ruck aus dem Schlaf auf, ehe ihr so recht bewusst wurde, dass sie überhaupt geschlafen hatte. Die kalten Wintersterne und der Halbmond waren verschwunden. Es war wieder Sommer – und der Nachthimmel hatte eine apokalyptische, orangefarbene Tönung. Ein schwerer Brandgeruch lag in der Luft und drang selbst durch die geschlossenen Läden ins Innere des Hauses.

»Hallo! Hallo!«

Jemand hämmerte an die Tür, so laut und dreist, dass es sie erschreckte. Die Soldaten vor ihrer Hütte, die glänzenden Bajonette im Sonnenlicht, während der Verwalter den Räumungsbefehl verlas …

»Hallo! Seid ihr zu Hause? Seid ihr noch da drin? Hallo!«

Es war Deirdre mit ihrer ungeduldigen, herrischen Stimme. Ruth zog den Riegel zurück und sah sich rasch im Zimmer um, warf einen Blick auf die Kinder, die immer noch schliefen, am Boden oder auf ihren Stühlen. Selbst jetzt noch fragte sie sich besorgt, was Deirdre wohl denken mochte, weil die Kinder nicht im Bett waren.

»Hallo! Ruth, hörst du mich?«

»Ja, ja!«

Eilig öffnete sie die Tür. Sie war überrascht, einen Ausdruck von Besorgnis auf Deirdres Gesicht zu sehen, selbst wenn er sich sofort wieder in Verärgerung verwandelte, die übliche Ungeduld, die Ruth offenbar immer in ihr hervorrief.

»Du bist also doch hier. Warst du eingeschlafen? Und die Kinder – sie sind noch auf?«

Milton war schon dabei, sie wach zu rütteln und in ihr gemeinsames Schlafzimmer zu führen. Folgsam gingen sie mit ihm, wie in Trance, weinten nicht einmal, obwohl sie aus dem Schlaf gerissen worden waren. Deirdre beobachtete sie mit dem typischen Gesichtsausdruck, irgendwo zwischen Gereiztheit und Verwunderung, dass es Kinder mit solchen Hautfarben geben konnte und sie trotzdem sprachen, weinten und lächelten wie richtige Menschen.
»Was ist denn? Haben sie die Stadt zurückerobert?«, fragte Ruth.
Sie wusste, das konnte nicht sein, denn dann wäre Billy nach Hause gekommen. Wieder wünschte sie …
»Nein. Es ist noch viel schlimmer geworden«, berichtete Deirdre mit gesenkter Stimme, nachdem die Kinder den Raum verlassen hatten. »Es heißt, sie haben die Armory erobert. Vielleicht auch die Steam Works. Jetzt haben sie alle Waffen, die sie sich nur wünschen können …«
»Verstehe«, sagte Ruth. Ihr Kopf wurde seltsam leer, während sie auf das wartete, was, so glaubte sie, Deirdre ihr eigentlich sagen wollte.
»Sie haben das Waisenhaus für farbige Kinder niedergebrannt«, stieß sie hervor, packte Ruths Arm und fuhr hastig fort: »Aber es gibt keine Berichte von Toten. Zumindest war niemand dort, als sie eindrangen, das ist gewiss. Die Großmäuler stolzieren auf der Straße herum und bedauern lauthals, dass das Haus verlassen war, und sie prahlen damit, was sie getan hätten, wenn sie dort jemanden angetroffen hätten.«
»Na gut. Dann ist ja gut«, sagte Ruth und atmete tief durch, denn sie war fest entschlossen, nicht vor Deirdre zu weinen – sich jetzt nicht gehen zu lassen, denn sie musste sich um ihre Kinder kümmern, und es mochte noch schlimmer kommen.
Er war also irgendwo da draußen mit all den armen Kindern. Wenn er denn überhaupt noch am Leben war. Vielleicht war das sogar der Beweis, dass er noch lebte. Irgendwer musste die Kinder schließlich aus dem Haus und vor dem Mob in Sicherheit gebracht haben …
Sie zwang sich, zu denken und zu reden. »Also gut. Was ist jetzt zu tun?«

Sie konnte es kaum glauben, aber im schwachen Licht, das durch die Läden drang, schien es, als zeigte Deirdres Miene für einen Augenblick so etwas wie Bewunderung.
»Nicht viel. Wir können überhaupt nicht viel tun. Es heißt, sie brennen die ganze Stadt nieder. Überall sind Brände …«
»Können wir noch fliehen?«
»Das wäre im Moment Wahnsinn. Der Mob ist überall und greift die Menschen auf der Straße an. Aber ich habe mir überlegt …« Sie brach ab und blickte einen Moment auf den Fußboden, den Ruth noch heute Morgen so gründlich gefegt hatte in dem Glauben, sie werde fortgehen und diesen Ort nie wiedersehen.
»Du könntest mit den Kindern zu uns kommen. Für heute Nacht. Da wäret ihr in Sicherheit. Vor dem Mob und vor ihm.«
»Nein, das geht nicht«, entgegnete Ruth – doch zu ihrer anhaltenden Verwunderung schien Deirdre wirklich daran gelegen, dass Ruth akzeptierte. »Das würde deine eigene Familie in Gefahr bringen. Das wäre nicht recht …«
»Seit wann hätte meine Familie von solchem Abschaum etwas zu befürchten?«, entgegnete Deirdre mit verächtlicher Stimme.
»Diesmal ist es etwas anderes.«
»Unsinn! Respektable weiße Leute in einem weißen Haus – sie würden es nicht wagen, uns zu behelligen.«
»Aber Billy. Wie soll er uns finden, wenn er zurückkommt? Woher soll er wissen, wo wir sind?«
»Wir werden nach ihm Ausschau halten«, erklärte Deirdre entschieden.
Milton war gerade ins Vorderzimmer zurückgekommen, und zu Ruths Verblüffung nahm Deirdre ihn zur Kenntnis.
»Wir halten Ausschau: du und ich und dein Ältester. Und vielleicht auch meine Liza – ihre Augen funktionieren einwandfrei, wenn sie nicht gerade den Eintopf bewachen soll. Sobald Billy auf der Straße in Sicht kommt, holen wir ihn herein.«
Ruth zögerte. *Sicher wäre es besser, wenn sie mit zu Deirdre gingen. Das würde Billy ihr mehr danken als alles andere, wenn sie für die Sicherheit seiner Kinder sorgte.*

»Einverstanden«, sagte sie, und Deirdre war augenblicklich wieder die Effizienz in Person und scheuchte sie im Haus herum.
»Dann lasst uns eure Sachen zusammensuchen. Habt ihr alles gepackt? Gut. Dann bringen wir das Gepäck über die Hinterhöfe zu uns. Es muss ja nicht jeder der Nachbarn sehen, was wir tun.«

Sie spähten durch die Hintertür in die undurchdringliche Nacht hinaus.
»Also dann. Es ist nur drei Häuser weiter. Liza steht an der Tür, jedenfalls sollte sie das. Und wenn nicht, werde ich ihr den Hintern versohlen«, verkündete Deirdre. »Klopft zweimal, dann öffnet sie euch.«
Ruth konnte die schiefen Dächer der Abtritte schwach erkennen, die Luft war von ihrem Gestank erfüllt. Dahinter lagen die Rückseiten der Häuser des nächsten Blocks, die Läden alle geschlossen und die Lampen verloschen. Bis auf einen einzelnen Lichtpunkt an einem der Fenster. *Da wohnten die Juden,* wusste sie. *Gott allein mochte wissen, wie es ihnen an einem solchen Abend dort drüben erging.*
»Na los, geht jetzt!«
Die Kinder sahen ihre Mutter fragend an, und Ruth nickte.
»Lauft! Jetzt!«
Sie huschten wie Ratten über die Hinterhöfe. Ruth und Deirdre führten die Kleinsten an der Hand, und Milton schob die Schubkarre mit ihren Habseligkeiten. Bei jeder Umdrehung des Rades gab sie ein Quietschen von sich, das die Straße auf und ab zu hallen schien. Es waren keine dreißig Meter bis zu Deirdres Haus. Auf der einen Seite erhoben sich die Rückfronten ihrer Häuser, auf der anderen die übel riechenden Holzbuden. Doch bei jedem Schritt glaubte Ruth, ein paar Schuhe zu erahnen, den Saum seiner Jacke, versteckt im Schatten …
Wie gegenwärtig er immer noch war, selbst nach all der Zeit. Sie konnte seine Faust mit den hervorstehenden, weißen Knöcheln sehen, die Wut in seinem Gesicht …
Ein Kopf ragte plötzlich aus einer der Hütten, zerzaust und unra-

siert – rote Augen schienen durch sie hindurchzustarren. Ruth hätte um ein Haar aufgeschrien, aber es war nur ein Stadtstreicher, ein Deserteur, der sich hier in den Hinterhöfen herumtrieb. Er trug noch die zerlumpten Überreste seiner blauen Uniformjacke. Er machte einen Schritt auf sie zu, vielleicht drohend, vielleicht flehend.

»Verschwinde! John Kaehny, du erbärmlicher Herumtreiber!«, schrie Deirdre ihn an, und augenblicklich ergriff er die Flucht und verschmolz mit der Dunkelheit.

Sie rannten die letzten Schritte und erreichten Deirdres Hintertür atemlos und verängstigt. Sie klopften zweimal, und Eliza öffnete ihnen augenblicklich. Ihre Geschwister standen gleich hinter ihr. Sie wirkten besorgt, aber sie sagten kein Wort. Selbst jetzt verspürte Ruth einen neidischen Stich, als sie erkannte, wie ordentlich gekleidet, wie sauber und artig sie waren.

Eilig schloss Deirdre die Tür und verriegelte sie. Sie bemühte sich, ihnen zuzulächeln, doch sie zitterte ein wenig, erkannte Ruth, genau wie sie selbst, hatte aber trotzdem alles unter Kontrolle.

»Kommt, ich werde ein paar Betten herrichten. Und Ruth wird euch Kindern Kakao kochen, das gefällt euch doch sicher.«

Dankbar machte Ruth sich ans Werk, der Befehlston störte sie nicht einmal. Wie immer bestaunte sie die Ordnung in Deirdres Küche. Und als sie in den Vorratsschrank schaute, entdeckte sie tatsächlich eine Dose Kakao, obwohl der, das wusste sie, in diesen Tagen so teuer wie Gold sein musste. Sie fand auch einen Eimer mit echter Milch. Deirdres Familie war die einzige in Paradise Alley, die eine Kuh besaß. Das Tier stand in einer Box eines Mietstalls an der Oliver Street.

Sie ging in der Küche umher, verteilte die heiße Schokolade auf Becher und versuchte, nicht gar zu viel zu lächeln. Zu verbergen, wie glücklich sie war – jetzt, da Deirdre sich um alles kümmerte. Ruth konnte Deirdres plötzliche Güte ebenso wenig begreifen wie ihre Furcht am Morgen. Aber sie war unfähig, ihre Freude an diesem Moment zu unterdrücken – obwohl Billy noch da draußen war und Johnny Dolan irgendwo in der Stadt umherschlich.

Es war schon gut, Deirdre würde alles in Ordnung bringen. Sie hatte ein Gefühl, wie sie es bislang nur gekannt hatte, wenn sie in dem alten Haus drüben im Central Park in Billys Armen gelegen hatte oder wenn sie den Geschichten ihres Vater gelauscht hatte, halb schlummernd an den Winternachmittagen in ihrer verräucherten Hütte draußen im Burren. Den Bauch gefüllt, den Kopf an Mutters Knie gelehnt – die leisen, raschelnden Geräusche ihrer Brüder und Schwestern, die sich am Feuer zurechtkuschelten, genau wie sie, sicher im Schoß ihrer Familie.

41
Herbert Willis Robinson

Nacht – und alle möglichen Gestalten schleichen durch die geschundene Stadt.

Dies ist die Zeit der Kriecher. Diebe durchwühlen die Auslagen hinter den zertrümmerten Schaufenstern, Droschken rollen langsam durch die Nebenstraßen und Gassen. Die Hufe sind mit Stoff umwickelt, um sie lautlos zu machen, und die Kutscher verlangen fünfzig oder gar hundert Dollar, um die Familien von Bankiers oder Kaufleuten aus der Stadt zu bringen.

Von den Kais und aus den Five Points kommen andere, die nicht an Flucht denken. Dies sind die professionellen Gangster, die kleinen Diebe vom Flussufer, die Einbrecher, die Messerstecher und Mörder. Ihnen geht es überhaupt nicht um die Verhinderung der Einberufung. Sie hatten ohnehin nicht vor, in den Krieg zu ziehen, und ihre Namen sind nirgendwo verzeichnet, tauchen weder in Lostrommeln noch in Meldelisten auf. Jetzt stolzieren sie durch die Straßen und zwingen die Droschkenkutscher mit vorgehaltener Waffe anzuhalten. Rauben die Menschen auf der Straße aus und begehen alle möglichen anderen Verbrechen …

Der Junge auf der Straße, der in einer Pfütze aus Blut spielt … in die Sonne lächelt, während er sich mit der Hand durchs Gesicht fährt und das Blut verteilt …

Ich selbst schleiche ebenso umher, immer noch auf der Suche. Zu guter Letzt habe ich endlich getan, was Greeley mir heute früh aufgetragen hat – es kommt mir vor, als wäre es ewig her: Ich habe den Sitz oder die Sitze unserer Stadtregierung ausfindig gemacht, und zwar im St. Nicholas Hotel an der Ecke Spring Street und Broadway.

Das St. Nick ist eins dieser wunderbaren Mittelklassehäuser, die in jedem guten Krieg wie Pilze aus dem Boden schießen. Nicht ganz so elegant wie das Metropolitan mit seinen Aussichtssalons oder das Fifth Avenue mit seinem Aufzug, doch perfekt in seinem eigenen, grandiosen Protz mit gigantischen Kronleuchtern und Kandelabern, mit Silberbesteck und Sheffield-Porzellan und sechshundert Zimmern.

Alle möglichen Männer versammeln sich dort – Gauner und Spione und die Talmi-Aristokraten, Journalisten, Generäle und Politiker. Sie bevölkern die Hotelhalle, die wachsamen gierigen Augen halten nach jeder Gelegenheit Ausschau, wie sie unsere nationale Katastrophe am besten zu ihrem eigenen Vorteil nutzen können. Sie streiten und schmeicheln, flehen und verführen. Sie trinken ihre eisgekühlten Smashes, Daisies und Juleps, in die sie voller Erregung frische Minzeblätter tunken. (Vielleicht würden sie nicht so gierig trinken, wenn sie wüssten, dass die Minze aus Blumenkästen von den Dächern der Mietskasernen an der Baxter Street stammen, gepflückt von den Händen tuberkulöser Kinder, gedüngt mit Schweinemist von der Straße.)

Heute ist es hier voller denn je, und wilde Gerüchte machen die Runde in der Halle. Die ganze Stadt steht in Flammen. Der Mob ist auf dem Weg hierher. Bürgermeister Opdyke hat sein Hauptquartier oben, genau wie General Wool, und das ganze Etablissement verströmt eine martialische Atmosphäre. Uniformierte Laufburschen stürmen durch die Halle, Offiziere mit reichlich Goldlametta stolzieren wichtigtuerisch umher.

Derweil hält die Union League die Bar wie eine Festung. Hier ist das wahre Rückgrat der Stadt. Meine Nachbarn aus dem Gramercy Park, George Strong und Dudley Field. Der Reverend Morgan Dix von der Trinity Church und Bellows aus Washington. Professor Gibbs und Charlie Brace und Präsident King vom Columbia College.

Männer mit großem Einfluss an der Wall Street oder auf der Kanzel. Sie sitzen um einen kleinen Tisch und trinken nichts als Sarsaparilla-Limonade, werfen argwöhnische Blicke auf die Kriegsgewinnler um sie herum, während sie unserem armen Bürgermeister die Hölle heiß machen.

»Wo ist die Metropolitan Police? Was tut Acton?«

»Er hat die Situation unter Kontrolle. Ich habe vollstes Vertrauen zu ihm«, erwidert unser armer Bürgermeister.

»Ach ja?«, fragt George Strong und zieht eine Braue in die Höhe. »Darf man dann fragen, warum Sie die City Hall aufgegeben haben?«

George Opdyke wischt sich den Schweiß von der Stirn, in der Hitze ist sein feuchter Anzug verknittert. (Es wird wohl niemals mehr regnen.) Er war Textilwarenhändler, ehe er Reformpolitiker wurde – ein Mann, der gern wissenschaftliche Abhandlungen über Kolonialwirtschaft schreibt und der dachte, es sei eine gute Idee, bei Ausbruch des Bürgerkrieges an die Spitze der Stadt zu kommen.

»Man sollte Vorsorge treffen ...«, beginnt er.

»Sie sollten auf der Stelle zur City Hall zurückmarschieren und dem Mob befehlen, sich zu zerstreuen!«, erklärt Reverend Dix. Bei Kriegsausbruch hat Dix die amerikanische Flagge über der Trinity Church gehisst, und seither hängt sie dort höher als jedes Kreuz, vereint Gott und die Union in alle Ewigkeit.

»Wo ist General Wool? Was macht er?«

»Er ist oben und verkriecht sich in seiner Suite«, schnaubt Charlie Brace.

Wool ist Kommandant aller Föderationstruppen in der Stadt. Er ist ein streng wirkender Mann, aber steinalt; ein Veteran aus den Indianerkriegen, der sich einen Namen damit gemacht hat, wehrlose Cherokees aus Georgia zu verjagen.

»General Wool hat nicht mehr als fünfhundert Männer, die er zu den Waffen rufen könnte ...«

»Unmöglich!«, ruft Strong aus. »Wenn das wirklich der Fall ist, müssen wir augenblicklich Minister Stanton telegrafieren!«

»Ich habe mir sagen lassen, es könne die Entscheidung sein, wenn Meade Lee nördlich des Potomac erwischt«, versucht Obdyke abzulenken. »Wenn ihm das gelingt, könnte die ganze Geschichte vorüber sein.«

»Unsinn!« Strong schießt aus seinem Sessel hoch. »Es spielt keine Rolle, was irgendwo in Pennsylvania auf einem Acker passiert! Hier findet der Krieg jetzt statt!«

Wie immer erkennen diese Männer mühelos den Kern der Sache. Vor zwei Jahren, als der Krieg ausbrach, hat unser damaliger Bürgermeister Wood vorgeschlagen, die Stadt solle sich ebenfalls von der Union lossagen und eine eigene Nation gründen – dabei wäre er zum Präsidenten befördert worden (Imperator? Großwesir?). Andere Wall Street-Männer waren ganz seiner Meinung, sie schielten nervös auf ihre Schuldner im Süden und fürchteten, diese könnten sich einfach weigern zu zahlen und uns in einen ruinösen Börsenkrach stürzen.

Nicht so die Union League. Auch für sie steht viel Geld auf dem Spiel, aber ihre Bande zu diesem Land sind nahezu mystisch. Ihr ganzes Selbstverständnis – ihre sauertöpfische, unerschütterliche Yankee-Überheblichkeit – ist untrennbar mit der Union verwoben. Wenn sie nicht die Kaufmannsfürsten eines von Gott erwählten Volkes, des zukünftigen Weltkolosses sind, was sind sie dann? Etwa auch nur Aktienspekulanten, die es nach Geld giert, wie so viele andere in dieser Stadt?

Sie waren es, die dafür gesorgt hatten, dass Minister Chase das nötige Geld zusammenbekam, um den Krieg zu finanzieren. Sie stellten sicher, dass wir die beherrschende Stadt der westlichen Welt blieben, um unserem verheißenen, glorreichen Schicksal entgegenzustreben. Sie gedenken nicht, jetzt beizugeben, ganz gleich, wie viel Blut die Felder des Südens tränkt oder die Straßen unserer Stadt.

»Wir müssen irgendetwas tun. Nur ein Priester konnte ihnen heute Nachmittag noch ausreden, das College niederzubrennen«, berichtet der Präsident der Hochschule, ohne dass klar wird, was die größere Demütigung war.

»Was wir brauchen, sind Kanonenboote. Kanonenboote, die einen Ring um diese Insel ziehen«, insistiert Dudley Field. »Nur das wird sie das Fürchten lehren.«

Manhattan – umgeben von schwimmenden Geschützen, mit Eisen

gegürtet, das bereit war, Feuer zu spucken, sollte es erforderlich sein, bis die ganze Stadt in Schutt und Asche liegt …

»Wir müssen zumindest das Kriegsrecht verhängen!«

»Dessen bin ich mir keineswegs sicher …«, entgegnet Bürgermeister Obdyke ausweichend – aber George Strong hat genug gehört. Mit einer wegwerfenden Geste steht er auf und begibt sich zum Telegrafenraum, der praktischerweise im St. Nicks eingerichtet worden ist. »Ich werde Präsident Lincoln kabeln und um weitere Männer ersuchen. Wir werden diese Stadt retten!«

Er geht entschlossenen Schrittes davon, ignoriert Obdykes Proteste. Doch schon wenig später kehrt er mit wutverzerrtem Gesicht zurück. »Offenbar sind die Verbindungen an der gesamten Westside ausgefallen. Ich werde jetzt in mein Büro an der Wall Street gehen und von dort aus telegrafieren, falls noch irgendetwas in dieser Stadt funktioniert!«

Ich beschließe, mit ihm zu gehen, denn ich bin neugierig, wie die Wall Street sich hält und was als Nächstes passiert. So wütend Strong auch ist, man kann trotzdem sehen, dass diese neueste Entwicklung auch ihn aus der Fassung gebracht hat. Die zuvor undenkbare Möglichkeit, dass wir die Insel tatsächlich verlieren könnten, wächst, jetzt da unser Kommunikationssystem ausgefallen ist.

Draußen auf dem Broadway ist die Nacht stickiger als je zuvor. Ein beißender Brandgeruch liegt in der Luft und dringt in Nase und Kehle ein. Dutzende Feuer sind zu sehen, die den Nachthimmel orangefarben tönen. Es ist das einzige Licht, das uns den Weg weist, jetzt, da die Straßenlaternen erloschen sind und die Gasversorgung vom Mob oder der zuständigen Behörde unterbrochen.

»Ihr Haus steht noch«, teilt Strong mir unvermittelt mit, und ich muss beinahe lachen, als ich ihn höre, weiß ich doch, wie schwer es ihm fällt, Konversation zu machen. Er ist ein eigenartiger Mann, mein Nachbar. Hochmütig und reserviert, doch für einen Geschäftsmann seltsam idealistisch, zutiefst überzeugt von seinen Vorstellungen darüber, wie die Union, die Religion oder gar die Zivilisation beschaffen sein sollten.

»Sie sind nicht im Gramercy Park gewesen, jedenfalls noch nicht«, fährt er mit einem Funken Humor fort. »Wir haben eine Wachmannschaft aufgestellt. Sie patrouillieren mit Luftgewehren und Duellpistolen um den Platz und treten jedem jungen Kelten, der sich in die Nähe wagt, mit finsteren Gesichtern entgegen. Bislang haben sie noch keinen Ärger zu machen versucht.«
Tatsächlich hatte ich seit Stunden nicht an mein Haus im Gramercy Park gedacht. Also wäre Maddy dort tatsächlich in Sicherheit …
Maddy. Die Kampfhandlungen des Tages haben mich mehrfach an ihrem Haus vorbeigeführt, aber ich habe es nicht betreten. Paradise Alley, der ganze vierte Bezirk, liegt jetzt hinter den Linien der Aufrührer. Es wäre gefährlich für mich, jetzt nach Einbruch der Dunkelheit dorthin zu gehen, selbst in der Tarnung meines ruinierten Anzugs. Aber ich muss es versuchen, sobald ich meine Story abgeliefert habe, muss sie überreden, das Haus zu verlassen. *Dickköpfiges, unverständiges Kind.*
Der Fußweg hinunter zu Strongs Firma ist schrecklich genug. Nahe der Canal Street lungern Gruppen junger Gangster herum, die mit grimmigen Gesichtern auf ihre Gelegenheit warten. Ein einzelner Streifenpolizist kommt die Straße hinauf, klopft sich rhythmisch mit dem Schlagstock in die Handfläche. Doch er unternimmt nichts – kann nichts unternehmen so ganz allein. Er und die Gangster beäugen einander argwöhnisch und ziehen weiter.
Diejenigen, die dazu in der Lage sind, verteidigen sich. Die Juweliere an der Maiden Lane gehen bewaffnet vor ihren Läden auf und ab. Schmiede halten ihre Werkstätten, Schaffner ihre Straßenbahnen. Lord & Tailor's haben hundert ihrer Angestellten bewaffnet, und die netten jungen Verkäufer in Stewart's eisernem Palast sind offenbar bereit, jeden Plünderer ohne Vorwarnung zu erschießen.
Irgendwie gelingt es uns, zur Wall Street zu gelangen, ohne von Räubern oder Wächtern niedergeschossen zu werden. Strong geht hinauf in sein Büro, aber ich bleibe auf der Straße, denn ich will sehen, was ich sehen kann, hier im Herzen der Finanzhochburg.
An der Wall Street und in den umliegenden Blocks herrscht trotz der späten Stunde geschäftige Betriebsamkeit. Die meisten von

Wools Männern sind hier zusammengezogen, und gemeinsam mit Matrosen von den Schiffen im Hafen bringen sie an strategischen Punkten Gatling-Gewehre in Stellung. Im Sub Treasury-Gebäude, jenem Ort, wo Washington seinen Amtseid als Präsident leistete, stehen Angestellte an allen Fenstern Wache. Sie sind mit Handgranaten und Flaschen voller Vitriol bewaffnet, und ein Schlauch führt zum Boiler im Keller hinab, bereit, kochend heißen Dampf in jede Menschenmenge zu speien, die versuchen könnte, die schweren Bronzetüren anzugreifen.

Trotzdem sind Seeleute dabei, Kisten, die wie Särge aussehen, die Stufen der Sub Treasury hinabzuschleppen. Sie plagen sich unter der geschwärzten Statue Washingtons, der geringschätzig nach Westen weist, und keuchen und stöhnen unter ihrer Last. Erst frage ich mich, was in aller Welt sie da transportieren, dann geht mir ein Licht auf.

Selbst das Gold flieht aus der Stadt. Sie schaffen die Kisten runter zur Battery und auf die Schiffe im Hafen. Die Goldreserven der Nation auf der Flucht – kann der Rest von uns dann noch lange aushalten? Die Hauptstadt des Geldes erzittert bis in ihre Grundfesten …

Dann höre ich Lärm und frage mich, ob es dem Mob gelungen ist, unsere Verteidigung zu unterminieren. Aber nein, das Getöse kommt aus den Büros einer altehrwürdigen Firma auf der anderen Seite der Liberty Street.

Was für ein Unheil ist jetzt schon wieder geschehen? Sind Diebe eingedrungen? Türen und Läden des Gebäudes sind verschlossen – aber ich entdecke einen Lichtschimmer, der durch die Ritzen der Läden eines Kellerfensters fällt, und hocke mich auf den Boden, um hindurchzuspähen.

Dort bietet sich mir ein bemerkenswerter Anblick: Einige der renommiertesten Wall Street-Händler, einige der reichsten Männer des Landes und damit der Welt benehmen sich wie Verrückte. Sie springen auf und ab, gestikulieren wie besessen, stehen auf Tischen und Stühlen, fluchen und lachen und – und singen.

Mir wird klar, dass es die Goldkammer ist, über die ich hier gestolpert bin. Sie ist das größte offene Geheimnis der Stadt, abgesehen von Madame Restells Abtreibungssalon. Der Goldhandel ist per Bundesgesetz verboten worden, seit dem alten Abe eines Tages der Geduldsfaden mit jenen der reichsten Männer der Union riss, die jeden Tag darüber spekulierten, ob ebendiese Union überleben werde oder nicht.

Aber damit hat er den Goldhandel nur in den Untergrund gedrängt. Jetzt finden die größten Finanziers des Landes sich jede Nacht in einem anderen Büro ein, um Amerikas Zukunft zu verwetten. Sie hocken um die Telegrafen, und es heißt, sie haben Spione in jedem größeren Telegrafenamt und bei beiden Armeen, die ihnen die wichtigsten Nachrichten schicken, ehe selbst Lincoln sie zu lesen bekommt.

Jede Seite stimmt ihr Liedchen an, wenn der Krieg eine Wendung zu ihren Gunsten nimmt. Hat der Norden die Nase vorn, grölen diejenigen, die auf Minister Chases Papiergeld gesetzt haben: »The Union Forever«. Die Goldanhänger singen »Dixie«, wann immer Lee einen neuen Sieg erringt oder jetzt, da die Stadt um ihre Köpfe herum in Flammen steht:

I wish I was in the land of cotton,
old times there are not forgotton
look away,
look away,
look away –
Dixieland!

Sie brüllen aus voller Kehle, singen hingebungsvoll, während das Gold, das sie anbeten, in einem Sarg die Stadt verlässt. Kein Zweifel, wenn diese Männer in die Hölle kommen, werden sie selbst den Teufel noch übers Ohr hauen.

42
Herbert Willis Robinson

Als ich zum Gebäude des *Tribune* zurückkomme, hat sich dort Verzweiflung breit gemacht. Drüben im City Hall Park ist die Menge größer und lauter denn je. Der revolutionäre Christadoro-Barbier steht immer noch auf seiner Orangenkiste und hetzt die Menschen auf. Kann er wirklich den ganzen Tag da gestanden haben? Oder ist er nachmittags zwischendurch zurück in seinen Salon gegangen, hat ein paar Leute rasiert, ehe er zur Abendvorstellung wieder herkam?

Auf der anderen Seite der Park Row leuchtet das *Times*-Gebäude wie ein Weihnachtsbaum. Angestellte und Reporter stehen an allen Fenstern, bewaffnet mit Pistolen und Karabinern. Henry Raymond und Leonard Jerome stehen hinter gewaltigen Gatling-Gewehren und warten nur darauf, dass der Mob irgendetwas versucht.

Greeley hingegen erlaubt niemandem, auch nur eine Duellpistole ins Gebäude zu bringen. Er hat lediglich gestattet, die Fenster mit Ballen aus nassem Papier und Baumwolle zu verbarrikadieren – eine Vorsichtsmaßnahme, die nur dazu geführt hat, dass die Hitze noch unerträglicher und die allgemeine Verzweiflung noch größer geworden sind.

Nur Horace selbst leidet offenbar überhaupt nicht. Unser Chef steht hinter seinem Schreibtisch und ordnet mit unerschütterlicher Ruhe Telegramme und Meldungen. Sidney Gay und James Gilmore arbeiten verbissen an seiner Seite. Teddy Tilton, der Herausgeber des *Independent*, ist ebenfalls hier und wirkt noch wesentlich verbissener. Er ist hergekommen, um eine Verabredung zum

Abendessen einzuhalten, und hat sich mitten im Strudel wiedergefunden.
»Ah, Robinson! Was haben Sie für mich?«, begrüßt Horace mich mit einem väterlichen Lächeln, als käme ich gerade von einer Sabbatarierversammlung.
Ich weiß, was er im Schilde führt – er spielt den unerschütterlichen Kapitän eines sturmgeschüttelten Schiffes. Baut die Greeley-Legende weiter aus. Außerdem ist er hier als Zeitungsmann ganz in seinem Element.
»Was für Zeiten wir erleben!«, frohlockt er und sieht mir über die Schulter, während ich den ersten Entwurf meines Berichts für ihn zusammenfasse. Wieder blättert er durch den dicken Nachrichtenstapel auf seinem Schreibtisch und liest mir von jener Schandtat oder diesem mutigen Widerstand vor.
»Offenbar hat Mutter eine Kiste Schießpulver in den Keller gebracht«, berichtet er verwundert und wedelt mir mit einer Nachricht seiner Frau unter der Nase herum. »Mit einer Lunte, die bis ins Wohnzimmer führt, sodass Mutter für den Fall, dass diese Rabauken nach Chappaqua kommen, sie mitsamt dem Haus in die Luft jagen kann!«
Er lehnt sich an seinen Schreibtisch, um sich dieser Vorstellung hinzugeben, seine Augen vor Erregung geweitet. Nicht zuletzt ob der Möglichkeit, so mutmaße ich, dass die Frau, die »der unausweichliche Konflikt« genannt wird, sich selbst in die Luft jagen könnte …
Irgendetwas prasselt gegen die Front des Gebäudes – es hört sich an wie Hagel, der auf ein Blechdach fällt. Von unten hören wir Glas brechen und die dumpferen Laute, mit denen Steine und Ziegel von der Mauer prallen, und wir hasten ans Fenster. Der Mob hat sich in Bewegung gesetzt. Wir sehen die Menschen aus dem Park strömen, und sie bewerfen uns mit allem, was sie zur Hand haben, nach wie vor angestachelt von dem radikalen Barbier.
»Kommt, meine Freunde, kommt! Jetzt geht es diesem verfluchten Greeley an den Kragen!«
Nicht mehr als vier oder fünf Polizisten versperren ihnen den Weg, die zur Bewachung des *Tribune* abkommandiert wurden. Es kann

nur Sekunden dauern, sie zu überwältigen. Es ist ein Wunder, dass sie nicht längst die Beine in die Hand genommen haben. Doch aus unerfindlichen Gründen hält der Mob vor ihnen an, schleudert nur weitere Unverschämtheiten in unsere Richtung.

»Nieder mit dem *Tribune*!«

»Nieder mit Greeley, der glaubt, ein Nigger sei so gut wie ein Ire!«

»Dies ist kein Aufstand, es ist eine Revolution«, erklärt Mr. Gay, während er auf die Menge hinabspäht.

»So sieht es aus. Es ist genauso, wie ich es erwartet habe, und ich bezweifle nicht, dass sie mich aufhängen werden«, erwidert Greeley und wirkt recht zufrieden.

»Wir müssen doch irgendetwas tun …«

»Nun, ich für meine Person gedenke, jetzt essen zu gehen.« Demonstrativ blickt Greeley auf seine Uhr, lässt sie dann zuschnappen und weist mit dem Kinn auf den Mob dort unten. »Sollen sie sich doch die Kehle nach mir aus dem Hals brüllen. Wenn ich nicht pünktlich zum Dinner gehen kann, ist mein Leben ohnehin keinen Pfifferling mehr wert. Theodore?«

Tilton nickt und schluckt wie ein Verurteilter, der aus seiner Zelle geholt wird, um zur Richtstätte gebracht zu werden. Er lässt sich von Greeley unterhaken und nach unten führen.

»Nehmen Sie wenigstens die Hintertür!«, ruft Mr. Gay ihnen nach – aber Greeley winkt nur ab und hält weiterhin den Arm des bedauernswerten Tilton umklammert.

Von seinem Bürofenster aus beobachten wir stumm, wie Greeley zur Vordertür hinausgeht und sich geradewegs durch den Mob drängt.

»Sie werden ihn vor unseren Augen aufhängen.«

Ich denke, es ist nicht einer unter uns, der ein solches Schauspiel nicht zumindest mit einer gewissen Neugier verfolgen würde. Doch der Mob erstarrt, als Greeley auftaucht. Selbst der keifende Barbier ist ob dieser Kaltschnäuzigkeit verstummt. Ehe sie sich auch nur so weit gefasst haben, dass sie Hand an ihn legen könnten, hat Greeley Tilton schon durch ihre Reihen und die Straße hinabgeführt und betritt mit ihm Windust's Restaurant.

»Es ist wirklich wahr«, sagt Gilmore in die verblüffte Stille hinein. »Gott schützt die Kinder und die Armen im Geiste.«

»Was davon ist Horace?«

»Beides!«

Doch die Stimmung dort unten köchelt weiter, und die Wut der Menge steigert sich, nun da sie Greeley unerklärlicherweise durch ihre Finger haben schlüpfen lassen. Wieder branden sie gegen die Tür, und die verzweifelten Polizisten versuchen, eine Kette gegen ihren Ansturm zu bilden.

»Sie kommen!«, ruft Gilmore.

Die Aufrührer drängen die Polizisten beiseite, entreißen ihnen die Schlagstöcke und dreschen damit auf sie ein. Dann treten sie die Tür ein – und auf einmal sind sie im Gebäude und rangeln mit den Angestellten und Reportern im Erdgeschoss. Sie zertrümmern das Mobiliar und die Setztische und häufen alles in der Mitte des Raums auf.

»Brennt es nieder! Brennt alles nieder«, schreit der Barbier wie besessen, schüttet flaschenweise Kampferspiritus auf den Fußboden und legt überall kleine Brände.

Wir rennen nach unten, und ein Betrunkener versucht, mir einen Fausthieb zu versetzen. Ich springe zurück, und die Faust streift lediglich meine Brust – aber immer noch hart genug, dass ich stürze. Nach all den Kampfhandlungen dieses Tages ist es das erste Mal, dass jemand Hand an mich legt, und ich bleibe liegen, wo ich gefallen bin, für den Moment wie betäubt.

»Vorwärts! Vorwärts, Jungs, und auf sie!«

Carpenter und seine Einsatztruppe kommen im Laufschritt die Nassau Street herauf und fallen dem Mob in den Rücken. Genau wie heute Nachmittag kann nichts und niemand ihnen standhalten. Wie eine menschliche Mähmaschine machen sie alles nieder, was sich ihnen in den Weg stellt. Der Mob ist im Handumdrehen zerschlagen. Sie fliehen hinaus in die Dunkelheit, während wir die Feuer austreten – das Letzte, was man von dem Barbier sieht, ist sein Rücken, als er den Broadway hinauf flieht und immer noch seine Flüche gegen Greeley herausschleudert.

Innerhalb von Minuten ist alles vorbei. Die Setzerei ist ein Trümmerfeld, übersät mit zerbrochenen Stühlen und angekohlten Tischen, als sei ein Tornado oder Hurrikan hindurchgefegt. Alles ist von Kampferspiritus oder Wasser durchweicht. Doch nichts ist unwiederbringlich zerstört, und ehe Carpenter und seine Männer abziehen, schicken Raymond und Jerome sechzehn *Times*-Leute mit Schusswaffen und einem weiteren Gatling-Gewehr herüber.
»Aber Horace hat gesagt, keine Waffen«, protestiert Mr. Gay halbherzig.
»Der soll zum Teufel gehen«, schnaubt Gilmore – aber niemand weiß, ob der Mob unseren Chef in dem allgemeinen Durcheinander nicht längst dorthin geschickt hat.
»Wo ist er? Wo ist Horace?«
Die Belegschaft durchsucht kopflos die Büros und schickt Boten zu Windust, wo die Aufrührer zwischenzeitlich ebenfalls eingefallen sind. Wir starren aus den Fenstern, befürchten beinahe, seinen berühmten weißen Staubmantel an einem Laternenpfahl baumeln zu sehen. Es gibt Gerüchte, dass er tatsächlich aufgehängt worden sei, dass er aus der Stadt geflohen sei, dass die Kellner bei Windust ihn vor dem Mob unter einem Tisch versteckt haben.
Wir erhalten allerdings keine Nachricht von ihm selbst – bis er zwei Stunden später plötzlich wie eine Erscheinung in der Tür steht. Er tätschelt seinen rundlichen Kinderbauch, schreitet durch die Setzerei und scheint die zertrümmerten Möbel und die verkohlte Holztäfelung kaum zu bemerken, in Gedanken zweifellos mit diesem oder jenem großartigen Greeley-Coup befasst. Wir anderen starren ihm mit offenen Mündern nach, während er an seinen Schreibtisch tritt.
Oben hält er nur einen Moment inne, ehe er sich auf den Leitartikel für die morgige Ausgabe stürzt. Kummervoll fährt er mit der Hand über das Gatling-Gewehr, das James Gilmore viel sagend genau vor seiner Bürotür abgestellt hat.
»Ich weiß nicht, wie ich zwischen so vielen Waffen arbeiten soll«, sagt er versonnen.

Ich sitze oben an meinem Schreibtisch in dem Raum vor Greeleys Büro und schreibe meine Storys. Meine neuesten Straßenszenen, all die schrecklichen Dinge, die ich heute gehört und gesehen habe. Von Zeit zu Zeit erscheint Greeley, blättert meine Seiten durch und gibt ein Brummen von sich, das ich als Zufriedenheit deute.
Doch meine Gedanken schweifen ab, und ich muss mich zusammenreißen und mich zwingen, den Artikel abzuschließen. Wie mag es Maddy bei alldem ergehen? Es geht ihr gut, nehme ich an. Sie ist eine von ihnen, eine Irin, das ist wahr. Aber sie ist so dickköpfig – es wäre ihr zuzutrauen, dass sie sie provoziert …
Meine Maddy.
Ich hätte sie überreden sollen, mit mir zu kommen, und sie in meinem Haus in Gramercy Park unterbringen sollen. Stattdessen bin ich davongeeilt, um zu sehen, was vorgeht, wie ich es immer tue. Auf der Jagd nach einer Story, einem Funken Wahrheit dort draußen in der großen Stadt. Doch ich finde nur Verderbtheit.
Ich beende meinen Artikel und steige dann aufs Dach des *Tribune*, um zu sehen, ob ich nicht einen Pfad erspähen kann, der mich zu dem Haus führen könnte, das ich für sie gemietet habe. Viele Mitarbeiter sind schon hier oben, sitzen genau wie ich hier in der Falle, abgeschnitten von ihren Familien und ihren Liebsten. Die Reporter und Redakteure rauchen schweigend ihre Pfeifen und Zigarren.
Unten belagert der Mob nach wie vor das Gebäude. Rund um den Printing House Square und überall in der schwarzen Nacht zu unseren Füßen haben sie Feuer entzündet. Nur etwa eine Stunde nach dem ersten Angriff mussten Carpenter und seine Leute eine weitere Horde an der Frankfort Street abfangen, die so wild entschlossen war wie anscheinend auch alle anderen, zum *Tribune* zu marschieren und Greeley an einem Laternenpfahl aufzuknüpfen.
Gott allein weiß, warum sie uns so hassen – und warum sie sich in den Kopf gesetzt haben, die ganze Stadt in Schutt und Asche zu legen. Man hört Rufen und Schreie aus der Dunkelheit; Gruppen von Fackelträgern, die von hier oben wie Igel aussehen, ziehen durch die Straßen. Hier und da geht ein Gebäude in Flammen auf, die wie Feuerwerksraketen in den Himmel schießen …

Man hört ein Dröhnen und dann den Klang rennender Menschen, und wir wappnen uns oben auf dem Dach, glauben, dass die Kanonenboote endlich das Feuer eröffnet haben oder uns ein neuer Angriff bevorsteht. Aber nein. Das Dröhnen ertönt wieder, dann grummelt und hallt es. Es ist nur eine gnädige Laune der Natur, ein heftiges Gewitter – von der Art, wie es uns in der Stadt einst in Angst und Schrecken versetzte.

Wir sehen den Sturm über den Hudson heranziehen, endlich kommt der Regen, und wie der Daumen eines Riesen zerdrückt er die Feuer dort unten. Ihm allein gelingt, was niemand sonst bewerkstelligen konnte: Er zwingt den Mob von der Straße.

Ich ergreife die Gelegenheit, um mich endlich auf den Weg zu Maddy zu machen. Hastig laufe ich durch die Deckung, die der Regen mir bietet, und es ist mir gleich, dass er mich durchweicht, denn er ist so herrlich kühl. Doch bald geht er in ein Tröpfeln über, und das Wasser gurgelt in der Gosse und in Hunderten von Kanälen.

In solchen Momenten hat die Stadt beinahe etwas Mystisches. Selbst die Schweine sind von der Straße geflohen. Das Straßenpflaster glitzert, und das Rauschen und Tröpfeln des Regenwassers schwächt sich ab, bis fast Stille herrscht.

Ich erreiche Paradise Alley und bewege mich vorsichtig die Straßenmitte entlang. Ich weiß, hier werde ich eher gesehen, doch ist die Gefahr geringer, mit einem Totschläger niedergestreckt oder aus dem Schatten eines der Häuser heraus mit einer Garotte überfallen zu werden. Leise klopfe ich schließlich an Maddys Tür, bemüht, kein Aufsehen zu erregen. Doch das einzige Anzeichen menschlichen Lebens, das ich entdecken kann, ist eine von einer Kapuze verhüllte Gestalt am Ende der Gasse, so weit weg, so verstohlen, dass ich nicht einmal sagen kann, ob sie weiß oder schwarz ist, Mann oder Frau. Er oder sie scheint eine Tür abzusperren, ist im Begriff, mit einer Schubkarre voller Habseligkeiten zu fliehen. Als die gespenstische Erscheinung sich in meine Richtung wendet, starrt sie mich für einen Augenblick voller Argwohn an. Dann schließt sie endgültig die Tür ab und eilt Richtung Westen, hebt unterwegs ein Schwein auf, und das Tier quiekt erbarmungswürdig.

»Maddy! Maddy!«

Meine Stimme klingt blechern und wenig überzeugend in der stillen Nacht – der Regen hat wieder zugenommen. Ich klopfe jetzt nachdrücklicher und betätige gar die Glocke. Nahezu verzweifelt, denn ich habe Angst um sie, Angst um mich.

Dann entdecke ich ihr Gesicht am Fenster des Obergeschosses, wo sie durch die Gardinen späht. Ihre Miene ist nicht mehr spöttisch, sondern besorgt und bleich wie der Mond. Einen langen Moment sehen wir uns an, ehe sie sich bewegt und herunterkommt, um mich in das Haus zu lassen, das ich all die Jahre für sie gemietet, wo ich sie ausgehalten habe.

43
Ruth

Der Regen war wie eine Sintflut, prasselte wie Bleikugeln auf die Blech- und Holzdächer der benachbarten Häuser. Er weckte auch ihre beiden jüngsten, Vie und Elijiah, die augenblicklich zu weinen anfingen, als sie sich mitten in einem Sturm in fremder Umgebung wiederfanden.

»Na bitte«, sagte Deirdre zu Ruth mit einem Anflug von Schadenfreude in der Stimme, als sie im Wohnzimmer saßen. »Endlich regnet es, Jesus und allen Heiligen sei Dank. Das wird sogar Menschen wie diese in ihre Häuser treiben.«

»Ja, wenigstens für heute Nacht«, stimmte Ruth zu, obwohl sie sich da keineswegs so sicher war.

Sie hatte mit angesehen, was Männer alles hinnahmen für das, was sie wollten, sei es Regen, Schnee oder ein Strom von Scheiße.

Ruth ging zu ihren Kindern, dorthin, wo Deirdre sie untergebracht hatte. Sie lagen jeweils zu dritt in einem Bett: im Hinterzimmer und in den Räumen im Obergeschoss. Sie war sehr überrascht, dass Deirdre sie begleitete. Sie half Ruth, die Kleinen zu beruhigen, und scheuchte die eigenen zurück ins Bett. Ruth spürte, wie ihr Tränen in die Augen traten, und sie wischte sie hastig weg. Aber sie konnte den Gedanken nicht verdrängen, dass dies hier genau dem entsprach, was sie immer gewollt hatte, seit sie hergezogen war. Sie beide wie Schwestern, die sich zwischen Betten voller Kinder bewegen.

Sie streichelte ihnen den Rücken und holte für jedes eine Kelle Wasser aus den Eimern in der Zimmerecke. Während sie sie versorgte, blickte sie aus dem Fenster – der Himmel war jetzt kupferrot, die Wolken leuchteten im Widerschein der lodernden Feuer.

Sie summte ein Wiegenlied und strich den Kindern durch die Haare, damit sie sich wieder hinlegten. Vies Kopf war ungewöhnlich warm, sodass Ruth ins Wohnzimmer zurückging, um ein Tuch zu holen, das sie befeuchten und ihr auf die Stirn legen konnte. Sie wollte Deirdre nicht behelligen, die noch mit ihren eigenen Kindern beschäftigt war. Deshalb machte sie sich allein auf die Suche und sah als Erstes in den ausladenden schwarzen Sekretär.
Sie zog die oberste Schublade auf – und fand die Zeitung. Der Name stach ihr sofort ins Auge. Sie vermochte noch immer nicht richtig zu lesen, sodass sie fast nie eine Zeitung in die Hand nahm, nach wie vor eingeschüchtert von der kleinen, engen Schrift, den unbeschreiblich vielen Wörtern. Aber seinen Namen erkannte sie augenblicklich. Leise sprach sie ihn aus, dann formten ihre Lippen lautlos die Worte, die in der Zeile abgedruckt waren, wo die Zeitung gefaltet war:

VERWUNDET
… O'Kane, Tom, 69. New York,
Kompanie A – Bein

Ruth machte einen Schritt rückwärts und ließ die Zeitung wieder in die Schublade gleiten, als hätte sie sich die Finger daran verbrannt. Deirdre kam mit einer Schüssel voll Wasser herein, und Ruth wandte sich um. Sie war verlegen, weil sie dabei ertappt worden war, wie sie Deirdres Sachen durchwühlt hatte, aber gleichzeitig auch voller Mitgefühl.
»Oh, Deirdre«, sagte sie. »Ach, du armes Mädchen. Wie lange weißt du es schon?«
Deirdre antwortete zunächst nicht und stellte die Schüssel vorsichtig auf einen Stuhl. Dann senkte sie den Kopf und streckte Ruth eine Hand entgegen. »Es ist eine Strafe für mich«, sagte sie und begann zu weinen. »Eine Strafe für meine Hartherzigkeit.«
»Eine Strafe?«, wiederholte Ruth verstört. »Aber was bist du je anderes gewesen, Deirdre, als eine gute Mutter und eine anständige Ehefrau?«

»Gott weiß, ich hätte dich schon längst bei mir aufnehmen sollen«, erklärte sie lediglich, wischte sich die Tränen weg und drückte immer noch Ruths Hand. »Ich hätte mich schon vor Jahren um dich kümmern müssen, um dich und deine Familie. Es ist eine Strafe für mich, weil ich's nicht getan habe.« Sie hob den Kopf. Ihre Züge waren so verwirrt und voller Reue, dass Ruth sie einfach nur festhalten konnte, nur versuchen konnte, sie zu trösten.

»Ruhig, ganz ruhig. Das muss ein Schock für dich gewesen sein. Hast du sonst nichts gehört? Keine Nachricht über Tom?«

»Bisher nicht.«

Deirdre begann wieder zu weinen, das Gesicht an Ruths Schulter gedrückt. Ruth strich ihr übers Haar und den Rücken.

»Dann ist es gut«, sagte sie entschlossen und versuchte zu überspielen, wie ihr selbst der Schreck in die Glieder gefahren war. Versuchte, nicht an Billy zu denken. »Es ist jedenfalls nicht so schlimm wie beim letzten Mal, als er vermisst wurde. Und auch das hat er überstanden, oder nicht? Und das Fieber im Lazarett und die schrecklichen Umstände. Für ihn ist das nichts weiter als ein Kratzer, so groß und stark, wie er ist …«

Obwohl sie beide wussten, auf welch mannigfaltige Weise ein Kratzer zum Tode führen konnten, dort unten in den Lazaretten bei Washington. Sie hatten all die Geschichten der anderen Frauen in Paradise Alley gehört, die Männer, Söhne oder Brüder verloren hatten. Sie starben, weil ihre Beine verfaulten, nachdem eine geringfügige Wunde brandig geworden war. Sie starben, während sie in den Camps saßen, an Schwindsucht oder blutigem Durchfall. Sie hinterließen sechs- oder siebenköpfige Familien, die sich dann allein in den Straßen von New York durchschlagen mussten …

»Aber ich habe dir die Schuld gegeben. Ich habe dir an allem die Schuld gegeben«, gestand Deirdre ihr. »Ich habe dich für Johnny verantwortlich gemacht, obwohl ich wusste, wie er war. Dann habe ich dich verurteilt, weil du Tom dazu gebracht hast, dir zu helfen. Gott steh mir bei, aber ich habe dich sogar für den Krieg verantwortlich gemacht, dich und deine Farbigen. Dafür, dass du Tom eingeredet hast, er soll sich melden – obschon ich immer gewusst

habe, dass ich es war, die ihn dazu überredet hat.« Deirdre senkte wieder den Blick.
»Aber wie hättest du dich anders verhalten sollen?«, hielt Ruth ihr vor. »Du hattest ein ehrbares Heim. Gott weiß, wie Johnny und ich auf dich gewirkt haben müssen.«
»Aber ich hätte dir helfen müssen! Dich in mein Heim aufnehmen sollen. Wenigstens das hätte ich für dich tun müssen.«
Jetzt spürte Ruth, dass auch ihr Tränen in die Augen traten. Sie suchte nach Worten, irgendetwas, das sie zu Deirdre sagen konnte. Dann weinte auch sie – so sehr, dass die beiden Frauen sich aufs Sofa setzen mussten. Ruth ergriff Deirdres Arm, versuchte ihr zu zeigen, dass sie ihr vergeben hatte. Versuchte, sie festzuhalten, damit sie nicht mehr an all die Jahre, an die vielen Male denken musste, da sie wie eine Bettlerin vor Deirdres Tür gestanden hatte.
Das ist jetzt vorbei. Es ist sowieso alles vorbei.
»Aber ich habe dir an allem die Schuld gegeben, auch wegen Johnny, besonders nach der Sache mit Old Man Noe«, beharrte Deirdre, als sie wieder sprechen konnten.
»Schon gut. Ist schon gut.«
»Für all das habe ich dich verantwortlich gemacht. Der Abend, als du hergekommen bist …«
»Ja, ich weiß. Aber du hattest gar nicht mal Unrecht.«

Auch in dieser Nacht war der Himmel kupferfarben gewesen. Es schneite, und in der Ferne hörte man Donner und das Dröhnen der brechenden Eisschollen auf dem North River.
Sie hatte geläutet, dann gegen die Haustür gehämmert. Sie wusste, dass Deirdre es als ungebührlich betrachten würde, einen Besucher zu solcher Stunde auch nur zur Kenntnis zu nehmen. Beharrlich hatte sie wieder und wieder geklopft, bis Tom geöffnet und sie ins Wohnzimmer geführt hatte.
So behaglich hatte es dort ausgesehen. Sie musste zugeben, dass sie immer noch neidisch war. Deirdre in ihrem Sessel, ein Buch mit frommen Geschichten in der Hand, daneben die polierte, geruchlose Argand-Lampe. Tom in Hemdsärmeln, der den *Tribune* in

Händen hielt und dessen Lesebrille grotesk auf seiner Nase balancierte. Die Kinder lagen bereits im Bett, zwei von ihnen lasen sich gegenseitig etwas vor.
Ruth hatte gespürt, wie eine kalte Welle der Gehässigkeit in ihr aufwallte. Sie wusste, dass sie gekommen war, um all das auf den Kopf zu stellen, Deirdres ganze perfekt arrangierte Welt.
Sie hatte den Spazierstock mitgebracht, obwohl sie wusste, dass sie damit ihr Leben aufs Spiel gesetzt hatte. Dolan würde sie dafür umbringen, und wäre sie unterwegs von einem Polizisten angehalten worden, hätte sie nicht gewusst, was sie hätte tun sollen. Auf einer Baustelle hatte sie ein Stück Segeltuch gefunden, den Spazierstock und ein paar alte, weggeworfene Kaminbesen darin eingewickelt. Dann war sie den ganzen Weg von Pigtown damit zu Fuß gelaufen, hatte nicht gewagt, den Omnibus oder eine Straßenbahn zu nehmen.
Dolan hatte das Verbrechen vor ihr geheim halten wollen. Er hatte sie einzuschüchtern versucht und vorgegeben, es habe sich bei der Sache nur um einen seiner geheimnisvollen Jobs gehandelt. Aber Ruth wusste, es war mehr als das. Er ging überhaupt nicht mehr vor die Tür, nicht einmal, um die Beute zu versilbern. Immer rastloser lief er in der Hütte auf und ab.
Sobald sie eine Ausrede finden konnte, um das Haus einmal zu verlassen, hatte sie einen Penny geopfert und den *Herald* gekauft. So schnell sie konnte, war sie damit zu Billy gerannt. Sie wollte nicht, dass er irgendwie in diese Sache verwickelt wurde, aber wen sonst hätte sie fragen können? Sie bat ihn, ihr die ganze Zeitung vorzulesen, ohne zu erklären, worum es eigentlich ging. Langsam und argwöhnisch hatte er sich durch die Artikel gearbeitet, ihr dann und wann verstohlene Blicke zugeworfen, um ihre Reaktion abzulesen.
Doch es hatte schon auf der ersten Seite gestanden. Sie wusste es sofort: *James H. Noe, prominenter Bürstenfabrikant, erschlagen in der neuen Fabrik aufgefunden, die er auf der Greenwich Street errichten ließ.* Der *Herald* zählte alle abscheulichen Details auf, die Tatsachen ebenso wie die Gerüchte. Dass man annahm, Old Man Noe habe sich gewehrt. Dass der Leichnam verstümmelt wor-

den sei, ein Auge oder gar beide ausgestochen. Sein Spazierstock mit dem Knauf in Form eines vergoldeten Hundekopfes sei verschwunden – vermutlich von dem Mörder gestohlen.

Es gab reichlich Augen in dieser Stadt, die es auszustechen galt. Aber nur diesen einen Spazierstock.

Ruth hatte ihre liebe Mühe, nicht aufzufahren, als Billy ihr den Artikel vorlas. Sie kämpfte hart um die Oberhand über ihre Gefühle, damit ihr nur ja nichts anzumerken war. Und als Billy zu Ende gelesen hatte, ließ er die Zeitung sinken und sah sie direkt an. »Also er hat es getan.«

Danach hatte sie ihm alles gestehen müssen. Auch dass sie schwanger war und nicht wusste, ob es von ihm war. Sie war in Tränen ausgebrochen, weil er es nun erfahren hatte. Billy hatte sich alles mit ausdrucksloser Miene angehört, und als sie schließlich verstummt war, hatte er genickt: »Also, wie sollen wir ihn töten?«

Sie wollte auf keinen Fall, dass Billy so etwas tat. Wenigstens das konnte sie ihm ausreden. Doch als sie zurück über die Felder ging, verspürte sie Triumph. Das Gefühl ebbte nicht einmal ab, als sie sich der Hütte näherte und Dolans Blick durch die Bretterritzen auf sich spürte. Sie wusste, dass sie jetzt ganz besonders vorsichtig sein musste. Dass er sie jetzt ständig beobachtete. Also achtete sie darauf, Kopf und Schultern hängen zu lassen, als sie näher kam. Versuchte ihren Triumph aus ihren Gedanken zu verbannen, sich das Gefühl in Erinnerung zu rufen, das sie normalerweise verspürte, wenn sie abends zu ihm zurückkam. Zwang sich zu vergessen, dass all das bald ein Ende nehmen würde.

Weder am nächsten Tag noch am Tag darauf verließ Dolan das Haus. Er wurde immer nervöser und verdrossener, wenn er nicht betrunken war. Er machte sich nicht mehr die Mühe, sich zu rasieren oder zu waschen, spähte nur noch aus der Tür oder durch die Wandritzen auf die verschneiten, winterlichen Felder draußen.

Am dritten Nachmittag kam sie vom Markt zurück und stellte fest, dass er den Spazierstock im Hof vergraben hatte. Er lag unter dem Schnee in einer Spalte zwischen den großen grauen Felsbrocken. Das Versteck war geschickt unkenntlich gemacht und wieder mit

Schnee bedeckt. Doch sie erkannte es sofort, hatte sie doch im Laufe des letzten Jahres jeden Zoll ihres winzigen Gärtchens gehegt und gepflegt, auch wenn sie sich dabei immer nur gewünscht hatte, diesem Ort zu entfliehen.

Sie fand Dolan erregter denn je; er stapfte in der Hütte umher und rieb sich die Arme wie ein Verrückter. Seine Augen so rot wie glühende Kohlen.

»Wir sollten verschwinden«, eröffnete er ihr. »Wir sollten jetzt machen, dass wir hier rauskommen, solange es noch geht. Weg von dieser gottverfluchten Insel.«

»Also, worauf warten wir?«, hatte sie vorsichtig gefragt.

»Nein, zur Hölle mit dir! Sie werden mich schnappen, sobald ich einen Fuß vor die Tür setze. Wir müssen uns hier verstecken. Wir müssen im Haus bleiben, bis der Winter vorbei ist.«

Stundenlang musste sie warten, bis er sich endlich mit Hilfe der Flasche beruhigt hatte und quer über dem Bett ausgestreckt eingeschlafen war. Als die Sonne schon über dem North River zu versinken begann und die gefurchten Felder mit Splittern aus violettem und orangefarbenem Licht überzog, war sie hinausgeschlichen und hatte ausgegraben, was er verscharrt hatte.

Sie hatte den Spazierstock und all seine übrigen Utensilien mit den Besen in das Segeltuch gewickelt, das sie gefunden hatte. Dann hatte sie sich auf den weiten Weg zur Paradise Alley im vierten Bezirk gemacht. Sie hatte Billy nicht einmal bitten wollen, sie zu begleiten, denn sie fürchtete sich vor dem, was ihr Anblick – eine weiße Frau und ein schwarzer Mann zusammen – auslösen mochte. Obendrein war sie starr vor Angst, Dolan könne aufwachen oder eine Polizeistreife sie anhalten.

»Was soll das? Was denkst du dir dabei, diese Sachen in mein Haus zu bringen?«, hatte Deirdre gefragt, als Ruth mit dem Bündel in ihr Wohnzimmer trat.

Deirdre hatte sich von ihrem Stuhl erhoben, ein Ausdruck von Ablehnung, aber ebenso von zunehmender Furcht auf ihrem Gesicht, als ahne sie schon, was Ruth hergeführt hatte. Ihre Stimme wurde schrill, bis sie beinahe hysterisch klang.

»Was denkst du dir dabei, dieses Zeug hierher zu bringen?«
Zuerst wollte sie es nicht glauben, selbst nachdem Ruth ihr den Stock mit dem Schakalkopf gezeigt hatte. Die Geschichte mit den Einzelheiten des Verbrechens hatte inzwischen in allen New Yorker Zeitungen gestanden. Doch Deirdre beharrte darauf, es müsse sich um ein Missverständnis handeln, ihr Bruder sei hereingelegt worden oder bewahre die Beute für irgendeinen Freund auf. Bis Ruth ihr schließlich den letzten Gegenstand aus seinem Bündel gezeigt hatte, der alle Diskussionen beendete.
Deirdre war nicht einmal zusammengezuckt, als sie dieses Ding sah, das musste man ihr lassen. Sie hatte ihren Bruder gar auf der Stelle der Polizei ausliefern wollen. Wenn er so etwas getan habe, müsse er wie jeder andere auch der Justiz übergeben werden, beharrte sie.
»Warte, Lämmchen, das solltest du dir noch einmal überlegen«, hatte Tom beschwichtigend eingewandt. Seine großen Hände auf ihren Schultern – der Anblick löste eine neue Welle von Neid in Ruth aus. »Du würdest dir das nie verzeihen.«
Schließlich hatte er sie überzeugt, die ganze Angelegenheit ihm zu überlassen. Er wollte einen Weg finden, wie man Johnny Dolan aus der Stadt schaffen könnte. Deirdre hatte schließlich zugestimmt, dass das gerecht sei. Trotzdem war sie in Tränen ausgebrochen und hatte protestiert: »Ach, er kann doch nichts dafür! Er kann nichts dafür! Es muss daran liegen, dass er sie alle hat sterben sehen, das hat ihn so verändert. Und an den Leuten, mit denen er verkehrt!« Ihr Blick wanderte zu Ruth, gleichermaßen flehend und hasserfüllt.

Es war Tom, der es von seinen alten Kumpels bei der Black Joke-Feuerwache und den einstigen Kollegen in den Schlachthöfen gelernt hatte, wie man so etwas einfädelte. Er hatte alles organisiert, und Billy hatte ihm geholfen. Ruth musste nur Dolans Sachen wieder zwischen den Felsen vergraben und ihn herauslocken. Tom hatte angeboten, ihr auch dabei zu helfen, doch sie hatte abgelehnt, wusste sie doch, dass dies der Teil war, der wirkliches Fingerspitzengefühl erforderte, und sie musste es allein tun.

»Bist du sicher, dass du zurechtkommst?«, hatte er sie wieder und wieder gefragt. Doch sie hatte ihm versichert, sie werde es schaffen. Sie hatte sich gezwungen, noch drei Tage zu warten, während Tom seine Vorbereitungen traf. Obwohl sie es kaum aushielt. Ihre Nerven lagen beinahe so blank wie Dolans. Sie wartete darauf, dass irgendwer kommen und sie beide der Polizei ausliefern würde. Sie beobachtete Johnny, der seine endlosen Runden durch die Hütte drehte, betrunken und tobsüchtig, oder einfach nur auf dem Bett saß und pausenlos die Fäuste ballte und wieder öffnete.
Dann hatte Tom ihr Nachricht gegeben, alles sei vorbereitet, und Billy hatte sie in dem kleinen Wäldchen oberhalb von Seneca Village getroffen, von wo aus sie im Winter heimlich beobachtet hatte. Er hielt sie fest, nachdem er ihr die Neuigkeiten ausgerichtet hatte, zog sie an sich und zwang sie, ihm in die Augen zu schauen.
»Bist du sicher, dass er nichts ahnt?«, hatte er gefragt.
»Ganz sicher«, hatte Ruth erwidert, obwohl sie das keineswegs war, doch sie war so froh, dass er besorgt genug war, sie zu fragen.
Billy sah Richtung Pigtown. »Absolut sicher? Ich könnte einfach da runtergehen und den Kerl umbringen. Das könnte ich wirklich.«
»Nein«, entgegnete sie entschieden. »Diese Sünde will ich weder dir noch mir aufladen. Er ahnt nicht das Geringste.«
»Dann folge ich dir. Wenn irgendwas schief geht, kommst du zu mir gerannt, hast du verstanden?«
»Ja. Ja, ich hab verstanden.« Einen Moment hielt sie ihn noch fest umklammert.

Dann hatte Ruth ihr größtes Risiko eingehen müssen: Die halbe Nacht war sie der Hütte fern geblieben. Sie hatte nicht einmal Billy davon erzählt, denn sie wusste, dass er es nicht zugelassen hätte. Doch es musste sein. Stundenlang war sie durch die Straßen und über die Felder gestreift, ging zügig, um der Kälte Herr zu werden – ging, bis sie vollkommen erschöpft war und wusste, dass sie auch erschöpft aussah.
Erst nach Mitternacht kam sie zurück und schlich sich so lautlos wie möglich ins Haus. Sie verhielt sich so nervös und fahrig, wie sie

konnte, obwohl sie tatsächlich von einer unerklärlichen Ruhe erfüllt war.

Augenblicklich fing Dolan an zu zetern: »Wo bist du gewesen? Hast du mich an die Lederköpfe verkauft?«

Er sprang vom Bett auf und packte sie an der Kehle, ehe sie auch nur ein Wort sagen konnte. Das hatte sie nicht mit einkalkuliert.

»Hab ich dich«, hatte er gezischt. Seine Augen waren den ihren ganz nah, trüb und gelblich vor Zorn und Fieber. »Bevor du mir irgendwelche Lügen auftischen kannst, wo du heut Abend warst. Ich hab dich, Gott verflucht, und ich sollte dir auf der Stelle den Hals brechen, du wertloses, verlogenes Miststück.«

Er schwieg, doch seine starken Hände lagen immer noch um ihren Hals. Ruth konnte nur versuchen, ihm in die Augen zu schauen, unfähig, auch nur einen Laut hervorzubringen. Sie wusste, es war sinnlos, nach ihm zu schlagen oder zu versuchen, sich zu befreien. Er war zu stark, und selbst wenn es ihr gelungen wäre, sich seinem Griff zu entwinden, steigerte das ihre Überlebenschancen keineswegs. Es war auch zu spät, um nach Billy Dove zu schreien, der, wie sie wusste, in der Nähe wartete.

Ihr blieb nichts anderes zu tun übrig, als Dolan starr in die Augen zu sehen, in der Hoffnung, ihm auf diese Weise irgendetwas zu sagen, das seine Hände bändigen konnte.

Es hatte funktioniert. Dolan hatte den Griff gelockert. Seine Daumen drückten immer noch auf ihren Kehlkopf, doch sie bekam ausreichend Luft, um zu sprechen.

»Dein … Bruder«, röchelte sie und keuchte.

»Was?«

Er nahm die Hände von ihrem Hals und schleuderte Ruth in die Ecke der Hütte, wo sie mit der vertrauten erniedrigenden Hilflosigkeit zu Boden ging.

Doch augenblicklich war er wieder über ihr, riss sie hoch und schlug sie ins Gesicht. »Was? Was? Was sagst du von meinem Bruder?«

»Dass er lebt!« Mit Mühe hatte sie es herausgepresst, denn ihr Hals schmerzte, die Lippe blutete und begann bereits anzuschwellen.

»Du lügst. Du bist ja verrückt!«, schnauzte er.
Doch selbst da sah sie schon den Hoffnungsschimmer in seinen Augen, erkennbar trotz des vom Alkohol getrübten Blicks. Er glaubte tatsächlich immer noch daran.
»Du bist eine verlogene Schlampe …«
»Nein, er lebt!«, rief sie und sprach, so schnell sie konnte. »Ich komme von Deirdre. Sie und Tom sind jetzt mit ihm am Coenties Slip.«
Seine Hände umklammerten ihre Arme so fest, dass Ruth fürchtete, er werde ihr die Knochen brechen. Doch sie zwang sich fortzufahren, atmete noch einmal tief durch und erzählte ihm dann die ganze Geschichte. Er würde ihr glauben, oder er würde sie umbringen. Es war also bald vorüber, so oder so.
»Du musst aufpassen. Er hat gehört, dass du in Schwierigkeiten steckst, und will dir helfen, für ein Weilchen aus der Stadt zu verschwinden. Darum ist er gekommen. Deirdre glaubt, er bringt dich nach Hoboken oder vielleicht rauf nach Providence.«
Dolan ließ von ihr ab, trat zurück und setzte sich aufs Bett, er schien vollkommen verwirrt. Sie konnte sehen, dass er versuchte, die Geschichte zu durchdenken, aber ohne Ergebnis. Er stellte keine der offensichtlichen Fragen, etwa, woher sein Bruder irgendetwas über ihn wissen solle oder warum er ihm helfen würde. Er wollte es immer noch glauben.
»Mein Bruder? Hier?«
»Ja. Und er will dir helfen, Johnny. So gut er kann …«
»Also lebt er doch noch. Die ganze Zeit hat er gelebt. Diese Hurensöhne in der schwarzen Dachkammer …« Er schnaubte und schaute auf, hatte einen Anflug von einem Lächeln im Gesicht. »Wenn man sich vorstellt, dass sie ihn in die Irrenabteilung gesteckt haben. Ich wusste, er war nicht verrückt. Und jetzt ist er hier. Daran kann man doch wohl sehen, dass er nicht auf den Kopf gefallen ist.«
Sie sah zu, während er in der Hütte umherging und seine wenigen Habseligkeiten zusammensuchte. Sie konnte kaum fassen, dass er ihr die ganze Geschichte abgekauft hatte. Bisher.
Sie hatte ihm nicht ausreden können, seine versteckten Schätze mitzunehmen: Den schakalköpfigen Stock, Old Man Noes Geld, die

Manschettenknöpfe und die Uhr. Und jenes andere Ding, das er hastig in die Tasche stopfte. Mehr als genug, um sie beide an den Galgen zu bringen, sollte ein Lederkopf sie anhalten.

Doch das Wunderkabinett hatte er gelassen, wo es war: in seiner Ecke. Sie hatte es gesehen und beinahe vorgeschlagen, er sollte es auch mitnehmen, doch sie biss sich auf die Zunge, denn sie fürchtete, der Vorschlag könnte ihr falsches Spiel verraten. Schließlich glaubte er ja, er ginge nur für ein paar Tage. Ohnehin wurde er plötzlich argwöhnisch, ehe sie aufbrachen. Ein Hauch seines tief verwurzelten, instinktiven Misstrauens kehrte zurück.

»Wenn das ein Trick ist. Wenn du mich verladen willst …«, sagte er, legte eine Hand auf ihre Schulter und drückte so fest zu, dass sie fürchtete, ihr Schlüsselbein werde bersten.

»Nein, Johnny«, hatte sie gestammelt, und im letzten Moment kam ihr die rettende Eingebung: »Wenn ich dich ausliefern wollte, warum würde ich dann versuchen, dich zu überreden, die Beute hier zu lassen? Warum sollte ich dann nicht wollen, dass du die Beweise bei dir hast?«

Er zögerte noch einen langen Moment, dann schob er sie vor sich her durch die Tür. »Wir werden ja sehen.«

Als sie die gepflasterten Straßen erreichten und keine Horde uniformierter Polizisten über ihn herfiel, schien er sich ein wenig zu entspannen. Sie hatten Glück und erwischten eine Mietdroschke, die gerade einen Fahrgast vor einer neuen Villa an der Fifth Avenue abgeladen hatte, und langsam fuhren sie den weiten Weg zu den Kais hinab. Sie fuhren vorbei an den überfüllten Theatern der Bowery, durch die Five Points, passierten die City Hall und die summenden, vibrierenden Zeitungspressen unter der Erde. Sie kamen durch die kleinen Seitenstraßen in Ufernähe, die mit Fuhrwerken und schwankenden Zechern aus den Hafenkneipen verstopft waren.

Und die ganze Zeit hielt sie durchs Fenster Ausschau nach Billy. Manchmal glaubte sie, einen Blick auf ihn zu erhaschen: eine dunkle Gestalt in einem langen Mantel, die sich schnell bewegte, den Kragen bis zu den Ohren aufgeschlagen. Sie war sich nicht sicher,

denn die Nacht war diesig und mondlos, aber sie wollte glauben, dass er es war, der ihnen durch die bevölkerten Straßen folgte.
Sie bezahlten den Fahrer bei Coenties Slip und stiegen vor einer windschiefen, übel riechenden Spelunke namens The Yellow Man aus der Kutsche. Ein zäher Nebel begann gerade, vom East River her aufzusteigen, und es schien ungewöhnlich still zu sein für diese Stunde – ein Umstand, der Dolan beinahe bewogen hätte, im letzten Moment kehrtzumachen.
»Bist du sicher, dass er hier ist? Bist du sicher, dass er es ist?«, fragte er sie, und seine Stimme klang so untypisch ängstlich und hoffnungsvoll, dass sie fast Mitleid mit ihm bekam.
Er spähte in den aufkommenden Dunst. Der Nebel war nicht wirklich Nebel, sondern etwas Öliges, Greifbares, eine Mischung aus Dunkelheit und Rauch und all den übel riechenden Schwaden, die dem Fluss entströmten.
»Wo ist er?«
»Er kommt«, versprach sie. »Oh, er kommt gleich zu dir.«
Sie warteten in der Bar, tranken Whiskey an einem der hinteren Tische. Dolan hielt sein Glas in beiden Händen und ließ sie hin und wieder daraus trinken. Der fürchterliche Alkohol half ihr, die Nerven zu behalten. Die einzigen anderen Gäste waren zwei Matrosen und ein paar Betrunkene, die an der Theke lehnten. Der Barmann stierte sie mit kalten, tief liegenden Augen an.
Draußen erklangen Geräusche. Dolan setzte sich auf und lauschte – doch sie sah, dass seine Augen trüber und unschärfer waren denn je.
»Ist er das?«
»Nein. Noch nicht.«
Rastlos drehte er sich auf seinem Stuhl um. »Warte nur ab, was wir zusammen auf die Beine stellen. Jetzt, wo er wieder da ist, kann nichts mehr uns aufhalten.« Seine Worte wurden undeutlich.
»Das glaub ich.«
»Aber meinst du nicht, dass er mir Vorwürfe macht?«, fragte er sie, plötzlich wieder ängstlich. »Dass ich einfach so weggegangen bin, wo er doch noch lebte?«
»Nein!« Sie versuchte, nicht zu viel Nachdruck in dieses Wort zu

legen, aber der Whiskey verfehlte auch auf sie seine Wirkung nicht, wenngleich sie nur wenig getrunken hatte. »Wie könnte er das? Es war doch genauso wie mit dir. Sie haben geglaubt, er ist tot, und haben ihn die Rutsche runtergeschickt, und wie sollte er zu den Lebenden zurückkommen?«

»Ja, stimmt, wie sollte er zurückkommen? Woher konnte er überhaupt wissen, dass ich noch am Leben war?«

Er schwieg eine Weile, dann streckte er langsam, ungeschickt die Hand aus und tätschelte ihre. Ruth musste jeden Muskel in ihrem Körper anspannen, um zu verhindern, dass die Hand zurückzuckte.

»Denk nicht, dass nicht auch für dich was dabei rausspringt«, nuschelte er und schaute auf die Tischplatte hinab. »Denk nicht, dass wir dich jetzt vergessen. Wir werden nach dir schicken – und nach dem Wunderkabinett! –, sobald wir irgendwo was Neues gefunden haben.«

»Du wirst ja auch irgendeine brauchen, die die Pflichten einer Frau übernimmt.«

»Genau«, stimmte er zu, ohne ihren trockenen Tonfall zu bemerken. »Du hast Recht. Es war anständig von dir, dass du das hier arrangiert hast. Du bekommst, was dir dafür zusteht, keine Bange.«

Bei diesen Worten überlief sie ein kleiner Schauer des Entsetzens. Doch dann öffnete sich die Saloontür, und Ruth zog ihre Hand zurück. Tom stand auf der Schwelle, mit grimmiger Miene. Er nickte ihnen knapp und verschwörerisch zu, und sie folgten ihm hinaus ins Dunkel. Dolan schien kaum fassen zu können, dass es wirklich wahr wurde.

»Also ist er hier! Er ist hier. Ich hab immer gewusst, dass auf Tom Verlass ist. Und auf Deedee. Sie ist eine harte Frau, aber man kann auf sie rechnen …«

Tom trat an den Rand der Kaimauer und bedeutete ihnen mit einer Geste, im Schatten der Bar zu warten. Sie ließ Dolan weiterschwafeln, obwohl es an ihren Nerven zerrte. Der gefährliche Johnny Dolan. Kaum zu fassen, dass dies der Mann sein sollte, dem sie in jenem Dorf begegnet war, der Mann, der wilde Hunde mit bloßen Händen töten konnte.

Wie hatte er dort nur so lange überleben können? Wo es doch nichts gab als Leichen. Und er hatte noch so stark und gesund ausgesehen, wo doch selbst die Hunde halb verhungert waren …
»Da ist er!«
Ein Boot erschien auf dem Fluss. Ein einzelner Mann ruderte es, eine dunkle, verschwommene Gestalt im Nebel, den Mantelkragen bis über die Ohren hochgeschlagen gegen die Kälte. Eine Laterne hing am Bug. Sie sahen den Mann die Ruder einziehen, dann verdeckte er das Licht mit einem Tuch, enthüllte es wieder, zweimal, dreimal.
»Das ist das Signal!«
»Ist er das? Ist er das wirklich?«
Nie zuvor hatte sie Johnny Dolan so eifrig erlebt, obwohl er doch halb betäubt war. Der Mann im Boot hob seine Rechte, die in einem Handschuh steckte, und winkte einmal.
»Ist er das?« Dolan versuchte blinzelnd, das Dunkel der Nacht zu durchdringen. »Er sieht größer aus …«
»Nein, das ist nur der Mann mit dem Boot«, sagte Tom eilig. »Dein Bruder wartet draußen im Hafen. Komm jetzt – wir müssen uns beeilen!«
Das Boot tauchte in den Schatten der Kaimauer, und Tom führte Johnny zur Wasserlinie hinab. »Komm. Es wird Zeit.«
Er ging – ohne zu zögern, ohne ein letztes Wort oder einen Blick zurück, wie Ruth mit Erleichterung und einem letzten Aufkeimen von Verbitterung feststellte. Zielstrebig ging er mit Tom zum Ende der Anlegestelle, auch wenn er nicht ganz sicher auf den Beinen war, und dann waren sie ihrem Blick entzogen. Als das Boot wieder auftauchte, saßen drei Gestalten darin. Tom im Bug, das Gesicht Dolan zugewandt, und Billy hinter ihm. Beide ruderten mit gleichmäßigen Zügen ins Hafenbecken hinaus, während Johnny Dolan lammfromm wie ein Kind zwischen ihnen hockte. Nicht einmal jetzt blickte er zurück. Langsam und lautlos verschwand das Boot in der diesigen Nacht.

44

Tom O'Kane

In der Dämmerung reinigten sie ihre Waffen. Tom bearbeitete jeden Zentimeter seines Gewehrs mit Bürsten, Tüchern und dem Linsen-Reinigungsset, das er in dem Fotogeschäft in Washington City erstanden hatte. Es hatte ihn fünf Dollar gekostet, aber er hatte das Geld gern ausgegeben, denn er hatte den Wert einer verlässlichen Waffe im Feld schätzen gelernt. Wenn sie im Feldlager waren, zerlegte und inspizierte er sein Gewehr mindestens einmal pro Woche von Grund auf. Er ölte Lauf und Abzug, bis sie glänzten. Dann schoss er die Springfield zwei- oder dreimal ohne Munition ab, ehe er zufrieden war.

Aber auch das sagte nicht alles über die Waffe aus, und das wusste er. Sie zog nach links, ganz gleich, was er tat, aber sie war besser als viele andere. Vieles hing auch von der Munition, den Patronen, die sie bekamen, ab. Die profitgierigen Armeelieferanten mischten gern ein wenig Schmutz oder Salpeter hinein, gerade so viel, dass es nicht auffiel, manchmal auch mehr. Das führte dazu, dass das Pulver nicht ordentlich zündete oder, noch schlimmer, direkt vor dem Gesicht des Schützen explodierte, den Lauf förmlich vom Schaft riss.

Trotzdem liebte er das Gefühl, die Springfield in den Händen zu halten, etwas Wirkliches und Solides, womit er sich verteidigen oder woran er sich festhalten konnte, dort draußen im Chaos des Schlachtfeldes. Es tat ihm beinahe Leid, wenn er sie nachts vor dem Zelt zu all den anderen stellen musste. Er fürchtete, er könne in der Eile am nächsten Morgen versehentlich die Enfield eines anderen armen Teufels erwischen, die dann, wenn er sie am meisten brauchte, versagen würde.

Aber auch das war nichts als Selbsttäuschung, und er wusste es. Nur in den seltenen Scharmützeln, wenn es überhaupt einmal dazu kam, kämpften sie Mann gegen Mann. Der Krieg bestand meist aus verschwommenen, entfernten Linien, die gegeneinander aufgestellt wurden, und man wurde von einer verirrten Kugel oder einem Granatsplitter durchbohrt, bevor man auch nur erkennen konnte, wo der Feind war.

Der Krieg bestand aus Marschieren, Kampieren und wieder Marschieren, bis die Sohlen der minderwertigen Stiefel Löcher hatten. Und der Krieg bestand aus der Zeit dazwischen. Vorher hatte er nicht geahnt, dass es so viel Zeit gab. Zeit, die mit Liedern ausgefüllt werden wollte, oder mit Rauchen am Lagerfeuer, mit öden, groben Handgreiflichkeiten, mit steinhartem Zwieback, Trinken oder fiebrigem Schüttelfrost im Zelt.

Wenigstens bleibt mir das vorerst erspart, sagte er sich, als er im Feldlazarett saß, während die restliche Armee südwärts hinter Bobby Lee herstapfte. Vielleicht sogar für immer. So bald würde er nicht wieder im Glied stehen. Ihm stand noch Urlaub zu, und dann würden sie sehr wahrscheinlich ins Winterquartier gehen. Viel länger konnte der Krieg sicher nicht mehr dauern.

Drei maskierte Gestalten standen in der Dämmerung plötzlich vor ihm. Tom stellte sein Gewehr beiseite und sah auf. Er musste lächeln. Es waren Snatchem – George Leese –, Danny Larkins und Feeley, der sich von seiner Verwundung zu erholen schien und schon viel besser aussah. Hinter den dunklen Tüchern, die sie sich wie Straßenräuber vors Gesicht gebunden hatten, grinsten sie zurück.

»Ich glaub's nicht. Wenn das nicht die Ribbon-Men-Banditen sind, die gekommen sind, um dem Gutsherrn das Vieh zu stehlen.«

»Komm mit. Wir sind auf dem Weg zu einem fetten deutschen Farmer, um eine fette deutsche Gans zu requirieren«, sagte Snatchem.

»Nein, nein, es wäre nicht gut, mich mit dem Bein in der Gegend rumzutreiben.«

»Das ist kein Kinderspiel«, beharrte George. »Diese Farmer sind so froh, dass wir kommen und sie retten, die geben uns noch ihre Töchter obendrein …«

»Das bezweifle ich«, entgegnete Tom und versuchte, das Gesicht nicht zu verziehen. »Ihr passt besser auf, dass ihr euch nicht plötzlich am falschen Ende eines Gewehrlaufs wiederfindet, wie damals oben in Newburgh.«

Er sah, wie Georges Miene unter der Maske arbeitete, dass er leise lachte. Dann fiel er in sein Lachen ein. Sie hatten sich alle gemeinsam verpflichtet: Snatchem und Feeley, John J. Sullivan und Black Dan Conaway. Von der Black-Joke-Feuerwehr waren sie die Einzigen gewesen, die sich gemeldet hatten. *Wir Idioten …*

Er und Snatchem kannten sich seit ihrer Zeit bei der Break-o'Day-Gang, als sie einen kompletten Schoner an den East-Side-Kais gestohlen hatten. Sie waren regelmäßig den Hudson hinaufgesegelt und hatten die kleinen Orte dort am Fluss überfallen. Sie waren in die Farmhäuser eingedrungen und hatten mit den wohl genährten Töchtern der Bauern über die Küchentische hinweg gerangelt. Hatten mit Eiern geworfen und den Zucker ausgekippt, nur so aus Spaß. Irgendein Witzbold hatte sogar einen Schädel und zwei Knochen aufgetrieben, die sie zusammen am Großmast befestigt hatten, so als wären sie richtige Piraten.

Natürlich war die Sache zu tollkühn gewesen, um lange gut gehen zu können. Nach zwei Wochen hatten die Farmer sie bereits mit Gewehren und Mistgabeln erwartet. Sie waren um ihr Leben zum Boot zurückgerannt. Das ganze Land hatte sich erhoben und war ihnen auf den Fersen, während die Kirchenglocken Alarm läuteten.

»… und dann, als wir gerade ablegen wollten, kam George! Rannte wie besessen um sein Leben, mit einem massigen, holländischen Farmer im Genick, der mit seiner Donnerbüchse wedelte …«

»Jesus, das Ding muss noch aus dem Siebenjährigen Krieg gewesen sein!«

»Aber George versuchte immer noch, das Huhn, das er unter dem einen Arm, und das Schwein, das er unter dem anderen Arm trug, festzuhalten. Und er war fast da, rannte die Uferböschung runter, rutschte und schlitterte durch den Morast, hatte aber immer noch das Schwein und das Huhn fest im Griff. Und in dem Moment feuerte der Farmer diese Donnerbüchse ab …«

»Mann, die muss mit Pete Stuyvesant zusammen ins Land gekommen sein!«

» …und dann drückte er ab, und – bumm! – eine riesige schwarze Rauchwolke kam heraus und sonst gar nichts, aber, bei Gott, der Knall riss Georgie von den Füßen. Er rutschte die restliche Böschung auf dem Gesicht herunter – ich schwöre bei Gott –, schlitterte durch den Matsch, sodass er, unten angekommen, genauso aussah wie jetzt, als hätte er eine Maske auf. Aber – das Huhn und das Schwein hatte er immer noch fest im Griff!«

Bei der Erinnerung an diese Geschichte und vor Erleichterung, dass die Schlacht vorüber war und sie noch am Leben, lachten sie beide so herzhaft, dass ihnen die Tränen über die Wangen kullerten. Snatchem musste sich die Maske herunterziehen und Gesicht und Augen abwischen.

»Bist du sicher, dass du nicht mit uns kommen willst?«

»Geht nur, ihr Schnapsnasen. Ich hab ein Stück Schweinebauch mit den Zitzen dran. Und ich werde mir ein Röstbrot dazu machen. Ich wünsch euch viel Glück bei eurem Raubzug, obwohl ich das natürlich nicht sollte.«

Snatchem grinste ihn an, ehe er die Maske wieder hochzog und mit den anderen in der Dämmerung verschwand.

Tom sah ihnen nach, dann entfachte er ein kleines Feuer. Er warf ein wenig Schweinefett und Salz in seinen Tiegel. Dann holte er die großzügige Ration Zwieback, den er den ganzen Tag in Wasser eingeweicht hatte, aus dem Blechnapf. Den Zwieback briet er im Schweinefett, bis er rundherum knusprig war. Schließlich kochte er sich einen Kaffee, schwarz und dick wie Pech, bröselte einen weiteren Zwieback in den Becher und fischte sorgsam die Getreidekäfer heraus, die augenblicklich an die Oberfläche trieben.

»Obwohl Gott allein weiß, warum ich euch eigentlich nicht essen sollte. Ihr ergäbt mehr Fleisch, als ich den ganzen Monat bekom-

men hab!«, sagte er den sich windenden Insekten, während er sie über die Schulter warf.
Langsam verspeiste er sein Röstbrot, ließ es sich auf der Zunge zergehen, obwohl es wie fast alle Nahrungsmittel bei der Armee nahezu geschmacklos war. Er dachte an Snatchem, der da draußen ein Ferkel jagte.
Für Männer wie George war selbst der Krieg nur eine Art Spiel, überlegte Tom. Auch nur eine Masche. Daheim in den Five Points hatte George immer ein Dutzend Dinger laufen – Pharospiele, oder er manipulierte die Boxkämpfe als Blutsauger. Nebenher spezialisierte er sich auf Handtaschenraub und räumte ein paar Häuser aus. Als er zur Armee ging, hatte er sofort neue Spiele und Gaunereien aufgezogen. Er requirierte, was er kriegen konnte, vom Proviantmeister und den umliegenden Farmen. Und knöpfte anderen Männern mit falschen Würfeln und gezinkten Karten den Sold ab.
Er war nicht schlimmer als der Rest. Die fliegenden Händler und Maultierverkäufer, die sie übers Ohr hauten. Die Fabrikanten, die nur an ihren Profit dachten, ihnen verdorbene Lebensmittel lieferten und minderwertige Schuhe, Gewehre, die nicht feuerten, und Uniformen, die auseinander fielen. Die Politiker, die sich ein Offizierspatent an Land zogen, nur um unter den Soldaten zusätzliche Stimmen zu ergattern.
Was war die Mastgans eines Farmers verglichen mit all dem?
Versonnen saß Tom noch ein Weilchen vor dem Zelt und sah zu, wie aus der Dämmerung Nacht wurde. Insekten umschwärmten ihn bereits, Mücken und Fliegen dick wie Brei. Weiß Gott, ich muss von jeder Kreatur gebissen worden sein, die da kreucht und fleucht.
Im ganzen Lager hörte er die verwundeten Männer sich für die Nacht bereitmachen. Ihre Stimmen klangen freundschaftlich und guten Mutes, denn sie wussten, dass weder morgen noch in naher Zukunft ein Gefecht anstand.
In Zeiten wie diesen war der Krieg fast angenehm, wenn es warm und keine harte Arbeit zu tun war. Er lauschte den Vögeln, die sich bei Einbruch der Dunkelheit versammelten und lauter als zu jeder anderen Stunde sangen und zwitscherten. Er kannte ihre Namen

nicht, denn er war nie ein Junge vom Land gewesen, aber nach all den Monaten, in denen er mit der Armee marschiert war, konnte er sie doch an ihrem Gesang unterscheiden.
Hier und da sangen auch ein paar Männer. Es waren die leisen, sentimentalen Lieder, die abends im Lager angestimmt wurden:

Hard times, hard times, come again no more;
Many days you have lingered around my cabin door,
Oh! Hard times, come again no more …

Mühsam stand er auf und zündete die Kerze in der Laterne an, die vom Zeltpfosten herabhing. Von seinem Platz aus blickte er auf Hunderte, vielleicht Tausende anderer Lichter – Lagerfeuer, Laternen und Fackeln –, die über die Felder verstreut flackerten. Männer, die dem Land ihre Anwesenheit verkündeten.
Tom kramte in seinem Bündel, und seine Hand fuhr über all die Dinge, die er blind erkannte: sein Essgeschirr, das Putzzeug, mit dem er seine Waffe reinigte, und die kleine Wasserflasche, die er immer bei sich trug und die die schwere Feldflasche aus Blech ersetzt hatte, die er vor langer Zeit irgendwo auf einer staubigen Straße in Virginia weggeworfen hatte. Auch eine Bibel und ein Gebetbuch waren darin, ebenso das Nähetui – ein Sammelsurium von Garnen und Nadeln, deren Gebrauch er in den letzten zehn Monaten meisterlich erlernt hatte.
Schließlich fand er den Bleistift und ein paar Bogen Papier, die er in einem Hotel in Chambersburg hatte mitgehen lassen. Er klemmte sich die weiße Tonpfeife zwischen die Zähne und zog daran, obwohl sie keinen Tabak enthielt, während er sich auf das Schreiben konzentrierte.
Bevor er anfing, zog er jedoch das Medaillon hervor, das er ständig an einer Kette unter dem Hemd trug. Er klappte den Deckel auf und betrachtete das ernste, wunderschöne Gesicht der Frau, deren Augen selbst auf der Daguerreotypie leuchteten: Deirdre. Seine Frau, die Mutter seiner Kinder. Der Mensch, der ihn gerettet hatte.

Wie er sie gehasst hatte.
Wie so oft, musste er auch jetzt an das letzte Mal denken, als er sie gesehen hatte. Es war oben in diesem erbärmlichen Lager beim Central Park gewesen. Alles war schmutzig, von überall her quoll Wasser aus dem sumpfigen Boden. Die Männer waren die ganze Zeit betrunken, hatten krakeelt und gerauft, sich im Schlamm gesuhlt wie Schweine. Vierundzwanzig Stunden am Tag waren Wachen aufgestellt worden mit dem Befehl, Deserteure zu erschießen. Es hatte nicht genug Zelte für alle gegeben, nicht genug Holz, um Hütten zu bauen. Die fadenscheinigen Uniformen und Schuhe der Brooks Brothers hatten sich beim ersten anständigen Regen in Wohlgefallen aufgelöst.
Jeden Morgen beim Exerzieren auf dem matschigen Boden hatte er daran denken müssen, dass es ihre Idee gewesen war. Die ganze Stadt, sein Heim und seine Familie, alles war noch dort unten. Praktisch in Sichtweite, hinter dem lichten Gehölz und den trostlosen, felsigen Hügeln. Er war nicht fähig gewesen, sich zurückzuhalten, hatte es frei heraus gesagt an dem ersten Sonntag, als sie ihn besucht hatte:
Als wäre das Leben nicht hart genug.
Er hatte gesehen, wie ihre Miene sich verfinsterte, als er es ausgesprochen hatte. Sie hätte nicht verletzter aussehen können, wenn er sie geschlagen hätte, was er nie tun würde. In diesem Moment hätte er es jedoch gern getan, denn er hatte sie das Elend spüren lassen wollen, das er jeden Tag durchlebte.
Als wäre das Leben nicht schon hart genug. Und immer sollte alles nach ihrem Willen gehen. Jeden Morgen aufstehen und sich zur Arbeit schleppen, immer nur Hacken und Graben. Tag und Nacht die Sorge, ob er genug verdiente, um die Raten für das Haus aufbringen zu können. Und so gut wie keinen Tropfen Alkohol – niemals irgendeine Zerstreuung, außer sonntags in einer Kirchenbank zu schwitzen und den Rücken eines Priesters anzustarren.
Aber er wusste, schon in dem Moment hatte sein Zorn angefangen, sich zu legen. Schon bevor er ihr die Worte an den Kopf geworfen hatte, wusste er, dass sie verstanden hatte. Wie sie über das Lager

geblickt, die Art und Weise, wie sie lebten, in sich aufgenommen hatte. Auf einmal begriff sie, was sie getan hatte. Sie hatte ihr bestes Kleid für ihn angezogen, war sogar besser gekleidet als für die Kirche in ihrem Samtkleid mit schwarzer Chantilly-Spitze, das sie von ihrem eigenen Geld erstanden und nur zu ihrer Hochzeit und den Kindtaufen getragen hatte. Dazu ein passender Hut, und in ihr feines braunes Haar hatte sie Bänder geflochten.
Sie war immer noch eine wunderschöne Frau. Das Alter konnte ihr nichts anhaben – diese großen, ernst blickenden braunen Augen, die die gleiche Farbe hatten wie ihr Haar.
Wie ungewöhnlich bedrückt sie gewirkt hatte. Der Stolz, die unbeugsame Zuversicht waren damals verschwunden, in jenem Lager am Central Park. Sie hatte ihren Fehler erkannt, hatte gesehen, wie ihr blindes Gottvertrauen sie beide in diese Situation gebracht hatte. Zum ersten Mal, seit er sie kannte, hatte sie an sich selbst gezweifelt. Aber vor allem hatte er ihr Leid getan. Als er das sah, hatte er gespürt, wie seine Wut zu verrauchen begann …

Der Zapfenstreich ertönte, aber Tom ignorierte ihn. Im Feldlazarett wurde nur wenig Disziplin verlangt, solange die Männer sich nicht zu sehr betranken oder in Streit gerieten. Im Schein seiner Laterne und des sichelförmigen Mondes sah er weiter auf die Daguerreotypie. Deirdres Gesicht schien zu flackern und sich zu bewegen, wie das bei dieser Art Fotografie immer der Fall war. Ihre Augen, zuerst so ernst und traurig, schienen ihn jetzt wehmütig anzulächeln. Wieder zog er an seiner Tonpfeife, betrachtete ihr Porträt im flackernden Licht, dann leckte er an der Bleistiftspitze und begann, seiner Frau einen Liebesbrief zu schreiben.

Mein geliebtes Mädchen,
sorge dich nicht, mir geht es gut …

Er hatte sie zum ersten Mal gesehen, als sie den Kirchhof betrat, um den Verteidigern des Glaubens Wasser zu bringen. Ihr Gesicht war damals schon so schön und würdevoll gewesen wie das einer Heili-

gen, und er hatte augenblicklich gewusst, diese Frau konnte alles von ihm verlangen.
»Seht, da ist Mollie Maloney, das Teufelsweib!«
Sie gehörte zu den Barmherzigen Schwestern, die der bunt gemischten Armee im ummauerten Hof von St. Patrick Beistand leisteten. Eine lange Reihe Nonnen, die Schwestern in Habit und Schleier. Die jungen Frauen, die sie zu Zimmermädchen, Köchinnen und Putzfrauen ausbildeten, trotteten gesenkten Hauptes hinterher – den Blick niedergeschlagen, wie es sich einer wahren Irin geziemte. Die Mägde Judas. Unter ihnen auch Deirdre. Ihr Gang war aufrecht, die Augen geradeaus gerichtet. Er hatte sie nie in einer anderen Haltung gesehen.
»Ah, aber seht euch die da an!«
»Jesus, die ist vielleicht stolz!«
Sie standen zwischen den grauen Schiefergrabsteinen des Kirchhofs verstreut, wohin Dagger John sie bestellt hatte. Es war nur ein kleiner Haufen von Ganoven und Feuerwehrleuten. Sie trugen an Waffen, was immer sie hatten finden können: ein paar alte Musketen und Pistolen, Messer und Piken, aber trotzdem brannten sie darauf, zu kämpfen. Die »Know Nothing«-Banden waren seit Tagen auf der Straße, hatten sogar den Bischofssitz mit Steinen beworfen, und man erzählte sich, sie hätten in Philadelphia alle katholischen Kirchen niedergebrannt und die Nationalgarde sei ausgerückt.
Aber nichts war geschehen. Die Protestanten hatten sich nicht blicken lassen, sodass die Männer den ganzen Tag um die Grabsteine herumgesessen und wie die Fischweiber getratscht hatten, wobei sie den jungen Frauen, die ihnen Wasser und Essen brachten, schöne Augen gemacht hatten. Die anderen Mädchen von den Barmherzigen Schwestern hatten hinter vorgehaltener Hand gekichert und gelacht. Die Magdalenen, die Reuigen und armen Waisenkinder – einige von ihnen waren tatsächlich bekehrte Huren, andere wiederum hatten nur einen Weg gesucht, genug zu essen zu bekommen. Sie waren einfach froh, hier draußen unter den tapferen Männern sein zu können. Die Jungs schäkerten und flirteten, versuchten sie einfach auf die Palme zu bringen …

»Ist da vielleicht ein bisschen Whiskey drin?«
»Ist das Wasser schon in Wein verwandelt?«
Deirdre hatte ihr Gewäsch einfach mit einem Blick beendet. Hatte das Brot und den getrockneten Schellfisch verteilt, ihnen von dem Quellwasser gegeben, das die Schwestern mitgebracht hatten. Die Männer erhoben sich, wenn sie auf sie zukam, und standen verlegen mit den Waffen in der Hand herum. Plötzlich versuchten sie, sich so zu verhalten, wie man es von den Verteidigern des Glaubens erwartete.
»Vielen Dank, Miss.«
Sie verbeugten sich und nickten ihr zu wie Ritter.
»Herzlichen Dank.«
Sie hielt sich gerade, den Blick stur geradeaus, unbeugsamer als jeder Soldat bei einer Parade. Sobald sie vorbeigegangen war, kicherten die Männer ungläubig.
»Mann, das ist aber eine ganz Strenge!«
»Keine Rose ohne Dornen.«
»Seid ihr verrückt? Eine Frau wie die bringt dich dazu, die Murphy Hymn zu singen, bevor das Hochzeitsfrühstück vorbei ist.«
Aber Tom war ihr nachgegangen, hatte die anderen Männer weiter die Zeit im hohen Gras vergeuden lassen. Er wollte Deirdre überholen, wollte, dass sie ihn sah, obwohl ihm bewusst war, welchen Eindruck er machte – schmutzig und unbedeutend, mit den seifengestärkten Locken, wie die Bandenmitglieder sie trugen, seiner verdreckten Jacke und den zerschlissenen Hosen. Plötzlich schämte er sich seiner selbst. *Nur ein einfältiger Ire.*
Trotzdem trat er vor sie.
Er wollte, dass sie ihn wenigstens ansah.
»Sie wollen mich auf geweihtem Boden ansprechen?«, presste sie hervor, und ihre braunen Augen funkelten vor Empörung. »Und das an diesem Tag!«
»Was immer Sie wünschen, Miss«, flüsterte er und versuchte, sie zu besänftigen. Gleichzeitig war er tief beeindruckt von ihrer Schönheit.
Ihre Gesichtshaut war glatt und makellos, das lange braune Haar

von der gleichen Farbe wie die Augen. Ihre Stimme immer noch wutentbrannt.
»Wir sind hier auf Geheiß des Bischofs …«
Und sie war eine strenge Frau. Er hatte keinen Zweifel, dass seine Freunde Recht hatten. *Seine Rettung.* Wieder sprach er sie an, aufrichtiger diesmal als je zuvor in seinem Leben: »Was immer Sie wünschen. Sprechen Sie es nur aus, und ich tue es für Sie.«

Er hatte damals als Schlachtergehilfe oben in der Blutstätte an der Houston Street gearbeitet. War den ganzen Tag lang durch Berge von Eingeweiden gewatet und hatte Schweinen und Kühen die Kehlen durchgeschnitten.
Natürlich war es ein weiter Weg gewesen, bis er Kehlen durchschneiden durfte. Zu Anfang hatte er den Boden geschrubbt – diese Unmengen von Blut, die Eingeweide, die vom Dung getrennt werden mussten, die Gehirne und die Augen, die Hufe und die langen Rückgrate. Alles wurde verwertet, für den einen oder anderen Zweck beiseite gelegt. Es war ein Prozess, der ihm so rätselhaft war wie die Dreifaltigkeit, doch er war sicher, dass all das einen Sinn ergab.
War der Bulle erst einmal tot, umschwärmten die Schlachter und ihre Lehrjungen den Kadaver wie die Fliegen und zerlegten ihn in wenigen Minuten. Sie schnitten die besten Stücke heraus, die Filets und Rippen, die Seiten, Keulen und Schultern. Dann hackten sie die Hufe und Schwänze für Eintöpfe ab, lösten Zunge und Gehirn für Presskopf aus, schnitten Herz und Leber heraus. Das Blut wurde in einer Schale aufgefangen, die Därme für die Wurstherstellung herausgenommen, das Fell für den Gerber abgezogen und schließlich die Knochen für die Seifenfabriken bereitgelegt. Alles fand seine Bestimmung. Selbst der übrig gebliebene Kot wurde auf die riesigen Dunghaufen geschaufelt, die wie Berge neben der Blutstätte wuchsen. Bis nichts mehr übrig war als ein schnell trocknender Fleck, ein Mal auf dem Boden, wo vor nicht einmal zwanzig Minuten ein lebendes Tier gestanden hatte.

Aber das reichte ihnen nicht. Freitagabends gingen die Männer aus den Schlachthöfen zum Bunker Hill hinauf – den Überresten eines alten Forts an einer kleinen Anhöhe über der Grand Street, das seit der Revolution verlassen war. Dort hatte ein Kaufmann vom Fly Market Hunderte von Bänken kreisförmig um einen Eisenpfosten aufgestellt. An den kettete er einen Bullen fest und verlangte von jedem einen Penny fürs Zusehen – von all den Schlachtern und Abdeckern, Gehilfen und Lehrlingen, all den anderen Arbeitern –, die immer noch die weißen Papiermützen auf dem Kopf trugen und die Lederschürzen umgebunden hatten.

Tom ging mit ihnen – wegen der Gesellschaft. Das war seine Schwäche, das wusste er. Jede Woche beichtete er es in St. Patrick, obwohl der alte Priester hinter dem Gitterfenster es kaum verstand.

Es ist normal für einen Mann, die Gesellschaft anderer zu suchen. Das sind keine unreinen Gedanken, oder?

Aber ich finde es abscheulich, Vater.

Er ging mit, weil er die Gesellschaft anderer Männer genoss. Schmutzig, blutverschmiert und verschwitzt nach ihrem zwölfstündigen Arbeitstag. Er war gern mit ihnen zusammen, mochte ihr Fluchen und Lachen, sogar ihren Körpergeruch. Er mochte die Gesellschaft anderer Männer, aber er mochte nicht, was sie mochten. Sie nahmen immer den wildesten Bullen, den sie finden konnten. Einen von der seltenen Sorte, wie sie sie auch hin und wieder in der Blutstätte erlebten: ein Stier, der sich vom Anblick der Schlachthöfe oder dem Angstgeruch seiner Artgenossen nicht betäuben oder verängstigen ließ, sondern nur furchtloser und wütender davon wurde.

Doch ganz gleich, wie mutig er war, sein Schicksal war besiegelt. Zuerst wirkte der riesige Bulle mit dem breiten Brustkorb immer unbesiegbar, aber Tom wusste es besser. Wenn sie die Hunde in den Ring ließen, benutzte er seinen Kopf wie ein Paar Schwerter, spießte sie mit seinen Hörnern auf, wenn sie es wagten, ihm zu nahe zu kommen. Die Schlachter, Abdecker und ihre Gehilfen brüllten und sprangen vor Aufregung auf und ab. Die Arbeiter setzten ihre paar Pennys auf den Bullen.

Doch die Hunde waren halb verhungert und schlau, und der Geruch des Bullen bewog sie, gemeinsam vorzugehen. Vor den Augen der Zuschauer schlossen sie sich zu einem Rudel zusammen. Einer nach dem anderen schoss auf den Stier zu. Sie zerfetzten die Sehnen in seinen Hinterbeinen, bis er unbeweglich und erschöpft dastand. Immer noch an den Pfosten gekettet, starrte er sie mit gelblichen Augen an, die sich allmählich mit Blut füllten. Sobald die Hunde ihn hinreichend erschöpft hatten, machten sie sich daran, Bauch und Kehle aufzureißen. Die Schlachter jubelten lauter denn je, als bekämen sie hiervon Tag für Tag bei der Arbeit nicht genug zu sehen.

Das war es, was Tom bewogen hatte, sie ausfindig zu machen. Was ihn überzeugt hatte, dass es doch noch etwas anderes im Leben geben musste als Essen und Arbeit und diese Freitagabendunterhaltung.

Er mochte die Gesellschaft anderer Männer, aber er mochte nicht, was sie taten.

Er war zum Gramercy Park gegangen, denn er hatte gehört, sie arbeite dort irgendwo als Köchin. Er trug den besten Rock, den er hatte auftreiben können, hatte ihn von Feeley von der Feuerwache geborgt. Von den Five Points hatte er sich an einem warmen Frühlingssonntag zu Fuß auf den Weg dorthin gemacht und war gegen Abend angekommen, als all die Hausangestellten noch im Park spazieren gingen.

Zuerst beobachtete er sie nur. Wie langsam sie schlenderten, als versuchten sie, die wenigen letzten Stunden der Freiheit in die Länge zu ziehen. *Wie es wohl sein mochte, so gänzlich einem anderen Menschen zu gehören.*

Wieder und wieder umrundeten sie den Park, dieses Rechteck aus Blumen und Bäumen mit den ordentlichen Kieswegen hinter dem hohen schmiedeeisernen Zaun.

Er sah Frauen, die zu zweit gingen, und turtelnde Liebespaare, und ein paar einsame Männer, wie er selbst, mit gesenkten Köpfen. Einige trugen ihre Uniform: die Häubchen und Schürzen der

Hausmädchen, die Livreen der Kutscher. Die Hände auf dem Rücken verschränkt, schnupperten sie an den Narzissen, den Magnolien und Fliederbüschen. Die letzten Momente in der Abendluft, ehe sie wieder hineingehen mussten …

Tom spazierte über den schieferblau gepflasterten Gehweg. Dann mischte er sich unter sie, bemüht, nicht aufzufallen. Warf verstohlene Blicke auf das Haus an der Westseite des Parks, wo sie arbeitete, wie er wusste. Als er es zum dritten Mal passierte, sah er, wie der Dienstboteneingang unter der langen hölzernen Veranda sich öffnete, aber nur zwei hysterisch kichernde Dienstmädchen kamen herausgelaufen.

Doch nach der nächsten Runde sah er sie. Sie hatte ihre Schürze abgelegt und trug ein schlichtes, graublaues Kleid, beinahe von der Farbe der Pflastersteine. Das feine braune Haar war aufgesteckt und sittsam mit einem schwarzen Tuch bedeckt.

Selbst hier sah sie so ganz und gar nicht wie eine Dienstmagd aus. Sie ging mit kerzengeradem Rücken, den Kopf stolz erhoben, genau wie auf dem Friedhof von St. Patrick.

Wie Mollie Maloney, das Teufelsweib. Oder wie Johanna von Orleans sah sie aus mit diesem Gang.

Der gemächliche, stetige Strom von Hausdienern teilte sich augenblicklich, um ihr Platz zu machen. Rasch schritt sie an ihnen vorbei, schenkte den Männern keinerlei Beachtung, die sich halb verbeugten oder an den Hut tippten. Sie hastete davon und zog auf ihrem eigenen Kurs durch den Park. Tom beeilte sich, um sie einzuholen – und der Anblick ihrer Gestalt vor ihm, groß und ungebeugt, prägte sich ihm ein. Er wollte vor sie treten, um sich ihr zu zeigen, aber nicht einmal in Feeleys gutem Sonntagsstaat fand er den Schneid dazu. So blieb ihm nur, ihr zu folgen, immer im Kreis durch den makellosen, jetzt menschenleeren Park, bis es beinahe Nacht war.

Schließlich ging sie zurück über die Straße. Sie betrat den Garten vor dem Haus ihres Herrn und ging zum Dienstboteneingang an der Seite, unter der langen Veranda. Mindestens eine Woche würde er sie nicht wiedersehen. Vielleicht nie wieder – verborgen im Haus eines Gramercy-Park-Yankees, so unzugänglich, als wäre es eine Festung.

Doch aus irgendeinem Grunde hatte sie das Törchen unverschlossen gelassen, stellte er fest, als er näher kam. So unauffällig wie möglich hatte Tom die Straße überquert. Er legte die Hand an das Eisentor, in der Absicht, es zu schließen. Doch dann hatte ihn irgendetwas gepackt. Er warf einen schnellen Blick auf den Polizisten an der Straßenecke und vergewisserte sich, dass der Ordnungshüter in die andere Richtung sah. Dann schlüpfte er in den Garten und schloss die Pforte geräuschlos hinter sich.

Er hatte keine Ahnung, was er hier eigentlich wollte. Leise folgte er dem gepflasterten Pfad zu der hölzernen Veranda, an deren hübschen Klettergerüsten sich Rosen rankten. Hätte er überhaupt nachgedacht, so hätte er bestenfalls hoffen können, einen flüchtigen Blick von ihr zu erhaschen, in ihrem Heim, ihrer Küche.

Doch auch der Dienstboteneingang war offen. Tom starrte eine Weile darauf und fragte sich, woran sie wohl gedacht haben mochte, dass sie vergessen hatte, die Tür zu schließen. Er war nicht sicher – jedenfalls noch nicht –, ob er diese Art von Konzentration auf sich gerichtet wissen wollte, aber dennoch war er neugierig.

Er schob die Tür ganz auf und trat ein. Er wusste, dass er ernstliche Schwierigkeiten bekommen würde, wenn man ihn hier erwischte, obwohl er nichts gestohlen hatte. Ein Vergehen, das ihn auf Jahre ins Tombs-Gefängnis bringen konnte …

Trotzdem trat er ein. Jeder einzelne seiner Schritte schien auf dem Flur zu den Dienstbotenzimmern zu hallen. Nichts sonst war im Haus zu hören – alle waren ausgegangen oder irgendwo anders im Haus mit ihren Pflichten beschäftigt.

Alle bis auf sie. Plötzlich hörte er ihre Stimme aus einem Zimmer am Ende des Ganges. Sprach sie mit jemandem? Nein. Er vernahm nur ein leises, vertrautes, surrendes Geräusch und ihre singende Stimme.

Was there ever a sweeter colleen in the dance than Eily Moore?
Or a prouder lad than Thady, as he boldly took the floor?

Sie saß am Spinnrad und sang. Unfähig, sich länger zurückzuhalten, spähte er hinter der Tür hervor ins Zimmer, und der Anblick verschlug ihm den Atem. Sie saß vor dem Rad und sang vor sich hin, während sie ihr Garn spann. Ihre Stimme war leise und wurde vom stetigen Surren und Klicken beinahe übertönt, doch er entsann sich des Liedes aus der Zeit damals in Tipperary, als seine Mutter in dem einen Zimmer, das sie bewohnten, am Spinnrad gesessen hatte. Aber Deirdres Stimme war noch sanfter als die seiner Mutter. Geschickt bewegten sich ihre Finger, als spiele sie auf einer Harfe, um ihren Gesang zu begleiten:

Lads and lasses to your places, up the middle and down again.
Ah! The merry-hearted laughter ringing through the happy glen!
O, to think of it, O, to dream of it fills my heart with tears …

Lautlos hatte er sich in den Flur zurückgezogen, denn er wollte sie nicht erschrecken. Er war besorgt, was sie wohl von ihm denken würde: ein Mann, der sich einfach in das Haus anderer Leute schleicht und ihnen in ihrem Schlafzimmer nachspioniert.

Doch von dieser Stunde an war er fest entschlossen, dass er sie bekommen wollte. Am folgenden Sonntag hatte er den Mut gefunden, sich ihr vorzustellen und zu fragen, ob er sie beim Spaziergang begleiten dürfe. Niemals würde er vergessen, wie sie ihn angesehen hatte. Ihr Gesicht ernst und schön wie immer, doch zeigte es keinerlei Überraschung, als habe sie genau dies erwartet.

»Es ist mir ernst«, hatte er hervorgebracht, denn er fürchtete, sie werde ihn abweisen, fürchtete, dass sie solche Angebote jede Woche bekam. »Es ist mir wirklich ernst. Ich will mich bessern und auf den rechten Weg geführt werden.«

Darauf hatte sie ihn von oben bis unten in Augenschein genommen, als gelte es, eine endgültige Entscheidung zu treffen. Ihre Miene war unverändert ernst, verriet nicht die Spur eines Lächelns. Doch er würde auch niemals vergessen, was sie geantwortet hatte: »Gut.«

Und das war alles. Gut. Mit diesem einen Wort hatte sie sein ganzes Leben verändert. Sie hatte ihn bewogen, die üble Gesellschaft aufzugeben, sich nicht mehr mit den Flussgangstern herumzutreiben und nicht länger Tiere im Schlachthaus zu töten. Sie hatte ihn gelehrt, gute Bücher zu lesen, sogar ein bisschen zu schreiben, ihm beigebracht, wie man sich kleidete und wie sich ein respektabler, gottesfürchtiger Ire benahm. Sie hatte ihn zur Kirche geführt und geheiratet, ihm Kinder geschenkt und ein gutes Heim – alles mit diesem einen Wort.

Gut. Er wiederholte es nun in dem Brief, den er beim schwindenden gelben Licht der Kerze und des Mondes über Pennsylvania schrieb. Er fragte sich, ob sie von seiner Verwundung erfahren hatte, und hoffte, grausam wie Liebende eben sind, dass es sie so geschmerzt hatte wie nach dem ersten Mal – nach Fredericksburg. Doch gleichzeitig war er froh, sie beruhigen zu können. Sein Hass hatte sich verflüchtigt in all dem, was geschehen war, seit er sie zuletzt gesehen hatte. Er schrieb die Worte: *Mir geht es gut,* ehe er sich in seinem Zelt schlafen legte.

45
Deirdre

Sie hatte gleich zu Anfang gesehen, dass sie aus ihm etwas machen konnte. Dieser ungelenke, segelohrige Junge, der sie auf dem Kirchhof von St. Patrick angestarrt hatte wie ein Mondkalb. Auch damals hatte er Waffen getragen, hielt pflichtschuldig die riesige, angerostete Muskete umklammert, die ihm jemand gegeben hatte. *Soldaten Christi*, so hatten sie sie genannt, sie und die anderen Freiwilligen von den Barmherzigen Schwestern. Sie hatten etwas zu essen und gutes, klares Wasser an die Männer dort verteilt – und sie waren schockiert gewesen, dass die Männer mehr von ihnen erwarteten, wo sie sich doch für einen so heiligen Zweck dort eingefunden hatten.

Sie glaubte nicht, dass sie naiv war – eine junge Frau, die allein in der großen Stadt lebte und sich ihren Lebensunterhalt selbst verdiente. Sie wusste durchaus, wie Männer waren, hatte nur gehofft, dass die gute Sache sie verwandeln würde, und sei es auch nur vorübergehend. Ein *Soldat Christi* zu sein – wann konnten sie je wieder auf eine solche Berufung hoffen?

Doch stattdessen hatten sie den Ruf zu den Waffen, zur Verteidigung der Kirche und des Bischofs nur wieder einmal als Vorwand missbraucht, um den Mädchen zuzuzwinkern und sie zu begrapschen. Aber nicht mit ihr. Allein mit ihrem Blick hatte sie sie eingeschüchtert, hatte ihnen Brot und getrockneten Fisch aus ihrem Korb gegeben und dabei geradewegs durch sie hindurchgesehen. Hatte sie so wortlos gewarnt, nur ja nicht zu wagen, das Wort an sie zu richten, bis sie ihn entdeckt hatte, der sie so unendlich dümmlich anstarrte. Sein Gesicht hoffnungslos offen für die ganze Welt, aber gleichzeitig ernst, das sah sie. Ein großer, starker, schlaksiger Junge, der seine Muskete, für die man ihm die Verantwortung übertragen hatte, sorgsam festhielt. Es war ihr erster Gedanke: Hier war jemand, mit dem sich etwas anfangen ließe.

Sie arbeitete damals schon in dem Haus am Gramercy Park, kochte für einen reichen Yankee in dem großen Backsteinhaus, das er dort besaß, mit berankten Veranden und einem großen Garten. Er lebte ganz allein in all dieser Pracht und hatte nur ein paar Bedienstete, um Haus und Grund in Ordnung zu halten. Ein typischer Vertreter des Geldadels, der für seinen Reichtum nie einen Finger rühren musste, wie es bei all diesen Leuten der Fall war. Hochmütig und selbstzufrieden ließ er sich gelegentlich zu einem kleinen Scherz mit seinen Dienstboten herab.

Wenigstens behielt er seine Hände bei sich. Sie hatte in zu vielen Häusern gearbeitet, wo das nicht der Fall war. Vom ersten Tag ihres Berufslebens an, mit kaum vierzehn Jahren, hatte sie sich gegen Männer zur Wehr setzen müssen. Und nicht nur gegen die jungen Männer, die voller Übermut von der Schule zurückkamen und ganze Tage mit ihren Freunden zusammen ausritten und sich betranken, sondern ebenso gegen die Hausherren. Sie stellten ausgeklügelte Fallen: Warteten, bis sie oben allein war, um die Betten zu beziehen oder Staub zu wischen, und dann kamen sie rein zufällig hereingeschlendert. Versuchten, sie hinter einem Bett oder Stuhl in die Enge zu treiben. Meist machten sie sich nicht einmal die Mühe, etwas zu sagen, sondern grapschten einfach nach ihr oder warfen ihr die Röcke über den Kopf.

Sie hatte gelernt, dass es eine effektvolle Selbstverteidigung war, sie kräftig an den Haaren zu ziehen. Es gab kaum einen Mann, hatte sie gelernt, der noch versuchte, sich ihr aufzuzwingen, wenn sie ihm fast die Kopfhaut vom Schädel riss. Natürlich musste sie vorsichtig sein. Es kam durchaus vor, dass sie plötzlich eine schäbige Rosshaarperücke in der Hand hielt, wenn sie sie an den Haaren zog. Andere hatten die Gewohnheit, vor ihren Augen die Hosen aufzuknöpfen und mit ihrem entblößten Ding zielsicher auf sie gerichtet näher zu kommen. Das war sogar hilfreich, hatte sie festgestellt, nachdem sie ihre Ungläubigkeit, etwas, das wie ein Hühnerhals aussah, aus der Hose eines Mannes ragen zu sehen, erst einmal überwunden hatte. Zumindest lieferte ihr das ein gutes Ziel. Normalerweise reichte es vollkommen aus, einmal kräftig danach zu schlagen. Hierfür ließen sich die harmlosesten Instrumente verwenden, wie etwa ein Staubtuch oder ein Kissenbezug, und schon schrumpften sie in der Regel zusammen. Danach waren die Herren meist so beschämt, dass ihnen die Lust auf weitere Versuche verging.

»Aber es heißt doch immer, ihr Irinnen wärt so freizügig!«, hatte ein Hausherr sich beklagt, während sie auf einem Sofa miteinander rangelten.

Manchmal brachte die Verteidigung ihrer Keuschheit ihr ein blaues Auge, eine aufgeplatzte Lippe oder einen Bluterguss entlang ihres exquisiten Jochbeins ein. Sie bemühte sich, diese Spuren zu verbergen. Für eine aufmerksame Dame des Hauses waren diese Indizien so eindeutig wie eine Reklametafel, und Deirdre hätte kaum hoffen können, die Stellung noch viel länger zu behalten. Und selbst wenn sie ertappt wurde, beharrte sie darauf, sie sei gegen eine Tür gelaufen oder habe sich den Kopf gestoßen, als sie die Asche aus dem Herd kehrte. Denn sie wusste, ihre berufliche Zukunft hing davon ab, dass sie den unausgesprochenen Pakt mit der Dame des Hauses einhielt. Nur so konnte sie hoffen, eine Referenz zu bekommen und in einem anderen Haus als Objekt der Begierde eines anderen Mannes weiterarbeiten zu können.

Doch der Herr des Hauses in Gramercy Park ließ sie und die anderen Mädchen zufrieden. Immer sprach er respektvoll mit ihr, so als spürte er ihre Missbilligung. Irgendwo hatte er eine Geliebte, da war sie so gut wie sicher. Zu viele Nächte verbrachte er außer Haus, als dass sie seinen gemurmelten Ausreden hätte Glauben schenken können, wenn er bei Tagesanbruch heimkam und behauptete, er habe die Nacht in seinem Club verbracht. Sein Kragen mit Rouge verschmiert, und seine Kleidung roch nach Port oder Brandy. Vielleicht verbrachte er die Nächte auch in einem Freudenhaus – doch

als sie noch Zimmermädchen war und seine Hemden tagtäglich zum Waschen hinuntertrug, kam es ihr immer so vor, als röchen sie stets nach dem gleichen, blumigen Parfum.
In den folgenden Jahren ertappte sie sich dabei, dass er ihr gelegentlich in den Sinn kam, auch wenn sie sich für solch müßige Gedanken schalt. Sie fragte sich, was wohl aus ihm geworden war, während sie ihr eigenes Haus putzte. Vielleicht ein grauer, schwerfälliger Mann, der allmählich Fett ansetzte. Den das Treppensteigen kurzatmig machte. Der sich das Haar über den kahlen Schädel kämmte und vor dem Spiegel in der Halle seine Seidenstrümpfe und die Hosenaufschläge richtete.
Er muss inzwischen tot sein, nahm sie an. *Und sein schönes Haus? Was war daraus geworden?*
Es hatte ihr dort gefallen, soweit sie sich in einem Haus, das nicht das ihre war, überhaupt wohl fühlen konnte. Zuletzt hatte sie die Aufsicht über das gesamte Personal bis auf seinen persönlichen Diener gehabt, und der Haushalt funktionierte wie ein Uhrwerk.
Sie hatte gar ein eigenes Zimmer bewohnt, oben im zweiten Stock – die Belohung dafür, dass sie sich schließlich zur Köchin hochgearbeitet hatte. Sie verbrachte die Abende damit, die Grammatikbücher zu lesen, die sie in dem Buchläden an der Chambers Street aufgetan und für ein paar Cent das Stück erstanden hatte. Oder sie studierte ihre Ausgabe von *Wie man Menschen einschätzt* oder *Wem kann man trauen?*, Geschichten von wundersamen Bekehrungen mit Titeln wie: *Der Pfad, der einen protestantischen Anwalt in den Schoß der katholischen Kirche führte,* oder *Wie eine universalistische Dame zu Jesus fand.* Oder hin und wieder, wenn sie sich einmal etwas gönnen wollte, las sie gar sentimentale Geschichten wie *Der Weidenkorb* oder *Die Stimme des Schmeichlers.*
An ihrem freien Abend schloss sie sich der großen Parade von Dienstboten im Park hinter dem schmiedeeisernen Zaun an. Meist ging sie stolz und allein, sie konnte nichts dagegen tun. Manchmal, vor allem gegen Monatsende, ging sie auch zusammen mit den O'Looney-Schwestern, Ellen und Sharon, die als Zimmermädchen und Küchenmagd unter ihr arbeiteten. Arm in Arm gingen sie dann

zu dritt, und Deirdre versuchte immer, den beiden dummen Gänsen ein bisschen Vernunft beizubringen. Aber wenn sie auch nur noch ein paar Münzen von ihrem Lohn übrig hatten, zogen die Schwestern es vor, an ihrem freiem Abend auszugehen, um ein geistloses irisches Theaterspektakel oder eins von den melodramatischen Stücken, die an der Bowery gegeben wurden, anzusehen. Und begaben sich dabei in Gott weiß was für schlechte Gesellschaft …

Deirdre hingegen kehrte heim und blätterte wieder durch ihre frommen Heftchen. *Wem kann man trauen?* Ja, wem eigentlich?

Sie war immer in der Lage gewesen, für sich selbst zu sorgen. Schon als sie elf Jahre alt gewesen war, damals in Cork. Sie war auf der Hochzeit einer Cousine gewesen, und nach dem Fest hatte die ganze Gesellschaft das Brautpaar zu seinem kleinen Flecken Land begleitet. Dort hatte sie das neue Heim ihrer Cousine gesehen: nicht mehr als ein Loch neben der Straße. Eine Grube so tief wie ein Grab, gedeckt mit ein paar Strohschindeln und umgeben von Kartoffeln.

Alle hatten sie dort gestanden, und die Fiedler hatten gespielt, und alle winkten und wünschten dem Paar viel Glück – während die Cousine langsam in ihr neues Loch hinabstieg, bis nur noch ihr Kopf über der Erde war. Tapfer hatte sie ihr Lächeln erwidert. Binnen Jahrefrist kam ein Baby, und sie hausten und brüteten dort unten wie die Tiere.

Schon damals hatte Deirdre gewusst, dass sie ein solches Leben nicht wollte. Sie war noch sehr jung gewesen, um von zu Hause fortzugehen, aber ihrem Vater war es recht, den Aufwand für eine Mitgift einzusparen. Zuerst war sie zu den Barmherzigen Schwestern nach Cork gegangen, um ein bisschen Nähen und Sticken zu lernen, und von jener Zeit an war sie immer in der Lage gewesen, für sich selbst zu sorgen, hatte es immer verstanden, sich umzuhören und eine Arbeit zu finden. Es war ihr schwer gefallen, die Familie zu verlassen – die jüngeren Geschwister, die sie gehütet hatte, sogar ihre Eltern, so erbärmlich arm und schicksalsergeben sie ihr auch erschienen. Zu bleiben wäre ihr noch viel schwerer gefallen.

Als sie in New York ankam, hatte man ihr den Weg zu einer Pension gewiesen. Deirdre war erst vierzehn. Dort hatte man sie zwei Tage lang ohne Essen in ein Zimmer gesperrt, bis schließlich ein Mann kam, der ihr erklärte, welch hohe Rechnung sie inzwischen habe, und der andeutete, es gebe gewisse Möglichkeiten, sie zu begleichen.

Doch schon damals hatte sie sich zu helfen gewusst. Mit geschickten Reden und einem Bluff hatte sie sich aus dieser Situation befreit, hatte behauptet, ihr Onkel sei ein Sergeant in der Star Police. Der Pensionsbesitzer hatte ihr zumindest so weit geglaubt, dass ihm Zweifel kamen, und sobald sie frei war, hatte sie sich ein Stück Brot und einen Becher Milch gekauft. Sie war durch die Five Points gelaufen, hatte ihr Brot gegessen und der heiligen Jungfrau für ihre Errettung gedankt. Fast schwindelte sie vor Triumph und Erregung, obwohl sie kaum Geld übrig hatte.

Sie hatte all ihre Fertigkeiten bei der Arbeit erworben oder hatte vorgegeben, sie zu besitzen, wenn es nötig war. Langsam hatte sie sich in der Hierarchie der Haushalte hochgearbeitet und empfand einen geradezu wilden Stolz auf das, was sie lernen konnte. Sie achtete auf ihre Erscheinung, arbeitete unermüdlich, um das Alphabet zu lernen, wie man sich ausdrückte und ordentlich benahm. Fast die gesamten sieben Dollar, die sie im Monat verdiente, legte sie beiseite.

Doch wofür? Deirdre hörte, was die älteren, verheirateten Frauen am Waschtrog redeten: »Hätte ich es noch mal zu tun, würde ich nie heiraten.« Und sie sagten es mit einer Bitterkeit, die Deirdre immer erschreckte. Die meisten schienen sich gar nach der Zeit zurückzusehnen, als sie Dienstmädchen gewesen waren. Jetzt bestritten sie ihren Lebensunterhalt, so gut sie konnten, führten Gemüsehandlungen oder Saloons, verkauften gebackene Birnen oder Streichhölzer auf der Straße. Ihre Männer waren müßige Taugenichtse und Trinker, die sich in irgendwelchen Spelunken herumtrieben und dort große Reden schwangen. Oder sie waren harte, schweigsame, ebenso verbitterte Männer, die zwölf Stunden am Tag Kohle im Gaswerk schaufelten oder rohes Fleisch auf Schiffe verluden, und wenn sie heimkamen, warteten sie nur darauf, dass jemand ein falsches Wort sagte.

Doch sosehr sie ihre Unabhängigkeit auch genoss, sie war nicht sicher, wie lange sie noch so ganz allein in der Welt bleiben konnte, und sie fürchtete manchmal, sie könne der Sünde anheim fallen. Jeden Morgen stand sie vor Tagesanbruch auf und rüttelte die O'Looneys wach, diese faulen, trägen Kühe. Sie machte ihr Bett, glättete die Laken, bis kein Fältchen mehr zu sehen war, während die Schwestern das Feuer in Gang brachten – dann ging sie in ihrer gestärkten, makellosen Schürze hinunter, um dem Herrn des Hauses das Frühstück zu bereiten. Machte eine Aufstellung der Bestände in den Vorratskammern. Ging zum Fischmarkt, den Fleischereien und Gemüsehändlern in der großen, wimmelnden Stadt. Achtete immer strikt auf ihre Haltung, ging hoch erhobenen Hauptes die Dollar-Seite des Broadway entlang, ebenso stolz wie die feinen Damen.

Aber immer allein. Manchmal verging ein ganzer Tag, ohne dass sie ein einziges Wort sprach, das nicht eine Anweisung oder ein Tadel war. Sie brachte die Mahlzeiten auf den Tisch, führte einem Fremden das Haus.

Sie war stolz auf ihre Kochkünste, darauf, dass sie so lange unermüdlich an den Rezepten herumfeilte, bis sie perfekt waren, aber sie hatte keine wirkliche Neigung in diese Richtung, konnte sich für Speisen und Geschmacksnuancen nicht ehrlich begeistern. Sie tat, was getan werden musste, und aß dann allein und schweigend. Scheuchte Ellen und Sharon herum, bis die Küche blitzsauber war.

Und dann war sie wieder allein oben in ihrem Zimmer, wo sie sich die Haare mit Seife und kaltem Wasser in der Waschschüssel wusch oder sich wieder ihren Büchern zuwandte. Das war alles. Mühsam arbeitete sie sich durch ihre »Wahren Geschichten« über wundersame Bekehrungen von Protestanten, ihre Grammatikbücher und ihre Heftchen, die rieten, wie ein anständiges katholisches Mädchen sich beschäftigen sollte.

Sie versuchte, nach Hause zu schreiben, aber sie hatte gelernt, dass es vergebens war. Ihr Vater konnte ein wenig lesen und schreiben, aber er weigerte sich, ihre Briefe zu beantworten, behauptete, er könne sich das Porto oder das Papier nicht leisten, selbst wenn sie ihm das Geld mitschickte. Früher oder später schrieb ihr der Pfarrer immer zurück, teilte ihr in nüchternen Worten mit, was in letzter Zeit in ihrer Familie vorgefallen war, wer geboren worden oder erkrankt war, und richtete ihr angebliche Grüße ihrer Eltern aus. Diese Briefe hatten sie nur noch weiter deprimiert. Sie stellte sich vor, wie ihr Vater vor dem Priester stand, den Hut in der Hand, und zweifellos dachte: Soll doch der Papst die Kosten übernehmen.

Ihr einziger Trost war die Kirche. Wann immer es möglich war, ging sie morgens zur Messe, machte auf dem Weg zum Markt in St. Patrick oder einer der kleinen Pfarrkirchen Halt. Sie liebte die kühlen, dämmrigen Innenräume, über denen immer ein Hauch von Kerzenwachs und Weihrauch lag. Dort kniete sie nieder, schon gesegnet durch das Weihwasser aus dem Becken an der Tür.

Doch selbst hier war sie stolz, auch wenn sie versuchte, das Gefühl aus ihrem Herzen zu verbannen. Sie holte ihr kleines schwarzes Gebetbuch hervor, während die anderen Frauen um sie herum lediglich mit ihren Rosenkränzen beteten. Aufmerksam las sie die Gebete des Priesters mit, die sie stets als tröstlich und beruhigend empfand.

Judica me, Deus, et discerne causum meam
de gente non sancta …
Richte mich, oh Herr, und erkenne mein Streben
im Angesicht des unheiligen Volkes:
Erlöse mich vom Unrecht und der Falschheit.

Doch im Beichtstuhl brach das Bekenntnis ihrer Sünde aus ihr heraus, ehe sie sich noch dazu entschlossen hatte: »Vergib mir, Vater, aber manchmal glaube ich, ich könnte alles tun, nur um die Berührung eines anderen Menschen zu spüren.«

Das kurze, unbehagliche Schweigen des Priesters jenseits des Gitters. Sie war sicher, es war Vater Knapp, der kürzlich in die Ge-

meinde gekommen war. Ein untersetzter, bescheidener, kurzsichtiger Mann mit einem leichten Tyrone-Akzent und der Neigung, immerzu auf seine Füße hinabzustarren. Ein Mann, dem sie aufgrund seiner ewigen Unruhe und offensichtlichen Demut trauen konnte.
»Hast du dieser Versuchung nachgegeben?«, hatte er gefragt.
»Nein, Vater. Aber ich fürchte, ich könnte es irgendwann tun. Nur für eine Berührung.«
»Vielleicht wird es Zeit, dass du heiratest.«
»Ich weiß, Vater, aber mir graut davor.«
»Aber du solltest lieber heiraten, statt der Verderbtheit anheim zu fallen. Komm nach der Messe zu mir.«
An diesem Morgen war die Lesung aus dem Matthäus-Evangelium, und sie hatte das Gefühl, dass der Priester sie ansah, als er an das Pult trat und die englische Übersetzung las:

Kommt zu mir, die ihr mühsam und beladen seid.
Ich werde euch Ruhe verschaffen. Nehmt mein Joch auf euch
und lernet von mir, denn ich bin gütig und von Herzen demütig;
so werdet ihr Ruhe finden für eure Seelen.
Denn mein Joch drückt nicht, und meine Last ist leicht.

Anschließend hatte sie scheu vor der Tür zur Sakristei gewartet, bis Vater Knapp herauskam. Er hatte sie zum Pfarrhaus hinübergeführt und ihr ein weiteres, dünnes Büchlein gegeben.
»Ich weiß, dass du lesen kannst, Deirdre, und dass du ein gescheites Mädchen bist«, sagte er. »Lies dies, und nimm es dir zu Herzen, und ich werde jede Frage beantworten, die du vielleicht hast.«
Neugierig hatte sie auf den Titel geblickt – *Ein Leitfaden für katholische junge Frauen, insbesondere jene, die ihren Lebensunterhalt selbst verdienen* –, ehe sie das Büchlein in ihren Einkaufskorb legte. Als abends all ihre Arbeit getan war, hatte sie sich in ihr Zimmer gesetzt und es gelesen. All die verschiedenen Ratschläge bezüglich der Ehe studiert, die das Büchlein enthielt – und sie fragte sich, was genau es war, das der Pater ihr hatte ans Herz legen wollen, bis die Buchstaben vor ihren Augen verschwammen.

Die Ehe ist ein von Gott geheiligter Stand, hatte sie gelesen. *Treffe deine Entscheidung nicht überstürzt.*

Der Verfasser, ein Mann, hielt es offenbar ebenso wie Vater Knapp für ratsam, dass sie heiratete. Doch er schrieb seitenlange Warnungen, was alles passieren konnte, wenn ein katholisches Mädchen voreilig oder den falschen Mann ehelichte. Sie arbeitete das Büchlein gründlich durch, dachte dabei an die Frauen, die sie kannte, und fragte sich, ob sie den richtigen Mann finden würde oder wie sie überhaupt je heiraten sollte.

Wer ist diese aufgedunsene, ungepflegte Frau, die sich offensichtlich seit einer Woche nicht gekämmt hat, mit der Schar zerlumpter Kinder, die in dem erbärmlichen, verdreckten Loch um sie herum heulen, zanken und fluchen? Noch vor wenigen Jahren war sie ein hübsches, bescheidenes Mädchen, unschuldig und unbeschwert, das bei einer ruhigen, netten Familie eine angenehme Arbeit hatte und seinen Pflichten sorgfältig mit freudigem Herzen nachkam.

Im Monat darauf war es dann zu den Unruhen gekommen. Die Protestanten machten die Straßen unsicher, brannten in Philadelphia Kirchen nieder, und der Bischof persönlich hatte dazu aufgerufen, die Kathedrale zu beschützen. Sie war mit den Schwestern gegangen, um an Hilfe beizusteuern, was sie konnte. Doch die Männer im Kirchhof waren ihr nicht besonders fromm vorgekommen, eher wie Männer überall auf der Straße, die sie lüstern angrinsten und ihr nachpfiffen.

»Wo willst du denn hin, Herzchen? Zu den Pfaffen, um ihnen zu Diensten zu sein?«

»Vergiss es, Pat. Du weißt, die drei Geschöpfe auf der Welt, die man am schwersten abrichten kann, sind das Maultier, das Schwein und die Frau ...«

Hoch erhobenen Hauptes war sie zwischen ihnen einhergegangen, hatte durch nichts zu erkennen gegeben, dass sie ihre Anzüglichkeiten und das Gelächter auch nur hörte. Doch dann hatte sie sein Gesicht gesehen. *So jung und so offen, dieses dumme Mondkalb. Wie hatte er so lange in dieser Stadt überleben können mit so einem Gesicht?* Und doch hatte er es gewagt, zu ihr zu treten, allein auf sie zuzugehen. Und er hatte die Impertinenz besessen, ihr zu sagen: »Was immer Sie wünschen, Miss.«

Welch eine törichte, jungenhafte Prahlerei, und das ausgerechnet von ihm, der nicht so aussah, als besäße er auch nur einen Penny.

Und doch hatte sie sich im Laufe des Nachmittags immer wieder dabei ertappt, dass sie zu ihm hinüberschaute, wo er mit seinen Kameraden zusammenstand. Ihr fiel auf, wie viele Freunde er hatte, auch wenn er sich stets anständig und höflich benahm. Und die heimlichen Blicke, die er ihr zuwarf, entgingen ihr nicht.

Wem kann man trauen? Als sie sein hübsches, offenes Jungengesicht betrachtete, glaubte sie zu wissen, was sie zu tun hatte – was Vater Knapp und das Buch ihr hatten sagen wollen: Wenn der richtige Mann nicht zu finden war, musste sie ihn vielleicht schaffen. Sie musste ihn formen und prägen und für die Welt stählen.

Als er im Gramercy Park erschienen war, hatte sie es als Zeichen gedeutet. Mit der üblichen Parade war er auf den schieferblauen Gehwegen im Kreis herumgezogen. Sie hatte ihn entdeckt, als sie zum Haus zurückging. Dieses breite, offene Gesicht, und er war ihr gefolgt wie ein gewöhnlicher Straßenräuber. Sie war überrascht, ihn dort zu sehen, verblüfft über diese Unverfrorenheit. Doch ihr fiel auch auf, dass er sich die Mühe gemacht hatte, einen guten Gehrock anzuziehen und sich das Haar zu kämmen. Und ihr war bewusst, welche Mühe es ihn gekostet haben musste, sie ausfindig zu machen.

Sie hatte beschlossen, eine weitere Runde um den Park zu drehen, gewartet, dass er sie ansprach. Doch das hatte er nicht getan. Auch das hatte ihr gefallen, dass sie ihn dermaßen einschüchterte. Doch ihr wurde klar, dass irgendetwas geschehen musste, sonst würden sie ewig um den Park herumspazieren.

Sie hatte Sorge getragen, dass er sie nicht aus den Augen verlor. Sie hatte alles in einer spontanen Eingebung geplant, geleitet von einer Inspiration, die, da war sie sicher, von der Heiligen Jungfrau selbst kommen musste. Sie wusste, dass die O'Looney-Mädchen und all die anderen Dienstboten noch eine Weile ausbleiben würden.

Als sie an ihrem Haus vorbeikam, war sie in den Vorgarten eingebogen, hatte das Törchen jedoch unverschlossen gelassen. Auch den Dienstboteneingang ließ sie offen, um auf Nummer sicher zu gehen.
Dann hatte sie sich an ihr Spinnrad gesetzt und zu singen begonnen. Zuerst beschimpfte sie sich wegen ihrer Torheit, als er nicht kam – sicher war er längst oben, stahl das Silber und ermordete den Hausherrn. Doch dann hörte sie die ersten zaghaften Schritte auf dem Flur vor ihrem Zimmer. Ihr gefiel die Schüchternheit dieser Schritte, die Unsicherheit und Sanftheit, mit der er ihr folgte. Sie sang ein wenig lauter:

I've left Ballymornack a long way behind me
To better my fortune, I've crossed the big sea.
But I'm sadly alone, not a creature to mind me,
And faith, I'm as wretched as wretched can be ...

Sie ließ ihn hereinkommen und sie dort singend am Spinnrad sehen. Irgendein altes Lied, es war ganz gleich welches, Hauptsache, sie sang mit ihrer schönsten Stimme. Sie konzentrierte sich kaum darauf, wollte nur, dass er sie so sah, ehe sie den nächsten Schritt machten.

46
Ruth

Mit einem feuchten Tuch in der Hand ging sie schließlich zu Vie und Elijiah zurück, tastete sich durch das fremde, dunkle Haus. Die Kleinen waren schon eingeschlafen, aber Milton war auf. Er saß auf ihrer Bettkante, denn er hatte sie trösten wollen. *Lieber Junge.* Er schaute mit großen, fragenden Augen zu ihr auf, als sie eintrat.

»Es ist gut«, versicherte sie ihm. »Jetzt, da der Regen gekommen ist, wird alles gut.«

Sie setzte sich neben ihn auf das Bett, legte ihren jüngeren Kindern die Hand auf die Stirn und stellte erleichtert fest, dass sie nicht mehr so heiß waren.

»Warum sind wir hier?«, flüsterte Milton.

»Ich und Deirdre haben uns gedacht, es wär einfacher, falls irgendwas passiert. Man weiß ja nie bei solchen Unruhen.«

Sie wollte ihm nicht sagen, dass sie sich bei einer weißen Familie versteckten, damit der Mob sie nicht fand. Doch noch während sie ihn zu beruhigen versuchte, erkannte sie, dass er von selbst darauf kommen würde.

»Werden sie kommen und uns suchen? Sind sie hinter den Farbigen her?«

Möglichst ruhig versuchte sie ihre Kinder mit Deirdres feinen Laken zuzudecken. Doch ihre Gedanken verfingen sich an diesem einen Wort.

Farbige. Wie schnell er zu dieser Unterscheidung gelangt war. Und wo stand dann sie?

»Nein, nein. Es ist die Einberufung, über die sie sich so aufregen. Es

war nur die Frage, in welchem Haus wir sicherer sind. Du weißt doch, wie Deirdre ist mit ihrem Haus.«
Sie versuchte, ihn damit zu bestechen, dass sie mit ihm wie mit einem Erwachsenen sprach und ihm dieses kleine Geheimnis anvertraute. Doch Milton lehnte sich nur trotzig zu ihr herüber und flüsterte: »Wo ist Daddy?«
»Ihm geht's gut …«
»Woher willst du das wissen? Woher willst du so was wissen?«
Er saß gleich neben ihr auf der Bettkante, sein schwarzes, ernstes Gesicht war in der Dunkelheit kaum zu erkennen, aber sie sah seine Zweifel.
»Nein, nein, er wird jetzt bald kommen, wo es angefangen hat zu regnen. Wir müssen hier auf ihn warten. Und du musst mir helfen.«
Sie bat ihn, *ihren guten Sohn,* sprach jetzt ganz offen: »Du musst mir helfen, Ausschau nach ihm zu halten. So wie du mir immer bei allem geholfen hast.«
Seine Miene wurde sanft. Das Gesicht wieder jungenhaft, ein wenig verlegen, aber offensichtlich erfreut über ihr Lob. Er war eben doch immer noch ein Junge.
»Komm jetzt. Komm und halt nach ihm Ausschau.«
»In Ordnung«, sagte er und nickte ernst. »Einverstanden.«

Zusammen hielten sie im Wohnzimmer Wache. Kerzengerade und reglos saß Milton auf einem Stuhl am Fenster. Den Kopf nach vorn geneigt, blickte er aufmerksam durch die halb geschlossenen Läden auf die Straße hinaus.
Der Sturm ließ nach und hörte dann beinahe so abrupt auf, wie er begonnen hatte – als habe jemand plötzlich einen Vorhang von der Stadt zurückgezogen. Manhattan roch nahezu sauber, wie immer kurz nach einem Regenguss. Eine plötzliche, fast unheimliche Stille hatte sich ausgebreitet, sodass Ruth gar zu hoffen wagte: Vielleicht hat der Regen es geschafft. Vielleicht ist es jetzt vorbei …
Schritte durchbrachen die Stille. Erst war es ein ruhiges Gehen, dann ein Rennen, und Milton stand von seinem Stuhl auf. Auch Ruth und Deirdre erhoben sich und traten ans Fenster, um durch

die Ritzen in den Läden hinauszuspähen, gleichzeitig von Hoffnung und Furcht erfüllt. Sie sahen eine hohe Gestalt auf sie zu hasten. Nicht mehr als eine verschwommene Silhouette in der Finsternis, denn die Gaslampen waren ja gelöscht. Die drei Wächter sahen wortlos hinaus, bis die Gestalt das Haus beinahe erreicht hatte.
Erst da konnten sie mit Sicherheit sagen, dass es weder Billy noch Johnny Dolan war. Es war eindeutig ein weißer Mann, auch wenn sein Gesicht mit Ruß oder Dreck verschmiert zu sein schien. Seine Kleidung war schmutzig und zerfetzt, doch besser als alles, was Johnny Dolan je besessen hatte – ein feiner Rock und eine Weste, die aus echter Seide zu sein schien, und gelbe Leinenhosen.
Er hastete an ihrem Haus vorbei, weiter zu Maddys Tür, wo er läutete. Die Glocke hallte die verlassene Straße entlang. Als Maddy nicht kam, hämmerte er mit den Fäusten an die Tür und rief ihren Namen. Überall entlang der Straße sah Ruth hinter den geschlossenen Läden Kerzen aufflackern, bis die Tür endlich geöffnet und er eingelassen wurde.
»Das war er nicht«, sagte Milton mit unüberhörbarer Enttäuschung.
»Nein, es ist dieser Mann, der sie aushält«, bemerkte Deirdre verächtlich. »Ach, Männer sind doch hoffnungslose Kreaturen!«
Langsam nahmen sie ihre Plätze wieder ein – Milton beugte sich auf seinem Posten wachsam vor. Er starrte auf Paradise Alley hinaus, als könne er mit den Augen ein Loch in die Nacht brennen und seinen Vater heimholen.
Ruth lehnte sich auf der Rosenholzcouch zurück. Das zierliche Möbelstück war ihr so unbequem erschienen, wenn sie Deirdre früher besucht hatte, doch heute versank sie regelrecht darin, an der Schwelle zwischen Wachen und Schlafen. Deirdre saß wieder in ihrem Sessel, die Augen beinahe geschlossen.
Doch schon hörte Ruth wieder rennende Schritte auf den Straßen, hörte irgendwo in der Ferne rufende Stimmen. Die Stadt – der Mob – sammelte sich wieder. Formierte sich aufs Neue in den Saloons und an den Straßenkreuzungen. Bereitete sich auf den morgigen Tag vor.

Zweiter Tag

Dienstag, 14. Juli 1863

Das Haus, das uns Heiligtum und Zierde war,
wo unsere Väter dich gepriesen haben,
ist ein Raub der Flammen geworden;
alles, was uns Augenweide war,
liegt in Trümmern.

Jesaja, 64,10

47
Herbert Willis Robinson

Es ist wieder heiß. Zwar ist noch früher Morgen, aber es ist trotzdem schon wärmer als gestern, so, als hätte es den kühlenden Regen nie gegeben. Die Sonne ist ein gnadenloses rotes Auge hinter den Blenden.

Aber hier drinnen schnarcht Maddy leise in ihr Kissen neben mir. Wie engelgleich sie jetzt aussieht, während sie an meiner Schulter schläft. Wie damals, in unseren ersten Nächten.

Sie ist gealtert, aber nicht sehr – nicht annähernd so sehr wie ich. Sie wirkt nicht mehr mädchenhaft, ihr Gesicht ist voller und sinnlicher. Selbst wenn ihr Haar ungewaschen und aufgelöst ist, wie fast immer in letzter Zeit, finde ich sie schöner denn je.

Gestern Abend, nachdem ich sie am Fenster entdeckt hatte, konnte sie es nicht abwarten, mich hereinzulassen. Sie kam die Treppe heruntergerannt und fiel mir voller Ungeduld um den Hals.

»Ich habe sie gehört. Ich habe sie da draußen den ganzen Tag lang gehört«, sagte sie und hielt mich immer noch fest. »Niemand war da. Keine der Frauen war auf der Straße. Keiner ist zu mir gekommen!«

Ich habe mich mit ihr an den Küchentisch gesetzt, habe sie auf den Schoß genommen. Sie ist immer noch so klein – so leicht wie ein Mädchen. Jetzt gab es keine Spielchen zwischen uns, weder von ihrer noch von meiner Seite. Stattdessen war es wie ganz zu Anfang, nur Bedürfnis und Arglosigkeit. Ich drückte sie ganz fest an mich und streichelte ihr Haar, während sie redete.

»Ich war den ganzen Tag allein«, erzählte sie mir und rieb ihre Nase an meinem Hals. Sie war immer noch ungewaschen, trug nach wie

vor denselben gelben, abgetragenen Morgenrock, in dem ich sie auch heute früh gesehen hatte. Wir müssen beide einen schönen Anblick geboten haben – ich in meinem verdreckten Anzug, der vom Baustellenstaub ruiniert war.
Es spielte keine Rolle. Ich küsste und berührte sie überall, streichelte ihre Arme, die Brüste, den Bauch. Ich stellte sie vor mich, zog sie liebevoll aus, gleich dort in der Küche. Ich schälte sie aus diesem unsäglichen Morgenmantel und steckte ihr Haar auf, während sie nackt und gefügig vor mir stand.
»Mein liebes Mädchen.«
Ich führte sie hinauf zu dem erlesenen Eichenbett, das ich ihr vor Jahren gekauft hatte. Und als wir uns liebten, klammerte sie sich an mich, so, als könnte sie mich nicht ausmachen in der totalen Dunkelheit des Zimmers, während der Regen an die Scheibe prasselte und alle anderen Geräusche aussperrte. Als der Regen nachließ, hörten wir in der Ferne Rufe und Gelächter und das Splittern von Glas, und sie klammerte sich umso fester an mich.
Also warum? Warum sollte ich sie je verlassen?
Ich bin ein Schreiberling.
Das ist der springende Punkt. Oh, ich meine das nicht verächtlich. Ich bin sogar in gewisser Weise stolz darauf.
Ich bin ein Schreiberling, ein Schriftsteller. Das ist ein Geschäft wie jedes andere, nicht mehr, aber auch nicht weniger ehrbar. Ich schreibe über alles, was ich kenne, und über vieles, was ich nicht kenne. Ich schreibe über Hunde und Waffen, Pferde und Vögel. Ich schreibe Rezensionen über Bücher, die ich nicht gelesen, Kritiken über Stücke, die ich nicht gesehen habe, Beschreibungen von Orten, an denen ich nie gewesen bin. Ich habe sogar Poesie verfasst.
Ich habe für die Republikaner und die Demokraten geschrieben, für die alten Nationalliberalen, Anti-Masonisten und die Abstinenzler. Ich habe wundersame Bekehrungsgeschichten für die eine wahre Kirche geschrieben – *Wie ein protestantischer Anwalt zum Licht fand* und *Wie eine universalistische Dame zu Jesus fand.* Und ich habe Pamphlete für die Know-Nothing-Bewegung über die schrecklichen Vorgänge in papistischen Konventen und Klöstern

verfasst – *Erschütternde Enthüllungen* oder *Die Bekenntnisse einer lasziven Nonne.*

Ich habe Heftchenromane für einen Nickel und Schauergeschichten für einen Dime geschrieben: *Der blaue Rächer der Wellen* und *Der rote Rächer der Prärie* und *Der schwarze Rächer der Stadt.* Ich habe für *Harper's Weekly* und *Harper's Monthly* geschrieben, für *American Museum, American Monthly* und *National Era;* für *Brother Jonathan* und *True Flag* und *Flag of Our Union* und *The Starry Flag.* Ich habe für *Godey's Lady's Book* geschrieben, für *Peterson's Lady's National Magazine,* für *Lady's Companion, Burton's Gentleman's Magazine, Mrs. Stephens' Illustrated New Monthly, Frank Leslie's Illustrated Newspaper* und *Ned Buntline's Own.* Und auch für *Country Living and Country Thinking, Musical World and Times* und *The Scorpion* und *The Congregationalist.* Ich habe geschrieben.

Ich habe das nie geplant. Ich war – genau wie Greeley – der Intelligenzbolzen in meiner Familie, der Wunderknabe in meinem kleinen Dorf in Neuengland. Lesen, Schreiben und Rechnen gingen mir so leicht von der Hand, dass ein entfernter Onkel auf mich aufmerksam wurde. Er wurde mein Förderer, zumindest insofern, als er mich ins Internat schickte und später auf seine alte Universität, draußen in den sanften, welligen Hügeln von West-Massachusetts. Danach war ich auf mich selbst gestellt und so arm wie eh und je. Meine eigentliche Familie, alteingesessene Yankees, hatte so wenig Ehrgeiz, dass sie nicht einmal fortzog, als der magere Boden ihrer Farm ausgelaugt war. Sie waren durchaus damit zufrieden, allmählich auf den Status des verarmten Landadels abzurutschen.

Ich hingegen kehrte ihnen den Rücken und ging nach New York. Ich wollte etwas machen, irgendwas, wofür man kein Kapital benötigte und kein halsbrecherisches Risiko eingehen musste, was meine Landsleute so gern taten: gegen Indianer kämpfen, Getreide in der Prärie anbauen oder Gebirge auf der Jagd nach Gold überqueren. Den ganzen Tag mit Kesseln und Dampfdruck herumhantieren.

Dann sah ich es. Überall lasen Menschen – sie hockten in Leihbüchereien, Lesesälen oder auf der Straße über Büchern. Erst als ich in der Stadt war, begriff ich es – obwohl das geschriebene Wort mich gefesselt hatte, seit ich laufen konnte. Erst hier, wo sie alle waren, sah ich es: die Drucker und ihre Pressen an jeder Straße, die Berge von Papier und Wörtern ausstießen, Bücher und Zeitungen, Jahrbücher und Handzettel, jede Art von Blättern, die zwischen zwei billige Pappdeckel gesteckt wurden.

Da wusste ich, dass ich meine Bestimmung gefunden hatte – meinen Rohstoff. Halten Sie mich nicht für zynisch. Wie jeder Handwerker war ich stolz auf das, was ich nur auf Grund meiner Erfahrung und Sachkenntnis leisten konnte. Stolz darauf, wie ich alles anpackte – jedes öffentliche Ereignis, jede vorübergehende Mode, jede Arbeit eines anderen Autors (vorzugsweise eines europäischen) –, wie ich etwas erschuf, das die Menschen lasen, für das sie ihr schwer verdientes Geld ausgaben und, was noch wichtiger war, ihre Zeit opferten!

Und ich verdiente Geld. Genug um meinen Lebensstil zu finanzieren, selbst in der teuersten aller Städte. Gnadenlos stellte ich meinen Namen (und meine zahlreichen Pseudonyme) in die Öffentlichkeit, bis ich mir teurere Kleidung und feinere Restaurants leisten konnte, als ich mir je hatte träumen lassen. Und ich habe das elegante Haus am Gramercy Park erstanden, das ich dem senilen Sprössling einer alten holländischen Kaufmannsfamilie abgekauft habe, die genauso abgewirtschaftet hatte wie meine eigene.

Aber es reichte noch nicht. Es war fast wie eine Krankheit, eine Manie. Ich schrieb weiter und weiter, bis ich schließlich bei den Zeitungen landete. Da gab es jeden Tag etwas zu schreiben – etwas, das gleich vor mir, auf der Straße passierte.

Und hier gab es doch gewiss etwas, das ich mir zu Eigen machen konnte. Etwas Größeres. Das war mein geheimer Traum, das Verlangen, das jeder Schriftsteller im Herzen trägt. Der Wunsch, etwas zu schaffen, etwas von bleibendem Wert zu schreiben. Irgendeine Hymne konnte ich bestimmt zusammenschustern, so wie der kauzige alte Whitman mit seinen maßlosen, lebendigen Oden an alles Mögliche. Ich habe überall danach gesucht, dort draußen in der großen Stadt.

Und doch waren meine *Straßenszenen* hoffnungslos festgefahren. Ich habe alles versucht. Einmal habe ich mich einen ganzen Tag lang ins oberste Fenster des *Tribune* gesetzt. Dort, so schwor ich mir, würde ich die ganze Broadway-Szenerie in mich aufnehmen und alles niederschreiben, jedes noch so kleine Detail der menschlichen Natur.

Wie ich sie alle geliebt habe – sie aus dieser Distanz zu beobachten und selbst nicht gesehen zu werden. Die Blumenmädchen, wie sie feilschten und lachten und ihre Ware an die Zaunpfähle von St. Paul's Chapel hängten. Eine bezaubernde, stolze Köchin, die hocherhobenen Hauptes wie ein Bischof vorbeispazierte. Die herumlungernden Geschäftemacher und Schmalspurganoven, die sie und jede andere Frau, die sie sahen, mit Blicken verfolgten. Die Damen der Gesellschaft, die mit ihren Mädchen einkaufen gingen, und die Politiker, die sich auf die Schultern klopften und redeten und redeten. Die Fuhrmänner, die ihre schwerfälligen Pferde vorantrieben …

Ich glaubte irgendwie, Größe zu verspüren, aber sie lag in der Stadt begründet, nicht in mir. Ich vermochte nichts daraus zu machen, nicht einmal von meinem Adlerhorst aus, keine Story für die Leser des *Tribune*. Ich prügelte und drosch darauf ein wie ein Bildhauer, der einen unnachgiebigen Steinklotz malträtiert, versuchte ein Stück Wahrheit, eine große Geschichte herauszuschneiden.

Sie wollte nicht kommen – und ich floh, hinaus in die Stadt. Ich stürzte mich ins Gewühl der Straßen, lief die eine hinauf und die andere hinunter, kämpfte mich durch die Massen auf den Gehwegen. Ich stellte mein Glück auf die Probe und überquerte die Avenues blindlings vor den Mietdroschken, Fuhrwerken und gelben Omnibussen. Nur um die Straße einen Moment früher kreuzen zu können, riskierte ich, in zwei Hälften zerrissen zu werden.

Ich entdeckte, dass ich damit nicht allein war. Dass Hunderte, vielleicht Tausende anderer New Yorker mit mir dahinrasten. Ihre fiebernden, besorgten Gesichter waren immer an meiner Seite. Ruhelos wie Haie jagten wir hierhin und dorthin. Immer in Bewegung – immer in der Hoffnung, in der großen Masse der Stadt etwas zu begraben oder ans Licht zu fördern.

Ich ging weiter, bis ich – wie immer – von einem der Flüsse aufgehalten wurde. Und da blieb ich stehen, rang um Atem, und dann hörte ich es: das stetige, dissonante Dröhnen, das um mich herum anschwoll.
Ich dachte beinahe, ich sei nicht mehr bei Verstand, aber ich konnte es hören. Was es war, kann ich nicht sagen – das Wimmern einer neuartigen Maschine oder das Geplapper von Millionen Stimmen; das unaufhörliche Trampeln von Füßen und Hufen auf den Pflastersteinen. Vielleicht war es alles zusammen und mehr, vereint in diesem Furcht einflößenden, sinnlosen Summen. Die Stadt um mich herum war ein lebendes, atmendes, gewissenloses Ding. Und doch konnte ich nichts daraus machen.
Ich bin, wie ich schon sagte, ein Schreiberling.

Dann fand ich Maddy. Ich ließ sie noch für ein paar Wochen bei Grandma Em in den Seven Sisters, dann zahlte ich ihren Zuhälter aus und mietete dieses Haus. Ich begleitete sie, um ihre Sachen und ihre Mutter aus der Wohnung oben in den Shambles abzuholen. Es war ein grauenhafter Aufstieg, in nahezu totaler Dunkelheit und über eine Treppe, die fast so steil wie eine Leiter war. Auf jeder Stufe spürte ich glitschigen Dreck unter den Sohlen; ob menschlichen oder tierischen Ursprungs, konnte ich nicht feststellen. Dunkle Gestalten, die nach Whiskey oder Kohl rochen, rempelten uns an und verschwanden sogleich wieder fluchend und murrend auf ihrem Weg nach unten.
Maddy ging voran, ihre Schritte waren sicher wie die eines Indianers. Es schien mir, als sei das neue rote Kleid, das ich ihr gekauft hatte, der einzige Farbtupfer an diesem Ort – und der führte mich wie eine Laterne höher und höher die Treppen hinauf in den obersten Stock zu dem schäbigen Loch, in dem ihre Mutter wohnte. Dort saß die Frau auf einem Stuhl vor dem erkalteten Ofen, wiegte den Oberkörper vor und zurück und saugte an einer Maiskolbenpfeife. Maddy grüßte sie lautstark, wobei sie sich zum Ohr ihrer Mutter hinabbeugte. Die alte Frau verstand offenbar nicht, was Maddy sagte, aber der zahnlose Mund zeigte ein Lächeln, und sie

streckte eine knorrige Hand aus und streichelte ihrer Tochter die Wange.
Maddy packte ihre wenigen Habseligkeiten zusammen und führte ihre Mutter dann vorsichtig die Treppen hinunter, obwohl die alte Frau beinahe so leichtfüßig ging wie ihre Tochter. Ich hingegen stolperte über irgendein Hindernis auf der Schwelle zu den Shambles – und zu meinem Entsetzen brach mein Fuß durch das Kopfsteinpflaster von Paradise Alley. Die losen Steine plumpsten in einen dunklen, übel riechenden Strom, der plötzlich freigelegt war.
»Das ist der Abwasserkanal«, erklärte Maddy vergnügt. »Die Swamp Angels und die Break o'Day Boys schneiden gern Löcher in die Kanaldecke, um da unten ihre Schätze zu verstecken.«
»Bist du etwa schon mal da unten gewesen?«, fragte ich sie erstaunt.
»Schon oft. Aber wir haben nie irgendwelche Schätze gefunden. Außerdem muss man vorsichtig sein. Selbst wenn sie dich nur dabei erwischen, dass du dich ein bisschen umsiehst, schneiden sie dir mir nichts, dir nichts die Kehle durch.«
»Da unten«, wiederholte ich und starrte auf den reißenden Strom, der Tag und Nacht unseren geballten Unrat zum East River hinausbefördert.
»Na klar!«
Und als sei es gar nichts, stieg Maddy durch das Loch, das ich unbeabsichtigt in den Bürgersteig getreten hatte, und verschwand in dem stinkenden Tunnel.
»Maddy!« Einen Moment lang fürchtete ich, sie sei weg. Entsetzt starrte ich in die Dunkelheit hinab, erwartete ihren schmalen Körper zu sehen, wie er zum Fluss hinausgespült wurde.
Stattdessen lächelte sie mir zu. Ihre hübschen kleinen Füße balancierten auf einer schmalen Kante, die nicht breiter als meine Hand war. Sie bewegte sich darauf so geschickt wie eine Bergziege. Ungeachtet der Schmutz starrenden Wände, die ihr neues rotes Kleid ruinieren konnten, spazierte sie durch das Gedärm der Stadt.
»Komm runter!«, rief sie mir zu und lachte immer noch über meinen angeekelten Gesichtsausdruck. »Komm her. Ich zeig dir, wo du gehen kannst!«

Ich aber konnte mich nur am Rand der Kanaldecke festklammern und Maddy ansehen. Sie bewegte sich auf Zehenspitzen und vollführte eine Pirouette, dort, auf der schmalen Kante. Graziös wie eine Seiltänzerin, die am Rand einer Jauchegrube tanzt.

Danach tat ich alles für sie, was ich nur konnte. Das Haus war nur ein Anfang. Ich engagierte Lehrer, die ihr Lesen und Schreiben beibrachten. Ich heuerte Tanz- und Musiklehrer an, die sie Harfe- und Klavierspielen lehrten, Zeichnen und Anstandsformen. Bei Stewart's habe ich ihr ein Konto einrichten lassen und dafür gesorgt, dass eine verwitwete Dame mit Geschmack sie beriet, was sie kaufen und wie sie es tragen sollte. Kurz gesagt, ich habe ihr alles gegeben, was sie brauchte, um eine vollendete junge Dame zu werden.

Als ihre Mutter starb, habe ich sogar die Beerdigungskosten übernommen – komplett mit einem Marmorgrabstein, einem Leichenwagen mit großen Glasfenstern und einem Gespann in schwarzen Schabracken und bezahlten Klageweibern, die bis zum Green-Wood Friedhof hinterherliefen. Es war ein feines Begräbnis – das scheint denen immer so viel zu bedeuten, nach dem erbärmlichen Leben, die sie auf dieser Erde gelebt haben.

Ich muss zugeben, es überraschte mich, wie bitterlich sie auf dem Friedhof weinte. Sie heulte wie diese alten Frauen mit den Kopftüchern in dem alten De Peyster-Haus. Anschließend bemühte ich mich, besonders aufmerksam zu sein. Meinen Schriftstellerkollegen unten in Pfaff's Cave fiel meine ständige Abwesenheit auf, oder dass ich mich schon am frühen Abend davonstahl. Ich versuchte, sie anzulügen, behauptete, ich leide an Gichtanfällen, aber sie durchschauten mich.

»Begreift ihr denn nicht?«, hatte George Arnold ausgerufen. »Es muss seine geheime Leidenschaft sein!«

»Sie muss eine wahre Schönheit sein, dass er sie uns so vorenthält«, hatte Clapp, unser Ältester, hinzugefügt und mir durch den Rauch, der unseren Tisch im hinteren Teil der Lokals immer verhüllte, zugelächelt. Dann jedoch hatte er mich überrascht, als er beinahe ernst fortfuhr: »Aber du solltest verheiratet sein! Wann wirst du endlich heiraten, Herbert?«

Warum sollte ich? Wir inszenierten eine täuschend echte Imitation der Ehe. Besser noch als ein wirkliches Eheleben. Ich konnte jeden Abend hinspazieren, wann immer mir danach war. Und nach unserem gemeinsamen Abendessen lauschte ich Maddy, die für mich sang oder spielte. Und anschließend konnte ich genießen, was immer ich wünschte (sie verweigerte mir nie etwas). Es gab keine Szenen, weil ich rauchte oder trank. Kein Gezeter, wenn ich für vierzehn Tage zur Jagd nach Jersey fuhr oder zum Fischen in die Adirondacks. Es wurden keinerlei Ansprüche an mich gestellt. *Wie eintönig alles war!*

Dann entdeckte ich unser kleines Spiel.

Es begann damit, dass ich sie zu einer Ausstellung in William Schaus' Galerie mitnahm. Ich hatte mir nicht viel davon versprochen, erwartete nur weitere Werke der »Ruth-Manie«, die wir zu der Zeit immer noch durchleiden mussten: reihenweise Gemälde von Ruth, Skizzen von Ruth, Skulpturen von Ruth bei der Lese auf den Feldern von Boaz. Coopers Grenz-Ruth, die in *Cochanet oder Die Beweinte von Wish-Ton-Wish* verschleppt wurde und bei den Indianern leben musste. Ives Büste mit ihren sittsamen, keuschen, fraulichen Zügen in jedem Heim – das eine symbolische Weizenkorn geschmackvoll in ihrem Haar. Ruth, die pflichterfüllte Ehefrau und Schwiegertochter im Schoß ihrer neuen Familie.

Doch was ich fand, war etwas ganz anderes. Schaus hatte nur ein einziges Exponat ausgestellt, das Werk eines autodidaktischen Bildhauers, das Hamilton Fish in der Dachkammer gefunden hatte. Die Statue hieß *Die weiße Gefangene,* und die Werkbeschreibung in der Galerie behauptete, sie habe eine stärkende moralische Wirkung »… zeigt den Einfluss des Wilden auf die Christenheit«.

Der Einfluss des Wilden, in der Tat! Nachdem ich unseren Eintritt bezahlt hatte, wurden Maddy und ich von der Masse mitgerissen wie von einer Springflut auf Coney Island. Wir wurden einen schmalen Korridor entlanggedrängt, bis ich fürchtete, Maddy würde zerquetscht und meine Nase gebrochen, so oft wurde ich gegen den Gentleman vor mir gestoßen. Dann endlich wurden wir in den Ausstellungsraum gespült, und da war sie.

Es war eine Skulptur, die eine junge Frau darstellte. Die Tochter irgendeines Pioniers, die mitten in der Nacht von plündernden Wilden aus ihrer Blockhütte entführt worden war. Sie hatten ihr das Nachthemd vom Leib gerissen, und nun stand sie nackt an einen Baumstamm gefesselt. Das Ganze war eine dreiste Nachahmung von Powers einstiger Sensation, der *Griechischen Gefangenen,* doch diese Skulptur hier war weit weniger klassisch, eher lebensecht in ihren femininen, sinnlichen Rundungen.

Schaus hatte gar ein gedämpftes Gaslicht über dem Exponat angebracht, sodass die Haut fast wie lebendiges Fleisch wirkte. Ein Mechaniker stand daneben, der sich mit einer Kurbel abmühte, durch welche das Werk langsam um die eigene Achse gedreht wurde, damit die Menschenmenge es von allen Seiten bewundern konnte. Ihre Beine, ihr Gesäß, den Lederriemen, der ihre Hände hinter dem Baum zusammenhielt. Die Fetzen ihres Nachthemdes lagen am Fuß des Baumstamms verstreut, als wollten sie uns an die bald verlorene Unschuld dieses Mädchens erinnern. So hilflos. So verängstigt, dass ihr Blick erstarrt war, bereit, alles zu tun, was man ihr befahl …

Greeley schrieb am nächsten Tag in seiner grenzenlosen Fähigkeit zum Selbstbetrug: »In ihrer Nacktheit ist sie jedem niederen Gedanken entrückt. Ihre Ausstrahlung weckt im Betrachter den Wunsch, sie zu verhüllen und zu beschützen. Ihre reine, unbewusste Natürlichkeit, ihre innere Keuschheit der Seele und liebreizende, frauliche Würde kleiden sie mehr, als zehn Gewänder eine Figur von niederem Charakter verhüllen könnten …«

Was für ein Blödsinn. Die Frauen im Ausstellungssaal wussten es besser. Ängstlich drängten sie sich in den Ecken zusammen, hielten ihre Fächer und Arme vor dem Oberkörper, als wollten sie einen Angriff abwehren. Die männlichen Zuschauer umrundeten derweil unermüdlich die Skulptur, denn der Mechaniker an der Kurbel war ihnen zu langsam. Schaus war klug gewesen, keine weiteren Werke auszustellen, denn die Männer hätten sie in ihrer Verzückung gewiss zertrümmert. Blind stießen sie gegeneinander, umschwärmten die Statue wie Haie die Beute. Man hörte keine Stimmen – keine gemurmelten Worte, erregt oder gelangweilt, wie sie sonst in jeder Ausstellung zu vernehmen sind. Nur das unablässige Quietschen von Schuhsohlen, während die Männer rastlos umhergingen.

Ich betrachtete sie und wahrte meine Gelassenheit, so lange ich konnte. Dann brachte ich Maddy nach Hause und machte mich über sie her. Ich ließ sie all ihre feinen neuen Sachen ausziehen und fesselte ihr die Hände mit meinem Gürtel auf den Rücken. Sie nahm all das ebenso passiv hin wie die Weiße Gefangene. Anscheinend fürchtete sie sich nun vor mir, fühlte sich überfallen. Zurückgeworfen, wieder auf ihre primitivste Natur reduziert: die unzivilisierte Wilde, die ich von der Straße aufgelesen hatte.

Doch es war mehr als nur das, es war Literatur. Endlich hatte ich den Schlüssel zu meinen *Straßenszenen* gefunden. Warum sollte eine gute Geschichte, ein Werk über moralische Umkehr nicht Episoden mit wilden, gar schlüpfrigen Abenteuern enthalten? *Der Einfluss des Wilden auf die Christenheit.* Warum nicht? Welch besseren Weg konnte es geben, um zu unterscheiden, was Gut und was Böse war?

Ich machte mich gleich wieder an die Arbeit. Die langen Monate der Stagnation waren vorüber. Ich änderte den Titel meines Werks in *Paradise Alley, eine Geschichte aus den Straßen New Yorks,* um ihm einen Anstrich von Sozialkritik (und natürlich Verderbtheit) zu geben. Und ich machte Maddy selbst zum Gegenstand meiner Erzählung.

Natürlich musste ihre Geschichte verändert und verbessert werden. Ihr Vater – und auch ihre Mutter – waren jetzt Trinker. Der Vater verfiel der Flasche als Erster, als Folge einer Reihe von Schicksalsschlägen und weil er in schlechte Gesellschaft geraten war, die Mutter tat es ihm gleich. Maddy war immer noch ein Maismädchen, aber ein reines, unschuldiges Ding. Jede Nacht verteidigte sie ihre Unschuld und brachte es dennoch fertig, ihre Ware zu verkaufen. Nicht ihr Zuhälter war es, der sie schlug, sondern ihre

eigenen Eltern, wenn sie in die Shambles heimkehrte. Sie war kein Einzelkind mehr, sondern mit einem kleinen Bruder gesegnet. Nein, ein kleiner Bruder und eine Schwester, die sie vor allen Gefahren der Straße und ihren alkoholkranken Eltern beschützte …
Es passte alles so perfekt zusammen. Eine Abenteuergeschichte voller Tücken und Fährnisse. Ganz natürlich bot sie Raum für ungezählte Dialoge, Wendungen, Rettungen in letzter Minute und Sterbebettszenen. Natürlich musste sie auch ein bisschen tragisch sein, ein paar Beschreibungen von Stätten wahrer Verderbtheit durften nicht fehlen. Vielleicht gar ein paar Gesellschaftsstatistiken am Ende des Buches, um ihm Gewicht zu verleihen, um sicherzustellen, dass es als wichtige Literatur betrachtet wurde. Und für die Hauptfigur – die so schwer bedrängte Maisverkäuferin – hatte ich ein lebendes Modell gleich vor der Nase.
Mein Lektor bei Harper and Brothers war im siebten Himmel. Es ging mir so leicht von der Hand, dass ich Fortsetzungen zu planen begann, sobald mein Büchlein in die Druckerei ging. Vielleicht etwas mit den Five Points im Titel oder der Cow Bay. In dieser Stadt musste man wirklich nicht befürchten, dass einem die heruntergekommenen Viertel irgendwann ausgehen könnten …

Kurz darauf kam sie eines Abends zu meinem Haus im Gramercy Park. Es war Herbst geworden, die Jahreszeit, da man plötzlich merkt, dass die Tage kürzer werden. Die Straßenlaternen wurden früher angezündet und beleuchteten die orangefarbenen Blätter und die schieferblauen Gehwege, die den Park umringen.
Plötzlich stand sie einfach vor mir. Ich kam zu Fuß vom *Tribune* zurück und wollte gerade das Tor zu meinem Grundstück aufschließen. Sie trug einen Umhang mit Kapuze und bewegte sich so rasch, dass ich erstarrte, denn ich glaubte, sie sei eine Bettlerin oder eine außergewöhnlich wagemutige Bordsteinschwalbe.
Dann sah ich ihr Gesicht vor mir, schöner denn je. Es hatte klarere Proportionen angenommen, die Form ihrer Wangen ließ die Züge der erwachsenen Frau erahnen, die sie bald sein würde. Ihr Haar war kunstvoll gelockt und wurde von der Kapuze umrahmt. Ihr

Blick war nicht mehr so offen und naiv, sondern wissend, er durchschaute mich jetzt.
Sie war gekommen, um mir zu eröffnen, dass sie mich liebte. Nervös nahm ich sie mit in meinen Vorgarten und verbarg sie dort im Schatten der Ulme. Ich wollte nicht, dass die Nachbarn sie sahen, aber ebenso wenig war ich gewillt, sie mit in mein Haus zu nehmen. Ich hielt ihre Hände und bemühte mich zu lächeln – und spürte förmlich, wie die Falle zuschnappte. Die lang erwartete Erpressung sollte also nun endlich kommen.
»Was tust du hier?«, fragte ich ungläubig und überlegte, was sie schließlich rastlos gestimmt hatte. Der Tod ihrer Mutter? Ein anderer Mann? Oder einfach nur Langeweile?
»Du kannst die Kleider behalten. Das Klavier auch, wenn du willst. Sogar die Harfe. Und was das Bargeld angeht ...«
Zum ersten Mal, seit ich sie kannte, schlug sie die Augen vor mir nieder. »Ich liebe dich.«
»Ich verstehe nicht«, sagte ich verblüfft. Ich lächelte unsicher, argwöhnte, dass dies irgendein Trick war.
»Ich liebe dich«, wiederholte sie.
Da musste ich mir eingestehen, was ich bereits wusste: Es war kein Spiel. Ich wusste, dass sie es ernst meinte.
»Du trauerst immer noch um deine arme Mutter. Du bist durcheinander ...«
Sie wandte den Kopf und bestaunte nun mein großes rotes Backsteinhaus mit seinen Rankgittern und Kletterpflanzen und Veranden. Der Lohn der Schreiberei.
»Das ist also dein Zuhause.«
»Ja. Woher weißt du das?«, fragte ich barsch, und sie senkte wieder den Blick.
»Hör zu, wenn es die Tatsache ist, dass du nicht verheiratet bist, die dir Kummer macht ...«, begann ich. »Vielleicht könnte ich dir eine Stellung in einem Laden besorgen. Oder ein anderes Haus, in einer Gegend, wo du unbekannt bist. Du könntest einfach behaupten, ich sei dein Vormund. Es wäre sicher nicht schwierig, eine gute Partie für dich zu finden, jetzt, wo du so eine Dame geworden bist ...«

Das machte sie wütend, und sie sah mich mit einem so hasserfüllten Ausdruck an, wie ich ihn niemals von ihr erwartet hätte.
»Wer redet hier von Geld?«
Was für eine Frau. Sie hatte zu reden gelernt.
»Es ist ausgeschlossen«, erklärte ich kopfschüttelnd. Dieses Mal blickte ich zum Haus hinüber, weil ich befürchtete, eins der Dienstmädchen könnte aus dem Fenster sehen. »Nein. Es ist einfach unmöglich.«
Sie sah mir unverwandt in die Augen, ihr Blick zutiefst gekränkt und enttäuscht. »Ich liebe dich.«
Ich stand da wie ein Idiot unter meiner eigenen Ulme und murmelte ein ums andere Mal: »Unmöglich … einfach unmöglich.«

48
Herbert Willis Robinson

Ein Rufen ist von draußen zu hören, dann das Klirren einer berstenden Flasche, und Maddy regt sich an meiner Seite. Unsere Beine sind ineinander verschlungen, doch jetzt löst sich das feuchte, weiche Fleisch der Innenseite ihres Oberschenkels von meiner Haut.

Ich strecke einen Arm aus und ziehe sie wieder zu mir heran. Atme den süßen Moschusgeruch ihres Nachtschweißes ein. Sie vergräbt das Gesicht an meinem Hals, murmelt irgendetwas, die Augen immer noch geschlossen …

Wieder ist ein Ruf zu hören, ein unverständlicher Schrei, und wir setzen uns beide auf. Ein schwacher Brandgeruch dringt ins Zimmer, und als ich durch die Läden an Maddys Schlafzimmerfenster spähe, sehe ich, dass der Himmel von einem matten, rötlichen Schleier überzogen ist.

Sie sind schon wieder dort draußen unterwegs. Der Aufstand ist noch nicht vorbei.

Wir erheben uns schweigend, beide immer noch verblüfft und ein wenig verlegen darüber, mit welch verzweifelter Leidenschaft wir uns in der Nacht zuvor aneinander geklammert haben. Wir sind gar zärtlich zueinander, während wir uns anziehen und eilig die Morgentoilette hinter uns bringen.

Ich wasche mich oberflächlich mit dem abgestandenen Wasser aus einem der Eimer, die sie gestern herbeigeschleppt hat. Nicht zu gründlich. Ich bürste nicht einmal meine verdreckten Kleider ab, ehe ich mich anziehe, denn ich will auf keinen Fall wie ein Mann aussehen, der dreihundert Dollar besitzt. Schließlich sind die Unruhen wieder losgebrochen, und ich werde wieder auf die Straße hinausgehen müssen.

Warum eigentlich?

Vermutlich hätte ich gestern Abend nach Hause gehen sollen, um zusammen mit George Strong und seiner Wachmannschaft mein Eigentum am Gramercy Park zu schützen. Stattdessen scheine ich in dieser Stadt irgendwie gestrandet zu sein. Ich bleibe, wo es mir gefällt, und tue, was ich will …

Also warum hier?

Unten in Maddys unsauberer Küche kauen wir mühsam altbackenes Brot. Auf der Suche nach irgendetwas, das die Leere in unseren Mägen, die unangenehme Stille zwischen uns ausfüllen kann. *Maddy.* Sie sieht so hübsch aus, so vertraut, wie sie mir da am Tisch gegenübersitzt, hat sogar einen frischen, roten Morgenrock angezogen. Für mich?

Doch ich gehe zur Tür, habe kaum ein Wort gesprochen. Was gibt es jetzt noch zu sagen? Als sie zu mir nach Hause kam, um mir zu eröffnen, dass sie mich liebt, habe ich nur erwidert, es sei unmöglich. Ich zog es vor, sie unter mir zu haben, sie mit kleinen Ketten zu fesseln, damit ich sie anschauen konnte …

Es muss doch noch irgendeine Chance geben, das in Ordnung zu bringen, einen Weg, wie ich sie retten kann. An der Tür mache ich noch einmal kehrt, um sie anzuflehen. Ich bin nicht mehr sicher, ob ich sie in meiner Nähe haben oder einfach nur zu meiner Verantwortung stehen will. Ich weiß nur, dass sie wie üblich genau das tun wird, was sie will.

»Maddy, ich muss jetzt weg. Ich will, dass du zu meinem Haus am Gramercy Park gehst.«

»In eine Dienstmädchenkammer?«

»Was immer du willst!«, schnauze ich sie an, schlagartig wieder wütend und dennoch bemüht, mich zu beherrschen. »Setz dich auf die Veranda, wenn du möchtest. Hier kannst du nicht bleiben. Es ist heiß, und sie werden kommen.«

»Warum sollte ich sie fürchten? Du müsstest Angst haben!«

Sie bemüht sich, trotzig auszusehen, aber ich entdecke eine gewisse

Unsicherheit, einen untypischen Anflug von Furcht in ihrer Miene. Irgendetwas hat sie erschreckt, zumindest ein wenig. Ist es das anschwellende Geschrei des Mobs, das wir hören? Oder die Stille und Verlassenheit der Straße gestern?

»Bitte, geh dorthin. Tu's für dich. Und für mich.«

Da, nun habe ich es gesagt. Sie zögert noch einen langen Moment, betrachtet mich, als wolle sie ergründen, ob sie mir trauen kann.

»Na schön – vielleicht!«, sagt sie schließlich. »Wenn du mich hinbringst!«

»Was? Wieso?«

Ich habe zu viel zu tun. Ich muss zum *Tribune* zurück und dann wieder hinaus auf die Straße ...

»Du musst mich hinbringen. Dafür sorgen, dass die Dienerschaft mich reinlässt und dass sie mich anständig behandelt.« Sie hebt das Kinn, ihr Ausdruck wieder störrisch. Aber es wird mir den halben Vormittag stehlen, sie bis hinauf zum Gramercy Park zu eskortieren, dann zum Printing House Square zurückzukommen. Ich muss wieder da hinaus, damit ich den Kampf um die Stadt in der entscheidenden Stunde erleben und darüber schreiben kann. Es ist von größter Bedeutung für meine Karriere, für mein Bedürfnis, etwas von bleibendem Wert zu schaffen ...

»Ich kann dich irgendwo anders hinbringen«, sage ich ihr. »Wenigstens für ein Weilchen, ein paar Stunden. Dann können wir ...«

»Nein. In dein Haus.«

»Es ist unmöglich ...«

Da ist es wieder, dieses Wort. Sie senkt den Kopf, verschränkt die Arme vor der Brust und wendet den Blick ab.

Von jenem Moment an, als sie damals zum ersten Mal zu mir nach Hause gekommen war, ließ sie keine Gelegenheit verstreichen, sich mir zu widersetzen. Sie schickte alle Lehrer weg – den Geographie-, den Tanz- und auch den Musikprofessor. Als ich sie nach dem Grund fragte, sah sie mich nur lange und herausfordernd an.

»Ich tue, was mir passt«, war alles, was sie sagte.

Das wurde ihr Leitmotiv. Wann immer ich sie bat, mich irgendwohin zu begleiten, einen Ausflug den Hudson hinauf zu unternehmen oder hinüber auf die Elysian Fields in Hoboken, warf sie mir nur diesen bösen Blick zu – »Ich tue, was mir passt.«
Bald wies sie auch meine Geschenke ab. Das Einzige, was sie noch von mir annahm, waren Kleider. Sie benutzte dafür weiterhin das Konto bei Stewart's. Doch selbst in dieser Hinsicht trotzte sie mir. Sie verzichtete auf die Beratung der Witwe und wählte an Farben und Stoffen, was immer ihr gefiel, so vulgär sie auch sein mochten. Und sie bewog die Näherin, sie nach den denkbar aufreizendsten und auffälligsten Mustern zuzuschneiden. Ich begann, ihr fertige Kleider zu kaufen, die sie auch annahm, nur um sie dann nach ihren Wünschen ändern zu lassen.
»Gehören sie mir oder nicht?«
»Ja, sie gehören dir …«
»Dann trage ich sie so, wie ich will.«
Ich dachte damals, dass sie mich verlassen würde. Wenn ich ehrlicher Stimmung war, hoffte ich gar darauf, sehnte die Erleichterung herbei. Aber dennoch überschüttete ich sie mit immer neuen Geschenken und Bitten.
Zu meiner Überraschung ging sie nicht fort. Sie schlief weiterhin mit mir, wann immer ich wollte. Und wir spielten mein kleines Spiel.
Dann kam ich an einem sonnigen Samstagmorgen gerade rechtzeitig bei ihr an, um einen schwarzen Matrosen aus Trinidad das Haus verlassen zu sehen. Er zeigte ein breites Grinsen, das eine Zahnlücke enthüllte, tippte an seine Mütze und sagte irgendetwas Obszönes auf Spanisch, während ich ihn fassungslos anstarrte.
Auch wenn ich sie wie eine Hure behandelt hatte, war mir bis zu diesem Moment doch nie klar gewesen, dass sie tatsächlich eine war. Oder sollte ich um der Genauigkeit willen sagen: jedermanns Hure? Eines Abends konfrontierte ich sie mit dieser Bezeichnung, aber sie nahm es mit großer Gelassenheit hin.
»Du warst es, der mich dazu gemacht hat, als du beschlossen hast, mich nicht zu lieben.«

»Du hast jetzt so viele andere, die dich lieben. Vielleicht solltest du sehen, ob nicht einer von ihnen die Rechnung übernimmt.«
Ein Fehler. (Wie war es nur möglich, dass dieses kleine Luder, das nicht einmal lesen und schreiben konnte, mich ständig ausmanövrierte?) Sie nahm die schlichte Silberkette von ihrem schönen Hals, das einzige Schmuckstück, das sie von mir angenommen hatte.
»Wenn du willst. Die hier kannst du auch zurückhaben.«
Schlaff fiel die Kette in meine Hand, fühlte sich an wie Gewürm.
»Du kannst den Mietvertrag auf mich übertragen, wenn du willst. Oder ich kann auch ausziehen. Wenn du eine andere hier einquartieren willst …«
»Das ist nicht nötig!«
Ich zahlte weiterhin die Miete. Und ich besuchte sie auch weiterhin. Machte mich mit einer unstillbaren, zügellosen Gier über sie her, selbst nach all ihren anderen Liebhabern – ihren anderen Kunden. Auch deren Geschichten, die sie mir erzählte, schrieb ich auf. Selbst nach ihrem kleinen Missgeschick ging ich noch zu ihr. Sie war nie zuvor schwanger geworden – jedenfalls nicht von mir, zumindest das wusste ich. Und um die Wahrheit zu sagen, ich habe mir nie viele Gedanken darüber gemacht. Wenn ich überhaupt darüber nachsann, nahm ich an, dass sie irgendeine geheime weibliche Kunst anwendete, die ihre Mutter oder eins der älteren Mädchen bei Grandma Em sie gelehrt hatte.
Jetzt war sie auf einmal so fruchtbar wie alle anderen ihrer Art, die in ihren dunklen Mietskasernen brüteten wie Karnickel in ihrem Bau. Maddy reagierte nicht sonderlich erschüttert und deutete an, dass sie selbst dafür sorgen würde, es loszuwerden, oder es vielleicht sogar austragen würde, wenn ich mich nicht dazu bereit fand, ihr zu helfen. Sie spekulierte mir gegenüber gar, wer wohl der Vater sein könnte: ein Seemann von den Bahamas, ein Deutscher oder ein Sizilianer oder gar ein Jude. Als habe plötzlich die ganze Welt an meine Tür geklopft …
Ich brachte sie zu Madame Restell in den einsamen Marmorpalast an der Fifth Avenue, Höhe 52. Straße. Ich bemühte mich, diesen

Besuch so kurz und diskret wie möglich zu gestalten. Wir fuhren in einer geschlossenen Droschke vor, die Vorhänge zugezogen. Ich zerrte Maddy so rasch, wie sie es zuließ, durch den Seiteneingang.

Alles wurde mit absoluter Diskretion abgehandelt. Ein Diener führte Maddy unter zahlreichen Verbeugungen in ein Wartezimmer. Es wurde kaum ein Wort gesprochen, und niemand fragte nach unseren wirklichen Namen. Man gab sich mit den Pseudonymen zufrieden, die ich angegeben hatte: Mr. und Mrs. White.

Und dennoch war es grotesk. Selbst Maddy brachte es ein wenig aus der Fassung. Die halbwüchsigen Jungen vor dem Portal, die sangen »Madame Mörderin, Madame Mörderin!« und »Dein Haus ist auf Babyschädeln gebaut!«, wann immer ein Wagen kam oder wegfuhr.

Auf dem Weg zu Madame Restells Behandlungszimmer gingen wir endlose Flure mit marmornen Mosaikböden entlang, jeder unserer Schritte hallte von den Wänden zurück. Alles war in vulgären Rottönen eingerichtet, an den Fenstern hingen scharlachrote Satinvorhänge. Das Schlimmste war, dass große, verzierte Spiegel an den Wänden der Korridore hingen, sodass wir bei jedem Schritt unserem Spiegelbild begegneten: ein verängstigtes schwangeres Mädchen am Arm eines Mannes an der Schwelle zu den mittleren Jahren, der, wohl aus Angst, erkannt zu werden, sein Gesicht hinter einem hochgeschlagenen Kragen verbarg.

Ich sah Madame Restell nur zufällig, als sie Maddy nach Beendigung des Termins die Tür aufhielt. Sie hatte eine beunruhigende Art, durch mich hindurchzusehen, ein offenes, blasses englisches Gesicht trotz all des französischen Flairs, das Gesicht der Kauffrau aus Gloucestershire, die sie war, und sie maß mich mit einem abschätzenden Blick.

Ich hüllte Maddy in ihren Umhang, brachte sie zur Tür und in den gemieteten Wagen, so schnell ich konnte. Sie hielt den Kopf gesenkt und lachte leise vor sich hin, als wir an diesen schrecklichen Burschen vorbeifuhren. Dann sah sie mich an, und sie lachte immer noch. »Na bitte, das war's. Ich kann keine mehr kriegen.«

Was hatte ich getan? Hätte ich sie das Kind bekommen lassen sollen? Mein Kind vielleicht? Und was, wenn nicht?
Doch nach diesem Nachmittag bei Madame Restell war die Frage einer möglichen Trennung seltsamerweise aus der Welt. Maddy empfing unverändert ihre anderen Besucher und tat nach wie vor, was ihr passte. Sie war mir gegenüber nun verbitterter und scharfzüngiger denn je, doch ein Abschied stand jetzt außer Frage. Ich hatte sie durch ihre ganze Jugend begleitet, und wir waren einander so eng verbunden wie Mann und Frau, mit all den dazugehörigen Enttäuschungen, dem Groll, dem verbindenden Hass.
In letzter Zeit hat sich fast nichts zwischen uns abgespielt, nicht einmal meiner kleinen Vorliebe mit den Ketten habe ich mehr gefrönt. Wir sind so grantig und keusch und so abhängig voneinander geworden wie ein altes Ehepaar. Wenn sie so vor mir steht und mich ansieht, wenn sie oben neben mir liegt und schläft, weiß ich, dass ich sie vielleicht sogar liebe. Dass ich zumindest niemand anderen je geliebt habe.
Also warum habe ich sie nicht geheiratet? Natürlich war sie unter meinem Niveau, aber das spielte eigentlich keine Rolle. Es gibt auf der ganzen Welt vermutlich keine Stadt, wo das so gleichgültig ist wie hier. New York ist voller Männer und Frauen, die aus weiß Gott welcher Gosse aufgestiegen sind und der Welt alle möglichen Märchen auftischen. Madame Restell zum Beispiel, mit ihrem französischen Namen und dem Gesicht eines englischen Fischweibs. Sie hat ihren marmornen Abtreibungspalast nur zwei Blocks entfernt von der Stelle gebaut, wo Dagger Johns geliebte neue Kathedrale vor sich hin gammelt.
Ich hätte Maddys Namen, ihre Vergangenheit, ihre Grammatik ändern können. Ich hätte sie in mein Haus im Gramercy Park bringen können. Es hätte keinen so großen Unterschied gemacht, höchstens in den Häusern jener uralten Familien in der Stadt, die mich auf Grund meines Berufes ohnehin nicht empfingen.
Also warum nicht?
Weil ich eben ein Schreiberling bin. Ich will meinen Namen gedruckt sehen und mich in dem Lob und den Schmeicheleien jener,

die ich gar nicht kenne, sonnen. Ich will die Massen beobachten und über sie schreiben, aber nicht dazugehören. Ich will zu gar nichts in dieser großen, gefährlichen, gefräßigen Stadt gehören.
Es ist noch nicht zu spät, sich zu ändern, für uns beide nicht. Oder doch?
»Also schön«, sage ich zu ihr. »Warte hier auf mich. Ich bleibe nicht lange weg. Warte hier und öffne niemandem außer mir. Ich komme zurück und bringe dich in mein Haus.«
Sie sieht mich an, die Arme immer noch gekreuzt. Nach wie vor argwöhnisch, aber auch voller Hoffnung. Sie fürchtet sich immer noch vor irgendetwas.
Sie sagt nichts, nickt lediglich einmal kurz, und ich wende mich wieder zur Tür, gehe hinaus auf die aufgeheizte Straße, um eine Story zu suchen. Und ich sage mir, dass es bestimmt nicht lange dauern wird.

49
Maddy

Sie sah ihm nach, als er wieder auf die Straße hinaustrat, und fragte sich, ob er zurückkommen würde. Sie war keineswegs sicher, ob sie ihn überhaupt zurückwollte, aber sie hoffte bei Gott, er würde kommen.

Sie hatte ihn am gestrigen Abend gar nicht erwartet. Mit Hilfe des Whiskeys war sie schließlich in einen leichten Schlaf gefallen, als sie es plötzlich gehört hatte: das leise Pochen an der Tür. Der Laut war näher und auch bedrohlicher als all die Schreie, die sie während des ganzen Tages von draußen gehört hatte. Nur dieses verhaltene, aber beharrliche Klopfen mitten in der Nacht. Als habe jemand versucht, die Tür zu öffnen, vielleicht um festzustellen, ob sie zu Hause war.

Unfähig, sich zu rühren, hatte sie im Dunkeln gesessen. Sie rechnete damit, als Nächstes das Drehen des Türknaufs zu hören, dann das Splittern des Rahmens. Schließlich hatte sie den Revolver ergriffen und war zum Fenster gerannt. Erst hatte sie hinter dem Vorhang hervorgespäht, die Hand fest um den Pistolengriff geschlossen. Sie spürte den Schweiß auf ihrem unbedeckten Hals und Rücken abkühlen.

Wir kümmern uns um deine Nigger ...

Doch inzwischen hatte Robinson begonnen, die Türglocke zu läuten. Sie hatte ihn klingeln lassen, lauschte ihm mit einiger Befriedigung, wie er da draußen stand und ihren Namen rief. Dann war sie die Treppe hinabgestürzt und hatte ihn ungeduldig hineingezerrt in ihrer Erleichterung und Verzweiflung.

Es war wie damals gewesen, als sie sich kennen gelernt hatten.

Ohne das Spiel, ohne irgendetwas. Sie hatten sich aneinander geklammert gegen alle Schrecken der Stadt dort draußen. Anschließend hatten sie dem Regen gelauscht, und er hatte sie festgehalten und ihr von all den schrecklichen Dingen erzählt, die er gesehen hatte, und ihr gestanden, welche Sorgen er sich um sie gemacht hatte. Sie hatte seinen Kopf an ihre Brust gezogen und ihn gewähren lassen.
Doch jetzt war er wieder fort. Er hatte versprochen, zurückzukommen und sie endlich in sein Haus zu bringen. Er hatte sogar ausnahmsweise einmal ehrlich geklungen. Trotzdem versuchte sie, ihm nicht zu glauben, auch nicht daran, dass sie ihn überhaupt brauchte.
Ich tue, was mir passt.
Doch das tat sie nicht, nicht jetzt. Sie hatte ihn gehen lassen, obwohl sie nicht wollte. Schon konnte sie hören, wie es dort draußen wieder losging. Das gleiche ferne Dröhnen. Der Mob war wieder unterwegs. Während sie hier saß und wartete, dass Robinson zurückkam.

Zu Anfang hatte sie viel mehr Spaß mit ihm gehabt. Es war ein ehrliches Arrangement gewesen; sie hatte sich keinerlei Illusionen darüber gemacht. Sie war es gewohnt, Männerhände auf ihrem Körper zu spüren. Sie war sogar daran gewöhnt, dass Männer die Hand gegen sie erhoben – und sie war mehr als willig, das gegen ein richtiges Bett mit sauberen weißen Laken einzutauschen, in einem eigenen Zimmer mit einem Spiegel, in dem sie sich betrachten konnte. Im Sommer hatte er sie für eine Woche mit nach Coney Island genommen, wo sie im Meer badeten und in einem Hotel abgestiegen waren, und um Mitternacht tanzten sie mit den anderen Gästen zusammen um ein Lagerfeuer. Oder er nahm sie abends mit ins Theater, und sie schauten sich ein Melodram oder eine Mose-Stück an der Bowery an: *Mose und der Goldrausch* oder *Mose auf den Schlachtfeldern von Kansas.* Sie saßen oben auf der Galerie zwischen Zeitungsjungen und Straßenfegern, Lumpensammlern und Küchenmägden, stampften mit den Füßen, pfiffen und brüllten mit allen anderen: »Hoch mit dem Fetzen!«, bis der Vorhang sich hob. Sie tranken Whiskey aus der Flasche, aßen frisch gegrilltes Hühnchen, das in Zeitungspapier eingewickelt war, bewarfen die fetten deutschen Mechaniker und ihre Frauen, die unten im Parkett Pfefferminzbonbons lutschten und rosa Limonade tranken, mit den Knochen.

Anschließend führte Robinson sie oft in die Atlantic Gardens, und dort, inmitten der lärmenden Menschenmassen, hatten sie manchmal noch mehr Spaß. Sie setzten sich auf eine Bank in dem riesigen Bierzelt, eingehüllt in das unablässige Getöse der Trommeln und Kontrabässe, der Klaviere und Harfen, der Gewehrschüsse an den Schießbuden und der Männer, die Dominosteine oder Würfel auf die Tische hämmerten.

Eingezwängt saßen sie dort, und der Lärm machte es fast unmöglich, sich zu unterhalten. Und wenn sie ihm die Augen zuwandte, sah sie seinen Blick abschweifen. Er nahm die Szene, die sie umgab, in Augenschein, als wolle er sie in seinem Gedächtnis verewigen. Auf der Suche nach irgendeinem interessanten Charakter, mit dem er sich brüllend ein paar Sätze lang unterhalten konnte. Robinson lächelte ihr zu, aber sein Blick glitt in eine andere Richtung, wich ihr aus, wann immer sie ihn anzusehen versuchte.

Etwa zu der Zeit hatte sie begonnen, sich zu bemühen, das zu werden, was er haben wollte, selbst wenn sie nicht genau wusste, was das eigentlich war. Sie hatte zugelassen, dass er für sie und ihre Mutter das Haus mietete, hatte die Stunden genommen, zu denen er sie drängte – hatte Lesen und Rechnen gelernt, Tanzen und auf dem Tafelklavier zu spielen, das immer noch in der Ecke stand, seit Jahren ungeöffnet. Und sie hatte gelernt, wie man sich kleidete und benahm.

Nie hatte sie ihn um etwas gebeten, war zufrieden mit dem, was er ihr zudachte. Dankbar, dass er ihrer Mutter ein anständiges Heim gegeben hatte, ein warmes, trockenes Zimmer im Winter. Mit einem Götterbaum vor dem Fenster, wo sie im Sommer die Vögel beobachten konnten wie damals im St. John's Park, als sie noch eine richtige Familie gewesen waren. Manchmal, wenn Robinson zum

Abendessen herüberkam, fühlte es sich so an, als wären sie eine richtige Familie – so wie damals, als ihr Vater noch lebte: Zu dritt saßen sie um den Tisch, lachten und aßen.
Und als ihre Mutter gestorben war, hatte Robinson einen riesigen Leichenwagen gemietet, mit einem gläsernen Aufbau, in dem man den Sarg sehen konnte, und Pferde mit feierlichen schwarzen Federbüschen und eine Kutsche, in der sie dem Sarg folgten. Sie hatte die Blicke der anderen Frauen auf der Straße genossen, als er ihr in den Wagen half – angetan mit dem feinen schwarzen Kleid, dem mit Krepp abgesetzten Hut samt Schleier; er hatte ihr alles gekauft. Sie wusste, wie sehr ihre Mutter eine solche Beerdigung zu schätzen gewusst, wie viel es ihr bedeutet hätte. Und als sie drei Blocks von Paradise Alley entfernt weinen musste, konnte sie nicht anders, als sich an ihn zu lehnen und von ihm trösten zu lassen.
Vermutlich war sie damals schon in ihn verliebt gewesen. Oder zumindest wollte sie, dass er sie sah, dass er sie wirklich sah. Jeden Morgen betrachtete sie sich im Spiegel, strich ihre neuen feinen Sachen glatt, das grün gestreifte Tageskleid aus Taft oder den Umhang, der mit rotem und braunem Samt abgesetzt war. Sie erkannte sich selbst kaum wieder. Wie sie sich verändert hatte! Und sie dachte, dass dies der Anfang sein müsse, dass Robinson sie in das verwandelte, was er haben wollte, was er lieben konnte.
Sie kannte das schon. Auch unten am Broadway und in der Bowery hatte sie sich für die Männer verkleidet. Hatte das zerschlissene Kleid und karierte Schultertuch der Maisverkäuferin angelegt und ihre Schuhe ausgezogen. Spielte die Rolle, die sie wollten, wenngleich sie auch damals nicht gewusst hatte, was genau das war. Aber sie waren gekommen, waren geradezu gierig um sie herumgeschlichen, und da hatte sie erkannt, dass Männer nahezu jede Verkleidung hinnahmen.
Auch Robinson war gekommen – und sie hatte in dem Haus gesessen, das er ihr gemietet hatte, geduldig gewartet und sich zu dem geformt, was er haben wollte. Aber das war alles gewesen. Sie hatte weiterhin gewartet, versuchte, ihn mit ihren neu erworbenen Fertigkeiten zu beeindrucken. Machte, so gut sie konnte, Konversa-

tion über aktuelle Ereignisse oder eines der Bücher, die ihr Lehrer ihr zu lesen gegeben hatte. Sie spielte für ihn auf dem Tafelklavier. Er hatte nur auf einem Stuhl in der Ecke gesessen, an seinem Brandy genippt und Rauchringe mit seiner Zigarre geblasen. Zuerst hatte sie es nicht verstanden, denn er gestattete ihr nie, sie zu seinen abendlichen Verabredungen zu begleiten, zum Diner bei den feinen Leuten, den Konzerten und Séancen und nächtlichen Streifzügen. Darum durchschaute sie es erst nach und nach. Las es von seinem Verhalten, seinem Tonfall ab, seinem Gesichtsausdruck, dem kleinen Lächeln und all den anderen Hinweisen, denen sie jetzt so große Beachtung schenkte. Erst da erkannte sie, dass die Rolle, die sie anzunehmen versuchte, dem entsprach, was er gewohnt und dessen er gründlich überdrüssig war.

Dann kam die Ausstellung bei Schaus. Auch das hatte sie nicht so recht verstanden – warum die Männer alle diese Statue umkreisten, die einen Lichtkranz über dem Kopf trug wie die Heilige Jungfrau. Ein stämmiges, wohl genährtes Mädchen mit einem Gesichtsausdruck, den Maddy bereits von den Frauen in Grandma Ems Bordell in den Seven Sisters kannte: Gleichgültig starrte sie über die Köpfe der Männer, die ihr nachstellten, hinweg.

Dennoch hatte sie zugelassen, dass er sie anschließend nach Hause brachte, hatte vor ihm gestanden und sich die Hände fesseln lassen wie die der Statue. Ihr neues braunes Kleid lag über dem Stuhl neben ihr. Da hatte sie vor ihm gestanden, im Wohnzimmer ihres kleinen Hauses. Sein Atem wurde ein abgehacktes, flaches Keuchen, während er sie betrachtete. Seine Hände glitten über ihren Körper, und sie stand hilflos da, konnte die Berührung nicht erwidern.

Dieses Spiel schien ihn niemals zu langweilen, er hatte gar richtige Ketten besorgt. Sie waren ganz leicht – stammten aus irgendeinem Bordell oder waren gar von einem wissenden Schmied eigens angefertigt worden. In dieser Stadt war es nicht schwierig, eine Kette zu bekommen, um irgendwen zu fesseln …

Lustvoll hatte er sie um ihre Handgelenke geschlungen, manchmal auch um die Füße, oder er wickelte sie ihr um die Schultern, die Brüste.

Wenn das Wetter gut war, machte er manchmal einen Ausflug in der Kutsche mit ihr. Sie fuhren den Broadway entlang, dann weit hinaus auf die Bloomingdale Road. Vorbei an all den kleinen Bretterhütten der Iren und den Negerdörfern, den kleinen Maisfeldern, Schwarzbrennereien und heruntergekommenen Werkstätten. Bis sie schließlich jedwede Zivilisation hinter sich ließen und in ein kleines Dickicht kamen.
Dort ließ er sie das ganze Spiel von vorne bis hinten absolvieren. Zog ihr ein Kleidungsstück nach dem anderen aus, breitete sie über einem Ast oder Baumstumpf aus, bis Maddy schließlich splitternackt war. Studierte eingehend jede ihrer Bewegungen, ehe er langsam auf sie zutrat und ihr die Ketten anlegte, während sie zitternd still hielt und auf jedes Geräusch lauschte, das die Vögel und kleinen Tiere im Gebüsch verursachten. Sie hörte auch die entfernteren Geräusche der Stadt, Pfeifen und Hämmer, das Rattern der Züge nach New York und Harlem im Westen …
Eines Nachmittags kam ein besonders lautes Rascheln aus dem Wald, lauter, als ein Hund oder irgendein anderes Tier es verursachen würde. Sofort hatte sie gewusst, dass etwas nicht stimmte, aber ehe sie ihre Kleider erreichen konnte, waren die Männer auf die Lichtung getreten.
Sie waren zu zweit und verbargen ihr lüsternes Grinsen nicht, als sie sie betrachteten, während Maddy versuchte, ihre Nacktheit so gut wie möglich zu bedecken, doch die Ketten hinderten sie. Die Männer trugen lange, mit rotem Staub bedeckte Reisemäntel und breitkrempige Schlapphüte, die beinahe ihre Augen bedeckten. Sie hatten ebenfalls Ketten, die von ihren Gürteln baumelten, in denen auch eingerollte Ochsenpeitschen steckten. Sie hatte solche Männer schon früher in der Stadt gesehen, und sie wusste sofort, was sie waren und warum sie hier so nahe bei den Dörfern der Farbigen im Wald herumschlichen. Sklavenfänger …
»Ich sehe, du hast dir schon eine gefangen«, sagte der Erste, der zwischen den Bäumen zum Vorschein gekommen war, grinste und zwinkerte Robinson zu, der wie angewurzelt auf der anderen Seite der Lichtung stand, sein Gesicht vollkommen ausdruckslos.

»Sieht so aus, als wolltest du uns um unsere Beute bringen.«
Sie kehrten ihm den Rücken und traten auf sie zu. Die rosigen Gesichter schienen nahezu identisch unter den schwarzen Hutkrempen, waren von Dreck und spärlichen, rötlichen Bartstoppeln bedeckt. Runde, animalische Augen betrachteten sie eingehend.
»Ist sowieso nur ein kleines, grünes Niggerweib. Wenn wir sie ein bisschen in der Sonne bräunen lassen, können wir sie mit nach Hause nehmen.«
»In Ketten gelegt ist sie ja schon!«
Sie traten auf sie zu, und Maddy bemühte sich, vollkommen still zu halten. Sie erwiderte ihren Blick, und die Augen erinnerten sie an die der Straßenköter. Unverwandt starrte sie in diese Augen, in der Hoffnung, sie würden zurückweichen …
»Das reicht«, sagte Robinson ruhig von der anderen Seite der Lichtung. Er schlug den Mantel zurück, um die Pistole zu zeigen, die in seinem Gürtel steckte. Natürlich hatte er Vorsichtsmaßnahmen ergriffen, dachte sie mit aufkeimender Erleichterung, aber gleichzeitig nahm sie es ihm übel. Obwohl er glaubte, dass er vielleicht einen Revolver brauchen würde, hatte er sie hierher gebracht.
»Das reicht jetzt.«
Sie beachteten ihn nicht, traten näher auf Maddy zu, bis Robinson die Waffe zog und den Hahn spannte. Das erregte ihre Aufmerksamkeit, aber sie wichen nicht von ihr zurück.
»Ihr habt euren Spaß gehabt. Und jetzt geht zurück in das Scheißhaus in Carolina, aus dem ihr kommt.«
Immer noch gaben sie nicht klein bei – und jetzt erkannte Maddy, dass auch sie Pistolen trugen, die gleich hinter den Ochsenpeitschen in den Gürteln steckten.
»Warte …«, begann sie, aber sie bekam den Rest nicht heraus. Sie fürchtete, die Männer würden ihn töten. Und sie ebenfalls. Doch wenn Robinson ihnen einfach gestattete, sich mit ihr zu vergnügen … Es wäre sicher nicht schön, aber damit wäre die Sache ausgestanden, niemand würde sein Leben verlieren. Außerdem würden sie sie sich ja ohnehin nehmen.
Der Erste wandte ihr sein grinsendes Gesicht wieder zu.

»Da, siehst du, Boss, sie ist ja ganz scharf drauf.«
Der Sklavenjäger glitt hinter sie und legte ihr einen Arm um die Taille. Sie spürte seine Erektion, die sich gegen ihr Gesäß presste, und sie konnte nicht verhindern, dass sie zu zittern begann.
»Was willst du jetzt machen, Boss? Du willst deine Süße hier doch bestimmt nicht verletzen.«
Der Mann fuhr mit einer Hand über ihre rechte Brust, drückte die Brustwarze zwischen Daumen und Zeigefinger zusammen, bis Maddy vor Schmerz aufschrie.
»Zuerst werde ich deinen Freund hier erschießen«, erklärte Robinson und richtete den Lauf in aller Seelenruhe auf den zweiten Sklavenfänger, der zurückwich, aber immer noch einige Schritte vom Saum des Waldes entfernt war. »Dann komm ich herüber und kümmere mich um dich.«
»Ich schätze, das wird dir nicht gut bekommen!«
»Und ich schätze, du musst sie loslassen, um an die Pistole in deinem Gürtel zu kommen. Aber bevor du das tun kannst, jage ich dir eine Kugel ins Hirn.«
»Cass, Schluss mit dem Blödsinn. Lass sie jetzt los!« Zum ersten Mal sprach der andere Sklavenfänger, und die Nervosität in seiner Stimme war unüberhörbar.
Doch der Mann, der sie gepackt hatte, zögerte, sein Griff um ihre Taille wurde fester.
»Ach, was will er denn tun, Chance? Für diese kleine Hure hier baumeln?«
»Es dauert mindestens ein Jahr, bis man euch hier findet«, klärte Robinson ihn auf. »Und wenn zwei tote Sklavenjäger gefunden werden, dann wird man den Schuldigen unter den Negern dieser Gegend suchen. Vermutlich würden die Farbigen dafür sorgen, dass man euch überhaupt niemals findet, um sich den Ärger zu ersparen.«
Maddy fühlte, wie der Mann hinter ihr sich regte. Die Tieraugen glitten über diesen gottverlassenen Flecken Erde mitten in dem Wäldchen, das sie umgab. Er ließ sie los und jammerte: »Jesus, Mister, was für eine Gegend ist das hier nur?« Seine Stimme klang tatsächlich gekränkt, während er zusammen mit seinem Partner

rückwärts auf die Bäume zu ging. »Wegen einer kleinen Hure würden Sie einen weißen Mann erschießen?«
Robinson hielt die Waffe unverwandt auf sie gerichtet, die Lippen leicht geöffnet. »Das hier ist New York, Sir. Wir erschießen uns hier gegenseitig wegen jeder Kleinigkeit.«
Als die Schritte im Dickicht verklungen waren, rannte Maddy zu Robinson hinüber, und er hüllte sie in seinen Mantel. Er raffte ihre Kleider zusammen und zerrte sie im Laufschritt zur Kutsche zurück, ließ sich nicht einmal Zeit, ihr die Ketten abzunehmen oder sie anzukleiden. Mit halsbrecherischer Geschwindigkeit jagte er die Pferde zurück, die Bloomingdale Road entlang, bis er sicher sein konnte, jeden Verfolger abgeschüttelt zu haben.
Als sie eine ausreichende Entfernung zurückgelegt hatten, lenkte er den Wagen in eine verlassene Seitenstraße. Dort hielt er an und drehte sich zu Maddy um, die hinten im Wagen auf der lederbezogenen Bank saß – immer noch mit seinem Mantel über den Schultern, der ihre gefesselten Hände verbarg. Robinson strich ihr über die Wange. »Alles in Ordnung?«, fragte er. Sie konnte nur nicken – immer noch in Ketten. Sie fühlte seine Hand an ihrer Wange beben. Er schwang die Beine über den Kutschbock, glitt neben sie auf die Bank. Dann nahm er ihr Gesicht in beide Hände, küsste die Wangen und den Hals, ehe die Hände unter den Mantel glitten. Er liebkoste ihre Brust, wo der Sklavenjäger sie malträtiert hatte, als wollte er ihr den Schmerz nehmen. Dann war seine Hand weiter abwärts gewandert, und sie hatte ihn gelassen, hatte sich an ihn gepresst und keinen Protest erhoben, als er sie dort in der Kutsche nahm, immer noch mit den Ketten gefesselt. Sie dachte, dass es dies war, was er wollte, und sie war gewillt, auch das zu sein, gewillt, alles zu sein, was er wollte.

Doch so war es nicht. Es schien, nichts, was sie sein konnte, war, was er wollte. All das hatte sie hingenommen. Sie war sogar zu seinem Haus gegangen, um ihm zu sagen, dass sie ihn liebte, nur um nicht eingelassen zu werden, mit ihm unter dieser Ulme zu stehen und ihn murmeln zu hören, das sei unmöglich.

Bis heute. Würde er wirklich zurückkommen, um sie zu holen?
Sie bezweifelte das – trotzdem ging sie zum Schrank hinüber, um sich fertig zu machen, nur für den Fall. Hastig ging sie all die feinen Kleider durch, die dort hingen.
Sich ihm in ungepflegten, fleckigen Morgenmänteln zu zeigen hatte auch zu ihrer Strategie gehört, mit welcher sie ihn zu vergraulen suchte. Doch Tatsache war, sie brachte es einfach nicht fertig, ihre besten Sachen zu tragen. Sie hatte all die feinen Kleider gehortet, die Abendroben und Hüte, endlose Paare Handschuhe und Strümpfe und Seidenbänder. Trotzdem kaufte sie immer noch mehr, mit seinem Geld oder von dem, das sie selbst verdiente. Die meisten verstaute sie mit Mottenkugeln im Schrank, sobald sie vom Schneider kamen. Sparte sie für einen besonderen Anlass auf, für den Tag, da er ein für alle Mal mit ihr brechen würde.
Sie hatte sich von ihm auflesen lassen, geradewegs von der Straße. Und er hatte sie in ein Bordell gebracht. Aber trotzdem in Sicherheit …
Sie hörte ein Geräusch auf der Straße, brach die Kleidersuche ab und stolperte zum Fenster im Obergeschoss hinüber. Unten sah sie die Frauen von Paradise Alley, die nach und nach wieder aus ihren Häusern und Mietskasernen kamen. Mrs. McGillicuddy, Mrs. O'Connell, Mrs. Buckley – all jene, die die Nase so besonders hoch trugen, nur weil sie weiß und mit weißen Männern verheiratet waren.
Dabei waren sie alle nur gewöhnliche Schlampen, die samt und sonders vor der Hochzeit schwanger geworden waren.
Maddy war überrascht, dass sie Deirdre O'Kane nicht bei ihnen entdeckte. Deirdre war die einzige Frau in der Straße, vor der sie sich ein wenig fürchtete, die immer perfekt gekleidet und makellos sauber war und den Kopf so hoch trug wie der Erzbischof. Sie bekreuzigte sich jedes Mal, wenn sie Maddys Haus passierte.
»Ich bin genauso gut wie du!«, hatte Maddy ihr eines Morgens nachgebrüllt, denn Deirdre sollte nur nicht glauben, sie würde sie nicht sehen.
Jede der anderen dummen Kühe von Paradise Alley hätte sich davongemacht oder so getan, als hätte sie es nicht gehört. Nicht so

Deirdre O'Kane. Sie war unerschrocken stehen geblieben und hatte den Kopf gewandt, bis sie Maddy am Fenster entdeckte, und sie fixiert. Der Blick war so kalt und bohrend, dass allein Maddys Sturheit und der Whiskey, den sie schon intus hatte, sie davon abhielten, die Läden zuzuwerfen.

»Unser Schöpfer und unser Erlöser Jesus Christus werden darüber richten, Miss Boyle«, hatte Deirdre mit einer Stimme geantwortet, die die Tauben von der Straße scheuchte. »Bis es so weit ist, schlage ich vor, Sie brüllen nicht mehr in die Welt hinaus, wie gut Sie sind.«

Als sie den Schreck erst überwunden hatte, hatte sie beinahe laut lachen müssen. Deirdre war nicht mehr so hochnäsig, hatte Maddy festgestellt, seit ihr Mann in den Krieg gezogen war. Und die anderen, die Farbigen und Mischlingsfrauen, waren auch gar nicht so übel. Wie Mrs. Derrickson zum Beispiel oder die andere, diese Ruth, die gestern Morgen an der Pumpe so von Maddys Pistole fasziniert gewesen war. Sie schien ein schlichtes Gemüt zu sein, furchtbar abgerackert, aber sie war immer freundlich zu ihr. Verheiratet mit diesem großen, gut aussehenden Neger, der wie ein Seemann ging. Mit ihm hätte sie es kostenlos gemacht – mit ihm oder mit diesem Sohn, der genauso dunkel und fast ebenso hübsch war. So ein süßer Junge, die Wangen fast noch bartlos.

Eines Tages würde er vielleicht zu ihr kommen.

Die Einzigen hier auf der Straße, die sich ihre Preise leisten konnten, waren die jungen Männer. Schlachtergehilfen und Aushilfsmechaniker oder die Lehrlinge der Segelmacher, die gerade ihren ersten Job und noch keine Familie zu versorgen hatten. Oder ihre Väter brachten sie herüber, wenn es ihnen gelang, den ersten Wochenlohn vor den Müttern zu verstecken. Die Jungen waren ungeduldig, versessen darauf, es zu lernen, aber zu verlegen und beschämt, um ihr in die Augen zu schauen.

Letztlich war sie selbst es, für die sie sich schämten. Anschließend klopfte der Vater dem Sohn in ihrem Wohnzimmer die Schulter, und beide schlüpften ohne ein weiteres Wort durch die Hintertür hinaus. Kurz darauf hörte sie sie dann zusammen lachen, während sie Seite an Seite im Hinterhof standen und pinkelten.

Würde es mit ihm auch so sein, mit diesem wunderschönen Jungen?
Würde sie überhaupt noch so lange weitermachen? Was sollte aus ihr werden, wenn der Krieg endete, so wie alle Kriege irgendwann endeten? Wenn sie ihren Preis senken musste, keine Scharen von Bauernjungen mehr durch die Stadt kamen, die ganz wild darauf waren, ihn einmal irgendwo reinzustecken, ehe sie zum Töten in die Schlacht zogen. Würden sie sie dann alle haben können, alle Männer in Paradise Alley?
Trotzig zog sie einen der neuen roten Seidenmorgenröcke aus dem Schrank und hüllte sich darin ein. *Wofür sollte sie ihn denn aufsparen? Robinson kam nicht zurück.*
Auf der Fensterbank im Schlafzimmer fand sie die Pistole, die sie am gestrigen Abend dort abgelegt hatte. Wenigstens die hatte er ihr gelassen. Sie steckte die Waffe in die Tasche, während sie hinunterlief, um die Haustür, die Hintertür und die Fenster zu überprüfen und sicherzugehen, dass sie alle geschlossen waren.
Natürlich kam er nicht zurück, um sie zu holen. Sie war nur eine Hure.
Sie steckte den Lauf der Pistole durch verschiedene Spalten in den Läden, probierte unterschiedliche Winkel aus. Auf der anderen Straßenseite konnte sie die weißen Frauen sehen, die sich dort wie eine Gänseschar versammelten. Sie redeten aufgeregt miteinander und gestikulierten, zeigten, da war sie sicher, auf sie – auf ihr Haus. Ihr Finger liebkoste den Abzug. Sie gab vor, eine nach der anderen abzuknallen wie Blechdosen an einer Schießbude.
Dann hörte sie es wieder. Das dumpfe Dröhnen des Mobs, wie das Stampfen einer fernen Lokomotive, das allmählich anschwoll, während die Menge sich näherte. Maddy stolperte zurück in die Küche und verfluchte Robinson. Sie sah sich nach der Whiskeyflasche um.
Er will mir anbieten, sein Dienstmädchen zu sein. Ich bin ja nur eine Hure. Ich bin ja nur ein Paddy.

50
Ruth

Sie erwachte langsam, anfangs nicht sicher, wo sie sich befand. Die Hitze drückte wie eine Bügelpresse auf ihre Brust. Der erste klare Gedanke kroch wie ein Insekt über ihr Bewusstsein: Mein Gott, es ist noch schlimmer als gestern …

Von draußen waren eilige Schritte zu hören, und sie stand von dem Sessel in Deirdres Wohnzimmer auf und trat ans Fenster, um durch die Läden zu spähen. Doch es war derselbe Mann – Maddys Mann –, der so spät am gestrigen Abend gekommen war. Schon hastete er wieder davon, sah beinahe so furchtsam und zerzaust aus wie bei seiner Ankunft. Ein kleiner Mann in schmutzigen gelben Hosen, ein grelles rotes Taschentuch ragte jetzt aus seiner Westentasche. Er pfiff leise vor sich hin und blickte ab und zu über die Schulter zurück, als sei er vor irgendetwas auf der Flucht. Er ging mit eiligen Schritten zur Straßenecke, dann war er fort.

Was für Geschöpfe Männer doch waren! Immer hasteten sie hierhin und dahin. Verausgabten und erholten sich wieder, sodass die Bewegung an sich ihnen irgendwann auszureichen schien …

Sie kehrte dem Fenster den Rücken. Deirdre und Milton saßen zusammengesunken dort, wo sie gestern Abend eingeschlummert waren. Doch mit dem ihm eigenen Instinkt für die Gemütslage seiner Mutter erwachte Milton nur wenige Augenblicke später und setzte sich kerzengerade auf. Er schien verwirrt und sah sich mit großen Augen im Zimmer um.

»Bist du auch eingeschlafen? Haben wir alle geschlafen?«, fragte er.

»Ja, ich denke schon«, antwortete sie, ohne nachzudenken.

»Dann könnten wir ihn verpasst haben!« Er wollte zur Tür.

»Du wirst nicht da rausgehen!«, rief sie, konnte sich nur mit Mühe davon abhalten, sich auf ihn zu stürzen.
»Aber wenn wir alle geschlafen haben, wie willst du dann wissen, dass wir ihn nicht verpasst haben?«, entgegnete er beharrlich. Seine Stimme schwoll an. »Vielleicht ist er nach Hause gekommen, und wir waren nicht da. Wir müssen jetzt gehen und nach ihm suchen!«
»Nein«, sagte sie, bemüht, ihn zur Vernunft zu bringen. »Dein Daddy ist kein Dummkopf. Es war gut, dass wir so lange wach geblieben sind, nur für alle Fälle. Aber er wird schon darauf kommen, hier nachzufragen, wenn er feststellt, dass wir nicht zu Hause sind …«
»Das müsste er schon allein, um zu fragen, wohin ihr gegangen seid«, sagte Deirdre und stand aus ihrem Sessel auf. Ihre Stimme klang so prägnant und pragmatisch wie eh und je, während sie vergeblich versuchte, die Knitterfalten in ihrem Kleid glatt zu streichen. »Das wäre ja seine erste Sorge. Das verstehst du doch, oder? Zuerst würde er wissen wollen, wohin ihr gegangen seid, und er müsste herkommen, um zu fragen.«
Ruth war dankbar für Deirdres Geistesgegenwart. Milton nickte zögernd.
»Aber es könnte trotzdem sein, dass er letzte Nacht nach Hause gekommen ist«, beharrte er, nachdem er einen Moment nachgedacht hatte. »Vielleicht ist er zurückgekommen und hat beschlossen, bis zum Morgen zu warten. Wir müssen wenigstens nachsehen, ob er zu Hause ist.«
»Das ist ein guter Gedanke«, sagte Deirdre schnell, ehe Ruth weitere Einwände vorbringen konnte. »Aber lass mich gehen. Ich kann einfach über die Hinterhöfe und durch die Hintertür gehen, und niemand muss es bemerken.«
»Weil du weiß bist«, sagte Milton, seine Stimme plötzlich wütend.
»Ja«, bestätigte Deirdre. »Weil ich weiß bin.«
»Na schön«, stimmte er zögernd zu. »Meinetwegen.«
Ruth konnte dem Gesicht ihres Sohnes ansehen, dass er immer noch nicht vollständig beschwichtigt war, aber sie führte ihn hastig in die Küche. »Komm mit und hilf mir mit den Kleinen«, bat sie

ihn. Sie hasste es, dass nun Deirdre da draußen sein würde, dabei ging es hier doch um ihren Mann, um ihre Familie. Doch Ruth war zu allem bereit, um die Sicherheit ihres Sohnes zu gewährleisten. War so das Leben? Opferte man immer das, was einem abverlangt wurde?

Ruth steckte noch einmal kurz den Kopf aus der Küchentür. »Bist du sicher?«, wisperte sie Deirdre zu. »Wenn du nicht willst …«

»Schon gut«, erwiderte Deirdre. Sie scheuchte Ruth mit einer Geste zurück in die Küche und ging zur Hintertür.

Hatte nicht auch sie Kinder und einen Mann …

Ruth versuchte, nicht weiter darüber nachzudenken, und machte das Frühstück. Sie hatte Mühe, sich in Deirdres feiner, blitzsauberer Küche zurechtzufinden. Und sie war trotz allem froh, dass sie ihr eigenes, verlassenes Heim wenigstens noch einmal ausgefegt hatte …

Sie wusste noch genau, wie es sich angefühlt hatte, zum ersten Mal ein vernünftiges Zuhause zu haben, selbst wenn es nur gemietet war. Wie es gewesen war, als sie in die Straße gekommen waren. Auch das hatte Tom arrangiert vor all den Jahren. Allerdings war Ruth überzeugt, dass er Deirdre vorher nichts davon gesagt hatte. Tom hatte sich darum gekümmert, nachdem er mit seiner Arbeiterkolonne nach Seneca Village gekommen war, um ihnen das Dach über den Köpfen einzureißen …

Seit jener Nacht, da sie Johnny Dolan hatten verschwinden lassen, hatte Ruth in dem Dorf gelebt. Sie hatte den Hund weggejagt, den Dolan gehalten hatte, nach ihm getreten und ihn mit Steinen beworfen, bis er knurrend und schnappend aufs Feld hinausgelaufen war. Dann hatte sie das Schwein geschlachtet, hatte es zerteilt und eigenhändig eingepökelt und in einem Jutesack zu Billy getragen – ihre Mitgift, sozusagen. Sie hatte die Tür zugeworfen, als sie fortging, und die Bretterhütten von Pigtown für alle Zeiten hinter sich gelassen.

Billy hatte darauf bestanden, dass sie heirateten, und sie war überglücklich, obwohl sie ihn nie darum gebeten hatte. Vor der Hochzeit war Reverend Betancourt gekommen, derselbe kleine protestantische Pastor, den sie gesehen hatte, als sie das Dorf zum allerersten Mal erblickte, um sie in den Ausübungen ihres neuen Glaubens zu unterweisen. Sie hatte sich auf seinen Besuch gefreut, durchaus gewillt, ihren Glauben gegen einen anderen einzutauschen, doch als er schließlich zu Billys Haus kam, war sie in Tränen ausgebrochen.

»Sehen Sie mich an, Vater, ich bin unwürdig«, hatte sie ihm erklärt. »Sie können ja sehen, dass ich mit Männern zusammen war. Und ich habe schlimmere Dinge getan, sündige Dinge, Vater, nur um am Leben zu bleiben.«

»Hochmut!«, hatte er ihr entgegengeschleudert. »Denkst du etwa, du bist die Einzige hier, die schreckliche Sünden begangen hat, um zu überleben?«

Er war eigentlich ein kleiner Mann, aber mit einem Mal wirkte er viel größer. Seine Augen wurden riesig und stierten an ihr vorbei auf einen unsichtbaren Punkt an der Wand über ihrem Kopf. Und er zeigte in die Richtung, wo die Stadt lag. »Und auch dort draußen. Sie glauben, ihr Leben sei so von Gott gesegnet, dass sie nicht sündigen müssen. Aber sie irren sich!«, verkündete er – seine Stimme jetzt ruhiger, aber immer noch volltönend, so wie er auch von der Kanzel predigte. Man hörte einen Hauch des Inseldialekts darin, mit dem auch Billy sprach.

»Sie irren sich, denn es gibt keine Sünde, die so niedrig wäre, dass Menschen sie nicht begehen könnten. Zumindest diese Wahrheit hast du erkannt, und deswegen bist du Gott näher.«

Er stand abrupt auf und zitierte aus der Bibel, auch wenn Ruth kaum begriff, wovon er sprach: »Wie im Buche Josua geschrieben steht: ›Mit scharfem Schwert weihten sie alles, was in der Stadt war, dem Untergang. Männer und Frauen, Kinder und Greise, Rinder, Schafe und Esel.‹«

Dann nahm er ebenso plötzlich wieder Platz. Seine Stimme klang jetzt beinahe teilnahmslos, seine Augen schienen geschrumpft zu sein. Das Glimmen war vorerst erloschen. »Du hast deine Sünde erkannt und bist jetzt bereit für deine Errettung«, erklärte er sachlich, schwang ein nacktes Kreuz über ihrem Kopf und besprengte sie mit Öl. »Alles, was du tun musst, ist, deine Lektionen zu lernen und der verderbten Kirche des römischen Papstes zu entsagen, dann wirst du gesalbt.«

Einige Wochen später wurde sie im Hudson getauft. Der kleine Pastor legte eine Hand auf ihren Rücken und hielt ihr mit der anderen die Nase zu, dann tauchte er sie plötzlich hintenüber ins eisige Wasser, das zuvor um ihre Knöchel geströmt war, als wollte es sie mitziehen.

Und am gleichen Tag heirateten sie in der kleinen Bretterkirche. Sie trug nun ihr eigenes weißes Gewand, dessen Falten über ihren gewölbten Leib fielen. Ihren Kopf schmückte ein Kranz aus wilden Blumen und Weizenähren, den die anderen Frauen der Gemeinde ihr geflochten hatten, obschon sie sie doch kaum kannte.

Die Fremdartigkeit des Gottesdienstes hatte sie aus der Fassung gebracht. Die ganze Gemeinde stand und sang lauthals die getragenen, protestantischen Lieder. Und ebenso lauthals riefen sie dem Pastor die Antworten auf seine Gebete zu. Plötzlich war sie von der Furcht erfüllt, dass sie ihre Seele – angeschlagen, wie diese bereits war – nun endgültig verlor, weil sie den wahren Glauben für diese eigenartige, heidnische Zeremonie verriet. Trotzdem war sie aufgestanden und hatte ihren Billy Dove geheiratet, und sie wusste, sie hätte es auch getan, wenn es bedeutet hätte, Jüdin oder Muslimin zu werden oder geradewegs zur Hölle zu fahren.

Und nachdem sie verheiratet waren, hatte sie für ihn getan, was sie in ihrem Zustand nur tun konnte. Sie hatte das kleine Haus gekalkt und das Gemüsebeet, das er im Hof angelegt hatte, bestellt. Immer versuchte sie, ihn mit irgendeiner kleinen Überraschung zu erfreuen. Sie stand früh morgens auf, um für ihn zu kochen, und ehe er abends heimkam, ging sie aufs Feld hinaus, um eine Wildblume oder einen Fliederzweig zu schneiden, die sie neben seinen Teller stellte. Und wenn sie ihm dann gegenübersaß und ihm beim Essen zuschaute, musste sie sich eingestehen, dass sie am liebsten ihn mit Blumen geschmückt hätte, so schön sah er aus.

Er hatte große Freude an ihr in jenen Tagen. Ständig lagen seine

Hände auf ihr, berührten und liebkosten sie. Wenn er heimkam, umschlang und kitzelte er sie – gerade zu der Tageszeit, da er früher immer so besonders mürrisch gewesen war und auf dem Rückweg vom Waisenhaus meist schon ein paar Drinks zu sich genommen hatte. Jetzt war er meist nüchtern oder hatte wenigstens nur ein Glas getrunken. Er strich mit den Händen über ihren Bauch, bestand darauf, ihr Kleid anzuheben, selbst wenn sie noch im Freien waren.

»Ein großer Junge für mich. Ein Kind mit einer Mutter und einem Vater«, sagte er gern und fuhr mit den Händen über ihre gespannte Haut. »Ein Junge, der richtig segeln lernen kann, um dorthin zu gehen, wo er will.«

Geduldig hatte sie ihre Niederkunft erwartet, denn sie wusste, dass sie sie wahrscheinlich nicht überleben würde. Sie erkannte es in den Blicken der anderen Frauen, die die Hände um ihre mageren Arme legten und stirnrunzelnd die Köpfe schüttelten. »Zu dünn, zu dünn«, murmelten sie einander zu und bemühten sich, Ruth mit Speck und gebratenem Maisbrot aufzupäppeln.

Es bekümmerte sie kaum. Sie war nur dankbar für die Gesellschaft der anderen Frauen. Sie hatte befürchtet, sie könne hier im Dorf einsam sein – als ob sie je irgendwo hätte einsamer sein können als vorher. Aber es fiel ihr nicht schwer, Freundinnen zu finden. Morgens ging sie mit den übrigen Frauen, schwarzen wie weißen, zum Hudson hinunter, um die Wäsche zu waschen und auf den Felsen auszuschlagen. Bis zu den Knien stand sie im trügerischen, rasch fließenden Wasser. In den abgeernteten Bänken von Strykers Bay suchten sie nach den letzten verstreuten Mies- und Venusmuscheln. Ruth lernte zu fischen, die selbst geknüpften Hanfnetze auszuwerfen und schließlich mit Streifenbarschen und Trommelfischen gefüllt wieder einzuholen.

Es war ein Land solchen Überflusses. Wie ein Wunder in der Bibel. Streck die Hand über dem Wasser aus, und du wirst alles bekommen, was du willst …

Und anschließend, während sie darauf warteten, dass die Wäsche trocknete, machten sie an den langen Sommernachmittagen ein

Päuschen. Sie lagen oder hockten unter den Bäumen am Fluss, sahen hinüber zum Jersey-Ufer und auf die Palisades. Einige der Frauen rauchten Maiskolbenpfeifen oder Tabak, den sie mit einem Stück Zeitungspapier zu Zigaretten drehten. Sie lachten und winkten, wenn einer der Züge der Harlem Line hinter ihnen angestampft kam – der Lokführer und der Heizer ließen die Pfeife ertönen, winkten ebenfalls und grinsten lüstern zurück.

Kurz bevor es Zeit zum Aufbrechen war, in der schlimmsten Hitze des Tages, wateten sie noch einmal ins Wasser und badeten im Hudson. Dann kehrten sie für ein paar Minuten in den Schatten zurück, wo sie sich trocknen ließen, geschützt vor der Sonne, und allmählich kühlten sie sich für den Abend ab. Das Leben, das in ihr heranwuchs, hielt Ruth ohnehin angenehm, schläfrig warm. All ihre Ängste vor der Niederkunft verflüchtigten sich, wenn sie darüber nachdachte, wie schön es wäre, so zu sterben: loszulassen und ohne Schmerz hilflos über den breiten grauen Fluss davonzutreiben ...

Als es so weit war, hatten die Frauen dafür gesorgt, dass sie sich in dem kleinen Haus ins Bett legte. Zu zweit, zu dritt oder gar zu viert kamen sie, um bei ihr zu wachen. Sie brachten ihre Stühle mit, saßen am Fußende, strickten und redeten leise, während eine pausenlos mit einem feuchten Tuch Ruths Gesicht und Arme kühlte.

Sie lag da und hörte sie immer noch flüstern: Zu dünn, sie ist zu dünn. Sie war nur froh, einen sicheren, sauberen Tod vor sich zu haben, nachdem sie ihm so oft in völliger Verwirrung ins Auge geschaut hatte – als sie die Straßen entlanggeflohen war oder im Bauch des Schiffes gelegen hatte. Sie spürte die kalten Finger dieses Todes nach ihr greifen wie die Strömung des Hudson an ihren Knöcheln.

Dennoch überraschte sie der Schmerz der ersten Wehen. Sie wusste, was Schmerz war – die Gliederschmerzen, als sie auf dem Schiff das Rückfallfieber bekommen hatte, oder Johnny Dolans Fäuste oder die Bauchschmerzen, wenn sie sieben Tage lang nichts zu essen gehabt hatte. Aber das hier war anders. Zu Anfang war es ein harsches, schneidendes Gefühl, als wollten riesenhafte Hände sie

entzweireißen, und es wurde nur schlimmer. Es dauerte Stunden, und der Schmerz schien die Zeit ins Unendliche zu verlängern. Schließlich war sie so schwach, dass sie nichts anderes tun konnte, als das quälend langsame Leben, das sich im Zimmer um sie herum abspielte, zu beobachten. Die Fliegen, die über die Wände krabbelten, die Sommersonne, die Stückchen für Stückchen übers Fensterbrett wanderte.
Und als sie gerade glaubte, sie habe sich daran gewöhnt, sie könnte es aushalten, ohne in Stücke gerissen zu werden, änderte sich der Schmerz. Er war nicht mehr schneidend oder brennend, sondern wurde so etwas wie ein dumpfes Mahlen – schlimmer als alles, was sie je zuvor gespürt hatte. Der Schmerz drückte gegen ihren Rücken und die Wirbelsäule wie ein wildes Geschöpf, das sich immer tiefer in ihr vergraben wollte.
»Du musst pressen. Du musst dagegenpressen«, sagte eine der Frauen, die vor ihren Beinen hockte.
Ruth sah ihre nackten, angewinkelten, weißen Knie – so schrecklich bleich neben den Gesichtern der meisten Frauen im Zimmer. Sie waren jetzt alle hier, so schien es, standen an der Wand aufgereiht wie ein Kirchenchor. Einige gingen eilig irgendwelchen Beschäftigungen nach, auch wenn Ruth sich nicht vorstellen konnte, was das sein mochte. Die Mehrzahl betete allerdings oder sah sie einfach nur an. Ihre Gesichter waren verzerrt oder zeigten einen angespannten Ausdruck von Besorgnis und Mitgefühl – je nach ihrem eigenen Alter und Erfahrungsstand.
»Du musst es herauspressen. Sonst kann es nicht rauskommen. Es gibt keinen anderen Weg.«
Aber das Ding in ihr schien sich nur noch tiefer einzugraben, als wollte es aus ihrem Rücken herausbersten, und sie schrie auf – schrie in dem winzigen, überfüllten Haus. Sie verblüffte sich selbst, dass sie noch zu so einem Laut in der Lage war. Und sie dachte: Natürlich kann es nicht so einfach sein, nicht einmal das Sterben …
Dann entdeckte sie ihn an der Tür. Ihr Blick war wieder rastlos durch den Raum geschweift, und da war Billy, der alle anderen mit Kopf und Schultern überragte. Sein hübsches, kupferrot und

schwarzes Gesicht war ernster, als sie es je gesehen hatte – die Augen weit aufgerissen und vor Angst gerötet.
Sie sah ihn dort und wunderte sich darüber. Dann hatte der Schmerz wieder von ihr Besitz ergriffen, die wilde Bestie versuchte immer noch, sich tiefer zu graben, und die Frau über ihren Knien hatte den Kopf geschüttelt, das braune Gesicht verzogen. »Du musst es herauspressen. Du musst«, befahl sie.
Aber es wollte nicht herauskommen, was immer es sein mochte. Das Leben zog es vor, in ihr zu bleiben, an ihren Innereien zu nagen und ihr Rückgrat zu Pulver zu zerstoßen. Sie presste und presste, aber sie konnte es nicht losschütteln, und dann ließ sie sich fallen, wodurch der Schmerz nachzulassen schien. Ihre Sinne schwanden, schienen jetzt ebenfalls in ihr zu versinken, sodass sie blind und beinahe taub war. Sie konnte die Frauen um sich herum nicht mehr sehen, kaum noch hören, dass sie ihr zuriefen, sie müsse pressen, oder sonst irgendwelche aberwitzigen Dinge von ihr verlangten.
Stattdessen spürte sie jetzt ganz deutlich die kalte Strömung des Flusses ihre Beine heraufkriechen. Das Wasser umspülte sie gänzlich so wie an jenem Tag, als der Pastor sie hintenüber in den Fluss getaucht hatte, und es war ihr willkommen, sie wollte tiefer hinabsinken.
»Jesus Christus, nimm sie in deine Hände.«
Sie öffnete die Augen noch einmal und entdeckte den kleinen Pastor an ihrem Bett. Wieder schwenkte er das nackte Kreuz über ihr, und seine Pupillen glommen rot angesichts des bevorstehenden Todes. *Und nicht einmal mit einem ordentlichen Priester, um die richtigen Gebete für mich zu sprechen. Aber es war immer noch besser als die See …*
Sie drehte den Kopf weg, blickte zur anderen Seite des Bettes. Und dort kniete Billy, sein Gesicht vor Trauer verzerrt. Sie nahm den vertrauten Brandygeruch in seinem Atem wahr – aber in seinen Zügen lag eine tiefe, erdrückende Traurigkeit, die weit über die gewöhnliche Tragödie des Trinkens hinausging.
»Geh nicht«, flüsterte er ihr mit kaum wahrnehmbarer Stimme zu. Er sagte es wieder und wieder. Es war nur ein klägliches Wispern,

aber auch die aufrichtigsten Worte, die er je an sie gerichtet hatte.
»Bitte geh nicht.«

Sie sah ihn an und war verblüfft, dass es ihn tatsächlich kümmerte, ob sie lebte oder starb. Noch stundenlang flüsterte er ihr all die gewöhnlichen, verzweifelten Dinge zu, die Ruth immer so gern von ihm gehört hätte. Er murmelte, dass er sie liebte, dass sie am Leben bleiben sollte, dass sie ihren Jungen nicht ohne Mutter zurücklassen dürfe …

Es würde ihn traurig machen, dachte sie immer noch erstaunt. Es würde ihn traurig machen, wenn ich sterbe.

Ruth beschloss, dass sie versuchen musste, am Leben zu bleiben, obwohl sie nicht sicher war, ob sie es konnte. Die Schmerzen wurden irgendwie immer stärker, schlimmer als alles, was sie sich je hatte vorstellen können.

Das muss irgendwie aufhören, dachte sie. Also versuch es.

Sie presste wieder – und schrie und schrie. Die Frauen beugten sich schnell über sie und schoben Billy aus dem Weg. Sie benetzten ihre Lippen mit einem Tuch, das in Laudanum getränkt war.

»Ruhig, ganz ruhig. Nur ein bisschen hiervon, denn du musst pressen.«

»Ich weiß«, erwiderte sie, und ihre Stimme schien die Umstehenden zu überraschen.

Wieder presste sie – und der Schmerz war noch unerträglicher, durchströmte sie bis in Winkel hinein, die ihr bislang fremd gewesen waren. Und doch glaubte sie jetzt zu verstehen. Das Wesen in ihr litt ebenfalls Schmerzen. Es wollte hinaus, und sie musste ihm helfen, musste seinen Weg erleichtern, um ihnen beiden zu helfen. Sie presste langsam, behutsam, drehte ihren Körper ein wenig dabei. Versuchte, es zu hegen und zu trösten, es zu umschmiegen. Sie gab ihm einen sachten Stups, dann einen festeren. Versuchte, ihm zu schmeicheln, es hinauszulocken. Sie presste wieder, hielt inne und sammelte dann ihre Kräfte für ein gewaltiges Pressen, das so wehtat, dass sie sicher war, es würde sie umbringen.

Doch die Erlösung blieb aus, und sie begann wieder von vorn – ein kleiner Stups, ein festerer. Weiter und immer weiter, bis Ruth spürte, dass das eingegrabene Geschöpf, die riesige Faust, die ihr Rückgrat zu zermalmen drohte, nachgab. Ihre Wirbel schnellten an die vorgesehenen Plätze zurück, sodass sie nun in der Lage war, das unbezähmbare Wesen in den Griff zu bekommen – fester und mit größerer Leichtigkeit zu pressen, während sie ihm im Geiste unentwegt gut zuredete. Bis sie schließlich hinabsah und zwischen ihren knochigen, dünnen weißen Beinen die Hebamme ihr Baby halten sah.

Ein Junge, Billy hatte Recht. So dunkelhäutig wie sein Vater, schwarz im Gegensatz zu ihren bleichen Beinen. Sie musste weinen, als sie ihn sah, und die Frauen säuberten ihn behutsam und legten ihn Ruth auf die Brust. So hübsch und süß und schwarz. Und Billy war immer noch an ihrer Seite, flüsterte ihr ins Ohr. So konnte sie nicht anders, als zu weinen, und sie fragte sich verwundert, wie es möglich war, dass sie noch lebte und dies hier sehen konnte.

51
Ruth

Das war ihre beste Zeit zusammen gewesen: die folgenden Jahre in Seneca Village. Beinahe der einzige Abschnitt ihre Lebens, wie sie sich erinnerte, da sie nicht vor irgendwem oder irgendwas auf der Flucht gewesen war.

Wie kann eine Zeit, ein paar Jahre oder Monate, nur die beste eines Lebens sein und dann einfach enden …

Sie hatte lange gebraucht, um sich von der Geburt, den reißenden Schmerzen zu erholen, doch nach einigen Wochen konnte sie schon wieder im Haus umherhinken und leichte Arbeiten verrichten. Als sie ganz wiederhergestellt war, ging sie mit hinaus, um das Gemüsebeet zu bestellen und bei der Weizenernte zu helfen. Sie ging auch wieder mit den anderen Frauen zum Fluss, um die Wäsche zu waschen, Muscheln zu sammeln oder mit ihren Hanfnetzen im seichten Wasser zu fischen.

Im Herbst galt es Cider und Bier zu machen, im Winter Sirup; abends wurde Gemüse eingeweckt, Fleisch eingepökelt, und in der Kirche trafen sich die Frauen und nähten Quilts. Auf kaum eine dieser Fertigkeiten verstand sich Ruth – selbst für solch bescheidene Dinge waren sie zu arm gewesen. Sie lernte alles von den anderen Frauen, zutiefst dankbar für deren Hilfe und Anleitung – und wieder musste sie erkennen, wie unwissend sie doch war. Sie hatte fast nichts von Wert gelernt, bis auf das Nähen, das ihre Mutter ihr beigebracht hatte, oder Seetang zu ernten und Kartoffeln zu pflanzen. Sie war froh, sich nun alles Erdenkliche aneignen zu können, fand sogar Gefallen daran, in der Kirche die eigentümlichen Hymnen zu singen.

Das Beste war, wie glücklich Billy mit ihr und dem Sohn, den sie ihm geschenkt hatte, war. Er betrachtete das Kind, wann immer er konnte, sah nach ihm, wenn es schlief, beobachtete es, wenn es draußen auf der Wiese spielte. Ließ den Jungen auf seinen Knien reiten, wenn er aus dem Waisenhaus heimkam, lachte über jedes Wort, das er sprach, und staunte, was für ein kluges Kerlchen er war. In der kleinen Bretterkirche ließen sie ihn taufen – Reverend Betancourt tauchte ihn ziemlich unwirsch ins Taufbecken, fand Ruth, sodass der Kleine weinte und weinte. Doch dessen Vater strahlte und nannte ihn Milton, nach seinem eigenen Vater, der aus Afrika hierher verschleppt worden war.
»Er ist genauso schlau wie er, schlau genug, um von hier wegzukommen«, erklärte Billy ihr mit dieser wilden Entschlossenheit, die sie früher schon an ihm beobachtet hatte und die ihr immer ein wenig Furcht einflößte. »Eines Tages wird er von hier fortgehen, und wir sehen ihn nie wieder.«

Das Kind hatte Billy auch Gelegenheit gegeben, ein weiteres Zimmer an das Haus zu bauen. Er war froh, seine Zimmermannswerkzeuge wieder einmal hervorholen zu können, und sammelte Holz von alten, nicht mehr benutzten Zäunen und Häusern jenseits der nördlichen Felder. Das Geld war knapper, aber dank ihrer Arbeit bei den deutschen Ladys kamen sie zurecht. Ruth band sich Milton mit einem Tuch auf den Rücken und trug ihn immer bei sich – doch sie war überrascht und erschrocken über die hämischen Rufe der irischen und deutschen Arbeiter, denen sie begegnete, und der Straßenbahnschaffner an der Fourth Avenue.
»Hure! Hure! Niggerhure!«, riefen sie ihr vom letzten Wagen aus zu, wenn sie an ihnen vorüberfuhren.
»Such dir doch einen richtigen, rechtschaffenen Mann, du erbärmliches Flittchen!«
Ihre Heftigkeit erstaunte Ruth. Die Schaffner sahen sie nur für einen kurzen Moment, ehe die Bahn schon Richtung Grand Central Station davonrollte. Es verblüffte sie, dass diese sich so anders verhielten als die Männer der Harlem Line, die immer

noch pfiffen und winkten, wenn sie die Frauen im Ufergras liegen sahen.
Wenigstens Mrs. Krane und Mrs. Müschen waren hingerissen von dem Baby. Sie erlaubten Ruth, es bei der Arbeit auf dem Schoß zu halten und zu stillen – solange sie nur weiterhin die hübschen Puppen aus Lumpen und Knochen für sie herstellte. Und schon damals war Milton immer damit zufrieden, nur in ihrer Nähe zu sein. Er war ein beinahe unnatürlich liebes Kind, hob den Kopf und lächelte strahlend, sobald er ihre Stimme hörte.
Als er älter wurde, erlaubten die deutschen Ladys ihm, in einem eigenen Lumpenhaufen zu spielen, und Milton imitierte seine Mutter und stellte erstaunlich gelungene – und verkäufliche – Puppen und Spielzeuge her. Ruth staunte über seine Geschicklichkeit und sagte sich, dass er das Talent seines Vaters geerbt haben musste.
»Eines Tages wirst du selbst ein Schiff bauen. Ein Schiff, wie die Welt es noch nie gesehen hat«, prophezeite sie ihm liebevoll und drückte ihn an sich.
Bei einer Gelegenheit brachte sie ihn zu den Werften am Hafen entlang dem East River, um den Schiffsbauern zuzuschauen. Und als sie dort war und die wunderbaren weißen Kiele Gestalt annehmen sah, verstand sie, warum Billy so stolz auf sein Handwerk war, warum der Verlust ihn so schmerzte.
Aber sie ging kein zweites Mal mit Milton hin. Ehe sie auch nur hundert Meter die Kais entlanggegangen war, musste sie feststellen, dass jeder Mann dort sie als Freiwild betrachtete: Die Matrosen, Schiffsbauer und Hafenarbeiter ebenso wie die Segelmacher und Pensionsbesitzer. Bei jedem Schritt grapschten sie nach ihr und belagerten sie mit obszönen Drohungen.
»Hey, Mädchen, was hast du denn da für ein Niggerpüppchen? Wirf es weg, ich mach dir ein besseres.«
»Komm her, Molly, ich kann's dir besorgen!«
Unverfroren befummelten sie ihre Brüste und ihr Gesäß, versuchten, sie in dunkle Gassen oder durch die Türen der Saloons zu drängen. Ihre Unverschämtheit erschütterte Ruth, und zuerst dachte sie, es müsse eine Eigenschaft ihres Berufsstandes sein. Doch bald

begriff sie, dass es allein an dem Kind lag, das sie mit sich trug. Sie schämte sich, dass sie daran nicht früher gedacht, dass sie ihr Baby in solche Gefahr gebracht hatte.

Das war es auch, was die Straßenbahnschaffner so wütend gemacht hatte. Das Kind. Sie waren der Ansicht, dass eine Frau, die so verzweifelt und heruntergekommen war, dass sie es mit einem Nigger trieb, sich glücklich schätzen müsse, sie als Kunden zu haben …

Sie war froh, dass sie wenigstens in Seneca Village ein sicheres Plätzchen hatten, wo sie unter ihresgleichen waren. Wenn sie nachts im Bett lagen, hörten sie manchmal das Knacken von Zweigen im Wald und das leise Knurren des Nachbarhundes, und dann wurde ihr bewusst, dass die bedrohlichen Schatten dort draußen Wirklichkeit waren. Die Sklavenfänger lungerten immer noch in der Nähe von Seneca Village herum, um zu sehen, was sie vielleicht finden konnten …

Und dann drückte sie ihr Baby noch fester an die Brust, denn sie wusste, dass auch Milton ihr gestohlen werden konnte. Den Sklavenfängern war völlig gleich, wen sie davonschleppten, ob es entflohene Sklaven oder Freigelassene waren, Kinder oder Erwachsene. Die Leute im Dorf, Schwarze wie Weiße, passten aufeinander auf, doch es brauchte nur einen einzigen Moment der Unachtsamkeit, und jeder von ihnen konnte auf Nimmerwiedersehen zwischen den Bäumen verschwinden.

Und wenn wir nicht häufiger an Dolan dachten, wenn wir uns seinetwegen nicht so viel gesorgt haben, wie wir es vielleicht hätten tun sollen, dann nur deshalb, weil wir wussten, dass wir schon an dem sichersten Ort waren, den es für uns geben konnte. Eingeschlossen dort oben im Niggerdorf – komme was wolle.

Es dauerte nicht lange, bis sie wieder schwanger wurde. Dieses Mal war sie nicht so besorgt und schicksalsergeben wie beim ersten Mal, denn sie wusste jetzt, was sie zu erwarten hatte. Es gelang ihr sogar, ein wenig Gewicht zuzulegen, und Billy zog sie damit gern auf. Es war nach wie vor nicht genug, um sie irgendetwas anderes als dünn zu nennen – jedwede Neigung zur Fettbildung war im Burren und auf der Straße für immer verdorrt –, aber wenigstens sah sie nicht mehr so aus, als stehe sie unmittelbar vor dem Hungertod, und er nannte sie seine »dicke Frau« und sein »Urgestein«.

Und dieses Mal ging es leichter. Sie spürte die kalte Flut nicht in sich aufsteigen – auch wenn sie wusste, dass sie immer noch da war, abwartend, knapp außer Reichweite. Dieses Mal dauerte es nur einen halben Tag, ehe sie ein Mädchen zur Welt brachte, das sie Lillian nannten. Sie war anfangs größer und dünner, als ihr Bruder gewesen war, und ein oder zwei Nuancen heller, so wie auch alle folgenden sein sollten. Und Billy war auch über das Mädchen glücklich, stellte Ruth erleichtert fest. Vielleicht nicht so außer Rand und Band wie über seinen Sohn, aber dennoch sehr glücklich.

Ein paar Wochen später war Billy an einem freien Sonntag in den Wald gezogen und hatte Bauholz gesucht, um ein weiteres Zimmer an ihr wachsendes Haus zu bauen. Er kam mit einer Ladung erstklassiger Bretter auf der Schulter zurück, doch sein Gesicht zeigte einen argwöhnischen Ausdruck.

»Von dem Deutschen«, hatte er erklärt. »Der Mann dort oben mit den Ziegen.«

Sie wusste sofort, was er meinte: Das Grundstück mit den säuberlich deutschen Mauern, den schnurgeraden Reihen von Gemüsepflanzen und Obstbäumen dort oben in der noch unparzellierten Wildnis von Bloomingdale war seit langem eine feste Einrichtung gewesen. Auf einem Bronzeschild an der Mauer stand der exzentrische Name, den Billy ihr einmal vorgelesen hatte: *Eigentümer Jupiter K. Zeus.*

»Und er hatte nichts dagegen?«

»Er ist fort. Hat nur seine Ziegen und die Möbel mitgenommen. Und niemand ist gekommen, um das Land in Besitz zu nehmen.«

»Na ja, vielleicht ist er plötzlich gestorben«, sagte sie, obwohl sie das selbst kaum glauben konnte. Wenn sie eins gelernt hatte, dann dies: Grund und Boden fand in New York immer einen Interessenten. »Vielleicht ist es das, der arme Mann ...«

Doch bald verbreitete sich die Nachricht, dass der Deutsche per

Zwangsräumung vertrieben worden war, damit die Stadt endlich ihren neuen Park anlegen konnte, und ein Gefühl böser Vorahnung senkte sich auf das Dorf herab.

Schon seit Jahren hörte man Gerüchte über diesen Park oder las davon in der Zeitung, aber niemand hatte geglaubt, dass es wirklich je dazu kommen würde. Die Vorstellung schien zu absurd, selbst für diese Stadt. Die Wohnhäuser und Gärten von Menschen zu vernichten, nur damit andere unter Bäumen spazieren gehen und frische Luft atmen konnten. Jedermann war davon ausgegangen, dass es nur das übliche Politikergeschwätz sei, und sollte der Park doch entstehen, dann eher drüben in Jones's Wood oder in der Battery, wo der alte Yankeeadel gern lustwandelte.

Doch kaum einen Monat nachdem Billy das Grundstück des Deutschen verlassen gefunden hatte, kam ein Mann vom Büro des Sheriffs ins Dorf, um in der Kirche zu sprechen. Ruth hatte ihn augenblicklich wiedererkannt. Es war derselbe kleine Mann mit dem zu großen Kopf, der auf der Mauer des Krankenhauses in Staten Island gehockt und versucht hatte, Dolans Wunderkabinett zu stehlen. Der Mann mit der schrecklichen Fratze eines Unholds: Finn McCool …

Er hatte es weit gebracht, seit sie ihn zuletzt gesehen hatte. Er sah jetzt sehr wichtig aus mit seiner roten Schärpe über der Weste und dem farbigen Stock, den die Stadtoberen bei offiziellen Anlässen trugen. Und mit dem unbekümmerten Grinsen, an das sie sich so gut erinnerte, erklärte er, dass auch sie die Zwangsräumung zu erwarten hatten und dass ihre Wohnhäuser, die kleine Schule und die zwei Kirchen abgerissen und eingeebnet würden, damit der neue Park angelegt werden konnte.

Zuerst herrschte schockiertes Schweigen. Was sie vor allem erschütterte, waren sein Grinsen und sein sachlicher Tonfall. Dann fingen alle gleichzeitig an zu protestieren, Männer und Frauen standen in den Kirchenbänken und brüllten ihn an. Einige Männer versuchten, die Kanzel zu stürmen, sich an dem Schlägertrupp vorbeizudrängen, den mitzubringen McCool klug genug gewesen war.

Selbst Reverend Betancourt brüllte, sah Ruth – schlug wiederholt mit der flachen Hand auf seine Bibel, als gehe es hier um eine theologische Streitfrage.

McCool war nicht gewichen, stand über ihren Köpfen auf der Kanzel. Er grinste immer noch und hob die Hand, um sie zur Ruhe zu bringen.

»Aber, aber! Kein Grundstücksbesitzer wird ohne Entschädigung vertrieben!«, rief er über den Tumult hinweg. »Jeder, der eine Eigentumsurkunde für sein Grundstück vorlegen kann, wird vollständig entschädigt – dank der Großzügigkeit des Stadtrats!«

Diese Ankündigung brachte die Gemeinde nur für einen Moment zum Schweigen. Dann riefen sie wieder: »Eine Urkunde! Eine Urkunde!«

»Wir haben nie Urkunden bekommen! Das hier war Sumpf, das hier war nichts als Wildnis!«

»Schiebung! Schiebung!«

Finn McCool zuckte lediglich die Schultern, grinste wieder, stieg flink von der Kanzel hinab und verschwand mit seinem Schlägertrupp durch die Hintertür. Die Dorfbewohner tobten weiter, doch allmählich verstummten sie und gingen wie betäubt aus der Kirche, als ihnen aufging, dass sie sich nur noch gegenseitig anschrien.

»Hast du denn eine Urkunde?«, hatte Ruth Billy so sanft wie möglich gefragt, als sie nach Hause gingen. Sie musste ihm nur ins Gesicht sehen, um die Antwort zu wissen.

»Nein. Bisher hat hier nie jemand eine Urkunde gebraucht. Niemand hat je ein Wort davon gesagt.«

Seine Stimme klang verwundert und bitter, aber nicht wirklich empört, wie ein Mann, dem schon früher furchtbares Unrecht geschehen ist und der auch von der Zukunft nichts Besseres erwartet.

Ruth hatte Lillian im Arm gehalten, Billy Milton auf den Schultern reiten lassen. Schweigend gingen sie die schmale Straße entlang und blieben vor dem kleinen weißen Haus stehen, das er mit solcher Sorgfalt erbaut und erweitert hatte. Sie erinnerte sich, dass sie dort in der Dämmerung gestanden und geglaubt hatte, das sei das Ende …

Das stählerne Dickicht der Bajonette, der Verwalter, der seinen Räumungsbefehl vorlas, während sie wie Maulwürfe in der Sonne blinzelten.

Doch als sie schließlich kamen, brauchten sie keine Soldaten, nicht einmal einen Polizisten. Alle Leute im Dorf packten ihre Habseligkeiten zusammen und gingen davon, immer noch in ungläubigem Schweigen. Nur die Wenigsten hatten eine Eigentumsurkunde in Händen und Anspruch auf Entschädigung. Die übrigen Einwohner von Seneca Village gingen einfach über die Bloomingdale Road Richtung Innenstadt davon, ohne ein Wort der Klage oder einen Blick zurück. All ihre Nachbarn und Freunde, ein ganzes Dorf, wurden einfach davongeweht, sodass man bei Einbruch der Nacht kaum mehr eine Spur von ihnen finden würde.

Alles, was dazu nötig war, waren ein paar Männer des Sheriffs, die die ganze Sache beaufsichtigten und geduldig darauf warteten, dass die Menschen ihre Häuser verließen; eine Schar Landvermesser, angeführt von einem kurzsichtigen, scheuen Männlein mit Brille und Studentenmütze, der sie vollkommen ignorierte.

Und eine Arbeiterkolonne – genau wie die, die Ruth überall in der Stadt sah, wo sie neue Löcher in die Straßen rissen. Sie lehnten oder hockten an der Bretterwand der verlassenen, entweihten All Angels Church. Sie kauten ihren Tabak und spuckten dann und wann ins Gras auf dem Friedhof. Sie wollten niemanden damit beleidigen, schlugen lediglich die Zeit tot, wie sie es immer taten, während sie auf ihre Vorgesetzten warteten.

Unter ihnen war auch Tom. War sogar der Anführer, soweit sie das sagen konnte, denn er trug ein offizielles blaues Uniformhemd der Stadt und ebenfalls eine leuchtend rote Schärpe. Mit verlegener Miene trat er zu ihr und nahm den Hut ab. »Ich hatte vergessen, dass ihr hier lebt«, sagte er zerknirscht, gar ein wenig beschämt.

»Ja, aber es ist ja nicht deine Schuld«, hatte sie ihm versichert.

Doch er hatte sie weiterhin angestarrt, wie sie da stand, Milton an der Hand und Lillian auf der Hüfte. Seine Augen weiteten sich ein wenig, als er die Kinder wahrnahm. Und er betrachtete sie mit dieser Mischung aus Mitgefühl und Beschützerinstinkt, die ihr verriet, dass er ein klein wenig in sie verliebt war.

»Trotzdem, es tut mir Leid, euch in dieser Lage zu sehen«, hatte er gesagt, den Kopf gesenkt und befühlte das Band an seinem Uniformhut. Die letzten vereinzelten Dorfbewohner gingen Richtung City davon. Ein Leben, das vierzig Jahre angedauert hatte, in einem einzigen Tag vernichtet …

Tom trat nervös von einem Fuß auf den anderen und rieb sein Hutband. »Ich hatte vergessen, dass ihr hier lebt …«

Es war Tom, der ihnen die kleine Erdgeschosswohnung in Paradise Alley besorgt hatte – aus seiner grenzenlosen Großzügigkeit heraus und, so hoffte sie, seiner stillen, brüderlichen Liebe zu ihr. Er hatte ihnen gar die Miete für den ersten Monat vorgestreckt, hatte aber errötend und verlegen angedeutet, dass es vielleicht besser wäre, Deirdre davon nichts zu sagen.

Darauf war Ruth schon von selbst gekommen – obgleich sie überzeugt war, dass Deirdre es längst wusste. So oder so – sie hatte beschlossen, Deirdre so lange wie möglich aus dem Wege zu gehen, und überlegte genau, wann sie die Wäsche aufhängen oder an der grünen Croton-Pumpe Wasser holen ging, um ihr nicht zu begegnen.

Doch Deirdre hatte sie überrascht und war unerwartet eines Morgens an ihrer Tür erschienen. Auf einem Teller brachte sie ihr einen mit Zuckerguss verzierten Kuchen – und Ruth war so verdutzt, dass sie nicht wusste, was sie sagen sollte. Milton, der hinter ihr zur Tür gekommen war, brach in Verzückung aus, als er den Kuchen sah. »Oh – oh, schau doch nur, Mutter! Schau dir das an!«

»Das ist eine kleine Aufmerksamkeit, um euch hier in der Straße willkommen zu heißen«, erklärte Deirdre, ihre Sprache und ihr Auftreten wie immer so steif, so amerikanisch korrekt. Ruth hatte irgendetwas vor sich hin gemurmelt, immer noch gebannt davon, wie wunderschön sie aussah. Wie konnte ein solches Gesicht nur so hart sein …

Doch Deirdre betrachtete Ruths Sohn, der immer noch an der Tür stand und den Kuchen bestaunte.
»Das ist dein Ältester«, sagte sie. Es war eine Feststellung, keine Frage.
»Ja.« Ruth hatte unwillkürlich gelächelt. Sie nahm an, dass Milton jedes Herz so wie ihres erweichte.
»Wie alt ist er denn?«
»Ich …« Ruth verstummte abrupt, als sie erkannte, in welche Falle sie getappt war.
»Das habe ich mir gedacht. Du hast dich schon mit ihm eingelassen, als du noch mit meinem Bruder zusammen warst.«
»Billy ist mein Ehemann«, hatte Ruth sich verteidigt und schob Milton ins Haus, damit er nicht noch mehr hörte. »Wir sind jetzt verheiratet, und das waren Johnny und ich niemals …«
»Oh ja«, zischte Deirdre. »Verheiratet in einer anständigen, protestantischen Niggerkirche, da bin ich sicher.« Sie neigte sich jetzt ein wenig vor, ihre Miene drückte unbezähmbare Wut aus. »Du wohnst jetzt in einer respektablen Gegend. Du wirst lernen müssen, unter respektablen weißen Leuten zu leben. Nicht wie da oben in den Wäldern, wo du dich mit Gott weiß wem rumgetrieben hast.«
Mit diesen Worten hatte sie ihr den Kuchen in die Hände gedrückt und war davonstolziert, und danach pflegte sie keinerlei Kontakt mehr mit Ruth. Tom hingegen schlich sich dann und wann zu ihnen, um mit Billy eine Zigarre zu rauchen oder ein Bier zu trinken. Wenn er kam, brachte er ihr immer ein Geschenk mit, irgendeine Kleinigkeit, einen neuen Kochtopf, eine Haarschleife, ein Spielzeug für die Kinder. Und wenn er fort war, konnte sie immer sicher sein, irgendwo ein bisschen Geld zu finden, einen Nickel oder York Shilling oder ein paar andere kleine Münzen, die unter einer Bratpfanne steckten oder auf dem Kaminsims lagen. Ruth hatte sie immer schweigend eingesteckt, ohne Billy etwas davon zu sagen – sie wusste, dass Tom ihre Würde nicht verletzen wollte, indem er es ihnen offen anbot.
Sie war dankbar für das Geld und die Geschenke. Dankbar auch für

das Heim. Die Straße war gar nicht so übel, auch wenn die Mülleimer an den Ecken ständig voll waren und bei jedem Regen das Blut aus den Gullys quoll. Sie brauchten jetzt viel länger, um zur Arbeit zu kommen, mussten den ganzen Weg nach Uptown zu Fuß zurücklegen. Doch Ruth kam mit den meisten Nachbarsfrauen gut aus, und immer mehr schwarze Familien zogen in die Gegend. Sie würden nicht ausschließlich unter Weißen leben, ganz gleich, was Deirdre ihr vorgebetet hatte …

Doch Billy wurde immer reizbarer, fiel ihr auf, machte auf dem Heimweg vom Waisenhaus immer öfter im Saloon Halt. Sie wusste, dass er nicht gern in Häusern lebte, die so eng beieinander standen – denn sie hinderten ihn daran zu sehen, wer oder was auf ihn zukommen mochte. Er misstraute den weißen Nachbarn, und auch als Ruth darauf hinwies, dass hier im vierten Bezirk die Gefahr, auf Sklavenfänger zu treffen, viel geringer war, ließ er sich nicht überzeugen.

»Dort oben wusstest du wenigstens, wer auf deiner Seite steht und wer nicht«, entgegnete er immer und trommelte missgelaunt mit den Fingern auf den Küchentisch. »Im Niggerdorf wurde man wenigstens nie Nigger genannt.«

Doch ihre einstigen Freunde und Nachbarn waren in alle Winde zerstreut – wohnten bestenfalls in einigen nebeneinander gelegenen Häusern im Arch Block, unten auf der Roosevelt und Baxter Street oder an der York und der Lispenard Street in Greenwich Village. In Paradise Alley waren sie so sicher wie in jeder anderen Gegend, und Ruth hatte gedacht: Nun, es ist doch gar nicht so übel. Zumindest haben wir ein Dach über dem Kopf und genug zu essen, wer wollte da jammern?

Doch bevor ihr erster Sommer in Paradise Alley noch zu Ende ging, war Lillian krank geworden. Ruth hatte sofort gesehen, dass es etwas Ernstes war. Sie war nicht zur Arbeit bei den deutschen Ladys gegangen, sondern zu Hause geblieben, um ihre Tochter zu pflegen. Sie hatte ihr den Großteil ihrer eigenen Mahlzeiten überlassen und ihr an Süßigkeiten und Fett gegeben, was sie nur bekommen konnte. Aber es war schwierig, in diesem Teil der Stadt gute,

saubere Lebensmittel oder Wasser zu bekommen, und die einzige Milch, die es gab, stammte von den Brauereikühen.
Was immer sie tat, Lillian konnte nicht aufhören, zu erbrechen oder durch Durchfall zu verlieren, was sie ihr gaben. Ruth musste mit ansehen, wie sie von Tag zu Tag dünner wurde, vor ihren Augen verhungerte. Genau wie es mit ihrer ganzen Familie damals in der Hütte gewesen war. Unten im Dunkel der Hütte, zusammengekauert unter dem Strohdach. Ihre Tochter schrie vor Schmerz, wenn Krämpfe sich ihrer kleinen Glieder bemächtigten, und nach ein paar Tagen konnte sich nicht einmal mehr Wasser bei sich behalten.
Billy durfte ihr nicht zu nahe kommen, weil er ja zur Arbeit zu den Waisenkindern musste, doch er tat, was er konnte. Jeden Penny, den er verdiente, gab er Ruth, borgte sogar Geld für richtige Milch aus einem Stall oben an der Westside nördlich der 59. Straße, von dem er gehört hatte. Jeden Abend ging er die ganzen fünf Meilen von dort zu Fuß nach Hause, in jeder Hand einen Eimer. Er hatte sogar einen richtigen Arzt geholt, einen gewissen Dr. Sloper von der Great Jones Street, der ein selbstsicherer, eleganter junger Mann war, ihnen jedoch nur mitteilte, das Kind leide an der Cholera, und empfahl, es unter Quarantäne zu stellen, ehe er floh.
Tag und Nacht hatte Ruth an Lillians Krankenbett gewacht und für sie getan, was sie konnte. Sie hatte ihr die Stirn mit einem feuchten Tuch gekühlt und versucht, Wasser und Nahrung in sie hineinzuzwingen. Doch sie wusste, dass sie ihr Kind nur noch mehr entkräftete, denn es brach alles wieder aus, und diese Erkenntnis hatte sie in Panik versetzt – sie war auf die Straße hinaus geflohen, blind und halb von Sinnen vor Hilflosigkeit. Nur der Gedanke, ihr Baby könnte allein sterben, hatte sie ins Haus zurückkehren lassen, und dort wurde sie Zeuge des letzten, gnädigen Todeskampfes.
In dieser Nacht war sie aufgeblieben, um ihr Kind zu waschen und ihm die feinsten Kleider anzuziehen, die sie finden konnte. Sie bereitete den Leichnam für das Bild vor, das sie von dem Daguerreotypisten auf der Second Avenue machen lassen wollte. Sie hatte solche Bilder schon in seinem Schaufenster gesehen. Die verstor-

benen Kinder wirkten immer so friedvoll, so lebendig und still, als schliefen sie nur. Stets trugen sie ihre besten Kleider, und ein ernster Bruder stand an ihrer Seite, ebenfalls im Sonntagsstaat.

Das hatte sie gesehen, und das wollte sie haben, also hatte sie Milton am nächsten Tag fein angezogen, während sie seinen Vater zum Daguerreotypisten schickte. Milton, der alles gegessen und getrunken hatte, was sie ihm während der Krankheit seiner Schwester vorgesetzt hatte, und der nur größer und stärker geworden war. Sodass sie eine Zeit lang sogar ihn gehasst hatte, doch sie hatte sich gezwungen, sich nichts anmerken zu lassen. Jetzt, da er so feierlich und ernst, ein wenig verwirrt neben seiner toten Schwester stand, erkannte sie, dass sie ihn mehr liebte denn je, dafür, dass er überlebt hatte, ebenso wie für das, was er war. Sie wartete ruhig auf Billys Rückkehr und spürte zum ersten Mal seit Wochen Frieden.

Doch er war kopfschüttelnd heimgekommen, erklärte ihr sanft, aber bestimmt, dass das Bild zu teuer sei. Dass es unmöglich war, dass es sinnvoller sei, das Geld für die Beerdigung auszugeben und dafür, ihrem Sohn ein besseres Leben zu bieten. Sie hatte wie eine Wahnsinnige geheult und getobt, als sie dies hörte. War mit den Nägeln auf ihn losgegangen, während er sie an seine Brust drückte und versuchte, sie zu trösten. Bis sie erkannte, dass er Recht hatte. »Überlass die Tote den Toten«, hatte er gesagt, aber so mitfühlend, dass sie die Richtigkeit dieser Worte erkennen musste, dass es nichts mehr gab, was sie für ihre Tochter tun konnte, damit sie sich noch länger mit dem Leben abquälen musste.

Sie hatten sie in Brooklyn beerdigt – wiederum mit Toms Hilfe, der einen Totengräber auf dem feinen neuen Green-Wood Friedhof kannte und ihnen wieder ein bisschen Geld geliehen hatte. Das hatte ihnen nicht einmal Deirdre missgönnt, die Ruth knapp, aber mit allem Mitgefühl, das sie aufbringen konnte, zugenickt hatte, als sie sich das nächste Mal auf der Straße begegnet waren. Mit einem hastigen, scharfen Einatmen hatte sie ihr gesagt: »Ich bedaure deinen Verlust.«

Das hatte Ruth irgendwie getröstet, obwohl es ihren Hass auf Deirdre doch eigentlich hätte steigern müssen. Auch die Tatsache, dass ihr kleines Mädchen draußen in Brooklyn zur Ruhe gebettet werden sollte, war ihr ein Trost. Es war so weit weg, dass sie sie nicht oft würde besuchen können. Sie war jetzt froh, dass Billy sie daran gehindert hatte, das Bild machen zu lassen, denn nun konnte sie Lillian so in Erinnerung behalten, wie sie gewesen war, statt ständig eine Verewigung des bleichen, verhungerten Kindes vor Augen zu haben. Dass sie sich ein Bild ihres Sohnes Seite an Seite mit dem Tod hatte wünschen können …

Wenige Monate später war sie wieder schwanger geworden, und ein Kind nach dem anderen war gekommen, und sie hatten eben weitergelebt, so gut sie konnten. Aber in Paradise Alley war es nie so geworden wie früher. Sie wussten keinen anderen Ort, wohin sie hätten gehen können, konnten sich nichts anderes leisten, aber das Leben war nicht mehr dasselbe, und die Dinge zwischen ihnen auch nicht. Sie gingen immer noch jeden Tag zur Arbeit, Billy zu den Waisenkindern und sie zu den deutschen Ladys. Aber es war das Ende dieser Zeit, und sie wussten, dass jetzt keine besseren Zeiten mehr kommen würden, dass sie nichts mehr zu erwarten hatten, als weiter und immer weiter in Paradise Alley zu leben.

52
Deirdre

Geräuschvoll klapperte sie mit dem Schlüssel an der Hintertür zu Ruths Wohnung und trat so lärmend wie möglich ein. Sie hatte erwogen, hineinzuschlüpfen, sich ganz leise einzuschleichen, aber sie dachte, dass sie Billy dann nur erschrecken würde, falls er zurück war – oder irgendwelche Herumtreiber, die gekommen sein mochten, um zu plündern.

Und wenn ihr Bruder dort sein sollte, war es so oder so gleich, das wusste sie. Dann war sie so gut wie tot, ehe sie auch nur über die Schwelle getreten war …

Aber es war keiner da. Sie konnte schnell feststellen, dass niemand die wenigen kleinen Räume betreten hatte – weder Billy noch Johnny Dolan oder irgendwelche Plünderer. Die enge Wohnung war so gut wie leer geräumt, nur der Herd und die Möbel, lieblos zusammengezimmert und vom Gebrauch deutlich gekennzeichnet, waren noch da. Johnnys verdammte Kiste stand in der Ecke wie ein verhüllter Grabstein. Wie ein schwarzes Bildnis von Johnny selbst, das sie alle verspottete.

Alles andere war ausgefegt und geputzt, sauberer, als Deirdre es je gesehen hatte. Selbst jetzt, obwohl sie sich bemühte, großherzig zu sein, konnte sie nicht anders, als ihren Widerwillen für Ruths Haushaltsführung und Kindererziehung zu zeigen. Vermutlich ging es nicht besser, wenn man bedachte, wie wenig Geld sie hatten. Zumindest waren sie sauberer als die meisten anderen Kinder in Paradise Alley, und der Älteste, Milton, war ein kluger Junge. Doch Deirdre konnte nicht anders, als tief in ihrem Innern zu denken, Ruth hätte sich wenigstens ein bisschen mehr anstrengen können.

Von Anfang an hatte sie Ruth mit Missbilligung betrachtet, schon als ihr Bruder sie zum ersten Mal in ihr Haus gebracht hatte. Wie ein Mondkalb hatte Ruth sie angeglotzt, als wäre sie nie zuvor in einem anständigen Heim gewesen, und Deirdre hatte sich einfach nicht helfen können – sie machte Ruth zumindest teilweise für das verantwortlich, was aus ihrem Bruder geworden war.

All die Jahre, da es mit der Hungersnot immer schlimmer wurde, hatte sie mit zunehmender Sorge an ihre Familie gedacht. Sie hatte über die vielen Toten in den irischen Zeitungen gelesen, über die Schiffe voller Särge und die verhungernden Menschen, die wie lebende Vogelscheuchen die Straßen entlangzogen. Sie hatte versucht, etwas über ihre Angehörigen in Erfahrung zu bringen, aber dieses Mal kam gar keine Antwort. Selbst der Brief an den Pfarrer kam zurück mit einer Notiz, dass die Kirche wegen der Typhusepidemie geschlossen sei und die Gemeindemitglieder in alle Winde zerstreut seien oder sich in ihren Hütten verborgen hielten.

Sie hatte Tom zur *Corcorian Men's Association* hinübergeschickt, obwohl er selbst aus Tipperary stammte, um zu sehen, ob er irgendjemanden finden konnte, der irgendetwas gehört hatte. Doch alles, was er zu Wege brachte, war, mit einem Freund eines Freundes der Familie zu sprechen, der glaubte, sie seien ins Armenhaus gegangen.

»Wenigstens bekommen sie dort etwas zu essen«, hatte Tom gesagt, um sie zu beruhigen. »Wenigstens haben sie ein Dach über dem Kopf und bekommen zwei Mahlzeiten am Tag. Sobald wir Genaueres gehört haben, holen wir sie herüber.«

Doch sie hatte von den Lebensbedingungen in den Armenhäusern gelesen, und als sie einen Brief an das in Cork schickte, bekam sie wieder keine Antwort. Ihr Tom war ein guter Mann, aber sie dachte, dass er manchmal zu optimistisch in solchen Dingen war.

Zu der Zeit wohnten sie noch in einer Mietwohnung in einem alten Sandsteinhaus am St. John's Park, und Eliza war unterwegs. Deirdre hatte dafür gesorgt, dass er sich nicht mehr mit den Break o'Day Boys und den anderen Banden am East River herumtrieb, hatte all seine alten Männerfreundschaften unterbunden. Nur zur

Feuerwehr ließ sie ihn weiterhin gehen, zur Black Joke, denn er hatte sie überzeugen können, dass er damit dem öffentlichen Wohl diente.

Sie bewog ihn auch, ins Clubhaus zu gehen und regelmäßig die politischen Versammlungen zu besuchen, bis er schließlich von der Stadt als Lampenanzünder eingestellt wurde. Anfangs hatte er sich dessen ein bisschen geschämt – ein Job, den man nur durch Schmeichelei und Beziehungen bekam –, und seine Kumpel hatten sich darüber lustig gemacht. Doch es brachte mehr ein als die Arbeit im Schlachthaus, und er kam nicht mehr mit dem Gestank nach Blut und Innereien nach Hause, musste nicht mehr eine halbe Stunde aufs Waschbecken gestützt dastehen, ehe der Schmerz in Rücken und Schultern nachließ und er sich wieder aufrichten konnte.

Und abends lasen sie zusammen. Sie hatte ihn angehalten, ihre frommen Traktate oder die ordentlichen katholischen Zeitungen und Zeitschriften zu lesen, nicht immer nur Mr. Bennetts *Herald* oder die Schundblätter. Er saß da, beide Arme um sie gelegt, strich ihr übers Haar oder ihren schwellenden Bauch – behandelte sie zu allen Zeiten, auch im Schlafzimmer – mit Respekt und Bewunderung. Und in solchen Momenten dachte sie, dass dies alles war, was sie je gewollt hatte, und wie weise die Priester doch waren.

Sie ging ihrerseits sicher, jeden der Ratschläge im *Leitfaden für katholische junge Frauen, insbesondre jene, die ihren Lebensunterhalt selbst verdienen* zu befolgen. Sie gab sich die größte Mühe, ihre Erscheinung in Ordnung zu halten – sie bürstete sich das Haar aus und schrubbte sowohl sich selbst als auch ihr Heim emsiger als je zuvor, selbst als die Schwangerschaft weit fortgeschritten war. Nicht, dass sie tatsächlich noch »ihren Lebensunterhalt selbst verdiente«, denn sie hatte die Stellung in dem Haus am Gramercy Park aufgegeben, als sie geheiratet hatte. Doch sie übernahm Näharbeiten und spann weiterhin Garn an ihrem Rad, damit sie umso schneller ihr Haus kaufen konnten.

Aber sie hätte es alles willig hergegeben, jeden Penny ihrer Ersparnisse, wenn sie dafür die Gewissheit gehabt hätte, dass ihre Familie in Irland vor Hunger und dem Armenhaus sicher war.

Wenn sie nur ein Wort von ihnen gehört hätte. In manchen Nächten lag sie im Bett und war überzeugt, dass das Schlimmste längst geschehen war und sie alle tot waren. Sobald ihr das in den Sinn kam, versuchte sie, solche Gedanken zu verbannen, um ihrem Baby nicht zu schaden. An manchen Tagen jedoch, wenn sie den Fußboden schrubbte oder das Geschirr spülte, sagte sie sich, sie seien ausgewandert, nach England, nach Amerika oder gar nach Australien. Dass sie vielleicht jetzt, in diesem Moment in New York waren und nach ihr suchten. Etwa einmal im Monat schickte sie Tom zu den Kais und den Pensionen, um sich zu erkundigen, ob einer von ihnen dort gesehen worden sei. Aber immer vergeblich.

Dann war Ruth plötzlich mit Deirdres Bruder erschienen wie eine verdammte Sturmkrähe. Das war geschehen, als Eliza schon auf der Welt war und sie in ihrem neuen Haus in Paradise Alley wohnten und Deirdre schon alle Hoffnung aufgegeben hatte. Sie sind in Dublin oder im Himmel, hatte sie sich gesagt, es macht keinen Unterschied. Ich sehe sie im nächsten Leben wieder. Und als sie erfuhr, dass Johnny nicht nur lebte, sondern in der Stadt war, hatte sie die Tränen kaum zurückhalten können.

Doch gleich auf den ersten Blick war er ihr so verändert vorgekommen, so gefühllos. Damals in Cork war er ihr kleiner Bengel gewesen. Er war noch sehr jung, als sie fortgegangen war. Ein störrischer, verwegener Junge, der so rücksichtslos und gerissen wie der Teufel sein konnte. Aber auch zärtlich – sie hatte ihn oft gehütet, wenn ihre Ma auf dem Feld arbeitete, und wie ihren eigenen Sohn geliebt. Vor dem Herd hatten sie Mutter und Kind gespielt. Sie hatte ihn mit Milch und Kartoffeln gefüttert, ihm das Gesicht abgewischt. Schon damals war er ein Wildfang, der niemals still halten wollte, aber sie wusste, dass er sie geliebt hatte.

Als Deirdre ihn nun wiedersah, schien Johnny ihr härter, als es allein der Wandel vom Knaben zum Mann mit sich brachte. Das Einzige, das sie wieder erkannte, war eine gewisse Entschlossenheit in seinem Blick – etwas, das auch für sie so typisch war und worauf sie in sündhafter Weise stolz war. Aber selbst das schien seltsam. Er schien von einer grüblerischen Rastlosigkeit erfüllt, erinnerte eher an einen herrenlosen Hund als an einen Mann. Ihr fiel auf, dass er geradewegs durch sie hindurchschaute, durch Tom und das Baby, das neue Haus und die Möbel. Wie ein halb verhungerter Hund, den allein interessierte, wovon er sich satt fressen könnte.

Als Johnny ihr von der übrigen Familie erzählt hatte, war sie in Tränen ausgebrochen, war selbst überrascht von ihrem verzweifelten Schluchzen, ihrer Unfähigkeit, sich zusammenzunehmen. Sie heulte wie ein betrunkenes Waschweib auf der Straße. Doch schon damals war ihr bewusst, dass sie um Johnny ebenso weinte wie um die Toten – um dieses menschliche Wrack vor ihr, den Bruder, der alles hatte mit ansehen müssen.

Und dieses Mädchen, das er mitgebracht hatte. Genauso halb verwildert wie er selbst, fast unfähig, den Rock über die Knie hinabzuziehen. Verstört und gänzlich ungebildet – eine verrückte Göre aus dem Westen. Gott mochte wissen, in welche Versuchung sie ihn geführt hatte …

Da hatte Deirdre den Entschluss gefasst, ihn zu retten, ihn zur göttlichen Gnade zurückzuführen. Sie würde Tom bitten, auf ihn einzuwirken, ihn einzuladen, mit zur Black-Joke-Feuerwache zu gehen. Vielleicht sollte er ihr Werk werden, ihr Opfer für all die guten Dinge, die ihr zuteil geworden waren. Und sie wollte es Jesus darbringen.

Sie musste ihn nur hartnäckig genug bearbeiten, da war sie sicher. Doch zu ihrer Überraschung widersetzte er sich ihr. Willig hatte er sich der Feuerwehr angeschlossen, denn er hatte nichts dagegen, bei Lammpastete und Bier zu feiern – doch davon abgesehen, hatte er nichts weiter getan, als sich mit Toms ehemaligen, üblen Kumpanen zusammenzutun. Und er bestand darauf, oben in Pigtown zwischen all den heidnischen Niggern und den irischen Hungerleidern zu hausen. Und Gott allein mochte wissen, womit er seinen Lebensunterhalt verdiente.

Nur das Mädchen konnte an all dem schuld sein, glaubte Deirdre, vor allem, als sie erfuhr, dass die beiden nicht verheiratet waren. Warum sollte eine Frau in jener Wildnis dort oben leben wollen,

wenn nicht, um ihre eigene Schande zu verbergen. Und sie hatte entschieden, dass es der erste große Schritt zu seiner Erlösung sei, ihn von ihr zu befreien.
Doch sie konnte die blauen Augen, die aufgeplatzte Lippe und die Blutergüsse nicht ignorieren, die Ruth immer häufiger aufwies. Die beiden erschienen oft an ihrer Haustür wie ein Paar fahrender Preisboxer, so zugerichtet sahen sie aus. In Ruths Augen sah sie die gleiche verzweifelte Wachsamkeit wie bei den Frauen hier auf der Straße, die von ihren Männern geschlagen wurden. Und wenn sie sie so sah, wollte sie alle beide aus dem Haus werfen, so wütend war sie.
Sie hatte versucht, sich einzureden, dass auch dies irgendwie Ruths Schuld sein müsse. Wie konnte eine Frau sich nur so zurichten lassen. Sie konnte keinen Funken Selbstachtung haben. Irgendwie musste sie ihn provozieren. Ihn mit ihrem dirnenhaften, gottlosen Gehabe dazu treiben, ihn mit seiner eigenen Schwachheit quälen.
Doch als Ruth eines Nachts zu ihnen gekommen war und ihnen gesagt hatte, es sei Johnny, der Old Man Noe ermordet hatte, wusste sie, dass es die Wahrheit war. Sosehr sie auch tobte und Ruth anschrie, sie hatte den Verdacht doch schon die ganze Zeit gehegt, denn sie spürte, dass irgendetwas in ihrem Bruder erloschen war. Dass er es natürlich getan hatte, dass er noch zu ganz anderen Dingen fähig war, genau wie der Rest des menschlichen Abschaums, durch den sie Tag für Tag mit hoch erhobenem Kopf auf den Straßen dieser Stadt watete. Bereit zu töten, Unzucht zu treiben oder ihre Seele zu verkaufen – für einen Dollar, einen Drink, einen neuen Anzug. Sie sahen nichts anderes in ihrem Nächsten als neues Futter für das Schlachthaus, gleich den Schweinen, Ziegen und Kühen, die alltäglich auf Flachbooten angeliefert wurden. Und ihr Bruder war auch nur ein weiterer Schlächter. *Ihr Bruder.*
Und schon damals hatte ihre Einschätzung von Ruth sich verändert. Dieses unwissende, halb wilde Kind war schon mit einem fertigen Plan zu ihnen gekommen. Und hatte ihren Tom in die Sache hineingezogen, was sie ihr nicht vergeben konnte. Sie wollte, dass Ruth ihre Finger von ihm ließ, stellte sich vor, dass sie ihn in

Gott weiß was für furchtbare Dinge hineinziehen würde. Zusammen mit diesem trunksüchtigen Neger, den sie sich angelacht hatte. Doch unterschwellig quälte Deirdre vor allem die Furcht, Ruth könne ihr Tom wegnehmen – ein Mädchen, das in diesem zarten Alter schon so gerissen und hart war. Hart wie auch Deirdre selbst gewesen war, die als junges Mädchen allein in der großen Stadt ihren Weg gemacht hatte.
Am schlimmsten war es gewesen, als Tom hinter ihrem Rücken Ruth, ihrer farbigen Brut und ihrem Neger eine Wohnung in Paradise Alley besorgt hatte. Sie dort Tag für Tag auf der Straße zu sehen hatte sie allein schon beleidigt. All diese farbigen Bälger, und der älteste Junge pechschwarz wie sein Vater – die Farbe des Teufels. Und sie alle wohnten in ihrer Straße, machten all ihre Versuche zunichte, sie in eine anständige Gegend zu verwandeln oder sie wenigstens als solche zu betrachten.

Hier lebten sie, in diesem Haus, nur ein paar Türen von ihr entfernt. Leise verließ Deirdre Ruths leeres Heim. Sie sperrte die Tür wieder ab. Das stille Haus jagte ihr Angst ein, sodass die Haare in ihrem Nacken sich aufrichteten, obwohl sie doch in jeden Winkel gespäht hatte. Das Haus, in welchem Ruth und ihre Familie so lange gelebt hatten. Und was hatte sie – Deirdre – je für sie getan? Sie hatte ihr nur gegrollt, war ihr ewig für all das böse. Dass Ruth Toms Hände mit ihren Angelegenheiten beschmutzt und ihren Bruder fortgeschickt hatte. Sie hatte es nicht einmal offen eingestanden, sondern ihren Groll jahrelang in sich getragen.
Als Deirdre zurückkam, fand sie Ruth in der Küche beschäftigt, wo sie das Frühstück für Deirdres wie auch ihre eigenen Kinder bereitet hatte. Und inmitten dieses Durcheinanders schaute Ruth zu ihr auf, suchte schweigend ihr Einverständnis. Bei dem Anblick verspürte Deirdre eine Welle der Sympathie. Jetzt erkannte sie Ruths zähe Entschlossenheit unter all der Verwirrung, der Unwissenheit. *Wie leicht es plötzlich war, all den Hass loszulassen. Und wie schwer es gewesen war, ihn über die Jahre festzuhalten!* Sie fragte sich, ob es das war, was all die Menschen in ihren erbaulichen Büchern emp-

funden hatten – der protestantische Anwalt oder die universalistische Dame, als sie schließlich zu Jesus und der wahren Kirche fanden. All diese erretteten Seelen, die plötzlich ihren Widerstand aufgaben, wie man einen alten Mantel abstreift.

Den ersten Hauch von Sympathie hatte sie verspürt, als Ruths kleines Mädchen gestorben war. Schon damals schwand ihr Zorn mit jedem Tag ein bisschen, da sie sah, was es Ruth abverlangt hatte, tatenlos zusehen zu müssen, wie ihr Kind an der Cholera starb. Und sie hatte um ihre eigenen Kinder gebangt. Sie wusste noch, wie es sich die beiden Male angefühlt hatte, als sie ein Kind bei der Geburt verlor. Mit blauem Gesicht und ohne zu atmen war das kleine Baby herausgekommen, erwürgt von der Nabelschnur, ausgerechnet jener Lebensader, die es mit ihr verbunden hatte. Oder die Totgeburt in dem anderen Fall, da sie das Kind schon tot in sich getragen hatte, wie sie bereits seit über einem Monat befürchtet hatte. Gottes furchtbarer, unbegreiflicher Plan.

Schon damals hatte sie gespürt, wie ihr Hass und ihr Zorn verebbten. Doch sie hatte nicht losgelassen, hatte Hass und Zorn all die folgenden Jahre weiter in sich bewahrt. Hatte daran festgehalten wie an dem Gesicht, das sie auf der Straße zeigte, obwohl es keinen Grund dafür gab.

»Und? Niemand da?«, fragte Ruth sie nun flüsternd und trocknete sich die Hände an der Schürze ab. Ihr Gesicht verriet, dass sie die Antwort bereits kannte, der Ausdruck gefasst und ohne Vorwurf.

»Nein.«

Ruth wandte sich an Milton und schüttelte den Kopf. Sie bezog ihn in ihre Erwachsenengespräche mit ein, über die Köpfe der übrigen Kinder hinweg. Sie lächelte ihm zu, als er die Stirn runzelte, und versuchte, seine Sorgen, so gut sie konnte, zu zerstreuen: »Ich bin sicher, es geht ihm gut. Wie jeder Seemann weiß er, dass man im Sturm einen sicheren Hafen anlaufen muss.«

Sie stellte es als gutes Zeichen dar, dass sein Vater immer noch verschwunden war, der doch inzwischen vielleicht längst an einem Laternenmast irgendwo in der Stadt baumelte. Und sie tat es so

überzeugend, dass Deirdre hätte weinen können, über Ruths Bemühen ebenso wie über ihre eigene Hartherzigkeit.
Wie hatte sie diese Frau nur so lange ablehnen können? Es gab eine Sache an ihren frommen Büchern, an all den wundersamen Bekehrungen, die sie immer beschäftigt hatte: Waren die Verfasser solcher Geschichten nicht umso beschämter über ihre Sünden, wenn ihnen dann schließlich ein Licht aufging? War ihre Reue nicht umso größer, kamen sie sich nicht umso dümmer vor ob all der Jahre, die sie in Dunkelheit verbracht hatten?
Zumindest hatten sie das wunderbare Erlebnis ihrer Bekehrung, die pure Freude, die sie verspüren durften, wenn ihnen die Schuppen von den Augen fielen, um ihnen über diese Scham hinwegzuhelfen. Aber Deirdre hatte ihren Frieden noch nicht gemacht. Es war eine Sache, Ruth zu vergeben und ihre Kinder hier aufzunehmen. Aber da war auch noch Tom, dort draußen in der Fremde, verwundet, litt Gott weiß welche Schmerzen. Und sie hatte ihn dorthin geschickt. Sie hatte ihn da rausgeschickt – das erkannte sie nun mit einer Gewissheit, die ihr beinahe die Luft abschnürte –, weil er die Nigger in ihre Straße gebracht hatte.

»Es ist unsere Christenpflicht«, hatte sie ihm erklärt, und er war gegangen und hatte es getan. Was war *ihre* Pflicht?
Nachdem sie letztes Jahr im Dezember die Verlustlisten von Fredericksburg gelesen hatte, war sie wie in Trance umhergeirrt. Sie hatte diesen Fetzen Papier, der Teil von ihm war, im Handschuh getragen, auf ihrer Haut. Die Bekanntmachung in den winzigen Druckbuchstaben des *Tribune*. Unter der üblichen, schlichten und unheilvollen Überschrift: *Die Verluste*

Die Toten und Verwundeten der irischen Brigade
Colonel Nugent vom 69. New York erstellte die folgende
Liste der Verluste aus seiner Erinnerung
Verwundet im 69. New York …
… O'Kane, Tom, Kompanie A, Brust, lebensgefährlich

Sie war es gewesen, die damit begonnen hatte, regelmäßig Horace Greeleys *Tribune* zu kaufen, denn sie wollte von den Protestanten lernen. Weiß Gott nichts über ihren heidnischen Glauben, sondern wie sie dachten und lebten und wie sie Geld machten. Denn je länger sie in Paradise Alley wohnten, desto größer wurde der Wunsch in Deirdre, irgendwo anders hinzuziehen.

Dieser Drang war immer stärker geworden, während sie die Stadt allmählich nordwärts wachsen sah. Überall dort entstanden neue Straßen und Häuser auf den Wiesen, die großzügigen Blocks Uptown. Sie hatten nicht mithalten können. Durch seine politischen Verbindungen war Tom langsam, aber stetig aufgestiegen, hatte es erst vom Lampenanzünder zum städtischen Nachtwächter gebracht, schließlich zum Vormann einer Arbeiterkolonne, die den Central Park anlegte. Aber sein Lohn wuchs kaum schneller als ihre Familie; regelmäßig wie ein Uhrwerk brachte Deirdre ein Kind nach dem anderen zur Welt. Sie hatten nie genug sparen können, um umzuziehen, und nun war durch den Krieg auch noch alles teurer geworden.

Während Paradise Alley und die übrigen Blocks im vierten Bezirk von Jahr zu Jahr voller wurden. Immer dreckiger, immer lärmender. Immer mehr schwarze Familien zogen hierher und nun auch Huren wie Maddy Boyle mit ihrem Gentleman und den schwarzen Seeleuten …

»Es ist eine Sünde, zu sehr nach weltlichem Wohlstand zu streben«, hatte Vater Knapp sie behutsam ermahnt, als sie wieder einmal in seinem Arbeitszimmer im Pfarrhaus von St. Patrick zusammensaßen und redeten.

Aber sie wusste, er irrte sich. Ihr Wunsch richtete sich nicht auf materielle Dinge, sondern auf alles, was respektabel und gut war. Sie wollte anständig in diesem Höllenschlund von einer Stadt leben, und genau das war es doch, wozu der Erzbischof sie jeden Sonntag aufforderte. Sie wollte, dass sie wie Amerikaner lebten.

Im *Tribune* hatte sie auch die Berichte über die Sklaverei und das Leben im Süden gelesen. Über all die Rassenmischung, über die weißen Pflanzer und Aufseher, die sich den Negerfrauen aufzwangen. Immer noch mehr Mischlinge zeugten, die dann in Sklaverei gehalten wurden. Und die weißen Frauen waren gezwungen, tagein, tagaus mit Sklavinnen zu leben, die in Wirklichkeit ihre Halbschwestern, Stieftöchter oder Cousinen waren. Aber natürlich taten Männer solche Dinge. Natürlich taten sie, was ihnen gefiel, wenn man ihnen solche Macht in die Hände gab …

Sie war so entsetzt gewesen, dass sie gar Vater Knapp danach gefragt hatte. »Ist das denn recht, Vater?«

»Die Kirche lehrt uns, dass Sklaverei nicht unbedingt Sünde ist«, hatte er zögernd erwidert. »Es ist das Leben im Jenseits, das zählt, und wenn die Sklaverei arme Heiden zu Jesus führt, auch wenn es unbeabsichtigt geschieht …«

»Also ist die Sklaverei christlich?«

Es war das erste Mal, dass sie ihn je verlegen erlebt hatte. Er starrte zu Boden und schob nervös den Fuß über den abgetretenen Teppich. »Nein«, sagte er leise und schaute sie wieder an. »Nein, nein, sie ist überhaupt nicht christlich.«

»Es ist deine Pflicht«, hatte sie zu Tom gesagt.

Er hatte ihr widersprochen, was er sonst nie tat. Und er hatte seinen Standpunkt nachdrücklich vertreten, obwohl er ruhig und leise mit ihr sprach, während er in Hemdsärmeln am Küchentisch saß. »Es ist nicht so, dass ich Angst hätte. Das weißt du doch, oder? Ich will mich nicht vor meiner Pflicht drücken, weil ich Angst hab.«

Allein die Erinnerung an diesen Satz trieb ihr die Schamesröte ins Gesicht. Dass sie einen solchen Mann gezwungen hatte, seine Ehre zu verteidigen …

»Aber was sollte aus euch werden? Ich soll nach Virginia gehen und für die armen schwarzen Leute kämpfen, während meine eigene Frau und meine Kinder hungern …«

»Wir werden schon zurechtkommen«, hatte sie ihm versichert. »Wenn es deine Pflicht ist, wird Gott dafür sorgen, dass wir nicht verhungern.«

»Aber Dee, es kann jetzt nicht mehr lange dauern. Warte nur ein Weilchen …«

Doch bald darauf hingen überall in der Stadt Plakate, um für Corcorans Legion zu werben, die verkündeten, dass EINIGE GUTE MÄNNER GESUCHT würden, und der Erzbischof hatte von der Kanzel gepredigt, wenn es nicht genug Freiwillige gäbe, sei es die Pflicht des Volkes aufzustehen und zu verlangen, dass die Regierung sie einziehe.
»Es ist unsere patriotische Pflicht. Der Erzbischof selbst hat es gesagt …«, hatte sie ihm vorgehalten, und da hatte er aufgegeben und war gegangen, um sich freiwillig zu melden.

Doch sie wusste, dass es ein Fehler war, sobald er unterschrieben hatte. Die gestreiften Rekrutierungszelte, die der Kommandeur der Militärpolizei unten bei Castle Garden hatte errichten lassen, boten einen deprimierenden Anblick. Gangster standen herum, verhöhnten die Freiwilligen und versuchten, ihnen ihren Entschluss auszureden. Städte aus dem Norden des Staates, gar von so weit her wie Ohio, hatten hier ebenfalls ihre Zelte errichtet, und dort versuchte man, Rekruten mit besseren Angeboten zu ködern, damit ihre eigenen Söhne und Ehemänner nicht in den Krieg ziehen und sterben mussten.
Sie hatte erkannt, was sie getan hatte, sobald er aus dem Zelt trat und ihr 129 Dollar in Greenbacks und ein dickes Bündel Bezugsscheine in die Hand drückte.
»Hier. Das ist alles, was es an Freiwilligenbonus gibt«, hatte er ihr gesagt. »Am besten versuchst du, so lange wie möglich damit auszukommen.«
Er hasste sie dafür, das stand deutlich in seinem Gesicht. In dem Moment hatte sie es rückgängig machen wollen, hatte gewünscht, er würde wieder in das Zelt gehen, all die Bezugsscheine und das lächerliche Papiergeld zurückgeben und seinen Namen aus der Liste streichen lassen.
»Dafür ist es jetzt zu spät«, hatte er erklärt, als könne er ihre Gedanken oder ihren Gesichtsausdruck lesen. Und er hasste sie. »Dafür ist es zu spät, also warum gehst du nicht einfach nach Hause?«

Seine Kälte erstaunte und erschütterte sie. Als sie sich ohne ein weiteres Wort abwandte und ging, fragte sie sich: Was habe ich nur getan?

Sie war noch entsetzter gewesen, als sie ihn in dem Ausbildungslager oben im Central Park besucht hatte. Fassungslos, dass die Regierung ihre Soldaten so leben ließ. Sie sah die langen Reihen schmutzig weißer Zelte in einem Meer aus Schlamm. Den offenen Graben, der die Latrine war.

»Du siehst halb verhungert aus. Ich bringe dir etwas zu essen«, hatte sie ihm versprochen und seinen blauen Uniformrock befühlt, der erbärmlich dünn für die Jahreszeit war. »Was stellen die sich vor? Wie sollt ihr in dieser Kleidung durch den Winter kommen?«

»Ja. Das wäre gut.«

Inzwischen war sein Hass schon etwas gedämpft – er war so ein guter Mensch. Viel besser als sie. Er schien nur unendlich traurig, und das hatte ihre Gewissensbisse verschlimmert. Er wirkte schon so viel dünner und älter mit dem Bart, den er sich jetzt stehen ließ. Seine Augen blickten starr an ihr vorbei, als könne er es nur ertragen, wenn er sehr beherrscht und distanziert blieb. Er hatte ihr die Hand auf die Schulter gelegt, und plötzlich musste sie daran denken, wie er gewesen war, als er damals zum Gramercy Park gekommen war, um sie zu besuchen. Sein junges Gesicht so offen und unschuldig, so unverkennbar hoffnungsvoll. Was habe ich ihm angetan?

Sie besuchte ihn, sooft sie konnte, obwohl sie es verabscheute, ihn dort zu sehen. Anders als während des ersten Kriegsjahres gab es jetzt keine großen Paraden und Truppenschauen mehr. Manchmal spielte die Regimentskapelle sonntags melancholische Lagerlieder, die schon wie Totenklagen klangen. Meistens traf sie ihn an dem trostlosen, schlammigen Weg vor dem Lager, wartete dort mit den übrigen Frauen und Soldatenliebchen und den Huren in roten Samtkleidern, die auf und ab spazierten und nach Kundschaft Ausschau hielten. Und anschließend ging sie eine Meile zu Fuß durch die zunehmende Dunkelheit zurück, ehe sie die erste Haltestelle der Straßenbahn für den zweistündigen Heimweg nach Downtown erreichte.

Es kam ihr vor, als besuche sie ihn im Tombs-Gefängnis, und sie fürchtete, dass sie es nicht mehr viel länger aushalten würde. Doch als er nach Süden in den Krieg geschickt wurde, war alles noch schlimmer. Die Stadt war inzwischen ein fremdartiger, beängstigender Ort geworden. Überall traf man auf Streikposten: vor den Gaswerken, den Werften und den Eisengießereien. Die Hände tief in den Hosentaschen vergraben, standen sie ohne Mäntel frierend in der kalten Winterluft. Die Baustellen lagen verlassen, die Bretterzäune, die sie umgaben, waren mit Plakaten zugepflastert, die zu Demonstrationen für oder gegen den Krieg aufriefen, die *Copperheads* verteufelten oder die Niggerfreunde.

Jeden Tag sah sie Verhaftungen auf offener Straße, meistens Deserteure, die von der Militärpolizei aufgegriffen wurden. Ein Lager war für sie im Park an der Broome Street eingezäunt worden, und die Männer wurden in Ketten zur Latrine außerhalb des Zauns geführt.

Sogar die Schweine waren spärlicher geworden. Und das war kein Wunder, wo kein Fleisch, nicht einmal Hammel, für weniger als fünfzehn Cent das Pfund zu bekommen war. Sie verbrachte jetzt den ganzen Tag damit, durch die Stadt zu laufen und nach anständigen Lebensmitteln für ihre Familie zu suchen. Sie fragte nicht einmal mehr nach Kaffee, sondern sparte das Geld lieber für das bisschen Zucker, das sie für die Kinder kaufen konnte. Die Preise kletterten immer noch weiter – jeden Morgen hängten die Kaufleute eifrig die neuen, übermalten Preislisten ins Schaufenster.

Sie nahm an Näharbeiten und Wäsche an, was sie finden konnte, aber die Zeit war nun einmal begrenzt durch all die Stunden, die sie zum Einkaufen brauchte, und obendrein bekamen die jüngeren Kinder die Masern und Mumps. Sie hatte für Eliza Arbeit als Verkäuferin bei Macy's besorgt und für ihren ältesten Jungen, Henry, eine Lehrstelle als Bürokraft gefunden, obwohl er kaum dreizehn war. Trotz alledem hatte sie ihr Konto bei der Bank for Savings plündern müssen, das sie über so viele Jahre angespart hatten.

Wenn es deine Pflicht ist, werden wir schon zurechtkommen.
Sie hatte sogar den *Tribune* abbestellt. Stattdessen sammelte sie an Zeitungen, was sie ergattern konnte. Sie errötete, wenn sie sich bückte, um eine aus der Gosse oder dem Mülleimer zu fischen, aber sie musste es einfach wissen.
Zuerst war es gar nicht so schlimm gewesen, die täglichen Verlustlisten zu lesen. Tom hatte die blutige Schlacht von Antietam knapp verpasst, und als es Dezember wurde, erklärten ihr die anderen Frauen aus dem Viertel, diejenigen, die schon Männer und Söhne im Feld hatten, dass es keine weiteren Kampfhandlungen vor dem Frühling geben würde.
Dann waren Nachrichten über die Schlacht von Fredericksburg gekommen. Während der nächsten drei Tage war sie kaum in der Lage gewesen, eine Zeitung in die Hand zu nehmen. Und sie dachte: Das ist nicht gerecht. Das ist nicht gerecht, es sollte doch vorläufig keine weitere Schlacht geben! Jedes Mal verkrampfte sich ihr Magen, wenn sie den Namen seines Regiments entdeckte – 69. New York – und die lange Liste von Namen darunter. Sie wusste, dass dieses Regiment die Hauptlast der Schlacht getragen hatte. Das Herz klopfte ihr bis in die Kehle, während sie die Listen studierte, und dann fiel sie auf die Knie, um Gott und der Heiligen Jungfrau zu danken, wenn sie am Ende angekommen war.
Bis sie am dritten Tag seinen Namen gefunden hatte. Ihren Namen.
O'Kane, Tom, Kompanie A, Brust, lebensgefährlich.
Sie hatte die Kinder in der Diele gehört – und weil sie nicht wusste, was sie sonst tun sollte, hatte sie die Zeile mit seinem Namen herausgerissen und den Rest der Zeitung hastig zum Anzündholz gelegt. Unwillig, seinen Namen einfach ins Feuer zu werfen, hielt sie den Papierfetzen in der Hand, versteckte ihn in ihrem Handschuh, als könne sie ihn dort beschützen.
Dann hatte sie ihren Einkaufskorb genommen und war auf die Straße hinausgegangen. Sie wollte etwas besorgen, etwas tun, vor allem aber wollte sie weg von den Kindern, bis sie sich wieder gefasst hatte.
Draußen nieselte es, und der Wind trieb den Menschen den Regen

ins Gesicht. Ziellos war sie durch die Straßen gelaufen, vorbei an all den bunten, lärmenden Schießbuden, die seit Kriegsbeginn überall in der Bowery wie Pilze aus dem Boden geschossen waren. Dumpf starrte sie an der Fassade eines Tanzlokals nahe der Grand Street hinauf, wo oben ein riesiges, rotes Banner in der kalten Brise flatterte: WER WILL HIER DIE HARTEN ZEITEN BEKLAGEN?

Ja, wer? Wenn es deine Pflicht ist, werden wir zurechtkommen.

Nahe der 10. Straße hatte sie eine kleine Menschentraube vor einem Schaufenster gesehen und war hinübergegangen, um festzustellen, was es dort anzuschauen gab. In dem Fenster lag eine bemerkenswert kleine graue Filzkappe. Sie war genauso geformt wie die, die Tom getragen hatte, als sie ihn zum letzten Mal gesehen hatte …

Kappe eines Konföderiertenoffiziers stand auf dem Schild darunter – und dann, gleich über der Schrifttafel an einer Seite hatte sie einen kleinen, etwas ungleichmäßigen Kreis entdeckt, wie das Loch, das eine Zigarre brennen mochte.

Die meisten Leute wandten sich wortlos ab und senkten den Blick. Ein paar Hartgesottene riefen »Gut!« oder »So soll es allen Verrätern gehen!« Doch Deirdre hatte unverwandt auf das kleine, schiefe Loch gestarrt, das nicht größer als ihr Daumennagel war.

»Möge er im Himmel Frieden finden«, hatte sie schließlich gemurmelt und sich bekreuzigt, ehe sie weiter die glanzlosen Straßen entlanglief.

Den Rest des Tages war sie im Nebel umhergeirrt. Später dachte sie, dass sie ohne weiteres in einem der Flüsse hätte enden können, und sie war sicher, dass es nur die Liebe zu ihren Kindern und die schützende Hand der Heiligen Jungfrau waren, die sie davor bewahrt hatten. Das und die Hoffnung, er könnte noch leben.

Sie war gerade erst nach Hause gekommen, als es an der Tür klopfte. Und dort auf der Schwelle stand Ruth, das Gesicht von Sorge und Mitgefühl gezeichnet. Offenbar hatte sie es von irgendwem in der Straße erfahren. Deirdre war von dieser Geste gerührt – aber selbst in diesem Moment war Ruths Sorge um Tom ihr verdächtig.

»Oh, Deirdre. Oh, es tut mir so Leid …«, hatte Ruth gestammelt. »Hast du schon etwas gehört …«

»Nicht mehr als sonst irgendwer hier in der Straße«, hatte Deirdre geantwortet, plötzlich angewidert von Ruths Mitleid. Sie war nicht gewillt, Ruth irgendetwas von ihrem Tom zu überlassen. *Es gibt nichts, aber auch gar nichts, das du mir geben könntest. Nicht einmal deine Anteilnahme.*
»Tja, also dann …« Ruth war nervös von einem Fuß auf den anderen getreten, wusste nicht, was sie noch sagen könnte. »Also, wenn es irgendetwas gibt, das ich tun kann …«
»Vielen Dank. Ich weiß das zu schätzen.« Deirdre schloss die Tür, so schnell sie konnte.
Sie machte Ruth immer noch im gleichen Maße dafür verantwortlich wie sich selbst. Dafür, dass sie Tom in all diese Dinge hineingezogen hatte. Dafür, dass sie ihre Mischlingsfamilie in diese Gegend gebracht hatte. Dass sie ihren Bruder hatte verschwinden lassen …
Immer noch hielt sie an ihrem Stolz fest, trotz all der Gebete, die sie auf dem Heimweg gesprochen hatte. Sie musste gegen die Tränen ankämpfen, aber ihr Rücken war kerzengerade, und sie hielt den Kopf hoch, als sie ins Wohnzimmer ging, um es den Kindern zu sagen. Und sie spürte den kleinen Papierfetzen in ihrem Handschuh, hielt Tom immer noch in der Hand.

53
Tom O'Kane

»Die ganze Stadt steht in Flammen, heißt es.«
»Ich hab gehört, die Rebellen haben heimlich ein Regiment raufgeschickt, mitten in der Nacht an unseren Linien vorbei ...«
»Wisst ihr, dass der ganze North River voller Kanonenboote liegt, die nur darauf warten, das Feuer zu eröffnen?«
Teilnahmslos hörte Tom dem Gerede der Soldaten zu, während der Zug langsam über die Brücke Richtung Camden zockelte. Eingezwängt saß er mit dem Rücken an der Waggonwand, hatte nicht einmal genug Platz, um die Beine auszustrecken. Der Waggon roch noch nach der letzten Ladung – Schweine, sagte Toms Nase.
»Wenn die Jungs erst mal loslegen, bleibt da kein Stein auf dem anderen!«, frohlockte ein Gefreiter.
»Halt's Maul!«, befahl einer der Veteranen.
»Was?« Der Mann klang gekränkt. Einer aus dem Westen, vermutete Tom, dem Tonfall nach zu urteilen. Und jung. Ein Farmerssohn aus Iowa oder Illinois, den der Krieg den ganzen weiten Weg bis hierher getrieben hatte. »Ich wollte doch nur sagen, was passiert, wenn die Kanonenboote das Feuer eröffnen ...«
»Ich hab gesagt: Halt's Maul. Hör einfach auf, hier rumzutönen.« Die zweite Stimme, die des Veteranen, klang vertrauter. Tom wusste, viele der Männer hier im Zug gehörten zu New Yorker Regimentern: seinem eigenen 69. und dem 88., dem 63. – Meaghers ganze irische Brigade. Ihre Gedanken galten jetzt ihrem Zuhause – genau wie er beinahe umkam vor Sorge um Deirdre und die Kinder, die dort oben in der Stadt in Gott weiß was für Schwierigkeiten steckten.

Es ist etwas anderes, wenn es vor deiner eigenen Haustür passiert. Tom verspürte einen Funken Mitleid mit den Rebellen, die fast den ganzen verdammten Krieg auf ihren eigenen Feldern und zwischen den eigenen Häusern geführt hatten. Er hatte gesehen, was eine Armee aus einer Stadt machen konnte, als sie letzten Winter auf der anderen Seite des Flusses oberhalb von Fredericksburg kampiert hatten. Nach ein paar Wochen war der Ort nahezu unbewohnt. Ganze Blocks in rauchende Trümmer verwandelt. Landstreicher und Deserteure plünderten und stahlen, was sie finden konnten. Bürger wurden von Patrouillen niedergeschossen, die sie irrtümlich für konföderierte Heckenschützen gehalten hatten …

Aber jetzt war es seine Stadt. Er hatte es kaum glauben können, als das Signal zum Appell ertönt war. Das war erst ein paar Stunden her, doch ihm kam es vor wie Monate. Der Morgen im Lazarettlager war mit der üblichen Gemächlichkeit in Gang gekommen. Die Verwundeten bereiteten sich auf einen weiteren gesegneten Tag vor, wo sie keine größere Gefahr als die brennende Sonne zu fürchten hatten. Und sie brachten dem Trompeter, der die Revierstunde verkündete, ein Ständchen mit einem der üblichen Spottlieder:

Are you all dead? Are you all dead?
No, thank the Lord, there's a few left yet,
There's a few – left – yet!

Nur Minuten später waren sie zu den Waffen gerufen worden. Verdattert hatte Snatchem Tom angestarrt. Er und der Rest seines kleinen Requirierungstrupps, Feeley und Larkins, waren immer noch satt und müde nach frischen Hühnchen und Süßkartoffeln, die sie in der Nacht zuvor an der Wegkreuzung über dem Feuer geröstet hatten.

Aber das Signal war unmissverständlich. Hastig klaubten sie ihre Springfields und Tornister zusammen – einige waren noch dabei, die Hosen hochzuziehen. Sie waren überzeugt, dass Bobby Lee ihr Lager plötzlich angreifen wolle. Keiner von ihnen wollte in einem

Gefangenenlager der Konföderierten landen. Sie hatten zur Genüge gehört, wie es da zuging.

Stattdessen stapfte ein fassbäuchiger kleiner Colonel, dem das Bein unterhalb des Knies abgeschossen worden war, auf seinem Holzbein vor ihnen auf und ab.

»Die ganze Stadt New York hat sich in Rebellion erhoben«, erklärte er ihnen und nickte ruckartig mit dem Kopf wie ein Hahn. »Wer von euch tapferen Invaliden will einen Mob niederwerfen?«

Tom war augenblicklich vorgetreten, Snatchem an seiner Seite. Rasch darauf folgten Feeley, dem eine Kugel die Schulter durchbohrt hatte, der aber immer noch ein Gewehr in der Armbeuge halten konnte, und Larkins, der lediglich einen Schuss in den Fuß abbekommen hatte. All die Jungs, die von der Black Joke noch übrig geblieben waren, auch wenn sie ziemlich zusammengeschossen waren.

Die meisten anderen New Yorker waren ebenfalls vorgetreten – diejenigen jedenfalls, die sich noch auf den Beinen halten und eine Waffe tragen konnten. Sofort riefen alle durcheinander, dass sie zurückwollten, dass sie herausfinden mussten, was mit ihren Frauen, Kindern oder Eltern geschehen war.

»Es wird die ganze Zeit strengste Disziplin gehalten«, hatte der Colonel gewarnt, der ihren Enthusiasmus falsch verstanden hatte. »Es wird keine Eskapaden geben, und dieser Einsatz dient nicht dazu, ein paar Tage Heimaturlaub zu nehmen!«

Sie hatten ihn ignoriert. Die Männer aus New York wollten ihre Familien sehen und sich vergewissern, dass sie in Sicherheit waren. Leise sprachen sie darüber, während der Zug sich langsam von der Schienenkreuzung mitten im Nirgendwo, wo sie zugestiegen waren, Richtung Osten und Norden wand. Sie versuchten sich gegenseitig zu beruhigen, meinten, dass das alles doch eher übertrieben sei und die Trottel gar nicht wussten, was ein Aufstand war.

Doch im Bahnhof von Philadelphia hatte Tom beobachtet, wie das 26. aus Michigan und das 7. aus New York den Zug bestiegen. Keine Invaliden, sondern Eliteregimenter, die von der Front und der Jagd auf Lee abgezogen worden waren.

Es muss ernst sein, hatte er da begriffen. Sie müssen sehr besorgt sein, wenn sie Truppen abziehen, wo doch die Chance besteht, den ganzen Krieg zu beenden.
Und dann folgte ein anderer Gedanke – einer, den er schon so oft gehabt hatte und der ihm jetzt und hier, in diesem Viehwaggon so machtvoll durch den Kopf schoss:
Was tat er hier? Warum war er nicht schon zu Hause, wo er hingehörte?

In Camden überquerten sie den Delaware und erreichten New Jersey. Gemächlich tuckerte der Zug durch die flachen Küstenregionen, vorbei an Salzwassersümpfen, Preiselbeerfarmen und dichten Pechkiefern-, Zedern- und Pinienwäldern. Die Soldaten schlugen Löcher in die Wände der Waggons, um Luft zu bekommen, aber dadurch wurde es nur ein bisschen kühler – der Schweinegestank ließ sich nicht vertreiben.
Bei Tom's River änderte sich die Spurbreite der Schienen, und sie mussten den Zug verlassen und in einen neuen Waggon steigen, in dem erst kürzlich Rinder transportiert worden waren. Von dort an mussten sie immer wieder auf Nebengleise rangieren, um Nachschub- und Truppenzügen Platz zu machen, die Richtung Süden an ihnen vorbeifuhren. Einmal sah Tom sogar einen richtigen Personenzug der Lackawanna Line langsam vorbeifahren. Die Männer und Frauen darin sahen ihn desinteressiert durch die Fenster des Salonwagens an. Sie wirkten wohlhabend und satt, ihre Blicke waren selbstgefällig – als gäbe es keinen Krieg, schon gar nicht in der größten Stadt der Nation.
Das sieht der Armee ähnlich. Soldaten hin und her und aneinander vorbei zu kutschieren. So ernst ist diese Krise, dass wir für die Kriegsgewinnler und ihre Gattinnen Platz machen müssen.
An einer Wasserstation durften sie aussteigen, damit sie sich die Beine vertreten und auf die Schnelle ein bisschen fettes Schweinefleisch auf Zwieback essen konnten. George hatte irgendwo ein wenig Zucker organisiert, den sie sich aufs Fleisch streuten, damit es nicht gar so übel schmeckte. Als sie am Bahndamm saßen,

bemerkte Tom neben der Lok eine Gruppe Offiziere, die wild gestikulierend die neuesten Telegramme diskutierten.

Es stimmte also, die Stadt war wirklich in höchster Gefahr. Und wieder: *Was mache ich hier?*

Nachdem sie eingestiegen waren, wurde es im Viehwaggon stetig dunkler. Staubflimmernde Lichtstreifen der Nachmittagssonne drangen durch die Ritzen, während der Zug langsam die Küste New Jerseys hinauffuhr. Sie kamen durch kleine weiße Städtchen, deren Einwohner sie vollkommen ignorierten – kein Mensch würdigte sie eines Blickes, als der Zug vorbeirollte. Die Luft war immer noch zum Schneiden dick, und die Männer dösten trotz ihrer Besorgnis mit nickenden Köpfen. Neben Tom saß George, dessen Kopf auf Toms Schulter gesackt war. Feeley und Larkins schnarchten lautstark, die Münder zum Himmel gereckt.

Tom hätte vielleicht auch geschlafen, aber er hatte wieder einen Wadenkrampf. Er massierte das Bein mit beiden Händen und ertastete dabei die Narben auf jeder Seite. *Nicht schlimmer und ebenso glatt wie eine Wunde, die man sich zufügen mochte, wenn einem morgens einmal das Rasiermesser aus der Hand glitt.* Selbst die Wunde von Fredericksburg in seiner Brust war jetzt nichts weiter als ein runzliges Loch von der Größe eines Nickel. Die Austrittswunde am Rücken hingegen war ein ganzes Stück größer, das wusste er – aber nicht annähernd so groß, wie er erwartet hatte, bei all der Zerstörung, die sie angerichtet hatte.

Es braucht nicht viel, um einen Mann zu töten. Nur ein kleines Loch, gerade groß genug, um die Luft oder das Blut austreten zu lassen.

Er hatte es oft genug gesehen. Männer, deren Arterien zerfetzt waren oder die einen Lungenschuss erlitten hatten. Das Leben floss einfach so aus ihnen heraus. Und wieder die Frage: *Warum hatte er sich je auf so etwas eingelassen?*

Deirdre Dolan, die am Spinnrad saß und sang …

Er hatte in jenem Herbst vor dem Krieg zusammen mit dem Rest der Feuerwache an einer Straßenecke gestanden und schweigend

der Parade der Wide Awakes zugesehen, die die Fifth Avenue hinaufzog. Mindestens zehntausend waren es, die durch den frostigen Oktoberabend marschierten. Ein jeder hielt eine Fackel, und alle trugen die gleichen schwarz-silbernen Militärcapes und Mützen. Sie liefen im Stechschritt die Avenue entlang gleich einer scheußlichen, seelenlosen Maschine.
Die meisten von ihnen waren gewalttätige junge Söhne reicher Männer. Die Wangen gerötet und die Augen vom Alkohol getrübt. Tom hatte solche jungen Krakeeler schon häufig auf ihren Expeditionen durch die Viertel der Armen beobachtet, wo sie Schlägereinen anzettelten und die Gassen der Bowery voll kotzten. Und als warteten sie nur darauf, dass irgendwer protestierte, schmetterten sie aus voller Kehle ihre Marschlieder:

Hurrah for the choice of the nation
Our chieftain so brave and so true
We'll go for the great reformation
For Lincoln and Liberty, too!

Es war eine nervöse, aufgeregte Zeit gewesen in jenem Oktober. Überall in der Stadt sah man Männer marschieren, und man hatte das Gefühl, irgendetwas werde passieren – das gleiche Gefühl, wie Feuerwehrmänner es hatten, wenn Rauch in der Luft lag. Eine Woche später hatten die Demokraten ihre eigene Parade für Douglas gehalten, und alle Männer und Frauen der Arbeiterschicht aus den unteren Stadtbezirken waren erschienen. Dreimal so viele Menschen wie bei der Parade der Wide Awakes, und es ging bis lange nach Mitternacht, alle trugen Laternen, und die Jungs von den Gangsterbanden schossen Leuchtraketen ab.
Doch die mit Abstand größte Parade in jenem Herbst, die größte Sensation in der Stadt war die Feier anlässlich des Besuches des Prince of Wales. Alle Feuerwachen hatten teilgenommen, insgesamt sechstausend Mann mit ihren Feuerspritzen im Schlepptau. Sie sangen »Solid Men to the Front« während sie am Balkon des Fifth Avenue Hotels vorbeizogen, wo der Prinz stand – eine

schlanke, elegante Gestalt in seiner Coldstream-Guards-Uniform, und er lächelte oder verneigte sich höflich zum Dank.

Tom hatte nie ein solches Spektakel gesehen. Der Anstrich an jeder Feuerspritze, jedem Schlauchwagen war für den Anlass aufgefrischt waren, Professor A. P. Moriarty höchstpersönlich, der beste aller Feuerwehrkünstler, hatte fantastische neue Szenen hinzugefügt.

Die Old Honey Bee war dort mit einem beleuchteten goldenen Bienenkorb, der zwischen den Pumphebeln hing. Die Silk Stockings mit ihren Griffen in Form von silbernen Delfinen und dem Gemälde auf der Schlauchtrommel, das Schutzengel über einem schlafenden Kind zeigte. Und als sie vorbeizogen, brüllten sie ihren Schlachtruf: Come, ye Old Silver Nine!

Und die Old Turk mit ihren verlockenden Haremszenen, die Amity Hose der großkotzigen Yankees, mit ihren roten Laternen, die wie Ananas geformt und in Gold gefasst waren. Die Quills of Oceana war da – eine Feuerwehr von Kaufleuten und Büroangestellten, die auffallend umfangreiche Protokolle ihrer Versammlungen schrieben – und die Old Blue Box mit einem Gemälde von Jefferson bei der Unterzeichnung der Unabhängigkeitserklärung, und sie sangen *True Blue never fades!* Dann kam die Niagara mit einem Bild der Wasserfälle und einem Vulkan im Meer, dann die Lafayette, deren Bemalung Rip van Winkle zeigte, der nach seinem langen Schlaf aus den Catskill Mountains kam. Die Iron Horse und die Man-Killer und die White Ghost, die immer behauptete, sie sei die schnellste Feuerwehr in der ganzen Stadt, obwohl das gar nicht stimmte. Die Shad Bellies, die Dashing Half Hundred, die Bean Soup, die Mutton House, die Live Oak, die Old Sal und die Old Jeff und die Mazeppa Company, deren Schlauchtrommeln nichts Geringeres zeigten als ein Gemälde der Dame Hoffnung, Washingtons Lager bei Valley Forge, Szenen aus dem Leben von Mazeppa, einen Feuerwehrmann an seinem Hydranten, das Wappen der Stadt und der New York Institution for the Blind.

Auch Tom war dort gewesen und mit der Black Joke marschiert. Mit der Feuerspritze 33, *Old Bombazula.* Angetan mit seinem leuchtend roten Hemd, dem schwarzen Helm, schwarzen Hosen und Hosenträgern, und schwarze Bänder hingen hinten von seinem Öltuchhelm, auf dem am unteren Ende eine goldumrandete »33« eingestickt war. Der Wagen glänzte mit seinem neuen schwarzen Anstrich, goldene Streifen zogen sich über die gesamte Länge, Professor Moriartys stolzes Bildnis des Kaperschiffes Black Joke auf der einen Seite des Aufbaus, ein großes Präriefeuer, das über die Ebene raste, auf der anderen. Und vorne ihr Motto: DAS EDELSTE MOTIV IST DAS ALLGEMEINWOHL.

Er nahm an, sogar Deirdre war an jenem Abend stolz auf ihn gewesen. Sie hatte die Parade der Feuerwehren verfolgt, die sich einen Weg durch die jubelnde Menge bahnte. Der Anblick begeisterte die Massen weit mehr als der Prinz oder gar die Aussicht auf Krieg, sodass sie sich durch den Cordon von Polizei und Soldaten gedrängt hatten, der sie zurückhalten sollte. Die Black Joke war das Einzige, was Deirdre ihm gelassen hatte, der einzige Bestandteil seines alten Lebens, den er hatte behalten dürfen. Er hatte sie überzeugt, dass eine Feuerwehr dem öffentlichen Wohl diente und deswegen ein lohnendes Unterfangen sei – obwohl sie den Verdacht hegte, dass es nur ein Vorwand war, um zu trinken, sich herumzutreiben und der demokratischen Politik zu frönen.

Vor allem die Tatsache, dass Finn McCool der stellvertretende Feuerwehrhauptmann war, erregte ihr Misstrauen, das wusste er. Und daraus konnte er ihr kaum einen Vorwurf machen, denn er traute Finn selbst nicht so recht.

Doch Tom sah auch, wie sehr sie die Feuerwehrfeste samstagabends genoss. Die Musik und die Menschen, die sich um den großen Eintopfkessel versammelten, in dem Aale, Muscheln, Hummer, Hühnchen und Enten kochten. Oder der alljährliche Amity-Tanz, den die Amity Hose in den Apollo Rooms gab, wo Jerry Go Nimble die Hornpipe spielte und Jack Diamond seinen Breakdown tanzte, und Jack Ballagher, ein hünenhafter Schwarzer mit einem Ohrring und rotem Kopftuch wie ein Pirat, spielte auf der Fiedel wie Old Scratch höchstpersönlich.

Und bei diesen Gelegenheiten war Tom jedes Mal überzeugt, dass ihre Schönheit und Anmut die all der Frauen und Liebchen seiner Kumpel überstrahlte, und es war nicht nur der Besitzerstolz des Ehemanns, der ihn zu dieser Erkenntnis veranlasste. Er glaubte, dass auch Deirdre das gewusst hatte. Er hatte sie hinter ihrem Fächer lächeln und vor Freude erröten sehen, und sie tanzte die ganze Nacht mit ihm, obwohl sie dergleichen doch so entschieden missbilligte.

Nichts hatte Tom sich in seinem Leben je so sehnlich gewünscht, wie zur Feuerwehr zu gehören. Sie waren alle verrückt danach gewesen, Tom ebenso wie jeder andere Junge auf der Straße. Wenn sie die Feuerglocke hörten, strömten sie aus den Mietskasernen wie Bettwanzen, nur um die Feuerwehrwagen vorbeifahren zu sehen. Zuerst waren die Läufer gekommen – die meisten kaum älter als sie –, die vorauseilten, um den Brandherd und den nächsten Hydranten zu finden. Dann folgte ein zweiter, älterer Junge, der im Laufen in ein langes, silbernes Horn blies. Schließlich die Feuerwehr selbst, dreißig, vierzig Mann oder mehr in ihren schwarzen Ölzeughelmen, roten Hemden und Hosenträgern. Sie zogen die Wagen an der Deichsel und den Seitengriffen, bewegten die großen Feuerspritzen so schnell, dass die Räder das Straßenpflaster kaum berührten. Die Menge auf den Gehwegen brach in spontanen Jubel, Pfiffe und Freudengeheul aus, wenn sie sie nur kommen sah.
Die Jungen hatten die roten Flanellhemden und bunten Hosenträger ihrer Lieblingsfeuerwehr getragen. Sie lungerten vor den Feuerwachen herum, schöpften Wasser und machten Feuer für die Männer. Polierten die Feuerspritzen und gar die Stiefel, bis sie glänzten. Diejenigen, die es sich leisten konnten, deren Väter ein paar Münzen übrig hatten, spendeten gar etwas für eine neue Laterne oder ein Messingband, um die Feuerspritze zu verschönern.
Doch das war nicht genug. Man brauchte trotzdem Beziehungen, um auch nur ein Läufer zu werden. Wenigstens einen Bruder oder Vetter in der Wache, und Tom hatte weder den einen noch den anderen.
Wen er hingegen hatte, stellte sich heraus, war Finn McCool. Es

war Finn, der seine Aufnahme in die Black Joke unterstützt, der einen amerikanischen Bürger und loyalen Demokraten aus ihm gemacht hatte.
Es war auch Finn, der ihm den alten Melassetrick beigebracht hatte, an dem allerersten Tag, da sie sich in den Five Points begegnet waren. Er hatte ihn zu einem brandneuen Lebensmittelladen geführt. Es war nicht eine jener billigen Buden mit den typischen Bergen verrottender Kohlköpfe vor der Tür, sondern ein richtiger Laden mit frisch abgedichteten Fässern voller Mehl und Zucker und Sirup entlang der Wände. Der Eigentümer, irgendein armer Trottel aus der Provinz, stand in einer makellosen weißen Schürze hinter dem Ladentisch, einen frisch gespitzten Bleistift hinterm Ohr.
»Oh, guck ihn dir an, guck ihn dir an, diesen Gimpel! Dumm wie ein Ziegelstein!«, flüsterte Finn McCool ihm ins Ohr, sein vorzeitig runzelig gewordenes Gesicht war Toms ganz nahe, während er ihn vorwärts schob. Und als sie durch die Ladentür traten, verkündete McCool großspurig: »Mein Freund hier und ich haben gewettet. Er hat fünf Dollar gesetzt, dass keine Gallone Melasse in meinen Hut passt. Ich sage, sie passt.« Mit einer großen Geste legte er seinen hohen, abgewetzten Hut auf die Theke. »Seien Sie so gut und machen Sie ihn voll.«
Die Aufforderung stimmte selbst diesen Ladenbesitzer misstrauisch. Er war ein stämmiger, breitschultriger Mann, und Tom wäre unauffällig zur Tür zurückgeglitten, hätte Finn ihm nicht eine Hand auf den Rücken gelegt, um ihn zu hindern.
»Sie wollen, dass ich Ihren Hut voll mache? Mit Melasse?«, fragte er ungläubig.
»Natürlich. Ist doch nur ein alter Zylinder. Mit dem, was ich diesem Grünschnabel hier abknöpfe, kann ich mir zehn neue kaufen.« Lässig schnipste er eine Dollarmünze auf die Ladentheke. Der Krämer hob sie auf und biss nachdenklich darauf.
»Das reicht doch wohl, oder? Nun machen Sie schon und füllen Sie den Hut.«
Der Kaufmann schüttelte den Kopf, grinste aber gleichzeitig. Er glaubte, er habe bei diesem Geschäft nichts zu verlieren, solange er

den Dollar in der Faust behielt. Er nahm das Gallonenmaß vom nächst stehenden Melassefass, und Finn ließ ihn nicht aus den Augen, während er die grünschwarze, zementdicke Melasse in den Hut füllte. Sorgsam ließ er alles bis zum letzten Tropfen herausrinnen, bis das Maß schließlich gänzlich geleert war. Und Finns Hut lag da auf der Theke, beinahe bis zum Rand gefüllt.

»Da siehst du!« Finn hob den gefüllten Hut auf und hielt ihn Tom triumphierend unter die Nase. »Du schuldest mir fünf Dollar, da kannst du dich nicht rausreden!«

Tom half ihm unbeabsichtigt, indem er ein gänzlich hilfloses Gesicht machte. Der Krämer lehnte sich über die Theke und grinste über das, was er für den eigentlichen Witz hielt. »Da hat er dich erwischt, das kann ich bestätigen …«

Ehe er den Satz beenden konnte, hatte Finn den Hut mit einer fließenden Bewegung umgedreht und stülpte ihn dem Kaufmann hart über den Kopf, bis zu den Ohrläppchen. »Hier hast du deine Melasse wieder!«

Der Krämer taumelte zurück, gab röchelnde Laute von sich, während er versuchte, den dicken, klebrigen Sirup von seinem Gesicht zu wischen. Finn hechtete über den Ladentisch, öffnete die Kassenschublade und klaubte so viele Münzen und Banknoten zusammen, wie er mit zwei Händen fassen konnte. Er war schon zurück über den Tresen, ehe der Kaufmann den Hut auch nur über die Augen hochschieben konnte – die grünschwarzen Tropfen rannen ihm über Schultern und Hemd und die einst makellose Schürze und verklebten ihm die Augen.

»Los, Junge! Raus hier!«

Finn hatte ihn zur Tür gedrängt, stopfte so viel von dem Geld, wie er konnte, in seine und dann in Toms Taschen und ließ es sich nicht nehmen, den Dollar, mit dem er den Krämer geködert hatte und der zurück auf die Ladentheke gefallen war, wieder einzustecken.

Sie waren um die nächste Ecke geflüchtet, ein Stück die Orange Street entlang und schon in der Bottle Alley, ehe die erste Polizeitrillerpfeife zu hören war. Da verlangsamte Finn McCool seine Schritte zu einem Schlendern, nahm Tom beim Arm und führte

ihn zurück auf die Straße, wo sie mit der anonymen Menge verschmolzen.
»Na bitte, Bübchen. Mehr, als du in einem Monat verdienst, wette ich. Falls du fürs Wetten zu haben bist. Und wenn ja, kann ich dir einen Pharoschuppen empfehlen, wo die Karten so gut wie gar nicht gezinkt sind.«
Er hatte Recht – es war mehr, als Tom in einem, manchmal auch in zwei Monaten verdiente. Tom strich mit den Fingern über das Geld in der Hosentasche, er wagte nicht, es bei Tageslicht hervorzuholen. Doch sofort fragte er sich voller Argwohn, was Finn wohl von ihm wollte.
»Nein, nein, es ist nichts!«, hatte McCool ihm abwinkend versichert. »Nur deine Stimme. Und was ist schon die Stimme eines Mannes? Weniger als eine Schuppe seiner Haut, als ein Stückchen seines Fingernagels!«
Am selben Nachmittag hatte er Tom mit zum American Club genommen und Captain Rynders vorgestellt, damit er seine Einbürgerung bekam. Der Captain saß auf einer kleinen Empore und blickte entlang seiner langen Nase auf sie herab wie ein Falke. Als Tom zu ihm trat, waren die durchdringenden Spieleraugen einmal über sein Gesicht geglitten, dann hatte Rynders ihn bei der Hand genommen. Er hatte ihn begrüßt, als kenne er ihn seit Jahren, und ihm einen kleinen Zettel in die Hand gedrückt.

An die zuständige Stelle:
Bitte naturalisieren Sie den Überbringer,
Cap'n Isaiah Rynders

Finn hatte ihm den Zettel abgeknöpft und Tom dann zu Richter Pieter Brinckerhoff gebracht, einen in die Jahre gekommenen, holländischen Amtsrichter im sechsten Bezirk, der oben auf seinem Stuhl saß und eine endlose Zahl Iren abfertigte. Wie eine Hochzeitsprozession traten sie vor ihn, immer paarweise. An der Seite des jeweiligen Anwärters war irgendein kleiner Politgauner aus dessen Bezirk, der an den Richtertisch ging und ihm einen Zettel reichte wie den, den Captain Rynders Tom gegeben hatte, jetzt um eine Münze gewickelt.

Nichts rührte sich in Richter Brinckerhoffs Gesicht, allein seine Hände bewegten sich wie eine besonders gut geölte Maschine. Sie nahmen das Papier in Empfang und steckten die Münze in die Tasche. Kritzelten ein paar Worte auf ein anderes, offiziell wirkendes Papier und ließen den Hammer niedersausen.

»Fertig!«, war das Einzige, was er je sagte, und »Der Nächste!«

Das war alles, und dann war er ein Bürger. Finn hatte ihn aus dem Gerichtsgebäude geführt, das neue Dokument mit dem offiziellen Siegel, all den geheimnisvollen Wappen mit Adlern, Indianern und Holländern, Windmühlen und Takelagen in der Hand.

»Oh, mein Junge, das hier ist es, was man braucht!«, hatte Finn ihm gratuliert und ihm den Rücken geklopft. »Das große Los! Oh, damit wirst du Geld machen!«

Und so war es gewesen. Das gehörte eben dazu, so kamen Männer in der Welt voran, und das war etwas, das Deirdre nie verstanden hatte. Es war auch Finn gewesen, an den er sich gewandt hatte, um Arbeit bei der Stadt zu bekommen, nachdem Deirdre befunden hatte, er sei zu gut, um länger als Schlachtergehilfe zu arbeiten. Es war Finn, der es ihm ermöglicht hatte, sich in der Organisation hochzuarbeiten, aufzusteigen, wie sie es immer gewollt hatte, vom Lampenanzünder zum Vormann seiner eigenen Arbeiterkolonne, die den neuen Central Park anlegte.

Und als Gegenleistung hatte Tom nur zu den Tammany Wahlversammlungen gehen und für denjenigen stimmen müssen, den Finn ihm nannte. Deirdre hatte er nie etwas davon gesagt. Denn er wusste, wie wichtig es war, dass sie glaubte, sie sei es gewesen, sie allein – abgesehen vom Rat des Pfarrers –, die seinen Aufstieg bewirkt hatte.

Es war auch Finn, der ihm gesagt hatte, er solle nicht in den Krieg ziehen. Als der Krieg schließlich ausbrach, waren viele der Jungs Feuer und Flamme gewesen. Die Feuerwehren hatten sich auf der Stelle in Brigaden aus Neunzig-Tage-Freiwilligen verwandelt: die

Zouave-Corps und Billy Wilsons Jungs und Kerrigans Regiment. Verschwenderisch ausgestattet mit neuen Uniformen und Regimentsflaggen voller Harfen und Kleeblätter und irischer Sonnen, die durch die Wolken brachen.

Diejenigen der Jungs, die alt genug waren, erinnerten sich noch, wie es gewesen war: all die großen Paraden, die Ehrungen und Bankette, die sie bekommen hatten, als sie aus dem mexikanischen Krieg heimkehrten.

»Nur ist es dieses Mal nicht Mexiko, und es geht auch nicht gegen Santa Anna und seine Jungs, oder?«, hatte Finn gebrummt. »Dieses Mal sollen wir in Amerika gegen andere Amerikaner kämpfen, anständige Demokraten obendrein!«

Finn war die eigentliche Triebfeder ihrer Feuerwehr, das wusste jeder. Sein Bruder Peter, der Hauptmann, war ein starker, eitler, gut aussehender Mann mit einem Schopf herrlicher blonder Locken, aber zu blöd, um einen Nagel in die Wand zu schlagen. Finn hoffte, Peter in den Stadtrat zu hieven, und er wollte verhindern, dass die potenziellen Wähler in den Süden zogen. Aber das war es nicht allein, erkannte Tom. Finn gefiel dieser Krieg an sich nicht.

»Es ist ihr Krieg, der Krieg der Republikaner. Sie werden ihn benutzen, um uns zu vernichten, wenn sie können, wartet's nur ab.«

»Aber Jesus, Finn, glaubst du denn nicht, dass man die Union beschützen muss?«

»Die Union!«, höhnte McCool. »Ach, es geht also um die Union, ja? Sicher glaube ich daran, dass man die Union beschützen muss, und zwar die Union zwischen meinem Hals und meinen Schultern. Ihr werdet's erleben: Wenn es Krieg gibt, werden wir kämpfen, und sie werden davon profitieren.«

Doch dann waren all die neuen Paraden zu den Kais hinuntergekommen, als die Freiwilligen auszogen. Die ganze Stadt mit amerikanischen Flaggen geschmückt und grüne Rosetten für die irischen Regimenter. Niemals hatte Tom solche Menschenmassen gesehen, nicht einmal beim Besuch des Prinzen. Jungen kletterten auf jeden Baum und Laternenpfahl, um einen Blick zu erhaschen, Mädchen drängten sich vor, um den Soldaten Blumen vor die Füße zu streuen, sie zu küssen und ihnen Kränze umzuhängen. Dodsworths berühmte Kapelle brachte den neuen Soldaten ein Ständchen zum Abschied, während sie zur Battery marschierten:

So we gave them hearty cheers, me boys,
Which was greeted with a smile.
Singin' we're the boys
Who fear no noise
We're the Fightin' Sixty-ninth!

Und Deirdre stand inmitten der Menge. Das war es, was er nie hatte begreifen können. Ewig hatte sie ihre republikanischen Zeitungen gelesen, immer war ihre größte Sorge, respektabel zu sein und das Richtige zu tun. Sie hatte ihm all die abolitionistischen Traktate über die Schrecken der Sklaverei gezeigt. Und sie waren in der Tat schrecklich, aber er wusste nicht, was er dagegen tun sollte.
Hatte er nicht schon alles getan, was sie verlangt hatte? Tagein, tagaus ging er zur Arbeit in den neuen Park. Zehn Stunden am Tag schuftete er mit der Schaufel, hielt gleichzeitig ein Auge auf seine Männer, damit sie sich nicht irgendwo in den Schatten legten, was sie im Handumdrehen getan hätten, falls sie nicht zuvor in eine Grube gepurzelt wären. Er hatte sich die Ohren mit Wachs verstopft, wenn sie die großen Felsen sprengten, und sie hatten neue Gesteinsbrocken von den Kais herbeigeschafft – das war auch so eine Sache, die er nie verstanden hatte, warum einerseits Felsen für den neuen Park weggesprengt, andererseits neue herbeigeschafft werden mussten.
Trotzdem hatte er es getan. Es hatte ihm sogar Freude gemacht, musste er gestehen, die ganze Sache, den neuen, perfekt geplanten Park, vor seinen Augen Gestalt annehmen zu sehen. Sonntags ging er mit den Kindern hin, und sie spielten mit den Dinosaurierskeletten aus Gips, die Professor Hawkins dort aufgestellt hatte. Er sah zu, während sie auf den riesigen, weißen Ungeheuern herumkletterten. Und wenn sie wieder daheim und die Kinder im Bett waren,

saß er mit Deirdre am Feuer und erzählte ihr von der Arbeit, davon, wie sie die neue Stadt bauten, und dann sah er ihre Augen vor Stolz aufleuchten.
Aber irgendwie war all das nicht genug. Deirdre hatte immer wieder davon angefangen, vor allem, nachdem der Erzbischof gefordert hatte, jeder gute Katholik müsse darauf bestehen, zum Kriegsdienst eingezogen zu werden. Sie fand sich bestätigt in ihrem Glauben, in ihrer großartigen, protestantischen Respektabilität. Sie sagte ihm, es sei seine Pflicht, sich freiwillig zu melden, mit all den anderen in den Süden zu ziehen.

Seine Pflicht. Seine Pflicht lag bei seiner Frau und seiner Familie. Von Gottes Gnaden hätte er jetzt eigentlich bei ihnen sein sollen.
Es war schon fast Nacht, und der Waggon lag in völliger Dunkelheit. Doch als er durch die Tür spähte, sah er, dass sie fast da waren. Der Zug pflügte sich durch das Weideland von Jersey, gelbe Sumpfgrasbüschel säumten den Schienestrang. Bald würden sie Newark Bay überqueren, wusste er, dann weiter nach Hoboken am Fluss. Von dort würden die Fährboote sie in die Stadt hinüberbringen …
Dieselbe Route, auf der er in den Krieg gezogen war, nur in umgekehrter Richtung. Und er kam sogar mit dreien der Männer zurück, mit denen er sich verpflichtet hatte: Snatchem und Feeley und Danny Larkins. Black Dan Conaway hatten sie zurückgelassen, er ruhte in Marye's Heights. John J. Sullivan war in den Weizenfeldern von Gettysburg von irgendeinem Bastard aus Mississippi erschossen worden.
Und jetzt kommen wir hierher zurück, um in unseren eigenen Straßen zu kämpfen. Jesus, es ergab wirklich keinen Sinn.
Und wieder überkam ihn die Angst, was Deirdre und den Kindern alles zustoßen mochte. Sicher würde ihr niemand ein Leid tun, einer respektablen Irin mit fünf Kindern. Aber man konnte nie wissen, was in einem Krieg geschehen mochte. Und dann war da noch diese besondere Provokation in ihrer Straße.
Ruth – und ihr schwarzer Mann und ihre Mischlingskinder. Das würde den Mob wie nichts sonst anlocken.

Und Tom wusste, es war seine Schuld, was zwischen ihn und Deirdre gekommen war. Es war nur, dass er solches Mitgefühl für dieses Kind empfunden hatte, das Woche um Woche in ihr Haus gekommen war, ein Auge blau geschlagen, Kinn und Wangen verfärbt von den Blutergüssen, die Dolan ihr zufügte. So unwissend und hilflos. Oder so war sie ihm jedenfalls vorgekommen. Deirdre hatte sie nicht gemocht, aus Gründen, die er nie so recht begreifen konnte – obwohl er jetzt zugeben musste, dass er auch seine eigenen Gefühle für Ruth nie ganz verstanden hatte. Dieser eigentümliche Stich, den er jedes Mal spürte, wenn er sie sah, so hilflos und geschunden. Mehr – und weniger – als Mitgefühl.
Auch ihren Mann, Billy, hatte er gemocht, soweit er überhaupt je einen Farbigen gemocht hatte. Ein stilles Wasser, immerzu grübelte er über irgendetwas. Aber er war flink und zuverlässig gewesen, als es darauf ankam – als sie sich um Deirdres Bruder hatten kümmern müssen.
Johnny Dolan. Der *gefährliche Johnny Dolan,* wie es auf den Karten und Plakaten zu seinen Boxkämpfen geheißen hatte. Tom wusste, dass Deirdre immer noch jeden Monat eine Votivkerze für ihn anzündete. Und sie bestand darauf, seine Daguerreotypie auf der Kommode im Schlafzimmer stehen zu lassen.
Jesus, das war vielleicht ein Gesicht, wenn man es jeden Morgen als aller Erstes anschauen musste, noch ehe man die Hosen anhatte.
Deirdre hatte Johnny fast wie ihr eigenes Kind behandelt von dem Moment an, da er plötzlich aufgetaucht war, und Tom konnte ihr keinen Vorwurf machen. Und er hatte ihrer Bitte entsprochen und Dolan in der Black Joke untergebracht. Er hatte ihm sogar Arbeit bei einer der Kolonnen besorgt, die die Straßen der Downtown reparierten.
Aber Tom hatte auf den ersten Blick gewusst, dass mit diesem Mann etwas nicht stimmte. Etwas, das kein Job, keine Feuerwehr in Ordnung bringen konnte. Dieser Zorn, der immer knapp unter der Oberfläche lag und bei jeder Kleinigkeit auszubrechen drohte, wie Asche, die bei Regen aus dem Gully aufsteigt.
Wie er sich gewehrt hatte in dem Boot in jener Nacht! Tom hatte

nicht geglaubt, dass sie ihn bändigen konnten, selbst mit dem Sack über dem Kopf und dem Überraschungsvorteil auf ihrer Seite. Er hatte gekämpft wie vierzig Katzen, und wenn Billy ihn nicht mit diesem Enterhaken niedergeschlagen hätte, wer weiß, vermutlich hätte er das Boot zum Kentern gebracht. Und dann wären sie in Teufels Küche gewesen …

Deirdre hatte ihm das nie verziehen. Als Ruth in jener Nacht zu ihnen gekommen war – ihnen gezeigt hatte, was Dolan Old Man Noe angetan hatte, es zweifelsfrei bewies –, hatte Deirdre selbst darauf bestanden, dass sie ihn dem Gesetz auslieferten, egal, ob es den Tod durch Hängen bedeutete oder nicht.

Und doch hatte sie ihm nicht vergeben …

Oder war es das vielleicht gar nicht?, hatte er sich oft gefragt. Er war nie sicher gewesen: War es, weil er derjenige war, der ihr den Bruder genommen hatte? Oder war es wegen Ruth?

Es war kurz nach Mitternacht, als sie den Bahnhof von Hoboken erreichten. Langsam streckten die Männer die Glieder und stolperten zur Tür des Viehwaggons. Diejenigen, die den weitesten Weg hinter sich hatten, die Männer aus dem Michigan-Regiment, die zu Meades Armee gehört hatten, ließen sich auf dem Bahnsteig zu Boden fallen und schliefen augenblicklich ein.

Tom versuchte, sich langsam heruntergleiten zu lassen, aber trotzdem knickte das verletzte Bein unter ihm weg, als es den Boden berührte. Er humpelte weiter aus dem Bahnhof, fluchte leise und boxte sich aufs Bein, damit die Taubheit nachließ. Er folgte Snatchem und einigen der anderen , die vor dem Gebäude am Ufer des Hudson standen.

Da sah er die große Stadt wieder liegen. Bei dem Anblick schien das Herz in seiner Brust anzuschwellen. Es bewegte ihn heftiger, als er vorausgesehen hatte – er sehnte sich danach, endlich nach Hause zu kommen.

Doch selbst in der Dunkelheit schien es ihm, als sei die Stadt verletzt, selbst aus dieser Entfernung von der anderen Flussseite betrachtet. Überall an den Hafenanlagen der Westside sahen sie brennende Gebäude, und Rauchwolken zogen vor dem Mond einher. Der Nachthimmel war leuchtend rot, als tröpfele flüssiges Feuer von dort auf die Stadt herab.

»Was ist los? Was geschieht da?« Tom klang erregt, aber er hatte die Frage an niemanden im Besonderen gerichtet.

Keiner antwortete – die anderen Männer blickten ebenso erstaunt und gebannt wie er auf die heimgesuchte Stadt hinüber.

»Wir müssen da rüber …«

54
Herbert Willis Robinson

Ein Beerdigungszug schlingert die Bowery entlang. Acht betrunkene junge Gangster ziehen einen schwarzen Sarg. Der Nachruf ist mit Kreide auf eine der Seitenwände geschrieben:
Abe Lincolns Einberufung verstarb am Montag, dem 13. Juli 1863
Aber die Feierstimmung ist verschwunden. Es ist zu heiß, und es sind zu viele gestorben. Niemand käme heute noch darauf, feinfühlig Washingtons Porträt zu retten. Selbst die Sargträger sind mürrisch und grimmig in ihrer Trunkenheit. Am Astor Place beobachte ich zwei irische Arbeiter, die die Fahne herunterreißen und zerfetzen und brüllen: »Zur Hölle mit der Flagge!«
Überall in der Stadt errichten sie Barrikaden. Sie reißen die Schienen an der Third und der Fourth Avenue heraus, unterbrechen die Hudson River- und die Harlem-Line in der Hoffnung, dass es der Regierung so unmöglich wird, weitere Truppen in die Stadt zu bringen. Sie alle bewaffnen sich mit allem, was sie finden können, nicht nur mit Schusswaffen, Messern und Totschlägern, sondern selbst mit Beilen und Äxten, Knüppeln und Piken.
Wohin ich auch gehe, höre ich Geräusche in der Luft über mir. Und ich schaue gerade noch rechtzeitig hoch, um Gestalten auf den Dächern davonhuschen zu sehen. Sie verstecken sich hinter den Kaminen und planen Gott weiß was für neue Schandtaten. Ich wage kaum noch, einen Fuß vor den anderen zu setzen, denn ich fürchte, der Gehweg unter mir könnte jeden Moment in Flammen aufgehen.

Es ist undenkbar, Maddy durch diese Stadt zu führen. Ich würde nicht wagen, mit einer Frau auch nur einen Block weit über diese Straßen zu gehen – wenngleich jetzt genug von ihnen hier draußen sind, rotgesichtige Harpyien, die sich an den Plünderungen beteiligen und noch tollwütiger als ihre Männer nach Blut schreien. Tauchen die Stadt in Rot.
Die Laternenmasten in der ganzen Stadt zeigen eine besondere Schande, schlimmer als alles, was ich je gesehen habe. Die Leiber schwarzer Männer und schwarzer Frauen, gar von Negerjungen, gehenkt und aufgeschnitten, gedemütigt und gefoltert.
Viele von ihnen hängen seit gestern Abend oder sogar schon seit dem Nachmittag dort. Der Mob jagt jeden davon, der versucht, sie herunterzuholen. Ihre Kinder spielen gar unter diesen furchtbaren Schandmalen, kommen angerannt und erzählen mir, was sie alles getan haben, während ich nicke und zu lächeln versuche. Ich höre alles, sehe alles.

Drüben im neunten Bezirk gibt es einen schwarzen Matrosen namens Williams. Er kam von der *Belvedere,* einem Frachtschiff, an Land, um einen Laib Brot zu kaufen. Irgendwie hatte ihm niemand erzählt, was in der Stadt los war, oder vielleicht hatte er es auch einfach nicht geglaubt. An der Ecke Leroy und Washington Street fragte er einen Schuljungen, wo er wohl einen Krämer finden könnte. Der Junge starrte ihn nur an, und ein weißer Mann kam aus dem Schnapsladen an der Ecke und fragte, was der Matrose wolle.
»Nur Brot, Sir.«
Der weiße Mann sah ihn an und nickte. Dann schlug er ihn ins Gesicht. Schlug ihn nieder und sprang auf seiner Brust herum.
Sofort bildete sich eine Traube um ihn. Der Mob versammelt sich jetzt immer blitzschnell, von nirgendwo und überall strömen sie zusammen – weiße Männer und Jungen, selbst Frauen und Mädchen kommen mit entsetzlicher Schnelligkeit aus den Saloons, den Läden und den Mietshäusern entlang der Straße.
Sie hielten Williams fest, während der erste Mann sich auf die Schulter eines Freundes stützte und seinem Opfer wieder und

wieder in die Augen trat. Sie bewarfen ihn mit Steinen, während er dalag und immer noch die Uniform seines Landes trug, dann hängten sie ihn auf. Mit ihren Messern schlitzten sie ihm Arme und Beine auf, schütteten Öl in die Wunden und zündeten es an. Selbst ein weißer Matrose, ein Kamerad von Williams auf der *Belvedere*, kam angerannt und rammte ihm ein Messer in den Rücken, während er dort hing. Begierig schaute die Menge zu und jubelte, während er brannte und sich wand.

»Unsere Rache trifft jeden Nigger in New York!«

Auf der 28. Straße West haben sie einen Mann aufgehängt, den ich vom Sehen kannte. Jeder kannte ihn, denn er hatte jahrelang in dem Viertel gewohnt. Ein alter, verkrüppelter Kutscher namens Abraham Franklin.

Es scheint, sie haben ihn wegen seines Namens ermordet. Die Menge brüllte wieder und wieder: »Abraham, Abraham, sag uns deinen Namen – wenn du's wagst!« Dann hängten sie ihn an eine Straßenlaterne, zündeten ihn an und ließen Jefferson Davis dreimal hochleben. Ein hünenhafter irischer Fleischerlehrling, der noch keine Zwanzig war, schnitt ihn herunter, zog ihn aus und zerrte ihn an den Genitalien durch die Straße. Immer noch in seiner Fleischerschürze, schnitt er Stücke von dem alten Mann ab und warf sie als Andenken in die Menge – ehe er ihn wieder an den Laternenmast hängte, so wie er einen Schafskadaver aufhängen mochte.

Es ist ein erschütterndes Erlebnis, beinahe unbegreiflich, mit anzusehen, wie jemand, den man einmal gekannt hat – wenn auch nur so weit, dass man auf der Straße einen genickten Gruß tauschte –, in Stücke geschnitten wird wie ein Batzen Fleisch, ein Ding. Wenigstens ist der arme Kutscher Abraham tot. Anderswo erniedrigen sie ihre Opfer in jeder Weise, die sie ersinnen können. Auf der 33. Straße treffe ich auf eine junge schwarze Mutter, verwirrt und verletzt, mit ihrem kleinen Sohn und ihrer Tochter – und sie alle sind so nackt wie am Tag ihrer Geburt.

Das ist ihre liebste Demütigung: Sie entkleiden jeden Neger, der ihnen in die Hände fällt. Ein paar Männer erklären mir, dass sie das tun müssen, seit sie einen Neger erwischt haben, der in Frauenkleidern versucht habe, mit der Brooklyn-Fähre zu fliehen. (Wie kann er es wagen, Folter und Tod entgehen zu wollen!) Aber es steckt mehr dahinter. Ich höre, was sie der jungen Mutter zubrüllen, sie grinsen höhnisch und schreien ihr ins Gesicht: »Wozu braucht ein Nigger Kleider? Wozu soll denn ein Dschungelnigger Kleider brauchen?«

Ich versuche, die arme, unter Schock stehende Frau irgendwo in Sicherheit zu bringen – obwohl man selbst mit einer solchen Kleinigkeit den Zorn der Menge auf sich zieht. Niemand will ihr auch nur die Tür öffnen. Zweifellos fürchten die Anwohner, dass man ihnen sonst das Haus über den Köpfen ansteckt. Man erzählt mir, dass selbst im Hospital für bedürftige Frauen und Kinder die weißen Kranken gefordert haben, alle farbigen Patienten hinauszuwerfen, damit das Haus nicht niedergebrannt wird.

Schließlich finde ich in einem geplünderten Stall wenigstens ein paar Pferdedecken für die Frau und ihre Kinder, aber das ist das Äußerste, was ich für sie tun kann. Die Neger sind fast gänzlich allein gelassen worden, so als wären sie Fremde unter uns. Der Mob greift sie an, wo er sie findet. Rächt sich an ihnen für den Krieg, für das Verbrechen, gesellschaftlich unter ihm zu stehen.

In der Minetta Lane ist es einigen der Farbigen gelungen, sich zu bewaffnen und den Mob mit Gewehren in Schach zu halten. Doch die meisten von ihnen sind zu weit über die Stadt verstreut, zu verwundbar, um irgendetwas anderes zu tun, als zu fliehen. Sie gehen in Deckung, wo immer sie können, in Kirchen oder den Häusern der wenigen mutigen Abolitionisten; im britischen Konsulat, sogar auf einem französischen Kriegsschiff, das an den Kais der Westside festgemacht hat.

Die Polizei tut, was sie kann, um sie zu beschützen. Sie haben eine Einsatztruppe unter Inspector Dilks aufgestellt, um alle Neger zu retten, die sie finden können, und sie in den Polizeiwachen in Sicherheit zu bringen. Doch inzwischen werden selbst die Polizeireviere in Brand gesetzt – die 22. Wache, die 23. und dann die 10. –, sie alle gehen in Rauch auf. Sie haben nicht mehr genügend Männer, um sie zu verteidigen, und wenn der Mob kommt, geben die Polizisten den Negern an Waffen, was sie haben, wünschen ihnen Glück und flüchten mit ihnen durch die brennenden, verqualmten Straßen zurück Richtung Downtown.

Ich schließe mich ihnen an und komme so zurück zum Polizeihauptquartier auf der Mulberry Street. Versuche, an irgendwelche Informationen heranzukommen, irgendetwas Neues zu erfahren. Wird die Stadt bald fallen? Ist die Armee endlich unterwegs? Soll ich Maddy in mein Haus am Gramercy Park bringen? Oder soll ich versuchen, von dieser schrecklichen Insel zu entkommen?

Es gibt tatsächlich Neuigkeiten im Hauptquartier – allesamt schlecht. Die Telegrafen stehen nicht still.

Der Mob steckt die Pensionen der schwarzen Matrosen an der Roosevelt und Water Street in Brand … Sie plündern die Wohnungen farbiger Familien an der Baxter und Pell Street … Sie greifen die städtischen Gaswerke an … brennen Harlem nieder …

Unsere Reserven sind nahezu erschöpft. General Meade hat immer noch keine Truppen aus Pennsylvania geschickt. General Wool verkriecht sich nach wie vor in seinem Zimmer im St. Nicholas Hotel. Nur General Brown, Wools Brigadier, hat es geschafft, ein paar Abteilungen von der Bewachung der Werften und dem Sub Treasury-Gebäude abzuziehen. Ein Kontingent des 11. New Yorker Freiwilligenregiments formiert sich vor dem Polizeihauptquartier unter dem Kommando von Colonel Henry O'Brien.

Derweil läuft Commissioner Acton in Kennedys Büro auf und ab, übernächtigt und wütend. Er flucht und brüllt Befehle, schickt seine schwer geprüften Truppen überall dorthin, wo Unruhen ausbrechen.

»Sie sind uns immer einen Schritt voraus!«, tobt er. »Schlagen zu, wo es ihnen gefällt, und alles, was wir tun können, ist reagieren. Wenn das so weitergeht, werden sie die ganze Stadt niederbrennen.«

Sein Adjutant kommt mit einer weiteren Nachricht herbeigeeilt, Gesicht und Kleidung mit Staub und Ruß bedeckt, so wie die aller anderen Menschen in der Stadt. Acton liest den Zettel, den er ihm reicht, und augenblicklich läuft sein Gesicht rot an.

»Sie haben die Wache vor den Union Steam Works vertrieben«, berichtet er mir und flucht lästerlich. »Wenn sie die Gebäude einnehmen, werden sie bis an die Zähne bewaffnet sein.«

Er wendet sich wieder an den Adjutanten und befiehlt, Carpenters Einsatztruppe und O'Briens Männer augenblicklich zu den Steam Works zu schicken. Ich sage ihm, dass ich mitgehen werde, und er öffnet die oberste Schreibtischschublade, in der eine Reihe glänzender neuer Colt-Revolver liegt.

»Haben Sie denn eine Waffe? Nein? Dann nehmen Sie eine von diesen. Ich hab noch drei in der nächsten Schublade!«

Sofort stecke ich die Waffe ein, nehme auch eine Schachtel Patronen. Acton schüttelt bekümmert den Kopf, steckt ebenfalls einen Revolver in die Tasche.

»Diese Stadt wimmelt einfach von Waffen.«

Dan Carpenters Streifenpolizisten versammeln sich in ihrem Dienstzimmer. Die meisten von ihnen tragen inzwischen Pflaster oder blutige Verbände um den Kopf oder die Glieder. Sie sind nicht mehr ganz die erbarmungslose Dreschmaschine vom Vortag. Sie stehen oder sitzen gar an die Wand gelehnt, nahezu völlig erschöpft nach einem Tag und einer Nacht des fast unablässigen Kampfes.

Diesen kleinen Raum, dieses Zimmer haben sie sich zu Eigen gemacht. An den Wänden hängen Urkunden und Paradesäbel und die Namen lang entschwundener Kameraden – Bilder von Emmet und Daniel O'Connell, von Bonnie Prince Charlie und den Wilden Gänsen, Tyrconnell und Tyrone. Und nun hängen hier auch die Banner der irischen Regimenter, von Einschüssen durchlöchert. Goldene Harfen auf grünen Feldern, die Sonne, die immerwährend durch die Wolken bricht. Darunter die alte, romantische Inschrift: *Riam Nar Druid O Sbairn Lann* – Die niemals vor den Lanzen ihrer Feinde flohen.

»Auf, Männer, auf!«, ruft Carpenter sie zur Ordnung. »Wir haben noch einen Job zu erledigen!«

Tom Acton brüllt ihnen nach, außer sich jetzt vor Schlafmangel und Blutdurst: »Wachteln auf Toast, Männer! Wachteln auf Toast! Wachteln auf Toast für jeden von euch, wenn ihr den Mob niederkämpft!«

Aber sie ignorieren ihn. Für so etwas kämpfen sie nicht. Nicht gegen einen außer Rand und Band geratenen Mob, der ihnen hundert zu eins überlegen ist und dem so viele ihrer Freunde und Nachbarn angehören.

Ein undurchschaubarer Menschenschlag. Wofür kämpfen sie dann? Weil sie dieses Land lieben, diese Stadt, die sie verachtet, weil sie arm und katholisch sind? Um des guten alten Irlands willen? Oder für dieses Zimmer, diesen einen Ort, der ihnen gehört?

»Formiert euch!«

Sie stehen auf und bilden Reihen. Sie springen nicht gerade auf die Füße, doch sie sind nach wie vor willig. Und wieder trommeln sie mit den Schlagstöcken ihren stolzen Polizistenrhythmus auf den Gehweg, als sie auf die Straße hinauskommen.

55
Herbert Willis Robinson

Wir hätten den Hinterhalt kommen sehen müssen.
Mit den wenigen Straßenbahnen, die der Mob funktionstüchtig gelassen hat, bringt Carpenter seine Männer die Third Avenue hinauf, weil er ihre Kräfte schonen will. Ich hänge an ihren Rockschößen und beobachte atemlos, wie sie den Mob von den Steam Works zurückschlagen. Sie kämpfen noch ebenso hart wie gestern, die Arme mit den Schlagstöcken heben und senken sich ebenso mitleidlos.
Doch dieses Mal wankt der Mob gar zu schnell. Er weicht zurück, sobald die Polizei vorrückt. Die Aufständischen rennen nicht mehr blind um ihr Leben, sondern sie reizen und provozieren uns, brüllen obszöne Lieder und Beleidigungen, während sie sich langsam entlang der Second Avenue Richtung Murray's Hill zurückziehen.
Carpenter hetzt seine Männer hinterher, will den Aufstand hier und jetzt niederschlagen. Er lässt seinen Schlagstock wie ein Schwert kreisen und ruft über das Getöse hinweg seinen Männern zu: »Vorwärts! Vorwärts!«
Die Falle schnappt zu, sobald wir die Einmündung zur 34. Straße passiert haben. Plötzlich sind wir umzingelt. Ein zweiter Mob strömt aus den Verstecken, den Häusern und Bars entlang der Straße zusammen und versperrt uns den Rückweg.
Mit einem Mal machen die Aufständischen, die vor uns geflohen waren, kehrt und halten ihre Stellung – die Männer wedeln mit ihren Äxten und Knüppeln und stimmen einen rauen, triumphierenden Kampfschrei an, der mir das Blut in den Adern gefrieren lässt. Sie haben ihr Schlachtfeld gut gewählt: Wir sitzen zwischen der 34. und 35. Straße in der Falle. Es ist ein vollständig fertig

gestellter Block – keine leeren Grundstücke, über die man entkommen könnte. Nur vier- oder fünfgeschossige Mietskasernen, die uns von beiden Seiten einschließen wie die Felswände einer Schlucht.

Ich höre über mir ein vertrautes, huschendes Geräusch und blicke nach oben. Sie klettern jetzt auf den Dächern herum, hocken neben vorbereiteten Steinhaufen aus abgetragenen Schornsteinen und ausgegrabenem Straßenpflaster. Andere stehen mit Gewehren an den Fenstern. Ihre Kinder und Frauen, selbst die, die Babys in den Armen halten, stehen gleich neben ihnen, wollen sich das Spektakel nicht entgehen lassen. Frohlockend brüllen sie auf uns herab: »Ihr werdet alle sterben wie Ratten, ehe ihr den Bezirk verlassen könnt!«

Die Metropolitans zaudern, verlieren ihren Zusammenhalt, wie es bei Männern, die in der Falle sitzen, oft geschieht. Ich sehe ihre Blicke hierhin und dorthin schweifen auf der Suche nach einem Ausweg. Die wahnsinnige Menge brüllt frenetisch, sie wedeln mit Äxten und Piken.

Und da in vorderster Reihe – irgendwie immer noch am Leben, obwohl er bewusstlos durch das Fenster eines Saloons geschleudert wurde – ist diese abscheuliche Kreatur aus dem Central Park. Ich kann es kaum glauben, aber es gibt keinen Zweifel. Ihr Mose. Er trägt immer noch dieses lächerliche Stück Holz, mit dem sie ihn geschmückt haben, das rohe Schild mit der Aufschrift: KEINE EINBERUFUNG! Er sieht grauenhafter aus denn je. Hässliche rote Schnittwunden von dem Flug durchs Fenster, zu dem die Polizisten ihm auf der Amity Street verholfen haben, ziehen sich über seine Stirn. Das getrocknete Blut hat sein ganzes Gesicht verschmiert, und auch an Händen und Handgelenken trägt er kleine Stichwunden.

Er tobt und speit Carpenters Polizei seine Verachtung entgegen. In der rechten Hand hält er einen Knüppel, mit der linken winkt er: Kommt schon, kommt schon …

Ein Schuss landet in unserer Mitte – die weiche Bleikugel zerschellt auf dem Granitpflaster. Splitter treffen einen Polizisten am Schienbein, sodass er vor Schmerz aufheult. Mehr Kugeln und Steine gehen auf uns nieder, und die Metropolitans geraten ins Wanken – drängen sich überall um mich herum zu einem engeren Kreis zusammen, wappnen sich, doch in ihren Augen steht der erste Anflug von Furcht.

»Auf sie, Männer!«

Brüllend kämpft Carpenter sich nach vorne durch, will einfach nicht anerkennen, dass er in der Falle sitzt. Und immer noch spornt er seine Männer an, trotz der Übermacht der Gegner …

»Auf sie, los, und es werden keine Gefangenen gemacht!«

Sie stürmen vor, heben und senken immer noch die Arme, auf und nieder. Zerschmettern einen Schädel nach dem anderen, drängen den Mob anfangs nur mit Hilfe ihrer Willenskraft zurück. Carpenter hat seinen Revolver wieder gezogen, zielt sorgsam, versucht, für seine Männer eine Schneise freizuschießen. Einen Aufrührer trifft er mitten in die Brust, sodass sich ein leuchtend roter Fleck auf dessen Hemd ausbreitet. Ein weiterer Mann krümmt sich wie ein getroffener Hase, ihn hat es im Bauch erwischt. Dann geht noch einer zu Boden …

Doch ein wahrer Hagel aus Steinen und Kugeln geht jetzt auf uns nieder. Irgendwie gelingt es Carpenter, unversehrt zu bleiben – aber ich sehe einen Streifenpolizisten, der von einem Gesteinsbrocken an der Schulter getroffen wird und mit gebrochenem Schlüsselbein zu Boden geht. Sein Kamerad neben ihm fällt auch, ihn hat eine Kugel in den Rücken getroffen. Er versucht aufzustehen, doch dann dringt ein Strahl von dunkelrotem Blut aus seinem Mund, und er fällt wieder. Immer mehr Ziegelsteine treffen die Männer an Armen, Schultern, Beinen und am Kopf. Bringen sie zu Fall, sodass sie ausgestreckt auf der Straße liegen …

Als ich den Kopf hebe, scheint die Galerie höhnischer Gesichter in den Fenstern der oberen Etagen sich um sich selbst zu drehen. Sie alle verfolgen das Schauspiel so gespannt, als sei es eins der blutrünstigen Bühnenstücke in der Bowery. Ich sehe Gesichter von zahnlosen alten Männern, staunenden Kindern und Frauen, die Maddy nicht so unähnlich sind. Sie winken mit ihren Schürzen und Taschentüchern, kreischen und beschimpfen uns. Schleudern auf

uns herab, was ihnen in die Hände fällt, und treiben ihre Männer mit ihrem markerschütternden Schrei an:
»Sterbt daheim! Sterbt daheim!«
Carpenters Männer rappeln sich wieder auf, sie kämpfen immer noch, kämpfen jetzt verzweifelt um unser aller Leben. Aber sie können nichts weiter gegen den Mob ausrichten, denn allein durch die Masse der Gegner sind sie gefangen. Wir sind so dicht zusammengedrängt, dass meine Arme gegen meinen Körper gepresst werden und ich nicht einmal an den Colt herankommen kann, den Acton mir gegeben hat. Mir geht auf, dass ich hier vielleicht sterben werde, ausgerechnet auf der Second Avenue. Und ich frage mich, was Maddy dann wohl tun wird. Wird sie mich betrauern? Denken, ich habe sie vergessen?
Da sehe ich an der Spitze der Aufrührer wieder die Kreatur mit dem Holzschild. Jetzt bin ich überzeugt, dass ich tot und auf dem Weg in die Hölle sein muss. Immer noch geht er wie ein Berserker auf die Polizisten los, fletscht die Zähne und schlägt mit seinem Knüppel um sich. Er trifft einen Polizisten am Kopf, sodass der mit großer Wucht zu Boden geht, würgt einen zweiten mit dessen eigenem Schlagstock, und der Cop röchelt und keucht fürchterlich.
Er kämpft sich immer weiter vor, droht ganz allein durch die Reihen zu brechen. Bewegt sich unaufhaltsam auf die Stelle zu, wo ich regungslos stehe und ihn mit morbider Faszination betrachte. Er kommt, um mich zu töten …
»Durchhalten, Männer! Haltet die Stellung und jagt sie zum Teufel!«, höre ich Carpenter immer noch irgendwo brüllen – aber seine Stimme klingt heiser und verzweifelt, selbst die aufgesetzte Tapferkeit lässt ihn allmählich im Stich.
»Stellung halten!«
Plötzlich, als hätte sie seinen Ruf vernommen, beginnt die Menge hinter uns zu wanken. Es ist nur ein kleines Beben, das sie durchläuft, aber genug, um selbst die grau bezottelte Gestalt aus dem Park zu veranlassen, sich umzuwenden und zu sehen, was vorgeht.
Dann hören wir die Trommeln. Ein feierlicher, martialischer Wirbel, der die Truppen zur Formation auffordert. Als wir Richtung

Downtown blicken, erkennen wir etwas anderes hinter dem Mob: einen langen Streifen Blau, der sich über die gesamte Breite der Second Avenue erstreckt.
»Zerstreuen! Zerstreut euch und fahrt zur Hölle!«
Es ist Colonel O'Brien mit seinem 11. Freiwilligenregiment. Da sie keine intakte Straßenbahn haben finden können, sind sie uns in einem Gewaltmarsch gefolgt und gerade noch rechtzeitig eingetroffen. Einige der Aufrührer wenden sich zu ihnen um, reizen und verhöhnen sie – offenbar glauben sie, sie könnten sie ebenso leicht in die Flucht schlagen wie das Invalidencorps, das sie gestern davongejagt haben.
Doch dies hier sind gesunde, kräftige Männer, mehrheitlich Veteranen, die die Schlachtfelder von Antietam, Fredericksburg und Chancellorsville gesehen haben. Sie halten ihre Stellung, vollkommen unempfindlich gegen alles, was der Mob ihnen entgegenschleudert. Noch während ich sie beobachte, formieren sie sich zu zwei vorschriftsmäßigen Reihen, eine am Boden kniend, die zweite dahinter stehend, beide schnurgerade. Ihre Musketen sind auf uns ebenso gerichtet wie auf den Mob.
Da beginnt die Menge sich zu zerstreuen, einige der Aufständischen fliehen in Deckung. Doch die Kreatur, die sie anführt, weigert sich zu weichen, steht nur wenige Meter von den Musketen entfernt.
»Sind doch nur Platzpatronen!«, erklärt er wiederholt, und sie scharen sich erneut um ihn. Langsam treten sie den Soldaten entgegen, schlurfend und spuckend, und sie künden lauthals von ihrer Verachtung. Die Frauen oben in den Fenstern nehmen jeden ihrer Schlachtrufe auf: »Geht zurück in den Krieg! Wir sind doch kein Haufen rebellischer Südstaatler!«
»Fahrt zur Hölle, ihr invaliden Drückeberger!«
»Sterbt daheim!«
Doch auch Carpenter brüllt und fordert seine restlichen Männer, fordert uns alle auf, aus der Schusslinie zu gehen: »Runter! Runter! Werft euch zu Boden!«
»Zerstreuen!«

Wir werfen uns flach auf den Bauch. Der Mob interessiert sich nicht mehr für uns, alle wenden sich um und den Truppen zu. Ich riskiere einen Blick nach oben und sehe O'Brien neben seinen Männern stehen, stramm wie ein Zinnsoldat – ein zäher kleiner Terrier von einem Mann mit einem buschigen schwarzen Schnurrbart. Er hebt den gezogenen Säbel an die Schulter; die silberne Klinge glitzert im Sonnenlicht. Dann lässt er die Waffe niedersausen, und die Salve donnert.

»Runter!«

Wie ein Mann taumelt der Mob zurück. Sie werfen die Arme in die Luft, allein vom Lärm der Schüsse zurückgedrängt. Sie stolpern, fallen gar, blicken an sich hinab.

Nur um festzustellen, dass sie unversehrt sind. Für einen Augenblick starren wir uns alle nur an, Polizisten ebenso wie Aufständische, und fragen uns, was hier vorgeht. Dann höre ich neue Schreie und Wehklagen aus den Fenstern über uns und schaue wieder hoch. Dort an einem Fenster im zweiten Stocke sehe ich eine Frau, die den leblosen Körper ihrer kleinen Tochter in den Armen hält. Ein Junge liegt auf dem nächsten Fensterbrett ausgestreckt, und ein roter Fleck bildet sich auf seinem Hemd. Die Frau, die das Kind hält, fängt an zu schreien, und in den Fenstern des gegenüberliegenden Hauses nehmen die Frauen den Schrei auf, bis die ganze Straße von diesem verzweifelten, irischen Wehklagen erfüllt ist, das ich gestern Morgen schon auf der Baustelle gehört habe.

O'Brien hat seine Männer hoch zielen lassen, um sicherzugehen, dass keiner der Polizisten getroffen wurde. Stattdessen hat die Salve die Häuserfronten und Dächer entlang der Straße durchsiebt und viele von denen erwischt, die Steine und Beschimpfungen auf uns herabgeschleudert haben. Und die Kinder. Jetzt, da der Mob auf der Straße festgestellt hat, dass keiner von ihnen verletzt ist, wenden sie sich mit neuer Wut gegen die Soldaten. Viele der Männer zeigen auf ihre eigene Brust, als wollten sie sie herausfordern, auf sie zu schießen. Doch die Soldaten halten ihre Formation …

»Mörder! Schlächter! Ihr langhalsigen, mordgierigen Yankees!«

»Zerstreut euch!«

Die zweite Abteilung feuert nun. Und dieses Mal fallen auf der Straße Leiber. Wieder folgt eine Salve, der Mob wankt und fällt auseinander, und O'Brien befiehlt seinen Truppen, die Bajonette aufzupflanzen und anzugreifen. Überall um mich herum sind Carpenters Männer schon wieder auf den Beinen und dreschen mit neuer Entschlossenheit auf alles ein, was ihren Weg kreuzt.

Die Aufständischen machen endlich kehrt und fliehen, verschwinden in den Häusern und Saloons entlang der Straße. Innerhalb von Minuten ist die Straße wie leer gefegt und still, der Mob geflüchtet oder in Deckung gegangen. Ein paar Metropolitans holen den getroffenen Jungen, der wie durch ein Wunder noch am Leben ist, und seine Mutter aus dem Haus und bringen sie eilig zum nächsten Hospital, trotz ihrer Proteste und Flüche.

Derweil kommt die Frau, deren Tochter erschossen wurde, auf die Straße hinaus, das tote Kind immer noch in den Armen. Sie schreit nicht mehr; ihre Augen wirken dumpf und blind. Die Soldaten und Polizisten wenden sich beschämt ab, und einer bekreuzigt sich, als sie vorbeihumpelt. Sie läuft barfuß, sehe ich, wie so viele von ihnen. Ein schmutziges rotes Tuch bedeckt ihren Kopf, ihr Kleid ist ein Flickwerk aus bunten Stofffetzen, gelb, rot und grün. Sie hinkt die Second Avenue entlang, während die Soldaten sich wieder formieren, um zurück nach Downtown zu marschieren und sie mit ihrem toten Kind allein zu lassen.

Ich bleibe zurück, denn ich will – was sehen? Was ist jetzt noch übrig außer der Frau, die ihre tote Tochter beweint. Die Story muss weiterverfolgt werden, von einer Ausgabe zur nächsten. Und dann? Und dann? Ich frage mich, ob es irgendeinen Sinn hat, Maddy auf die Straßen dieser Stadt zu bringen.

Auf der anderen Straßenseite entdecke ich meinen Freund Vater Knapp. Er macht das Kreuzzeichen über einem Mann, der reglos in der Gosse auf dem Bauch liegt. Als ich näher trete, blickt er wie betäubt zu mir auf, sein Kragen und Priesterrock mit Ruß beschmiert. Er trägt die Stola seiner armen Kirchengemeinde um den Hals: weiß auf der einen, das Purpur der Buße auf der anderen Seite.

Vater Knapp beendet die Letzte Ölung, nimmt die Hand, die ich ihm reiche, und kommt steif auf die Füße, doch er ignoriert meinen Rat, etwas zu essen und ein Bett für sich zu suchen.
»Haben Sie gesehen, was hier vorgeht?«, fragt er mich, seine Stimme so heiser, dass sie kaum mehr als ein Flüstern ist. »Haben Sie es gesehen?«
»Ja. Ja, ich habe es gesehen.«
Er schüttelt den Kopf, sein Gesicht verhärmt und fassungslos. »Sie werden uns niemals vergeben. Niemals. Wussten Sie, dass der Mob das Waisenhaus für farbige Kinder niedergebrannt hat? Die Universität in Brand setzen wollte …«
»Könnte der Erzbischof nicht irgendetwas tun?«
»Der Gouverneur hat ihn gebeten, eine Ansprache zu halten.« Vater Knapp schüttelt den Kopf. »Eine Ansprache. Überall in der ganzen Stadt versuchen Priester, sie aufzuhalten. Es nützt nichts. Sie werden uns niemals vergeben …«
Am Ende der Straße erhebt sich ein Tumult, und wir blicken beide in die Richtung, um zu sehen, ob die Truppen zurückkommen oder der Mob. Dann sehen wir ihn: Er fährt mit einem Wagen vor seinem Haus vor. Es ist Colonel O'Brien vom 11. Freiwilligenregiment, zurückgekehrt in genau die Straße, wohin er zuvor seine Männer geführt hat.

Ich werde nie erfahren, was ihn veranlasst hat zurückzukommen. Er hat ein Haus auf der 35. Straße, und manche sagen, er sei gekommen, um nach seiner Familie zu sehen.
Aber warum so? Was hat ihn nur glauben lassen, dass er in voller Uniform und ohne jede Eskorte zurückkommen könne? Hat er gedacht, nachdem die Straße einmal geräumt war, würde sie ruhig bleiben? Gereinigt und zur Räson gebracht, wieder Teil der Zivilisation? Oder ist es umgekehrt? Konnte er einfach nicht glauben, trotz allem, was er mit eigenen Augen gesehen hatte, dass seine Freunde und Nachbarn im Verlauf eines einzigen Nachmittags zu Wilden geworden waren?
Was immer es sein mag, das ihn treibt, er fährt mit dem Wagen

geradewegs vor die Tür seines Hauses. Bringt das Gespann mit einem raschen, geschickten Ruck am Zügel zum Halten und springt leichtfüßig vom Bock. In jeder Bewegung wird seine soldatische Haltung offenbar, seine makellos gebügelte blaue Uniform hat nicht das kleinste Fleckchen, die Goldknöpfe schimmern.

»Er ist es!«

Sie erkennen ihn sofort, genau wie sie ihn vorhin erkannt haben, als er mit einem Trupp Soldaten in sein Viertel heimgekehrt ist. Die Stimmen, die sich entlang der Straße erheben, klingen erstaunt.

»Er ist es wirklich! Der Kerl, der auf Ellen Kirk und Mulhares Jungen geschossen hat!«

»Da ist der Mann!«

Ihr Geschrei jetzt wütend und gierig. Noch ehe seine Füße den Boden berühren, setzen sie sich in Bewegung. Auf einen Schlag formiert der Mob sich wieder, aus Häusern, Bars und ihren Verstecken, die nur sie kennen, strömen sie wieder herbei. Ehe wir O'Brien auch nur eine Warnung zurufen könnt, prallt ein Ziegelstein von seinem Wagen, dann ein zweiter. Drei hünenhafte Männer kommen aus einem Saloon auf der anderen Straßenseite und halten geradewegs auf ihn zu – eine Menschenmenge folgt ihnen dicht auf den Fersen.

O'Brien weicht nicht zurück, sondern stellt sich zum Kampf. Er ist ein starker Mann, und das wird seinen Untergang besiegeln. Sobald er sie entdeckt, zieht er seinen Säbel, schlitzt einem Mann den Arm bis auf den Knochen auf, verletzt den zweiten im Gesicht. Die Streiche sollen nur eine Warnung sein, doch sie sind mit großer Fertigkeit ausgeführt und wirkungsvoll. Der dritte keltische Geselle kommt näher an ihn heran und geht mit den Fäusten auf sein Gesicht los. Er ist ein großer, stämmiger Kerl, ein Schlachtergeselle, der die blutbeschmierte Schürze noch umgebunden hat. Aber trotz seiner Größe gelingt es O'Brien, eine Hand loszureißen und den Kerl mit dem Heft seines Säbels bewusstlos zu schlagen.

Inzwischen, so nehme ich an, ist ihm klar geworden, welch einen Fehler er gemacht hat. Er richtet sich auf und zieht seinen Uniformrock glatt, immer noch ungebeugt. Doch sein Gesicht blutet bereits, und seine Augen wirken ein wenig unscharf von dem heftigen Angriff. Er wirft einen Blick über die Schulter auf seinen Wagen, aber der Mob hat ihn umstellt. Schon spannen sie die Pferde aus und schieben den offenen Karren beiseite. Die Frauen und Mädchen kommen auf die Straße, um O'Brien anzuzischen und zu schreien.

»Schlächter! Mörder!«

»Wie kannst du's wagen, hierher zurückzukommen – wie kannst du's wagen!«

»Nachdem du das kleine Mädchen umgebracht hast!«

Da hätte er fliehen sollen. Er hätte kehrtmachen und, so schnell er konnte, zurück nach Downtown rennen sollen, und vielleicht hätte er es bis zu einer Polizeiwache oder einer Armeepatrouille geschafft, ehe sie ihn einholten. Er hätte kehrtmachen und rennen sollen, dann hätte er wenigstens eine Chance gehabt.

Stattdessen wendet O'Brien sich würdevoll ab, überquert die Straße und betritt von Briesens Drugstore. Es ist nicht zu fassen: Er stellt sich an den Tresen und bittet den Drogisten um ein Fläschchen Jod. Glaubt er vielleicht, seine einzige Hoffnung sei nun, sie mit seiner Kaltblütigkeit einzuschüchtern? Wir sehen seinen Freund von Briesen mit ihm reden und ihm dabei helfen, seine Wunden zu versorgen, doch gleichzeitig wirft er immer wieder nervöse Blicke auf den Mob, der sich auf der Straße zusammenrottet.

»Er muss weg von hier. Er muss augenblicklich verschwinden«, sagt Vater Knapp zu mir.

Doch Colonel O'Brien bleibt weiterhin vor der Ladentheke stehen, den Säbel in der Scheide, als sehe und höre er nichts.

»Mörder!«

»Ein kleines Mädchen! Und noch dazu in ihrer eigenen Straße …«

Es geschieht, was unvermeidlich schien: Ein Stein fliegt durch von Briesens Schaufenster. Dann ein zweiter und noch einer, bis die ganze Fensterscheibe zersplittert ist.

O'Brien zuckt zusammen, als wäre er überrascht. Jetzt endlich legt er den Tupfer und den blutigen Lappen beiseite, mit denen er sein

Gesicht behandelt hat. Er zieht seinen Säbel und einen Revolver und verlässt den Laden, hält geradewegs auf die Menge zu.

Wie mutig du bist! Wie wenig es dir hier nützen wird. Ein anderer Mann hätte vielleicht versucht, sich aus der Situation herauszureden – mit dem Mob zu verhandeln oder zu behaupten, er sei nicht der, für den sie ihn halten. Doch O'Brien sagt nichts, geht einfach auf sie zu. Und als er auf den Gehweg tritt, beginnen sie tatsächlich zurückzuweichen, während sie ihm immer noch ihren Hass entgegenschleudern.

»Mörder! Verfluchter Mörder!«

Ohne dass O'Brien es bemerkt hätte, ist einer von ihnen durch eine Hintertür in den Drugstore eingedrungen. Durch den Laden schleicht er sich nun heimlich von hinten an ihn heran – und ich erkenne zu meinem Schrecken, dass es die Kreatur aus dem Park ist. Der Killer. Immer noch am Leben, irgendwie, selbst nach dem Gefecht auf der Straße, wo er gestanden und die Soldaten mit einem Wink aufgefordert hatte, ihn zu erschießen.

Er hält jetzt sein Holzschild in der Hand, leicht wie einen Spazierstock. Mit erstaunlicher Geschwindigkeit bewegt er sich durch den Laden, zu schnell gar, als dass von Briesen, der große, friedfertige Besitzer, ihn sehen und eine Warnung rufen könnte. Doch nicht zu schnell für Vater Knapp, der wenigstens versucht, O'Brien auf die Gefahr aufmerksam zu machen.

»Vorsicht! Da, hinter dir, mein Sohn!«

Doch es nützt nichts. O'Brien zögert, doch er dreht sich nicht um, fürchtet zweifellos, dass es nur ein hinterhältiger Trick ist. Erst als er die Ladentür hört, wendet er den Kopf, doch da ist es schon zu spät. Die Kreatur aus dem Park lässt die Holzplanke bereits hart auf seinen Schädel niedersausen.

Der Schlag hätte den Knochen zertrümmern, hätte tödlich sein sollen. Doch O'Brien ist ein kräftiger Mann, und irgendwie gelingt es ihm gar, einen Sturz zu verhindern, lediglich seine Pistole fällt auf den Gehweg. Er beugt sich vor, um sie aufzuheben, und die Kreatur schlägt noch einmal zu, sodass er besinnungslos wird.

»Oh Gott!« Vater Knapp wiederholt seinen Klageruf, ein lang

gezogener Laut des Jammers, sinnloserweise an mich gerichtet. »Oh Gott, Sie wissen, was jetzt passieren wird!«
»Ja …«
Er watet in die Menge, die bereits begonnen hat, O'Brien einzukreisen. Er rudert mit den Armen und ruft aus vollem Halse, als versuche er, einen Schlafwandler zu wecken.
»Ihr müsst aufhören! Als euer Pfarrer verbiete ich es! Um der Liebe Christi willen!«
Sie packen den Priester lediglich und tragen ihn weg, obwohl er stämmig gebaut ist – so entschieden und sanft, wie man ein umhertapsendes Kleinkind aus der Gefahrenzone trägt. Er versucht, sich zurück zu O'Brien ins Innere des Kreises durchzukämpfen, aber einige der größeren Halunken stoßen ihn nur wieder weg, bis er sich schließlich zu mir umwendet, mit rotem Gesicht und offenem Munde, völlig verzweifelt.
»Wir müssen ihm helfen. Wir müssen irgendetwas tun, um ihm zu helfen!«
»Ja, Vater«, stimme ich ihm zu und umfasse die Waffe, die Acton mir im Polizeihauptquartier gegeben hat, in meiner Rocktasche. Wieder bewaffnet – doch was für ein trügerisches Gefühl der Sicherheit. Mit den sechs Kugeln in dem Revolver könnte ich uns vielleicht einen Weg zu O'Brien bahnen, aber er liegt immer noch bewusstlos am Boden, und was würden wir dann mit ihm tun?
Ich umklammere den Revolver, denke, dass es irgendwie vielleicht doch nicht so schlimm wird. Immerhin ist O'Brien einer von ihnen, ein Ire und Katholik. Ich sehe das Kruzifix um seinen Hals, als sie seinen Uniformrock aufreißen. Ein kleiner Silbermann, am Kreuz ausgestreckt. Immerhin ist doch seine Haut weiß …
Aber inzwischen sind alle Menschen aus diesem Block und wohl auch einige aus den benachbarten auf der Straße. Vor allem die Frauen beschimpfen und treten ihn. Die meisten sehen allerdings nur zu, mit verwirrtem Staunen, wie es auf dem Gesicht eines jungen Mädchens zu lesen ist, das mir auffällt, dürr, sommersprossig und segelohrig. Auf halbem Weg zwischen Kind und Frau, und sie hat eine Schürze umgebunden. Ihr Mund steht vor Verwunderung

offen, als sehe sie zum ersten Mal im Leben einen Zirkuselefanten. Während wir beide zuschauen, knoten sie ein Seil um seine Arme und Beine und ziehen ihn die Straße entlang. Sein Kopf holpert ungeschützt über das unebene Pflaster.

»Wir müssen ihm helfen! Wir können hier nicht einfach nur rumstehen und zuschauen!« Vater Knapp packt mich am Rock, reißt mich um ein Haar um. Sein Ruf bringt mich dazu, meine Starre abzuschütteln. Ich zerre ihn ein paar Schritte weiter von der Menge fort, in der Hoffnung, dass sie uns hier nicht hören können – obwohl ich schon einige junge Gangster in unsere Richtung spähen sehe.

»Es gibt nichts, das wir hier tun könnten, nicht allein!«, zische ich und versuche, dem Mann Vernunft beizubringen. Versuche, den Revolver in meiner Tasche zu ignorieren. »Wir müssen gehen und Hilfe suchen, wir beide. Sie machen sich nach Westen auf, ich versuche mich nach Downtown durchzuschlagen und dort irgendwelche Cops oder Soldaten zu finden …«

Er sieht ein, dass mein Plan vernünftig ist, und macht sich umgehend auf den Weg. Ich folge seinem Beispiel und laufe in südlicher Richtung die Straße hinunter. Frage mich, ob ich überhaupt zu diesem verfluchten Block zurückkehren soll – ob ich nicht besser einfach zu Maddy gehen und mich in ihrem Schlafzimmer verkriechen sollte.

Nein, ich muss Hilfe suchen. Hier ist endlich etwas, das ich tun kann, etwas Reales, und zu Anfang empfinde ich gar Euphorie. Ich haste zu den nächsten Polizeiwachen, die ich kenne. Renne überall dorthin, wo ich Kampfeslärm oder Plünderer höre, weil ich hoffe, dort Soldaten oder Carpenters Polizeitruppe zu finden.

Aber sie sind nicht da. Die meisten Polizeiwachen, zu denen ich komme, stehen in Flammen oder sind nur noch ein Haufen rauchender Trümmer. Nur zwei sind noch intakt, aber nur von ein paar Sergeants bemannt, die Befehl haben, so lange wie möglich auszuhalten. Sie hätten mir ohnehin nicht helfen können – schweigend treten sie beiseite, um mir den Blick auf die Flüchtlinge freizugeben, die das ganze Gebäude füllen: ängstliche braune Gesichter

von Frauen und Kindern, die auf die verqualmte Straße hinausblicken.
Ich laufe sogar bis nach Hause zum Gramercy Park, umrunde die makellose, eingezäunte Grünanlage auf der Suche nach Strongs deutscher Wachmannschaft, in der Hoffnung, sie zu überreden, O'Brien zu retten. Doch die weigert sich, will den Park nicht einmal für ein paar Minuten entblößen und fürchtet, dass ihre Einmischung den Mob hierher locken könnte.
Und vermutlich haben sie Recht, ich kann ihnen kaum einen Vorwurf machen. Ich bleibe noch einen Moment auf dem Gehweg stehen und starre zu meinem Haus hinauf, ehe ich weitereile. Hier ist noch alles unberührt, und es herrscht eine Grabesstille, trotz des Getöses und des Rauchs überall in der großen Stadt um uns herum. Ich frage mich, wie es wohl wäre, Maddy hier zu haben, in diesem stillen Haus. Mit ihr zusammen dort drin zu sein.
Dann muss ich weiter. Doch die Gefechte, Carpenters Einsatztruppe und die Armee sind immer irgendwo anders. Ich erwäge, mich zurück zum Polizeihauptquartier auf der Mulberry Street durchzuschlagen, aber es ist zu weit. Bis ich dort und wieder zurück wäre, ist O'Brien gewiss längst tot, und ich kann nicht einmal sicher sein, dass der Commissioner auch nur einen Mann erübrigen könnte.
Schließlich kehre ich zum Murray's Hill zurück in der Hoffnung, dass es jetzt vielleicht möglich sei, ihnen O'Brien zu entreißen – dass die Menge vielleicht schon genug von ihrem grausigen Vergnügen hat oder sich schämt, so wie es bei Superintendent Kennedy der Fall war.
Doch die Hoffnung trügt. Stattdessen haben sie ihn den ganzen Nachmittag gefoltert. Blutige Spuren auf dem Pflaster zeigen nun, wo sie ihn entlanggeschleift haben, sie haben ihm die Zähne ausgeschlagen, Nase und Wangenknochen mit Steinwürfen gebrochen.
Jetzt stecken sie kleine Papierfetzen in seine Haare und unter die Nägel und zünden sie an. Danach machen sich die Frauen an ihm zu schaffen. Sie knien um ihn herum, grinsen sich Unheil ver-

sprechend an. Sie schlitzen seine Uniformhose auf und die blasse, weiße Haut darunter. Schütten Öl hinein, sobald der Schnitt tief genug ist.
Das Schlimmste ist, dass er wieder bei Bewusstsein ist. Mitten in einem Albtraum erwacht, hilflos gefesselt und verschnürt. Aber er schreit nicht, fleht nicht um Gnade – zumindest nicht, ehe sie das Öl anzünden. Und als er es dann doch tut, ist es nur ein leiser, unwilliger, röchelnder Laut, umso furchtbarer, weil er kaum mehr menschlich klingt.
Es nützt ihm nichts. Die Frauen, die sich über ihn neigen, spucken und treten ihn nur umso härter. Immer noch schreien sie ihre Beleidigungen und Rechtfertigungen: »Du Mörder! Du verfluchter Mörder! Wie kannst du's wagen, zurückzukommen und dein Gesicht hier zu zeigen …«
»Du hast es verdient, weil du Ellen Kirk getötet hast!«
»Das kriegen Kindermörder!«
Sie lassen nicht zu, dass irgendwer ihn bewegt. Von Briesen, sein Freund, der Drogist, versucht ihm einen Becher Wasser zu bringen. Er beugt seine schwitzende, weiß gewandete, deutsche Unförmigkeit über ihn herab: »Bitte – bitte, nur ein bisschen Wasser …«
Sie reißen ihm den Becher aus der Hand und schleudern ihn durch das bereits zertrümmerte Schaufenster.
»Hat Ellen Kirk ein Glas Wasser bekommen? Hat sie Wasser bekommen, bevor sie sie umgebracht haben?«
Sie demolieren, was von dem Laden des Deutschen noch übrig ist. Reißen das Firmenschild herunter und plündern die Kasse. Zertrümmern die hübschen Apothekerflaschen hinter der Ladentheke, die Tinkturen und Salben in all ihren Bernstein- und Rottönen. Von Briesen zuckt bedauernd mit den Schultern und geht dann klugerweise die Straße entlang davon.
Das junge Mädchen, das ich vorhin schon beobachtet habe, fängt an zu kreischen, als sie O'Brien kastrieren. Sie ist vermutlich eine Hausangestellte, eine Küchenmagd oder Hilfsköchin. Sie hat sich in den Kreis der Frauen gedrängt, die mit ihren Messern am Werk sind, hat sich zu ihnen gekniet und mit einem scheuen Lächeln

umgeschaut. Irgendwer hat ihr ein Messer in die Hand gedrückt, und sie hat begonnen, den blauen Wollstoff von O'Briens Uniformhose aufzuschneiden, so sorgfältig und fleißig, als schäle sie die Kartoffeln für ihre Herrschaft.
Doch als sie in sein lebendiges Fleisch schneiden, wird ihr Ausdruck unsicher, und ihr Mund steht offen. Als sie anfangen, ihn zu verstümmeln, springt sie auf und läuft in einem engen Kreis umher. Dann rennt sie zu ihnen zurück – dorthin, wo er liegt, kreischt aus vollem Halse, wedelt mit den Händen und schreit sie an: »Hört auf, hört auf! Oh, hört doch auf, um der Liebe Gottes willen!«
Mehrere der Frauen erheben sich ärgerlich und ohrfeigen sie. »Wer ist sie? Was bildet die sich ein, so mit uns zu reden?«
Rasend vor Zorn treten und stoßen sie sie die Straße entlang, verjagen sie aus dem Block. Dann gehen sie weiter zu der Pension, wo das Mädchen wohnt, zerren ihre wenigen Habseligkeiten auf die Straße hinaus und zünden sie an – nur zwei dünne Leinenkleider und die Korbtruhe, die sie aus Irland mitgebracht hat, und die unvermeidliche Ausgabe von *Ein Leitfaden für katholische junge Frauen, insbesondre jene, die ihren Lebensunterhalt selbst verdienen.* Die züngelnden Flammen scheinen auch den Zorn der Frauen neu zu entfachen: »Was bedeutete ihr die kleine Ellen Kirk schon, das wüsst ich gern! Was haben wir alle ihr je bedeutet?«
Doch hinter den erbosten Frauen ist es ruhiger auf der Straße, die Stimmung beinahe gleichmütig. Männer und Frauen sitzen auf den Eingangsstufen ihrer Häuser, rauchen ihre weißen Tonpfeifen und schauen dumpf auf O'Brien hinab, der auf dem Gehweg liegt, immer noch lebendig.
Sie sehen den kleinen Jungen zu, die abwechselnd mit O'Briens Säbel auf- und abmarschieren, vergeblich bemüht, die Fäuste um den mit Edelsteinen besetzten Griff zu schließen. Sie zeigen die übrigen Andenken herum, die sie aus seinen Taschen gezogen haben: seine Papiere, einen Ring, ein paar Geldscheine. Ein Medaillon, das ein Bild von seiner Frau und seinen Kindern zeigt, die schon heute früh nach Brooklyn geflohen sind.

»Was hat er sich nur dabei gedacht, einfach so hierher zurückzukommen?«

»Na ja, er ist ein mutiger Ire …«

»Verschwendet keinen Gedanken an ihn. Hat sie einfach abgeknallt, so wie die jeden willkürlich abknallen!«

»Und das in seinem eigenen Block! Vor seiner eigenen Haustür!«

Vater Knapp kommt auch endlich zurück, aber er hatte nicht mehr Erfolg als ich. Ich kann nur hilflos die Achseln zucken, als er mich anblickt, und versuchen, ihn wegzuziehen. Doch er lässt es nicht zu. Sein Gesicht vor Zorn angeschwollen, der Hals krebsrot, drängt er sich in die Menge, will sich zu O'Brien vorkämpfen.

Es nützt nichts – sie gestatten ihm lediglich, dem Sterbenden die Letzte Ölung zu geben. Er stellt die kleine Holzkiste, die er mitgebracht hat, auf die Straße und klappt den Deckel auf. Darin befindet sich ein Miniaturaltar mit Kerzen und einem Kruzifix, ein winziger Silberlöffel, eine Patene, reine Leintücher, ein Ölfläschchen, Weihwasser und ein Kelch. Als alles am rechten Platz steht, dreht Vater Knapp seine Stola wieder um, sodass die Purpurseite nach außen zeigt, und beugt sich vor, um die Beichte des Sterbenden zu hören.

O'Brien richtet sich mühsam auf einen Ellbogen auf und packt den Priester am Rock. Bei der Gelegenheit entdecke ich, dass sie ihm den Ringfinger abgeschnitten haben – zweifellos als weiteres Andenken. Seine Arme und Beine rauchen noch von dem Öl, sein Körper ist fast völlig nackt. Die Gesichtshaut hat Blasen geworfen, weil er den ganzen Nachmittag unter der brennenden Sonne gelegen hat, die Lippen sind geschwollen und rissig. Und trotzdem lebt er, ist immer noch fähig, dem Priester etwas zuzuflüstern, der nickt und ihn in den Armen hält.

»Bereut er die Morde, Vater? Bereut er sie?«

Die Menge kommt wieder näher, viele beugen sich vor.

»Das sollte er lieber …«

»Wenn nicht, dann darf er keine Letzte Ölung kriegen!«

Der Priester ignoriert sie und erteilt O'Brien Absolution. Er gibt ihm das geheiligte Brot, die Hostie aus der kleinen Silberpatene. Singt ihm leise das Gebet vor, das er nachsprechen muss.

»Oh Herr, der du uns Linderung für all unsere Leiden spendest, schenke mir deine Gnade …«

»Oh Herr …«

»… sende mir das wahre Licht, auf dass es mich durch die Schatten des Todes geleite …«

Als es zu Ende gesprochen ist, besprengt er O'Brien mit Weihwasser und hält ihm das Kruzifix hin, damit er es mit seinen aufgeplatzten Lippen küssen kann.

»Adjutorium nostrum in nomine Domini … ex hoc loco accessus ademonum, adsint angeli pacis, domumque hanc deserat omnis maligna discordia …«

Als Nächstes öffnet er das kleine Ölfläschchen und beginnt, den Sterbenden zu salben. Er taucht den Daumen in das Öl und macht das Kreuzzeichen auf O'Briens Augen, Ohren, Nase, Lippen, den Händen, den Füßen und über seinem Unterleib. Auf jedem Körperteil, jeder Öffnung, die Gottes Missfallen erregen könnten hier in dieser schwärenden Pestbeule von einer Stadt.

»Kyrie eleison.
Christe eleison …«

O'Brien lässt den Priesterrock los und sinkt zurück auf den Gehweg. Vater Knapp segnet ihn und beendet das Sakrament – und dann, mit den letzten Worten des Ritus, unternimmt er einen allerletzten Versuch, den Mann zu retten, wirft sich über ihn.

»Bitte, überlasst ihn mir! Um eurer Seelen willen! Er kann euch doch jetzt nichts mehr tun …«

Doch sie lösen lediglich seine Finger und tragen ihn aus ihrer Mitte, dorthin, wo er keinen Einfluss mehr nehmen kann.

»Bringt es zu Ende! Er hat die Letzte Ölung erhalten!«

Sie schleifen ihn in den Hinterhof seines eigenen Hauses. Wieder knien die Frauen sich um ihn, um ein Ende zu machen. Sie grunzen und fluchen wie Wilde, während sie auf ihn einschlagen und -stechen.

Wieder umklammere ich die Pistole in meiner Tasche, während ich

auf sie hinabblicke, und mir schwindelt von ihrer Grausamkeit. Und immer noch denke ich: Es muss doch irgendetwas geben, das ich tun kann …
Ich wende mich taumelnd ab, will irgendwohin gehen, um irgendetwas zu tun, und finde mich plötzlich Auge in Auge mit Finn McCool. Er steht auf der anderen Straßenseite, den Frauen gleich gegenüber, einige seiner Finstermänner im Schlepptau. Und noch etwas, das mich argwöhnisch hätte stimmen sollen: Er starrt mich bereits an, niedergeschlagen, gar vorwurfsvoll. Als wollte er sagen: Siehst du, ich habe dir doch gesagt, dass ich keinen Einfluss auf sie habe …
Trotzdem gehe ich zu ihm, weil ich immer noch glaube, dass er sie vielleicht daran hindern kann, O'Brien zu töten. Als er mich kommen sieht, hebt er einen Arm, als fürchte er sich. Als wollte er versuchen, mich abzuwehren. Aber ich bin gefangen von den grauenhaften Dingen, die ich mit angesehen habe, von der Hitze. Ich gehe stur immer weiter auf ihn zu, zumindest, bis mir aufgeht, dass seine Geste sich verändert hat. Er zeigt mit dem Finger auf mich, seine Augen glänzen beinahe unmenschlich im Widerschein des wachsenden Feuers.
»Er ist ein Spitzel! Ein Polizeispitzel! Er spioniert für Greeley!«, brüllt McCool, laut genug, dass man ihn zwei Blocks weit hören kann.
Ich bleibe stehen wie erstarrt. Strecke dümmlich die Hände aus, als wollte ich ihn anflehen. Alle sehen jetzt herüber, die Schläger um McCool lassen mich nicht aus den Augen. Plötzlich ist meine Maskerade, mein schmutziger, schäbiger gelber Anzug, durchschaut.
»Durchsucht seinen Rock, er hat ein Notizbuch in der Tasche! Er schreibt jeden Namen aus dem Block auf, um ihn an die Polizei zu verraten!«
McCools Jungs setzen sich in Bewegung, laufen über die Straße auf mich zu, die Münder zu schlaffen, boshaften Fratzen verzogen.
»Packt ihn! Ein Spitzel!«
Ich mache kehrt und renne. Was sonst könnte ich tun? Soll ich sie das Notizbuch finden lassen, den Polizeicolt? Mit einem Mal bin

ich ein Flüchtling. Ich renne, wie ich den armen Kennedy habe rennen sehen …

»Ein Spitzel! Ein Spitzel! Haltet ihn auf!«

Der Ruf erschallt hinter mir. Die Gesichter von Männern und Frauen fliegen an mir vorbei, einige lächeln, andere versuchen, mich zu packen. Ein Kopf nach dem anderen dreht sich in meine Richtung, alle wollen sehen, was der Grund für die neue Aufregung ist. Wollen mich sehen.

»Ein Spitzel! Haltet ihn!«

»Einer von Greeleys Spitzeln!«

Alles, was es braucht, ist ein gut platzierter Stein, ein Fuß vor meinem Schienbein, und schon ginge ich zu Boden – so hilflos wie Colonel O'Brien war, niedergeknüppelt von dieser Kreatur. Nur noch ein Objekt ihrer Grausamkeit …

»Holt ihn euch!«

Ich renne weiter. Halte Ausschau nach einer Gasse, einer Haustür, irgendetwas, wo ich in Deckung gehen könnte, in Sicherheit wäre. Meine Beine sind inzwischen bleischwer nach all den Anstrengungen dieses Tages, und ich bin außer Atem. Meine Verfolger treiben mich stetig weiter nach Süden und Westen, und schon bin ich nahe der Ninth Avenue – nur noch zwei Blocks vom Fluss entfernt, vom Ende der Insel.

Und immer noch höre ich hinter mir das Geräusch rennender Füße. Auch gedämpftes Lachen, als finde, wer auch immer hinter mir her ist, Gefallen an der Jagd.

Wer kann es sein, der mich über so eine weite Strecke verfolgt? Wo sie heute Abend doch an jeder Straßenecke ihren Spaß haben könnten.

Ist es dieses Ungeheuer, ihr Mose aus dem Park? Er muss es sein, wer sonst würde bei dieser Verfolgungsjagd lachen?

Die Straßen sind von provisorischen Barrikaden übersät: Möbelstücke und Karren, Laternenmasten und Pferdekadaver, geschmuggelte Baumwollballen und herausgerissene Bahnschwellen – alles, womit man eine Straße versperren kann.

Doch die Schlacht hat diesen Teil der Stadt bereits erreicht, die

Barrikaden sind aufgebrochen, manche gar niedergebrannt. Ich kann das Kampfgetümmel noch hören, das Jubeln und Rufen, Männer, die singen und schreien, überall in den Straßen nördlich und südlich von mir.
Ich renne weiter Richtung Ufer, immer weiter auf das Ende der Insel und die Hudson Docks zu. Immer noch auf der Suche nach einem Schlupfwinkel. Taste in der Rocktasche nach meinem Revolver.
Auf der anderen Seite der West Street entdecke ich eine dieser neuen Straßenkehrmaschinen, an der der Mob sich zu schaffen gemacht hat. Sie ist demoliert und steht verlassen da. Ich hocke mich dahinter auf den Boden, ringe keuchend um Atem, unfähig weiterzurennen. Außerdem kann ich nicht weiter, ich habe den Rand der Stadt erreicht.
Die Schritte hinter mir kommen näher. Ich bin sicher, ich höre sie, selbst über das andauernde, ferne Getöse des Aufstandes hinweg. Der stetige, dissonante Klang der Stadt, der jetzt lauter denn je anschwillt …
Hinter der kaputten Kehrmaschine hebe ich die Waffe. Bereit, ihn zu töten. Bereit, sogar ihn zu töten, diese grauenhafte, unzerstörbare Kreatur, sollte sie mich hier heimsuchen.
Immer noch nähern sich die Schritte – ich höre sie wirklich, ich bin sicher. Sie verlangsamen sich, verstummen dann gänzlich. Als wolle er mich aufspüren, mich in der menschenleeren Nacht erlauschen.
Er muss es sein. Wer sonst unter ihnen hätte diese Art von Intelligenz? Das Gespür eines Raubtiers, das durch lange Erfahrung gelernt hat, in keine tückische Falle zu tappen. Stattdessen wartet er, irgendwo in den lang gezogenen, niedrigen Schatten der Lagerhäuser im nächsten Block. Horcht, lauert …
Ich halte meinen Revolver hoch. Bereit. Bereit für ihn.

56
Maddy

Maddy begegnete der Hitze, indem sie versuchte, so still wie möglich zu sitzen, und lauschte ihrem eigenen Atem. Nicht mehr sicher, welche Tageszeit es war. Das Heulen der Zikaden im Götterbaum draußen, den ihre Mutter so geliebt hatte, war stetig lauter geworden. *Ein Chinesenbaum,* sagten die Leute. Aber sie wuchsen überall, dürre, missgestaltete Dinger, die sogar im unaussprechlichen Schlamm um die Hinterhofabtritte gediehen.

Sie waren auch im Hinterhof des Hauses in St. John's Park gewachsen, wo sie gewohnt hatte. Damals, als ihr Vater noch lebte, und sie hatten zwei Zimmer im ersten Stock eines dunklen Sandsteinhauses. Es war die schönste Wohnung, in der sie je gelebt hatte, ehe Robinson ihr dieses Haus hier in Paradise Alley gemietet hatte. Vielleicht sogar schöner, obwohl ihnen nicht das ganze Haus gehört hatte. Nun, hier gehörte ihr gar nichts ...

Sie waren nur zu dritt gewesen, ehe ihr Dad vom Baugerüst gestürzt war, und auch wenn ihre Mutter die anderen Babys verloren hatte, waren sie doch zufrieden mit ihrem Leben. An Sommerabenden hatten sie immer am rückwärtigen Fenster gegessen, und der Baum draußen stand nahe genug, um ihn zu berühren, so als lebten sie oben in den Zweigen. Sie hatte etwas Derartiges nie wieder gesehen, bis Robinson sie in einem Zimmer zum Hof dieses Bordells in den Seven Sisters einquartiert hatte, wo sie bei Dämmerung aus dem Fenster geschaut und die roten und gelben Lampions betrachtet hatte, die wie Lichtpunkte in den Bäumen hingen.

Er würde es zurückbringen. Er würde alles gut machen. Das hatte sie geglaubt, als Robinson anfing, ihr Sachen zu kaufen. Er würde alles gut machen. Sie hatte sogar wieder angefangen zu beten – zum ersten Mal, seit sie als kleines Mädchen zur Heiligen Jungfrau gebetet hatte. Sie dachte, dies sei der Sinn des Ganzen, dass alles wieder so werden sollte wie früher, bevor ihr Dad verunglückt war.

Nach seinem Tod hatten sie erst nach Little Water ziehen müssen, dann in die Shambles. Ihre Mutter hatte versucht, ein Auge auf Maddy zu halten, doch hatte es all ihre Zeit in Anspruch genommen, Näh- und Wäschereiarbeiten zu finden oder irgendwelches Gerümpel auf der Straße zu sammeln, um die Miete zahlen zu können. Maddy blieb sich selbst überlassen, erkundete die unterirdische Kanalisation und das Labyrinth aus Gässchen und Pfaden hinter den Mietskasernen …

So hatte sie Eddy Coleman getroffen, ihren Luden. Er hatte ihr fünfundzwanzig Cents geboten, wenn sie als Maisverkäuferin für ihn auf die Straße ging, und sie hatte willig zugestimmt, denn von dem Lohn konnten sie sich eine Woche lang satt essen.

Doch sie fürchtete sich vor der Betriebsamkeit auf den Straßen, auf dem Broadway, in der Bowery oder unten an der Park Row. Die Straßen verstopft mit Omnibussen und Fuhrwerken, Karren und Straßenbahnen. Und der Gehweg unter ihren Füßen bebte vom Dröhnen der Zeitungspressen. Die geisterhaften Gesichter der Männer, die an ihr vorbeihasteten – blind und doch gierig spähten sie ihr aus dem Dunkel entgegen, um zu sehen, was sie feilbot. Dann umrundeten sie sie und kamen zurück …

Maddy hatte gelernt, ihnen zu geben, was auch immer sie haben wollten. Sie tändelte und flirtete, bettelte und neckte sie. Und am Ende der ersten Woche hatte Eddie Coleman sie ins Hinterzimmer eines Gemüseladens geführt und ihr alle Kleider ausgezogen. War so kühl und professionell mit den Händen über ihren Körper gefahren, als handele es sich um einen gestohlenen Ballen Seide vom Hafen.

Als er feststellte, dass sie Jungfrau war, versteigerte er sie an irgendeinen jungen Spund. Der war betrunken, kaum älter als sie selbst, war für eine Nacht in die Five Points gekommen, um zu würfeln. Der junge Mann hatte einen Begleiter – einen breitschultrigen Kerl

mit einer Narbe auf der Wange und einem Totschläger in der Tasche – also statt den Jungen einfach nur auszuplündern, hatte Eddie sie ihm tatsächlich verkauft.
Der Spund beugte sie über einen rauen Tisch in einem Geräteschuppen am Ende einer Gasse. Es roch nach Maschinenöl und nassem Sägemehl. Er stand hinter ihr und schnaufte und stieß, sodass es ein bisschen wehtat, dann spürte sie etwas Nasses an ihren Schenkeln, und das war alles. Er war schon fort, knöpfte draußen in der Gasse seine Hose zu, und sie ging nach Hause zu ihrer Mutter.

Das war alles. Sie hatte nichts weiter verlangt, nichts erwartet. Sie schlug sich durch, so gut sie konnte, draußen auf den rastlosen, ewig sich wandelnden Straßen. Sie versuchte, nicht von einem Omnibus überfahren zu werden und ihre Maiskolben gegen die Schweine zu verteidigen.
Es machte ihr Freude, wenn sie ein bisschen Geld nach Hause bringen konnte. Es gefiel ihr nicht, wenn Eddy sie schlug oder sie wieder zu dem Schuppen brachte und sich selber über sie hermachte. Sie bemühte sich, nicht zu viel darüber nachzudenken, was sie ihn den anderen Mädchen hatte antun sehen, wenn er wütend war. Und auch nicht über die Dinge, die die anderen Mädchen ihr bei einem Glas Gin bei Rosanna Peers erzählten. Geschichten von Männern, die einen seltsamen Blick in den Augen hatten und wollten, dass die Mädchen mit ihnen an irgendeinen verlassenen Ort gingen. Von Männern, die völlig normal aussahen, und dann, wenn man allein mit ihnen in irgendeinem dunklen Winkel am Hafen war, zogen sie plötzlich eine Rasierklinge oder ein Messer aus der Tasche …
Sie dachte auch nicht viel an die Zukunft oder daran, irgendetwas in Ordnung zu bringen. Sie dachte überhaupt nicht viel nach, nur daran, ihrer Mutter zu helfen, die inzwischen halb taub und vom Rheuma gebeugt war.
Und dann war ihr Kavalier gekommen. Es war wie in einer Geschichte, wie in einem der frommen Traktate, die die protestantischen Missionare verteilten und die sie manchmal las, wo gefallene Mädchen, die zur Tugend zurückfinden, treue, zuverlässige junge

Männer heiraten und fortan bemüht sind, ohne Sünde zu leben. Nicht, dass sie diese Geschichten je geglaubt hätte. Die Dinge wurden nicht einfach wieder gut. Menschen fielen von Baugerüsten, wurden gebeugt vom Unglück, das das Leben ihnen aufbürdete, oder in entlegenen Gassen, die nach Katzenpisse rochen, von fremden Männern abgestochen. Außerdem musste man Protestant werden, damit so etwas klappen konnte.

Dann war er gekommen, ihr Prinz. Hatte sie entführt – in ein Bordell.

Sie hatte versucht, alles zu sein, was er wollte. Hatte bei seinem Spielchen in Ketten vor ihm gestanden, hatte zugelassen, dass er sie sah, wie er sie sehen wollte. Und nichts war geschehen.

Schließlich war sie zu ihm gegangen, denn sie konnte einfach nicht glauben, dass er ihre Liebe nicht erwiderte. Sie war zu seinem Haus am Gramercy Park gegangen, hatte mit ihm unter dem Baum im Vorgarten gestanden und ihn gefragt, ob er sie liebte. Aber er vermochte nur dazustehen und zu murmeln, es sei unmöglich.

Danach hatte sie sich bemüht, sich ihm so unerträglich zu machen, wie sie konnte. Und sie hatte angefangen, andere Männer zu empfangen. Es hatte mit einem Matrosen angefangen, der vom Hafen kam und Paradise Alley entlangschlenderte. Er hatte Robinson das Haus verlassen sehen und war an ihre Tür gekommen, weil er annahm, es sei ein Bordell. Und sie hatte gedacht: Warum nicht?, und hatte ihn hereingelassen.

Die anderen waren bald gefolgt. Seine Kameraden, und Segelmacher und Zimmerleute von den Werften, Wirte und Kutscher, Barbiere und Schuhputzer. Sie nahm schwarze Männer ebenso wie weiße, solange sie zahlen konnten, was sie verlangte.

Ihr war es gleich. Ihr war auch gleich, was die anderen Frauen in der Straße dachten, sie hielten sie ohnehin schon für eine Hure. Sie vergewisserte sich nur, dass er davon erfuhr.

Aber nicht einmal das hatte ihn vertrieben. Er war weiterhin gekommen, Tag für Tag, Woche für Woche, um sein kleines Spiel zu spielen, sie in Ketten zu legen. Obwohl ihm allmählich auch das langweilig wurde, wie sie bemerkte. Sein Blick war nicht mehr so gebannt, sein Atem nicht mehr so rau. Kleine Anzeichen von Überdruss und Unaufmerksamkeit schlichen sich ein. Und sie war sicher, dass er irgendwann genug von ihr haben würde …

Immer noch hatte sie weitergemacht. Hatte ihn hereingelassen, obwohl seine Berührung sie schaudern machte. Sie füllte ihren Schrank mit den Kleidern, die er ihr schenkte, trug aber kaum je eines davon. Klammerte sich an eine Hoffnung: dass er irgendwann *sie* wieder sehen würde, hinter den Ketten.

Dann war das Baby gekommen – etwas, woran sie nie zuvor gedacht hatte. Sie traf ihre Vorsichtsmaßnahmen, die sie genau wie so vieles andere von den älteren Mädchen in den Seven Sisters gelernt hatte. Aber sie war nie auch nur eine Woche über der Zeit gewesen, und so war sie zu dem Schluss gekommen, dass es doch nie geschehen würde, und war nachlässig geworden.

Aber dann war es passiert, nach all den Jahren musste sie plötzlich feststellen, dass sie schwanger war, und sie wollte Robinson davon erzählen, denn sie wusste, dass er sich darum kümmern würde. Sie hatte sich von ihm zu Madame Restell bringen lassen, in das diskrete, innen liegende kleine Zimmer in ihrem grässlichen Palast – den Raum, den er nie gesehen hatte. Alle Rollos waren geschlossen, die Wände und gar der Fußboden waren rot gestrichen, für den Fall, dass es einmal zu viel Blut gab.

Und als alles vorbei war, hatte sie gelacht und ihm gesagt, sie könne nie wieder schwanger werden. Sie wollte ihn verletzen – wollte, dass er annahm, es sei seines gewesen. Und sie wollte, dass er sich mehr als alles andere ein Kind von ihr wünschte.

Aber das hatte er nicht getan. Wenn er überhaupt etwas empfand, dann wohl eher Erleichterung darüber, um eine Sorge ärmer zu sein. Und Erleichterung, dass es einen Paddy weniger geben würde. Und er schien durchaus zufrieden damit, dieses Leben ausgelöscht zu haben und sie weiter zu besuchen, wann und wie es ihm gefiel. Und was sollte einmal aus ihr werden? Ohne Sohn, ohne Tochter, die sich um sie kümmern würden? Was sollte sie tun, wenn er genug von ihr hatte, ohne ein eigenes Kind, ohne einen Freund auf der ganzen Welt?

Sie hörte ein Geräusch auf der Straße, raffte sich auf und schlurfte zum Fensterladen hinüber. *Die Weiber waren jetzt alle da draußen.* Alle weißen Frauen von Paradise Alley und noch ein paar andere, die vom nächsten Block herübergekommen sein mussten. Sie gackerten und tuschelten untereinander, sammelten irgendetwas in ihren Röcken und Schürzen ...

Steinc, erkannte Maddy. Ausgegrabene Pflastersteine, Ziegel und Mauersteine, die sie von den Baustellen stibitzt hatten. *War der Aufstand also so nahe gekommen?* Sie versuchte, sich zu konzentrieren, zu überlegen, was sie tun sollte. Sollte sie probieren, sich allein durch die Straßen zu seinem Haus durchzuschlagen? Hier bleiben und warten – weil sie doch wusste, dass er zurückkommen würde?

Oder jemand anderes würde vor ihm zurückkommen. Sie musste wieder an die Drohung denken, die der hässliche kleine Mann vor ein paar Nächten ausgestoßen hatte: Wir kümmern uns um deine Nigger ...

Sie ließ sich wieder am Küchentisch nieder und sah den Krug an. Sie erwog, sich ein Glas einzuschenken – nur eines –, aber ebenso wollte sie Robinson in einem ansehnlichen Zustand empfangen, wenn er zurückkam, um sie in sein Haus zu bringen.

Um sie geradewegs durch die Vordertür ins Haus zu führen, so als wäre sie seine Frau, jedenfalls beinahe. Das war doch etwas. Sie hätte nie gedacht, dass selbst dieser Volksaufstand so etwas in ihm zu Tage fördern würde – zumindest eine Art anhaltender Zuneigung. Falls es ihm wirklich ernst war. Falls er sie nicht doch als Dienstmädchen würde arbeiten lassen, als Küchenmagd, und irgendeine andere, jüngere Frau in sein Bett holen wollte ...

Sie war zu der Überzeugung gekommen, dass sie ihn hasste, als sie das Buch gefunden hatte. Nur einer dieser Romane, den sie auf der Schilling-Seite des Broadway an einer Straßenbude erstanden hatte, die von einem zuvorkommenden, grauhaarigen Neger namens Peter Bookman betrieben wurde. Maddy ging dort manchmal vorbei, wenn sie es einfach nicht mehr aushielt in ihrem Haus und auf den

Straßen herumwanderte. Sie ging, so schnell ihre langen Röcke es zuließen, und schenkte den Menschen keine Beachtung, die stehen blieben, um der gut gekleideten Frau nachzustarren, die so hastig einherschritt. Ohne wirklich irgendetwas wahrzunehmen, durchstreifte sie die Stadt, bis sie wieder klar sehen konnte und das Hämmern in ihrem Kopf nachließ.

Dann kaufte sie sich manchmal etwas zu lesen. Dies war nur ein Schundroman mit einem schlichten braunen Pappumschlag, für ein paar Pennys zu haben. Der Titel stand in Goldbuchstaben auf der Vorderseite und dem Rücken: *Paradise Alley, eine Geschichte aus den Straßen New Yorks.* Sie hatte keine Ahnung, dass es von ihm war, auf der Titelseite stand ein Pseudonym: Dr. E. C. Argent. Erst später hatte sie das Wortspiel verstanden.

Sie hatte das Buch mit nach Hause genommen und zu lesen begonnen. Hatte die Tür abgesperrt und alle Besucher weggeschickt, obwohl es eine einträgliche Nacht hätte werden können. Immer tiefer war sie in diese Geschichte eingetaucht, während die vertrauten Geräusche auf der Straße nach und nach verklangen. Bis in die frühen Morgenstunden hatte sie gelesen, die Zeit, da selbst diese Stadt leise war, wenn auch niemals völlig still. Das Grölen von Betrunkenen, ein Ausruf des Schreckens, selbst ein Schrei scholl dann und wann von irgendwoher zu ihr herauf. Irgendeine andere arme Seele, die mitten in der Nacht eine unerfreuliche Entdeckung machte.

Das Buch handelte von ihr, das hatte sie schnell erkannt. Die Namen und die Ereignisse waren natürlich geändert worden. Mit anderen Worten, das Ganze war eine Lüge. Ihr Leben war hier zu einem Lehrstück über die Übel des Trunks und der Armut geworden. Ihr Vater war ein Säufer, ihre Mutter ebenfalls. Sie waren es, die ihre Tochter auf die Straße hinausschickten, um Maiskolben zu verkaufen. Sie waren diejenigen, die ihr unlauter erworbenes Geld verprassten. Die sie schlugen, wenn sie meinten, sie habe nicht genug heimgebracht. Ihr Whiskey zum Abendessen einflößten, damit sie die Nacht überstand.

Sie hatte einen Bruder in seiner Version ihres Lebens, einen kleinen Jungen, den die Eltern zum Diebstahl zwangen, obwohl er nicht wollte. Auch eine jüngere Schwester, ein Engelchen mit blauen Augen und blondem Haar, die versuchte, zu den protestantischen Missionaren in der Old Brewery zu fliehen. Aber die bösen Eltern ließen die kleine Schwester hungern und schlugen sie, bis sie starb. Doch selbst im Tod wirkte sie noch engelsgleich – jedenfalls wenn man der Radierung neben der Sterbeszene glauben wollte.

Und dann gab es da noch sie selbst. Maddy Boyle, die nun Mary Boggs hieß. Genauestens beschrieben, bis hin zu dem Muttermal auf der Wange. Es konnte keinen Zweifel geben. Ebenso wenig konnte man an seiner Autorenschaft zweifeln, denn überall fanden sich seine typischen Einschübe und Redewendungen, sein Humor und seine kleinen Scherze. Er musste es sein, hatte sie schon erkannt, ehe das erste Kapitel zu Ende war.

Und dieses unschuldige Mädchen musste sie selbst sein. Sie überlebte am Ende – wenigstens war er gnädig genug gewesen, ihr ihr eigenes Leben zu lassen. Sie wurde in ein gutes, protestantisches Haus oben in Pelham geschickt. Wurde nicht nur errettet, sondern selbst zur Retterin, denn sie bekehrte ihre Eltern. Doch wenn ihre wirklichen Eltern ihr all das angetan hätten, hätte sie sie höchstens mit einem Messer zwischen die Rippen errettet …

Die ganze Nacht hatte sie durchgelesen, kam zum Schluss, gerade als die ersten Vögel draußen im Götterbaum ihr Lied anstimmten, und als sie ihre Lektüre beendet hatte, war ihr zum Weinen zu Mute. Denn jetzt wusste sie, dass er sie nie wirklich gesehen hatte. Dass er sie von Anfang an immer nur als sein Studienobjekt betrachtet hatte. Nichts weiter als sein *Maismädchen*, seine *Weiße Gefangene*.

Aber schlimmer als diese Schundgeschichte, dieses Buch, schlimmer als seine abscheuliche Entstellung ihres Lebens, seine Missachtung all dessen, was sie war, und all dessen, was sie je für ihn empfunden hatte – viel schlimmer war, wie miserabel es geschrieben war. Wie zäh, mit welchem Mangel an Sensibilität. Wie schwach die Charaktere gezeichnet waren, wie schlecht die Dialoge, wie absurd die Beschreibungen …

Sie hatte sich in ihm geirrt, das erkannte sie nun. Er hatte sie nie gesehen, und sie hatte ihn nie gesehen.

Und was blieb jetzt noch für sie beide, was hatten sie vorzuweisen, bis auf die Zeit, die sie geopfert hatten? Sollten sie sich nur um der Vergangenheit willen aneinander klammern, nur weil die Stadt dort draußen so Furcht einflößend war?

Sie sah sich nun nach einem Glas um, das erstbeste war ihr recht. Mit den Zähnen zog sie den Korken aus dem Krug. *Er kam nicht.* Es war nur noch wenig Licht im Haus, aber statt zu versuchen, die Gaslampe anzuzünden, war sie einfach ans Fenster gegangen und hatte die Läden weit geöffnet. Sie schenkte sich ein Glas Whiskey ein. Inzwischen war sie überzeugt: Er kommt nicht.

Der Nachmittag schwand rasch und ging über in den Abend. Sie war wohl verrückt gewesen zu glauben, er würde wiederkommen, um sie in sein Haus zu holen. *Er will mich nur als seine Gefangene sehen, die hier eingesperrt ist.*

Sie stand immer noch da am Fenster und trank, als der erste Stein flog. Es war ein halber Pflasterstein, dick und grau, und sie sah ihn heranwirbeln, unfähig zu glauben, obwohl sie es doch mit eigenen Augen sah, dass die Frauen so etwas nach ihr werfen würden …

Dann zertrümmerte er die Wohnzimmerscheibe, und Maddy hatte geschrien und die Hände vors Gesicht geschlagen, um sich vor den herumfliegenden Glassplittern zu schützen. Mit noch größerer Fassungslosigkeit lauschte sie den Spottrufen und dem Gelächter ihrer Nachbarinnen draußen auf der Straße.

Ein weiterer schwerer Stein polterte gegen die Haustür. Dann noch einer und noch einer, Ziegel und Pflastersteine regneten auf die Front ihres kleinen Hauses nieder. Sie zertrümmerten den Rest des Wohnzimmerfensters, zerbrachen die Rippen der Läden.

Maddy rannte zur Tür, riss sie auf und starrte ungläubig hinaus. Ein Ziegelbruchstück von der Größe ihrer Faust traf den Türsturz über ihrem Kopf – roter Staub regnete auf sie herab, und sie taumelte zurück ins Haus. Dann spähte sie wieder hinaus, aber es konnte keinen Zweifel geben. Die weißen Frauen hielten die Steine in ihren Schürzen, während sie näher kamen, riefen nach ihr und bewarfen ihr Haus.

»Komm raus! Komm raus! Wo du auch steckst!«
»Komm schon raus, du Hure! Du billiges Flittchen!«
»Komm raus, du hast nichts anderes verdient, du Niggerhure!«
Zu ihrer eigenen Überraschung spürte sie Tränen aufsteigen, als sie die Schmährufe hörte. Dann war der Revolver in ihrer Hand, und sie stürmte wieder zur Tür hinaus. Unsicher jetzt, da sie etwas getrunken hatte, wie man das Ding bediente, aber das war ihr gleich. Entschlossen lief sie auf die Straße hinaus …
»Hier bin ich! Hier bin ich, ihr Miststücke!«
Sie fuchtelte wild mit der Waffe herum, befingerte den Hammer, den Abzug. Lächelte zufrieden, als sie die anderen Frauen den Rückzug über die Straße antreten sah.
»Hier bin ich!«
Doch sie fanden ihren Mut schnell wieder, als sie sie mit dem Revolver kämpfen sahen. Weitere Steine prallten gegen ihr Haus, einer verfehlte ihre Wange nur knapp. Die Frauen kamen wieder heran, winkten sie näher.
Ein Stein traf sie am Kopf – er streifte sie nur, doch der Aufprall reichte aus, dass sie auf die Knie fiel. Der Revolver schlitterte vor ihr übers Pflaster, und sie kroch ihm nach, fluchte leise vor sich hin:
»Diese Miststücke! Die gottverdammten Miststücke!«
Sie lachten und schrien jetzt wie Krähen. Kamen immer noch näher und lasen neue Steine auf.
»Wo sind deine Nigger jetzt? He? Wo ist dein Yankee-Gentleman?«
»Du willst also unsere Söhne verführen, ja?«
Maddy kroch zu ihrem Revolver und spürte einen weiteren Stein in der Seite. Und erst jetzt kam ihr die verschwommene Erinnerung an eine biblische Geschichte, und sie begriff, was die Frauen taten:
Sie steinigen mich.

57
Ruth

Den ganzen Tag lang hörten sie wieder die tierhaften Schreie – und den fernen Lärm von Bersten und Brennen. Doch nun war es gar nicht mehr so weit weg. Ruth kam es vor, als schleiche es sich von allen Seiten allmählich an sie heran. Sie wusste, dass Deirdre es auch merkte – sie sprach immer weniger, je weiter der Tag fortschritt, ihre Lippen wurden ein immer dünnerer Strich.
Die weißen Frauen hielten jetzt den Block. Wie Schulkinder rannten sie auf der Straße umher. Die bleichen, verkniffenen Gesichter zeigten Erregung, gar Schadenfreude, während sie ihr berichteten, Horace Greeley selbst sei gehenkt worden. Oder dass ein komplettes Infanterieregiment im Arch Block massakriert worden sei. Mrs. McGillicuddy war gar vorbeigekommen, um ihr zu raten, sie solle lieber gehen.
»Sie sollten lieber verschwinden, solange Sie noch Gelegenheit haben«, riet sie Ruth, ihre stämmige Figur schwankte ein wenig im Türrahmen, ihr Atem roch sauer nach Whiskey. »Sonst werden Sie zusehen müssen, wie sie all Ihre Kinder lynchen, die armen kleinen Negerlein, ich sag's Ihnen!«
Deirdre kam ins Wohnzimmer, ihr Gesicht eine starre Maske des Zorns. »Mrs. Mack, haben Sie keine bessere Beschäftigung für Ihre Zähne und Ihre Zunge?«
»Is' aber wahr! Gerade jetzt sind hunderttausend Iren unterwegs hierher. Sie marschieren die Bowery runter und räuchern jeden Nigger aus, den sie finden …«
Sie neigte sich näher zu Deirdre, wies mit dem Daumen in Ruths Richtung und sprach, als könne die sie nicht hören: »Mein Vetter

Seamus hat ihren Mann von einem Laternenmast baumeln sehen auf der Fourth Avenue in der Nähe von dem Niggerwaisenhaus. Und alle haben sich an der Leiche zu schaffen gemacht und sie aufgeschlitzt und mit Öl übergossen …«

»Gehen Sie jetzt!« Deirdre stieß die größere Frau mit einem wütenden Schubs aus der Tür, knuffte sie weiter, bis sie die Straße schon halb überquert hatte. »Sie wissen so gut wie ich, dass Ihr Vetter sich seit zwei Tagen in Ihrer Küche verkriecht, Mrs. Mack! Er sieht überhaupt nichts bis auf Ihre Schürzenbänder, an denen er hängt!«

»Er selbst hat's nicht gesehen, nein, aber jemand hat's ihm erzählt …«

»Nein, aber Sie sind trotzdem gewillt, herzukommen und so etwas zu sagen, wenn Sie sich nur erst genug Mut angetrunken haben.«

Mrs. McGillicuddys Gesicht war ebenso gekränkt wie gehässig. »Wir wissen, dass sie hier ist, sie und ihre Niggerbrut«, sagte sie jetzt mit einer Stimme, die Ruth wie ein Messer bis ins Herz drang. »Wir werden uns schon um sie kümmern – und um die da oben an der Straße, die sich mit schwarzen Matrosen einlässt …«

»Nun ist es aber genug!«

Mrs. McGillicuddy trat vor Deirdres Zorn lieber den Rückzug an, murmelte ihre Drohungen aber weiter über die Schulter. »Glauben Sie ja nicht, die wären hier sicher. Glauben Sie nicht, die kämen davon, nur weil sie unter Ihrem Dach sind!«

»Sie hat Recht, wir bringen euch alle in Gefahr«, sagte Ruth zu Deirdre, sobald Mrs. McGillicuddy fort und die Tür verriegelt war. »Wir können nicht hier bleiben …«

»Sei nicht blöd. Wo willst du denn hin? Außerdem musst du auf Billy warten …«

»Aber es ist dein Haus, für das du so hart geschuftet hast.«

»Hör schon auf«, entgegnete Deirdre wegwerfend. »Es ist nur ein Haus.« Dann zögerte sie, sah Ruth scharf an und senkte die Stimme: »Du weißt doch, dass sie lügt, oder? Du weißt, dass sie keine Ahnung hat, wovon sie da redet.«

»Ich weiß.«

»Weder sie noch hundert von der Sorte wie ihr Vetter Seamus.«
»Ich weiß. Ich weiß, dass es eine Lüge ist«, murmelte Ruth.
Trotzdem zerriss das Bild ihr beinahe das Herz: Billy, der von einem Laternenmast hing. Sein wunderschöner Körper entwürdigt, verstümmelt.
»Aber was immer du tust, sag dem Jungen nichts davon«, bat Ruth Deirdre.
»Nein, natürlich nicht!«
»Bitte sag ihm nichts. Ich will nicht, dass er das hört, selbst wenn ich weiß, dass es gelogen ist.«
»Natürlich ist es gelogen. ›Hunderttausend Iren, die die Bowery hinabmarschieren‹!« Deirdre schnaubte. Um *sie* zu beruhigen, wusste Ruth. »Wann hätte man je gehört, hunderttausend Iren seien in der Lage, irgendetwas gemeinsam zu tun?«
Etwas wie Hagel war auf der Straße zu hören, und sie traten an den Fensterladen. Die Frauen warfen faustgroße Kiesel und Ziegelbrocken gegen Maddys Haus. Kreischend wie Möwen oder Dohlen standen sie auf der Straße.
»Hure! Hure! Dreckige Hure!«
»Komm raus, komm raus, Niggerhure!«
Plötzlich war das Bersten von Glas zu hören, und die Frauen schrien triumphierend. Dann kam Maddy zu ihrer größten Verwunderung auf die Gasse hinausgerannt – nur in einen roten Morgenrock gehüllt, wedelte sie mit einer Waffe herum.
»Verschwindet! Verschwindet alle, bevor ich euch das Hirn rauspuste!«, schrie sie und brachte ihren Revolver in Anschlag.
Die Frauen lachten und krakeelten nur noch mehr. Eine warf einen Stein, der Maddy am Kopf streifte, sodass sie zu Boden ging und die Waffe in die Gosse schlitterte. Auf Händen und Knien kroch die junge Frau hinterher, schrie und fluchte immer noch, beschmutzte und zerriss ihren Morgenrock. Doch der nächste Stein traf sie in die Rippen, dann noch einer und noch einer – bei jedem Treffer stimmten die Frauen auf der Straße ein Triumphgeheul an.
»Jesus Christus, was ist nur aus diesem Viertel geworden!« Deirdre warf sich schon ein Tuch über die Schultern und lief instinktiv auf

die Straße hinaus. Ruth folgte ihr – obwohl sie überzeugt war, dass sie beide ihr Leben lassen würden.

Doch als sie bei Maddy ankamen, versiegte der Steinhagel. Die Frauen standen immer noch in Trauben zusammen, aber Deirdre schüchterte sie allein mit ihrem Blick ein, während sie Maddy auf die Füße half und ihren feinen Morgenrock, so gut es ging, abklopfte. Weil sie nicht wusste, was sie sonst tun sollte, hob Ruth den Revolver auf und hielt ihn behutsam zwischen zwei Fingern. Er sah ganz anders aus als die Pistole, um die sie Maddy an der Croton-Pumpe beneidet hatte. Diese Waffe hier sah ganz neu aus, hatte einen Perlmuttgriff und eine dicke, glänzende Trommel. Die Waffe eines Gentleman, dachte sie.

»Ihr bringt Schande über euch als christliche Frauen!«, rief Deirdre zu den anderen weißen Frauen hinüber. »Ich an eurer Stelle würde zittern bei der Vorstellung, was der Vater denken würde, wenn er euch sehen könnte!«

»Ach, geh doch und kümmer dich um deine Nigger!«, schrie eine zurück, und wieder ertönte Gelächter. Doch sie zogen sich unwillig zurück, wandten die Gesichter ab, um Deirdres zornigen Blicken zu entgehen.

»Wo ist mein Revolver?«, hatte Maddy gefragt, sobald sie sie im Haus auf Deirdres feine Couch gesetzt hatten.

Draußen auf der Straße schien sie beinahe besinnungslos gewesen zu sein. Doch jetzt im Haus war sie wieder voller Feuer.

»Wo ist mein Revolver? Ich kann all die abgehalfterten alten Kühe damit in Schach halten …«

»Das spielt jetzt keine Rolle«, entgegnete Deirdre entschieden und hielt Maddys Kopf, während Ruth mit einem feuchten Tuch ihre Wunden abtupfte. »Von diesem Haus aus wird kein Schuss abgefeuert. Und hüten Sie Ihre Zunge, es sind Kinder hier.«

»Ich mache, was ich will! Das hab ich ihm auch gesagt, und zu Ihnen sag ich dasselbe.« Sie stieß Ruths Hand mit dem Tuch weg. »Ich brauche Sie nicht.«

Ruth kam sie vor wie ein Indianermädchen oder irgendeine andere halb wilde Kreatur. Wie sie da auf Deirdres Couch saß und auf die feinen, bestickten gelben Kissenbezüge blutete. Die Arme schützend um die Knie geschlungen, die Beine untergeschlagen und unter dem jetzt zerfetzten roten Morgenrock versteckt wie ein Kind.

Sie war immer noch sehr hübsch, erkannte Ruth. Um Augen und Mundwinkel hatte sie ein paar kleine Falten, das Gesicht zeigte erste Spuren ihres ausschweifenden Lebens. Aber unzweifelhaft hübsch. Selbst mit ungewaschenem Haar und den Dreckspuren im Gesicht, die nicht erst von ihrem Sturz auf der Straße stammten. Noch hübsch genug, dass jeder Mann sie wollte.

»Solange Sie in meinem Haus sind, werden Sie tun, was ich sage«, erklärte Deirdre in ihrem schärfsten Tonfall, der absoluten Gehorsam verlangte.

»Dann geh ich eben!«

Maddy sprang von der Couch auf, ihr ungekämmtes Haar fiel ihr ins Gesicht. »Ich hab nicht drum gebeten, hergebracht zu werden, und ich lass mir von Ihnen oder sonst irgendwem nichts sagen. Wo ist mein Revolver?«

Sie begann im Zimmer umherzugehen und suchte hektisch nach ihrer Waffe – obwohl sie kaum zu übersehen war: Ruth hatte sie in den Vitrinenaufbau des Sekretärs gelegt.

»Ich habe keine Angst vor den blöden Kühen. Ich kenne die, und deren Männer kenn ich auch, und die machen mir alle keine Angst!«

»Sie werden Sie auf offener Straße totschlagen.«

»Das sollen sie nur versuchen! Wenn sie mich wegjagen wollen, sollen sie nur kommen und es versuchen ...« Abrupt wandte sie sich zum Fenster und sah durch die Ritzen der Läden hinaus. »Sie sollen sich lieber nicht in mein Haus wagen. Diese Feiglinge!« Dann sah sie Deirdre und Ruth mit ernstem Blick an. »Mein Mann wird sie sich vornehmen. Er ist ein richtiger Amerikaner, nicht so wie diese bettelarmen irischen Hurensöhne. Er sorgt dafür, dass sie kriegen, was sie verdienen ...«

»Ich dachte, Sie können selbst für sich sorgen.«

»Das kann ich auch! Geben Sie mir nur meinen gottverfluchten Revolver wieder, dann werd ich's Ihnen beweisen.«
Damit stürmte Maddy zur Tür, doch es erwies sich als verblüffend einfach, sie aufzuhalten. Unter dem Morgenrock erschien sie Ruth klapperdürr, die Arme und Beine dünn wie Zweiglein, und als sie sich ihr in den Weg stellten, kapitulierte sie.
Sie ließ sich zur Couch zurückführen, ließ auch zu, dass sie die Wunden an Kopf und Knien versorgten. Ruth holte ihr einen Teller Lammeintopf, den sie am Abend zuvor gekocht hatten, während Deirdre Maddy im Auge behielt. Die junge Frau verschlang den Eintopf heißhungrig, obwohl er kalt war.
»Danke fürs Essen. Jetzt geben Sie mir meine Pistole, und dann mach ich mich auf den Weg.«
»Warum bitten Sie Ihren Mann nicht, Sie aus diesem Block fortzubringen?«, schlug Deirdre vor und ignorierte ihre Forderung. »Weiß er denn nicht, dass Sie hier in Gefahr sind?«
»Zur Hölle damit!«, fluchte Maddy und richtete sich kerzengerade auf. »Diese Schlampen machen mir keine Angst, mit denen werd ich schon fertig. Sie sollen nur kommen und versuchen, mir das Dach über dem Kopf anzuzünden. Sie oder irgendeiner ihrer Männer.«
»Jetzt ist es genug. Niemand wird Ihnen das Dach anzünden«, entgegnete Deirdre streng – aber Ruth erinnerte sich an die drohende Stimme vor ein paar Nächten. Vertraut zwar, aber fremd in ihrer Unbarmherzigkeit. Jemand, der meinte, was er sagte.
Wir kümmern uns um deine Nigger …
»Ich rede, wie's mir passt! Ich tue, was ich will, und ich gehe auch, wann immer ich will …«
»Schluss, habe ich gesagt!«
Maddy wollte wieder aufstehen, doch Deirdre beförderte sie mit einem Schubs zurück aufs Sofa, und Ruth half ihr, sie dort festzuhalten.
»Was geht es Sie an! Was geht es Sie an!«, schrie Maddy aus voller Kehle, bis die Kinder kamen und ängstlich ins Wohnzimmer spähten.

Doch nach ein paar Minuten hörte Maddy auf zu kämpfen. Sie saß auf einmal ganz still und wischte sich mit dem Ärmel über die Nase, während sie sich umsah.

»Was für ein hübsches Haus«, murmelte sie bewundernd, plötzlich wieder zahm. »Ich hatte auch einmal so einen feinen Salon. Mein Mann hat ihn mir eingerichtet. So wie er mir dann das Haus besorgt hat.«

Plötzlich gähnte sie ausgiebig und rollte sich auf dem Sofa zusammen, machte es sich so selbstverständlich gemütlich, als läge sie in ihrem eigenen Bett. Innerhalb von Minuten schlief sie tief, schnarchte gar, und Deirdre breitete eine Decke über sie.

»Nun sieh sie dir an, das kleine Herzchen.«

»Sie ist ganz in Ordnung, wenn sie ruhig ist.«

»Ja. Wenn wir sie hier herausbekommen, ohne alle unser Leben dabei zu lassen, dann können wir froh sein.«

Ruth betrachtete Maddy und erinnerte sich, wie wunderschön sie gewesen war, als sie hier eingezogen war. Damals hatte sie ihre Kleider noch in Ordnung gehalten, und ihre Mutter hatte bei ihr gelebt. Es hatte nicht den geringsten Zweifel darüber gegeben, was sie war: ein gut gekleideter Gentleman begleitete sie und verschwand anschließend wieder in seiner Kutsche. Und doch hatte sie sich vornehm und exotisch genug gegeben, dass die Leute in Paradise Alley beinahe glauben konnten, eine mysteriöse feine Dame sei gekommen, um unter ihnen zu leben.

Inzwischen hatten Ruth und ihre Familie sich hier eingelebt. Billy ging zur Arbeit ins Waisenhaus, sie Tag für Tag den weiten Weg zu den deutschen Ladys und ihren Lumpenbergen. Etwa alle zwei Jahre bekamen sie ein weiteres Kind: Mana und Frederick, Elijiah und Vie. Und derweil wuchs Milton heran wie ein Weinstock – wurde größer als sein Daddy und fast ebenso schön. Und so klug. Nach nur einem Halbjahr auf der öffentlichen Schule, wohin sie ihn geschickt hatten, las er alles, was er finden konnte.

Ruth hatte gar eine kleine Bibel von einem der protestantischen Missionare in der Old Brewery angenommen, der glaubte, sie sei immer noch eine Götzen verehrende Katholikin. Sie klärte ihn nicht auf, sondern nahm das kleine Buch mit dem roten Kunstledereinband für Milton mit, versteckte es unter dem Kleid, damit ja keiner der Nachbarn es sah.

Milton hatte sich so gefreut. Er las die Bibel von vorn bis hinten – und dann die religiösen Traktate und schließlich die patriotischen Geschichten von Washington und der Revolution. Und schließlich die Heftchenromane, die er gieriger verschlang als alles andere: *Der Schwarze Rächer der Stadt* und *Der Grüne Retter der Hügel* – selbst wenn sie sich sorgte, dass diese Lektüre vielleicht nicht den höchsten moralischen Ansprüchen genügte. Aber sie brachte es nicht fertig, sie ihm zu verbieten, denn er liebte diese Geschichten so sehr.

Jeden Abend las er beim Licht des Feuers, während sein Vater brummte, er wolle ihn am Morgen frisch und ausgeruht. Obwohl es doch Billy gewesen war, der darauf bestand, ihn zur Schule zu schicken, und ihm alles zu lesen mitbrachte, was er auf dem Heimweg von der Arbeit fand, all die Zeitungsfetzen und Zeitschriftenseiten. Fortgeworfene Bücher, die er aus Seitengassen oder Mülleimern auflas oder zwei für einen Penny in irgendeinem Schnapsladen erstand, denn wie mit allem anderen, so war dieses Land auch damit überschwemmt.

Und Milton brachte ihr das Lesen bei, brachte ihr gar bei, den *Schwarzen Rächer* zu lesen, und wider Willen musste sie gestehen, dass es eine spannende Geschichte war. Diese vertrauten Momente mit Milton waren die einzige wirkliche Freude, die sie noch hatte – wenn sie abends nach aller Mühsal des Tages mit ihm vorm Feuer lag. Sie musste morgens aufstehen, ehe es hell wurde, musste Billy das Frühstück machen und dann die anderen Kinder wecken und zur Schule schicken. Anschließend kam der lange Fußweg zu ihrer Arbeit Uptown, dann nach Hause, um zu putzen und das Abendessen zu bereiten und die kleineren Kinder in dem einen, engen Raum ins Bett zu stecken. Mit Billy war es schlimmer geworden. Sie wusste, dass er immer noch über Lillian nachgrübelte, das kleine Mädchen, das sie hier in Paradise Alley verloren hatten. Er zeigte es nicht, denn das war nicht seine Art, aber es ließ ihn nicht los, erschien ihm als die letzte, unverzeihliche Kränkung, die das Leben ihm zugefügt hatte. Ruth kam irgendwann zu dem Schluss, dass sie sich glücklich schätzen konnten, nur das eine Kind verloren zu haben, wenn man bedachte, wie viele Kinder jedes Jahr allein auf dieser Straße am Typhus, an den Masern, an irgendeiner Fieberepidemie oder der Cholera starben.

Doch das konnte er nicht akzeptieren. Und er hasste den langen Weg durch all die weißen Wohnviertel zum Waisenhaus, wusste sie. Und kam er dort an, langweilte und demütigte ihn die Arbeit. Er kam immer später und später nach Hause, trotz der Blicke, die Ruth ihm zuwarf. Sie wusste, dass selbst ein oder zwei Whiskey auf dem Heimweg mehr kosteten, als sie sich leisten konnten. Und er wankte an den Tisch mit diesem Gang, den sie so hasste, wie sie es auch verabscheute, dass die Kinder ihn so sahen und den seltsamen, sauren Dunst in seinem Atem rochen.

Er gelobte, sich zu ändern. Er wartete, bis sie im Bett lagen und sie sein Gesicht in der Dunkelheit nicht erkennen konnte, und dann redete er niedergedrückt zu ihr, klagte sich selbst an und versprach Besserung. Er schien verwundert, dass er schon wieder versagt hatte, und schwor, seine Schwäche zu bekämpfen und ihnen eine bessere Wohnung zu besorgen, vielleicht gar außerhalb der Stadt.

Ruth lag schweigend neben ihm, strich ihm mit der Hand über Schultern und Rücken und lauschte allem, was er zu sagen hatte. Sie wusste genauso gut wie er, dass sie nichts an ihrer Lage ändern konnten. Dass sie nirgendwohin gehen konnten, dass es weder innerhalb noch außerhalb der Stadt oder sonst wo in diesem Land eine bessere Arbeit für ihn gab.

Ein paar Monate lang blieb er dann wieder nüchtern. Zwang sich, in besserer Stimmung nach Hause zu kommen, und spielte mit den Kindern. Nahm an Schreinerarbeiten an, was er von anderen farbigen Familien auf der Dover oder Oak Street bekommen konnte, um ein bisschen Geld nebenher zu verdienen.

Aber es ging nie lange gut. Irgendwann ging er immer zurück zu den Werften oder kam auch nur an einer Baustelle vorbei, und schon trat er durch die Türen des nächsten Saloons. Und dann kam er wieder mit dem eklig sauren Brandy- oder Whiskeyatem nach Hause und wankte. Wie sie dieses Wanken jetzt hasste, diesen Schritt, der ihr früher einmal so leichtfüßig und graziös erschienen war. Und wie schleppend der Alkohol seine Sprache machte, sodass er dumm und kraftlos schien, bis sie all ihr Mitleid für ihn, ihren Mann, im Keim ersticken wollte.

So war das einzige Glück, das ihr geblieben war, sich mit Milton auf den Boden vors Feuer zu legen und die dicht gedrängten, tanzenden Symbole in Miltons Buch oder Zeitungsfetzen zu studieren. Es gab so viele Zeichen und so viele mögliche Kombinationen, dass sie darüber staunte, wie ihr Sohn sie alle auseinander halten konnte. Sie liebte es, einfach dort zu liegen und sie sich von ihm erklären zu lassen. Sie genoss allein den Klang der lieblichen, ernsten Stimme so sehr, dass sie nicht halb so viel lernte, wie sie sollte. Lauschte ihm, bis die winzigen, insektenhaften Symbole vor ihren Augen zu verschwimmen begannen, und schlummerte schließlich dort vor dem Feuer ein.

Billy weckte sie dann, war wütend auf sie, obwohl er das nicht zugeben konnte. So wütend, als hätte sie etwas Böses getan. So wütend, wie sie auf ihn war, wenn er betrunken in seinem Stuhl einschlief und so laut schnarchte, dass das ganze Haus zu erzittern schien und die Kinder sich über ihn lustig machten.

»Dir ist ganz gleich, was ich für den Jungen will«, schimpfte er dann. »Immer lässt du ihn viel zu lange aufbleiben, sodass er immerzu müde ist, und du lässt ihn Dinge lernen, die ein farbiger Mann in dieser Stadt niemals braucht!«

»Wo ist er? Wo ist Milton?«

»Ich hab ihn schon ins Bett geschickt. Er muss lernen, mir zu gehorchen. Und du auch …«

Sie stand schweigend auf und ging ins Bett, gekränkt nicht so sehr von der Ungerechtigkeit seiner Vorwürfe, sondern dass er überhaupt so mit ihr reden konnte. Später im Dunkeln war er dann wieder reuig, traurig und gar beschämt. Doch Ruth dachte, dass so viele Entschuldigungen nach einer Weile nur noch wie Wasser waren: Es fühlte sich gut an, wenn es durch die Finger rann, aber es blieb nichts zurück.

Maddy hatte wenigstens ein bisschen Aufregung in die Straße gebracht. Hatte zumindest für einen Moment den zermürbenden Kreislauf des Lebens aus Sühne und Verfall unterbrochen. Ruth wusste, die anderen Frauen hatten sie anfangs fast als eine Art Königin betrachtet, und ihr selbst ging es kaum anders. Sie versuchte, sooft es ging, einen Blick auf sie zu erhaschen und auf den Mann, der sie aushielt, wenn er in seiner eleganten Seidenweste und mit den Handschuhen die Straße entlangging.

Aber nach einigen Jahren hatte sich auch das geändert. Es kamen andere Männer, die in aller Offenheit zu jeder Tages- und Nachtzeit an Maddys Haustür läuteten. Und nachdem ihre Mutter gestorben und in dem prächtigen gläsernen Leichenwagen, den der Mann gemietet hatte, fortgebracht worden war, hatte Maddy sich öfter bei ihren Nachbarn gezeigt. Sie war auf die Straße hinausgekommen, um Wasser von der Pumpe zu holen oder zum Markt zu gehen – und nicht selten trug sie nur einen ihrer eleganten Morgenröcke mit nichts darunter.

Die Leute sprachen immer noch atemlos und mit gesenkten Stimmen von Maddy, als könnten sie sich kaum zurückhalten, einmal durch ihr Fenster zu spähen. Und die Frauen tauschten sich darüber aus, was sie ihren Männern androhten, falls sie sie je dort erwischen sollten. Doch die Frauen brauchten sich kaum zu sorgen, bedachte man Maddys Preise und die Nähe ihres Hauses: Männer, hatte Ruth festgestellt, besaßen keine Hemmungen, die furchtbarsten Dinge zu tun, wenn es nur weit genug von zu Hause weg geschah. Bei der Arbeit oder auf der anderen Seite der Stadt in irgendeinem fremden Block. Trotzdem hatte sie befürchtet, Billy könnte in Versuchung geraten. Sie grämte sich darüber, wie alt und mager sie aussah, wann immer sie sich in einem Spiegel oder einem Schaufenster sah oder in dem rissigen Glas des Wunderkabinetts, wenn sie es abstaubte.

Doch Billy schien sich weit weniger für Maddy zu interessieren als für die farbigen Seeleute, die zu ihr kamen. Es waren unerschrockene, selbstsichere schwarze Matrosen, die mit ihrem typischen rollenden Gang Paradise Alley hinabspazierten, und sie sah, wie konzentriert Billy sie beobachtete. Sie lachten und scherzten untereinander in irgendeiner fremden Seemannssprache, ehe sie in ihrem Haus verschwanden. Und Ruth war sich immer bewusst, wie sehr er sich wünschte, er könne mit ihnen davonsegeln.

Es war schlimmer geworden, nachdem der Krieg begonnen hatte. Billy hatte sich angewöhnt, die Zeitung für befreite Sklaven, den North Star, zu kaufen, wann immer er konnte. Er studierte sie eingehend, um festzustellen, ob schon eine Brigade aus Farbigen gebildet wurde, und er beklagte sich bitterlich, wenn er feststellte, dass das nicht der Fall war.

»Sie haben eine irische Brigade, eine deutsche, ein Polenregiment und ein böhmisches«, rief er aus und ging rastlos im Haus umher. »Warum keine farbige Brigade? Was stimmt denn nicht mit uns, sind wir nicht einmal gut genug, um für sie zu sterben?«

Sie hatte sich geweigert, dazu etwas zu sagen – obwohl er ja wissen musste, wie sehr der Gedanke sie schmerzte, er könnte fortgehen. Er könnte in den Krieg ziehen und sie alle zurücklassen, sodass sie von der Hand in den Mund leben müssten. Und vielleicht käme er nie wieder nach Hause, oder er käme arm- oder beinamputiert zurück wie all die Männer, die jetzt überall in der Stadt an den Straßenecken auftauchten und die Maisverkäuferinnen verdrängten. Sie lehnten ihre Krücken an eine Mauer und hüpften mit einer Bettlerschale umher. Männer mit eingeschlagenen Ärmeln, die kleine Wunder der Geschicklichkeit vollbrachten, um sich eine Zigarette zu drehen und anzuzünden oder dem Zeitungsjungen sein Wechselgeld zu geben.

Was sollten sie anfangen, wenn – was Gott verhüten möge – ihm so etwas zustoßen würde? Sollten sie von dem Geld leben, das sie bei den deutschen Ladys verdiente? Sollte Milton seine Anstellung im Waisenhaus übernehmen und jede Hoffnung auf ein besseres Leben begraben?

Doch statt der verstümmelten menschlichen Wracks sah er nur die verwegenen jungen Matrosen und Soldaten, die in immer größerer Zahl zu Maddy kamen – selbstsicher und sorglos.
Als Tom sich freiwillig gemeldet hatte und zum 69. New York gegangen war, war es noch schlimmer geworden, wusste sie. Jetzt kam nicht einmal mehr er auf eine gelegentliche Zigarette herüber, Billys einziger Freund im ganzen Block. Danach war Billy grüblerischer denn je geworden. Er ging auf dem Weg von oder zur Arbeit nicht mehr bei den Werften vorbei. Stattdessen sah er den Rekruten zu, die zu den Kais marschierten.
Bis zu dem Tag vor einem Monat, als die Sommerhitze die Stadt plötzlich in ihren Würgegriff genommen hatte. Billy war sehr früh aufgestanden, noch früher, als er es für gewöhnlich tat, um rechtzeitig im Waisenhaus zu sein. Er sagte ihr nichts, kam aber früh zurück, sodass er schon eine ganze Weile zu Hause war, als sie heimkam. Stocknüchtern, aber ohne diese stille, eigenartige Würde, die er sonst ausstrahlte – dieses kleine stolze Leuchten in den Augen, das sich sonst immer zeigte, wenn es ihm gelungen war, sich vom Alkohol fern zu halten.
Stattdessen kam er ihr erschöpft vor, müder, als sie ihn je erlebt hatte. Er saß am Tisch, den Kopf in die Hände gestützt. Sie wollte ihn fragen, was passiert war, aber er machte deutlich, dass sie ihn nicht stören sollte. Er rührte sein Essen kaum an, ehe er sich in seinen Schaukelstuhl verkroch, den er selbst gebaut hatte. Dort schaukelte und rauchte er schweigend, während sie sich vor dem kalten Herd auf den Boden legte, um mit dem Jungen zu lesen. Doch plötzlich lehnte Billy sich vor und verbot es: »Nein, keine Bücher mehr!«, hatte er ausgerufen und war aufgesprungen, das Gesicht war schweißüberströmt, hatte eine feurige, rotschwarze Tönung im Licht der Kerzen, die sie angezündet hatten. »Nein, du musst zusehen, dass du deinen Schlaf kriegst wie jeder Arbeiter. Schluss mit diesem Unfug.«
Ruth hatte angefangen zu protestieren, aber er warf ihr einen so Furcht einflößenden Blick zu, dass sie augenblicklich verstummte. Von tiefer Verzweiflung und Schmerz erfüllt, zeigte sein Gesicht

etwas, das sie zuvor nur bei Johnny Dolan gesehen hatte. Doch Milton, der nicht so viel Erfahrung mit den Stimmungen von Männern hatte, blickte seinen Vater nur einmal eingehend an, ehe er fortfuhr, im *Schwarzen Rächer* zu lesen.

»Du willst also aufbleiben?«, hatte sein Vater den verständnislosen Jungen angebrüllt. »Na schön, dann komm!«

Billy packte ihn mit einer rauen Hand und riss ihn mit einer einzigen Bewegung hoch, so groß Milton auch war. Seine Zimmermannsarme waren immer noch stark, selbst nach all den Jahren im Waisenhaus. Er riss seinen Sohn in die Höhe, sodass all die losen Blätter umherflatterten wie ein aufgescheuchter Vogel. Auch das Buch hob er auf und warf es gegen die Wand und zog Milton trotz der wütenden und fassungslosen Proteste seiner Frau mit sich.

»Komm schon! Komm, hab ich gesagt!«

Das Getöse hatte die anderen Kinder geweckt. Sie kamen ins vordere Zimmer und brachen in Tränen aus. Auf der gegenüberliegenden Seite der schmalen Straße sah Ruth in den Fenstern Lichter aufflammen. Dieses Mal waren sie der Grund für die Ruhestörung …

»Es gibt nur einen Grund, warum ein Arbeiter nachts nicht schläft. Du kommst jetzt mit!«

Billy schüttelte seinen Sohn wie eine Ratte, als der sich loszureißen versuchte, krallte die Hand in sein Hemd. Ruth zerrte an seinen Fingern, rief seinen Namen wieder und wieder, als könne sie ihn damit zu Verstand bringen. Doch er ignorierte sie.

»Komm, ich werd einen Mann aus dir machen. Du und ich besuchen jetzt jemanden am Ende der Straße. Wird Zeit, dass du deine Unschuld verlierst, was meinst du?«

Er riss die Tür auf und zerrte Milton mit sich in die Dunkelheit hinaus und hinüber zu Maddys Haus. Und zweifellos hätte er sein Ziel erreicht, hätte nicht Ruth, die sich immer noch an ihn klammerte, ihn am Fortkommen gehindert. Milton sträubte sich, war jedoch nahezu erstarrt vor Furcht und Erstaunen über den Ausbruch seines Vaters.

»Nein, nicht dorthin! Nein!«

Ruth hatte befürchtet, Billy würde es vielleicht wirklich tun. Ihr war nicht entgangen, dass Milton begonnen hatte, Maddys Haus wahrzunehmen, die Männer zu beobachten, die dort ein- und ausgingen. Er war zu scheu und auch zu klug, um sie oder seinen Vater danach zu fragen, aber er beobachtete – auch Maddy selbst, argwöhnte Ruth. Milton verfolgte Maddy mit einem ganz neuen Blick, wann immer sie auf die Straße kam. Bislang hatte er lediglich darüber gerätselt. Und obwohl sie wusste, dass seine erste Erfahrung mit einer Frau vermutlich an einem solchen oder gar schlimmeren Ort stattfinden würde, wollte sie nicht, dass er dorthin ging. Vor allem nicht jetzt, mit seinem Vater.

»Los, komm!«, rief Billy immer noch. »Was ist denn los? Glaubst du, ich könnte es nicht bezahlen? Ich habe Geld genug. Hier, sieh nur.«

Er steckte die Hand in die Tasche und zog einen kleinen Stapel Goldmünzen hervor. Trotz allem hätte Ruth gerne gewusst, woher er so viel Geld hatte.

»Also, was sagst du jetzt? Das ist mein Lohn, der Lohn eines arbeitenden Mannes!«

Aber inzwischen weinte er und blieb stehen, immer noch ein Stück von Maddys Tür entfernt. Milton rannte weg, die Straße entlang nach Hause und ins Kinderzimmer. Ruth hörte die Türen zuknallen. Doch sie blieb, wo sie war, bei ihrem Mann, versuchte, ihn in die Arme zu schließen, während er immer noch mit ausgestreckter Hand dastand und haltlos weinte.

»Hier ist mein Lohn! Der Lohn eines arbeitenden … Mannes!«

Und als sie ihn schließlich zurück ins Haus brachte, hatte er lange mit ihr gesprochen. Und sie hatte ihn gehalten, während die Tränen der Scham immer weiter über sein Gesicht rannen. Und trotz all des aufrichtigen Mitgefühls, das sie für ihn empfand, konnte sie nicht anders, als sich zu fragen, ob es dies war, was aus ihrem Sohn werden würde. Ob das auch das Schicksal ihres Milton sein würde: vor der Tür einer Hure seinen Stolz zu beweinen.

58
Billy Dove

Sie saßen im Keller der Polizeistation und spitzten die Ohren, um etwas vom Tumult draußen zu hören. Die Kinder hatten sich an die Wand gedrückt, zusammengekauert, die Arme um die Knie gelegt. So klein sie auch waren, der Keller bot ihnen nicht genug Platz, und jeder Atemzug in diesem stickigen, heißen Loch kostete sie Mühe. Wenigstens waren sie bis hierher gekommen. Der weiße Junge mit dem blutverschmierten Gesicht hatte Wort gehalten. Er schien das Ganze für ein Spiel zu halten, und bis zum Schluss war Billy nicht sicher, dass der Junge sie nicht an den Mob verraten würde. Doch er hatte sein Versprechen gehalten und sie auf geheimen Wegen über versteckte Gassen, hinter Bauzäunen und Häusern entlanggeführt. Er ließ sie hinter Abtritthütten und in Baugruben in Deckung gehen. Der Junge ging gar voraus und spähte um die Ecke, wann immer sie eine Straße überqueren mussten, um festzustellen, ob die Luft rein war.
Der Mob war an ihnen vorbeigezogen, ohne sie zu entdecken, strebte gierig seinem Ziel zu: der Zerstörung des Waisenhauses. Die Kinder bewegten sich rasch; die größeren trugen die kleinen auf dem Rücken. Sobald sie den Befehl bekamen, warfen sie sich zu Boden, warteten schweigend in unfertigen Kellern, wo ihnen das Wasser bis zu den Knien reichte.
Schließlich gelangten sie zur 51. Straße. Dort mussten sie sich ins Freie wagen, und sie alle spürten einen Knoten im Magen, während sie auf der Third Avenue die wenigen Blocks nach Osten zum 20. Polizeirevier zurücklegten. Zwei vierschrötige Polizisten hielten draußen Wache, klopften mit den Schlagstöcken in ihre Hand-

flächen, die Revolver steckten unübersehbar in ihren Gürteln. Billy sagte den Kindern, sie sollen rennen, und das taten sie. Er grinste, als er die Cops die Münder aufreißen sah, während zweihundertsiebenunddreißig schwarze Kinder auf sie zupreschten. Alles, was ihnen blieb, war, beiseite zu treten und die Türen aufzustoßen, damit die Kinder ins Innere der Polizeiwache gelangen konnten.

Sie haben es geschafft, dachte Billy und konnte es immer noch nicht so recht fassen. Wir haben es geschafft. Die Schuld, die er dem Waisenhaus und den Kindern gegenüber gehabt hatte, war nun getilgt. Er plante bereits, wie er nach Downtown und zu seiner Familie zurückkommen konnte. Vielleicht gaben die Polizisten ihm eine Pistole, obwohl er das bezweifelte.

Wenn ihm nichts anderes übrig blieb, würde er eben so gehen.

Doch sobald sie im Innern des Gebäudes waren, war sein Triumphgefühl verraucht. Die Wache war verlassen. Der typische Geruch von Tabak, gekochtem Rindfleisch und Kartoffeln hing in der Luft.

Aber im ganzen Gebäude war kein einziger Mann mehr. Niemand außer den beiden Sergeants, die draußen Wache hielten. Die Metropolitans, die hier gewöhnlich Dienst taten, waren schon abkommandiert worden, um den Aufstand zu bekämpfen.

»Nur ich und Sergeant McCluskey sind noch übrig, Ma'am«, hatte einer der Sergeants, ein Mann namens Murphy, den Damen erklärt. »Wir versuchen, draußen Stärke zu demonstrieren, aber wissen Sie, das wird sie nicht lange ins Boxhorn jagen.«

»Sergeant, wir haben die Verantwortung für über zweihundert Kinder. Was können wir tun?«, hatte Miss Shotwell ihn gefragt. Sie stand kerzengerade aufgerichtet und würdevoll wie üblich, aber ein leises Beben hatte sich in ihre Stimme geschlichen.

»Es ist anzunehmen, dass der Mob dieses Gebäude niederbrennt, Ma'am, die Kinder *können* nicht hier bleiben.«

»Sie *müssen* bleiben«, hatte Billy sich zu Wort gemeldet. Nie zuvor hatte er so mit einem New York City Polizisten gesprochen, und Sergeant Murphy begutachtete ihn mit einem kühlen Blick, als

erwäge er, ihn hier und jetzt mit seinem Schlagstock niederzuknüppeln.
»Sie können nicht mehr rennen«, war Billy trotzdem fortgefahren. »Da draußen haben sie keine Chance.« Er hatte sich an Miss Shotwell gewandt, als spreche er allein zu ihr. Sie schaute ihn konzentriert an, während er sprach, ihre Kiefer so fest aufeinander gebissen, als versuche sie, mit den Zähnen eine Walnuss zu knacken.
Dann nickte sie langsam. »Nun gut, dann müssen sie eben hier bleiben.«
Hilflos hatte Sergeant Murphy die Schultern gezuckt. »Wir werden tun, was wir können, Ma'am – aber ich weiß nicht, wie viel das sein wird, nur wir zwei gegen den Mob.«
Sein Tonfall war scharf und nicht wenig verbittert. Sie alle hier wussten: Die Cops konnten einen Haufen starrköpfiger Neger und Waisenkinder ihrem Schicksal überlassen, aber niemals zwei Yankee-Ladys.
Und was konnten zwei Mann gegen den Mob schon ausrichten – gegen einen Mob von der Größe und Wildheit, wie Billy ihn im Hof des Waisenhauses gesehen hatte? Selbst ihre Pistolen würden ihnen vermutlich nichts nützen, sondern die Menge nur noch mehr aufbringen ...
»Sie bringen sie besser in den Keller runter«, riet Sergeant Murphy und wies auf die Treppe. »Wir müssen ja nicht an die große Glocke hängen, dass sie hier sind.«

Seitdem waren sie im Keller. Wie das Untergeschoss in jeder Polizeiwache war es ein einziger, lang gezogener Raum. Am hinteren Ende lagen ein paar Zellen, doch der offene Raum nahm den Großteil des Platzes ein, und im Winter konnten die ärmsten Familien herkommen und hier schlafen, wenn sie es nicht vorzogen, draußen auf der Straße zu erfrieren. Jetzt war es hier heißer als in einem Ofen und stockfinster bis auf eine einzelne Kerze, die die Damen angezündet hatten. Die grünen Rollos an den Fenstern waren geschlossen. Während der Nacht und am Vormittag hatten sie alle sich um die Kinder gekümmert, so gut sie konnten – sie hatten gewartet, bis die Dunkelheit hereinbrach, ehe sie sie in Gruppen von zweien oder dreien zum Abort hinter dem Haus geführt hatten in der Hoffnung, dass niemand sie bemerken würde. Die Sergeants hatten ihnen Wasser und das Wenige an Brot und Fleisch gebracht, was sie in der Polizeistation finden konnten.

Einige der kleineren Kinder jammerten vor Hunger und Hitze, doch die meisten verhielten sich still. Zusammengekauert hockten sie an den Wänden, ihre kleinen, ernsten Gesichter glänzten vor Schweiß. Aufmerksam schauten sie hoch, wann immer ein Erwachsener an ihnen vorbeikam. Niemand konnte den Ernst einer Lage so umfassend begreifen wie ein Waisenkind. Billy entdeckte Tad, der halb unter der Kellertreppe versteckt saß. Er war der Junge, der zurückgelaufen war, um sein kleines Zinnpferd zu holen, was immer es ihm bedeuten mochte. Billy lächelte ihm zu, und Tad lächelte zurück, spielte immer noch mit dem Pferdchen.

Doch die ganze Zeit dachte er: Ich muss zurück. Es war jetzt über vierundzwanzig Stunden her, dass er Ruth gesagt hatte, er werde mit dem Geld zurückkommen. Er hatte es aufgegeben, nach der Uhrzeit zu fragen, es schien so sinnlos. Was seine Frau wohl denken mochte? Nahm sie an, er lag sternhagelvoll in einer Gasse oder auf dem Fußboden irgendeiner Bar? Oder befürchtete sie Schlimmeres, während der Aufstand über die Stadt hinwegfegte?

Nun, es ist nicht so wichtig, was sie glauben, denn ich weiß ja, dass ich in Sicherheit bin. Aber was ist mit ihnen?

Er versuchte sich einzureden, dass zumindest dieser Wahnsinnige, Johnny Dolan, sie in all diesem Chaos niemals gefunden hatte. Aber er wusste, dass er sich darauf keineswegs verlassen konnte. Wenn der Mob Downtown auch nur annährend so war wie der, den er im Hof des Waisenhauses gesehen hatte, dann wäre es einfacher denn je für einen einzelnen Mann, in irgendein Haus einzudringen und dort zu tun, was immer er wollte.

Billy wusste auch, wenn Dolan kam, würde Milton für seine Mutter kämpfen, solange auch nur noch ein Atemzug in ihm war. Und dass Dolan ihn so bereitwillig töten würde wie einen Hund. Es war alles lange her, aber Billy wusste genug über diesen Mann. Er erinnerte sich daran, wie Ruths Gesicht ausgesehen hatte, wie Dolan sie verprügelt hatte, eine Frau …

Er musste zurück.

Oben hörte er den Telegrafen der Wache dann und wann zu Leben erwachen und Neuigkeiten oder Befehle ausspucken. Hin und wieder kam einer der beiden Sergeants herunter, um ihnen zu berichten, was sie wussten. Auf diese Weise erfuhren sie, dass das Waisenhaus geplündert und niedergebrannt worden war. Sergeant McCluskey brachte es ihnen so behutsam und schonend wie möglich bei.

Miss Murray hatte bei dem Gedanken an das schöne, große Haus ein halb unterdrücktes Stöhnen von sich gegeben. Miss Shotwell hingegen klang trotzig, eiserne Entschlossenheit schwang in ihrer Stimme: »Wir haben die Kinder rechtzeitig in Sicherheit gebracht, nur das zählt!«

Haben wir das?

Nachdem sie den Kindern zum Frühstück gegeben hatten, was sie finden konnten, war Billy in die Gasse hinter der Wache hinausgegangen. Er blickte kurz nach links und rechts, ehe er aus der Tür trat, dann zog er das kratzige Hemd aus. Er durchnässte es gründlich an der Wasserpumpe dort und wrang es aus, bis es ein harter Knoten in seinen Händen war, dann tauchte er es nochmals ins Wasser. Seine Hände. Er streckte sie unter Wasser aus und bespritzte sich Gesicht und Brust.

Konnten diese Hände immer noch tun, was sie einst getan hatten: ein Boot bauen? Und was sonst konnten sie jetzt noch tun?

Plötzlich fiel ihm die Flasche Pfirsichbrandy ein, die im Waisenhaus im Schrank gestanden hatte, und er lachte in sich hinein. Er hätte sie doch besser geleert … Er hoffte, dass der Mob das Haus wenigstens in Brand gesteckt hatte, ehe einer die Gelegenheit bekam, ihn zu kosten. Vermutlich gab es in dieser verlassenen Polizeistation, die doch normalerweise von Iren bevölkert war, irgendwo auch Whiskey. Doch er zwang sich, den Gedanken wegzuschieben. Nein. Er durfte sich jetzt nicht betrinken. Sie mussten irgendetwas für die Kinder tun. Und er musste zurück nach Hause.

Am Abend zuvor während des Gewitters hätte er sich beinahe auf den Heimweg gemacht. Er hatte sich vorgestellt, dass er sich wie ein Schatten durch die Stadt bewegen konnte, ein dunkler, ein schwarzer Mann in einer finsteren Nacht, verborgen im Regen. Er hatte gar gedacht, dass er vielleicht diesen seltsamen weißen Jungen bewegen könnte, ihm zu helfen, ihm einen geheimen Weg zu zeigen – aber irgendwann zwischen ihrer Ankunft in der Wache und ihrem Umzug in den Keller war der Bengel so unauffällig verschwunden, wie er gekommen war. Zweifellos unterwegs zu einem anderen Schauplatz dieses riesigen Spiels, das er inmitten des Aufstandes für sich erschaffen hatte.

Doch selbst ohne ihn wäre es ein Leichtes. Er brauchte den Misses nur zu sagen, er gehe zum Abort hinter dem Haus, dann konnte er sich davonstehlen. Konnte durch den kühlen, belebenden Regen die Straßen entlanglaufen.

Aber wie konnte er all diese Kinder im Stich lassen, nur noch von zwei hilflosen alten weißen Ladys, Bert und Yolanda und den Sergeants behütet? Und er dachte auch daran, was passieren würde, wenn er es nicht schaffte – man würde ihn in einen Hinterhalt locken und ermorden, irgendwo zwischen der Polizeiwache und Paradise Alley. Dann wäre er niemandem mehr eine Hilfe, weder hier noch dort, so als wäre er einfach in der Nacht verschwunden.

Also war er geblieben. Aber für wie lange? Wie lange konnten sie hier aushalten, wie lange würde es dauern, ehe der Mob sie hier entdeckte?

Als der Morgen verging, ohne dass Verstärkung kam oder irgendwelche Anzeichen darauf hindeuteten, dass die Unruhen sich legten, war Miss Murray gegangen, um Hilfe zu holen. Sie war so schlau, ihr Haar herunterzulassen und den Kopf mit einem schwarzen Tuch zu bedecken, sodass sie fast wie eine irische Witwe aussah. Sie öffneten die Vordertür, um sie hinauszulassen, und Billy hörte den Lärm des Aufstandes, wie Brecher auf dem Strand, das stetige Steigen und Fallen, das er einst so beruhigend gefunden hatte. Auch Brandgeruch lag in der Luft, so intensiv, als käme er vom nächsten Block.

Doch er wusste, dass Miss Murray die vergleichsweise leichtere Aufgabe hatte, auch wenn sie jetzt da rausmusste. Wenn sie nicht von einem Querschläger getroffen oder von irgendeinem Irren angegriffen wurde, würde ihr nichts passieren – eine grauhaarige weiße Frau mit einem schwarzen Kopftuch. Sie, die hier bleiben mussten, waren diejenigen, denen das Schlimmste drohte, und sie wussten es. Sergeant Murphy war gar heruntergekommen und hatte ihm gezeigt, wo der Waffenschrank im Keller der Wache stand.
»Wenn sie hier eindringen, dann nur zu, schlag die Scheibe ein und nimm dir, was du willst. Dem alten Knaben kannst du auch eine geben …« Mit dem Daumen hatte er auf den grauhaarigen alten Bert gewiesen, der geduldig in der hinteren Ecke des Raums hockte. »Ach, zur Hölle, meinetwegen gib auch den Frauen und Kindern welche, wenn es zum Äußersten kommt.«
Der Sergeant unterbrach sich, und als er fortfuhr, war es, als wollte er sich entschuldigen, seine Stimme klang leise in dem stickigen Raum: »Ich hab gesehen, was sie aus dem Einberufungsbüro gemacht haben …«
Doch der Mob war nicht gekommen. Und Billy hatte weitere Stunden vergeudet, Stunden, die er auf dem Rückweg zu seiner Familie hätte verbringen sollen. Stattdessen hockte er hier in dieser Falle.
Er floh von einer Falle in die nächste. Vom Waisenhaus in diesen Keller. Und zurück – nach Hause.
So war es immer gewesen. Er hatte alles getan, sein Leben in die Hand genommen, um irgendwo herauszukommen, nur um dann festzustellen, dass die nächste Station ebenso schlimm war – wenn nicht schlimmer. *Ist das das Los eines schwarzen Mannes in dieser Welt, oder liegt es an mir?*
Nein. Er hatte auch etwas anderes gesehen – das Dorf dort oben, wo jetzt der Central Park war. Klein und überschaubar, umringt von seinen Feinden. Nur zwei Sträßchen, zwei Kirchen und ein paar kleine Häuser, aber ein Ort – ein schwarzer Ort für schwarze Menschen und die Weißen, die sich ihnen anschließen wollten.
Wie Ruth. Aber warum war sie dort zu ihm gekommen? Und warum hatte er es zugelassen?

Er hatte über die Jahre schon unzählige Male darüber nachgedacht. Warum er nie eine der schwarzen Frauen aus dem Dorf geheiratet hatte, obwohl Reverend Betancourt sich so bemüht hatte, ihn mit geeigneten Kandidatinnen zusammenzubringen. Er hatte immer warten wollen, bis er einer Frau etwas zu bieten hatte: einen richtigen Job, einen anständigen Lohn. Etwas, wofür er sich selbst respektieren konnte. Die Wahrheit war, dass er in New York nur sehr wenige Frauen gehabt hatte, nicht einmal Huren. Der Gedanke, wie wenig er besaß, wie wenig er erreicht hatte, ließ ihn innerlich schrumpfen.

Er hatte nie die Absicht gehabt, sich mit einer weißen Frau einzulassen. Er hatte gesehen, wie gemischte Paare in dieser Stadt behandelt wurden, selbst in den Five Points, wo sie zahlreich waren. Allein ihr Anblick brachte die weißen Männer weit mehr in Rage als der eines einzelnen Negers, und das hatte er sich nicht antun wollen.

Aber da war sie plötzlich aufgetaucht, dieses magere, kleine Mädchen. Plötzlich hatte sie auf der Straße gestanden und auf ihn gewartet, und was hätte er tun sollen? Sie hatte nicht geschrien, als die Sklavenfänger gekommen waren. Sie hatte sich weder gesträubt noch Angst gezeigt oder irgendwelche Forderungen gestellt. Sie war lediglich zu seinem Haus gekommen und hatte ihn gebeten, sie mit hineinzunehmen, und was hätte er tun sollen?

Diese unbezähmbare Kraft, die er auf den ersten Blick erkannt hatte. So schlimm sie auch zugerichtet war und mochte sie noch so unwissend sein, nicht einmal lesen konnte sie. Und immer war sie zu ihm zurückgekommen. Sie war in der Lage gewesen zu erkennen, wer ihr helfen konnte, als sie Hilfe brauchte, um Johnny Dolan loszuwerden. Und sie war immer willens gewesen, alles für ihn zu tun, was sie konnte, hatte sich nie vor irgendetwas gedrückt.

Ist das Mut?, fragte er sich. Oder nur blinder, instinktiver Lebenswille? Weitergehen, immer weitergehen, zeugen und überleben, ganz gleich, ob es einen Sinn hat.

Ehe er es sich versah, hatte er sie geheiratet. Und dafür musste er Gott danken, nahm er an, denn als das Dorf ohne Vorwarnung niedergewalzt wurde, hatte er mit ihr in die weißen Viertel zurückkehren können. Hatte mit ihren Leuten in ihrem Block leben können …

Wieder eine Falle. Das Dorf einfach unter ihren Füßen weggezogen. Allerhand weißes Gerede über Eigentumsurkunden und Landrecht, nur um einem Mann seinen Grund und Boden wegzunehmen. Weg, von einem Augenblick zum nächsten – die windschiefen Häuschen, die sie so mühevoll zusammengezimmert hatten, die zwei Straßen und die kleinen weiß getünchten Kirchen und all die Menschen. Verstreut auf all die stinkenden, lärmenden Mietskasernen und Gässchen, wo, so war über ihre Köpfe hinweg entschieden worden, sie nun zu leben hatten. All die grünen Nigger und die verbrannten Iren wurden dort miteinander vermischt.

Ihm hatte es nie gefallen in Paradise Alley. Sie hatten ihre erste Tochter verloren, Lillian, kurz nachdem sie dorthin gezogen waren, und er hatte es immer auf dieses Viertel geschoben – die Luft dort war zu stickig und schlecht, die Schweine rannten frei auf der Straße herum. Und dort hatte er sich immer vor den Sklavenjägern in Acht nehmen müssen, vor allem nachts. Es war so viel einfacher für sie, sich in den dunklen, engen Gassen an einen schwarzen Mann heranzuschleichen – sie holten sich sogar Freigelassene oder Männer, die nie im Leben Sklaven gewesen waren. Schlugen sie nieder oder betäubten sie und schafften sie zu den Kais runter, ehe irgendwer sie vermisste.

Als er dort lebte, war ihm zum ersten Mal der Gedanke gekommen, dass er einfach verschwinden könnte. Dieses Gefühl hatte er nie zuvor gehabt, nicht einmal, als er den absoluten Tiefpunkt seines Lebens erreicht und am Hafen für Aale getanzt hatte. Öfter als zuvor hatte er beim Glass House und den anderen Saloons Halt gemacht, obwohl er wusste, wie gefährlich das war. Und obwohl er wusste, dass seine Kinder jeden Penny von seinem Lohn brauchten und er Ruths Blick, wenn er betrunken heimkam, nicht ertragen konnte.

Ihm war auch der Gedanke gekommen, dass es gar nicht schwierig wäre, sein Verschwinden selbst herbeizuführen. Ruth würde ihm nicht einmal die Schuld geben. Sie würde vielleicht einen Verdacht hegen – aber sie konnte nie sicher sein, ob es nicht doch die Sklavenfänger gewesen waren oder irgendeine der Flussgangs. Vielleicht würde er nach einer Weile sogar zurückkommen, wenn er ein bisschen Geld gemacht hatte. Dann könnte er ihr sagen, er wäre wieder geflohen oder er sei schanghait worden und gerade erst aus Peru zurück.

Er wusste, dass Ruth ihn selbst dann wieder aufnehmen würde. Sie würde ihn in die Arme schließen und bedauern und ihn willkommen heißen, ohne Fragen zu stellen. Und wenn er einen anderen, einen besseren Ort fand, könnte er sogar nach ihnen schicken.

Aber er konnte sie nicht verlassen. Er konnte nicht mit Sicherheit sagen, ob er sie je wirklich geliebt hatte, aber ein starkes Band war zwischen ihnen entstanden. Er hatte ihr geholfen, einen anderen Mann zu übertölpeln und in die Wüste zu schicken, und da war die Familie, die sie gegründet hatten. Er konnte nie vergessen, wie sie geweint hatte, als er heimkam und ihr sagte, dass sie sich eine Daguerreotypie von Lillian nicht leisten konnten. Sie hatte es akzeptiert, hatte ihm nicht einmal Vorwürfe gemacht, aber er wusste, was sie gedacht haben musste: dass er immer Geld für das flüchtige Vergnügen hatte, das der Schnaps ihm bereitete, aber keines für ein Bild ihres Kindes.

Ja, es bestand ein Band. Das typische Band lang verheirateter Paare, das aus dem gegenseitigen Groll und Animositäten ebenso geschmiedet war wie aus allem anderen. Und doch, vielleicht liebte er sie auch.

Er war geblieben. War Tag für Tag zur Arbeit gegangen und hatte sich um die Waisenkinder gekümmert. Hatte seinen Lohn kassiert und versucht, nicht alles auf dem Heimweg zu versaufen.

Der Krieg hatte ihn wieder aufgerüttelt, jedenfalls für ein Weilchen. Er würde ihm einen Vorwand liefern, eine gute, ehrenvolle Entschuldigung, um fortzugehen. Er las den *North Star,* den *Anglo-African* und den *Ram's Horn.* Begierig suchte er nach Nachrichten von einem Negerregiment und träumte davon, in die Schlacht zu ziehen. Und er lauschte voller Zorn, wenn er einen der Demagogen

von Tammany Hall an irgendeiner Straßenecke über die Niederträchtigkeit seiner Rasse wettern hörte: »Nicht ein schwarzer Mann in der Union macht auch nur einen Finger krumm, um unsere Freiheit zu verteidigen …«
Doch die Schwarzen-Regimenter waren nie aufgestellt worden. Er durfte nicht einmal kämpfen. Und es war kein Trost zu wissen, dass er nicht gehen sollte, selbst wenn er könnte. Er hatte zu viele Verpflichtungen hier: Ruth und die Kinder, und immer mehr Schulden häuften sich an, weil seit dem Krieg alles immer teurer wurde.

Dann war der Streik gekommen, ungefähr vor einem Monat. Es hatte schon früher Streiks gegeben, manche bei genau den Werften, die ihn abgewiesen hatten, aber er war den Aufrufen, sich als Streikbrecher zu melden, nie gefolgt. Ganz gleich, was er sein mochte, hatte er sich gesagt, er würde keinem Mann die Arbeit stehlen, seinen Kindern das Brot nehmen, nicht einmal einem weißen Mann.
Doch die Hafenarbeiter waren in den Ausstand getreten, und der Streik hatte sich überall in Häfen und Werften ausgebreitet. Die Schiffsbauer und Kalfaterer, Zimmerleute, Segelmacher und Mechaniker, alle hatten die Arbeit niedergelegt, und Billy konnte der Versuchung nicht widerstehen, noch ein einziges Mal ein Schiff zu bauen, nur um sehen, wie es sich anfühlte. Überall waren Flugblätter aufgetaucht, auf denen Arbeiter gesucht wurden – selbst Schwarze mit handwerklicher Ausbildung –, und am nächsten Morgen war er noch früher als sonst aufgestanden und mit seinen feinen, ungebrauchten Werkzeugen zum Flussufer hinuntergegangen.
An den Kais entlang des Hudson herrschte Tumult. Selbst bevor es richtig hell wurde, waren die irischen und deutschen Arbeiter schon da und versperrten die umliegenden Straßen, zündeten rauchende Feuer in den Mülleimern an, schrien und versuchten, die Streikbrecher zu fassen zu kriegen. Sie schlugen jeden schwarzen Mann, der ihnen in die Hände fiel, und stimmten ihren alten Sermon an: »Diese Werften gehören den Weißen!«
Er hatte durch ein verlassenes Lagerhaus gehen müssen, das er

kannte, und hatte dann rasch die Straße überquert, ehe er den Kai erreichte, wo man sich laut der Flugblätter melden sollte. Er hatte es nur knapp geschafft. Auf den Piers standen lange Reihen von Soldaten mit aufgepflanzten Bajonetten, die ihre liebe Mühe hatten, die Streikenden in Schach zu halten. Die Uniformierten hatten ihn aus den Händen des Mobs befreien müssen und ihn zu einem kleinen hölzernen Schuppen gebracht. Dort hatte er sich ans Ende einer Reihe betrunkener Weißer gestellt, die nach billigem Fusel und Schweiß rochen. Ein einziger weiterer Schwarzer war dort. Er trug seine besten Kleider, hockte am anderen Ende der Schlange und gab Acht, Billys Blick nicht zu begegnen.

»Name?«, hatte der Anwerber gefragt. Er war ein vierschrötiger, bärtiger Yankee, der auf einem Zahnstocher herumkaute. Zwei weitere Soldaten, ebenfalls mit aufgepflanztem Bajonett, standen gleich hinter ihm.

»Billy. Ähm, Billy Dolan«, hatte er geantwortet. Er hielt seinen richtigen Namen geheim in einer letzten Hoffnung, ihn hier vielleicht doch noch einmal zu brauchen.

»Na schön, Billy Dolan«, hatte der Anwerber geschnaubt. »Sag all deinen Freunden aus Cork, dass sie hier Arbeit kriegen. Zwei Dollar pro Tag, fünfundzwanzig Cent für Überstunden.«

»Zwei Dollar?«

»Ganz recht. Nimm sie oder lass es bleiben. Vielleicht gibt es mehr, wenn du zum Facharbeiter taugst.«

»Aber sie verlangen doch nur eins fünfundsiebzig am Tag«, erwiderte er verwundert und wies auf den johlenden Mob draußen.

Die harten, scharfen Yankeeaugen glommen amüsiert auf. »Na, mach dir mal keine Sorgen, Mr. Dolan. Es ist ja nicht so, als würden die Löhne so hoch bleiben.«

Billy hatte seinen Namen in die Liste eingetragen – seinen erfundenen Namen –, und der Anwerber hatte die Prämie, ein paar kleine Goldmünzen, in seine Hand tropfen lassen. Dann war Billy mit den übrigen Streikbrechern auf den Steg hinausgegangen. Alles in allem dreißig bis vierzig Mann, er selbst und der andere, den er in dem Schuppen gesehen hatte, die einzigen Schwarzen.

Sogar jetzt gehörten diese Werften noch den Weißen, selbst den weißen Streikbrechern. Aber was brüllten die Streikenden denn dann? Sahen sie nur die schwarzen und braunen Gesichter?
Ein undichtes, moosbewachsenes Flachboot wurde herangerudert, und man befahl ihnen, an Bord zu gehen. Dort warteten sie, und niemand machte sich die Mühe, ihnen zu erklären, worauf. Stattdessen standen sie einfach da auf dem Boot, während Nieselregen einsetzte. Das Wasser bildete auf den Planken des Bootes ölige Pfützen um ihre Füße. Sie konnten den Mob oben am Kai immer noch sehen. Die Männer schüttelten die Fäuste und brüllten, nur mit Mühe konnten die Soldaten sie zurückhalten.
»Dreckige Streikbrecher! Dreckige Streikbrecher! Dreckige streikbrechende Nigger!«
Nigger? Er betrachtete die betrunkenen Weißen links und rechts von sich.
»Ihr werdet nicht lang genug leben, um es auszugeben!«
Ein Hagel von Steinen, Dreckfladen und Pferdeäpfeln ging auf sie nieder. Einer der Steine traf Billys Nebenmann. Der ging mit einer blutigen Schramme auf der Stirn zu Boden. Billy und ein weiterer Mann halfen ihm wieder auf und sahen in die Richtung, aus der der Stein gekommen war.
Billy studierte eingehend die Gesichter der Männer dort oben – verkniffen, hohlwangig und schmutzig, jubelten sie wütend über den Treffer, den sie gelandet hatten. Hass leuchtete in ihren Augen. Sie fuhren mit der Hand den Hals entlang, um eine Schlinge zu imitieren.
»Ihr werdet nicht lang genug leben, um Freude dran zu haben!«
Eine Dampfschaluppe tuckerte heran und machte längsseits an der Steuerbordseite ihres Bootes fest. Eine lange Schlange Soldaten kletterte herüber, und die Streikbrecher machten ihnen schweigend Platz. Endlich bekommen wir Schutz, dachte Billy – doch dann sah er, dass die Soldaten alle unbewaffnet waren. Viele der Gesichter waren erschöpft und bleich, die Uniformen schlotterten an mageren Leibern, manche der Männer trugen einen Arm in der Schlinge. Dann kam eine zweite Gruppe, und diesen mussten sie herüber-

helfen – immer fünf oder sechs Männer auf einmal, die mit Fußketten aneinander gefesselt waren.
Invalide und Sträflinge, erkannte er. Dafür sind wir gerade gut genug, um mit solchen zusammenzuarbeiten.
Er hatte dagestanden und zugesehen, während sie allmählich das Boot füllten, die Tasche mit seinen immer noch brandneuen Werkzeugen in der Hand, und der Regen durchweichte seinen Hut. Die Gefangenen schlurften langsam und klimpernd übers Deck, und das Wasser durchnässte ihre ausgefransten blauen Hosenbeine.
Da war Billy von Bord geklettert, schnell, ehe er darüber nachdenken konnte, was er hier tat. Mit einem Arm hatte er sich zurück auf den Kai gehievt, seine kostbaren Werkzeuge unter dem anderen eingeklemmt. Immer noch unbenutzt. Nicht, dass seine Umkehr ihm irgendetwas nützen würde, wusste er. Er musste auf dem Rückweg in die Stadt rennen, so schnell er konnte. Der Mob von den Kais verfolgte ihn, wollte sein Mütchen am Erstbesten kühlen, der ihnen in die Hände fiel. Er rang keuchend um Atem, während das Johlen der Menge langsam zurückblieb.
Und danach war er heimgegangen und hatte versucht, seinen Zorn zu beherrschen. Ruth war verständnisvoll gewesen, obwohl sie gar nicht wusste, worum es ging, doch er hatte es zu schätzen gewusst, hatte sie dafür geliebt. Aber die Wahrheit war, dass sie immer noch nicht wusste, dass sie nicht die leiseste Ahnung hatte, was er verloren hatte …

Rufen und rennende Füße waren plötzlich ganz in der Nähe zu hören. Billy lauschte apathisch im dunklen Keller und konnte zuerst keinen Unterschied zu dem bisherigen Lärm des Aufstandes erkennen. Dann kam Sergeant Murphy die Treppe hinabgerannt.
»Entschuldigung, Ma'am, aber sie sind jetzt sehr nahe«, berichtete er Miss Shotwell.
»Was? Was meinen Sie?« Sie blinzelte und richtete sich auf, ebenso wie Billy von der Hitze in Trance versetzt.
»Den Mob, Ma'am. Eine Horde ist gleich dort draußen. Sergeant McCluskey und ich haben sie beobachtet. Sie haben ein Whiskey-

fässchen mitgebracht, mit dem sie sich vergnügen, aber jetzt starren sie andauernd zur Wache rüber. Wenn sie sich genug Mut angetrunken haben, müssen wir damit rechnen, dass sie herkommen.«

Miss Shotwell sah ihn blinzelnd an. »Verstehe.«

»Sergeant McCluskey und ich dachten, Sie sollten das wissen, Ma'am«, fuhr er fort – die Dringlichkeit seiner Mitteilung war trotz seines sachlichen, höflichen Tonfalls unschwer zu erkennen. »Wir werden bleiben, solange wir können, aber Sie müssen die Kinder wegbringen. Durch den Hinterhof, wenn es geht …«

»Danke. Danke für Ihre Hilfe.«

Miss Shotwell wiederholte die Worte dumpf, so als könne sie sie nicht so recht begreifen. Sie sah sich im Keller um und blickte die Kinder an, die sich im Schatten verkrochen, in jeden Winkel drückten.

Wie ein Spiel, erkannte Billy. Sie versuchen, mit den Winkeln und der Dunkelheit zu verschmelzen. Sie versuchen zu verschwinden. Aber das würde nichts helfen, nicht, wenn der Mob das Gebäude anzündete. Feuer fand seinen Weg in jede Ecke, das war sein Schrecken, das war es, was es als Waffe für den Mob so nützlich machte. Sie konnten versuchen, sich so unsichtbar wie möglich zu machen, es würde ihnen bei den weißen Leuten nichts helfen.

Wieder eine Falle …

Er stand auf – sah die Blicke der Kinder in seine Richtung gleiten. So wachsam wie immer, nahmen sie jede Bewegung, jede Gefahr wahr, trotz der Hitze. Sie wussten ganz genau, was vorging, und warteten, dass man ihnen sagte, was sie als Nächstes tun sollten.

Wie sie uns vertrauen, nur weil wir Erwachsene sind. Obwohl ihr Vertrauen schon so oft enttäuscht worden ist.

Er sah in Miss Shotwells Gesicht. Ihre Anspannung grenzte an Verzweiflung. Immer noch willig weiterzugehen, aber wohin? Welche Chance hätten sie, so viele von ihnen zusammen, während die ganze Stadt brannte?

»Gehen Sie nicht. Gehen Sie nirgendwohin, noch nicht«, sagte er leise zu ihr, vergewisserte sich, dass sie ihn verstanden hatte, und ging dann zur Treppe. Mit der Hand am Geländer hielt er einen

Moment inne, denn er sah Tad unter der Treppe versteckt. Er sah schweigend zu Billy auf, sein Gesicht war jetzt völlig ausdruckslos – und immer noch hielt er das winzige Zinnpferd umklammert. Versuchte, noch kleiner zu sein als der Rest, sich in einem noch dunkleren Winkel zu verbergen.

»Du bleibst auch hier.« Er lächelte Tad zu und strich mit dem Finger über dessen Talisman. »Ich möchte nicht wieder losziehen und dich suchen müssen.«

Er bekam ein kurzes, unfreiwilliges Lächeln zur Antwort. Dann eilte er dem Sergeant nach, die Treppe hinauf ins Erdgeschoss. Murphy starrte ihn an, als hätte Billy den Verstand verloren, dieser presste in wissender Verärgerung die Lippen zusammen. Er glaubt, ich wollte mich davonmachen …

»Das hat doch keinen Zweck, Junge, es sind zu viele von denen da draußen«, begann Murphy. Ein ernstes, junges irisches Gesicht unter dem hohen Hut der Metropolitan Police, ein rötlich brauner Schnurrbart, der sich bis zum Kinn hinabzog und ihn älter wirken lassen sollte. Zumindest seine Augen verrieten ein gewisses Maß an Mitgefühl, Mitgefühl für sie alle, die sie da unten im Keller gefangen saßen.

»Du würdest niemals durchkommen, auch nicht allein. Am besten versuchst du es durch die Hintertür, mit den anderen zusammen. Wir halten sie auf, so lange wir können …«

»Ich gehe nur hier vor die Tür.«

Das Bewusstsein seiner Freiheit versetzte ihn in ein Hochgefühl, und er wusste jetzt genau, was er tun wollte. *Ist dies die einzige wahre Freiheit, die einem zusteht, jetzt am Ende?*

Er lief zur Vordertür hinaus, ehe einer der Polizisten ihn aufhalten konnte. Ihm wurde ein wenig schwindelig im grellen Sonnenlicht und vom Rauch in der Luft nach den vielen Stunden in der abgeschiedenen Dunkelheit. Er zwang sich, geradeaus zu gehen, jedenfalls zu Anfang. Er wollte nicht, dass die weißen Cops glaubten, er fürchte sich. Wenigstens hatte er immer noch seinen Stolz.

Doch die Angst ergriff Besitz von ihm, als er sah, wie viele es waren. Wenigstens drei oder vier Dutzend standen oder hockten um das

Whiskeyfässchen herum, gleich gegenüber der Polizeiwache. Sie waren blutbesudelt, rochen nach Rauch, und ihre Jacken trugen Spuren von Ruß. Sie rauchten Pfeife und lachten ein bisschen zu laut, während sie ihre Becher unter den Hahn hielten.

Wie so viele andere Gruppen verbitterter Männer, die er um die Destillen versammelt gesehen hatte. Doch diese hier hatten sich befreit – genau wie er selbst –, um zu tun, was sie wollten. Um ihre Bitterkeit willkürlich am Erstbesten auszulassen, der ihnen in die Hände fiel …

Er hatte geglaubt, wenn es hart auf hart käme, könnte er kämpfen oder fliehen – sie irgendwie von der Wache weglocken. Doch als er jetzt sah, wie viele es waren, erkannte er, dass sie ihn mühelos hier an Ort und Stelle in Stücke reißen könnten, und es gäbe nichts, das er dagegen tun konnte. Und er war sich auch noch nicht sicher, was er tun würde, ließ sich von der spontanen Eingebung lenken. Dieses Mal ging er wenigstens im vollen Bewusstsein in die Falle.

Frei oder nicht frei …

Er gestattete seinen Knien wieder zu schlottern, als er auf die Gruppe zutrat. Nicht so, als fürchte er sich, sondern als sei er angetrunken – ein Zustand, der ihm wesentlich vertrauter war. Er wankte und taumelte, während er auf die weißen Männer zuging, ließ seinen Mund zu einem dümmlichen Säufergrinsen erschlaffen. Und er erinnerte sich an das, was er gelernt hatte, als er am Hafen für Aale getanzt hatte.

Er war nur noch ein paar Schritte entfernt, als sie ihn entdeckten. Sie standen dicht um das Fass gedrängt, auf dem der Name Spelman's zu lesen war, zweifellos das Etablissement, wo sie es gestohlen hatten. Sie schwangen große Reden voreinander, wie Betrunkene es tun, doch nach und nach verstummten sie, als sie ihn sahen. Staunen malte sich deutlich auf ihren Gesichtern ab, als dieser besoffene Schwarze auf sie zukam.

»Seid gegrüßt, all meine lieben Saufnasen«, rief Billy aus voller Kehle und hob dramatisch die Hand zum Gruß. Sein Publikum war jetzt vollkommen, geradezu gefährlich still. Verdattert und unsicher, aber noch beobachteten sie ihn nur, wie Hunde, die sich

nicht entscheiden können, ob sie zuschnappen sollen. So konnte es nicht klappen. Er musste sich etwas anderes einfallen lassen.
Er spannte die Muskeln an, machte einen plötzlichen wilden Sprung nach vorn und landete oben auf dem Whiskeyfass – betete, dass es nicht einbrechen oder umkippen würde. Er gab sich Mühe, wie ein Trunkener um Gleichgewicht zu ringen, drohte erst an der einen, dann an der andere Seite herunterzupurzeln – klammerte sich an seinen Überraschungsvorteil.
»Stört euch nicht an meiner Hautfarbe, meine lieben Mitsaufnasen«, rief er.
Ganz allein war er dort zwischen Dutzenden weißer Männer, die ihn langsam einkreisten. Die Augen weit aufgerissen und still, ihre Kleider mit Blut und Asche besudelt. Doch während sie näher kamen, sah er, dass einige von ihnen höhnisch zu lachen begannen. Mehr und mehr zeigten sie ihre teilweise lückenhaften Zähne, und die Münder glänzten rosa …
»Wir erleben glückliche Zeiten, oh meine Saufnasen. Und ich bin glücklich, zu einem so respektablen und intelligenten Publikum sprechen zu dürfen, wie ich es jetzt vor mir habe.«
Hier und da war ein Schnauben zu vernehmen, manchmal auch Lachen. Doch er sah auch einige misstrauische Blicke. Die weißen Männer waren genau wie die am Hafen, die ihm beim Tanzen zugeschaut hatten. Sie argwöhnten vielleicht, dass sie zum Gespött gemacht wurden, konnten das aber niemals zugeben. Unfähig, irgendetwas anderes in ihm zu sehen als einen besoffenen, verrückten Nigger, denn wenn er mehr war als das, wenn er tatsächlich in der Lage war, sie so naturgetreu nachzuahmen und zu verhöhnen – dann würde das eine Art von Genugtuung erfordern, die sie nicht einmal mit ihren Messern und Schlingen erlangen konnten.
»Wir, meine Saufnasen, sind die Grundfesten von New York City. Und wenn das Fundament sich bewegt, stürzt das Gebäude ein, wie ihr wisst.«
Jetzt hatte er sie; die Männer lachten wider Willen. Sie kicherten regelrecht, diese jungen Gangster, Steineschlepper und Arbeiter, die den ganzen Tag auf den Baustellen und den Viehmärkten schuf-

teten. Sie sahen in ihm, was er sein wollte, was sie in ihm sehen wollten. Sie feuerten ihn an, wie sie es auch bei den Varieté-Vorstellungen in der Bowery taten.
»Und es stürzt tatsächlich ein!«
»Gut für dich! Mach weiter, Kaffeebohne!«
Er torkelte über ihren Köpfen herum, unsicher, was er als Nächstes sagen sollte. Unsicher, was er sagen konnte, wozu er sie bewegen konnte. Er fragte sich, was es gab, wohin er sie führen konnte hier am Stadtrand. Er sehnte sich nach einem Schluck Alkohol, denn dann funktionierte sein Gehirn wie geölt und mit quecksilbriger Schnelligkeit. Doch vielleicht war es besser so, denn er wusste, er konnte sich nicht einen einzigen Fehler leisten.
»Hey, mach weiter, Juba! Hör jetzt nicht einfach auf. Gib uns eine kleine Tanzvorführung!«
Die Stimme gehörte einem ungewöhnlich großen weißen Mann, der sich nach vorn gedrängt hatte. Er hatte kalte blaue Augen und ein kleines, affektiertes Ziegenbärtchen wie der französische Kaiser. Billy glaubte, einen schwachen Akzent herauszuhören. Der Mann lächelte, zeigte zumindest seine Zähne, aber in seinen Augen lag keinerlei Frohsinn.
»Los, zeig's uns, Saufnase. Einen Breakdown!«
»Ja, einen Breakdown!«
Die anderen nahmen den Ruf auf, und langsam, zunächst ungeschickt, begann Billy die Schritte, die er zuletzt vor so langer Zeit am Hafen getanzt hatte. Er fand in den Rhythmus zurück, die o-beinigen Hopser und Tritte, die die Weißen nie als das erkannt hatten, was sie waren: eine Parodie ihres eigenen, selbstgefälligen und aufgeblasenen Gangs.
Derselbe demütigende Tanz, den er damals so verabscheut hatte, dass er geschworen hatte, er werde sich lieber in den Fluss stürzen, wenn er nichts anderes fand, das er tun konnte. Wenn er nicht von dieser verfluchten Insel herunterkäme …
Nur dieses Mal übertrieb er ihn noch mehr, vergaß nicht, dass er ja betrunken wirken musste. Er wankte hin und her, soweit der Fassdeckel es zuließ. Torkelte auf dem Rand herum, wäre mehrmals fast

heruntergefallen. Bis die weißen Männer tatsächlich herbeisprangen, um ihn aufzufangen. Sie jubelten und klatschen und johlten bei jedem neuen Sprung, jeder Drehung, die er vollführte.

»Mach weiter, mach weiter, Boy!«

Das Johlen und das Gelächter hielten an, bis er schließlich langsamer wurde. Verzweifelt gestand er sich ein, dass er immer noch nicht wusste, was er als Nächstes tun sollte – er wusste nur, dass er nicht mehr tanzen konnte. Er wurde langsamer und langsamer, bis er schließlich schwankend – wirklich zutiefst erschöpft – am Rand des Fasses stand. Die Iren feuerten ihn immer noch an. Aber er hatte ihnen nichts weiter zu bieten, und sie waren nach wie vor hier, direkt vor der Polizeiwache, wo sich im Keller immer noch die Kinder verbargen. Der blauäugige Südstaatler stand jetzt direkt unter ihm. Sein Mund lächelte unverändert, nicht aber die Augen.

»Also gut. Also schön«, sagte er. »Das war gar nicht mal so schlecht. Und jetzt spring hier runter, Boy, und lass uns dir einen Drink ausgeben.«

Billy wollte herunterklettern, doch der Südstaatler hielt ihn mit einer Geste zurück.

»Nein, nein. Ich sagte spring. Na los, spring schon, wir fangen dich auf. Oder traust du weißen Männern etwa nicht?«

»Spring, spring!« Die Männer, die um das Fass herumstanden, griffen die Idee auf und stimmten einen Singsang an. Mit ausgestreckten Armen standen sie vor ihm, als wollten sie ihn tatsächlich auffangen.

»Spring, Spring!«

Das war nicht gut – er ließ sie bestimmen, was er nun zu tun hatte. Billy sah den Südstaatler den anderen verstohlen zugrinsen, zwinkern und nicken – zum ersten Mal ein Ausdruck echter Heiterkeit auf seinem Gesicht. Aber er hatte keine Wahl. Billy zeigte wieder eine übertriebene Pose, hielt sich die Nase zu, als wolle er ins Wasser springen.

»Spring, spring!«

Er ließ sich vornüber vom Fass fallen. Der Kreis der grinsenden

Gesichter raste ihm entgegen. Doch genau wie er erwartet hatte, sprangen die Männer im letzten Moment alle zurück, sodass er zu Boden fiel. Mit Gesicht und Körper schlug er hart aufs Pflaster, spürte in der Nase und im Mund etwas zerbrechen, und Nässe breitete sich auf seiner Wange aus. Der Sturz hatte ihm beinahe die Sinne geraubt, doch er wusste, das wäre tödlich. Er blieb einen langen Moment liegen, vor Schmerz unfähig, sich zu rühren, und rang um sein Bewusstsein.

»Ach herrje, wir haben dich nicht erwischt«, hörte er die laute Stimme des Südstaatlers über sich. »Wie ist dir das Tänzchen denn bekommen, Nigger?«

Wieder brach Gelächter aus, doch jetzt klang es rauer, heiser und unbarmherzig. Billy lag immer noch am Boden und rang um Atem. Halb betäubt, wie er war, erkannte er doch, dass sie jetzt, da sie ihn verletzt hatten, der erste Schlag gefallen war, umso bereiter sein würden, ihm den Rest zu geben.

Die Stimmung des Mobs wandelte sich schlagartig, und er war schon von einem menschlichen Wesen auf ein blutendes Etwas reduziert. Er wusste, er musste irgendetwas sagen …

»Meine werten Mitsaufnasen«, krächzte er mit dem wenigen Atem, den er hatte, und hoffte, dass sie ihn überhaupt hören konnten. Er richtete sich auf Hände und Knie auf und zwang eine komische Grimasse auf sein Gesicht. Riss den Mund absichtlich so weit auf, wie er es auf den Plakaten für die Varietés gesehen hatte, wo Weiße sich anmalten und als Schwarze ausgaben, zog die Lippen zurück und entblößte die Zähne.

»Meine lieben Saufnasen. Die Grundfesten sind in der Tat erschüttert. Und das Gebäude ist eingestürzt.«

Ein Grölen erscholl über ihm, ihr fettes, übertriebenes weißes Gelächter gellte ihm in den Ohren. Dann hoben sie ihn auf, klopften ihm gar die blutbesudelte Kleidung ab. Billy nahm wahr, dass der blauäugige Südstaatler sich an den Rand der Menge zurückzog. Die anderen packten ihn und schleiften ihn zum Whiskeyfass, füllten einen Blechbecher und drückten ihn ihm in die Hand. Grinsend standen sie um ihn herum, während er sich auf den Bordstein setzte. Er wusste, dass er den Drink nicht ausschlagen durfte, also setzte er an und trank den Alkohol gierig.

»Wie schmeckt dir das, Nigger? Der beste Whiskey, den du je probiert hast, verdammt noch mal!«

Sie beugten sich über ihn, und ihr Gelächter hallte immer noch schmerzhaft in seinem Kopf – und er musste zugeben, dass sie Recht hatten. Spelman's musste eine erstklassige Adresse sein. Weicher als alles, das er je gekostet hatte, rann der Whiskey seine Kehle hinab, wie feinster Wein, verglichen mit dem, was er aus den Schwarzbrennereien im Wald oder den finsteren Spelunken am Fluss gewohnt war. Er hätte ihn ihnen am liebsten ins Gesicht gespuckt.

»He, Juba, was meinst du, komm doch mit uns.«

»Ja, komm mit! Wir beschützen dich!«

»Zuerst zünden wir die Polizeiwache da drüben an …« Er wies auf das Gebäude auf der anderen Straßenseite … »… dann suchen wir uns was Neues und noch mehr zu trinken!«

»Die Wache anzünden?« Billy riss die Augen auf – genau wie die Männer auf den Varietéplakaten –, als erfülle allein der Gedanke ihn mit Schrecken.

»Das wird ganz einfach! Wenn es hier so ist wie bei all den anderen Wachen, die wir heute gesehen haben, sind nicht mehr als diese beiden Cops da …« Er wies auf die beiden Sergeants, die vor der Tür zur Polizeiwache standen und zu ihnen herüberschauten. *Sie wussten es also. Wussten, dass die Wache nicht verteidigungsbereit war, selbst wenn sie nichts von den Kindern im Keller wussten …*

»Oh nein, nein, danke, Boss«, sagte Billy und hob beide Hände. Der gute Whiskey lag ihm heiß und widerlich auf der Zunge – doch er versuchte zu sprechen, versuchte zu denken. »Ich bin doch gerade erst da rausgekommen.«

Sie lachten wieder, und er suchte verzweifelt nach irgendetwas, das er ihnen bieten konnte, irgendetwas, das ihnen gefallen würde. Seine Gedanken wanderten wieder zu den Waisen, die mit angewinkelten Knien an der Wand saßen und versuchten, so klein und unauffällig wie möglich zu sein …

Die Männer begannen, auf die Straße zu schlendern. Einige riefen den Sergeants schon Beleidigungen zu, die immer noch schweigend vor der Tür standen. Die Männer tasteten den Boden nach losen Steinen ab. *All diese Kinder dort unten, die versuchten, sich in die Mauer zu drücken, dem Feuer zu entgehen. Tad, der unter der Treppe hockte und sein Zinnpferdchen umklammert hielt ...*
Dann hatte er es. Was war es, das den Iren besser als alles andere gefallen würde?
»Meine Saufnasen!«, sagte er und kam wankend auf die Füße. Er sprach mit der gleichen bedeutungsschwangeren Stimme wie zuvor. Er hielt die Hände über den Kopf, als habe er etwas Wichtiges zu verkünden, und sie hielten inne – wenigstens für den Moment – und grinsten dümmlich. Fragten sich, ob er ihnen noch mehr Unterhaltung zu bieten hatte.
»Meine Saufnasen! Warum sollten wir uns der Gefahr für Leib und Leben aussetzen, die uns von jenen Gentlemen dort drüben droht!« Er nickte auf Murphy und McCluskey zu, die wie zwei Granitblöcke vor der Tür standen. Hier und da ertönte wieder Hohngelächter, aber es klang jetzt härter, erwartungsvoll.
»Oh, wir haben keine Gefahr zu befürchten, Juba. Die werden rennen wie die Hasen. Tun sie immer.«
»Komm schon, wovor hast du denn Angst, Onkel Tom?«
»Ach nein, meine Freunde, warum sollten wir uns solchen Mühen aussetzen, wenn es nicht notwendig ist? Warum sollten wir auch nur gehen – wenn wir doch reiten könnten!«
Damit gewann er ihre volle Aufmerksamkeit. »Was soll das heißen? Wovon faselt der Nigger da?«
»Pferde!«, brüllte er ihnen zu. »Ich weiß, wo genügend Pferde für uns alle stehen!«
Das brachte sie zum völligen Stillstand. Jeder von ihnen, jeder dieser bettelarmen Iren, die nichts als Schusters Rappen kannten, fragte sich, wie es wohl wäre, zu reiten wie ein richtiger Lord. Ihre Augen verrieten ihre Gier, als sie sich ihm wieder zuwandten.
»Wo soll das sein?«
»Besser für dich, du redest kein dummes Zeug, Nigger ...«

»Ich weiß, wo«, beharrte er. Er dachte an die Ställe der Postkutschen oben an der 59. Straße. Weit genug von der Polizeiwache entfernt.
Aber er hatte keine Ahnung, ob die Pferde noch da waren oder die Post ihre Tiere längst in Sicherheit gebracht hatte. Er war nicht einmal sicher, ob er sich genau erinnern konnte, wo diese Stallungen lagen …
»Reiten! Genug Pferde, dass alle reiten können.«
Das gab den Ausschlag. Augenblicklich wandten die weißen Männer sich von der Polizeiwache ab und folgten ihm nach Norden. Und fast sofort spürte er eine Hand am Kragen und den heißen Whiskeyatem eines Mannes im Genick. Er war nicht verwundert, aus dem Augenwinkel einen Blick auf das kaiserliche Spitzbärtchen zu erhaschen.
»Ich hoffe für dich, du sagst uns die Wahrheit, Nigger. Wo sollen diese Pferde denn sein?«
»Ach, lass ihn doch, Langdon.«
»Wenn er so genau Bescheid weiß, dann soll er uns hinführen. Falls sie nicht da sind, kann er uns dann ja gleich erklären, warum nicht.«
Die Stimme war ebenso kalt und unnachgiebig wie die blauen Augen. Doch dies war genau, was Billy wollte – was er die ganze Zeit gewollt hatte –, auch wenn er vorgab, unter den Händen des weißen Mannes zu beben.
»Klar«, sagte er und bemühte sich, so zu klingen, als wäre sein Mund ganz trocken. »Klar, ich zeige sie euch.«
Also führten sie ihn ab Richtung 59. Straße. Der Südstaatler mit dem Louis-Napoleon-Bärtchen hatte auf dem ganzen Weg eine Hand an seinem Kragen, die andere an seinem Gürtel. Stieß ihm von Zeit zu Zeit absichtlich ein Knie in den Oberschenkel oder die Kniekehle.
Billy ließ all das über sich ergehen, stöhnte und zitterte gar gelegentlich. Er hasste jeden Atemzug des Mannes auf seiner Haut und hoffte inständig, dass die Ställe noch waren, wo er sie in Erinnerung hatte. Und dass die Pferde noch darinnen waren. Und er dachte daran, dass er selbst dann, wenn er dies hier überlebte, immer noch

den ganzen Weg zurück nach Downtown zu seiner Familie hinter sich bringen musste. Und doch war er in seinem tiefsten Innern ruhiger, als er es je zuvor gewesen war. So schien es ihm zumindest. Er hatte sie von den Waisen abgelenkt. Wenigstens das hatte er geschafft. Trotzdem musste er immer noch versuchen, lebendig davonzukommen, nach Downtown zurückzukehren – zurück zu Ruth und den Kindern, zu Milton, seinem Jungen, der dort auf ihn wartete. Stark und eigenwillig wie ein zweijähriger Hengst, aber ebenso unschuldig.

Was sollte er ohne seinen Vater tun? Ohne jemanden, der ihn in dieser Stadt führte, auf diesen Straßen, wo ein Fehltritt ihn das Leben kosten konnte …

Aber er spürte immer noch diese zunehmende, undurchdringliche Ruhe in seinem Innern. Kein Hindernis, das vor ihm liegen mochte, machte ihm mehr Angst, nicht einmal dieser gestrandete, betrunkene alte Sklavenfänger oder Aufseher, der ihn hier abführte. Vielleicht lag es nur an dem feinen Whiskey, den er in sich hatte. Er hatte dieses Gefühl von Unverwundbarkeit schon früher erlebt, wenn er getrunken hatte – nur flüchtig, und es währte nur einen Moment, ehe der Alkohol ihn unvermeidlich in die Tiefe zog.

Aber trotzdem, zumindest das hier hatte er vollbracht.

Er hatte die Männer von den Waisenkindern weggelockt. Das war doch etwas wert. Schreckliche Dinge mochten ihm immer noch zustoßen. Er wusste, es mochte damit enden, dass er schreiend um sein Leben bettelte oder darum, dass sie ihn töteten – aber daran konnte er nichts ändern. Während er wie ein Gefangener Richtung Uptown geführt wurde, diese Insel hinauf, von der er einmal zu Fuß zu fliehen versucht hatte, wurde ihm klar, dass er sie niemals hätte im Stich lassen können. Weder Ruth noch Milton oder seine anderen Kinder. Keins der kleinen schwarzen Gesichter, die zu ihm aufgeschaut hatten, als er die Treppe hinaufgestiegen war.

Es war in der Tat eine Falle.

Sie erreichten die Stallungen der Poststation. Wenigstens das Gebäude war noch da, genau wo er es in Erinnerung gehabt hatte. An der Ecke 59. Straße und Fifth Avenue. Doch die Türen waren mit einer Kette versperrt, ein großer, abblätternder Kardinalsvogel war daraufgemalt, und darunter stand RED BIRD STAGE LINE. Nichts wies darauf hin, dass noch Pferde hier waren, nirgendwo in der Nähe der Stallungen sah man das geringste Anzeichen von Leben.

»Sicher doch, Pferde für uns alle«, höhnte Langdon, der Südstaatler, hinter ihm. »Wovon wolltest du uns ablenken, Nigger? Das wüsst ich gern. Was sollte diese ganze Tanznummer?«

Vielleicht war es nicht genug. Vielleicht hatte er doch nichts gewonnen. Der Gedanke durchrieselte ihn wie verdorbenes Wasser. Billy spürte, dass der Mann sich zu bücken begann, sicher, um das Messer zu zücken, das er im Schuh hatte. Er würde warten, bis er sich ganz vorgebeugt hatte und am verwundbarsten war. Dann würde er ihm einen Ellbogen ins Gesicht schlagen, ihm das Messer entreißen und ihn hier auf der Stelle fertig machen. Er wollte versuchen, nach Norden zu entkommen, die anderen weiter von der Polizeiwache fortzulocken. Doch selbst wenn sie ihn erwischten, würden sie vorläufig abgelenkt sein und sich damit vergnügen, ihn in Stücke zu reißen …

Aus dem Innern des Stallgebäudes war ein dumpfes Klopfen zu hören. Dann ein Laut wie ein gedämpftes Niesen. Die weißen Männer eilten zur Tür und machten sich mit Messern, Schraubenschlüsseln und was sie sonst dabei hatten an der Kette zu schaffen.

»Hey, komm schon, Langdon, vielleicht hat er ja doch nicht gelogen …«

Der Südstaatler richtete sich plötzlich auf und ließ Billy los. Er drängte sich an ihm vorbei, war so erpicht darauf, ein Pferd zu erbeuten, wie die Übrigen. Sie hatten die Kette gelöst und schwangen die breiten, schweren Stalltore auf. Dahinter verbargen sich zwei flammneue Postkutschen – und die Pferde.

Es waren mehr, als selbst Billy gehofft hatte. Dutzende Pferde aller Schattierungen: Braune und Füchse, Schimmel und Rappen und sogar Palominos. Dicht gedrängt standen sie in ihren Boxen, manchmal gar zwei oder drei in einer – die Kutscher und Stallburschen hatten sie offenbar hier zusammengepfercht und waren geflohen,

als der Aufstand losbrach, hatten ihre Schützlinge ihrem Schicksal überlassen.
»Pferde!«
»Genug, dass wir unsere eigene verdammte Black Horse Cavalry aufstellen können!«
Die Männer rannten hinein, als wäre dort Weihnachtsbescherung. Sie brachen die Stalltüren auf und führten ihre Pferde auf die Straße hinaus. Sofort saßen sie auf. Nur wenige hielten sich damit auf, dem Pferd ein Zaumzeug überzustreifen, die meisten krallten einfach die Finger in die Mähne – und alle ritten ohne Sattel.
»Pferde, Gott verflucht!«
Die Mehrzahl waren große, schwere Tiere, zum Ziehen von Fuhrwerken und Kutschen gezüchtet. Die meisten sahen recht langsam und schwerfällig aus. Doch als sie auf die Straße geführt wurden und sich in den Händen der Iren fanden, begannen sie zu bocken und zu steigen, rannten plötzlich los, warfen ihre Reiter ab oder zwangen sie, sich an der Mähne festzukrallen.
Den Männern schien das völlig gleich, sie brüllten und lachten, während die Pferde mit ihnen durchgingen. Wieder und wieder kletterten sie auf die breiten Rücken, selbst, nachdem sie gestürzt und mit dem Kopf auf dem Pflaster gelandet waren. Billy sah Langdon, den Südstaatler, auf einem bleichen Pferd, das völlig kopflos über die Straße rannte und auf der anderen Seite durch das Fenster eines verlassenen Saloons brach. Im nächsten Moment kam es durch die Schwingtür wieder heraus, und Landgon saß immer noch auf seinem Rücken, die Arme um seinen Hals geschlungen.
Ein anderer Mann, der in der Lage schien, sein Pferd halbwegs zu beherrschen, kam auf einer Fuchsstute aus dem Stallgebäude geritten und blies ein langes Posthorn aus Messing, das er gefunden hatte. Er sah auf Billy hinab, der den Hufen der riesigen Tiere auszuweichen versuchte, an deren Mäulern sich schon Schaum bildete.
»Na los, hol dir auch eins, Juba! Hast du dir verdient!«, rief er und wies auf die verbliebenen Pferde, die inzwischen wie von Sinnen gegen die Stallwände und die Postkutschen traten und einen Iren nach dem anderen mit reichlich blauen Flecken versorgten.

Billy schaute den Mann an und lächelte. Er hatte sich schon rückwärts in Bewegung gesetzt, bereit, zur Polizeiwache zurückzurennen. Die Pferde trugen die übrigen Männer davon, weiter die Insel hinauf oder hinüber in den neuen Park oder nach Westen. Die Iren grölten immer noch vor Freude und jagten ihren ausgerissenen Rössern hinterher. Auch das Pferd des Hornbläsers ging durch und stürmte davon, während sein Reiter unbeirrt weitertrompetete. »Komm schon!«, brüllte er Billy über die Schulter zu. »Ist das nicht ein verrückter Tag, wo Nigger hoch zu Ross daherkommen?«

59
Johnny Dolan

Im Sommer hatte er Geld damit verdient, Hunde zu töten. Der Stadtrat zahlte fünfzig Cent für jeden toten Streuner, und davon gab es Tausende auf den Straßen. Wahnsinnig vor Hitze kämpften sie mit den Schweinen um die Abfälle in der Gosse, mit Schaum vor dem Maul schnappten sie nach jedem, der sich in ihre Nähe wagte.

Doch sie schienen es immer genau zu wissen, wenn die Hundetöter unterwegs waren. Sie verschwanden einfach, verbargen sich in Gassen, Hinterhöfen und Kellern. Sie ließen nur die Schweine zurück, die viel zu wertvoll waren, um sie nur zum Vergnügen zu töten.

Er musste sie ausräuchern, den Knüppel einsatzbereit in der Hand. Er lernte, wie sie dachten und sich bewegten, trieb sie in die Enge, ehe sie ihn witterten.

Genauso wie er sich an den Offizier herangepirscht hatte, der auf der Straße mit seinem Säbel herumfuchtelte. Er war durch die Hintertür in das Geschäft gegangen. Hatte sich schnell durch den Raum bewegt. Das Licht schimmerte rot und bernsteinfarben, reflektiert von den Apothekerflaschen in den Regalen. Das Getöse der Menge übertönte seinen Schritt.

Er hatte das Holzschild in die Hände genommen und den Offizier damit niedergeschlagen. Dann hatte er es sich wieder um den Hals gehängt, während der Mob um den gefällten Mann zusammenströmte.

Wenn sie die Hunde töteten, hatte sich auch meist eine Menschenmenge gebildet. Die Hälfte gruppierte sich um einen Jungen oder seine Mutter, die Johnny anschrien, ihren geliebten Hund nicht zu töten. Die andere Hälfte feuerte Dolan an in der Hoffnung, irgendein Spektakel geboten zu bekommen, wenigstens den Tod eines Köters. Er kam den Hunden genauso bei wie dem Offizier: mit einem Knüppel. Ein gezielter Schlag auf den Kopf. Ein triumphierendes Grunzen, dann war er weitergezogen. Es hatte ihn nicht interessiert, was der Mob mit dem Mann tat. Er war nur auf der Suche nach dem, was ihm gehörte.

Es war ihm recht gewesen, sich im Mob zu verbergen. Abwesend hatte er das Schild befingert, das ihm um den Hals gehängt worden war, das Schild, mit dem er den Offizier niedergeschlagen hatte. Von Zeit zu Zeit, wenn es angemessen schien, hatte er die Botschaft herausgebrüllt, die darauf stand: »Keine Einberufung! Keine Einberufung! Keine Einberufung!«

Die Männer und Frauen um ihn herum waren voll und ganz mit ihrem Zerstörungswerk beschäftigt. Sie brannten Häuser, Hotels und Bars nieder, demolierten Straßenbahnen an der Third Avenue, gruben Laternenmasten und das Straßenpflaster aus.

Legten alles in Trümmer. Legten es in Trümmer, machten es zu Kleinholz. Auf diese Art und Weise musste er doch sicher irgendwann ihr Versteck finden …

Ziellos war er mit ihnen umhergezogen. Schlaflos und schwindelig in der schweren, feuchten Hitze, hatten seine Sinne ihn verraten. Die Pflastersteine wogen inzwischen leicht wie ein Brotlaib in seiner Hand. Mühelos schleuderte er sie durch die Fenster der Läden und Straßenbahnen.

Und als die Cops angriffen oder die Soldaten ihre Gewehre anlegten, hatte er festgestellt, dass er sich nicht fürchtete. Er war erpicht darauf, die Polizisten in die Finger zu kriegen, zu zertrümmern und zu töten und zu sehen, was sie zu bieten hatten – was das Schlimmste war, das sie ihm antun konnten. Selbst als die Truppen geradewegs auf ihn gezielt und gefeuert hatten, hatte er keine Angst, hatte nicht versucht, in Deckung zu gehen. Irgendwer, der versuchte, die Straße hinab zu flüchten, hatte ihn angerempelt und mit sich zu

Boden gerissen, unmittelbar bevor die Salve über ihre Köpfe hinwegpfiff.
Er war wieder aufgestanden – das Holzschild immer noch auf der Brust, die Flagge nach wie vor um seine Schultern gelegt. Er war weiter mit dem Mob umhergezogen, hatte das Morden und Brennen gleichgültig beobachtet.
Genau vor sich sah er, wie zwei schwarze Männer aus dem Keller einer Pension gezerrt wurden. Die Weißen schlugen sie nieder, beraubten sie und rissen ihnen die Kleider vom Leib. Die schwarzen Männer kämpften noch darum, ihre Scham zu bedecken, als ihnen Stricke um den Hals gelegt wurden. Einem gelang es, sich loszureißen, und er rannte die Straße hinab um sein Leben, schnitt sich bei jedem Schritt die Füße an den scharfkantigen Pflastersteinen und Glasscherben auf, doch er rannte weiter.
Der andere hatte weniger Glück. Sie hängten ihn an einen Laternenmast und zündeten ein Feuer unter ihm an. Immer noch traten die nackten Beine um sich, immer noch kämpfte er. Dolan wandte sich ab, grübelte.
Ruth. Sie hatte ihn für einen schwarzen Mann verraten. Schon allein deswegen musste er sie finden.
Das musste der Schwarze in dem Boot gewesen sein in jener Nacht, als er schanghait wurde.
Ihr Nigger. Das war ihm im Laufe der vielen Jahre klar geworden, auch wenn er es an dem Abend selbst nicht erkannt hatte. Wie ein Vollidiot hatte er nur davon gefaselt, seinen Bruder wiederzusehen. Erst im letzten Moment in dem Boot hatte er gemerkt, wie nervös sein Schwager Tom sich benahm. Und erst da war ihm klar geworden, wie unwahrscheinlich es war, dass sein Bruder überlebt hatte, dass er angeblich da draußen im nebelverhüllten Hafen auf ihn wartete und ihm zur Flucht verhelfen wollte. Wie naiv er gewesen war …
Ehe er sich rühren konnte, hatte ihm der Nigger den Sack über den Kopf gestülpt. Sie hatten ihn mit einem Sack gefangen wie eine Wachtel im Gebüsch. War es vielleicht von Anfang an sein Plan gewesen? Es war kaum vorstellbar, dass Ruth es ausgeheckt hatte, ihr

Hirn war schon völlig verworren gewesen, noch ehe er Hand an sie gelegt hatte.

Aber von einem Nigger übertölpelt worden zu sein …

Das Einzige, was er sich nie hatte erklären können, war, warum sie ihn nicht einfach verkauft und die Belohnung kassiert hatten, die auf Old Man Noes Mörder ausgesetzt war. Sie hätten ihn am Galgen baumeln sehen können und obendrein noch das Wunderkabinett für sich gewonnen. *Das wäre die klügste Lösung gewesen. Also warum?*

So etwas wie Dankbarkeit, dass er ihr damals das Leben gerettet hatte? Weibliche Sentimentalität?

Es sei denn, keiner von beiden war es gewesen. Es sei denn, alles war von Anfang an Deirdres Plan.

Es hätte ihr nichts ausgemacht, ihn verschwinden zu sehen. Nicht tot, aber verschwunden, das wäre ihre bevorzugte Lösung gewesen. Ständig hatten sie ihm Jobs besorgt, Tom und Deirdre. Bei einer Straßenbaukolonne oder in einem Schlachthaus, wo er den Dreck am Boden zusammenkehren musste. Und Tom hatte ihn in der Black Joke Company untergebracht.

Er hatte keinen der Jobs lange behalten. Er zog es vor, sein Geld mit Boxkämpfen, auf Baustellen oder bei den Flussgangs zu verdienen, manchmal auch damit, Hunde zu töten.

Was kümmerte es sie – sie oder die Kirche, in die sie sich flüchtete? Sie hatte ihre ganze Familie zurückgelassen, hatte sie dem Hungertod im Armenhaus ausgeliefert. Hatte ihn und seinen Dad dazu verurteilt, im Armenhaus die Kornmühle zu treten, und seine Schwester Kathleen dazu, es mit irgendwelchen Kerlen an der Hofmauer zu treiben. Und ihr Bruder, ihr armer Bruder Pat war in der Irrenabteilung gelandet. Bis sie schließlich in die schwarze Dachkammer hinaufgeschafft und über die Rutsche in die Erde befördert wurden.

Er hatte Deirdres Stirnrunzeln gesehen bei den wenigen Gelegenheiten, da sie ihn aufgefordert hatte, Ruth mitzubringen. Tom ebenfalls. Beide hatten Ruths geschwollenes Gesicht, ihre aufgeplatzte Lippe angestarrt. Dolan hatte immer Sorge getragen, sie richtig gut herzurichten, ehe sie hingingen. Und er brachte sie in ihr Wohnzimmer, nur um sie herauszufordern, um zu sehen, ob sie irgendetwas sagen würden. *Hier sind wir. Und was wollt ihr jetzt tun?*

Deirdre hatte das nie verstanden. Ruth ebenso wenig. Sie zitterte jedes Mal, wenn er von einem Kampf nach Hause kam, unfähig zu begreifen, wie sehr er immer noch zuschlagen und geschlagen werden wollte. Sie hatte dann immer versucht, ihn nicht zu provozieren, ihm aus dem Weg zu gehen. Als ob das möglich gewesen wäre. Sie hatte niemals irgendwas begriffen. Es konnte unmöglich sie gewesen sein, die ihm diese Falle gestellt hatte.

Oder doch? Immerhin musste sie es gewesen sein, die seine Beute gefunden hatte. Old Man Noes Taschenuhr und den Spazierstock mit dem Hundekopf und noch ein, zwei Gegenstände, die etwas delikaterer Natur waren.

Das hätte er niemals nehmen dürfen. Es war eine Entweihung – und außerdem hatte es dafür gesorgt, dass die Zeitungen den Fall niemals in Vergessenheit geraten ließen. Er hatte es aus Verärgerung getan, aus Zorn über die Yankee-Überheblichkeit des alten Knaben, der ihn allen Ernstes verhaften lassen wollte. Statt ihm einfach eins überzuziehen und wegzulaufen, hatte er ihn fertig machen müssen – aber selbst das war nicht genug gewesen. Der alte Bastard lag still und gebrochen zu seinen Füßen, und trotzdem hatte Johnny den Augenstecher aus der Tasche ziehen müssen.

Er hatte die neue Bürstenfabrik an der Greenwich Street seit Wochen ausgekundschaftet. Drei Stockwerke hoch, das Rahmen- und Mauerwerk schon fertig gestellt, doch im Innern noch alles Rohbau. Der Firmenname stand bereits in großen Buchstaben gleich unterhalb der Traufe: *Noes Industriebürsten, gegr. 1848.* Es hatte Dolan keine Mühe bereitet, in das Gebäude hineinzukommen. Es war ein Sonntagmorgen, die ruhigste Zeit auf der Straße, und er hatte das Schloss und die Kette in Ruhe aufgebrochen, ehe er drinnen die grob gezimmerte Baustellenleiter hinaufstieg.

Aber es hatte nicht viel zu holen gegeben. Keine der riesigen, schwarzen Bürstenmaschinen war bislang hier aufgestellt worden.

Es gab keinerlei Einrichtungsgegenstände, keine Möbel oder irgendetwas aus Glas, nicht einmal die Böden waren fertig.
Erst als er zum Dach kam, hatte Dolan etwas entdeckt, das stehlenswert schien. Sie hatten die Dachrinne bereits mit Blei ausgelegt, aber es war noch nicht verlötet. Es war ein Leichtes, das kleine Brecheisen zu nehmen, das in seine Tasche passte und genau diesen Zwecken diente, und die Bleche damit loszustemmen. Er wusste, dass er einen guten Preis dafür bekommen würde. Er konnte sie an jeder Baustelle der Westside verhökern.
Er hatte schon die Hälfte der gebogenen Bleibleche aus der vorderen Dachrinne gelöst, als er die Hand auf der Schulter spürte. Dolan hatte sich auf die Füße zerren lassen, überzeugt, es müsse ein Polizist sein. Er hatte sich so auf seine Arbeit konzentriert, sich so sicher gefühlt, dass er die Schritte nicht gehört hatte. Die Bauarbeiter hatten an diesem Tag frei gehabt, und er hatte sich zuvor vergewissert, dass kein Wachmann im Gebäude war. Er mutmaßte, dass es sich nur um einen ehrgeizigen jungen Streifenpolizisten handeln konnte, der seine Versetzung in einen besseren Bezirk anstrebte.
Stattdessen fand er sich einem weißhaarigen Mann in einem hohen Seidenzylinder und einem eleganten Gehrock gegenüber, der einen Spazierstock angriffslustig erhoben in der Hand hielt: Old Man Noe höchstpersönlich. Das Gesicht wutverzerrt – es erinnerte an die Porträts von General Jackson, die man in jedem Clubhaus und Saloon von Tammany Hall hängen sah. Mit erstaunlicher Kraft hielt er Dolan am Kragen gepackt und schüttelte seinen Spazierstock.
»Was hast du hier verloren, du Schuft?«
»Ich bin doch nur gekommen, um meine Arbeit von letzter Woche in Ordnung zu bringen, Sir«, erklärte Dolan so demütig und unterwürfig, wie er konnte. Er baute darauf, dass der Bürstenfabrikant seine Bauarbeiter nicht von Angesicht kannte. Doch noch während er sich bemühte, Unschuld zu mimen, fiel sein Blick auf den glänzenden, goldenen Hundeknauf des Stocks. Ohren wie ein Schakal …

»Arbeit?«, höhnte Noe. »Du arbeitest nicht für mich, Bürschchen, das ist gewiss. Ich habe noch nie einen Dieb und Lügner wie dich eingestellt. Du willst meine Dachrinne stehlen!«
»Schon gut, schon gut, aber lassen Sie mich los«, hatte Dolan mit normaler Stimme erwidert. Er versuchte, seinen Kragen loszureißen. Als das nicht gelang, begann die Weißglut, die jedwede Vernunft auslöschte, in ihm aufzusteigen.
Wenn ihm nur ein paar Minuten mehr geblieben wären, hätte er eine schöne Beute zu verhökern gehabt. Jetzt musste er sich anhören, was dieser alte Mann, dieser Fabrikant, von ihm hielt.
»Lassen Sie mich laufen, und Sie können Ihre verfluchten Dachrinnen behalten ...«
Doch der alte Mann lockerte seinen Griff nicht, sondern zerrte Dolan herum Richtung Tür und weiter zur Treppe. »Das könnte dir so passen! Dieses Mal kommst du nicht einfach so davon, du Schurke! Ich bringe dich jetzt auf die Polizeiwache.«
Dolan rang darum, die Oberhand über seinen Zorn zu behalten, während der alte Mann ihn die provisorische Treppe vom Dach zum zweiten Stock hinabführte. Und immer noch auf ihn einredete.
»Du zerstörst ein neues Fabrikgebäude zu deinem eigenen Vorteil! Kannst du dir vorstellen, wie viele Männer in einer Fabrik wie dieser Arbeit finden? Aber deinesgleichen kann nur daran denken, was es für euch dort zu stehlen gibt ...«
Er wollte ihn also ins Gefängnis stecken. Nachdem er das Armenhaus überstanden hatte und die Zeit auf dem verfluchten Schiff, wo sie Wasser aus Jodfässern getrunken hatten. Nach allem, was er erduldet hatte, selbst nachdem er weitergelebt hatte, wo er doch eigentlich schon tot war. Sie würden ihn in ein Gefängnis sperren und für sich schuften lassen. Er wollte verdammt sein, ehe er das zuließ.
»Du wirst sehen, oben in Ossining werden sie dir das Arbeiten schon beibringen! Da gibt es keine so leichte Beschäftigung! Von wegen! Dachrinnen herausreißen! Da musst du Steine brechen und die Tretmühle antreiben!«

Inzwischen waren sie auf der Treppe, und auf der nächsten Stufe streckte Dolan die Hand aus und packte das wacklige Holzgeländer. Er fuhr auf dem Absatz herum, zog im selben Moment das Brecheisen aus der Tasche und ließ es mit aller Kraft niedersausen – und brach den Arm, mit dem Noe ihn am Kragen festhielt, mit einem raschen, befriedigenden Hieb.

Der alte Mann wankte rückwärts. Zufrieden sah Dolan alle Farbe aus seinem Gesicht weichen. Hinter den Brillengläsern weiteten die Augen sich vor Entsetzen – erst jetzt erkannte er wirklich, was er hier eingefangen hatte.

Es war zu spät.

Noe versuchte, mit dem Spazierstock nach ihm zu schlagen, aber Dolan tauchte unter dem Hieb hinweg, sodass der Stock Schultern und Rücken nur streifte. Dolan hob das Brecheisen wieder und schlug Noe damit aufs Kinn, der daraufhin zurücktaumelte, über die oberste Stufe stolperte und hart auf den Boden fiel – doch er war immer noch bei Bewusstsein, schlug immer noch mit seinem Spazierstock um sich. Dolan fluchte, als die Waffe seines Gegners ihn hart am Schienbein traf und beinahe zu Fall brachte, und dann versuchte der alte Mann keuchend, wieder auf die Füße zu kommen.

Doch Dolan stand über ihm. Ehe Noe sich aufrichten konnte, stellte er einen Fuß auf dessen Brust, zwang ihn wieder zu Boden. Mit einem kleinen, müden Seufzer sank Noe zurück, und Dolan schlug ihn mit dem Brecheisen. Noe versuchte immer noch wegzukriechen, also hielt Dolan ihn mit dem Fuß fest und schlug ihn erneut. Dann wieder und wieder. Erst flog der Spazierstock quer durch den Raum, dann wurde die Brille aus Noes Gesicht geschleudert. Dolan brach seinem Opfer den anderen Arm und prügelte weiter auf Old Man Noe ein, bis er schließlich still lag.

»Was weißt du schon von Arbeit? Was weißt du von Arbeit?«

Noes Augen, jetzt ungeschützt, waren immer noch weit aufgerissen von der plötzlichen Erkenntnis. Sahen das Ungeheuer, das sie vor sich hatten. Dolan hatte den Augenstecher aus der Tasche gezogen und in Position gebracht, ehe es ihm so recht bewusst war.

Er drehte ihn in den linken Augapfel und fühlte, wie die Muskelfasern gespannt wurde, ehe das dumpfe, grässliche »Plopp« ertönte. Das endlich war genug gewesen. Er ließ ihm das rechte, das immer noch zu ihm aufstarrte, ebenso entsetzt und leblos. Das linke, das auf dem Augenstecher steckte, betrachtete die Welt mit einer neuen und losgelösten Objektivität.

Doch er musste irgendetwas mit dem Rest unternehmen. Er hatte das rote Halstuch abgenommen und um Old Man Noes Gesicht geknotet – um beiden Augenhöhlen, die leere ebenso wie die unversehrte. Als das getan war, war er bereit zu gehen. Er hatte jetzt keine Lust mehr, wieder aufs Dach zu steigen und das Blei aus der Regenrinne zu holen. Außerdem, was war, wenn jemand etwas gehört hatte?

Doch ihm ging auf, dass der alte Mann während des gesamten Kampfes keinen Laut von sich gegeben hatte – hatte weder geschrien oder gebrüllt noch nach jemandem gerufen. Er musste allein hier gewesen sein, ohne Chance auf Rettung. Diese Augen hatten Entsetzen und die Erkenntnis des eigenen Fehlers widergespiegelt. Er hatte wohl geglaubt, dass ihm, nur weil er Bürstenfabrikant war, so etwas niemals zustoßen könnte.

Schafft ihn weg und lasst ihn arbeiten. Steine brechen und die Mühle treten. Eher wollte er verdammt sein.

Er hatte die Taschen des alten Mannes durchwühlt. Zog die Taschenuhr mitsamt Kette heraus. Eine diamantbesetzte Krawattennadel, goldene Manschettenknöpfe, ein kleines Bündel Banknoten und ein bisschen Kleingeld. Dann war er geflohen. Erst am Fuß der Treppe sah er den Spazierstock mit dem Hundekopf, der weit weg gerollt war.

Instinktiv hob er ihn auf, ließ ihn gar durch die Luft wirbeln, als er das Fabrikgebäude verließ. Tonlos pfiff er vor sich hin, versuchte so unbekümmert wie möglich zu wirken, falls irgendwer ihn beobachtete, irgendjemand vielleicht einen Mann mit Spazierstock die Fabrik hatte betreten sehen.

Doch die Greenwich Street lag immer noch völlig verlassen da, und im ganzen Viertel läuteten die Kirchenglocken. Er war die Straße

entlanggeschlendert, und erst mit einiger Verspätung verbarg er wenigstens den Knauf des Spazierstocks in der Hand. Er wusste, es wäre klüger gewesen, ihn bei der Leiche des alten Mannes zu lassen, aber er konnte einfach nicht. Zu gut gefiel ihm die schwere Eleganz, die offene, gierige Hundeschnauze, in Gold erstarrt.
Erst als er an der Straßenecke stand und auf den Omnibus wartete, merkte er, dass er Old Man Noes linkes Auge immer noch in der Hand hielt.

60
Tom O'Kane

Er hätte sich gern irgendwo hingesetzt und sein Bein ausgeruht, doch die große, kirchenartige Wartehalle des Bahnhofs in Hoboken war voller Flüchtlinge aus der Stadt. Die meisten waren Neger, die schwarzen und braunen Gesichter ganz ähnlich all jenen, die er unten in Virginia gesehen hatte.

Die Entflohenen, die aus den feinen Häusern und von den Plantagen hinter die Linien der Union entkamen.

Doch jene Gesichter waren wenigstens voller Hoffnung gewesen, auch wenn viele erschöpft und halb verhungert waren. Die Menschen hier in der Halle sahen nur mutlos und unendlich müde aus. Viele waren verletzt; hatten Schnitt- oder Platzwunden, die Frauen und Kinder – sogar die Mädchen – ebenso wie die Männer. Die meisten hatten nichts mitnehmen können als die Kleider, die sie am Leibe trugen, und manche nicht einmal das. Er sah Männer und Frauen, die eindeutig nackt waren bis auf die rauen Pferdedecken, die die Bahnangestellten ihnen gegeben hatten, damit sie sich darin einwickeln konnten. Sie ließen sich nieder, wo sie Platz fanden, saßen zusammengesunken auf den Bänken oder im Schneidersitz auf dem gefliesten Fußboden – als warteten sie auf etwas, auf irgendetwas, das niemals kommen würde, und selbst wenn es kam, niemals ausreichen konnte.

Snatchem kam zu ihm herüber. Er hatte seinen üblichen Erkundungsgang gemacht, und seine Miene war grimmig.

»Hört sich nicht gut an«, sagte er, nicht so redselig wie sonst. »Es ist mehr als nur ein Dead-Rabbits-Aufstand. Eine richtige Schlacht in den Straßen mit Gewehren und Pistolen.«

Tom fluchte.
»Wir müssen da rüber …«
Die Offiziere und Unteroffiziere brüllten, sie sollten sich nicht zerstreuen, sondern sich zum baldigen Aufbruch bereitmachen. Aber das war wieder mal nur die typische Prahlerei der Armee. Eine Stunde war schon vergangen, seit sie aus dem Zug gestiegen waren, und noch immer gab es keinerlei Anzeichen, dass sich bald irgendetwas tun sollte oder dass überhaupt je etwas geschehen würde.
»Die Boote sind alle noch drüben auf dem East River«, erklärte George ihm. »Sie haben sie eingesetzt, um das ganze Gold nach Governor's Island rüberzuschaffen.«
Natürlich, das Gold musste zuerst in Sicherheit gebracht werden …
Sein Bein pochte immer noch schmerzhaft, aber er konnte nicht still halten. Wenigstens fand er einen Tabakladen im Bahnhof, und er füllte seine Tonpfeife, während er wieder hinaus zum Kai humpelte.
Er konnte nicht länger auf die brennende Stadt schauen, also wandte er den Blick dieses Mal flussaufwärts Richtung Hoboken. Es war eine florierende, eng bebaute Kleinstadt aus Werkstätten und Werften, Wohnhäusern und Fabriken. Ordentliche, rechteckige Formen in der Dunkelheit, die zwischen den Hügeln und dem Fluss eingezwängt lagen. Ein paar größere Häuser, die Schiffskapitänen und Fabrikanten gehörten, zogen sich am Ufer entlang, und ihre Gärten grenzten an die Elysian Fields, den Vergnügungspark. Alles genauso wie beim letzten Mal, als er es gesehen hatte, auf dem Weg in den Krieg. Nichts hatte sich verändert als nur sie selbst.

Man hatte sie in Ketten nach Süden verfrachtet, weil man befürchtete, die Männer werden desertieren und sich unter einem anderen Namen wieder freiwillig melden, um den Bonus noch einmal zu kassieren.
Tom war mit Snatchem zusammengekettet, der genau das beabsichtigt hatte. Ihre Fußfesseln wurden erst abgenommen, als sie in Washington City eintrafen, von wo aus sie nach Virginia in den Krieg marschierten.

Das Jahr ging bereits zu Ende, als sie ankamen, und die Armee kampierte schon seit Wochen in den Hügeln oberhalb von Fredericksburg. Die Veteranen waren übellaunig und blieben unter sich, betrogen sie beim Kartenspiel und stahlen Proviant und Geld aus ihren Zelten. Das kämpfende 69. Nicht mehr die Recken, die nichts schrecken kann. Vielmehr fürchteten sie, dass ihnen ein weiteres Desaster bevorstand. Sie starrten auf den Fluss und die verlassene, zerstörte Stadt hinab, die ihre Artillerie langsam und unsinnigerweise in Schutt und Asche legte, weil sie vergeblich hofften, so die Scharfschützen der Rebellen zu vertreiben. Die Generäle warteten darauf, dass der Strand des Rappahannock fiel, damit sie ihn überqueren konnten – während die Rebellen jeden Tag mehr Männer zusammenzogen und sich immer tiefer in die Hügel jenseits der Stadt gruben.

Wenigstens hatten sich ein paar der Jungs von der Black Joke mit ihm zusammen gemeldet: George natürlich und Feeley, Black Dan Conaway, Danny Larkins und Johnny J. Sullivan. Sie passten aufeinander auf, so gut sie konnten, und es gab ihnen einen gewissen Trost. Abends saßen sie zitternd zusammen in ihren Zelten, kaum in der Lage, die mageren Rationen an Zwieback und gepökeltem Pferdefleisch herunterzuwürgen. Stundenlang weichten sie das Fleisch in Wasser ein, bis wenigstens so viel vom Pökelsalz ausgewaschen war, dass man es herunterbekam.

Selbst Snatchem fand dort unten nicht viel, das er organisieren konnte, so findig er auch war. Das Land war inzwischen ausgeblutet, nachdem es ein Jahr lang mal von dieser, mal von jener Armee geplündert worden war. Sie hatten kaum etwas anderes zu tun, als zusammen am Feuer zu sitzen und darüber zu streiten, ob es vor dem Frühling noch einmal zu Kampfhandlungen kommen werde oder nicht.

»Das können die doch nicht ernst meinen«, hatte George beharrlich erklärt. »Die können das doch jetzt nicht ernstlich versuchen wollen, nicht mit so vielen Rebellen dort drüben.«

Es schien in der Tat wahnsinnig. Die Konföderierten hatten sich entlang des abfallenden Hügelkamms eingegraben, eine halbe

Meile oder mehr jenseits der Stadtgrenzen von Fredericksburg. Um sie zu erreichen, hätte die Armee der Union ihre eigene Position auf Stafford's Heights aufgeben, den Rappahannock auf Pontonbrücken überqueren und durch die Stadt marschieren müssen, ehe sie die Gegner am höchsten Punkt des Steilhangs angreifen konnten – während die Rebellen sie auf dem ganzen Weg aufs Korn nehmen konnten.

»Das stimmt«, hatte John J. gemeint. »Vielleicht noch ein, zwei Wochen, dann müssen sie das Handtuch werfen und ins Wintercamp ziehen.«

»Das wird wunderbar«, schnaubte Feeley.

Doch dann hatte Black Dan Conaway ihre Mutmaßungen unterbrochen. »Macht euch bloß nichts vor«, hatte er eingewandt, trübselig wie immer. Black Dan hatte das Gesicht eines jungen Priesters oder Lehrers – glatte, runde Wangen, eine Brille, einen spärlichen roten Kinn- und Schnurrbart. Doch seine jugendliche Erscheinung stand im krassen Gegensatz zu seinem Naturell, das so finster und pessimistisch war, dass es manchmal an Irrsinn grenzte. Zu Hause in ihrem Viertel hätten sie ihn niedergebrüllt, doch hier in der Finsternis einer Dezembernacht in Virginia verstummten sie alle, als er sprach.

»Habt ihr das denn immer noch nicht kapiert? Das hier ist die Armee. Das heißt, dass es nichts gibt, was sie nicht in Erwägung ziehen würden, solange es bedeutet, dass sie noch ein paar mehr von uns umbringen können.«

Und er hatte Recht: Am nächsten Morgen begannen die Pioniere, die Pontonbrücken zu legen. Und bald darauf hatte die Armee sich geregt, die Biwaks verlassen und war langsam zum Rappahannock gezogen wie ein alter Hund, der mit dem Stock vom Feuer verjagt wird.

Sie brauchten den ganzen Tag, um hinüberzukommen. Die Scharfschützen der Südstaatler, die sich immer noch in der Stadt versteckt hielten, hatten schon vor Sonnenaufgang begonnen, die Pioniere zu erledigen, feuerten auf jeden Laut in der Dunkelheit.

Als die Sonne aufging, wurde es nur schlimmer – Tom musste mit ansehen, wie ein Mann nach dem anderen auf den Pontonbrücken einen kleinen Schrei ausstieß und zwischen die treibenden Eisschollen in den Fluss stürzte. Als der Beschuss zu schlimm wurde, gaben sie ihr Vorhaben einfach auf und flohen zurück ans Ufer der Nordstaatler. Dann kam alles zum Stillstand, bis die Offiziere ihre Männer wieder formierten und auf die Brücken hinausführten.

Erst nach Einbruch der Dunkelheit gelang ihnen schließlich die Flussüberquerung, und sie schlugen ihr Lager am anderen Ufer auf. Die Zelte waren nicht mit herübergebracht worden, also mussten die Männer die zerstörte Stadt nach Holzplanken durchsuchen, die sie auf den schlammigen Boden legen konnten. Sie schützten sich, so gut sie konnten, mit ihren dünnen Decken – ausnahmsweise einmal froh über die neuen Mäntel, die man ausgeteilt hatte und die beim Appell wie ein tonnenschweres Gewicht an den Schultern zerrten.

»War doch gar nicht so schwierig rüberzukommen«, hatte Larkins bemerkt, der sich bemühte, die Dinge von der positiven Seite zu betrachten. »Vielleicht bluffen die nur.«

»Klar. Wie wollen die denn gegen eine Armee wie uns bestehen.«

Die ganze Nacht waren die blauen Reihen der Unionssoldaten über die Pontonbrücken gekommen, sodass es aussah, als sei eine ganze Stadt über den Rappahannock geschafft worden. Sie alle waren von ihrer Zahl beeindruckt – alle außer Black Dan.

»Die wollen doch nur, dass wir kommen. Ihr werdet sehen«, sagte er. »Zurück über den Fluss zu kommen, wird nicht so leicht sein.«

Als am nächsten Morgen die Sonne aufging, waren ihre Decken mit einer dünnen Eisschicht überzogen, und ein leuchtender weißer Nebel lag über dem Camp. Er war so dicht, dass niemand weiter als drei Meter sehen konnte, und trotz der Kälte waren die Männer in Hochstimmung, als sie ihr Frühstück zubereiteten.

»Wir erwischen die Rebs, ehe die überhaupt merken, dass wir da sind!«

Überall entlang dem Ufer hörte Tom das geschäftige Summen, mit dem die riesige Armee ihre Vorbereitungen traf. Die Geräusche waren diffus, aber tröstlich: ein riesiges unsichtbares Heer, verborgen im Nebel.

»Wir sollten jetzt aufbrechen«, hatte Conaway gesagt. Selbst Black Dans Laune hatte sich ein wenig aufgehellt, als er beim Aufwachen den Nebel sah. Jetzt saß er mit zusammengebissenen Zähnen da und sah zu, wie die Schwaden sich allmählich auflösten.

»Ach, Dan, ich dachte, du hast gesagt, wir sollten überhaupt nicht gehen«, neckte Snatchem ihn, aber Conaway schüttelte nur heftig den Kopf und starrte zu den Befestigungen der Rebellen hinüber.

»Nein, wir werden gehen. Und weil das so ist, sollten wir jetzt gehen, bevor die da oben uns sehen können.«

Doch die Generäle ließen sich wie üblich Zeit, und wenig später hatte der Nebel sich aufgelöst. Der Tag wurde klar und kalt, und die Sonne funkelte auf den Gewehrläufen der Rebellen.

»Wir können das schaffen. Bestimmt! Ein ordentlicher Sturmangriff …«

»Warum machen sie uns nicht jetzt gleich fertig?«, fragte Conaway lediglich. »Warum nicht, kannst du mir das sagen? Weil sie wollen, dass wir kommen …«

Sie nahmen ihr Frühstück ein und traten in der zerschossenen Stadt mit ihren beiden einsam aufragenden Kirchtürmen, dem zerstörten Gerichtsgebäude und den ausgebrannten Häusern zum Appell an. Vater Corby kam, um ihnen die Beichte abzunehmen, die Heilige Kommunion zu feiern und die Letzte Ölung zu erteilen. Selbst der Priester wirkte unbehaglich, denn er wusste ebenso gut wie die Männer, dass ihre Kommandeure schon einen schweren Fehler gemacht hatten.

»Nehmet und esset alle davon, dies ist mein Leib …«

Tom kniete am Boden und ließ sich die Hostie auf die Zunge legen. In Gedanken war er noch mit der Frage beschäftigt, ob er eine ehrliche Beichte abgelegt hatte. Er hatte sich das Hirn zermartern müssen, um auch nur auf die kleinsten, lässlichsten Sünden zu kommen: Er hatte ein gestohlenes Huhn gegessen und Karten gespielt. Denn er wusste nicht, wie er einem Priester kurz vor der Schlacht erklären sollte, dass er begonnen hatte, seine Frau zu hassen.

Als er die Augen aufschlug, sah er die beiden roten Beobachtungsballons über den Kirchtürmen schweben. Sie sollten das Feuer der Unionsarmee lenken. Die großen Geschütze drüben auf Stafford Heights begannen den Beschuss, ließen die Erde erzittern.
»Jesus, dass wir jetzt schon da rausgehen und sterben sollen«, murmelte Snatchem, während er sich neben ihn kauerte.
Die anderen Männer ihrer Kompanie trafen ihre eigenen Vorbereitungen. Die Abergläubischen warfen ihre Karten und Würfel fort. Sie schrieben ihren Namen und ihre Adresse auf kleine Papierfetzen, die sie sich innen an den Uniformrock hefteten.
Tom dachte, dass er auch irgendetwas tun sollte, aber er konnte nicht. Es kostete ihn schon Mühe, sich mit Snatchem und einem Dutzend anderer Männer hinter eine halb eingestürzte Mauer zu hocken. Sie entleerten den Darm, und ihre dünne, stinkende Scheiße lief zusammen, ehe sie gefror.
Der Geruch nach Fäkalien und Angst erinnerte Tom an etwas anderes: die Blutstätte.

Der Trompeter blies das Signal, das sie zu den Waffen rief, und sie formierten sich. General Meagher ritt die Reihen entlang, als sie gerade heranmarschierten, und sorgte dafür, dass jeder Mann einen Buchsbaumzweig bekam, um ihn sich an die Kappe zu stecken.
»Ist er die Maikönigin?«, schnaubte Snatchem.
Meagher mit dem Schwerte – der Gründer der irischen Brigade. Ein großer, imposant wirkender Mann mit tief liegenden, stechend blauen Augen. Letzte Woche war ein Gerücht im Lager herumgegangen, er sei so betrunken gewesen, dass er beinahe ins Feuer gefallen wäre. Jetzt ritt er an die vorderste Linie, angetan mit einer makellosen neuen Uniform mit Goldschnüren, und saß ab. Mit einer weit ausholenden Geste winkte er sie mit dem Säbel vorwärts.
»Was denn, kommt er nicht mit uns?«
»Mund halten da! Formiert euch!«
Die kleinen Pfeifen- und Trommlerjungen stimmten *The Wearing of the Green* an, und sie marschierten los, durchquerten die Stadt und sangen, um ihre Furcht zu beherrschen.

Oh, I met with Napper Tandy and he took me by the hand
And he says how's poor oul' Ireland and how does she stand?
'Tis the most distressful country that ever yet was seen,
For they're hangin' men and women for the wearing of the green …

Tom spürte, wie seine Eingeweide sich gleich einer Faust zusammenballten. Er sah sich in der zerstörten Stadt Fredericksburg um. Die ordentlichen kleinen Holzhäuser waren von ihrer Artillerie aufgerissen worden. Was die Geschütze nicht zerstört hatten, hatten die Plünderer erledigt: Auf der schlammigen Erde lagen Spiegelscherben und zerbrochene Möbelstücke verstreut, aufgeschlitzte Familienporträts, sogar Frauenunterwäsche.

In den engen Straßen der Stadt fühlten sie sich wenigstens einigermaßen sicher, obwohl ein paar Geschosse der Rebellen ihnen schon um die Köpfe flogen. Tom sah eines ein paar hundert Meter vor ihm ein Ziel finden. Es schleuderte zehn oder zwölf Mann in die Luft, und instinktiv duckte er sich. Genau wie alle anderen Männer um ihn herum, aber trotzdem fühlte er sich gedemütigt. Und er war fest entschlossen, beim nächsten Einschlag aufrecht zu bleiben, nicht einmal zusammenzuzucken. Doch als er kam, duckte er sich wieder, fiel beinahe auf die Knie.

»Bleibt im Glied! Bleibt im Glied!«, brüllten die Offiziere.

Sie marschierten auf die leeren, zertrampelten Felder vor der Stadt hinaus, und die Schlacht entfaltete sich vor ihnen. Es war ein Anblick von solcher Weite und Großartigkeit, dass Tom ganz schwindelig davon wurde, und hätte Snatchem ihn nicht gepackt, wäre er gefallen.

Der Grat, den sie nehmen sollten, war schon von Rauch verhüllt. Der Lärm war ohrenbetäubend, und der Boden unter ihren Füßen bebte von der Kanonade. Doch vor sich sahen sie schier endlose Reihen von Männern in dicken blauen Mänteln. Sie alle marschierten gefasst und grimmig auf den Höhenzug zu, bewegten sich mit größter feierlicher Präzision und Entschlossenheit, und als er sie sah, war Tom überzeugt, dass sie nicht verlieren konnten.

Sein Regiment hielt am Stadtrand an, um abzuwarten, bis sie mit dem Angriff an der Reihe waren, und um die schweren 69er Enfields zu laden, die sie damals noch benutzten. All die vielen Stunden, die man sie gedrillt hatte, machten sich jetzt bezahlt. Tom bewegte sich mechanisch, riss den Papierkopf der Patrone ab, stopfte sie in den Lauf, legte das Zündhütchen auf die Erhebung unter dem Hammer. Jede dieser Bewegungen war ihm inzwischen so vertraut wie das Atmen, andernfalls hätte er die Aufgabe in dieser Situation auch nicht erledigen können.

Dann rückten sie wieder vor – im Laufschritt überquerten sie das offene Gelände, hielten auf die Position der Rebellen zu. Plötzlich war Schwung in den Angriff gekommen …

Doch gleich darauf fingen die Dinge an, schief zu laufen. Sie mussten an einer Art Abzugskanal halten, ein Graben, der etwa zehn Meter breit und zwei Meter tief war. Der einzige Weg hinüber führte über drei kleine Brücken, doch die Planken waren alle herausgerissen worden, sodass die Soldaten über die Längsstreben balancieren mussten.

»Ist ja entzückend«, brüllte Snatchem neben ihm.

Selbst die Offiziere fluchten wütend über die Schlamperei der Kundschafter. Die Männer versuchten, so schnell wie möglich hinüberzueilen, und die Veteranen wussten genau, was als Nächstes kommen würde.

Innerhalb von Minuten waren die Geschütze der Rebellen auf sie gerichtet, während sie immer noch bemüht waren, den Graben zu überqueren. Die Granaten und Kanonenkugeln rissen jetzt große Lücken in ihre Linien, die Männer hasteten einer Panik nahe weiter und brüllten: »Hei! Hei! Hei!«, während sie sich hinüberschwangen. Einige entschlossen sich gar, ins eisige Wasser zu springen und zu versuchen, am anderen Ufer herauszuklettern. Sie rannten weiter, vorbei an den Toten und Verwundeten, die das Feld vor ihnen übersäten.

Als sie den Kanal endlich überquert hatten, rannten Tom und die anderen von der Black Joke zu einem kleinen Hügel, hinter dem sie vor dem Beschuss wenigstens etwas geschützt waren. Dort hielten sie einen Moment inne, sammelten sich und formierten sich neu, keine vierhundert Meter von der Stellung der Südstaatler entfernt.

»Sie locken uns immer noch an«, murmelte Black Dan Conaway neben Tom, während sie auf den Befehl warteten. »Sie wollen uns immer noch näher locken!«

»Jetzt, Männer!«

Sie sprangen auf, liefen über die Kuppe des Hügels, so schnell sie konnten, auf die feindlichen Geschütze, die oberhalb von ihnen lagen, zu. Erst da entdeckten sie die tief liegende Straße, die Steinmauer und die Schützengräben, die überall entlang dem Höhenzug ausgehoben worden waren. Graue und braune Gestalten drängten sich hinter den Wällen.

»Oh Jesus, oh Jesus!«, murmelte Snatchem vor sich hin. »Oh Jesus, das war's also!«

Die Gewehre auf der Steinmauer blitzten auf, als sei entlang der ganzen Reihe ein Zündholz gerieben worden. Alle blauen Soldaten, die Tom vor sich sah, gingen gleichzeitig zu Boden, als habe ein Graben sie verschluckt. Ohne es zu wollen, senkte er den Kopf und sah den Boden unter seinen Füßen sich bewegen, als sei er lebendig, übersät mit kreuchendem Getier. Erst später ging ihm auf, dass es Hunderte weiterer Rebellenkugeln gewesen waren, die er gesehen hatte, die den Morast und das spärliche Gras aufrissen.

»Ich wusste es! Ich wusste es!«, brüllte Black Dan an Toms rechter Seite – er schüttelte den Kopf, aber auf seinem Gesicht lag beinahe ein erfreuter Ausdruck. Er lief noch ein Stück weiter, dann wirbelte er plötzlich herum – Blut aus dem Loch in der Mitte seiner Stirn spritzte auf Tom und George Leese, ehe er hinfiel.

Tom taumelte einen Schritt zurück, und etwas, das sich wie ein heftiger Windstoß anfühlte, warf ihn auf die Seite und riss den Rucksack von seinem Rücken. Er rappelte sich wieder auf und betastete sich, fand aber keine Wunde, nur Dans Blut auf der Uniform. Dumpf starrte er auf den Krater, den die Granate hinter ihm in den Boden gegraben hatte.

»Zurück! Zurück!«

Snatchem hatte seinen Ellbogen gepackt und zerrte ihn zurück zu dem kleinen Hügel, von wo aus sie den Angriff begonnen hatten. Tom erkannte, dass sie nicht weiter als etwa hundert Meter vorgedrungen waren – und dieser Abschnitt war jetzt eine sich windende Masse blauer Leiber.

»69. New York! Auf, Männer, auf! Zeigt ihnen, woraus ihr gemacht seid!«

Sie rannten wieder los. Tom hatte sein Gewehr verloren, als die Granate einschlug, doch er bückte sich und hob eine andere Enfield auf, nur wenige Schritte hinter dem Hügel. Es lagen jetzt genug davon hier herum. Der gleiche Sturm von konzentriertem feindlichem Feuer traf sie erneut, und überall gingen Männer zu Boden.

»Legt euch hin, Männer, legt euch hin und feuert!«, brüllte ein Offizier, und sie gehorchten. Tom warf sich in den Schlamm, funktionierte wieder wie eine Maschine: lud und feuerte, genau wie man es ihnen eingeimpft hatte.

Sie brachten eine halbherzige Salve zustande, genug, dass einige der Rebs in Deckung bleiben mussten, und zogen sich dann wieder hinter ihr Hügelchen zurück. Snatchem keuchte erschöpft neben ihm, und die beiden Männer sahen sich mit aufgerissenen Augen an.

»Jesus. Jesus«, war alles, was George herausbrachte.

»Auf, Männer, auf!«

Die Offiziere brüllten zunehmend sinnlose, unvollendete Befehle, Ermahnungen und Drohungen.

»Für die Union, Männer. Für eure Frauen und Liebchen! Das 69.!«

»Für New York, Männer! Für Irland!«

Tom wusste nicht, wie sie noch einmal da rausgehen sollten – aber ein Mann ging, dann noch einer, und der nächste war Feeley. Tom und George folgten ihm.

Dieses Mal kamen sie weiter, bis sie nur noch vierzig Meter von der Mauer und der Straße entfernt waren. Plötzlich ließ der Beschuss einen Moment nach, sodass Tom, der immer noch rannte, nur sein eigenes Keuchen hörte und die Schreie der Verwundeten am Boden. Der Rauch verzog sich teilweise – und er sah die nächste Reihe von Südstaatlern, die schon wieder nachgeladen hatten und auf sie warteten. So nahe, dass sie die Spottrufe der Rebellen hören konnten.

»Kommt schon, ihr Blaubäuche!«

»Bringt eure Stiefel und Decken mit! Bringt sie uns her, Blaubäuche!«

Die Stimmen hatten nicht den üblichen, gedehnten Akzent, den sie von den Rebellen kannten, sondern sie klangen vertrauter.

»Oh, Jesus Christus«, hauchte Snatchem an seiner Seite. »Es sind Iren!«

Die Rebellenlinie spie wieder Flammen aus. Tom sah einen Oberfeldwebel rechts vor sich, dem eine Kugel das Bein zertrümmerte. Irgendwie hielt der Mann sich auf den Knien und schwenkte seine Fahne in Richtung der Rebellen. Mindestens fünf weitere Kugeln trafen ihn rasch hintereinander – ein anderer Unteroffizier ergriff die Fahne, als er endlich zusammenbrach, ehe auch er bei der nächsten Salve niederging.

Doch irgendwie waren sie ans Ziel gekommen. Das Regiment näherte sich der Mauer. Jeder Mann bis hinab zu den Trommlerjungen brüllte aus voller Kehle gegen den unüberwindlichen Schlachtenlärm an.

»Feuer!«

Tom hob die Enfield, blieb stehen und feuerte. Die Männer um ihn herum hielten ebenfalls an, um zu schießen. Die Kugeln schlugen durch die Steinmauer und in die Schützengräben. Die erste Linie der Rebellen wich zurück, ging zu Boden.

Aber dann hatten sie ihr Pulver verschossen. Eine neue Reihe in braunen Uniformen hatte sich schon gebildet und legte an. Die Salve zerschmetterte die Spitze des Angriffs und brachte sie alle zum Stillstand. Überall um Tom herum fielen Männer, als habe eine Bö sie umgeweht, und im nächsten Moment rannten sie wieder um ihr Leben. Stolperten über Leiber, fielen in den Morast, rappelten sich wieder auf, krochen zu dem Hügel zurück.

»Oh Jesus! Oh Jesus!«

Sie hatten insgesamt sechsmal angegriffen, ehe sich die frühe Winterdunkelheit über das Schlachtfeld legte. Später sollten sich einmal Legenden darum ranken. Er hörte halbwüchsige Knaben voller Ehrfurcht darüber reden, was sie im *Herald* oder den *Irish News* gelesen hatten. Aber kein zweites Mal kamen sie näher als hundert Meter an die Mauer und die Straße heran.

Tom wurde beim letzten Angriff getroffen. Immer noch rannte er auf die Mauer zu, die er den ganzen Tag wie einen immer wiederkehrenden Traum vor sich gesehen hatte, wann immer der Rauch sich verzog. Dann drang die feindliche Kugel links in seine Brust ein und kam am Rücken wieder heraus, und Tom fiel vornüber. Sofort versuchte er wieder aufzustehen, doch seine Beine gaben nach, und er fiel erneut, vollkommen hilflos, nicht einmal in der Lage, zurück hinter den Hügel zu kriechen. Vom Boden beobachtete er, wie der letzte Angriff in sich zusammenfiel und seine Freunde und Kameraden an ihm vorbei zurückrannten, bemüht, ihr eigenes Leben zu retten.

61
Tom O'Kane

Er hatte zwei Nächte und einen Tag lang auf dem gefrorenen Morast gelegen, bis die Armeen einen Waffenstillstand ausgehandelt hatten und die Sanitäter ausgeschickt wurden. Wenigstens hatte er den Blutfluss mit seinem Mantel dämmen können – das Loch in seiner Brust war nicht größer als eine kleine Münze, doch die Austrittswunde am Rücken war so groß, dass seine Faust hineingepasst hätte. Er schaffte es, sich von den Toten um ihn herum eine Decke und eine Feldflasche mit Wasser zu stehlen, obwohl er Angst hatte, sich auch nur so weit zu bewegen, selbst in der Nacht, aus Furcht vor den Leichenfledderern und den Scharfschützen der Rebellen, die Langeweile hatten und wahllos auf die Leiber feuerten, die noch auf dem Schlachtfeld lagen.

Er lauschte ihren Schüssen, hörte sie dumpf in die Leiber der Toten um ihn herum einschlagen und fragte sich, wann ihn eine der Kugeln treffen würde. Das endlose Jammern und Betteln der anderen Verwundeten zerrte an seinen Nerven – doch es wurde stetig schwächer, je mehr Zeit verrann. Die Leichen schwollen an, die Augen traten hervor, und die Haut wurde schwärzlich.

In der zweiten Nacht wurde er von Fieber geschüttelt und war kaum noch bei Bewusstsein. Immer noch lag er auf dem Bauch und starrte mit dem einen Augen, das freie Sicht hatte, zum Himmel auf. Dort erschienen nach und nach spektakuläre, glühende Streifen von roter und blauer Farbe und breiteten sich über den gesamten Nachthimmel aus. Tom nahm an, sie seien seinem Fieberdelirium entsprungen, aber dennoch beobachtete er sie voller Ehrfurcht. Seine Gedanken kehrten zu der Nacht zurück, da er mit der Black

Joke seinen größten Triumph erlebt hatte: die Nacht, als er das Feuer gefunden, den Hydranten verteidigt und zum ersten Mal bewiesen hatte, dass er ein vollwertiges Mitglied der Feuerwehr war. Die Nacht, als sie die Big Six geflutet hatten.

Es war eine ganz ähnliche Nacht gewesen wie diese, mitten im Winter. Die Woche zwischen Weihnachten und Neujahr, wenn die Stadt dunkler und geheimnisvoller ist als zu jeder anderen Jahreszeit. Der Himmel voll leuchtender, orangefarbener Wolken und eine hohe, verharschte Schneedecke auf der Straße.

Tom war beinahe allein in der Feuerwache gewesen. Ein paar ältere Männer saßen dösend um den Ofen im Aufenthaltsraum und versteckten sich dort vor ihren Frauen. Einige Junggesellen waren oben und schliefen ihren Rausch aus, alle anderen verbrachten den Abend mit ihren Familien auf den Partys und Festessen, mit denen das neue Jahr begrüßt wurde. Er wäre gern bei Deirdre und Eliza und dem Baby gewesen, aber es machte ihm nicht gar zu viel aus. Er war glücklich, dass er die Chance bekam, sich zu beweisen, gar erleichtert, einmal für eine Nacht aus dem Haus zu sein, und sei es auch nur, um brav am Feuer zu sitzen und eins von Deirdres frommen Heftchen zu lesen und zu versuchen, nicht einzuschlafen.

Dann hatte er die Alarmglocke gehört, fern, aber deutlich in der ungewohnten Stille der Nacht. Das Vesperläuten war vorbei, wusste er, also konnte es nichts anderes sein. Die Glocke schlug zweimal, verstummte dann, dann wieder zwei Schläge. Ein Feuer im Viertel.

Augenblicklich war er auf den Beinen. Die älteren Männer erhoben sich zögerlicher, doch Tom hatte schon seine Stiefel und das rote Hemd an. Er brauchte nur noch seine Jacke vom Haken an der Wand zu nehmen, und schon war er draußen auf der Straße. Die Nachtluft war kalt und klar, vertrieb augenblicklich die Spinnweben aus seinem Kopf und die Schläfrigkeit aus seinen Gliedern.

Er hatte zu den zwei Türmen des Tombs-Gefängnisses hinübergesehen, ein spitzer Schaft aus Dunkelheit in der Finsternis. Da – er konnte es gerade noch erkennen. Eine einzelne Laterne wurde an

einem langen Stab hin- und hergeschwungen. Vor seinem geistigen Auge sah er die Läufer von einem halben Dutzend anderer Feuerwehren, die schon unterwegs waren und rannten, aber er zwang sich zu warten – und tatsächlich: Da erschien ein weiteres Licht. Eine zweite gelbe Laterne schwankte und tanzte auf dem Signalpfosten.
Dann lief er los Richtung Fluss. Seine Stiefel knirschten im Schnee. Zwei Laternen – das bedeutete, dass das Feuer irgendwo am Ufer war, aber wo? Wenn mehrere Läufer in der Feuerwache waren, teilten sie sich auf, aber heute trug er die Verantwortung allein. Das Feuer zu finden und den nächsten Croton-Hydranten, der dann für seine Feuerwehr gehalten werden musste …
Am Ende der Catherine Street hielt er an. Er schnupperte die kalte Luft, versuchte, das Feuer zu wittern. Er spähte in jede Türöffnung und jede Gasse. Er glaubte, die Läufer der anderen Feuerwehren schon hinter sich die schneebedeckte Straße entlangrennen zu hören, doch wieder zwang er sich zu warten. Er wusste, er musste vorsichtig sein. Jeder Halunke von den Flussgangs würde sich einen Spaß daraus machen, ihn niederzuschlagen. Und dann gab es da noch die Old Maid's Boys. Eine Gang mit Hunderten von Mitgliedern, Männer ebenso wie Jungen, die Feuer legten, nur um die Freiwilligen in einen Hinterhalt zu locken. Sie schlugen die Männer zusammen und machten Kleinholz aus den Feuerspritzen …
So lautlos wie er konnte, lief er zu den Kais hinunter. Die Masten der Schiffe und die eingerollten Segel waren von einer Eisschicht überzogen, die leise klimperte, wenn die Schiffe an ihren Tauen zerrten. Der Wald aus nackten Bäumen ragte weiß vor ihm auf. Er lief weiter an den Kais entlang, bis zu der Stelle nahe der James Street, wo sie eine sachte Biegung machten – und dort war das Feuer, genau vor ihm.
Zuerst blendete es ihn. Ein Geysir aus rotem Licht sprudelte aus einem alten Teelagerhaus hervor. Tom stand da und starrte es an. Der brennende Tee verbreitete den Duft von Zichorie und Zimt …
Dann entdeckte er die ersten anderen Gestalten, die von den Saloons an der South und der Front Street herbeigetorkelt kamen. Er

hatte jetzt keine Zeit, hier zu stehen und die Flammen zu bewundern. Verzweifelt rannte er den Block auf und ab und suchte nach einem der erbsengrünen hölzernen Hydranten. Das war das ganze Spiel: als Erster vor Ort zu sein und den Hydranten für die Feuerwache zu finden. Er wollte schon aufgeben, als er schließlich über ihn stolperte: Der Hydrant lag halb die Straße hinab und war fast vollständig von einer Schneewehe verdeckt.
Aber wie sollte er ihn gegen die anderen verteidigen, bis seine Kameraden eintrafen?
Auf der anderen Straßenseite entdeckte er ein Apfelweinfass, das glücklicherweise irgendwer dort in der Gosse hatte liegen lassen. Er hob es auf, stülpte es über den Hydranten und setzte sich darauf. Er zog die Jacke fester um sich und versuchte, so unauffällig auszusehen, wie es auf der verlassenen Straße nur möglich war.
Bald hörte er Dutzende rennender Füße und das Rumpeln von den Rädern einer Feuerspritze, die die Straße entlangschlitterte.
Die Feuerspritze!
Aber irgendetwas stimmte nicht. Er merkte es sofort, allein am Klang der Räder. Der Wagen war viel größer und schwerer als der der Black Joke. Er nahm zuerst an, es liege am Schnee, doch dann hörte er den Trompetenstoß: lauter und tiefer als der ihre. Mehr Männer rannten neben dem Wagen her, als die Old Bombazula je gehabt hatte …
Es musste eine andere Feuerwehr sein, aber welche?
Tom war versucht aufzustehen und nachzusehen. Was da um die Ecke von Peck Slip kam, hörte sich jetzt wie eine ganze Armee an. Doch er zwang sich zu bleiben, wo er war: auf seinem Fass, um den Hydranten zu bewachen und zu verbergen. Er wollte ganz klein zusammenschrumpfen, um nicht aufzufallen. *Vielleicht würden sie ihn für tot halten, erfroren, wo er saß, in seine Jacke gewickelt.* Er hörte den Jubel der jungen Burschen und der Männer, die aus den Saloons gekommen waren. Ganze Familien lehnten sich aus ihren Fenstern, um das Feuer zu sehen. Sein Blut schien gefrieren zu wollen, als er hörte, was sie riefen: »Big Six! Big Six!«

Sie kam in Sicht, die Americus Engine No. 6. Der riesenhafte Doppeldecker-Feuerwehrwagen mit einer Saugpumpe und einer Schwanenhalsspritze. Die Big Six.
Er wagte kaum, den Blick zu heben. Auch die Black Joke war ein Doppeldecker, aber nichts konnte sich mit der Big Six messen. Sie wog über zwei Tonnen – eine riesige, leuchtend rote Maschine. Ihre Laternen glühten wie zwei bernsteinfarbene Augen in der Dunkelheit, und zwischen ihren Läufern erkannte man das Bild eines fauchenden bengalischen Tigerkopfes, der jetzt im Flammenschein lebensecht wirkte.
Wenigstens fünfundsiebzig Männer zogen den Wagen an den Handgriffen oder liefen mit militärischer Disziplin daneben her. Und oben auf dem Wagen stand der Vormann und gab die Befehle: Bill Tweed höchstpersönlich. Angetan mit dem langen weißen Mantel des Vormanns, die Arme vor der Brust gekreuzt wie ein heidnisches Götzenbild.
»Hier ist er irgendwo, er muss hier sein! Es gibt wenigstens einen auf dieser Straße!«, brüllte er. »Wo ist er? Wo ist der Anschluss, Männer?«
Tom musste all seinen Mut zusammennehmen, um auf seinem Platz zu bleiben. Die Big Six war die gefürchtetste Feuerwehr in der ganzen Stadt. Sie bestand ausschließlich aus hünenhaften, kräftigen Männern – die Einzigen, die die Pumphebel eines solchen Ungetüms handhaben konnten. Die meisten von ihnen wogen über zweihundert Pfund und waren blitzschnell mit den Fäusten, handverlesene Exemplare aus Tweeds alter Cherry Street Gang. Außerdem war sie die schlimmste Rivalin der Black Joke, seit die Big Six ihre einstige Feuerwache bekommen hatte. Dem war ein unglückseliger Vorfall bei einer Weihnachtsfeier vorausgegangen, in deren Verlauf eine Mörsergranate auf eine andere Feuerwehr abgeschossen worden war. Aber die Black Joke hatte es nie so recht gewagt, es mit der Big Six aufzunehmen …
»Hau ab da, du Penner! Ist das etwa der Hydrant, auf dem du da sitzt?«
Entdeckt. Einer der Jungen trat zu ihm, aber Tom gab keine Ant-

wort. Er hörte jetzt eine zweite Trompete, die sehr nach der Black Joke klang, und sie schien nur noch eine Straßenecke entfernt. Manchmal kamen gar fünf oder sechs verschiedene Feuerwehren zu einem Brandherd, und allein die Kämpfe um die Hydranten konnten Stunden in Anspruch nehmen. Tom hatte ganze Gebäude niederbrennen sehen, während die Feuerwehrmänner mit Pistolen und Messern, Schraubenschlüsseln und Totschlägern aufeinander losgingen – um dann anschließend zusammen in einem Saloon einzukehren.

Aber heute war ein solcher Andrang unwahrscheinlich, denn es war der letzte Tag des Jahres, und die halbe Stadt vergnügte sich auf Bällen und Feiern. *Er musste auf seinem Fass aushalten, bis die Jungs ihn erreichten.* Der Läufer von der Big Six rüttelte ihn wieder, und er grunzte wie ein alter Trunkenbold. Das Gesicht des Jungen verzog sich angewidert. Er war jünger und schmaler als er selbst, erkannte Tom, und sollte leicht zu überwältigen sein. Doch er ließ sich von dem Knäblein weiter nach hinten stoßen, sodass das graue Weinfass sichtbar wurde. Der Junge wandte sich ab …

»Da ist er! Der alte Saufkopf sitzt darauf!«

Er hatte sich mit seinem Fass zu weit zurückgelehnt, sodass für einen Moment etwas Grünes zum Vorschein gekommen war. Ein zweiter Läufer hatte es gesehen und kam herbeigerannt. Der erste Junge packte seinen Arm, und Tom zog ihn mit einem Ruck näher und schlug ihm mit der freien Hand ins Gesicht. Der Junge fiel in den Schnee; Blut lief aus seiner Nase. Die übrigen Läufer der Big Six stürzten sich augenblicklich auf Tom und kämpften verbissen, um ihn von seinem Fass zu stoßen, aber es war zu spät. Die Jungs von der Black Joke kamen mit ihrer Feuerspritze den Kai entlang und entdeckten Tom sofort. Ehe die Americus-Männer ihren Wagen bewegen konnten, hatten Toms Kameraden die Läufer verjagt und ihre eigene Spritze an den Hydranten angeschlossen.

Doch die Männer von der Big Six waren ihnen sowohl zahlen- wie auch kräftemäßig überlegen. Mit Schraubenschlüsseln und Axtgriffen in den Fäusten kamen sie auf sie zu. Tom und die übrigen Männer von der Black Joke bildeten einen Halbkreis um den

Hydranten, bereit, dafür zu kämpfen. Die Flammen schlugen aus den Fenstern des Lagerhauses auf der anderen Straßenseite ...

»Wir waren zuerst da! Es ist unser Hydrant ...«

»Das könnte euch so passen«, entgegnete Finn McCool und schlenderte zur vorderen Reihe seiner Männer. »Wir haben den Hydranten, und das Feuer gehört uns. Oder habt ihr etwa Angst, eure Jungfräulichkeit zu verlieren?«

Nur die erste Feuerspritze konnte an den Hydranten angeschlossen werden. Gab es keine weiteren Hydranten, wurden die nachfolgenden Wagen vom ersten versorgt – und das war es, worum es ging, woran ihre Ehre hing: Wenn die zweite Feuerspritze das Wasser nicht so schnell abpumpen konnte, wie sie es von der ersten bekam, dann sammelte es sich in ihrem Löschwagen. Sammelte sich, bis der Tank überlief – die größte Katastrophe für jede Feuerwehr. Der ganze Wagen wurde überflutet, und all die wundersamen Gemälde und Embleme an Front und Seiten abgewaschen. Eine unauslöschliche Schande.

Die Big Six war noch Jungfrau. Sie war noch nie von einer anderen Feuerspritze geflutet worden – und alle Männer hier wussten, dass sie ihrerseits mindestens ein Dutzend geflutet hatte. Die großen Männer ihrer Besatzung betätigten die Pumpschwengel der riesigen Feuerspritze mit unbezwingbarer Leichtigkeit. Sie waren in der Lage, einen solchen Druck zu erzeugen, dass sie einmal während des Feuerwehrfestes zum Unabhängigkeitstag einen Wasserstrahl über den Liberty Pole an der Franklin Street geschossen hatten – eine beispiellose Heldentat, selbst wenn später herauskam, dass Tweed einen Matrosen bezahlt hatte, den Pfosten in der Nacht zuvor zu erklimmen und drei Fuß davon abzusägen.

Doch sie würden nicht zulassen, dass die Big Six die Black Joke flutete, jetzt, da sie den Hydranten hatten – nicht einmal, wenn es bedeutete, dass sie sich dafür verprügeln lassen mussten oder die ganze Stadt niederbrannte. Erst im letzten Moment kletterte Tweed von seinem Wagen und stellte sich zwischen seine Männer und die der Black Joke. Selbst Finn McCool wirkte ein wenig nervös im Schatten des wesentlich größeren Mannes. Doch er war sich sicher auch bewusst, dass er selbst Tweed in der politischen Hierarchie von Tammany Hall weit überflügelte. Aber zur allgemeinen Überraschung vollführte Tweed eine großmütige Geste: »Na schön, lasst ihnen den Anschluss!«, befahl er seinen Männern. »Das ist nur fair.«

Tweeds Miene war so ausdruckslos und undurchschaubar wie eh und je. Seine kleinen, klaren Augen blinzelten arglos.

»Was können sie uns schon anhaben? Es ist ja nicht so, als könnten sie uns fluten …«

Auf einen Schlag hatte die Lage sich geändert: Nun war es ihre Schande, wenn es ihnen nicht gelang, die Big Six zu fluten. Finn stieß die Luft aus. Tweeds Männer zogen sich zu ihrem Löschwagen zurück, lachten und grinsten hämisch.

»Was können die uns schon anhaben? Was, he?«

»Klar, die Hänflinge!«

»An die Pumpen, Männer!«

Die Männer beider Feuerwehren nahmen ihre Plätze an den Pumpenschwengeln ein. Zwanzig lagen auf jeder Seite der Doppeldeckerwagen. Zehn oben, die von Männern bedient wurden, die auf dem Wagen standen, zehn unten, sodass die Männer an den Schwengeln auf dem Boden stehen konnten. Sie mussten das Wasser tief aus der Erde saugen. Die Rohre verliefen weit unterhalb des Straßenpflasters, brachten das Wasser den ganzen weiten Weg vom Croton-Reservoir …

Tweeds stellvertretender Vormann kam mit dem dicken Lederschlauch angerannt, um sein genietetes Kupferventil an die Black Joke anzuschließen.

»Passt bloß auf, dass ihr keinen Frühstart hinlegt«, warnte er sie.

Manchmal versuchten die Männer des Löschwagens am Hydranten, einen Vorsprung herauszuschinden. Die Männer pumpten acht- oder zehnmal, ehe der zweite Wagen angeschlossen war, sodass das Wasser beinahe sofort überquoll und den zweiten Wagen flutete. Wegen solcher Vorkommnisse hatte es Schlägereien mit beinahe tödlichem Ausgang gegeben – oder weil der zweite Wagen nicht rechtzeitig abgekoppelt wurde, wenn das Feuer gelöscht war.

»Passt ihr doch selber auf! Geh zurück zu eurem Wagen – ihr werdet gleich getauft!«
Die Schmährufe und Beleidigungen flogen hin und her, während der zweite Vormann das Ventil anschloss. Die Männer stampften mit den Füßen auf wie Pferde, um die Kälte zu vertreiben, begierig, sich endlich an die Arbeit zu machen. Tom bediente einen der unteren Pumpengriffe, Snatchem flankierte ihn an einer Seite, Dolan, der damals noch bei der Black Joke gewesen war, an der anderen. Er war überrascht gewesen, seinen Schwager zu sehen, ausgerechnet in dieser Nacht und so weit weg von Pigtown, wo er und Ruth wohnten. Aber er hatte nichts gesagt, und Dolan war derselbe wie immer: schweigend und bereit, die mörderische Energie zu entfesseln, die stets in ihm schlummerte.
Sie schauten zu Finn auf, der oben auf dem Wagen stand, und warteten auf sein Signal.
Die Spannung in der Luft war nahezu greifbar. Nie wieder hatte Tom eine solche Stimmung erlebt, außer unmittelbar vor Beginn einer Schlacht. Das Feuer selbst war inzwischen so gut wie vergessen. Eine Menschenmenge hatte sich auf dem Gehweg versammelt, und Tom entdeckte unter ihnen eine Gruppe, die der Eigentümer des Lagerhauses und seine Angestellten zu sein schienen – sie hasteten in das brennende Gebäude und wieder heraus, retteten an Ware, was sie konnten. Doch die Übrigen waren nur da, um den Wettstreit der Feuerwehren zu sehen – und wenn der Rest der Stadt in Flammen aufgegangen wäre.
»Also dann! Schließt die Pumpe an und dann los, Männer!«
Sie legten los. Finn gab das Signal, und sie drückten ihre Pumpenschwengel herunter wie ein Mann. Die Männer auf der Big Six folgten augenblicklich ihrem Beispiel. Und die Menge brach in Jubel aus, als das Wasser in einem hohen Bogen in den Nachthimmel schoss.
Tom ergötzte sich am Gefühl der Pumpe, die gegen seine Hände zurücksprang. Sofort breitete sich das gute, vertraute Ziehen über Rücken und Schultern aus. Sie steigerten das Tempo schnell, und Tom arbeitete im perfekten Rhythmus zusammen mit Snatchem

und Johnny Dolan und all den anderen Männern in seiner Reihe und über ihm auf dem Wagen.
»Pumpt! Pumpt! Weckt sie zum Leben!«, sang Finn über ihren Köpfen. Normalerweise stimmten sie zur Antwort ihrerseits einen Gesang an, wie Matrosen, die ein Hauptsegel einholen. Aber in dieser Nacht sparten sie ihren Atem und ließen ihre gesamte Kraft in die Hebel fließen.
»Alle zusammen jetzt! Wollt ihr wohl arbeiten, Jungs? Das nennt ihr doch wohl nicht Arbeit!«
Bald hatten sie ihre Höchstgeschwindigkeit erreicht, sechzig, dann siebzig Hübe pro Minute. Die Männer der Big Six passten sich bislang noch mühelos ihrem Rhythmus an, Hub für Hub. Das Wasser rauschte durch die beiden Spritzenwagen und schoss in Kaskaden aus den Schläuchen auf das brennende Lagerhaus. Die Zuschauermenge wurde jetzt immer größer, aus Saloons und gar von den Kostümbällen kamen die Menschen herbeigelaufen.
»Wollt ihr wohl arbeiten?«
Tom spürte eine Hand auf der Schulter und trat beiseite, um seiner Ablösung Platz zu machen. Bei diesem Tempo pumpten die Männer nicht länger als eine oder eineinhalb Minuten, ehe sie ersetzt wurden. Die zweite Schicht übernahm zuerst die obere Hebelreihe, kletterte an ihnen vorbei auf den Wagen. Dann wurden die Männer hinter Tom abgelöst. Mit einer Präzision, die sie in zahllosen, stundenlangen Übungen erlernt hatten, traten sie beiseite, er, Snatchem und Dolan im selben Moment. In der Aufwärtsbewegung des Hebels machten die Männer einen einzelnen Schritt nach hinten und zur Seite, ließen die zweite Schicht an sich vorbei, sodass beim Wechsel nicht ein einziger Hub ausgelassen werden musste.
»Gebt ihr Saures! Zeigt es mir!«
Als Tom beiseite trat, konnte er sehen, dass das Feuer sich bereits im ganzen Block ausbreitete. Es war auf einen Saloon und eine Matrosenpension übergesprungen. Doch sobald er wieder an der Pumpe stand, konzentrierte er sich nur auf den Metallhebel, gab seine gesamte Kraft, um ihn herunterzudrücken und mit den anderen im Rhythmus von Finns Takt zu bleiben.

Er erinnerte sich noch, dass George ihn in einer Pause irgendwann angestupst hatte, um ihn wissen zu lassen, dass der Bürgermeister selbst gekommen war. Tom hatte einen kleinen, unauffälligen Mann in einem Gehrock mit hohen Kragen gesehen, zugeknöpft bis zum Kinn, und mit einem hohen Zylinder auf dem Kopf. In einer Hand hielt er, als sei er der Bischof persönlich, den offiziellen Feuerstab: einen schneeweißen Stock, gekrönt von einer goldenen Flamme …

Achselzuckend hatte Tom sich abgewandt, um sich ein Stück Brot und Käse zu holen. Der Proviantmeister der Black Joke schritt mit seinem Verpflegungsbeutel die Reihen der Männer auf und ab und sang: »Esst vom Käse und dem Schinken, und darauf sollt ihr einen trinken!«

Tom griff nach dem Becher mit Brandy, den der Mann ihm hinhielt, und nahm einen Schluck, gerade genug, um in seiner Kehle zu brennen und ihn aufzuwärmen. Den Rest kippte er in seine Stiefel, wie er es die Veteranen hatte tun sehen, um zu verhindern, dass ihm die Zehen abfroren. Dann nahm er seinen Platz an der Pumpe wieder ein, bewegte sich geschmeidig und trug Sorge, dass seine Finger von dem wippenden Hebel nicht zerquetscht wurden.

»Wollt ihr arbeiten, Jungs!«

Die Schlacht dauerte bis tief in die Nacht. Das Feuer schrumpfte nur allmählich. Das Lagerhaus war verloren, und der Teehändler saß auf dem Bordstein und weinte, doch die Menge schenkte ihm keine Beachtung. Der Saloon und die Pension sahen ziemlich verkohlt aus, waren aber vermutlich zu retten. Die einzige Frage, die noch offen blieb, die Frage, die sie am meisten beschäftigte, war, ob sie die Big Six fluten konnten.

Toms Arme waren inzwischen tonnenschwer, und auch auf den Gesichtern der Männer um ihn herum erkannte er die Spuren der Strapazen, sogar auf Johnny Dolans. Doch Finn zog das Tempo nur weiter an, und sie gingen mit. Die Männer der Black Joke pumpten wie nie zuvor in ihrem Leben, bis zu fünfundsiebzig Hüben pro Minute. Die Läufer und die Jungen aus der Nachbarschaft warfen Schnee auf die Hebel, um zu verhindern, dass sie zu

heiß wurden, Funken schlugen und den ganzen Wagen in Brand steckten.
Und immer noch pumpten die Männer der Americus das Wasser weiter. Tweed selbst arbeitete jetzt an der oberen Hebelreihe, hatte das Kommando seinem Stellverstreter überlassen. Die Big Six schwankte und schaukelte bei jedem ihrer gewaltigen Hübe.
»Hey, da kommt Frank!«
»Es ist Frank! Es ist Frank! Hier ist er, Frank höchstpersönlich!«
Ein freudiges Raunen ging durch die Menge, ehe sie sich teilte, um eine Gasse für einen feschen, lächelnden Mann in einem Operncape zu bilden. Jetzt war Tom beeindruckt – es war niemand anderes als Frank Walton, der berühmteste der Feuertenöre, von dem es hieß, wenn er bei einem Feuer »Napoleon's Dream« sang, dann kamen selbst den alten Quäkern auf der Henry Street beim Klang seiner Stimme die Tränen.
Mit einem theatralischen Schwung nahm er das Cape von den Schultern, räusperte sich und stimmte einen anderen Gassenhauer an:

Shule, shule, shule agra,
Sure a sure and he loves me
When he comes back he'll marry me
Johnny has gone for a soldier …

Seine herrliche Stimme klang durch die Nacht, und die Menge wurde noch größer – Köpfe mit Schlafmützen erschienen an jedem Fenster, das Tom sehen konnte. Er ging zurück an seinen Platz und dachte, dass das Feuer nun sicher bald gelöscht sein musste. Er wusste nicht, wie lange er noch weitermachen konnte, seine Rückenmuskeln fühlten sich an, als würden sie gleich zerreißen. Und derweil sahen die Männer auf der Big Six immer noch nicht müde aus, auch wenn sie jetzt härter zu schuften schienen und ihren ganzen Spritzenwagen zum Schaukeln brachten.
Doch einige Minuten später spürte er eine Veränderung. Ein schwacher, aber zunehmender Widerstand im Pumpenschwengel.

Tom war schon einmal bei der Flutung eines anderen Löschwagens dabei gewesen, und es hatte sich genauso angefühlt, als das Wasser im Wagen ihrer Gegner angestiegen war und kurz davor stand überzulaufen. Aus dem Augenwinkel sah er zu Snatchem und Dolan, und er erkannte, dass sie es auch spürten. Finn oben auf dem Aufbau zog das Tempo noch einmal an – trieb sie an zu achtzig, dann fünfundachtzig Hüben pro Minute.

»Jetzt habt ihr sie!«, rief er. »Legt euch ins Zeug, Jungs! Malt das alte Mädchen grün an!«

Alle Männer der Black Joke wussten, dass dieses Tempo unmöglich zu halten war. Wenn sie so weitermachten, bestand die Gefahr, dass einzelne Männer sich die Arme brachen und sie die Kontrolle über die Pumpe verlieren würden. Es war nicht so schlimm, wie geflutet zu werden, aber trotzdem eine Schande: Das Wasser tröpfelte nur noch aus dem dicken Lederschlauch, und das Feuer konnte wieder aufflammen.

Doch so unglaublich es auch schien, die Männer der Big Six zeigten Anzeichen von Erschöpfung. Einer ihrer Läufer rannte mit einem Schraubenschlüssel in der Hand zum Anschlussventil, bereit, es auf Befehl augenblicklich zu lösen.

»Das Feuer ist fast aus!«, rief er zu Finn hinauf.

»Ist es aus? Wirklich?«, brüllte Finn zurück. »Mit ›fast‹ kann ich nichts anfangen. Wenn du die Schraube löst, bevor es ganz aus ist, dann komme ich da runter und schließe dich stattdessen an!«

Der Läufer stand da mit seinem Schraubenschlüssel in der Hand, schaute zu Finn hoch, dann hinüber zu den Männern auf der Big Six. Er wusste, dass sie alle ihm beistehen würden.

»Das Feuer ist noch nicht aus!«, rief eine Stimme auf der Straße. Es war der Bürgermeister selbst, der durch sein schwarzes Sprachrohr rief und seine schneeweiße Hand erhoben hatte, als erlasse er ein päpstliches Dekret. Die Menge brach wieder in Jubel aus, und Frank Walton hob zu einer Zugabe an, seine Stimme übertönte gar das Prasseln der Flammen und die Rufe der wetteifernden Feuerwehrleute:

I'll sell my rock and I'll sell my reel
I'll sell my flax and spinning wheel,
To buy my love a sword of steel
Johnny has gone for a soldier ...

Die Männer der Black Joke pumpten jetzt wie nie zuvor, bis auf neunzig Hübe die Minute hinauf, ein Tempo, das sie noch nie auch nur für Sekunden erreicht hatten. Toms Arme waren taub, und seine ermüdeten Muskeln zitterten. Er sah, dass auch Snatchem in Schwierigkeiten war, nur Johnny Dolan pumpte weiter wie ein Besessener. Die Augen starr auf ihre Feuerspritze gerichtet, als gäbe es nichts anderes auf der Welt.

Der Druck nahm stetig zu, und ihre Aufgabe wurde immer schwerer, je voller die Big Six lief. Das war das Schwierige daran, einen Löschwagen zu fluten. Doch Tweeds Männer hatten jeden Anschein von Gelassenheit eingebüßt. Der zweite Hauptmann zog das Tempo an, schlug den Rhythmus mit der Faust auf den Tank. Die großen Männer gaben alles, was sie hatten. Manche arbeiteten inzwischen trotz der Kälte in Hemdsärmeln. Der riesige Doppeldeckerwagen schwankte hin und her, die Federn ächzten unter der Belastung.

»Wir haben sie, Jungs. Jeden Moment wird sie überkochen!«

»Noch nicht, noch nicht!«

Mit einem Dröhnen wie von Kanonenfeuer sackte die Big Six nach rechts – die Achsen waren unter dem Gewicht der großen Männer geborsten. Die Schwengel senkten sich wieder herab, und dieses Mal brachen die Achsen an der linken Seite. Das gesamte Chassis geriet ins Rutschen, die Räder lösten sich, und als der Löschwagen zusammenbrach, wurde seine Besatzung fluchend auf die Straße geschleudert.

Und während sie fiel, stieg das Wasser und quoll aus dem Tank der Big Six. Sprudelte über das Gesicht des fauchenden Tigers, vernichtete all die anderen großartigen Bilder, spülte über die hübschen schwarzen Längsstreifen und die roten Radspeichen hinweg.

Augenblicklich brachten Tom und die anderen Männer der Black

Joke die Pumpe zum Stillstand und brachen in Jubel aus, umarmten und boxten einander – zumindest diejenigen, die noch genug Kraft hatten, um etwas anderes zu tun, als nur dazustehen und sich die Arme zu reiben. Die Menschenmenge brach über sie herein, klopfte ihnen den Rücken und hob sie auf ihre Schultern – niemand interessierte sich mehr für das Feuer.
Als die Männer der Big Six wieder auf die Füße gekommen waren, liefen sie hinzu und behaupteten beharrlich, das Ventil hätte gelöst werden müssen, als ihre Achsen zu brechen begannen. Sie legten es auf eine Schlägerei an.
Doch Tweed war bei ihnen – er war gefasst, auch wenn sein feistes Hammelgesicht verschwitzt und gerötet war.
»Kommt, kommt, Jungs. Sie haben uns fair besiegt. Wir können es doch offen eingestehen, wenn wir geschlagen sind, und einer Feuerwehr von anständigen Amerikanern und Demokraten Ehre erweisen!« Noch während er sprach, erschien ein Matrose aus der Pension und zupfte an Tweeds Rocksaum, versuchte es dann bei Finn und jedem anderen Feuerwehrmann: »Er eingeklemmt! Er da oben eingeklemmt!«
Ein Junge mit olivfarbener Haut, nicht älter als dreizehn, angetan mit den weißen Hosen und der kurzen Jacke seines Berufsstandes, jetzt rußgeschwärzt. Er hatte einen schweren, portugiesischen Akzent. Die meisten der Leute in der Menge lachten über seine kopflose Erregung.
»Mein Freund, er eingeklemmt! Es gefallen. Es auf ihn gefallen. Er brennen.«
Er umrundete den Löschwagen und zerrte an Tom, an Snatchem und Dolan, die erschöpft am Boden saßen. Er wies zu einem Fenster im zweiten Stock der Pension. Der Fensterrahmen und der Giebel darüber waren geschwärzt, doch das Feuer schien erloschen, und Tom starrte den Jungen nur dumpf an, während George versuchte, sich loszureißen.
»Na, dann zieh ihn doch raus! Was willst du denn noch von uns …«
»Da oben? Er ist da oben?«, fragte Dolan plötzlich, packte den Jungen bei der Schulter und wies auf den verkohlten Giebel.

»Si, si! Da oben!«
»Zeig es mir.«
Dolan riss eine Axt aus der Halterung an der Black Joke und folgte dem Jungen zur Pension. Tom und Snatchem rannten ihm nach, auch wenn Tom nicht wusste, warum es ihn kümmern sollte, was dieser Wahnsinnige tat. Er folgte ihm, wie er jedem anderen Kameraden seiner Feuerwehr gefolgt wäre, und sowohl er als auch Snatchem brüllten Dolan zu, er solle zurückkommen: »Halt, halt, du verrückter Bastard! Du weißt doch nicht, was da drin los ist! Sie sollen sich selbst um ihre Freunde kümmern!«
Doch Dolan war schon in dem Gebäude. Es blieb ihnen nichts anderes übrig, als ihm zu folgen. Sie hielten inne, sobald sie durch die Tür getreten waren, und Snatchem schimpfte: »Er wird uns alle noch umbringen!«
Sie hatten genügend Brände erlebt, um zu wissen, wann ein Haus gefährlich war. Schon in der Halle konnten sie erkennen, dass die Pension weit schlimmer beschädigt war, als es von außen den Anschein hatte. Erschwerend kam hinzu, dass es sich gar nicht um ein Gebäude handelte, sondern um zwei, zusammengeschustert mit ein paar Brettern und Ziegeln und hier und da einer Kelle Putz. Die ganze Konstruktion stand nur deswegen noch, weil die beiden Hälften so geneigt waren, dass sie sich gegenseitig stützten. Doch nun hatte das Feuer all dies unterminiert, hatte die Mittelwand weggefressen.
Die verbrannte Hälfte – in der sie sich befanden – sah aus, als könne sie jeden Moment ins Rutschen geraten und in sich zusammenstürzen. Alles fühlte sich instabil an – die Böden und Decken, die Türen und Geländer im engen Treppenhaus vibrierten unter jedem ihrer Schritte. Und das Schlimmste war, dass sie Feuer riechen konnten. Irgendwo brannte es im Verborgenen immer noch.
Aber Johnny Dolan rannte bereits die Treppe hinauf hinter dem portugiesischen Jungen her. Die ganze Treppe schien unter seinen Tritten zu wanken. Snatchem blickte Tom an, zuckte die Achseln, und dann folgten sie ihm.
»Warte! Warte doch wenigstens auf uns …«

Sie stolperten und taumelten hinauf, wagten nicht, sich am Geländer festzuhalten, nachdem ein großes Stück davon unter aufstäubender Asche nach außen gekippt und krachend im Erdgeschoss gelandet war. Im zweiten Stock sah es keineswegs besser aus. Der Boden war von Löchern durchzogen, wo das Feuer durchgekommen war, darunter waren die geborstenen, schwachen Balken deutlich sichtbar.
Sie mussten sich in beinahe völliger Dunkelheit den Flur entlangtasten. Selbst Dolan bewegte sich jetzt langsamer, obwohl der olivhäutige Junge weiter flink vorauslief zu dem Giebel, den er ihnen gezeigt hatte. Auch hier rochen sie das Feuer wieder – der Geruch war jetzt sehr stark, kam von irgendwoher gleich unter den Bodendielen oder möglicherweise den Deckenbalken.
»Jesus, wir können hier abwärts purzeln bis geradewegs in die Hölle …«
»Hier! Er eingeklemmt!«
Der Matrose wies auf eine Tür, die ein herabgestürzter Deckenbalken aus den Angeln gerissen und festgeklemmt hatte. Darunter sahen sie ein Paar geschwärzte Füße. Snatchem fluchte. »Ach, dein Kumpel ist doch längst tot, Bürschchen.«
Doch noch während er sprach, bewegte sich einer der Füße, und unter der Tür war ein schwaches Stöhnen zu vernehmen. Als sie näher traten, erkannten sie eine schmale Gestalt, einen Jungen, der nicht viel älter war als der, welcher sie herbeigeholt hatte. Die Füße waren nicht verbrannt, sondern hatten nur die pechschwarze Farbe seiner Haut. Der Junge unter der Tür war nackt, lag noch auf den Überresten der billigen Pensionsbettstatt, in der er geschlafen hatte, als der Balken herunterkrachte.
Er stöhnte nur und öffnete die Augen für einen Moment, als sie ankamen. Der andere Junge strich ihm über den kurz geschorenen Schopf und sprach zu ihm in langen portugiesischen Wortschwällen. Der unter der Tür stöhnte nur noch mehr, bis Tom den Eindruck hatte, er habe Mühe, auch nur zu atmen. Er hatte offenbar große Schmerzen – vermutlich war er schon so gut wie tot, seine Innereien unter der Tür und dem Balken zerquetscht.

Aber man konnte nie wissen. Er hatte schon Menschen mit allen nur denkbaren Verletzungen aus brennenden Häusern kommen sehen. Diejenigen, die nur ein bisschen Rauch oder einen Schlag auf den Schädel abbekommen zu haben schienen, fielen manchmal einfach um und starben in ihren Armen. Und andere Männer und Frauen, deren Leiber ein einziger Brei zu sein schien oder die wegen ihrer Verbrennungen lauthals schrien, kamen dann zwei Wochen später zur Feuerwache und zeigten das stolze, trotzige Grinsen des Überlebenden. Und sie prahlten: Erinnert ihr euch an mich? So gut wie neu!, obwohl Letzteres meistens nicht so ganz stimmte.

»Du steckst fest, was?« Johnny Dolan sah sich in dem Giebelzimmer um und versuchte, die Situation einzuschätzen. Schließlich hob er einfach seine Axt und ließ sie einmal auf den Balken niedersausen. Sie spürten das ganze Haus unter ihren Füßen schwanken.

»Jesus, Johnny, du bringst uns noch alle um!«

»Nein. Nein, heute nicht ...«

Dolan war in eine Art Trance gefallen, schlug weiter mit der Axt auf den Balken ein, schien überhaupt nicht wahrzunehmen, wo sie sich befanden oder wie der Fußboden sich unter jedem Hieb neigte und wegzugleiten drohte. Bis sie schließlich dastanden wie Matrosen auf einem Schiff mit Schlagseite und kaum noch wussten, wie sie das Gleichgewicht halten sollten.

»Gott verflucht, du Idiot, es nützt doch nichts! Du bringst eher das Haus zum Einsturz, bevor du den Balken durchkriegst!«

Dieser Balken schien in der Tat unglaublich dick, erwies sich im Innern jedoch als morsch – nach kaum mehr als einem halben Dutzend Hieben brach er entzwei. Der Portugiese schob die Bruchstücke hastig beiseite und hob die Tür von seinem Freund. Die nackte Gestalt des verletzten Jungen darunter wirkte erbarmungswürdig zerschunden. Tom schätzte auf den ersten Blick, dass er ein halbes Dutzend Rippen und vermutlich ein Bein gebrochen hatte – wenn er Glück hatte.

»Vorsicht. Sei ganz vorsichtig mit ihm!«

Der portugiesische Junge war schon dabei, seinen Freund hochzuhieven. Tom versuchte ihn zurückzuhalten, denn er wusste aus Erfahrung, wie viel Schaden man anrichten konnte, wenn man einen Verletzten zu schnell bewegte.

Doch überall um sie herum hatte sich ein beunruhigendes Geräusch erhoben, eine Art Rascheln. Der Teil der Decke, den der Balken hoch gehalten hatte, gab plötzlich nach, und ein großes Stück Putz, Staub und bröckelnde Ziegel fielen zu Boden. Mitsamt der Decke fielen Tausende Kakerlaken herunter, manche so lang wie der Finger eines Mannes, und krabbelten hastig davon.

»Oh Christus!«, fluchte Snatchem. »Es ist da oben! Es muss über unseren Köpfen sein!«

Ehe er ausgesprochen hatte, brach das Feuer durch, schälte den Rest der Decke zurück wie den Deckel einer Blechdose. So schnell sie konnten, machten die fünf sich auf den Rückweg durch den Flur. Dolan hatte sich den verletzten Jungen wie einen Kartoffelsack über die Schulter geworfen. Der Rauch wallte hinter ihnen den Flur entlang, dann ins Treppenhaus. Große Deckenteile stürzten vor ihnen brennend zu Boden, Stücke vom Fußboden und der Treppe verschwanden einfach unter ihren rennenden Füßen.

Sie schafften es bis zur letzten Treppe, konnten jetzt kaum mehr einen halben Meter weit sehen und fast gar nicht mehr atmen. Sie mussten darauf hoffen, dass nirgendwo vor ihnen ein großes Loch im Boden klaffte. Doch das Feuer war ihnen jetzt direkt auf den Fersen, und es blieb ihnen nichts anderes übrig, als sich die Treppe hinabzustürzen – Tom bat die Heilige Jungfrau in einem Stoßgebet, sie nicht alle im Keller landen zu lassen.

Die Dielen hielten, und sie kamen wieder in den unteren Hausflur. Aber noch hatten sie das Gebäude nicht verlassen, waren eingehüllt in Rauch und Staub. Tom hatte von Feuerwehrmännern gehört, die in genau dieser Situation gestorben waren: nur noch ein paar Schritte von der rettenden Tür entfernt, doch sie waren hilflos in die falsche Richtung getorkelt.

Sie ließen sich auf alle viere fallen und krochen in die Richtung, wo sie den Ausgang vermuteten. Jeder packte den Hosensaum seines Vordermannes – Dolan voran, und Tom konnte nur hoffen, dass

Johnny wusste, wohin er kroch. Er selbst hatte inzwischen keinen Orientierungssinn mehr – der Rauch würgte ihn, machte es unmöglich, die Augen zu öffnen. Er versuchte, den Kopf so nah am Boden zu halten, wie er konnte. Hoffte auf die Verwirbelungen klarer, kühler Luft, die es dort geben sollte.

Dann lagen plötzlich ein Dutzend Hände auf ihm, hoben ihn empor und hinaus aus dem Qualm und zurück in die dunkle, eisige Welt am nächtlichen Flussufer. Der helle, orangefarbene Himmel schwankte über ihm. Es kostete Tom die größte Mühe, sich zum Bordstein zu schleppen, wo Snatchem saß. Immer noch rang er um Atem und trank das herrliche Croton-Wasser, das der Proviantmeister ihm gereicht hatte, in langen Zügen.

»All das für einen Niggermatrosen?«

Viele der anderen Feuerwehrmänner konnten immer noch nicht fassen, was sie getan hatten. Sie wunderten sich nicht so sehr über ihn oder George – von ihnen war es zu erwarten, dass sie einem anderen Mann in eine gefahrvolle Situation folgten, komme was wolle. Aber Dolan? Der Kerl hatte bislang noch nie das leiseste Anzeichen von Heldenmut gezeigt, dieser Neigung, die für jede Feuerwehr zum Risiko werden konnte, vor allem, wenn eine große Zuschauermenge vor Ort war. Misstrauisch beäugten die anderen ihn, konnten einfach nicht begreifen, was in ihn gefahren war. Und obendrein auch noch für diesen Jungen.

»Auf jeden Fall war's eine verdammt mutige Tat.«

»Ja, allerdings, verflucht kaltblütig ...«

Tom konnte es auch nicht verstehen. Er beäugte Dolan weiterhin, der immer noch den Jungen trug, den er aus dem Giebelzimmer gerettet hatte. Dolan ließ nicht zu, dass irgendwer ihn versorgte, ehe er den Verletzten neben dem Chassis der Black Joke auf eine Decke gelegt hatte. Er hüllte ihn in eine zweite Decke und eine Uniformjacke. Dann wies er den Proviantmeister an, ihm einen Becher Brandy zu geben, hielt ihn dem Jungen an die Lippen und flößte ihm den Alkohol ein.

Der Junge zitterte, lag aber still. Seine Augen waren offen und glitten rastlos umher, hin und wieder öffnete sich sein Mund, als wolle er etwas sagen, aber keine Worte kamen heraus. Dolan starrte lange auf ihn hinab, als wolle er ihn eingehend studieren. Dann war die Polizei gekommen, um den Verwundeten ins Krankenhaus zu schaffen, und Dolan hatte sich abrupt abgewandt und ging davon, während irgendwer ihm die Decke über die Schultern hängte.

Nachdem der Löschwagen gereinigt und in die Feuerwache gebracht worden war, waren sie zu Udell's Restaurant gegangen. Finn McCool hatte für jeden Mann der Black Joke einen Toast und ein gutes Wort, Tom wurde besonders gelobt, weil er den Hydranten für seine Kameraden gerettet hatte, Dolan für seine heroische Rettungsaktion, und das Essen schmeckte besser als alles, was Tom je im Leben gekostet hatte: frischer Kaffee und Butterkuchen und heiße Hammelpasteten.

Anschließend hatten sie endlose Strophen von »Hunt The Buffalo« gesungen, dem seltsamen, langsamen Lied, das alle Feuerwehrleute so liebten und das bei jedem Ball und Feuerwehrfest gesungen wurde:

Come all ye likely lads that have a mind for to range
Into some foreign country your situation to change;
In seeking some new pleasures we will all together go,
And we'll settle on the banks of the pleasant Ohio.

And we'll range through the wild woods and hunt the buffalo,
And we'll range through the wild woods and hunt the buffalo.

If by chance the wild Indian should happen to come near,
We'll all unite together with heart and cheer;
We'll march throught the town, boys, and strike a deadly blow,
And we'll drive them from the banks of the pleasant Ohio …

Doch das Beste war die Heimkehr gewesen. Die Sonne ging gerade erst auf, und Deirdre lag noch im Bett, nachdem sie selbst die halbe Nacht wegen des Babys auf gewesen war. Er hatte sich neben sie gelegt, und sie hatten sich langsam und doch wild geliebt. Sie hatte den Brandgeruch an ihm wahrgenommen und wissen wollen, was geschehen war, doch er hatte nur einen Finger auf ihre Lippen gelegt und sie an sich gepresst. Sie hatte sich so gut angefühlt, so warm nach der grausamen, kalten Nachtluft unten an den Kais, und sie roch nach gekochter Seife, nach Waschlauge und Milch. Kurz darauf begann das Baby zu weinen, und sie war aufgestanden, um es zu stillen, aber Finn hatte Tom den Tag freigegeben, sodass er im Bett bleiben konnte. Genüsslich hatte er sich unter die warme Decke gekuschelt und Deirdres Duft eingeatmet, der an den Kissen haftete …

Anfangs war er unsicher gewesen, wie Deirdre wohl im Bett sein würde, denn er wusste ja, dass sie von den Nonnen erzogen worden war. Er hatte Geschichten darüber gehört, wie solche Mädchen waren, dass sie es nur mit einem Laken zwischen den Leibern taten und niemals an einem Heiligenfest. Er hatte auch nicht so recht gewusst, wie er sich ihr nähern sollte, bedachte man, wie wunderschön sie aussah. Es erschien ihm immer noch anmaßend, selbst nachdem sie verheiratet waren.

Doch sie hatte ihn von der ersten Nacht an willkommen geheißen – ernst, wie sie bei allen Dingen war, aber ebenso leidenschaftlich und willig. Da Deirdre außerhalb des Schlafzimmers so hart sein konnte, nahm er dort bei ihr Zuflucht. Vergrub im Dunkeln den Kopf zwischen ihren Brüsten, bestaunte ihren prallen Bauch während ihrer vielen Schwangerschaften.

Ihr Liebesleben hatte den Bund besiegelt. Es hatte sein Vertrauen zu ihr gestärkt, sodass er zulassen konnte, sich von ihr zu dem formen zu lassen, was sie wollte.

Wie konnte es dann sein? Wie war es dann möglich, dass sie ihn fortgeschickt hatte in diesen Krieg? Oder dass er hatte gehen wollen?

Er konnte sich nicht erinnern, wann sie schließlich gekommen waren, um ihn vom Schlachtfeld bei Fredericksburg zu holen. Seine

erste, verschwommene Erinnerung war die an den Rückweg nach Washington City auf einem Karren, und der furchenreiche, gefrorene Weg hatte ihm beinahe das Kreuz gebrochen.
Vier Monate lang kämpfte er mit dem Rückfallfieber, lag auf schmutzigen Laken im überfüllten Lazarett.
Er hatte keine Ahnung, wie er all das hatte überleben können. Die anderen Männer um ihn herum schrien ohne Unterlass vor Schmerz. Feine, geziert lächelnde Yankees kamen Tag für Tag, begafften ihre Wunden und beteten lauthals in der Mitte des Saales. Die Huren, die sich als Krankenschwestern ausgaben und nachts kamen, boten an, für ein paar Münzen alles zu tun, was die Männer aushalten konnten, und noch ein bisschen mehr.
Doch es war im Lazarett gewesen, wo er schließlich glaubte, er habe es begriffen. Wenn das Fieber zurückgegangen war, lag er da in seinem Bett und hatte nichts anderes zu tun, als über Deirdre und sich selbst nachzudenken.
Letzten Endes, hatte er erkannt, war er in den Krieg gezogen, weil er es wollte. Das war sein Geständnis, im Tausch mit ihrem. Er hatte einmal ein Abenteuer erleben wollen. Wollte einmal ausbrechen aus dem Alltag, der nur aus der Schufterei im Park und endloser Nüchternheit bestand, bis auf das gelegentliche Bier, das er mit Billy Dove trank.
Er mochte die Gesellschaft von Männern …
Das musste er jetzt eingestehen, er konnte ihr nicht länger allein die Schuld geben. Und letztlich hatte er ja nur bekommen, was ihm zustand, dafür, dass er geholfen hatte, einen anderen Mann in die Unfreiheit zu schicken.

Ihr Bruder. Johnny Dolan. Da hatte sich diese Kluft zwischen ihnen aufgetan. Sicher, es war genau so geschehen, wie Deirdre gewollt hatte. Sie hatte von Anfang an zugestimmt, denn es sei der beste Weg, Johnny vor dem Henker zu retten, ihn aus der Stadt zu schaffen.
Aber er wusste, dass sie ihm das nie vergeben hatte, und immerhin war er es gewesen, der die ganze Sache eingefädelt hatte. Er war

zum Sailor's Rest gegangen und hatte mit ein paar seiner alten Kumpels von den Break o'Day Boys gesprochen. Es war ganz einfach gewesen, denn die Jungs waren immer auf der Suche nach neuen Opfern. Ruth hatte dafür gesorgt, dass Johnny zu den Kais runterkam. Er hatte nur noch das Boot mit Billy Dove holen und zu ihnen hinrudern müssen.

Er hatte Dolan zwischen sich und Billy Platz nehmen lassen, hatte verzweifelt gehofft, dass Johnny nicht argwöhnisch wurde, ehe sie das Schiff erreichten, aber trotzdem ein paar Vorsichtsmaßnahmen getroffen. Er dachte, es könnte klappen. Dolan schien schläfrig von dem präparierten Whiskey im Saloon und nahezu ekstatisch über die Lüge, die Ruth ihm über seinen toten Bruder aufgetischt hatte.

»Also er wartet da auf mich?«, hatte er wieder und wieder gefragt. »Um mir zu helfen, mich davonzumachen?«

»Genau«, hatte Tom bestätigt und sich über sein Ruder gebeugt, ängstlich, er könnte zu viel sagen.

»Und die ganze Zeit war er am Leben! Ich wusste es doch. Ich hab's doch gewusst! Noch mal lebend aus dem schwarzen Giebelzimmer zu kommen, das ist schon was. Ich dachte, ich wär der Einzige, der das geschafft hat, aber er hat's auch fertig gebracht.«

»Klar.«

So ging es immer weiter, während sie im überfüllten, nebelverhangenen Hafen nach dem richtigen Schiff suchten. Doch es war wohl unvermeidlich, dass Dolan irgendwann Argwohn schöpfte. Vielleicht lag es daran, wie schweigsam Tom war – oder vielleicht merkte Dolan, je länger er sich selbst zuhörte, wie unwahrscheinlich die ganze Geschichte klang. Tom sah die Veränderung auf seinem Gesicht. Sah die Erkenntnis dämmern, dass es keinen Bruder gab, dass es diesen aus Irland erretteten Bruder, der hier wartete, um ihm zu helfen, einfach nicht geben konnte. Sein Wortschwall versiegte, seine Augen glitten rastlos umher, blickten übers Wasser, dann direkt zu Tom.

Er setzte gerade zum Sprung an, als Billy Dove ihm den Sack über den Kopf stülpte. Tom hatte es genau gesehen, wie Dolan sich

von der Bank erhob, um sich auf ihn zu stürzen, und er hatte wie gebannt dagesessen. Doch Billy hatte den Überraschungseffekt auf seiner Seite. Offenbar hatte Dolan nicht geglaubt, dass der schwarze Mann, der das Boot ruderte, zu irgendetwas anderem taugte, als Toms Befehle zu befolgen. Billy hatte ihm den Sack übergestülpt, ihm einen kurzen, schnellen Haken an den Kopf verpasst, dann noch einen, aber immer noch kämpfte Dolan – trat und schlug blind in alle Richtungen. Einer seiner Fausthiebe hatte Tom an der Schläfe erwischt, weil der sich aufgerichtet hatte, um Billy zur Hilfe zu kommen, und der Schlag beförderte ihn beinahe aus dem Boot. Um ein Haar hätte Dolan sich von dem Sack befreit, doch Billy hatte ihm eins mit dem Griff des Enterhakens verpasst. Dann endlich war Tom hinzugekommen, und sie hatten beide auf die harte, unnachgiebige Form unter dem Sackleinen eingedroschen, hatten ihre Furcht und ihren Zorn daran ausgelassen. Sie schlugen auf ihn ein, bis Dolan still zu ihren Füßen lag – und sie blieben wachsam über ihn gebeugt stehen, ließen das Boot treiben, für den Fall, dass es nur einer von Dolans Tricks war.
Doch er gab keinerlei Lebenszeichen mehr von sich, also hatten sie ihn mit dem Seil, das Billy klugerweise mitgebracht hatte, gefesselt und ließen ihn auf dem Rücken am Boden des Bootes liegen.
Ihre Arbeit war noch lange nicht erledigt. Im Handgemenge hatten sie ein Ruder verloren, und es dauerte endlos lange, bis sie sich im dichten Nebel im Hafen zurechtgefunden hatten. Tom untersuchte dann und wann die Gestalt in dem Sack, um festzustellen, ob sie noch atmete oder einen Puls hatte. Dolans Tod wollte er sich lieber doch nicht auf sein Gewissen laden, selbst wenn das für alle Beteiligten vermutlich die beste Lösung gewesen wäre.
Endlich hatten sie das Schiff erreicht, das die Break o'Day Boys ihm genannt hatten, und sie klopften mit dem Enterhaken an die Bordwand. Finster und bedrohlich ragte der Schoner aus dem Fluss auf, kaum ein Licht war am Bug zu erkennen. Tom gab das vereinbarte Signal: Er hielt seine Laterne hoch, verdeckte sie, ließ sie wieder aufleuchten. Nach ein paar bangen Minuten, während derer sie sich fragten, ob sie zum falschen Schiff gekommen oder doch in eine

Falle geraten waren, erschien zur Antwort eine weitere Laterne am Schandeck.
Nur Augenblicke später wurde eine Strickleiter herabgelassen, und zwei Männer in pechschwarzen Jacken und Kappen kamen heruntergeklettert. Sie waren schnell und lautlos wie Katzen, ihre Augen schimmerten rot und misstrauisch im Lampenschein, und erst in diesem Moment war Tom klar geworden, was Schanghaien wirklich bedeutete.
Er und Billy reichten Dolans verhüllte Gestalt zu den Männern hinauf, die immer noch kein Wort sagten. Sie beide blieben so weit wie möglich auf Abstand von den Matrosen – wussten sie doch, dass die drei Männer ebenso gern nähmen wie einen. Und als es vollbracht war, der reglose Körper über die Reling verschwunden war, ruderten sie weg, so schnell sie konnten, brachten Wasser zwischen sich und das dunkle Schiff.

Es war das Schlimmste, was er je getan hatte, einen anderen Mann weiß Gott wohin in die Fremde zu schicken. Sie hatte es gewusst und hatte ihr Einverständnis gegeben, aber trotzdem stimmten die Dinge danach zwischen ihnen einfach nicht mehr. Besonders, nachdem er Ruth und ihre Familie oben im Park entdeckt hatte.
Als er die Nigger in ihre Straße gebracht hatte. Es war nicht nur ein Affront gegen Deirdres Respektabilitätsstreben, wusste er heute. Vielmehr erinnerte es sie Tag für Tag daran, was Tom getan hatte – was sie ihrem eigenen Bruder angetan hatte.
Er wusste nicht, wie er so dumm hatte sein können. Aber Ruth hatte ihm so furchtbar Leid getan, als sie dort im Negerdorf aus ihrem Heim verjagt wurde. Auch für Billy hatte es ihm Leid getan, der ein anständiger Kerl war, farbig oder nicht, und für ihre Kinder. Aber vor allem für Ruth, das wusste er – immer noch litt sie, immer noch kämpfte sie tapfer, um zurechtzukommen. Tom hatte sich einfach nicht zurückhalten können, und er vermutete, dass Deirdre auch das wusste, so wie sie immer alles herausbekam.
Wie dem auch sei, danach waren die Dinge zwischen ihnen nicht mehr so gewesen wie früher. Sie hatten weiter gearbeitet wie bisher,

hatten abends gemeinsam gelesen. Hatten weitere Kinder bekommen. Trotzdem bestand eine Kälte, eine Distanz zwischen ihnen, die im Schlafzimmer am deutlichsten wurde. Er hatte begonnen, so oft wie möglich von zu Hause wegzubleiben. Blieb länger als nötig bei der Arbeit oder in der Feuerwache und wünschte, er könnte mit den Jungs irgendwohin gehen und ein bisschen Spaß haben. Aber der Wunsch kam nicht von Herzen, denn wenn er von zu Hause weg war, fühlte er sich noch elender. Nach all den Jahren hatte er den Geschmack am Whiskey verloren. Und das müßige, dumme Geschwätz der Jungs langweilte ihn, nachdem er sich so lange mit seiner Frau über ernsthafte Dinge unterhalten hatte. *Ein Pferd, das zu lange eingespannt gewesen war, um jetzt freigelassen zu werden.*

Aber irgendwo musste er schließlich hingehen. Immer häufiger hatte er bei Ruth vorbeigeschaut – vorgeblich, um mit Billy Dove zusammen einen Tropfen zu trinken, in Wahrheit jedoch, um sie zu sehen. Er konnte einfach nicht genug bekommen von der Dankbarkeit, die er in ihrem Gesicht sah, sobald er das Haus betrat. Er prahlte, gab damit an, wen er alles kannte unten im Wigwam – dem Hauptquartier der Tammany Hall – oder in der Stadt, und er ließ es sich nicht nehmen, ihr Geld dazulassen, als wäre er reich wie Krösus. Und es gefiel ihm, wie gierig sie jeden hingeworfenes Penny und jedes beiläufige Kompliment aufnahm.

Seine Situation war verzweifelt gewesen, wusste Tom jetzt. Er hatte gar erwogen, Maddy Boyle einen Besuch abzustatten, dem hübschen, kleinen Flittchen am Ende der Straße. Einmal war er stehen geblieben, um ihr einen guten Tag zu wünschen – einfach nur, um die Überraschung und Dankbarkeit in ihrem Blick zu sehen. Und er fragte sich, wie es wohl wäre, sie in ihrem Haus aufzusuchen, wo die Matrosen und die Yankee-Gentlemen hingingen. Vielleicht eine noch größere Dankbarkeit in ihren Augen zu sehen, je größer das Trinkgeld, das er ihr daließ, je höflicher die Worte, die er an sie richtete …

Doch er hatte noch weiter gehen, hatte sich von allem befreien wollen: der ganzen geordneten Welt in diesem Block, seinem Job und

seinen Verpflichtungen. Er war es satt, sich abzumühen, seine Frau zufrieden zu stellen, die niemals zufrieden war. Und er sagte ihr, er wolle nicht in den Krieg ziehen.
Aber letztendlich war er doch gegangen. Hatte Frau und Kinder und alles, was ihm kostbar war, zurückgelassen. War in dieses Leichenhaus gezogen …

Als er im Lazarett in Washington lag, hatte er sich über Deirdres Briefe gefreut. Und er war dankbar für ihr Bekenntnis, das sie geschrieben hatte, als die Ungewissheit über sein Schicksal sie quälte. Sie hatte sich alles von der Seele geschrieben, was sie gedacht und getan hatte – alles, was er vermutet hatte. Und er hatte da in seinem Bett gelegen, immer noch so schwach, dass er sich kaum rühren konnte, und jedes Wort gelesen.
Und dann hatte er seine eigene Beichte geschrieben. Er ersparte ihr die Einzelheiten, verriet ihr nicht, wie nahe er dem Tod gewesen war, obschon er annahm, dass sie das selbst erriet. Er sprach mit völliger Aufrichtigkeit zu ihr, so wie sie es früher getan hatten. Gestand ihr, dass es sein Wunsch gewesen war zu gehen, und nahm damit die ganze Schuld von ihr. Er ließ sogar das Bild machen, das sie sich so sehr wünschte, um das sie ihn angebettelt hatte.
Er hatte gehofft, Heimaturlaub zu bekommen und sie zu sehen, sobald er nach New York kam, doch dann war mit den Befehlen alles schief gelaufen. Die Papiere waren irgendwie verlegt worden, und sein Urlaub geriet ebenso in Vergessenheit wie sein Gesundheitszustand. Man hatte ihn hastig zum Regiment zurückbeordert, als Bobby Lee nach Norden aufbrach und die ganze, riesige Armee eine Kehrtwendung machte, um ihn zu verfolgen.
Tom musste gehorchen. Das war auch eine Sache über den Krieg, die er gelernt hatte: Er wurde nicht weniger grausam, nur weil man selbst zu ein paar Einsichten gekommen war. Er hatte sich seiner Kompanie unweit von Frederick, Maryland, wieder angeschlossen. Dem, was von seiner Kompanie übrig war. Die irische Brigade war kaum mehr eine Brigade. Die Regimenter waren allesamt ausgedünnt, die Hälfte der Männer jetzt Jungs aus Boston oder Deutsche

aus Pennsylvania. Selbst Meagher war verschwunden, hatte seinen Abschied genommen in einem Anfall von Zorn über das jüngste Debakel bei Chancellorsville.
Doch wenigstens Snatchem und Feeley und Larkins und John J. Sullivan waren noch da. Sie schienen überglücklich, ihn wieder bei sich zu haben, selbst mit seinem jetzigen Aussehen. Er starrte das Bild an, das er für Deirdre hatte machen lassen: bärtig und mager und beinahe unkenntlich. Alle Jungs bis auf Black Dan hatten erstaunlicherweise die Schlacht von Fredericksburg und obendrein Chancellorsville überlebt. Sie päppelten ihn auf, so gut sie konnten, fütterten ihn mit Extrarationen und allem, was George »requirieren« konnte, während sie nordwärts nach Virginia marschierten und Lee Richtung Gettysburg scheuchten.

Und nun war er hier, hatte den Kreis geschlossen, oder jedenfalls beinahe. Zurück am Kai von Hoboken, wo er darauf wartete, den Fluss zu überqueren und nach Hause zu gehen. Er hörte die Seeleute die Flachboote endlich heranbringen. Dunkle Gestalten auf dem dunklen Wasser, bereit, sie hinüber in die brennende Stadt zu bringen. Zurück zu ihr.
»Zurück ins gute alte New York«, sagte Snatchem, als er an ihm vorbeikam. Zweifellos in Gedanken bereits mit all den Gaunereien befasst, die er anzetteln wollte. Aber selbst er sah grimmig aus, entschlossen zu tun, was immer nötig war. Schockiert wie sie alle über den Anblick der brennenden Stadt vor ihnen.
Die Boote stießen gegen die Holzstützen der Stege, und die Sergeants brüllten und stießen die Männer zurück ins Glied. Doch die Truppen hasteten schon zu den Booten hinab, obwohl sie aus Erfahrung wussten, dass es vermutlich die ganze Nacht dauern würde, sie in den Flachbooten über den Fluss zu bringen. Es war ihnen gleich – schon standen sie an Deck und starrten hinüber, erpicht darauf, endlich nach Hause zu kommen. Und wenn sie dort erst ankämen, würde die Hölle losbrechen.

62 Ruth

Den ganzen Nachmittag und Abend hörten sie die weißen Frauen draußen auf der Straße lärmen. Sie inszenierten ihre eigene kleine, sinnlose Imitation des Aufstandes. Während die farbigen Frauen in Paradise Alley – Schwarze, Kreolinnen, Mulattinnen und Inderinnen oder auch jene, die mit dunkelhäutigen Männern verheiratet waren – sich möglichst still verhielten und in ihren Häusern oder Kellern verbargen. So wie sie auch. Doch sie versteckte sich nicht einmal in ihrem eigenen Haus.

Trotzdem wurden sie nicht wieder angegriffen. Die Frauen warfen lediglich noch den einen oder anderen Stein auf Maddys Haus und drängten ihre Kinder, das Gleiche zu tun. Die schrien irgendwelche Schmähungen, die, so nahm Ruth an, Maddy galten oder ihr selbst.

Natürlich bestand Deirdre darauf, zweimal hinauszugehen und ihre Eimer aufzufüllen, obschon sie noch reichlich Wasser hatten. Trotzig schritt sie zur grünen Croton-Pumpe hinüber und sah den Frauen, die sich auf der anderen Straßenseite zusammengerottet hatten, geradewegs in die Augen – forderte sie regelrecht heraus, irgendetwas zu sagen oder zu tun. Triumphierend kam sie dann zum Haus zurück, glücklich, dass sie überhaupt etwas hatte tun können.

»Die werden uns keine Schwierigkeiten machen«, sagte sie und nickte dann zu Maddy, die immer noch auf der Couch lag und schlief. »Sie hat völlig Recht. Diese Frauen sind feige. Jetzt müssen nur genug Männer kommen, um Ordnung auf den Straßen zu schaffen, und dann wird alles vorüber sein …«

Doch nach dem, was Ruth hören konnte, nahm sie nicht an, dass das allzu bald geschehen würde. Wenigstens beschäftigte Deirdre sie mit allen möglichen Aufgaben – auch Maddy, nachdem sie schließlich aufgewacht war. Sie ließ nicht zu, dass sie einfach nur dasaßen und auf Nachrichten warteten, sondern hielt sie an, ihr beim Putzen zu helfen, die Kinder zu hüten und die Mahlzeiten zuzubereiten. Und derweil hielt sie Wache am Fensterladen.

Ruth hatte ihr bei all ihren akribischen Vorbereitungen geholfen, hatte das Haus vom Keller bis zum Dach durchkämmt. Sie hatten noch reichlich Nahrungsmittel dank der Fischkonserven und des Pökelfleischs, die Deirdre eingelagert hatte. In jedem Zimmer stand fässerweise Wasser, genug, um notfalls tagelang damit zu kochen und sich zu waschen – oder ein Feuer zu löschen. Genug Milch für die kleineren Kinder stand im Eiskasten im Keller, wo auch Wurzelgemüse und Eingemachtes lagerten und … Kartoffeln. So viele Kartoffeln, wie sie daheim im County Clare in einem ganzen Jahr gebraucht hätten, lagen hier auf einem Bord. Und nie wurde hier eine einzige faul …

Ruth war dankbar für die Aufgaben, froh, dass sie etwas hatte, um sich die Zeit zu vertreiben. Sie war sogar dankbar für Deirdres Übereifer und wieder von Bewunderung über die Kunst ihrer Haushaltsführung erfüllt. Als der Tag schließlich zur Neige ging und die Kinder im Bett waren, gingen sie aufs Dach hinaus in der Hoffnung, so der Hitze zu entkommen. Sie postierten Milton als Wache am Fenster, nachdem sie Maddys Pistole sorgsam versteckt hatten.

Ruth konnte sich nicht erinnern, je so hoch über dem Boden gewesen zu sein – als sie auf das flache Teerdach hinauskletterte, befand sie sich zweieinhalb Stockwerke über der Erde. Von ihrem Standort aus konnte sie im Westen die schrägen Mauern des Tombs-Gefängnisses mit ihren geheimnisvollen ägyptischen Zeichen ausmachen. Im Norden standen die Shambles, ragten wie immer drohend über ihnen auf – und dahinter die ganze lang gestreckte Stadt. Jeder Block voll gestopft mit niedrigen, windschiefen Häuschen, die ihrem eigenen sehr ähnlich sahen, dazwischen die längeren

Mietskasernen und Lagerhäuser, und die Kirchtürme ragten über all dem auf wie lange Dornen.

Und im Süden, überall entlang dem Stadtrand, sah sie die Schiffe. Ihre Masten und Takelagen lugten über die Dächer. Umschlossen die Stadt wie ein Palisadenzaun oder die Speere einer stillen, tödlichen Armee –, kennzeichneten sowohl das Ende der Insel wie auch den Fluchtweg, der von ihr wegführte. Sie erinnerte sich an eins der Gerüchte, das die Frauen im Block verbreitet hatten – diese weißen Aasvögel –: dass die Regierung die Marine herbefohlen habe, um die Stadt in Schutt und Asche zu legen.

»Jesus, glaubst du wirklich, sie kommen und schießen mit Kanonen auf uns?«, fragte sie Deirdre und zitterte bei diesem Gedanken trotz der Hitze. »Glaubst du, das würden sie wirklich tun, nur um zu verhindern, dass sie die Stadt verlieren?«

»Du sollst den Namen des Herrn nicht eitel führen«, schalt Deirdre sie. »Aber nein. Nein, das würden sie niemals tun. Der Erzbischof würde das niemals zulassen …«

Überall um sie herum sahen sie die Feuer aufflammen, hinter den Fenstern der Häuser und sogar auf den Dächern. Hier und da auf den dunklen Straßen leuchteten ebenfalls winzige Lichtquellen. Sie bewegten sich alle, das leuchtende insektenhafte Kriechen eines Mobs, zahllose Menschen mit ihren Fackeln. Sie krabbelten eine Straße entlang und hielten an. Warteten und lauschten, genau wie die Kakerlaken in ihrer Küche zu lauschen schienen, wenn sie mitten in der Nacht eine Kerze anzündete und sie erwischte. Dann stoben die Lichtbündel plötzlich auseinander wie Funken im Herd. Oder krabbelten plötzlich in eine andere Richtung oder verschwanden hinter einer Straßenecke. Begleitet von wildem Gejohle und Geschrei, das allmählich in der Nacht verklang – und sie blieb zurück in der Stille und fragte sich, was es war, wonach sie dort draußen jagten.

Nach einem Haus, um zu plündern, einem Opfer, das sie aus einem Versteck aufscheuchen konnten? Irgendeinem bedauernswerten Yankee oder Neger in der Falle? *Nach meinem Billy?*

Sie schauderte und hob den Blick wieder, sah zum Norden der

Insel, so weit sie konnte. Es erinnerte sie an jenen Abend, da sie Billy beobachtet hatte, unbemerkt auf dem kleinen Hügel außerhalb von Seneca Village, die Tausende kleiner beleuchteter Fensteröffnungen, die sich unter ihr erstreckten. Doch die Menschlichkeit all dessen, die Ordnung und Wärme waren jetzt verschwunden. Verloschen, um diesen boshaften, leuchtenden Insekten zu weichen, die ziellos umherkrochen. Die menschliche Welt war verglüht, verwandelt in jene kalte, willkürliche Welt, die sie vom wogenden Schiffsdeck aus gesehen hatte. Die Bestie war zurückgekehrt, unermesslich schön und kalt und bedeutungslos.

»Mach dir keine Sorgen. Nichts dauert ewig.«

Sie spürte Deirdres Arm um die Schultern und ließ sich näher ziehen.

»Nicht in dieser Stadt. Es wird sich einfach ausbrennen. Das tut es immer.«

»Ja.«

»Morgen werden sie die Unruhen bestimmt niederschlagen. Ich bin sicher, der Erzbischof tut, was er kann.«

»Ja.«

Sie wollte Billy Dove zurück, auf der Stelle, wollte, dass er hier mit ihr auf diesem Dach saß. Sie wollte ihn an ihrer Seite haben, selbst wenn er den Mob nicht aufhalten könnte. Einfach um zu wissen, dass es ihm gut ging, damit er sie halten und noch einmal berühren konnte. Um zu wissen, dass sie der Bestie nicht allein gegenüberstand.

In der Dunkelheit bewegte sich etwas, drüben an der Falltür im Dach. Sie zuckten beide zusammen, wenngleich sie wussten, dass es unmöglich war. Nichts hatte sich auf der Straße gerührt, es war ausgeschlossen, dass selbst er unbemerkt durch das ganze, abgeriegelte Haus hätte heraufkommen können. Doch die Falltür öffnete sich, und Maddy kam heraus – sie blieb stehen, offenbar ebenso überrascht wie die beiden Frauen, dann kam sie verlegen näher.

»Ich wollte nur eine rauchen«, sagte sie und hielt wie zur Erklärung ihre aus Zeitungspapier gedrehte Zigarette hoch. Unterwürfig blickte sie Deirdre an, um deren Erlaubnis einzuholen.

»Na ja, warum eigentlich nicht …«

Maddy grinste, ein unerwarteter, mädchenhafter Enthusiasmus ließ ihr Gesicht erstrahlen, und sie steckte die Zigarette mit einem Zündholz an. Eine grelle Stichflamme, die sich gleich darauf in dem orangefarbenen Zigarettenglühen auflöste – noch ein Lichtpunkt so wie die zahllosen dort unten, die anzündeten, was von der Stadt übrig war.

Maddy zog genüsslich – sie war kaum wieder zu erkennen, hatte keinerlei Ähnlichkeit mit dem wilden Geschöpf, das sie am Morgen von der Straße geholt hatten. Nach einigen weiteren Versuchen, unter lautem Geschrei auf die Straße hinauszurennen oder ihre Pistole zurückzubekommen, hatte sie schließlich den ganzen Tag auf der Couch geschlafen. Und als Deirdre ihr Arbeit zugeteilt hatte, war sie apathisch durchs Haus geschlichen, hatte aber nicht mehr widersprochen oder protestiert. Beim Abendessen hatte sie kein Wort gesagt, sondern ihre volle Aufmerksamkeit den Kartoffeln und dem Pökelfleisch geschenkt, so wie sie zuvor schon den Eintopf vertilgt hatte.

»Es ist schön hier oben«, sagte sie nun. »Kühler. Ich geh nie auf das Dach meines Hauses. Ist ja auch geneigt.«

Sie beugte sich vor, schaute genau wie die anderen beiden nach Norden.

»Was man von hier aus alles sieht!«

»Ja.«

Maddy hielt ihnen die Zigarette hin. Deirdre schüttelte den Kopf, aber Ruth griff zu und nahm einen langen, tiefen Zug. Hoffte, dass Deirdre deswegen nicht schlecht von ihr denken würde, aber sie war unfähig zu widerstehen. Es war das erste Mal seit langer Zeit, dass sie rauchte, abgesehen von den gelegentlichen Zügen von Billys Pfeife, und sie genoss den Geschmack, ließ den Rauch Lungen und Kopf füllen.

»Ich wünschte, Billy wäre hier«, sagte sie. »Ich wünschte, er wäre jetzt hier.«

»Und ich wünschte, Tom wäre hier«, erwiderte Deirdre zu Ruths Erstaunen.
»Oh, ich auch. Ich wünschte auch, er wäre hier.«
Deirdre blickte auf die Stadt hinaus und bekreuzigte sich, während sie sprach: »Ich gäbe alles darum, wenn Jesus ihn beschützen würde, ihn in seiner unendlichen Gnade behüten wollte.«
Sie sah Ruth wieder an, und ihre Augen wirkten melancholisch im schwachen Licht, das hauptsächlich von den Bränden überall in der Stadt zu kommen schien. Ihre Schönheit war verschleiert hier in der Dunkelheit, die braunen Augen nicht mehr von exakt der gleichen Farbe wie ihr Haar.
»Ich bin sicher, das wird er …«, versuchte Ruth sie zu beruhigen, aber Deirdre ignorierte ihren Trost.
»Ich habe ihn da rausgeschickt. Das ist der Unterschied. Es ist nicht wie mit deinem Billy – mögen die Heiligen ihn beschützen. Du hast ihn nicht da rausgejagt, wie ich es mit Tom getan habe. Ich habe ihn in den Krieg geschickt, und was immer ihm dort geschieht, lastet auf meiner Seele.«
»Aber ich bin sicher, letzten Endes wollte Tom gehen«, erwiderte Ruth. »Er hat doch bestimmt geglaubt, dass es seine Pflicht war …«
»Nein. Du weißt doch, wie Tom ist«, sagte Deirdre nüchtern – und Ruth musste einräumen, dass sie Recht hatte. »Er wäre niemals von sich aus in den Krieg gezogen – nicht in irgendeinen Krieg, der fünfhundert Meilen weit weg ist. Aber ich habe darüber in der Zeitung gelesen und ihm gesagt, es sei seine Pflicht. Also ist er gegangen.«
»Mein Billy will um jeden Preis in den Krieg ziehen.«
»Das sagt er doch nur«, warf Maddy ein und erschreckte sie zum zweiten Mal. Sie hatten ihre Anwesenheit beinahe vergessen, so still war sie – saß dort neben ihnen auf dem Dach, wieder mit angezogenen Beinen und die Arme darum geschlungen wie ein Kind. »Das sagt er doch nur«, wiederholte sie. »Männer sagen alle möglichen Sachen, die sie nicht wirklich meinen. Glaubt mir, kein Mann will in einen Krieg ziehen.«
»Warum tun sie es dann?«, wollte Ruth wissen. »Nein, nein, sieh sie dir da unten doch an.« Sie wies auf die leuchtenden Insekten, die

dort unten durch die Straßen krabbelten. »Viele von denen sind doch ganz wild auf Krieg. Sogar Billy. Vielleicht gefällt ihnen nicht, wie er ausgeht oder wie er verläuft, aber den Krieg selbst wollen sie haben. Sie wollen ihren Krieg, denn da kann man es allen heimzahlen.«

»Ich kann mit der Vorstellung leben, dass er auf Krücken heimkommt«, sagte Deirdre. »Es wäre schrecklich, aber wenigstens könnte ich es ertragen. Das wäre meine Strafe, und ich würde sie auf mich nehmen und Gott alle Tage für seine Barmherzigkeit preisen, dass er ihn mir zurückgegeben hat.«

»Ach, aber so weit kommt es nicht ...«

»Aber mir vorzustellen, er wäre tot! Mir vorzustellen, dass er in einem dieser Lazarette am Fieber stirbt, umgeben von all den armen, gequälten Seelen! Meiner Treu, ich weiß nicht, ob ich das ertragen könnte.«

»In der Zeitung stand nur ›Bein‹, Deirdre. Das war alles, was da stand. Es stand nicht da, dass es ab muss oder so etwas. Da stand eigentlich gar nichts, außer, dass er am Leben ist.«

»Ja.«

»Immerhin hat er die Brustverletzung überlebt, und die war ›lebensgefährlich‹, hast du selbst gesagt.«

»Ja, das stimmt.«

Sie schwiegen eine Weile, lauschten dem Bacchanal dort unten. Dem wilden Geschrei und Gejohle, den plötzlichen Musketen- oder Pistolenschüssen, den gelegentlichen Salven, bei denen sie jedes Mal zusammenzuckten.

Maddy drückte ihre Zigarette aus und ließ sich auf die Ellbogen zurücksinken. Dann bettete sie den Kopf in Deirdres Schoß wie ein kleines Mädchen, und Deirdre ließ es zu – langsam streichelte sie ihren Kopf und das wirre Haar, als wäre diese Frau eins ihrer Kinder. Ruth rückte näher, bis sie alle drei zusammengeschmiegt saßen, trotz der Hitze. Sie lauschten, während das Geschrei allmählich verhallte, sahen eine Fackel nach der anderen verlöschen.

»Wie ist es mit dir, Maddy?«, fragte Ruth. »Wünschst du dir, dein Mann wär jetzt hier?«

Maddy schnaubte. »Ich kann kaum hoffen, ihn loszuwerden. Wahrscheinlich steht er gerade jetzt da unten und läutet an meiner Tür.«
Plötzlich schimmerte ein Licht auf ihrer Augenhöhe, eine flackernde Laterne wurde über das Dach eines der hinter ihnen liegenden Häuser getragen, jenseits der Höfe. Das Dach des Judenhauses, erkannte Ruth.

»Hallo! Da drüben!«, rief eine gedämpfte Stimme aus der Dunkelheit.

Die drei Frauen erhoben sich abrupt.

»Was können wir für Sie tun, Mrs. Mendelssohn?«, fragte Deirdre. Beide Stimmen schienen schrecklich laut in der inzwischen stillen Nacht.

»Was wollen Sie tun, wenn sie morgen kommen?«

»Jesus in seiner Gnade preisen, damit sie überhaupt nicht kommen.«

»Bei allem Respekt, es ist nicht Jesus, der mir Sorgen macht.«

Ruth spähte in die Dunkelheit und konnte Mrs. Mendelssohn mit Mühe erkennen: Sie beugte sich über ihre Laterne, ein Tuch lag um ihre Schultern. Neben ihr erkannte Ruth die Tochter, Sarah, wenn sie sich recht erinnerte. Sie hatte ein hinreißendes Gesicht, aber irgendetwas stimmte nicht mit ihren Beinen …

»Was, wenn der Mob kommt?«

»Falls sie wirklich kommen, glaube ich nicht, dass sie sich für unseresgleichen interessieren, Mrs. Mendelssohn.«

»Aber was ist mit den anderen? Die Farbigen und so weiter. Oder was ist, wenn sie einfach nur plündern wollen?«

»Ich kann mir nicht vorstellen, dass es dazu kommt …«

»Aber falls doch, können Sie hier herüberkommen, wissen Sie. Wenn Sie durch die Hintertür rauslaufen können, kommen Sie einfach zu uns rüber. Wir nehmen Sie auf und auch sonst jeden, den Sie kennen.«

»Danke, Mrs. Mendelssohn, das ist sehr gütig von Ihnen. Und das Gleiche gilt umgekehrt. Sollten sie zu Ihrem Block zuerst kommen, steht unser Haus Ihnen jederzeit offen.«

»Danke«, sagte Mrs. Mendelssohn. Sie klang erleichtert und sehr

erfreut. »Vielen Dank. Und vergessen Sie nicht: Kommen Sie zu uns herüber.«
Sie und ihre Tochter wandten sich ab, und das rötliche Glühen ihrer Lampe entschwand, als sie zurück in ihr Haus gingen.
»Glaubst du, sie wollen den Juden was tun?«, fragte Ruth. »Wenn es so weit kommt?«
»Ich weiß es nicht«, bekannte Deirdre offen. »Ich habe keine Ahnung, was sie tun werden oder was sie wollen. Ich weiß auch nicht, ob sie überhaupt wissen, was sie tun.«
»Sie tun, was Männer immer tun. Sie lassen es an irgendjemand anderem aus«, sagte Maddy schlaftrunken, den Kopf immer noch in Deirdres Schoß gebettet – und Ruth beneidete sie plötzlich, wünschte, sie könnte ihren Kopf dort hinlegen und Deirdres beruhigende Hand auf ihrer Stirn und ihrem Haar fühlen.
»Aber wie lange noch?«
»Bis es anfängt, sie zu langweilen. Bis sie nüchtern oder ängstlich genug werden, um aufzuhören.«
»Und wann wird das sein?«
»Wer kann das wissen? Ein paar Gebäude stehen ja noch, oder?«
»Genug jetzt von diesem Gerede!«, wies Deirdre sie zurecht, aber Maddy gähnte nur laut und rekelte sich wie eine Katze. Ihr Körper, immer noch in den roten Morgenrock gehüllt, unbewusst sinnlich.
»Ich hoffe nur, es geht ihm gut«, sagte Ruth mit unterdrückter Heftigkeit. »Ich hoffe, er hatte genug Verstand, um sich irgendwo zu verstecken. Er ist ja so schlau. Er ist ein vernünftiger Mann, wenn er nichts getrunken hat und nicht zu verbittert ist.«
»Oh, ja.«
»Und ich weiß, dass Tom es schaffen wird.«
»So Gott will.«
Unten auf der Straße verglühten die Leuchtinsekten oder huschten davon.
»Möge Gott aller Frauen Söhne heute Nacht beschützen.«
Maddy begann leise zu schnarchen.

63
Deirdre

Sie saß oben auf dem Dach und strich Maddy übers Haar. Sie war beinahe amüsiert über den Gedanken, dass es ausgerechnet die Hure des Blocks war, die den Kopf in ihren Schoß gebettet hatte. Dieses arme, dumme Kind. Und wohin würde sie gehen, wenn dies hier vorüber war? Nachdem die Harpyien unten mit ihrem Haus fertig waren?

Ruth hatte den Kopf an ihre Schulter gelehnt und war ebenfalls eingenickt. Wer hätte das gedacht? Aber hier war sie nun, bot den Huren und den Schwarzen Asyl und war froh darüber.

Sie hatte doch Recht gehabt: In diesem Block konnten anständige Leute nicht leben. Sie dachte an die Frauen, die den ganzen Tag lang mit ihren abscheulichen Parolen zu ihrem Haus gekommen waren. Ihre verzerrten Gesichter, die vor Freude strahlten, als sie ihre Steine warfen.

Ein Mädchen steinigen! Auf ihrer eigenen Straße! Was ist denn nur aus uns geworden?

Doch immer wieder kehrten ihre Gedanken zu Tom zurück. Sie versuchte sich vorzustellen, wo er sein mochte und wie es ihm ging. Grübelte wieder über die Zeile in der Zeitung nach, die letzte Nachricht: O'Kane, Bein. Und davor hatte es geheißen: Brust, lebensgefährlich, und wie viele Nachrichten dieser Art würden wohl noch kommen, selbst wenn Jesus ihr Gebet erhörte und Tom dieses Mal überlebte?

Wenigstens haben wir uns jetzt versöhnt. Wenigstens hätten wir jetzt eine Chance, uns im Himmel wieder zu begegnen, nun da wir beide gebeichtet haben.

Den ganzen Winter über nach seiner letzten Verwundung, der lebensgefährlichen, hatte die Sorge um ihn sie gequält. Sie wollte ihn unbedingt sehen, wollte mit dem Zug nach Washington fahren und die Lazarette durchforsten, bis sie ihn gefunden hatte.
Aber das Risiko war zu groß. Pocken und Masern wüteten in der Stadt. Sie konnte die Kinder nicht allein lassen, und außerdem hatte sie kein Geld für ein solches Unternehmen. Stattdessen hatte sie ihm alles an Lebensmitteln geschickt, was sie bekommen konnte, und die Abende damit verbracht zu schreiben, an alle und jeden zu schreiben, die vielleicht helfen konnten. Sie schrieb an den Sanitätsausschuss und die Lazarettschwestern, an den Kongress, das Kriegsministerium und den Colonel seines Regiments. Hoffte und betete, sie möge Antwort erhalten, irgendwer möge Notiz von ihrem Mann nehmen.
Und zuallererst schrieb sie ihm, schrieb ihm jeden Tag einen Brief, obwohl sie das Porto kaum aufbringen konnte. Manchmal verzichtete sie aufs Abendessen, damit sie Federn, Tinte und Kerzen kaufen konnte. Und sie hielt auch die Kinder dazu an, ihm zu schreiben, zumindest die größeren, die schon schreiben konnten, tat alles, damit er wenigstens einmal am Tag einen Brief erhielt, ganz gleich, wo er war.
Auch nur in Erfahrung zu bringen, ob er noch lebte oder tot war, erwies sich als so schwierig, dass der Versuch sie beinahe in die Verzweiflung getrieben hätte. Während der ganzen Weihnachtszeit hatte sie gelitten und doch versucht, sich den Kindern zu widmen und eine Festtagsstimmung für sie zu schaffen.
Wie schön es damals gewesen wäre, eine Freundin zu haben, dachte sie und spürte das Gewicht von Ruths Kopf an der Schulter. Wie gut es gewesen wäre, einfach nicht allein zu sein.
Ende Januar schließlich hatte sie ein offizielles Schreiben vom Kriegsministerium bekommen, das sie knapp davon in Kenntnis setzte, dass ihr Mann immer noch im Bethesda-Lazarett liege. Die Nachricht stürzte sie in neue Furcht und gleichzeitig in Freudentaumel: Sie war selig, dass er lebte, fragte sich aber gleichzeitig besorgt, weshalb er immer noch im Lazarett war.

Erst einen ganzen Monat später, Ende Februar, hatte sie die ersten Zeilen von ihm selbst bekommen: *Mir get es besser,* stand dort in seiner Schuljungenhandschrift, aber noch wackeliger und unsicherer als gewöhnlich, als habe er kaum genug Kraft gehabt, den Bleistift zu halten. *Ich bin fast wider gesunt und zurück bei meiner Kompani.*
Sie glaubte die Spur eines Vorwurfs zwischen diesen Zeilen zu lesen, darüber, dass er immer noch im Militärdienst war.
Ganz allmählich hatten sie sich ausgesöhnt. Mit diesen ersten, behutsamen Briefen, der Daguerreotypie, die er ihr endlich geschickt hatte. Sie war selbst scheu gewesen, wollte nichts so sehr, wie ihm alles zu beichten, sich vor ihm zu erniedrigen, aber sie fürchtete sich vor seiner Reaktion.
Wenn er schwarz auf weiß las, mit welch einer Frau er verheiratet war, wie würde er das aufnehmen?
Ich weiß, was ich getan habe, hatte sie ihm schließlich geschrieben. Und ich bereue es aus ganzem Herzen, bereue es mit der ganzen Kraft meines Glaubens und würde mit meinem Leben dafür sühnen, wenn ich glauben könnte, dass es etwas nützt.
Und seine Antwort – immer noch vorsichtig und unsicher, immer noch mit einem Hauch der alten Verbitterung zwischen den Zeilen – enthielt dennoch seine eigene Beichte, abgelegt mit der stolzen, unwilligen Zurückhaltung eines Mannes. In dieser ungleichmäßigen Handschrift hatte er ihr geschrieben: *Aber ich wollte doch gehen. Da hast du die Warheit: ich wollte gehen.*
Da standen die Worte, und darin lag eine völlig neue Offenheit. Die Frage immer noch ungelöst, das Band immer noch schwach und brüchig, aber wenigstens wieder geknüpft, zumindest vorläufig. Während der Krieg weiterging.

Dann war wieder die Zeitung mit seinem Namen darin gekommen, nach Gettysburg. Und gar zu schnell hatte alles wieder von vorn begonnen.
Könnte sie ihn nur noch einmal wiedersehen. Eigentlich hatte er Heimaturlaub bekommen sollen, um sich zu erholen, aber irgend-

etwas war schief gelaufen, und er hatte sich zuvor wieder bei seinem Regiment melden müssen. Und als Lee sich dann nach Norden wandte, war jeglicher Urlaub gestrichen worden. Tom hatte ihr wenigstens geschrieben, und darüber war sie froh. Er hatte nicht gewollt, dass sie dachte, er habe seinen Urlaub mit Glücksspiel und Huren in Washington vertan, und ließ sie wissen, dass er gern nach Hause gekommen wäre, um die Zeit mit ihr und den Kindern zu verbringen.

Ich küsse und umahme dich. Ich wär liber bei dir, wenn ich könnte, bei euch allen.

Danach wusste sie, dass wenigstens Hoffnung bestand, dass sie wenigstens noch etwas hatte, woran sie glauben konnte. Dann war Gettysburg gekommen und die neue Zeitungsnachricht.

O'Kane, Bein.

Sie war wie betäubt gewesen, als sie es gelesen hatte. Sie hatte gedacht, sie habe nun ihren Frieden gemacht, dass ihre Beichte Gottes Vergebung ebenso erwirken würde wie Toms. Aber sie hatte sich geirrt. Wieder eine Schlacht, wieder Verzweiflung. Beinahe hätte sie all die neu geschöpfte Hoffnung verloren. Denn sie wusste, es würde einfach immer weitergehen, das Töten, ohne jeden Sinn. Bis auch ihr Tom tot war.

»Gott beugt sich nicht unserem Willen, sondern wir uns dem seinen«, hatte Vater Knapp zu ihr gesagt – obwohl sie ihm kaum mehr in die Augen sehen konnte, wegen all ihrer Boshaftigkeit, die er gewiss in ihr erkannte.

»Aber welchen Sinn soll dann das Opfer haben, Vater? Was nützt es Tom?«

»Jesus lehrt uns: ›Barmherzigkeit will ich, nicht Opfer‹. Das Einzige, was wir tun können, ist, auf seine Barmherzigkeit zu hoffen und die unsere zu geben.«

Das reichte nicht – das reichte ihr noch lange nicht. Doch dann hatte sie erfahren, dass ihr Bruder zurückgekehrt war, der Aufstand war ausgebrochen, und sie hatte keine Zeit mehr gehabt, an irgendetwas anderes zu denken. Sie hatte sich nur noch darum gekümmert, genügend Vorräte an Wasser und Nahrungsmitteln anzulegen und die Kinder von der Straße fern und im Haus zu halten. Sie zwang sich zu überlegen, was sonst noch getan werden musste.

Dann war Ruth ihr in den Sinn gekommen. Sie wollte sie immer noch hassen, aber das konnte sie nicht mehr. Der letzte, tief verborgene Hass war verflogen, als sie gesehen hatte, wie verängstigt Ruth war, wie hilflos, aber auch wie entschlossen. Da endlich hatte sie Gottes Plan deutlich erkannt. Dass sie ihr verstocktes Herz erweichen, ihre immer noch ungebeichtete Sünde gegen diese Frau gutmachen musste, die das letzte Mitglied ihrer Familie fortgeschickt hatte. All diese Jahre hatte sie den Groll gegen Ruth genährt, doch jetzt gab sie ihn willig auf. Es erfreute sie, sich endlich doch Gottes Urteil unterzuordnen, von all ihren Sorgen befreit wie irgendein dickschädeliger protestantischer Anwalt.

Unten in den Five Points im Süden und an der Eastside sah sie die letzten Lichter verlöschen. Allmählich versank die Stadt in Schwärze und wurde endlich still. Deirdre fragte sich, was sie tun sollten, wenn der Mob am nächsten Morgen zurückkäme – wenn der Aufstand ihren Block erreichte.

Über die Hinterhöfe zu den Juden flüchten? Oder sollte sie versuchen, den Männern die Stirn zu bieten, wie sie es heute mit diesen dummen Weibern gemacht hatte? Und was sollte sie mit ihrem Bruder machen, wenn er sie fand?

Sie wusste es nicht. All das lag in Gottes Hand, und selbst ihre sorgfältigen Vorbereitungen würden ihnen möglicherweise nichts helfen gegen das, was über sie hereinbrechen konnte. Sie war nur froh, dass sie irgendetwas tun konnte – dass sie kämpfen konnte, wenn es notwendig wurde, so wie er es getan hatte. Froh, eine Pflicht zu haben.

64
Maddy

Auf dem Dach war es kühler.

Die Luft war immer noch heiß genug, und über allem lag Brandgeruch, aber hier oben konnte man es besser aushalten, und außerdem hatte sie hier Gesellschaft.

Ihr Kopf lag auf Deirdres Schoß, und sie glitt immer wieder in eine Traumwelt. Sie fühlte die streichelnde Hand auf dem Kopf und ihr weiches Kissen und öffnete immer wieder die Augen, um auf die flackernden Lichter dort unten hinabzustarren. Deirdres Hände glätteten ihr Haar. Maddy war es peinlich, wie verknotet und ungewaschen es war, aber dennoch genoss sie das Gefühl. Es war schön, eine menschliche Berührung zu spüren, die sie nicht methodisch betastete und begrapschte.

Ihr Vater hatte ihr übers Haar gestrichen, wenn sie abends im Bett lag. Oder vielleicht war es auch ihre Mutter gewesen. Sie konnte sich nicht richtig entsinnen, denn beide waren schon so lange tot. An ihren Vater hatte sie fast überhaupt keine Erinnerung – nur das Gefühl einer riesenhaften, sicheren Präsenz. Ein Bild war ihr geblieben, wie er in der Tür stand, die Hände in die Hüften gestemmt, und über irgendetwas lachte, das sie getan hatte.

Sie hatte nie verstanden, was mit dem Baugerüst geschehen war, das ihn auf die Straße geschleudert hatte aus etwa der Höhe, auf der sie sich heute Abend befanden. Es war doch kein so tiefer Sturz, dass ein Mann ihn nicht mit einem gebrochenen Bein oder schmerzendem Rücken überleben könnte. Oder mit einer gebrochenen Schulter vielleicht, die für den Rest seines Lebens steif blieb. Er musste ausgeglitten sein, sich mit den Füßen in den

Stricken verfangen haben und in einem unglücklichen Winkel gestürzt sein.
Sie hatte sich immer gefragt, ob man ihre Mutter zur Baustelle gerufen hatte – um den Leichnam ihres Mannes dort liegen zu sehen, den Kopf verdreht wie ein Gehenkter. Maddy wusste es nicht, die alte Frau hatte nie davon gesprochen. Sie selbst konnte sich an den Tag kaum entsinnen. Nur dass sie von der Schule heimgekommen war, und ihre Mutter saß da ganz in Schwarz gekleidet, und alle Nachbarn waren herübergekommen. Am Abend hatten sie die Totenwache gehalten – ihr Vater in einem offenen Sarg, eine Kerze zu seinen Füßen. Sein Gesicht wirkte aschfahl. Mutter und ihre Freundinnen hatten ihn geschrubbt und in seinen besten Anzug gesteckt. Maddy hatte ihn an diesem Morgen zuletzt gesehen. Die Augen noch voller Schlaf, hatte sie beobachtet, wie er in der Küche seinen Tee trank, ehe er zur Arbeit ging.

Und jetzt war ihr Vater in Robinsons alberner Geschichte ein Trunkenbold, ein Schläger und ein Zuhälter, der seine Kinder auf der Straße für eine Flasche Schnaps verkaufte und seine Frau schlug. Dabei hatte er sich im wahren Leben nur eine einzige Sache zu Schulden kommen lassen: Er war gestorben.
Na ja, das reichte ja auch, oder?
Der Zorn des Tages sammelte sich in ihrer Seele wie Schwemmgut auf dem Boden des Meeres. Obwohl sie immer noch zusammenzuckte und vor sich hin fluchte, wenn sie daran dachte, dass diese Miststücke vielleicht jetzt, in diesem Moment, dabei waren, ihr Heim zu plündern, zu stehlen, was immer sie wollten. Und wer würde sie aufhalten? Ein halbes Dutzend Mal war sie im Laufe des Tages von Deirdres Couch aufgestanden und hatte nach ihrer Pistole gesucht. Entschlossen, auf die Straße hinauszustürmen und abzurechnen, die Weiber auseinander zu treiben wie eine Schar Hühner.
Jedes Mal hatten sie sie gepackt, Ruth oder Deirdre. Hatten sie zurück zur Couch geführt und darauf niedergedrückt, freundlich, aber bestimmt. In Wahrheit war sie froh, dass sie aufgehalten

wurde, obwohl sie jedes Mal geflucht und geschrien hatte und sich schwach gegen ihren festen Griff zur Wehr gesetzt hatte. Sie war immer noch verängstigt nach der versuchten Steinigung, dem Ziegelbrocken, der ihre Schläfe gestreift hatte. Es war nur eine kleine Wunde, und Deirdre hatte sie mit Jod behandelt, aber der Vorfall hatte Maddy erschüttert.

Sie war mit ihrer Waffe aus dem Haus gekommen, und die Weiber waren nicht weggelaufen. Sie war da rausgegangen, und die hatten sie nur ausgelacht und gesteinigt wie eine Hure …

Und genau das war sie ja auch. Das hatte sie ebenso geschmerzt wie alles andere. Nichts Besseres sahen sie in ihr, selbst jetzt, da der Krieg bis vor ihre Haustüren gekommen war. Sie hatten all die Schmähungen und Flüche ernst gemeint. Sie wollten sie auf der Straße steinigen und ihre Sachen stehlen, so wie sie es mit den schwarzen Frauen oder Ruths Familie machen wollten.

Sie konnte nicht begreifen, warum Deirdre eingeschritten war, aber sie war dankbar. Beim Abendessen hatte sie mit ihnen allen zusammen am Tisch sitzen dürfen. Die Kinder beider Familien saßen eng zusammengedrängt, wie an Heiligabend. Deirdre und Ruth und Ruths Sohn, dieser wunderschöne schwarze Junge, trugen das Essen auf und kümmerten sich um alles.

Und auch sie, Maddy, hatte mit in der Runde gesessen. Zwischen Deirdres ältesten Mädchen. Da hatte man sie hingesetzt, als wäre sie ein Mitglied der Familie, und ihr aufgetischt wie allen anderen. Alles wie bei einer richtigen Familie, selbst wenn es nicht ihre war.

Die Mahlzeit hatte ihren Kopf zum ersten Mal seit Tagen klar gemacht.

»Vermisst du ihn, Maddy?«

Ruths Stimme, ganz nah, gleich über ihr. Maddy öffnete die Augen und sah sie an Deirdres Schulter gelehnt dasitzen. Ihr Gesicht wirkte im orangefarbenen Feuerschein, der vom Himmel zurückgeworfen wurde, weicher, als Maddy es je zuvor gesehen hatte.

»Wen?«, fragte sie – obwohl sie genau wusste, wen Ruth meinte. Sie

hatte ihr eine Komödie vorgespielt und so getan, als stünde er unten auf der Straße und liefe ihr nach.
»Du solltest sie nicht auch noch ermutigen, so einen Mann zu vermissen«, hatte Deirdre Ruth gescholten, aber die schenkte dem keine Beachtung.
»Weißt du denn, wo er ist? Bist du traurig, dass er heute Abend nicht hier ist?«
»Nein, er fehlt mir nicht«, antwortete Maddy aufrichtig.
Stattdessen dachte sie an ein einstürzendes Gerüst, einen Mann, der einfach so in den Tod stürzte. Das hatte alles geändert. Aber sie hatte ihr Bestes getan, sie und ihre Mutter auch. Sie hatte das nie als Entschuldigung benutzt.
»So ist es recht«, sagte Deirdre, die sie missverstand. »Es besteht keine Veranlassung, einen von der Sorte zu vermissen.«
Nein – nicht, wenn so viele andere Bastarde noch kommen würden.
Sie wusste, sie hatte den ganzen Tag darauf gewartet, dass ihr Liebster irgendwie zu ihr zurückkommen und sein Versprechen halten würde. Selbst da war sie noch gewillt gewesen, ihm alles zu vergeben, was er ihrer Familie mit seinem Buch angetan hatte – für all seine Nichtigkeit. Nur im Vertrauen und der Hoffnung darauf, dass er sie als das ansehen würde, was sie war: jemand, zu dem es sich zurückzukommen lohnte. Und nicht länger als das, was er in ihr sehen wollte: seine weiße Gefangene, sein Modell.
Aber letzten Endes brauchte sie nicht einmal ihn. Wenn er nicht hatte zurückkommen wollen, war es gut, dass sie das endlich wusste. Sie war immer irgendwie zurechtgekommen, seit das Gerüst eingestürzt war. Und das würde sie auch weiterhin. Auf dem Dach war es kühler. Deirdres Schoß so weich unter ihrem Kopf. Fast wie eine Familie.
Sie sagte sich, dass nichts von alldem eine Rolle spielte – die Frauen auf der Straße oder der Feuerwehrhauptmann mit seiner Drohung, sie davonzujagen. Robinson und seine Spielchen. Sie ließ all das mit der Nacht von sich wegtreiben. All ihre Sachen und ihre Liebe zu ihm, all die Kränkungen, Beleidigungen und Ungerechtigkeiten, die noch ungerächt waren. All die Männerhände auf ihrem Körper.

Sie versuchte, nur an den Baum vor ihrem Küchenfenster zu denken, damals im St. John's Park, wo sie zu dritt zusammengesessen und zu Abend gegessen hatten. Und sie redete sich beharrlich ein, dass nichts sonst von Bedeutung war – und nichts würde je gerächt werden, er würde sie niemals als das ansehen, was sie war, und ihre Eltern würden ungestört ruhen, Gott schenke ihnen Frieden.
Nur diese leise, unruhige Stimme in ihrem Innern. Sie wusste, dass es doch von Bedeutung für sie war, sosehr sie auch wünschte, es wäre anders. Und während sie in den Schlaf driftete, insistierte diese Stimme: Es ist eine Lüge, es ist eine Lüge, es ist eine Lüge …

65
Finn McCool

Hilflos stand er auf der Straße. Er wusste nicht, was er tun sollte, und musste voller Entsetzen mit ansehen, wie der Mob O'Brien folterte.
Einen Offizier, nichts Geringeres. Und obendrein Ire.
Alles, was er um sich herum sah, erschütterte ihn. Die betrunkenen, roten Gesichter. Die Männer, die in Wohnhäuser einbrachen und alles zerschlugen und verbrannten, was ihnen unter die Augen kam.
Selbst die Feuerspritze, die Black Joke. Irreparabel zertrümmert und wie Müll in die Gosse geworfen.
Und auch seine eigenen Männer schwärmten von Haus zu Haus wie eine Bande Mordbrenner. Selbst diejenigen, die ihm treu geblieben, seinen Befehlen gefolgt waren und versucht hatten, die Brände zu löschen, waren nur Zeugen geworden, wie seine Autorität verrauchte. Die Feuerspritze ein Schrotthaufen, die Schläuche aufgeschlitzt. Das Wasser, das Lebensblut dieser Stadt, rann sinnlos die Gosse hinab.
Sie hatten ihn angesehen wie üblich, und als sie erkannten, dass er hilflos war, waren sie davongegangen. Zurück zu ihren Häusern, ihren Frauen und Kindern – oder um zu sehen, was sie für sich erbeuten konnten.
Er hatte nichts mehr unter Kontrolle.
Er blieb an einem Hauseingang stehen, die Hände in den Taschen. Sah O'Brien vor sich liegen und sich vor Schmerz winden. Männer, Frauen und jetzt sogar Mädchen lachten, während sie ihn in Stücke schnitten.

Das hier würde sie teuer zu stehen kommen, da war er sicher. Aber wie sollte alles je wieder aufgebaut werden? Wie sollten sie je wieder eine politische Organisation bekommen statt einer nutzlosen Meute Schakale? Es musste einen Weg geben, irgendeinen Weg, um hier herauszukommen und der Menge wieder voraus zu sein. Ihnen etwas zu geben, das sie wollten, ohne dass sie die ganze verdammte Stadt in Schutt und Asche legten.

Diese Hure in Paradise Alley kam ihm in den Sinn. Die ihm neulich nachts ins Gesicht gelacht und ihm die Tür vor der Nase verschlossen hatte.

Das würde ihnen gefallen. Und was war sie schon? Nur eine Hure. Niemandes Heim und Eigentum …

Er stand auf, und ein Plan begann in seinem Kopf Gestalt anzunehmen. Das war die Lösung. Sie dorthin zu führen, wo sie fanden, was sie wollten, ohne eine Konfrontation mit der Armee oder der Polizei zu riskieren, einen Kampf, den sie zwangsläufig verlieren mussten. *Gib ihnen einfach, was sie wollen.*

Da sah er den Reporter auf der anderen Straßenseite, Greeleys Mann, diesen verfluchten Robinson. Er sah so elend aus, wie Finn sich fühlte, während er mit ansehen musste, wie sie den armen O'Brien quälten. *Nun, er hatte versucht, ihn zu warnen.* Aber ein Reporter ausgerechnet hier, das war übel. Er sah alles, würde alles niederschreiben für später …

Zu seinem Schrecken wandte Robinson sich um und erkannte ihn seinerseits. Der Reporter begann gar, die Straße zu überqueren, ehe McCool Zeit fand, abzutauchen und sich hinter seinen Jungs zu verstecken.

Jetzt hatte Robinson ihn hier gesehen. Und er würde auch sehen, wie wenig Macht McCool hier hatte – und das war schlimmer, als hätte er ihn für den ganzen Aufstand verantwortlich gemacht.

Das war das Erste. Sie mussten dem Feind die Augen ausreißen, den Greeleys und den Republikanern. Sie mussten ihre Leute vor ihren Schandtaten beschützen.

Er warf Robinson einen Blick zu, versuchte noch einmal, ihn zu warnen. Der Reporter sah ihn verständnislos an. Also wirklich, wie

viele Warnungen wollte der Mann denn noch? Finn wandte sich an einen seiner Schläger und zeigte mit dem Finger auf den Reporter. »Da!«, sagte er, die Stimme schon erhoben. »Sieht der nicht aus wie ein Polizeispitzel oder einer von Greeleys Spionen?«
Er hatte Mühe, sich das Lachen zu verbeißen, als er Robinson Fersengeld geben sah. Er versuchte, O'Brien nicht mehr anzusehen, der ohnehin so gut wie tot war, armer Kerl. Den Leichnam konnte man irgendwo verschwinden lassen, niemand würde ihn je finden. Das Verbrechen wäre nur ein Gerücht.
Er hakte die Daumen in die Hosenträger und sammelte seinen Mut. Es gab etwas zu tun, und er war derjenige, der es tun musste, denn er war ein geborener Anführer. Er rieb sich die Hände und dachte wieder an diese verdammte Hure in Paradise Alley …

66

Herbert Willis Robinson

Ich hocke hinter der Straßenkehrmaschine und öffne den Hahn an ihrem Wasserfass. Gierig trinke ich das wenige Wasser, das noch herauströpfelt. Lasse es auch in meine Hände laufen und fahre mir damit übers Gesicht. (Das ist zweifellos das erste Mal, dass diese Maschine tatsächlich etwas gereinigt hat.)
Ich behalte die Bar an der dunklen Straßenecke der Ninth Avenue im Auge. Lausche auf ihre Schritte – die Schritte derer, die mich hierher gejagt haben.
Lausche auf ihn, das Monster aus dem Park.

Von meinem Versteck aus kann ich all die ahnungslosen Armeen sehen, die bald hierhin, bald dorthin durch die Nacht marschieren, ihre Fackeln in die Höhe gereckt. Immer noch erpicht auf neue Zerstörungswerke und Plünderungen.
Es ist keine leichte Aufgabe. Die Stadt ist ein abgenagtes Skelett, aber die Maden sind immer noch auf den Straßen.
Ich möchte jetzt nur noch zu Hause sein, bei Maddy sein. Warum habe ich sie nur im Stich gelassen. Aber ich wage nicht, mich zu rühren, fürchte mich vor dem Summen der Stadt, vor dem Mob. Ich kann nichts weiter tun, als hier zu hocken und meine Pistole zu umklammern. Die Schritte, die mich verfolgten, haben sich entfernt. Aber ich weiß nicht, ob er nicht noch dort draußen ist, gleich hinter der nächsten Ecke, und auf mich wartet.
Und was bleibt von alldem hier zu berichten? Was ist die Story? Die Verderbtheit der Menschen? Die geistlosen Grausamkeiten, die sich endlos wiederholen?

Ich hocke hinter einer Straßenkehrmaschine, warte im Hinterhalt auf einen anderen Mann.

Auf der anderen Seite der Ninth Avenue sehe ich einen großen weißen Mann – ein Maurer oder Steineschlepper, seine Gestalt teilweise vom Vordach der Schänke verdeckt. Jedes Mal, wenn ein schwarzer Mann vorbeikommt, rennt er zu ihm hin, schlägt ihn nieder, packt ihn und beißt ihn wie ein wildes Tier. Eins seiner Opfer ringt verzweifelt mit ihm, kann ihn schließlich abschütteln und rennt um sein Leben. Der Steineschlepper folgt ihm. Dem nächsten Mann beißt er ein Stück vom Ohr oder der Wange ab, ehe der sich befreien kann, die Straße hinabstolpert und vor Schmerz und Angst heult. Der weiße Mann brüllt ihm nach: »Nigger! Nigger! Nigger! Die Nigger sollen uns bloß nicht unsere Arbeit wegnehmen!«

Der große Rohling verstummt schließlich und liegt eine Weile still, mitten auf der Straße. Dann rappelt er sich auf und verbirgt sich wieder im Schatten des Saloons. Lauert auf den nächsten Neger, der vorbeikommt.

Ich will Maddy, will zu ihr gehen, bei ihr sein, sie sogar mit nach Hause nehmen.

Ich weiß, ich sollte zu ihr gehen und sie beschützen. Gott allein weiß, wie es ihr ergeht. Die Nacht kriecht dahin, Mitternacht ist vorbei, aber ich kann nicht wieder hinaus in diese verabscheuungswürdige Stadt. Meine Beine sind wie gelähmt. Ich kann nichts anderes tun, als mich hinter dieser Straßenkehrmaschine zu verbergen.

Ich habe die Menge gesehen, und ich verabscheue sie. Und ich fürchte sie. Doch selbst jetzt weiß ich schon, dass ich sie weiter beobachten, weiter über sie schreiben werde mit dem Zwang eines Trinkers. Aber nichts und niemand verbindet mich mehr mit ihr, nicht einmal Maddy. Ich will nicht Teil davon sein. Ich will mich nur noch verstecken vor dem dissonanten Summen, dem schrecklichen, bedeutungslosen Dröhnen geballter Menschheit.

Will nicht Teil davon sein.

67
Johnny Dolan

Es musste Ruth gewesen sein, die ihn verkauft hatte. Sein Leben. Er redete sich jetzt ein, dass er sich dessen sicher war. Erkannte es nach und nach, während er mit dem Mob durch die Stadt torkelte. Das Schild immer noch vor der Brust, und nach wie vor keine Ahnung, wie er sie ausfindig machen sollte …

Schlimmer noch, er hatte das Gefühl, der Mob zerstreue sich allmählich. Die Männer verzogen sich mit ihrer Beute. Immer noch grölten sie besoffen ihre albernen Parolen, aber niemand strömte mehr hinzu.

»Verkauft! Für dreihundert Dollar, wo ein Nigger tausend kostet!«

Und warum nicht?

Dreihundert Dollar waren ein anständiger Preis für einen Mann – mehr, als einer von ihnen wert war. Zweifellos versah jeder Nigger sein Tagwerk besser als sie.

Aber ehe sie alle verschwanden, ehe die Polizei und Soldaten ihnen den Rest gaben, musste er Ruth finden. Aber wie? Er schlenderte weg von der Menge und versuchte, darüber nachzudenken. Er ging, bis er sich an einem Fluss wiederfand; er war nicht sicher, welcher es war. Sah nur die blutrote Sonne, die über dem Wasser hing.

Sie musste es gewesen sein.

Nur sie konnte gesehen haben, wie aufgeregt er war, als er in jener Nacht zu ihrer Hütte in Pigtown zurückkam. Er hätte die Stadt sofort verlassen sollen, das erkannte er jetzt. Stattdessen hatte er den Kopf verloren, war zurück zu ihr geflohen, nach Hause.

Sie war nicht die Hellste, aber sie war aufmerksam. Das waren

Frauen immer. Er hatte geglaubt, er sei vor ihr sicher, sie konnte ja nicht einmal die Zeitungen lesen, die er sich von ihr mitbringen ließ. Aber sie musste sich sein Bündel angeschaut haben, während er schlief – musste irgendwie Wind von dem Mord bekommen haben, hatte es vielleicht auf der Straße aufgeschnappt.

Er hätte sie nie aus dem Haus lassen dürfen, nicht mal, um Essen zu kaufen. Das Beste wäre gewesen, er hätte ihr den Schädel eingeschlagen, sobald er heimkam.

Stattdessen hatte er sich einfach hingesetzt. Zu nervös, um den Kopf länger als ein paar Minuten aus der Tür zu stecken. Er war auch zu ängstlich, seine Beute – die feine Taschenuhr und den schönen Spazierstock mit dem Hundekopf – zu einem Hehler oder Pfandleiher zu bringen, denn er fürchtete, jemand könne sie erkennen. Er fürchtete ebenso, einer seiner alten Kumpels von den Flussgangs, den Break o'Day Boys oder den Swamp Angels könnte davon gehört haben und ihn nur auf Verdacht für einen Nickel an die Cops verscherbeln.

Er wusste, er sollte eigentlich verschwinden. Rüber nach Jersey oder rauf nach Providence, vielleicht gar bis nach Boston, sobald er Gelegenheit hatte. Aber er konnte nicht, fürchtete, dass man nach ihm suchte und ihn erwischen würde, wenn er versuchte, die Stadt zu verlassen. Dass irgendwer, der ihn kannte, ihn in der Menge entdecken könnte …

Also hatte er dagesessen und gewartet. Zu viel getrunken, sich von Stunde zu Stunde immer mehr den Verstand vernebelt. Bis sie alles vorbereitet hatten und ihn mit dem perfekten Vorwand hinauslockten.

Sie hatten ihm gesagt, sein Bruder sei am Leben. Jesus, das war eine wirklich dreckige Gemeinheit. Allein dafür hatten sie verdient, dass er ihnen den Hals umdrehte. Wie hatte er auf so etwas nur reinfallen können?

Aber zu dem Zeitpunkt hatte er schon fast zwei Wochen in der Hütte gesessen. War jede Nacht, wenn er glaubte, sie schlief, hinübergeschlichen und hatte Old Man Noes Auge angestarrt, das immer noch in seinem Augenstecher steckte. Versuchte, tief

hineinzublicken, denn er hatte gehört, dass das Auge eines Toten das letzte Bild widerspiegele, das er gesehen hatte.
Dolan hatte das immer bezweifelt, denn er dachte, wenn das stimmte, müsste doch jeder Mord auf der Welt aufgeklärt werden. Und er hatte ganz Recht: Egal, wie er hineinstarrte, er konnte nichts entdecken. Der Augapfel vor ihm erwiderte seinen Blick dunkel, ausdruckslos und vollkommen objektiv. Erinnerte ihn an etwas anderes …
Der Kasten.
Es war ihm eingefallen, und er hatte das zerbrochene, halb zerstörte Wunderkabinett wieder enthüllt. Schlug das schwarze Leichentuch zurück und entdeckte dort genau das gleiche Auge – beinahe. Das Auge eines Riesen. So hatte der Schausteller es beschriftet, doch tatsächlich war es nicht einmal so groß wie das Auge eines normalen Mannes, erkannte Dolan jetzt, wo er den direkten Vergleich hatte. Was er so viele Nächte angestarrt hatte, auf der Straße und im Bauch des Schiffes – dieses einzelne Auge hinter Glas, das aus seiner eigenen, perfekten Welt zu ihm herüberblickte. Immer verfolgte es ihn, mitleidlos, ohne je zu blinzeln.
Doch ihm ging auf, dass es nicht einmal ein echtes Auge war. Denn im Gegensatz dazu sah er in der Iris dieses Auges ein winziges, bewegliches Bild: sein eigenes Spiegelbild auf dem kunstvoll bemalten Glas. Und es starrte ihn an, hager und furchtsam. Das Bild eines Mörders.
Und danach hatte er sich entschlossen, ihnen zu glauben. Danach hatte er mitgespielt, hatte sich vorführen und auf das Schiff verschleppen lassen. Hinaus, um seinen Bruder zu sehen. Hinaus aufs Meer. Zu seinem Bruder.
Er hätte ebenso gut glauben können, sie wollten ihn in den Himmel bringen. Doch stattdessen waren nur Tom und ihr schwarzer Kerl, dessen Namen er nicht einmal kannte, im Boot gewesen. Hatten ihm einen Jutesack über den Kopf gestülpt – ihn wie einen erlegten Hasen in den Sack gesteckt. Als er zu sich kam, war das Schiff längst an Seagate vorbei, und als er sich gewehrt hatte, hatten ihn seine Peiniger getreten, bis er wieder besinnungslos wurde.

Das Schiff war ein wurmzerfressener Seelenverkäufer, schlimmer noch als die *Birmingham.* Gerade hinreichend flottgemacht, um es bis nach Panama zu schaffen mit seinen Schaufeln, Goldwaschpfannen, Arbeitshosen und Mehlsäcken. Reines Gold – mit tausend Prozent Aufschlag wurden diese Waren an die Schürfer verkauft. Seine neuen Herren hatten ihn wie ein Pferd schuften lassen und unter Deck gesperrt, wann immer sie sich einem Hafen näherten. Die ganze Zeit war er krank gewesen, die Fahrt beinahe so schlimm wie die Atlantiküberquerung, und wenn er sich weigerte zu arbeiten, hatten sie ihn halb zu Tode gepeitscht.

Er hatte erwogen, von Bord zu springen, als sie endlich nach Panama kamen. Doch er hatte immer noch kein Geld, und überall am Hafen von Colon sah er weiße Männer, die am Gelbfieber erkrankt waren, reihenweise zusammenbrechen und mit dem Gesicht im Schlamm liegen. Also entschied er, bis San Francisco an Bord zu bleiben, wo sie ihn wenigstens bezahlen wollten, wie sie sagten. Mit der restlichen Crew hatte er im Eiltempo den Isthmus überquert, so schnell die Maultiere sie trugen. Und dann auf dem Weg hinauf zur kalifornischen Küste hätte er sich um ein Haar vergessen und die Seereise genossen. Das Wetter war warm, und er hatte sich ein paar Matrosenfertigkeiten angeeignet, weil er nicht Besseres zu tun hatte. Er lernte auch die Namen der Sterne, und wie man mit ihrer Hilfe navigierte. Er hatte sich gar bei dem Gedanken ertappt, dass er vielleicht wieder auf einem Schiff anheuern würde, wenn er sein Geld bekommen hatte.

Er vergab ihnen trotzdem nicht. Er wollte immer noch, was ihm zustand, seine Frau und seinen Schatz. Doch ihm war aufgegangen, dass es besser wäre, wenn er auf dem Schiff bliebe. Die Seeleute erzählten ihm von der Südsee, von China und von Siam …

Und was wäre er, wenn er zu solchen Orten käme? Etwas anderes – ohne Vergangenheit.

Doch dann waren sie in San Francisco vor Anker gegangen, und als er am nächsten Morgen aufwachte, fand er das Schiff verlassen. Alle anderen, der Kapitän und die Crew, hatten sich schon zu den Goldfeldern aufgemacht, ohne ihm auch nur Bescheid zu geben. Auch

die Ladung war fort, ihr Schiff nichts als ein weiterer Baum in dem Wald, der den Hafen inzwischen fast vollständig ausfüllte. So viele verlassene Schiffe lagen dort vor Anker – die Mannschaften verschwunden, um ihr Glück zu machen –, dass er den Weg zum Kai zurückgelegt hatte, indem er von Deck zu Deck gesprungen war.
Aber das Gold war nicht seine Sache. Das war nur etwas für Schwachköpfe, da war er sicher. Die nächsten eineinhalb Tage war er am Hafen umhergelaufen und hatte versucht zu entscheiden, was er nun tun sollte. Wie er zurück- oder wie er weiterkommen sollte – er hatte sich immer noch nicht entschlossen. Was er anstellen könnte, um ein bisschen richtiges Geld zu bekommen, keinen Goldstaub.
Und dann war er in diese Spielhölle an der Montgomery Street geschlendert. Er hatte nicht einmal vor zu spielen, denn dafür hatte er nie eine Begabung gehabt. Das war das Problem. Er war genau das: der Gimpel, der nur darauf wartete, übers Ohr gehauen zu werden. Ein Streit war ausgebrochen und ein Schuss gefallen, er wusste bis auf den heutigen Tag nicht, worum es gegangen war. Doch eh er's sich versah, stand er vor einem Richter, wurde ins Gefängnis gesteckt und war dann auch noch dumm genug gewesen, einen Fluchtversuch zu unternehmen.

Er stolperte weg von dem glühenden, roten Fluss, wusste immer noch nicht, was er tun sollte. Er lief durch die Dämmerung von Block zu Block, ohne die kleinen Kriege wahrzunehmen, die um ihn herum ausgetragen wurden.
Er hörte ein Geräusch, einen kehligen gutturalen Laut, wie ein Hund im Todeskampf ihn von sich geben mochte. Er war wieder auf einen Mob gestoßen, der sich um irgendeine neue Attraktion versammelt hatte. Dolan trat näher, um zu sehen, was es war, und entdeckte, dass sie um einen Armeeoffizier herumstanden, der auf dem Gehweg ausgestreckt lag. Der Mann war fast zu Tode gefoltert worden, lebte aber noch. Sein Gesicht mit Steinen und Knüppeln eingeschlagen, Arme und Beine aufgeschlitzt und mit Öl verbrannt …

Es war der Offizier, den er niedergeschlagen hatte.
Er war schon wieder im Kreis gegangen und zu dem Block zurückgekehrt, von wo er aufgebrochen war. Sie mussten den Mann stundenlang gequält haben, erkannte er. Manche traten immer noch nach ihm, andere hielten einen Priester gepackt, der das Opfer in ein Haus schaffen lassen wollte. Die Frauen verhöhnten den Sterbenden am Boden und rissen Zoten. Kinder pirschten sich vorsichtig an, stachen mit Messern und Scheren auf ihn ein, kreischten vergnügt und stoben wieder davon.
Der Offizier konnte nicht mehr sprechen und sich auch nicht rühren. Aber immer noch stöhnte und zuckte er hin und wieder unter ihren Schlägen – immer noch am Leben.
Es war so schwer zu sterben.
Dolan erinnerte sich an einen Mann, den er einmal in einer Winternacht aus einem Feuer gerettet hatte. Er hatte gar nicht die Absicht gehabt, das zu tun, aber plötzlich hatte er sich dabei ertappt, dass er mit einer Axt in Händen in ein brennendes Gebäude lief. Er war eine wackelige Treppe hinaufgestürmt, bis er ihn schließlich unter einem Balken eingeklemmt gefunden hatte.
Schwarz wie Pik Ass war er gewesen, ein Matrose, so dunkel wie der Nigger in dem Boot in der Nacht, als sie ihn schanghait hatten. Doch ohne auch nur einen Moment zu zögern, hatte Dolan ihn befreit. Hatte sein eigenes Leben und das der anderen Feuerwehrmänner riskiert, um ihn zu retten. Hatte ihn aus dem Gebäude getragen, ehe es über ihnen allen einstürzen konnte.
Die anderen waren erstaunt gewesen, dass er das getan hatte. Er hatte selbst gestaunt. Er hatte den Mann einfach nur befreien wollen, das war alles …
Er sah auf den zuckenden Leib des Offiziers hinab und befingerte die Klinge in seiner Tasche. Es brauchte nur einen schnellen Stoß, und er wäre erledigt. Sollten die anderen nur toben, mit denen würde er schon fertig. Dann konnte er sich davonmachen. Vielleicht zum Fluss zurückgehen. Hineinwaten und sich vom Wasser bedecken lassen. Ein für alle Mal dieser verfluchten Insel entrinnen …
Er schob sich durch die Menge nach vorn. Klappte das Messer in

der Tasche auf, bereit zuzustoßen, als vor ihm auf dem Boden der Offizier ein letztes Mal stöhnte und dann starb. So schnell war es vorbei. Jetzt ließen die Leute den Priester vor, beugten die Köpfe, von einem Moment zum nächsten, sanft wie Lämmer. Er befahl ihnen, den Leichnam in ein Haus zu bringen, und sie gehorchten. Sechs trugen den Toten, behandelten ihn jetzt beinahe behutsam. Dolan wich mit der restlichen Menge zurück. Schon erfüllte ihn brennender Neid auf den toten Offizier.
Er war doch selbst schon tot. Das vergaß er immerzu.
Sie hatten ihn aus dem schwarzen Giebelzimmer hinabrutschen lassen in die kalkbedeckte Erde, aber er war auferstanden. Er war auf der Straße umhergeirrt, und in zehn Counties hatte es nicht einen Krümel zu essen gegeben, aber er war einfach immer weitergegangen. Er hatte ohne gutes Trinkwasser im Bauch des Schiffes gesteckt, und er war nach Kalifornien schanghait worden, aber er hatte überlebt. Er war zurückgekehrt, und er hatte zu viel getan, um zu überleben, als dass er jetzt einfach von dieser Insel verschwinden könnte, ohne zu fordern, was ihm zustand.
Seine Frau. Seinen Schatz und seine Frau.
Sie gehörte ihm, genauso als hätten sie zusammen vor dem Altar gestanden. Er hatte ihr Leben gerettet damals in dem Dorf, wo die Hunde sie fertig machen wollten. Er wusste, dass sie ihm übel nahm, wie er sie da einfach zu seinem Vergnügen genommen hatte, in sie eingedrungen war. Und wie er sie danach immer behandelt hatte, wenn er heimkam und ihm das Blut in den Adern kochte, sodass er mit den Fäusten auf sie losgehen musste.
Sie konnte ihm übel nehmen, was sie wollte, trotzdem gehörte sie immer noch ihm. Immerhin hatte er sie aus dem verdammten Irland raus und nach Amerika gebracht, oder etwa nicht? Sie glaubte zu wissen, was er getan hatte, um zu überleben. Dabei hatte sie nur Glück gehabt, dass sie gegen Ende in das Dorf gekommen war, als die streunenden Hunde sich schon zusammengerottet hatten.
Er musste sie finden. Obwohl der Mob doch alles kurz und klein geschlagen hatte, war sie immer noch nicht auf der Straße erschienen, sie nicht und ihr Nigger auch nicht. Die Antwort kam wie eine

Offenbarung über ihn, und er wurde nur noch wütender, weil er nicht eher darauf gekommen war.
Deirdre. Sie würde wissen, wohin Ruth und ihr Mann gegangen, ob sie wenigstens noch in der Stadt waren. Wo wohnten sie gleich wieder? Dieses jämmerliche Häuschen, auf das sie immer so stolz gewesen war? Irgendwo unten im vierten Bezirk, in der Nähe des Flusses. Der Name fiel ihm zusammen mit all den Erinnerungen wieder ein: Paradise Alley.
Deirdre würde wissen, wo seine Frau war – falls sie überhaupt noch dort wohnte. Aber er konnte sich nicht vorstellen, dass sie dieses Haus aufgegeben hatte.
Er machte sich auf den Weg. Seine Hand umklammerte immer noch das Messer in der Tasche. Er wollte sich holen, was ihm zustand. Er würde es herausschneiden.

Dritter Tag

Mittwoch, 15. Juli 1863

Es ist ein königlich Ding …
… Stadt …

»The Ruin«

68
Herbert Willis Robinson

Der dritte Tag.
Die Schweine sind auf die Straßen zurückgekehrt. Zweifellos haben sie mit ihrem wachen Tierverstand erkannt, dass das Schlimmste vorüber ist. Sie staksen umher und schlagen sich die Bäuche voll, denn überall haben sich neue Müllberge gebildet. Zwischen den Schweinen torkeln Männer einher, von Laternenmast zu Laternenmast. Sie erkennen ihre Umgebung nicht mehr, haben alle Pläne und Gewohnheiten vergessen. Ein erbärmlicher Kater im Kopf, Blut und Asche noch an den Händen.
Ich schleppe mich mit ihnen weiter. Wir alle stolpern umher. Unrasiert und ungewaschen, und die Toten unter uns ungesalbt. Immer noch marschieren wir weiter, irgendeinem Ziel entgegen, als hätten wir es verdient.
Wir riechen.
Acht Uhr früh. Wieder bricht ein kurzes, heftiges Gewitter los. Ich hoffe, dass es uns reinwäscht, aber der Regen besteht zur Hälfte aus Ruß, bedeckt uns mit dicken, schwarzen Schlieren aus der Asche der verbrannten Stadt.
Endlich marschieren Truppen durch die Straßen. Sie kommen aus Pennsylvania und aus dem nördlichen Teil des Staates. Es heißt, das 7. New Yorker Regiment sei bereits an der Battery gelandet, genau wie das 152. New York, das 26. Michigan Freiwilligenregiment und das 74. und 65. Nationalgarde. Alle Männer, die bei Gettysburg nicht zu schwer verwundet worden sind, hat man provisorisch zu neuen Einheiten zusammengefasst und zur Rettung der Stadt gesandt.

Doch der Mob hat sich noch nicht ergeben. Die Aufständischen weigern sich zu glauben, dass es vorbei ist, sind bis zum bitteren Ende überzeugt, dass die Soldaten niemals auf sie feuern werden.

»Nicht auf ihre eigenen Freunde und Nachbarn«, versichert mir einer und wiederholt damit, was alle glauben.

»Nicht auf ihre eigenen Verwandten. Warten Sie's nur ab. Die werden sich auf unsere Seite schlagen.«

Doch tatsächlich erobern die Truppen die Stadt Block für Block zurück, schlagen jeden Widerstand nieder. Sie feuern Salven in die Menge, wenn diese sich ihnen entgegenzustellen versucht, beschießen die Häuserfronten, wann immer sie Heckenschützen entdecken.

An der 28. Straße West befiehlt ein Colonel des 8. New York Regiment seinen Männern endlich, Abraham Franklin, den gelynchten Kutscher, herunterzuschneiden. Der hünenhafte irische Fleischergehilfe, der Franklin aufgeknüpft hatte, versucht nun, den Offizier vom Pferd zu zerren. Der Colonel zieht lediglich seinen Säbel und stößt ihn dem Aufständischen in die Brust. Der Fleischergehilfe geht zu Boden, ein Ausdruck echter Überraschung auf seinem Gesicht, und er zuckt ein wenig, während das Blut aus seiner Brust sprudelt. Augenblicklich zerstreuen sich die Aufständischen, lassen ihn zum Sterben auf der Straße liegen. Die Soldaten betten Abraham Franklins Leichnam behutsam neben ihn, und der Colonel selbst opfert sein Taschentuch, um das entstellte Gesicht zu bedecken.

Im St. Nicholas Hotel hat General Brown, Wools Brigadier, inzwischen die Mehrzahl der Lobbyisten vor die Tür gesetzt. Das Hotel ist jetzt ein geschäftiges, effizientes Militärhauptquartier, und der Telegraf funktioniert wieder.

Auch Commissioner Acton ist da, von der Mulberry Street herübergekommen, um den Einsatz der Armee mit seiner Metropolitan Police zu koordinieren. Er schickt ein Telegramm nach dem anderen an die Polizeiwachen, die noch stehen …

Jeden Mann töten, der einen Knüppel mit sich trägt … Farbige aufnehmen, solange es möglich ist … Niemanden abweisen …
Er lacht, als er mich sieht – abgerissen, wie ich bin, nicht nur mein Anzug, sondern auch mein Gesicht rußverschmiert.
»Was haben Sie denn getrieben!«, brüllt er. »Treten Sie jetzt im Varieté als Schwarzer auf, Herbert? Besser, Sie waschen sich das Gesicht. Wir erobern die Stadt für die Zivilisation zurück!«
Die ganze Nacht hindurch, erzählt er mir, hat die Polizei Hunderte, wenn nicht Tausende fliehender Neger aufgenommen.
»Wir haben jetzt sogar Männer ausgeschickt, um nach ihnen zu suchen und sie zu beschützen, arme Kreaturen.«
Drüben im 27. Revier werde ich Zeuge, wie drei stämmige irische Streifenpolizisten versuchen, einen Schwarzen namens Jackson zu überreden, unter dem Holzsteg von Pier 4 hervorzukommen. Auf dem Weg zur Brooklyn-Fähre hatte der Mob ihn erwischt und halb zu Tode geprügelt, und er hatte nur entkommen können, indem er sich in dem unaussprechlichen Brei aus weggeworfenen Fischköpfen und Konservendosen, toten Katzen und Austernschalen verkroch, der unter dem Pier angespült wird.
Die Polizisten versuchen ihn zu überreden herauszukommen, aber sie können ihn nicht überzeugen, dass sie nicht der gleiche Mob in anderer Erscheinungsform sind. Die Fährpassagiere stimmen mit ein, reden ihm zu, doch Jackson wird mit jeder neuen tückischen, weißen Stimme, die sich über ihm erhebt, misstrauischer.
»Komm jetzt, wir wollen dir nichts Böses«, beteuert ein stämmiger Cop namens McClusker, der sich mit einer Hand am Pier festklammert und über dem Wasser baumelt. »Das siehst du doch, oder?«
Aus den Tiefen des Hohlraums kommt eine entkörperte Stimme: »Ich seh gar nichts. Ich seh nur, dass Sie weiß sind.«
Zu guter Letzt kommt Jackson zum Vorschein – ein kolossaler Vertrauensakt oder blanke Resignation. Er blutet aus einem halben Dutzend Schnittwunden und ist grau vom Hafenschlamm. Erschöpft blicken seine Augen in die Ferne. Die Fährpassagiere weichen vor seinem Anblick zurück. Die Cops wickeln ihn in eine

Decke, führen ihn zu einer Kutsche und bringen ihn ins New York Hospital.
»Sag mir, was hat dich letzten Endes bewogen, uns zu trauen?«, fragt McClusker ihn.
»Ich konnte einfach nicht«, antwortet Jackson, und langsam rinnen Tränen über sein Gesicht. »Ich konnte einfach nicht länger da unten bleiben.«

Unweit der Ecke Chambers und Oak Street an der Rückseite der City Hall stoße ich auf einen alten Mohawk, ein Veteran des Mexikanischen Krieges, der seit Jahren Downtown als Anstreicher gearbeitet hat. Jeder kennt ihn. Nun liegt er sterbend auf dem Gehweg, in den Armen seiner Kollegen. Anscheinend hat der Mob ihn für einen Schwarzen gehalten – nicht, dass es sie sonderlich interessiert hätte, ihren Irrtum zu bemerken. *Was macht es für einen Unterschied, ob man den einen oder den anderen alten Stamm auslöscht.*
An der African Methodist Bethel Church an der 30. Straße frage ich den farbigen Pastor, ob seine Leute noch irgendeine Hoffnung auf die Zukunft haben. Er sieht mir geradewegs in die Augen, ohne zu blinzeln, die Lippen geschürzt.
»Ja«, antwortet er. »In der nächsten Welt.«

Der Mob wankt – aber unglaublicherweise hat er sich immer noch nicht ausgetobt. Mancherorts sind die Aufständischen jetzt entschlossener denn je. Immer noch bauen sie neue Barrikaden auf der Straße und verwickeln Polizei und Armee überall in Manhattan in regelrechte Schlachten.
Derweil sind immer noch einzelne Plünderer unterwegs, die sich dreist nehmen, was sie wollen. Auf der 2. Straße sehe ich einen hünenhaften deutschen Arbeiter, der zwei Reifröcke um den Hals trägt, während er die verwüsteten Geschäfte nach weiteren durchwühlt. Brooks Brothers – die so viel Geld damit gemacht haben, unseren Truppen drittklassige Ware zu verkaufen – steht geplündert und demoliert an der Cherry Street, feine Hosen, Anzüge, Westen und Hüte liegen auf der Straße verstreut.

Aber ich habe jetzt endlich genug, betrachte all die Verkommenheit nur noch mit halbem Auge. Von mir aus können sie alle zum Teufel gehen, meine Stadt eingeschlossen, je schneller, desto besser. Durch die schwefelige Hitze schleppe ich mich zu Maddys Haus. Die Ängste und Schreckensbilder der vergangenen Nacht lösen sich nun im Licht des Tages auf. Ich schäme mich, schäme mich beinahe zu sehr, um ihr unter die Augen zu treten. Und ich frage mich, ob sie überhaupt noch da ist …

Warum sollte sie? Warum sollte sie bleiben, wo ich sie ausgehalten habe? Wofür könnte sie mich denn noch brauchen?

Trotzdem muss ich mich vergewissern, dass es ihr gut geht. Ich muss sehen, ob sie mit mir kommt – ob sie meine Gesellschaft überhaupt noch erträgt, nachdem ich sie im Stich gelassen habe. Wir müssen irgendein neues Arrangement treffen, falls das möglich ist.

Ich habe die Shambles schon fast erreicht, als ich die Männer sehe. Mindestens vierzig oder fünfzig. Sie bewegen sich rasch und schleichen davon wie Hunde, die wissen, dass sie etwas Verbotenes getan haben.

Maddy …

Ich beschleunige meine Schritte, dann renne ich und ziehe die Waffe aus der Tasche. Mit einem furchtsamen Schlingern im Magen erkenne ich, dass mir keine Zeit mehr bleibt. Der Krieg ist hier.

69
Tom O'Kane

Sie trafen kurz vor Sonnenaufgang ein und sammelten sich am Stuyvesant Square, dem hübschen kleinen Park vor einem roten Ziegelhaus, in dem die Quäker sich trafen. Es hatte die ganze Nacht gedauert, sie mit den Flachbooten zur Desbrosses Street herüberzuschaffen, und als sie alle dort waren, teilte man ihnen ein Frühstück aus, das zu verdorben war, um es zu essen, selbst für Männer, die Feldküche gewöhnt waren – madenzerfressenes Rindfleisch, durchweichtes Brot und Käse, der mit pelzigem blauem Schimmel bedeckt war. Wenig später brach ein Gewitter los, plötzlich und heftig, und durchnässte sie bis auf die Knochen, ehe es auf den East River hinauszog. Das besserte ihre Stimmung auch nicht gerade.

Endlich kam der Befehl, zur Second Avenue zu marschieren. Ihr Kommando bestand aus Invaliden verschiedenster Regimenter, doch sie waren alle Veteranen und marschierten mit müheloser Professionalität. Die Sonne war schon wieder zum Vorschein gekommen, und vor ihnen dampfte die regennasse Straße. Sie stiegen über die klaffenden Löcher hinweg, wo die Pflastersteine ausgegraben worden waren, starrten auf die Ruinen ausgebrannter Häuser, die Kleidungsstücke und Möbel, die auf dem Gehweg verstreut lagen. Die Stadt war noch dieselbe, an die sie sich erinnerten, aber so verändert wie ein vertrauter Ort, den man in einem schlechten Traum aufsucht.

Was zum Teufel ist hier los?, fragte Tom sich, den es danach verlangte, zur Paradise Alley zu kommen. Beinahe zu Hause.

Als sie die 19. Straße erreichten, bekamen sie den ersten Vorgeschmack auf das, womit sie es hier zu tun hatten. Duryeas Zouave-

Corps kam ihnen entgegen. Sie waren mit ihren Haubitzen als Vorhut ausgeschickt worden, doch jetzt rannten sie. Sie wirkten verschämt und doch erleichtert, mit dem Leben davongekommen zu sein.

Wie Sickles' Männer, die aus dem Weizenfeld getorkelt kamen …

»Es war eine Falle! Erst haben sie uns näher gelockt und dann von den Dächern aus beschossen«, erzählte einer von ihnen Snatchem, der ihn angehalten hatte.

Der alte Trick der Gangs, den jeder Polizei-Sergeant sofort durchschaut hätte.

»Es waren Tausende! Sie haben die Haubitzen erbeutet. Ich glaube, sie haben die Offiziere getötet.«

Der Mann riss sich los und rannte mit seinen Kameraden die Straße hinab, ihre roten Pluderhosen und türkischen Haremsjäckchen waren jetzt rußgeschwärzt. *Wie hübsch sie in diesen Uniformen ausgesehen hatten, als sie vor zwei Jahren in den Krieg gezogen waren.*

Sie machten Platz, um die geschlagenen Männer hindurchzulassen. Tom und die anderen vom 69. waren ungerührt. Sie hatten viele Niederlagen erlebt, auch ihre eigenen, und hatten gelernt, sich nicht ins Bockshorn jagen zu lassen. Stattdessen nährte es nur ihren langsam schwelenden Zorn. *Von einem Mob gejagt zu werden, und das in ihrer eigenen Stadt. Dagegen musste etwas getan werden.*

Sie marschierten um die Ecke auf die First Avenue, und da waren sie.

Die Zouaves hatten Recht, sah Tom auf den ersten Blick. Hunderte, wenn nicht Tausende Männer und Frauen füllten die Straße. Sie schwärmten in die aufgebrochenen, geplünderten Wohnhäuser und Geschäfte, wie Kakerlaken, die sich auf ein altes Stück Käse stürzen – manche droschen immer noch auf die hilflosen Verwundeten ein, die die Zouaves zurückgelassen hatten. Und an der Straßenecke hatten sie ihr Banner gehisst: Drei schwarze Leichen hingen nackt und verstümmelt von einem einzelnen Laternenmast wie ein Bündel Fasane. Es waren zwei Männer und eine Frau gewesen, ihre Leiber rauchten noch, und menschliches Fett tropfte zischend auf die Straße.

»Jesus. Jesus Christus.«
»Diese Hurensöhne«, murmelte Snatchem.
Er hörte die anderen Männer im Glied – allesamt Veteranen – leise vor sich hin fluchen. Doch als die Menge sie entdeckte, fing sie an zu jubeln, denn sie erkannten, wie viele der Soldaten New Yorker waren.
»Kommt schon, ihr Iren! Nichts kann uns aufhalten, wenn ihr mitmacht!«
»Wir nehmen die ganze Stadt!«
»Kommt, Freunde, schließt euch uns an!«
Doch hinter den johlenden Aufständischen sah Tom andere, die hastig hin- und herrannten und nach irgendetwas suchten, was sie von den erbeuteten Haubitzen abfeuern konnten. Stopften Nägel, Steine, Metallstücke und Glas in die Rohre der breiten, flachen Geschütze und schauten sich dann nach möglichen Zündern um.
»Freunde? Scheiße«, raunte Feeley.
Die Trommeln begannen zu schlagen, und Toms Kompanie bewegte sich im Laufschritt die Straße entlang. Die Männer der Artillerie fuhren an ihrer Flanke unbeirrt eine Batterie von Geschützen auf. Der Colonel an ihrer Spitze ließ sein Pferd im Schritt gehen und den Säbel langsam über dem Kopf kreisen.
Die Plünderer hielten jetzt inne. Einige flüchteten hinter eine wackelige Barrikade, die sie auf der First Avenue errichtet hatten – während andere sie immer noch auf ihre Seite zu locken versuchten, ihnen gar die Arme entgegenstreckten.
»Schließt euch uns an! Schließt euch uns an!«
»Kommt auf die Seite eurer Freunde und Nachbarn!«
Doch schon kamen die ersten vereinzelten Schüsse von den Dächern und schlugen zu ihren Füßen in die Straße. Die Soldaten ignorierten sie und rückten weiter auf die Barrikade vor, die lediglich aus einem Laternenmast, einem Haufen zerbrochener Stühle, Betten und Pferdekarren bestand. *Nichts, was eine Veteranentruppe aufhalten konnte.*
»Kommt zu uns! Kommt zu uns!«

Sie blieben stehen und legten an, zehn Schritte von den grinsenden, johlenden Gesichtern entfernt. So sehr ähnelten sie jenen, die Tom sein ganzes Leben lang in seinem Viertel gesehen hatte – manche erkannte er gar von dort wieder. Gebräunt und wettergegerbt von der ständigen Arbeit in der Sonne, jetzt mit Ruß und Asche von den Abenteuern dieses Morgens geschwärzt. Oder der Nacht zuvor oder des gestrigen Tages – wann immer sie sich entschlossen hatten, ihre Mitmenschen an einen Laternenpfahl zu hängen und anzuzünden.

Und sie grinsten unablässig, glaubten nach wie vor, die Truppen wollten zu ihnen überlaufen. Nicht einmal jetzt begriffen sie, dass dies hier kein neues Spiel war. Und mochten sie auch allerhand darüber wissen, wie hart das Leben sein konnte, sie begriffen dennoch nicht, was ein Krieg war. Sie krakeelten und lachten wie an jenem Tag, als sie sie damals verabschiedet hatten, die große Parade, die zum Hafen zog.

Und sie hatten gesungen:

»We are the boys that fear no noise!«

Ihre erste Salve fegte die Barrikade beiseite, als wäre sie aus Papier. Die zweite räumte die Straße, schickte den Mob schreiend, heulend und weinend den Block hinab, und die Menschen suchten in Häusern und Ladenlokalen Zuflucht. Das Pflaster war übersät mit den Toten, den Trauernden und den stöhnenden, blutenden Verwundeten. Genau wie die Schlachtfelder, die sie während der letzten zwei Jahre gesehen hatten. Die Aufständischen heulten und fluchten, während sie vor ihnen auseinander stoben.

»Verflucht sollt ihr sein! Verflucht sollt ihr sein! Wie könnt ihr euren eigenen Leuten das antun?«

»Ihr seid nicht besser als die Polizei!«

Tom entdeckte eine Gruppe hartgesottener Schläger und begann sie zu jagen. Scheuchte sie die Stufen eines Wohnhauses hinauf und ins Innere, George, Feeley und Larkins gleich hinter ihm. Selbst mit seinem verwundeten Bein verfolgte er sie durch das demolierte

Haus, Geschirr, Glas und Möbeltrümmer knirschten unter seinen Füßen.
Sie jagten sie bis aufs Dach hinaus, wo die Männer sich plötzlich umdrehten und die Hände hoben, um sich zu ergeben. Tom sah, dass er zumindest zwei von ihnen von der Black Joke kannte – Männer, die jahrelang Seite an Seite mit ihm die Pumpen bemannt hatten. Sie erkannten ihn und die anderen ebenfalls. Er konnte es in ihren Mienen sehen – ihre Augen weiteten sich, ein Ausdruck der Erleichterung huschte über ihre Gesichter, als sie erkannten, dass sie gerettet waren.
Doch Tom und die anderen kamen immer näher, die Bajonette aufgepflanzt. Die Aufständischen hielten die Hände oben, konnten einfach nicht glauben, dass die Soldaten ihre einstigen Kumpel niedermachen würden. Erst im allerletzten Moment erkannten sie, dass die Uniformierten nicht anhalten würden, und sprangen vom Dach – fielen drei Stockwerke tief, landeten hart auf der Straße, sodass sie sich Beine und Arme brachen und vor Schmerz schrien.
Tom und seine Freunde betrachteten sie einen Moment von oben, dann liefen sie wieder hinaus, die Bajonette immer noch aufgepflanzt, um den restlichen Mob aufzureiben.
Sie hatten ja keine Ahnung, wie ein Krieg war.

Als er nach seiner langen Verletzung zu seinem Regiment zurückgekehrt war, war Tom sicher gewesen, dass er sterben würde. Überzeugt, dass es Gottes Strafe war für das, was er Johnny Dolan angetan hatte, dafür, dass er einen anderen Mann in die Unfreiheit verkauft hatte. Er war nur dankbar, dass er die Chance bekommen hatte, sich mit seiner Frau auszusöhnen.
Während des ganzen Feldzuges, als sie über die staubigen Straßen von Maryland and Pennsylvania marschiert waren, war er überzeugt gewesen, dass er beim nächsten Gefecht fallen würde. Es war ein Gefühl, von dem viele Veteranen sprachen, und obwohl er sich in der Vergangenheit über solche Vorahnungen insgeheim mokiert hatte, hatte er doch so manchen dieser Veteranen, die glaubten, ihr Schicksal sei besiegelt, am Tag nach der Schlacht vor ihrem Zelt

stehen sehen, ein Ausdruck des Erstaunens auf ihrem Gesicht. Er selbst hatte keinerlei Zweifel gehabt, dass er sterben werde.

Und was für eine Schlacht es gewesen war, so schlimm wie Fredericksburg und noch zwei Tage länger.

Am zweiten Tag wäre er beinahe getötet worden. Das Regiment war dank der üblichen Dummheit ihrer Kommandanten in den Hainen einer Pfirsichplantage abgeschnitten worden, und sie mussten sich einen Weg freikämpfen. Es war ein verzweifeltes Rückzugsgefecht zwischen den ordentlichen Reihen der Pfirsichbäume gewesen, die Luft erfüllt vom Duft der gefallenen Früchte. Die hageren, schreienden Gesichter der Rebellen überall um sie herum.

John J. Sullivan war dort gefallen, aus kürzester Entfernung von einem Lieutenant aus Mississippi in den Hinterkopf geschossen. Sullivan hatte den Mann nicht einmal gesehen, doch Snatchem hatte den Offizier augenblicklich niedergemacht, das Bajonett geradewegs in seine Nieren gerammt. Tom hatte auf ihn hinabgeschaut, als er vorbeirannte – ein College-Junge in makelloser, maßgeschneiderter Uniform, der aussah, als käme er geradewegs von der Kadettenschule, und nun hauchte er sein Leben zwischen all den gefallenen Pfirsichen aus.

Ehe sie sich zu ihrer Hauptstreitmacht zurück durchschlagen konnten, hatte eine Kugel auch Feeley am Schlüsselbein erwischt, und ein zweiter Reb wollte ihn abstechen, als er am Boden lag. Tom hatte es gerade noch rechtzeitig geschafft, den Südstaatler mit seinem Gewehrkolben niederzuschlagen, dann hatten George und er Feeley aufgehoben und hinter ihre Geschütze am Cemetery Ridge geschleift. Feeley hatte jedes Mal geflucht und geschrien, wenn ein Ruck durch seine Schulter ging, und alle anderen brüllten wie besessen, während sie geradewegs auf die Geschützmündungen zurannten und die Kanoniere schon die Lunten zündeten.

»Nicht feuern! Wagt es nicht, schon zu feuern, ihr verdammten Hurensöhne!«

Dann waren sie vorbei, zurück hinter den eigenen Linien. Fast augenblicklich donnerten die Geschütze, feuerten sowohl auf die Rebs wie auch die Männer ihrer eigenen Brigade, die noch auf dem

Rückzug waren. Die Soldaten beider Seiten wurden in Stücke gerissen. Wieder und wieder feuerten die Geschütze, bis der Angriff schließlich aufgerieben war. Die Rebellen zogen sich durch die blutigen Felder und zertrümmerten Baumreihen zurück.
Später, als das Regiment abgezogen wurde, hatten sie Feeley zum Lazarett gebracht. Es war das Grausigste, was Tom je gesehen hatte, schlimmer gar als der Fußboden in den Schlachthöfen. Mit entsetzlicher Schnelligkeit und Verwegenheit sägten die Feldärzte Arme und Beine ab. Bohrten mit den Fingern in Därmen und Brustkörben herum, um die Kugeln, diese platt gedrückten, obszönen Bleiklumpen, aus dem lebenden Fleisch zu pulen. Die Männer kreischten, nur mit einer winzigen Dosis Laudanum oder Whiskey betäubt. Die Ärzte fluchten, wenn ihre Messer und Sägen zu stumpf wurden, warfen sie zu Boden, wischten Blut und was immer zwischen den Sägezähnen hing am losen Dreck ab, ehe sie ihre Arbeit fortsetzten.
Tom und Snatchem hatten geholfen, Feeley festzuhalten, als er an die Reihe kam. Der Arzt hatte in seiner Schulter herumgebohrt und suchend getastet, bis er die Kugel endlich herauszog. Mit mäßigem, professionellem Interesse hatte er sie vor die Laterne gehalten.
»Glück gehabt«, erklärte er. »Der Knochen hat die Kugel aufgehalten. Wer kann schon sagen, welchen Schaden sie sonst angerichtet hätte? Und ein glatter Bruch.« Er richtete das Schlüsselbein, während Feeley mit den Zähnen knirschte und wie ein Fischweib fluchte.
Sie hatten ihn zum Ausruhen dort gelassen und waren zu ihrem Biwak zurückgegangen. Dort hatte Tom auf der Erde gesessen und versucht, ein wenig Pökelfleisch zu essen, und den Geräuschen der Armee überall um sich herum gelauscht. Die Männer der Artillerie und ihre stämmigen Pferde brachten die Geschütze zurück. Die Soldaten reinigten ihre Gewehre, aßen und sprachen leise miteinander. Trensen und Sporen, Bajonette und Messer schepperten, und überall entlang den Linien hörte man Räder knarren.
Da hatten ihn das überwältigende Vertrauen und die Traurigkeit eines jeden Soldaten überkommen, als ihm bewusst wurde, dass er

Teil dieses viel größeren Wesens war, dieser Bestie. Dieser mächtigen Maschine, die aus den Männern und Tieren, Plänen und Befehlen, Waffen und Pulver überall um ihn herum bestand. Und dass sie ihm trotz all ihrer Macht nichts nützen würde. Er wusste, dass er am nächsten Tag fallen würde – ein Glied, das aus dem Leib dieser Armee gerissen wurde. Sein Platz von einem anderen eingenommen, seine Muskete in andere Hände weitergereicht. Und er dachte, wie verdammt schön das alles war. Er dachte: Ich werde überdauern. Ich werde nicht überdauern.

Und er legte sich in seinem Zelt immer noch mit der unumstößlichen Überzeugung, dass er sterben werde, schlafen. Doch am nächsten Tag hatte es keinen neuen, irrsinnigen Angriff gegeben. So viele Männer waren tot oder verwundet, dass seine Kompanie kaum mehr existierte. Er und Snatchem und Larkins wurden zusammen mit ein paar anderen Männern von einem Major rekrutiert, um eine Lücke an einer niedrigen Farmmauer am Cemetery Ridge zu füllen.

Selbst diese Position an vorderster Front erwies sich als sicherer, nachdem die Geschütze der Rebellen am späten Vormittag zu donnern begonnen hatten. Sie hatten hoch über die Linien hinweggeschossen, die Offiziersmessen und ein paar Munitionswagen der Artillerie getroffen. Tom und seine Freunde hatten sich auf die bebende Erde geworfen. Trotz der Baumwolle in den Ohren war der Lärm überwältigend; das schlimmste Bombardement, das sie je erlebt hatten. Doch als es Stunden später endlich aufhörte, waren sie aufgestanden, so unversehrt wie die Seelen am Tage des Jüngsten Gerichts, hatten sich abgeklopft und einander dümmlich angegrinst.

Sie hatten nicht damit gerechnet, dass die Rebs wirklich angreifen würden, jedenfalls nicht das Zentrum ihrer Linien, wo sie am stärksten waren. Das Artilleriefeuer hatte sein Ziel verfehlt, und kein Bombardement der Welt würde sie aus ihrer Stellung vertreiben, wo sie mit ihren eigenen Geschützen hinter einer Mauer lagen.

Tom war so überrascht wie alle anderen, als er die Südstaatler in ihrer perfekten Paradeformation heranmarschieren sah. Sie wollten sie wohl durch ihre schiere Überzahl und Disziplin einschüchtern – dieser lässige Hochmut, mit dem sie Aufstellung nahmen, während die Unionsgeschützte ihre Reihen aberntеten und ausdünnten. Doch sie alle wussten, dass heute sie diejenigen sein würden, die mit dem Töten an der Reihe waren. Als die grauen Soldaten erkannten, dass sie beinahe in Reichweite der Gewehre waren, stimmten sie ihr altes Rebellenkampfgebrüll an. Schrien lauter und höher denn je – dieser unheimliche, wahnsinnige Jagdschrei. Hinter den Unionslinien hatten ein paar der neueren Rekruten zu beben begonnen, aber die Veteranen machten ihnen Mut, blieben von dem Geschrei unbeeindruckt.

»Ich habe Frauen und Kinder in den Hütten während der Hungersnot schlimmer schreien hören«, schnaubte ein Mann neben Tom. »Hätte ich damals nur ein Gewehr in Händen gehabt.«

Das Geschrei erstarb, als die Rebellen den Fuß des Hügels erreichten. Die Reihen schon sichtbar ausgedünnt, die meisten ihrer Offiziere gefallen. Beiden Seiten war klar, dass dieser Angriff zum Scheitern verurteilt war, als die Unionsoffiziere den Befehl gaben und die blauen Soldaten die Musketen anlegten. Die Ähnlichkeit ihrer Positionen, nur mit vertauschten Rollen, war so offensichtlich, dass jeder auf beiden Seiten der Mauer es sofort verstand, als die Nordstaatler ihren eigenen Kriegsruf anstimmten: »Fredericksburg! Fredericksburg! Fredericksburg!«

Das Wort hallte über das Schlachtfeld. Bis der Feuerbefehl kam, und ihre Salve jedes andere Geräusch übertönte.

Und woher sollten sie das wissen? Woher sollten sie wissen, wie ein Krieg war, diese Leute, die früher einmal seine Freunde und Nachbarn gewesen waren?

Sie töteten so leicht, so gedankenlos. Hängten Männer und Frauen an Laternen auf in einer christlichen Stadt. Brüllten ihnen zu, sich dem Aufstand anzuschließen. Verbrannten gar die Flagge vor ihren Augen und wedelten mit dem Banner der Rebellen. Brüllten: »Zur

Hölle mit Abe Lincoln, Horace Greeley und der Yankee-Aristokratie!«
Woher sollten sie es wissen? Wem seine Treue gehörte? Nicht der Flagge oder Abe Lincoln, den er nie gesehen hatte bis auf einmal aus großer Entfernung, als der Präsident gekommen war, um die Truppen zu inspizieren – eine hoch gewachsene Gestalt mit einem hohen Hut auf einem kleinen Pferd. Auch nicht Horace Greeley, dessen Artikel er in den Zeitungen seiner Frau gelesen und nie hatte verstehen können. Auch keinem der Yankees, schon gar nicht ihren Aristokraten. Auch keinem der schwarzen Republikaner, nicht den Friedensdemokraten, nicht den Kriegsdemokraten und den Copperheads auch nicht. Oder sonst irgendetwas oder irgendwem dieser Art.
Seine Loyalität gehörte den anderen Männern, mit denen er kämpfte, die jetzt an seiner Seite marschierten. Seiner Frau und seinen Kindern hier in der Stadt, für die er alles getan, jeden getötet hätte, um sie zu beschützen. Und dieses Pflichtgefühl führte zwangsläufig dazu, dass er gegen diese Menschen war, die so leichtfertig töteten, unschuldige Männer und Frauen aufhängten, nur weil sie es konnten.
Er hatte zu viel Tod gesehen, um sie jetzt zu schonen.

70
Billy Dove

Er musste zurück.

Er lag in der Dunkelheit an eine Wand gelehnt in der immer noch schwelenden Hitze der zerstörten Armory. Er schloss die Faust um seine Pistole und spürte den Schmerz in seinem geschienten Bein. Dann horchte er auf Geräusche über sich, dachte, dass die Männer inzwischen doch gewiss fort sein mussten. Er war schon im Begriff, sich aufzurichten und nach einem Ausweg zu suchen, als er es wieder hörte – der Spottruf, so abscheulich und Furcht einflößend wie eh und je.

»Nig-ger! Oh, Nig-ger! Wir sind immer noch hiiier, Nigger!«

Die gleichen Worte, der gleiche höhnische Ruf, dem er seit gestern Abend und die ganze Nacht hindurch gelauscht hatte, immerzu, seit er es schließlich geschafft hatte, die Waisen in der Polizeiwache Uptown zu verlassen. Die Bastarde waren zu schlau, ihm hier herunter zu folgen, denn sie wussten, dass er bewaffnet war. Aber sie ließen ihn nicht vergessen, dass er in der Falle saß. Ließen ihn wissen, dass sie gewillt waren zu warten, bis er herauskommen musste, bis es nicht mehr anders ging.

Er versuchte, einen Ausweg zu ersinnen, aber sein Kopf brannte vom Fieber. Irgendwie musste es doch möglich sein, sich aufzurichten, aus dem Keller zu gelangen und nach Hause zurückzukehren mit seinem gebrochenen Bein. Die ganze Nacht hatte er versucht, eine Lösung zu finden, wann immer er hinreichend bei Bewusstsein gewesen war. Doch es gab nichts, das er tun konnte, solange die da oben auf ihn lauerten. Aber trotzdem …

Er musste zurück.

Das Glück hatte ihn verlassen, das wusste er. Das hatte ja irgendwann passieren müssen; war es ihm doch gestern den ganzen Nachmittag hold gewesen. Kurz nachdem es ihm gelungen war, die Iren zum Postkutschendepot zu führen und mit Pferden zu versorgen, war er auf einen Priester gestoßen. Ein gewisser Vater Knapp, der sich bemühte, die Aufständischen von der Straße zu jagen, und ihnen mit der gleichen Entschlossenheit und Wirkungslosigkeit hinterherlief wie ein Kind, das im Park Tauben jagt.

»Vater, folgen Sie ihnen nicht!«, hatte Billy ihn gewarnt und den Priester beim Ellbogen gepackt. Der Geistliche wirkte außer sich und völlig erschöpft, schien Billy zuerst gar nicht richtig wahrzunehmen.

»Sie müssen aufhören«, hatte er gekeucht, beinahe gänzlich außer Atem, und sich schwer auf Billys Arm gestützt. »Sie werden uns niemals vergeben.« Erst da hatte er Billy richtig angeschaut und die Farbe seiner Haut wahrgenommen. »Sie müssen zusehen, dass Sie von der Straße kommen«, hatte er gedrängt und Billy mit erstaunlicher Kraft in einen Hauseingang geschoben.

»Sie müssen uns helfen«, hatte Billy erwidert und den Mann festgehalten, bis der ihm schließlich seine Aufmerksamkeit schenkte. Endlich wurden die Augen des Priesters scharf, auch wenn sie immer noch weit aufgerissen waren.

»Sie werden uns niemals vergeben …«

»Morgen werden sie sich nicht einmal mehr daran erinnern. Sie müssen mir helfen.«

Der Priester hatte ihn zu einer Kompanie Soldaten führen können, die gerade in der Stadt an Land gegangen waren, und sie überzeugt, mit Billy zur Polizeiwache zu gehen. Billy hatte sie geradewegs an den verblüfften Polizeisergeants vorbei bis zur Kellertür geführt …

»Was? Wer ist da?« Miss Shotwells Stimme. Wie leichtsinnig, überhaupt etwas zu sagen, dachte er. Als würde der Mob höflich antworten. Aber er wusste, dass sie nur versuchte, die Kinder zu beschützen.

»Wer ist da oben?«

Er hatte eine Laterne angezündet und war auf den oberen Treppen-

absatz getreten. Von dort blickte er auf die Kinder herab, die im Keller zusammengedrängt hockten. Es war ein Anblick, den er niemals vergessen würde – der beste Anblick seines Lebens, bis auf den Moment, da er seinen Ältesten zum ersten Mal betrachtet hatte. Miss Shotwell stand kämpferisch am Fuß der Treppe – doch überall um sie herum, entlang den Wänden und unter der Treppe, in jedem Winkel des Kellers konnte er die Augen der Kinder sehen.
Sie blinzelten gegen das plötzliche Licht an, doch sie waren immer noch still. Immer noch gewillt, einfach zu ertragen, was als Nächstes kam. Die Dutzende schwarzer und brauner Gesichter starrten blind empor – lächelten dann, zeigten einen Ausdruck von Erstaunen, als sie ihn dort oben erkannten. Die bewaffneten Soldaten hinter ihm erschienen ihnen noch größer, wie Bilderbuchgrenadiere mit ihren Musketen und Bajonetten.
»Billy!«, hatte Miss Shotwell gehaucht. »Oh, Billy, Sie sind ein Schatz!«

Damit war seine Verpflichtung erfüllt, die Schuld vollständig beglichen. Sie hatten entschieden, dass eine Abteilung Soldaten die Kinder zum East River eskortieren sollte. Von dort sollte sie ein Kanonenboot nach Blackwell's Island hinüberbringen, wo die Armee alle Schwarzen hinbrachte, die sie retten konnte. Die Yankee-Ladys, Yolanda und der alte Bert sollten mit ihnen gehen.
Dort würden sie in Sicherheit sein, hatte Billy gedacht, als er auf die eisengepanzerten Kanonenboote mit den langen Schnauzen hinabblickte, die über den Fluss hin und her schwammen wie Alligatoren. Es war ein neuer Schiffstyp, dessen Außenhaut fast vollständig aus Metall bestand. Boote, die nicht mehr in erster Linie von der Hand eines Zimmermanns gefertigt, sondern in einem Schmiedeofen gehärtet wurden.
Nicht, dass es einen Unterschied machte. Die Fabriken und Eisengießereien gehörten ebenfalls allein den Weißen, genau wie die Werften.
»Warum gehst du nicht mit ihnen?«, hatte Sergeant Murphy gefragt und wies auf die lange Reihe der Kinder, die folgsam zum Fluss hin-

abmarschierten. »Da wärst du in Sicherheit, bis all das hier vorbei ist.«
Er hatte nur den Kopf geschüttelt, obwohl er wusste, dass der Cop es gut meinte. Als er mit den Soldaten zurückgekehrt war, hatten die beiden Sergeants ihn begrüßt, als sei er ein Fleisch gewordenes Wunder, Lazarus, der von den Toten auferstanden war …
Aber es wird niemals vorbei sein, wollte er ihnen sagen. Nicht in seinem Leben, dem seines Sohnes oder jemals in späteren Zeiten. Die würden niemals aufgeben. Nicht, bis die Hand Gottes jede menschliche Haut schwarz färbte oder die ganze Menschheit ins Dunkel stürzte.
»Also schön, dann nimm wenigstens die hier«, hatte Murphy ihn gedrängt. »Du wirst sie brauchen bei all dem, was da draußen noch vor sich geht.«
Er hatte ihm etwas in die Hände gedrückt. Einen neuen Colt-Revolver, hatte Billy erkannt, und eine Schachtel Munition. Er wollte sich bedanken, doch der Cop schlug ihm nur wieder auf die Schulter.
»Das Verrückteste, was ich je einen Mann habe tun sehen: du gestern mit diesen Hurensöhnen«, sagte Murphy kopfschüttelnd.
Billy hatte ihn wortlos angestarrt und erkannt, dass es das erste Mal war, dass ein weißer Mann ihn mit ehrlicher Bewunderung betrachtete.
»Verflucht, das war wirklich eine mutige Tat!«
Er hatte es Murphy überlassen, die Trommel des Revolvers mit Patronen zu füllen. Dann hatte er die Waffe samt Munition in den Tiefen seiner Hosentaschen verborgen. Er wollte nicht unbedingt damit gesehen werden, doch er war bereit, sich den Weg zum vierten Bezirk freizuschießen, wenn es nötig sein sollte.
»Gott sei mit dir«, hatte Murphy gesagt.
Billy hatte irgendeine Erwiderung gemurmelt, nicht einmal sicher, was er sagte, und hatte sich die Third Avenue entlang auf den Weg gemacht. Vor sich sah er schon brennende Gebäude, ihre Rauchfahnen stiegen träge in die heiße Sommerluft auf. Doch dann hatte er etwas Unerwartetes gehört. Als er sich umwandte, sah er die

Waisen paarweise an Bord des Bootes gehen. Die meisten schauten zu ihm zurück und winkten mit der freien Hand. Und immer noch sangen sie ihre Choräle:

Then sings my soul,
My savior God to thee,
How great thou art,
How great thou art …

Er fragte sich, ob er sie je wiedersehen würde, nachdem sie und auch er selbst aus dieser Stadt geflohen waren. Die Reihen von Jungen und Mädchen, die in ihrer üblichen ordentlichen Formation marschierten. Und überall um sie herum die Phalanx von Soldaten, die die Kinder hoch überragten, die Gewehre lose in der Hand und die Bajonette aufgepflanzt.
Was für eine Stadt war das, wo man eine bewaffnete Eskorte brauchte, um Waisenkinder davor zu bewahren, gelyncht zu werden?
Doch es war keine Zeit geblieben, weiter darüber nachzusinnen, oder darüber, ob er sie vermissen würde und womit er in Zukunft seinen Lebensunterhalt verdienen sollte. Er hatte noch eine Pflicht zu erfüllen. Billy winkte ihnen noch einmal zum Abschied, dann wandte er sich nach Süden. Eilte in die brennende Stadt.

Er schaffte es bis zur 23. Straße, ehe sie ihn erwischten, und er wusste, allein das war ein bemerkenswerter Glücksfall. Fast hatte er den Gramercy Park erreicht und gedacht, dass es jetzt nicht mehr allzu weit nach Paradise Alley war, vielleicht eineinhalb Meilen Luftlinie, und dass er vor Einbruch der Dunkelheit ankommen könnte.
Dann war er um eine Ecke gebogen und einer Horde weißer Männer vor einem Saloon um ein Haar in die Arme gelaufen. Es war unvermeidlich gewesen, das hatte er von Anfang an gewusst. In dieser Stadt gab es zu viele Schänken, und er hatte einfach sein Glück versucht. Hatte versucht vorbeizuschlüpfen, ehe die Iren auch nur begriffen, was eigentlich geschah.

Doch sie hatten fast augenblicklich die Verfolgung aufgenommen, brüllten und krakeelten, als sei alles nur ein Spiel, als sei diese Jagd ein Spaß.

Zuerst hatte er gehofft, er könne ihnen davonlaufen. Er war nach Osten gerannt, eine Straße hinab die, so wusste er, für ihre Bordelle berühmt war. Er schlüpfte vorbei an gut gekleideten Gentlemen, die diese Häuser nach wie vor aufsuchten und eilig beiseite glitten, um ihm Platz zu machen.

»Komm her, Nig-ger, Nig-ger, Nig-ger! Komm her, wir haben was für dich!«

Die meisten waren junge Arbeiter, schnell und muskulös, und allmählich begannen sie aufzuholen. Billy fühlte seine Beine schwer werden, er war schon außer Atem von den eineinhalb Meilen, die er bereits gerannt war, denn er hatte zwei Tage lang nichts zu sich genommen bis auf den einen herrlichen Schluck Whiskey, den die Saufnasen ihm gestern aufgezwungen hatten.

Er hatte seinen Schritt verlangsamt, die Verfolger näher kommen lassen. Er umklammerte den Revolver in der Tasche und schaute zurück zu ihrem Anführer. Der Mund weit aufgerissen, kleine braune Zahnstummel in einer grinsenden geröteten Fratze. Billy ließ ihn bis auf ein paar Schritte herankommen, zog dann die Waffe und schoss ihm mitten in den Bauch. Der Mann schrie auf, fiel und rollte wie ein Kegel über die Straße. Einige seiner Kameraden stolperten über ihn, andere hielten inne, um ihn zu versorgen, und brüllten vor Zorn.

Doch es reichte nicht. Die Übrigen setzten die Verfolgung fort, wütender denn je und angespornt von dem Mut, welchen sie sich über den ganzen Nachmittag angetrunken hatten. Als sie zu nahe kamen, schoss Billy noch einen nieder, dieses Mal in die Lunge. Doch der Mob, der ihm auf den Fersen war, wuchs – Kugeln flogen jetzt auch ihm um die Ohren und schlugen splitternd in die Eingangsstufen und Schattendächer der Häuser.

Er hatte vorgetäuscht, nach Norden zu laufen, war dann einmal um den Block gerannt und hatte sich wieder nach Südosten gewandt. Er war jetzt vollkommen außer Atem und hielt verzweifelt nach

einer Gasse oder einem Hauseingang Ausschau, wo er verschwinden, sich vielleicht verstecken könnte.
Er rannte die 21. Straße hinab, der Mob dicht hinter ihm, geradewegs auf die ausgebrannte Ruine der Armory zu. Es sah nicht viel versprechend aus, doch war es das einzige Gebäude im ganzen Block, von dem noch etwas übrig war. Immer mehr Kugeln pfiffen jetzt an ihm vorbei, und Billy drehte ab, rannte die Eingangsstufen hinauf und durch die riesige Tür, die halb aus den Angeln gerissen war.
Er hastete hindurch – und verlor den Boden unter den Füßen. Wild ruderte er mit den Armen, versuchte, irgendwo Halt zu finden. Doch er stürzte in die noch rauchenden Trümmer. An einem Holzbalken schlug er sich die Stirn auf, versengte sich die Hände an den heißen Ziegeln.
Trotzdem sprang er sofort wieder auf. Lief durch die Armory, und bald wurde ihm klar, dass sie nur noch eine leere Hülle war, das Dach und die Fußböden abgebrannt. Nichts war geblieben als ein Schutthügel aus Stein, Holzbalken und Gewehrkolben.
Hier war nichts, wo er Schutz suchen konnte. Die Überreste des Gebäudes waren vielmehr eine Falle. Schon erhaschte er Blicke auf den Mob, der sich aufgeteilt hatte. Eine Gruppe rannte, um ihm den Weg abzuschneiden, ihn einzukreisen.
Billy stand mitten in dem ausgebrannten Gebäude und wusste einfach nicht, was er jetzt tun sollte. Überall um ihn herum sah er durch die Löcher im Gemäuer ihre Schatten vorbeihuschen, hörte ihr Lachen, den Singsang ihrer Stimmen.
»Jetzt haben wir dich, Nigger!«
»Komm raus, komm raus, wo immer du bist!«
Eine Gewehrkugel pfiff dieses Mal direkt an seinem Ohr vorbei, und er hatte sich zusammengekauert, ehe er durch den Schutt zurück zum Eingang kroch. Er hoffte, er könnte sich den Weg vielleicht freischießen, irgendwie noch einmal an ihnen vorbeikommen. Doch sein Fuß rutschte auf den losen Trümmern weg, und um ein Haar wäre er gestürzt. Hüpfend richtete er sich auf, versuchte, das Gleichgewicht zu halten, und trat auf eine lose Bodendiele.

Alles, was er danach spürte, war, dass der Boden unter ihm nachgab, ehe er von Dunkelheit umfangen wurde.

Er war sofort wieder zu sich gekommen, doch er rührte sich nicht, fürchtete, sich zu verraten. Er hatte keine Ahnung, wo er sich befand oder wie viel Zeit vergangen war, doch zu seiner großen Erleichterung stellte er fest, dass er immer noch im Dunkeln lag.
Er spürte einen schrecklichen, hämmernden Schmerz im rechten Bein. Als er an sich hinabschaute, sah er, dass es in einem unmöglichen Winkel gekrümmt war, und ein Holzbalken lag darauf. Da wurde ihm klar, dass er durch den Fußboden des Erdgeschosses in den Keller der Armory gefallen war. Jetzt lag er da auf einem Haufen verkohlter Balken und alter Gewehrgehäuse. Das Bein war offensichtlich gebrochen, und er spürte Blut seine Wade hinabrinnen, sodass er sich fragte, ob der Knochen sich durch die Haut gebohrt hatte.
»Nig-ger! Wo bist du, Nigger?«
Die höhnischen Stimmen waren direkt über ihm. Ein Großteil der Trümmer war mit ihm hinabgestürzt, erkannte er, andernfalls hätten seine Verfolger einfach hinunterreichen und ihn herausholen können. Gott allein mochte wissen, was ihm dann passiert wäre. Von oben fiel orangefarbener Lichtschein durch die Dielen. Offenbar hatten sie eine Art Lagerfeuer in den Trümmern der eroberten Armory entzündet.
»Nig-ger!«
Billy hatte mühsam seinen Oberkörper aufgerichtet und behutsam das Holz von seinem Bein geschoben. Er bemühte sich, so wenig Lärm wie möglich zu machen, aber es war ein dicker Balken, und als er ein letztes Mal daran zerrte, rutschte er mit einem dumpfen Aufprall auf den Kellerboden hinab.
»Habt ihr das gehört? Habt ihr das gehört!«
»Er ist wirklich da unten!«
Er hörte die Füße, scharrend wie Ratten bewegten sie sich durch die Trümmer auf ihn zu. Doch jetzt war er frei und konnte weiter in die Schwärze kriechen, weg von der Stelle, wohin er gefallen war. Und

tatsächlich: Wenig später sah er eine groteske, weiße Gnomenfratze im orangefarbenen Feuerschein, die blind ins Dunkle hinabstarrte.
»Siehst du ihn irgendwo?«
Billy steckte die Hand in die Tasche und tastete nach dem Colt – erleichtert, dass er wenigsten seine Waffe noch hatte. Es drängte ihn, auf das suchende, schweißnasse Gesicht über ihm zu feuern.
Doch er beherrschte sich, zog es vor, dass sie sich weiterhin vor dem fürchteten, was dort unten im Dunkeln lauern mochte. So wie er mit Ruth im Dornengestrüpp gewartet hatte, bis die Sklavenfänger endlich weitergingen…
»Wohin ist der nur verschwunden? Er ist doch nicht rausgekommen …«
»Er muss hier sein. Irgendwer sollte ihm nachklettern.«
»Dann geh du doch. Geh du da runter und such nach einem Nigger mit einer Pistole in einem dunklen Keller …«
Die ganze Nacht lauschte er ihnen, wie sie versuchten, sich gegenseitig anzustacheln, es zu tun. Die Hitze in diesem Keller war noch schlimmer als die in der Polizeiwache, und als der Rauch des Feuers nach unten driftete, hatte er die größte Mühe, nicht zu röcheln und zu husten. Er versuchte flach zu atmen, gegen das panikartige Gefühl anzukämpfen, dass er hier zu Füßen des Mobs ersticken werde. Wie ein Hund von einem Keller in den nächsten gejagt, und immer noch so weit weg von Ruth und seinen Kindern.
Wenigstens gelang es ihm, sein Bein zu schienen. Es war tatsächlich gebrochen, gleich unterhalb des Knies, aber der Knochen war nicht durch die Haut getreten, wie er befürchtet hatte. Er riss sein Hemd in Streifen und benutzte sie, um einen Musketenkolben an sein Bein zu binden. Er bemühte sich, all das so leise und behutsam wie möglich zu machen. Schließlich war er mit seinem Werk zufrieden, doch er glaubte nicht, dass er mit dem Bein würde laufen können, war nicht einmal sicher, ob er sich aus dem Kellergeschoss würde hochstemmen können.
Danach blieb ihm nichts anderes zu tun übrig, als sich gegen die Wand zu lehnen und zu warten. Er hoffte, dass es den Iren irgendwann langweilig werden oder ihnen der Fusel ausgehen würde,

sodass sie verschwanden. Doch sie blieben an Ort und Stelle. Im Verlaufe der Nacht bekam er Fieber und sank immer wieder in einen unruhigen Schlaf. Jedes Mal, wenn er aufwachte, hörte er sie dort oben krakeelen und ihre zotigen Lieder grölen. Er überlegte, was in aller Welt er tun sollte.

Er musste zurück.

Als der Morgen kam, Sonnenlichtstreifen den Feuerschein ersetzten und der Rauch sich endlich verzog, glaubte Billy, dass sie nun entweder verschwinden oder einschlafen müssten. Doch sie waren immer noch da. Krabbelten wieder scharrend über die Trümmer dort oben, suchten nach einem Weg, um an ihn heranzukommen oder ihn herauszulocken. Frönten wieder ihrer Lieblingsbeschäftigung.

»Nig-ger! Nigger!«

Da wurde ihm klar, dass sie niemals weggehen würden, nicht bevor es viel zu spät war. Wenn er nach Hause zurückkehren wollte, musste er selbst einen anderen Weg finden. Aber wie? Er hatte den Colt, aber sein Bein machte ihn langsam. Er konnte so viele von ihnen abknallen, wie er Kugeln hatte, es würde nichts nützen. Früher oder später würden sie ihn umzingeln und stellen. Er war für sie jetzt nichts weiter als ein weidwundes Tier.

In seiner Verzweiflung humpelte er im Keller der Armory auf und ab. Er wusste, selbst das war gefährlich – er versuchte, so geräuschlos wie möglich zu sein, wartete und lauschte, bis er sie selbst umhergehen hörte. Erst dann wagte er, sich weiterzuschleppen. Der alte Fußboden über ihm war durchlöchert, und er konnte nie wissen, wann einer seiner Verfolger hinabspähte und ihn vielleicht entdecken würde. An einigen Stellen hingen die Bodendielen durch unter all dem Schutt, der herabgefallen war. Und er wusste, dass er jeden Moment zerdrückt werden konnte wie ein Bergmann bei einem Grubenunglück. Mit seinem Bein hätte er nicht einmal eine Chance, beiseite zu springen.

Doch er suchte weiterhin systematisch das Kellergeschoss ab, ohne zu wissen, wonach. Tastete sich mit den Händen in der Finsternis die Wände entlang. Die Stadt war von einem Tunnelgeflecht unterhöhlt, das wusste er aus langer Erfahrung – von den Gangs gegraben oder lang aufgegebene Banktresorräume oder geheime Keller für irgendwelche merkwürdigen Zwecke, die Gott allein kennen mochte. Es gab zum Beispiel ein Loch in einem Hinterhof an der Mulberry Street, und jedermann wusste, dass man dort hineingehen und zwei Blocks entfernt auf der Elizabeth Street wieder herauskommen konnte. Natürlich war es unwahrscheinlich, dass sich ein solcher Gang im Keller der Armory finden würde, einem Regierungsgebäude, das nach festen Vorschriften gebaut worden war, aber trotzdem …

Endlich hörte er es. Hinter der Mauer, die er abtastete, war ein Geräusch wie fließendes Wasser zu hören. Ein unterirdischer Fluss? Ein Kanal? Er hinkte weiter, bis er die Stelle an der Mauer gefunden hatte, wo das Geräusch am lautesten war, beinahe direkt unter seinem Ohr. Doch er entdeckte keinerlei Öffnung, nur solides Mauerwerk.

Er zog das Taschenmesser hervor, das er immer bei sich trug, und fing an, die Ziegel damit zu bearbeiten. Sie waren bereits gelockert, die Mauer vom Einsturz offensichtlich schon beschädigt. Das stimmte ihn allerdings nicht gerade hoffnungsfroh. Billy wusste, dass er vielleicht im Begriff war, die ganze Mauer und die Decke über sich zum Einsturz zu bringen und darunter begraben zu werden. Er hatte auch keine Ahnung, was es war, wohin er sich hier durchzugraben versuchte. Die Stadt war voll unterirdischer Wasserläufe, rasche Flüsschen, die vergessen unter dem Pflaster lagen und sich gelegentlich Bahn brachen, um einen Keller oder die Straße zu überfluten und die Passanten in Erstaunen zu versetzen.

Doch lieber das. Es war die Wahl, die er in Wirklichkeit schon vor so langer Zeit getroffen hatte. Lieber ertrinken, als hier zu bleiben und allmählich zu ersticken.

Er brauchte so lange, um die Steine herauszulösen, dass es ihn fast wahnsinnig machte, aber er musste immer wieder innehalten und auf die Geräusche über ihm lauschen. Doch endlich konnte er sich durch das Loch in der Wand zwängen, selbst mit seinem geschienten, schmerzenden Bein. Er ließ sich herunter und wäre um ein Haar in das rasch fließende Gewässer unter sich gefallen.

Der Abwasserkanal. Der dunkle Strom dort unten lief Richtung Fluss, wie er wusste. Billy stand auf einem schmalen Sims darüber, keine dreißig Zentimeter breit, und dort zögerte er einen langen Moment, fragte sich, ob er es schaffen konnte, mit seinem gebrochenen Bein über diesen schmalen Steg zu balancieren. Wenn es wieder plötzlich zu regnen begann, mochte der Tunnel sich in Sekundenschnelle füllen, sodass er davongespült würde. Und er wusste ebenso, dass viele der Flussgangs die Kanäle benutzen, um sich durch die Stadt zu bewegen, und er hier unten sein Ende finden mochte.

Aber er war es ihr schuldig. Ruth – und dem Jungen, Milton, und den anderen ebenso. Der Familie, die er in diese Welt gesetzt hatte. Zu lange hatte er sie für seine Sehnsüchte, seine Verbitterung, den Groll, den er gegen das Leben an sich hegte, vernachlässigt. Er schuldete ihnen, es wenigstens zu versuchen, so erschöpft und verletzt er auch war.

Er machte sich bereit aufzubrechen und versuchte zu ergründen, wohin der Kanal führen mochte. Gegen den Strom setzte er sich an der Wand entlang in Bewegung und gestattete sich nicht, auf das dunkle Gewässer hinabzublicken, das unter ihm dahinströmte.

71 Ruth

»Sie kommen! Sie kommen!«

Am Morgen hörte sie sie rennen. Draußen auf der Straße und in den Hinterhöfen. Sie hörte ihre Schritte und ihr Geschrei, als sie das Haus passierten. Schon umzingelten sie sie, ließen ihnen keine Wahl, als zu kämpfen oder sich zu verbergen.

»Da sind sie!«

Ruth lief aus dem Hinterzimmer, wo sie mit ihren Kindern geschlafen hatte. Auf dem Flur wurde sie von Deirdre überholt, die das Kleid über die Schultern hochzog. Auch Ruth schlüpfte in ihr Kleid, spürte die Hitze wie ein nasses Tuch auf der Haut und lauschte dem wilden, euphorischen Geschrei der Frauen draußen.

»Wo sind sie?«, fragte sie, als sie in die Küche trat, wo Deirdre am Fenster stand und auf den Hinterhof hinausspähte.

Deirdre zeigte mit dem Finger, und Ruth sah einen Schatten vorbeihuschen, dann noch einen. Ein Mann, erkannte sie, der mit fröhlicher Stimme irgendetwas rief und mit einem dicken Holzknüppel gegen die Hauswand schlug.

Sie waren schon im Hof. Schnitten ihnen einfach so den Rückzug ab.

»Sie wird es ihnen bestimmt sagen«, schimpfte Ruth. »Dieses Miststück wird es ihnen bestimmt verraten …«

»Nach vorn«, kommandierte Deirdre und lief durchs Haus. Doch im Wohnzimmer fanden sie Maddy, die bereits durch die halb geöffneten Läden spähte.

In Gruppen schwärmten Männer auf der Straße aus. Plötzlich

waren sie da, nachdem der Block die letzten zwei Tage doch so gut wie verlassen gewesen war. Endlich war der Krieg an ihre Haustür gekommen.
Noch taten die Männer nichts Besonderes. Die meisten schlenderten einfach nur umher und redeten aufgeregt miteinander. Einige liefen ziellos auf und ab, als seien sie zu erregt, um still zu halten. Andere torkelten betrunken im Kreis herum, tranken aus Brandy-, Wein- oder Rumflaschen. Sie alle sahen heruntergekommen aus, ihre Kleidung war zerfetzt und löchrig, sie hatten Blutergüsse, Platzwunden und Rußschlieren auf den Gesichtern.
All das schreckliche Getöse war hierher gekommen. Nur ein Haufen Männer, die immer noch nicht wussten, was sie eigentlich wollten.
Bislang schienen sie wenigstens keine besonderen Pläne für den Block zu haben. Viele machten sich schon wieder davon, zweifellos um anderswo nach fetterer Beute zu suchen: einen Block, wo es einen Saloon gab oder das Haus eines reichen Republikaners. Dann kam Mrs. McGillicuddy, die die anderen Frauen um einen Kopf überragte, die Straße entlang und trat zu den Männern. Ruth sah sie zu ihrem Entsetzen genau gegenüber von Deirdres Haus stehen bleiben und emsig auf die Fenster zeigen. Die Männer blickten schon in die Richtung, ihr Interesse war geweckt.
»Oh, du verdammte Närrin!«
Augenblicklich schlug Deirdre die Läden zu und verriegelte sie, führte sie alle eilig ins Innere des Hauses zurück. Sie verriegelte auch die Hintertür und befahl: »Ruth, hol die Kinder aus dem Hinterzimmer. Schnell jetzt! Bring sie nach oben!«
Ruth hatte sie schon aus der Schlafkammer geholt und scheuchte sie nach oben. Milton wie immer gleich an ihrer Seite, er war bereits angezogen und gewappnet. Er nahm Vie und Elijiah auf den Arm und schob Deirdres Jüngstes mit der Hand vor sich her. Ruth und Deirdre nahmen den Rest, selbst Maddy trug Mana, so gut sie es mit ihren dünnen Ärmchen vermochte. Sie hasteten ins Obergeschoss hinauf, jede schob oder zog zwei Kinder mit sich.
Keine Sekunde zu früh. Ruth hörte die Steine gegen die Hauswand

prallen, als sie den oberen Treppenabsatz erreichten. Die rufenden Männerstimmen draußen wurden lauter, Mrs. McGillicuddy und die anderen feuerten sie an.

»Die Hintertür! Die Hintertür! Lasst sie nicht hinten raus entwischen!«

»Was geschieht hier nur? Was geschieht nur in diesem Block?«, keuchte Deirdre gepresst.

»Vielleicht … vielleicht schaffen wir es doch noch rechtzeitig durch die Hintertür …«

»Nein! Dafür ist es schon zu spät«, entgegnete Deirdre, und als Ruth aus dem Fenster des Obergeschosses sah, erkannte sie, dass sie Recht hatte. Dutzende Männer liefen jetzt zwischen den Abtrittbuden herum, johlten und lachten.

»Was dann?«, fragte sie und wartete, dass Deirdre irgendetwas einfiele.

Aber was sollte Deirdre tun können, um sie zu retten? Sie war so oft zuvor gerettet worden, wer konnte wissen, ob es dieses Mal überhaupt wieder geschehen sollte …

Deirdre stand einen Moment reglos auf dem Treppenabsatz, lauschte dem Mob und versuchte nachzudenken.

»Die Pistole«, sagte sie plötzlich.

»Meine Knarre!«, warf Maddy ein. »Das ist es. Gebt sie mir. Ich räum schon auf mit den Hurensöhnen!«

»Nein. Milton, geh hinunter und hole die Pistole. Sie liegt in der dritten Schublade des Sekretärs, hinten rechts unter dem guten Leinen.«

Milton lauschte aufmerksam, nickte, aber Ruth fuhr dazwischen: »Nein! Ich gehe. Ich will nicht, dass er noch mal da runtergeht.«

»Also schön.«

Ruth hastete die Treppe hinab und fand die Pistole genau da, wo Deirdre gesagt hatte. Als sie sie hervorholte, sah sie die Haustür und die Fensterläden erzittern. Erst die Tür, dann die Läden – alles vibrierte, als der Mob dagegenhämmerte.

Sie wollen rein …

Sie spürte die Pistole in ihrer Hand liegen. Fragte sich, wie es wohl wäre, die Überraschung auf dem Gesicht des ersten Betrunkenen zu sehen, der hereinstolperte …

Ein neues donnerndes Geräusch erhob sich, dieses Mal an der Hintertür. Es schreckte Ruth aus ihren Betrachtungen, und sie bewegte sich wieder. Natürlich konnte sie sie nicht alle töten. Es waren viel zu viele – und selbst wenn sie es tat, was sollte dann aus ihren Kindern werden?

Sie rannte wieder die Treppe hinauf und streckte Deirdre die Pistole entgegen.

»Also gut«, sagte Deirdre und nahm die Waffe mit großer Selbstsicherheit. »Also gut. Damit können wir sie vielleicht wenigstens ein Weilchen aufhalten.«

»Gebt sie mir! Ich zeig's ihnen, den Bastarden!«, warf Maddy ein und versuchte, die Waffe zu packen. »Es ist meine Knarre …«

»Und was nun?«, fragte Ruth, ohne sie zu beachten. »Was machen wir jetzt?«

»Ich weiß es nicht«, gestand Deirdre, ihr Gesicht grimmig vor Konzentration, während sie auf das Hämmern unten horchte. »Ich weiß es nicht. Wenn sie reinkommen, müssen sie immer noch die Treppe hinauf. Wenn ich die ersten paar erschieße, macht sie das vielleicht nachdenklich …«

»Hallo! Hallo!«

Sie sahen beide aus dem Fenster, über die Schuppen hinweg. Dort entdeckten sie Mrs. Mendelssohn, die mit einem Taschentuch aus ihrem Fenster im Obergeschoss winkte und so laut zu ihnen herüberrief, wie sie wagte.

»Hallo!«

Natürlich – die Juden.

»Hallo, können Sie herüberkommen?«, fragte sie und lehnte sich aus dem Fenster – ihre Tochter blickte ihr wieder über die Schulter, das schöne, olivfarbene Gesicht starrte sie über die hintere Gasse hinweg an. Bleich vor Furcht, aber ebenso voller Mitgefühl oder Anteilnahme.

Ist das der Blick, mit dem die Menschen dich anschauen, wenn sie wissen, dass du sterben wirst?

»Ich weiß es nicht …«, rief Deirdre zurück, immer ein Auge auf die Männer unten zwischen den Abtritten gerichtet. Der Mob hatte sie oben an den Fenstern immer noch nicht entdeckt, denn die Männer konzentrierten sich darauf, die Hintertür aufzubrechen.
»Das Dach! Das Dach!« Mrs. Mendelssohn deutete mit dem Daumen nach oben.

Ruth rannte nach oben zum Ende der Treppe und aufs Dach hinaus. Sie konnte jetzt Feuer in der Luft riechen. Schon so heiß, so heiß. Und so anders als noch vor ein paar Stunden, letzte Nacht. Die Brände waren jetzt sehr nahe. Sie fürchtete, wenn die Männer es leid waren, sich an Deirdres Haustür zu versuchen, würden sie das Haus vermutlich auch in Brand stecken.
»Hier, hier! Die Leine!« Mrs. Mendelssohn rief von ihrem eigenen Dach herüber, die hübsche Tochter stolperte hinter ihr her. So schnell sie konnten, liefen sie zur Wäscheleine.
»Sie ist zu dünn«, klagte Ruth, betrachtete jedoch folgsam die Doppelleine aus gedrehtem Seil, die über zwei rostige Rollen lief, von denen eine an Deirdres und eine an Mrs. Mendelssohns Dach befestigt war. *Egal, was kommt, aber ich werde meine Kinder nicht an eine Wäscheleine hängen …*
»Sie ist zu dünn, ich glaube nicht, dass sie uns hält.«
»Nein, nein, sehen Sie doch!«
Mrs. Mendelssohn wies auf ihre Tochter, die die beiden Enden des Seils von ihrer Rolle gelöst hatte. Jetzt drehte und knotete sie sie geschickt, stellte die wundersamsten Dinge mit ihren Händen an. Viel besser, als alles, was Ruth selbst je bei den deutschen Ladys zusammengedreht hatte.
Nach zwei weiteren Knoten hatte sie aus der Leine einen notdürftigen Rettungssitz geknüpft, der stabil genug aussah, um zumindest ein Kind zu tragen, und hatte ihn wieder an der Wäscheleine befestigt.
Wenn sie doch wenigstens die kleineren Kinder hinüberschaffen könnten. Aber was war mit Milton?
»Hier, wir schicken ihn rüber!«

Der Seilsitz kam über die Abtrittbuden herübergeschwebt, und Ruth zog ihn von ihrer Seite heran, so schnell sie konnte. Die Männer unten schienen trotz des lauten Quietschens der alten Metallrollen immer noch nichts gemerkt zu haben. Eilig begutachtete Ruth den Sitz und bewunderte die Geschicklichkeit des jüdischen Mädchens.

Aber würde er halten?

Das erste Bersten von Holz war von unten zu vernehmen. Sie lief zurück zu Deirdre auf dem Treppenabsatz und berichtete ihr, so schnell sie konnte, was vorging.

»Aber wird es halten?«

»Das kann ich nicht sagen.«

Wieder ein Splittern, die Haustür gab allmählich nach.

»Aber wir müssen es versuchen.«

»Ja.«

»Milton – du bleibst hier. Mit der Pistole.« Deirdre sah Ruth an, während sie dies sagte, um sich zu vergewissern, dass sie ihr Einverständnis hatte. Aber Ruth wusste, es war das Einzige, was sie tun konnten, obwohl sie den Gedanken hasste, ihn auch nur für einen Moment hier allein zu lassen. Auch wenn es ihr die Tränen in die Augen trieb, ihren Jungen so zu sehen, eine Waffe in der Hand und bereit, einen Mob abzuwehren.

Milton nickte nur, so ernst und verantwortungsbewusst wie immer, und Deirdre drückte ihm den Revolver in die Hand.

»Du weißt doch, wie man damit umgeht, oder?«

»Ja«, sagte er, seine Kehle ganz trocken. »Ja, das weiß ich.«

»Also gut.«

Sie drängten die anderen Kinder nach oben und aufs Dach hinaus. Ruth bewegte sich schneller, als sie es je für möglich gehalten hatte – bewegte sich mit der puren Behändigkeit, die die Panik einem Menschen verleiht, warf die Kinder beinahe durch die Falltür nach oben. Das Teerdach war schon angeschmolzen in der Hitze, saugte an ihren Händen und Knien, verflüssigte sich unter der sengenden Morgensonne. Ruth versuchte die Kinder zu ermahnen, unten zu bleiben, sich hinter dem Zementmäuerchen zusammenzukauern, das um Deirdres Dach herumlief, damit sie von den Männern im Hinterhof nicht gesehen wurden. Doch sie weinten und jammerten wegen der Hitze. Sie alle konnten die Angst jetzt fühlen …

»Die Kleinsten zuerst«, ordnete Deirdre an und zeigte auf Elijiah.

»Aber …« Ruth zögerte noch einen Moment, fragte sich, ob das recht war. Fragte sich, ob sie nicht besser eins von Deirdres Kindern wählen sollten, denn immerhin war es doch ihr Dach …

»Sie sind Weiße. Du weißt es«, sagte Deirdre geradeheraus. »Schick deine eigenen zuerst rüber.«

Ruth nickte und setzte Elijiah in die kleine Strickschaukel. Sie schärfte ihm ein, sich am Seil festzuhalten und nicht zu strampeln. Sie bemühte sich, ruhig zu klingen.

Eins nach dem anderen. So mussten sie es machen, eins nach dem anderen.

»Sind Sie bereit?«, fragte Mrs. Mendelssohn von der anderen Seite – ihre Hände und die ihrer Tochter lagen an der Leine.

»Warten Sie!« Ruths Handflächen waren schweißnass. Sie war im Begriff, ihr Kind über eine Gasse voll gefährlicher Männer zu schicken, zehn Meter über dem Boden. Sie sah noch einmal hinab, um sich zu vergewissern, dass die Männer nach wie vor mit Deirdres Hintertür beschäftigt waren.

»Also los. Alle zusammen!«

Ruth zog, so fest sie konnte, an dem Seil – Deirdre und Maddy standen hinter ihr und zogen ebenfalls, Mrs. Mendelssohn und ihre Tochter zogen von der anderen Seite. Ruth konnte es kaum ertragen hinzusehen. Sie betete leise das Ave Maria, während Elijiah in der Luft hing, und sie fragte sich, ob er herauspurzeln könnte, wenn sie zu hart zogen.

Doch Elijiah schoss über den Abgrund wie ein geölter Blitz und landete sicher bei den Juden, ehe er auch nur anfangen konnte zu heulen. Mrs. Mendelssohn und ihre Tochter zogen ihn aufs Dach, befreiten ihn aus dem Gurtgestell und nahmen ihn in die Arme. Sein Mund stand immer noch offen vor Schreck.

»Das war Nummer eins«, flüsterte Deirdre triumphierend, wäh-

rend sie den Sitz hastig wieder herüberzogen. Doch jetzt schollen Stimmen von unten herauf, und einige der Männer schauten zum Himmel hoch.
»Was war das denn?«
»Stürzt das Haus ein?«
Die Frauen mussten warten, bis die Stimmen verstummten. Die Männer rätselten über den Schatten, den sie über sich hinweggleiten gespürt hatten. Doch bald ertönte wieder das Hämmern gegen Tür und Läden, was keineswegs beruhigender war.
»Sie werden jeden Moment oben sein«, stieß Ruth hervor, unfähig, sich zusammenzunehmen.
Und Milton allein auf der Treppe, um sie in Empfang zu nehmen.
»Beeilung ...«
Sie setzte Vie als Nächste in den Gurt. Das kleine Mädchen war zu verängstigt, um zu weinen, und zitterte so sehr, dass sie sie kaum festschnallen konnten. Ruth bedeckte ihr Gesicht mit Küssen und sagte ihr, sie solle zu ihrem Bruder hinüberschauen, der immer noch auf dem Dach der Mendelssohns stand. »Siehst du, da steht Elijiah. Du fährst jetzt einfach zu ihm rüber.«
Ruth hatte eine Todesangst, Vie könnte zu schreien anfangen, aber sie hatten sie schon hinübergeschickt, ehe sie nur den Mund öffnen konnte. Nachdem sie aus dem Gestell befreit worden war, trat sie zu ihrem Bruder und umarmte ihn fest. Ungläubig starrten die beiden auf den Abgrund, den sie gerade überquert hatten. Und der Sitz glitt wieder hinüber ...
»Hört!«
Unten erscholl eine plötzliche Lachsalve, und dann rochen sie etwas Scharfes, Vertrautes.
»Was hat das zu bedeuten?«
Sie hatten die Abritte in Brand gesteckt. Kringel aus übel riechendem Qualm stiegen zu den Dächern auf.
»Rasch, wir haben nicht mehr viel Zeit ...«
Mana wurde als Nächste hinübergeschickt, dann Frederick. Der Rauch von den Aborten wurde immer dichter. So schlimm, dass Frederick nicht anders konnte, als zu husten und zu weinen, als er

über den Abgrund schwebte. Ängstlich hielten sie inne, sobald sie ihn in Sicherheit hatten – doch die Männer unten hatten selbst mit dem Qualm zu kämpfen und machten immer noch zu viel Radau, um zu merken, was oben vor sich ging.

»Lasst uns all die Scheiße verbrennen. Verbrennt all die Nigger!«

Ruth stand auf dem Dach und schauderte. Maddy sah voller Verachtung hinab und machte Anstalten, auf die Männer zu spucken. Gerade noch rechtzeitig konnte sie sie zurückzerren.

»Seht euch die Hurensöhne da unten an …«

Die Zeit lief ihnen davon. Selbst hier oben auf dem Dach tränten ihre Augen von dem stinkenden, ekligen Rauch.

»Jetzt deine Kinder«, sagte Ruth zu Deirdre – sosehr es sie auch schmerzte, sosehr sie sich danach sehnte, Milton auf der Stelle heraufzuholen.

Aber was, wenn die Leine unter seinem Gewicht riss? Und wer würde dann die Treppe bewachen?

Sie beförderten Deirdres Kinder hinüber, so schnell sie konnten, aber es nahm dennoch Zeit in Anspruch, und ihre Arme ermüdeten allmählich. Und bereits jetzt ächzten die Metallrollen und bogen sich mit jeder neuen Belastung weiter nach außen. Die Wäscheleine hing von Mal zu Mal weiter durch, tiefer im Rauch – die Kinder versuchten den Atem anzuhalten oder rangen verzweifelt nach Luft. Mit rußbedeckten Kleidern und Gesichtern kamen sie schließlich bei den Mendelssohns an. Auch Mrs. Mendelssohn und ihre Tochter hatten schwarze Gesichter, aber sie hielten ihre Stellung, und die Kinder halfen nun, an der Leine zu ziehen.

»Und jetzt Milton!«, rief Ruth.

»Das war's! Jetzt fehlt nur noch dein Junge …«, stimmte Deirdre zu, sobald ihre Eliza drüben war.

Unten erscholl ein lautes Bersten, dann ein gedämpfter Jubel. Milton kam durch die Falltür aufs Dach hinausgeeilt, die Pistole in der Hand.

»Sie haben die Haustür aufgebrochen«, berichtete er ganz außer Atem. »Sie haben die obere Kassette eingeschlagen, und jetzt wird es nur noch ein paar Minuten dauern, bis sie drin sind …«

»Also gut. Du bist der Nächste«, sagte Deirdre.
»Woher willst du wissen, dass die Leine sein Gewicht aushält?«, fragte Ruth. Sie sah ihn vor sich, wie er schreiend in die Flammen hinabstürzte.
»Das weiß ich nicht, aber welche Wahl bleibt uns? Und wir schicken ihn mit der Pistole rüber, also selbst wenn er fällt …«
»Seht nur, seht nur, sie brennt!« Maddy war hinzugetreten und zeigte auf die Wäscheleine – auch ihr blasses Gesicht und ihr Haar und der rote Morgenrock waren geschwärzt, sodass sie vollkommen wahnsinnig aussah. Doch sie hatte Recht, erkannten sie sofort. In der Mitte zwischen den beiden Häusern stieg Rauch von der Wäscheleine selbst auf.
»Jesus, nein, Jesus, nein.«
»Sie ist dahin, da kann man nichts machen.«
Das Seil stand jetzt in Flammen. Das geniale Sitzgestell, das das jüdische Mädchen geknüpft hatte, wurde augenblicklich verzehrt, und das Feuer raste die Leine entlang auf sie zu. Deirdre nahm Milton die Pistole ab und schlug damit auf die Rolle, löste sie und warf sie hinunter, ehe das Feuer ihr Haus erreichen konnte.
Gegenüber standen die Mendelssohns auf ihrem Dach, hielten ihre Kinder und sahen hilflos zu.
»Gehen Sie nur!«, rief Deirdre hinüber. »Wir kommen hier schon zurecht. Gehen Sie und bringen Sie sie ins Haus!«
Wir kommen zurecht mit dem Mob da unten.
Mrs. Mendelssohn nickte hastig – doch Ruth erkannte an ihrem Gesichtsausdruck, dass sie keineswegs glaubte, sie könnten zurechtkommen. Die Tochter schützte die Gesichter der Kinder mit den Armen und ihrem Kleid, führte sie hinkend vom Rand des Daches fort und nach unten.
»Was nun? Was nun?«, schrie Ruth und wandte sich zu Deirdre und Milton um. »Wir müssen ihn verstecken! Das können wir doch machen. Wo sollen wir ihn verstecken?«
»Sie werden das ganze verfluchte Haus auf den Kopf stellen. Das weißt du doch genau«, rief Maddy aufgebracht. »Und wenn sie ihn finden, dann …«

»Maddy!«
»Vielleicht ist es das Beste, wir schließen einfach die Falltür«, schlug Deirdre vor. »Und beten zu Jesus, dass sie nicht heraufkommen. Und notfalls halten wir sie mit der Pistole auf.«
»Aber was, wenn sie das Haus anzünden?«
»Wartet. Vielleicht hab ich eine Idee …«
Deirdre führte sie wieder ins Obergeschoss des Hauses. Im vorderen Zimmer öffnete sie das Fenster. Der Mob war noch unten, Gott sei Dank.
»Los, helft mir«, rief Deirdre und ergriff, was ihr in die Hände fiel, alles, was wertvoll aussah, und warf es auf die Straße hinab.
Aber deine Sachen, wollte Ruth protestieren, doch sie wusste, dass sie jetzt keine andere Wahl mehr hatten. Sie mussten irgendetwas tun, und zwar schnell, oder ihr Junge würde sterben. Sie konnte die Männer unten hören, wo sie die Reste der geborstenen Tür beiseite räumten. Sie drückten das Wohnzimmerfenster ein. Bald würden sie die Treppe heraufpoltern …
»Da! Nehmt das!«
Sie warf einen riesigen Quilt hinaus. Ruth wusste, Deirdre hatte ihn selbst gemacht – achtundvierzig Quadrate, und jedes zeigte eine Szene aus dem Leben Jesu. Sie erinnerte sich, dass Deirdre zwei Jahre lang daran gearbeitet hatte. Jetzt flatterte er in leuchtenden Farben aus dem Fenster und auf die Straße hinab. Wenigstens für den Moment lenkte er die Männer von ihrem Vorhaben ab – verwundert starrten sie diese merkwürdige Opfergabe an, die vom Himmel gefallen war.
»Kommt! Mehr! Das wird sie nicht lange beschäftigen!«
Ruth sah sich um, immer noch unsicher, was sie sich aneignen durfte, um es aus dem Fenster zu werfen. Dann entdeckte sie Milton, der an der Tür stand und nach wie vor die Treppe bewachte. Wie er sich bemühte, tapfer auszusehen …
»Hier!« Sie ergriff ein Paar echter Silberkerzenleuchter und warf sie hinaus. »Gott vergib mir …«
Scheppernd landeten sie auf der Straße, und die Männer rangelten darum. An Ruths Seite warf Maddy einen gerahmten Herz-Jesu-

Druck aus dem Fenster – dann eine Wasserkanne, die nutzlos auf dem Pflaster zerschellte.

»Halt solche Sachen zurück, bis sie kommen«, forderte Deirdre und klaubte das gute Leinen vom Bett zusammen. Die Laken öffneten sich wie Segel, als sie hinunterschwebten.

Die Männer unten lachten und jubelten. Unten an der Tür war jetzt nichts von ihnen zu hören. Sie glaubten, dass andere Plünderer, die durch die Hintertür eingedrungen waren, ihnen die Arbeit abnahmen.

»Macht weiter!«, schrie Deirdre und zerrte einige ihrer besten Kleider aus dem Schrank.

Es funktionierte. Ruth hatte keine Ahnung, wie lange, aber fürs Erste funktionierte es. Selbst Mrs. McGillicuddy und die anderen weißen Frauen sammelten auf, was sie in die Hände bekamen. Einige andere arbeiteten sich die Straße hinab, plünderten jedes leere Haus, das sie fanden. Ruth hätte beinahe aufgelacht, als sie einige Männer die Tür ihres eigenen, verlassenen Hauses aufbrechen sah.

Und dann hörte sie die Stimme wieder. Es war dieselbe, die sie vor ein paar Nächten draußen auf der Straße gehört hatte, als sie mit Billy im Bett gesessen hatte. Maddys Kunde.

»Wo ist sie? Wo ist die gottverfluchte Niggerhure? Wir sind hier, um mit ihr abzurechnen, jetzt, wo wir all die Nigger verjagt haben!«

Sie sah eine neue Horde Männer, die nach all ihren Missetaten die Straße hinaufgezogen kam. An ihrer Spitze erkannte Ruth den Mann mit der Fratze eines Unholds. Derselbe grau bezottelte Kopf, der direkt auf den Schultern zu sitzen schien. Derselbe ausgemergelte, langgliedrige Körper wie damals vor all den Jahren im Hospital auf Staten Island. Heute zeigte er nicht dieses beunruhigende, falsche Lächeln, sondern ein selbstzufriedenes Grinsen verzerrte sein Gesicht, entblößte seine Zähne. Und in der gemäßigten, tödlichen Stimme, die sie auch damals gehört hatte, rief er dem Block zu:

»Wo ist die Niggerhure? Sie soll ihre Schuld begleichen!«

Der Unhold führte seine Männer zu Maddys Tür, und Ruths Herz machte einen Satz. Doch die weißen Frauen schlossen sich ihnen an, und Mrs. McGillicuddy zeigte mit dem Finger auf Deirdres Haus.

»Sie ist weggelaufen! Sie ist weggelaufen! Sie versteckt sich da drüben mit den anderen Niggern!«

Der Mob geriet ins Wanken, zögerte direkt unter ihren Fenstern. Ruth und Deirdre beobachteten ihn mit angehaltenem Atem. Die Menge sah unsicher auf die eingeschlagene Tür, auf all den Hausrat auf der Straße. Es sah so aus, als wäre dieses Haus längst geplündert.

»Hier ist nicht mehr viel zu holen ...«

»Lasst uns in ihrem Haus nachsehen, das ist bestimmt eine Goldgrube.«

»Oh, die Kleider, die diese Hure trägt!«

Sie spürten Maddy hinter sich, ehe sie sie sahen. »Zur Hölle mit ihnen. Die meinen, sie könnten's mir zeigen?«

»Nein, Maddy, sei nicht verrückt!«, rief Deirdre.

Doch die junge Frau hastete schon die Treppe hinab, schimpfte aus vollem Halse und wedelte mit etwas, das sie in der Hand hielt.

»Diese gottverfluchten Säufer! Ihr gottverdammten irischen Hurensöhne, hier bin ich!«

»Die Pistole!«, sagte Deirdre. Ihr fiel ein, dass sie die Waffe auf dem Dach hatte liegen lassen, nachdem sie die Rolle losgeschlagen hatte.

»Gütiger Jesus, wenn sie einen von ihnen erschießt, werden sie sie ganz sicher töten.«

Sie folgten ihr im Laufschritt die Treppe hinab. Maddy hastete zur Tür, Deirdre hinter ihr. Auch Milton folgte den beiden, obwohl Ruth ihn anschrie, er solle bleiben.

»Bleib drinnen! Bleib drinnen! Komm wieder rein, die dürfen dich nicht sehen! Oh Gott, die dürfen dich nicht sehen!«

Doch Maddy war schon im Erdgeschoss und lief wie ein Hase aus der zertrümmerten Haustür. Sie rannte geradewegs auf die Straße hinaus und fuchtelte den verblüfften Männern mit der Pistole vor der Nase herum.

»Hier habt ihr, was ihr wollt, oder? Hier ist die Niggerhure!«

Es gab ungläubiges Gelächter hier und da, dann ein paar Spottrufe.

Irgendwer warf einen Stein, der ihren Kopf knapp verfehlte und hinter ihr aufs Pflaster fiel. Kaum war er aufgeschlagen, hob Maddy die Pistole und feuerte.

»Jesus!«

Ihr Schuss ging fehl, pfiff über die Köpfe der Männer hinweg und schlug in die Tür des Gemüseladens gegenüber. Instinktiv zogen die Männer die Köpfe ein, dann rannten sie auf sie zu, lachend und fluchend. Sie feuerte wieder, während sie zu ihrem Haus hinüberlief.

»Schnappt sie! Schnappt euch die gottverdammte Hure!«

Maddy schlüpfte in ihr Haus und kam nach einer Minute auf dem Dach wieder zum Vorschein. Immer noch feuerte sie mit ihrer Pistole und schrie auf die Männer unten hinab: »Irische Hurensöhne! Ihr gottverdammten irischen Hurensöhne!«

Ein paar Männer erwiderten das Feuer und zerschossen die Fenster im Obergeschoss ihres Hauses. Andere traten ihre Haustür ein, und sie wandte sich ab, war nicht länger zu sehen, kreischte aber immer noch: »Ihr irischen Hurensöhne!«

Jetzt waren sie alle auf der Straße. Sie standen dem Mob gegenüber, hatten nicht einmal den Schutz einer Pistole. Wenigstens war die Mehrzahl der Männer Maddy hinterhergerannt, und Ruth versuchte, ihren Sohn zu packen und zurück in Deirdres Haus zu schieben, in der Hoffnung, dass der Mob ihn nicht bemerkt haben könnte.

»Vielleicht können wir jetzt durch die Hintertür raus …«

Doch schon hörten sie Mrs. McGillicuddy die Männer zusammentrommeln. Und die anderen Frauen nahmen den Ruf augenblicklich auf: »Da wohnen die Nigger! Hier haben sie sich verkrochen!«

»Die hat auf uns geschossen! Die kleine Hure hat auf uns geschossen!«

»Hier wohnt er, der große Nigger aus dem Block. Seine ganze Familie ist hier!«

Die Männer bewegten sich jetzt auf sie zu. Deirdre und Ruth

wichen noch einen Schritt weiter ins Innere des Hauses zurück, obgleich sie wussten, dass es ihnen mit der eingetretenen Tür und den geborstenen Fenstern keinen Schutz bot.
Ruth hatte die Arme um Milton geschlungen und zerrte ihn zurück.
»Vielleicht können wir zur Hintertür raus …«
»Ich weiß es nicht«, erwiderte Deirdre, und ihre Stimme war belegt vor Entsetzen, doch immer noch bemühte sie sich, die Ruhe zu bewahren und nachzudenken. »Ich weiß nicht, ob wir an dem Feuer vorbeikommen.«
Selbst hier, wo sie standen, spürten sie die Hitze – der stinkende Qualm aus den Hinterhöfen begann das Erdgeschoss zu füllen und die Treppe hinaufzusteigen. Ruth fing an zu husten, und ihr Griff um Milton lockerte sich, als sie sich abwandte, um nach Atem zu ringen.
»Vielleicht können wir wieder nach oben …«
»Das hat keinen Zweck«, wandte Milton ein. Er riss sich von ihr los und ging auf die Tür, auf die Männer dort draußen zu. Seine Miene grimmig und zornig.
»Nein, tu's nicht!«, sagte Ruth und streckte im dichten Qualm die Hand nach ihm aus. »Nein, geh nicht da raus, mein Sohn. Tu's nicht!«
Aber schon hatte er sie wieder abgeschüttelt und näherte sich der Tür. Sein junges, schönes Gesicht wirkte wachsam und unbeirrbar wie das eines Jagdhundes, der auf den Mob abgerichtet war.
»Wer sind die, dass sie es wagen, einfach herzukommen und uns das Haus anzuzünden? Wer sind die?«, murmelte er und schob ihre Hände weg. »Sie haben schon meinen Dad umgebracht …«
Dann trat er durch die Tür auf die Straße hinaus, dem Mob entgegen. So schnell, so still und ruhig und würdevoll, dass die Männer zuerst gar nicht reagierten. Ruth rannte ihm nach, versuchte immer noch, ihn wieder ins Haus ziehen. Wollte sich immer noch zwischen ihn und den Mob stellen. Obwohl sie unendlich stolz auf ihn war, auf ihren Sohn …
»Kommt wieder rein! Alle beide, kommt sofort wieder rein!«,

hörte sie Deirdre hinter sich schreien. Aber Ruth war schon durch die Tür, stand draußen bei ihm. Noch nicht sicher, was sie tun konnte, aber entschlossen, irgendetwas zu tun, um ihn vor dem Mob zu schützen. Mein Junge …

Und das war der Moment, da sie ihn entdeckte. Sie erkannte Johnny Dolan ganz vorn in der Menge, und sie wusste, dass sie sterben würde.

72
Billy Dove

Vor sich sah er den Wasserstrom breiter werden. Der dunkle Ausfluss der Stadt drängte hinaus und wurde vom langsameren Strom des Flusses geschluckt. Endlich: Vor ihm lag das Ende des Abflusskanals. Er hatte Stunden gebraucht, um sich von der 21. Straße bis hierher durch die Röhre zu arbeiten. Unter Schmerzen war er auf dem schmalen Sims entlanggehinkt. Wieder und wieder hatte er um ein Haar das Gleichgewicht verloren und sich an die raue Ziegelmauer klammern müssen, um sich vor dem Sturz in die Kloake zu retten. Alle paar Blocks klaffte eine Lücke, wo das Sims einfach weggebröckelt war, und es blieb ihm nichts anderes übrig, als mit seinem gebrochenen Bein einen weiten Schritt über den Abgrund zu machen – jedes Mal betete er, dass er nicht ins Leere treten, nicht abrutschen und über dem dunklen Abgrund baumeln werde.

Er musste sich fast vollständig auf seinen Tastsinn verlassen, und seine Hände glitten über die Ziegel wie die eines Blinden. Nichts war zu hören bis auf das Rauschen des Wassers und vereinzelte Schreie von der Straße oben, und das einzige Licht war das, welches gelegentlich durch ein Abflussgitter hereinfiel. Auch Ratten liefen über das Sims, und er spürte sie über seine Füße schlüpfen, manchmal gar sein Bein hinaufklettern, ehe er sie abschütteln konnte – lauschte ihrem Fiepen und dem Platschen, wenn sie auf dem Wasser aufschlugen.

Auch Menschen waren hier unten in der Kanalisation. Die meisten waren auf der anderen Seite unterwegs – schemenhafte, geduckte Gestalten, die viel schneller vorankamen als er. Sie schienen ihn gar nicht zur Kenntnis zu nehmen, aber er hatte den Colt immer griffbereit.

Nur einmal war er auf seiner Seite des Tunnels einem Mann begegnet. Billy hatte ihn gespürt, ehe er ihn im Dunkel sah. Er hatte seinen Körpergeruch wahrgenommen, die Hände über die Wand gleiten hören. Billy war wie erstarrt stehen geblieben, und als der andere Mann ihn hörte oder roch, verharrte auch er. Alles, was Billy erkennen konnte, war eine dunkle Form, die sich an die Wand presste; nicht einmal die Hautfarbe war auszumachen. Nur die Augen, die ihrerseits ihn beobachteten. Zweifellos versuchte der Mann zu entscheiden, ob er zurückweichen oder weitergehen und Billy vom Sims drängen sollte.

Billy hatte den Colt gezogen, aber nicht angelegt und kein Wort gesagt. Hielt die Waffe lediglich hoch, damit der andere sie im schwachen Licht erkennen konnte. Er sah die Augen darauf ruhen, und dann trat der Fremde den Rückzug an, bewegte sich in die Richtung, aus der er gekommen war. Billy folgte ihm behutsam, hielt einen gewissen Abstand, denn er wollte ihm keine Angst machen oder ihn zu einer Verzweiflungstat herausfordern. Er lauschte seinen Grunzlauten und dem mühsamen Atem, den gleitenden, tastenden Händen, die das gleiche Geräusch verursachten wie seine eigenen. Erst als die Laute sich zu entfernen begannen, war Billy gefolgt, fast dankbar für die Gesellschaft, die schwachen menschlichen Lebenszeichen vor sich. Nach ein paar hundert Metern war der Mann in eine schmale Ausbuchtung in der Mauer getreten. Mit einem knappen Wink bedeutete er Billy vorbeizugehen. Keiner von ihnen sprach ein Wort. Billy hatte den Colt wieder gezogen, dann einen Arm und das gesunde Bein an dem Mann vorbeigeschoben. Während er das tat, drückte er dem Fremden den Lauf in den Bauch, um sicherzugehen, dass er nicht versuchen würde, Billy vom Sims zu stoßen. Er hörte den Mann einen Laut der Überraschung ausstoßen, doch immer noch sagte er nichts, ließ die Arme an seinen Seiten herabhängen, während Billy auch das gebrochene Bein auf die andere Seite zog. Sie waren sich jetzt so nahe, dass Billy den sauren Atem des anderen auf der Wange

spürte. Die Augen starrten ausdruckslos in die Dunkelheit hinter Billys Schulter.
Dann war er an ihm vorbei und gestikulierte auffordernd mit der Waffe. Er hielt sie immer noch hoch. Er blieb stehen, bis er den Mann weitergehen hörte, sich mit leisen kratzenden Geräuschen die Mauer entlangschieben in die Richtung, die er ursprünglich eingeschlagen hatten.

Billy versuchte sich nach seiner Erinnerung zu orientieren. Er war davon ausgegangen, dass der Wasserlauf, den er unter der Armory entdeckt hatte, nach Osten und zum Fluss strömte. Von dort hatte er sich durch kleinere Nebentunnel und Seitenarme vorangearbeitet. Er konnte nur hoffen, dass keiner davon im Keller eines Mietshauses oder im Versteck einer Flussgang endete. Immer war er bemüht, sich in die Richtungen zu bewegen, die er für Süd und Ost hielt – nach Hause –, obwohl ihm klar war, dass er ebenso gut irgendwo an der Westside herauskommen mochte, denn hier unten gab es nichts, woran man sich wirklich halten konnte, weder Sonne noch Sterne.
Er kam nur nervenaufreibend langsam voran, doch die Vernunft sagte ihm, dass es der einzige Weg war. Oben, auf den Straßen, hätte er sich mit dem gebrochenen Bein auch nicht viel schneller bewegen können. Hier unten auf dem Sims war er zumindest jedem anderen ebenbürtig, dem er begegnen mochte. Während er oben in der Stadt nur wie eine Blutspur im Wasser wäre: eine verwundete Kreatur, die nur darauf wartete, aufgefressen zu werden.
Der Kanal war seine einzige Chance, das wusste er, und trotzdem hasste er jede Minute, die er hier unten verschwendete. Es drängte ihn jetzt so sehr, daheim zu sein.
Und wenn er es schaffte, dachte er, während er sich auf dem Sims entlangschob, das Gesicht gegen die Kanalwand gedrückt, wenn er nach Hause kam, würde er nie wieder fortgehen. Er würde sich mit der Pistole verkriechen, wenn es sein musste, und auf Johnny Dolan oder den verdammten Rest der Welt warten. Sollten sie ihn doch finden. Es war sein Heim, wenn auch ein sehr

bescheidenes, und er würde vor nichts und niemandem mehr davonlaufen.
Sein Heim und seine Familie. Er stellte sich ihre Gesichter vor, während er durch die endlosen, dunklen Tunnel schlich. Seine Kinder, besonders seinen klugen Sohn Milton.
Er erkannte jetzt, dass er sie für etwas so Unbedeutendes gehalten hatte – gemessen an dem, was er hätte tun können, welches Leben er sich hätte schaffen können. Nur eine weitere Schar farbiger Bälger, genau wie die, die er Tag für Tag im Waisenhaus sah, und mit den gleichen, hoffnungslosen Zukunftsaussichten. Dazu verurteilt, so wie er voller Bitterkeit durchs Leben zu gehen, erfüllt von einer unstillbaren Sehnsucht.
Jetzt erkannte er, wie sehr er sie liebte. Und Ruth auch, das magere kleine Mädchen, das vor ihm auf der Straße gestanden und ihn angehimmelt hatte. Welch lange Zeit sie sich um ihn gekümmert hatte, selbst wenn er sie enttäuschte. Nichts hatte er ihr zurückgegeben bis auf ein Mindestmaß an unwilliger Zuneigung. Nicht einmal seine größte Schwäche hatte er für sie überwinden können, die ihn doch selbst so anekelte.
Nun, all das würde sich ändern. Er war sicher, dass er nie wieder im Leben einen Drink brauchen würde. Er wollte das Trinken aufgeben und versuchen, ein bisschen Geld beiseite zu legen. Ein Leben führen, für das wenigstens sie ihn respektieren konnte, auch wenn ihm selbst das vielleicht nicht gelang.
Oder womöglich würden sie doch fortgehen – aus freien Stücken. Wenn der Krieg endete – falls er das je tat – und die Sklaven wirklich frei waren, vielleicht gab es dann einen Ort, wohin sie gehen konnten. So etwas wie das kleine Dorf, das nun unter dem neuen Park begraben lag. Nur größer, vielleicht eine Stadt, wo er vielleicht gar seine Fertigkeiten noch einmal einsetzen könnte.
Wenigstens das konnten sie von ihm erwarten – seine Familie. Vielleicht würde er dafür fortgehen, aber was auch immer geschah, er wollte nicht ohne sie gehen, nie wieder von ihnen getrennt sein.
Er musste zurück.

Voraus sah er eine winzige Fingernagelsichel aus Licht. Zuerst dachte er, es sei nur ein weiteres Kanalgitter, aber es wurde stetig größer, während er darauf zukroch, und schließlich ging ihm auf, dass er das Ende des Kanals erreicht hatte. Der unterirdische Fluss sprudelte hinaus in den trügerisch ruhigen Strom.

Ein Eisengitter versperrte den Eingang zum Tunnel, aber er wusste, die Flussgangs sorgten immer dafür, dass diese Gitter nicht abgeschlossen waren. Und tatsächlich, er konnte es einfach aufdrücken und nach oben klettern, zurück ins Sonnenlicht.

Dort stand er eine Weile und blinzelte wie ein Maulwurf. Er versuchte sich zu orientieren, und plötzlich ging ihm auf, wie erschöpft er war. Seine Lippen waren rissig, die Zunge geschwollen vor Durst. Er schaute sich um und erkannte erleichtert, dass er nicht weit vom Kurs abgekommen war. Er war direkt hinter der großen Mietskaserne, den Shambles, angelangt, und nun brauchte er nur zwei Blocks die Cherry Street hinabzugehen, dann war er am Ende von Paradise Alley und zu Hause.

Er schob seinen Aufbruch noch einen Moment auf, um einen Schluck aus der Croton-Pumpe zu nehmen. Trank das saubere, frische Wasser in großen Schlucken, bis sein Bauch damit gefüllt war, ließ es sich über Kopf, Hals und Rücken rinnen. Er versuchte, ein wenig von der Asche und dem Dreck aus der Kanalisation abzuwaschen, obwohl er wusste, dass er einen furchtbaren Anblick bieten musste. Barbrüstig und zerschunden, das gebrochene Bein mit einem Gewehrkolben geschient. Er grinste bei dem Gedanken, wie glücklich Ruth trotzdem sein würde, ihn zu sehen, und wie sie weinen würde.

Die umliegenden Straßen schienen ruhig, keine Menschenseele war zu sehen. Doch davon ließ er sich nicht täuschen. Er hörte immer noch Rufen und auch Schüsse irgendwo in der Stadt – konnte immer noch den Rauch in der Luft schmecken. Aber er konzentrierte sich nur auf seine Aufgabe, hielt den Colt umklammert und hinkte die Straße entlang, schleppte sich nach Hause.

73
Johnny Dolan

Er sah sie in dem Moment, als er in die Straße einbog. Er erkannte sie auf einen Blick wieder, so als wären die letzten vierzehn Jahre plötzlich ausgelöscht. Da stand Deirdres stolzes, dämliches Haus, über dem die Doppelmietskaserne aufragte. Seine Makellosigkeit war angekratzt, Tür und Fenster eingeschlagen …

Und da war sie, kam direkt vor seiner Nase aus dem Haus gerannt.

Ruth.

Und vor ihr – ein schwarzer Junge. Nicht der Mann, nein, er war nicht alt genug. Den hätte er überall von dem Abend im Boot wiedererkannt, da war er sicher, und hier war er nirgendwo zu entdecken.

Aber der Junge war noch viel besser.

Dolan wusste sofort, dass er ihr Sohn sein musste. Ein großer, schlanker schwarzer Junge, sehr dunkel, und vermutlich noch keine fünfzehn. Und Ruth rannte auf die Straße hinaus, dem johlenden Mob geradewegs in die Arme, um ihn zu beschützen.

Sie musste schon schwanger gewesen sein, dieses Miststück. Schon schwanger oder gleich danach schwanger geworden …

Jetzt sah er seine Chance, ihr wirklich wehzutun.

Irgendeine Verrückte rannte mit einer Pistole in der Hand umher und lenkte alle ab. Er ging auf den Jungen zu.

Deirdre. Auch sie kam aus dem Haus gerannt. Ihm blieb beinahe das Herz stehen, als er seine Schwester sah, und für einen Augenblick hielt er inne.

Immer noch so schön, selbst nach all den Jahren. Kleidung und Haar selbst jetzt so perfekt, obwohl sie von Ruß und Schweiß

befleckt waren. Er würde es ihnen zeigen. Er würde es ihnen allen zeigen.
In seinem gebeugten, schnellen Krebsgang drängte er sich durch die Menge, erreichte sie, ehe sie ihn entdeckten, und wandte sich dem Jungen zu.

74
Ruth

Er sah schlimmer aus denn je – selbst schlimmer als an jenem Tag, da sie ihn zum ersten Mal gesehen hatte. In dem verlassenen Dorf mit den Hunden …

Sein Haar war fast ganz ausgefallen, und die schrecklichen Geschwüre wucherten wieder überall auf seinem Schädel. Sein Gesicht von grauen Stoppeln bedeckt und mit Flecken von Ruß, Asche und Schießpulver verschmiert. Fast völlig schwarz, so wie ihr eigenes Gesicht und die Gesichter aller Menschen auf der Straße, geschwärzt vom Feuer, das sich um sie herum ausbreitete. Ein merkwürdig geformtes Stück Holz hing vor seiner Brust …

Sie sah ihn, und sie wusste, dass er auch sie gesehen hatte. Schon bewegte er sich auf sie zu. Deirdre kam aus dem Haus geeilt. Sie versuchte, sich zwischen sie zu stellen, sprach überstürzt, während sie die Arme hob.

»Ich war diejenige, die dich auf das Boot gebracht hat«, begann sie. »Ich hab's getan, weil ich wusste, dass du kein Umgang für anständige Leute warst …«

Dolan schlug sie mit der linken, dann mit der rechten Hand, und die Kombination schickte seine Schwester zu Boden, wo sie auf dem Gesicht liegen blieb. Der Mob glotzte und lachte unsicher.

»Na hör mal, das ist eine irische Frau«, sagte der Unhold und kam einen Schritt näher, aber er wagte nicht, Dolan zurückzuhalten, und niemand sonst tat irgendetwas.

Ruth war immer noch bemüht, Milton wegzuziehen.

»Weg hier. Komm jetzt weg hier!«, drängte sie ihn.
Aber kein Wort fiel zwischen ihr und Johnny Dolan. Er kam einfach auf sie zu, das Gesicht von der unbezähmbaren Wut verzerrt, an die sie sich so gut erinnerte. Er streckte den Arm aus, ehe Ruth ihn auch nur kommen sah, so schnell wie eh und je. Er versetzte ihr einen Stoß, sodass sie hintenüber fiel und mit dem Kopf aufs Straßenpflaster schlug. Dann wandte er seine Aufmerksamkeit ihrem Sohn zu ...
»Lass meine Mutter in Ruhe!«
Milton ging mit den Fäusten auf Dolan los, und der mutige Schrei seiner Kinderstimme schien in der Luft zu hängen. Er landete einen Glückstreffer mit der Linken – seine Faust wischte den Ruß weg und hinterließ eine kleine weiße Stelle auf Dolans Wange. Der Hieb brachte Dolan nur für einen Moment ins Wanken – die schwere Holzplanke schlug pendelnd vor seine Brust. Dann sah Ruth ihn das Holzstück abnehmen, und er schlug Milton damit gegen den Kopf, sodass der Junge zu Boden stürzte.
Sie war schon wieder auf den Füßen und rannte auf sie zu. Die Zuschauer streckten die Arme aus, um sie zurückzuhalten ...
»Nur die Ruhe, Missus, mit Ihnen haben wir keinen Streit ...«
»Lasst mich los! Um der Liebe Christi willen, lasst mich los!«
Sie riss sich los und stürzte sich auf Dolan.
Er stand über ihren Sohn gebeugt, schlug ihn jedes Mal, wenn Milton sich aufzurichten versuchte, und jedes Mal ging der Junge wieder zu Boden. Ruth ergriff Dolans Arm, aber er schüttelte sie ab. Wieder packte er Milton, hob ihn am Hemd hoch und ließ die Holzplanke erneut auf ihn niedersausen. Trat ihn vor den Kopf, während er fiel ...
»Gott verfluche dich!« Sie warf sich auf ihn, schlang die Arme um Dolans stämmigen Nacken und versuchte ihn zu würgen.
»Verschwinde.« Dieselbe raue, wütende Stimme, die kaum in der Lage schien, menschliche Laute hervorzubringen. Er löste ihre Finger und wirbelte sie herum, sodass sie vor ihm stand. »Das hast du dir nur selbst zuzuschreiben.«
»Dann töte mich«, sagte sie, suchte nach den richtigen Worten,

um ihn zu provozieren – ihn von ihrem Sohn abzulenken. »Na los doch. Töte mich. Ich bin doch diejenige, die du umbringen willst …« Wieder versuchte sie, ihn zu schlagen.

»Nein.« Er hielt ihre Arme mit den Fäusten umklammert und grinste hässlich. »Nein, er ist derjenige, den ich umbringen will.«

»Ich war es, die dich auf dieses Boot gebracht hat. Ich hab dafür gesorgt, dass du schanghait wurdest, ich hab dich verkauft.«

»Als ob ich das nicht wüsste.«

Er schleuderte sie beiseite und hob Milton wieder auf, der immer noch auf der Straße lag. Zerrte ihn am Nacken in die Höhe wie einen Hund, der sich in eine Ratte verbissen hat. Milton war kaum bei Bewusstsein, die Augen waren verdreht. Dolan riss dem Jungen das Hemd herunter, entkleidete ihn systematisch.

Sie riss Dolan zurück, ging dieses Mal auf sein Gesicht los, auf seine Augen. Gleichzeitig versuchte sie, ihm das Knie in den Unterleib zu rammen, wollte irgendetwas tun, ganz gleich was, das es ihm unmöglich machte, sie zu ignorieren – wollte ihn so wütend machen, dass er sie tötete, auch wenn er das nicht wollte. Er hieb ihr lediglich die Holzplanke in die Seite, so hart, dass sie etwas in ihrem Innern bersten und brechen hörte. Sie krümmte sich, und er wandte sich erneut ihrem Sohn zu, doch es gelang ihr, sich wieder aufzurichten und seine Beine zu umklammern, ehe er Milton erreichte.

Dieses Mal ging er mit den Fäusten auf sie los, ließ sie ungezählte Male auf ihren Kopf und die Schultern niederfahren. Mit der Holzplanke schlug er sie zu Boden, drosch damit auf sie ein, bis das Brett entzweibrach und eine Hälfte übers Pflaster davonflog.

Dann ging er zu ihrem Sohn zurück und zog ihm die restlichen Kleider aus. Obwohl er halb besinnungslos war, versuchte Milton automatisch, sich zu bedecken, legte die Hände vor seine Scham. Ruth lag auf der Straße, sah alles und versuchte aufzustehen. Blut strömte über ihr Gesicht. Dolan schleifte ihren nackten Sohn über die Straße, wo eine Schar lachender weißer Jungen bereits ein Seil über einen Laternenmast geworfen hatte. Andere, selbst Männer und Frauen aus ihrer Straße, liefen mit Messern herbei, einer

Lampe voller Kerosin, kicherten und riefen: »Verbrennt ihn. Verbrennt den Nigger!«
Weitere Männer, erwachsene Männer, holten einen Eimer Wasser von der Pumpe. Sie schütteten ihn ihrem Sohn über den Kopf, ohrfeigten ihn und zwangen Whiskey seine Kehle hinab. Sie wollten ihn munter machen, damit er es auch spürte, wenn sie sein Fleisch aufschnitten und das Öl hineingossen. Damit er sie auch gut unterhielt.
Milton schlug die Augen auf, aber sie sah schon den ersten Todesschleier darin.
Sie kam auf die Füße und schleppte sich über die Straße. Sie zog ein Bein nach, und der Arm, mit dem sie Dolans Schläge abzuwehren versucht hatte, hing in einem seltsamen Winkel herab. Einige der weißen Frauen aus der Straße wollten sie zurückhalten, ihre Mienen tatsächlich mitfühlend. Mrs. McGillicuddy legte ihr gar die Hand auf den Arm, um sie aufzuhalten. »Immerhin haben Sie die anderen doch gerettet. Nur den einen werden Sie verlieren ...«
Ruth schüttelte sie ab. Sie wischte das Blut weg, das ihr in die Augen rann, und bewegte sich immer noch auf Dolan zu.
Er sah sie kommen, und seine Lippen teilten sich zu dem altvertrauten, gehässigen Grinsen. Er ließ ihren Sohn für den Moment noch einmal auf die Straße zurückgleiten. Sie hielt geradewegs auf ihn zu, und er wappnete sich, machte sich für sie bereit – doch im letzten Moment senkte sie den Kopf und rammte ihn ihm in den Bauch, unterlief seine Kämpferpose. Sie packte ihn und klammerte sich an ihm fest, auch als er wieder die Fäuste auf sie niedergehen ließ.
»Nimm mich«, verlangte sie wieder. Sein Gesicht über ihr war nur eine undeutliche Form durch all das Blut in ihren Augen.
Er wollte sie von sich abstreifen, doch sie hielt ihn weiter umklammert, denn sie wusste, wenn er sie abschüttelte, wäre alles vorbei. Sie wusste, er würde ihren Sohn töten. Die anderen Männer hielten sich jetzt im Hintergrund, beobachteten sie, unsicher, was sie von all dem halten sollten.
»Nimm mich. Du weißt doch, dass ich es bin, die du willst. Nimm mich.«

»Nein.« Seine Augen waren gelblich und wahnsinnig vor Zorn und Schmerz, genau wie sie sie in Erinnerung hatte. »Nein, ich will dein Niggerbalg. Ich will, dass du mit ansehen musst, wie ich ihn töte.«
Er befreite sich aus ihrer Umklammerung und schleuderte sie zu Boden. Augenblicklich umschlang sie seine Knie, und als er sie wegtrat, packte sie ihn um die Brust.
»Töte mich, und dann kannst du deinen Kasten wiederhaben. Ich hab ihn noch, weißt du. Er ist noch in meinem Haus«, hauchte sie, kaum in der Lage, die Worte herauszubringen, aber immer noch bemüht nachzudenken. Ihn irgendwie dazu zu bringen, sie statt Milton zu töten. »Deswegen bist du doch gekommen, oder nicht? Willst du deinen Kasten nicht holen, ehe irgendwer hier sich ihn unter den Nagel reißt?«
Er ballte die Faust und schlug ihr mit aller Kraft auf das linke Auge. Es schwoll augenblicklich zu, aber sie ließ ihn nicht los.
»Du Hurensohn!«, zischte sie. »Aber du weißt selbst, dass es alles nur Tinnef ist, oder? Du weißt, dass alles darin nur wertloser Krempel ist. Der Mann hatte Recht. Aber du wolltest es haben.«
Wieder ballte er die Faust, rammte sie ihr in den Mund und schlug ihr die Zähne tief in den Rachen. Wollte ihr so viel Schaden zufügen, wie er nur konnte, das wusste sie, aber sie ließ ihn nicht los. Im Hintergrund hörte sie die Leute rufen und schreien, aber niemand kam ihr zur Hilfe. Dumpf fragte sie sich, wo Deirdre steckte, ob sie noch lebte. Es war, als wären sie ganz allein, nur Ruth und er, die sich auf der Straße einen Kampf lieferten.
»Du Lügner«, sagte sie wieder und wieder, so gut es mit ihrem verletzten Mund möglich war. »Du hast gelogen, du warst niemals tot. Du hast nie geglaubt, du wärst tot. Du würdest alles tun, um am Leben zu bleiben. Darum hast du deinen Bruder sterben lassen …«
»Gottverfluchtes Miststück!«
Er schlug jetzt mit beiden Fäusten auf sie ein, aber irgendwie gelang es ihr, sich klein zu machen und seine Taille umklammert zu halten. Sie konnte fast nichts mehr sehen, denn Blut lief ihr übers Gesicht, trotzdem richtete sie den Blick auf ihn.

»Ich hab Recht. Du wolltest niemals sterben …«
»Wohl! Ich war tot …«
»Nein. Nein, das warst du nicht. Du hast überlebt, du hast dich von seinem Fleisch ernährt.«
»Das ist eine gottverdammte Lüge!«
Er wollte sie wegstoßen, aber seine Bewegungen verloren plötzlich an Kraft – dann wich er zurück, versuchte sich von ihr zu befreien.
»Du hast ihn sterben lassen, und du hast Fleisch gegessen, um am Leben zu bleiben. Du meinst, das weiß ich nicht? Meinst du, ich weiß nicht, wie du in dem Dorf überlebt hast, nachdem alle tot waren? Wo alle Hunde abgemagert waren, aber du wohl genährt? Meinst du, ich weiß nicht, dass du alles tun würdest, um am Leben zu bleiben?«
Dolan heulte auf und stieß sie fort. Er schlug ihre Hände weg und stolperte die Straße hinab. Ruth kroch umher, tastete nach ihrem Sohn, konnte so gut wie nichts mehr sehen. Sie fand den armen, geschundenen Jungen, der nackt auf der Straße lag, warf sich über ihn, um ihn zu beschützen. Er fühlte sich noch warm an, und er atmete, sie war sich dessen sicher.
Drei oder vier Männer umringten sie augenblicklich. Sie versuchten, Milton unter ihr hervorzuziehen, um ihn zu lynchen, aber sie umklammerte ihn. Sie traten und schlugen sie, droschen mit einer eisernen Karrenradspeiche auf sie ein, die sie von irgendwo mit hergebracht hatten. Schlugen sie so unbarmherzig mit einem Axtgriff, dass sie laut schrie.
»Das wird der Niggerhure auf die Sprünge helfen!«
Aber immer noch hielt sie ihren Sohn umklammert. Versuchte ihn, so gut sie konnte, mit ihrem eigenen Leib zu bedecken. Ihn unter sich zu verbergen und von den Schlägen abzuschirmen, die immer schneller auf sie niederprasselten. Sie spürte die kalten Strömungen des Flusses ihre Knöchel packen und sie abwärts ziehen. Aber sie hielt ihren Jungen fest, hielt ihn warm und am Leben unter ihrem Leib.
Immer wütender droschen sie auf sie ein, je fester sie sich an ihn

klammerte. Schlugen jetzt wie rasend auf sie ein, mit allem, was ihnen in die Hände fiel: mit Axtgriffen und den Karrenspeichen, Fäusten, Stöcken, Knüppeln und Steinen. Aber es war, als könne sie jetzt gar nichts mehr fühlen, als wäre sie taub gegen ihre Schläge. Sie hielt aus, konzentrierte all ihre Kräfte darauf, ihren Sohn zu schützen. Und irgendwann ließen die Männer von ihr ab.

75
Deirdre

Der Fausthieb ihres Bruders schleuderte sie auf die Straße, und sie stieß mit dem Kopf gegen den Bordstein. Seine Schläge waren härter als alles, was sie je gefühlt hatte, doch auch als sie zu Boden ging, konnte sie nur an Ruth denken. Wie hat sie das ertragen? Wie hat sie das all die Jahre ausgehalten?
Sie kam, so schnell sie konnte, wieder auf die Füße und wankte in seine Richtung. Versuchte, Ruth und Milton zu erreichen, überzeugt, dass Johnny sie beide töten würde, wenn er konnte. Sie taumelte auf sie zu, immer noch bemüht, ihr Gleichgewicht wiederzufinden. Das Gekreisch und der Spott der anderen Frauen gellten in ihren Ohren – die Weiber waren unverschämter denn je, jetzt, da die Männer da waren. Mrs. McGillicuddy knuffte ihren Arm, der Mund mit den Zahnlücken plapperte aufgeregt. »Da! Da haben Sie's! Sehen Sie, jetzt müssen Sie von Ihrem hohen Ross runterkommen, weil Sie die Nigger beschützt haben!«
Deirdre schlug sie mit der Faust auf den Mund, sodass sie zu Boden ging. Ohne größere Mühe schob sie sich zwischen den anderen Frauen hindurch, trotz deren furchtloser, trunkener Tollheit – aber sie kam nicht an den Männern vorbei. Sie rannte in sie hinein, schlug und trat nach ihnen, doch sie rissen sie immer wieder zurück. Sie ließen nicht zu, dass Deirdre den Kreis durchbrach, den sie mitten auf der Straße gebildet hatten – den Kreis, in dessen Zentrum ihr Bruder versuchte, Ruth und deren Sohn umzubringen, wie sie wusste.
»Schluss jetzt! Verschwinde. Sei lieber froh, dass du noch lebst!«
Sie stolperte zurück. Ihr Kopf schmerzte von dem Sturz auf den

Bordstein. Sie versuchte nachzudenken. Es gab niemanden in Paradise Alley, der ihr helfen würde. Die Frauen johlten immer noch und zeigten mit dem Finger auf sie, und die Männer standen mit verschränkten Armen da und sahen lachend zu, wie Johnny sie umbrachte.

Sie musste anderswo Hilfe holen.

Sie rannte – immer noch unsicher auf den Beinen –, so schnell sie konnte. Kollidierte mit Hausecken und stolperte in der glitschigen Gosse. Sie wollte zum Haus der Juden, das nur um die Ecke an der Water Street lag – denn sie wusste, wenn irgendwer ihr helfen würde, dann diese Menschen, auch wenn sie keine Vorstellung hatte, was sie denn tun könnten. Hier war mit einer Wäscheleine oder einer verkrüppelten Tochter nichts auszurichten. Wenigstens konnten sie vielleicht weitere Menschen zur Hilfe holen.

Mrs. Mendelssohn stand auf den Eingangsstufen ihres Hauses, die schöne Tochter gleich hinter ihr. Schon rannte sie Deirdre entgegen, und ihr Gesicht verzerrte sich, als sie die Blutergüsse im Gesicht, das Blut auf dem Kleid und im Haar entdeckte.

»Da sind Sie ja! Gott sei Dank, Gott sei Dank! Und wo ist die andere?«

Sie zog Deirdre die Stufen zum Haus hinauf. »Ihre Kinder werden ja so froh sein. Wo sind die anderen? Kommen sie?«

Deirdre klammerte sich ans Geländer und hielt Mrs. Mendelssohn zurück. »Wir müssen ihnen helfen«, brachte sie atemlos hervor und versuchte zu erklären, was vorging, was der Mob anrichtete. Mrs. Mendelssohns Augen verengten sich in dem mandelförmigen Gesicht, und sie schürzte die Lippen.

»Sie müssen uns helfen«, wiederholte Deirdre. »Die werden sie töten. Ihren Jungen und sie auch …«

»In Ordnung. Jake! Jakey!«

Ein Mann mittleren Alters kam aus der entgegengesetzten Richtung auf sie zugeeilt. Er trug Arbeiterkleidung. In seinem Gürtel steckte ein Revolver, und sein lang herunterhängender Schnurrbart zuckte beunruhigt. Mr. Mendelssohn, der Glaser.

»Gott sei Dank, dass Sie hier sind«, begann er und kam die Stufen hinauf.
»Sie müssen uns helfen«, wiederholte Deirdre so ruhig, wie sie vermochte, versuchte, zusammenhängend zu sprechen. »Er schlägt sie tot. Ich weiß, das wird er. Sie müssen ihr helfen …«
Mr. Mendelssohn hielt sie zurück, seine braunen Augen verengten sich. Deirdre konnte sich vorstellen, dass sie ihm halb wahnsinnig erscheinen musste – voller Blut, das Gesicht und die Kleidung rußgeschwärzt. Sie wollte ihm noch einmal alles erklären, wenngleich sie wusste, dass keine Zeit blieb, dass Johnny sie beide umbrachte.
»Ruth! Es muss Ruth sein! Du musst ihr helfen!«, rief die Tochter, und dann schrie auch die Mutter.
Türen öffneten sich entlang der Straße, Männer und Frauen schauten heraus. Weitere Männer kamen die Straße herunter. Selbst hier lag der Brandgeruch schwer in der Luft …
»Ich muss meine Frau und Kinder beschützen«, wandte Mendelssohn ein.
»Dann geben Sie mir die Waffe«, bettelte Deirdre. »Nur für eine Minute. Es bleibt keine Zeit!«
Mrs. Mendelssohn gestikulierte ungeduldig. »Geh, Jakey!«
»In Ordnung.« Er schob sie zurück ins Haus, küsste sie hastig. »Geht wieder hinein. Geht rein! Öffnet niemandem die Tür! Ich verspreche dir, ich komme zurück.«
Dann rannte er mit Deirdre die Straße hinab. Andere Männer riefen ihn an, fragten, was geschehen sei, doch Mendelssohn schenkte ihnen keine Beachtung, hatte endlich begriffen, dass jede Sekunde zählte.
Sie hasteten um die Straßenecke. Das Feuer im Hinterhof versperrte ihnen den kürzesten Weg. Selbst hier auf dem Gehsteig konnten sie die Hitze spüren. Erbittert dachte Deirdre: Das hätte uns ein paar Sekunden gespart, wären diese Idioten nicht gewesen. Sie nahm nicht einmal wahr, dass das Feuer jetzt den ganzen Block bedrohte. Die Luft selbst schien zu kochen, war so dick und schwer, dass sie nach ein paar Metern zu keuchen begannen. Die puderigen Ascheflocken fielen ihnen wie Schnee auf Kopf und Schultern.

Sie erreichten Paradise Alley, und Mr. Mendelssohn zog seinen Revolver, als er die Szene dort sah, doch er zauderte nicht. Die Frauen lachten höhnisch, als sie sie kommen sahen, wichen aber beim Anblick der Waffe zurück.

»Weg! Weg da!«, rief Mendelssohn wütend.

Die Frauen hörten auf ihn, doch die Männer schienen ihn gar nicht wahrzunehmen, waren gänzlich fasziniert von dem, was sie da auf dem Boden vor sich hatten, und sie brüllten durcheinander wie Männer beim Würfeln oder einer Rattenhatz. Mendelssohn musste zu ihnen treten, zerrte sie an Westen und Kragen zurück, wie man kämpfende Köter zurückzerrt.

Bis Deirdre sie schließlich sehen konnte: Ruths Ältester lag nackt auf der Straße, bestenfalls bewusstlos. Und Ruth lag immer noch über ihm, versuchte ihn abzuschirmen, während die Männer sie umschwärmten wie Fliegen. Einer schlug selbst jetzt noch mit einem eisernen Radreifen auf sie ein, ein anderer mit einem Zaunpfahl. Wieder ein anderer war mit Fäusten und Stiefeln am Werk. Sie ließen nichts unversucht, um sie von ihrem Sohn zu lösen, fluchten und schlugen wie besessen auf sie ein.

Deirdre sah, dass sie noch lebte und bei Bewusstsein war. Sie wand sich, um ihren Sohn zu schützen, versuchte die Schläge mit Armen, Beinen und ihrem Körper abzufangen. Bis Mr. Mendelssohn schließlich den Revolver hob. Er richtete den Lauf auf die Brust des Nächststehenden, spannte den Hahn mit einem vernehmlichen Klicken, aber selbst jetzt musste er brüllen, um sich Gehör zu verschaffen.

»Schluss jetzt!«

Endlich hielten die Männer inne. Der Anblick der Waffe schien sie ein wenig zu verwirren, aber nicht im Mindesten einzuschüchtern. Sie keuchten von ihrer Anstrengung, hockten sich auf den Boden, ließen die Arme herabhängen, Gesichter und Kleidung von Ruß und Blut verschmiert.

»Schluss jetzt, auf der Stelle! Lasst sie zufrieden, sofort!«

Deirdre konnte trotz der rußigen Gesichter erkennen, dass keiner dieser Männer ihr Bruder war. Keiner von ihnen war Johnny

Dolan. Wohin war er verschwunden? Sie blickte sich furchtsam um, aber sie konnte ihn nirgends entdecken.
»Was geht es dich an?« Einer der Männer machte einen zaudernden Schritt auf sie zu und hob die Hand. Er hielt inne, als Mr. Mendelssohn die Waffe auf ihn richtete.
»Es geht mich etwas an, wenn Männer einen Jungen und eine Frau schlagen. Ihr solltet euch schämen. Große starke Männer wie ihr, und ihr kommt daher und vergreift euch an einem Jungen. Warum versucht ihr nicht, es mit einem Mann aufzunehmen, wenn ihr Streit wollt?«
»Zur Hölle mit dir!«, rief der Mann, der sie mit der Radspeiche geschlagen hatte.
»Ihr lasst sie jetzt sofort zufrieden und verschwindet aus dieser Straße«, sagte Mendelssohn und richtete die Waffe auf ihn. »Ich schwöre bei Gott, ich jag dich in die Hölle, wenn du es nicht tust.«
Die Menge begann sich auf sie zuzubewegen. Der Revolver schien die Männer nicht mehr einzuschüchtern als Maddys Waffe, und Deirdre wusste, es war nur eine Frage der Zeit, bis jemand eine Pistole oder gar ein Gewehr hervorzog. Aber Deirdre fürchtete einen Mann mehr als alle anderen zusammen, versuchte ihn zu entdecken, ehe er sie überraschen konnte. Fragte sich verzweifelt: Wo ist er? Wo ist Johnny?
Am Ende der Gasse erhoben sich wieder Stimmen. Zuerst fürchtete sie, es könne ein weiterer Mob sein – doch dann erkannte sie zu ihrer Erleichterung, dass es Mendelssohns Nachbarn waren, die von ihrer Straße herüberkamen. Mehrheitlich Deutsche, ihre Gesichter ernst und entschlossen, bewaffnet mit Knüppeln und Feuerwaffen.
Der Mob wich vor ihnen zurück, aber er löste sich nicht auf, und die Frauen verhöhnten die Deutschen. Einen Moment fürchtete Deirdre, eine neue Schlacht könnte auf der Straße ausbrechen, und sie wusste nicht, wie sie Ruth und ihren Sohn in Sicherheit bringen sollte. Doch dann hörte sie nur ein paar Blocks entfernt ein neues Geräusch, das stetig lauter wurde: Trommelwirbel, unverkennbar.

Die Armee war hier.

Der Mann mit der Fratze eines Unholds, der den Mob hergeführt hatte, trat vor. Jetzt erkannte Deirdre ihn – dieser stellvertretende Hauptmann von Toms Feuerwehr, dem sie nie getraut hatte. Finn McCool, so hieß er. Seine Haut und seine Kleidung waren bemerkenswert sauber, nicht mit Ruß und Blut besudelt wie die der anderen, und er hielt eine Hand hoch, als habe er das Kommando: »Kommt, Jungs. Es hat keinen Sinn, hier länger herumzustehen! Wir haben erledigt, wozu wir hergekommen sind. Drüben auf der Leonard Street ist noch ein Niggernest. Lasst uns hingehen und sie ausräuchern.«

Der Mob ließ die Leonard Street dreimal hochleben und machte sich prompt auf den Weg. Die Männer gaben vor, ganz freiwillig und gemächlich zu gehen, doch je näher die Trommeln kamen, desto zügiger bewegten sie sich. Die Deutschen hielten die Stellung um Mr. Mendelssohn und ließen den Mob nicht aus den Augen, bis er verschwunden war.

Deirdre kniete schon neben Ruth auf der Straße und versuchte, sie sanft an sich zu ziehen, von ihrem Sohn zu lösen. Ruth leistete anfangs Widerstand, glaubte zweifellos, Deirdre sei einer der Männer – der Griff, mit dem sie ihren Jungen umklammerte, war so fest, als seien ihre Glieder schon tot und kalt. Deirdre musste sich ganz zu ihr herabbeugen und ihr ins Ohr flüstern, dass alles in Ordnung sei.

»Ich bin's, Ruth. Ich bin's. Er ist in Sicherheit.«

Da endlich ließ Ruth zu, dass man sie bewegte, und versuchte, zu Deirdre aufzuschauen. Aber ihre Augen waren zugeschwollen und mit Blut verklebt, ihr Gesicht so zerschlagen, dass es beinahe unkenntlich war.

»Mein Junge«, krächzte sie. »Mein Junge.«

»Ja. Ja, er ist in Sicherheit«, versicherte Deirdre ihr und hielt ihren Kopf. »Du hast ihn gerettet, und jetzt ist er in Sicherheit.«

»In Sicherheit? Er lebt?«

»Ja. Du hast ihn gerettet, wirklich.«

Ruth verlor das Bewusstsein, und ihr Kopf fiel zurück. Deirdre blickte auf und erteilte den Frauen auf der Straße Befehle. Harmlos standen sie jetzt beisammen und bestaunten, was aus ihrem Block geworden war.

»Helft mir, sie hineinzubringen. Vorsichtig jetzt! Und holt sofort einen Arzt, mir ist gleich, wie weit ihr laufen müsst, um einen zu finden. Und helft mir mit dem Jungen, holt eine Decke, um ihn anständig zu bedecken.«

Lammfromm folgten die Frauen, halfen ihr, Ruth und deren Sohn hochzuheben, und trugen beide zu Deirdres Haus. Ganz behutsam. Ihre Gesichter waren jetzt gar voller Mitgefühl, sah Deirdre. Auf einmal hatten sie sich wieder in Menschen verwandelt. Einfach so. Zurück zu Nachsicht und Rechtschaffenheit. Zumindest für sich selbst. Alles, was sie getan hatten, schon vergessen.

Sie verfrachtete Ruth und Milton ins Bett und hieß die Frauen, sie zu säubern und ihre Wunden auszuwaschen. Milton war bewusstlos, aber er atmete noch. Sie war überrascht, das zu sehen, was immer sie Ruth auch erzählt hatte. Deirdre wusch ihn selbst, spülte die Asche Schicht um Schicht ab, bis die elegante dunkle Tönung seiner Haut zum Vorschein kam. Sein ganzer Körper war mit Blutergüssen und Wunden bedeckt, aber keine schien besonders tief, und nichts war gebrochen. Wenn er nur das Fieber überstand, das kommen würde …

Sie wusste, dass für Ruth weniger Hoffnung bestand, sosehr sie auch wünschte, es wäre anders. Als Deirdre die Schwere ihre Verletzungen erkannte, fand sie, es sei ein Wunder, dass Ruth überhaupt noch lebte. Selbst nachdem das Blut abgewaschen war, blieb ihr Gesicht ein einziger, schwarzvioletter Bluterguss. Immer noch waren beide Augen zugeschwollen und die Wangenknochen zertrümmert. Zumindest ein Arm war gebrochen und einige Rippen ebenfalls, und ihre Stirn war schon glühend heiß. Sie lag da und murmelte im Fieber vor sich hin – Deirdre konnte nicht verstehen, was sie sagte, und war nicht einmal sicher, dass Ruth ihre Gegenwart spürte.

»Ich hab ihn da rausgeholt, auch ohne die Kartoffel.«

»Ja, ja.«

»Ich hab sie alle da rausgeholt, und den einen nicht geopfert. Ich hab ihn gerettet …«
»Ja. Versuch jetzt zu schlafen.«
Ruth fiel in einen tiefen Schlaf, und Deirdre ließ Eliza bei ihr, die inzwischen von den Mendelssohns zurückgekehrt war. Dann durchquerte Deirdre ihr demoliertes Haus. Sie nahm das zertrümmerte Mobiliar im Wohnzimmer nicht einmal zur Kenntnis, als sie durch die Vordertür trat und die erste Frau, derer sie habhaft wurde, am Ellbogen packte.
»Gehen Sie und holen einen Priester. Sagen Sie ihm, es eilt. Eine Frau liegt im Sterben, und ein Kind vielleicht ebenfalls. Gehen Sie, los!«
Die Frau, die noch vor wenigen Minuten ebenfalls zum Mob gehört hatte, nickte und lief ohne ein weiteres Wort los. Deirdre blieb noch einen Moment auf der Straße stehen und nahm die Zerstörung dort in Augenschein: die Matratzen und Bettlaken, die Sekretäre und Kommoden, Koffer und Truhen – all ihre besten Stücke waren zerschmettert oder verbrannt.
Dann sah sie es, nur ein Stück die Straße hinauf vor Ruths Haus: dieses Ding, sein Wunderkabinett. Es lag auf dem Pflaster, die Glasböden zertrümmert, die Türen herausgerissen. Sie trat näher, um es genauer zu betrachten – schaute in der Erwartung in den Kasten, ihn leer zu finden. Aber nichts von dem endlosen Krimskrams darin schien gestohlen zu sein, nur durcheinander gewürfelt. Sinnloser Müll, der auf der Straße lag.
Sie bekreuzigte sich und sprach murmelnd ein Gebet: »Gegrüßet seiest du, Maria, voll der Gnaden …«
Ein lautes, klirrendes Geräusch unterbrach sie, wie eine Glocke, die einen Hügel hinabrollt. Sie wandte den Kopf, um festzustellen, welche neue Katastrophe sich da ankündigte, und sah eine Feuerwehr mit ihrem Spritzenwagen in die Straße einbiegen. Ungläubig beobachtete sie, wie die Männer ihre Pumpe an den Croton-Hydranten anschlossen und augenblicklich an die Pumphebel gingen, diszipliniert und mit der Präzision eines Uhrwerks. Manche der Männer hatten geschwärzte Gesichter, und Deirdre war sicher, es

waren dieselben, die eben noch versucht hatten, ihren Block niederzubrennen …
Sie trat näher und las den Namen und die Nummer des Spritzenwagens: Nr. 6. Die Big Six.
Ein Furcht einflößender Tigerkopf war vorn auf den Aufbau gemalt. Der große Wagen hatte das ganze Chaos in der Stadt so gut wie unbeschadet überstanden. Wie eine Schlafwandlerin ging Deirdre zu einem der Feuerwehrmänner.
»Was tun Sie?«
»Nun, wir löschen das Feuer, Ma'am!«, erklärte der Mann und tippte an seinen Hut mit dem ledernen Nackenschutz, aber er sah sie an, als hätte sie den Verstand verloren.
»Warum? Wozu? Ihr habt es doch gelegt.«
»Ach, nein, Ma'am, das können unmöglich wir gewesen sein«, antwortete der Mann mit einem etwas vorwurfsvollen Lächeln, bevor er sich anschickte, den Schlauch mit seinen Kameraden zu den rauchenden Trümmern der Abtrittbuden in den Hinterhöfen zu tragen. »Außerdem hat der Boss persönlich uns Befehl gegeben …«
Sie machte sich auf den Weg zurück zu ihrem Haus und an Ruths Bett. Der Feuerwehrmänner liefen emsig um sie herum. Die Frauen zogen sich nach und nach in ihre Häuser zurück, öffneten Türen und Fensterläden – und die Trommeln kamen stetig näher.
Ein neuer Trupp Männer kam nun um die Ecke, in blaue Uniformen gekleidet, und sie liefen in geduckter Haltung. Die Bajonette auf ihren Musketen glänzten in der Spätnachmittagssonne. Die Soldaten – endlich waren sie hier. Im Laufschritt kamen sie die Straße entlang, sahen sich aufmerksam um, ließen den Blick über die Fenster der Obergeschosse und die Dächer schweifen. Ein Offizier folgte auf einem großen Rappen – und ein paar Pferdegespanne zogen zwei Geschütze.
Deirdre starrte sie an, die Männer und ihre Waffen, die sich wie eine einzige, gefährliche Kreatur bewegten. Wie eine Maschine. Und mit einem Mal hatte alle Nächstenliebe sie verlassen. Sie wünschte dumpf, die Soldaten würden alles Leben von der Straße fegen, alle Straßen in der ganzen erbärmlichen Stadt säubern.

Und dann sah sie ihn. Im ersten Moment konnte sie es weder glauben noch begreifen. Ihn da zu sehen, unversehrt. Er bewegte sich anscheinend mühelos, zog nur ein Bein ein wenig nach. Sein Gesicht war fast vollständig von einem Bart bedeckt. Älter und verhärmter, als sie es in so wenigen Monaten für möglich gehalten hätte, aber er war es ohne Zweifel. Tom. Er bewegte sich im Einklang mit den anderen Soldaten, doch sein Blick war wesentlich besorgter. Bis er sie dort entdeckte …

76
Johnny Dolan

Er starrte auf die zertrümmerten Überreste des Kastens hinab, die die Plünderer hatten liegen lassen. *Ein Wunderkabinett* – und jetzt lag es da vor ihm auf dem Gehweg. Alles war noch da: Das bemalte Glasauge, das zerbrochene Schwertheft, die winzige Maschine. Die Miniatur der schönsten Frau der Welt, das Liebespaar im Mondschein und das Flaschenschiff.

Alles Plunder.

Alles nur Plunder, selbst für einen plündernden Mob wertlos. Genau wie McCool und sein Barkeeper gesagt hatten an seinem ersten Abend in der Stadt.

Er rührte mit der Hand darin herum, holte das durcheinander gewürfelte Zeug heraus und ließ es auf die Straße regnen.

Eine Illusion. Genau wie sein Bruder.

Er starrte die Straße hinab auf den zerschundenen Leib seiner Frau, die immer noch auf dem Boden lag und den Jungen unter sich verborgen hielt, darüber der Mob mit seiner unersättlichen Gier nach Blut. Alles zertrümmert von seiner Hand. Er hatte nicht die Absicht gehabt, sie so hart zu schlagen, weder Ruth noch ihren Jungen.

Nein, er hatte sie so hart schlagen wollen, wie er konnte, wollte das Leben aus ihnen rausprügeln. Und es hatte alles so wenig gebracht.

Er blickte wieder auf den Plunder zu seinen Füßen hinab und wollte seine Wut herausbrüllen. All das, was er plötzlich wusste. Er war um die halbe Welt und zurück gereist, nur für diesen Krempel, die Illusion eines Bruders.

All die Mühe, nur um zu leben.

Aber hier war er nun, am Ende seiner Reise und immer noch am Leben. Immer noch atmete er, trotz allem, was er versucht hatte. Er stand auf und ging unbemerkt davon, verließ Paradise Alley und machte sich auf Richtung Hafen. Er wollte eine Bar finden, wenn er schon nicht sterben konnte.

77
Herbert Willis Robinson

Sie liegt auf der Straße, mehr tot als lebendig. Ihr Gesicht fürchterlich angeschwollen und blutbedeckt. Wieder und wieder ruft sie wimmernd irgendwen beim Namen, ihren Sohn, sagt man mir. Kaum in der Lage, mit ihrem zertrümmerten, blutigen Mund die Worte zu formen, aber dennoch fragt sie weiter: »Mein Junge, mein Junge … wie geht es meinem Jungen? Hat er meinen Jungen umgebracht?«
Ich glaube, ich erkenne ihr Gesicht, obwohl es so entstellt ist. Zweifellos bin ich ihr gelegentlich auf der Straße begegnet in all den Jahren, da ich Maddy hier besucht habe. Und dann muss sie auch mich kennen, zumindest als »Maddys Gentleman«.
Wie vielen solcher Gesichter begegnen wir Tag für Tag in der Stadt? Und nie kommt man über ein grüßendes Nicken hinaus, bestenfalls. Und nie kommt uns der Verdacht, dass sie uns vielleicht kennen; etwas anderes, etwas Besseres oder Schlechteres in uns sehen als die Persönlichkeit, die wir der Welt präsentieren. Nie schenken wir ihnen einen zweiten Blick, bis etwas geschieht – das Pferd scheut, die Straßenbahn schwankt, Menschen rufen durcheinander. Und dann liegen sie plötzlich vor dir auf der Straße, so wie diese Frau, die nach ihrem Kind jammert.
Der Sohn liegt ein paar Schritte entfernt in der Gosse. Auch er ist blutig geschlagen, sein dunkelbrauner Leib ist nackt. Er ist besinnungslos, aber er atmet noch. Ein hübsches Jungengesicht, das jetzt die Spuren derselben harten Fäuste trägt, die seine Mutter verunstaltet haben. Ein schöner Junge – oder jedenfalls war er das, ehe er dem Mob in die Hände fiel. Die Nase und mindestens ein Jochbein

gebrochen, seine glatte Jungenstirn voller Platzwunden und Schnitte. Er ist jung; vielleicht wird er überleben.
Die Leute auf Maddys Straße erzählen mir die ganze Geschichte. Diese Gesellschaft von Mischlingen und armen Leuten. Weiße Frauen, die farbige Männer geheiratet haben, Lumpensammler und Knochensammler, Straßenkehrer und Huren. Wenn ich es richtig verstehe, war es der einstige Liebhaber der Frau, der dies hier angerichtet hat. Sie hat ihn verlassen, um einen Schwarzen zu heiraten, der jetzt nicht hier ist und seit Beginn es Aufstandes vermisst wird.
»Kennen Sie ihn? Wissen Sie irgendwas über ihn?«, fragen sie in ihrer Sorge um den farbigen Ehemann. Sie zupfen an meinem Ärmel, nachdem ich angefangen habe, mir Notizen zu machen, und sie erkennen, dass ich Journalist bin. Sie glauben, ich weiß alles; fürchten das Schlimmste für den schwarzen Mann, der in der Stadt vermisst wird.
»Er heißt Billy Dove. Arbeitet oben in dem Waisenhaus für schwarze Kinder. Oder jedenfalls hat er da bis vorgestern gearbeitet.«
»Ah, es wäre jammerschade, sie beide zu verlieren!«
»Oh, aber der Junge kommt durch, ihr werdet sehen …«
»Ihr habt jetzt alle genug geschwätzt!«
Eine bemerkenswert schöne Irin übernimmt das Kommando, scheucht sie alle weg von der Frau, die auf der Straße liegt. Obwohl sie kaum in der Lage scheint, ihren Zorn zu beherrschen, ist sie doch so effizient und besonnen wie ein großer General.
Man gibt mir zu verstehen, dass sie die Schwägerin ist – stramm wie ein Eichenschössling, das Haar zu einem ordentlichen Chignon gebunden. Ihr Gesicht ist wirklich schön, die Augen von derselben Farbe wie ihr hellbraunes Haar. Aber so schön sie auch ist, sie hat etwas Hartes, Unnachgiebiges an sich.
»Was machen wir denn damit?«, fragt sie einer der Nachbarn, der noch draußen verweilt. Er zeigt auf einen zerbrochenen Kasten, der auf dem Gehweg liegt, ein Sammelsurium von Krimskrams um ihn herum. Ich kann mir nichts darunter vorstellen. Es wirkt ebenso archaisch wie unbegreiflich – der Müll aller Zeitalter willkürlich

verstreut in einer Gasse, wie man es in so vielen Straßen unserer Stadt sieht.
Die Frau, die Schwägerin, betrachtet ihn mit der Verachtung, die er verdient. Dann vollführt sie eine wegwerfende Geste. Durch und durch die hochmütige irische Dienstmagd, die dem Schornsteinfeger den Weg zum Dienstboteneingang weist.
»Fort damit. Fort mit dem ganzen Zeug! Oder lasst es einfach liegen, es verschwindet schon ganz von selbst!«
Doch dann sehe ich Tränen in ihren Augen – so unerwartet wie auf den Wangen einer Marmorstatue. Sie wendet sich ab und tritt eilig ins Haus ihrer Schwägerin.
Einige ihrer Nachbarn bleiben auf der Straße zurück, fragen sich wohl, was sie tun sollen – fragen sich, ob der Mob zurückkehren wird. Doch bald kommt eine Kompanie Soldaten die Straße hinab und stellt Posten an den Ecken auf. Sie ziehen weiter durch das Viertel, treiben den Mob vor sich her. Gehen von Tür zu Tür auf der Suche nach Diebesgut, verhaften jeden, den sie mit Gehröcken oder Damenkleidern antreffen.

Und Maddy ist fort. Niemand weiß, wo sie sein könnte. Die Tür ihres Hauses steht weit offen, und niemand ist dort. Bald weiß ich genug, um mir zusammenzureimen, dass sie diejenige war, wegen der der Mob hergekommen ist.
»Die ganze Zeit hat sie auf die geballert«, berichtet eine Frau mir mit Ehrfurcht in der Stimme. »Sie hat diese Männer verflucht und ihnen auf den Kopf zugesagt, was sie sind, und wie der Teufel mit diesem Revolver auf sie geschossen.«
Sie hat also doch noch Gelegenheit bekommen, ihn abzufeuern. Und dann ist sie geflohen – wohin? Alles, was man mir sagen kann, ist, dass sie aufs Dach hinauf flüchten konnte und dann durch die Hinterhöfe. Mit einer leer geschossenen Waffe ist sie in die Stadt gerannt. Endlich frei von mir – und sie wird so wenig wie ein Kind wissen, wie sie überleben soll. Das Kind, das ich damals am Printing House Square aufgelesen habe …
In ihrem geplünderten Schlafzimmer finde ich den fleckigen Mor-

genrock, den sie getragen hat, völlig abgewetzt, beinahe substanzlos. Der Rest ihrer Garderobe ist verschwunden, der Schrank ausgeräumt, genau wie der Rest des kleinen Hauses, das ich für sie gemietet habe. Ich frage mich, ob sie je hierher zurückkommen wird.

Draußen auf der Straße untersuche ich mit der Schuhspitze den Plunder aus diesem merkwürdigen, zerbrochenen Kasten. Auch einige der Soldaten haben sich darüber gebeugt, befingern die Kuriositäten und werfen sie dann zurück auf die Straße. Ein Gefreiter, dessen Schulter eingegipst ist, lässt einen unanständigen Kupferstich in seiner Tasche verschwinden.
Also wenigstens einen Zweck hat er erfüllt. Ich bin schon im Begriff, mich abzuwenden und zum *Tribune* zurückzugehen, als mein Blick auf etwas anderes inmitten all dieses Plunders fällt. Es ist dasselbe, abscheuliche Schild: Die Holzplanke, die die Kreatur aus dem Park den ganzen Tag getragen hat, zumindest ein Stück davon. Und immer noch ist die krude aufgemalte Forderung zu lesen: KEINE EINBERUFUNG!
Ich sage mir, dass der Mob Hunderte solcher Schilder gemacht haben muss, aber dieses hier ist doch unverwechselbar. Selbst die Kette hängt noch daran. Es ist dieselbe Holzplanke, und hier hat er sie weggeworfen.
Und da fällt mir ein, wo ich denselben Blick gesehen habe: die Schwägerin. Diese energische, schöne Frau. Die Gesichter so unterschiedlich wie Tag und Nacht, und doch wieder nicht. Der gleiche Ausdruck, dieser verächtliche Zug um den Mund, als er den Truppen entgegentrat und sie aufforderte, ihn niederzuschießen. Er muss derjenige gewesen sein, der hierher gekommen ist, all seine Zerstörungswut, all seinen Zorn über diese arme Frau und den Jungen ergossen hat. Ich mache mich sofort auf den Weg, frage jeden, in welche Richtung er gegangen ist, aber die Menschen sind nur verwirrt und argwöhnisch. Sie können mir nur verstümmelte, nutzlose Antworten geben, so hartnäckig ich sie auch bedränge. Denn ich will unbedingt wissen: »Wo ist er? Wo ist er?«

78
Billy Dove

Humpelnd bewegte er sich die Straße entlang auf sein Haus zu. Ungläubig betrachtete er die Szene vor sich, die eine Siegesfeier zu sein schien. Das war zu gut, um wahr zu sein, aber er sah es dort mit eigenen Augen: Die blauen Röcke der Soldaten, die Männer liefen mit ihren Musketen umher, Bajonette aufgepflanzt. Sogar Artillerie hatten sie mitgebracht. Dagegen würde sich gewiss kein Mob zu stellen wagen …

Er war also nicht zu spät. Billy spürte, wie die Erleichterung ihn durchrieselte. Überall sah er seine Nachbarn auf den Gehwegen, die die Soldaten wie siegreiche Helden begrüßten. Sie brachten ihnen Tee und Brot, die Frauen knicksten und flirteten. Eine umarmte gar einen der Männer, mitten auf der Straße. Das Leben als Soldat schien gar nicht so übel zu sein …

Erst als er näher kam, sah er die Narben, die der Block davongetragen hatte. Feuerwehren pumpten Wasser auf die rauchenden Schuppen in den Hinterhöfen. Haustüren waren aufgebrochen, zerbrochene Möbel und zerrissene Kleider lagen auf der Straße verstreut.

Er sah sein Haus, entdeckte die eingeschlagenen Fenster und beschleunigte seine Schritte. Sein verletztes Bein knickte unter ihm weg, und er fiel vornüber aufs Pflaster. Sofort stemmte er sich wieder in die Höhe, hinkte vorwärts, so schnell er konnte, versuchte sein Haus zu erreichen.

»Mein Zuhause«, flüsterte er. Er zog sich zum Fenster hoch und spähte hinein auf der Suche nach einem Lebenszeichen.

Mein Zuhause …

»Billy – Billy, du kommst am besten mit mir …« Deirdre stand plötzlich neben ihm. Sie sagte etwas und streckte ihm die Hand entgegen, doch er ergriff sie nicht.
Wutentbrannt über den mitleidigen Blick in ihren Augen. Er wusste schon, was sie ihm zu sagen hatte. Wusste, dass er wieder hereingelegt worden war.

24. April 1865

79
Johnny Dolan

Er ging eine finstere Straße entlang auf der Suche nach einem Saloon, als der Cop auf ihn aufmerksam wurde. Dolan hatte den Kopf gesenkt und den Blick abgewandt, aber der Cop folgte ihm trotzdem. So wie Cops das immer taten: Er beschleunigte seine Schritte und gab dabei doch vor, nicht in Eile zu sein.

Johnny bog um die Ecke in die Water Street und schlüpfte in die erste Bar, an der er vorbeikam.

Er setzte sich auf einen Hocker weit hinten, bestellte für sieben Cent Whiskey und behielt die Schwingtüren im Auge, um zu sehen, ob der Polizist ihm folgte.

Langsam nippte er seinen Drink, schlug die Zeit tot. Der Whiskey war so hart, wie er erwartet hatte – man konnte ihn kaum Whiskey nennen, eher verfälschtes Kerosin. Doch er schien ihn zu beruhigen, also bestellte er noch einen. Verstohlen blickte er um sich, um festzustellen, ob irgendwer ihn mit größerem Interesse beobachtete.

Der Laden kam ihm vage bekannt vor, aber welche Hafenschänke tat das nicht? Ein staubiger Raum, spärlich möbliert mit ein paar Tischen und Stühlen, hier und da ein Druck an der Wand und sehr wenig Licht. Hinten war ein plüschiger roter Samtvorhang, der, so nahm Dolan an, zur Hintertür führte – ein unpassender Hauch von Eleganz, der vermutlich nur den Weg zu einer vollgepissten Gasse verhüllte.

Auch dem Barkeeper warf er einen schnellen Blick zu, um festzustellen, ob der ihm seine Aufmerksamkeit schenkte. Das Gesicht des Mannes wirkte, als sei jeder Tropfen Blut herausgesogen wor-

den, dachte Dolan – so weiß, dass es im Halbdunkel des Raums beinahe zu leuchten schien. Schweigend und mit hängenden Schultern stand er in der hinteren Ecke und trocknete Gläser ab, kam nur herüber, wenn die Gäste nach ihm riefen.
Beruhigt ging Dolan nach vorn und lehnte sich an die Bar. Bald hatte er einen weiteren Whiskey bestellt, dann noch einen. Der Cop ließ sich nicht blicken, aber Johnny brachte es trotzdem nicht fertig, wieder nach draußen zu gehen. Es war einfach zu schön, einmal an einem Ort auszuruhen, nachdem er die letzten zwanzig Monate seit dem Aufstand immer nur auf Achse gewesen war. Er hatte sich nur hin und her bewegt, von einem Kai, einer Bar zur anderen. Hinüber nach Newark, Hoboken und Elizabeth, dann zurück nach Brooklyn und zum East River. Hier und da hatte er am Hafen gearbeitet – Schiffe beladen, gestohlen, was er in die Finger bekam. Und er hatte versucht, sich von allen Menschen fern zu halten, die sich an ihn erinnern mochten. Wann immer er ein paar Münzen beisammen hatte, trank er.
Er hatte es nie fertig gebracht, all dem wirklich den Rücken zu kehren, zurück nach Kalifornien zu gehen oder nach Süden auf die Inseln. Er wusste, er sollte gehen, um zu leben. Und er wusste, wenn er es nicht tat, würde ihn früher oder später irgendwer entdecken. Ein Kerl wie Big Nose Bunker oder irgendein ehrgeiziger Police Sergeant, der ihn nach dem Steckbrief erkannte. Sein Name hing jetzt wieder überall in der Stadt an ihren Wachen: Der gefährliche Johnny Dolan.
Er war sogar einmal nach Paradise Alley zurückgegangen. Eines Nachts war er an der schrecklichen Doppelmietskaserne vorbei zu den kleinen, zwei- und dreigeschossigen Häusern geschlichen. Auf der Straße hatte er nach ihnen Ausschau gehalten – nach ihnen allen.
Doch er hatte nichts gesehen.
Keine Spur von Ruth. Er sagte sich, was er eigentlich schon mit Gewissheit wusste: dass sie tot war, dass er gesucht wurde, weil er sie zu Tode geprügelt hatte. Aber trotzdem hielt er nach ihr Ausschau.
Er hätte nicht so hart zuschlagen sollen …

Selbst dort war er nicht entdeckt worden. Er war an einem Dutzend Männer und Frauen vorbeigekommen, selbst zu der späten Stunde, und mancher hatte ihm direkt ins Gesicht geblickt. Doch sein verfluchtes Glück hatte ihn nicht verlassen – niemand hatte nach einem Schutzmann gepfiffen, niemand die Nachbarn alarmiert, um ihn zu fassen. Alles andere als Glück.

Er leerte sein Glas und durchwühlte die Tiefen seiner Taschen nach weiteren Münzen. Alles, was er fand, war ein Nickel. Er zog ihn hervor und hielt ihn hoch. Ein Indianerkopf auf der einen, ein Büffel auf der anderen Seite, in rotes Lampenlicht getaucht. Traurig betrachtete er sie. Zwei Cents fehlten ihm zu einem Whiskey.

Das hieß, er musste gehen. Ein bisschen wackelig stand er auf und zog den Kragen um die Ohren hoch, wappnete sich gegen den Wind, der über den Hafen fegte und selbst so spät im Frühling noch kalt war. Er warf noch einen Blick über die Schwingtüren, ehe er hinaustrat, um sich zu vergewissern, dass der Cop dort nicht herumlungerte. Über ihm erklang ein Geräusch, und er sah auf zu dem Holzschild, das dort oben in der Brise schaukelte: *The Sailor's Rest.* Der Name kam ihm bekannt vor, auch wenn er nicht wusste, woher.

Plötzlich stand der Barkeeper vor ihm, knöpfte ihm den Nickel ab, den er immer noch in der Hand hielt, und wedelte seinen Protest beiseite. Sein bleiches, grabesfinsteres Gesicht lächelte gar, als er ihn in die Kaschemme zurückzog.

»Ist schon in Ordnung, Sir«, sagte er ihm. »Sie waren ein guter Kunde. Der Rest geht aufs Haus.«

Unter der Bar förderte er ein riesiges Glas hervor, das eher wie eine Glasschüssel aussah als wie ein Trinkgefäß, und panschte darin etwas zusammen, mischte Whiskeys und Brandys mit solcher Schnelligkeit, dass Dolan ihm kaum folgen konnte. Endlich war das Gebräu fertig – ein sprudelnder Punsch, der im dämmrigen Gaslicht rot leuchtete –, und der Barkeeper stellte ihn behutsam vor ihm ab.

»Wohl bekomm's.«

Dolan konnte es kaum fassen. Die Hafenschänken waren nicht gerade dafür berühmt, dass sie einem einen Drink ausgaben, ganz gleich, wie viele man zuvor bezahlt hatte. Er stand einen Moment reglos da und fragte sich, ob er in seiner Trunkenheit irgendetwas falsch verstanden hatte, ob er nachher nicht doch zu bezahlen hatte.

Aber der Barkeeper lehnte sich nur über die Theke und wies auf den roten Samtvorhang, der den Hinterausgang verhüllte.

»Bitte, Sir. Dort drüben ist das Samtzimmer. Nur für besondere Gäste. Sie sind herzlich eingeladen, dort die Nacht zu verbringen.«

Vorsichtig ging Dolan hinüber, hielt das kostbare Glas in beiden Händen. Und es schien ihm, als lächelten die wenigen anderen Gäste ihm zu. Auch das verwirrte ihn, ganz gleich, wie betrunken er war – doch als er hinter den Vorhang trat und das Bett sah, war jeder andere Gedanke wie weggewischt.

Der Vorhang verbarg keineswegs den Ausgang zu einer Hintertür oder Gasse. Stattdessen fand er sich in einem kleinen Raum wieder, dessen Wände ebenfalls mit rotem Samt ausgekleidet waren, und auf dem Fußboden lag ein roter Teppich. Die einzigen Möbelstücke waren ein Stuhl und das schmale Bett, auf das er sich setzte, um das Gleichgewicht wiederzuerlangen.

Langsam nippte er an dem Punsch, denn er wollte, dass er lange vorhielt – wenngleich das Gebräu in der Schüssel nie weniger zu werden schien.

Mit bebenden Händen hob er sie wieder an die Lippen und spürte, wie der Alkohol sich in ihm ausbreitete und glühte, ganz ähnlich wie in der Schüssel. Es war ein wahrhaft edles Getränk, besser als jeder Whiskey, der je seine Kehle hinabgeronnen war, und sobald die Schüssel geleert war, wollte er schlafen. Und dann, morgen – würde er irgendetwas finden, womit er mehr Geld machen konnte, irgendetwas, was ihn weiterbrachte. Etwas, wovon er leben konnte.

Er wollte die Schale wieder anheben, doch war sie mit einem Mal zu schwer geworden. Also versuchte er, stattdessen die Lippen zur Schale zu führen, ließ sich auf den Boden hinab, um zu trinken …

Der rote Teppich rutschte unter seinen Füßen weg. Erst jetzt entdeckte er zu seiner Verwunderung die Konturen einer kleinen Tür in den Dielen.

Es war das Letzte, woran er sich erinnerte.

80
Deirdre

Ruth hatte den ganzen Rest jenes Sommers vor zwei Jahren in dem Bett in Deirdres Hinterzimmer gelegen und sich ans Leben geklammert. Ihr wächsernes, zerschlagenes Gesicht starrte zur Decke. Ihre Atemzüge klangen wie lang gezogenes, mühsames Schnarchen, das sie im ganzen Haus hören konnten, zu jeder Tages- und Nachtzeit, sodass ihre Gegenwart immer wie eine Wolke über ihnen hing und sie veranlasste, den Blick und die Stimme zu senken, wenn sie das Haus betraten.

Tag und Nacht hatte Deirdre an ihrem Bett gewacht. Hatte ihr die Stirn mit einem feuchten Tuch gekühlt und ihr an Suppe eingeflößt, was sie schlucken konnte.

Sie hatte gar Ruths Kinder ans Krankenbett gebracht, weil sie hoffte, dass diese ihr mehr Überlebenswillen geben würden, dabei hatte sie sich in Wahrheit gar nicht vorstellen können, wie Ruth noch mehr Willen haben sollte als den, den sie unter Beweis gestellt hatte. Sie war nicht sicher, ob die kleineren Kinder sie in diesem Zustand überhaupt sehen sollten – das Gesicht immer noch verfärbt, Wangenknochen und Nase so furchtbar eingeschlagen. Und sie wusste auch nicht, ob Ruth ihre Kinder erkannte. Sie vegetierte in ständigem Wechsel zwischen Bewusstlosigkeit und Delirium, und Deirdre konnte nicht einmal sagen, wann sie lächelte, denn ihr Mund war völlig verzerrt und entstellt.

Doch Deirdre wusste, dass sie selbst ihre Kinder in so einer Lage hätte sehen wollen – also steckte sie sie in ihre besten Kleider und führte die ernste kleine Gruppe ans Bett ihrer Mutter. Nur bei Milton hatte sie gezögert. Der Junge war immer noch unsicher auf den Beinen, nach den Schlägen, die er hatte einstecken müssen, und Deirdre hätte jedes Mal weinen können, wenn sie sein zerschundenes Gesicht sah. Es hatte Wochen gedauert, bis die Schwindelanfälle endlich nachließen und er kein Blut mehr spuckte, wenn er hustete.

Aber er fragte immerzu nach seiner Mutter, und da deren keuchender Atem das Haus füllte, konnte Deirdre ihm nichts vormachen. Billy hatte gar darauf bestanden, und die Härte in seiner Stimme machte sie nervös.

»Der Junge soll es sehen. Er soll sehen, was sie seiner Mutter angetan haben.«

Beim ersten Mal hatte Milton steif neben dem Bett gestanden und versucht, seine Hand in die seiner Mutter zu legen. Doch Ruths Finger waren den seinen schlaff entglitten, sie hatte mühsamer und schrecklicher geatmet denn je. Da war es mit seiner Haltung vorbei gewesen. Er hatte sich auf sie geworfen und ihr Gesicht mit Küssen bedeckt, bis Deirdre und Billy ihn schließlich wegzerren mussten, weil sie fürchteten, dass er ihre Verletzungen verschlimmern könnte.

Billy selbst humpelte auf seinem gebrochenen Bein in ihr Zimmer, sobald er morgens aufwachte. Dann saß er an ihrer Seite und versuchte, sie zu füttern – streichelte ihren Kopf und sprach leise zu ihr. Er verbrachte jede Stunde bei ihr, bis auf die Zeit, die er seinem erschütterten Sohn und seinen übrigen Kindern widmete, oder wenn Deirdre darauf bestand, dass er sich eine Weile ausruhte. Er erzählte Ruth von den Kindern, davon, wie gut Milton sich erholte. Oder er sagte ihr, dass er sie nie wieder verlassen werde.

»Jetzt werden wir fortgehen«, versprach er ihr, seine Stimme sanfter, als sie sie je zuvor gehört hatte. »Wir gehen nach Westen oder rauf nach Kanada, irgendwohin. Sobald es dir besser geht. Da können wir alle zusammen sein, und du und die Kinder werdet in Sicherheit sein.«

Manchmal hob Ruth eine Hand an seine Wange oder murmelte etwas, wenn er sich über sie beugte. Doch meist lag sie nur da, starrte an die Decke, und dieses schreckliche, mühsame Atemgeräusch kam aus ihrem Mund, und Billy verließ das Zimmer mit wutverzerrtem Gesicht.

Seine ganze Familie wohnte noch bei Deirdre. Ihr eigenes Heim war verlassen und unbewohnt, Türen und Fenster noch eingeschlagen. Auf diese Art und Weise war es einfacher für Deirdre, sich um sie alle zu kümmern, sicherzustellen, dass die Kinder sauber waren und genug zu essen bekamen, und außerdem war sie dankbar für ihre Gesellschaft – je mehr Menschen um sie herum waren, desto besser.

In Paradise Alley wurden sie auf der Straße nahezu geschnitten, aber das war Deirdre gleich. Niemand begegnete ihr mit Boshaftigkeit, sie hörte keinen Spott mehr über die Farbigen. Es war eher so, als wollten die Menschen, dass die Erinnerung an jenen Tag endlich verging, so als stünden Deirdres und Ruths Familien für menschliches Leid, wie das Bein des verkrüppelten jüdischen Mädchens. Billy und seine Kinder waren beinahe die letzten Farbigen, die es auf der Straße noch gab, hatte sie festgestellt. Die anderen schwarzen Familien waren in den Tagen nach dem Aufstand in aller Stille verschwunden, obwohl auch darüber niemand redete.

Ruth hatte so lange durchgehalten, dass Deirdre Hoffnung schöpfte, sie könne irgendwie weiterleben, und jeden Cent, den sie erübrigen konnte, für einen Arzt ausgab. Er hatte ihr erklärt, wie wichtig es sei, das Fieber zu senken, wie groß die Gefahr einer Blutvergiftung war. Doch je mehr Zeit verging, desto weniger Nahrung konnte Ruth zu sich nehmen, und bald musste der Arzt eingestehen, dass vermutlich irgendetwas in ihrem Innern zerschmettert sei und dass es nichts gab, was man tun konnte.

Inzwischen verbrachten sie jede Minuten an ihrem Bett, Deirdre, Billy und Milton. Keiner wollte für längere Zeit von ihrer Seite weichen, obschon es bedeutete, dass sie mit ansehen mussten, wie sie verging.

War es so für die anderen, dort drüben?, fragte Deirdre sich und dachte an ihre Familie in Irland. War es so? Kein Wunder, dass er den Verstand verloren hat … Selbst beim Gedanken an Johnny

Dolan war sie jetzt von Mitleid erfüllt, auch wenn sie nicht begriff, wie das sein konnte.
Es war der schlimmste Todeskampf, den sie je erlebt hatte, schlimmer gar als bei sterbenden Kindern, die sie gesehen hatte. Ruths Gesicht war so furchtbar zerschlagen, die Augen immer noch zugeschwollen, ihr Mann und Sohn so niedergedrückt vor Kummer. Deirdre konnte nirgendwo darin Gottes Werk erkennen, auch wenn sie wusste, wie hart und unergründlich sein Ratschluss manchmal war.
In der letzten Nacht war Ruths Fieber so hoch gewesen, dass Deirdre geglaubt hatte, sie müsse verbrennen wie eine Kerze. Es ließ sich nicht senken, ganz gleich, wie oft sie ihr die Stirn befeuchtete, wie sie versuchte, ihren Leib zu kühlen, und schließlich hatten sie nur dasitzen und sie beobachten können, während die Minuten dahintickten und es auf Mitternacht zuging.
Doch das Fieber hatte Ruth auch wacher werden lassen. Sie schien sie zu erkennen und sprach mit ihnen, auch wenn sie nicht sicher waren, worüber. Sie redete davon, ihren Bruder zu retten, oder erbettelte irgendetwas von einer alten Frau in Limerick während der Hungersnot. Wiederholte ihre Worte, als hätten sie eine große Bedeutung: »Ich stamme vielleicht aus einer ebenso guten Familie wie jeder, an den ich mich wende, doch nun bin ich mittellos!«
Billy hatte versucht, sie allein durch die Kraft seines Willens in dieser Welt zu halten. Er ergriff ihre Hand, wann immer sie ihm entglitt, und hielt sie umklammert. Sprach wieder und wieder die gleichen Worte, mit der ganzen Überzeugungskraft eines Rosenkranzes: »Geh nicht weg. Lass mich nicht allein. Lass deinen Jungen nicht allein.«
Er hatte sich über sie gebeugt, tiefer und tiefer, je weiter die Nacht verrann. Sprach zu ihr, als wäre niemand sonst im Zimmer: »Du musst dagegen ankämpfen. Du weißt doch noch, wie es war, als du ihn bekommen hast. Genauso musst du jetzt kämpfen.«
Sie hatte ausgesehen, als lächle sie, und seine Hand fester umklammert. Das hatte ihm Mut gemacht, und er flüsterte mit mehr Nachdruck weiter: »Du warst die Einzige, die ich geliebt habe. Das

einzig Gute, was ich je im Leben hatte, du und die Kinder. Geh nicht weg. Lass mich nicht allein.«

Doch als die Nacht sich dem Ende zuneigte, war er verstummt. Immer noch hielt er ihre Hand, obwohl sie ganz schlaff geworden war. Auch Milton hatte versucht, mit ihr zu sprechen, doch als er den Mund öffnete, brach er in Tränen aus, vergrub das Gesicht an ihrer Schulter und schlang behutsam die Arme um ihren Hals.

Deirdre hatte die drei betrachtet – wollte auch etwas sagen, wollte irgendetwas tun, doch das Einzige, was ihr einfiel, war, immer wieder das feuchte Tuch zu erneuern, um Ruths Fieber zu senken.

Selbst das erschien ihr irgendwann unsinnig, und sie zog sich auf ihren Stuhl zurück. Schließlich waren sie in der Stunde vor Tagesanbruch alle beinahe eingedöst, als Deirdre plötzlich bewusst wurde, dass das schreckliche, mühsame Atmen, das sie so viele Wochen lang gehört hatten, fast verstummt war.

Kurz vor dem Ende hatte Ruth noch einmal die Augen aufgeschlagen, Billys Arm umklammert und direkt zu ihm gesprochen: »Du musst ihm helfen«, hatte sie mühsam hervorgebracht und den Kopf in die Richtung bewegt, wo Milton saß. »Du musst bei ihm bleiben und ihm helfen.«

»Ist gut. Ist schon gut.« Beruhigend hatte Billy die Hand auf ihren Kopf gelegt. »Das werde ich. Aber du musst kämpfen …«

»Versprochen?«

»Ja, ich versprech's. Ich verspreche es, wenn du kämpfst.«

Deirdre war aufgestanden, um hinauszugehen, denn sie nahm an, dass sie allein mit ihr sein wollten. Doch Billy hatte sie mit einem Wink zurückgehalten – eine Geste, für die sie ihm den Rest ihres Lebens dankbar sein würde. Sie hatte sich über Ruth gebeugt – und Ruth hatte ihren Mann für einen Augenblick losgelassen, um Deirdre die Wange zu streicheln. Es hatte Deirdre verblüfft, wie rau diese Hand sich anfühlte, schwielig und rissig. Die Hände einer schwer arbeitenden Frau: schwielig von all den Jahren, da sie ihre kleinen Puppen aus allem möglichen Müll zusammengedreht hatte, heiße Töpfe aus dem Feuer geholt, Wasser von der Croton-Pumpe

zum Haus geschleppt hatte. Eine Hand, die nicht mehr jung war – wie ihre eigene, wusste Deirdre.
Ein mattes Lächeln huschte über Ruths Gesicht. Und noch einmal wiederholte sie die Worte der Frau aus Limerick: »Aus einer ebenso guten Familie wie jeder, an den ich mich wende …«
Dann fiel ihr Arm herab, und sie lag still. Sie war wieder in einen tiefen Schlaf gefallen, ihr Atem mühsamer und lauter denn je. Das währte ein paar Minuten, ehe das Geräusch verstummte, der Atem rasselnd verklang. Und sie saßen stockstill auf ihren Stühlen und sahen sich an.
Schließlich war Deirdre aufgestanden, hatte Ruths Augen geschlossen und das Zimmer verlassen, um alles Notwendige zu veranlassen.

Sie hatte Billy Dove gebeten, bei ihnen zu bleiben. Es kümmerte sie nicht mehr, was die Nachbarsfrauen darüber denken würden, dass ein Schwarzer in ihrem Haus lebte, während ihr Mann noch im Krieg war. Und sie hatte ihm gesagt, dass seine Kinder ihn brauchten, ebenso wie die Kinder aus dem Waisenhaus.
Doch er wollte nicht hören. In allen Zeitungen stand zu lesen, dass die Stadt ein Farbigenregiment aufstellte, und als sie Ruth beerdigt hatten und sein Bein geheilt war, ging er, um sich freiwillig zu melden.
»Aber du hast es ihr versprochen. Du hast ihr versprochen, ihm zu helfen«, hielt sie ihm vor, während er seine wenigen Habseligkeiten packte. Es war ihr einfach unbegreiflich, wie man ein solches Gelöbnis brechen konnte.
»Das habe ich einer sterbenden Frau versprochen«, erwiderte er, seine Stimme kalt und distanziert. »Ihre Sorge gilt den Lebenden nicht mehr.«
»Ich bin sicher, du könntest wieder bei den Waisenkindern arbeiten. Sie brauchen dich nach wie vor …«
»In dieser Stadt wird es immer reichlich farbige Waisenkinder geben. Und es gibt nichts, was ich oder sonst irgendwer dagegen tun könnte.«

»Und was ist mit deinen eigenen Kindern? Müssen sie nicht wissen, dass sie einen Vater haben?«
Da hatte er sie angesehen, sein Gesicht wutverzerrt. »Meine Kinder«, presste er hervor. »Was meine Kinder wissen müssen, ist, dass ihre Mutter nicht einfach so auf der Straße erschlagen werden kann wie ein Hund. Meine Kinder müssen wissen, dass ihr Leben etwas wert ist.«
»Und der Junge?«, hatte sie ihn gefragt. »Was ist mit ihm? Sie hat dich gebeten, ihm zu helfen …«
Seine Züge wurden ein wenig weicher, traurig sah er jetzt aus. »Wir haben darüber gesprochen, ich und er.«
»Und?«
»Wir haben geredet. Er wird sich fürs Erste um seine Geschwister kümmern. Und wenn es ihm besser geht, folgt er mir in den Süden.«
»Nein!«
»Doch, das wird er«, Billys Miene wurde eigenwillig. »Und nach ihm kommt sein Bruder und dann der Jüngste. Wer weiß, vielleicht sogar seine Schwestern, ehe es vorüber ist. So viele, wie es eben braucht, oder so viele, wie bei dem Versuch sterben können.«
»Nein, du kannst ihm nicht vorschreiben, da runterzugehen …«
Doch Billy hatte ihr nur förmlich die Hand geschüttelt und seine Tasche geschultert.
»Du warst mir eine gute Nachbarin«, sagte er von der Tür. »Ich wäre dir dankbar, wenn du dich um meine Kinder kümmern würdest. Der Junge wird dir eine große Hilfe sein. Ich hab ihm meinen letzten Lohn vom Waisenhaus schon gegeben und werde euch schicken, was die Armee mir an Sold zahlt.«
Deirdre unternahm einen letzten Versuch: »Und was, wenn ich es nicht tue? Was, wenn ich mich keinen Jota um deine Kinder kümmere?«
Aber es nützte nichts. »Wenn du nicht willst, dann schick sie zu den übrigen Waisen«, war alles, was er erwidert hatte. »Sie können ebenso gut dort warten, bis sie an der Reihe sind.«

Neun Monate später fand sie seinen Namen in der Verlustliste nach dem entsetzlichen Gemetzel bei Cold Harbor.

Folgende Männer des 20. Farbigen New York
gelten seit der Schlacht als vermisst:
Sgt. Dove …

Sie hatte nicht gewusst, wie sie es Milton beibringen sollte. Sie wusste, dass auch er die Zeitungen las, und selbst wenn nicht, hätte er es früher oder später von den anderen Kindern oder den Nachbarn in Paradise Alley erfahren. Schließlich hatte sie die Seite vor ihm auf den Küchentisch gelegt. Sie zeigte ihm die Liste, weil sie es nicht fertig brachte, es auszusprechen. Sie wusste nicht einmal, was sie hätte sagen sollen, mit seinem Namen da unter den Vermissten. Wenigstens das hatte sie mit Tom nie durchleiden müssen …

»Ich muss ihn suchen«, hatte Milton sofort gesagt, als er den Namen seines Vaters entdeckte.

»Das kannst du nicht …«

»Ich muss da runtergehen und ihn suchen.«

»Das darfst du nicht, du kannst ihn da unten in all dem Durcheinander niemals finden«, hatte sie ihm entgegengehalten.

Deirdre wurde nie so recht klug aus dem Jungen. Er schien so weit genesen, wie es möglich war. Doch er kam ihr stiller vor, ernster, und das konnte sie verstehen. Manchmal ertappte sie ihn dabei, dass er oben am Fenster stand, ins Leere starrte und über irgendetwas nachgrübelte. Er hatte Albträume, rief nach seiner Mutter und sprang aus dem Bett. Das ganze Haus weckte er damit, alle Kinder weinten und schrien, bis sie sie wieder beruhigt hatte.

Doch sie hätte nicht gewusst, was sie ohne ihn getan hätte. Die Dinge waren jetzt schwieriger denn je. So viele Kinder hatte sie zu versorgen und kaum Zeit, Arbeit anzunehmen. Milton half ihr, wo er nur konnte, so klug und zuverlässig wie eh und je. Er pflegte die kleineren Kinder, als sie die Masern und die Blattern bekamen. Er hörte sich um und nahm an Arbeit an, was er bekommen konnte …

Sie wusste, dass er Briefe von seinem Vater bekam. Deirdre hatte so gut wie nichts von Billy gehört, seit er sich freiwillig gemeldet hatte – nur ein, zwei Zeilen, mit denen er seinen Sold schickte. Doch sie wusste nicht, was er seinem Sohn schrieb, und von dem Moment an, da er fortgegangen war, hatte Deirdre vor diesem Tag gegraut, hatte sie doch befürchtet, dass der Junge einfach verschwinden und in den Süden gehen würde.

»Ich weiß, worüber dein Dad mit dir gesprochen hat«, sagte sie. »Aber ich brauche dich hier, und du kannst ihn nicht finden. Das Beste, was du tun kannst, ist, zu bleiben und auf ihn zu warten, genau wie du es während des Aufstandes gemacht hast.«

Da hatte er genickt, sich entschuldigt und war nach oben gegangen. Doch am nächsten Morgen hörte sie ihn das Haus in aller Herrgottsfrühe verlassen, und ganz leise zog er die Tür hinter sich zu. Sofort war sie die Treppe hinuntergerannt, hatte sich ein Tuch um die Schultern geworfen und Eliza zugerufen, sich um die Kleinen zu kümmern.

Deirdre war den ganzen Weg zur Battery hinabgerannt, wo die Rekrutierungszelte standen. Sie hatte solche Angst, dass sie ihn verlieren würde. Sie nahmen jetzt so viele in seinem Alter, wusste sie. Nicht nur als Trommler, sondern sie stellten sie an die vorderste Front …

Sie hatte alle Zelte nach ihm durchkämmt, hatte sich an den lauthals brüllenden Werbern der Städte im Norden und den höhnisch grinsenden Gangstern vorbeigedrängt, an den armen Männern, die sich als Ersatzrekruten feilboten, und den Copperhead-Politikern, die gegen den Krieg wetterten. Einer Panik nahe suchte sie überall, bis sie schließlich zum größten Zelt im ganzen Battery Park kam – und der langen Schlange schwarzer Männer, die auf der Promenade warteten.

Milton hatte verlegen und ein bisschen beschämt gewirkt, weil sie versuchte, ihn aus der Reihe zu zerren. Deirdre bettelte ihn an, und es kümmerte sie nicht, wer zusah oder hörte, was sie sagte.

»Wir brauchen dich. Wir brauchen dich für all die Kinder. Wer soll sich um sie kümmern, wenn du es nicht tust?«

»Ich bin jetzt ein Mann«, erklärte er mit bebender Stimme. »Es ist keine Aufgabe für einen Mann, nach den Kindern zu sehen.«
»Ich spreche zu dir als Mann. Wer wird es tun, wenn nicht du? Wer wird sich um sie kümmern, wenn er niemals zurückkommt?«, hielt sie ihm vor, obwohl sie das nicht hatte aussprechen wollen. Sie bekreuzigte sich, während sie noch weiterging: »Und was, wenn mein Tom auch nicht zurückkommt? Wer wird mir dann mit ihnen allen helfen? Wer wird den Lohn eines Mannes nach Hause bringen, um sie alle satt zu machen?«
Da hatte Milton zugelassen, dass sie ihn aus der Reihe zog. Hatte eingewilligt, zu bleiben und ihr zu helfen. Er wandte den Blick von ihr ab, so als schäme er sich immer noch – doch als er sie wieder ansah, erkannte sie, dass Tränen in seinen Augen standen.
»Ich wollte in Wirklichkeit gar nicht gehen«, gestand er ihr. »Ich habe ihm gesagt, ich würde gehen, ich würde meine Pflicht tun, aber ich wollte gar nicht.«
»Nein, nein«, antwortete sie und tröstete ihn, während sie auf der Schilling-Seite des Broadway zurückgingen. »Wir haben auch eine Pflicht, diejenigen unter uns, die einfach ausharren müssen.«

Es stimmte, sie wusste nicht, was sie ohne ihn getan hätte. Sie hatte nicht nur die Kinder zu versorgen, sondern ebenso Maddy Boyle, die kaum besser war als ein Kind. Deirdre hatte sie in einer Gasse nahe der Pearl Street gefunden. Vollkommen verdreckt hatte sie da an einer Mauer gesessen. Ihr Kleid in Fetzen, war sie kaum willens oder in der Lage zu sprechen.
Deirdre fand nie heraus, was genau ihr geschehen war, ob der Mob sie eingeholt oder sie einfach den Verstand verloren hatte. Alles, was sie wusste, war, dass der große Colt, der Maddy so entzückt hatte, nirgends zu finden war und dass das Mädchen offenbar seit Wochen nicht gebadet hatte.
Seither hatte ihr Zustand sich wenigstens ein bisschen gebessert. Doch in den Momenten, da sie weniger mitfühlender Stimmung war, kam es Deirdre manchmal so vor, als unterhalte sie ein Invalidenheim. Nach ein paar Wochen sprach Maddy ein wenig mehr,

lächelte gar dann und wann, und schließlich konnte man ihr einfache Aufgaben anvertrauen, etwa ein Auge auf das Abendessen zu haben oder die kleineren Kinder zu hüten.
So stolz sie auch früher gewesen sein mochte, nun wollte Maddy doch nicht in ihr Haus zurückkehren. Sie weigerte sich, ihre restlichen Habseligkeiten zu holen, und sie zuckte vom Fenster zurück, als der Gentleman, der sie ausgehalten hatte, die Straße entlangkam. Der Mann hatte gar die Unverfrorenheit besessen, an ihre Tür zu kommen und sich nach Maddy zu erkundigen, doch Deirdre hatte ihm ins Gesicht gelogen und gesagt, sie habe keine Ahnung, wo das Mädchen sei. Er hatte sie eingehend von Kopf bis Fuß betrachtet und ihr offensichtlich kein Wort geglaubt; zweifellos hatte irgendwer ihm etwas erzählt. Oh, diese Straße. Doch sie hatte seinem Blick standgehalten, und er war gegangen. Sie wusste, dass er die Miete weiter bezahlte. Das Haus stand leer, als warte es auf Maddy. Aber sie wollte nicht zurück.

Manchmal dachte Deirdre auch an Johnny. Zwang sich, für sein Seelenheil zu beten, obwohl sie sich nicht vorstellen konnte, dass es etwas nützen würde. Denn sie konnte ihm nicht vergeben.
In den ersten Tagen und Wochen nach dem Aufstand hatte sie gefürchtet, er werde zurückkommen, um Rache zu nehmen für alles, was ihm angetan worden war. Doch als die Monate ins Land gingen, fing sie an zu glauben, dass er dieses Mal für immer verschwunden war. Sie fragte sich nicht, wohin – einfach verschwunden, als habe die Hölle sich aufgetan und ihn verschlungen.
Und in solchen Momenten versuchte sie sich vorzustellen, wie es wohl gewesen war, als die ganze Familie im Armenhaus von Cork starb. Sie bemühte sich, ihn sich wieder als ihren klugen, wilden Jungen vorzustellen, das Kind, das sie gehütet hatte, als sie selbst kaum mehr als ein Kind gewesen war, und sich zu erklären, wie er zu dem wurde, was er heute war. Aber sie konnte ihm nicht vergeben.
Weit mehr dachte sie an Tom. Sie betete für ihn und schrieb ihm jeden Abend, auch wenn sie so müde war, dass die Buchstaben vor

ihren Augen verschwammen. So kurz nur war die Zeit gewesen, die ihnen nach dem Aufstand zusammen geblieben war. Nur für einige wenige Nächte hatte er bei ihr bleiben können, ehe er in den Krieg zurückkehren musste, zurück zu seinem Regiment, um Bobby Lee nach Virginia zu jagen.

Es kam ihr vor wie ein Traumgespinst, und manchmal konnte sie kaum glauben, dass es wirklich geschehen war. Wieder in seinen Armen zu liegen, sein geliebtes Gesicht zu halten, so hager und bärtig es auch war.

Dann war er wieder fort, und in den Wochen danach war sie sicher gewesen: Dass sie ihn hatte sehen dürfen, konnte nur bedeuten, dass er sterben würde. Ihre Überzeugung nahm zu mit jeder der furchtbaren Schlachten, die dieser Metzger Grant über die letzten eineinhalb Jahre gefochten hatte. Er warf die Leben seiner Männer weg, als wären sie bedeutungslos.

Doch sie hatte sich wieder einmal geirrt bei ihrem Versuch, Gottes Plan zu erraten. Tom war gar für einen mehrwöchigen Urlaub nach Hause gekommen, obwohl das noch qualvoller gewesen war als sein erster Besuch. Kaum war er zu Hause, hatte Deirdre angefangen, sich mit der Frage zu quälen, wann er wieder fort musste. Und in Toms Augen sah sie sie auch: die Furcht, die jeden der kostbaren Momente, die sie hatten, verdarb.

Wie Männer in den Krieg ziehen konnten, war ihr unbegreiflich. Aber wie sie dorthin zurückkehren konnten, begriff sie erst recht nicht.

Doch in den letzten Monaten hatte sie wieder Hoffnung geschöpft. Sie rief sich die Worte in Erinnerung, die Vater Knapp ihr vorgelesen hatte: »Barmherzigkeit will ich, nicht Opfer.« Jedenfalls an solchen Tagen, da sie überhaupt noch an die Existenz eines barmherzigen Gottes glauben konnte. Die beste Zeit des Tages waren die Nachmittage, wo sie für ein Weilchen auf die Straße hinausging. Sie schaute in den Briefkasten und holte Toms Briefe heraus, die er in den Schützengräben vor Richmond geschrieben hatte. Sie alle klangen jetzt gleichzeitig abgestumpft und doch liebevoll. Er versuchte, sie zu beruhigen. Der Krieg kroch so quälend langsam

seinem Ende entgegen, selbst während der letzten Belagerung der Rebellenhauptstadt – doch auch dafür war sie dankbar, glücklich, dass die Kampfhandlungen weniger geworden waren.
Als das Ende schließlich kam, war sie überglücklich. Nicht einmal die Neuigkeit von Lincolns Ermordung im Theater konnte ihre Freude wirklich beeinträchtigen. Es war schrecklich, das wusste sie, und sie würde für die Gleichgültigkeit ihres Herzens Buße tun müssen, doch alles, woran sie denken konnte, war Tom – Tom würde endlich für immer heimkehren.
Ihr Glück währte jedoch nur so lange, bis sie eines Abends nach oben kam und Milton mit einer alten Militärkarte fand, die er aus einer Zeitung aufbewahrt hatte. Entschlossenheit leuchtete in seinen Augen, während er seine Reise hinunter nach Cold Harbor plante, die er antreten wollte, sobald er konnte.
»Ich muss ihn finden«, hatte er ihr erklärt. »Wenn er noch irgendwo ist, werde ich ihn finden.«

81
Tom O'Kane

Er kommt.

Sie hatten den Bahnhof von Hoboken um fünf Uhr an diesem Morgen erreicht. Der Zug schnaufte und keuchte in den Bahnhof wie ein alter Bulle, der in die Schlachthöfe am East River getrieben wurde. Sie erreichten den Bahnsteig, und er stand eine Weile dort, riesig, schwarz und geheimnisvoll. Die Vorhänge an den Fenstern alle geschlossen, schwarze Kreppstreifen hingen noch an den Seiten. Die Lokomotive blies weiße Dampfwolken in das höhlengleiche kupfergrüne Depot, ehe der Lokomotivführer die Maschine abstellte und die Bremsen ein letztes, lang gezogenes Fauchen ausstießen.

Sergeant Thomas O'Kane öffnete die Tür des Waggons, in welchem der Sarg aufgebahrt war, und sprang auf den Bahnsteig hinab, wobei er beide Knie beugte, um das Bein zu entlasten, das ihm seit Gettysburg immer noch Schmerzen verursachte. Er schulterte sein Gewehr und nahm Haltung an, salutierte vor Colonel Pennybacker, der die Stufen von der Waggontür herabkam. Der Rest der Ehrengarde folgte ihm eilig, schon seit Stunden gewaschen, geschniegelt und herausgeputzt für die Parade. Wie der Lokomotivführer wollten sie sichergehen, dass alles reibungslos lief.

Er kommt. Jetzt kehrt er zu uns zurück.

Sie hatten lange für diesen weiten Weg gebraucht, sich langsam von Washington City hier heraufgeschlängelt. Durch die Felder Pennsylvanias und die Piedmont Hügel, die eingleisige Strecke durch die trostlosen Weiden von Jersey. Fast die gleiche Strecke, die Tom vor beinahe zwei Jahren gekommen war, um die Stadt für die Union zu retten. Dieses Mal wurden sie allerdings nicht aufs Abstellgleis geschoben, um Passagierzüge vorbeizulassen, sondern sie hielten an jedem noch so kleinen Haltepunkt, in jeder Stadt. In den größeren Städten hatten sie längere Aufenthalte, in Harrisburg, Philadelphia und sogar in Baltimore, die »Sezessionisten«-Stadt, durch die er verkleidet hatte schleichen müssen auf dem Weg zu seiner ersten Vereidigung, so sehr hatten die Pinkertons um sein Leben gefürchtet.

Jetzt kamen alle Menschen, um zu trauern – um zu sehen und zu berichten, was sie gesehen hatten. Die Städter kamen zu ihren stolzen, kleinen Sandsteinbahnhöfen. Die wohl genährten, holländischen Farmer standen mit ihren stämmigen Pferden vor ihren properen Scheunen. Die Fischer an den Mündungen des Chesapeake und des Schuylkill, des Delaware und des Susquehanna. Kleine Gruppen schwarzer Männer und Frauen standen an den Gleisen auf Lichtungen mitten im Nirgendwo, als fürchteten sie, dass sie selbst im Herzen von New Jersey mit Repressalien rechnen müssten, wenn sie ihre Trauer zu offen zeigten.

Tom beobachtete sie alle aus dem Augenwinkel während seiner langen Dienststunden, da er an einer Ecke des Sarges Wache stand. Und wenn er dienstfrei hatte, beobachtete er sie in aller Offenheit durch die schwarz verhängten Fenster.

Schließlich gab es nichts anderes zu tun. Kein Kartenspiel, kein Singen oder Trinken, keine der derben, ironischen Geplänkel, mit denen die Soldaten sich üblicherweise auf der Reise die Zeit vertrieben. Nicht einmal rauchen konnten sie, hatten nur einen Priem dann und wann, um sie in Gang zu halten. Sie linsten durch die verhangenen Fenster auf Holz-und-Ziegel-Dörfchen, die betenden Schwarzen, die nachts entlang den Schienen standen und sich bei den Händen hielten.

We are coming, Father Abraham,
One half a million strong …

Auf dem Bahnsteig nahmen sie die Paradeformation ein. Breitbeinig, die Gewehre vor sich auf dem Boden, die Augen rechts. Die Menschenmenge vor ihnen füllte den Bahnsteig, drängte fast bis zu ihnen heran. Die guten Bürger von Hoboken und ihre Familien. Mechaniker und Kaufleute, Schiffsbauer und Eisengießer. Angetan mit ihrem Sonntagsstaat, gafften sie ins dämmrige Innere des letzten Waggons, wo der Sarg stand.
So anders als beim letzten Mal, als er hier gewesen war. Vor so langer Zeit. Damals war der Bahnhof mit verzweifelten, geschundenen Schwarzen gefüllt gewesen. Und auf der anderen Seite des Flusses hatte die Stadt gebrannt.
Und danach war alles weitergegangen. So viele hatten sie noch verloren. Damals, in den Tagen nach Gettysburg, hatten sie geglaubt, der Krieg müsse so gut wie vorüber sein. Nie hätten sie gedacht, dass die schlimmsten Tage, das blutigste Schlachten noch vor ihnen lag, dort unten auf den Feldern und in den Schützengräben Virginias.
Danny Larkins hatte im Schlamm und Chaos von Wilderness eine Kugel in den Kopf bekommen. Feeley war an den Barrikaden von Bloody Angle bei Spotsylvania niedergestochen worden. Und dann war da noch George Leese, Snatchem, der dreißig Tage Arrest in Washington City absitzen musste, weil er einem Senator ein Huhn gestohlen hatte.
Und er selbst, erstaunlicherweise irgendwie immer noch intakt. Am Hare House hatte ihn eine Kugel am Ohr gestreift, hatte ihm die Mütze vom Kopf gerissen, und nur ein paar Wochen vorher beim Kampf um Sutherland Station hatte er einen glatten Durchschuss am Oberschenkel bekommen. Die letzte Wunde hatte zu seinem Erstaunen nicht einmal mehr wehgetan, die Kugel war einfach durch sein Fleisch und Blut gegangen, als bestehe er nur noch aus Äther. Eine Wunde, für die man nicht einmal in die Zeitungsmeldungen kam, hoffte er.
»Also dann!« Colonel Pennybacker räusperte sich entschlossen. »Also dann, Männer!«
Sein Gesicht war bleich von der großen Verantwortung, die Augen

hinter der kleinen Silberrandbrille weit aufgerissen. Nicht einmal ein Jahr war er aus West Point heraus. Der Bart auf seinen Wangen war noch spärlich, aber dennoch war er ein erprobter Veteran, wusste Tom, zweimal aus dem Sattel geschossen. Sie alle in der Ehrengarde waren erfahrene, dekorierte Männer, Soldaten und Matrosen, die als Vertreter der Unionsstaaten für diesen Abschnitt der Reise ausgewählt worden waren. Doch sie alle waren so nervös und bleich wie der junge Colonel; das hier war einfach zu groß für sie.

»Fertig machen! Alle zugleich …«

Das war der Teil, den sie am meisten hassten: den Sarg herunterzuholen und zu dem nächsten Zug oder Fährboot zu tragen, die ihn erwarteten. Der Eichensarg war schwer und natürlich lang. Sie mussten den ganzen Katafalk herunterheben, denn sie konnten schlecht einfach nur ihn auf den Bahnsteig stellen. Und so graute ihnen vor allem davor, ihn fallen zu lassen, sodass der Sarg wegrutschte und der ermordete Präsident vor ihren Füßen auf den Boden kullerte.

Wie wäre das wohl?

Der alte Abe höchstpersönlich, der sich aus seinem Leichentuch rollte. Natürlich hatten sie alle schlimmere Dinge gesehen, viel schlimmere. Sie hatten Schlachtfelder voller sich windender Männer gesehen, wie Maden auf einem Pferdekopf. Sie hatten Leichen gesehen, wie Feuerholz aufgestapelt, Männer, die auf das Ambulanzcorps warteten, um sie fortzuschaffen, und Schädel, die auseinander platzten, und randvolle Eimer vor den Lazarettzelten, aus denen abgesägte Arme und Beine kreuz und quer herausragten.

Aber das hier wäre wieder etwas ganz anderes, eine beinahe unvorstellbare Schändung.

Wir kommen, Vater Abraham.

Und wie viele Schatten kamen mit ihm. All die Jahre des Gemetzels. Die ganze Brigade viele Male ausgelöscht, niedergemacht und neu aufgestellt, wieder und wieder mit neuen Knaben, frischen Rekruten aufgefüllt.

So viele Tote, dass man sie mühelos von hier bis Washington City hätte aufbahren können. Aufgereiht entlang tausender Zäune und Bäume, Wälder, Feldwege und Straßen …

»Vorsichtig jetzt!«

Sie hoben den Sarg aus dem Waggon. Pennybacker kam ihnen in die Quere, hüpfte von einem Fuß auf den anderen, unfähig, sich zu beherrschen. Sie alle taten einen Seufzer der Erleichterung, als der Sarg wieder sicher auf dem Katafalk stand. Dann trugen sie ihn langsam den überfüllten Bahnsteig entlang zum wartenden Boot. Tatsächlich machten sie ihre Sache inzwischen ziemlich gut, hatten gelernt, wie man einen Toten trug.

Er kommt.

Jenseits des breiten, grauen Stroms erstreckte sich die Stadt vor ihm. Genauso wie damals, in jener bitteren Woche vor fast zwei Jahren. Kein Feuer lag jetzt in der Luft, nur der übliche Geruch aus Kohle und Lauge, Fisch und schmelzendem Metall. Allmählich trat die Stadt aus dem Morgennebel hervor: schwarze, spitze Türme, die braunen, rechteckigen Formen der Fabriken und Lagerhäuser und der dichte Wald aus Masten überall um sie herum.

Wo sie ist.

Er stand nahe am Bug des Bootes und vergaß für einen Moment seine Disziplin. Fuhr sich gedankenverloren mit der Hand über den dichten braunen Bart, der jetzt von Grau durchzogen war. Er dachte daran, wie alt er jetzt aussehen musste. Und er fragte sich, was sie wohl denken würde, wenn sie ihn so zurückkehren sah – falls sie ihn sah. Er hatte keine Zeit gehabt, ihr zu schreiben, ehe er für die Ehrengarde von der Truppe abgezogen wurde.

Sergeant Tom O'Kane, der als Mitglied der Ehrenwache des Präsidenten heimkehrt. Jesus, das war doch wohl ein Ding!

Stolz stand er auf dem Boot, selbst kaum in der Lage, es zu glauben. Aber vor allem wollte er nach Hause. *Jetzt nimm dich zusammen.* Augen geradeaus, starrte er zur Stadt hinüber, während die Matrosen sie langsam über den eiligen Hudson mit seiner tückischen Strömung ruderten.

Dort ist sie und wartet, dachte er. Und die anderen auch, meine Familie.

Als er an jenem schrecklichen Tag vor fast zwei Jahren nach Paradise Alley gekommen war, hatte er Deirdre dort auf der Straße gehalten und gehalten, bis der Captain ihm schließlich befahl, mit ihrer zusammengewürfelten Abteilung weiterzuziehen. Er hatte ein paar Nächte bei ihr und seiner Familie herausschinden können, ehe sie die Stadt wieder verlassen mussten. Und im Herbst darauf war er noch einmal heimgekommen, für ein paar kurze Wochen Urlaub. Nachdem sie so schreckliche Verluste erlitten hatten und alle Männer der irischen Brigade Heimaturlaub bekommen hatten, um Ansprachen zu halten und neue Rekruten für ihr Regiment anzuwerben.

Wie er diese Pflicht verabscheut hatte. Er wollte keinen Mann überreden, sich an dem Gemetzel zu beteiligen, das er ertragen hatte. Einige der Gangster fanden sich ein, standen hinten in der Menge und verspotteten sie, doch meist sah er junge Gesichter vor sich – schwarze und weiße –, die sich vor der Bühne zusammendrängten und ihn und die anderen in ihren Paradeuniformen neugierig anstarrten. Und er hatte dagestanden und nicht gewusst, was er sagen sollte. Er wollte nicht davon sprechen, die Union zu retten oder die Sklaven zu befreien oder vom Ruhm Irlands oder all den anderen Dingen, die zu sagen man sie instruiert hatte, so gut und richtig sie auch sein mochten.

»Kommt um unseretwillen«, hatte er schließlich gesagt. »Kommt für uns, wenn ihr kommen wollt. Helft uns, es ein für alle Mal zu beenden, sodass wir nach Hause gehen können. Das ist der einzige Grund, den ich euch in aller Ehrlichkeit nennen kann, warum ich will, dass ihr kommt.«

Doch es war die Sache wert gewesen, ein paar Tage mit Deirdre und seiner Familie verbringen zu können. Deutlicher als je zuvor spürte er, welche Bürde er ihr auferlegt hatte, indem er fortgegangen war. Deirdre hatte jetzt auch noch dieses arme, gezeichnete Wesen Maddy Boyle, um das sie sich kümmern musste, und Ruths Kinderschar.

Deirdre hatte ihm schon geschrieben, dass Billy Dove seit Cold Harbor vermisst war. Es hatte ihn bekümmert, aber nicht überrascht. Auch seine Brigade hatte in diesem Schlamassel da unten gesteckt, aber die farbigen Truppen hatten das Schlimmste abbekommen – wie so oft. Die Rebellen nahmen sie nicht gefangen, sondern erschossen jeden Schwarzen in Uniform, der sich ihnen ergab. Und sie kämpften wie die Teufel, wann immer sie sich einer schwarzen Einheit gegenüber fanden.

Doch letztlich war ihr Mitgefühl für das Geschick der farbigen Truppen – für das Geschick eines jeden Menschen – begrenzt. So wie Tom beim Gedanken an Billy eine gewisse Taubheit verspürt hatte, denn schon so viele waren tot und begraben. Der Krieg hatte zu lange gedauert, die Männer hatten sich an den Tod gewöhnt.

Und doch hatte er auf Grund irgendeiner göttlichen Laune überlebt. Und nun kam er endgültig nach Hause …

Zu Deirdre und den Mädchen, Eliza und Mary und Amanda. Den Jungen, Henry und Andrew. Eine für die Heilige Jungfrau, die anderen hatten diese hochtrabenden, protestantischen Namen, die Deirdre so liebte. Und dann all die anderen – Ruths arme Kinder, die nun ebenfalls versorgt werden mussten, die eine Familie und ein Heim brauchten …

Es war mit Worten kaum zu beschreiben: Er hielt den Blick auf den Anlegeplatz der Debrosses Street-Fähre gerichtet, wo am Kai eine Menschenmenge zusammenströmte. Vor ihm erhob sich die unglaubliche Kakofonie der Stadt. Die Kirchenglocken läuteten, eine Kapelle begann zu spielen, Lokomotiven pfiffen, Geschütze schossen Salut.

82
Herbert Willis Robinson

Alles ist schwarz.
Schwarz sind die Trauerbinden, die die Männer an den Ärmeln tragen, schwarz die glänzenden neuen Hüte ihrer Offiziere. Schwarze Rosetten sind an die Gardinen in Hunderttausenden von Wohnungen geheftet, ob Reich oder Arm. Schwarzes Krepp überall, es bedeckt das leuchtende Rot, Blau und Weiß, das noch in den Straßen hängt nach den Siegesfeiern der vergangenen zwei Wochen.
Oh, verlogene Stadt, ist dein Herz auch schwarz?
Wie ein Geisterschiff bewegt sich das Boot über den Fluss. Die Männer sind still, die Ruder kaum zu hören. Rasch und unaufhaltsam kommt es aus dem Morgennebel. Wir alle halten bei seinem Anblick den Atem an. Die ganze Menschenmenge am Hafen ist verstummt, wartet, bis das Boot mit einem beinahe unhörbaren Laut an den Fährsteg stößt.
Ein Chor von irgendeiner deutschen Vereinigung tritt vor und hebt zu einem schwermütigen, alten lutherischen Choral an, dann folgt ein beliebtes Soldatenlied:

Weeping, sad and lonely,
Hopes and fears how vain!
When this cruel war is over,
praying that we meet again.

Ein Trommelwirbel ertönt, und die Soldaten heben den Sarg vom Boot. Sie salutieren und schwenken, wenden sich einander zu und verschränken die Arme, um den Sarg auf den riesigen Leichen-

wagen mit den Glaswänden zu laden. Er wird von acht wundervollen Grauschimmeln gezogen, die schwarze Schabracken, Federbüsche und Zaumzeug tragen. Die Ehrenwache des Präsidenten wird vorausgehen, gefolgt von den Männern des siebten Regiments der Stadt, und dem Leichenwagen folgen Kutschen mit uns Presseleuten und den Honoratioren.
Und hinter uns die Schwarzen. Frederick Douglass führt sie an, stolz und wild wie ein Löwe sieht er aus. Einige Geistliche der African Methodist Episcopal Church begleiten ihn. Der Rest wirkt nicht ganz so unerschrocken wie Douglass, aber sie gehen mit hoch erhobenen Häuptern – halten zweifellos die Augen nach fliegenden Steinen offen. Die Stadtväter wollten sie anfangs nicht einmal mitmarschieren lassen, haben sich nur durch massive Drohungen der Union League und von Minister Stenton unten in Washington umstimmen lassen.
Ich sehe den Pastor der Bethel Church – den Mann, der mir während des Aufstandes gesagt hat, die einzige Hoffnung für sein Volk läge im Jenseits. Doch er ist immer noch da, immer noch in dieser Stadt. Auch er hält den Kopf hoch – ein Zeichen der Hoffnung, eine Demonstration von Hoffnung, selbst wenn er keine mehr hat.
Unter uns leben jetzt weniger Schwarze denn je. Ihre alten Straßen, ihre Häuser sind niedergebrannt oder von Weißen vereinnahmt, die einen verständnislos oder mit absoluter Boshaftigkeit ansehen, wenn man sie fragt, wer hier früher gelebt hat.
Und doch, vor gut einem Jahr hat die Stadt ihr erstes farbiges Regiment aufgestellt, das 20. Farbige Infanterie. Es wurde im Park am Union Square zusammengestellt, ehe es in den Krieg zog. Die schwarzen Soldaten standen stramm, während die Frauen von der Union League vortraten, ihnen ihre Regimentsflagge überreichten und ihre Stirn mit Lorbeer kränzten: »Als ein Zeichen der Liebe und Ehre von den Töchtern dieser großartigen Metropole an ihre tapferen Helden.«
Es gab aus den üblichen Ecken reichlich Unwillen und Widerstand gegen diese Idee. Gouverneur Seymour wollte mit dem schwarzen Regiment nichts zu schaffen haben, während Mr. Bennett im

Herald tobte: »Damit ist der Rassenmischung Tür und Tor geöffnet. Herrje, der Formulierung ›Liebe und Ehre‹ fehlt nur noch der Zusatz ›Gehorsam‹, um ein Eheversprechen zu werden.«
Ich bezweifle, dass er die Zeremonie überhaupt gesehen hat: die Truppe, die stramm auf den Platz marschierte, dunkle Gesichter in dunkelblauen Uniformen. Der Fahnenträger des Regiments ein großer, bemerkenswert gut aussehender Sergeant – die Haut rabenschwarz mit einem schwachen Hauch Inselrot. Er war schon ein älterer Mann, Ende Dreißig vielleicht, mit einem ernsten, fast grimmigen Gesichtsausdruck. Er hielt die Fahne mit kräftigen, schönen Handwerkerhänden, und er beugte sich vor, damit die kleine weiße Frau ihm den Kranz auf den Kopf setzen konnte.
Es hätte vielleicht lächerlich gewirkt ohne die feierliche Würde, die der Mann ausstrahlte. Vorsichtig richtete er sich wieder auf, der immergrüne Kranz saß nicht gar zu fest auf seiner Infanteriekappe. Dann salutierte er zackig, und die übrigen schwarzen Soldaten nahmen hinter ihren weißen Offizieren Aufstellung. Schweigend marschierten sie zur Battery hinab – das siebte Regiment hatte sich geweigert, ihnen seine Kapelle für den Marsch zu borgen –, doch mit einer Würde und Ordnung, die dem Anlass nur umso angemessener schien. Eine kleine Menschenmenge säumte die Straße, um sie zu verabschieden, die meisten ebenfalls farbige Männer und Frauen. Sie winkten mit ihren Taschentüchern und weinten, genau wie bei der Verabschiedung aller anderen Regimenter, als sie vorbeimarschierten und an Bord der Schiffe gingen, um in den Krieg zu ziehen.

Wie wir die Union ohne sie gerettet hätten, weiß ich nicht. Nach dem Aufstand stimmten die vierzig Räuber eifrig dafür, die dreihundert Dollar für jeden Mann zu zahlen, der sich von der Einberufung befreien wollte. Endlich haben der arme und der reiche Mann die gleichen Voraussetzungen. Jetzt steht es beiden frei, sich vor ihrer Bürgerpflicht zu drücken.
Nach dem Aufstand wurden die meisten unserer weißen Truppen aus den schlimmsten Stadtvierteln rekrutiert. Schwerverbrecher

oder Trunkenbolde, die meisten so verkommen, dass man sie in Ketten nach Süden verschiffen musste, um zu verhindern, dass sie desertierten und sich noch einmal unter anderem Namen verpflichten ließen, um den Rekrutierungsbonus nochmals zu kassieren.

So viel also zu John Hughes' Behauptung, seine Schäfchen bestünden darauf, dass die Regierung sie einziehe. Zwei Tage nachdem die Armee den Aufstand niedergeschlagen hatte, wurde angekündigt, der Erzbischof werde eine Ansprache zur Einberufung halten. Greeley und die anderen republikanischen Zeitungen hatten ihn dafür kritisiert, dass er sich nicht eher zu Wort gemeldet hatte, aber wen kümmert schon, was sie zu sagen haben? Rund fünftausend Gläubige kamen, um Dagger John zu hören. Legten den ganzen weiten Weg zur 36. Straße und Madison Avenue zurück, wo er bei Freunden logierte.

Man musste ihn auf den Balkon hinaustragen. Er war inzwischen zu krank, um auf die Kanzel zu steigen oder auch nur zu stehen, aber immer noch entschlossen, sich seinen Feinden zu stellen. Wie ein verwundeter Adler starrte er die Journalisten an, die, so wusste er, gekommen waren, um ihn zu verhöhnen.

Die Rede selbst war eine Enttäuschung – eine wirre Ansprache, die über eine Stunde dauerte. Der Mann, der einst der Schrecken aller protestantischen Juristen gewesen war, hatte jetzt Mühe, seine Worte von einem Blatt Papier abzulesen. Er forderte Frieden und Ordnung. Er hob den Kopf, die Augen trüb hinter seiner Lesebrille, und rief der Menge zu: »Man hat mir gesagt, ihr seid Aufrührer. Aber ich sehe nicht einen einzigen Aufrührer unter euch.«

Greeley und die anderen rösteten ihn dafür – aber natürlich hatte er Recht. Fast die gesamte Zuhörerschaft bestand aus friedfertigen, strebsamen Iren und Bayern der Mittelklasse aus den oberen Stadtvierteln. Handwerker und Arbeiter, die Stützpfeiler der aufstrebenden Union – die meisten von ihnen ebenso erschüttert über den Aufstand, wie George Strong es gewesen war.

Wer sonst würde kommen, um sich so eine Ansprache anzuhören? Sie lauschten pflichterfüllt, spitzten die Ohren, um jedes Wort zu erhaschen, das ihr Erzbischof von sich gab. Doch selbst hier fanden sich ein paar ungezogene Flegel am Rande der Menge, die gegen Ende der Rede brüllten: »Keine Einberufung!« Das brachte Dagger John aus dem Konzept, und er blickte verwirrt in das Meer von Gesichtern hinab.

Er starb kurz nach der Jahreswende, sein großer Traum, die neue Kathedrale, gammelte immer noch an der Fifth Avenue vor sich hin. Bei der Beerdigung traf ich Vater Knapp, immer noch so bescheiden wie eh und je in seinem schlichten schwarzen Priesterrock. Nach unserer letzten Begegnung – als ich tatenlos zugesehen hatte, wie der Mob den armen Colonel O'Brien ermordete – war ich beinahe zu beschämt, um mit ihm zu sprechen. Um meine Verlegenheit zu überspielen, fragte ich ihn, ob er in seine Pfarre zurückgekehrt sei, jetzt, da der Erzbischof verstorben war. Das sei er, sagte er – doch er habe schon die Genehmigung erhalten, nach Westen an die Grenze zu gehen, um die irischen Farmer und Bergleute in Colorado zu betreuen und die Arbeiterkolonnen, die selbst mitten in diesem Krieg den Schienenstrang quer über den Kontinent verlegten.

Erschüttert fragte ich ihn, ob er den Glauben an seine Leute hier verloren habe nach allem, was wir an jenem Tag gesehen hatten. Doch er schüttelte nur den Kopf, ungeduldig ob meiner Begriffsstutzigkeit.

»Sie sind nicht besser oder schlechter als sonst irgendwer«, beharrte er. »Ich bin es, der sie im Stich gelassen hat. Ich hätte sie lehren müssen, mehr zu sein – bessere Menschen zu sein als die, die sie waren. Darum muss ich fortgehen.«

Doch auch viele seiner Schäfchen schienen fortzugehen. Kurz nachdem ich mit ihm gesprochen hatte, sah ich den Jungen wieder – den Knaben vom ersten Tag des Aufstandes, der sich mit den blutigen Händen durchs Gesicht gefahren war …

Lächelnd hatte er zu mir aufgeblickt, während das Blut in der Gosse allmählich sein kleines Boot durchweichte …

Jetzt saß er freudestrahlend oben auf dem Wagen seiner Eltern, der mit ihren Habseligkeiten voll geladen war, drüben im achten Bezirk. Ich nahm an, sie gingen nach Westen: nach Colorado oder

Kansas oder ins Arizona Territory. Oder vielleicht auch nur nach Brooklyn oder rauf nach Yonkers. Auf jeden Fall fort, nur fort aus den engen Straßen dieser Stadt, wo Knaben sich die Gesichter mit Blut beschmierten wie Wilde.

Die Trauerprozession kriecht in östlicher Richtung die Canal Street entlang, dann nach Norden um den Union Square herum und zurück zur City Hall, wo der Präsident mit allem gebotenen Prunk aufgebahrt werden soll. In der 19. Straße kommt die Prozession für einen Moment zum Stillstand, und ich entdecke zwei kleine Jungen in hübschen Anzügen oben am Fenster eines Hauses, die auf die Prozession hinabglotzen, die Munitionswagen, die Kapellen und Kavallerieeinheiten, die zufällig genau vor ihrem Haus zum Halten gekommen sind. Einer von beiden, offenbar kurzsichtig, blickt angestrengt durch dicke Brillengläser auf die Szene hinab, als wolle er sie für immer in seinem Gedächtnis bewahren.

Der Kutscher bringt die Pferde wieder in Gang, und die Prozession zieht weiter. Vorbei an der Ehrentribüne, die unter dem kollektiven Übergewicht unserer Stadtväter ächzt.

Ich entdecke Greeley dort oben, der zerstreut wirkt. In Gedanken ist er gewiss mit seinen unendlichen Träumen von politischem Ruhm beschäftigt. Wie er die Republikaner seinem Willen unterwerfen kann, jetzt, da Lincoln nicht mehr da ist.

Wie jeder andere Chefredakteur hat auch er seit Tagen Lobeshymnen auf den großen Mann verfasst. (So heißt Lincoln jetzt in unseren Blättern.) Erst letzten Sommer, als alle über Grants Verluste in Panik gerieten, hat Horace noch versucht, der Regierung irgendein unmögliches Friedensabkommen aufzudrängen. An den Niagarafällen hatte er sich mit seinen eigenen, geheimnisvollen Südstaatenabgesandten zu Verhandlungen getroffen.

Daraufhin hatte Lincoln ein für alle Mal mit ihm gebrochen und ihn mit einem alten Schuh verglichen. Charakterisierte ihn wie üblich mit der perfekten Formulierung: »Er ist nicht ehrlich. Unter Belastung geht er aus dem Leim.«

Neben Greeley auf der Tribüne sitzen unsere gewählten Vertreter

und Finanzmagnaten. Auch viele von ihnen haben die Stadt nach dem Aufstand fluchtartig verlassen – jedenfalls für ein Weilchen. August Belmont und Fernandy Wood sind für eine Saison nach Europa gefahren. Andere Copperhead-Anführer und Schmalspurpolitiker haben sich nach Connecticut oder Saratoga abgesetzt.
Doch zur nächsten Wahl waren sie alle rechtzeitig zurück und gewannen die Stadt für diesen Fatzke McClellan. Hielten ihre üblichen Massenversammlungen ab und versuchten, das Gemetzel unten in Virginia für ihre Zwecke auszunutzen. Schrieben sich auf die Fahne: »Die Union wie sie war, die Verfassung wie sie ist«, Worte, die noch viel dümmer daherkamen als die üblichen politischen Slogans.
War es schiere Demagogie, oder wussten sie es einfach nicht? Nichts konnte je wieder so sein, wie es war. Nicht nach drei Jahren Krieg. Nicht nach den Kämpfen hier in dieser Stadt mit so vielen Toten. Der Süden würde nicht kapitulieren, und die Sklavenbefreiung ließ sich nicht rückgängig machen. Es war jetzt so weit gekommen, dass es in nichts anderem als einem Blutbad enden konnte.
Doch vielleicht ist ihre Realität die bessere. Die Republikaner haben die Präsidentschaftswahl gewinnen und die Staatsführung behaupten können, Gott sei Dank. Aber in den Vierteln dieser Stadt ging alles weiter wie zuvor, unter denselben Anführern. Finn McCool ist es gelungen, seinen Bruder in den Stadtrat wählen zu lassen. Und für sich selbst hat er gleichzeitig einen unendlich viel einflussreicheren Posten gewonnen: Er ist Mitglied des Tammany-Komitees. Als ich ihn kurz darauf traf, besaß er doch tatsächlich die Unverschämtheit, mit mir zu sprechen, als hätte er nie versucht, mir den Mob auf den Hals zu hetzen.
»Sie haben vielleicht Nerven!«, rief ich. »Ich sollte Sie an den Galgen bringen!«
»Mag sein«, erwiderte er achselzuckend. »Aber wenn Sie in dieser Stadt jeden Mann aufhängen wollten, der's verdient, würden die Laternenmasten nicht ausreichen.«
»Sie Schuft! Ist das alles, was Sie zu Ihrer Verteidigung zu sagen

haben? Sie und Ihre Freunde hätten um ein Haar diese ganze Stadt niedergebrannt!«

»Ah, aber das war die Stadt, wie sie damals war. Jetzt ist sie etwas ganz anderes«, entgegnete er mit der ihm eigenen Unverfrorenheit. Bewundernd strich er mit der Hand über seinen grellen neuen Anzug, seine Diamantkrawattennadel. »Irgendwo brennt die Stadt immer ab, Stück für Stück, oder ist Ihnen das noch nie aufgefallen? Die Stadt von heute ist nie die von gestern, genau wie wir nicht dieselben bleiben, hab ich nicht Recht?«

Während ich noch hilflos vor Wut stammelte, tippte er mich mit seinem Gehstock an – ein hübscher schwarzer Spazierstock, den er wahrscheinlich während des Aufstandes irgendwo hatte mitgehen lassen, mit einem goldenen Hundekopf, die Ohren lang und spitz wie die eines Schakals.

»Sie sind doch ein kluger Bursche, alles andere als ein Dummkopf«, vertraute er mir an. »Lassen Sie es mich wieder gutmachen, ich kann Ihnen gewisse Dinge über Grundstücke an der Westside erzählen. Hören Sie, was ich Ihnen sage: Das ist die Gegend der Zukunft.«

Er zwinkerte mir aufdringlich zu und schlenderte davon.

»Denken Sie dran!«, rief er grinsend über die Schulter zurück. Und ich nehme an, es war sein Immobilientipp, von dem er sprach: »Es ist nur eine Frage der Zeit!«

In der Tat. Seit dem Aufstand scheint New York nur noch schneller abzubrennen. Das ganze Tempo der Stadt ist rastloser, blitzartiger und vulgärer als vorher. Es gibt noch mehr Tanzlokale und schöne, junge Kellnerinnen. Mehr nackte Tableaux vivants, finsteres Gelichter, Straßenmädchen, die verkaufen, was immer sie können. Mehr Schwarzhändler, Börsenspekulanten und Kriegsgewinnler, die die Hotelhallen bevölkern. Mehr Spielhöllen, Schießbuden und finstere Spelunken; noch mehr Müllberge, Tierkadaver und Exkremente auf den Straßen.

An der Wall Street spekulieren sie jetzt mit Petroleum ebenso wie mit Gold. Immer mehr Epidemien grassieren in den Armenvierteln: die Blattern in den Five Points, Typhus in der Mulberry Street,

Cholera in den Hafenvierteln – die meisten davon Krankheiten, die durch eine schlichte Impfung verhindert werden könnten. Aber unsere Gesundheitsbeamten sind mehrheitlich nur Schnapsverkäufer mit politischen Verbindungen, denen nichts anderes einfällt, als Kampfer auf den Straßen zu verbrennen – als wären wir alle riesige Motten, die von den Flammen angezogen werden.

Womit Menschen während eines Krieges Geld machen! Welch eine Gesellschaft werden wir in Zukunft haben. Schon jetzt verstopfen neureiche Sybariten die Straßen. Bei der Trauerprozession schubsen sie sich gegenseitig aus dem Weg. Sie missbrauchen den Tod des großen Emanzipators, um mit ihren neuesten Kutschen zu prahlen, den letzten Schrei an schwarzen Seidenschleiern und -bändern, schwarzen Handschuhen und Zylindern vorzuführen.

Trotzdem ist dies nicht der Tag der feinen Leute. Der Leichenwagen ist ein hohes Gefährt mit großen Rädern, sodass alle einen Blick erhaschen können. All die Steineschlepper und Fischhändler, die Zinnschmiede, Maurer und Näherinnen. Die Mädchen aus den Bordellen winken mit traurigen, parfümierten kleinen Taschentüchern. Viele Männer tragen noch Uniform, ihre Gesichter ausdruckslos, die Hände tief in den leeren Taschen vergraben. Andere wanken auf Krücken oder Holzbeinen einher, die Gesichter ausgemergelt und verhärmt, und sie salutieren vor dem Sarg ihres Anführers. Sie sind gekommen, um ihn zu betrauern, auf genau den Straßen, wo sie keine zwei Jahre zuvor nach seinem Blut geschrien haben.

Jetzt ist alles anders. Die Menschenmenge auf dem Broadway ist friedlich, gar feierlich. Iren, Yankees und Neger – sie alle machen nur lange Hälse, um einen Blick zu erhaschen. Auch er gehört jetzt ihnen. *Lincoln,* nennen sie ihn schon, *Lincoln,* mit der gleichen Ehrfurcht, mit der sie *Washington, Jefferson* oder *Jackson* aussprechen, die Namen der weltlichen Heiligen der Republik. Wir alle sind Teil der größeren Geschichte, gehören zum Epos der Nation, das uns den Atem verschlägt und uns mitreißt, ob wir wollen oder nicht.

Und während wir vorbeiziehen, studiere ich ihre Gesichter. Frage mich, ob Maddy irgendwo unter ihnen ist.

Ich suche sie jetzt überall. Ein halbes Dutzend Mal am Tag passiert es, dass ich glaube, sie in dem Gesichtermeer auf der Straße zu sehen. Ich suche an der Park Row nach ihr, wo ich sie zum ersten Mal getroffen habe, und in den engen Gassen und Mietskasernen um Paradise Alley.

Ich hatte gedacht, sie würde vielleicht zu mir zurückkehren, aber das hat sie nie getan. Ich sage mir, dass sie nur ein Modell war, eine Ablenkung, aber ich suche sie trotzdem. Ich rede mir ein, ich wolle nur gutmachen, was ich ihr angetan habe, aber ich weiß, mein Bedürfnis ist selbstsüchtig.

Ich habe sogar das Haus behalten, das ich in Paradise Alley für sie gemietet hatte, und es steht immer noch leer. Ich hoffe, dass es sie irgendwie zurücklocken wird. Ich kann mir diese Macht nicht erklären, die sie über mich hat, aber ich brauche sie jetzt mehr denn je. Maddy. Immerzu suche ich ihr Gesicht in der Menge, selbst wenn ich mir dessen gar nicht bewusst bin. Ich glaube immer noch daran, dass irgendwie eine Versöhnung möglich sein muss, dass es einen Weg gibt, wie wir zusammenleben können.

Unterdessen beobachte ich weiter, schreibe alles nieder, was ich sehe – Schreiberling, der ich bin. Die Menschenschlange reicht fast bist zur Battery hinab. Sie alle warten geduldig darauf, einen Blick auf den Sarg werfen zu können. Ich sehe sie langsam vorbeiziehen, die Bürger dieser Stadt, und kritzele Beobachtungen in mein Notizbuch. Halte ihre Reverenz fest. Ihre Ehrfurcht, was sie sagen und tun – doch die ganze Zeit halte ich nach ihrem Gesicht Ausschau. Sie wird doch gewiss kommen, um Lincoln zu sehen.

Endlich hält die Trauerprozession vor den Stufen der City Hall. Die Ehrengarde tritt vor und trägt seinen Sarg vorsichtig zum Governor's Room.

Er hat sich wieder unter uns gemischt. Der schlichte Junge vom Lande, der alles hinter einem Lächeln, einem Scherz, einer Anekdote versteckt. Seine Geheimnisse nimmt er mit ins Grab. Ich sehe

ihn noch in der Oper in Brooklyn, auf seinem eigenen Maskenball. Nichts gab er preis. Saß allein dort oben, hoch über der Bühne, während er der göttlichen Musik lauschte – sein hausbackenes Gesicht undurchsichtig und aufmerksam.
Morgen, nachdem er hier einen Tag feierlich aufgebahrt war, schicken sie ihn mit dem Zug nach Albany und dann hinaus nach Westen, wo die Felder und Prärien sich endlos hinzuziehen scheinen bis zu den fernen Bergen.
Aber das kommt erst morgen. Jetzt muss er erst einmal bleiben. Wir müssen ihn zur Schau stellen wie alles andere in dieser Stadt, damit wir alle das Spektakel sehen und bestaunen können.

83
Tom O'Kane

In der Prozession zog er langsam Richtung Downtown und hoffte, irgendwo in der gaffenden Menge einen Blick auf sie zu erhaschen. Nichts. Das überraschte ihn nicht gerade. Der Mob war riesig, und er konnte verstehen, warum sie es nicht riskieren würde – eine weiße Frau mit einer Schar schwarzer Kinder auf der Straße. Nicht nach allem, was sie durchgemacht hatten.

Keinem der Männer in der Ehrengarde war es gestattet, die City Hall zu verlassen, während der Leichnam dort aufgebahrt lag, und er hatte keine Möglichkeit, ihr eine Nachricht zu schicken. Trotzdem hoffte er, dass die Neuigkeit sie irgendwie erreichen würde, so wie Neuigkeiten dies immer taten, sich schneller in der Stadt verbreiteten, als jeder Telegraf es könnte.

Er hoffte, sie würde erfahren, dass er hier war …

Er stand auf seinem Posten in dem stickigen, dunklen Raum, und in der Hitze fielen ihm beinahe die Augen zu. Das Fenster war dunkel verhängt, sodass der Blick hinaus versperrt war. Durch einen Spalt erhaschte man höchstens einen Blick auf einige Zweige im jungen Grün und ein Fleckchen Gras. Das Gewehr lastete schwer auf seiner Schulter – selbst die Springfield – nach dem langen Marsch durch die Stadt. Der Geruch von schmelzendem Kerzenwachs und den üppigen Blumenarrangements stieg ihm in die Nase.

Die endlose, schlurfende Schlange von Menschen zog vorbei, sie flüsterten und zeigten mit dem Finger. Die feinen Gentlemen und Kaufleute, Kesselmacher und Messingschmiede, die Dienstmädchen und Köchinnen, Hafenarbeiter und Feuerwehrleute in voller Uniform, mitsamt den Helmen und den breiten roten Hosen-

trägern. Langsam zogen sie vorbei, um einen Blick auf den verschlossenen, schwarzen Sarg zu werfen. Um einen Moment zu verharren, die Hand auf die Flagge zu legen, die darüber drapiert war, und sich zu fragen, was dieser Tod sie überhaupt anging.
Tom sah Männer und Frauen, die er kannte, aber er durfte nichts sagen – und sie erkannten ihn nicht wieder mit seinem Bart und der Infanteriemütze, die er tief ins Gesicht gezogen trug. Beinahe kam es ihm vor, als wäre er selbst tot: Sie traten zu ihm, ohne ihn zu sehen, berührten den Sarg und gingen davon. Er wollte sie ansprechen, wollte ihnen nachrufen: Sagt es ihr! Aber das war natürlich verboten.
Er dachte wieder daran, wie er sie am letzten Tag des Aufstandes gesehen hatte. Ihr braunes Haar zeigte am Ansatz das erste Grau – nicht mehr exakt die Farbe ihrer Augen, aber immer noch so wunderschön. Und so hatte sie da auf der Straße gestanden und sich gefragt, was als Nächstes kam, das Gesicht versteinert, wie es ihre Art war. Dann hatte sie ihn entdeckt. Mit beiden Fäusten hatte sie ihren Rock gepackt, Überraschung und Erleichterung in ihren Augen – erleichtert, dass sie gerettet war, wusste er, aber mehr noch darüber, ihn dort zu sehen, so unerwartet und unversehrt. Und da wurde ihm ein für alle Mal klar, dass sie die treibende Kraft in seinem Leben war.

Schweißgebadet stand er neben dem Sarg, und die Haut juckte unter der wollenen Uniform. Er sah die Menschen vorbeiziehen, ihre Gesichter verschwammen.
Er sehnte sie herbei. Er wollte sie mit der Kraft seines Willens herrufen.
Schon von weitem versuchte er die Gesichter zu erkennen, hoffte, sie zu entdecken, wenn sie aus dem Halbdunkel der Einganghalle käme. Er hielt Ausschau nach irgendetwas, das er erkennen konnte: die Farbe ihres Kleides, ihr Haar, ihr Gang …
Sie wird kommen.
Er hatte den Blick nur einen Moment gesenkt, und dann war sie da. Zuerst dachte er, es sei eine Illusion. Sie trug ein dunkles Band im

Haar, das eine schwarze Trauerkleid, das sie besaß, sorgsam geflickt und geändert, das sie auch bei der Beerdigung ihres ersten Kindes und der Zwillinge angehabt hatte. Sie knetete ein Taschentuch in beiden Händen. Und ihr Gesicht – ein wenig gealtert, ein paar neue Falten und graue Haare, doch immer noch so schön, wie er es in Erinnerung hatte. Die wundervollen braunen Augen, die sich besorgt und doch voller Hoffnung umsahen. Sie suchten nach irgendetwas, erkannte er, etwas, das nichts mit dem großen Katafalk im Zentrum des Raumes zu tun hatte. Irgendwie hatte sie erfahren, dass er hier war …

Dann sah sie ihn. Tränen traten ihr in die Augen, doch ein kleines, geheimnisvolles Lächeln umspielte ihre Lippen. So stolz war sie auf ihn und seine Position, wusste er. Sie näherte sich dem Sarg gar nicht, sondern hatte nur Augen für ihn. Und alles, was er tun konnte, war, ihren Blick hilflos zu erwidern. Er wusste, dass sie es so haben wollte, dass es ihr gefiel, wenn er seine Pflicht tat, doch auch ihm war es für den Moment lieber so: sie nur anzusehen.

Seine Deirdre. Seine Frau.

Quellenhinweis und Danksagungen

Die meisten Leserinnen und Leser wird es nicht überraschen, dass *Die Straße zum Paradies* auf den tatsächlichen Ereignissen der irischen Hungersnot und Emigrationswelle der 1840er-Jahre basiert, dem Leben in den südlichen Stadtteilen Manhattans in den 1850ern, dem Bürgerkrieg und den berüchtigten Aufständen in Folge der Einberufung von 1863 – bis auf den heutigen Tag wohl die schlimmsten Unruhen in der Geschichte der Vereinigten Staaten.

Viele der hier erzählten Ereignisse haben ebenfalls tatsächlich stattgefunden, darunter die Ermordung von James Noe und die von Colonel O'Brien, die Szenen aus Irland während der Hungersnot, die diversen Schlachten und Gräueltaten, die sich während des Aufstandes ereigneten, und Ruths Kampf um das Leben ihres Sohnes gegen einen Straßenmob.

Billy Dove war einer der frühesten afroamerikanischen Bewohner jener Gegend, die später der Central Park wurde. Auch Jupiter K. Zeuss hat dort gewohnt. Der Superintendent der New Yorker Polizei während der Aufstände hieß tatsächlich John Kennedy – diesen Namen habe ich keineswegs in einer wie auch immer gearteten politischen Absicht verwendet. Die *Weiße Gefangene* war eine sehr reale Attraktion; bis auf den heutigen Tag kann man sie im amerikanischen Flügel des Metropolitan Museum of Art in New York besichtigen.

Wie bei meinen anderen Büchern, so war ich auch hier auf historische Quellen angewiesen. Allen voran sind drei hervorragende Werke über die Geschichte New Yorks, das Leben dort zwischen

1840 und 1865 im Allgemeinen und den Aufstand im Besonderen zu nennen: Iver Bernsteins bahnbrechendes Werk *The New York City Draft Riots: Their Significance for American Society and Politics in the Age of the Civil War,* Ernest A. McKays *The Civil War & New York City* und Adrian Cooks *The Armies of the Streets: The New York City Draft Riots of 1863.*

Zu diesen Themen verdanke ich auch vieles den folgenden Büchern: Solon Robinsons Bestseller *Hot Corn: Life Scenes in New York Illustrated; The Diary of George Templeton Strong; Writing New York, A Literary Anthology,* herausgegeben von Phillip Lopate; Roy Rosenzweig und Elizabeth Blackmar: *The Park and the People, A History of Central Park;* Witold Rybczinski: *A Clearing in the Distance: Frederick Law Olmsted and America in the Nineteenth Century;* Francis R. Kowsky: *Country, Park & City: The Architecture and Lift of Calvert Vaux;* Arthur Schlesinger Jr.: *The Age of Jackson;* Jerome Mushkat: *Fernando Wood, A Political Biography;* Oliver E. Allen: *The Tiger: The Rise and Fall of Tammany Hall;* Alfred Connable und Edward Silberfarb: *Tigers of Tammany* und Dennis T. Lynch: *»Boss« Tweed.*

Meine Beschreibungen der farbenfrohen New Yorker freiwilligen Feuerwehren entstammen vornehmlich Herbert Asburys *Ye Olde Fire Laddies* und A. E. Costellos *Our Firemen.*

Für die Beschreibung des literarischen Lebens in New York habe ich auf diese Werke zurückgegriffen: Ronald Webers *Hired Pens, Professional Writers in America's Golden Age of Print;* Jay Monaghans *The Great Rascal: The Exploits of the Amazing Ned Buntline;* Hervey Allens *Israfel: The Life and Times of Edgar Allan Poe;* Francis Browns *Raymond of the Times;* Glyndon G. Van Deusens *Horace Greeley: Nineteenth Century Crusader;* William Harlan Hales *Horace Greeley: Voice of the People* und Coy F. Cross II.: *Go West Young Man: Horace Greeley's Vision for America.*

Zur Vertiefung fand ich auch die Werke von Walt Whitman und Edgar Allan Poe hilfreich sowie Herman Melvilles unvergessliches Gedicht über den Aufstand, den er von seinem Haus in Brooklyn aus beobachtete: »The House-Top. A Night Piece. July, 1863.«

Mein Verständnis aller Aspekte des New Yorker Lebens wurde vor allem auch durch die drei Bücher verbessert, die als die unentbehrlichen Nachschlagewerke über diese Stadt gelten: Kenneth T. Jacksons *The Encyclopedia of New York City;* Edwin G. Burrows und Mike Wallaces: *Gotham* und Eric Hombergers *The Historical Atlas of New York City.*

Was die irische Hungersnot und das Leben in Irland im 19. Jahrhundert angeht, wäre ich verloren gewesen ohne Cecil Woodham-Smith: *The Great Hunger;* Alexis de Tocqueville: *Journey in Ireland: The Irish Famine, A Documentary History;* Robert Kees Serie *The Green Flag;* Thomas Keneallys *The Great Shame* und *The Encyclopedia of Ireland.*

Über die Erfahrungen irischer Einwanderer habe ich mich kundig gemacht bei Carl Wittke: *The Irish in America;* Hasia R. Diner: *Erin's Daughters in America, Irish Immigrant Women in the Nineteenth Century;* William V. Shannon: *The American Irish;* Richard Shaw: *Dagger John: The Unquiet Life & Times of Archbishop John Hughes of New York;* Father Joseph P. Chinnici: *Living Stones, The History and Structure of Catholic Spiritual Life in the United States;* George Deshon: *Guide for Catholic Young Women, Especially for Those Who Earn Their Own Living;* Tyler Anbinder: *Five Points;* Noel Ignatiev: *How the Irish Became White;* Charles R. Morris: *American Catholic: The Saints and Sinners Who Built America's Most Powerful Church;* Jay P. Dolan: *The American Catholic Experience* und *The Immigrant Church: New York's Irish and German Catholics 1815-1865: A History from Colonial Times to the Present;* Robert E. Kennedy *The Irish: Emigration, Marriage, and Fertility.*

Die Beschreibungen der Schlachten und des Soldatenlebens im Bürgerkrieg entstammen meinem lebenslangen Interesse an der Sache und speziell den Klassikern zu diesem Thema von Bruce Catton und Shelby Foote. Auch Bell Irvin Wileys *The Life of Billy Yanks, The Common Soldier of the Union* fand ich zur Beschreibung des täglichen Lebens in der Armee der Union ausgesprochen hilfreich. Bei der Recherche über irisch-amerikanische Regimenter

hatte ich das Glück, William Burtons *Melting Pot, The Union's Ethnic Regiments; Irish Green and Union Blue, The Civil War Letters of Peter Welsh,* herausgegeben von Lawrence Frederick Kohl und Margaret Cosse Richard, sowie insbesondere auch *The History of the Irish Brigade: A Collection of Historical Essays,* herausgegeben von Pia Seija Seagrave zu finden.
Meine Erkenntnisse über die Geschichte der Wunderkabinette stammen von Lorraine Daston und Katharine Park: *Wonders and the Order of Nature* und Arthur K. Wheelock Jr.: *A Collector's Cabinet.*
Für den kurzen Abstecher nach Charleston habe ich mich bei Robert N. Rosen: *A Short History of Charleston* und bei Maury Klein: *Days of Defiance, Sumter, Secessions and the Coming of the Civil War* kundig gemacht. Die berühmte Sammlung *The Book of Boxing,* herausgegeben von W. C. Heinz and Nathan Ward, hat mir wertvolle Einblicke in die hohe Kunst des handschuhlosen Boxkampfes ermöglicht.
Und zum guten Schluss: Keine Tour durch New Yorks Halbwelt im 19. Jahrhundert könnte vollständig sein ohne Luc Santes *Low Life* und Herbert Asburys *The Gangs of New York.*

Neben all den oben genannten und einigen weiteren Quellen standen mir dank der New York Public Library und den Bibliotheken der Columbia-Universität eine Vielzahl zeitgenössischer Zeitungen und Zeitschriften zur Verfügung.
Neben diesen schriftlichen Quellen wurden meine Kenntnisse über die fragliche Epoche und deren Kultur durch verschiedene Ausstellungen in New Yorks zahlreichen hervorragenden kulturellen Einrichtungen bereichert, darunter eine der New York Historical Society über Seneca Village und die Entstehung des Central Park, eine über Wunderkabinette im Brooklyn Museum sowie »Art and Empire City« im Metropolitan Museum. Ric Burns wundervolle Reihe von Dokumentationen über New York hat mir ebenfalls eindringliche Bilder geliefert.
Keine Quelle erwies sich jedoch als so wertvoll wie jene Hilfe, die

mir Pater Dominic Monti und Pater John Knapp zuteil werden ließen. Beide haben viel Zeit und Geduld aufgebracht, um meinem ahnungslosen Presbyterianerverstand die amerikanische katholische Kirche des 19. Jahrhunderts näher zu bringen. Auch Pater Jerome Massimino bin ich zu Dank verpflichtet, weil er den Kontakt zu Pater Monti hergestellt hat.

Ich habe großes Glück mit meinen Freunden, meiner Familie und meinen Kollegen. Ihre Großzügigkeit hat meine Karriere und mein Leben in weit höherem Maße bereichert, als ich es hier zum Ausdruck bringen könnte.

Meine Frau, Ellen Abrams, war und ist meine Gefährtin, meine Vertraute und meine verwandte Seele. Ich hoffe, dass sie das immer sein wird.

Henry Dunow spielt die schwierige Doppelrolle des Freundes und Agenten mit Finesse und hat Erstaunliches für mein Selbstbewusstsein, meine geistige Gesundheit und mein Bankkonto geleistet. Ebenso danke ich Jennifer Carlson und allen anderen bei der Henry Dunow Literary Agency.

Daniel Conaway, mein Lektor bei HarperCollins, hat nicht nur die – bisweilen – unvernünftige Sturheit seines Autors durchgestanden, sondern ebenso die Geburt seines Sohnes Christopher. Seine Anregungen waren immer offen, kritisch und hilfreich, und ein großer Teil des Erfolges, den *Die Straße zum Paradies* haben mag, geht auf sein Konto. Es war ein reines Vergnügen, mit Dans Assistentin, Nikola Scott, zu arbeiten, dank ihres unermüdlichen Enthusiasmus und ihrer Freundlichkeit. Und das gilt für sämtliche meiner Kollegen bei HarperCollins.

Vielen der Menschen, die mir über die Jahre ihre Liebe, Freundschaft und Unterstützung geschenkt haben, konnte ich bereits im Nachwort meines letzten Buches danken. Meine Gefühle ihnen gegenüber sind unverändert, und ich möchte einige weitere Namen derer, die ich übersehen, nicht namentlich erwähnt oder noch nicht gekannt habe, einschließen: Dazu gehören meine Mutter Claire S. Baker, mein Stiefvater Lawrence Martin, meine Schwester Pamela

Baker und mein Schwager Mark Kapsch, meine Tante und mein Onkel Ann und Bruce Baker, die Whitneys samt und sonders und meine lieben Freunde Amanda Robb, Andrew Chesler, Pearl Solomon, Alix Spiegel, Deirdre Dolan, James Gray, Milton Allimadi, Mana Kasongo, Andy Staub, Delphine Taylor, John Kaehny, Ahmed White, John Sullivan, Mariana Johnson, Marc Aronson, Marina Budhos, Ingrid Krane-Müschen, Michael J. Müschen, Larry Davidson, Wendy Owen-Dunow, Agnes Rossi – und die nächste Generation: Zoe, Julian, Griffin, Anik, Daisy, Gus, Teddy, Maddy, Max, Mary, Grace, Alina, Christopher, Julius, Sasha, Eloise und Cassius.

N O R T H
HUDSON
BLOOMINGDALE VILLAGE
MANHATTAN SQUARE
CENTRAL PARK
RECEIVING RESERVOIR
HAMILTON SQUARE
YORKVILLE
AVENUE
BLACKWELLS ISLAND
Middle Reefs
Hancock
HALLET'S COVE
ENS COUNTY
Long Island